「小町集」の研究

角田宏子 著

和泉書院

目次

第一編　「小町集」の伝本と伝来

第二編　小町の和歌

凡　例

一　「序章　小町の和歌の研究史と課題」のうち第一、第二節、「第一編　「小町集」の伝本と伝来」のうち、第一章第三節「二　「西本願寺蔵本（散佚本）」系統（六十九首本）」、「第二編　小町の和歌」のうち「第一章　小町の和歌の歌論史に於ける受容」第一、第二、第三、第四節、同編第二章「第四節　「小町集」の和歌の様式」のうち一、二、以上は、これまでの発表論文に加筆したものであり、初出情報は各項末に記載している。それ以外は、全て新たに発表する。

一　引用文については、書名・人名を含め出来る限り旧字を通行の字体に改めた。

一　引用文中において、算用数字と漢数字の別を適宜変更した。

一　引用文中において、使用されていた敬称を省略した箇所がある。

一　「小町集」本文について、本文校異の底本には、『西本願寺蔵三十六人集』を用い、巻末の索引には、『新編国歌大観』の句表記（ともに一一六首本）を基準として用いた。

一　「小町集」に於ける類似歌に関し、「重出歌」「類歌」「他出」「異伝」という呼称を同義で用いている。

一　伝本の名称について、本書での呼称・略称は、各項に断りを入れたとおりである。

一　伝本の名称について、判別の必要性より「国文研」「国文研番号」「国文研資料番号」として付記した番号は、国文学研究資料館（大学共同利用機関法人　人間文化研究機構　国文学研究資料館）の資料番号である。

一　本書に引用する図書のうち下記のものは、原典の記載を省略している。

「古今和歌集」他『新編国歌大観　第一巻　勅撰集編』昭和六十二年十二月　角川書店（初版　昭和五十八年二月）

「新撰朗詠集」『新編国歌大観　第二巻　私撰集編』昭和六十三年十月　角川書店（初版　昭和五十九年三月）

「小町集」『新編国歌大観　第三巻　私家集編　I』昭和六十年五月　角川書店

「前十五番歌合」「三十人撰」「三十六人撰」他諸歌合、「無名抄」「今昔物語」「江談抄」「古本説話集」『新編国歌大観　第五巻　歌合編歌学書・物語・日記等収録歌編』昭和六十二年四月　角川書店

片桐洋一校注「小町集」「小野小町集」『私家集大成　第一巻　中古Ⅰ　私家集』昭和四十八年十一月　和歌史研究会
久曾神昇『西本願寺本三十六人集精成』昭和五十七年九月新訂版　風間書房（初版　昭和四十一年三月）
橋本不美男『宮内庁書陵部蔵　御所本　三十六人集』昭和四十六年一月　新典社
片桐洋一解題「小野小町集　唐草装飾本」『冷泉家時雨亭叢書　第20巻　平安私家集　七』平成十一年十二月　朝日新聞社
阪本太郎・家永三郎・井上光貞・大野晋校注『日本古典文学大系　67　日本書記　上』昭和四十二年三月　岩波書店
小島憲之校注『日本古典文学大系　69　懐風藻　文華秀麗集　本朝文粋』昭和三十九年六月　岩波書店
佐伯梅友校注『日本古典文学大系　8　古今和歌集』昭和三十三年三月　岩波書店
小島憲之・新井栄蔵校注『新日本古典文学大系　5　古今和歌集』平成元年二月　岩波書店
片桐洋一校注『新日本古典文学大系　6　後撰和歌集』平成二年四月　岩波書店
久松潜一・西尾実校注「新撰髄脳」「風姿花伝」「和哥九品」「無名抄」『日本古典文学大系　65　歌論集　能楽論集』昭和三十六年九月　岩波書店
青木生子・井出至・伊藤博・清水克彦・橋本四郎校注『新潮日本古典集成　万葉集　一』～『同　五』昭和五十一年十一月～昭和五十九年九月　新潮社
「歌経標式」「和歌作式」「和歌式」「新撰和歌髄脳」「俊頼髄脳」「和歌童蒙抄」第十「奥義抄」「新撰髄脳」「九品和歌」「和歌体十種」『日本歌学大系　第一巻』平成三年五月第七版　風間書房（初版　昭和三十三年十一月）
「袋草紙上巻」『日本歌学大系　第二巻』平成二年六月第六版　風間書房（初版　昭和三十一年七月）
「近代秀歌」『日本歌学大系　第三巻』平成四年四月第七版　風間書房（初版　昭和三十一年十二月）
「和歌童蒙抄」第一～第九『日本歌学大系　別巻一』昭和五十九年六月第五版　風間書房（初版　昭和三十四年六月）
「袖中抄」『日本歌学大系　別巻二』平成四年四月第六版　風間書房（初版　昭和三十三年十一月）

「古今集注」「万葉時代難事」『日本歌学大系　別巻四』平成四年十一月再版　風間書房（初版　昭和五十五年四月）
黒坂勝美・国史大系編集会　『新訂増補国史大系〈普及版〉　続日本紀　前篇』昭和六十三年四月　吉川弘文館
黒坂勝美・国史大系編集会編　『新訂増補国史大系〈普及版〉　日本文徳天皇実録』平成二年七月　吉川弘文館
黒坂勝美・国史大系編集会編　『新訂増補国史大系〈普及版〉　日本三代実録　後篇』平成元年六月　吉川弘文館
「醍醐天皇御記」　増補史料大成刊行会編　『増補　史料大成　第1巻』平成元年七月　臨川書店
黒坂勝美・国史大系編集会編　『新訂増補国史大系　尊卑分脈　第一篇』～『同　索引篇』昭和三十二年五月～昭和三十九年三月　吉川弘文館

序章　小町の和歌の研究史と課題

第一節　小町の和歌の研究史

はじめに

小町の歌とは何か。小野小町の記名を以て勅撰集や私撰集に採られる歌を全体とすれば、そのほとんどが「小町集」に収められている。「小町集」の歌は、多いもので一一六首、重出歌を含むが一一五首を有する本も一冊ある。小町の歌の研究史は、研究対象である真作への考慮から始まる。研究史は、「小町集」の歌が信憑性に欠けることを説き、真実の小町の歌とは切り離そうとするかのようであるが、以下に述べる通り、小町の歌の真作に関する問題は、「小町集」の研究と連動させて考察すべき課題を有し、研究の前線にある「虚構論」にも、課題は存する。

一　近代研究の始発

小町の歌の真作への考慮は、まず、信頼すべき著作との照合という形で行われた。

黒岩周六氏『小野小町論』（大正二年七月　朝報社）は、「成るべく一般に典拠とするに足ると認定せられて居る史籍」を用い、「此書に引用した和歌は大抵勅撰集に引合せ、小町の歌に相違ないと見込みの附いた歌、又は他人の歌と認むべき理由を見出さぬ歌のみを用」いたと言い、大西貞治氏「小野小町に就て」（『国語と国文学』大正十

五年八月　東京大学国語国文学会）では、二十一代集に見える小町の歌を「信ずべき小町の歌」として考証の対象にする。

また、関谷真可禰氏『小野小町秘考』（昭和八年十二月　雄山閣）は、それまでの小町に関する論考を細部にわたって俎上に乗せた著作であり、時代や範疇は厳選されていないものの「考証書目」は三三一冊に上る。「小町集」に関しては、

小野小町の歌は勅撰集及其の他の集に散見し、且他人の歌と交互錯綜して恰も乱れたる糸の如し、嘗て佐々木信綱博士はその著和歌の話に於て小町集の解剖を試みられたけれども、猶未だ委しくないから此には小町集の一首毎にその連絡を明かにして真性の小町の歌といふべきものを選択して見やうと思ふのである。

（関谷真可禰『小野小町秘考』）

として、小町の歌は精選される方向へ向かう。関谷氏の論は結論から言えば、「小町集」中、他の著作で小町以外の記名ある歌を除くが、勅撰集二十一代集のうちの作者未詳歌、所謂「読人不知」なる歌は真作に含めるというものである。

同論では「小町集」（歌仙家集本一一五首のうち長歌一首を除く一一四首）中九十五首を真作とする。即ち、「小町集」中に他作者名を付す歌三首（35遍昭、39清行、72小町姉）、「小町集」では記名がなく、『古今集』で他作者の詠歌になる歌五首（7三国町、13躬恒、32貞樹、99惟喬親王、100紀淑望）、『後撰集』で他作者となる歌三首（73小町孫、79小町姉、90小町姉）、『拾遺集』所載の他作者の歌一首（102人麿）の十二首を除外する。更に、他の歌人の私家集に見える歌五首（69『小大君集』と重出、80『仲文集』と重出、81『為頼集』と重出、105『重之集』と重出、107『伊勢集』と重出）、及び『万葉集』や『大和物語』に見える103「あさか山かげさへみゆる」歌一首、更に「小町集」中の27「われをきみ」歌（76「我がごとく」歌と重出）一首も除く。そして残るのが九十五首であるという。右の算用数字

による歌番号は、流布本系一一六首本「小町集」の歌番号である。除外する歌の当否に言及することを今は措くが、ここで具体的に歌の整理がなされた。

前田善子氏『小野小町』(昭和十八年六月　三省堂)も、明らかな他作者詠を除くという方法で「真正の小町の歌」を「小町集」から八十三首抽出する。前田氏が小町の真作と認めたのは「勅撰集に収められた六十六首」と「小町集にのみ見える十七首」であるという。関谷氏が含めていた勅撰集の読人不知歌を前田氏は除外する。その他の歌の扱いも見解によって異なる。例えば、勅撰集に載る歌数の数え方について、『古今集』の墨滅歌一首は両者とも加算して、『古今集』所載の小町の歌は十八首とするが、『新古今集』の81「あるはなくなきは数そふ」歌を、関谷氏は、他人の歌として除外する。又、『続後撰集』に見える小町の歌は三首であるが、「小町集」では重出する類歌を考慮した為か、前田氏は四首とする。『続古今集』では、『孫姫式』に載り「小町集」にない「人ごころわがみのあきに」歌及び、80「ながれてとたのめしことは」歌をともに、前田氏論は加算するが、関谷氏は他人の歌として除外する。又、一一六首の群書類従本を用いた前田氏が42「いつはとは時はわかねども」歌を一首と数えるのに対して、関谷氏は集外歌として処理し、79「ひとりねの時はまたれし」という、『後撰集』では小町姉歌となるものが『拾遺集』で読人不知歌になっている歌一首を、前田氏は読人不知の分類に入れる等である。

右の著作に代表されるように、小町の歌の真作への考慮は、まず、「小町集」の歌の中で他作者の詠歌を除くことに求められた。その際に読人不知歌を他作者の詠歌と見るか否か、重出歌及び他人の家集に入る歌をどう扱うかは、見解の異なるところであった。

註

引用本文及び歌番号は、『新編国歌大観　第三巻』、『新編国歌大観　第一巻』に拠る。

二　真作を特定する三つの観点と課題

『古今集』に載る小町の歌は、信頼するに足るという考え方がある。『古今集』は、小町に関する最古の評言を有し、その成立は小町の生存年代に近く、しかも公的な撰集であるからという『古今集』への信頼によろう。それが今日では、小町の歌の真作に関し、「小野小町の実像を明らかにできる根本資料を、『古今集』所収の小町の歌十八首に特定」（片桐洋一「才女をめぐる実像と虚像」『国文学　解釈と鑑賞』平成七年八月　至文堂）する論に至っている。

この背景には、小町の真作を求める際の観点が三点関与している。第一は、『新古今集』以下の勅撰集に載る小町の歌は、「小町集」から採られたであろうから信頼出来ないという見解である。小町の記名で歌を収録するのは、『古今集』『後撰集』と『新古今集』以後の勅撰集である。第二は、表現の特色を手掛かりに真作を求めんとする観点からの見解である。そして第三は、「説話化の兆し」を以てなされる、真作への線引きである。

第一の観点について。「小町集」の中には、「出所不明歌」即ち、他の撰集に見えず「小町集」によってのみ伝わる歌というものがある。石橋敏男氏「小町集成立考」（『国語』4-1　昭和三十年八月　東京教育大学国語国文学会）によれば、同論でいう「原小町集」であるところの第八十歌までに十七首あるというが、同氏は、さらにそれを広げ『新古今集』以後の勅撰集に小町の記名で載っている歌二十八首も又「出所不明歌」であるとした。論拠は、歌仙家集本「小町集」（流布本系統）の成立を、『新古今集』撰集以前であると推定したことに拠る。同系統で一一五首の「宮内庁書陵部蔵三十六人集」(1)の「小町集」（以下「御所本甲本」とも記す）に建長六年書写校合記録があるためであるという。加えて『新古今集』中の81「あるはなくなきは数そふ」歌一首を提示し、『為頼集』にも『栄花物語』にも小大君の歌として載るので、それを『新古今集』が小町の歌として採るのは、「小町集」に依拠したからであるという。従って、当時の「小町集」に依拠する勅撰集の採歌には信憑性がないという論であった。

続いて出された片桐洋一氏「小野小町集考」(『国文学　言語と文芸』46　昭和四十一年五月　東京教育大学国語国文学会)は、「小町集」の和歌を「(一)古今集によって小町作と考えられる歌　(二)読人不知を含めて他人の作と考えられる歌　(三)新古今集以後の勅撰集に採られている歌を含めて小町作とも他人の詠とも断定出来ぬ歌、の三種に分類する他はないと言うことになるのである。」と整理した。そして、(三)について、石橋氏同様「新古今集以後の勅撰集に小町の歌としてとられている四十四首は、建長六年七月二十日の奥書をもつ宮内庁書陵部三十六人集本を始め、平安末期から鎌倉初期に現在の流布本系に近い本が存在していたことが明らかである以上」「そこに収められているすべての歌を小町作なりとして採歌したと考えられる」という。

第二の観点について。片桐氏は、右(三)の新古今以後の勅撰集に採られている歌が真作ではない論拠に「表現の特色」という観点を追加する。それらの歌には、体言止、歌枕表現、序詞的表現といった『古今集』の小町の歌にはない表現が見え、逆に、「一見して古めかしい表現」が、その中には見えないとする。従って、「その大部分は小町の作にあらずとして後人の作であると断定したいのである。」という。先掲石橋敏男氏が「真作を疑う」観点に、『古今集』の小町の歌とは異なる性質、例えば恋の歌ではなく雑の歌が多いとか、純粋の四季の歌があるとか、連体止めの歌があるとか、或いは又疑問の歌が多い等の性質ゆえに小町の歌ではないといった歌風の相違を提示したものに新たな視点を加えた。真作の問題に関して、ただし両者は少し見解を異にしている。「出所不明歌」なる『新古今集』以後の勅撰集に採られる小町の歌にも、石橋氏が「真作であることを否定し得ない歌もある」と記すのに対して、片桐氏の論考は『新古今集』以後の小町の歌を「真作」から除外したように読める。

真作を求める際の第三の観点「説話化の兆し」について。先掲片桐洋一氏「小野小町集考」は、加えて『後撰集』の小町の歌を「小町説話の生成」が認められるゆえに「真作とは断定出来ぬ」とした。例えば、遍昭と小町の贈答歌の箇所では、「甚だ異伝多く、この話が種々の形の説話となってかなり流布していたことを思わせる」点、同時代の『大和物語』に「小町が女の側から挑みかかるタイプの女性として描かれている」点などから「後撰集の小町の歌が小町真作であると断定できぬばかりか、既にその頃好色説話・美人説話を中心とする小町説話が生成しており、後撰集や大和物語のみならず小町集の生成発展にもかなりかかわるところがあった」とした。

以上の三点から、小町の歌の真作を『古今集』所載歌に特定するという論が出されているわけである。それぞれについての課題となる点を述べてみたい。

まず、第一の観点について。『新古今集』以後の勅撰集が「小町集」から歌を採っているので、その歌は小町の歌としての信憑性に欠けるという論は、「小町集」が勅撰集に先行すると仮定して、その場合の「小町集」が、果たしていかなる形態の家集であったかは分からない。異本系統と流布本系との伝本の接触に関しても、未だ課題は残されている。仮に「小町集」から採歌したとして、そうであるから真作ではないとも言えない。第一の観点の論拠には、「小町集」成立の問題が深く関わっている。

第二の観点について。小町の真作を、表現の特色によって「実証的に見分ける」方法で、田中喜美春氏（『小町時雨』昭和五十九年十二月　風間書房）は、『古今集』所載の小町の歌十八首中七首を削り「真作」を十一首提示するという。その検証の方法は、いわゆる「歌風」を用いるものである。歌から思考を抽出し、同一作者のものか否か、同一時に詠まれたものか否かなどを見究め、そうやって導かれた真作に「引きつける」ことが出来るか否かと問うてゆく。例えば、15「あまの住む里のしるべに」（『古今集』七二七）歌の作者を考える際には、「一方で浦を作者自身と歌い、他方で自分は浦ではないと歌っている事実、あるいは、片や「あま」に相手の男性をこと寄せているのに比し、七二七では、そのような表現方法を採用していないというような事実は、この二首が同一作者の作ではないことを推測させる」という論理である。『古今集』所載の小町の歌からさらに真作を絞り込んで求めていくという論は、この田中氏以外には見ないが、石橋氏や片桐氏が提示したところの、真作を峻別する際の表現の特色が思考の面までも及んだと言える。表現の特色という観点は、以前は「歌風」という言葉で漠然と捉えられてきたものであるが、有用な観点である。曾根誠一氏「伊勢の和歌表現―古歌混入部と独自表現を通して―」（『国文学　解釈と鑑賞』平成十二年八月）の伊勢の歌の考察の中でも「連続性と非連続性」を求める方法が用いられていて、久富木原玲氏「夢歌の位相―小野小町以前・以後」（『万葉への文学史　万葉からの文学史』平成十三年十月　笠間書院）でも、『万葉集』夢の歌と『古今集』夢の歌との「連続・不連続」という観点で「歌風」或いは「表現の特色」の類似の問題が、より緻密に求められている。

しかしながら、「歌風」或いは「表現の特色」或いは、それらの「連続性・非連続性」は、あくまで相対的なものである故に、非真作歌の除去に用いるのには適さないであろう。

また、『古今集』所載の小町の歌は、『古今集』の撰者によって撰歌され、選別されたものである。藤平春男氏「はかなさ」（『国文学　解釈と鑑賞』昭和五十一年一月）は

流布本『小町集』からその原型的部分、または異本『小町集』へ、さらにそこから『古今集』の小町歌へ、と遡っていくに従って、恋愛生活に耽溺する小町像は次第に輪郭を朧ろげにし、『古今集』になると、恋歌が多いにはちがいないが、それらは小町の恋愛体験に即したものではなく、自己観照による想念の世界の形象化としての歌に凝縮されてくる。（藤平春男「はかなさ」）

とし、「小町集」の歌と『古今集』に載る小町の歌の歌風の違いを説く。小町の歌には「想念の世界への自己観照の高さ」という質的な特徴があることを指摘しながらも、小町の精神の質を業平や遍昭に共通するものと捉え、「小町の歌にひそむ理知性」を結論とする。これが、『古今集』撰者の志向性と無関係であったとはいえない。『古今集』に載る小町の歌は同集の撰者の選択によって存在する。従って、歌風や表現の特徴といった現象特質の指摘は、真作の是非をめぐる論には成り得ても、帰納される思考以外は小町のものとして不適切であるとして「真作」

以外を除去するとすれば論拠に欠ける。撰者が関与しなかった小町の歌が伝承の中で受け継がれてきたとも限らないのである。

第三の観点について。これも藤平春男氏「小野小町」（『国文学』昭和四十二年一月　学燈社）の論であるが、藤平春男氏は片桐洋一氏の先掲「小野小町集考」を享けてさらに

片桐論文が後撰集の小町の歌がすでに説話化の洗礼を受けているとしたことに対してわたくしも賛成したいが、事実のあいまいさという点からいえば、古今集における安倍清行・小野貞樹・文屋康秀との関係も同様である。清行・貞樹とのそれぞれの贈答にしても古今集が恋歌として扱っているからそういうことになるが、清行との贈答歌などは部立の考慮の外におけば、共通の親しい人の死を悼む哀傷の贈答ともとれる作品である（異本の詞書もそうみることを妨げない）。（藤平春男「小野小町」）

とした。『後撰集』に対する片桐氏の解釈を進めれば、藤平氏論の如く『古今集』歌にも及ぶことになる。『古今集』の存在によって、かえって覆い隠されている「事実のあいまいさ」は存在するかもしれない。

片桐洋一氏は、伝本研究に於いて、流布本系「小町集」と異本系「小町集」とに共通する原型の部分を導き出し、『古今集』と『後撰集』の小町及び小町に関係する歌が中心になっている部分と定義した（『小野小町追跡―「小町集」による小町説話の研究―』昭和五十年四月初版、平成五年十一月改訂新版　笠間書院）。その、伝本研究では分けられないはずの両者の間に、「説話化の兆し」という観点で判然と線が引かれる。「小町真作であると断定できぬ」『後撰集』の所収歌と、「小町真作と断定できる」『古今集』所収歌との境界線である。

「説話化の兆し」と真作（非真作）とを結びつける際の課題として、本文異同の問題が未だ残っていると考える。まず、詞書の異同がそのまま和歌の真作の論に適応されるのかという疑問がある。諸本に異同が多いことと、説話化の兆しになっていることとの関連性は、果たして「小町集」に関してどれだけ言えるのかという疑問もある。

詞書の異同を和歌の真偽に用いることについては、和歌と詞書を弁別して捉える論考もあった。目崎徳衛氏『日本詩人選6　在原業平・小野小町』（昭和四十五年十月　筑摩書房）は、『古今集』に載る小町の歌からその歌の特徴を見る。そして、『後撰集』については、片桐氏等の「小町の歌かどうか疑問視する声」を「説話化の兆し」ではなく、歌風の相違故と推測し、「後撰集、小町集がいかなる資料から採ったか不明なので、詞書を信用するのは控えざるを得ない。しかし、歌自体は一応小町のものと考えてはどうか。」と述べる。

註

（1）「小町集」『宮内庁書陵部蔵　御所本三十六人集』

三　「小町集」への要請と解消

小町の歌の真作を『古今集』所載の小町の歌に特定すべきではないと思う。少なくとも、特定するには課題が残っていると考えている。

小町の歌を研究対象にするにあたって、まず求められた真作の問題が、『古今集』所載の歌に特定すると説かれても、研究史では『古今集』非所収歌を研究対象として要請していた。『古今集』所載の「純粋な」小町の歌から抽出された要素が「純粋でない」「小町集」の中に存在した。

この現象に整合性をもたせる結果になったのが、虚構論や閨怨詩の論であった。

昭和四十年代から五十年代、真作を『古今集』の所載歌に特定せず考察を進めるという論文はあった。角田文衞氏「小野小町の実像」（『王朝の映像―平安時代史の研究―』昭和四十五年八月　東京堂出版）は、その考証に『後撰集』や「小町集」の詞書も利用しており、小林茂美氏「小野小町」（『和歌文学講座　第六巻　王朝の歌人』昭和四十

五年一月　桜楓社）も又、除外するということはない。小林氏は、小町の「文芸質」を論じる際に、『後撰集』の贈答は唱導文芸から捉えられるものであって、「いちおう史実と見ていけ」ばとする。後藤由紀子氏「小野小町の歌と生活」（『古今新古今とその周辺』昭和四十七年七月　大学堂書店）も、「片桐洋一氏は『小町集は古今集によって小町真作と断定出来る和歌を中核として、その主題や意味情趣に通ずる歌、あるいは小町の縁者の歌までを内包することによって成長・増益を続けて来た』という結論を得ておられる。従うべき説であると思うが、私はなお『古今集』以外の小町作とも他人作とも断定出来ない歌をも含めて、小町について考えたいと思う。」とする。糸賀きみ江氏「熱情」（『国文学　解釈と鑑賞』昭和五十一年一月　至文堂）も、「現在、小町の作品とほぼ認められているのは、『古今集』所載の一八首である」、「なお信じ難いとされている『小町集』に範囲を広げて情熱的な歌例を求めるならば」として、「小町集」の和歌を援用していた。

秋山虔氏「小野小町的なるもの」（『王朝女流文学の形成』昭和四十二年三月　塙書房）も、『後撰集』所載歌は除き、「本章の小町論は、おのずからもっぱら古今集所収の小町の歌をのみ考察の対象とするのである」とする。そして、『古今集』の小町の歌は詞書を欠き作歌事情が明らかにならないから「自然方法として歌の形象分析より論を進めるほかはない」と、歌から、その発想や世界観を見ようとする。しかし、その過程でなお「小町集」が参照されるのである。「歌の形象分析に終始するほかない小町論の方法」を求められながらも、20「色みえでうつろふ物は」（『古今集』七九七）歌の詞書について「実人生の経験を想定させずにはおくまい。この歌は、小町家集の方では、『人の心かはりたるに』という詞書を加えているし」という見解や、23「みるめなき我が身をうらと」（『古今集』六二三）歌に「もちろん家集の詞書や伊勢物語を参考にしてこの歌を解釈する必要はない」としながら、「小町集」の詞書が紹介され、或いは又、小町の夢の歌の契機に「決して現実には実るべくもない恋の経験」を想定し、「小町集」の歌と詞書を引いて、「これも同じ理由で深追いすることはさしひかえたいのである」とする。真作でない歌を対象にすることを厳しく戒めながらも「小町集」は、より真作に近い小町の歌とは断然と切り離せないものであることが、結果的に示されている。「小町集」にどうしても要請せざるを得ない要素が存在するからであろう。

この点に言及しているのが、後藤祥子氏「小野小町試論」（『日本女子大学紀要・文学部』27　昭和五十三年三月）であった。「小町集」の詞書の中から、14「やんごとなき人のしのび給ふに」、56「四のみこのうせたまへるつとめて、風ふくに」、69「日のてり侍りけるに、あまごひのわかよむべきせんじありて」（異本「たいこの御時に日てりのしければ、あまこひのうたよむへきせんしに」）という詞書、及び39「つつめども袖にたまらぬ」安部清行歌の『古今集』詞書にみる「下つ出雲寺の法要」「導師真静法師」という名称など、問題とされてきた詞書を掲げ、特に第六十九歌について、

一方、片桐氏のようにすべてを説話とする考え方もあり、それに対して他人歌の明徴のない小町集特有歌を、一応小町のだと認める立場もある。異本の表記を重く見るにしろ、奇異とみるにしろ、やはりそれは小町実伝にかかわるべき資料としてでなく、小町集という作品の性格を闡明する資料なのだという片桐氏の見解に対して反証を示すことはむつかしい。（後藤祥子「小野小町試論」）

とし、右の秋山虔氏の論と、青木生子氏の14「やんごとなき人」をめぐる論に対して、「伝記への言及を厳しく慎んだこれらの論にさえ見えるこうした印象は、詞書を剝ぎとった純粋な小町歌への見解であり、むしろ逆に小町集詞書は、平安中期における小町歌への理解の諸相を示すものと云ってよいのだろう」（「女歌の意味するもの」『文学・語学』155　平成九年五月　全国大学国語国文学会）という。純粋に和歌の形象を追っていった時に、どうしても要請せずにはいられない「小町集」の存在というものがあり、純粋な和歌の形象から帰納されたのと同様な要素が「小町集」の詞書に認められている。そうであるにもかかわらず、そこに「小町実伝」の要素を見ようとはしない。詞書は、平安中期の人々の理解なのだという。

「小町集」への要請は、しかし、虚構論や閨怨詩の論で解消される。「小町集」の曖昧さには触れずともよくなり、小町の歌の真作は問いに付されなくなる。山口博氏『閨怨の詩人　小野小町』（昭和五十四年十月　三省堂）は、「小町集が小町の伝記考察のためには信用できないことはだれも認めます。詞書の不確かなことも指摘しました。それならば資料としない態度が正しいのではないでしょうか。総論反対なら各論も反対、各論賛成なら総論も賛成というのならわかります。」とし、小町は貞観の人で氏女であったとする。恋の歌を解明する際、「小町集」第十四歌の詞書に見える「やんごとなき人」への思いを援用しなければならなかった点についても、「身分差の恋ゆえの絶望感」ではなく、「結婚を禁じられていた氏女」の「現実世界での孤独」であったとする。同様に、23「みるめなき」の歌なども「高齢独身という氏女の身分」がもたらした「我が身の意識」であったと解釈する。藤原克己氏「小野小町の歌のことば」（『古今集とその前後』平成六年十月　風間書房）は、「小町集」には触れないが、山口氏が閨怨詩とするところを「婦人苦」の主題を詠ったものと解釈し、漢詩世界の共感という点では、山口論同様「小町の作歌活動」の研究に「小町集」への要請を必要としない。

平安前期、和歌は既に「より生活的（体験そのものの写実）」なものではなく、漢詩文の盛行の影響を小町の歌も又受けていたとして、「虚構論」を提示したのは、先掲後藤祥子氏であった。

小町の夢の歌が漢詩集の有智子や姫大伴氏のそれのように、机上の作であるというつもりもない。現実生活に於ける恋を切実に歌ったものとしても一向かまわないが、目崎氏のいわゆる「熱愛」を契機としながら、「夢でなければ会えない」状況を虚構して表現に奥行を持たせる発想を、漢詩世界の描く痛切な思婦の形象がもたらしたとはいえないかと想像するのである。（後藤祥子「小野小町試論」）

と捉えた。小町の歌の中に、「中国詩世界の閨怨の来由を知った精神」を認め、「漢詩世界の描く痛切な思婦の形象」への関心を説く。

四　虚構論のゆくえ

小町の夢の歌が男の立場に立って詠まれていたというのは、片桐洋一氏の『小野小町追跡』でも述べられていたが、その「男女倒錯趣味」説は、片桐洋一氏「才女をめぐる実像と虚像」（『国文学　解釈と鑑賞』平成七年八月）で積極的に進められている。そういった題詠の披講は、後代に語り伝えられる説話の起点になったともいう。同論は、『文華秀麗集』に見られる応制詩と同じように、『古今集』の小町の夢の連作も、貴顕の前で披講された題詠歌であっただろうと思う。そしてこのような歌の会において作歌の披講がなされたということは、小町が歌の上手な宮仕え人であったというだけではなく、まさしく応製詩人にも相当するような、貴顕の要請を受けて歌会に出席する専門歌人であったことを示していると言ってよい。（片桐洋一「才女をめぐる実像と虚像」）

とし、『古今集』の「小町真作歌」を「夢に寄す恋」「海人に寄す恋」等の題詠や「披講された時のウケをねらった詞遊びを思わせる」歌として解く。

「男女倒錯趣味」説は、後藤祥子氏の論の中で用いられていた。後藤氏は、「女流による男歌―式子内親王歌への一視点―」（『平安文学論集』平成四年十月　風間書房）で、『古今集』恋一・恋二に於ける歌の構成配置について、小町の夢の歌が「奇異な例外」として置かれていることに対し、男の立場に立って詠んだ歌という解釈を提示する。同論によれば、恋の初期段階の歌を集める、同集恋一、恋二の女の歌は、「男からの求愛に対する「いなし」の歌である」が、小町の歌は例外であるという。

今一つ、作者の性別による枠をはずして見る見方もできないわけでもない。右に見たように、そして百人一首の素性の歌で周知のように、古今集ですでに、男性歌人による女歌は市民権を得ていて枚挙にいとまがない。就中、業平・遍昭・素性・兼覧王と挙げてくると、こうした男女倒錯趣味は、古今集歌人の中でもとりわけ、六歌仙とその周辺に集中していることが想像される。実はそれでこそ六歌仙なのであり、歌のプロたちと目されたのではなかったか。（後藤祥子「女流による男歌―式子内親王への一視点―」）

とした。しかしながら、続けて「小町の歌はやはり従来考えられている如く、女の恋歌とすべきであろう。」と結論づける。

女の側から恋してよい唯一の場合、すなわち、限りなく高貴な相手に対してのみ、稀に女からの切ない恋歌が詠まれ得たのであった。小町の恋の相手が天皇か皇子ではないかとする古来からの推定や伝承は、まさしくこの、歌のそれ自体の発散する異様な慕情から来ている。（同　右）

という同氏の論は、式子内親王の歌の解釈へ展開されていく。

いったん取り外された「作者の性別による枠」を再び小町の歌に施す理由は、同論では右に引用した以上に述べられていないが、そこに小町の歌の「虚構論」に対する課題がある。現段階で最終的な見解のように見える「虚構論」―小町は「貴顕の求めに応じ」る専門歌人で、時には男性の立場に立って虚構的世界を自由に扱っていたという論―に立脚した小町の歌の解釈に未だ課題が存するとすれば、それは、『古今集』序に於ける小町評と矛盾する点であろう。古来、小町の歌或いは又小町について論じる時に立ち戻った、

をののこまちはいにしへのそとほりひめの流なり、あはれなるやうにてつよからず、いはばよきをうなのなやめる所あるににたり、つよからぬはをうなのうたなればなるべし（『古今集』仮名序）

小野小町之歌古衣通姫之流也然艶而無気力如病婦之着花粉（同　真名序）

とは付合していないという点ではなかろうか。この『古今集』序は、筆者の印象による批評ではあるが、小町に関して最古の重視すべき史料である。「男女倒錯趣味」を提示されながらも結論として、小町の歌に女の恋歌を見た右の後藤祥子氏の論や、「男の漢詩世界を一方にもつことにより、はじめて和歌の個が女歌の自覚として創造され

た」額田王の系譜に小町を位置付ける考察(1)、或いは又、小町の恋歌を「「男が女の心情を読む」閨怨詩的な和歌を女自身が読むことによって斬新な作品になりえたのではないか」といった論説(2)は、小町の歌が、男の立場にたって詠んでいるといった虚構論のみでは説き得ないことを示している。それは、漢詩興隆時代にあった小町の歌の古代性に再び視線が向けられていることを示す。

註

(1) 青木生子「女歌の意味するもの」『文学・語学』155 平成九年五月 全国大学国語国文学会

(2) 久富木原玲「夢歌の位相―小野小町以前・以後」『万葉への文学史 万葉からの文学史』平成十三年十月 笠間書院

五 再び「小町集」へ

小野小町の家集「小町集」は、「個人を軸とした歌集(1)」ながら、同時代以前の家集がそうであったように、自撰の記録も他撰の契機を示すような記録も持たない。更に、他の歌集に他作者のものとして載る歌を少なからず含むので、「小町集」は、自ずと、小町の名を冠した「作品」という分類把握をすることになる。小町という作者を窺い知る記録を求めようとするには、限界がある。小町という人物は正史に載らず、伝説はさまざまに生み出され広まった。私家集に備わる「簡易性・普遍性(2)」に富むといった本来の性質を併せ考えれば、歌集の方にも、一代伝記をもっと取り込むような改変、編纂がなされてもよかったはずであるが、この家集は、例えば『後撰集』成立の前後に多いという「私家集にみられる物語化の現象(3)」には、比較的禁欲的であったように見える。小町の伝承とは別に、家集は歌集としての形態を守り伝来している。それは、同じく史実に欠ける猿丸太夫の家集『猿丸集』についても言えることである。

小町伝承に関しては、近年その淵源が究明され、小町の「モノガタリ」を管理伝承し、内容を大幅に改変した主体が解明された(4)。小町伝承の実態が明らかになると、「小町集」の生成にも又、何か和歌の世界のルールが存在していて、真作は我々が考える以上に守られてきたのではないかという印象を受ける。

ここで言う「小町集」は、歌仙家集本に代表される流布本系統と、六十九首本の異本系統を含めている。時代的に古い記録は、『西本願寺本三十六人集』（天永三年　一一一二年制作(5)）の中に「小町集」があったという記録であり、「小町集」のうち『宮内庁書陵部蔵三十六人集』（御所本甲本）に付される奥書の、「安元二年」という年号及び「建長六年」の書写校合記録である。その流布本系「小町集」の詞書は、『古今集』の詞書と比較すれば、詠作の事情を示す文言が増えている箇所もあるが、言葉を尽くそうとはしていないように見える。異本系（六十九首本）の「小町集」は、巻末に歌物語が付加されたかの形態になっているが、その歌物語的箇所を除けば、流布本系統よりもむしろ詞書が少ない。「小町集」は、今日まで和歌を主体にした家集の形態を守り伝来してきたことは重視されるべきである。

小町の歌の真作を求める研究は、「他作者詠の除去」から、三つの観点を以て「真作の特定」へと進んだ。そして真作の「特定」は、「小町集」を「杜撰」であって特定された歌以外は信憑性がないとする。その「小町集」が研究に要請される時の不都合は「虚構論」で解消されたが、「虚構論」にも課題の存することは述べた。

「小町集」に関して言えば、その「杜撰」さの実態と意味を問い直す必要がある。片桐洋一氏先掲『小野小町追跡』で、流布本「小町集」の内部構造が明示されて、小町の歌を引用する際にも、「小町集」のどの箇所に位置付けられ収録されていた歌であったのかということが、確認して論じられるようになった。「小町集」の歌は注意深く取り扱われるようになったのである。しかし、その「杜撰」さが、いわゆる「真作」以外の歌を切り捨ててしまう言葉として用いられるなら、それは誤りであると考える。小町の歌と「小町集」とは密接な関係にあって、小町の歌の真作を求める際にも「小町集」が論拠として深く関係していたことは、右に見てきた通りだからである。殊に「御所本甲本」の奥書は、「小町集」の伝本研究の要になっていて、「小町集」の伝本及び本文研究に連動させた再検討を未だ必要としている。小町の歌の真作をめぐる考察は、「小町集」の見解の変遷をも示していると言える。

註

(1) 森本元子「私家集余考」『平安文学論集』平成四年十月　風間書房
(2) 松田武夫「私家集の性格」『国文学』昭和四十年十月　学燈社
(3) 森本元子前掲註(1)書
(4) 錦仁『浮遊する小野小町—人はなぜモノガタリを生みだすのか—』平成十三年五月　笠間書院
(5) 久曾神昇『西本願寺本三十六人集精成』

付記　本節は、「小町集の研究史と課題—真作をめぐる論考と虚構論—」(『日本文芸研究』56-2　平成十六年九月　関西学院大学日本文学会)を初出とする。

第二節　六歌仙歌人の小町の和歌の研究史

一　六歌仙時代の範囲

「六歌仙」という呼称が初めて文献に見えるのは、増田繁夫氏[1]によれば、鎌倉初期の注釈書『古今和歌集聞書（三流抄）』の「二聖・六歌仙」だそうである。それは、特別な価値判断を含む用語であるが、ここでは、所謂『古今集』歌人であるところの、僧正遍昭・在原業平・文屋康秀・宇治山の僧喜撰・小野小町・大伴黒主という六人の歌人を、まとめて呼ぶ用語としても用いる。

『古今集』の奏覧は、同真名序によると、延喜五年（九〇五）四月十五日であり、この年号は、完成の時期ではなく、成立の一段階を示すとみるのが通説になっている。文学史は、『古今集』の時代を「読み人しらず時代」「六歌仙時代」「撰者時代」の三期に分ける。小沢正夫氏[2]によれば、次のとおりである。

第一期　読人しらずの時代　大同四年（八〇九）～嘉祥二年（八四九）
　　嵯峨・淳和・仁明天皇
第二期　六歌仙時代　嘉祥三年（八五〇）～寛平二年（八九〇）
　　文徳・清和・陽成・光孝・（宇多）天皇
第三期　撰者たちの時代　寛平三年（八九一）～天慶八年（九四五）
　　宇多・醍醐・朱雀天皇

『古今集』の撰者であった紀貫之は、六歌仙時代を「ちかき世」と見ていた。真名序でも「近代」とある。「つかさくらゐ高」い人は遠慮するが、それ以外で「ちかき世にその名きこえたる人」として列挙された六人が六歌仙であった。後世、わずか六人の歌人に対して、「六歌仙時代」という一時代を設けんとする、その分類呼称は、『古今集』撰者に特別な意識があって、それが表明されていることを、まず重視するからである。

六歌仙のうち生没年の知られるのは、在原業平と僧正遍昭で、業平は、天長二年（八二五）から元慶四年（八八〇）、遍昭は、弘仁六年（八一五）から寛平二年（八九〇）の生存である（『日本三代実録』）。小沢氏による六歌仙時代の始まり嘉祥三年という年は、仁明天皇の崩御に接し遍昭が出家した年であり、同氏によれば、八五〇年と八九〇年頃とが、それぞれの時期での新旧歌人の交代期にあたるという。嘉祥三年（八五〇）の遍昭出家に続いて、小野篁及び藤原関雄が死去する。一方、元慶四年（八八〇）には業平が、続いて遍昭が亡くなっている。六歌仙時代の始発をもう少し早める島田良二氏の見解もある。(3) 承和五年（八三八）に、小野篁が、遣唐副使としての乗船拒否を理由に隠岐に配流となること、及び、嘉承元年（八四八）に、藤原良房が右大臣となり、翌二年に、仁明天皇の宝算四十賀を興福寺で催し、僧侶に長歌を奉らせたという二点の史実に、六歌仙時代の始発をみるからである。

『万葉集』に載る最も新しい歌は、天平宝字三年（七五九）に詠まれた、大伴家持の歌であり、同集全巻の完成は、延暦期の初めであると言われているが、その万葉末期から平安初期は、「国風暗黒時代」と呼ばれてきた。勅撰の漢詩集が作られ、和歌が公の場から姿を消す時期である。再び公的な場で和歌が詠まれるのは、右、嘉祥二年の興福寺の僧侶達による、長歌の奉献であった。しかし、この「国風暗黒時代」という漢詩文興隆時期にも、脈々と和歌は詠まれていた。具体的な和歌については、橋本達雄氏『万葉集の作品と歌風』(4) に掲げられている。大曽根章介氏「国風暗黒時代の和歌」(5) によれば、大同二年の平城天皇と皇太弟（嵯峨）との唱和の記録から私的な宴席では和歌の唱和が続いていたであろうこと、また、宮廷公儀の歌謡である「大歌」や、舞踏を伴う「風俗歌」の継承されていたことが指摘されている。弘仁期嵯峨朝にあっては、公的な場で盛んに漢詩が詠まれるかたわら、嵯峨天皇の后橘嘉智子の、后になる前の作品が残っている。藤原冬嗣の和歌が『後撰集』に、小野篁及び藤原関雄の和歌が『古今集』に残る。従って、「宮廷では女性が和歌に親しんでいたに違いない」こと、政治の中心にある者でも私的な詠懐の和歌を詠んでいること、「卑官の間では伝統的に和歌が守られてきた」ことが指摘される。そして、嘉祥二年の、興福寺の僧侶達による長歌の奉献に続き、翌年には、藤原良房が染殿邸で先帝のために『法華経』を講じさせた、その記録の中に「或賦詩述懐、或和歌歎逝」として和歌が漢詩と肩を並べた記述がある（『日本文徳天皇実録』）。

六歌仙時代は、以上のように、六歌仙の生存年代でもあるが、また、和歌復興の気運が高まった時期でもあった。

註

（1）増田繁夫「六歌仙」『和歌大辞典』平成四年四月第三版　明治書院
（2）小沢正夫『新編日本古典文学全集　古今和歌集』平成六年十一月　小学館
（3）島田良二「六歌仙時代」『国文学　解釈と鑑賞』昭和四十五年二月　至文堂
（4）橋本達雄『万葉集の作品と歌風』平成三年二月　笠間書院
（5）大曾根章介「国風暗黒時代の和歌」『一冊の講座　古今和歌集』昭和六十二年　有精堂出版

二　読人不知時代と六歌仙時代

『古今集』には「読人しらず」なる作者未詳歌が四二五首あり、全体の約四割を占めるという（上條彰次「読み人知らず時代」（1））。上條氏は、読人不知歌の上限を「八世紀末頃、桓武朝延暦期と定めることが認められてよい」とする。一方で、読人不知歌四二五首のうち、九十三首が、六歌仙時代及び撰者時代に詠まれた歌であることから、伊藤博氏の説をふまえ、読人不知時代の下限は「ほとんど撰者時代と同じ辺りまで引き下げられ」るという。「読人不知時代」「六歌仙時代」「撰者時代」という、先掲の三つの時代の順序について、上條氏は、読人不知時代と六歌仙時代という「両時代の時序は、実はあってなきが如きものであったとまた別趣の論を立てることも出来るであろう」として、両時代の順序を入れかえるところの、秋山虔氏説─早くに太田水穂氏が出されていた説─の可能性を再度指摘する。しかし、この時間序列の直線的な捉え方の誤りを指摘したのは、菊地靖彦氏『古今的世界の研究』(2)である。菊地氏は、太田氏が恋歌の読人不知歌に「六歌仙の快楽主義的の奔放奇警な歌風の反動」を見て読人不知歌の新しさに注目し、時間経過的序列からいったん六歌仙歌群を外しておきながら、直線的にまた並べてしまったことについて、そのまま時期的に並列されてよかったという。そして、読人不知期は、「万葉集末期」から、第三期の撰者の歌の時代までに入りこむものと位置づけ、六歌仙時代を撰者時代の前代にあたる第二期に並立させる。六歌仙時代だけを別系列とするわけである。太田氏が、「新しい」読人不知の歌群の歌は「そのきめのこまやかさと調べの柔軟さと、これは到底万葉調の彙類に入るべきものではない」といわれていたように、読人不知時代は、万葉末期から古今撰者時代まで続くと見て、六歌仙時代は、その時間序列から外し、読人不知時代と並行する一時期とみるものである。

この「新」の方の読人不知的な歌の系譜は、「新たな歌風で捉え直し、さらにそれを自己の詠作の資源としようとする」ための古歌、即ち「古言」と総称される歌として、少なくとも十世紀まで続いていた（鈴木日出男『古代和歌史論』(3)）という。『古今集』では、読人不知歌三十一首に、『万葉集』との類歌が発見され、「万葉の中全巻作者不明の六巻は上代の民謡・歌謡の集であり、古今集の読人しらずの歌の大部分もまたその本流であると考へられる」という安田喜代門氏の説より、地名を変えて伝えられていく歌の様相を、中西進氏「万葉集から古今和歌集へ」(4)が提示している。

註
（1）上條彰次「読み人知らず時代」『一冊の講座　古今和歌集』昭和六十二年三月　有精堂出版
（2）菊地靖彦『古今的世界の研究』昭和五十五年十一月　笠間書院
（3）鈴木日出男『古代和歌史論』平成二年十月　東京大学出版会
（4）中西進「万葉集から古今和歌集へ」前掲註（1）書

三　六歌仙の文学史的位置

六歌仙歌群だけに共通する、共通項ともいえる性質を求めるとすれば、それは、「近代存古風者」（『古今集』真名序）という、「撰者の理念を明かにするため」（菊地氏）に集められた歌人たちであったことである。「近き世」に歌だけをものした人物」であったとも捉えられている。しかし、異質な個性の次に六人をまとめる共通項は求められなくてよい、と先掲論で菊地氏はいう。六歌仙歌群に共通項を求めてきた従来の視点が疑問視されている。

寛平時代に、『新撰万葉集』によって、古今的なものが出来つつあったという菊地靖彦氏（『古今的世界の研究』）は、「『古今集』は、『新撰万葉集』で達成されたものに、さらに業平、小町といった在野的なるものを加え、また、主として読人しらずとされるところの伝統的に蓄積されてきたものの収集を加え」たもので、さらに理論的な省察を経て、一つの構造体としてまとめられたという。『古今集』の中心は四季歌であり、官人文芸の系譜に載るものである。しかし、それだけでは『古今集』は成立しない。恋歌を多く詠む読人不知歌を採りこむ必要があった。その原点にあるのは『万葉集』巻八、巻十、巻十一の歌であって、業平や小町の歌は、補われた「古」の恋歌として位置付けられることになる。

業平や小町が、「古」の恋歌を詠む歌人であるというのは、同書でも、『万葉集』歌との類似歌の分類によって一覧にされている。北住敏夫氏、川口常孝氏、大久保正氏、中西進氏他の、『古今集』と『万葉集』の類縁関係がある歌の調査から選出された一覧である。小町の場合は、四首挙がる。『古今集』113「花のいろは」歌（四季歌）と、552「おもひつつ」歌、554「いとせめて」歌、635「あきのよも」歌（以上三首恋歌）である。小町の歌は、『万葉集』の恋歌と深く関わるところで成立している。用語や発想に類似するものが認められるという指摘である。恋を詠んだという点では、たしかに、『古今集』所載の小町の歌十八首のうち、十三首までが恋部に入る。業平の歌でも、『万葉集』と類縁関係にある三首のうち、二首が恋歌であることを示されている。ちなみに同じ六歌仙歌人でも、遍昭は、その表現技巧から、撰者時代に近い歌風と捉えるのが一般的であって、『古今集』撰集の際に尊重された「古」の恋歌は、業平、小町の歌に負うところが大きい。

『古今集』撰者から見た「六歌仙」という点では、当時の在原業平も僧正遍昭も、宮廷生活から離れたところに「宮廷社会からの疎外者」（小沢正夫「古今集入門」[1]）として居た。業平は、皇位継承から外れた惟喬親王と親交を深くし、遍昭は宮廷を退いた出家後、雲林院の親王と呼ばれた常康親王の庇護を受けていたらしい。文屋康秀は、「受領階級の自己の不遇を訴えた歌」（島田良二「六歌仙時代」）を詠む受領階級であった。僧喜撰は、歌が一首しか残らないが、紀氏一族の祖先（紀仙）として、六歌仙の一として列せられる（高崎正秀『六歌仙前後』[2]）。大伴黒主は、近江滋賀郡大友郷の大領で、国の歌を奉献したのではないかと推測されている。従って、小町については分からないが、小町以外は在野で和歌を詠んできた人々と言える。六歌仙は、『古今集』選集に際して、伝統を継承する欠くべからざる存在であった。

註

（1）小沢正夫「古今集入門」『国文学　解釈と鑑賞』昭和四十五年二月　至文堂

（2）　高崎正秀『六歌仙前後』昭和十九年五月　青磁社

四　小町の和歌の「近代」性と古代性

先行研究は、小町の歌に「新」「古」入り混じった多様性を指摘し、独自の個性を形成していると説く。小町の歌の「近代」性とは、小町の歌が、『古今集』撰者時代の和歌的特質をもつという意味である。古代に培われた和歌の伝統が、漢詩文興隆時期を経て、理知的、観念的、優雅繊細で技巧的な歌風を形作るのが、撰者時代である。小町の歌の「近代」性とは、小町の歌が、その新しい時代の歌の傾向を持っている、或いは、持っているのかという意味である。

『古今集』に於ける小町の歌の中に、次のような掛詞を駆使した技巧の勝る歌があるのは多く指摘される。

花の色はうつりにけりないたづらにわが身世にふるながめせしまに　（『古今集』一一三）

見るめなきわが身をうらとしらねばやかれなであまのあしたゆくくる　（同　六二三）

「花の色は」歌には、「ふる」（降る、経る）、「ながめ」（長雨、眺め）が、巧みに人事と自然を重層させていて、しかも、恋情が主張しすぎず、恋部ではなく四季の部立に置かれるように、撰者の歌の理念に適ったかに見える歌である。「みるめなき」歌も、「みるめ」（見る目、海松藻）、「うら」（憂、浦）の掛詞によって、「あま」に男性を喩える歌となっている。『古今集』に見える小町の歌は、その他にも、782「わがみしぐれにふる」、822「あきかぜにあふたのみ」、938「みをうきくさの」、727「うらみんとのみひとのいふ」と、単純な掛詞ながら、詞の興趣に関心が向けられ、人事と自然とが知的に結びつけられた歌が大半である。業平の歌で説かれているところであるが、鈴木日出男氏『古代和歌史論』[1]の、「自然風物の美を享受する時代の風俗につらなる一面をもちながら、しかも、それに没しきらぬ自己を含むところに、この時代の表現の特徴がみられるのである。」という、そういう撰者時代の歌風につながってゆく「近代」性が、小町の歌にもある。
さらに、それらの歌の「新しさ」は、題詠歌の趣を呈していることである。六歌仙の時代に、屏風歌や題詠歌が詠まれていたことは指摘されている。「読み人しらず」の歌に、『万葉集』の後の古い歌のみではなく、「新しい方、六歌仙時代とかなり重なりあう可能性も充分存する」ということを早くに注意されていた片桐洋一氏「よみ人しらず時代」(2)は、大和絵屏風のための歌、作中人物の立場に立って詠まれた歌が、六歌仙時代に既に行われていたことを指摘する。海に関係する「みるめなき」歌は屏風歌であるようにも見える歌であり、他にも海に関わる歌があるのも、屏風歌であることを否定できず、屏風歌でなかったとしても、少なくとも、実景ではなく創り出された景に発想を得ているような歌である。屏風歌については、藤岡忠美氏に、次のような、本質をふまえた上での論がある。

「画中の人物の心になって詠むこと」「この説がすべての屏風歌に通用するかどうかは賛否両論に分かれることも周知の通りである。屏風歌と普通の詠歌との間に、発想・表現の上でほとんど見分けのつかない同質性のあることも指摘されている。両者はむしろ題詠の名によって括られるべきだとする見解もある。また画中人物の立場から詠まれるといってもすべてがそう考えられるわけでもないから、やはり屏風歌の固有の方法とはいえないのではないかとする反論もある。（藤岡忠美『平安朝和歌　読解と試論』(3)）

屏風歌は、「屏風絵を説明する補完の役割」にとどまらず、「個別の視点による観察から生まれる」柔軟な意味付けが課されるという。歌の詠作の場では、いかに興味深く詠みこなすかが問われるので、「見たての技法」が駆使される。六歌仙歌人である業平の歌の中には、明らかな屏風歌があり、『古今集』に載る。例えば、

ちはやぶる神世もきかず竜田川唐紅に水くくるとは　（『古今集』二九四）

である。これが、屏風歌だと分かるのは、「二条の后の春宮のみやす所と申しける時に、御屏風にたつた河にもみぢながれたるかたをかけりけるを題にてよめる」という詞書が付されているからである。しかし、『古今集』に

入る小町の歌には、屏風歌や題詠であることを記す詞書は一切ない。屏風歌や題詠歌であろうというのは、あくまで可能性であり、それらの要素が認められるという意味である。

小町の歌に、屏風歌の可能性が指摘されることで、小町の歌の見方はどう変わるか。まず、真作問題の再検討の契機となる。第一章で取り上げた従来の論議の制約が解かれる。第二に、小町の歌から、興趣を重視する意図が窺える場合、その一因を、当初から聞き手を意識して詠まれたものであることに帰すことになる。小町の歌で、「みるめ」という詞に「見る目」と「海松藻」を懸ける掛詞や、海人を男性に見たてるという「見たての技法」は、先行する時代に類型的な表現を見ることは出来ず、その点では、詞への興趣を重視する、新しい時代の歌のあり方を実践したと言える。

小町の歌の新しさをいうのに、漢詩文の影響を受けているという見解もあげられる。前田善子氏『小野小町』[4]の、「花の色は」歌に対する「この歌は「洛陽女児惜顔色行逢落花長嘆息」といふ例の詩句に、何か関係がありさうに思はれる。」という指摘から始まり、山口博氏『閨怨の詩人　小野小町』[5]でも、同歌に『白氏文集』の「上陽白髪人」との関連を説き、「秋の夜も名のみなりけり」の歌も、この閨怨詩の発想によるという。他に、小沢正夫氏『古今集の世界』[6]の「わびぬれば」歌の典拠論に加え、後藤祥子氏「小野小町試論」[7]は、小町の夢の歌の源泉に六朝詩の「『芸文類聚』人部十六　閨情」を提示され、山口氏論には、他の典拠も挙がっている。大塚英子氏「小町の夢・鶯鶯の夢」[8]では、小町の夢の歌と『鶯鶯伝』との関係が指摘される。藤原克己氏「小野小町の歌のことば」[9]は、「熾火のゐて身をやくよりもかなしきは」歌に、『遊仙窟』の「相思日に遠し。未だ曾て炭を飲まざれども、腸熱くして焼くるが如し」を想起させるという。小町の歌の発想には、たしかに、指摘されるような点が見られる。『鶯鶯伝』も、崔氏からの返信に、夢での逢瀬ははかなく途絶えるとある箇所や、崔氏の、「万転千廻懶下牀」―床をはなれるのがものうく、寝がえりばかり打つ―（今村与志雄『唐宋伝奇集　上』[10]）という箇所は、小町の夢の歌の発想に似る。「花の色は」歌も、「わびぬれば」歌も、漢詩の発想の影響下にあるという点では、小町の「近代」性に関わる。「勅撰三集の漢詩の世界は地下の水脈となって数十年後に形を変え、和歌の世界に浮かび上がって来ることになる」（大曾根章介「国風暗黒時代の和歌」）といわれる、漢詩の洗練を受けたという意味である。しかし、影響関係は、非常に間接的であると思う。業平の歌に顕現するのとは異なり、小町の歌と屛風歌、小町の歌と巫女性同様に間接的であると考える。小町の歌に、閨怨詩的性格をみる論説は、それが、勅撰詩集に詠まれるような「閨怨詩」であるといわれるなら、小町の歌は、怨みを詠む歌ではない。経世の物思いはあるが、「女の空閨の恨み」の表現を特定する歌はない。恋の歌はあるが、それは、漢詩を待つまでもなく、万葉の時代より存在する恋の表現である。

一方、小町の歌の古代性は、『万葉集』との類縁関係を有する発想であり、表現である。『万葉集』と『古今集』との類縁関係は、右にも述べたように指摘されており、小町の四首についても、先に掲げたが、小町の歌に関しては『万葉集』の正述心緒の系譜にある直叙の歌がそうであり、具体的には、夢の歌群に属する歌が古代性を有するというのが通説である。

思ひつつぬればや人の見えつらむ夢としりせばさめざらましを　（『古今集』五五二）
うたたねに恋しきひとを見てしより夢てふ物は憑みそめてき　（同　五五三）
いとせめてこひしき時はむば玉のよるの衣を返してぞきる　（同　五五四）

こういった歌は、「理知が表現に興趣を求めるという撰者時代の歌風とは明らかに区別されるもので、むしろ感情の直叙というに近いものである」という窪田章一郎氏（「万葉より古今へ―六歌仙の問題―」(11)）をはじめ、多く説かれるところである。

また、これらの歌は、夢に対する民俗信仰の名残であるとする論説もあり、呪術行為が窺えるといわれてきた。

近年にも「小町の「夢」の歌は輪郭のはっきりした個性的なものを表現しているが、にもかかわらず「夢」の歌を多く詠んだ点に巫女的発想をよみとりたいところである」とする長谷川政春氏「巫女から女房へ―額田王と小野小町と―」[12]の論考もある。小町に、古代の女房的性格、巫女的性格をみようとする見解も、小町の歌の「古」の部分を説くことになる。

柳田国男が「妹の力」[13]で、「遠い昔から女には色々の禁忌があったこと」「祭祀祈禱の宗教上の行為は、もと肝要なる部分が悉く婦人の管轄であったこと」を説いた。折口信夫は、「小野小町」[14]で、古代の女房の宗教的な交際を見、平安朝の女房歌の初めに小町の歌を位置付ける。女の歌に二種類あり、一はかけあいの歌であり、一は、「誓ひ」（うけひ）の歌であり、祭文の断片を唱える誓ひの歌は、独白の形式をとるという。しかし、折口は、小町の歌に古代の女歌の「本道のまじつくの歌が一歩抒情詩に変わった」という新しさを見ている。高崎正秀氏「巫女文学から女房文学へ」[15]は、「一連の夢歌は、心理解剖にまで立ち入ろうという抒情詩になっていながら最後は、いとせめて恋しきときはぬば玉の夜の衣をかへしてぞ着る「万葉集」以来、袖を返して寝れば思う人を夢に見るという俗信があった、そんな呪術の歌になっている」といい、女房歌が「呪術的な意義を棄て長い伝統の呪縛―巫女的性格―から脱して本格的な芸術的指向を示しはじめる」のは、院政時代なのだという。小町の和歌に詠まれる「夜の衣を返」すことが、呪術行為であり、巫女的性格に連なるものかどうか、小町の歌からだけでは見えてはこない。しかし、資質としては、認められるものである。「非個性的なまさに「文学史」の問題である特質を再確認しようと考える」（長谷川政春）という民俗学的研究が指摘する、小町の「町」なる語意や、禊の神女に関係するであろう「衣通姫」の流という記述、及び、采女が詠んだ「浅香山」歌を采女の歌の例に挙げる『古今集』序の記録、そして、「かいまみ」或いは、「女房歌の伝統であるぷらいど」といった要素からは、やはり、小町は、古代につながる、何らかの職掌を負う女性だったと考えられる。その生活は、しかし、和歌には直接反映してはいない。現代人の眼では、和歌からは見えない。

折口信夫は、『万葉集』の額田王の歌

君まつと　わがこひをれば、わが宿の簾うごかし、秋の風ふく

（『万葉集』巻四　四八八）

に、独白の「誓ひ」の性格を見ていた。中西進氏『万葉史の研究』[16]は、近江朝の後宮の内廷という生活圏で、祭祀の職掌を持った女性として額田王を位置付ける。「詞の嫗」として内廷の女の一人となった額田王には、「詞という宮廷儀礼から「私」への移行」がなされる時、「神から人への孤独の道程を」歩み始めることになり、高邁な詩心が「情けなく雲の隠さふべしや」（1　一七）「雲だにも情けあらなも隠さふべしや」（1　一八）と詠うのだという。額田王の「高邁なる詩心」は、額田王から小町へとは受け継がれてはゆかない部分であろう。小町の歌は、巧みな詞で、我が身と自然とを融合させる。それは、披講を意識した歌が有する性質を持つが、額田王の歌のような公的でかつ雄大な調をもたない。それは、我が身に関わる、我が身への関心を最優先する歌だからである。中西氏同論で指摘される、「高雅、知的教養、ダンディズム」「高貴、優美、王朝風」といった歌を詠んだ、万葉後期の郎女群といわれる女性たちの系譜に、小町の歌もまたある。郎女群の歌に見られるという「仮構の恋歌」も、小町の歌の可能性としてある。『古今集』に載る小町の歌は、広義には宮廷風の歌である。詞の興趣を楽しみ、聴く人の存在するであろう歌である。しかし、同論で指摘される、数多の「愛恋の中に自己をいとおしみつづけ」る女の恋歌、それは、「褻」の歌として位置づけられているが、そういった女の恋歌に、小町の歌はつながっていく。指摘される「追憶」という抒情のあり方や、折口論とはまた異なる、独白を特色とする遊行女婦的な要素も、小町の歌に継承されている。

『古今集』の中で見れば、業平や小町の歌が、補われた「古」の恋歌として位置付けられていることは、先に述べた。『古今集』序では、「為婦人之右難進大夫之前」（真名序）という、世間の状況の中で、「艶」なる歌を詠んで

いたのが小町であり、小町は女の「つよから」ぬ性格を有するという。

『古今集』序で、

をののこまちはいにしへのそとほりひめの流なり、あはれなるやうにてつよからず、いはばよきをうなのなやめる所あるににたり、つよからぬはをうなのうたなればなるべし

（『古今集』仮名序）

小野小町之歌古衣通姫之流也然艶而無気力如病婦之着花粉

（同　真名序）

とする小町評は、「作品技巧のプロパーのこととしてのみないのである」（佐山済「平安朝歌人の生活と思想―六歌仙時代を中心に―」[17]）というように、作品のみならず小町という人物の情報も示すものであろう。『白氏文集』「春娃無気力」等より、「春の美女の嫋嫋とした様」（山口博『閨怨の詩人　小野小町』）が、「無気力」であるという。貫之の小町評では、その、「美しき女」が説かれており、「女性歌人の系譜に美人という筋を通した」とする徳原茂実氏の「古今集の女歌―美人伝説の意味―」[18]論もある。衣通姫は、また、「待つ女の典型」（片桐洋一[19]）と解釈されている。その衣通姫伝承と小町とが結びつけられて、小町の歌が「今ではすっかり離れてしまった男をひたすらに待つ、あわれな弱い女の歌」と捉えられたという見方もある。或いは、何か祭祀に関わる出自や職掌が、小町という人物を掲げる際に想起されていたかもしれない。

小町の歌は、また、謡われる和歌として考えられていたという。秋山虔氏「小野小町的なるもの[20]」では、『孫姫式』の序文に、「衣通姫の歌が、楽器にあわせ謡いものとして伝誦されて」存していたと記されていることから、「衣通姫の流」という小町の歌も、同様に謡われ伝えられていた歌であったとされる。従って、「衣通姫」が意味するところは、史実で伝えられてきた人物像としての「待つ女の典型」であるほかに、「謡われるもの」に関連する存在であったことになる。私的な宴席で、しばしば繰り返され朗詠されていたのであろうか、『新撰朗詠集』には、『後撰集』にも載る小町の歌が、遊女の身になって詠った歌として掲げられている。定めなき女性の哀感を詠んだ

小町の歌が、小町の歌は、「あはれ」で「艶」なる歌であるという評価につながっていくのだろう。

小町の「つよからぬ」（「無気力」）が何を意味するか。「無気力」が、嫋嫋とした美しき姿を言うことは指摘されていたが、真名序では、「小野小町之歌」即ち、小町の歌のことであると明記している。菊地靖彦氏は、「事理がはっきりしないこと…理を強くもった『古今集』的表現を指向する貫之の、それは小町に対する批判であろう」（『古今的世界の研究』）という。「ことばが造り出す世界を知りながら、しかも結局は自分自身を詠嘆することから離れられない、そういう女性特有の狭さがある」という。そして、「女の歌」とはやはり漢詩文の影響を直接には受けない歌群であろう」とする。「我が身」について、久保木寿子氏「小町[21]」は、「寄物という枠の中で最大限「我が身」を追究する」のであり、「我が身」の詠嘆は対象化されることがないという。菊地氏云「女性特有の狭さ」に通じるところであろう。

鈴木日出男氏「女歌の本性[22]」によれば、万葉から古今にかけて「待つ女の恋」の類型表現には、万葉後期の相聞歌が、「たがいに相手をうちまかそうとする大げさな言い合い」、「歌の表現に、女歌固有の切り返し、反発の発想」を備えていたのに対し、そういう、「贈答歌における切り返しの発想が、相手のみならず自己に対しても否定的であろうとする発想に転ずるところに生ずる、きわめて内省的な表現」が見られるというが、小町の歌の「つよからぬ」性質もまた、女歌の伝統的な反発切り返しの発想が、女性が置かれた境遇による或る種の制約ゆえに、自己に向かった結果の、沈潜し「つよからぬ」調となったものなのであろう。青木生子氏「女歌の意味するもの[23]」は、「「待つ恋」こそ女歌にかかわる重要な本性の一つというべきものである」という。額田王も、大伴坂上郎女も、「思いきり魅惑的な女歌たらしめようとして」「仮構したナルシズムの世界」を作っているという。「怨恨、哀訴の媚態の入り混じった女歌の技法」が、存分に発揮されていることを指摘する。小町の歌もまた、その女歌の系譜にあるという。そして、折口信夫云「女歌」即ち、「女歌の始源とみる歌垣の掛合いの実用的な、文学ではなかったという古代の恋の歌」が、小町の歌に続いていく。『古今集』真名序が「病婦」のようだといい、仮名序が「つよからぬはをうなの歌なればなるべし」という、その、女としての「弱さ」は、古代に創り出されたものの継承であるという見解である。

青木氏は、「待つ恋」は仮構の演技としてある、という。それは、脈々と受け継がれてきた女歌の伝統であり、小町の歌が、例えば夢の歌にみる『古今集』に於ける配列から、男性の立場に立って詠んだと考えざるを得ないといったような虚構論とは、似て非なるものである。第一章の先行研究で取り上げた、小町は、貴顕の求めに応じる専門歌人であり、時には男性の立場になって虚構的世界を詠っていたという「虚構論」とは異なる。歌の発想にみる内的特性を説く論と、詠歌の契機の場を指摘した論との違いである。掛詞を用い、見たてを駆使する歌に、なお漂う悲哀は、後者の「虚構論」からは出て来ない。歌の世界に遊ぶ人々と小町を画するのは、小町がやはり女性の歌を詠んでいたということにある。藤本一恵氏「古今集仮名序「女の歌」をめぐって」(24)に、歌合における「女の歌」の考察があり、「女の歌」という判詞は、『俊頼朝臣女子達歌合』（長治二年　一一〇五年）が最初で、鎌倉初期に「女歌」と「弱し」が関連付けられるという。『古今集』小町評は、女歌の弱きこと即ち「艶」として享受されていく。『古今集』序では、「つよからぬ」姿態、「病婦」のような気力勢いのない姿に、「艶」（あはれ）という一つの美が認められていたのである。

註

（1）鈴木日出男『古代和歌史論』平成二年十月　東京大学出版会
（2）片桐洋一「よみ人しらず時代」『国文学　解釈と鑑賞』昭和四十五年二月　至文堂
（3）藤岡忠美『平安朝和歌　読解と試論』平成十五年六月　風間書房

(4) 前田善子『小野小町』昭和十八年六月　三省堂
(5) 山口博『閨怨の詩人　小野小町』昭和五十四年十月　三省堂
(6) 小沢正夫『古今集の世界』昭和六十年五月第二版　塙書房
(7) 後藤祥子「小野小町試論」『日本女子大紀要・文学部』27　昭和五十三年三月
(8) 大塚英子「小町の夢・鶯鶯の夢」『和漢比較文学叢書　11　古今集と漢文学』平成二年九月　汲古書院
(9) 藤原克己「小野小町の歌のことば」『古今集とその前後』平成六年十月　風間書房
(10) 今村与志雄『唐宋伝奇集　上』昭和六十三年七月　岩波書店
(11) 窪田章一郎「万葉より古今へ―六歌仙の問題―」『日本文学』5-1　昭和三十一年一月　日本文学協会
(12) 長谷川政春「巫女から女房へ―額田王と小野小町と―」『日本民俗研究大系　第9巻　文学と民俗学』平成元年三月　國學院大學
(13) 柳田国男「妹の力」『定本柳田国男全集　第9巻』昭和三十七年三月　筑摩書房
(14) 折口信夫「小野小町」『折口信夫日本文学史ノート　Ⅰ』昭和三十二年十月　中央公論社
(15) 高崎正秀「巫女文学から女房文学へ」『日本古典鑑賞講座　第九巻　枕草子』昭和三十七年五月第四版　角川書店
(16) 中西進『万葉史の研究　上』『同　下』平成八年三月　講談社
(17) 佐山済「平安朝歌人の生活と思想―六歌仙時代を中心に―」『国文学』昭和四十年一月　学燈社
(18) 徳原茂実「古今集の女歌―美人伝説の意味―」『国文学』平成十六年十二月　学燈社
(19) 片桐洋一「待つ女の典型」『国文学』昭和五十年十二月　学燈社
(20) 秋山虔「小野小町的なるもの」『王朝女流文学の形成』昭和四十二年三月　塙書房
(21) 久保木寿子「小町」『一冊の講座　古今和歌集』昭和六十二年三月　有精堂出版
(22) 鈴木日出男「女歌の本性」前掲註(1)書
(23) 青木生子「女歌の意味するもの」『文学・語学』155　平成九年五月　全国大学国語国文学会
(24) 藤本一恵「古今集仮名序「女の歌」をめぐって」『平安文学論集』平成二年五月　風間書房

第三節　「小町集」の研究史

一　「小町集」の伝本

(1)　諸本の考察

江戸時代初期、「小町集」は、版行された『歌仙家集』の一冊として流布する。その後、『群書類従』に収められ、明治期以降の文学研究が、群書類従本で始まるのは、第一節で述べたとおりである。その、一一六首から成る群書類従本「小町集」に対して、異本を紹介したのが、前田善子氏「異本小町家集について—神宮文庫所蔵異本三十六人家集・及び架蔵異本三十六人家集Ⅰ・Ⅱ中の小町集について—」(1)であった。これは、後に、久曾神昇氏「西本願寺本三十六人集の成立」(2)、『西本願寺本三十六人集精成』(3)によって、『西本願寺本　三十六人集』の散逸した「小町集」の系統の本であることが示される、いわゆる、六十九首本という、全く形態の異なる「小町集」の紹介であった。続いて、石橋敏男氏「小町集成立論」(4)、片桐洋一氏「小野小町集考」(5)が出されるが、伝本に関しては、前田氏の研究が踏襲されている。本の呼称も統一されてはいない。

昭和四十年代に入り、まず、『私家集伝本書目』(6)で、「小町集」の伝本一覧が、所蔵所とともに明記し提示される。続いて、島田良二氏『平安前期私家集の研究』(7)が、『三十六人集』の研究の一環として、「小町集」の伝本を具体的に取り上げる。そして、本文校訂が、片桐洋一氏によってなされ、『私家集大成』(8)、『新編国歌大観　第三巻　私家集編Ⅰ』(9)に至り、流布本系の整定された本文と、異本系の一冊の翻刻が提示される。研究者各々に、伝本研究はなされていたであろうが、『私家集伝本書目』で掲げられた伝本に関して、その内容を公表されたようなものはなかった。はやく、前田善子氏『小野小町』が、少なからぬ伝本を紹介していたが、それに触れられることもなかった。橋本不美男氏『宮内庁書陵部蔵　御所本三十六人集[10]』、小松茂美氏『古筆学大成　17巻[11]』、藤田洋治氏「歌仙家集・正保版の一性格―その二　遍昭・小町・敏行・友則・小大君の家集を中心に―[12]」、島田良二氏・千艘秋男氏『御所本三十六人集　本文・索引・研究[13]』で取り上げられる、それらの「小町集」の伝本は、系統分類を目的とした展開のなか部分的に紹介されるものであった。具体的な伝本の提示は、杉谷寿郎氏『平安私家集研究[14]』まで待つことになる。

伝本調査は、個人蔵であるものや、そうでなくても閲覧謝絶という場合もあり、本書の調査は、全てを網羅したとは言えないが、特に重視されるべきであると再認識した本も出てきた。「静嘉堂文庫蔵　小町集　附　被入撰集漏家集（一〇五・三）」は、従来の系統分類には載らなかった本である。また、近年「冷泉家時雨亭文庫蔵　小野小町集　唐草装飾本」も公開された。冷泉家蔵書は公開途中で、「小町集」に関しては、未だ刊行の予定されている本がある。従って、「小町集」伝本の系統分類も、第一類、第二類、第三類と、継ぎ足し並べていくという形をとっているのが先行研究であり、そうせざるを得ないのが現状である。全体が把握できない中で、現時点での研究成果が表せればと考えている。杉谷寿郎氏の研究の後を追うが、その後を追おうとするとき、伝本の呼称は所蔵所に関連するゆえに、所蔵者の転移とともに呼称も変化し、『私家集伝本書目』掲載の本の中には、所在不明の本もある。多くは、国文学研究資料館にマイクロフィルムとして収められているが、重出して捉えている本があるかもしれない。そこで、各研究書毎に取り上げられている伝本を一覧表にし、調査したものと併せ、現状把握を試みることから始めた。

る。

（2）本文批判と翻刻

「小町集」のテキストは、本文が整定され翻刻されて、今日では活字で簡単に読める。例えば、『新編国歌大観　第三巻　私家集編　Ⅰ』所収の「小町集」である。これは、直接的には写本を底本にされているが、伝本の分類で言えば、いわゆる流布本系統で、江戸時代初期に版本として印刷された系統である。また、『私家集大成　中古Ⅰ　私家集』には、この流布本系統の一冊及び、形態の異なる異本一冊との併せて二種類の「小町集」が翻刻されている。

江戸時代初期に印刷された本とは、正保四年（一六四七）に版行された『歌仙家集』のうちの「小町集」―以下歌仙本とも記す―である。どのくらいの数が刷られたのかは分からないが、その後、江戸末期の『群書類従』[15]所収の「小町集」―以下類従本とも記す―と併せて、広く流布したはずである。

明治年間には、歌仙本「小町集」が活字化されており[16]、大正、昭和初期にも「小町集」が活字化されているのであるが、底本はそれぞれに類従本や歌仙本を組み合わせて用いていた。例えば『校註和歌叢書　第五冊』所収「小町集」[17]は、「流布本をもととして之を諸本につきて校正せしものなり」とするし、『校註国歌大系　第十二巻　三十六人集　六女集』[18]もまた「三十六人集は流布本により万葉集、二十一代集、群書類従本を参考しましたが、特に尾上博士所蔵従四位上賀茂県主太氏の弘化四年（正保四年八月刊本となったもの）を以て厳密に校合しました。」とし、底本を一と定めずに適宜組み合わせて本文を制定したテキストであった。その後の、『校訂校註日本文学大系　第十二巻　三十六人集　六女集（下）』所収「小町集」[19]付加部分十六首を載せない類従本が存在する旨の、不可解な記述があるが、現存する『群書類従』は一種類である。歌仙本、類従本を参照する本文のようであり、一一五首所載の歌仙本のことを指すのかもしれない。『日本古典全書　和泉式部集　小野小町集』[20]は、類従本を底本にしているという。

江戸時代刊行の群書類従本「第二百七十二　小町集」には、「右小町集以流布印本校合」とあり、同じく版本とはいっても、正保版の歌仙本がそのまま『群書類従』に採録されているというわけではない。両者の本文異同は少なからずあり、何よりも、歌仙本にない一首が群書類従本には存する。

類従本には、末尾に「以流布印本校合」という校合の記録が記されているが、それだけでは実態が不明瞭であったためか、『私家集大成　中古Ⅰ　私家集』で「小町集」のテキストとして選ばれたのは、『歌仙家集』本である。しかし、同解説でも指摘されているように、歌仙本には、類従本と比べて第四十二歌の

いつはとは時はわかねども秋のよぞ物おもふことのかぎりなりける　（42）

が一首欠けている。従って、「いつはとは」歌を有するテキストが採用されることになり、それが、『新編国歌大観第三巻　私家集編　Ⅰ』所収の「小町集」である。底本に、「陽明文庫蔵十冊本三十六人集（函架番号七七三）」を用い校訂されている。「いつはとは」歌を有する一一六首本の採用であり、本書でも、特にことわらない時は、歌番号と本文の引用には『新編国歌大観』本を用いる。類従本も、一一六首で同歌数であるが、成立事情に関して一一六首本相互の関係は明らかでない。この陽明文庫本は「いつはとは」歌を持つ「小町集」の中で、校訂者によって善本として選ばれたものである。

右のように、流布本は、歌数一一六首（一一五首）を収録する。一方、それとは形態を異にする本として早くから知られていたのが、六十九首形態の異本であった。昭和二十一年前田善子氏によって紹介された「神宮文庫蔵小野小町集」が、その系統の一冊で、『私家集大成　中古Ⅰ　私家集』に翻刻されている。

以上のように、「小町集」のテキストとしては、一一六首（一一五首）及び六十九首の本が早くから知られていたが、その他未だ翻刻されていないもののテキストの考察に関し注目される本は、現在二種ある。一は、歌数が四十五首と最も少なく配列形態が大きく異なる冷泉家時雨亭文庫所蔵の「小野小町集　唐草装飾本」〈A〉、及び、勅

撰集から家集に漏れた歌を付加する静嘉堂文庫所蔵の「小町集（函架番号一〇五・三三）」九十一首〈B〉が、それぞれ特異な伝本であるが、これらは、影印本として次の書籍等に収録され、目にすることは出来る。

A　『冷泉家時雨亭叢書　第20巻　平安私家集　七』[21]

B　『マイクロフィルム　静嘉堂文庫新収古典籍　32　小町集　附被入撰集漏家集』[22]

『冷泉家時雨亭叢書』については、未だ刊行途中で、その中に平成十八年刊行予定とされていた「承空本　小野小町集」があるという。また、今回の調査では閲覧が謝絶されたノートルダム清心女子大学（函架番号一九〇）の黒川本も、今後のテキストの考察に影響を与えるであろうと思われる。

（3）　系統分類

「小町集」の伝本の系統分類については、石橋敏男氏「小町集成立論」、久曾神昇氏『西本願寺本三十六人集精成』、島田良二氏『平安前期私家集の研究』「小野小町集」、島田良二氏・千艘秋男氏『御所本三十六人集　本文・索引・研究』「小町集　解説」、橋本不美男氏『御所本三十六人集』解説、片桐洋一氏『私家集大成』「小町集　解説」、同氏『新編国歌大観　第三巻　私家集編　I』「小町集　解題」、藤田洋治氏「歌仙家集・正保版の性格―その二　遍昭・小町・敏行・友則・小大君の家集を中心に―」、杉谷寿郎氏『平安私家集研究』「小町集」で取り上げている。

片桐洋一氏解題『新編国歌大観』「小町集」（昭和六十年）では、次の三系統に分け、同氏の後の著作『小野小町追跡―「小町集」による小町説話の研究―』（平成五年改訂新版）では、（一）、（二）としている。

（一）　正保版歌仙家集本系統

（二）　神宮文庫本系統

（三）　冷泉家本系統

また、杉谷寿郎氏は、『平安私家集研究』所収「小町集」（平成十年）で、「藤田洋治氏によると」として次の系統分類を提示する。

（一）　歌仙家集本系統
（a）　書陵部（五一〇・一二）甲本　　一二五首
（b）　書陵部（五〇六・八）　乙本系　　一一六首
（c）　正保版本系　　一一五首
（二）　神宮文庫本系統　　六九首
（三）　冷泉家本系統　　不明

第三類の「冷泉家本系統」は、右に記される通り、平成十年当時は「不明」だったが、『時雨亭叢書』の公開によって、「小野小町集　唐草装飾本」（『冷泉家時雨亭叢書　第20巻　平安私家集　七』平成十一年）が刊行され、「冷泉家本系統」の一本は、四十五首であることが明らかになった。その後の著作、島田良二氏・千艘秋男氏『御所本三十六人集　本文・索引・研究』（平成十二年）で、第三類本を四十五首とするのは、その本である。同著では、次のように整理されている。

第一類本
（イ）　系統（歌仙家集系統）　　一一六首
（ロ）　系統（資経本系統）　　一二五首
第二類本（西本願寺本系統）　　六九首
第三類本　　四五首

片桐氏のもの、藤田氏・杉谷氏のもの、島田氏のものの三種類を呈示したわけであるが、全て第一類本、第二類本、第三類本という三系統で分類することに異存はないようである。杉谷氏が、四十種類の伝本を提示され、本書でも調査に及ぶ範囲で後を追ったが、「小町集」の系統分類は、まず、第一類本、第二類本、第三類本といった三系統の相互関係が明らかになっていないという問題を抱え持っている。第二類本が第一類本とどこかで接触していることは、一一二五首本の奥書から知られるが、第二類本を第一類本系統の中に収めてしまうことも、分類が緩やかになり過ぎるので、暫時第一類本と第二類本として並列させているというのが現状であろう。そして、第三類本も並立させるのであるが、第三類本の並列は第一類と第二類のそれと同じ関係かといえば、第三類本は、第二類本ほどには第一類本に近くはない。従来の分類に入らないものを第三類としている。

系統分類の理想型というのは、例えば、今新たな伝本が一冊出現したとして、その時に、客観的な観点でそれを系統のいずれかに収められるような基準を有していることである。新たな伝本はこれからも出現するであろうし、実際、調査伝本の中に、上の系統表には収まらない歌数の伝本があった。静嘉堂文庫蔵の一本（函架番号一〇五・三）であるが、歌数のみならず形態も異なる。特に、根幹部分が問題で詳細は後述するが、右の系統のある本の、何首かが脱落したとか、増補歌が付加されたとか言えるような本ではない。

本書では、系統分類の改案を提示したが、その観点のいま一つは、呼称である。たとえば、島田氏が第一類本に置かれる「資経本系統」という呼称は、「小町集」に関して適切かどうか、検討する余地はあると考える。「御所本甲本」の祖本は「資経本」であるからという判断であろう。「小町集」の奥書には、「資経」という記載がある。のみならず、冷泉家時雨亭文庫の中に「資経本　私家集」というまとまった伝本の存在が明らかになったからであろう。しかし、一連の『冷泉家時雨亭叢書　資経本私家集』としてこれまでに公開された、或いは公開予定の書物の中に「小町集」は入っていない。「資経本」は、藤本孝一氏によれば、『千穎集』の場合、「資経本は定家本と同祖本であるが、定家本より数回の書写によって字体の曖昧になった親本が用いられている」（「藤原資経本『千穎集』の書誌的研究―伝本を中心として―」[23]）という。しかし、「小町集」には、穂久邇文庫蔵の定家本『千穎集』のような対比すべき本もまた、ないのである。「歌仙家集」や、伝本の複数存在する「西本願寺本」及び「神宮文庫本」を、そのままで系統分類に冠する用語として用いることについても同様である。

（4）『三十六人集』からの分類

「小町集」は、その多くが『三十六人集』という集成の一冊として伝わる。私家集の研究に『三十六人集』の本文系統を以て取り組む研究もなされていて、先行研究は多い。同じ『三十六人集』に属する他の私家集が、どのような性格をもっているのか、調査伝本の各々についての興味深い問題であるが、本書では今論じる用意がない。「小町集」の伝本の性格に関する問題は、その『三十六人集』からいったん外して考える必要がある。加えて、「小町集」に関してはあまり有益な方法ではないという思いもある。

まず、『三十六人集』は、成立当時の姿をそのまま留めているとは限らないという限界がある。伝来過程での変改のみならず、欠本等が、他の種類の『三十六人集』で補われた「混成本」なる『三十六人集』の存在は、指摘されところである。もっとも、現存する『三十六人集』のうちで、成立当時の姿をとどめている『三十六人集』があり、それは『西本願寺本三十六人集』である。また、後世の版本も、印刷という固定した本文ゆえに集成としての純粋性は保たれている。従って、『三十六人集』の系統を分類するのに、「西本願寺本系」と「歌仙家集本系」というような分類の仕方がなされ、ある本は西本願寺本系であるとか、ある本は歌仙家集本であるとか、或いはまた、その混成本であるといった分類がなされる。しかし、次の問題として、「小町集」の場合は、西本願寺本の原本が散佚してしまっており、それの転写本の系統にあると言われる本は、推測指摘されているものの、明らかではない。

「小町集」の成立の問題は、本体の姿が見えないまま進められることになる。

島田良二氏の研究に「陽明文庫本三十六人集（二一二・二）」本文の研究[24]があり、同集成所収の全歌人の家集を網羅し研究されている。いわゆる「混成」の実態を見ようとするものであろう。同氏による他の著作でも、「陽明文庫蔵三十六人集（二一二・二）」でも「小町集」は「正保版本系」と分類されている。しかし、「西本願寺本系」と「歌仙家集本系」というような分類の仕方では、どこまで行っても、「小町集」は、「正保版本系」と分類されることになり、「小町集」諸本の実態は見えてこない。それは、散佚本の『西本願寺本三十六人集』所収「小町集」以外の「小町集」は、全て「正保版本系」とする分類だからである。前者の論文中の「内閣文庫本（二〇一・二三四）」は、調査した本の中にないが、同論中「小町集」の特徴として示されている正保版本との比較による特徴は、むしろ、一一五首本と一一六首本との性格の違いから生じてくる特徴として捉えられよう。

（5）　流布本系統と異本系統

したがって、「小町集」の考察は、『三十六人集』の研究から入れないので、「小町集」を『三十六人集』の集成から、いったん外す。そして、「小町集」を見たとき、現象として本文の形態は、流布本系統と異本系統とに分かれることになる。従来、異本系統とは六十九首本、即ち散佚した『西本願寺本三十六人集』（散佚本）のことであるとして先行研究がなされてきた。他の異本が知られていなかったからである。異本系「小町集」の成立とは即ち『西本願寺本三十六人集』の成立のことであり、『西本願寺本三十六人集』については、久曾神昇氏『西本願寺本三十六人集精成』[25]を始めとした精緻な研究があるので、それ以上に問われることはなかった。しかし、他の異本である「時雨亭文庫蔵本（唐草装飾本）」が出現すると、「異本」「流布本」という呼称は控えられ、成立の問題を見据えた伝本の相互関係は複雑になり、かつ一層不明瞭になった。既述のように、伝本は、第一類、第二類、第三類と並列されているのが現状である。

そもそも流布本系「小町集」は、非常に大まかには、『古今集』『後撰集』の小町の歌がもとになって、小町らしい歌がどんどん増幅されて成立したのだといえる。そして、最多歌数を有する「御所本甲本」系統から一一五首または一一六首の系統へと、重複歌や他人歌が整理されたのだというのが通説である。先行研究では、この段階の歌数の減少を、「削除」或いは「削除という意識的な改訂」(26)がなされたという。確かに重出歌は整理されたかもしれないが、それら以外に他人詠があるにもかかわらず、特定の歌が削除されているので、その意図になると、説明がつかなくなる。

現象としてそうあることと、形成の問題とを別に考えたい。例えば、「いつはとは」歌は、一一六首本から一首脱落したというべきで、「御所本甲本」から脱落したと言えば誤りになるか。現象としてはそうではないが、形成の問題であれば、可能性がなくはない。「御所本甲本」系統のなかで、現存の「御所本甲本」はどのように位置づけられるのか。「御所本甲本」系統という広義の用語の内容も、その流布本系統の母胎としての内実も、未だ課題である。

流布本系統及び異本系統という大きな枠組みの中で、今はまだ伝本相互の関係の研究がなされ、深められていくのがよいと考える。本書では、親本は流布本系統の母胎ではあるが、それは現存の「御所本甲本」そのものではないという視点で「御所本甲本」を位置づけ、流布本間の相互関係及び異本系統の伝本との関係を考察している。

註

（1）前田善子「異本小町家集について―神宮文庫所蔵異本三十六人家集・及び架蔵異本三十六人家集Ⅰ・Ⅱ中の小町集について―」『国語と国文学』昭和二十一年八月　東京大学国語国文学会

(2) 久曾神昇「西本願寺本三十六人集の成立」『愛知大学文学論叢』昭和三十二年三月
(3) 久曾神昇『西本願寺本三十六人集精成』昭和四十一年三月　昭和五十七年九月新訂版　風間書房
(4) 石橋敏男「小町集成立考」『国語』4-1　昭和三十年八月　東京教育大学国文学会
(5) 片桐洋一「小野小町集考」『国文学　言語と文芸』46　昭和四十一年五月　東京教育大学国文学会
(6) 和歌史研究会編『私家集伝本書目』昭和四十年十月　明治書院
(7) 島田良二『平安前期私家集の研究』昭和四十三年四月　桜楓社
(8) 片桐洋一校注「小町集」「小野小町集」『私家集大成　第一巻　中古Ⅰ　私家集』昭和四十八年十一月　和歌史研究会
(9) 片桐洋一校注「小町集」『新編国歌大観　第三巻　私家集編　Ⅰ』昭和六十年五月　角川書店
(10)『宮内庁書陵部蔵　御所本三十六人集』昭和四十六年一月　新典社
(11) 小松茂美『古筆学大成　17巻』平成三年五月　講談社
(12) 藤田洋治「歌仙家集・正保版の一性格―その二　遍昭・小町・敏行・友則・小大君の家集を中心に―」『東京成徳短期大学紀要』27　平成六年三月
(13) 島田良二・千艘秋男『御所本三十六人集　本文・索引・研究』平成十二年二月　笠間書院
(14) 杉谷寿郎『平安私家集研究』平成十年十月　新典社
(15) 調査版本の群書類従本「小町集」には、書入がないが、活字本「巻第二百七十二　小町集」(『群書類従』明治三十七年三月　経済新聞社　所収本等)には、書入がある。
(16) 中川恭次郎編『歌仙家集　五』明治四十二年八月　歌学書院
(17) 佐佐木信綱・芳賀矢一校注「小町集」『校註和歌叢書　第五冊』大正三年三月　博文館
(18) 長連恒編『校註国歌大系　第十二巻　三十六人集　六女集』昭和五十一年十月復刻版　講談社
(19) 久松潜一・山岸徳平監修「小町集」『校訂校註日本文学大系　第十二巻　三十六人集　六女集(下)』昭和三十年八月　風間書房
(20) 窪田空穂校注『日本古典全書　和泉式部集　小野小町集』昭和三十三年十月　朝日新聞社

(21)『冷泉家時雨亭叢書　第20巻　平安私家集　七』平成十一年十二月　朝日新聞社
(22)『マイクロフィルム　静嘉堂文庫新収古典籍　32　小町集　附被入撰集漏家集』平成十二年十二月　静嘉堂文庫
(23)藤本孝一「藤原資経本『千穎集』の書誌的研究―伝本を中心として―」『古代中世文学論』平成十一年十月　新典社
(24)島田良二「陽明文庫本三十六人集（212・2）の本文について」『明星大学研究紀要（言語文化学科）』6　平成十年三月
(25)久曾神昇『西本願寺本三十六人集精成』昭和五十七年九月　風間書房
(26)杉谷寿郎「小町集」『平安私家集研究』平成十年十月　新典社

二　小町の和歌と「小町集」の和歌

(1)　はじめに

小町の和歌は、口承で伝えられてきたものや、撰集の中に見える数首を除けば、全て「小町集」に入っている。従って、「小町集」の和歌の研究史は、小町の和歌の研究史でもあり、更に、小町の和歌は、『古今集』に入る十八首を中心に考えられてきたので、先行研究という点では、『古今集』の研究史にも該当するものがある。

小町の和歌に対する研究が、まず真作をめぐる論の中で始まったことは、第一節で述べた。『古今集』に見える小町の和歌が、撰者時代に見まがう和歌の技法を用い、詞への関心から趣向を凝らした歌であったこと、また、古代の恋歌につながる側面も備えていたことを指摘する先行研究については、第二節で述べた。前田善子氏『小野小町』、片桐洋一氏「小野小町集考」、藤平春男氏「小野小町」、藤平春男氏「はかなさ」、目崎徳衛氏『在原業平・小野小町』、秋山虔氏「小野小町的なるもの」、後藤祥子氏「小野小町試論」、山口博氏『閨怨の詩人　小野小町』、田中喜美春氏『小町時雨』、藤原克己氏「小野小町の歌のことば」その他、多くの論文で、小町の歌が解かれている。

研究雑誌では数回特集が組まれている。

では、「小町集」についてはどうか。研究対象として取り上げられたのは、片桐洋一氏で、早くから論じられていたが、『小野小町追跡―「小町集」による小町説話の研究―』(1)に、「小町集」の研究が集大成されている。その特徴的な観点は、流布本系「小町集」の和歌を小町説話を通して鑑賞しようというものであった。

(2)　小町説話による読み

片桐洋一氏『小野小町追跡―「小町集」による小町説話の研究―』では、流布本系「小町集」に小町らしい歌が増幅していったことを、その形態の分析を以て示される。すなわち、一一六首の流布本「小町集」を五部に分割する。『古今集』『後撰集』で、小町と記名される歌を中心としたのが、第一部で、最も古い。第二部は、小町の作かどうか判定しかねる歌が入り、六十九首の異本系の「小町集」歌が順序よく並ぶ。第三部は、『古今集』『後撰集』で他作者とされる歌が多く入る。第四部、第五部は、流布本系統の「小町集」伝本に増補であることが明記されている歌群である。

その成立は、流布本系「小町集」も、異本系（六十九首本）「小町集」も、十世紀末から十一世紀初頭の成立であるという。理由の一は、『三十六人集』の他の家集の中に、十一世紀に入ってからの制作と断定される家集がないこと。理由の二は、勅撰集からの採歌をもとにした「小町集」のような家集は、『古今集』『後撰集』からしか採られず、『拾遺集』『拾遺抄』からは採られていないからだという。後に定家らが『新古今集』に「実は小町作にあらざる歌、乃至は小町作とする可能性の非常に薄い歌を小町の作と信じて採歌し」たのは、「小町集」を真作と信じきっていたからで、それほど「小町集」が古いものだと一般に考えられていたからだという。同書では、「元久二年（一二〇五年）にいちおうの完成を見た「新古今集」が古い作品としてひたすらに信じていたことから、その成立を二百年前の西暦一〇〇〇年頃をさかのぼるものと見るのはきわめて自然である。」と記されている。さらに、「小町集」の歌には、「村上朝的雰囲気」の中で作られた歌が多く、「『後撰』から『拾遺』に至る間の和歌表現の流行と「小町集」の表現が深く関わっている」という。

片桐氏は、「小町集」が、「異質なものを末尾に便宜付加しておく」（片桐先掲論）形態をとるという。これは、後述するように、流布本系統以外の「小町集」についても言える指摘である。ただし、「小町が女のもとに通ってくる立場に立って詠んだ題詠とみるべきものであるゆえに、「古今集」の小町真作でありながら、「小町集」では定着する場所を求め得ず、詞書も持たない形で二五番に置かれたり、第二部の、それも終りに近い七一番に置かれたりしているのである」というような、説明になると、「小町集」の編者某人に、それだけの意識的な判断がなされていたと言えないであろう。何よりも、ここで分割されている一一六首の「小町集」は、現代に比較的近いところにある伝本の一冊でしかない。詞書の有無もまた、他本との比較に於いて再考される必要がある。片桐氏による「小町集」内の五分割という指摘は、一一六首本に見える一現象に関する明快な指摘である。

片桐氏前掲書の特徴は、小町伝説を通して「小町集」の和歌を鑑賞するという方法を採ることである。同書では、歌の増幅に関して、「小町の夢の歌」と、「「あま」と「みるめ」の歌」に見る小町的なもの、「小大君集」への「小町集」歌の付加、「異本「小町集」の付加部分」を解釈し、流布本系「小町集」の和歌を、一「男を強く拒む小町像の原型」としての和歌、二「平安女性の恋歌の形」である「不信」の表明、三「中世の『伊勢物語』享受」と小町に於ける好色説話、四「平安時代の貴族女性一般の生き方をまざまざと反映している」「うつろひ」の嘆き、五「秋のけしき」の中に「荒寥たる孤愁」を詠む和歌、六「憂し」の語で詠まれる和歌、七「出離と「ほだし」」の和歌、八「小町説話の原点」としての「花の色は」歌、に分類して説かれている。

同書では、度々、「小町（実在の小町という意味ではない。「小町集」の和歌の作者という意味である。）」「（実在の小町の歌という意味でなくて、説話上の、言い換えればイメージが増幅した）小町の歌」と注記がなされる。文学研究が、小町の真作や史実を「小町集」から無批判に取り出したり、持ち込んだりしていたからである。「小町集」を、小町説話によって形成されてきたものとして詠むという見解は、本書でも、また同じである。「小町集」の和歌は、真作ばかりではなく、他作者の詠と見るべき歌も含むが、小町という作者を想定してそこに在ると考えるからである。

『古今集』に於ける小町の歌に特徴的なのは、夢の歌であり、また、「あま」「みるめ」を詠んだ歌であるが、それらについて、同書では、

「古今集」に存した小町の「夢」の歌六首、それは六首というまとまりにおいて一つの論理構造を持った世界を現出していた。また「あま」をテーマにした「古今集」の小町歌二首も、わずかに二首という限定はあったが一つの共通した傾向は示していた。だが、これに付加された数多くの「夢」の歌や「あま」の歌は、現在の我々が既に知っている小町のイメージと重ねてこそ鑑賞し得るものであって、いわば、既に自立して存在している「古今集」の小町真作の歌と、人々の心の中にある説話上の小町のイメージとによりかかって存在し得ていると言っても過言ではない。そして、その小町は、強い小町ではなく、弱い小町、哀れな小町という言葉で統一されるものだと思う。「小町集」生成の時代、つまり平安時代中期の、特に女性たちのあわれさ、切なさをそのままに反映し具現したものであると思う。

（片桐洋一『小野小町追跡―「小町集」による小町説話の研究―』）

と述べられている。『古今集』では、夢を詠む小町の歌が特徴的であり、「あま」「みるめ」を詠む小町の歌が印象的だったので、類似する歌が「小町集」に入り、歌が増幅した。第二編第二章第四節の静嘉堂文庫本に関する小町の夢の歌の考察でも述べているが、それは、正しいと思う。しかし、「付加された数多くの「夢」の歌や「あま」

の歌は、現在の我々が既に知っている小町のイメージと重ねてこそ鑑賞し得るもの」かどうか、収録の契機に関する論と、「小町集」歌の形象論とは異なる。また、「我々が既に知っている小町のイメージ」が、伝承の中にある驕慢、好色のイメージという意味であるならば、「小町集」に歌が増幅する契機とも、余り関わりがないのではないかと思う。ただし、「平安時代中期の、特に女性たち」の代表を小町とするなら、「小町集」の歌は、そのイメージに於いて鑑賞し得る。しかし、それでは小町独自の「説話的」なあり方を重ねて読む必要はなくなる。片桐氏は、

> このように見て来ると、流布本「小町集」は、異本系「小町集」の末尾のように、既に出来上がった形での小町説話の影響を受けていないにもかかわらず、歌集自体、あるいは一首一首の歌において、小町説話的であると認めざるを得ない。小町の歌であるか否か判定し得ぬ歌、そして明らかに小町の歌ではないと判定できる歌においても、その選択の基準が、まさしく小町説話的なのである。　（同　右）

と結論づけられるが、私は、むしろ流布本「小町集」は、説話化に禁欲的であったという印象を持っている。異本即ち、六十九首本の「小町集」は、末尾に歌物語的な文章を付加させている。それは、片桐氏も指摘されているように、増補部分である。明らかに異質な形態として付加されてあり、それ以前は、他作者の詠歌を取り込まない方針であるかのような結果を示している。流布本には六十九首本にはない詞書が付されるが、詞書は簡素であって、散文化し歌物語化する方向には進んで行かなかった。

（3）作品としての「小町集」

小町の和歌が伝えんとするものについては、第二編第二章で、全歌（流布本「小町集」）の考察を試みた。詠歌の契機を推測することや、「小町集」での位置付け、或いはまた、「小町集」に入ることになった理由等も考えに入れたが、何より目標としたのは、歌が題詠であれ、実作であれ、和歌という言語作品として、何が形象されているか

を把握したいということであった。そして、「小町集」という作品（一一六首本を取り上げるが）が、全体として結果的に何を形象することになったのかを把握できればと考えた。他作者の詠歌を採りこみ、類型的な歌を増幅させ、その結果、「小町集」とは、どのような存在であるのか。

藤平春男氏「はかなさ」(2)は、「小町集」の歌と『古今集』に載る小町の歌の歌風の違いを、次のように説く。ここには、流布本「小町集」の本質が説かれている。

流布本『小町集』からその原型的部分、または異本『小町集』へ、さらにそこから『古今集』の小町歌へ、と遡っていくに従って、恋愛生活に耽溺する小町像は次第に輪郭を朧ろげにし、『古今集』になると、恋歌が多いにはちがいないが、それらは小町の恋愛体験に即したものではなく、自己観照による想念の世界の形象化としての歌に凝縮されてくる。（藤平春男「はかなさ」）

小町の歌には「想念の世界への自己観照の高さ」という質的な特徴があることを指摘しながらも、小町の精神の質を業平や遍昭に共通するものと捉え、「小町の歌にひそむ理知性」を指摘する。それが、『古今集』の撰者によって採択された小町の歌の特性でもあったかもしれぬことは、第一章でも述べた。『古今集』と流布本「小町集」の質的な関係は、藤平氏の指摘されるとおりだと思う。逆に言えば、「理知的」かつ「想念の世界への自己観照の高」い『古今集』所載の小町の歌々に比して、「小町集」は、「恋愛生活に耽溺する小町像」を描くという、質的な差異がある。では、「恋愛生活に耽溺する小町像」とは何か。そこから、本書の、流布本「小町集」の研究は始まる。そして、今後流布本「小町集」や、異本「小町集」、その他の伝本毎の差異が求められていく足がかりになると思う。第二編第二章では、流布本「小町集」の全体像を述べようとした。

（4）「小町集」の享受

ところで、「小町集」が、作品として後代に享受されていく、その例を見ない。「小町集」の名を掲げるのは、僅かな文献のみである。即ち、『和歌童蒙抄』[3]が、

あきかぜのふくたびごとにあなめ〳〵をのとはならじすゝきおひけり　（『和歌童蒙抄』）

歌について、「小野小町集にあり」と言い、十二世紀末の成立である『万葉集時代難事』は、「凡諸家集之歌　互交雑　又其誤惟多。是大旨後人追書集之故歟」としながらも、次の歌を「小町集」に在る歌だと記す。

色フカクカクソメシ袂ノイトヾシクナミダニサヘモコサマサル哉

此歌在小町集　（『万葉集時代難事』[4]）

他には、十四世紀初頭の『夫木和歌抄』が、「小町集」にある歌、或いはそれ以前の歌集からの引用だとして、「家集」という記載とともに小町の歌を載せている。

家集　瞿麦　小野小町

撫子の花はあだなる種なればいさしら川の野べにちりにき　（『夫木和歌抄』三四六二）

同（題不知）　明玉　小野小町

しどけなきねくたれがみを見せじとやはたかくれたるけさのあさがほ　（同　四五七五）

家集　小町

難波江に釣する海士に別れけん人も我がごと袖やぬれけん　（同　一〇六八二）

家集　現存六　小野小町

すまのあまのうらこぐ舟のかぢをたえよるべなき身ぞかなしかりける　（同　一五九〇六）

「小町集」は、『三十六人集』の一として周知の家集であり、小町の歌というものは、それら以外にも存在したであ

ろう。右の「色ふかく」歌、「撫子の」歌は、現存する「小町集」の伝本の中には見えない歌である。『古今和歌六帖』の中にも、現存伝本には見えない、作者を小町とする歌は見えるが、「小町集」或いはまた小町の「家集」という呼称と併せて伝えるのは、右の他に例を見ない。それぞれの歌集が散佚したためなのか、意図的な取捨選択が行われたためなのか、「小町集」として和歌史で論じられた記述が残らない。

では、小町の歌の、和歌史に於ける享受はどうであったのか。その点を論じたのが、第二編第一章である。小町の歌は、歌論の嚆矢であるところの、『古今集』序に於いて先ず評価される。『古今集』仮名序は、「さま」という、時好性備わる和歌の風体を以て、撰者の和歌観を説く。仮名序は、小町に対して「さま」という評語を用いていない。それは、何を意味するのか。「さま」を通して、『古今集』序の六歌仙評を考察した。この六歌仙が、和歌史に於いて再び評価されるのは、鎌倉期の藤原定家によってである。定家は、新しい和歌探求のために、六歌仙の和歌を見直し、「寛平以往の歌にならへ」と言った。定家は、六歌仙の何を評価したのか、この点は、同章の第四節で述べた。

『古今集』以降、藤原定家による再評価までの間、小町の和歌は、どのように享受されていたのか。『三十六人集』制作の契機となる『三十六人撰』は、歌学者藤原公任の手になるものである。藤原公任は、小町の歌をどのように享受していたのか。結論から言えば、公任は、同じ六歌仙でも、在原業平の歌の「余情」に価値を認めていた。それは、時代の好むところの傾向でもあったのだろう。また、同章第三節では、平安時代の歌学者藤原清輔の姿勢に、小町に関する和歌と伝承とを峻別しようとする姿勢をみた。説話の中の小町と、小町の歌が、歌学者からは別のものと受け取られていたのではないかと考えるものである。小町の和歌の享受史を通して、和歌の世界に伝わる小町の歌は、伝説のそれとは異なるものであったと考えている。

註

（1）片桐洋一『小野小町追跡―「小町集」による小町説話の研究―』平成五年十一月改訂新版　笠間書院
（2）藤平春男「はかなさ」『国文学　解釈と鑑賞』昭和五十一年一月　至文堂
（3）「和歌童蒙抄」『日本歌学大系　別巻二』
（4）「万葉時代難事」『日本歌学大系　別巻四』

第一編　「小町集」の伝本と伝来

第一章　「小町集」の伝本

第一節　伝本調査

一　調査伝本の全体

「小町集」の伝本は、形態の異なるものを取りあわせ六十二本の存在が知られている。ただし、伝本の数に関し、印刷されたものは一本に数えている。たとえば、『歌仙家集』本「小町集」は版本であり、二十箇所程度の所蔵が確認されているが、本文に変化のない印刷ということもあり一本と数える。絵入の版本や、類従本についても、同様な数え方をしている。六十二本のうち、複写物を含め、調査に及んだものは、四十二本であった。

六十二本の存在を知ったのは、次の先行研究の著述に拠る。「小町集」で新たに発見した伝本はない。近年の研究に取り上げられていなくても、全て何らかの形でその存在が知られていたものである。ただ、呼称の厳密性がそれほど重視されていなかったせいもあって、再検証が始められたのは近年のことである。伝本についての具体的な記載のある著述を（A）に集めた。「略称」は、［資料1］表中で用いる略称である。（B）には、その他の参考文献を挙げる。

（A）

『国書総目録　補訂版　第一巻』～『同　第三巻』平成元年九月～平成二年一月　岩波書店　『古典籍総合目録（書

名索引　筆者名索引）国書総目録続編』平成二年三月　国文学研究資料館……略称「国書総目録」

『私家集伝本書目』和歌史研究会編　昭和四十年十月　明治書院……略称「私家集伝本書目」

前田善子『小野小町』昭和十八年六月　三省堂……略称「前田論a」

前田善子「異本小町家集について―神宮文庫所蔵異本三十六人家集・及び架蔵異本三十六人家集Ⅰ・Ⅱ中の小町集について―」『国語と国文学』昭和二十一年八月　東京大学国語国文学会……略称「前田論b」

石橋敏男「小町集成立論」『国語』4-1　昭和三十年八月　東京教育大学国文学会編……略称「石橋論」

片桐洋一「小野小町集考」『国文学言語と文芸』46　昭和四十一年五月　東京教育大学国文学会編……略称「片桐論a」

片桐洋一「小町集　解説」『私家集大成』昭和四十八年十一月　和歌史研究会編……略称「片桐論b」

片桐洋一「小町集　解題」『新編国歌大観　第三巻　私家集編　Ⅰ』昭和六十年五月　角川書店……略称「片桐論c」

片桐洋一「小野小町集（唐草装飾本）解説」『冷泉家時雨亭叢書　第20巻　平安私家集　七』平成十一年十二月　朝日新聞社……略称「片桐論d」

島田良二「小野小町集」『平安前期私家集の研究』昭和四十三年四月　桜楓社……略称「島田論a」

島田良二・千艘秋男「小町集　解説」『御所本三十六人集　本文・索引・研究』平成十二年二月　笠間書院……略称「島田論b」

杉谷寿郎「小町集」『平安私家集研究』平成十年十月　新典社……略称「杉谷論」

（B）

久曾神昇『西本願寺本三十六人集精成』昭和四十一年三月　風間書房

橋本不美男解説『宮内庁書陵部蔵　御所本三十六人集』昭和四十六年一月　新典社
小松茂美『古筆学大成　17巻』平成三年五月　講談社
藤田洋治「歌仙家集・正保版の一性格―その二　遍昭・小町・敏行・友則・小大君の家集を中心に―」『東京成徳短期大学紀要』27　平成六年三月
室城秀之校注「小町集」『和歌文学大系　17』平成十年十月　明治書院

（A）（B）併せて知られる「小町集」の伝本の一覧を［資料1］表に掲げ、先行研究でどのように取り上げられてきたかを一覧できるようにした。［資料1］表は、右から左へ各本を並べ、各所蔵所名と函架記号を付している。函架記号がなく、一所蔵箇所に複数所蔵する場合もあるので、国文学研究資料館にマイクロフィルム等の複写物として収められている場合は、その整理番号も記している。右から左へ、系統ごとにまとめ掲げたわけであるが、杉谷寿郎氏論を参考に、形態によっておおまかに分類して掲げている。下から二段目が杉谷氏論中の記載である。先行研究の各論中に掲げられていた伝本を、例えば「/40」とあらわす。これは、同論述中に四十冊の伝本の名称が挙がっているという掲載伝本の数を分母にしたもので、そのうち何番目に掲載されていた伝本かということを分子に数字で示したものである。一著者に著述が複数ある場合は、略称の箇所で記したａｂｃｄ等のアルファベットで著述を特定している。先行研究は、『国書総目録』を除き上から下へ、年代の旧から新へと並んでいる。『国書総目録』は、必要と思われる箇所のみをとりあげている。また、先行研究で特に具体的な伝本の記述があったものについては、その表現を「　」を付して記した。最下段の「形態」「付記」は、私に記したものである。先行研究に挙がる伝本で未見のものは、ここにその旨を記した。未見の中でも、先行研究と呼称が違うだけで同一の本があるかもしれない。そのような、一部混乱した先行研究の状態を、整理することをまず目的とした。

［資料1］「小町集」伝本の先行研究と調査付記一覧

＊表中の略号

国書総目録　…『国書総目録 補訂版 第一巻』〜『同 第三巻』一九八九年九月〜一九九〇年一月
　　　　　　　『古典籍総合目録（書名索引 筆者名索引）国書総目録続編』一九九〇年三月
私家集伝本書目…『私家集伝本書目』一九六五年十月
前田論　a…前田善子『小野小町』一九四三年六月　十八頁
　　　　b…前田善子「異本小町家集について—神宮文庫所蔵異本三十六人家集・及び架蔵異本三十六人家集Ⅰ・Ⅱ中の小町集について—」『国語と国文学』一九四六年八月
石橋論　…石橋敏男「小町集成立論」『国語』4-1　一九五五年八月　二十五頁
片桐論　a…片桐洋一「小野小町集考」『国文学　言語と文芸』46　一九六六年五月
　　　　b…片桐洋一「小町集　解説」『私家集大成　第一巻　中古Ⅰ　私家集』一九七三年十一月
　　　　c…片桐洋一「小町集　解題」『新編国歌大観　第三巻　私家集編　Ⅰ』一九八五年五月
　　　　d…片桐洋一「小野小町集（唐草装飾本）解説」『冷泉家時雨亭叢書　第20巻　平安私家集　七』一九九九年十二月
島田論　a…島田良二「小野小町集」『平安前期私家集の研究』一九六八年四月　一七二頁
　　　　b…島田良二・千艘秋男「小町集　解説」『御所本三十六人集　本文・索引・研究』二〇〇〇年二月　三七七頁
杉谷論　…杉谷寿郎「小町集」『平安私家集研究』一九九八年十月　四十一頁他

Ⅰ「書陵部蔵　御所本甲本（510・12）」系統

所蔵所（分類記号）	国書総目録	私家集伝本書目	前田論 /a14 b3	石橋論 /14	片桐論 /a、b、c、d	島田論 /a27 b20	杉谷論 /40	形態、（付記）
宮内庁書陵部（510-12） 国文研資料番号20-48-1-28		江戸初写（御所本・三十六人集）三十六人家集甲本　高光集換匡衡集		12/14「図書寮三十六人集（510・12）（図書寮本A本と称する）」	a・b「宮内庁書陵部御所本三十六人集」の「小町集」	19/a27「書陵部A本」「書陵部蔵（510・12）本」11/b20	01/40「書陵部本（510・12）」 一類本a系	写本―「小町集廿八」「外題」（付記）新典社刊『御所本三十六人集』影印本あり「三十六

所蔵所（分類記号）	国書総目録	私家集伝本書目	前田論	石橋論	片桐論	島田論	杉谷論	形態、（付記）
								人家集」38冊
神宮文庫（3-1113） 国文研資料番号 34-30-3			11／a14「神宮文庫所蔵小野小町集」か歌内容該当	13／14「神宮文庫一冊本」石橋氏図書寮A本系統に位置付け		12／b20「神宮文庫蔵（3・1113）本」	01／40「神宮文庫本（3・1113）」 一類本 a系	写本―「小野小町集」［内題］、「小野小町集全」、（付記）天明四年奉納「林崎文庫」「勤思堂」印一冊本

Ⅱ　「西本願寺蔵本（補写本）」系統　一一六首

所蔵所（分類記号）	国書総目録	私家集伝本書目	前田論 ／a14 b3	石橋論 ／14	片桐論 ／a、b、c、d	島田論 ／a27 b20	杉谷論 ／40	形態、（付記）
西本願寺（三十六人集「小町集」補写本）		寛文写（三十六人集補写、複製翻刻あり）	05／a14「西本願寺所蔵三十六人集中の小町集」	03／40「本願寺本」	b「西本願寺本（補写本）」	01／a27「西本願寺本補写本（寛文）」 02／b20	13／40「西本願寺補写本」 一類本b系 116首本	写本―「小町集」［内題］、「古満ち」［外題］、烏丸資慶写（付記）神戸松蔭女子学院大学、大阪府立中之島図書館に複製本所蔵『西本願寺本三十六人集精成』「補写小町集」に活字化、貫之集能宣集人麿集各上下冊

（弘文荘書目三〇）所載	京都女子大学（KN911・138飛鳥井本）	ノートルダム清心女子大学（C1 34－26）
寛文十年写（三十六人集）飛鳥井雅章筆西本願寺本の臨摸本		写（黒川家・三十六人集）一八八 西本願寺本影写 飛鳥井雅章本より転写 『伊勢集』欠
	16／a27「京都女子大蔵飛鳥井雅章本」	14／a27「ノートルダム清心女子大蔵（818）本」これか
	18／40「京都女子大学本」（島田論を杉谷氏引用P24） 一類本b系 116首本	10／40「ノートルダム清心女子大学本（818）」これか 一類本b系 116首本
	写本	写本―「小町家集」[内題]、「小町集　二十八」[外題]（付記）「黒川真頼蔵書　黒川真道蔵書」

Ⅱ（写本）一一六首

所蔵所（分類記号）	書陵部（506－8）「図書寮1704・35・506・8」
国書総目録	
私家集伝本書目	寛文写（御所本・三十六人集）三十六人
前田論／a14 b3	
石橋論／14	04／14「図書寮三十六人集（506・8）所
片桐論／a、b、c、d	
島田論／a27 b20	09／a27「書陵部蔵（506・8）本」
杉谷論／40	02／40「書陵部本（506・8）」
形態、（付記）	写本―「小町集」[内題]、「小野小町集廿八」、

国文研資料番号20‐45‐1‐27		家集乙本　高光集換匡衡集		収本（B本と称する）」		04／b20	一類本b系 116首本	（付記）「三十六人家集35冊」業平集欠　美料紙
内閣文庫（201‐433）「和書二五五七四号三六冊二〇一函一五架号433」36冊　国文研資料番号19‐143‐5‐28		写（内閣文庫・和学講談所旧蔵・歌仙家集）		10／14「内閣文庫B本（二五五七四）」	b「いつはとは」のない「内閣文庫本」とはいずれか不明	07／a27「内閣文庫蔵（201・433）本」　01／b20	03／40「内閣文庫本（201・433）」 一類本b系 116首本	写本―「小町集」［内題］、（付記）「浅草文庫」「和学講談所」印
内閣文庫（201・434）「内閣文庫和31847 36（28）201 434」「太政官文庫和書門31847 229 12 36」現在国立公文書館蔵		写（内閣文庫楓山文庫旧蔵・歌仙家集）		09／14「内閣文庫A本（三一八四七）」		08／a27「内閣文庫蔵（201・434）本」	04／40「内閣文庫本（201・434）」 一類本b系 116首本	写本―「小町集」［内題］、「歌仙家集　小町」「廿八」（表紙）、（付記）表紙に「災」の小貼紙
静嘉堂文庫（18713 9 105・12）		青砥家旧蔵「歌仙和歌集」伝烏丸光広写　九冊		05、06／14「静嘉堂文庫三十六人集所収本」又は「静嘉堂文庫蔵本」いずれか不明		04／a27「静嘉堂蔵（105・12）本」　03／b20「静嘉堂文庫伝烏丸光広本」	05／40「静嘉堂文庫本（105・12）」 一類本b系 116首本	写本―「小町集」［内題］、「遍昭素性小町友則兼輔猿丸朝忠」［外題］、（付記）小本（約14cm×20cm）
陽明文庫（近212‐1）国文研資料番号		写（三十六人集）				11／a27「陽明文庫蔵（212）本」	06／40「陽明文庫本（近・212）」	写本―「小野小町集」［外題］、「小町集」［内

55-715-2-12						05/b20「陽明文庫（212・2）」これか	一類本b系 116首本	題」、（付記）「三十六人家集目録」に「小町集」は水無瀬中納言の書写の記録あり。他集は内題と外題の体裁が異なるものと同一のものあり。
陽明文庫（近サ68）国文研資料番号55-708-2-12		写（三十六人集）「陽明一〇・六八」これか			ac「陽明文庫所蔵十冊本三十六人集（七七三）中の「小町集」	10/a27「陽明文庫蔵（10・68）本」これか 06/b20「陽明文庫（10・68）」	07/40「陽明文庫本（近・サ・68）」 一類本b系 116首本	写本―「小町集」[内題]、「猿丸小町兼輔朝忠」[外題]、（付記）「陽明文庫七七三号共一〇冊学習院図書館」ラベルに「近サ68」
筑波大学（ル212 263）「一七三號一冊ノ内小竹園文庫」			06/a14 前田氏「架蔵小町集（新宮城書ママ蔵印あり）」これか				09/40「筑波大学本」 一類本b系 116首本	写本―「小町集」[内題]、「小町集二八」[外題]（付記）筑波大図書館書誌より（印記「新宮城書蔵」水野忠央、友則集重巻、貫之集、伊勢集、小大君集欠）
東奥義塾高校（弘							11/40「東奥	写本―「小町集」

前市）国文研資料番号67-1-1-12							義塾本」 一類本b系 116首本	［内題］、「小町集十二」［外題］（付記）集付・書入あり42「いつはとは」の前に空白設
神宮徴古館（3993）国文研資料番号62-11-1-9							12／40「神宮徴古館本」 一類本b系 116首本	写本―「小野小町集」［外題］、（付記）枡型本「歌仙集」36冊
長野市真田家旧蔵 国文研資料番号28-21-2-28							16／40「長野市真田本」 一類本b系 116首本 11脱	写本―「小町集」［内題］「外題］、（付記）集付・書入あり
（杉谷寿郎論所載）							08／40「京都大学本」 一類本b系 116首本	未見　不明
杉谷寿郎蔵							14／40杉谷氏「架蔵本」 一類本b系 116首本	未見　不明
歴史民俗博物館本							17／40「歴史	未見　不明

a（杉谷論P40）							民俗博物館本a」 一類本b系 116首本 3・11・72脱、42あり	

Ⅱ 群書類従版本　一一六首

所蔵所（分類記号）	国書総目録	私家集伝本書目	前田論／a14 b3	石橋論／14	片桐論／a、b、c、d	島田論／a27 b20	杉谷論／40	形態、（付記）
大阪府立中之島図書館石崎文庫・慶應義塾大学斯道文庫・国立国会図書館・東京大学附属図書館・東京都立図書館・阪急学園池田文庫・早稲田大学図書館など	『群書類従』版本	刊　群書類従　二七二	01／a14「群書類従本小町集―板本―続群書類従完成会本」集付あり活字本か	02／14「類従本」	ab「群書類従本」	02／a27「類従本」 09／b20	15／40「類従本」 一類本b系 116首本	（形態）版本―内題「小町集」『群書類従』「巻第二百七十二和謌部百廿七」 （付記）版心上「巻二百七十二」下「一〜十」 匡郭なし　巻末「右小町集以流布印本校合」　集付なし
初瀬川文庫（8－284） 国文研資料番号ハ3－20－2－2								（形態）版本―内題「小町集」、「猿丸太夫集」（表紙題箋） （付記）猿丸太夫集（巻248）小町集（巻272）兼輔集（巻235）朝忠集（巻235）敦忠集（巻235）高光集（巻235）の合冊本

Ⅲ　正保版本　一一五首

所蔵所（分類記号）	国書総目録	私家集伝本書目	前田論 /a14 b3	石橋論 /14	片桐論 /a、b、c、d	島田論 /a27 b20	杉谷論 /40	形態、（付記）
正保四年刊「歌仙家集」		正保四刊（歌仙家集）	02/a14「歌仙家集本中の小町集」	01/14「歌仙本」	b「正保版歌仙家集本」	06/a27「正保版本」07/b20	19/40「正保版本」 一類本c系 115首本	

（形態）版本―「歌仙家集　高光　友則　小町　忠岑　頼基　十二」　全十五冊　小町は第十二冊目の28番目
（付記）版心上「小町仙　十二」版心下「十二」～「二十」、巻末「正保四丁亥暦八月　書林中野道也緑梓」

所蔵所（分類記号）	国文研資料番号	付記
河野美術館（今治市）（345、838）	国文研資料番号　73-311-5-28	
北海学園大学　北駕文庫（文80）	国文研資料番号　16-49-1-28	
福井市立図書館　松平文庫（文381/6-7/1）	国文研資料番号　304-74-2-28	調査の正保版本中欠損跡が最も少なく匡郭の印刷が鮮明で古態
宮城県立図書館　伊達文庫　伊911/208/17/15-12）	国文研資料番号　90-94-1-28	
京都女子大学　吉沢文庫（YW911、208-K-1～15）	国文研資料番号　242-58-3-28	「古本、刊本、小本、甲本」の本文異同を書き入れる
佐賀県立図書館（991、10、128）	国文研資料番号　81-130-1-28	
神宮文庫（3-1203）	国文研資料番号　34-331-2-28	国文研目録「三十六人家集」
酒田市立図書館　光丘文庫（c91、61）	国文研資料番号　26-20-1-28	
福井市立図書館　松平文庫（文380/6-6/3-8）	国文研資料番号　304-73-2-28	

大阪女子大学（911、1KA　1（〜15））	国文研資料番号 244-282-1-27	
賀茂別雷神社　三手文庫（歌／申／205）　今井似閑氏蔵書	国文研資料番号 39-104-1-28	版本の集付とは別に夫木集所収歌などの書入あり
上田市立図書館　花春文庫（25-1〜15）	国文研資料番号 93-2-1-28	
和歌山大学　紀州藩文庫（国語／323／15／23）	国文研資料番号 10-87-2-28	「京都二条通富小路東入町御用御書物所　吉田四郎右衛門」　書入あり
刈谷市立中央図書館　村上文庫（1475）	国文研資料番号 30-81-1-28	
西尾市立図書館　岩瀬文庫（31-66）	国文研資料番号 214-167-1-28	欄外に書入あり
慶應義塾大学　斯道文庫（87-5-15）		「渡辺文庫」（同大学図書館カード）正保四年刊本調査時破損の為別置
金沢市立玉川図書館　稼堂文庫（091、8・579）	国文研資料番号 274-268-2-28	
『国書総目録』所載その他　山口大　棲息・新潟大　佐野		未見

Ⅲ　絵入版本・上下二冊本のうちの上冊　一一五首

所蔵所（分類記号）	国書総目録	私家集伝本書目	前田論 ／a14 b3	石橋論 ／14	片桐論 ／a、b、c、d	島田論 ／a27 b20	杉谷論 ／40	形態、（付記）
絵入版本	「二冊本」		03／a14「小野小町家集（絵入版本）」	11／14「板本小町家集の上巻（下巻は業平小町歌問答）」			32／40「絵入版本」 一類本c系115首本	

（形態）版本――「小野小町家集上」「小町業平問答下」（内題）の二冊本のうちの前者
（付記）版心上「小町上」、版心下「一～二十三」、巻末「小町家集上終」

豊橋市立図書館（911 13-28-1）（911 13-28-2）		豊橋市立（三・甲）刊写不明	（形態）版本 （付記）文久元年奉納印　羽田八幡宮文庫旧蔵　大正元年豊橋図書館蔵					
刈谷市立図書館村上文庫（2117・1・3・甲五・二七一）国文研資料番号30-277・1		刈谷市立（三・甲・二一一七）「写」これか						
神宮文庫（1111）国文研資料番号34-29-7-1			（付記）「京都勤思堂村井古巌敬義」天明四年八月奉納印　「林崎文庫」印					
神宮文庫（1112）国文研資料番号34-29-6-1			（付記）「宮崎文庫」印			17／a27「神宮文庫蔵（112）本」これか		
青森県立図書館工藤文庫（1911-0）国文研資料番号208-107-8	版　青森工藤　上存一冊							
京都府立総合資料館（和・831・127）	版　京都府	刊二冊京都府立						
京大研（EP3）		刊一冊京大研（E・P・三）		08／14「京大図書館本」		13／a27「京都大学蔵本」これか		上下巻あり

			10／b20　これか	
京都大学　谷村文庫	版　京大　谷村	版　京大　谷村		「小町家集 上巻絵入」インターネットで公開
徳島県立図書館　森文庫（W911、1オノ）	国文研資料番号　63-33-6			
秋田県立図書館　時雨庵文庫（庵368）	国文研資料番号　252-29-1-1	表紙2枚目（庵共2　368）末（庵368　77776）		
西尾市立図書館　岩瀬文庫（2043　12　81）	国文研資料番号　214-57-2-1	巻末に歌の書入あり		
名古屋鶴舞中央図書館（河オ18）	国文研資料番号　89-31-7-1			
河野美術館（今治市）（347・846）	国文研資料番号　73-358-7-1			
	長崎・天理　吉田（下巻）・竹柏・旧彰考（小町業平歌問答を付す）	刊二冊　長崎県立		未見
前田善子	前田善子論（／a14、b3）中所載本		形態、（付記）	
	04／a14「在原業平小野小町物争三十二首」		写本	未見
	07／a14　前田氏「架蔵小野小町家集　Ⅰ」		（絵入版本系）	未見
	08／a14　前田氏「架蔵小野小町家集　Ⅱ」			未見

09／a14　前田氏「架蔵小野小町家集　Ⅲ」	14／a14　前田氏「架蔵小野小町和歌集」	10／a14　前田氏「架蔵小町家集」
		写本（絵入版本系）か
未見	未見	未見

Ⅲ（写本）一一五首

所蔵所（分類記号）	国書総目録	私家集伝本書目	前田論 ／a14 b3	石橋論 ／14	片桐論 ／a、b、c、d	島田論 ／a27 b20	杉谷論 ／40	形態、（付記）
静嘉堂文庫（15 088‐1‐82‐30）		写　歌仙家集残欠		05、06／14「静嘉堂文庫三十六人集所収本」又は「静嘉堂文庫本」いずれか不明	b「いつはとは」のない「静嘉堂本」とはいずれか不明	03／a27「静嘉堂蔵（82・30）本」	20／40「静嘉堂文庫本（82・30）」〔一類本c系 115首本〕	写本―「小町集」［内題］、「歌仙家集　残缺　完」［外題］、（付記）高光集　友則集　小町集　忠岑集　頼基集　重之集　忠見集　中務集」
静嘉堂文庫（22 338‐1‐521‐12）		写（松井文庫・遍昭集と合綴）	12／a14「静嘉堂文庫所蔵小野小町家集」	05、06／14「静嘉堂文庫三十六人集所収本」又は「静嘉堂文庫本」いずれか不明		05／a27「静嘉堂蔵（521・12）本」	30／40「静嘉堂文庫本（521・12）」〔一類本c系 115首本 56脱〕	写本―「家之集　小墅、小町」［内題］、「小野小町家之集　附僧正遍昭家之集」［外題］（付記）「松井荘書」印
東京大学国文学研		（付記）本文末に「小町家集終」、冒頭に人物に関する書入、打聴の注、					23／40「東京	写本―「小野小

究室（中古11） 国文研資料番号 4-44-3		「小町家集終」の後に転写記録あり	大学本」 一類本c系 115首本	町家集」［内題］、「小野小町家集 全」［外題］
慶應義塾大学 斯道文庫（146-134-1）		（付記）「渡辺文庫」（同大学図書館カード） 残缺を補修し一冊綴（人丸 躬恒 猿丸 家持 業平 貫之 伊勢 赤人 遍昭 順 元輔 朝忠 高光 友則 小町 忠岑 頼基 重之）	24/40「慶應大学本（146・131・1）」 一類本c系 115首本	写本―「小町集」［内題］、「小町」右上小書「松井□□」の張紙（表紙）
慶應義塾大学 斯道文庫（100-28-15 1～15）		写（歌仙家集） （付記）「歌仙家集 写本 佐々木文庫」（同大学図書館カード） 正保四年版本貫之集が混り、刊写混在 小町集は写本	25/40「慶應大学本（100・28）」 一類本c系 115首本	写本―「小町集」［内題］、「高光 友則 小町 忠岑 頼基 十二」［外題］
広島大学（大國885）		伝園池中納言宗朝写（歌仙家集）広島大研	12/a27「広島大学蔵本」 08/b20	26/40「広島大学本」 一類本c系 115首本	写本―「小町集」［内題］、「小町家集 右六」［外題］（付記）枡形本、全料紙に模様
ノートルダム清心女子大学		写（黒川家・三十六人集）一九〇	15/a27「ノートルダム清心女子大蔵（190）本」	26/40「ノートルダム清心女子大学本（190）」 一類本c系115首	写本 未見―閲覧謝絶
中田光子蔵		（付記）「古本、刊本、小本、甲本」の本文異同を書き入れる		28/40「中田	写本

国文研資料番号ナ3-4-1-28		正保版本を「刊本」と称し、底本にしている	光子蔵本a」または29/40「中田光子蔵本b」 一類本c系115首	
中田光子蔵 国文研資料番号ナ3-9-9-6		（付記）「享和三癸亥九月上卯日」の書写記録	28/40「中田光子蔵本a」または29/40「中田光子蔵本b」本 一類本c系115首	写本—「小野小町家集」「小町業平歌問答」［内題］
岩国徴古館（18-24） 国文研資料番号49-18-9		（付記）「安政六年己未ノ八月吉日」の書写記録	22/40「岩国徴古館本」 一類本c系115首本	写本—「小野小町家集上」「小町業平歌問答下」［内題］
富山県立図書館（T22-2）	写　文政六五十嵐篤好写	（付記）宮永正運所蔵　文政六年五十嵐篤好写		写本—「小野小町家集上」「小町業平歌問答下」［内題］ 版本とでは書入に脱あるが絵まで一部書写
熊本大学 北岡文庫（33号赤212） 国文研資料番号		（付記）「小町集　忠岑集　頼基集」が一帖	31/40「熊本大学本」 一類本c系	写本—「小町集」［内題］、「哥仙家集」［外題］

224-114-5-20							115首本 85・86脱		
宮内庁書陵部　高松宮（有栖川宮旧蔵）国文研資料番号 21-30-1-28		写（高松宮有栖川宮旧蔵・歌仙家集）	（形態）写本一十五冊「小町集」［内題］、「有栖川宮本　歌仙家集」［外題］（付記）二〇〇三年書陵部調査時未整理「歌仙家集十五冊」						
島田良二蔵						18/a27島田氏「架蔵三十六人集」	33/40「島田良二蔵本」 一類本c系115首	写本	未見
歴史民俗博物館本b（杉谷論P40）							21/40「歴史民俗博物館本b」 一類本c系115首		未見
陽明文庫（写本一冊）国文研資料番号 55-44-8		（形態）写本「小町集」［内題］［外題］とも（付記）料紙全てに雲や亀甲の模様　7、42、43脱、53上句と54下句が一首になり、計112首、特異な本文							

Ⅳ　六十九首本

所蔵所（分類記号）	国書総目録	私家集伝本書目	前田論 /a14 b3	石橋論 /14	片桐論 /a、b、c、d	島田論 /a27 b20	杉谷論 /40	形態、（付記）	未見
西本願寺（三十六人集「小町集」散佚本）						20/a27「（西本願寺本散佚本）」		写本	未見

						13/b20		
志香須賀文庫（醍醐家旧蔵）		寛永写（醍醐家旧蔵・三十六人集）				27/a27「志香須賀蔵醍醐本」14/b20「志香須賀家蔵醍醐本」	38/40「醍醐本」 二類本	写本 未見『西本願寺本三十六人集精成』「醍醐本小町集」に活字化
宮内庁書陵部（511-2）国文研資料番号20-25-2-12		江戸初写（桂宮本・歌仙集）元和寛永写　高光換匡衡				21/a27「書陵部蔵（511・2）」15/b20	34/40「書陵部本（511・2）」 二類本	写本―「小野小町集」［内題］、「歌仙集五」［外題］、（付記）「歌仙集」十冊
国立歴史民俗博物館（宮内庁書陵部高松宮旧蔵）国文研資料番号21-94-1-12								（形態）写本「小野小町集」［内題］［外題］とも、（付記）二〇〇三年以降歴博蔵「三十六人集」10冊（H・600・6）
蓬左文庫（106・37）（部門106 冊数36 番号37）国文研資料番号		江戸初写（三十六人集）高光換匡衡				24/a27「蓬左文庫本」17/b20	35/40「蓬左文庫蔵本」 二類本	写本―「小町集」［外題］（付記）枡型本

48-110-3-34								
神宮文庫（三/1204）（文一二〇四）国文研資料番号34-133-10-8		写（三十六人集）元輔集能宣集欠高光換匡衡「ほとんど西本願寺本系」	01/b3「神宮文庫本（異本三十六人家集中小町集）」	14/14「神宮文庫本」前田氏論引用	a「神宮文庫本」「中院通勝が三条西実隆筆本を書写したという奥書」	25/a27「神宮文庫蔵中院通勝本」18/b20	36/40「神宮文庫本（1204）」 二類本	写本—「小野小町」[外題]、（付記）「三十六人家集」34冊中の一冊「林崎文庫」印　前田論云「中院通勝也足子が転写本作成　慶長十二年四月に大部分成る」
大和文華館（3・3922-3926）（奈良市）国文研資料番号257-152-1-22							37/40「大和文華館本」 二類本	写本—「小町集」[内題]、「哥仙集」[外題]、（付記）「鈴鹿文庫」3-3922～「歌仙集」五冊の各末に「詠誉宗連坊」の後書
桃園文庫　紅梅文庫旧蔵　桃園 東海大学　池田亀鑑氏旧蔵　紅梅 不明		中院通茂写（桃園 紅梅 文庫旧蔵・三十六人集）	02/b3 前田氏「架蔵三十六人家集Ⅰ（中院通茂本）」			22/a27「池田亀鑑博士蔵中院通茂本」16/b20「旧桃園文庫蔵中院通茂本」	39/40「中院通茂筆本」前田論引用 二類本	写本—未見「高光換匡衡西本系」前田氏云「中院通茂転写本作成25本は烏丸光雄から拝借する。幽斎の所持本のよう

	島田良二蔵 岡田希雄旧蔵（豊前本）
	万治二年写（三十六人集）高光集換匡衡集
	03／b3 前田氏「架蔵三十六人家集Ⅱ（豊前本）」
	26／a27島田氏「架蔵豊前本」 19／b20「第二類本系統「類従本」」 不明
	40／40「豊前本」前田論引用 二類本
延宝五年三月」	写本―未見 前田氏云「巻頭に岡田氏自筆朱書〝古本〟、〝豊前本〟と言われてきた万治二年の系統　当時の連歌師詠誉宗蓮坊記載」

Ｖ「時雨亭文庫蔵本（唐草装飾本）」　四五首

所蔵所（分類記号）	冷泉家時雨亭文庫（唐草装飾本）
国書総目録	
私家集伝本書目	
前田論／a14 b3	
石橋論／14	
片桐論／a、b、c、d	a「冷泉家本」 d「小野小町集 唐草装飾本」
島田論／a27 b20	20／b20「冷泉家蔵伝俊頼筆本」これか
杉谷論／40	三類本
形態、（付記）	写本「小野小町集」「をの、こ万ちのし婦」［内題］「小町」［外題］、（付記）冷泉家時雨亭叢書『平安私家集七』に影印

Ⅵ「静嘉堂文庫蔵本（一〇五・三）」根幹部六八首

所蔵所（分類記号）	国書総目録	私家集伝本書目	前田論 /a14 b3	石橋論 /14	片桐論 /a2、b、c、d	島田論 /a27 b20	杉谷論 /40	形態、（付記）
静嘉堂文庫（29 195 1 105-3）			13/a14 前田氏「架蔵異本小町家之集」	05、06/14「静嘉堂文庫三十六人集所収本」又は「静嘉堂文庫本」いずれか不明	b「いつはとは」のない「静嘉堂本」とはこれか不明			写本（付記）「小町集附被入撰集漏家集」小本（約7.5×10㎝）『静嘉堂文庫の古典籍第四回』に解説

Ⅶ　その他

所蔵所（分類記号）	国書総目録	私家集伝本書目	前田論 /a14 b3	石橋論 /14	片桐論 /a、b、c、d	島田論 /a27 b20	杉谷論 /40	形態、（付記）
京都大学文学部（国文学Ep1f）		写（歌仙家集異本）		07/14「京大図書館本」これか				（形態）写本―「小町集補五首」［内題］、「哥仙家集異本　下　兼盛　貫之　伊勢　赤人　順　元輔　友則　小町　忠峰　重之　信明　仲文　忠見　中務」（付記）上中下の3冊本「小町集補五首」は69首本小町集に見える特有歌のみを掲げる
池田亀鑑蔵						23/a27「池田亀鑑博士蔵本」		写本　未見
		私家集伝本書目						

所蔵所（分類記号）	「私家集伝本書目」所載	形態、（付記）	
桃園　紅梅文庫旧蔵	「桃園　紅梅文庫旧蔵」　江戸初期写（三十六人集）	写本	未見
穂久邇　紅梅文庫旧蔵	「穂久邇　紅梅文庫旧蔵」　江戸後期写（三十六人集）	写本	未見
穂久邇文庫	「穂久邇」　江戸初期写（三十六人集）	写本	未見
志香須賀文庫	飯島勝休（江戸末）写・己未十月十七日手写、菊園主人源勝休（花押）	写本	未見
志香須賀文庫	写（三十六人集）	写本	未見
島田良二蔵　紅梅文庫旧蔵	「島田良二氏蔵　紅梅文庫旧蔵」　江戸中期写（三十人集）	写本	未見

Ⅷ（備考　小町集なし）

所蔵所（分類記号）	形態、（付記）
	「小町集」なし
愛知県立大学（911　4-114-67） 国文研資料番号　305-54-4	（形態）写本―「三十六人集」　ペン書［外題］ （付記）写本一冊　三十六人集伝来についての付言　朝忠集、重之集などの残欠本「紀将作□歌集」の記載あり
慶應義塾大学（141-5-15）	（形態）版本―所在不明 （付記）未見『慶應義塾図書館和漢図書分類目録第2巻』にある「141-5-15」「歌仙家集」の版本は調査時欠本
宮内庁書陵部（「三十六人集」150-583） 国文研資料番号　20-35-1	（形態）写本 （付記）貫之集　能宣集のみ
陽明文庫（近カ―29） 国文研資料番号　55-332-1	（形態）版本 （付記）正保四年刊本　一（柿本集上下）、六（能宣集　兼盛集）、十二（高光集　友則集　小町集　忠岑集　頼基集）

陽明文庫（「三十六人集」別置） 国文研資料番号　雑55－545－2	が欠本 （形態）写本 （付記）「歌廿番　本願寺本三十六人集」　昭和十三年に三十三冊を認定されている。「小町・是則・業平・人麿・遍昭・家持」が欠本

二　系統分類の改案

系統分類の先行研究と課題については、序論で述べたように、「小町集」の場合は未だ流布本系と異本系という大きな枠組みの中でとらえ、研究の進められていくのが適切であると考える。親本を第一類、派生した伝本を第二類、第三類と順次分類出来ればよいが、成立の問題が未だ解決されない今日では、現在わかっている範囲での成立関係に齟齬しないことを重視すべきであろう。系統分類の改案としては、そういった成立関係と呼称の問題に留意している。

「小町集」の伝本のうち、版本によって流布した系統を「流布本系伝本（流布本）」と呼ぶことにする。まず第一の分類として、流布本系統か異本系統かをみる。流布本系統の第一の特徴は、総歌数が百首を超えていることであり、内部構造が、根幹部と、「他本歌」に類する表記の付加部とに分かれていることである。総歌数は、一一六首か一一五首のものが多いが、脱落歌もあるので歌数のみでは測れない。しかし、従来の観点であった「いつはとは」歌の有無を以て一一五首本と一一六首本に分けると、それぞれに版本と写本とが存在するが、後述しているように自ずと本文の特徴が顕現している。従って、歌数や形態を基準に、総歌数を重視した分類をすることが、現段階での適切な形であると考える。呼称と成立に留意した改案を次のように考える。

（一）　流布本系統

（a）「書陵部蔵　御所本甲本（五一〇・一二）」系　一二五首、一一七首

（b）「西本願寺蔵本（補写本）」系　一一六首

（c）正保版本系　一一五首

（二）　異本系統

（a）「西本願寺蔵本（散佚本）」系　六九首

（b）「時雨亭文庫蔵本（唐草装飾本）」　四五首

（c）「静嘉堂文庫蔵本（一〇五・三）」　九一首（根幹部六八首）

従来の分類は、呼称に関して厳密ではなかったと思う。歌数を併記すれば混乱はないものの、「西本願寺本」「神宮文庫本」という呼称だけでは不適切である。例えば、「小町集」の場合、「西本願寺本」とは『西本願寺本三十六人集』のうちの一冊である「小町集」のことであるが、原本は散佚してしまっていて、久曾神昇氏[1]によって「醍醐本」という六十九首の本がその転写本の系統であることが示されている。「西本願寺本」と言った時に、この、所謂「散佚本」を指す場合と、散佚した後の、寛文年間に補写された西本願寺所蔵の「補写本」を指す場合とがあって曖昧である。現存するのは後者であり、その系統本の意味で使われる場合も多い。「散佚本」と同義に用いている研究もある。それは、系統の異なる数種の本を有している「神宮文庫本」という呼称についても同様である。右（一）系統の（a）のうち、一一七首の本は、「神宮文庫蔵の一冊本（三・一一三）」―『三十六人集』の集成に入っていない本を「一冊本」と記すことにする―であって、これは、石橋敏夫氏によって早くから指摘されていたが、同（a）系統に入れられたのは、最近の島田良二氏の著作である。従って、「神宮文庫」本と言えば、この本よりも、（二）系統、つまり六十九首の（a）「神宮文庫蔵本（三・一二〇四）」に対する呼称であった。従来、六十九首

本を代表する呼称とされていたこの本には、慶長十二年の奥書がある。しかし、後述しているように、現存する伝本で六十九首本を代表させるとすれば、「書陵部蔵本（五一一・二）」の方が、本文としては古態を保っていると考えるので、奥書を有するとはいえ「神宮文庫の六十九首本（三・一二〇四）」で代表させるのは、検討されるべきである。ちなみに神宮文庫には他にも、（二）系統の（c）に属する絵入版本（函架番号一一一、一一一二）が所蔵されており、それは、上下の二冊本であるが、上「小町集」は、一一五首の版本系統に入る。また、静嘉堂文庫にも複数の「小町集」が所蔵されているので、歌数等を併記させることが必要である。

冷泉家時雨亭文庫蔵「小町集」についても、今後「承空本」が刊行されるという。同「冷泉家本」である（二）系統の（b）「時雨亭文庫蔵本（唐草装飾本）」は、四十五首で形態も類を見ない特殊なものであったが、「承空本」の方は、（一）系統の（a）に属する本である。それは、（一）系統の「書陵部蔵　御所本甲本（五一〇・一二）」の奥書に承空書写の記録が見えるからであって、同奥書には、「顕家」「九条三位」「資経」「成尚」「承空」の人名が見える。この奥書については後述するが、「資経本」が、「承空本」及び「書陵部蔵　御所本甲本（五一〇・一二）―以下「御所本甲本」とも記す―の親本であることは、他の歌人の私家集によって、幾らかの証明がある。だからであろうか、右の島田氏系統分類、第一類（ロ）を「資経本系統　一二五首」としている。他の歌人の私家集から推測は出来ないことはないが、「小町集」に関しては、公開された或いは公開予定の『冷泉家時雨亭叢書』一連の「資経本」の中に「小町集」はなく、「資経本」がどのようなものであったのかは分からないのである。例えば、根幹部と付加部から成る「小町集」の「他本歌」が資経の増補であると述べる研究もあるが、本の存在しない現段階では言えないことである。もちろん、「資経本」そのものが見えなくても、奥書の記録に残るその前後の本が存在して、資経の記載ある本に増補部が付加されていれば、資経の増補であることは言える。しかし、それも明らかでない現段階では、増補部のある本の呼称として「資経本」は用いられない。

杉谷氏分類では、第一類系統の（b）について、一一六首本を「書陵部蔵乙本（五〇六・八）」で代表させるという。甲本、乙本という分類は『図書寮所蔵　桂宮叢書　第一巻』[2]に掲載される。『和歌文学大辞典』[3]に拠れば、「桂宮叢書」ではなく「旧禁裏御文庫本」という呼称が正しいとされるが、その図書寮の分類である。書誌的な側面からの観点も考慮されてのことであろうが、本文に関しては、一一六首本を代表する本といえるのかどうか今は分からないので、右のように「西本願寺蔵本（補写本）」系とした。『新編国歌大観』所収の「小町集」（片桐洋一校注）が一一六首の本を採択するのに、「陽明文庫蔵本（函架記号七七三、近サ68）」を底本にされていたのは先に述べたとおりである。近衛家煕（予楽院）による西本願寺本の転写については、久曾神昇氏[4]に指摘がある。西本願寺本の散佚本「小町集」を補写するための元になったという本が明らかになれば、同系統にその名称が冠せられよう。

また、『歌仙家集』と『三十六人集』という呼称であるが、これについては、新藤協三氏による『日本古典籍書誌学辞典』[5]の解説が適切だと考える。即ち、藤原公任『三十六人撰』の家集を集成した『三十六人集』の一伝本として、版本系伝本があり、また古写本・古筆切の類の伝本がある。そして、特に版本系を『歌仙家集』とし、古写本・古筆切の類の伝本を『三十六人集』とする。そして、更に下位分類として『三十六人集』を『三十六人集（西本願寺本）』『三十六人集（御所本）』という二大系統として分類する項目設定がなされている。いろいろな形態の『三十六人集』が作られたが、西本願寺に伝来した『三十六人集』が内実ともに整ったものであった。「御所本」は、同書によれば「明治の東京遷都時に現在の宮内庁書陵部に移管されるまで、禁裏御所に伝襲されたので御所本と称する」という。様々な『三十六人集』が存在したはずであるが、正保版本に冠せられたのは、『歌仙家集』の名称であった。狭義の『歌仙家集』は、正保版本のことであると、本書もまた考えるものである。

［資料7］に、代表的な伝本の歌番号を一一六首番号順に対照させた表を掲げている。片桐洋一氏が、「小町集」の内部構造を説かれた分割線を付した。その他、上記の調査を基に作成したデータ資料を、「歌番号対照表（御所

本甲本番号、詞書の有無付記）」、「異本系統を基とした詞書対照表」、「歌番号対照表（共通歌と特有歌）」、「歌番号対照表（増補部）」、「重出歌本文対照表」、「成章注記一覧」、「正保版本の書入本文」、「増補部分を明示する表記の対照表」、「集付及び注記の形式例」、「六十九首本の本文異同」、「御所本甲本の集付及び作者注記」、「御所本甲本の書入本文」、「小町集の重出歌と万代和歌集の採歌」として、各項で提示している。

註

（1）久曾神昇『西本願寺本三十六人集精成』
久曾神昇「西本願寺本三十六人集の原形」『日本文学研究』4　昭和二十四年九月　誠和書院

（2）『図書寮所蔵　桂宮本叢書　第一巻』昭和三十五年三月　養徳社

（3）『和歌文学大辞典』昭和三十七年十一月　明治書院

（4）久曾神昇前掲註（1）書

（5）『日本古典籍書誌学辞典』平成十一年三月　岩波書店

付記　本書校正中に『冷泉家時雨亭叢書　第71巻　承空本私家集　下』が刊行されたが、それに伴う訂正を本書では行わなかった。基本的な考え方は変わらず、「承空本小野小町集」については、稿を改めて論じたい。

第二節　流布本系伝本

はじめに

「小町集」の伝本のうち、版本によって流布した本の本文系統を「流布本系伝本（流布本）」と呼ぶ。そして、その取り上げるべき特徴を、百首に前後する根幹部分と、十首及び五首程度の増補部二箇所から構成されていることに見る。この系統に属する代表的な伝本には、「書陵部蔵　御所本甲本」、「西本願寺蔵本（補写本）」、版本の歌仙家集本、群書類従本がある。これらについては、既に述べた。

「御所本甲本」については、歌数の多さや重出歌の多さ、他には見えない奥書を有することなどに於いて、流布本系の中でも特殊な本であると捉えられるが、右に掲げたような特徴を共通させる点で、流布本系統の中に位置づけられる。

流布本系統の伝本を総歌数で見れば、一一五首、一一六首、そして、それ以上の歌数（現存する中では、一一七首、一二五首）に大別出来る。本書では、流布本系統を、一「書陵部蔵　御所本甲本系統」、二「西本願寺蔵本（補写本）系統（一一六首）」、三「正保版本系統（一一五首）」の順に、述べていく。

一　「書陵部蔵　御所本甲本」系統

（1）「書陵部蔵　御所本甲本」と「神宮文庫蔵本（一一一三）」

「宮内庁書陵部蔵　三十六人家集（五一〇・一二）」三十八冊は、通称「御所本甲本」と呼ばれている。本書でも、その通称を用いる。この「甲」とは、『図書寮所蔵　桂宮本叢書』[1]に見える分類である。同書には、「甲乙丙」の分類が見え、「乙本」と通称されていたのは、「宮内庁書陵部蔵　三十六人家集（五〇六・八）」三十五冊であり、また、定家筆本を親本とする同装同系の一連の二十冊本があって、「丙本」と呼ばれている。「乙」即ち「御所本乙本」には、総歌数一一六首の「小町集」が入っているが、「丙」即ち「御所本丙本」の中に「小町集」はない。

この『三十六人集』の影印本が、『御所本　三十六人集』[2]として刊行されており、同『三十六人集』の橋本不美男氏解説に拠れば、『御所本　三十六人集』には、巻末に作者勘注及び奥書を付す家集が八集、奥書はないが作者勘注を有するものが十一集あり、それらは、文永十一、二年（一二七四、五）の素寂書写本の系統と、永仁五、六年（一二五七、八）の承空書写の系統であるという。つまり、この時点での『三十六人集』の編成が知られ、この三十六人集が「御所本甲本」の親本にあたるという。

この三十六人集中「小町集」には、次のような作者勘注と承空の書写記録があり、奥書が「承空寄進之」という記載で終わっている。島田良二氏・千艘秋男氏『御所本三十六人集　本文・索引・研究』[3]の翻刻で掲げる。

小野小町
出羽国郡司女　中実目六随有 此由是説未詳
承和比人　与遍昭僧正有贈答
袖中抄　数十年在京好色也
然向本国死去後屍有八十嶋歟
但小野者姓歟住所歟
建長六年七月廿日重校合令九条

三位入道本畢　彼本哥六十九首云〻
顕家三位自筆本也　安元二年十一月八日
正応五年十二月九日令侍中詹事丞成尚
書之　即之校畢　　藤資経
永仁五年三月十五日於西山書写畢　承空
　承空上人　寄進之

一方、同系統に属する「神宮文庫蔵　小野小町集　全（三・一一一三）」は、天明四年に奉納記録のある一冊本である。本書では、「神宮文庫蔵本（一一一三）」と記す。この本は、後に述べるように、他本には見えない特有歌や特有の詞書を共通させているが、右の奥書はもっていない。同系統に属すこの二本の形態的特徴を共通点と相違点とに分けて述べたい。

「神宮文庫蔵本（一一一三）」には、「御所本甲本」巻末にあるような作者勘注や奥書はない。歌数も、「御所本甲本」が一二五首であるのに対して、一一七首と少ない。では、なぜ、それらが同系統とされたのか。
両者に共通する最大の特徴は、両本とも付加部に、他本には見えない次の二首と二箇所の注記を持つ点である。
（　）内は、両本それぞれの所収位置を示す。

みやこいててけふみかのはらいつみかはかはかせさむみころもかせやま（甲114、神105）
をみなへしおほかるのへにやとりせはあやなくあたのなをやたちなむ（甲121、神113）
小野美材歌（甲121頭注）　　いにし小墅よしき歌とあり（神113後）
さるまろま地の集な留哥（甲117歌前）　猿丸まうちきみの集なる哥（神109歌前）

一方、根幹部に於いて顕著な例は、重出歌（類歌）に関するものである。流布本系「小町集」の一一六首本番号で言えば、第六十五の「ちたびとも」歌と第八十六の「みし人も」歌は、重出歌とも類歌とも捉えられるものであって、次のようによく似ている。

ちたびともしられざりけりうきかたのうきみはいまやものわすれして　(65)

みし人もしられざりけりうたかたのうきみはいさやものわすれして　(86)

流布本系の「小町集」には全て、この二首が類歌として入っているわけであるが、「御所本甲本」と「神宮文庫蔵本（一一二三）」の両本には、さらに、

しる人もしられざりけりうたかたのうきみはいまやものわすれして　(甲87　神84)

という歌を共通して持つ。また、一一六首本でいうところの、第一〇八「あはれてふことこそ」歌が、第一一〇「あはれてふことのは」歌の直後に位置する点も共通する。その他根幹部に於いても両本のみに共通する本文的特徴は数多く見えるが、「またいかなるおりにそ人のいらへに」(19)、「いてしまといふ題を」(30)という詞書は、特に両本のみに備わるものである。

両本の共通点は多い。しかし、逆に異なる点は、第一に、「神宮文庫蔵本（一一二三）」が「御所本甲本」にない歌

おほかたのあきくることは我身こそかなしき物とおもひしりぬれ　(神106)

を持っていることである。これは、現在の「御所本甲本」が「都合百二十六首」と言いながら実際は一二五首しか存在しないことと深く関わり、この「おほかたの」歌が本来備わっていたものであろうと、先行研究でも触れたように杉谷寿郎氏が指摘されている。

両本の違いとして、作者勘注や奥書といった巻末の記載の有無以外に、付加部を示す箇所の記載が異なり、歌の内容及び順次が異なる。対比させれば次の通りである。歌番号は、一一六首本の番号を用いている。

	根幹部末	増補部1	増補部2
「御所本甲本」	「已上顕家三位本」	「他家本十八首」 （49との重出歌）、（3との重出歌）、（4との重出歌）、 101、102、（67との重出歌）、（70との重出歌）、 103、104、105、106、107、特有歌A…みやこいでて、 109、110、108、111 （十七首）	「他本　小宰相本也　八首」 112、113、特有歌B…をみなへし、114、115、 （65・86との重出歌）、116 （七首）
「神宮文庫蔵本（一一一三）」		「他家本」 102、103、104、105、106、107、 特有歌A…みやこいでて、 特有歌C…おほかたの、 109、110、108、111 （十二首）	「他本―依不易所書之」 112、113、特有歌B…をみなへし、114、115、 （65・86との重出歌）、116 （七首）

歌の増減の内容は、右の表のように、増補部1で「神宮文庫蔵本（一一一三）」が、（49（甲50）との重出歌）、（3（甲3）との重出歌）、（4（甲4）との重出歌）、101、（67（甲68）との重出歌）、（70（甲71）との重出歌）の六首を欠くが、（特有歌C「おほかたの」）一首を持つということで結果的に五首少ない。また、「神宮文庫蔵本（一一一三）」は、根幹部で、第二十三歌との重出歌「みるめかる」（他出なし）、「こぎぎぬや」（45）、「なかれてと」（80）の三首を欠く。従って、「御所本甲本」の総歌数一二五首に対して、「神宮文庫蔵本（一一一三）」は、一一七首になっている。ただし、「神宮文庫蔵本（一一一三）」は、「ちたびとも」（65）歌が、歌の形では掲載されておらず、この歌の第二句以降、即ち、

　　しられざりけりうたかたのうきみは今やものわすれして

が、後続する歌の題のように記されている。「神宮文庫蔵本（一一一三）」本の総歌数一一七首というのは、この不

完全な歌をも一首と数えたものである。また、一一六首本との歌の異同で言えば、「こぎきぬや」歌、「なかれてと」歌、「いつとても」歌を欠くが、「みやこいでて」歌、「しるひとも」歌、「おほかたの」歌を持つので、一首多い一一七首となる。

（2）富士谷成章注記にみる「甲本」「小本」

①先行研究

杉谷寿郎氏は、「御所本甲本」と「神宮文庫蔵本（一一一三）」とを同系統とされた。その論の中で、富士谷成章の注記の中に見える「小本」と「御所本甲本」との関係について、次のように触れている。

神宮文庫本（三・一一一三）は脱落・削除歌があるものの、この系に属する伝本とみられる。…中略…「他家本」「他本」において甲本にない115「おほかたの秋くることに我身こそかなしきものとおもひしりぬれ」（『古今集』一八五、読人不知）を有している以外は（b）（c）系と異なって甲本と同配列であり、本文も等しい。その115「おほかたの」歌は、（c）系の中田光子氏蔵a本に「後得一本」て富士谷成章が注記した「小」本にもあり、その「小」本の配列は甲本に「おほかたの」歌を加えたものであったことが知られ、「他家本十八首」の注記と符合する。甲本に「おほかたの」歌がないのは、誤脱ないしは削除であるものとみられる。

（杉谷寿郎「小町集」[4]）

杉谷氏は、「中田光子蔵本（a）」の富士谷成章注記に見える「小本」と、「神宮文庫蔵本（一一一三）」との類似性（同一性）を指摘する。この「中田光子蔵本」とは、国文学研究資料館の整理番号に「ナ3-4-1-28」とある本で、成章の注記を書き入れる。同様の書入は、「京都女子大学　吉沢文庫所蔵　正保四年刊　歌仙家集」の「小町集」に見え、それらの本文には「古」「刊」「小」「甲」という記号とともに校異が記されている。書入の鮮明さから、本書でも「中田光子蔵本（a）」を用いている。

②成章による解説文

「中田光子蔵本」即ち、ここでは、国文学研究資料館の整理番号に「ナ3―4―1―28」と分類される、書入の付された写本をこう記す。その扉に記されている注記を翻刻すれば次の通りである。

○古本六十九首宜本百首古本比刊本卅三首少四首多宜本比刊本一首多刊本
九十九首末他本哥十六首宜刊本幷有之古本無之古本次第大異刊宜全同補哥
宜古合五首別附
○後得一本其本体裁小而筆頗古即一校了次第与刊大同姑以小本名之天具注行傍
○又一本与刊大同而字句之間小異巻末他本、哥又与小本大同小異仮以甲名之

書かれている内容を順次追ってみると、まず、「古本」は六十九首の本であるという。「宜本」、これは恐らく整ったよろしき本の意で用いている言葉であろうが、刊本より一首多いと記されている。一一六首本のことを指すのであろう。そして、六十九首の「古本」は、刊本より三十三首少なく四首多いという。この四首とは、流布本系にない六十九首本特有の四首のことであろう。刊本は「宜本」よりも一首少ないというので、一一五首の正保版本のことと推測する。「刊本」が他本歌として十六首を付加するのは、「宜本」も同じであるが、この付加部は「古本」にはないという。「古本」の次第は、刊本と大いに異なるが、刊本と「宜本」は全く同じで、補歌を「宜本」「古本」併せて五首を別に付すという。この「補哥宜古合五首別附」の「五首」とは、六十九首本に特有の四首と、正保版本になく一一六首本にみられる一首の合計五首で、これを別に取り出して記すというのであるから、正保版本にない歌のみを記している、現存の「京都大学文学部蔵（国文学　Ｅｐｌｆ）」本に類する本のことを指すのであろう。

また、後に手に入れた伝本の一が「小本」で、体裁が小さく筆跡が頗る古いという。これとの校合を了え、傍らに

注するという。又別の一本は、刊本と同じであるが、字句の間に少々異なるところ（「字句之間小異」）があるという。「字句之間小異」は、単に表記面のみならず、語句の異同をいうものであろう。この巻末には「他本」が付加されているが、歌は「小本」と大同小異であって、仮に「甲本」と名付けるという。この「甲」は、「御所本甲本」の「甲」とは、現段階から窺える史料からは、関係がない。

③注記の実際

注記の実際を［資料2］に示した。一一六首本の句番号—001-0は第一歌の詞書を、001-2は第一歌の第二句を示す—を縦軸に、注記の施された箇所とその解釈を横に対照させている。「古」は、古本、「小」は小本、「甲」は甲本の意で、「 」に異同を、（ ）内に傍書・注記を示す。傍点及び○の記号はもともと存在したもので、「古」本との対校箇所を示しているようである。傍点のみの場合は、削除の意味であり、○は挿入の意味であろう。また、本文には濁点が使用されている。一覧の中で、◇は、解釈の定まらない箇所を、※は、注を、私に付した。

同注記は、正保版本を正確に書写した「中田光子蔵本」に施されている。正保版本には、もともと集付及び書入が存在する。集付について、それらを判別することが難しいので、一覧には、明らかに正保版本にはない集付のみを付した。また、「古本」の歌序が、歌の頭に漢数字で示される。ただし、付加部末の漢数字は、「甲」「小」各本での歌序である。「古本」の歌序は、現存六十九首本の歌序にほぼ該当することが明らかなので、該当する本文の頭には全て漢数字が付されているが、本書では、注記に関わらない箇所は、漢数字を掲げることを省略した。さらに、正保版本（刊本）を底本に、三本を対校させた注記の中で、例えば、一本の校異のみが示されると、それ以外の本は、底本と変わりはないという意味であろうと推測されるが、そういった推測内容も解釈中にあえて示さなかった。

成章によるという注記は、例えば、次のように記されている。

廿四　春雨の《に小》さは《に小同古甲同》へふることを《もの小》《お》ともなく人に《せて小同イ 甲同》しられてぬる《物思ふ人の袖はぬれけり小同刊 甲此通イニ付》ゝ袖かな

この歌は、一一六首本で言えば、第五十五歌である。歌の頭の数字から、「古」本では、第二十四歌であると示されており、現存の六十九首本でも、第二十四に入る歌である。正保版本の本文に施された傍書及び注記はどう解釈されるか。初句は、「小」本が「春雨に」であるという。基本的なルールとして、「古」本の本文が底本である刊本と異なる場合は「古」と付さず、傍点で記される。「古」本も「春雨に」であるかというと、しかし、そういう場合は、「尓小」ではなく「尓小同」と「同」が入るという多くの例があるので、これは、「小」のみの異同であって、「古」本は「春雨の」ではないかと推測される。現存の六十九首本は「春雨の」とあり、これは参考でしかないが、やはり「春雨に」は「小」本のみの校異であろうと判断する。第二句は、「さはにふること」という本文が、「小」本及び「古」本の本文であると読める。「甲」本も同様である。次に、第三句は「せて」という傍書が、正保版本にもとからある校異なので、注記では、これを「イ」と言っている。「せて小同イ」の右隣の注記は、その位置から見て、「甲」本も、「小」本が、「せて」というもとからあった異同（イ）と同様であると言うのだろう。「小」本も、「甲」本も、「刊」本の傍書である「をともせて」という本文に等しいと読める。第四句、第五句の「物思ふ人の袖はぬれけり」も、正保版本にもとから存在した校異である。注記は、「小同刊イ」ではなく「小同刊」と言っている。即ち、「小」本の本文は、「人にしられてぬるゝ袖かな」であり、注記はない。これが、「古」本との異同として記された傍書ではないと解釈すれば、「古」本も、さらには、直接的な情報のない「甲」本も、「刊」本と同じく「人にしられてぬるゝ袖かな」ということになる。ここは確かに「甲此通イニ付」と言うので、「甲」本の本文は、校異を傍書した「人にしられてぬるゝ袖かな（物思ふ人の袖はぬれけりイ）」ということになる。そして、書かれていない情報である「古」本の傍書は存在しなかったと解釈する。

書かれていない情報は、その異同が存在しないという解釈で言えば、「古」本、「甲」本、「小」本全て、「いつはとは」歌を持たず、「宜」本のみに当歌が存在する。注記では、「みるめあらは」と「ひくらしの」歌との間に、「宜本　此間ニイツハトハノ哥一首アリ」と注記されているからである。

このように、成章注記一覧は、多くの仮定の上に作成しているので、解釈の分かれるところがあると思う。加えて、正保版本には見えない次のような集付がある。

「秋風」(53)　「古恋五」(72)　「卅六　万代　撰古」(81)
「拾　よみ人不知」(80)　「続後　万代」(48・86・91)　「続後」(104)
「万代」(51・55・74・84・96)　「万代　続古」(54)　「続古」(97)

「古」本と想定される現存の六十九首本は、集付を付さないので、これらが、どの本からもたらされたのかは明らかでない。

［資料２］成章注記一覧

116首本句番号 0…詞書	成章注記（中田光子蔵本） （巻首注記）…論中に記載	注記の解釈
1-0	花をな可めて（比題ナシ 小同刊）	古「比題なし」 小「刊本と同じ此題あり」
1-1	廿七　古	※「古」は正保版本の集付で、『古今集』の意 ※「古本」では27番歌「古本」に見える歌の頭に番号が付されているが、注記に関係しない箇所は以下省略
2-0	ある人心可者りて見えし尓（比題ナシ 小同刊）	古「比題なし」 小「ある人心かはりて見えしに」
3-0	（比題ナシ）まへ(○)（より 小甲）わ多りし人尓たれ（可゛ 甲）ともなくてとらせ多り（小ナシ甲同）し	古「比題なし」 小「まへよりわたりし人にたれともなくてとらせし」 甲「まへよりわたりし人にたれがともなくてとらせし」
3-1	（甲上句　空行ときけとも月を雲間な三とアリテ古本ノ通ヲイニ付タリ）空越（尓）行	古「空に行く」 甲「空行く（空に行く）ときけとも月を雲間なみ」
3-3	雲井（間）より	古「雲間より」
3-4	みてやゝみに天（なん 小）	小「みてやゝみなん」
3-5	世八者て（へ 小同古）ぬべき	古「よはへぬへき」 小「よはへぬへき」
4-0	（比題ナシ）かへしあし多尓ありしに	古「此題なし」
4-1	雲者れ天（まより 小同刊）	古「雲まより」 小「雲はれて」
4-2	思ひ出れど（やれども 小）	小「思ひやれども」
4-5	思ひ出（おも可げ）もなき（し）	古「おもかげもなし」
5-0	（比題ナシ）たいめんしぬへく（しイ 小同刊）やとあ連は	古「此題なし」 小「たいめんしぬへく（しイ）やとあれは」
5-2	あ万の行可ふ（きの）	古「あまの行きの」
5-3	みなと（可よひ 小同刊）ち尓	古「かよひちに」 小「みなとちに」
5-5	我八春へぬを（王可春へなく尓 小同刊）	古「わかすへなくに」 小「われはすへぬを」
6-0	女郎花いとおほく本りて三流尓（をおりておとこ見る尓イ）	◇「をおりておとこ見るにイ」は正保版本の異同
6-1	名尓しおへ八（八゛ 小）	小「名にしおはば」

番号	成章注記（中田光子蔵本）	注記の解釈
6-2	（甲刊ト同但シな（者奈）（な）を奈つ可し三　如此左右ニ付）猶なつ可（むつま　小同刊）し三	古「猶むつましみ」 小「猶なつかしみ」 甲「猶（なをイ・はなをイ）なつかしみ」
6-4	お（を）られに个りな	古「をられにけりな」
7-1	屋よやまて（古　みく尓のまち哥也　甲ナシ）	「古」歌番号なし※「古本」歌なし 甲「みくにのまち哥也」の注記なし ◇古「みくにのまち哥也」は正保版本の注記
8-0	あやしき事いひ个（多　小）留人尓	小「あやしき事いひたる人に」
8-4 5	い可で可君尓とけて（とけて君尓あふ）みゆ（本小余同刊）べ支	古「いかでかとけて君にあふへき」 小「いかでか君にとけてみほへき」 ◇「小本」は、この箇所（「本」）以外は刊本と同じ
9-0	め乃と能と越（本）き所（本と　小）にあ流耳（なりし尓遣しし）（○やる小同刊）甲小ト同）	古「めのとのとほき所なりしに遣はしし」 小甲「めのとのとをきほとにあるにやる」◇
9-2	み年の（やヘイ　甲ニナシ　小同刊）白雲と	◇古「やへの」か　◇「やへのイ」は正保版本の書き入れ　甲「みねの」小「みねの（やへのイ）」　※「やへ」の傍書は「甲」にない。
9-3	思ひし尓（可　小同古甲同）	古小甲「思ひしか」
10-0	山里尓天秋の月を（のを者り尓むつれし尓　小同刊）	古「山里にて秋の月のをはりにむつれしに」 小「山里にて秋の月を」
10-1	山里尓（小の　甲同）	小甲「山里の」
10-5	秋乃（○よの）月可け（小同古）	古小「秋のよの月」◇
11-0	ま多（ナシ　小同刊）	古「此題なし」 小「また」
11-5	い年（て　本甲前此付タリ）可゛て尓須る	◇甲に関する注記「本甲前此付タリ」
12-0	（此詞書ナシ）「人と物いふとてあけ（里　甲）しつとめてか者゛可りな可゛き夜尓（小　ナシ）な尓事をよもす可゛らいひあ可しつるぞとあい（ひ　小）なうと可゛めし人尓」	古「此題なし」 甲「人と物いふとてありしつとめてかばかりなかき夜になに事をよもすがらいひあかしつるぞとあいなうとがめし人に」 小「人と物いふとてあけしつとめてかばかりながき夜なに事をよもすからいひあかしつるぞとあひなうとがめし人に」
12-3	あひ（ふ）とあ（い　小同刊甲同古）へ八゛	古甲「あふといへは」 小「あひとあへは」
14-0	（此題ナシ　小同刊）屋んごとなき人の志のび給尓	古「此題なし」 小「やんごとなき人のしのび給に」

番号	成章注記（中田光子蔵本）	注記の解釈
14-4	人めつゝむ（をもる　甲同）（をよぐ小）	古甲「人めをもる」　小「人めをよぐ」
14-5	みる可゛わびしさ（き　小）	小「みるがわびしき」
15-0	人の王りなくうらむるに（お那じころ）	古「おなじころ」
15-3	阿らなく尓（ねども　小同刊）	古「あらねども」　小「あらなくに」 甲「あらなくに（ねども）」
16-0	夢尓人のみえし可八゛（此題イナシ　小同刊）	◇古「此題なし」　小「夢に人のみえしかば」
17-0	(此題ナシ　小同刊)「古連を人尓か多りたれ八゛あ八れな（ることなとありし）り个ることかなとあ流かへし（りし御返　甲）	古「此題なし」　小「これを人にかたりければあはれなることなとありしかへりごとに」　甲「これを人にかたりければあはれなりけることかなと　ありし御返」　◇「ることなとありし」の傍書は「甲」か
18-0	（此題ナシ）返し	古「此題なし」
18-1	たのまじ（ん　甲同）と	古甲「たのまんと」
18-4	夢より（てふ　小）外尓	小「ゆめてふ外に」
19-0	(又い可那るをりぞ人のいらへ尓　小甲同)	小甲「又いかなるをりぞ人のいらへに」
19-3	む（う）者゛玉能	古「うば玉の」
19-5	可へしてぞき（ぬ　小）る	小「かへしてぞぬる」
20-0	(此題ナシ　小同刊）人の心可八り多流尓	古「此題なし」　小「人の心かはりたるに」
21-0	(此題ナシ）みもなきなへの本尓文をさして人のもとへ（尓　小）やる尓	古「此題なし」　小「みもなきなへのほに文をさして人のもとにやるに」
22-0	(此題ナシ　小同刊）人乃もとに	古「此題なし」　小「人のもとに」
22-3	かり者てし（そめし　小）	小「かりそめし」
23-0	徒年尓（以下ナシ)「くれとえあ八ぬをんな能」うらむる人耳	古「つねにうらむる人に」
24-1 -2 -3	人尓あ者んつきのなき尓は（甲　つきなきよひは）思ひおきて（てねられぬよひ八おきゐつゝ　小刊同）	古「人にあはてねられぬよひはおきゐつゝ」 小「人にあはんねられぬよひは思ひおきて」 甲「人にあはんつきなきよひは思ひおきて」
25-2	あしもや春めず゛（甲　多ゆめ寸トイニ付）	甲「あしもやすめず（たゆめすイ）」

番号	成章注記（中田光子蔵本）	注記の解釈
25-4	うつゝ尓ひとめ（の 小同刊）	古「うつゝにひとの」 小「うつゝにひとめ」
26-2	あましかづ可八゛（甲 ぬト有アリテ刊ノ通ヲイニ付）	甲「あましかづかぬ（ばイ）」
26-4-5	たよりになみ八（みるめなしとはおも者ざらまし 甲イニ付）う三（ら）と（尓 小甲同）成なん	古「みるめなしとはおもはざらまし」小「たよりになみはうみになりなん」甲「たよりになみはうみになりなん（みるめなしとはおもはざらまし）」※「ら」は正保版本の校異
27-1 76類	我をきみ（人を）（我を人 甲イ）	古「我人を」 甲「我を君（我を人イ）」
27-2	思心の（尓）	古「思心に」
27-3	け春（すゑ）能へ尓	古「けのすゑに」
27-4	ありせ八゛まさ尓（个ふも 甲イ）	甲「ありせばまさに（けふもイ）」
28-1	よそ尓ても（して）	古「よそにして」
28-2	み春゛（て 甲イ）八ありと（ふ）も◇	古「みずはありふとも」甲「みず（てイ）はありとも」
28-3	人心（しれぬ）	古「人しれぬ」
28-5	つ三て（つゝ 小同刊 甲イニ付）しのはん	古「つつみしのはん」 小「つみてしのはん」甲「つみて（つつみイ）しのはん」
29-1	よひ　く　の（尓 小同刊）	古「よひよひに」 小「よひよひの」
29-2	夢能たましゐ（くら 小同刊）	古「夢のたまくら」 小「夢のたましゐ」
29-3	あし多ゆ（可 同）く	古「あしたかく」 小「あしたゆく」◇「同」は前句の「小同刊」と「同」
29-4	ありてもま多ん（可でま多も）（可て尓 小餘同刊）	古「ありかでまたも」小「ありかてに」 ◇この箇所「可て尓」以外（餘）小本は刊本と同じ
29-5	とふらひ尓（も 甲）こよ	甲「とふらひもこよ」
30-4	宮こ志まべ（てしま 小甲イニ付）（志ま 甲）の（又在小大君集 小）	「古」歌番号なし※「古本」歌なし◇小「宮こしまべ（てしまイ）の」甲「宮こしま（てしまイ）の」 小「又在小大君集」
31-0	（此題ナシ）わ春れぬるなめりと見みえし人尓	古「此題なし」
31-2	我身志ぐれ尓（とイ）	◇古「我身しぐれに（しぐれとイ）」
31-4	こと（ナシ）の者さへ尓（こそ）	古「このはさへこそ」

番号	成章注記（中田光子蔵本）	注記の解釈
31-5	うつろひ尓个り（れ 小同刊）	古「うつろひにけれ」 小「うつろひにけり」
32-0	返し（事 甲）	「古」歌番号なし※「古本」歌なし 甲「返事」
32-2	心の（小ナシ 甲同）古の者に	小甲「心このはに」
32-5	ちりもま可者（甲イニ付）（小前此三多゛れ 甲同）め	小「ちりもみだれめ」 甲「ちりもみだれ（まかは）め」◇小此前
33-3	可ぢをな三（多え 小）	小「かぢをたえ」
33-5	我ぞ可な（甲イ）（王び 小甲同）しき	小「我ぞわびしき」 甲「我ぞわび（かな）しき」
34-0	いそ能神といふ（ナシ）寺（いその可三てら 小）にまうでゝ	古「寺にまうでて」 小「いそのかみてらにまうでて」
	日の（小ナシ）くれ尓気れ（し可 小同刊）者゛	古「日のくれにしかば」 小「日くれにければ
	（小同刊）「あけて可へらんとてか乃てら尓遍んぜう（甲志んせ法師 イへんせうのトアリ）（〇 法師 小）ありときゝて心見尓いひやる（里个る小）」（とまりてそせいほうし尓いひやりし）	古「とまりてそせいほうしにいひやりし」 小「あけてかへらんとてかのてらにへんぜう法師ありときゝて心見にいひやりける」 甲「あけてかへらんとてかのてらにしんせ法師（へんせうのイ）ありとききて心見にいひやる」
	（小云遍昭集云長谷寺云々）	小「遍昭集云長谷寺　云々」
35-0	返し 遍んぜう（ナシ）	古「返し」 ※「古」作者名なし
35-1	世越そむく（山ぶしの 小）	小「山ぶしの」
36-0	中多え多る於（を）とこの志能びてき天かく禮て見个流尓月のいとあ者れなるを見て祢んこと古そいとくち於（を）し个れと	古「中たえたるをとこのしのびてきてかくれてみけるに月のあはれなるを見てねんことこそいとくちをしけれと」
	春のこ尓（小ナシ甲同刊ノ通ヲイニ付）な可゛む連八゛於（を）とこいむなる物をといへ者゛（ふをき可ぬ可゛本尓て イ 小同イ 甲イニ付）	小「ながむればおとこいむなる物をといふをきかぬがほにて」 甲「（すのこに イ）ながむればおとこいむなるものをといへば（いふをきかぬがほにてイ）」※「ふをきかぬかほにてイ」は正保版本の校異か
36-2	わ（こ 小）ひしきまゝ尓	小「こひしきまゝに」
37-1	みちのく能（三なと入の 甲刊通ヲイニ付）	「古」歌番号なし※「古本」歌なし 甲「みなと入の（みちのくのイ）」

番号	成章注記（中田光子蔵本）	注記の解釈
38-0	（あ可゛多へいざといふ人尓　小同刊）「屋春ひて可み可者尓なりてあ可゛多三（〇尓　甲）八いで多ゝしやといへる返ごとに」	古「あがたへいざといふ人に」　小「やすひてかみかはになりてあがたみはいでたゝしやといへる返ごとに」　甲「やすひてかみかはになりてあがたみにはいでたたしやといへる返ごとに」
39-0	（つつゝむこと侍べき夜む年ゆきの朝臣）あへのきよゆき可ゝくいへる（小ナシ餘同刊甲刊）	古「つゝむこと侍へき夜 むねゆきの朝臣」 小甲「あへのきよゆきかゝくいへる」 ※「小」は可がないだけであとは刊本と同じ
40-0	とあ類可へし（小同古）	古小「かへし」 ◇傍点削除の例として用いるか
40-1	を（お）ろかなる	古「おろかなる」
41-4	う可゛（多 小同刊）ひてま多ん	古「うたがひて」 小「うかびて」
41-5	う多可多のまも（三盤 小同古甲同）	古小甲「うたかたのみは」
	（冝本　此間ニイツハトハノ哥一首アリ 小同）	冝本・小本には、「みるめあらば」と「ひぐらしの」歌の間に「いつはとは」の一首がある。
43-5	とふ人そ（も 小）なき（し 小）	「古」歌番号なし※「古本」歌なし　小「とふ人もなし」
44-4	思ひた者れん（よ三人志ら須 小）（いつら三多゛れん 小）（ミ多 甲）	「古」歌番号なし※「古本」歌なし 小「よみ人しらす」 小「いつらみだれん」甲「いつらみたれん」
45-1	古きゝぬや（此一首ナシ）（こきいてぬや 甲）	「古」歌番号なし※「古本」歌なし　甲「こきいてぬや」
45-4	尓くさび可ける（みくさみ可ける 甲）	甲「みくさみかける」
46-0	五月五日さう婦尓佐して（小ナシ）人尓（を 小同刊）	小「五月五日人に」 ◇古「五月五日さうふにさして人を」
46-2	人尓ね多ゆと（もーみ 小同刊）	古「人にもたゆみ」 小「人にねたゆと」
46-3	思ひしを（八 小同イ甲同）	小甲「思ひしは」
46-4	我身能うきと（尓 小同イ甲同）	小甲「我身のうきに」
46-5	おふる（もふ 小同刊）也个り	古「おもふ也けり」 小「おふる也けり」
47-4	などで（可 小同イ甲イニ付）このくれ	小「などかこのくれ」 甲「などで（かイ）このくれ」
47-5	可な（さひ小）し（ひさしイツレモ甲イニ付）	小「さひしかるらん」 甲「かなし（ひさし）（さひし）かるらん」

番号	成章注記（中田光子蔵本）	注記の解釈
48-2	(万代 続後) 者可那き物と（を 小同イ甲同）	小甲「はかなきものを」 ※「万代」「続後」は底本の正保版本にはない集付
49-2	王れ可思ひ尓（可゛思ふ人尓 小）(王可゛思ふ人尓 小題前此)	小「わが思ふ人に」※「小本」の題「わが思ふ人に」が此前にある
49-3	あ八（可 甲イ）ぬま（よ 小同イ甲イニ付）は	◇古「あかぬよは」か 小「あはぬよは」 甲「あは（かイ）ぬま（よイ）は」
50-1	恋王びぬ（て 小同刊）	古「恋わびて」 小「恋わびぬ」
50-3	夢能うち尓（まも 小同刊）	古「夢のまも」 小「夢のうちに」
51-2	(万代) い者ねの松も（と 小同刊）	古「いはねの松と」 小「いはねの松も」※「万代」は底本の正保版本にはない集付
51-3	思ふらめ（し 小同刊甲イニ付）	古「思ふらし」 小「思ふらめ」 甲「思ふらめ（し）」
51-4	千代ふる春ゑも（のふる春へ 甲）	甲「ちよのふるすへ」
52-3	人志連須゛（ぬ 小同古）	古小「人しれぬ」
52-5	徒もる比（里ぬる 小）哉	小「つもりぬるかな」
53-3	(秋風) 夢に多尓（さへイ）	※「さへイ」は、正保版本の校異 ※「秋風」は底本の正保版本にはない集付
54-1	(万代 続古) うつゝにも（て 小同刊）	古「うつゝにて」 小「うつゝにも」 ※「万代」「続後」は底本の正保版本にはない集付
54-5	人の見え王多る（尓別ぬる 小同刊）哉	古「人に別れぬるかな」小「人のみえわたるかな」
55-1	(万代) 春雨能（尓 小）	小「春雨に」 ※「万代」は底本の正保版本にはない集付
55-2	さ者へ（尓 小同古甲同）ふること	古小甲「さはにふること」
55-3	を（お）と（もの 小）もなく（せて 小同イ甲同）	古「おともなく」 小「ものもせて」 甲「をともせて」 ※「せて」は正保版本の校異
55-5	ぬるゝ袖か奈（物思ふ人の袖八ぬ連个り甲此通イニ付 小同刊）	甲「ぬるゝ袖かな（物思ふ人の袖はぬれけりイ）」小「ぬるゝ袖かな」 ※「物思ふ人の袖はぬれけり」は正保版本の校異
56-0	四のみこ乃（ナシ）うせた万へるつとめて（ころ 小同刊）	古「四のみこうせたまへるころ」 小「四のみこのうせたまへるつとめて」
	風（○乃）ふく（きし）尓	古「風のふきしに」

番号	成章注記（中田光子蔵本）	注記の解釈
56-1	今朝（日　甲）より八	甲「今日よりは」
56-3	山風（吹秋　小）や	小「吹秋や」
56-4	ま多あふ坂（事　小甲同）（甲イニ付）も（の　小餘同刊）	小「またあふ事の」※小本はこの箇所以外は刊本と同じ　甲「またあふ事の（坂も）」
57-1	我身尓八（ナシ）（王れ可゛身尓　小甲同）	古「我身に」　小甲「われが身に」
57-5	思ひ个る（尓し　小）可那	小「思ひにしかな」
58-0	人の心とし侍るころ（題小ナシ）	◇古「人の心とし侍るころ」　小「此題なし」
58-2	可な八ざりける（ま可せ　甲イ同小同イ）	小「まかせざりける」　甲「かなは（まかせイ）ざりける」　※「ま可せ」は正保版本の校異
58-4	うき身八み（よ尓へ）じと（め　小餘同刊）	古「うきよにへじと」　小「うきめはみじと」　※「小本」この箇所「め」以外は刊本と同じ
59-3	さ夜更天（夢さめて　小甲イ同）	古小「夢さめて」　甲「さ夜更けて（夢さめて）」
59-4	我可多（王れ可多くひ　小甲同）恋を	小甲「われかたくひを」
59-5	あ可し可ねつる（ありと志りぬる）	古「ありとしりぬる」
60-2	さける垣年尓（八　小同刊）に	古「さける垣根は」　小「さける垣根に」
60-3	時ならで（ぬ　小同刊）	古「時ならぬ」　小「時ならで」
61-2	可り（き　小甲）（可りい本きゐる）本尓きぬる	古「かりいほきゐる」　小甲「かきほにきぬる」
62-0	井での山布゛きを（无　小同刊）	古「井での山ぶき」　小「井での山ぶきを」
63-1	霞多川（しく　小）	「古」歌番号なし※「古本」歌なし　小「霞しく」
63-4	あれて（里と　小）も君可゛（のへ　小）	小「ありとものへの」
63-5	見えわ多る哉（人の三ゆるころ　小同イ）	小「みゆるころかな」
64-1	な尓者め能（江尓　甲此通之已下同）	※「甲本」「なにはえに」で、以下は刊本と同じ
64-2	つりする人（あま　小同イ）尓	古「つりする人（あまイ）に」　小「つりするあまに」
64-3	め（王　小同刊）かれけ（せ　小）ん	古「わかれけん」　小「めかれせん」

番号	成章注記（中田光子蔵本）	注記の解釈
65-1 86類	ち（ふ小）たびとも（此一首甲脱）	小「ふたびとも」 ※「甲本」は此歌なし
66-0	(昔よりもこゝろ可者り个りといふ人尓)「人のむ可しより志り多利（る小）（も可ハりてつ連なきイ）といふ尓」小同刊　（甲云人のむ可しよりも可者りてつれなきとし里多りといふ尓）	古「昔よりもこゝろかはりけりといふ人に」 小「人のむかしよりしりたるといふに」 ※甲の注記として「ある人のむかしよりもかはりてつれなきとしりたりといふに」
66-1	今八とて（とても 小同イ）　（甲云今ぞか者らぬ可□）	小「今とても」 ※「とても」は正保版本の校異 甲の注記として「今ぞか者らぬ可□」
66-3	い尓しへも（の 小）	小「いにしへの」
66-4	かくこそ君（人 小同イ甲イ同）尓	◇古「かくこそ人に」か 「人」は正保版本の校異小「かくこそ人に」 甲「かくこそ君（人イ）に」
67-1	波の面を（上尓 小）	小「波の上に」
67-2	いで入鳥（より）は	古「いで入るよりは」
67-3	みなそこを（尓）	古「みなそこに」
68-0	な（无）といひてうせ多る（尓し 小同刊）人のあ者れなる古ろ（尓お本゛えしこそ 小同刊）	古「あしたづの雲井のなかにまじりなばといひてうせにし人のあはれにおぼえしこそ」 小「あしたづの雲井のなかにまじりなばなといひてうせたる人のあはれなるころ」
68-2	空尓多那ひく（うき多る 甲イ）（多ゝよふ　小同刊）	古「空にたゝよふ」 甲「そらにたなびく（うきたるイ）」 小「空にたなびく」
68-8	ま多（たま 小同刊）きえて	古「たまきえて」 ◇「たま」は正保版本の校異か 小「またきえて」
68-11	志げさそ（き八 小同刊）満さ留	古「しげきはまさる」 小「しげさぞまさる」
68-11	あら（し 小）多満（つ 小）の	小「あしたつの」
68-12	遊くとし月（ことの 甲）八（も 小）	小「ゆくとし月も」 甲「ゆくとしことの」
68-16	木の志多陰も（可ぜ尓 小同刊）	古「木のした風に」 小「木の下陰も」
68-20	時雨のを（お）と も	古「時雨のおとも」
68-22	古ひもわ可連も（春れ春゛ 甲イ）	甲「恋もわかれも（わすれず）」
68-24	つらきも志（をし 小同刊）れる　頭注<夜間梅をゝればをしれるの□有>	古「つらきをしれる」 小「つらきもしれる」 ◇「しれる」は夜間に梅を折れば香りでそれと分かるの自発の意味である。

番号	成章注記（中田光子蔵本）	注記の解釈
68-35	那可゛らへ（多え 小同刊）天	古「なかたえて」◇「たえ」は正保版本の校異か　小「ながらへて」
68-37	志万（なき 小同イ甲同）わ多り（る 小）	小甲「なきわたる」※「なき」は正保版本の校異◇古「なきわたり」か
68-39	ぬ連わ多留（里 小同古甲同）	古小甲「ぬれわたり」
68-40	いつ可うき世（身 小同古）の	古小「いつかうき身の」
68-41	く尓（見く 小同古甲同）さ見の	古小甲「みくさみの」
68-42	王可身可けつゝ（尓可けて 小同古甲同）	古小甲「わか身にかけて」
68-46	人に（と 小）あひ見天	小「人とあひ見て」
69-0	（小題全与刊同肩書醍醐御時）「日のてり侍り个る尓あ万こひのわ可よむへきせんしありて」（だいごの御時尓ひてりのし个れバあまのこひの哥よむべきせんじ尓）	古「だいごの御時にひてりのしければあまのこひの哥よむべきせんじに」※「小」本の題は全て刊本と同じく「醍醐御時」を歌の肩に書いている。
69-1	ち八や婦゛る（小云小大君集尓有之）	※小本に「小大君集に之有り」の注記
69-3	立さは（王）起	古「立さわぎ」
69-5	ひく（み 小同刊）ちあけ多まへ	古「みちあけたまへ」小「ひくちあけたまへ」
	六三　︵　○	※「古本」はこの歌（たきの水）と次歌（かきりなき）との間に「古本」六三番の歌あり
70-0	屋り（万 小同イ）水尓「きくの花乃（甲 ナシ）うきたりし尓」（さくらのな可゛るゝを三て 小同イ）（さくらのちりてな可るゝを）	※「万」は正保版本の校異　古「やり水にさくらのちりてながるるを」小「山水にさくらのながるゝをみて」甲「やり水にきくの花うきたりしに」
70-1	たきの（甲イに付）水（三つの 小）（玉水の 甲）※「の水の」（三つの 小」	小「たきみつの」甲「玉水の（たきの水）」
70-2	こ能も（本 甲）とちかく	甲「このほとちかく」
70-4	う多可多（甲イに付）（可多︶甲）花も（を 小）	甲「かたかた（うたかたイ）花も」小「うたかた花を」
70-5	あり（王 小同刊）とみましや	古「あわとみましや」小「ありとみましや」
71-1	かぎり那き（く 甲同）（小同刊）	古甲「かぎりなく」小「かぎりなき」
71-2	思のまゝ尓（山路の花尓 小）	小「山路の花に」
71-4	夢路を（尓 小甲同）さへ尓（や 小同古甲同）	古小甲「夢路にさへや」

番号	成章注記（中田光子蔵本）	注記の解釈
71-5	人盤（の 甲）と可゛めし（ん 小同古甲同）	古小「人はとがめん」 甲「人のとがめん」
72-0	か連多流あさち尓婦三（○を 小）さし多りけ（甲ナシ）留かへりことに小町があね	「古」歌番号なし※「古本」歌なし 小「かれたるあさちにふみをさしたりけるかへりことに 小町が姉」 甲「かれたるあさちにふみさしたるかへりことに 小町が姉」
72-1	（古恋五）時春ぎて	※「古恋五」は底本の正保版本にはない集付
72-2	可れゆく（ぬる 小）をのゝ	小「かれぬるをのゝ」
73-0	あ多な尓（るイ）人のさハ（王）可しう（く小）いひわらひ（多り 小）个留古ろ	古「あだなる人のさわがしういひわらひけるころ」 小「あだなに人のさはがしくいひわたりけるころ」
73-4	王可ぬ連衣ハ（を 小甲同）	古小甲「わがぬれ衣を」
74-1	（万代）ともすれば	※「万代」は底本の正保版本にはない集付
74-2	あ多゛な留可ぜ（た 小同刊）尓	◇古「あだなるかたに」か　※「た」は正保版本の校異　小「あだなるかぜに」
74-4	なびくてふ（可 小同刊）こと（○者同上）	古「なびくがことは」 小「なびくてふこと」
75-2	我身尓つまん（む 甲同 小同刊）と	古甲「我身につむと」 小「我身につまんと」
76-1 27類	我ごとく（を君 甲イ）	「古」歌番号なし※「古本」歌なし 甲「我ごとく（我を君イ）」
76-2 27類	物思ふ心（おもふる恋の 甲イ）	甲「物思ふ心（おもふる恋のイ）」
77-0	「みちのく尓へいく人耳い川者可利尓可（お那じ比三ちのくにへ下る人にいつばかりととひし可者゛个ふあ春）といひ多利しに（もの本゛らんといひしか者゛）（小同刊）」（○たゞけふあすといひたりしかば小）	古「おなじ比みちのくにへ下る人にいつばかりととひしかば、けふあすものぼらんといひしかば」 小「みちのくにへいく人にいつばかりにかといひたりしに、ただけふあすといひたりしかば」
	六八　六九	※「古本」次歌との間に六八、六九番の歌あり
77-1	みち能くハ（尓 小同刊）	◇古「みちのくに」か　※「に」は正保版本の校異　小「みちのくは」
77-2	世越うき嶋も（尓 小）	小「よをうき嶋に」
77-3	ありといふを（へバ 小）	小「ありといへば」

番号	成章注記（中田光子蔵本）	注記の解釈
78-0	佐多め多流こともなくて（小 ナシ）心本゛そき古路	小「さためたることもなく心ぼそきころ」
78-1	春万能浦（あま 甲）の（あまの住 小）	「古」歌番号なし※「古本」歌なし 小「あまの住」 甲「すまのあまの」
79-1	ひとりねの（小し甲付）（し甲付）（甲注云小町姉　独ヌル時ハマタルルト）	「古」歌番号なし※「古本」歌なし 小「ひとりねし」◇甲「ひとりねの（しイ）」か　甲本は「小町姉 独り寝るときはまたるゝと」注する
79-3	鳥能年の（小も 甲）	小甲「鳥のねも」
80-1	奈可゛れてと（比哥在仲文集）（拾よみ人不知）	「古」歌番号なし※「古本」歌なし ※「比哥在仲文集」は正保版本の注記 ※「拾よみ人不知」は底本の正保版本にはない集付
80-4	涙乃うへ（く 小）を	小「涙のうくを」
81-1	新古（卌六万代撰古）あ留ハなく	「古」歌番号なし※「古本」歌なし ※「新古」は正保版本の集付　※「卌六 万代 撰古」は底本である正保版本にはない集付
82-2	ま多三るよひ（あ八須る人 甲此イニ付）（小同刊）も	「古」歌番号なし※「古本」歌なし 小「またみるよひも」 甲「またみるよひ（あはする人もイ）も」 ※「あ八須る人」は正保版本の校異
82-5	うつゝなり个（るら 小甲同）ん	小甲「うつゝなるらん」
83-5	草もむつまし（なつ可し 小）	「古」歌番号なし※「古本」歌なし 小「草もなつかし」
84-1	（万代）世の中は	※「万代」は底本の正保版本にはない集付
86-1 65	（続後 万代）みし（志る 小甲同）人	「古」歌番号なし※「古本」歌なし 小甲「しる人も」 ※「続後 万代」は底本である正保版本にはない集付
88-3	たとら流（おも本ゆ 小同刊）連	古「おもほゆれ」　小「たどらるれ」
	六五 ︵ ○	※「古本」はこの歌（我が身こそ）と次の歌（ながらへば）との間に「古本」六五歌が入る。
91-1	（万代 続後）はかなくて（も 甲イ）	古「はかなくも」 甲「はかなくて（も）」◇小「はかなくて」　※「万代 続後」は底本である正保版本にはない集付
91-5	あはれとは（も 小）	小「あはれとも」
92-5	花と（し 甲）ち利なハ	甲「花しちりなは」

番号	成章注記（中田光子蔵本）	注記の解釈
93-5	人を待（甲イニ付）（こふ 甲）とて	甲「人をこふ（待つ）とて」
95-4	ありし尓もあら（尓ぬ 小同イ）ぬ	「古本」歌なし 小「ありしにもにぬ」 ※「尓ぬ」は正保版本の校異
96-1	（万代）あやしくも	※「万代」は底本である正保版本にはない集付
97-3	（続古）み世しとや（て 小同イ）	「古」歌番号なし※「古本」歌なし 小「みせしとて」 ※「続古」は底本である正保版本にはない集付　※「て」は正保版本の校異
99-4	春めハすみぬ（まる丶 小甲同）留	「古」歌番号なし※「古本」歌なし 小甲「すめはすまるる」
99-5	者尓そ有个留（世尓こ楚あり个れ 甲）	甲「世にこそありけれ」
100-4	音（知 小）尓や秋を	「古」歌番号なし※「古本」歌なし 小「知る人にや秋を」
100-5後	（巳上顕家三位本 小）	小「巳上顕家三位本」
	（甲此所ニ三首アリ 人しれぬ王可゛おもふ人尓あらぬ夜ハ見さへぬる三ておも本ゆる哉 　まへ王多りし尓たれとも那く天とらせし 空を行月の光を雲井より見でや丶み尓てよハ丶てぬべき 　可へしあし多尓ありし尓ま多雲者れておもひ出れどことの者のちれるな个きハおもひてもなき	※甲本には、この箇所に三首あり 「人しれぬわが思ふ人にあらぬ夜はみさへぬるみておもほゆるかな 　前わたりしにたれともなくてとらせし 空を行く月の光を雲井より見でややみにてよははてぬべき 　かへしあしたにありしにまた 雲はれておもひ出れどことのはのちれるなけきはおもひてもなき」の三首である。
	他本哥（家本 小） （小ナシ）十一（八 甲）首	小「他家本」　甲「他本哥　十八首」
	章云右三首皆複出之以同異駁雑不注前	章（注者）は、これら三首は皆先に出たのと同じで煩雑になるので、前（の該当箇所）に注記はしない。

番号	成章注記（中田光子蔵本）	注記の解釈
頭注	小 一＼アマ川カセー 二＼ミヤコ出テケウミカー（甲一） 三＼大カタノ秋クルー 四＼世中ハユメカ現カー 五＼アハレテウことノハー 　猿丸まうちきみの集なる哥 六＼アハレテウことコソー 七＼山里ハー 他本小宰相本在之八首 八＼小倉山ー 九＼別れつゝー 　い尓しへ小墅のよしきとあり 十＼ヲミナヘシ多カル墅ヘニー（甲十一） 十一＼形見コソー 十二＼ハカナシヤー 十三＼見シ人モシラレザリケリウタカタノウキミハイサヤ物ワスレシテ（甲十四） 十四＼花サキテ　小大尾	小本　※頭に＼切り出し記号を付 一「あまつかぜ」歌 二「みやこ出てけうみか」歌（「甲」本では一） 三「大かたの秋くる」歌 四「世中はゆめか現か」歌 五「あはれてうことのは」歌 　猿丸まうちきみの集なる哥 六「あはれてふことこそ」歌 七「山里は」歌 他本　小宰相本にある歌八首 八「小倉山」歌 九「別れつつ」歌 　いしにへ小墅のよしきとあり 十「をみなへし多かる墅へに」（「甲」本では十一） 十一「形見こそ」歌 十二「はかなしや」歌 十三「見し人もしられざりけりうたかたのうきみはいさや物わすれして」（「甲」本では十四）十四「花さきて」歌　※「小」本では、この歌が最末尾にある
頭注	甲 二　ワレノミヤヨヲ鶯ノー 三　都イテヽケウミカー」 四　世中ハ夢カー 五　アハレテウことノハー 　猿丸まうちきみの集なる哥 六　アハレテウことコソー 七　山里ハー 　他本小相□本也八首 八　ヲクラ山ー 九　ワカレツヽ 十　吹キスマウ風ハ昔ノ秋ナカラ有シニモアラヌ袖ノツユ哉 十一　ヲミナヘシー 十二　カタミコソー 十三　ハカナシヤー 十四　見シ人モー 十五　花咲テー	甲 二「われのみやよを鶯の」歌 三「都いでてけうみか」歌 四「世の中は夢か」歌 五「あはれてうことのは」歌 　猿丸まうちきみの集なる哥 六「あはれてうことこそ」歌 七「山里は」歌 　他本小相公本在之八首 八「をくら山」歌 九「わかれつつ」歌 十「吹きすまう風は昔の秋なから有しにもあらぬ袖のつゆ哉」 十一「をみなへし」歌 十二「かたみこそ」歌 十三「はかなしや」歌 十四「見し人も」歌 十五「花咲て」歌

番号	成章注記（中田光子蔵本）	注記の解釈
102-1	長月（あ可　小）の	「古」歌番号なし※「古本」歌なし.以下同じ 小「あか月の」
102-4	君しも（き　小）満さハ	小「君しきまさば」
104-0	な可あ免を　（甲比所ニ首アリ　あやなこといひ多る人尓　う三のうへを出入とり　たきの水このもとち可く　章云比ニ首又複出前同□）（続後）	「古本」歌なし※歌番号なし　※甲本には、この後に二首ある。「あやなこといひたる人に　うみのうへを　たきの水…」の二首である。章（注者）云。これら二首は前に出たのと同じ歌が又出ている。　※「続後(撰集)」は底本である正保版本にはない集付

番号	成章注記（中田光子蔵本）	注記の解釈
105-5	あまハすぐ（ご 甲）春と	「古本」歌なし※歌番号なし 甲「あまはすごすと」
107-1	一（小甲）あまつ風 是ヨリ小本次第不同見上層詞書等モ不同又哥モ四首多シ内一首ハ前ノ複之共ニ上ニ書ス甲本又異上層及巻末ニ尽書ス	※「小」「甲」本ともに、頭注の番号はここを一とする。※これより「小本」の歌序が正保版本と異なり、頭注に付したとおりである。詞書も異なり、歌も四首多い。その内の一首は、前に出ていたものと同じであるが、頭注に書している。「甲本」も又歌序（等）が異なっており、頭注及び巻末に書している。
107-5	道まと八な（さ 小甲同）ん	小甲「みちまどはさん」
108-1	六（小甲）あはれてふ	※「小」「甲」本では六番目
109-1	四（小甲）世中ハ	※「小」「甲」本では四番目
110-1	五あ者れてふ	※「小」「甲」本では五番目
111-1	七山里八	※「小」「甲」本では七番目
112-1	八をくら山	※「小」「甲」本では八番目
113-1	九別つゝ	※「小」「甲」本では九番目
114-1	十一加多みこそ	※「小」「甲」本では十一番目
115-1	十二者かなしや	※「小」「甲」本では十二番目
116-1	十四花さきて	※「小」「甲」本では十四番目
	甲奥云　都合百二十六首内長哥一首他人哥一首在　小野小町出羽郡司女承和比人与遍昭僧正有贈答 建長八年正月十七日重校合九条三位入道本了彼本哥六十九首云々顕家三位自筆本也安元二十一八日云々　校合了□□□	「甲」本の奥書に云　都合百二十六首内長歌を一首在り。小野小町は出羽郡司の女　承和の比の人　遍昭僧正と贈答歌有 建長八年正月重校合する。九条三位入道本了んぬ。彼の本歌六十九首云々。顕家三位自筆本也。安元二年十一月八日□□□

④同系統現存本との関係

成章注記一覧をもとに、成章注記に記載の「小本」「甲本」が、同系統の現存本とどのような関係にあるかを述べたい。その前に、本項では直接関係しないが、「古」本について特徴を記す。

この六十九首の「古本」とは、本書でいうところの異本系の、現存する六十九首本であろう。番号は「思ひつゝ」歌（一一六首本16）が、本来「十九」とあるべきところ「十五」と異なっているが、それ以外は、現存の六十九首の歌序に等しい。次の五箇所などは、現存の六十九首本とは異なるように見える。

注記箇所	句番号（一一六首本）	「古」本本文解釈
「世八はて（へ小同古）ぬべき」	3-5	古「よはへぬへき」
「みなと（可よひ小同刊）ち尓」	5-3	古「かよひちに」
「つ三て（つゝ小同刊甲イニ付）しのはん」	28-5	古「つゝみしのはん」
「さ夜更けて（夢さめて小甲イ同）」	59-3	古「夢さめて」
「可り（き小甲）（可りい本きゐる）本尓きぬる」	61-2	古「かりいほきゐる」

既述のように、本書の解釈が、推測したルールを前提にし、また、のべ一一〇箇所程度ある「古」本の注記のうちの右五例ということもあり、「古」本は、現存六十九首本と考えて良いかと思う。

しかも、それは、「大和文華館蔵本」及び「蓬左文庫蔵本」、即ち、「豊前本」といわれる系統の六十九首本である。異本系統伝本の細分類については、後に述べているが、なかでも、成章注記が指摘する次の句に、その特徴が表れている。

①「うつゝにひとの」（25-4）　②「恋わひて」（50-1）

③「木のした風に」（68-16）　④「みちあけたまへ」（69-5）

⑤「かきりなく」(71−1)　⑥「なびくがごとは」(74−4)
⑦「うつろひにけれ」(31−5)　⑧「人にもたゆみ」(46−2)

①から⑥までは、「蓬左文庫蔵本」「大和文華館蔵本」の、⑦⑧は、「大和文華館蔵本」の本文である。従って、成章の注記に用いた「古」本とは、「豊前本」といわれる系統の六十九首本である。

次に、推測される成章注記「小」本及び同「甲」本について、同系統の現存本との関係を述べたい。

成章注記に見える「小本」及び「甲本」(以下「小」本、「甲」本とも記す)が、現存する「御所本甲本」及び「神宮文庫蔵本(一一一三)」(以下「神宮一一一三本」とも記す)とどのような関係にあるのか。特有歌や増補部の注記や奥書、そして次の頭注に見る歌序の違いから見て、四本とも同系統であるとは言える。しかし、成章注記「甲」本が即ち、「御所本甲本」であり、「神宮一一一三本」が、即ち成章注記「小」本であると言うことは出来ない。そもそも、御所本の「甲」という分類は書陵部叢書の分類であって、成章注記の際の呼称とは無関係である。次の頭注は、原本は片仮名で「小」「甲」の順に横に書かれており、「ー」の省略記号が用いられている。

甲
二　われのみやよを鶯のー
三　都いてゝけうみかー
四　世中は夢か
五　あはれてうことのはー
　猿丸まうちきみの集なる哥
六　あはれてうことこそー
七　山里はー
　他本小相□本也　八首

小
一　あまつかせー
二(甲□)　みやこ出てけうみかー
三　大かたの秋くるー
四　世の中は夢か現かー
五　あはれてうことのはー
　猿丸まうちきみの集なる哥
六　あはれてうことこそ
七　山里はー

八　をくら山ー
九　わかれつゝ
十　吹すまう風はむかしの秋なから有しにもあら
　　ぬ袖のつゆ哉
十一　をみなへしー
十二　かたみこそー
十三　はかなしやー
十四　見し人も
十五　花咲て

他本小宰相本在之八首
八　小倉山ー
九　別つつー
　　いにし小野のよしきとあり
十（甲十二）　をみなへし多かる野へに
十一　形見こそー
十二　はかなしや
十三（甲十四）　見し人もしられざりけりうたかた
　　のうきみはいさや物わすれして
十四　花さきてー
小大尾

成章の注記から本文を再現した時、そこから推測される「甲」本及び「小」本の特徴を、①奥書の記述、②増補部注記の記述、③特有歌、脱落歌といった歌本文という三つの観点に分けて確認しつつ述べたい。

①奥書について、「御所本甲本」に見える次の奥書が、成章注記「甲」本にもあった。

甲奥云　都合百二十六首内長歌一首他人哥一首　他人哥一首在　小野小町出羽郡司女承和頃人与遍昭僧正有
贈答　建長六年正月十七日重校合九条三位入道本了彼本哥六十九首云々　顕家三位自筆本也　安元二十一八日
云々　校合了　□□□

右奥書は、現存「御所本甲本」の奥書に比べると記述が少ない。即ち、作者に関して「御所本甲本」で言うところの『袖中抄』以降の内容が記されておらず、「藤資経」の校合記録にあたる箇所に続く承空による書写の記録が見えない。この奥書は、現存する「神宮一一一三本」にはないもので、「小」本にもなかったようである。

②増補部の記述について、現存する「御所本甲本」の一〇〇首末（増補部直前）には、「巳上顕家三位本」と記載され、「神宮一一一三本」には見えない。しかし成章注記の場合「甲」本ではなく、「小」本の同一〇〇首末（増補部直前）にあることが注記されている。また、最初の増補部をそれと明記する記載については、「御所本甲本」に現在見える「他本哥　十八首」と同様の表記は「甲」本にもあり、「神宮一一一三本」に見える「他家本」という記載も「小」本にあるという。最初の増補部の記載は「小」本即ち「神宮一一一三本」、「甲」本即ち「御所本甲本」という対応関係に叶う。しかし、後の増補部の記載、即ち「御所本甲本」では「他本　小宰相本」、「神宮一一一三本」では「他本　―　依不易所書之」という記載は、同様な形では対応しない。成章注記「甲」本に「他本小相公本也八首」とあって、「小」本の方に「他本小宰相本在之八首」と記されているという。「小相公本」は、一一六首本に広く見える記載であるが、後の増補を明記する記載として「御所本甲本」に特徴的であった「小宰相本」という表記は、「甲」本ではなく、「小」本に存在したということになる。後述するが、「小」本の本文を用いて「御所本甲本」が校合されたと考える。

③特有歌、脱落歌といった歌本文の特徴について、まず、「御所本甲本」と「神宮一一一三本」は、最初の増補部の中に「みやこいでてけふみかのはら」「をみなへしおほかるのへに」という、他系統には見えない特有歌を持っていた。成章注記の「甲」本、「小」本にも、同二首が存在したと記されている。しかし、後の増補部の中にある特徴的な記載、即ち「神宮一一一三本」の表記で言えば、「猿丸まうち君の集なる哥」（「御所本甲本」は「さるまろまち君の集なる哥」）及び「いにし小墅よしきとあり」（「御所本甲本」では、「古四　小野美材哥」の集付）という詞書と注記もうまく対応していない。「甲」本、「小」本ともに、「猿丸まうちきみの集なる哥」であったといい、小野美材の作者名に関しては、「小」本の方に「いにしへ小墅のよしきとあり」と記され、「甲」本には該当する注記

がない。現存する「御所本甲本」が数種の集付を付しているのに対して「神宮一一一三本」には集付が付されていない。これは、もともと集付のない「神宮一一一三本」に「古　小野美材」というような書入があって、その「古」を「いにしへ」と読み、注記として入れられたのではないかと推測する。「小」本は、「神宮一一一三本」の祖本なのであろう。ただし注記に関し、「小」本には「小大君集尓有之」（一一六首本で言えば第六十九歌）と記載されるというが、この注記が「神宮一一一三本」には見えないという点は、理由が推測出来ない。

また、「御所本甲本」「神宮一一一三本」は、他の流布本が、「ちたひともしられさりけり」「みしひともしられさりけり」という重出歌とも言える類歌を持っていたのに加えて、さらに「しる人もしられさりけり」という『万代集』『続後撰集』の所収歌を持っていた。この点に関しては、「小」本、「甲」本ともに「しる人もしられざりけり」歌を持っており、増補部の中にも、同様に「見し人もしられざりけり」の歌を持っていて、現存する本と同じである。ただし、根幹部の「ちたびともしられざりけり」歌については、「小」本の初句が「ふたびとも」であったといい、「甲」本にこの歌はなかった（此一首甲脱）という。類歌があるにも関わらず、一首のみを削除するというのも不自然なので、「甲」本に「ちたひともしられざりけり」の歌がなかったというのは、類歌がさらに生ずる前の段階の本であったからだろう。根幹部の「しる人も」歌の類歌として増補部に「見し人も」歌が入り、さらに「ちたびとも」という類歌の順に収録されていったと推測する。一一六首本で言えば第六十五歌に当たるこの「ちたびとも」歌は、「時雨亭文庫蔵本（唐草装飾本）」の「人かとも」同様、「人」の入る初句が古い形であろう。

次に、「御所本甲本」と「神宮一一一三本」の脱文についてであるが、脱文は、「甲」本、「小」本にはなかったであろうと思われる。「御所本甲本」の空白箇所、一一六首本で言えば第十二歌の第三句「あ〇とあへは」については、「甲」本では、「あふといへは」という「古本」同様の本文であったことが記されている。これは、「古本」即ち現存する六十九首本の中では、いわゆる豊前本の形である。一方「小」本は、「あひとあへは」という、他の六十九首本や西本願寺本と同じ本文であったという。空白のある「御所本甲本」がやはり新しく、本文は「小」本に近い本文だったかもしれない。本文の脱落に関してさらに、「神宮一一一三本」は一一六首本第四十五歌「こききぬやあまのかぜまもまたずしてにくさびかけるあまのつりぶね」を欠いており、「御所本甲本」は第四句を空白にしていたが、成章「甲」本も「小」本も、この歌を持っていた。「甲」本は、初句「こきいてぬや」、第三句「みくさみかける」として載り、同「小」本に関する注記はないので、「小」本にもこの歌は存在し、版本と同じ歌を持っていたようである。「神宮一一一三本」は、他にも一一六首本で言えば第八十歌「ながれてと」、第一〇一歌「いつとても」歌及び第六十三歌第四句を欠くが、「甲」本も「小」本も、それと注記はないので、これらの歌を備えていたようである。「神宮一一一三本」で、「ちたびとも」歌の初句が欠け、次の歌の詞書のようになっていたのも、既述のように時代を新しくする所為であろう。

先行研究では、同系統でも、「神宮一一一三本」は、「御所本甲本」にない「おほかたのあきくるからに」歌をもっているので、「御所本甲本」が「都合一二六首内長哥一首」と記しながら、実際は一二五首しかないことを説明出来ると指摘されていた。「小」本にも、確かに「おほかたの秋くる」歌の増補部にあったことが注記で示されている。しかし、この歌が「御所本甲本」にあるべきはずの一首であったかどうかは分からない。成章注記「甲」本の後の増補部にも、「吹きすまう風は昔の秋なから有しにもあらぬ袖のつゆ哉」歌という一首が見えるというからである。これは、「吹きむすぶ風は昔のあきながら」という一一六首本で言えば第九十五歌の異伝であろう。成章の注記には、この初出に当たる「吹きむすぶ」歌は、「古本」にはないと注されているが、「小」本及び「甲」本に関する注がないので、ともにいったんは「吹きむすぶ」の形で入っていたのだろう。それに加えて、後の増補部で「吹きすまう」とあったので、成章も誤解を避けるために、他の箇所の注記とは異なり、歌を省略せずに一首全体を記している。従って、「都合百二十六首」であったという現存「御所本甲本」に欠けた一首は、「おほかたの」歌と「吹きすまう」歌の両方の可能性がある。

成章「小」本と「甲」本は、現存する「御所本甲本」の祖本としてある。特に、「小」本は、「神宮一一一三本」の親本であると見られる。「神宮一一一三本」は、次のように他には見えない特有の本文を持つが、それらが成章注記「小」本にも見える。さらには、その本文が、「御所本甲本」の書入本文にもなっているのである。

「山ぶしの」（35-1）　「さひしかるらん」（47-5）　「わが思ふ人に」（49-2）
「波の上に」（67-1）　「なきわたる」（68-37）　「山水にさくらのながるゝをみて」（70詞）
「たきみつの」（70-1）　「うたかた花を」（70-4）　「ありといへば」（77-3）

次は、「甲」本の本文でもあるというが、「御所本甲本」の書入本文になっている。

「いつかうき身の」（68-40）　「わか身にかけて」（68-42）　「わがぬれ衣を」（73-4）
「うつゝなるらん」（82-5）　「すめはすまるゝ」（99-4）

特に、第六十八歌の「いつかうき身の」（68-40）「わか身にかけて」（68-42）は、「時雨亭文庫蔵本（唐草装飾本）」、「静嘉堂文庫蔵本（一〇五・三）」の本文でもある。

一方で、成章注記「甲」本が「御所本甲本」の書入と関係するような次の例もある。しかし、これらは、他の本の本文にも見えるので、「甲」本の本文が参照されたとは現時点では言えない。

成章注記「甲」本	「御所本甲本」	一一六首本番号
「ちよのふるすへ」	「ちよふるよにも（ちよのふるすゑ）」	51-4
「さ夜更けて（夢さめて）」	「ゆめさめ（さよふけ）て」	59-3
「ぬるゝ袖かな（物思ふ人の袖はぬれけりイ）」	「物おもふ人のそてはぬれけり（ぬるゝ袖哉）」	55-5

「またあふ事（坂）も」	「またあふさ可（こと）も」	56−4
「あ（かイ）ぬま（よイ）は」	「あ可（八）ぬよ盤」	49−3
「人のむかしよりもかはりてつれなきとしりたりといふに」	「人のむ可しよ利志里多りといふ尓」	66詞

以上、「御所本甲本」系統の祖本として、成章注記「小」本と「甲」本とがあり、「御所本甲本」と成章注記「甲」本、「神宮一一一三本」と「小」本とは似ているが、直接の親子関係を見ることは出来ない。「御所本甲本」には、「小」本で校合されている痕跡がある。

註

（1）『図書寮所蔵　桂宮本叢書　第一巻』昭和三十五年三月　養徳社

（2）『宮内庁書陵部蔵　御所本三十六人集』

（3）島田良二・千艘秋男『御所本三十六人集　本文・索引・研究』平成十二年二月　笠間書院

（4）杉谷寿郎「小町集」『平安私歌集研究』平成十年十月　新典社

二　「西本願寺蔵本（補写本）」系統（一一六首本）

（1）一一六首の伝本

「西本願寺蔵本（補写本）」系統とは、いわゆる一一六首本の系統であると言うことが出来る。制作年代が、明暦二年（一六五六）に近い頃として明らかである点で、系統を代表させる名称とした。本文の検討から、従来一一六首本の代表に選ばれてきたのは、例えば『新編国歌大観　第三巻　私家集編Ⅰ』所収の「小町集」（片桐洋一氏解題）では、「陽明文庫蔵　三十六人集（近サ・六八、七七三）」所収本「小町集」が本文校訂の底本とされていたし、また、藤田洋治氏や杉谷寿郎氏の系統分類では、一一六首本を代表させるのに『宮内庁書陵部蔵　三十六人集（五〇六・八）（御所本乙本）』を用いている。後に作られた類従版本も歌数は同じ一一六首である。版本と写本との違いはあるが、その親本のことを考慮すれば、類従版本も細分類の際には、一一六首本の一系統になると考える。

次項に記すような基準に従って、更に一一六首本を細分類すると、調査伝本中一一六首本は、次のようになった。

・「西本願寺蔵（補写本）」「京都女子大学蔵飛鳥井雅章本」「ノートルダム清心女子大学蔵本（八一八）」
・「宮内庁書陵部蔵本（五〇六・八）」「陽明文庫蔵本（近二二一・一）」
・「筑波大学蔵本（ル212・26・3）新宮城印本」「内閣文庫蔵本（二〇一・四三四）」
・「東奥義塾高校蔵本」「長野市蔵真田家旧蔵本」
・「群書類従版本」「内閣文庫蔵本（二〇一・四三三）」
・「神宮徴古館蔵本」「陽明文庫蔵本（近サ・六八）」「静嘉堂文庫蔵本（一〇五・一二）青砥家旧蔵」

最後の三本は、分類できずに一応まとめておいたものである。

（2）「西本願寺蔵本（補写本）」

一一六首の写本の中でも、「西本願寺蔵本（補写本）」に、ごく近い転写本は、「京都女子大学蔵　飛鳥井雅章本」と「ノートルダム清心女子大学蔵本（八一八）」とである。このことは、島田良二氏の研究等で指摘されていた。『私家集伝本書目』(1)によれば、「ノートルダム清心女子大学蔵本（八一八）」も、飛鳥井雅章本より転写されたということである。

これらの「西本願寺蔵本（補写本）」が、他の一一六首本と異なる点は、次の本文的特徴にある。それらは、ごく狭い意味での「補写本小町集」に特異な本文である。

3詞　たれともなくたとらせたりし　12詞　あいなうとかめて
18-4　ゆめよりほかは　28-5　つつみしのはむ
53-3　ゆめにたに　65-3　うきかたの
68-49　身とぞなるべき　70-1　たきのみつ
74-2　あたなるかたに　91-4　かすまむかたを
105-5　あまはすくとも

「西本願寺蔵本（補写本）」を翻刻されたものに、久曾神昇氏の著書(2)があるが、ほぼ、右の翻刻と同じである。まず、「あいなうとかめて」（12詞）の「て」は、「之」にも見える「天」である。「たれともなくたとらせたりし」（3詞）の「た」に同著は「て（カ）」と記されているが、「西本願寺蔵本（補写本）」と「京都女子大学蔵本」は、明瞭に「太」の崩し字に見える。

「しまわたり」（68-37）は、同著でもそうあるように、「しまわたり」と読むべきなのであろうが、「ノートルダム清心女子大学蔵本」の「わ」は、「加」に見える。他の二本は、「和」の崩し字である。酷似している三本の本文であるが、違う箇所も見える。「あしたゆく」（29-3）、「かすまむかたを」（91-4）について、他の二本とは異なり、「ノートルダム清心女子大学蔵本」が「あしたかく」「かすまむそらを」としている。

さらに、右の三本には、書入は施されておらず、「西本願寺（補写本）」には全く見えないが、「京都女子大学蔵本」および「ノートルダム清心女子大学蔵本」には唯一次のような書入が見える。

「やま《□□》《りイ》みつにきくのはなのうきたりしに」（70詞）

書入は左右に施されてあり、左側は「京都女子大学蔵本」では「本三」、「ノートルダム清心女子大学蔵本」では「木マ」のような文字が見えるが判読出来ない。

（3）「類従版本」

『群書類従』「第二百七十二　小町集」も、一一六首から成る伝本である。以下類従版本とも記す。『群書類従』は、その編纂が安永八年（一七七九）から始まっているので、「小町集」もそれ以降のものである。群書類従本「小町集」の末尾には「右小町集以流布印本校合」と記されており、版行に際し何らかの校合が行われたことを示している。版本の『群書類従』所収「小町集」は、後に活字化されるものとは違って、集付や注記等の傍書が一切ない。

註

（1）和歌史研究会編『私家集伝本書目』昭和四十年十月　明治書院

（2）久曾神昇『西本願寺本三十六人集精成』

三　正保版本系統（一一五首本）

（1）一一五首の伝本

流布本系統を分類するのに、従来、

いつはとは時はわかねども秋のよぞ物おもふことのかぎりなりける　(42)

を有しているかいないかという観点が用いられてきた。「いつはとは」歌を有していなければ、総歌数は一一五首で、その典型が正保四年刊の『歌仙家集』であるとする観点である。絵入版本の『小野小町家集上』も、同様に一一五首本である。以下、正保四年刊の『歌仙家集』を正保版本、『小野小町家集上』を絵入版本とも記す。正保四年『歌仙家集』は、成立年代で言えば、前項で取り上げた「西本願寺蔵本（補写本）」の補写時期よりも古い成立である。

「いつはとは」歌一首の存在は、片桐洋一氏分割の第一部末に位置する歌という性格をもつ歌であり、脱落があったとすれば、「小町集」の内部構造との関わりが深いであろう。つまり、他作者の歌であるから、この一首が削除されたという従来の説とは違う見方である。

この一首が存在すれば一一六首本で、なければ一一五首本の系統ということになる。一一五首本系統に入る、「熊本大学北岡文庫蔵本」が、「よのなかは」歌（84）・「むさしのの」歌（85）を脱落させて一一三首となり、「静嘉堂文庫蔵本（五二一・一二）」が「はるさめの」歌（55）を脱落させて、一一四首となる。ちなみに一一六首本系統では、「長野市蔵真田家旧蔵本」が「あきのつき」歌（11）を脱落させて、一一五首となっている。算用数字は一一六首本を基準にした歌番号である。

次項の基準に則って、更に一一五首本を細分類すると次のグループに分けられた。

- 「絵入版本」「岩国徴古館蔵本」「中田光子蔵本（国文研ナ-3-9-9-6）」「富山県立図書館蔵本（T一二一・一二）」「東京大学　国文学研究室蔵本」
- 「正保版本」「宮内庁書陵部蔵　高松宮　有栖川宮旧蔵本（国文研21-30-1-28）」「熊本大学　北岡文庫蔵本」「広島大学蔵本（大國八八五）」「慶應義塾大学蔵本（一四六・一三四）」
- 「静嘉堂文庫蔵本（八二・三〇）」
- 「静嘉堂文庫蔵本（五二一・一二）」「慶應義塾大学蔵本（一〇〇・二八）」

（2）「正保版本」

正保四年刊『歌仙家集』は、全十五冊からなる歌集として刊行され、「小町集」は、十二冊目で第二十八番目に入る。これは、いわゆる三十六歌仙の家集を集めたものであり、「歌仙家集」という総称は、この版本に特徴的である。版行年代は正保四年（一六四七）で、それは巻末に「正保四年丁亥暦八月書林中野道也緑梓」と印刷されていることから知られる。「和歌山大学紀州藩文庫（国語・三二三）」には、「京都二条通富小路東入町御書物所　吉田四郎右衛門」の書入がある。調査した伝本の中で、匣郭の欠損跡が最も少なく印刷が鮮明であったのは、「福井県立図書館松平文庫（文三八一・六・七）」の版本であり、正保版本の中では、古態を保つものと言えよう。

(3)「絵入版本」

絵入版本『小野小町家集』は、「小野小町家集上」と「小町業平歌問答下」から成る二冊本である。この上巻が、一一五首の「小町集」になっており、本書では、この上巻を「絵入版本」として考察の対象にしている。上巻に六枚、下巻に四枚の挿絵が入っている。先行研究では、「後人の擬作」「はるか後世のもの」とされてきたといい、伝本の考察からも除外されてきた（杉谷寿郎「小町集」）。絵入版本に関わる年代では、「神宮文庫蔵本（一一一一）」に天明四年（一七八五）の、「豊橋市図書館蔵本（九一一・一三・二八）」に文久元年（一八六一）の奉納記録が残されていて、たしかに正保版本よりは後世のものであるらしい。

(4)「正保版本」と「絵入版本」との近似

本文に関しては、正保版本（A）と絵入版本（B）との本文はほとんど同じで、違いは以下の八箇所にすぎない。それも、書入に関するものが大部分で、（A）の正保版本にある書入が、（B）の絵入版本には抜けているという性質の差異である。そのうちの二例も、判読による差異で、第六十五歌は意識的に改変がなされたのかどうかは分からないが、「さ」と「ま」という似た文字の違いであり、第一〇一歌は、正保版本（A）で「留」と解釈された崩し字が絵入版本（B）では「利」と判読されている。以下の数字は、一一六首本の歌番号と第何句であるかを示している。

（A正保）み年（やへイ）の白雲と　（B絵入）峯乃しら雲と　9－2
（A正保）人めつゝむ（をも留）と　（B絵入）人めつゝむと　14－4
（A正保）う三（ら）と成なん　（B絵入）海登成なん　26－5
（A正保）ちりもま可者（三多れ）め　（B絵入）遅りも末可八免　32－5
（A正保）なとて（可）こ能くれ　（B絵入）なとてこ能く礼　47－4
（A正保）うき身八いさや　（B絵入）うき身八い万や　65－4
（A正保）今はとて（今とても）　（B絵入）今八とて　66－1
（A正保）あやし可利毛利　（B絵入）あやし可利毛留　101－4

（5）「正保版本」の書入本文

正保版本の書入本文は、「陽明文庫蔵一冊本（国文研55－44－8）」であることが分かった。［資料3］に示すとおりである。この「陽明文庫蔵一冊本」は、従来の研究には触れられていなかった本で、特異な本文をもっている。料紙全てに雲や亀甲の模様のある美しい本で、この本自体に書入はない。「いつはとは」歌（42）を持たず、「やよやまて」歌（7）の三国町歌及び、第四十二歌に続く「ひくらしの」歌（43）を欠いている点も特異である。

この本が正保版本の書入本文になっているということは、正保四年には既に存在していた本ということになるが、一方で、その書写が、年代の先後関係を知る一助となるのではないかと思われる点が二点あった。一は、「陽明文庫一冊本」の脱落箇所が、「中田光子蔵本（国文研ナ3－9－9－6）」と共通していることである。絵入版本には脱落箇所がないので、仮に「中田光子蔵本」が、絵入版本に後続つまり、絵入版本の転写本であるとすれば、その転写段階での脱落となる。逆に「中田光子蔵本」が、絵入版本に先行すれば、「中田光子蔵本」の脱落箇所を絵入版本制作時に補ったことになる。該当箇所は、「なつのよの」歌（53）の第四句及び結句と、続く「うつつにも」歌（54）の初句と二句である。ともに欠脱によって、第五十三歌の上句が第五十四歌の下句とつながり一首にされている。他の一は、増補部にある注記「他本哥」の「哥」が「歌」となっていることである。「哥」ではなく「歌」を用いるのは絵入版本の特徴で、その転写本の中では「岩国徴古館蔵本」が「歌」とする。増補部については、根幹部の成立とは別に考えるべきかもしれない。右「中田光子蔵本」が絵入版本よりも後の書写であるとすれば、同じ脱落部のある「陽明文庫蔵一冊本」の本文も新しいものかと思える二例である。それが、直ちに成立の問題にはつながらないが、伝本の親子関係に於ける一現象ではある。

［資料３］正保版本の書入と「陽明文庫蔵一冊本」との本文対照表

116首句番号 -0は詞	正　保　版　本　（　）は書入本文	「陽明文庫蔵一冊本」（国文研　55-44-８）
5-0	たいめんしぬへく（しイ）やとあ連は	—
5-5	我八春へぬを（王可春へなく尓）	我寿へなく耳
6-0	女郎花いとおほく本りて三流尓（をおりておとこ見留尓イ）	をみなへしをを里天おとこ見る耳
9-2	み年（やへイ）の白雲と	八重能志ら雲と
12-3	あひ（ふ）とあ（い）へ八	あふといへ八
14-4	人めつゝむ（をも留）と	ひ登免越もる登
26-5	う三（ら）と成なん	浦登な里な無
32-5	ちりもま可者（三多れ）め	散も美多れめ
36-4	於とこいむな留物をといへ者（ふをき可ぬ可本尓てイ）	おとこいむ奈留ものを登い婦をき可ぬ可ほ尓天
46-3	思ひしを（ハ）	おもひし八
46-4	我身能うきと（尓）	我身乃う起尓
47-4	なとて（可）こ能くれ	なと可此くれ
48-2	者可那き物と（を）	者可な起物を
49-3	あハぬま（よ）ハ	あ八ぬ夜八
51-3	思ふらめ（し）	おもふ羅之
53-3	夢に多尓（さへイ）	夢にさへ
55-3	をともなく（せて）	をとも勢天
55-4	人尓志られて（物思ふ人の）	も乃於もふ人濃
55-5	ぬ留ゝ袖可な（袖ハぬ連个り）	袖八ぬ禮気里
58-2	可なハ（ま可せ）さ利け留	満可せさり気留
59-5	あかし可ねつ留（ありと志りぬ留）	有と志りぬ流
63-4	あれても君可（人の）	あれ天も人乃
63-5	見えわ多留（三由留ころ）哉	見由る比可那
64-1	な尓者め能（江尓）	難波江耳
64-2	つり須留人（あま）尓	徒里須留蜑に
64-3	め（王）可れ个ん	王可れ気ん
66-01	人のむ可しよ利志り多利（も可ハりてつ連なきイ）といふ尓	人乃む可しよりか八里天徒れなき尓
66-1	今はとて（とても）	今と天も
66-4	かくこそ君（人）尓	かくこそ人尓
68-07	ま多（たま）きえて	玉きえ天
68-35	那可らへ（多え）天	中堂え天
68-37	志万（なき）わ多り	鳴和多梨
70-01	屋り（万）水尓	山水耳
70-02	きくの花乃（さくらの）	桜乃花を
70-03	うきた利し尓（な可留ゝを三て）	見帝
74-2	あ多な留可せ（た）尓	あ多な類方耳
77-1	みち能くハ（尓）	見ち乃国
82-2	ま多三留よひ（あハ須留人）も	あ者須留人も
95-4	ありし尓もあらぬ（尓ぬ）	あ里し耳も似怒
97-3	み世しとや（て）	見せしと天
115-1	者可なしや（哀なり）　新古	者可なしや　新古
115-2	我身の者てよ（や）	我身の者天や
115-4	のへ尓たなひく（徒ゐ尓八のへの）	徒ゐ尓八野へ乃

四　流布本系統内分類の観点

(1) 刊写の別

「小町集」の版本には、以下の三種類がある。

A　正保四年刊『歌仙家集』中の「小町集」

B　絵入版本「小野小町家集上」（下巻に相当するのは『小町業平歌問答下』）

C　『群書類従』中の「小町集」

調査した版本は、正保版本十七本、「絵入版本」十三本、類従版本二本の、合計三十二本あった。それぞれを一と数えて、先に調査伝本を四十二と述べたが、総数で言えば、調査伝本は七十一で、写本と刊本の数は、それぞれ三十九と三十二である。

これらAからCの判別は、現物を見れば容易である。Bには絵が施されてあり、Aには匡郭がある。類従本には、挿絵も匡郭もない。しかし、それぞれを写した写本になれば、絵などは、省略されることもあろう。次の表に、三種類の版本の記載の相違を表にしたが、以下は判別の一助となる。

正保版本（A）と「絵入版本」（B）との近似に関しては、先の項で述べたが、これに比して、正保版本（A）と、類従版本（C）との本文の差異は大きく、具体例は省略するが、四十五箇所もあった。しかも、類従版本（C）には傍書がないので、それらの差異は、書入以外の相違といえる。類従版本（C）は、巻末に付された注記に拠れば、「小町集」の「流布印本」で校合したというので、AまたはBの版本で校合が行われたということになるが、差異が大きい点に於いて、対校に用いられたという「印本」の影響が少ないように見える。対校に用いた「印本」の影響が少ないということは、類従版本（C）は、対校に用いた「印本」よりも、もとにした親本の性質を多く残しているということになる。先の「小町集」の系統分類でも明らかなように、（A）（B）の総歌数が一一五首であるのに比し、（C）は一一六首である。これは、単なる一首の脱落ではなく、親本が本質的に違っていたということになる。

	内外題	版心	巻末
A　正保版本	（内）「小町集」 （外）「歌仙家集十二」	「小町仙十二」 「十二」から「二十」	「正保四丁亥暦八月書林中野道也緑梓」
B　絵入版本（上巻）	（内）「小野小町家集上」 （外）「小町家集上」	「小町上」 「一」から「二十三」	「小町家集上終」
C　類従版本	（内）「小町集」	「巻二百七十二」 「一」から「十」	「右小町集以流布印本校合」

刊本と関わりの深い写本が三本ある。正保版本（A）を書写した写本に、「中田光子蔵本（国文研ナ3-4-1-28）」があり、これは、書入に「刊本」を底本にすると記されることと、「歌仙家集」と題すること、また、右のような本文の特徴から正保版本（A）を書写したことが知られる。また、絵入版本（B）に関連する写本では、「中田光子蔵本（国文研ナ3-9-9-6）」、と「岩国徴古館本（一八・二四）」及び「富山県立図書館蔵本（T二二・二）」がある。ともに、上下巻とも書写されている。「岩国徴古館本」には、「安政六年（一八六〇）」の、「富山県立図書館本」には「文政六年（一八二四）五十嵐篤好写」の書写記録がある。右記の絵入版本（B）の書写された記録を併せてみても、「神宮文庫蔵本（一一一二）」の天明四年（一七八五）を遡ることはない。

AからCの版本は、他の写本と比較して、本文に特徴を有する箇所が少なからずある。後世のものではあるが、写本の分類には重要な観点を有している。

(2)　冊次

外題や内題というものは、系統細分類の基準にはならないが、参考とはすべきである。例えば、「ノートルダム清心女子大学蔵本（八一八）」には、「小町集廿八」とある。これは、同『三十六人集』の各本に付せられた冊次である。しかし、親本である「西本願寺蔵本（補写本）」に冊次記号等はない。もっとも、『西本願寺本三十六人集』の忠実な複製本として制作されたという本の中には、「三十六集目録」が付されてあり、その順序であれば「小町集」は「十二」で、ごく近い転写本であるはずの「ノートルダム清心女子大学蔵本」とは異なる。「宮内庁書陵部蔵本（五〇六・八）」などにある、「小野小町集　廿八」という「二十八」は、三十六歌仙を左右交互に並べた時の小町の順番にあたるという。「廿八」とは、そのような意味を持つ冊次記号なのであろう。同じ「廿八」は、類従版本にも見える。同集成では、「小町集」が十二冊目の二十八番目に入る。例えば、また、「広島大学蔵本（大國八八五）」は、『私家集伝本書目』によれば、「伝園池中納言宗朝」書写の本であるらしいが、外題に「小町家集　右六」とある。

三十六歌仙を左右交互にならべるか、或いはまた左右それぞれを通しで並べるかというのは、『三十六人集』の系統分類で行われている。外題や内題は、その『三十六人集』が制作されたり補修されたりした時の事実を示すものである。

ちなみに、正保版本は、表紙に「高光　友則　小町　忠岑　頼基　十二」と付されるように、その順で集成が行われており、類従版本の前後関係は、「遍昭　素性　小町　友則　兼輔　猿丸　朝忠」の順になっている。

(3)　一一五首本系統と一一六首本系統との識別

先に、一一六首本と一一五首本の各伝本を細分類して掲げたが、その根拠は何か。大まかな差異は、次の本文異同の観点によって知られる。

観点①　第二十一歌詞書「みもなきなへのほに文をさして、人のもとへやる」

この「なへ」は、一一六首本には全て「夏」と漢字が当てられている。それに対して、一一五首本では「なへ」になっており、特に絵入版本では、「苗」の漢字に直されている。「へ」と「つ」は誤りやすい。「御所本甲本」や「神宮文庫蔵本（一一一三）」は、一一五首本同様「なへ」になっている。

観点②　第十七歌詞書「これを人にかたりければ、あはれなりけることかなとある、御かへし」

傍線部が、一一六首本では「ある御かへし」と「御」が入るが、一一五首本では「あるかへし」と「御」が入らない。「御所本甲本」は「とありし御返事に」とし、「神宮文庫蔵本（一一一三）」は「とありし返ことに」、また「静嘉堂文庫蔵本（一〇五・三）」は「といひし人の返事に」となる。流布本系統でも、「御所本甲本」系統と、後に述べる異本系統の「静嘉堂文庫蔵本（一〇五・三）」との近いことが分かる。

観点③　「御所本甲本」「神宮文庫蔵本（一一一三）」「静嘉堂文庫蔵本（一〇五・三）」「陽明文庫蔵一冊本（国文研55-44-8）」は、大きな分類では、流布本系統と言えるが、本文が、他の写本とはかなり異なっている特異なグループと言ってよい。本の構成等から、「静嘉堂文庫蔵本（一〇五・三）」を異本系統にしたが、本文からは、この特異なグループである。一律に同じというわけではないが、第九歌第二句、ほとんどが「みねの白雲」とするところを「八重の」としたり、第四十一歌結句多くが「うたかたのまも」とするところ、「うたかたの身は」など「身」を用いる。この特異なグループが、流布系統の親本に近いところの本文を有し、それが、他に広がったと考える。

観点④　その他、細分類の観点として、増補部を示す記述も一助となる。ただし、これは増補部にのみ関わる現象とも考えられるので、この基準で本の分類、つまり現在の本ではなくその祖本まで見据えた場合の、系統分類の決め手となるような本の分類は出来ないものと考える。一覧にすれば、次の表の通りである。

［資料4］増補部分を明示する表記の対照表

流布本系統	増補部1	増補部2
絵入版本	他本歌　十一首	又他本　五首　北相公本之
正保版本	他本哥　十一首	又他本　五首　北相公本之
静嘉堂文庫蔵本（五二一・一三）		北相公乃御本耳又五首追加
慶應義塾大学蔵本（一〇〇・二八）	他本哥　十一首	又他本　五首
書陵部蔵　御所本甲本	他家本　十八首	他本　小宰相本也　八首
神宮文庫蔵本（一一一三）	他家本	他本　——　依不易所書之
西本願寺蔵本（補写本）	他本哥　十一首	又他本　五首　小相公本也
群書類従版本	他本哥　十一首	又他本　五首
神宮徴古館蔵本	他花〈本歟〉哥　十一首	又他本　五首　小相公切也
陽明文庫蔵一冊本（国文研55-44-8）	他本歌　十一首	又他本　五首

異本系統	増補部
静嘉堂文庫蔵本（一〇五・三）	乍入撰集漏家集哥

例えば正保版本であれば、最初の増補部には、「他本哥十一首」とあり、次の増補部には、「又他本五首北相公本也」と記載されている。「歌」の文字は、絵入版本と、「陽明文庫蔵一冊本（国文研55-44-8）」に見え、後は、

「哥」の字を用いる。また、「北相公本」と「小相公本」の記述は、神宮徴古館本に「小相公切也」と記されることや「御所本甲本」に「小宰相本」と記されていることから見れば、「北」よりも「小」の方が先行すると考えられ、「明瞭な小の字」→「小の崩し字」→「北の崩し字」→「明瞭な北の字」の順に変化したと考えられる。

観点⑤　各歌が、どの撰集に入っている歌かという集付や、その他の注記は、どの段階で付加されたものかわからない。集付及び注記のない本もあるが、［資料5］のように、流布本系統の中で一覧にしてみると、一一六首本と一一五首とで、ある程度の傾向の差が見え、流布本系統細分類の参考にはなる。［資料5］は、後代に入れられたのであろう三国町歌の注記その他を掲げたが、他の歌についても同様のことが言える。

［資料5］集付及び注記の形式例対照表

へ…拘点　○…歌なし

伝本＼116首本番号	1	7	40	41	42	101	106
絵入版本	古	古　みくにのまち哥之	同		○	古	古
東京大学蔵本	古	古　みくにのまち哥之　へ	同へ	へ	○	へ	古へ
岩国徴古館蔵本	古	古　みくにのまち哥之	同		○	古	古
中田光子蔵本（国文研ナ－3－9－9－6）	古	古　みくにまち哥之	同		○	古	古
静嘉堂文庫蔵本（521－12）					○		
正保版本	古	古　みくにのまち哥也	同		○	古	古
静嘉堂文庫蔵本（82－30）	古	古　みくにのまち哥之	同		○	古	古
書陵部蔵　高松宮　有栖川宮旧蔵本	古	古　みくにのまち哥之	同		○	古	古

伝本 ＼ 116首本番号	1	7	40	41	42	101	106
広島大学蔵本	古	古　みくにのまち哥之	同		○	古	古
慶應義塾大学蔵本（146―134）	古	古　みくにのまち哥也	同		○	古	古
熊本大学北岡文庫蔵本	古	古　みくにのまち哥之	同		○	古	古
陽明文庫一冊本	古	○	同		○	古	同
慶應義塾大学蔵本（100―28）	古		同		○	古	古
静嘉堂文庫蔵本（105―3）	古今	○	同		○	○	○
神宮文庫蔵本（3―1113）							
書陵部蔵　御所本甲本	古今	古今	古十二		古　読人不知	古今読人不知	古　読人不知
西本願寺蔵本（補写本）							
ノートルダム清心女子大学蔵本（818）							
陽明文庫蔵本（212―1）	古今	古今集夏下作者みくにのまち哥之	古今		古今　宗于集ニあり		古今
書陵部蔵本（506―8）	古今	古今集夏下作者みくにのまち哥也	古今		古今　宗于集ニあり		古今
東奥義塾高校蔵本	古今	古今集夏歌みくにのまち哥之也	古今		古今宗于集尓あり		古今
長野市蔵真田家旧蔵本	古今	古今集夏下みくにのまち哥之	古今		古今宗于集ニアリ		古今
筑波大学蔵本	古今	古今集夏下作者みくにのまち哥之	古今		古今宗于集耳		古今
内閣文庫蔵本（201―434）	古今	古今集夏下作者みくにのまち哥之	古今		古今宗于集ニアリ		古今

群書類従版本							
内閣文庫蔵本（201-433）	古今	古　別筆カ	同		古今　宗于集ニアリ		古今読人不知
静嘉堂文庫蔵本（105-12）	古今	古今集夏下作者みくにのまち哥之	古今		古□□□		古今
神宮徴古館蔵本	古今	古今集作者みくにの町哥之	古今	同宗于集ニ有			古今
陽明文庫蔵本（近サ-68）	古今	古今集哥中作者みくにのまち哥也	古今		古今宗于集にあり		古今
時雨亭文庫蔵本（唐草装飾本）		○				○	○

第三節　異本系伝本

はじめに

「小町集」の伝本のうち、版本によって流布した系統を「流布本系伝本（流布本）」と呼んだ。百首に前後する根幹部分と、十首乃至五首程度の増補部から構成されている点を特徴として見た。本節で取り上げる「異本」とは、その形態にあてはまらない伝本の意味で用いている。従来、異本「小町集」と言えば、序論の研究史に関する箇所で述べたとおり、六十九首本のことを指した。具体的には、『西本願寺本三十六人集』制作当時の「小町集」が、この形であったという。しかし、「小町集」に関しては、当時の本が未だ見つかっておらず、断簡も残らない。以下、この本を「西本願寺蔵本（散佚本）」とも呼ぶ。散佚前の「小町集」が、この六十九首本の系統であったことは、久曾神昇氏の論に見えるが、同著で採り上げられる「醍醐本」は調査に及ばず、本書では、現存する五本の六十九首本について論じた。

本書では、六十九首本と、「時雨亭文庫蔵本（唐草装飾本）」および「静嘉堂文庫蔵本（一〇五・三）」それぞれの「小町集」を「異本」と考えている。

一　「西本願寺蔵本（散佚本）」系統（六十九首本）

（1）調査の五伝本

六十九首の「小町集」の内、影印で見ることの出来た五伝本の特徴と関係について考察したい。六十九首形態の

「小町集」は、次のような『三十六人集』に入る本である。

ａ　神宮文庫蔵三十六人集（三・一二〇四）

ｂ　宮内庁書陵部蔵歌仙家集（五一一・二）

ｃ　歴博（国立歴史民俗博物館蔵）高松宮旧蔵本三十六人集（Ｈ・600・6）

ｄ　大和文華館蔵三十六人集（三・三九二三一〜三九二六）

ｅ　蓬左文庫蔵三十六人集（一〇六・三七）

以下、右のａ〜ｅをそれぞれ「ａ神宮文庫本」、「ｂ書陵部本」、「ｃ高松宮旧蔵本」、「ｄ大和文華館本」、「ｅ蓬左文庫本」と記す。

前田善子氏『小野小町』に、六十九首本が三種紹介されている。その三伝本のうち、「神宮文庫本（異本三十六人家集中小町集）」とは、右「ａ神宮文庫本」系統の本のことであり、前田氏「架蔵三十六人家集Ⅱ（豊前本）」なる本は、「ｄ大和文華館本」と同系統の本である。「豊前本」と「ｄ大和文華館本」には類似した奥書がある。しかし、前田氏「架蔵三十六人家集Ⅰ（中院通茂本）」なる本は、右の五伝本中に該当するものがない。前田氏は、この「通茂本」の大きな特徴を、「冬道をゆく人の」以下の文章の扱い方にあると言われる。つまり、六十九首本の末尾には歌物語的な箇所が存するが、その中の「冬道をゆく人の」以下の文章が最末尾の歌である「手枕の」歌の詞書のように扱われ、その前の詞書よりも「一段字配を上げて書かれて」いるらしい。このことを調査五本の六十九首本で見ると、先掲ａからｅ本の内では、字配を一段上げているというものはないが、「ｂ書陵部本」及び「ｃ高松宮旧蔵本」では、「冬道をゆく人の」で改行し、改行の前に一行の空白を設けている。「冬道をゆく人の」以下を独立させて次の歌の詞書のように記している点では、前田氏提示の「通茂本」は、ｂ及びｃ本に似ている。

右のａからｅに見る六十九形態の「小町集」には、大きな違いがない。同系統とされている所以である。写本の性格上当然のことながら、五伝本のうち、漢字仮名の当て方に至るまで完全に一致しているという本はない。では、どの程度の一致が見られるのか、漢字仮名の当て方、更に仮名は字母のレベルに戻して一致箇所を数量化したのが、本項末一四七頁に付した［資料6］中の1の表である。例えば、第一歌の「3」という数字は、「b書陵部本」と「c高松宮旧蔵本」とで比較した場合、第一歌全五句中「bあやめくさ・cあやめくさ」「b思比し八・c思ひし八」「b思ふ成个り・c思ふ成个り」の三句までが一致していることを示す。以下同様であるが、第五十八歌の長歌は、四十九句から成っているので、四十九句中何句一致しているかという数字である。また、詞書や後書等、歌以外の箇所は、文節毎に一致数を見た。［資料6］2である。字母までの完全一致という、かなり厳しい条件の下でも、「b書陵部本」と「c高松宮旧蔵本」は、歌、詞ともに高い一致数を示している。その密接な関係を有する両者の間で、「0」即ち一致する表記を持たない歌があったり、逆に「4」以上の数値の大きい、即ち、共通する句を多く有する歌があったりする。ここに何か考える余地がありそうにも思うが、今は用意がない。また、歌本文と詞書等では、それぞれの一致数の順序が異なっている。それでも、「d大和文華館本」と「e蓬左文庫本」との関係は、b・c本の関係に次いで深いとみえる。［資料6］2詞書等の結果については、流布本系統の影響を受けている可能性がある。以上は、数量化して全体像を捉えようとしたものであるが、次に、右のような計量には載らない点に着目し、伝本相互の関係を考察してみた。

(2)　各伝本の特徴と相互関係

①「b書陵部蔵本（五一一・二）」と「c高松宮旧蔵本」

「b宮内庁書陵部蔵歌仙集（五一一・二）」と「c歴博蔵高松宮旧蔵本三十六人集」は、「歌仙集」と「三十六人集」という呼称の差はあるが、ともに十冊本の三十六人集であり、「小町集」が収録されている巻に入る他の歌人も類似している。料紙を改める個所も同じであるので、同一の本と見て良いのであろう。歌や詞の完全一致数が最多であったのは、先の表で示した通りであるが、それぞれの本に見られる文字の書き癖のようなものを考慮すれば、さらに一致数は増える。例えば、二本は、次のような仮名遣いをする。第一歌詞書中「人を」（01-0）[1]、「有多にあ留越」（23-2）等、「を」「越」のワ行とすべき箇所を、「c高松宮旧蔵本」は、「人於」、「有多尓あ留於」というように、「於」字を用いている。[2]また、約半数は同じ文字を使用し規則的な仮名遣いをするなかで、「b書陵部本」が「仁」とする箇所に「c高松宮旧蔵本」では「尓」字を用いているなども特徴的である。そういった書き癖ゆえに、先に計量した完全一致数に載らなかったという例は多い。

書入に関して、「b書陵部本」の書入は二箇所（39-5・61-5）あり、ともに「イ」と付されている。一方、「c高松宮旧蔵本」の書入は二十二箇所ある。「於も者し」の「者」を「連」に、「ちれるなけき」の「ち」を「者」に、「声」の「こへ」を「こゑ」にするなど、或る文字を訂正して書くもの（29-2・38-4・68-0）が三例、「ことそともなく」という成句に更に「も」を重ねて書き入れているもの（10-4）一例、b本同様に「イ」と付す書入を有するもの（39-5）一例で、その他は全て、ア行の「お」にワ行の「を」を傍書するものである。

「b書陵部本」と「c高松宮旧蔵本」がごく近い関係にあるとすれば、それでは、転写に関して、何れの本が先行するのだろうか。私は、「b書陵部本」ではないかと考える。文字の当て方に関して、「b書陵部本」の方で、途中から用い方の規則が崩れているからである。即ち、「b書陵部本」では、二本の異なる親本から転写した跡が残っているように思われるのである。「b書陵部本」「c高松宮旧蔵本」で、「に」「尓」「仁」「耳」を使用する箇所は一一七ある。その内訳は、b本・c本を対照させた場合、「b仁・c尓」が四十四例、「b耳・c尓」が十三例、「b本・c本同じ」場合が六〇例であった。この内、b本で「耳」字を用いる箇所にc本で「尓」を使用している十三例は、六十九首中、第五十四歌以降に目立って増える。つまり、第五十三歌迄は、「に」の表記は、同じか、或いは又、b本で「仁」を用いる際にc本で「尓」を用いるという表記であった。しかし、第五十四歌以降の「b書陵部本」には、「耳」文字が顕著に混じって使われだす。「b書陵部本」の「耳」字の使用は、全て第五十四歌以降である。一方、「c高松宮旧蔵本」の方には、そのようなことはない。これは、「b書陵部本」の拠った本、或いはその又親本の「小町集」が、二種類の本から書写され、それが併合された跡を留めていることを示すのではないだろうか。第五十四歌以降とそれ以前の仮名遣いの顕著な違いというものは、「b書陵部本」以外の四伝本の何れにも見られない。「b書陵部本」が先行するのではないかと考える次第である。

「耳」字母の使用に関する現象は、原初の『西本願寺本三十六人集』中の「小町集」と何か関わりがあるか。同三十六人集中で散佚前の「小町集」は、第六筆の手になるものと、久曾神氏の論考では推定されている(3)。また、松本暎子氏に『西本願寺本三十六人集の字彙』の研究(4)があり、書写者毎の語彙が考察されていて参考になる。しかし、右の現象は、筆者の書き癖よりも「小町集」独自の親本と深く関わる問題であろうから、現段階では、松本氏の研究により、『西本願寺本三十六人集』全体として「耳」字母の使用が多くはなかったとしか言えないかと思う。

②「d大和文華館蔵本」と「e蓬左文庫蔵本」

「b書陵部本」と「c高松宮旧蔵本」の一致数の高さに次いで、「d大和文華館本」と「e蓬左文庫本」の近似も数量的によく表れていたが、この二伝本の近接している様相を確認しておきたい。両者は、第十六歌三句「藤浪」、第十八歌初句「木枯」のように、同じ漢字を当てるが、他にも［資料6］③のように特異な本文を一致させるという例がある。第八歌二句（08-2）「やへ白雲と」「屋へ白雲と」は、d・e本ともに「の」字が脱落している。第六十一歌詞書（61-0）も「あまこひ」が「あまのこひ」に変わってしまっている例であって、「の」字一文字の違いで「雨乞い」が「海人の恋」となる。「海人」は「小町集」歌の特色を成す詞の一つであるとはいえ、第六十一歌一首、即ち、

たいこの御時に、日てりのしけれは、あまこひのうたよむへきせんしに

千はやふる神もみまさはたちさはき　あまのとかはのひくちあけた○《まイ》へ

（「小野小町集Ⅱ」『私家集大成　第一巻』歌の引用以下同）

に着目すれば「海人の恋」では歌意が通らないのは明白である。第三十二歌

今はとて我みしくれにふりぬれは　言の葉さへそうつろひにける

の四句（32-4）にも、「こ能は」「木葉」という「の」字脱落に依拠する異同が生じている。添加されるものが

「木の葉」では「人の心」の移ろいを主体とせず、歌意が通じないところである。或いは又、第四十一歌

あき風にあふたのみこそかなしけれ　わかみむなしく成ぬと思へは

の二句は、他本が「たのみ」とするところを、d・e本では「このみ」としているのであり、「多」と「己」が見誤られた所から生じた異同であろうが、「木の実」では「かなし」さとの関連性が希薄である。それらには、書写すべき本文をあまり省みずに転写された跡が窺える。そして、第五十三歌結句（53-5）「个れ」「遺禮」でも、見誤られ易い「り」と「留」の異同を離れて、両者ともに「れ」とする。或いはまた、第九歌初句（09-1）「恋侘て」や第二十二歌初句（22-1）「かきりなく」などは、他の三本と一文字の違いであるものの、これらの異同がどこから出てきたのか分からない例である。ともに流布本系「小町集」の当歌とも異なり、この歌を採る他の撰集の形がそうであるという訳でもない。以上のように、この二本は、特異な本文を共通させているのである。

それでは、近接する「d大和文華館本」と「e蓬左文庫本」の内どちらが先行するのだろうか。私は、「e蓬左文庫本」の方であろうと推測する。［資料6］③で「d大和文華館本」の第六十六歌詞書（66-0）は、他と比較して途中までしか記されていないように見える。即ち、意味の通じない箇所を「d大和文華館本」が省略したような

形になっているように思われる。また、第四十一歌第二句（41-2）の「d大和文華館本」には、他本を顧慮した書入がある。「d大和文華館本」の書入については多くなされているが、明らかに墨色薄い流布本系本文の書入と思われるものは資料に掲げなかった。しかし、ここでの書入は、それとは異なるものである。書入に関しては、その時期に慎重にならねばならないが、そういった他本を顧慮した形跡が一方にのみ備わるという点で、顧慮した形跡の残る「d大和文華館本」の方が後に成立したと推測する。

③「a神宮文庫蔵本（一二〇四）」

b・c本という近接する伝本及び、d・e本という近接する伝本の様相をそれぞれに見た。それら二つのグループと他の一伝本「a神宮文庫本」とは、どのような関係にあるだろうか。結論から言えば、b・c本の方に近く、特に「c高松宮旧蔵本」に近い性質を有すると思う。「a神宮文庫本」は、六十九首本「小町集」の内で最も古い奥書を有していた(5)。更に一点の「a神宮文庫本」の特徴は、先にも触れたが、第六十二歌「滝の水このもとちかくなかれすは」歌の詞書が脱落していることである。これは、「a神宮文庫本」が、「b書陵部本」及び「c高松宮旧蔵本」系統の本を転写した形跡を残すものではないかと考える。即ち、b本及びc本では、第六十一歌「ちはやぶる」歌と、それに続く第六十二歌の詞書までが八葉末に置かれ、九葉目が第六十二歌「滝の水」歌から始まっている。料紙を換えた、その書き始めはb・c本とa本ともに同じである。「a神宮文庫本」は、親本の次の歌の始まりに気を取られて、九葉目を「滝の水」歌から書き始め、前葉末尾にあった詞書を脱落させたのではないかと推測される。この詞書の脱落は、他の四本には見られない。

その他にも、「a神宮文庫本」がb及びc本と深く関わる例がある。［資料6］③第四十一歌二句（41-2）で「a神宮文庫本」は、b本・c本と同じ形をしていた。［資料6］④中第五十六歌詞書（56-0）は、女郎花の歌であるが、「d大和文華館本」「e蓬左文庫本」が「折て」又は「於りて」とするのに対して、これも「a神宮文庫本」は、「b書陵部本」「c高松宮旧蔵本」と同じ「ほりて」という形をとる。第五十六歌初句（56-1）も同様である。第五十六歌第四句（56-4）は、「a神宮文庫本」だけが、「おら」ではなく「おく」とする。「ら」と「く」を見誤ったのであろうが、その原因は、b本及びc本にある。即ち、「おられ尓」の「お」の最後の筆の扱いと「ら」の一筆目が続いて「く」のように見え、「ら」の最後の払いの前で筆を休めているのが、「b書陵部本」「c高松宮旧蔵本」である。そういった点では、「a神宮文庫本」は、b・c本と同じグループに入れられてよいのではないかと考える。第六十一歌結句（61-5）も、「a神宮文庫本」が、「b書陵部本」「c高松宮旧蔵本」の「日くち」と同じ形をとる例で、「d大和文華館本」・「e蓬左文庫本」の「みち」「三地」とは異なる。因みに、これは、b・c本の「日くち」の「日」と「く」字が続くことで、「見」のように見えた為に「みち」という異同が出てきたものと推測される。

以上は、「a神宮文庫本」が、「b書陵部本」及び「c高松宮旧蔵本」の影響下にあることの根拠を補強する例であるが、b及びc本に焦点を当ててみると、次の［資料6］5などは、「a神宮文庫本」が、それらのうちでも、特に「c高松宮旧蔵本」との関わりを強く持っているように見える例である。第一歌詞書（01-0）は、「a神宮文庫本」だけが、「人尓」となり、他の四本は「人を」或いは「人於」である。流布本系「小町集」のほとんどが、「五月五日さうぶにさして人に」となっているので、流布本との関係も思われたが、影印で見れば、「c高松宮旧蔵本」の「於」字が、「仁」に見えたのではないかと考えられ、「c高松宮旧蔵本」の影響を受けていると推測する。第一歌二句（01-2）も、五伝本のうちで言えば、「c高松宮旧蔵本」の「と」の一筆目が短く、書写者は、「く」と見たのだろうと思う。判別し難い「d大和文華館本」を「ミ」と読んだが、「ミ」と見誤る可能性もある。第十歌四句（10-4）の「c高松宮旧蔵本」でも「ことそ」の次に記された文字が判読し難く、「も」を傍書しているが、その判読し難さが「a神宮文庫本」に影響して、よく似た表記になっているように思える。第十三歌三句（13-3）

「c高松宮旧蔵本」の「八」は、「几」のように続けられて、「a神宮文庫本」が、「可」とするように「可」の崩し字に見える。また、第二十一歌三句（21-3）「c高松宮旧蔵本」の「無」字の判読し難さが、「a神宮文庫本」の書入―ん（む）―に反映していると考える。これら五例は、影印で比較すれば、「c高松宮旧蔵本」の影響下に「a神宮文庫本」が成立したことを推測させる例である。先にb・c本とd・e本という大きなグループ分けの箇所［資料6］3で提示した第四十一歌二句（41-2）「たのみ」「このみ」の異同も、「c高松宮旧蔵本」に起因すると思う。即ち、これは「多」の崩し字が「己」と混同されているところから生じた異同であって、二筆目弱く「多」と「己」の両者何れか判別し難い書き方をしているのは「c高松宮旧蔵本」である。

以上のように「a神宮文庫本」がb・c本のグループに近いとは言えるものの、しかしながら、b本・c本のうちの何れに近いかと言うときに、「c高松宮旧蔵本」との密接な関係を積極的に言えない例もある。六十九首本「小町集」には、末尾に歌物語的な本文箇所を有している。その中でも「a神宮文庫本」は、微細であるが［資料6］6に掲げるようにやや特異な本文を有していた。第六十八歌書入については、第四句（68-4）を、［資料6］7のように読んだが判別し難い。本文の意味から考えれば「小野とはならじ」或いは「小野とはなくて」が正しいのであろうが、b本・e本が比較的明瞭にb「なくし」、e「ならし」とするのに対して、c本・d本は「なくし」とも「なくらし」とも見え、a本は「なくし」とも「なて」とも読める。「a神宮文庫本」では、「く」の二筆目が「て」の一筆目と重なっている。その「く」の二筆目の止めが水平すぎた為に次の「し」と続く際に「て」に見え、『私家集大成』で翻刻されているように「なて」と読めるのである。書入の「い者」は、「なて」と読んだ上でなされている。因みに、「醍醐本「小町集」」でこの箇所に「てカ」という書入があるのは、何か「a神宮文庫本」の本文との関わりの中で出てきた校異或いは所見なのではないかと思う。この例の影印からは、「a神宮文庫本」は「なら」とも読めるc本よりむしろ、「なく」と明瞭に記す「b書陵部本」との関わりが想定される。その他にも、第三十七歌四句（37-4）の「a神宮文庫本」は、「見てや、三て」と「に」字を落としている。「に」が書き入れられているが、この書入が誤りと気づいて直ぐに訂正したものか、後のものかは分からない。仮に「に」を見落としたとすれば、c本の「美」を字母とする「み」ではなく、「三」と続けられて判別し難くなっていた「b書陵部本」の「三尓」の表記に起因する可能性もある。また、第四十四歌二句（44-2）で「a神宮文庫本」は、d及びe本同様に「幾ぬ留」となっている。「a神宮文庫本」が意識的にそう変えたのではなく転写の過程で見誤ったとするならば、親本は、「c高松宮旧蔵本」の「きいる」よりも、「b書陵部本」のように「き井る」というワ行の「ゐ」であったと見る方が自然であろうと思う。同様に、第五十八歌三十六句目（58-36）「せ尓ゐ留たつの」という「a神宮文庫本」の形も、「c高松宮旧蔵本」の「い」字よりもb本の「ゐ」字に倣ったと見る方が自然である。第五十六歌二句（56-2）も、「c高松宮旧蔵本」の本文が「a神宮文庫本」に反映されていない。a本以外は全て「猶」であるが、「a神宮文庫本」は「な越」―恐らく「名を」のつもりであろう―とする。以上の五例は、a本とc本の直接的な影響関係が言えない例である。しかしながら、結論的には、先の例より「c高松宮旧蔵本」系統の影響下に「a神宮文庫本」が成立した可能性が高いと考える。

④「e蓬左文庫蔵本」

「a神宮文庫本」が、b本・c本と密接な関係を有しており、また、「d大和文華館本」と「e蓬左文庫本」では「e蓬左文庫本」が先行すると考えられることは先に述べた。そうであるならば、「a神宮文庫本」系統の本から「e蓬左文庫本」系統の本が転写されたのだろうか。両者の関係は、［資料6］1の統計に於いて比較的高い数値を示しており、或いはまた、密接な関係を示す［資料6］8のような例もある。しかし、その二例だけで、他に直接的な影響関係を想定する例を見つけられない。私は、「c高松宮旧蔵本」系統から「a神宮文庫本」系統と「e蓬左文庫本」系統とに分かれたのではないかと考える。「e蓬左文庫本」も、a本に対して以上に「c高松宮旧蔵本」

との関わりが深いように思えるからである。「e蓬左文庫本」独自の本文について、第十一歌二句、第三十六歌二句では、句末の一文字を落としていたり、第十二歌結句では、他の四本全てが「をり」とするところを「个り」とし、第五十三歌初句も、他本が「今とても」とするところを「今八とて」とし、更に第五十七歌初句で他本全てが「うへを」とするところを「うへ尓」としたりする。それらの異同がどこから生じたのかは分からない。それに、「c高松宮旧蔵本」と「e蓬左文庫本」に影響関係があると思われる箇所でも、翻刻すれば本文が異なっている。しかし、影印からは両者の関係を窺える例が挙げられると思うのである。例えば、［資料6］9第二十一歌四句（21-4）は、b本・c本が「人め」とするところを、e本は「人の」、d本は「人能」とする。この異同は、「め」字を「e蓬左文庫本」が「の」と見誤ったところから所から生じたものであり、一方で「d大和文華本」が明確に「能」と記すのは、最終的に誤解を避けて表記を求めた為と推測する。また、第五十八歌十九句（58-19）は、「c高松宮旧蔵本」「冬のま」の「ま」が「よ」と見誤られたのであろう。しかし、この場合も、「d大和文華館本」は、「夜」と明確な表記をしている。b・c本のグループの影響を受けているのは、「e蓬左文庫本」の方であると考える。

同じく「c高松宮旧蔵本」と「e蓬左文庫本」とに着目した時に、その影響関係をいっそう強く認めるのが、次の例である。第五十二歌四句（52-4）の「れ」字の扱いでは、「c高松宮旧蔵本」の「連」字の影響を「e蓬左文庫本」が承けている。a本・b本は「禮」を用いた「れたる」、d本は「王たる」とする。また、第五十八歌十句（58-10）でc本「志けさ」とe本「志けき」の異同は、「c高松宮旧蔵本」の「け」の三筆目と続く「さ」の一筆目が、「き」に見誤りやすく書写されていることに起因しよう。第五十八歌二十八句（58-28）でも、「ひる時のなく」とするb本と異なり、a・d・e本は、「ひる時もなく」とする。「の」と「も」の異同が生じた原因は、「c高松宮旧蔵本」の影印で見る、「時那く」の「那」の崩しに「も」を含むと判読されたからであろうと推測する。

c本中の判読し難い箇所が、a本及びe本に受け継がれているのである。第十六歌四句（16－4）「なひくかことは」（「靡くが如は」の意味の句）の場合、「b　書陵部本」は、「可と」に見える。「c高松宮旧蔵本」は、「可と」とも見えるがまた、「こと」と続けられているようにも読める。「なひくかとは」では意味の通じないこともあって、a・d・eの三本は「か」「可」「加」を明瞭に入れたのであろうが、「かことは」の箇所に、a本及びe本は、続け表記された「こと」の文字を残している。以上は、「c高松宮旧蔵本」と「e蓬左文庫本」との影響関係が窺われる例であり、「c高松宮旧蔵本」を岐点に、「a神宮文庫本」系統と「e蓬左文庫本」系統とが分かれたと考えるものである。

（3）　結語

仮説として提示するならば、調査五本の関係は、近似しているものの「b書陵部本」から「c高松宮旧蔵本」へと転写され、そこから「a神宮文庫本」と「e蓬左文庫本」とに分かれて、更に「e蓬左文庫本」から「d大和文華館本」が転写されたのではないかと考える。勿論、現在見ることの出来る本そのものではなく、大きな転写の流れのなかに、介在する伝本があったかもしれない。又、以上は本文のみをもとにする仮説であって、本の形状、即ち本の形や、料紙、墨などの特徴は、考慮出来ていない。右五伝本の内では、「e蓬左文庫本」だけが枡型をしている。『西本願寺本三十六人集』は、四半の草子であるので、それが枡型（六半の草子）というように形状を変えて書写されることで、書写された本文への影響が全くなかったとは言えない。

最後に、六十九首本を代表させる呼称に用いられてきた「a神宮文庫蔵三十六人集（三／一二〇四）」中の「小町集」について、この本は、六十九首本系では最も古い詞書を有しており、又、先に触れたように、散佚前の「小町集」なる「醍醐本「小町集」」との関わりが見られる本である。しかし、その「古さ」は、末尾の歌物語的な本文を備える本としての「古さ」であったかもしれない。今日目にする六十九首本は全て、末尾に歌物語的な箇所を備えている。しかし、先述のように「b宮内庁書陵部蔵歌仙集（五一一・二）」に増補の痕跡が存することより、『西本願寺本三十六人集』中の原初「小町集」が、歌物語的な箇所を備えていない、或いは、もっと少ない歌数の本であったことが窺われる。今後、歌物語的な本文を持たない、恐らくは持っていなかったであろう「小町集」の存在を積極的に考察の対象とする視点が必要であると思う。その際六十九首本を代表させる本としては、従来の「a神宮文庫本」ではなく、現存する調査五本のうちでは古態を保つ「b書陵部本」（書陵部蔵六十九首本「小野小町集」（五一一・二））を以てするのが相応しいと考える。

註

（1）（　）は、歌番号と句番号を示し、例えば、「1-0」は、第一番歌の詞書を、「1-1」は、第一番歌の初句を示す。本節では、六十九首本の番号を用いている。

（2）「b書陵部本」「c高松宮旧蔵本」で、「を」「越」「於」「お」を使用する句は、全部で七〇あり、その内訳は次の通りである。（b・c）、（を・於）十三例、（を・お）四例、（越・於）四例、（を・越）十五例、（越・を）二例、（同じ―「於」「お」も同一と見なす―）二十五例、（一方が漢字で一方が仮名）七例。

（3）久曾神昇『西本願寺本三十六人集精成』

（4）松本暎子『西本願寺本三十六人集の字彙』平成十年八月　汲古書院

（5）前田論に掲載の奥書を記載される年代順に掲げると「神宮文庫蔵本」「此集三条新黄門実条卿取筆也去十一日送之今日申刻到来了　慶長十二年四月十六日也足子」（一六〇七年）・「豊前本」「此三十六人集本数五帖にて全部也十八人の哥あり、時万治二とせ小春後の八日豊の前中津川にして書之栄誉宗蓮坊」（一六五九年）・「通茂本」「以烏丸中納言本模写之去十六日始之今日遂其功一校了延宝五季姑洗十九特進水」（一六七七年）のようになる。

［資料６］69首本の本文異同1

69首本番号	b書陵とc高松	c高松とe蓬左	b書陵とe蓬左	c高松とa神宮	b書陵とa神宮	e蓬左とa神宮	d大和とa神宮	c高松とd大和	b書陵とd大和	e蓬左とd大和
1	3	0	0	0	0	1	0	0	0	1
2	3	1	1	1	1	2	1	0	1	1
3	2	1	1	0	0	2	2	1	1	2
4	1	1	0	1	0	0	1	1	1	0
5	1	1	3	2	2	3	0	1	0	0
6	3	2	2	0	0	1	1	2	2	1
7	3	2	2	1	1	1	2	0	0	0
8	2	1	0	0	0	1	0	0	0	0
9	4	1	2	3	3	2	1	1	1	1
10	3	2	2	1	1	2	1	1	2	1
11	3	0	0	1	1	1	3	2	2	1
12	1	2	1	1	1	2	1	1	0	1
13	2	3	1	0	0	1	0	1	0	0
14	0	2	0	2	1	0	1	3	0	1
15	4	2	2	2	2	3	1	1	1	0
16	2	1	0	2	0	1	1	2	2	2
17	1	3	2	0	1	0	1	1	0	0
18	5	2	2	2	2	2	2	2	2	2
19	1	0	0	0	0	0	1	2	2	0
20	2	2	0	3	1	2	0	1	1	1
21	2	0	0	0	1	0	0	0	0	0
22	3	2	2	1	0	1	0	2	1	2
23	2	2	2	1	0	2	2	1	0	1
24	3	2	1	2	1	3	1	0	0	2
25	2	0	0	1	1	2	2	0	1	2
26	1	0	0	2	0	0	1	0	1	0
27	2	1	1	0	0	1	0	1	2	1
28	3	1	1	1	2	2	1	2	2	3
29	2	0	0	1	1	2	1	1	1	3
30	3	1	0	2	1	3	1	3	3	1
31	3	0	0	0	1	2	1	0	0	1
32	4	2	3	1	2	0	0	1	0	1
33	1	0	0	1	3	0	1	1	1	2
34	1	0	1	0	0	1	0	0	0	1
35	1	1	1	0	0	1	0	2	1	2
36	2	1	1	1	1	1	1	1	1	2
37	0	0	1	0	0	0	0	1	0	1
38	2	2	2	0	0	0	0	0	0	0
39	2	1	0	0	0	1	0	1	0	1
40	3	1	1	1	1	2	2	2	1	3
41	2	1	2	1	1	0	1	2	2	2
42	4	1	2	0	1	2	0	2	2	1
43	1	1	1	1	1	3	3	2	1	4
44	1	0	1	1	2	2	4	1	1	2
45	1	4	1	3	0	4	3	4	4	4
46	1	1	1	0	1	2	0	0	0	0
47	4	1	1	1	1	0	2	1	1	0
48	3	1	1	0	3	2	1	2	2	3
49	1	3	2	2	1	2	2	2	1	2

50	3	1	2	1	1	0	2	0	0	2
51	0	1	2	0	0	1	1	0	1	2
52	1	2	1	2	1	3	2	1	1	2
53	2	1	1	1	0	1	1	2	2	2
54	3	2	2	2	2	2	1	1	2	1
55	1	1	1	3	1	0	1	0	0	1
56	3	3	2	1	2	1	1	3	2	3
57	2	2	2	1	0	1	1	1	1	2
58	14	11	8	8	7	9	11	9	6	11
59	0	3	1	2	1	1	1	2	2	3
60	2	0	0	0	0	0	1	2	2	2
61	3	0	0	0	0	1	0	0	0	0
62	1	2	1	1	2	2	2	1	1	2
63	2	2	1	1	1	1	1	1	2	2
64	2	3	2	1	0	1	1	2	1	3
65	0	0	2	2	0	1	0	0	1	1
66	0	1	1	1	1	2	2	1	1	1
67	2	1	1	2	1	1	0	0	0	1
68	2	1	2	2	2	2	2	2	2	2
69	4	2	2	1	1	2	2	1	1	2
計	153	98	84	78	66	100	83	87	75	107

［資料6］②

69首本番号	詞等総文節数	b書陵とc高松	c高松とe蓬左	b書陵とe蓬左	c高松とa神宮	b書陵とa神宮	e蓬左とa神宮	d大和とa神宮	c高松とd大和	b書陵とd大和	e蓬左とd大和
1	2	1	1	2	1	1	1	1	1	2	2
3	6	6	4	4	3	4	4	2	2	2	3
4	1	1	0	0	0	0	0	0	1	1	0
6	3	2	1	1	3	2	1	1	1	1	2
7	2	2	2	2	1	1	1	1	1	1	1
8	5	4	3	2	3	4	1	2	1	1	1
11	1	0	0	0	0	0	0	0	0	0	0
25	6	4	1	2	1	2	4	4	1	2	3
31	4	4	3	3	3	3	4	2	3	3	2
40	2	2	0	0	0	0	0	0	0	0	0
45	4	4	3	3	2	2	1	3	3	3	2
49	5	5	2	2	0	0	1	2	1	1	3
53	5	5	2	2	2	2	2	0	1	1	2
54	7	3	4	1	5	1	3	2	2	4	1
55	1	1	0	0	0	0	0	0	1	1	0
56	6	2	3	2	1	2	3	0	2	2	2
58	9	5	5	4	3	1	3	2	4	3	5
61	8	2	3	3	2	3	2	2	4	3	5
62	4	2	2	3	0	0	0	0	1	2	1
65	6	6	6	6	5	5	5	3	3	3	3
66	6	6	2	2	2	2	2	3	3	3	3
67	11	7	6	7	7	6	4	4	6	6	6
68	24	13	15	11	13	9	13	10	13	11	13
69	28	20	14	10	11	10	10	8	14	12	17
合計	156	107	82	72	68	60	65	52	69	68	77

［資料６］③　　句番号は、69首本番号である。

句番号	a 神宮文庫本	b 書陵部本	c 高松宮本	d 大和文華館本	e 蓬左文庫本
16-3	藤な三の	藤奈三能	藤奈三の	藤浪の	藤浪の
18-1	木可らし乃	木加らし乃	木加らしの	木枯の	木枯の
8-2	屋へ乃白雲と	やへ乃志ら雲と	やへの志ら雲と	やへ白雲と	屋へ白雲と
9-1	恋王ひぬ	こ比わ比ぬ	己ひ王ひぬ	恋侘て	恋侘て
22-1	可きりなき	加きりなき	可きりな幾	かきりなく	かきりなく
32-4	言乃葉さへそ	言能者さへそ	ことの者さへそ	木葉佐へこそ	こ能葉さへこそ
41-2	阿ふ多の三こそ	あふ多能三こそ	あふ多の三こそ	あふこ（多傍書）の三こそ	あふこ能三古そ
53-5	徒れな可り个り	津連那可り个り	津連那可り个留	つれな可り个れ	つ連那かり遣禮
61-0	あまこひ乃うたよむへきせんし耳	あ万こひの哥よむへきせんし耳	あまこひのう多よむへきせんし尓	あ万能古ひの哥よむへきせんし尓	あまのこひ乃哥よむへきせんし尓
61-3	多ちさ八き	たちさ八き	たちさ八き	立佐八き	立さ八起
66-0	人乃古ころうら三侍り个る比も佐尓やとそ	人乃心うら三侍り个留ころ是も佐尓やとそ	人の心うらみ侍り个留ころ是も佐尓やとそ	人の心うら三侍り个留比	人の心うら見侍り个流比もさにやとそ

［資料６］④　　句番号は、69首本番号である。

句番号	a 神宮文庫本	b 書陵部本	c 高松宮本	d 大和文華館本	e 蓬左文庫本
56-0	を三なへしをい登於保く保りて見す留人耳	を三なへしをいと於本く本りて三須留人耳	を三なへし於いと於ほく本りて三す留人尓	女郎花をいとお本く折てみ春留人尓	を三なへしをいとおほく於りて見春留人尓
56-1	なにし本へ八	なにし本へ八	な尓し本へ八	なにしをへ八	な尓しおへ者
56-4	おく(ら傍書)れ尓个り奈	おられに个り奈	おられ尓个りな	於ら連に个りな	おら連尓遣り那
61-5	日くちあけ多へ(まイ傍書)	日くち明多へ(まイ傍書)	日くち明給へ	みちあ遣多へ	三地明け給へ

［資料６］5　句番号は、69首本番号である。

句番号	a 神宮文庫本	b 書陵部本	c 高松宮本	d 大和文華館本	e 蓬左文庫本
1-0	五月五日人尓	五月五日人を	五月五日人於	五月五日人を	五月五日人を
1-2	人尓もた由く	人にもた由と	人尓も多ゆと	人尓も堂ゆミ	人尓も堂ゆミ
10-4	こと楚○（とも傍書）なく	ことそともなく	ことそ（判読不能）（も傍書）なく	ことそともなく	ことそ尤なく
13-3	あ可ぬよは	あ八ぬよは	あ八ぬよ八	あ八ぬ夜八	あ八ぬよ八
21-3	可よへとん（も傍書）	加よへとん	可よへと無	通とも	かよへ尤

［資料６］6　句番号は、69首本番号である。

句番号	a 神宮文庫本	b 書陵部本	c 高松宮本	d 大和文華館本	e 蓬左文庫本
68-0	阿者て可多三耳由き（て削除の跡）け留人乃	あ八て可多み耳由き个る人能	あ八て可多み尓ゆきける人の	あ八てか多三尓ゆきけ留人の	あ八てか多三尓ゆき希留人乃
	於もひも可けもなき（削除の記号）所尓	思ひも可けぬ所耳	おもひも可けぬ所尓	おもひもか个ぬ所尓	おもひも可けぬ所尓
	哥よむこ恵乃し个れ盤	哥よむこ恵の志个連八	う多よむこ恵（へ削除の跡）の志个れは	哥よむ声の志个れ八	哥よむ聲能し个れ八
	おそ路しな可らよりきけ盤	おそろしな可らよりてきけ八	おそろしな可らよりてきけ八	おそろしな可らよ里てきけ八	於そろしな可らよりてきけ者

[資料６] 7　　句番号は、69首本番号である。

句番号	a神宮文庫本	b書陵部本	c高松宮本	d大和文華館本	e蓬左文庫本
37-4	見てやゝ三（に傍書）て	三てやゝ三尓て	三てやゝみ尓て	三てや屋三万（尓傍書）て	三てや屋三尓て
44-2	可り本尓幾ぬ留	可り本尓き井る	可り本尓きい留	可り本尓きぬ留	可り保尓きぬ留
56-2	な越むつまし三	猶無つ万し三	猶むつまし三	猶むつまし三	猶むつまし三
58-36	せ尓ゐ留たつの	せにゐ留多つ能	せ尓い留多つの	せ尓い留多川の	せ尓ゐ留多つの
68-4	をのと八なくし（い者イ傍書）	を能と八なくし	おのと八なくし	をのと八ならし	をの登八ならし

[資料６] 8　　句番号は、69首本番号である。

句番号	a神宮文庫本	b書陵部本	c高松宮本	d大和文華館本	e蓬左文庫本
58-10	志けき八万佐留	志けさ八万佐留	志けさ八末さ留	志けき八万佐留	志けき八末佐留
64-5	忘れしより	忘られしより	忘られしより	忘ら連し与り	忘連しよ里

[資料６] 9　　句番号は、69首本番号である。

句番号	a神宮文庫本	b書陵部本	c高松宮本	d大和文華館本	e蓬左文庫本
16-4	なひくかことは	な比く可と八	なひくこと八	なひく加古と八	なひくかこと八
21-4	うつゝに人め	うつゝ尓人め	うつゝ尓人め	うつゝ尓人能	うつゝ尓人の
52-4	よ越う三れた留	よをう三れ多留	よ越うみ連多留	世をうみ王多留	よ越うみ連多留
53-1	今とても	今とても	今とても	今とても	今とても
58-10	志けき八万佐留	志けさ八万佐留	志けさ八末さ留	志けき八万佐留	志けき八末佐留
58-19	冬能夜能	婦由のよ能	ふゆのよ能	冬濃夜の	冬乃まの
58-28	飛留時もなく	ひ留時のなく	ひ留時那く	ひ留時もなく	ひ留時もなく

付記　本項は、「六十九首本『小町集』の考察」（『日本文芸研究』54-2　平成十四年十月　関西学院大学日本文学会）を初出とする。

二　「時雨亭文庫蔵本（唐草装飾本）」

（1）先行研究

近年公開された「冷泉家時雨亭文庫蔵　小野小町集　唐草装飾本」[1]（以下「時雨亭文庫蔵本（唐草装飾本）」とも記す）は、従来のどの系統にも属さない本として、先行研究では、第三類本に位置付けられている。同形同装飾の本には、『遍照集』、『素性集』、『兼輔集』、『宗于集』、『高光集』があるという。片桐洋一氏の解題によれば、平安時代ごく末期の書写であり、大口周魚氏解説にある「上西門院越前」「権中納言殿」と記載された丁が本来備わっていたものならば、制作には、鳥羽天皇の皇女統子内親王が関係しているという。書写者は「上西門院越前」であり、内親王が上西門院と呼ばれていた平治元年（一一五九）以降、文治五年（一一八九）までの三十年間に制作されたものであろうという。

この本の総歌数は四十五首で、同書解題には、この本の初二句と、歌仙本および「神宮本」即ち六十九首本との配列対照表が載る。同書によれば、流布本系（歌仙本）、異本系（神宮文庫本）と比較した時に「グループ内における配列に共通性があり、何らかの関係があることが推測される」という。一方で、本文には「既紹介の伝本とはかなりの相違があって、この本が他本とは異なる伝来過程を経たものであることが知られる」とし、著しい特徴は、「いとせめて」歌の返歌

たれによりよるのころもをかへすらんこひしき人のありけるがうさ

が、『古今集』や他の「小町集」には、まったく見られないことであると指摘される。以上が、この本に関する

先行研究である。

（2）　歌数と配列

四十五首という歌数は、「小町集」伝本の中でも最も少ない歌数であるが、次のような重出歌を持つ。

おろかなるなみたそてにたまはなす我はせきあへすたきつせにして　（「時雨亭文庫蔵本（唐草装飾本）」5）

つつめともそてにとまらぬしらたまは人をみぬめ《ま》のなみたなりけり　（同 44）

かへし

おろかなるなみたそゝてにたまはなす我はせきあへすたきつせなれは　（同 45）

「つつめとも」歌は、『古今集』五五六の安倍清行の歌、「おろかなる」歌は、同 五五七の小町の歌で、ともに、どの「小町集」伝本にも採録される二首である。「時雨亭文庫蔵本」が、「おろかなる」歌を先に掲げていたにもかかわらず、再度載せることになったのは、『古今集』での贈答の形を重視したためであろう。書写者も「はしにもあれとも」と断っている。初出（「時雨亭文庫蔵本（唐草装飾本）」5）の結句「たきつせにして」は、他の「小町集」に例を見ず、『古今集』の校本にも見えない異同である。一方、重出歌（同 40）の方は、詞書とともに、六十九首本をはじめ、諸本に本文の異同はない。この重出歌が、違う系統の本で付記されたことが分かる。勅撰集に所載の小町の歌という視点が生じた歌の集まり（本）の存在があったのではないか。

「時雨亭文庫蔵本（唐草装飾本）」の歌の配列は、先行研究でも指摘のとおり、六十九首本との関連が強いように見える。歌の配列に於いて、先後関係が同じ箇所を、六十九首本順に挙げてみると次のようになる。

	「時雨亭文庫蔵本（唐草装飾本）」	六十九首本系統	流布本（一一六首本）
秋のよは	三六	一〇	12

（なかしとも）	なし	一一	13
人にあはん	三七	一二	24
こからしの	一二	一八	52
おもひつつ	三三	一九	16
夏のよの	一三	二〇	53
くもはれて	二八	三八	4
みるめあらは	二九	三九	41
なにしおへは	二三	五六	6
なみのまもお	二四	五七	67
ひさかたの	二五	五八	68
ちはやふる―かみも	二六	六一	69
たまのみつ	二七	六二	70

その配列は、六十九首本に近く、流布本順に掲げても、右以上に先後の順が続いている箇所はない。

(3)　歌の存否

「時雨亭文庫蔵本（唐草装飾本）」は、六十九首本と配列が似ており歌数も比較的近いということで、まず六十九首本と対照させ歌の存否について述べる。［資料7］のように歌番号の対照表で歌の存否を示すと、「時雨亭文庫蔵本（唐草装飾本）」の歌は、ほとんどが六十九首本に存在することが分かる。六十九首本にあって「時雨亭文庫蔵本（唐草装飾本）」にない歌は、二十九首あるわけだが、いわゆる六十九首本の特有歌、即ち、六十九首本の巻末にある「ちはやふる-かもの」（六三）、「よにふれは」（六五）、「秋風の」（六八）、「たまくらの」（六九）、歌を、「時雨亭文庫蔵本（唐草装飾本）」は持たない。逆に、「時雨亭文庫蔵本（唐草装飾本）」にあって六十九首本に入らない歌は、次の五首ある。番号は一一六首本番号を、表記は、「時雨亭文庫蔵本（唐草装飾本）」を用い、（なし）は、一一六首本には見えない歌であることを示す。

人かともしられさりけりうたかたのうきにはいさやものわすれして　（なし）
たれによりよるのころもをかへすらんこひしき人のありけるかうさ　（なし）
いつはとは時はわかねと秋の夜そ物おもふとしはかきりなりける　(42)
かすみたつのをなつかしみはるこまのあれても君かみゆるころかな　(63)

「人かとも」歌は、「人かとも」を初句としては、「小町集」で他に例を見ないが、流布本系統で「ちたびとも」歌(65)、「みしひとも」歌(86)として類歌を持つ歌であり、「御所本甲本」では、さらに「人かとも」という重出歌を持つ。六十九首本には「ちたびとも」を初句として入っている。「たれにより」歌は、先行研究でも指摘されるとおり同本の特有歌であるが、「静嘉堂文庫蔵本（一〇五・三）」には入っている。また、「いつはとは」歌(42)は、流布本の一一六首系統に存在して、一一五首本系統には見えなかった歌である。それらは、特別に「時雨亭文庫蔵本（唐草装飾本）」のみが有していたという性格の歌ではなく、六十九首本に存在しない理由も、それぞれの歌が、流布本「小町集」が生成される過程での何らかの増減の痕跡をとどめる歌なのであろう。「時雨亭文庫蔵本（唐草装飾本）」が、必ずしも六十九首本とのみ関わってきたわけではないことを示している。

［資料７］歌番号対照表①（116首本順）

時雨亭本…「時雨亭文庫蔵（唐草装飾本）」
静嘉堂本…「静嘉堂文庫蔵本（105・3）」
（＊）…同「静嘉堂（105・3）」本の「乍入撰集漏家集歌」部歌

片桐氏分割　第一部

116首本	初　句	69首本	時雨亭本	静嘉堂本
1	花の色は	27	32	1
2	心から	47		2
3	空をゆく	37		3
4	雲はれて	38	28	4
5	みるめかる あま	60	35	5
6	名にしおへは	56	23	6
7	やよやまて			
8	結びきと	45	19	7
9	よそにこそ	8	9	9
10	山里に	49	17	16
11	秋の月	43		17
12	秋の夜も	10	36	18
13	ながしとも	11		
14	うつつには	14	38	19
15	あまの住む 里の	7	41	21
16	思ひつつ	19	33	28
17	うたたねに	28		29
18	たのまじと	29	14	51
19	いとせめて	30	42	30
20	色みえで	35	31	32
21	秋風に	41		33
22	わたつうみの	17	34	37
23	みるめなき わがみ	6	4	38
24	人にあはむ	12	37	42 91*
25	夢路には	21	40	39
26	かざままつ	42		40
27	われをきみ	51	7	41
28	よそにても	50		44
29	よひよひの	59	8	45
30	おきのゐて			46
31	今はとて	32	6	47
32	人を思ふ			
33	あまのすむ うら	52		48
34	いはの上に	54		65
35	世をそむく	55		66
36	ひとりねの			49
37	みちのくの			54
38	侘びぬれば	31	2	89*
39	つつめども	3	44	63
40	おろかなる	4	5 45	64
41	みるめあらば	39	29	10
42	いつはとは		3	
43	ひぐらしの			
44	もも草の			
45	こぎきぬや			

片桐氏分割　第二部

116首本	初　句	69首本	時雨亭本	静嘉堂本
46	あやめ草	1	1	11
47	こぬ人を	2		22
48	露の命	5	30	15
49	人しれぬ	13	10	23
50	こひ侘びぬ	9	11	24 87*
51	物をこそ	15		25
52	木がらしの	18	12	26
53	夏のよの	20	13	27
54	うつつにも	23		34
55	春雨の	24		35
56	今朝よりは	25		36
57	わが身には	26		50
58	心にも	66		88*
59	妻こふる	34	15	53
60	卯のはなの	36		55
61	秋の田の	44	16	56
62	色も香も	40		57
63	霞たつ		18	58
64	なには江に	46	20	59
65 86	ちたびとも	48	(21)	60
66	今はとて	53	22	61
67	波の面を	57	24	62
68	ひさかたの	58	25	67
69	ちはやぶる	61	26	68
70	滝の水の	62	27	43
71	限りなき	22	39	8 20
72	時すぎて			
73	うきことを			
74	ともすれば	16		
75	わすれ草	33		52
76	我ごとく	51		
77	みちのくは	67		85*

片桐氏分割　第三部

116首本	初　句	69首本	時雨亭本	静嘉堂本
78	すまのあまの			82*
79	ひとりねの			
80	なかれてと			80*
81	あるはなく			73*
82	夢ならは			78*
83	むさしのに			79*
84	世の中は			86*

片桐氏分割　第三部

116首本	初　　句	69首本	時雨亭本	静嘉堂本
85	むさしのの			74*
86	みし人も	48	(21)	76*
87	世中に			
88	我身こそ	64		
89	なからへは			
90	世の中を			
91	はかなくて			77*
92	我のみや			
93	はかなくも			84*
94	世の中の			
95	吹むすふ			70*
96	あやしくも			83*
97	しとけなき			
98	たれをかも			71*
99	白雲の			
100	紅葉せぬ			

片桐氏分割　第四部

116首本	初　　句	69首本	時雨亭本	静嘉堂本
101	いつとても			
102	なが月の			
103	あさか山			
104	ながめつつ			75*
105	春の日の			
106	木間より			
107	あまつ風			
108	あはれてふことこそ			90*
109	世の中は			
110	あはれてふことのは			
111	山里は			

片桐氏分割　第五部

116首本	初　　句	69首本	時雨亭本	静嘉堂本
112	をぐら山			
113	わかれつつ			
114	かたみこそ			
115	はかなしや			72*
116	花さきて			69*

流布116首本にない歌

116首本	初　　句	69首本	時雨亭本	静嘉堂本
	ちはやふる　かもの	63		
	よにふれは	65		
	秋風の	68		
	たまくらの	69		
	われをきみ　なには			12
	なにはがた			13
	月みれば			14
	たれにより		43	31
	ひとこころ			81*
	をみなへし	御所本甲本系統		
	みやこいでて	御所本甲本系統		
	おほかたの	御所本甲本系統		
	ふきすまう	御所本甲本系統		

さらに流布本系統の一一六首本との関係であるが、六十九首本の歌は、先掲片桐氏分割の第一部および第二部にほとんど存在するということであったが、この「時雨亭文庫蔵本（唐草装飾本）」も同様である。第一部（1〜45）中に二十七首（重出歌を含む）、第二部（46〜77）に十六、七首、第三部（78〜99）に類歌に関わる歌が一首、第四部には、〇首である。第三部にあるのは、流布本系統で重出していた第八十六歌の類歌「人かとも」歌である。第一部にない歌は、右解題でも指摘のとおり『後撰集』の所収歌と、三国町、躬恒といった他作者のものが中心である。

（4）傍書と訂正跡

「時雨亭文庫蔵本（唐草装飾本）」には、傍書および訂正の跡が四首にある。算用数字は一一六首本番号である。

こからしの風にもちらて人しれすうきことの葉のつもりぬる（ころ傍書）かな
（「時雨亭文庫蔵本（唐草装飾本）」一二、52）
「つもりぬる」の「り」を「る」に訂正跡

なにはめにつりする人にわかれけんひとも我ことそてやぬれけ（「れけ」を「るら」に訂正）ん（同　二〇、64）

ゆめちにはあしもやすめすかよへともうつつに人めみしことも（は傍書）あらし（同　四〇、25）

しもついつも寺に人のしけるわさのけうけのことはお（か傍書）かきてあへのきよゆきかおくりて侍

つつめともそてにとまらぬしらたまは人をみぬめ（ま傍書）のなみたなりけり（同　四四、39）

「こからしの」歌（52）の結句で、訂正前の「つもりぬるかな」というのは、「御所本甲本」系統特有の本文である。その他の流布本系統は、「つもるころかな」とあり、六十九首本も同じ本文である。「なにはめに」（64）の結句「そでやぬるらむ」というのは、六十九首本及び多くの流布系統の本文である。訂正前の「そでやぬれけん」は、調査伝本中では、「静嘉堂文庫蔵本（一〇五・三）」が唯一この形をとる。初句「なにはめに」は、六十九首本の形であるが、流布本系統はこの形をとらない。ここでも唯一共通するのは、「静嘉堂文庫蔵本（一〇五・三）」である。第三句「わかれけん」についても同様なことが言える。「ゆめちには」(25)の結句「みしこともあらし」は、同一の本文を見つけられない。他本系統は全て「みしことはあらす」とする。第四句「ひとめ」を「一め」ではなく「人め」としていることも注意される。「つつめとも」(39)の第二句「そてにとまらぬ」は、例を見ない。第四句は全ての本が「人をみぬめの」としており、「みぬま」という傍書の本文もまた例を見ない。詞書の傍書も同様である。改めて後述するが、この詞書は、他の「小町集」とは異なる記述で『古今集』の詞書に近い。ここでも、「静嘉堂文庫蔵本（一〇五・三）」の詞書が唯一類似する記述となっている。

次に、注記ではないが、本文で意味の通りにくいところがある。同書第二十七歌

たまのみつこのしたちかくなかれすはかふらくりもありとみてきへし（「時雨亭文庫蔵本（唐草装飾本）」二七、70）

この第四句「かふらくり」について、これは、「御所本甲本」と関係するのではないかと推測する。「御所本甲本」では、

たま《傍書（き）》みつのこのほとちかくなかれすはかた〳〵《傍書（うたかた）》花の《（を）》ありとみましや（「御所本甲本」七一、70）

たきの水このもとちかくなかれすはうたかたをなをあはれとみましや（同　一〇九、70）

として載る。第四句には「かた〳〵はなを」「うたかたはなを」等異同がある。「御所本甲本」第四句「かた〳〵はな」の崩し字と、それが「かふらくり」と読まれたこととは何か関わりがあるかもしれない。この「たまのみつ」という初句も、六十九首本をはじめとして流布本系統は「瀧の水（の）」となっていて、「たま」とするのは、「御所本甲本」と「静嘉堂文庫蔵本（一〇五・三）」のみである。流布系統の早い段階で、書入が行われる以前の「御所本甲本」及び「静嘉堂文庫蔵本（一〇五・三）」の本文が接触していたと思われる。

（5）詞書

「時雨亭文庫蔵本（唐草装飾本）」中、詞書のある歌は九首で、次の記述として載る。漢数字は「時雨亭文庫蔵本（唐草装飾本）」番号で、算用数字は一一六首本の番号である。

秋の月のあはれなるを　（「時雨亭文庫蔵本（唐草装飾本）」一七、10）

人のむかしよりかはりたるといふに　（同　二二、66）

をみなへしををりてみする人に　（同　二三、6）

あしたつのなといひてかくれたるひとのあはれなるに　（同　二五、68）

たいこの御時に日てりしけるにあまこひのうたよむへきせしありけるに　（同　二六、69）

いけみつの桜花うきてなかるゝに　（同　二七、70）

かへし　（同　四三、なし）

しもいつも寺に人のしけるわさのけうけのことはお（か傍書）かきてあへのきよゆきかおくりて侍　（同　四四、39）

かへし　（同　四五、40）

同書は総歌数が少ないので絶対数も少ないが、これらの詞書は、同書四十三「たれにより」という一一六首本に見えない歌を除いて、全て、流布本系統にも六十九首本にも備わる。

同書第十七歌詞書について、流布本系統は全て「山里にて秋の月を」とする。六十九首本は「山里にて秋の月のおはりにむつれしに」となっている。詞書中に「あはれ」という語を用いるのは、「時雨亭文庫蔵本（唐草装飾本）」と、「静嘉堂文庫蔵本（一〇五・三）」のみで、「山さとにて秋の月哀れなるを」という、ほぼ等しい記述である。

同書第二十二歌詞書について、六十九首本は「むかしよりもこころかは（り）にけりといふ人に」とし、流布本系統は「人のむかしよりしりたりといふに」とする。やや、六十九首本の方に近いかと思われるが、同一の記述をもつ本はない。

同書第二十三歌詞書について、六十九首本は「をみなへしをいとおほくほ（お…蓬左文庫本）りてみする人に」となる。流布本系は、「をみなへしをいとおほくほりてみるに」とする本がほとんどである。これも、六十九首本に近いと思われるが、「時雨亭文庫蔵本（唐草装飾本）」同様「おりてみする」とする本文が「静嘉堂文庫蔵本（一〇五・三）」である。

同書第二十五歌詞書について、長歌の詞書であるが、並べてみると次のようになる。「時雨亭文庫蔵本（唐草装飾本）」は、簡潔な形である。

あしたつのくもゐのなかにましりなはなといひてうせたるひとのあはれなるころ（流布本系統）

あしたつの雲ゐの中にましりなはといひてうせにし人の哀に覚えしこそ（六十九首本）

あしたつのくものうへにてましりなはといひてうせにけるひとの哀れにおほゆるころ（「静嘉堂文庫蔵本（一〇五・三）」）

あしたつのなといひてかくれたるひとのあはれなるに（「時雨亭文庫蔵本（唐草装飾本）」）

同書第二十六歌詞書について、これも並記すれば次のようになっている。

日のてりはへりけるにあまこひのわかよむへきせむしありて（流布本系統）

たいこの御時にひてりのしけれはあまこひの哥よむへきせんしに（六十九首本）

たいこの御代にあまこひの哥よむへき宣旨ありてよみ侍る（「静嘉堂文庫蔵本（一〇五・三）」）

たいこの御時に日てりしけるにあまこひのうたよむへきせしありけるに（「時雨亭文庫蔵本（唐草装飾本）」）

流布本系統は、詞書としては右のように記されているが、「御所本甲本」は「醍醐の御時」、「神宮文庫蔵本（一一一三）」は、「御」のない「醍醐の時」が、詞書の肩に注記のように記されている。六十九首本等は、注記が本文化したとも言えるが、或いはまた、本来、本文にあった「醍醐の時」という語句が、小町という人物の時代を考えて、注記のように直して付され、流布系統の本文では省略されたとも推測し得る。同書第二十五、第二十六歌でも、「時雨亭文庫蔵本（唐草装飾本）」と「静嘉堂文庫蔵本（一〇五・三）」が類似していることは明らかである。

同書第二十七歌詞書について、流布本系統は、初句「やり水」とする本が多い。「山水」も見えるが、「いけみづ」は見えない。また、流布本系統はほとんどが第二句を「菊の花」とする。六十九首本は「やり水に桜のちりてなかるるを」とする。「やり水」「桜」の組み合わせは、「神宮文庫蔵本（一一一三）」と「静嘉堂文庫蔵本（一〇五・三）」に見えるものの、本文は全く一致するものでなく、「時雨亭文庫蔵本（唐草装飾本）」の本文についても一致する本文は見えない。

同書第四十四歌詞書について、六十九首本は、「つつむことはへるへき夜むねゆきのあそん」とし、流布本系統は全て「あへのきよゆきかくいへる」とする。「御所本甲本」等は「きよゆきかかく」と「か」を入れる。しかし、先述のように、「しもいつもてら」云々と記すのは、「静嘉堂文庫蔵本（一〇五・三）」のみである。『古今集』の詞書と併せて掲げてみる。

しもついづもでらに人のわざしける日、真せい法しのだうしにていへりける事を歌によみてをののこまちがもとにつかはしける（『古今集』五五六…『新編国歌大観』本）

しもついつも寺に人のしにけるわさしけるにかのけうけのこと葉をよみてあへの清中さにをくりける（「静嘉堂文庫蔵本（一〇五・三）」）

しもついつも寺に人のしけるわさのけうけのことはお（か傍書）かきてあへのきよゆきかおくりて侍（「時雨亭文庫蔵本（唐草装飾本）」）

「時雨亭文庫蔵本（唐草装飾本）」の本文と全く同一のものはないが、「静嘉堂文庫蔵本（一〇五・三）」とは、近い関係にあったことが分かる。

同書第四十五歌詞書「かへし」について、これは、重出箇所の方に付されている詞書である。これも、流布本系統では、「とある返し」となっていて、「かへし」とするのは、六十九首本及び「御所本甲本」「神宮文庫蔵本（一一三）」と、「静嘉堂文庫蔵本（一〇五・三）」のみである。「時雨亭文庫蔵本（唐草装飾本）」が、贈答歌として再度掲載した際に用いたのは、「御所本甲本」或いは「静嘉堂文庫蔵本（一〇五・三）」の本文―より祖本の形であり現存する本そのものという意味ではない―であったと推測する。

(6) 特徴のまとめ

「時雨亭文庫蔵本（唐草装飾本）」は、六十九首本と同様に

あやめ草人にねたゆと思ひしは我身のうきにおふるなりけり

を巻頭歌とする。巻頭歌を共通させること、歌の配列、そして、そのほとんどが六十九首本に入る歌であることから、六十九首本との関わりは深い。のみならず、「御所本甲本」乃至「静嘉堂文庫蔵本（一〇五・三）」とも近接関係にある。右に見てきた以外にも、例えば、この巻頭歌の第三句は、「時雨亭文庫蔵本（唐草装飾本）」では「思ひしは」となるが、これは、調査内では、「御所本甲本」の本文である。また、本章付節で、『古今集』本文をもとにした本文異同の様相を見ているが、そこでも、同様の近接関係がみてとれる「静嘉堂文庫蔵本（一〇五・三）」との関係については、次項でも述べている。

［資料8］異本系統を基とした詞書対照表

＊伝本全てが詞書を持たない歌（「時雨亭文庫蔵本（唐草装飾本）」番号3・5・7・8・18・24・30・37・42）

時雨亭文庫蔵本（唐草装飾本）	69首本 書陵部蔵本（511・2）		静嘉堂文庫蔵本（105・3）		116首本 正保版本		御所本甲本	
1	1	五月五日人を	11	五月五日佐うふに徒个て	46	五月五日さう婦尓佐して人尓	47	五月五日さう婦尓さして人に
2	31	あ可多へいさといふ人尓	89	文屋能屋須飛て可三川乃楚うになりて阿可堂三尓八え伊てた丶しやといひ屋れ里遣る返事尓よめる	38	屋春ひて可み可者尓な利てあ可多三ハいて多丶しやといへ留返ことに	39	や春ひて可三川尓なりてあ可多三尓八以て多丶しやといへる可遍りこ登尓
3	—		—					
4	6	津年仁うらむる人尓	38	常尓三れとも阿可ぬをうらむる人尓	23	徒年尓くれとえあハぬをんな能うらむ留人耳	23	津年尓くれとえあ者努女能うらむ留人尓
5								
6	32		47	王寸れぬるなめりとおもふ人尓	31	わ春れぬ留なめりと見えし人尓	32	王す禮ぬ留な免りと三し人尓
7								
8								

9	14	17	18	19	22	23	24	25
		秋の月のあはれなるを			人のむかしよりかはりたるといふに	をみなへしをおりてみする人に		あしたつのなといひてかくれたるひとのあはれなるに
8	29	49	—	45	53	56		58
め能との遠き所なりし仁つ可者志ヽ		山さと尓て秋能月乃於八り尓む津連し尓		あやしき事い比个留人尓	む可しよりも己ゝろ可八尓个りといふ人尓	を三なへしをいと於本く本りて三須留人耳		あし多つ乃雲ゐ能中耳ましりな八といひてうせ尓し人能哀尓覚えしこそ
9	51	16		7	61	6		67
免乃とのと越き所なるを		山さとにて秋乃月哀なるを		阿やしき事いひ遣る人尓	人乃む可しより八替りてつれな起八い可那る楚登いふに	女郎花をいと於ほくおりて見春る人耳		あし多つ乃雲能うへ尓てまし里な者といひてう勢に遣る人の哀に於ほゆるころ
9	18	10		8	66	6		68
め乃と能と越き所尓あ流耳	返し	山里尓て秋の月を		あやしき事いひ个留人尓	人のむ可しよ利志り多利（も可ハりてつ連なきイ）といふ尓	女郎花いとおほく本りて三流尓（をおりておとこ見留尓イ）		あし多つの雲井能な可にまし里那ハなといひてうせ多留人のあ者れなる古ろ
9	18	10		8	67	6		69
免のと能と越き保と尓あるにやる	返事	や末佐と尓て秋の月越		あやしき事以飛気類人に	人のむ可しよ利志里多りといふ尓	越三なへし以とお保く本里て三留に		あし多川能くも井のなか尓まし里な八なとい飛てうせ多る人農あ者れなるころ

時雨亭文庫蔵本（唐草装飾本）	26	27	28		29	30	31	32
	たいこの御時に日てりしけるにあまこひのうたよむへきせしありけるに	いけみつの桜花うきてなかるゝに						
書陵部蔵本（511・2）69首本	61	62	38		39		35	27
	たいこの御時に日天り乃し个れ八あ万こひの哥よむへきせんし耳	屋り水尓桜のちりてな可留ゝを						
静嘉堂文庫蔵本（105・3）	68	43	4		10		32	1
	たいこの御代耳阿万こひの哥よむへき宣旨阿りてよ見侍る	屋り水尓桜のな可類ゝを	い可那里しおり尓可又		人耳		人のこゝろ可者り遣る比	花をな可めて
正保版本 116首本	69	70	4		41		20	1
	日のて利侍个留尓あ万こひのわ可よむへきせんしありて	屋り（万）水尓きくの花乃（さくらの）うきた利し尓（な可留ゝを三て）	かへしあし多尓ありしに				人の心可ハり多流尓	花をな可めて
御所本甲本	70	71	4	104	42		20	1
	醍醐ノ御時（肩書）ひ能て李侍りける尓あ満こひ農和哥よむへきせんしありて	や里（山）水尓にきくのはな（さくらの）うき堂りしに（なかるるを三て）	あした尓阿李し尓末太可遍し	かへしあしたに			人農古ゝろか者李多留に	花越な可免帝

33	34	35	36	37	38	39	40
19	17	60	10		14	22	21
28	37	5	18		19	20　8	39
人能夢尓見えし丹		堂い免しぬへ支屋と人乃いひ多る尓	飛と、ものいひ明し多里し徒とめてかはかりな可起よも須可ら何事をとかめ志人尓		徒ゝむ事有し人農夢尓も打とけぬさまに見えし可八	阿類人尓 返し	ま多
16	22	5	12		14	71	25
夢尓人のみえし可ハ	人乃もとに	たいめんしぬへく（しイ）やとあ連は	人と物いふとてあけしつとめ天か者可利な可き夜尓な尓事をよも寸可らいひあ可しつ留そとあいなうと可めし人尓		屋んことなき人の志のひ給尓		
16	22	5	12		14	72	25
夢尓人能三盈し可八	人能もと尓	堂以免ん志ぬへくやとあ禮盤	人と物いふとてあ気し徒と免てか者可りな可きよ尓な尓こと越よもすから以飛あ可し川るそとあいなうと可めし人尓		やんこと那き人のし乃飛たま婦に		

時雨亭文庫蔵本（唐草装飾本）	69首本		116首本	
	書陵部蔵本（511・2）	静嘉堂文庫蔵本（105・3）	正保版本	御所本甲本
41	7	21	15	15
	於なしころ	徒らかりしといひ多る人尓	人の王利なくうらむ留に	飛との王り那くうらむるに
42				
43	—	31	—	—
かへし		か遍し		
44	3	63	39	40
しもついつも寺に人のしけるわさのけうけのことはお（か）かきてあへのきよゆきかおくりて侍	津、むこと者へ留へきよ　むね由き乃朝臣	志もつい徒も寺に人乃し尓遣類王さし遣るにか能遣う遺のこと葉をよ三てあへ乃清中さにをくり遣類	あへ乃きよゆき可、くいへ留	安倍清行かくいへ累
45				
かへし				

右の［資料8］「異本系統を基とした詞書対照表」は、「時雨亭文庫蔵本（唐草装飾本）」と関わりが深いと思われる本を対照させ、詞書の有無を見たものである。詞書を「時雨亭文庫蔵本（唐草装飾本）」の順に並べると、特に、詞書のない箇所が、散見するのではなく、まとまっている。ある箇所が付加された際に、詞書の存在する箇所ができたと考えれば、それは、六十九首本でいうところの末尾に該当する。六十九首本の増補と「時雨亭文庫蔵本（唐草装飾本）」の詞書の存在箇所は、関係づけて考えられてもよいかもしれない。そしてまた、右に述べたように、その詞書は、「静嘉堂文庫蔵本（一〇五・三）」本に近い本文を持ち、訂正書入本文についても同様なことが言えるので、「時雨亭文庫蔵本（唐草装飾本）」は、ある時期に「静嘉堂文庫蔵本（一〇五・三）」系統の本で校合されてい

るといえる特徴を示している。

註

（1）「冷泉家時雨亭文庫蔵　小野小町集　唐草装飾本」『冷泉家時雨亭叢書　第20巻　平安私家集　七』

三　「静嘉堂文庫蔵本（一〇五・三）」

（1）先行研究

「静嘉堂文庫蔵　小町集　附乍入撰集漏家集歌（一〇五・三）」（以下「静嘉堂文庫蔵本（一〇五・三）」とも記す）は、昭和初期に前田善子氏が、「小町集」の一伝本として提示していたが、その後の先行研究では触れてこられなかった本である。静嘉堂文庫は、現在マイクロフィルム[1]によって、この本を公開している。同文庫によると、「小町集附乍入撰集漏家集哥」と通称されており、江戸時代前期書写の一帖で「極札によれば、八条宮桂光院知仁親王筆とあるが確証はない」という。同解説では「本書の歌数は七〇首、巻末に附された歌が二三首、総数九十三首[2]」とある。また、「伝本の系統は、『小野小町』（前田善子著）に紹介されている伝本の「架蔵異本　小野小町集」と内容が共通しており、この異本の系統と思われる。」とも書かれている。

前田善子氏『小野小町』（昭和十八年六月　三省堂）では、右解題の通り「架蔵異本小町家之集」として伝本の十三番目に紹介する。同書では「小町集として六十七首を数え、終りに「乍入撰集漏家集哥」として勅撰集の名を一々挙げた後に、それぞれの所載の歌二十三首を掲げている」こと、また、流布本小町集の配列に等しい箇所が散見することに関し、「原本が一度ばらばらになり再びとじ合わせる時、紙の順序をあやまってこういう形になった」のであろうこと、「流布小町集に至る歌の増補される以前のかなり古い時代の一形態を示すものではないか」と記されている。

（2）歌数と配列

この本の付加部にあたる「乍入撰集漏家集哥」の歌数が二十三首であることは先行研究に共通するが、根幹部の歌数について、静嘉堂文庫は七十首といい、前田善子氏は六十七首とする。実際は、六十八首である。八番目の歌「かきりなき」が二十番目にも挙がるので、歌としては、前田氏のいうように六十七首であるとも言える。重出については、同本にも「此有前ふ審」と注記されている。従って総数は九十一首となる。

「静嘉堂文庫蔵本（一〇五・三）」もまた、片桐洋一氏分割による流布本内部の分割でいうところの第一部と第二部（77番まで）に根幹部の歌は入っている。配列は、確かに「流布本小町集の配列に等しい箇所が散見」し、第二部（50番以降）にその傾向が見られる。第一部では、勅撰集である『古今集』と『後撰集』の配列の順序が、他の流布系統本以上に踏襲されていることをここでは指摘しておきたい。集全体の歌番号対照表は［資料2］に掲げてあるが、次の各部分は、歌の配列が一一六首の流布本と等しい箇所である。同書と一一六首の流布本番号を対比させ、参考までに『古今集』歌の所載状況を併記している。

「静嘉堂文庫蔵本（一〇五・三）」		一一六首本
一九、二〇	『古今集』六五六、六五七	14、71
二八～三〇	『古今集』五五二～五五四	16、17、19
六三、六四	『古今集』五五六、五五七	39、40
六五、六六	『後撰集』一一九五、一一九六	34、35

（3）歌の存否

先掲［資料7］で、流布本系統の配列と他本の歌の歌序を対照させてみた。流布本にあってこの「静嘉堂文庫蔵本（一〇五・三）」にない三十三首は、前田氏も指摘の通り、ほとんどが他作者の歌である。詳細は次の通りで、算用数字の歌番号は流布本系一一六首本による。

7（三国町）・13（躬恒）・32（貞樹）・42～44（読人不知…古今集）・45（他出なし）・72（小町姉…古今集）・73（小町孫…後撰集）・74（『万代集』に小町作とある歌）・76（他出なし…27の類歌）・79（小町姉…後撰集）・87（読人不知…古今集）・88（『新古今集』に小町作とある歌）・89（読人不知、土佐…後撰集）・90（小町姉…後撰集）・92、94（読人不知…古今集）・97（『夫木和歌抄』中『明玉集』に小町家集にあると記す歌）・99（惟喬親王）・100（紀淑望）・101、106、109、110、111（読人不知…古今集）・102（『万葉集』類歌『拾遺集』人麿歌）・103（『万葉集』類歌『古今集』序に見える歌）・105（『重之集』にある歌）・107（『伊勢集』にある歌）・112（他出なし）・113（他出なし　104の類歌）・114（読人不知…古今集）

流布本系統の「小町集」が全体的に重出歌または類歌としてもっているのは、

「ちたびとも」（65）と　「みしひとも」（86）
「わかことく」（76）と　「われをきみ」（27）
「わかれつつ」（113）と　「なかめつつ」（104）

であったが、こういった類歌に関しては一切もっていない。「静嘉堂文庫蔵本（一〇五・三）」にこのような類歌の重出がないのは、六十九首本や「時雨亭文庫蔵本（唐草装飾本）」と同様である。ただし、一一六首の流布本第六十五歌は、「静嘉堂文庫蔵本（一〇五・三）」では、第六十歌に「ちたびとも」として入り、なおかつ第七十六歌（増補部『続後撰集』）に『続後撰集』の形「しる人も」を初句として入る。増補部には類歌による重出の現象がみられるが、根幹部分では他の流布本系統にみえるような重出がない。根幹部で既に重出歌が生じる以前の当該歌をもっているということである。

したがって、「静嘉堂文庫蔵本（一〇五・三）」集内の類歌、重出歌は、次のようになる。

「静嘉堂文庫蔵本（一〇五・三）」　一一六首本

六〇「ちたびとも」	七六「しる人も」（増補部『続後撰集』）	（65・86）
八「かぎりなき」	二〇「かぎりなき」	（71）
二四「こひ侘ぬ」	八七「思ひ侘」（増補部『新千載集』）	（50）
四二「人にあはむ」	九一「人にあはむ」（増補部『古今集』）	（24）

第八歌と第二十歌が重出し、増補部との重出も他に二例見える。同書第八歌は、書写者も「はしにあれどもふ審」と言う。その本文は、「夢ぢをさへや人のとかめん」となっているが、それは、多くの流布本系統の「夢ちをさへに人はとかめし」ではなく、六十九首本系統の「夢ちにさへや人はとかめん」と「時雨亭文庫蔵本（唐草装飾本）」「ゆめちにさへや人のとかめん」に近い本文である。この重出の原因は、同書第十九、第二十歌が『古今集』六五六、六五七の順を踏襲して入っていることを考えれば、勅撰集を用いて後から『古今集』同士の歌のつながりによって、贈歌に引きずられるように答歌が再度入ってしまったものと考えられる。

その他の第二十四歌、第四十二歌の場合は、付加部の増補によって加わったという性質のものである。増補部でいう『新千載集』の撰集の本文を以て増補部に入れるのが第二十四歌である。しかし、第四十二「人にあはむ」歌の場合は、第二句について、多くの流布本が「つきのなき夜は」としているのに対し、同書と「御所本甲本」のみが、「つきなきよひ（ゐ）は」としている。六十九首本は「ねられぬよひは」なので、同書のこの初出箇所には「御所本甲本」の特徴があらわれている。

この「静嘉堂文庫蔵本（一〇五・三）」もまた、他本同様六十九首本の末尾の「ちはやふる」「よにふれは」「あきかぜの」歌という特有歌をもっていない。しかし、「時雨亭文庫蔵本（唐草装飾本）」の特有歌とされる「たれにより」歌を有していることは、先に述べたとおりである。「静嘉堂文庫蔵本（一〇五・三）」には、特有の歌が合計五首載る。「人心」歌のみ増補部の歌で、他の四首は、根幹部に存する。同書の本文と所収番号で掲げれば次のようになる。

一二　我を君難波のうらに有しかはうきめをみつのあまと成にき
一三　難波かたうらむへきまもおもほえすいつこをみつのあまとかは見る
一四　月みれはつきはなかはに成にけり月みたは又月はたらしな
三一　誰によりよるの衣をかへす覧こひしき人のありけるかうき
八一　人心わかみの秋になれはこそうきことのはのしけくちるらん

先に掲げた『冷泉家時雨亭叢書　平安私家集　七』の解説で、「時雨亭文庫蔵本（唐草装飾本）」以外の「小町集」諸本には例を見ないとされていた「誰により」歌がここにあり、「小町集」の内では、両者のみの特異な関係が知られる。

(4)　詞書

詞書きの存在非存在のみを言えば、六十九首本や「時雨亭文庫蔵本（唐草装飾本）」にある詞書きは、全て「静嘉堂文庫蔵本（一〇五・三）」に在る。他の流布本系統との比較では、流布本系統には詞書が在るにもかかわらず「静嘉堂文庫蔵本（一〇五・三）」にないという箇所は次の三例見える。

「静嘉堂文庫蔵本（一〇五・三）」	他の流布本	一一六首本
三七　―	「人のもとに」	(22)
五一　―	「返事」または「返し」	(18)
五四　―	「わすれやしにしとある君たちののたまへるに」	(37)

また、他の「小町集」が持たない詞書を「静嘉堂文庫蔵本（一〇五・三）」のみが有しているという箇所は、次の十例である。第八歌と第二十歌は重出歌であるが、それぞれに異なる詞書が付されている。

「静嘉堂文庫蔵本（一〇五・三）」	他の流布本	一一六首本
八　「ある人に」	―	(71)
一〇　「人に」	―	(41)
一三　「かへし」	―	(―)
一二　「おとこのわすれにけるにあまになりてつの国なにはのみつのうらといふ所にすみてありける」	―	(―)
二〇　「返し」	―	(71)
三九　「また」	―	(25)
四〇　「また」	―	(26)
四一　「心さしかきりなきといひなからさすかに見えぬ人に」	―	(27)
五〇　「わすれやしたるといひたる人に」	―	(57)
五五　「ある人のもとに」	―	(60)

この「静嘉堂文庫蔵本（一〇五・三）」のみに存在する詞書きは、片桐氏分割第一部のある箇所（25〜27、41）にま

とまり、そして、第二部（57、60、71）に見える。「静嘉堂文庫蔵本（一〇五・三）」の根幹部の歌は、そもそもが、片桐氏分割の第一部および第二部に存在するだけなので、根幹部の詞書が第三部以降にないのは当然であるが、第一部にまとまって存在するのは特徴的である。

「静嘉堂文庫蔵本（一〇五・三）」詞書の本文の一部を［資料8］に示したが、本文は、六十九首本および「時雨亭文庫蔵本（唐草装飾本）」に類似しており、異本系統間の伝本の類似を示す箇所もある。例えば次の三首である。

「静嘉堂文庫蔵本（一〇五・三）」　一一六首本

一六「山さとにて秋の月哀なるを」　（10）

六「女郎花をいとおほくおりてみする人に」　（6）

六三「しもついつも寺に人のしにけるわさしけるにかのけうけのこと葉をよみてあへの清中さにをくりける」
（39）

まず、第六十三歌の詞書は、「時雨亭文庫蔵本（唐草装飾本）」と「静嘉堂文庫蔵本（一〇五・三）」が、『古今集』の詞書と類似し、他の本の詞書と異なっている。

しもついづもでらに人のわざしける日、真せい法しのだうしにていへりける事をよみてをののこまちがもとにつかはしける　あべのきよゆき朝臣（『古今集』五五六…『新編国歌大観』本）

しもついつも寺に人のしにけるわさしけるにかのけうけのこと葉をよみてあへの清中さにをくりける（「静嘉堂文庫蔵本（一〇五・三）」）

しもついつも寺に人のしけるわさのけうけのことはお(か)かきてあへのきよゆきかおくりて侍（「時雨亭文庫蔵本（唐草装飾本）」）

つゝむことはへるへきよ　むねゆきの朝臣（六十九首本）

あへのきよゆきか丶くいへる（一一六首本）
安倍清行かくいへる（「御所本甲本」）

また、第十六歌は共通して秋の月に「あはれ」の語を付している。

山さとにて秋の月哀なるを（「静嘉堂文庫蔵本（一〇五・三）」）
秋の月のあはれなるを（「時雨亭文庫蔵本（唐草装飾本）」）
山さとにて秋のつきのおはりにむつれしに（六十九首本）
山里にて秋の月を（一一六首本）
やまさとにて秋の月を（「御所本甲本」）

さらに、第六歌において、異本系統の三本がともに「みする人に」となっている点が特徴的である。

女郎花をいとおほくおりてみする人に（「静嘉堂文庫蔵本（一〇五・三）」）
をみなへしををりてみするひとに（「時雨亭文庫蔵本（唐草装飾本）」）
をみなへしをいとおほくほりてみする人に（六十九首本）
女郎花をいとおほくほりてみるに（をおりておとこみるにイ）（一一六首本）
をみなへしいとおほくほりてみるに（「御所本甲本」）

(5)　傍書

「静嘉堂文庫蔵本（一〇五・三）」本文異同の傍書は、次の二箇所にしか見えない。（　）内が傍書である。

「静嘉堂文庫蔵本（一〇五・三）」　一一六首本
九　よそにして（こそイ）　（9）

五四　ほにこそいてね（をとこそたてね）こひぬよそなき（君をこふれとイ）　(37)

同書第九歌「よそにして」は、他に該当する本文を見ない。第九は『新千載集』所収歌（一二九四）であり、同書では「よそにこそ」とする。「小町集」でも他の本文は「よそにこそ」である。第五十四歌は、他の「小町集」の本文であり、書入されている「をとこそたてね君をこふれと」は、この歌が小町の歌として『新勅撰集』六五一に採録される際の本文である。

(6)　根幹部の集付と増補部の出典

ところで、「静嘉堂文庫蔵本（一〇五・三）」は、六十八首の根幹部と、二十三首の増補部とからなっていることは先に述べた。その、「乍入撰集漏家集哥」として付された増補部の内容は次のようになっている。同集記載の撰集名、同書の私に付した通し番号（漢数字）、初句、対応する流布本一一六首本番号（算用数字）の順に記している。

後撰集　　六九「花さきて」　(116)
新古今集　七〇「ふきむすぶ」　(95)
　　　　　七一「たれをかも」　(98)
　　　　　七二「哀なり」　(115)
　　　　　七三「あるはなく」　(81)
新勅撰集　七四「むさしのの」　(85)
続後撰集　七五「なかめつつ」　(104)
　　　　　七六「しるひとも」（なし…86「みしひとも」類歌）

続古今集　七七「はかなくて」（91）
七八「夢ならて」（82）
七九「むさしのに」（83）
八〇「なかれてと」（80）
八一「人心」（なし）
八二「すまのあまの」（78）
八三「あやしくも」（96）
玉葉集　八四「はかなくも」（93）
続千載集　八五「みちのくに」（77）
風雅集　八六「世中はあすか」（84）
新千載集　八七「おもひ侘」（なし…50「こひわひぬ」類歌）
新続古今集　八八「こころにも」（58）
古今集　八九「侘ぬれは」（38）
九〇「哀てふ」（108）
九一「人にあはむ」（24）

先のように傍書がほとんど見えないことを考え合わせると、本文異同の校合注記をなす意図も、その機会もなかったように見える。しかし、集付はなされている。根幹部は歌の肩に集付が見え、増補部は、まとめて歌を掲げる最初に撰集名が付されるという違いはあるが、増補部であるところの「乍入撰集漏家集哥」の撰集名と併せて表にすると、次のようになる。

左表は、同書の表記通りに記したものであるが、記載に誤りがある。
＊a…『後撰集』歌の誤り
＊b…うち一首は、『続後拾遺集』歌の誤り
＊c…うち一首は、『新拾遺集』歌の誤り

撰集名／集付	六十八首根幹部	「乍入撰集漏家集哥」付加部
古今集	19	3
後撰集	2	1
後拾遺集	a* 1	
新古今集	1	4
新勅撰集	5	1
続後撰集	b* 2	3
続古今集（うち一首は「続」と記載）	2	6
新後撰集	1	
玉葉集	1	1
続千載集		1
続後拾遺集	1	
風雅集	1	1
新千載集	c* 3	1
新拾遺集	2	
新続古今集		1

（7）特徴のまとめ

「静嘉堂文庫蔵本（一〇五・三）」は、全体の歌数からすれば流布本系統に近い歌数を有することになるが、その特徴は、形態の特異性からも、異本系統に分類されるものである。付加部に見える増補歌の撰集名で、最も新しいものは『新続古今集』であり、その成立は永享十一年（一四三九）とされているので、付加部はそれ以降に付けられたことになる。

「乍入撰集漏家集哥」に類する表記で増補部の存在する私家集には、他にも『躬恒集』『忠岑集』『是則集』があることが私家集の研究で指摘されているが、全く同一の表記である『躬恒集』の「乍入撰集漏家集哥」が付加され

ている本は、片野達郎氏の『私家集大成』等の解題に拠れば、「内閣文庫蔵　三十六人集（二〇一・四三四）」であるらしい。「小町集」にも同「内閣文庫蔵　三十六人集（二〇一・四三四）」に入る「小町集」があるが、それは先に分類したように一一六首本で「筑波大学蔵本」とは近似するが、「静嘉堂文庫蔵本（一〇五・三）」とは、本文の特徴も一致しない本である。また、『忠岑集』『是則集』ともに「乍入撰集漏家集哥」に類する付加部のある本は、「歌仙本系統」とされている。「小町集」の系統分類の細目からすれば、歌仙本を広義にとれば、細分類が不可能となり、狭義に正保四年刊の正保版本と解釈しても、近似する性質を持たない。この現象は、違う種類の『三十六人集』が混淆していることに起因するのであろう。「乍入撰集漏家集哥」という付加部分は、『躬恒集』にも付加したのと同じ本から採られて付加されただろうが、根幹部の本の系統となると、付加された時点での『躬恒集』の系統とは異なっていたということになる。

根幹部は、増補部とは別に考えるべきであろう。根幹部の歌は、六十九首本同様に、一一六首本の片桐氏分割第一部と第二部に存在し、第三部には見えない。「静嘉堂文庫蔵本（一〇五・三）」の本文は、本章付節で『古今集』所収歌を検討している、その限りでも、大筋に於いては流布本系でありながら多くの流布本とは異なる本文をとることが多く、「御所本甲本」や「時雨亭文庫蔵本（唐草装飾本）」の本文と関連性を有する。特有歌が五首あり、詞書も独自のものを持っているのが特徴的である。特に、「時雨亭文庫蔵本（唐草装飾本）」の特有歌を「静嘉堂文庫蔵本（一〇五・三）」が有していること、詞書に「時雨亭文庫蔵本（唐草装飾本）」との類似する箇所が存在することは特徴的である。詞書に関しては、部分的な本文異同に加えて、他には例のない詞書が付されもしている。また、流布本系統が、それぞれの本の中で重出させていた歌を、重出させていない。例えば、異伝が多いとして掲げた「我を人」（27、76）歌には、「心さしかきりなきといひなからさすかに見えぬ人に」（四一）という、他に例をみない詞書が付され収録されるのであるが、重出歌はもたない。

註

（1）本書研究の為のマイクロフィルム閲覧は、関西大学のご厚意による。

（2）『静嘉堂文庫の古典籍　第四回　王朝文化へのあこがれ―初公開・鎌倉から江戸時代までの写本―』平成十二年十二月　静嘉堂文庫

付節　『古今和歌集』所収歌にみる「小町集」の伝本系統

「小町集」伝本の系統分類をする際の観点については、それぞれの本の特徴とともに私案を提示したが、その根拠として、この『古今集』所載歌の項目を設定した。「小町集」は、『古今集』歌を多く含む。一一六首の流布本「小町集」の場合、『古今集』に於いても小町の記名で収録される歌は、墨滅歌を含めて十八首、読人不知歌は十六首、他作者詠は、三国町、凡河内躬恒、小野貞樹、安倍清行、小町姉、惟喬親王、紀淑望の詠歌七首である。これらの『古今集』歌のうち、「小町集」詞書に記名を付されるのは「清行」のみである。

「小町集」本文の特徴をみようとした時に、それが、『古今集』に於ける異同本文のいずれかの影響を受けているのではないかと考えた。『古今集』本文との関係をみようとして調べ始めたが、結果的に、「小町集」内の伝本系統を考える上での傍証となり、伝本相互の近接関係がよくあらわれていた。そういう理由で、付節としてここに掲げる。

次の表は、「小町集」中に含まれる『古今集』所載歌の一覧である。本文中歌の頭に付す番号は、一一六首本「小町集」の所収番号であり、（　）で『古今集』の歌番号を、〈　〉で六十九首本「小町集」の歌番号を示す。「〈なし〉」は、六十九首本「小町集」に、該当歌が入っていないことを示す。以下に掲げる歌の本文は、『新編国歌大観』所収の『古今集』の本文表記を用いているが、詞書は省略した。

参考文献

久曾神昇『古今和歌集成立論　資料編　上』『同　中』『同　下』『同　研究篇』昭和三十五年三月～三十六年十二月　風間書房
西下經一・滝沢貞夫編『古今集校本』昭和五十二年九月　笠間書院

竹岡正夫『古今和歌集全評釈　上』『同　下』昭和六十二年九月補訂三刷　右文書院
小松茂美『伝藤原公任筆古今和歌集』平成七年五月　旺文社
片桐洋一『古今和歌集全評釈（上）』『同（中）』『同（下）』平成十年二月　講談社

『古今集』所載「小町集」関連歌

一一六首本番号	『古今集』番号	『古今集』作者
1	一一三	小町
7	一五二	三国町
12	六三五	小町
13	六三六	躬恒
14	六五六	小町
15	七二七	小町
16	五五二	小町
17	五五三	小町
19	五五四	小町
20	七九七	小町
21	八二二	小町
23	六二三	小町
24	一〇三〇	小町
25	六五八	小町
30	一一〇四	小町
31	七八二	小町
32	七八三	貞樹
38	九三八	小町
39	五五六	清行
40	五五七	小町
42	一八九	読人不知
43	二〇五	読人不知
44	二四六	読人不知
71	六五七	小町
72	七九〇	小町姉
87	九四三	読人不知
92	七九八	読人不知
94	九四一	読人不知
99	九四五	惟喬親王
100	二五一	淑望
101	五四六	読人不知
103	仮名序	采女
106	一八四	読人不知
108	九三九	小町
109	九四二	読人不知
110	九四〇	読人不知
111	九四四	読人不知
114	七四六	読人不知
（「御所本甲本」）		
（114）	四〇八	読人不知
（121）	二二九	小野美材
（「神宮文庫蔵本（一一一三）」）		
（106）	一八五	読人不知
（「静嘉堂文庫蔵本」（一〇五・三）」）		
（12）	九七三	読人不知
（13）	九七四	読人不知

1　花の色はうつりにけりないたづらにわが身よにふるながめせしまに　（『古今集』一一三）〈69首本　27〉

「小町集」伝本にも、『古今集』にも異同がない。

7　やよやまて山郭公事づてむ我世中にすみわびぬとよ　（『古今集』一五二　三国町）〈69首本　なし〉

「御所本甲本」にも入っているが、入っていないのは調査伝本中で六十九首本の他「静嘉堂文庫蔵本（一〇五・三）」と「陽明文庫蔵一冊本（国文研55‐44‐8）」「時雨亭文庫蔵本（唐草装飾本）」だけである。

流布本系統には、多く、この歌が三国町の歌であることが注記されている。集付を含めて、注記、書入の類は、伝本によって形式が異なる。その一部が、先掲［資料5］の一覧である。調査伝本のなかで、次の本には、もともと本全体に書入がない。

「静嘉堂文庫蔵本（五二一・一二）」「陽明文庫蔵一冊本（国文研55‐44‐8）」（＊集付はある）　類従版本

「神宮文庫蔵本（一一一三）」「西本願寺蔵本（補写本）」「ノートルダム清心女子大学蔵本（八一八）」

そういった、もともと書入のなかった本を除いて、「小町集」伝本の集付表記の形式は、幾種かに分かれた。字母は異なるが

「古」及び「古今」とだけ記すもの　…「古」は「内閣文庫蔵本（四三三）」、「古今」は「御所本甲本」

「古　みくにのまち哥なり」　…一一五首本に特徴的

「古今集夏下（作者）みくにのまち哥なり」…一一六首本に特徴的

「作者」と入らないのは、「陽明文庫蔵本（二二一二）」「東奥義塾高校蔵本」「長野市蔵真田家旧蔵本」

のように分類出来ることは先にも述べた。

12　秋の夜も名のみなりけりあふといへば事ぞともなくあけぬるものを　（『古今集』六三五）〈69首本　10〉

「小町集」の本文は三種類ある。まず、「初句―秋の夜も、第三句―あい（ひ）とあへば」とする本文がある。「小町集」一一五首本の大半がこの形で、書入のある本には「あふといへば」が書入されている。六十九首本では、「書陵部蔵本（五一一・一二）」「高松宮旧蔵本（国文研21-94-1）」「蓬左文庫蔵本」がこの形である。同六十九首本の「神宮文庫蔵本（一一〇四）」もまた、第三句に「と」がないが、この系統である。

次に「初句―秋の夜も、第三句―あふといへば」という組み合わせの本文がある。これは、『古今集』の本文で言えば、貞応二年本の形である。「小町集」では、一一五首本の「静嘉堂文庫蔵本（五二一・一二）」「慶應義塾大学蔵本（一〇〇・二八）」と、「陽明文庫蔵一冊本（国文研55-44-8）」「静嘉堂文庫蔵本（一〇五・三）」である。六十九首本では、「大和文華館蔵本」がこの形である。

そして、「初句―秋の夜は、第三句―あふといへば」とする本文がある。これは、『古今集』では、伝為明筆「六条家本」であり、「小町集」では、「時雨亭文庫蔵本（唐草装飾本）」の形である。公任本『古今集』は、第三句を「あふとあへは」とするが、同じく初句を「秋の夜は」とする。

13　ながしとも思ひぞはてぬ昔より逢ふ人からの秋のよなれば　（『古今集』六三六　躬恒）〈69首本　11〉

異同はない。

14　うつつにはさもこそあらめ夢にさへ人めをよくと見るがわびしさ　（『古今集』六五六）〈69首本　14〉

「小町集」では、第四句をほとんどが「人めつつむと」とする。これは、『古今集』にはない本文である。また「人めをもると」というのが『古今集』貞応二年本等の本文で、「小町集」では、「御所本甲本」「陽明文庫蔵一冊本

（国文研55－44－8）」「静嘉堂文庫蔵本（一〇五・三）」「時雨亭文庫蔵本（唐草装飾本）」が第四句を「もる」とする。六十九首本は前田善子氏『小野小町』論中に「もな」とする以外全て「人めをもると」で結句を「みるぞすくなき」とする。ひとめを「もるとみるかすべなさ」という形は、『古今集』の元永本の形であり、公任本は「みるかすへなさ」という類似の表現をとる。

「時雨亭文庫蔵本（唐草装飾本）」は、「小町集」伝本中では特異な本文で、「第二句―ゐもこそあらめ、第三句―ゆめにたに、第四句―人めをもると　結句―みるがすべなき」となる。『古今集』清輔本の片仮名本は、第二句が「ユメニサエ」となるが、それ以外は「時雨亭文庫蔵本（唐草装飾本）」と同じ本文である。

第四句を「人めをよく」とするのは、「小町集」では「神宮文庫蔵本（一一一三）」だけで、『古今集』では、伊達家旧蔵定家筆本と嘉禄本、毘沙門堂註本である。

結句については、『古今集校本』に「のちの版本に「わびしき」とあるのは誤り」とするが、その「わびしき」が、「小町集」では多い。一一五首本、一一六首本にわたって存在する。「き」と「さ」は誤りやすいが、字母の形を「起」と残すのが類従版本であり、「支」と残すのが「静嘉堂文庫蔵本（五二一・一二）」である。仮名で「き」とするのが、一一六首本では「神宮徴古館蔵本」「長野市蔵真田家旧蔵本」「筑波大学蔵本」「内閣文庫蔵本（四三四）」「陽明文庫蔵本（六八）」であり、一一五首本では、「広島大学蔵本」「岩国徴古館蔵本」「東京大学蔵本」である。「陽明文庫蔵一冊本（国文研55－44－8）」「静嘉堂文庫蔵本（一〇五・三）」も「わひしき」とする。片桐洋一氏『古今和歌集全評釈』によれば『古今集』黒川本掲載の基俊本復元本文も「わびしき」となる。

一首通して、貞応二年本『古今集』の本文をとるのは、「御所本甲本」だけである。

15　あまのすむさとのしるべにあらなくに怨みむとのみ人のいふらむ　（『古今集』七二七）〈69首本　7〉

第二句「さとのしるべに」は、『古今集』では異同なく、「小町集」でもほとんど異同はないが、「里のしるへも」とするのは、一一六首本の類従版本「内閣文庫蔵本（四三三）」「静嘉堂文庫蔵本（一〇五・一二青砥家旧蔵本）」「東奥義塾高校蔵本」であり、「里のみるめも」とするのは、「神宮文庫蔵本（一一一三）」である。六十九首本はすべて『古今集』元永本、筋切にみる「あらねども」とする。公任本『古今集』は、六十九首本以外の「小町集」が採用するのと同じ「あらなくに」である。

16　思ひつつぬればや人の見えつらむ夢としりせばさめざらましを　（『古今集』五五二）〈69首本　19〉

全く異同はない。

17　うたたねに恋しきひとを見てしより夢てふ物は憑みそめてき　（『古今集』五五三）〈69首本　28〉

「小町集」では、一伝本を除いて全て『古今集』貞応二年本の本文と同じ形である。「静嘉堂文庫蔵本（一〇五・三）」だけが、第四句結句「夢てふものをたのみそめてき（夢はうれしきものとしりにき）」とする。「時雨亭文庫蔵本（唐草装飾本）」にこの歌は見えない。

19　いとせめてこひしき時はむば玉のよるの衣を返してぞきる　（『古今集』五五四）〈69首本　30〉

『古今集』で結句に「かへしてそぬる」という異同があるのは後鳥羽天皇宸筆本のみであるというが、「小町集」でも、ほとんどが貞応二年本、伊達家旧蔵本等と同じ「かへしてぞきる」になっている。結句末が「ぬる」となるのは、「神宮文庫蔵本（一一一三）」と「内閣文庫蔵本（四三三）」「長野市蔵真田家旧蔵本」と「時雨亭文庫蔵本（唐草装飾本）」である。「時雨亭文庫蔵本（唐草装飾本）」は、第三句が「あはぬまの」となり例を見ない形となっている。

絵入版本系の「岩国徴古館蔵本」「東京大学蔵本」は、「烏羽玉」の漢字を使う。「書陵部蔵本（五〇六・八）」と「陽明文庫蔵本（一一一一）」も同様の漢字である。「うば」玉なのか「ぬば」玉なのかでは、『古今集』で「うばたま」は元永本と道家本（刊本）であるという。「小町集」では、「神宮文庫蔵本（一一一三）」類従版本「内閣文庫蔵本（四三三）」「陽明文庫蔵一冊本（国文研55-44-8）」「静嘉堂文庫蔵本（一〇五・三）」がその形となり、「うばたま、ぬる」の組み合わせをとる。「神宮文庫蔵本（一一一三）」と「内閣文庫蔵本（四三三）」は同本文である。

20　色見えでうつろふ物は世中の人の心の花にぞ有りける　（『古今集』七九七）〈69首本　35〉

初句「神宮文庫蔵本（一一一三）」のみ「色みて」となるが、『古今集』本文に該当するものはない。

結句は、「はなにぞありける」が大半であるが、「はなにさりける」は『古今集』では、顕昭の天理図書館本と伏見本で、公任本は「はなそ（にカ）さりける」という。「小町集」では「時雨亭文庫蔵本（唐草装飾本）」だけが「さりける」となる。六十九首本では、「神宮文庫蔵本（一二〇四）」、前田善子論中に見える本が「ありけり」となる。

21　あきかぜにあふたのみこそかなしけれわが身むなしくなりぬと思へば　（『古今集』八二二）〈69首本　41〉

異同はない。「時雨亭文庫蔵本（唐草装飾本）」には入っていない。

漢字表記では、「神宮文庫蔵本（一一一三）」と類従版本が「堂の三」とする。「た」に「堂」を使うのは「小町集」のこの歌に限っては珍しい。多くは「多」の字母を用いている。六十九首本では、「蓬左文庫蔵本」「大和文華館蔵本」が「このみ」とする。

『古今集』には詞書がないが、「小町集」では、実もなき「夏」か「苗」か或いはまたその仮名表記かで細分類の系統が分かれたことは、先に述べた。

23　見るめなきわが身をうらとしらねばやかれなであまのあしたゆくくる　（『古今集』六二三）〈69首本　6〉

「小町集」は全て貞応二年の本文と同じである。「時雨亭文庫蔵本（唐草装飾本）」も同じ。ただし、「静嘉堂文庫蔵本（一〇五・三）」の第三句は「ころなきあまの」となって特異である。公任本は「あま」を「あめ」とする。「あま」の漢字は、「御所本甲本」で「泉郎」となり、類従版本「内閣文庫蔵本（四三三）」で「蜑」となる。

結句「あしたゆくくる」の意味が不明瞭であったのかと思われるのは、「広島大学蔵本」の「朝ゆく累」と、「神宮文庫蔵本（一一一三）」の「あし多行く留」であり、意味を考慮しない表記になっている。

この歌は、「御所本甲本」だけ第二十三歌と第二十七歌とに重出している。重出箇所では、初句を「みるめかる」とし、第二句「しらせはや」の「者」に右拘点を付し、「ね」と傍書される。

24　人にあはむ月のなきには思ひおきてむねはしり火に心やけをり　（『古今集』一〇三〇）〈69首本　12〉

初句「ひとにあはむ」は、六十九首本と「書陵部　高松宮　有栖川宮旧蔵本（国文研21-30-1-28）」のみ「ひとにあはで」となる。「あはで」の箇所だけであれば、『古今集』の元永本と同じである。元永本は、「初句―人にあはで、第二句―つきなきときは、結句―心やきをり」である。「小町集」では、第二句と結句に異同が多く、表にしてみれば次のようになる。（　）は傍書であるが、六十九首本の「小町集」は、「人にあはてねられぬよゐの（は）」と特異な本文である。

結句＼第二句	つきのなきよは	つきのなきよに	つきのなきには	つきなきよひは
やけをり	『古今集』「小町集」の大半伝本	類従版本　…おり 「内閣文庫蔵本（433）」	『古今集』貞応二年本 「長野市蔵真田家旧蔵本」（よゐはイ）	『古今集』道家本（刊本） 「御所本甲本」
やけけり	「神宮文庫蔵本（1113）」 「東奥義塾高校蔵本」（おりイ）		「静嘉堂文庫蔵本（105・3）」重出箇所 「神宮徴古館蔵本」	「静嘉堂文庫蔵本（105・3）」初出箇所　…よゐ
やきけり	「時雨亭文庫蔵本（唐草装飾本）」			
やけせり	「広島大学蔵本」 「静嘉堂文庫蔵本（105・12青砥家旧蔵本）」 「静嘉堂文庫蔵本（521・12）」			

『古今集』の貞応二年本は、「第二句―なきには、結句―やけをり」である。第二句の「に」と「よ」の字形による混乱があった（『古今集校本』）か、「第二句―なきよは（なきには）、結句―やけをり」という、この形は「小町集」の大半である。

類従版本と「内閣文庫蔵本（四三三）」が第二句を「なきよに」として共通の本文を持つ。第二句「なきよひは」とするのは、「御所本甲本」であるが、これは、道家（刊本）の形だという。九条道家は、『新勅撰集』の撰進に関わる人物である。また、結句「やけけり」は、「遣」と「遠」の崩し字の類似に起因するのであろうか、「神宮文庫蔵本（一一一三）」と「東奥義塾高校蔵本」が共通した本文を有する。「遣」はまた「せ」とも誤られたのか、平仮名の「せ」とするのは「広島大学蔵本」「静嘉堂文庫蔵本（一〇五・一二青砥家旧蔵本）」である。一方「勢」の字母を残すのは「静嘉堂蔵本（五二一・一二）」である。「時雨亭文庫蔵本（唐草装飾本）」は、一部『古今集』の元永本にも似て、結句「やきけり」となるが、元永本なら初句と第二句が「ひとにあはでつきなきときは」であるので、本文は一致しない。

25　夢ぢにはあしもやすめずかよへどもうつつにひとめ見しごとはあらず　（『古今集』六五八）〈69首本　21〉

異同はない。六十九首本の第二句「やすまず」は、『古今集』の元永本と同じ形である。六十九首本では、「大和文華館蔵本」が第二句を「やすめず」とし、「大和文華館蔵本」と「蓬左文庫蔵本」が、第四句を「うつつにひとの」として特異である。第三句「かよへとん」とするのは、六十九首本の「書陵部蔵本（五一一・一二）」である。第四句「一め」か「人め」かは「小町集」でも分かれるが、『古今集』では公任本が「人め」としている。

30　おきのゐて身をやくよりもかなしきは宮こしまべのわかれなりけり　（『古今集』一一〇四）〈69首本　なし〉

この歌「時雨亭文庫蔵本（唐草装飾本）」にはない。異同を表にしてみると次のとおりである。

第三、四句	『古今集』	「小町集」
わびしきは　みやこしまへの	昭和切	大半
みやこてしまの	元永本　筋切	「御所本甲本」
みやこしまの		「神宮文庫蔵本（1113）」
かなしきは　みやこしまへの	貞応二年本　伊達家旧蔵本	類従版本　「内閣文庫蔵本（433）」「静嘉堂文庫蔵本（521・12）」「静嘉堂文庫蔵本（105・3）」

この歌は『古今集』で墨滅歌とされていた。『古今集』藤原俊成筆の昭和切と同じ本文が、「小町集」では大半であるが、第三句を「かなしき」とするのが、類従版本「内閣文庫蔵本（四三三）」「静嘉堂文庫蔵本（五二一・一二）」「静嘉堂文庫蔵本（一〇五・三）」である。

また、元永本、筋切と同じなのは、「御所本甲本」である。「神宮文庫蔵本（一一一三）」は、「都出しま」として「出」文字を使う。漢字表記で、「都」とするのは、「広島大学蔵本」「神宮文庫蔵本（一一一三）」類従版本「内閣文庫蔵（四三三）」「静嘉堂文庫蔵本（一〇五・三）」で、その他は「宮こ」とする本が多い。

31　今はとてわが身時雨にふりぬれば事のはさへにうつろひにけり　（『古今集』七八二）〈69首本　32〉

「第二句―わがみしぐれに、第四句―ことのはさへに」が、『古今集』貞応二年本その他の形で「小町集」も大半がこの形である。

第二句の異同は『古今集』には見えないが、「小町集」の伝本では異同があり、「わがみしぐれと」とするのが類

従版本「内閣文庫蔵本（四三三）」「神宮文庫蔵本（一一一三）」「慶應義塾大学蔵本（一〇〇・二八）」である。

また、元永本と同じ本文、即ち第四句と結句を「ことのはさへそうつろひにける」とするのは、「時雨亭文庫蔵本（唐草装飾本）」である。第四句と結句の句末を、六十九首本のうちでは「書陵部蔵本（五一一・二）」「高松宮旧蔵本（国文研21-94-1）」「神宮文庫蔵本（一二〇四）」が、「さへぞ、ける」とし、「蓬左文庫蔵本」は、「さへこそ、けり」、「大和文華館蔵本」は「さへこそ、けれ」とする。

32　人を思ふ心のこのはにあらばこそ風のまにまにちりもみだれめ　（『古今集』七八三　貞樹）〈69首本　なし〉

第二句と結句の異同を表にすれば、後の表のようになる。

この歌は、「静嘉堂文庫蔵本（一〇五・三）」と「時雨亭文庫蔵本（唐草装飾本）」に見えない。『古今集』貞応二年本の本文をとるのは、「静嘉堂文庫蔵本（五二一・一二）」「御所本甲本」「神宮文庫蔵本（一一一三）」「陽明文庫蔵一冊本（国文研55-44-8）」である。『古今集』貞応元年本は、第二句が「こころのこのはに」となるというが、絵入版本、正保版本、「筑波大学蔵本」「内閣文庫蔵本（四三四）」「陽明文庫蔵本（六八）」「慶應義塾大学蔵本（一〇〇・二八）」にこの形が採られている。ただし、それらの結句はどれも「ちりもまがはめ」となって、貞応元年の本文と完全には一致しない。

また、「東奥義塾高校蔵本」の初句書入に「思とあり」とある。「思ふ」の「ふ」を記さない該当本は、「神宮徴古館蔵本」「長野市蔵真田家旧蔵本」「筑波大学蔵本」「陽明文庫蔵本（六八）」である。

第二句「神宮文庫蔵本（一一一三）」は、「心木葉尓」と「心木」が漢字表記である。

32	『古今集』	「小町集」
第二句　こころこのはに	貞応二年本 元永本 公任本	「北岡文庫蔵本」「神宮徴古館蔵本」「静嘉堂文庫蔵本（521）」「同（105・12青砥家旧蔵本）」「類従版本」「内閣文庫蔵本（433）」「御所本甲本」「神宮文庫蔵本（1113）」「書陵部蔵本（506）」「陽明文庫蔵一冊本（国文研55-44-8）」「同（212）」「東奥義塾高校蔵本」「西本願寺蔵本（補写本）」「ノートルダム清心女子大学蔵本（c1・34・26）」
こころのこのはに	貞応元年本 嘉禄本 伊達家旧蔵本	「絵入版本」「岩国徴古館本」「東京大学蔵本」「正保版本」「筑波大学蔵本」「内閣文庫蔵本（434）」「慶應義塾大学蔵本（146・134）」「同（100・28）」「静嘉堂文庫蔵本（82・30）」「広島大学蔵本」
結句　ちりもみだれめ	古今集 全　みだれめ	「御所本甲本」「神宮文庫蔵本（1113）」「静嘉堂文庫蔵本（521）」「陽明文庫蔵一冊本（国文研55-44-8）」「慶應義塾大学蔵本（100・28）」
ちりもまがはめ		右以外

38　わびぬれば身をうきくさのねをたえてさそふ水あらばいなむとぞ思ふ　（『古今集』九三八）〈69首本　31〉

「小町集」歌に異同はない。第三句『古今集』貞応二年の本文は「ねをたえて」である。公任本では「よをうきくさのねをたえて」とする。表記に関して、「小町集」では、

絶て　…　類従版本「内閣文庫蔵本（四三三）」「陽明文庫蔵本（二一二）」「東奥義塾高校蔵本」

たへて…「慶應義塾大学蔵本（一四六・一三四）」「静嘉堂文庫蔵本（五二一）」「筑波大学蔵本」「陽明文庫蔵本（六八）」

たえて…「御所本甲本」「西本願寺蔵本（補写本）」「神宮文庫蔵本（一一一三）」等右以外

たてて…「静嘉堂文庫蔵本（一〇五・一二　青砥家旧蔵本）」となっている。

39　つつめども袖にたまらぬ白玉は人を見ぬめの涙なりけり　（『古今集』五五六　清行）〈69首本　3〉

「静嘉堂文庫蔵本（一〇五・三）」と「時雨亭文庫蔵本（唐草装飾本）」のみが、「けうけのことば」「あべのきよゆき」の語句を有する『古今集』に近い詞書を持っている。そのことは、前節で述べた。

「小町集」に異同はなく、全て『古今集』貞応二年本の本文と同一であるが、「時雨亭文庫蔵本（唐草装飾本）」のみ第二句を「そでにとまらぬ」とする。これは、『古今集』で言えば、保元二年清輔本の前田家本、永治二年清輔本の家長本、顕昭本の伏見本でいずれも六条家に関係する本と同じ形である。

「陽明文庫蔵一冊本（国文研55-44-8）」は第三句を「しら露は」とする。

表記面では、結句に類従版本「内閣文庫蔵本（四三三）」が「泪」の文字を遣う。

40　おろかなる涙ぞそでに玉はなす我はせきあへずたきつせなれば　（『古今集』五五七）〈69首本　4〉

『古今集』の詞書は「返し」であるが、「小町集」では、ほとんどが「とある返し」または「とある返事に」となる。『古今集』同様に「返し」とする「小町集」の本は、「御所本甲本」「神宮文庫蔵本（一一一三）」「静嘉堂文庫蔵本（一〇五・三）」と、「時雨亭文庫蔵本（唐草装飾本）」（重出箇所）である。六十九首本「小町集」は、全て「返し」となっている。

「時雨亭文庫蔵本（唐草装飾本）」では、この歌が重出しているが、初出では詞書がなく、結句が「たきつせにして」という特異な形になり、再出では、詞書は『古今集』と同じで「返し」となり、本文も、異同のない『古今集』と同じである。

42　いつはとは時はわかねど秋の夜ぞ物思ふ事のかぎりなりける　（『古今集』一八九　読人不知）〈69首本　なし〉

「小町集」では、「御所本甲本」が初句を「いつはとも」とするだけで、他は全て『古今集』の貞応二年本と同じ「いつはとは」の形である。第二句は、「ときはわかねど」と「ときはわかねども」の異同がある。『古今集』で「も」が入るのは静嘉堂文庫蔵為家本であるというが、「小町集」では、「書陵部蔵本（五〇六・八）」「陽明文庫蔵本（二二一二）」「神宮文庫蔵本（一一一三）」「神宮徴古館蔵本」「陽明文庫蔵本（六八）」「筑波大学蔵本」「内閣文庫蔵本（四三四）」が「も」を入れ、他の「御所本甲本」類従版本「内閣文庫蔵本（四三三）」「東奥義塾高校蔵本」「長野市蔵真田家旧蔵本」「西本願寺蔵本（補写本）」は貞応二年本と同じである。

第四句は「小町集」でもほとんどが『古今集』貞応二年本同様「ものおもふことの」であるが、「神宮文庫蔵本（一一一三）」は「ものおもふまの」とし、「時雨亭文庫蔵本（唐草装飾本）」は「ものおもふとしは」とする。公任本は「ものおもふとは」である。

この歌を持たないのは、所謂流布本の一一五首本であるが、「陽明文庫蔵一冊本（国文研55-44-8）」「静嘉堂文庫蔵本（一〇五・三）」にもない。

43　ひぐらしのなく山里のゆふぐれは風よりほかにとふ人もなし　（『古今集』二〇五　読人不知）〈69首本　なし〉

この歌は、「陽明文庫蔵一冊本（国文研55-44-8）」「静嘉堂文庫蔵本（一〇五・三）」、「時雨亭文庫蔵本（唐草装飾本）」にはない。

結句は、『古今集』に異同なく「とふ人もなし」である。しかし、「小町集」では大半が「とふ人ぞなき」とし、

「とふ人もなし」の形をとるのは、「御所本甲本」「神宮文庫蔵本（一一一三）」である。類従版本と「内閣文庫蔵本（四三三）」については、類従版本が他の「小町集」と同様なのに対して、「内閣文庫蔵本（四三三）」は「とふ人もなき」と例のない本文である一方で両者は「蜩」の、他の「小町集」には見えない漢字を使っている。

44　ももくさの花のひもとく秋ののを思ひたはれむ人なとがめそ　（『古今集』二四六　読人不知）〈69首本　なし〉

この歌は、「静嘉堂文庫蔵本（一〇五・三）」、「時雨亭文庫蔵本（唐草装飾本）」にはない。第三句、『新編国歌大観』のみ右のように「を」（字母は「遠」に似る）と翻刻されているが、これが「尓」の崩し字であり、公任本同様に「に」（公任本の字母は「仁」）であるなら、『古今集』に全く異同はなく、「小町集」にも異同はないことになる。

第四句について、「御所本甲本」に「おもひみだれん」、「神宮文庫蔵本（一一一三）」に「いつらみだれん」とあるが、他の「小町集」本文は全て「おもひたはれん」である。「おもひみだれん」は、『古今和歌六帖』（書陵部蔵高松宮旧蔵本）と同じ形である。

71　限りなき思ひのままによるもこむゆめぢをさへに人はとがめじ　（『古今集』六五七）〈69首本　22〉

第四句、『古今集』貞応二年本は「ゆめぢをさへに」であり、「小町集」も正保版本等、大半がそうなっている。違う形は、

「ゆめぢにさへや　人もとがめむ」　…「御所本甲本」
　　　　　　　　人のとがめん（む）」　…「神宮文庫蔵本（一一一三）」「時雨亭文庫蔵本（唐草装飾本）」
　　　　　　　　人はとがめん（む）」　…六十九首本
「ゆめぢをさへや　人のとがめむ」　…「静嘉堂文庫蔵本（一〇五・三）」初出、再出二首とも。

である。「ゆめぢにさへや」は、『古今集』では、元永本及び唐紙巻子本の形であるという。『古今和歌六帖』も「さへや」となる。『古今集』が、結句を「とがめじ」とするのに対して、「小町集」では全体的に「とがめむ」になっているところが特徴的である。

六十九首本のうち、「蓬左文庫蔵本」及び「大和文華館蔵本」は、初句を「限りなく」とする。

72　時すぎてかれゆくをののあさぢには今は思ひぞたえずもえける

（『古今集』七九〇　小町があね）〈69首本　なし〉

この歌は、「静嘉堂文庫蔵本（一〇五・三）」、「時雨亭文庫蔵本（唐草装飾本）」にはない。「小町集」でも『古今集』貞応二年本の本文とほぼ同じであるが、「小町集」で、結句を「たたずもえけり」とするのは、「神宮文庫蔵本（一一一三）」で、「たたずもえける」とするのは、「筑波大学蔵本」である。

87　よのなかにいづらわが身のありてなしあはれとやいはむあなうとやいはむ

（『古今集』九四三　読人不知）〈69首本　なし〉

この歌は、「静嘉堂文庫蔵本（一〇五・三）」、「時雨亭文庫蔵本（唐草装飾本）」にはない。異同はない。

92　我のみや世をうぐひすとなきわびむ人の心の花とちりなば

（『古今集』七九八　読人不知）〈69首本　なし〉

この歌は、「静嘉堂文庫蔵本（一〇五・三）」、「時雨亭文庫蔵本（唐草装飾本）」にはない。異同はない。ただし、『古今集』貞応二年本の第三句は「なきわかん」となり、この形をとる『古今集』歌も多いが、「小町集」は、「なきわびん」という、『古今集』の伊達家旧蔵本の形を採る。公任本も「なきわびむ」である。

94　世中のうきもつらきもつげなくにまづしる物はなみだなりけり　（『古今集』九四一　読人不知）〈69首本　なし〉

この歌は、「静嘉堂文庫蔵本（一〇五・三）」、「時雨亭文庫蔵本（唐草装飾本）」にはない。表記面では、類従版本と「内閣文庫蔵本（四三三）」が、ここでも第三十九歌同様「泪」の文字を使う。

99　白雲のたえずたなびく岑にだにすめばすみぬる世にこそありけれ　（『古今集』九四五　惟喬親王）〈69首本　なし〉

この歌は、「静嘉堂文庫蔵本（一〇五・三）」、「時雨亭文庫蔵本（唐草装飾本）」にはない。第四句「すめはすみぬる」が『古今集』貞応二年本の形で、「小町集」もほとんどがこれである。異同としては、「中田光子蔵本（国文研ナ―3―9―9―6）」と「神宮文庫蔵本（一一一三）」が「すめばすまるる」とする。「すめばすまるる」というのは、『古今集』で言えば六条家本の本文であるという。結句は、『古今集』とは異なり、「小町集」では全て「ものにぞありける」となる。

100　紅葉せぬときはの山は吹く風のおとにや秋をききわたるらむ　（『古今集』二五一　紀淑望）〈69首本　なし〉

この歌は、「静嘉堂文庫蔵本（一〇五・三）」「時雨亭文庫蔵本（唐草装飾本）」にはない。第二句の表記で「ときはのやま乙」として「乙」と崩すのが、「長野市蔵真田家旧蔵本」と「内閣文庫蔵本（四三四）」である。「ときはの山は」が『古今集』貞応二年本の形であるが、これを採用するのは類従版本と「内閣文庫蔵本（四三三）」のみで、後全ては「山に」となる。「ときはの山に」の「に」の形は『古今集』には見えない。『桐火桶』には「に」とする本があるようである。

第四句は、「をとにやあきを」が全ての形であるが、「しるにやあきを」とする「慶應義塾大学蔵本（一四六・一三四）」は「成章注記小本」と同じということになる。

101　いつとてもこひしからずはあらねども秋のゆふべはあやしかりけり
（『古今集』五四六　読人不知）〈69首本　なし〉

この歌は、「神宮文庫蔵本（一一・一三）」「静嘉堂文庫蔵本（一〇五・三）」「時雨亭文庫蔵本（唐草装飾本）」にはない。

『古今集』貞応二年本は「秋のゆふべはあやしかりけり」であるが、「小町集」は、第四句と結句が逆転している。この「あやしかりけり　あきのゆふべは」は、『古今集』ノートルダム清心女子大学黒川本の校異の基俊本であるという。「小町集」では、「あやしかりけり　あきのゆふぐれ」で第四句末「ける」となるのは、絵入版本系「御所本甲本」類従版本「西本願寺蔵本（補写本）」など多い。「る」と「り」は紛らわしいが、「り」とするのは、正保版本「熊本大学北岡文庫蔵本」「慶應義塾大学蔵本（一〇〇・二八）」「同（一四六・一三四）」、「静嘉堂文庫蔵本（八二・一二〇）」「広島大学蔵本」「内閣文庫蔵本（四三四）」「陽明文庫蔵一冊本（国文研55-44-8）」である。この「陽明文庫本」は、「梨」の字母を用いており、「る」ではなく「り」であることが意識されている。

103　あさか山かげさへ見ゆる山の井のあさくは人をおもふものかは
（『古今集』仮名序　采女）〈69首本　なし〉

この歌は、「静嘉堂文庫蔵本（一〇五・三）」、「時雨亭文庫蔵本（唐草装飾本）」にはない。

「小町集」に異同はないが、『古今集』では、寂恵本、伊達家旧蔵本（朱）の歌の注で、元永本及び雅経本にはない。公任本にもない。

106　このまよりもりくる月の影見れば心づくしの秋はきにけり　（『古今集』一八四　読人不知）〈69首本　なし〉
この歌は、「静嘉堂文庫蔵本（一〇五・三）」、「時雨亭文庫蔵本（唐草装飾本）」にはない。「小町集」の「内閣文庫蔵本（四三三）」は、初句「木まより」となる。これは、同本の親本が「木間より」であったことを示しているのだろう。他の例で「内閣文庫蔵本（四三三）」と近接関係にあった類従版本では、「木能まより」となる。根幹部付加部併せて考えてよいならば、近接関係にある「内閣文庫蔵本（四三三）」と類従版本とでは、「内閣文庫蔵本（四三三）」の方が先行することになる。「小町集」では、全て「このまより」となり、貞応二年本その他の『古今集』に同じである。

108　あはれてふ事こそうたて世中を思ひはなれぬほだしなりけれ　（『古今集』九三九）〈69首本　なし〉
「時雨亭文庫蔵本（唐草装飾本）」にこの歌はない。「静嘉堂文庫蔵本（一〇五・三）」には、増補部の歌として入る。第四句「思はなれぬ」であるが、類従版本のみ「思へはなれぬ」とする。また、表記面で「思八なれぬ」とするのは、「書陵部蔵本（五〇六・八）」「陽明文庫蔵本（二二二）」「内閣文庫蔵本（四三三）」である。

109　世中は夢かうつつかうつつとも夢ともしらずありてなければ　（『古今集』九四二　読人不知）〈69首本　なし〉
この歌は、「静嘉堂文庫蔵本（一〇五・三）」、「時雨亭文庫蔵本（唐草装飾本）」にはない。異同もない。

110　あはれてふ事のはごとにおくつゆは昔をこふる涙なりけり　（『古今集』九四〇　読人不知）〈69首本　なし〉
この歌は、「静嘉堂文庫蔵本（一〇五・三）」、「時雨亭文庫蔵本（唐草装飾本）」にはない。

第四句「むかしをこふる」が『古今集』でも「小町集」でも採られる形だが、「静嘉堂文庫蔵本（五二一・一二）」は、「むかしをしのふ」という『新撰朗詠集』（梅沢記念館旧蔵本）と同じ形を採っている。

111　山里は物のわびしき事こそあれ世のうきよりはすみよかりけり（『古今集』九四四　読人不知）〈69首本　なし〉

この歌は、「静嘉堂文庫蔵本（一〇五・三）」「時雨亭文庫蔵本（唐草装飾本）」にはない。

第二句『古今集』貞応二年本は、「もののわひしき」であり、「小町集」の大半もそうだが、「小町集」で「もののさびしき」とするのは、類従版本「内閣文庫蔵本（四三三）」「神宮徴古館蔵本」「慶應義塾大学蔵本（一〇〇・二八）」「神宮文庫蔵本（一一一三）」で、「御所本甲本」は、「ものさひしうき」となる。この「さびしき」という形は、『古今集』で言えば、ノートルダム清心女子大学黒川本の校異の基俊本であり、公任本も「ものさひしかる」とする。

114　かたみこそ今はあだなれこれなくはわするる時もあらましものを

（『古今集』七四六　読人不知）〈69首本　なし〉

この歌は、「静嘉堂文庫蔵本（一〇五・三）」「時雨亭文庫蔵本（唐草装飾本）」にはない。

第四句「わするる時も」が『古今集』貞応二年本その他の形で『古今集』には「わするること」という異同もあるようであるが、「小町集」の異同は、「わするるひまも」（「東京大学蔵本」）、「わするるおりも」（「御所本甲本」）、わするるま（カ判読不能）も」（「静嘉堂文庫蔵本（五二一・一二）」）という形が見える。

以上が、一一六首本に見える『古今集』所載歌である。［資料9］は、六十九首本の本文が、『古今集』元永本と関わることを示した表である。元永本の本文と「小町集」の代表的な本の本文とを対照させている。

【資料9】「小町集」と『古今和歌集』元永本との共通本文一覧　―…歌なし　★…特に元永本の本文に関わりが深いと思われる。

『古今集』歌番号　初句	116首本番号	「小町集」本文：69首本「書陵部蔵本（511・2）」	「時雨亭文庫蔵本（唐草装飾本）」	「御所本甲本」	「神宮文庫蔵本（1113）」	「静嘉堂文庫蔵本（105・3）」	その他の流布系本	古今集（元永本）本文★
113花の色は	1	異同なし						
152やよやまて（三国町）	7	―	―	ことつてむ	ことつてん	―	ことつてむ　ことつてん	
635秋の夜も	12	1あきのよも　貞	あきのよは　元巻　他	あきのよは	あきのよは	あきのよも	あきのよも	あきのよは
		3あひとあへは	あふといへは	あ（空白）とあへは	あひとあへは	あふといへは	あひとあへは　他	あひしあへは
636なかしとも（躬恒）	13	異同なし	―			―		
656うつつには	14	4ひとめをもる　貞	もる	もる	よく　伊嘉毘	もる	つつむ	もる
		5みるそすくなき	みるかすへなき	みるかわひしき	みるかわひしき	みるかわひしき	みるかわひしさ　他	みるかすへなさ
727あまのすむ	15	3あらねとも　筋元★	あらなくに　貞他	あらなくに	あらなくに	あらなくに	あらなくに	あらねとも★
552おもひつつ	16	異同なし						
553うたたねに	17	4夢てふものは	―	夢てふものは	夢てふものは	夢てふものを	夢てふものは	夢といふものは

『古今集』歌番号　初句	116首本番号	「小町集」本文 69首本「書陵部蔵本(511・2)」	「時雨亭文庫蔵本（唐草装飾本）」	「御所本甲本」	「神宮文庫蔵本（1113）」	「静嘉堂文庫蔵本(105・3)」	その他の流布系本	古今集（元永本）本文★
554 いとせめて	19	5かへしてそきる　貞	きる	きる	ぬる　後	きる	きる	きる
797 色みえで	20	1いろみえて	いろみへて	いろみえて	いろみて	いろみえて	いろみえて他	いろみえて
		5はなにそありける	はなにさりける	はなにそありける	はなにそありける	はなにそありける	はなにそありける	はなにそありける
822 あきかぜに	21	異同なし	―					
632 みるめなき	23	異同なし						
1030 人にあはむ	24	★　1あはて　元	あはん	あはむ	あはむ	あはむ	あはむ　他	あはて　★
		2ねられぬよゐの	つきのなきよは　雅他	つきなきよひは　道	つきのなきよは	つきなきよゐは　42　初出 つきのなきには　91伊　重出	つきのなきよは　他	つきなきときは
		5やけをり　貞他	やきけり　貞	やけをり	やけけり	やけけり	やけをり　他	やきをり
658 夢ぢには	25	2あしもやすます　元★「大和文華館蔵本」以外	やすめす　貞 他	やすめす	やすめす	やすめす	やすめす	やすます　★

1104 おきのゐて	30	—	—	3わひしき 筋元	わひしき	かなしき 貞	わひしき	わひしき
		—	—	4みやこてし まの	みやこ出しま の	みやこしまへ の 貞伊	みやこしまへ の	みやこてしま の
782 今はとて	31	4ことのはさ へそ	ことのはさへ そ	ことのはさへ そ	ことのはさへ そ	ことのはさへ に	ことのはさへ に	ことのはさへ そ
		5うつろひに ける	うつろひにけ る	うつろひにけ る	うつろひにけ る	うつろひにけ り 貞他	うつろひにけ り 他	うつろひにけ る
783 人を思ふ（貞樹）	32	—	—	2心このはに 元 貞	心このはに 元 貞	—	心のこのはに 嘉伊	心このはに
		—	—	5みたれめ☆	みたれめ	—	まかはめ	みたれめ
938 わびぬれば	38	異同なし				増補部に入る 「古今」、詞書異		
556 つつめども（清行）	39	そてにたまら ぬ 貞	そてにとまら ぬ 家前伏（たイ）	たまらぬ	たまらぬ	たまらぬ	たまらぬ	たまらぬ
557 をろかなる	40	おろかなる	おろかなる	おろかなる	をかるなる	おろかなる	おろかなる 他	をろかなる
189 いつはとは（読人不知）	42	—	1いつはとは	いつはとも 女基	いつはとは	—	いつはとは 貞伊	いつはとも
		—	2わかねと	わかねと 貞	わかねとも	—	わかねと	わかねと
		—	4ものおもふ としは	ものおもふこ との 貞	ものおもふま の	—	ものおもふこ との	ものおもふこ との

『古今集』歌番号　初句	116首本番号	「小町集」本文						古今集（元永本）本文★
		69首本「書陵部蔵本（511・2）」	「時雨亭文庫蔵本（唐草装飾本）」	「御所本甲本」	「神宮文庫蔵本（1113）」	「静嘉堂文庫蔵本（105・3）」	その他の流布系本	
205 ひぐらしの（読人不知）	43	―	―	5とふ人もなし	とふ人もなし	―	とふ人そなき　他	とふ人もなし　古今他本同
246 ももくさの（読人不知）	44	―	―	4おもひみたれん	いつらみたれん	―	おもひたはれん　貞	おもひたはれん　古今他本同
657 限りなき	71	3よるも	よるも	よるも	よるも	よるも	よるも	よるは
		4ゆめちにさへや　元★巻	ゆめちにさへや	ゆめちにさへや	ゆめちにさへや	ゆめちをさへや	ゆめちをさへに　貞	ゆめちにさへや★
		5人のとかめん	人のとかめむ	人もとかめん	人のとかめん	人のとかめむ（初出・重出）	人はとかめし　貞	人はとかめん
790 時すぎて（小町姉）	72	―	―	2かれゆく小野の	かれたるやとの	―	かれゆくをの	かれゆくをの
		―	―	あさちには	あさちには	あさちには	あさちには	あさちふに
		―	―	5たえすもえける	たたすもえけり	―	たえすもえける	たえすもえける
943 世の中に（読人不知）	87	―	―	1世の中に	世の中に	―	世の中に	よのなかは
798 我のみや世を（読人不知）	92	―	―	3なきわひん	なきわひん	―	なきわひん	なきわかん
				5ちりなは	ちりなは	ちりなは	ちりなは	ちりなむ

941世の中のうきも（読人不知）	94	―	―	異同なし		―		
945白雲の（読人不知）	99	―	―	3みねにたに	みねにたに	―	みねにたに	みねに谷
		―	―	4すめはすみぬる	すめはすまる　六	―	すめはすみぬる	すめはすみぬる
		―	―	5ものにそありける	ものにそありける	―	ものにそありける　他	よにこそありけれ
251もみぢせぬ（読人不知）	100	―	―	2やまに	やまに	―	やまに　他	やまを　古今他本多く「やまは」
546いつとてか（読人不知）	101	―	―	3あらねとも（なけれとも）	あらねとも	―	あらねとも	なけれとも古今他本多く「あらねとも」
		―	―	4あやしかりけり　貞	あやしかりけり	―	あやしかりける　他	あやしかりけり
―あさかやま（読人不知）	103	―	―	異同なし		―		
184このまより（読人不知）	106	―	―	2もりくるつきの	もりくるつきの	―	もりくるつきの	もりくる
939あはれてふことこそ（読人不知）	108	―	―	異同なし		増補部　「古今」		元永本　読人不知
942世の中は夢か（読人不知）	109	―	―	異同なし		―		

『古今集』歌番号　初句	116首本番号	「小町集」本文 69首本「書陵部蔵本（511・2）」	「時雨亭文庫蔵本（唐草装飾本）」	「御所本甲本」	「神宮文庫蔵本（1113）」	「静嘉堂文庫蔵本（105・3）」	その他の流布系本	古今集（元永本）本文★
940 あはれてふことのは（読人不知）	110	—	—	異同なし		—		
944 山里は（読人不知）	111	—	—	2ものさひしうき（もののわひしき）	もののさひしき　志女	—	もののわひしき　他	もののわひしき
		—	—	3ことこそあれ　貞	ことこそあれ	—	ことこそあれ	ときこそあれ　毘
746 かたみこそ（読人不知）	114	—	—	4わするるおり（とき）も	わするるときも	わするるときも	わするるときも　他	わするるときも

略号　参考文献　西下經一『古今集校本』小松茂美『伝藤原公任筆古今和歌集』
貞…貞応二年本　大…大江切　家…家長本（永治二年清輔本）　基…基俊本（校異として）
嘉…嘉禄本　元…元永本　六…六条家本　前…前田家本（保元二年清輔本）
伊…伊達家旧蔵本　道…道家本（刊本）　巻…唐紙巻子本　伏…伏見宮本（顕昭本）
後…伝後鳥羽天皇宸筆本　志…志香須賀文庫本　顕…顕昭注　俊…永仁二年俊成本
毘…毘沙門堂注本
その他　参考文献
久曾神昇『古今和歌集成立論』（研究篇）　竹岡正夫『古今和歌集全評釈　上』『同　下』　片桐洋一『古今和歌集全評釈（上）』『同（中）』『同（下）』

第二章　「小町集」の成立と伝来

第一節　「西本願寺蔵本（散佚本）小町集」の成立と伝来

一　「原小町集」の定義

小野小町は「承和の頃の人」と「御所本甲本」の作者勘注にあるが、その生前あるいは死後に記録として残る歌が、小町の歌のまとまりとしては原初のものであろう。小町に「小野」の姓が付されているのは、『古今集』序に見える史実なので、『古今集』の編纂資料となった「小野氏の家集」なる「家の集」が存在したかもしれない。しかし、本書では、小町の生前あるいは死後に記録として残る歌が、小町を主体にしてまとまって、或いはまとめられて存在していた、そのまとまりを「原小町集」と定義したい。

「原小町集」を、「小町集」に関する比較的古い記録であるところの「小野小町家集」（『和歌童蒙抄』）と区別したい。その違いは、「小町集」という名を冠して記録されるか否かという点で、共通認識の度合いによる差異である。即ち、「小野小町家集」と呼ばれる場合、関連する歌は入ることもあろうが基本的には個人の「家集」であって、しかも歌を盛んに作っていた宮中乃至貴族の間でそれと共通の認識がなされていたものと考える。「現存の『三十六人集』の個々の家集はすべて後撰時代から拾遺集時代にかけて成立したように思われる」とは、『三十六人集』について近年の研究も含めて整理された島田良二氏の見解[(1)]であるが、この頃に存在していた、いわゆる、共通認識の下にある「小町集」そのものではなく、さらに前段階のものを「原小町集」と定義する。
「小町集」は『古今集』『後撰集』の歌がもとになって成立した、という表現はたびたび目にし、本書でも用いている。『古今集』歌人としての小町の歌への関心が高まり、或いは古代の歌への関心の高まりとあいまって、『後撰集』に小町の歌が入り、古代の歌人の家集としての「小町集」が作られた。そうではあろうが、一元化して捉えるべきものではないかもしれない。つまり、『古今集』所載の小町の歌が主体となった「小町集」があり、『後撰集』所載の歌にまつわる歌を取り込んでいった「小町集」へ形を変えていくとともに、『後撰集』の歌を取り込まなかった「小町集」もまた存在するのではないか。西本願寺本の原初「小町集」へ収録されることになる「小町集」は、『後撰集』所載の小町の歌を持っていなかったのではあるまいか。現存六十九首本中『後撰集』所載歌は、第四十七、五十二、五十四、五十五歌で、前半にはない。現存六十九首本に増幅する以前の「小町集」についてである。片桐洋一氏が説かれている、「『後撰集』に於ける小町関係歌がまったく見られない」という「時雨亭文庫蔵本（唐草装飾本）」の性格は、その原本が「『後撰集』から小町関係歌を採歌する以前に形をなしていた」「始発は意外に古い」[2]といった、当「小町集」への採歌時期にのみ帰すものではなく、この段階での「小町集」の多様な存在に拠るものと見る。歌物語的な歌を取り込んでいない「小町集」とそうでない「小町集」の存在である。即ち、『後撰集』の小町の歌に内包する「驕慢好色の果ての小町」という小町伝説に展開するような歌は、『和歌童蒙抄』所載の「小野小町集」と関連し、「小町集」の一本を作っていった、そういった「小町集」ばかりではなく、「時雨亭文庫蔵本（唐草装飾本）」のような、『古今集』所載歌を主体とする「小町集」もまた存在していたという見方である。

註

（1）島田良二「三十六人集の成立」『王朝私家集の成立と展開』平成四年一月　風間書房

（2）　片桐洋一解説「小野小町集　唐草装飾本」『冷泉家時雨亭叢書　第20巻　平安私家集　七』

二　「西本願寺蔵本（散佚本）」と現存「六十九首本」

現存する「三十六人集」のまとまりで、最も古いのは西本願寺所蔵の『三十六人集』である。しかし、その中に入る「小町集」は、成立当時のものではなく、六十九首から成る現在の「小町集」が、その姿をとどめていると言われている。では、現存六十九首本は、「西本願寺蔵本（散佚本）」と同一なのであろうか。

六十九首本「小町集」は、散佚した「西本願寺本」の系統であり、そのことは久曾神昇氏によると、散佚する前の完成した段階で書写された「志賀須賀文庫蔵　醍醐家旧蔵本」によって知られるという[1]。久曾神氏以降の先行研究では、久曾神氏の研究以上に言及されることはなかった。既に同氏によって翻刻が示されて必要がなかった為か、個人蔵であった為かはわからない。もっとも、久曾神氏は、この本を「西本願寺蔵本（散佚本）」が制作された直後の転写本だというわけではない。本来の姿に近いと言われるだけで、成立当時と全く同一という意味ではないのかもしれない。

現存六十九首本が成立当時の本即ち「西本願寺蔵本（散佚本）」と同一であることを疑問視するのは、まず、現存の六十九首本が、増幅したのではないかと思われる性質を呈示しているからである。現存する六十九首本の末尾には、歌物語的な箇所がある。

おなし比、みちの国へくたる人に、いつはかりかととひしかは、けふあすものほらんといひしかは

　みちのくはよをうき島も有といふを関こゆるきのいそかさるらん　（六七）

なといひてうせにけり、のちを、いかにもする人やなかりけん、あやしくてまろひありきけり

あはてかたみにゆきてけるひとの、おもひもかけぬ所に、歌よむこゑのしけれは、おそろしなから、より、き

けは

　秋風のふくたひことにあなめくをのとはなくて《いはイ》すゝきおひけり　（六八）

ときこえけるに、あやしとて、草の中をみれは、小野小町かすゝきのいとをかしうまねきたてりける、それとみゆるしるしはいかゝ有けん

冬、みちゆく人の、いとさむけにてもあるかな、よこそはかなけれといふをきゝて、ふと

　手枕のひまの風だにさむかりき身はならはしのものにそさり《あり歟》ける　（六九）

（「小野小町集」『私家集大成』）

それまでの、詞書をほとんど付さない歌集の箇所とは異質で、形態の差には唐突な感がある。「秋風の」歌は、小町の死後を描いている。藤原清輔は『袋草紙』で「秋風の」歌を、

　秋風のふくたひことにあなめ〳〵をのとはなく（いは）てすすきおひけり

の形で取り上げ、「亡者の歌」としている。当時の認識でもあったのだろう。祝賀の品として、この『三十六人集』が制作されようとした時、精緻をきわめた料紙に書かれるにふさわしい歌とみなされたかどうか。そう考えるのは現代人の感覚であるかもしれず、また、同『三十六人集』中の他の家集に歌物語がどれほど採り入れられていたかということも調査していないが、疑問である。

次に、他集との混淆の様相である。六十九首本「小町集」は、巻末に近いところに『小大君集』との重出歌五首（「六十九首本」五八〜六二）を含む。片桐洋一氏は、本来六十九首本系の「小町集」は同集の第六十二歌で終わっていて、その後の、馬内侍や斎宮女御の歌を収める第六十三歌以降は、増補部分であるという。当初の「小町集」の末尾即ち第五十八から第六十二歌までの一連の小大君の歌を収める箇所が、『小大君集』と綴じ誤られ、その後に第六十三〜第六十九歌が増補されたのではないかという。「62以前では他人の歌を含まぬ方針で編纂されていたの

とは矛盾する」（「小野小町集考」[2]）ことも、成立の次元が違うとする論拠とされる。ここでは、成立の二段階が指摘されている。

　本書六十九首本の項で述べたように、私案は、もう一段階、即ち、もう少し前にも増補の跡が見られるのではないかと考えるものであるが、それは、字母に関する観点から先述しており、第五十四歌の『後撰集』所収歌である遍昭歌も後の増補であろうと考えている。末尾の歌物語的な箇所を含め、六十九首本は、増幅の過程を経ているというのが現存する六十九首本から知られる現象である。「歌物語・歌語りが盛んになり、歌物語的な私家集が生まれた[3]」時期を経てもいるので、増補部が存在したと考えることもできるが、また、同様に、必ず「西本願寺蔵本（散佚本）」制作時に「小町集」が増幅した形で成立していたとも言えない。

　では、『和歌童蒙抄』の記事はどう見るか。先掲「秋風の」歌、即ち

　　秋風のふくたびごとにあなめ〳〵をのとはならじすゝおひけり　（『和歌童蒙抄』）

は、この形で、『和歌童蒙抄』[4]に「小野小町家集にあり」として載る。『和歌童蒙抄』の成立は、引用歌の調査より、「元永元年（一一一八）から大治二年（一一二七）頃までの成立か」（福田秀一『和歌大辞典』[5]明治書院）とされている。成立年代はごく近いものの、白河法皇六十御賀の『三十六人集』成立よりは、やや後れる。『和歌童蒙抄』の記載もまた、「西本願寺蔵本（散佚本）」が六十九首であったことを積極的に裏付ける論拠にはならない。本著では、第五十三歌までの、『後撰集』所収歌である遍昭歌を含まない形が、「西本願寺蔵本（散佚本）」の形ではなかったかと考えている。別系統の「小町集」の存在を想定するものである。

註

（1）久曾神昇『西本願寺本三十六人集精成』

（2）片桐洋一「小野小町集考」『国文学　言語と文芸』46　昭和四十一年五月　東京教育大学国語国文学会
（3）島田良二「三十六人集の成立」『王朝私家集の成立と展開』平成四年一月　風間書房
（4）「和歌童蒙抄」『日本歌学大系　第一巻』
（5）福田秀一「和歌童蒙抄」『和歌大辞典』平成四年四月第三版　明治書院
久曾神解題（前掲註（4）書）でも、書陵部の識語に見える「仁平以往所抄也」の記述から、久安仁平頃かと成立年代の範囲を指摘されている。久安仁平頃であれば、白河法皇六十御賀より、より後ということになる。

三「西本願寺蔵本（散佚本）」の伝来と「西本願寺蔵本（補写本）」の制作

白河法皇六十御賀に宮中で制作された『三十六人集』が、本願寺に伝えられ、『西本願寺本三十六人集』と呼ばれるようになった。この間の伝来の事情を久曾神昇氏の先掲『西本願寺本三十六人集精成』より引用してみると次のようになる。

天永三年（一一一二）、白河法皇六十の御賀の際に調度品として『三十六人集』が制作された。宮中にあったこの歌集は、鳥羽天皇から後白河院に相伝されたはずと久曾神氏は推測する。後白河院は、長寛二年（一一六四）平清盛に造営させた蓮華王院（三十三間堂）に移り、『三十六人集』も蓮華王院に置かれる。これは、『躬恒集』に記載される「蓮華王院宝蔵御本」といった記述からも知られる。欠本であった『兼輔集』が補写されたのもこの頃であるという。その後、蓮華王院、得長寿院、最勝光院などを含む法住寺が、吉野時代に廃絶した後に宮中に入ったのではないかとされ、この『三十六人集』の所在が確認されるのは「後奈良天皇の相伝」時であるという。白河法皇六十御賀に宮中で制作された『三十六人集』の伝来には、三百年の空白がある。

天文十八年（一五四九）に後奈良天皇が本願寺の証如上人に、この『三十六人集』を与える。証如上人の『天文日記』に

天文十八年正月二十日　従禁裏女房奉書三十六人家集令拝領門跡経乗へ以御書被仰越候　僧正事来二日以前御
　申沙汰有之度由被仰候

とあり、田中親美氏は、「女房奉書」より、証如上人の僧正昇官に際しての下賜であったことが知られるという。(1)
また、田中氏同著書には、明治二十九年に大口鯛二氏が西本願寺のこの撰集を発見するまで「天文十八年西本願寺に下賜され、その後は近衛前久公と後西院の時に借り出されたほかは、まず西本願寺の外に出ることなく、明治二十九年まで秘蔵されたことになる」と記されている。

近衛前久公については、「三十六人集の事、御懇の至候、乍去斟酌存候　先御返進申候云々」という文書に、その名が載り、元亀三年（一五七二）、織田信長と干戈を交えた際に労をとった近衛前久公に『三十六人集』が貸し出された。後西院については、寛文十年の「新院御在位之時　被召上此本被遂書写之功之処」という江戸後期の国学者清水浜臣『遊京漫録』の記事に拠るという。

本願寺に伝えられた『三十六人集』は、後西天皇が求められた時に、「人丸集」「小町集」「業平集」という三本の欠本が判明していたので、補写が企画されたという。「小町集」は寛文十年（一六七〇）に烏丸前大納言資慶卿が書写を担当した。これが、本書でいうところの「西本願寺蔵本（補写本）」である。この「西本願寺蔵本（補写本）」「小町集」は、散佚した「小町集」とは形態が大きく異なる流布本系統の一一六首本になっていた。

註

（1）田中親美『西本願寺本三十六人集』昭和三十八年十一月　日本経済新聞社

四　現存「六十九首本」の書写校合

白河法皇六十御賀にあたって宮中で制作された『三十六人集』は、南北朝時代まで法住寺に在り、宮中に入ったというが、その後、江戸時代の初頭に、いわゆる六十九首本が書写されている。その事情が、奥書から知られ、また、直接的な記録はないが、細川幽斎もまた、六十九首本を所持していたことが知られる。幽斎所持の「三十六人集」に関する先行研究は、後述するように、調査五本のうちの「蓬左文庫蔵本」および「大和文華館蔵本」が一つの伝本系統になっていたことの意味を伝えている。

（1）奥書

異本系統では、六十九首本に合計三種類、即ち調査のもの二種類と、前田善子氏論（「異本小町家集について」昭和二十一年）中に挙がる一種類がある。全て、六十九首本に備わる江戸時代のものである。具体的に言えば、六十九首本の「神宮文庫蔵本（一一〇四）」、同六十九首本の「大和文華館蔵本」、そして前田論中に紹介されている前田善子氏架蔵「中院通茂本」に載る奥書の三種である。島田良二氏『平安前期私家集の研究』(1)では、「三十六人集」の系統を見据えての奥書の解説があるが、調査に及ばないものもあり、調査の範囲で、奥書の内容を確認したい。

①「神宮文庫蔵本（一一〇四）」

「神宮文庫蔵　三十六人集（一一〇四）」所収「小野小町集」（以下「神宮文庫蔵本（一一〇四）」とも記す）には、慶長十二年（一六〇七）四月十六日の也足子（中院通勝）の記録がある。

此集　三条新黄門実条所筆也　去十一日送之今日申刻到来

慶長十二年四月十六日　也足子

「去十一日送之」とは、小松茂美氏「小町集」[2]によれば、書写の為の冊子（料紙）を送ったものだという。片桐洋一氏（『新編国歌大観』所収「小町集」解題）は「中院通勝が三条西実隆本を書写した」と解釈されている。実条は、三条西実隆の子孫にあたるわけであるが、実隆の情報までは、ここには見えないので、『私家集大成』所収の「小野小町集」で「実条」と翻刻されているように、実条の本であろう。也足子（中院通勝）が、三条新黄門（三条西実条）に「小町集」の書写を依頼していたのが仕上がって届けられたという記録である。

②「大和文華館蔵本」

「大和文華館蔵　歌仙家集」所収「小町集」（以下「大和文華館蔵本」とも記す）の奥書とは、万治二年（一六五九）三月の詠誉宗連坊なる人物の書写記録である。前田論の前田氏「架蔵三十六人家集Ⅱ」（豊前本）に該当する。「岡田希雄旧蔵本」とされていて、旧蔵者の命名のようである。「大和文華館蔵本」の『歌仙家集』は五冊からなり、その末尾の奥書を全て翻刻してみる。○印は判読不能を示す。

大和文華館　函架番号三九二二

万治二とせ小春後八日豊のまへ中津河にて書之　八人の哥あり

詠誉宗連坊

大和文華館　函架番号三九二三

此三十六人集所持せさりしほとに　寛永の比　はかたより本をもとめ書写し侍し写本　たしかならさりし哥なとまきれたる所おほく　心得かたきことなから　又よき本にて　なをし侍はやのあらましにて　○○其後思はす田舎わたらひして　ほいなくて所持し侍る　後みのひとそ○さあるへきものなり　時万治二とせ小春後の八日　豊の前中津河にて書之二人哥あり

詠誉宗連坊

大和文華館　函架番号三九二四

万治二とせ小春後八日豊のまへ中津河にて書之　四人の哥あり　詠誉宗連坊

大和文華館　函架番号三九二五

此三十六人集本　数五帖にて全部也　一八人の哥あり　時万治二とせ小春後の八日豊のまへ中津河にて書之　詠誉宗連坊

大和文華館　函架番号三九二六

万治二とせ小春後の八日　豊のまへ中津河にて書之　四人の哥あり　詠誉宗連坊

前田氏は、「詠誉宗連坊」とは当時の連歌師であろうという。「たしかならさりし哥」とは、「小町集」で言えば、六十九首本末の歌物語の箇所の四首をいうのであろう。「京都大学国文学研究室（Ｅｐ１ｆ）」や同種の本で、正保版本にない六十九首本の歌を紹介するのは、この本に拠るようである。掲げられているのは西本願寺蔵の散佚本系統ではあるが、流布することなく珍しい存在であったことが窺える。

③「前田氏蔵中院通茂本」

六十九首本であるという、前田善子氏の「架蔵三十六人家集Ｉ（中院通茂本）(3)」には、この延宝五年（一六七七）三月十九日付の「小町集」奥書が紹介されている。

以烏丸中納言本摸写之去十六日始之今日遂其功一校了

延宝五季　姑洗十九　特進水

前田氏によると、中院通茂が諸家から夫々の家集を拝借して転写した（人丸集奥書「予企家集書写之所」）といい、うち、二十五本は烏丸黄門光雄の有する烏丸本であって、幽斎の所持本を祖本にする（中務集奥書「烏丸黄門光雄卿此本幽斎所持本也」）という。この本は調査に及んでいないが、六十九首本の調査五本のうちでは、「書陵部蔵本（五一一・二）」に近いと思われる。このことは、先に述べた。

（2）　細川幽斎の介在

島田良二氏先掲『平安前期私家集の研究』には、「通茂本三十六人集」についての考察がなされている。同論では、「池田亀鑑博士蔵　通茂筆三十六人集」として挙がるが、前田氏の指摘にもあったように、中院通茂が細川幽斎の所持本を転写したのだという。同『三十六人集』に、「小町集」と同じ延宝五年の記録「右卅六人集借請烏丸黄門光雄卿本此本幽斎所持本也」がある。その奥書には

貞享三年以本願寺一校了人麿業平小町猿丸高光五集不足依之校合之也

とも記されているという。通茂は、『三十六人集』を書写しようとして、幽斎所持本を借りた。これを「本願寺本」で校合しようとした時には、右の五集が欠けていたと記されている。

また、島田氏前掲書には、この「池田亀鑑博士蔵通茂筆三十六人集」について、次のように記す。

池田亀鑑博士蔵通茂筆三十六人集は、細川幽斎の所持本であるが、醍醐本・書陵部本（511・2）とほとんど一致し、一致しないのは、伊勢集と人麿集二本の中の一本だけである。この伊勢集と人麿集の二本は前述のように単独で宮中から借りて書写したものであり、それを幽斎は珍本であるために加えたのである。人麿集の二本の中、一本は西本願寺本散佚前の姿を示しているが、もう一本の禁裏本つまり後の類従本の一本だけが蓬左文庫・池田亀鑑博士蔵三十六人集B本・豊前本に継承されて行き、西本願寺散佚前の人麿集は散佚してしまう。伊勢集は、通茂本において、すでに西本願寺本はなく、禁裏本のみである。それについては、幽斎所持当時すでになかったか、どうか不明である。幽斎が禁裏本伊勢集と西本願寺本伊勢集を入れ換えたか、人麿集のように二本あったか、とも考えられるが、既に通茂書写の折は西本願寺本伊勢集はなく、禁裏本伊勢集に西本願寺本で校合している。その点から考えるならば、幽斎の時、すでに西本願寺本伊勢集が散佚していたと考えるのが妥当であろう。

（島田良二『平安前期私家集の研究』）

「後の類従本」とは、流布本系統の意味で用いられているようである。「小町集」に関するところで言えば、「蓬左文庫蔵　三十六人集本」「豊前本　三十六人集」（調査五本のうちでは「大和文華館蔵本」）に入る「小町集」は、ともに六十九首本系統の本である。しかし、『伊勢集』『人麿集』では、西本願寺蔵本本来の形（散佚本系統）ではなく、流布本系統の本であるのだという。その岐点は、幽斎にあり、幽斎が「一本の禁裏本」の方をその『三十六人集』に入れたので異なる系統の本が入ったという可能性も指摘されている。「通茂本」がそのまま転写されたので「蓬左文庫蔵本」及び「豊前本」は、異種の『人麿集』と『伊勢集』を伝えているのだという。「小町集」の場合、先に見たように、同じ六十九首本五本のうちでも、「蓬左文庫蔵本」と「大和文華館蔵本」が、一グループとなる性格を備えていたのは、幽斎の所持本に関連する『三十六人集』の性格を継承していたことと関連しよう。

註

（1）島田良二『平安前期私家集の研究』昭和四十三年四月　桜楓社

（2）小松茂美「小町集」『古筆学大成　17巻』平成三年五月　講談社

（3）前田善子「異本小町家集について―神宮文庫所蔵異本三十六人家集・及び架蔵異本三十六人家集Ⅰ・Ⅱ中の小町集について―」『国語と国文学』昭和二十一年八月　東京大学国語国文学会

第二節　流布本系「小町集」の成立と伝来

一　「書陵部蔵　御所本甲本」の奥書

（1）奥書の解釈

流布本系「小町集」の奥書は「御所本甲本」にのみ存在する。しかし、成章は、「甲」本なる本の校異を注記しており、その中に見える奥書もまた、同系統のものかと思われる奥書である。ただし、成章注記では

甲奥云　都合百二十六首内長歌一首　他人哥一首在
　小野小町出羽郡司女承和頃人与遍昭僧正有贈答
建長六年正月十七日重校合九条三位入道本了彼本
哥六十九首云々　顕家三位自筆本成
　安元二十一八日云々　校合了　□□□

と記述され、「御所本甲本」とは一部記述が異なることは先にも述べた。

「御所本甲本」の奥書の方は、次のように記されている。まず、橋本不美男氏の翻刻（『宮内庁書陵部蔵　御所本三十六人集』解説）で「小町集」の奥書を掲げる。

1　建長六年七月廿日重校合令九条
　三位入道本畢、彼本哥六十九首云々
2　顕家三位自筆本也、安元二年十一月八日

3　正応五年十二月九日令侍従詹事丞成高
書之《(予カ)》、即之校畢、藤　資経

4　永仁五年三月十五日於西山書写畢　承空
承空上人　寄進之

成章注記にはなかった文字の読みについて、右の「令」文字は、3では明瞭に記されているが、1の「令」字は、片仮名のト字（漢字のト）に似て、判読が困難である。藤本孝一氏論掲載奥書（『桂宮本叢書　第四巻　私家集　四』昭和二十八年七月　養徳社刊四十七頁が紹介されているが、同書に「小町集」は非所収）では、「尓」、片桐洋一氏（『私家集大成』解題）では、右橋本氏同様「令」字とする。小松茂美氏（『古筆学大成』）、杉谷寿郎氏（『平安私家集研究』）は□と不明のように記し、島田良二氏（『平安前期私家集の研究』）は、「了」と解釈し一度文を切っている。島田氏同著の一七三頁である。しかし、同著の七十一頁では「以」と翻刻し、同氏『御所本三十六人集　本文・索引・研究』では、「了」と翻刻している。本書では、島田氏『平安前期私家集の研究』七十一頁の「以」とするのが正しいのではないかと考える。転写の過程で左側が落ちて右側の人部がトと記されることになったと考えること、また、同『三十六人集』の同時代の校合記録では、「以…本校合」「令校合」「書之」「書写」「校合…本」という表記がなされているからである。次に掲げる「業平集」も同様であるし、「友則集」にも同構文が用いられる。右1のように「令」即ち「校合令…本」であるとすれば、構文からは外れた書き方である。ただし、崩し字では、「尓」文字が「ト」に近い。「尓」であれば、「九条三位入道本」に施したことになり、「以」であれば、「九条三位入道本」を用いたことになる。次に、3の「之」に「予カ」と傍書されているが、これは、4の「寄進之」の「之」に似るので、「之」であろうと考える。

従って、右の奥書は

1　建長六年七月廿日重校合以（尓）九条
三位入道本畢、彼本哥六十九首云々
2　顕家三位自筆本也　安元二年十一月八日
3　正応五年十二月九日令侍従詹事丞成尚
書之　即之校畢　藤資経
4　永仁五年三月十五日於西山書写乍　承空
5　承空上人　寄進之

と読む。

建長六年の校合は、「九条三位入道本」を以て行われた。橋本不美男氏『宮内庁書陵部蔵　御所本三十六人集』解説(1)は、2が、この本の祖本「安元年間の顕家三位（六条重家の次男）筆本」であり、1は、2を、九条三位入道本（散佚する以前の西本願寺本「小町集」系統）で校合した記録だという。福田秀一氏（『中世和歌史の研究』(2)）は、「建長六年七月二十日　某（恐らく真観）は、安元二年十一月八日顕家筆知家所持本を書写した」と読み、建長年間をはさんで反御子左派の人々が校合に当たったり、原本を所持していたりして書写校合に用いた数多くの歌書の一であるという。また、杉谷寿郎氏『平安私家集研究』(3)は、「底本は顕家本であり、校合本は六十九首本であるという意味なのかもしれない」と、解釈する。島田良二氏（平成十二年著書(4)）も同解釈である。

そして、3以下については、橋本氏（右昭和四十六年著書）、杉谷氏（右平成十年著書）、島田氏（右平成十二年著書）に共通する解釈であるが、3の正応五年に「藤資経」によって増補部が付加された。「3は、4以前に行った校合本の奥書の転載であろう」（橋本氏）という。

右の奥書に加えて、同書本文の第一〇一歌（一一六首本では第一〇〇歌）の次行下部、即ち根幹部末尾に「已上顕家三位本」と記されている。これは、「御所本甲本」と成章注記「小」本とに見える記載であるが、同系統でも「神宮文庫蔵本（一一一三）」には見えない。また、先行研究では触れられていないが、1の「重校合」も、何らかの校合に加えてなされたことを意味している。この奥書を検討するのに、同年の校合記録を有する同『三十六人集』『業平集』を参考として取り上げてみたい。

（2）『業平集』奥書との類似と相違

「小町集」奥書1の「九条三位入道本」が、対校に用いられた本であることは、先行研究に共通した見解である。同「御所本甲本」系統『三十六人集』中の『業平集』でも「九条三位入道本」は対校に用いられている。『業平集』の奥書を右同様橋本氏の翻刻によって掲げてみる。

本云

1　宝治年中以法性寺少将雅平本書写之、校合了、

2　建長四年以三条三位入道本校合之、奥書入之、

3　建長五年四月廿日授（校カ）小相公本云入哥（書カ）了、云他本是也

4　建長六年正月十七日校合九条三位入道本、

彼本歌四十七首　上輪者九条本哥也

5　文永十二年四月十六日以霊山本

誂同法令書了

同十七日一校了

素寂記

橋本氏同著解説によれば、定家の女婿法性寺雅平本に関する記録が1であり、雅平本を書写した後、親本と校合

したのであるという。2の「三条三位入道」とは、同『三十六人集』『友則集』奥書にも見える三条（または九条）伊成であるという。2の「三条三位入道本」によって、「うへしうへは」歌以降の十三首（第六十九～第八十一歌）が付加され、奥書でそれと示す増補歌が加えられた。2には「以」と記されているので、「三条三位入道本」が対校に用いられたことは明らかである。3では、「小相公本」が手に入った際、誰かに書かせた（授）か対校した（校）かして、小相公本の歌を書き入れた。新たに加わった本には「他本」と記し掲げるということである。4の「校合」も対校の意味なのであろう。該当する歌には上輪を付したというからである。

校合した時代や校合に用いた本の所有者が同じであって、同系統の『業平集』の奥書は、「小町集」のそれに類似するといってよい。『業平集』の方は、奥書の文脈も分かりやすく、対校によって入れた歌に記号が付される形で校合の記録も本体に残っている。橋本氏同著解説によれば、『業平集』には次の痕跡が残っている。まず、最初の校合で知られるのは、「三条三位入道本」との共通する歌約四十首に右頭の拘点がつけられたこと。そしてもとの本になかった歌は「奥書入」箇所に付け加えられていること。二番目の「小相公本」との校合では、既にあった歌に左頭の拘点が付され、同様になかった歌は「他本」歌として新たに付け加えられたこと。そして三番目の「九条三位入道本」との校合では、歌全て存在しており、つまり新しく付け加わる歌はなく、既に存在した同本の歌には上輪が記されているのだという。右4には「四十七首」と書かれているが、実際は四十三首にしか上輪がついていない。この点については、転写の間の誤脱・誤記という見方がなされている。以上のように、校合の形が明瞭である。

類似する奥書をもつが「小町集」の奥書には、記号に関する記述がない。近刊予定という冷泉家時雨亭文庫蔵「承空本小町集」にはそういった記号が残されているのかどうか。『業平集』の場合「九条三位入道本」には上輪が付されているが、「小町集」のこの「御所本甲本」には、上輪は付されておらず、右拘点が、四箇所―同書第二十

二、五十九、六十三、七十七歌―に見えるだけである。また、「入」という文字が、三首―同書第七十四、九十四、九十五歌―の頭に付されている。右拘点も、「入」も、根幹部に見える記号である。例えばこれらが、奥書に見える校合の結果を示すと仮定すればどうか。右拘点、左拘点という「左」「右」が意識されていたなら、「右」拘点は、「小町集」の場合も、「小相公本」―「小相公本」（成章注記「甲」本）、「小宰相本」（「御所本甲本」、成章注記「小」本）と、表記は異なる―との校合以前になされた、『業平集』で言えば、三条三位入道本に相当するような本との校合の記録であって、右拘点が四箇所で、増補歌の前半が「他家本十八首」とあるので、その、対校に用いられた本は、合計二十数首の本であったことになる。その後に、根幹部に付された「入」の記号に残る校合が行われた。それが、「小相公本」との校合で、「小相公本」とは、「小宰相本」八首と「入」記号の三首を併せた十首程度の本との校合であった。増補部が二段階で付加された後の本に、建長六年「九条三位入道本」との校合が行われた。こういった仮説も成り立とう。九条三位入道本は、現在の六十九首本のような形の本であったと考えるのは、先行研究同様であるが、先行研究では触れてこられなかったところの、奥書に見える「重校合」の語句は、注視されるべきだと思う。

「小町集」の奥書が、『業平集』ほど詳細でないのは、「御所本甲本」の同系統に於ける伝本の位置を示しているのだろう。同系統でも増補部を示す表記が、恐らくは伝承の過程での異伝であろう、表記が異なっていたように、現存の「御所本甲本」が同系統の中でも、新しい時代の転写本であることを意味しよう。「小町集」の場合も、より古い祖本には、『業平集』にあるような詳細な奥書が付されていたのではあるまいか。例えば、増補部には「小相公本」の記載があり、建長六年の「重校合」以前の校合記録や、既に底本が持っていた六十九首の歌を示す記号や、さらには、「六十九首本云々」の「云々」の箇所に見える、何等かの省略されていない記載があったものと考える。

「小町集」の場合も、建長六年（一二五三）以前に、「小相公本」との校合が行われていた。奥書の「重校合」とは、増補部があった上に為された校合を意味するのだろう。建長六年の校合は「九条三位入道本」を用いて行われた。福田氏は、顕家の本を持っていたのは知家だったと指摘される。「六十九首本云々」の箇所を「云々」と読むなら、その巻末の歌物語的な箇所は、明らかに付記されたと分かるような体裁であったので、付記されたと分かる歌は、採り入れなかった、そのような旨の注記があったのを転写していくうちに、他の省略が為されるのと同様に省略されて、「云々」と記されるようになった、ということなのかもしれない。また、対校に用いた六十九首本に恐らく関連するのだろう「安元二年十一月八日」という日付がメモ書きのように断片的な表現で記される。それが「六十九首」本にあった奥書の記録の一部を転写したものだという先行研究の見方は正しいだろう。顕家三位が安元二年十一月八日に書写したということであろうが、それは、この本が、安元二年の奥書を備える由緒正しい本であるということを示す記述であると考える。本文の一〇〇首末にも「已上顕家三位本」と記されているが、それは、一〇〇首から成るのが顕家三位の自筆本或いはその転写本だったという意味ではなく、「小相公本」や、それ以前の増補が、顕家三位本を底本になされているという、増補の関係を明言していた表現だと考える。正統な歌集を作らんとしていた記録が断片的に残されているのだと解釈するものである。

註

（1）橋本不美男『宮内庁書陵部蔵　御所本三十六人集』
（2）福田秀一『中世和歌史の研究』昭和五十年八月再版　角川書店
（3）杉谷寿郎「小町集」『平安私家集研究』平成十年十月　新典社
（4）島田良二・千艘秋男『御所本三十六人集　本文・索引・研究』平成十二年二月　笠間書院

付記　和歌文学会関西例会（平成十五年）口頭発表の質疑応答時、藤平泉氏が「小町集」増補部と小宰相との関わりについて新しい貴重な見解を提示されていた。

二　対校の痕跡

（1）集付及び作者注記

「御所本甲本」に残る対校の痕跡について試みた。右拘点や「入」の記号は、古い何らかの校合の結果付されたものであろうが、集付を校合の記録と見てよいかどうか。存在する歌を所収撰集毎に分類して集付を付した様子は見えないこと、及び、その形式に異なるものが混在している点から、やはり、集付も校合の痕跡を残すものと見てよい。しかし、右のように、「小町集」には「業平集」のように校合の際に付されたという記号についての記述も残されていないので詳細は分からない。作者注記は同列には扱えないが、参考として検討したい。

同系統の「神宮文庫蔵本（一一一三）」には、書入及び集付等が一切ないのに対して、「御所本甲本」には、集付や数箇所の符号がある。対校の痕跡という意味では、成章注記や「静嘉堂文庫蔵本（一〇五・一二）」本の集付も見る必要があると思うので、併せて一覧にしてみた。次の［資料10］「「御所本甲本」の集付及び作者注記Ｉ」の表である。「御所本甲本」歌の頭に付されている記号または集付のある歌番号のみを抜き出し、「御所本甲本」番号順に並べてある。左側に一一六首本の歌番号を示した。

「御所本甲本」の集付に見える撰集は、『古今集』、『後撰集』、『拾遺集』、『新古今集』、『新勅撰集』、『続千載集』の勅撰集六集と、『万葉集』、『万代集』の私撰集二集のみである。集付が誤っているものが二点ある。一は、76（77）―先の算用数字は一一六首本の番号で、（　）内は「御所本甲本」の歌番号を示す。以下同じ。―「わがごとく」歌に「又在拾」即ち又『拾遺集』に存在すると書かれているもので、「我がごとくものおもふ人はいにしへも

［資料10］「御所本甲本」の集付及び作者注記一覧Ⅰ

116首本	御所本甲本			成章注記		静嘉堂本（105・3）	
				独自	正保版本	根幹部	増補部
1	（1）		古今		古	1古今	
2	（2）		後撰		後	2後撰	
5	（5）	勅			新勅	5新勅	
7	（7）		古今		古みくにのまち哥也	—	
9	（9）					9新千	
10	（10）					16続後撰	
11	（11）		新勅		新勅	17新勅	
12	（12）		古今十三		古	18古	
13	（13）		古今　躬恒		同		
14	（14）		古十三		同	19同	
15	（15）		古十四		同	21同	
16	（16）		古十三		同	28古	
17	（17）		古十三		同	29古	
18	（18）		新勅		新勅	51新勅	
19	（19）				古	30同	
20	（20）				同	32古	
21	（21）		古十五		同	33同	
22	（22）	右拘点				37	
23	（23）		古十三		古	38古	
24	（24）		古十九		同	42古	91古今集
25	（25）		古十三		同	39同	
28	（29）					44新拾	
30	（31）		古十		古	46古	
31	（32）		古十五		同	47同	
32	（33）		古十五		同	—	
33	（34）		後撰		後	48後撰	
34	（35）	後	遍昭集長谷寺云		同	65後拾	
35	（36）	後	山ぶしの遍昭集			66	
36	（37）	後				49	
37	（38）	勅				54新勅	
38	（39）		古十二		古		89古今集
39	（40）		古十二		同	63古	
40	（41）		古十二		同	64同	
42	（43）	古	読人不知			—	
43	（44）	古				—	
44	（45）	古	読人不知			—	
46	（47）					11玉葉	
47	（48）	勅			新勅	22新勅	
48	（49）	万		万代　続後		15続後撰	
52	（53）	新古					
53	（54）			秋風		27風雅	
54	（55）	万		万代　続古		34続古	
55	（56）	万		万代		35	
58	（59）	右拘点					88新続古今集
59	（60）	万				53新千	
60	（61）					55続	
61	（62）	万				56	
62	（63）					57新後撰	
63	（64）	右拘点				58新千	
65	（66）	万				60	

116首本	御所本甲本				成章注記独自	正保版本	静嘉堂本（105・3）根幹部	増補部
66	(67)						61続後拾	
68	(69)		此長哥又在小大君集				67	
69	(70)			小大君集在之			68	
70	(71)			小大君集有之			43	
71	(72)			古十三		古	20同　此有前ふ審	
72	(73)			古十三	古恋五		—	
73	(74)	入		後撰　姉哥			—	
74	(75)		万		万代		—	
75	(76)						52新拾	
76	(77)			又在拾			—	
77	(78)		右拘点　続千					85続千載集
78	(79)							82続古今集
80	(81)		万	仲文集ノ初在之	拾よみ人不知	此哥在仲文集		80続古今集
81	(82)		新古		卅六　万代撰古	新古		73新古今集
82	(83)							78続古今集
83	(84)							79続古今集
84	(85)		万		万代			86風雅集
85	(86)		勅			新勅		74新勅撰集
—	(87)				万代　続後		—	76続後撰集
87	(88)		古			古	—	
88	(89)		新古			新古	—	
90	(91)		新古				—	
91	(92)		万		万代　続後			77続後撰集
92	(93)					古	—	
93	(94)	入						84続古今集
94	(95)	入				古	—	
95	(96)		新古			新古		70新古今集
96	(97)		万		万代			83続古今集
97	(98)				続古		—	
98	(99)		新古			新古		71新古今集
99	(100)					古	—	
100	(101)		拾能宣　古又紀淑望				—	
101	(105)			古今　読人不知		古	—	
103	(107)		万葉十六 采女献葛城王哥也				—	
104	(110)				続後			75続後撰集
105	(111)			重之集在之			—	
106	(112)		古	読人不知		古	—	
108*	(114)					古		90古今集
109	(115)		古	読人不知		古	—	
110	(116)			古十八読人不知		同	—	
108*	(117)			古十八読人不知		同		90古今集
111	(118)			古十八		同	—	
—	(121)			古四小野美材哥			—	
114	(122)			古十四読人不知			—	
115	(123)					新古		72新古今集
86	(124)							
116	(125)					後		69後撰集
—							12古	
—							13古	
—								81続古今集

今ゆくすゑもあらじとぞ思ふ」（『拾遺抄』三〇二、『拾遺集』九六五）歌との混同かもしれない。他の一は、90（91）「よのなかを」歌に「新古」即ち『新古今集』とあるもので、これは、『後撰集』の小町姉歌である。また、『古今集』の所収歌で集付の落ちているものがある。集付が付されていないので表にはあげていないが、「小町集」19（20）、20（21）には、記号が一切付されていない。19（20）は小町の歌を特徴づける夢の歌の一であり、20（21）は、公任が当初から小町の代表歌に挙げていた（『前十五番歌合』『三十六人撰』）歌であり、ともに小町の歌としては周知のものであったはずだが、集付はない。

併せて、同系統の伝本である成章注記中の集付を掲げた。成章が注記を施しているのは正保版本に対してであり、正保版本は、もともと集付が付されていた。表中の「成章注記独自」という左側の撰集名は、成章の注記のうち、正保版本には見えない集付である。特に出典を「小」本、「甲」本と区別して記されるわけではない。それらの特徴は、『万代集』『続後撰集』『続古今集』という撰集名であり、反御子左家の書写活動に関連する撰集の集付である点である。『万代集』の集付については「御所本甲本」の方にも見えるが、全てが重ならず、両者の関連性については何も言えない。

また、「静嘉堂文庫蔵本（一〇五・三）」の集付をも付記してみた。「静嘉堂文庫蔵本（一〇五・三）」は、増補部が撰集毎にまとめられており、増補部に関しては、厳密に言えば歌の肩に付記された集付と同じ性質のものではない。撰集毎に掲げられている歌と「御所本甲本」との関係も無視出来ないので、その撰集名を表中右側に示した。「御所本甲本」と重なっているが、これも完全には一致していない。

再度、「御所本甲本」の集付及び作者表記に戻りたい。「御所本甲本」の集付及び、作者表記の形態は、右拘点や「入」の記号を除いて、次のA～Dの四種に分類出来る。その分類を示したのが、［資料10］「「御所本甲本」の集付及び作者注記Ⅱ」の表である。

［資料10］「御所本甲本」の集付及び作者注記一覧Ⅱ

116首本	御所甲本	F	A	B		C	D	作者	作者注記	E
1	(1)					古今				
2	(2)					後撰				
5	(5)		勅							
7	(7)					古今				
11	(11)					新勅				
12	(12)						古今十三			
13	(13)					古今		躬恒		
14	(14)			古十三						
15	(15)			古十四						
16	(16)			古十三						
17	(17)			古十三						
18	(18)					新勅				
21	(21)			古十五						
22	(22)									右拘点
23	(23)			古十三						
24	(24)			古十九						
25	(25)			古十三						
30	(31)			古十						
31	(32)			古十五						
32	(33)			古十五						
33	(34)					後撰				
34	(35)		後							
35	(36)		後							
36	(37)		後							
37	(38)		勅							
38	(39)			古十二						
39	(40)			古十二						
40	(41)			古十二						
42	(43)		古					読人不知		
43	(44)		古							
44	(45)		古					読人不知		
47	(48)		勅							
48	(49)		万							
52	(53)		新古							
54	(55)		万							
55	(56)		万							
58	(59)									右拘点
59	(60)		万							
61	(62)		万							
63	(64)									右拘点
65	(66)		万							

116首本	御所甲本	F	A	B		C	D	作者	作者注記	E
68	(69)							此長哥又在小大君集		
69	(70)							小大君集在之		
70	(71)							小大君集有之		
71	(72)			古十三						
72	(73)			古十三						
73	(74)	入				後撰	姉哥			
74	(75)		万							
76	(77)								又在拾	
77	(78)		続千							右拘点
80	(81)		万					仲文集ノ初在之		
81	(82)		新古							
84	(85)		万							
85	(86)		勅							
87	(87)		古							
88	(89)		新古							
90	(91)		新古							
91	(92)		万							
93	(94)	入								
94	(95)	入								
95	(96)		新古							
96	(97)		万							
98	(99)		新古							
100	(101)		拾能宣	古又紀淑望						
101	(105)					古今		読人不知		
103	(107)						万葉十六	采女献葛城王哥		
105	(111)							重之集在之		
106	(112)		古					読人不知		
109	(115)		古					読人不知		
110	(116)			古十八				読人不知		
108	(117)			古十八				読人不知		
111	(118)			古十八						
—	(121)			古四				小野美材哥		
114	(122)			古十四				読人不知		

A…「古」、「後」、「拾」「万」のように撰集名を一文字で記すもの。「万」は、『万代集』の所収を意味している。「新古」「続千」は、二文字であるが一文字にしようがないため二文字になっていると思われ、このグループに入れてよいかと考える。また、「万葉」は、『万代集』と区別するために「万葉」と記したと見るならば、一文字の集付とも考えられる。

B…同じく一文字の略号であるが、その後に所収巻を付記する。

C…「古今」「後撰」「新勅」のように撰集名を二文字で記す。

D…同じく二文字の略号であるが、その後に所収巻を付す。

ここに作者表記が加わる。また、「小大君集有之」「仲文集ノ初有」「重之集ノ在之」「采女献葛城王哥也」等の注記がある。

どの集付も、他本歌による増補部に至るまで、即ち集全体にわたって付されている。集付の総数は、六十五首に及ぶ。以下、同様に先の算用数字で一一六首本番号を示し、後の（　）内の数字で、「御所本甲本」の番号を示す。

現存する六十九首本との校合が直接的に知られる集付はあるのか、結論から言えばないと考える。なぜなら、表の中に現在の六十九首本にない歌があって、それらにも集付が施されているからである。Aについては現存六十九首本に入らない76（77）以降にも多数、Bについては30（31）、32（33）、72（73）、108（117）、110（116）、111（118）、114（122）が、Cについては73（74）、101（102）という、現存する六十九首本にない歌にも集付が付されている。ちなみに、表の中で現在の「静嘉堂文庫蔵本（一〇五・三）」の根幹部に見えない歌は、13（13）、32（33）、42（43）、43（44）、44（45）、72（73）、73（74）、74（75）の八例あるが、「静嘉堂文庫蔵本（一〇五・三）」の根幹部にない歌にも、ABCに該当する集付が付されている。従って、現在の「静嘉堂文庫蔵本（一〇五・三）」の根幹部との校合の記録を直接的に示す符合でもない。

集付の種類は、一文字のものと二文字のものと二分類できそうにも思われるが、『古今集』の読人不知歌を例にとれば、「古　読人不知」（43）など）、「古　十八　読人不知」（116）など）、「古今　読人不知」（105））の三種類の表記の仕方がなされている。このうち、「御所本甲本」にしかない「をみなへし」歌（121）には、一文字と所収巻を示す形式Bの集付「古　四」が付されているので、この集付は、現存の狭義の「御所本甲本」を成立させることになった痕跡を示す。

集付の中に、異なる種類を重ねて記すものがある。76（77）の集付「又在拾」は、右に誤りであることを述べたが、何に追加された「又」であるかは不明である。しかし、12（12）の集付「古今　十三」の場合、一文字で巻数を付す集付Bではなく、また、二文字の集付Cでもない。12（12）と103（107）番のみに見える例である。撰集の略号と所収巻は、幾度かの転写の末の結果であろう故に、現存本では続けて書かれたように見えるが当初は時期を違えて付記された、とも考えられる。例えば、「古今」という二文字の集付があったところへ「古　十三」という注記の付された歌を加えようとした際に、すでに『古今集』歌という情報があったので、「十三」という巻数のみを記したという解釈にもなる。つまり、CとBとでは二文字の集付Cの方が先に付されていたと考える。巻数の付記された集付Bはほとんどが『古今集』で、しかもAで『古今集』であることを記されるものとは重ならない。二文字の集付Cは、流布本巻頭歌から主に巻頭に近い箇所に入る。では、一文字のAと、Bとでは、いずれが先行したのだろうか。集のなかほどにまとまってあるAのようにも思われるが、断言は出来ない。

所収巻の付された「古今集」の集付は、巻毎に集められていた本を用いて校合が行なわれたのだろう。特に巻十八のまとまりで入った三首が、「他本哥十八首」に並ぶのは特徴的である。この箇所は、一一六首本と「御所本甲本」の歌序が乱れる箇所である。集付Aの末109（115）は、「古」の一文字であり、集付Bの110（116）は「古　十八」である。一一六首本でいうところの第一〇八歌が、「御所本甲本」では、同一一六首本でいうところの第一一〇歌の後に来て、順序が乱れていたが、これをBの集付でみれば、「古　十八」という集付のまとまりでつながり、ある時期「古　十八」とするまとまりで「御所本甲本」に入れられたのではないかという推測も出来る。

「小町集」の歌の中には、他のどの撰集にも収録されていない歌もあり、それらの歌に関しては校合の前後で集付とは無関係に校合が進むであろうから、集付をもって追加された歌の全体を知ることは出来ない。集付及び注記は、校合の結果付されたものであろうが、集付から校合の様子を再現することは出来ない。一文字の集付Aにしても、比較的後の時代のものだという印象を受ける。「御所本甲本」の『後撰集』所収歌には、時期を違えて歌が入ったのだろうと思われる箇所がある。33（34）は、集付C「後撰」であり、34（35）～36（37）は集付A「後」である。この、34（35）の詞書及び注記には「遍照」と「照」字が用いられ、35（36）の作者名及び注記には「遍昭」と「昭」文字が用いられている。両首は、同じ歌に関し、それも人名に異なる文字遣いをしている点に於いて、異なる本から取られて入ったと考えてよい。しかし、ともに、集付は、「後」というAの形式である。時期的な事は一切分からないが、増幅した後に付された集付であり、比較的後の時代のものだという印象を受ける。

先に、奥書に見える校合に関連するのではないかとした、右拘点や、「入」の記号が付された歌について、73（74）は、「入後撰」とあるように、『後撰集』の所収歌であり、93（94）は『万代集』『玉葉集』所収歌であり、94（95）は、『古今集』読人不知歌である。右拘点の三首のうち、二首は、『新千載集』の歌である。特に、記号と撰集名との対応関係は見られない。

（2）重出歌（類歌）及び書入本文

重出歌及び類歌もまた、校合の結果存在することになったのであろう。重出歌については、「御所本甲本」が重出歌の多い伝本であること、同系統である「神宮文庫蔵本（一一一三）」にはそれらが見られないこと、一一六首の流布本にも、既に根幹部に類歌と言える歌を備えていること、比較的古いとされる伝本であるところの「時雨亭文庫蔵本（唐草装飾本）」にも重出歌の見られることを、既に述べた。それらの歌を一覧表に整理したのが、［資料11］である。（1）「われをきみ」歌については、流布本系統で、第三句が、「けすのへに」「けぬすへし」等と意味が通じない句であったので、「御所本甲本」では、空白にされたのだろう。不安定な第三句を持つ根幹部の「われをきみ」歌に対し、「毛の末」という確かな第三句を備える歌が、増補されることになった。その契機は、「時雨亭文庫蔵（唐草装飾本）」や六十九首本、「静嘉堂文庫蔵本（一〇五・三）」という比較的古い本文を持つ伝本との校合であったと考えられる。（2）「ちたびとも」歌については、早くから「ちたびとも」歌（六十九首本）と「人かとも」歌（「時雨亭文庫蔵（唐草装飾本）」）があった。それに対し、「みしひとも」「しるひとも」という初句の異伝が生じた。異伝が生じた契機は、「神宮文庫蔵本（一一一三）」初句の空白と何か関連があるかもしれない。「神宮文庫蔵本（一一一三）」の系統で初句の脱落があったので、初句を「みしひとも」と整えて類歌が入った。「しる人も」という、根幹部末にある歌は、『続後撰集』に採られているが、「みしひとも」歌が入る前に、初句に「人」を詠み込む「時雨亭文庫蔵（唐草装飾本）」系統の本との校合の結果、「小町集」に入ることになったとも推測できる。

［資料11］重出歌本文対照表

（1）「われをきみ」歌

116首本 西本願寺蔵本 （補写本）	27 和禮をき見 於もふこゝ呂農 个す能へ尓 ありせ者まさ尓 逢三てまし越	76 王可古東九 も能於母ふこ、 ろ 个能春ゑ尓 あ李せ者まさ耳 あ悲三てまし越
御所本甲本 書陵部蔵本 （510・12）	28 和れ越き見 於もふ古、ろ能 （空白） あ里せ八まさ尓 （けふも） あ飛三帝末し越	77 わ可こ登く 又在拾＊ ものおもふ古、 ろ 気能す衛に あ里せ盤まさに あひ三てま末し 越
神宮文庫蔵本（1113）	27 吾越君尓 思ふ心八 気ぬ春へし ありせ者者万佐 あひ三てましを	75 王可ことく 物おもふ心 気の末尓 阿り世者まさに あひ見てましを
静嘉堂文庫蔵本 （105・3）	41 我を人 於もふ心の 遣の春衛も 阿りせは人乃 阿者さらましを	
69首本 書陵部蔵本 （511・2）	51 わ可人を 於もふ心に 个能春恵も あり世八万さに あ比三てましを	
時雨亭文庫蔵本 （唐草装飾本）	7 我人を 思こゝろの けのはしに ありせはまさに あひみてましを	

（2）「ちたびとも」歌

116首本 西本願寺蔵本 （補写本）	65 千多ひとも しられさり遣李 う支可多農 う支み盤いまや も能王須連して
御所本甲本 書陵部蔵本 （510・12）	66 ち多飛と母 万＊ 志られさ里个梨 うた可多農 うき身八けさや も能王すれ志て
神宮文庫蔵本（1113）	64 （空白） 志ら連佐り気り う多可多能 憂身八い万や 物忘して
静嘉堂文庫蔵本 （105・3）	60 千多ひとも 志られさり个り う多可多の うき見八今や 物忘して
69首本 書陵部蔵本 （511・2）	48 千多ひとも 志ら禮さり个り う多可多能 うき三八今や 物忘れして
時雨亭文庫蔵本 （唐草装飾本）	

注　（　）…書入本文　＊…集付　▲…各増補部

86 みし人裳 志ら禮さ里気り 有堂可多能 う支三八いさや も農わ春れして	
▲124 三し人も 志られさ里个り うた可多農 うき三ハいさや もの王すれして	87 志る人もしられ さ里个李 うた可多農 有き身盤い万さ ヵや も能王す禮して
▲116 見し人も 志ら連佐り个り 宇カ多か多乃 憂身八以万や 物忘連して	84 志る人も 志ら連佐り个り う多か多乃 うき身八い万や 物忘して
	▲76 志類人も 続後撰集＊ 志られさり个り う多か多能 うき身八今楚 物忘れして
21 人かとも しられさりけり うたかたの うきにはいさや ものわすれして	

（3）「御所本甲本」増補部の重出歌

116首本 西本願寺蔵本（補写本）	3	まへ和多里し人 尓堂れ登裳那く たとら世堂里し 處ら遠ゆく 月能ひ可里を くもゐより み帝や丶三尓て よ者丶帝ぬへき
御所本甲本 書陵部蔵本（510・12）	3	まへよ李王多り し人尓田れとも 那くてとら勢し 所ら遊く（尓ゆ く）と き気堂も月越 （月のひ可りを） くも満難見（く もまより） 三てや丶三尓て よ越八遍ぬへ畿
神宮文庫蔵本（1113）	3	まへよりわ多り し人尓田連とも 那くて登らせし そら行と き希とも月を くまも那三 見てやや三尓て 世を八へぬへき
静嘉堂文庫蔵本（105・3）	3	阿る於とこ能前 和多りする尓 空越ゆく 月乃飛かり尓 雲晴て ま多や屋三尓て 世越やへぬへき
69首本 書陵部蔵本（511・2）	37	― 空にゆく 月の比可利越 雲万より 三てや丶三にて よ 越八へぬへき
時雨亭文庫蔵本（唐草装飾本）		

	49		4	
	｜ ひとし禮ぬ 王れ可おもひ尓 あ者怒ま者 みさへぬる三て 於もほゆる可那		かへしあした耳 阿りし尓 くも者れて於も ひいつ連とこと の者農ち禮留な けき盤 思出も難き	
▲102	50	▲104	4	▲103
｜ 人志禮努王可於 もふ人にあ者努 よ盤身さへぬる 見ておも保ゆる か那	｜ 人志禮ぬ 王れ可おも飛尓 （我思人尓） あ可（八）ぬよ盤 身さへぬる見て 於も本ゆ留可那	かへしあしたに 以も者禮て於も ひい徒連とこ登 乃葉農ちれるな 気き八おもひて もな起	あした尓阿李し 尓末太可遍し くも者禮天 於も飛や連と母 こと農葉農 地連類なけき八 おも可気も難く 之	まへわ多りし尓 多れとも　なくて とらせし所ら 越ゆく月の飛可 り越くも井与李 三てや丶見尓て よ者八てぬへ畿
	48		4	
	王かおもふ人耳 人志連ぬ 王可思ふ人尓 あ八ぬ夜八 身さへぬ留三て おも本ゆる哉		返し　阿し堂那 し　あし多尓あ りし尓返し 雲晴れておもひ や連とも 古との葉乃 ち連留な気き八 面影もなし	
	23		4	
	｜ 人しれ怒 我おもひ尓 阿者ぬよ八 身佐へ怒れても 於もほゆる可な		いか那里しおり 尓可又 雲者れて 於もひいつれと 言能者乃 ち連るなけき八 面可遣もなし	
	13		38	
	｜ 人志禮ぬ わ連可思ひ尓 あ八ぬよは 三さへぬ留三て 於も本ゆ留哉		｜ 雲万より 思比いつ連登こ との者能 ちれるな个き八 於も可遣もなし	
	10		28	
	｜ 人しれぬ われかおもひに あかぬよは みさへぬるみて おもほゆるかな		｜ くもはれて おもひはれとも このはの ちるなけきは おもかけもなし	

67		70	
なみ農於母を いて移る東り盤 三那そこ越 お本つ可なく盤 於も者佐ら那無		や万三徒尓 きく能者那農有 き多里しに 堂尓の三徒 古能もの東遅可く 難可禮数八 う多可堂者那も あ里東みましや	
68	▲108	71	▲109
な見能おも越 いているとり盤 みな所こ越 於ほ徒可なく八 於も者さら那舞	う見農な可越 いてい累と里八 三那曾こ越 於ほ徒可なく八 おも八さら那 （るら）無	や里（山）水尓 きくのはな（さ くらの）うき堂 りしに（なかる るを三て） 堂満（き）三徒 能　小大君集有 之＊ この本登ち可く な可禮す盤 かたく（う多可 た）花農（越） あ里と三満しや	堂き能水 このもとち可く な可禮す盤 うた可多越なを あ者れと三まし や
66		69	
浪の上尓 出入鳥八 水底を お本つ可なく八 於も者佐留らん		山水さ尓くら乃 な可る丶を見天 瀧水乃 木のもと地可く な可れ春八 う多可多花を ありと見ましや	
62		43	
波乃上越 いて入とり八 三那そこをおほ つ可なくも おもはさるらん		屋り水尓桜のな 可類丶を 玉乃水 木のもとち可く 流寸八 う多か多花を 有とみまし八	
57		62	
な三能うへを いてい留より八 水底尓 於ほつ可なく八 思八さらなん		屋り水尓桜のち りてな可留丶を 瀧能水 こ能もとち可く な可れ春八 うた可多花を あ八とみましや	
24		27	
なみのをもおは いているとりは みなそこを おほつかなくは 思はさらなん		いけみつの桜花 うきてなかるに たまのみつ このしたちかく なかれすは かふらくりも ありとみてきへ し	

（4）「時雨亭文庫蔵本（唐草装飾本）」の重出歌

伝本	番号	本文	番号	本文
116首本 西本願寺蔵本 （補写本）	40	とあ留可へし を呂可那留 なみ多所そて尓 多ま八な須 わ連盤せ起あへ 数 堂き川せ難禮盤		
御所本甲本 書陵部蔵本 （510・12）	41	返し 古十二＊ 越ろ可那累 な見多所ゝて尓 堂満盤難須 王れ八せきあへ 数 多き徒せなれ八		
神宮文庫蔵本（1113）	40	返し をろ可那留 涙そ袖尓 玉はな春 我八せきあへ春 瀧川世なれ者		
静嘉堂文庫蔵本 （105・3）	64	返し 越ろ可奈留 涙そそて仁 多万八奈須 我八せきあへ須 瀧つ世な連八		
69首本 書陵部蔵本 （511・2）	4	返し 於ろ可奈留 涙そそて仁 多万八奈須我八 せきあへ須 瀧つ世な連八		
時雨亭文庫蔵本 （唐草装飾本）	5	― おろかなる なみたそてに たまはなす 我はせきあへす たきつせにして	45	かへし おろかなる なみたそゝてに たまはなす 我はせきあへす たきつせなれは

さらに、「御所本甲本」増補部の最初には、他の伝本には見えない重出歌が載る。同集番号で言うところの、102「人しれぬ」、103「そらをゆく」、104「いもはれて」、108「うみのなかを」、109「たきの水」歌である。［資料11］（3）にそれら本文を整理して記したが、番号のみを対照させたのが、次の［資料12］である。109「たきの水」は、『小大君集』にも採られる歌であるが、他の歌については他撰集との関わりが不明である。本文を掲げてみたい。

まへよりわたしり人にたれともなくてとらせし

そらゆく《にゆく》ときけとも《月之ひかりを》月をくもま《くもまより》なみてやゝみにてよをはへぬへき

（「御所本甲本」3）

[資料12] 歌番号対照表②（増補部）

注（　）…根幹部にある類歌の番号

	116首本	御所本甲本	神宮文庫本（1113）	静嘉堂本（105・3）	69首本	時雨亭文庫唐草本
	増補部	増補部	増補部	増補部	増補部なし	増補部なし
	A　101～111	A　102～118	A　99～110	69～91「乍入撰集漏家集歌」<>		
	B　112～116	B　119～125	B　111～117			
A↓	「他本哥十一首」	「他家本十八首」	「他本」			
	—　(49)	102　(50)	—　(48)	23	13	10
	—　(3)	103　(3)	—　(3)	3	37	—
	—　(4)	104　(4)	—　(4)	4	38	28
	101	105	—	—	—	—
	102	106	99	—	—	—
	103	107	100	—	—	—
	—　(67)	108　(68)	—　(66)	62	57	24
	—　(70)	109　(71)	—　(69)	43	62	43
	104	110	101	<75>	—	—
	105	111	102	—	—	—
	106	112	103	—	—	—
	107	113	104	—	—	—
	—	114	105	—	—	—
	—	—	106	—	—	—
	109	115	107	—	—	—
	110	116	108	—	—	—
	108	117	109	<90>	—	—
	111	118	110	—	—	—
B↓	「又他本 五首小相公本也」	「又他本 小宰相本也 八首」	「他本一依不易所書之」			
	112	119	111	—	—	—
	113	120	112	—	—	—
	—	121	113	—	—	—
	114	122	114	—	—	—
	115	123	115	<72>	—	—
	—　(65・86)	124　(66・87)	116　(64・84)	<76>	—	21
	116	125	117	<69>	—	—

　まへわたりしにたれともなくてとらせし
そらをゆく月のひかりをくも井よりみてややみにてよははてぬへき　（同　103）
　あしたにありしにまたかへし
くもはれておもひやれともことのはのちれるなけきはおもかけもなし　（「御所本甲本」4）
　かへしあしたに
いもはれておもひいつれとことのはのちれるなけきはおもひてもなき　（同　104）

人しれぬわれ《我思人に》かおもひにあか《は》ぬよは身さへぬるみておもほゆるかな　（「御所本甲本」50）
人しれぬわかおもふ人にあはぬよは身さへぬるみておもほゆるかな　（同　102）

ちたひともしられさりけりうたかたのうき身はけさやものわすれして　（「御所本甲本」66）
しる人もしられさりけりうたかたのうき身はいまやものわすれして　（同　87）
みし人もしられさりけりうたかたのうきみはいさやものわすれして　（同　124）

なみのおも《上に》をいているとりはみなそこをおほつかなくはおもはさら《るら》なむ　（「御所本甲本」68）
うみのなかをいているとりはみなそこをおほつかなくはおもはさらなむ　（同　108）

たま《き》みづのこのほとちかくなかれすはかた〳〵《うたかた》花の《を》ありとみましや　（「御所本甲本」71）

たきの水このもとちかくなかれすはうたかたをなをあはれとみましや　（同　109）

「御所本甲本」第三歌（以下「甲3」と記す）「そらゆくときけども月を」という初出底本の本文は、「神宮文庫蔵本（一一一三）」のみと共通する特異な本文である。書入本文のある歌については、その詳細を［資料13］に提示しているが、傍書「そらにゆく」は、六十九首本の本文である。それに対し、重出歌である「甲103」は、どの本とは特定出来ないが、流布本系統の本文が混在した形である。

［資料13］「御所本甲本」の書入本文（傍書）一覧　▲★☆…類似箇所　×…独自本文

116首本句番号	御所本甲本	69首本	「御所本甲本」本文（傍書） 初…初出箇所 重…重出箇所	備考　他本本文
3－1	（甲3）	37	初・所ら遊く▲（尓ゆく★） 重・所ら越ゆく☆	神・そら行く▲　69・空にゆく★ 時・―　他流布本・そらをゆく☆
－2 －3			初・とき気とも月越▲（月のひ可りを★） 重・（月の飛可り越☆）	神・とき希とも月を▲　69・月の比可利越★ 静・月乃飛かり尓　他流布本・つきのひかりを☆ 時・―
－4			初・くも満難見（くもまより★） 重・くも井与李☆	神・くまも那三　69・雲万より★ 静・雲晴れて　他流布本・くもゐより☆
5－2	（甲5）	60	あ満能遊きくる（かふ）	神・あ万乃行可婦　69・あま能由きゝ能 時・他流布本・あまのゆきかふ
－3			かよ飛▲（見なと）ちに	神・通路尓▲　69・三なとち尓 時・他流布本・みなとちに

116首本句番号	御所本甲本	69首本	「御所本甲本」本文（傍書） 初…初出箇所 重…重出箇所	備考　他本本文
－5			王れ盤すへぬ尓（を）	神・我八春へぬ越　69・我春恵こ奈く尓 陽・我寿へなく耳　補・和連八数へぬ耳 時・我はすゑぬに 他流布本・われはすへぬを☆
6－2	（甲6）	56	な越（猶）難徒可し見	神・なをなつ可し三　69・猶無つ万し三 静・な越なつ可しみ　補・難を那つ可し三 時・なをなつかしみ　他流布本・猶なつかしみ
23－3	（甲23）	6	初・志らね者や 重・志らせ者（ね）や	神・志ら祢八や　69・志らね八や 他流布本・しらねはや
27－4	（甲28）	5	あ里せ八まさ尓（けふも×）	神・ありせ者万佐　69・あり世八万さに 静・阿りせは人乃　従・阿李け盤まさに 時・ありせはまさに
28－1	（甲29）	50	よ所尓ても（して）	神・よそ尓して　69・よ所尓して 静・よそにして　新拾 時・｜　他流布本・よそにても
－4			王すれ可多見越（に×）	神・忘仮多三越　69・忘れ可多三越 他流布本・わすれかたみを　時・｜
29－4	（甲30）	59	あ里（か×）てもまたむ	神・阿り可てま多む　69・あ里かて又も 静・阿りつゝた尓も　時・ありて我みを 他流布本・ありてもまたむ

−5			止ふ（む×）ら飛耳こよ	神・69・時・他流布本・とふらひにこよ
31−1	（甲32）	32	以ま者とて（あき者て丶×）	神・69・今八とて 時・他流布本・いまはとて
35−1	（甲36）	55	世越曾むく☆（山ふしの▲　遍昭集）	神・山婦しの▲　69・よをさむみ 静・世をいとふ（山中乃イ）　時・― 他流布本・よをそむく☆
47−5	（甲48）	2	か那（さひ▲）し可るら舞☆	神・さひし可るらん▲　69・可奈し可留らん 他流布本・かなしかるらん☆　時・―
49−2	（甲50）	13	初・王れ可おも飛尓∴（我思人尓▲） 重・王可於もふ人に▲	神・王可思ふ人に▲　69・わ連可思ひ尓 静・我おもひに 時・他流布本・われかおもひに∴
−3			初・あ可（八▲）ぬよ盤∴ 重・あ者努よ盤▲	神・あ八ぬ夜八▲　69・あ八ぬよは 静・阿者ぬよ八　時・あかぬよは∴ 従・あ者ぬ夜八　他流布本・あはぬまは
51−4	（甲52）	15	ちよふ類よ児も（ちよのふるすゑ×）	神・69・千世ふる末も　静・千とせふ留春へ 他流布本・ちよふるすゑも　時・―
55−4	（甲56）	24	物おもふ人乃（ひと尓しられて）	神・69・人尓志ら連て　静・忘られて怒る丶 陽・も乃於もふ人濃　他流布本・ひとにしられて 時・―
−5			所帝盤ぬれ个理（ぬる丶袖哉）	神・ぬ留丶袖可な　69・ぬ留丶袖哉 静・袖乃古路可な　陽・袖八ぬ禮気里 他流布本・ぬるるそてかな　時・―

116首本句番号	御所本甲本	69首本	「御所本甲本」本文（傍書） 初…初出箇所 重…重出箇所	備考　他本本文
56-1	（甲57）	25	けふ（さ）よ李盤	神・今朝より八　69・个ふより八　時・― 他流布本・けさよりは
-3			や満（あき）可勢や	神・秋風や　69・ふく風や　静・風の音や 時・―　従・内433・秋可せや 他流布本・やまかせや
-4			またあふさ可（こと）も	神・又あふことも　69・ま多あふさ可も 時・―　従・内433・神徴・又あふことも 他流布本・またあふさかも
57-4	（甲58）	26	人のう遍と（尓）も	神・人の上とも　69・人能うへとも 他流布本・ひとのうへとも　時・―
58-2	（甲59）	66	かな者（ま可せ）さ李ける	神・ま可せ佐りけ留　69・か奈八さり个留 陽・満可せさり気留 時・―　他流布本・かなはさける
-3			よのな可越（よ越しらて▲）	神・世を志らて▲　69・世中を　静・世中に 時・―　他流布本・よのなかを
-4			うき身は三（うイ×）しと	神・う起め八見しと　69・うき世にへしと 静・う起め八見しと　時・― 他流布本・うきみはみしと
59-3	（甲60）	34	遊めさ免（さよふけ）て▲	神・夢覚て▲　69・さよ更て　時・さよふけて 他流布本・さよふけて

－5	63－4	－5	66－1	－4	67－1	－5	68－2
	（甲64）		（甲67）		（甲68）		（甲69）
	―	―	53		57		58
あ里としりぬる（あ可しか年つる）	あれと（あ者て×）もき三可（人の）	三盈和多る（ゆるころ）可難	い満八とて（とても）	かくこ所き見（人）尓	初・な見能おも越（上尓） 重・う見能な可越	初・おも八さら那（るら）無 重・於も者さら那舞	所ら尓たなひく（うき多る×）
神・明し可年つ留　69・有と志りぬ留 静・陽・有と志りぬ流　時・ありとしるなる 他流布本・あかしかねつる	神・あ里とも　の　69・―　陽・あれ天も人乃 時・あれても君か　他流布本・あれてもきみか	神・三遊留比哉　69・― 静・三ゆる比可な　陽・見由る比可那 時・みゆるころ哉　他流布本・みえわたるかな	神・今とても　69・今とても 静・今とても　陽・慶100・今と天も 時・むかしには　他流布本・いまはとて	神・かくこそ人尓　69・かくこそ人に 慶100・かくこそ人尓　時・かくこそ君に 他流布本・かくこそきみに	神・浪の上尓　69・な三能うへを 静・波乃上越　時・なみのをもお 他流布本・なみのおもを	神・於も者佐留らん　69・思八さらなん 静・おもはさるらん　時・思はさらなん 他流布本・おもはさらなん	神・空尓多なひく　69・空にたゝよふ 時・他流布本・そらにたなひく

116首本句番号	御所本甲本	69首本	「御所本甲本」本文（傍書） 初…初出箇所 重…重出箇所	備考　他本本文
-35			な可多（ら）遍て	神・な可らへ帝　69・な可らへて 陽・中堂え天　静521・中絶えて 時・他流布本・なからへて
-37			志満（なき）王多李☆	神・なきわ多里　69・なきわ多り 静・鳴わ多り　陽・静521・鳴和多梨 時・なきわたり　他流布本・しまわたり☆
-40			い徒可うき（三）の	神・いつ可うき身能　69・いつ可う起身の 静・いつ可うき三の　時・いつかうきみの 他流布本・いつかうきよの
-42			わ可身可け徒ゝ（三尓可けて）	神・我身尓か気て　69・わ可三に可个て☆ 静・我身に可けて　時・我みにかけて 他流布本・わかみかけつつ
70詞	（甲71）	62	や里（山）水尓	神・山水尓　69・屋り水尓 陽・山水尓　補・東大・や万三徒尓 時・いけみつの　他流布本・やりみつに
詞			きくのはな（さくらの）	神・さくら乃　69・桜のちりて 静・東大・桜の　陽・桜乃花を　時・桜花 他流布本・きくのはなの
詞			うき堂りしに（なかるるを三て▲）	神・な可るゝを見天▲　69・な可留ゝを 静・な可類ゝを　陽・見帝 時・うきてなかるに　他流布本・うきたりしに

70－1	－4	77－3	－4	101－4	－5	111－2	－4
		（甲78）		（甲105）		（甲118）	
		67		—	—	—	—
初・堂満（き▲）三徒能小大君集有之 重・堂き能水	初・かた〱（う多可た）花農（越） 重・うた可多越なを	あ里とい婦越（へ八　イ▲）	せきこゆるまの（越　イ）	あやしか里気類（あきのゆふへは×）	あき能遊ふくれ（あやしかりけり×）	物さ飛しう起こと（の王ひしきと起×）	王するゝお里（とき）も
神・瀧水乃▲　69・瀧能水　静・玉乃水 陽・瀧乃水濃　補・堂尓の三徒　時・たまのみつ 他流布本・たきのみつ／たきのみつ	神・う多か多花を　69・う多可多花を 静・う多か多花を　時・かふらくりも 他流布本・うたかたはなも	神・ありといへ者▲　69・有といふ越 静・従・内433・あり登い婦　時・— 他流布本・ありといふを	神・関こ遊支を　69・関こゆ留き能 静・せきこゆるきの　時・— 他流布本・関こ遊留き能	神・—　69・—　静・—　時・— 陽・補・従・あやしかりける 他流布本・あやしかりけり／ける	神・—　69・—　静・—　時・— 他流布本・あきのゆふくれ	神・ものゝさひしき事　69・—　静・— 時・—　従・物乃さ飛しきこと 他流布本・もののわひしきこと	神・忘るゝ時も　69・—　静・—　時・— 他流布本・わするるときも

116首本句番号	御所本甲本	69首本	「御所本甲本」本文（傍書） 初…初出箇所 重…重出箇所	備考　他本本文
12－3	（甲12）	10	阿（空白）とあ遍八	神・あひとあへは　69・あ比とあへ八 静・陽・あふといへは　時・― 他流布本・あひとあへは
27－3	（甲28）	51	（空白）	神・気ぬ春へし　69・个能春恵も 静・遺の春衛も　陽・気寸野へ尔 時・けのはしに　他流布本・けすのへに
45－4	（甲46）	—	（空白）	神・―　69・―　静・―　時・― 他流布本・にくさひかける

伝本の略号
69…六十九首本　神…神宮文庫蔵本（1113）　静…静嘉堂蔵本（105・3）
静521…静嘉堂蔵本（521）　従…類従版本　時…時雨亭文庫蔵本（唐草装飾本）
補…西本願寺本（補写本）　慶100…慶應義塾大学蔵本（100）
神徴…神宮徴古館本　内433…内閣文庫（433）
陽…陽明文庫一冊本（国文研55－44－8）

「甲4」は、詞書は異なるが、初出歌本文は「神宮文庫蔵本（一一一三）」の本文に類似する。第二句「おもひやれとも」／結句中「おもかけ」は両方共通して特異であり、「時雨亭文庫蔵本（唐草装飾本）」の「おもひはれとも」／「おもかけ」に似る。六十九首本も「おもかけ」とする。付加部の「甲104」は、初句が「いもはれて」と異なるが、第二句以下では、多くの流布本系統の本文に等しい。

「甲50」の初出本文は、「時雨亭文庫蔵本（唐草装飾本）」と同じであり、第三句が「あはぬよは」として異なっている以外六十九首本にも等しい。この歌は、傍書と重出歌の本文とが同じであるが、その本文は、「神宮文庫蔵本

（一一一三）」の本文であり、他の多くの流布本とは異なっていて特異である。

「甲66」「ちたひとも」は、第四句「うき身はいまや」として六十九首本に載る。しかし、同句で「けさや」という本文は他にない。流布本系統であれば、ほとんどの本が「みし人も」という初句で根幹部にこの歌の重出歌を持っているが、「しる人も」を初句とした重出歌を載せるのは、「御所本甲本」「神宮文庫蔵本（一一一三）」「静嘉堂文庫蔵本（一〇五・三）」のみである。付加部の重出歌「甲124」には、逆に「みし人も」歌が入る。

「甲68」の本文は、「時雨亭文庫蔵本（唐草装飾本）」をはじめ多くの流布本の形に類似する。傍書は、「神宮文庫蔵本（一一一三）」の本文である。付加部重出歌の「うみのなかを」という初句は他に例を見ない。

「甲71」の「たまみづの」という初句は、「静嘉堂文庫蔵本（一〇五・三）」と「時雨亭文庫蔵本（唐草装飾本）」のみに類似する。他は「たきのみづ」である。そして、底本にあった「かた〳〵」という本文は、既述のように「時雨亭文庫蔵本（唐草装飾本）」の「かふらくりも」という本文と関係するのではないかと思われる。傍書は「神宮文庫蔵本（一一一三）」の本文で、付加部の重出歌は、他の多くの流布本の本文に類似するが、結句「あはれと」とする本は見えない。

以上の六首について、本文を整理してみると次のようになる。

	初出	初出の傍書	根幹部の重出	付加部の重出
甲3	神宮文庫蔵本（1113）	六十九首本	―	流布本系統
甲4	神宮文庫蔵本（1113）	―	―	流布本系統
甲50	時雨亭文庫蔵本	神宮文庫蔵本（1113）	―	神宮文庫蔵本（1113）
甲66	六十九首本か	―	独自本文	流布本系統
甲68	時雨亭文庫蔵本か	神宮文庫蔵本（1113）	―	独自本文

甲71	時雨亭文庫蔵本か	神宮文庫蔵本(1113)	—	独自本文

右より、「御所本甲本」には、「神宮文庫蔵本（一一一三）」と六十九首本とで校合された痕跡を認められる。

再度、［資料13］を見たい。［資料13］は、「御所本甲本」に見える書入本文を全て抜き出し、その本文と他の伝本本文との関連を整理したものである。▲は「神宮文庫蔵本（一一一三）」特有の本文であるが、［資料13］を一覧すると、底本の本文である場合と、書入本文になっている場合とがある。書入本文の方に多く見えるが、一一六首本番号3、5、6は、底本の本文になっている。たとえば「甲3」は、根幹部の校合の際の底本が「神宮文庫蔵本（一一一三）」の本文になっている形である。これは、▲箇所の書入が行われた際、底本となる本文が、「御所本甲本」には、存在しなかったということなのであろう。「神宮文庫蔵本（一一一三）」との校合の際、一一六首本でいうところの3、5、6の歌が存在しなかったので、「神宮文庫蔵本（一一一三）」の本文の歌が入り、その特徴的な本文が残っているのではあるまいか。5、6については断定的に言えないが、少なくとも3（「甲3」）については、「神宮文庫蔵本（一一一三）」の本文で歌が増補された後、六十九首本で校合されて書入が付され、さらに、流布本系統の本で校合され重出歌が生じることになったと推測出来る。

では、「神宮文庫蔵本（一一一三）」との校合は、例えば、先に見た、集付AからDのいずれかの生成段階と付合するのかどうか。集付があれば分かるが、右に掲げた「甲3」以下、右に掲げた全ては他撰集での採録がなく、ともに集付が付されていない。「甲71」に『小大君集』の注記があるのみである。

「御所本甲本」に於ける対校の痕跡を調べようとし、集付と書入本文及び重出歌を検討した。しかし、建長六年の奥書の記述そのもの、即ち、六十九首本等との校合に該当するような痕跡はみられなかった。校合内容の特定には新たな史料の出現が待たれる。

第三節　異本系統より流布本系統へ

一　内部構造からの遡及

一一六首本系統で、歌序を基軸とした内部構造を明示されたのが片桐洋一氏『小野小町追跡―「小町集」による小町説話の研究―』(1)である。同書では、「小町集」の根幹部を三分割し、二種の付加部とあわせて五部に分け、その分類基準を次のようにする。

第一部「古今集」「後撰集」で小野小町の作となっている歌、およびその贈答歌を中心とした歌からなる。(1～45)

第二部「古今集」「後撰集」にまったく見えず、小野小町の歌であるともないとも断定できぬ歌からなる。異本系の配列とほぼ一致している。(46～70)

第三部「古今集」「後撰集」によって小町以外の他人の歌だと知られるものを中心にしており、六十九首本「小町集」に出ている歌は一首もない部分。(71～100)

第四部「他本歌十一首」

第五部「他本五首」

成立については、「既に存する第一部を持った人が、偶々入手した別の「小町集」(異本系に近い本)を対照し、第一部にない歌だけを、その別本の配列に抜き出して付加した」こと。「第一部は小町の歌と思われるものを中心に編集し、第二部は小町作とも否とも判定しがたい歌を中心にまとめあげているが、第三部は客観的に言えば、むしろ小町作でないことがはっきりしている歌を中心にまとめている」こと。そして、付加部は、「他本を照合して既に出来あがっていた百首の歌を持つ「小町集」にない歌だけを増補したものである」ことが述べられている。

また、室城秀之氏は、『古今集』『後撰集』に載る「小町関係歌」（一～四〇）と「小町関係歌以外の歌」（四一～一〇〇）と、それぞれを中心とする部分で構成を考える論[2]を出されているが、武田早苗氏による「小町集管見―唐草装飾本小町集の位置―」[3]では、その論を承け、A、B、Cの三部に分けてBをさらに三部に細分割する説を出す。即ち、A（一～四〇）を、『古今集』『後撰集』の小町関係歌を中心とする部分、B（四一～七七）を「イ（四一～四五）ロ部成立後『古今集』所収の詠人不知歌を加えた。」「ロ（四六～七一）すでに成立していたA部にない歌を異本系的なるものから抜き出した。」「ハ（七二～七七）ロ部成立後『古今集』『後撰集』から小町が姉、小町が孫詠を加えた。」の三部に分け、C（七八～一〇〇）を「異本系とまったく関わらない部分。『古今集』から小町詠に続く歌を誤って加えている。」とされる。武田氏は、「流布本と異本、唐本の生成」について、次のように記し、一一六首本の内部構造を生成論へと展開させている。

> 小町集は、現在の流布本A歌群的なるものがその始発と想定できる。このA歌群に勅撰集とは無縁の資料を増補し、古今集から知られる贈答相手の作など数首を削除、古今集六五七番歌を加え再編成したのが異本の第一部であり、唐本の原形である。そして、今度は異本第一部、唐本を元に、流布本がA歌群にない和歌を抜き出し、取り残した古今集六五七番歌の小町詠を末尾に置いたロ歌群を生成、これと前後してイハ歌群も増益され、B歌群が成立した。続いて、CDE歌群も順次増補されて現在の流布本が完成したものだろう。異本では、第二部にあたる部分が加えられて、現在に近い形となった。もちろん可能性はこれだけに限定されるものではない。が、少なくとも現在知られているものから導き出すと、以上のような想定が可能であろう。
>
> （武田早苗「小町集管見―唐草装飾本小町集の位置―」）

右論中の「異本」は、本書で言うところの六十九首本、「唐本」は、「時雨亭文庫蔵本（唐草装飾本）」の意味で用いられ、「異本の第一部」とは、現存六十九首本中、片桐洋一氏が提示の第六十二歌より前の「他人の歌を含まぬ方針で編纂されてい」る箇所を指し示されているようである。武田氏の論は、最後の部分、「一つの可能性」と断りながらも、「現在知られているものから導き出すと」として、一一六首本のみの構造から生成論を完結させせんとする。「御所本甲本」等は考慮されず、一一六首本を固定化したものと見る、その前提に於いて問題がある。

もちろん、内部構造の歌の配列により見た分割線は、生成論に於いて重視されるべきものである。片桐洋一氏いう第一部の終わりを第四十五歌までとする分割線は妥当であると考える。第四十六歌「あやめくさ」歌以降、六十九首本の歌が確かに並んでいる。私見では、「静嘉堂文庫蔵本（一〇五・三）」の付加部「乍入撰集漏家集哥」の歌のまとまりから第七十七歌までかと考えるが、第二部も六十九首本の歌が見えなくなる辺りで分割線の区切りが引けるというのも、成立の段階を考えるのに有益である。

現存一一六首本の内部構造から生成論へ遡及させる際に、形態の異なる異本であるところの「静嘉堂文庫蔵本（一〇五・三）」も見ておきたい。「静嘉堂文庫蔵本（一〇五・三）」は、根幹部六十八首が流布本と無関係ではない存在である。片桐氏流布本分割の第一部、第二部の末にある読人不知歌や小町姉、小町孫の歌など他作者の歌を入れていないことについては、「静嘉堂文庫蔵本（一〇五・三）」にない歌の項で述べた。『古今集』『後撰集』の歌が集まっているのみならず、それら所載の掲載順序を優先させている箇所が四箇所もあること、また、巻頭歌は流布本同様「花の色は」歌であるが、本文は、六十九首本および「時雨亭文庫蔵本（唐草装飾本）」に近いことも述べた。「静嘉堂文庫蔵本（一〇五・三）」の歌序は、現存する六十九首本よりも、一一六首などの流布本に近い。［資料7］に、代表的な伝本の歌番号を対照させた表を掲げた。歌序の一致しないところは、大きなまとまりで異なっているのであって、まとまりの内部の歌序は等しい。特に第二部（46～70）は、六十九首本の順番よりも流布本の順序に倣っている。50～53、54～56、60～66は、一一六首の流布本と順序が完全に一致する。「時雨亭文庫蔵本（唐草装飾本）」の配列とも同じになっている箇所がある。

片桐氏分割第三部以降は、「静嘉堂文庫蔵本（一〇五・三）」で言えば、「乍入撰集漏家集哥」として付加された歌であるので、「静嘉堂文庫蔵本（一〇五・三）」根幹部の歌がどこに存在するかに注目すると、片桐氏分割の第一部の末と第二部の末には、「静嘉堂文庫蔵本（一〇五・三）」の歌がない。これは、他作者詠であるから入らなかったということなのだろうが、未だそれらの歌が入っていなかったと考えることも出来る。そして、それらの入らない歌というのは、六十九首本や「時雨亭文庫蔵本（唐草装飾本）」にない歌とも共通する。

流布本の生成を一一六首本のみから見ることは出来ない。「御所本甲本」の祖本から一一五首の「歌仙家集」あるいは一一六首の「西本願寺蔵本（補写本）」に至る歌の出入りの微調整の問題と、建長年間にまで遡るべき校合による増幅の問題は、恐らくは別に考えられるべきもので、それらが共時的に捉えられてしまうからである。しかし、内部構造の歌序のまとまりをもとにした分割線は、生成を解明する痕跡と見る。

註

（1）片桐洋一『小野小町追跡—「小町集」による小町説話の研究—』平成五年十一月改訂新版　笠間書院
（2）室城秀之『和歌文学大系　18　小町集・遍昭集・業平集・素性集・伊勢集・猿丸集』平成十年十月　明治書院
（3）武田早苗「小町集管見—唐草装飾本小町集の位置—」『王朝文学の新展望』平成十五年五月　竹林舎

二　建長六年の対校記事

「小町集」の生成論の解明には、「御所本甲本」の奥書にある「建長六年」の校合の記事が鍵となるが、その実態については先に述べたように、不明な点も多い。

流布本「小町集」の成立は、やはり、異本系統の本がもとになっているのであろう。「御所本甲本」の奥書から知られる一現象としての、狭義の対校の意味ではない。白河法皇六十の賀の際に制作された『三十六人集』が、おそらくは蓮華王院に移された先後に持ち出され、歌の家で書写される。その書写本から「時雨亭文庫蔵本（唐草装飾本）」「静嘉堂文庫蔵本（一〇五・三）」の根幹部が作られたと考えた。三者の近似が、先に見たとおりだからである。流布本系統とは異なる、所謂異本の母胎になったという意味である。

「御所本甲本」の奥書に関して私見を述べたい。まず、第一に「顕家三位本」についてである。当奥書は、「小町集」の生成を知る上での唯一の資料で、同系統の成章注記「小本」にもあるが、「神宮文庫蔵本（一一一三）」および成章注記「甲本」その他のいずれの流布本にも見えない。奥書に載る「顕家三位自筆本」についての情報は、また、「御所本甲本」の根幹部末、同本の番号で言えば第一〇一番目「もみちせぬ」歌の次行下部に「已上顕家三位本」とある。ただし、この注記は、「御所本甲本」に見えるのみである。増補部の前に記されていることで、「顕家三位自筆本」が、「他家本」といった増補部を持たない本であったことを示す。しかし、「顕家三位自筆本」が百首の本であったかどうかは分からないのではないかと考える。巻末の「もみちせぬ」歌とその次行にあった注記のみが継承されて残されてきたという可能性もあり、もっと少ない歌数であったとも考えられる。

第二に、「重校合」の「重」の意味である。建長六年の奥書には、「重」ねて校合するとある。『業平集』には丁寧に奥書が記されるのに、「小町集」では文脈の通じない書き方になっている。『業平集』の例で言えば、「九条三位入道本」との校合の以前に「小相公本」との校合が行われ、『業平集』には、建長六年の時点で既に他本歌が付加されている。一方、「小町集」の奥書の場合も「重」ねて校合したというのであるから、その前に何らかの行為があった。それを『業平集』に倣って「小相公本」との校合と見ることも可能ではある。四十年後の正応五年の

「資経」の校合の際に増補部が付加されたと断定する根拠を見い出せない。『業平集』の情報からすれば、建長六年以前に「小相公本」との校合があったとみる方が自然な見方ではないかと考える。また、現象のもつ意味について明らかなことは言えなかったが、「御所本甲本」の集付は、少なくとも三種類のものが付されていることを先に述べた。増補部にまで付されている集付も二種類ある。「御所本甲本」は、増補部が付加された後に校合が数度にわたり行われている本である。前述の如く、「資経本小町集」の存在を確認出来ず、資経書写の後に「増補部」が付加されているという見方も出来ない。資経が校合した「小町集」を資経本小町集と呼ぶなら、「資経本小町集」は存在したのかもしれない。しかし、資経の校合の際に「他家本十八首」が付されたといえる根拠はない。

第三点目は、「九條三位入道本了　彼本哥六十九首云々　顕家三位自筆本也」という、対校に用いられた本が六十九首だったという記述についてである。六十九首であるということで、散佚した西本願寺本系、即ち今日に伝わる六十九首の本だというのが通説になっている。現存する六十九首本は、先に述べたように「小町集」の母胎になり、広義の祖本としての性質を有する。本文の異同を見ると、詞書は除き、どの本にも共通して入る歌には、現存する六十九首本の本文を残していることが明らかである。この点に関しての問題提起は全く必要ないだろうか。建長六年の校合記事の「六十九首」が、現存する六十九首本と同一なのかどうかという点についてである。六十九首本もまた巻末が増補されたものであることは、通説としてあり、異存はないが、建長六年の時点で現在の増補された形になっていたのであれば、六十九首本巻末の歌四首が、現在の流布本系統のいずれにも入っていないのはなぜなのか。ことに「御所本甲本」は、出来るだけ広く歌を採り入れようとする姿勢をとっており、重出歌も少なくない。それにも関わらず「秋風の」歌等四首が欠けている。仮に、校合記録の「六十九首本」が現存の六十九首本でなかったとすれば、では、建長六年の記事に見える「六十九首」とは何なのか。二つの可能性を提示したい。一は、「六十九首云々」の「云々」をそれら四首の記事であったとする見方である。「六十九首云々」の「云々」を「書之」ではなく、諸説そう読まれているように「云々」と書かれていたのだと見るならば、そこに何らかの記載が省略されており、「秋風の」歌等四首の扱いについての付言が存在していたとも考えられる。先に、この結論を述べた。しかし、今一つは、「六十九首」を現在の六十九首本とは見ない見方である。同異本系統の「静嘉堂文庫蔵本（一〇五・三）」の根幹部は六十八首と、奥書の記載に近い。「御所本甲本」奥書にある対校の痕跡を調べてみたが「静嘉堂文庫蔵本（一〇五・三）」との特別な関係は指摘できなかった。しかし、奥書にみる「六十九首」の記載を、「静嘉堂文庫蔵本（一〇五・三）」の根幹部と考える余地は全くないとも言えない。「静嘉堂文庫蔵本（一〇五・三）」には、「乍入撰集漏家集哥」が増補部として備わる。増補部は、『新続古今集』歌をそれとして掲げるので、その成立は永享十一年（一四三九）以降であろう。しかし、根幹部は新しいとは言えない。「時雨亭文庫蔵本（唐草装飾本）」と共通させる本文を持っていることは、先に述べた。「時雨亭文庫蔵本（唐草装飾本）」は、平安時代ごく末期の書写であるという（『冷泉家時雨亭叢書　第20巻　平安私家集　七』解説）(1)。「静嘉堂文庫蔵本（一〇五・三）」の根幹部も古いものではあるまいか。

私見の第四点目は、「九条三位入道本」との対校が、先に見た内部構造からの遡及で捉えられるものなのかという問題である。流布本の内部構造から、「既に存する第一部を持った人が、偶々入手した別の「小町集」（異本系に近い本）を対照し、第一部にない歌だけを、その別本の配列に抜き出して付加した」（『小野小町追跡―「小町集」による小町説話の研究―』）とするのが先行研究であった。第一部（1～45）を持った人が、いわゆる六十九首本（現在の六十九首本）を手に入れて校合し、ない歌を後に付け加えたという。確かに第二部（46～70）は、六十九首本の配列と付合している。しかし、付合するのは現存の六十九首本に限ったことではない。「静嘉堂文庫蔵本（一〇五・三）」の根幹部の方が、流布系統に近いことは先に見たとおりだからである。これもまた、現存する六十九首本が全ての「小町集」の基盤となり、広義の祖本であるので、本文にはその特徴を残している、そのことが要因であって、直ちに建長年間の校合へ遡及させることはできないのではないかと考える。

第五点目は、「御所本甲本」系統の祖本の古さと、「御所本甲本」そのものとは区別して考えるべきではないかという点である。近刊予定だとされる「承空本」に集付があるならば、集付と付加部が備わった後の校合について分かることもあろう。私見では、付加部も備わった本になって後の、恐らくは成章注記「甲本」が、現在の「御所本甲本」になり、同「小」本が「神宮文庫蔵本（一一一三）」になると考えるが、それらが互いに本文を交錯させていることは、先に述べたとおりである。また、「神宮文庫蔵本（一一一三）」の本文などを、「御所本甲本」はどんどん採り込んでおり、「神宮文庫蔵本（一一一三）」の本文が、「御所本甲本」の書入本文になっていることも述べた。現在の「御所本甲本」の増補部にある歌数の記述と実際が齟齬していたのも、成章注記「甲本」では、その数になっていた。奥書についても、『業平集』のものと比較した際に見えたように、そのままでは解釈できないのかもしれない。

第六点目は、異本系統から流布本系統への契機はやはり建長年間の校合であり、建長年間の校合は、先行研究でも指摘されているように、反御子左派の書写活動を意味するという点である。『万代集』『秋風集』といった反御子左派の歌集に多くの小町歌が収録される。これを、例えば『万代集』は当時の「小町集」から採ったという見方も出来るが、また、『万代集』の撰集に際しまとめられた本から、建長六年の校合に用いられたいずれかの本が作られたとも考えられる。福田秀一氏の建長六年の校合者を真観とする説に従えば、仁治二年藤原定家が没した後、『河合社歌合』『春日若宮歌合』等で御子左家と反御子左派との反目が始まり、宝治二年には『万代集』が私撰され、『続後撰集』が撰進されるのであるが、建長六年というのは、その数年後のことである。反御子左派の撰集資料の整理の必要性があったのかもしれない。［資料14］に、『万代集』を中心とする採歌の様相を一覧表で示し、各集の所収番号と初句を示す。併せて［資料15］［資料16］の歌番号対照表を提示する。「小町集」のいわゆる第二部、第

[資料14]「小町集」重出歌と『万代集』の採歌一覧

初　句	116首本	69首本	静嘉堂本 105・3	時雨亭文庫唐草本	万代集	他出撰集
むさしのに	83		(79)			1286続古今
ひとこころ			(81)			1331続古今
やまさとに	10	49	16	17		506雲葉
いろもかも	62	40	57		119秋風	
なつのよの	53	20	27	13	202秋風	
ゆめならは	82		(78)		859秋風	996雲葉 1189続古今
いまはとて	66	53	61	22	926秋風	
うのはなの	60	36	55		517万代	1543続古今
つまこふる	59	34	53	15	1078万代	
はるさめの	55	24	35		1752万代	1268玉葉
ともすれは	74	16			2049万代	
はかなくもまくら	93		(84)		2128万代	1593玉葉
うつつにも	54	23	34		2177万代	997雲葉 1188続古今
つゆのいのち	48	5	15	30	2190万代	1281続後撰
よのなかは	84		(86)		2267万代	2807玉葉陽明甲本
みしひとも	86みしひとも			21ひとかとも	2410万代しるひとも	993続後撰しるひとも
ちたひとも	65	48	60 (76)…続後撰しるひとも			
御所甲本　…「66ちたひとも」「87しるひとも」「124みしひとも」 神宮1113本…「64初句空白」「124しるひとも」「116みしひとも」						
なかれてと	80				2537万代	1325続古今
あきのたの	61	44	56	16	2549万代	
ものをこそ	51	15	25		3079万代	
あやしくも	96		(83)		3123万代	1850続古今
すまのあまの	78		(82)		3238万代	1641続古今
はかなくてくもと	91		(77)		3504万代	1228続後撰
わかみには	57	26	50		3605万代	
あやめくさ	46	1	11	1		1625玉葉
むすひきと	8	45	7	19		1314玉葉

[資料15] 歌番号対照表③（「御所本甲本」順　詞書の有無付記）

歌番号のない箇所…歌なし
「静嘉堂本(105・3)」増補部…「乍入撰集漏家集歌」
○…詞書あり、×…詞書なし
△…「題しらず」

御所本甲本			116首本		69首本		時雨亭文庫唐草本		静嘉堂105・3（　）増補部	
番号	初句	詞書	番号	詞書	番号	詞書	番号	詞書	番号	詞書
			片桐氏分割 第一部							
1	はなのいろは	○	1	○	27	×	32	×	1	○
2	こころから	○	2	○	47	×			2	○
3	そらゆくと	○	3	○	37	×			3	○
4	くもはれて	○	4	○	38	×	28	×	4	○
5	みるめかる あまの	○	5	○	60	×	35	×	5	○
6	なにしおへは	○	6	○	56	○	23	○	6	○
7	やよやまて	×	7	×						
8	むすびきと	○	8	○	45	○	19	×	7	○
9	よそにこそ	○	9	○	8	○	9	×	9	○
10	山里の	○	10	○	49	○	17	○	16	○
11	あきのつき	○	11	○	43	×			17	○
12	秋のよは	○	12	○	10	×	36	×	18	○
13	なかしとも	○	13	○	11	○				
14	うつつには	○	14	○	14	×	38	×	19	○
15	あまのすむ さとの	○	15	○	7	○	41	×	21	○
16	おもひつつ	○	16	○	19	×	33	×	28	○
17	うたたねに	○	17	○	28	×			29	○
18	たのまむと	○	18	○	29	×	14	×	51	×
19	いとせめて	○	19	×	30	×	42	×	30	×
20	いろみえて	○	20	○	35	×	31	×	32	○
21	秋かせに	○	21	○	41	×			33	○
22	わたつうみの	○	22	○	17	×	34	×	37	×
23	みるめなき わかみ	○	23	○	6	○	4	×	38	○
24	人にあはむ	×	24	×	12	×	37	×	42(91)	××
25	ゆめちには	×	25	×	21	×	40	×	39	○
26	かさままつ	×	26	×	42	×			40	○
27	みるめかる わかみ	×								
28	われをきみ	×	27 76	××	51	×	7	×	41	○
29	よそにても	×	28	×	50	×			44	×
30	よひよひの	×	29	×	59	×	8	×	45	×
31	をきのゐて	○	30	○					46	×
32	いまはとて	○	31	○	32	×	6	×	47	○
33	人をおもふ	○	32	○						
34	あまのすむうらこく	○	33	○	52	×			48	○
35	いはのうへに	○	34	○	54	○			65	○
36	世をそむく	○	35	○	55	○			66	○
37	ひとりねの	○	36	○					49	○
38	みちのくの	○	37	○					54	×
39	わひぬれは	○	38	○	31	○	2	×	(89)	○
40	つつめとも	○	39	○	3	○	44	○	63	○
41	をろかなる	○	40	○	4	○	5 45	×○	64	○
42	みるめあらは	×	41	×	39	×	29	×	10	○

御所本甲本			116首本		69首本		時雨亭文庫唐草本		静嘉堂105・3（　）増補部	
番号	初　句	詞書	番号	詞書	番号	詞書	番号	詞書	番号	詞書
43	いつはとも	×	42	×			3	×		
44	ひくらしの	×	43	×						
45	ももくさの	×	44	×						
46	こききぬや	×	45	×						
			片桐氏分割 第二部							
47	あやめくさ	○	46	○	1	○	1	×	11	○
48	こぬひとを	×	47	×	2	×			22	×
49	つゆのいのち	×	48	×	5	×	30	×	15	×
50	人しれぬ	×	49	×	13	×	10	×	23	×
51	こひわひぬ	×	50	×	9	×	11	×	24(87)	×△
52	ものをこそ	×	51	×	15	×			25	×
53	こからしの	×	52	×	18	×	12	×	26	×
54	なつのよの	×	53	×	20	×	13	×	27	×
55	うつつにも	×	54	×	23	×			34	×
56	はるさめの	×	55	×	24	×			35	×
57	けふよりは	○	56	○	25	○			36	○
58	われかみには	×	57	×	26	×			50	○
59	こころにも	×	58	×	66	×			(88)	○
60	つまこふる	×	59	×	34	×	15	×	53	×
61	うのはなの	×	60	×	36	×			55	○
62	あきのたの	×	61	×	44	×	16	×	56	×
63	いろもかも	○	62	○	40	○			57	○
64	かすみたつ	×	63	×			18	×	58	×
65	なにはめの	×	64	×	46	×	20	×	59	×
66	ちたひとも	×	65 86	××	48	×			60	×
67	いまはとて	○	66	○	53	○	22	○	61	○
68	なみのおもを	×	67	×	57	×	24	×	62	×
69	ひさかたの	○	68	○	58	○	25	○	67	○
70	千早振	○	69	○	61	○	26	○	68	○
71	たまみつの	○	70	○	62	○	27	○	43	○
72	かきりなき	×	71	×	22	×	39	×	8 20	○○
73	ときすきて	○	72	○						
74	うき事を	○	73	○						
75	ともすれは	×	74	×	16	×				
76	わすれくさ	×	75	×	33	×			52	×
77	わかことく	×	76	×	51	×				
78	みちのくは	○	77	○	67	○			(85)	○
			片桐氏分割 第三部							
79	すまのあまの	○	78	○					(82)	×
80	ひとりねし	○	79	○						
81	なかれてと	×	80	×					(80)	○
82	あるはなく	○	81	○					(73)	△カ
83	ゆめならは	×	82	×					(78)	○
84	むさし野に	×	83	×					(79)	△
85	世のなかは	×	84	×					(86)	△
86	むさし壄の	×	85	×					(74)	△
87	しる人も	×	86	×	48	×	21	×	(76)	△カ
88	世中に	×	87	×						
89	わかみこそ	×	88	×	64	×				

御所本甲本			116首本		69首本		時雨亭文庫唐草本		静嘉堂105・3 ( ) 増補部	
番号	初句	詞書	番号	詞書	番号	詞書	番号	詞書	番号	詞書
90	なからへは	×	89	×						
91	よのなかを	×	90	×						
92	はかなくて	×	91	×					(77)	△カ
93	われのみや	×	92	×						
94	はかなくも	×	93	×					(84)	×
95	よのなかの	×	94	×						
96	ふきむすふ	×	95	×					(70)	△
97	あやしくも	×	96	×					(83)	×
98	しとけなき	×	97	×						
99	たれをかも	×	98	×					(71)	△カ
100	しら雲の	×	99	×						
101	もみちせぬ	×	100							
	片桐氏分割 第四部									
102	人しれぬ	×								
103	空をゆく	○								
104	いもはれて	○								
105	いつとても	×	101	×						
106	なかつきの	×	102	×						
107	浅香山	×	103	×						
108	うみのなかを	○								
109	たきの水	×								
110	なかめつつ	○	104	○						
111	はるの日の	×	105	×						
112	木のまより	×	106	×					(75)	△
113	あまつかせ	×	107	×						
114	みやこいてて	×								
115	世の中は	×	109							
116	あはれてふことのは	×	110	×						
117	あはれてふことこそ	○	108	×					(90)	△
118	やまさとは	×	111							
	片桐氏分割 第五部									
119	をくら山	×	112	×						
120	わかれつつ	×	113	×						
121	をみなへし	×								
122	かたみこそ	×	114	×						
123	はかなしや	×	115	×					(72)	△カ
124	みし人も	×							(69)	○
125	はなさきて		116	×						
	ちはやふる				63	×				
	よにふれは				65	×				
	こころにも				66	○			(88)	○
	秋風の				68	○				
	たまくらの				69	○				
	われをきみ								12	○
	なにはかた								13	○
	月みれは								14	×
	たれにより						43	○	31	○
	ひとこころ								(81)	×

[資料16]　歌番号対照表④（共通歌と特有歌）

記号:□…同集の中に重出歌を有する
　　●…異伝ともいうべき類似歌を有する
　　△…異伝ともいうべき類似歌と重出歌を併せ有する
▲…対応関係が明確にならず暫時そこへ置く
< >…明記された増補部1の歌
[ ]…明記された増補部2の歌

ア

116首本	御所本甲本	神宮本1113	静嘉堂（105・3）	69首本	時雨亭文庫唐草本
1	1	1	1	27	32
4	4□ <104>	4	4	38	28
5	5	5	5	60	35
6	6	6	6	56	23
8	8	8	7	45	19
9	9	9	9	8	9
10	10	10	16	49	17
12	12	12	18	10	36
14	14	14	19	14	38
15	15	15	21	7	41
16	16	16	28	19	33
18	18	18	51	29	14
19	19	19	30	30	42
20	20	20	32	35	31
22	22	22	37	17	34
23	23	23	38	6	4
24	24	24	42□ <91>	12	37
25	25	25	39	21	40
27● 76	28● 77	27● 74	41	51	7
29	30	29	45	59	8
31	32	31	47	32	6
38	39	38	89	31	2
39	40	39	63	3	44
40	41	40	64	4	5□ 45
41	42	41	10	39	29
46	47	45	11	1	1
48＊	49	47	15	5	30
49	50□ <102>	48	23	13	10
52	53	51	26	18	12
53＊	54	52	27	20	13
59＊	60	58	53	34	15
61＊	62	60	56	44	16
64	65	63	59	46	20
66＊	67	65	61	53	22
67	68□ <108>	66	62	57	24
68	69	67	67	58	25
69	70	68	68	61	26
70	71□ <109>	69	43	62	27
71	72	70	8□ 20	22	39
50	51	49	24 87□	9	11
63	64	62	58	—	18
86△	[124]△	[116]△	—	—	21▲
42	43	42	—	—	3
—	—	—	31	—	43

イ

116首本	御所本甲本	神宮本1113	静嘉堂（105・3）	69首本	時雨亭文庫唐草本
2	2	2	2	47	—
3	3□ <103>	3	3	37	—
11	11	11	17	43	—
17	17	17	29	28	—
21	21	21	33	41	—
26	26	26	40	42	—
28	29	28	44	50	—
33	34	33	48	52	—
34	35	34	65	54	—
35	36	35	66	55	—
47	48	46	22	2	—
51＊	52	50	25	15	—
54＊	55	53	34	23	—
55＊	56	54	35	24	—
56	57	55	36	25	—
57＊	58	56	50	26	—
60＊	61	59	55	36	—
62＊	63	61	57	40	—
65＊ △	66△	64△	60	48	—
75	76	74	52	33	—
—	—	—	12	—	—
—	—	—	13	—	—
—	—	—	14	—	—

ウ

116首本	御所本甲本	神宮1113本	静嘉堂105・3	69首本	時雨亭文庫唐草本
58	59	57	<88>	66	—
77	78	76	<85>	67	—
13	13	13	—	11	—
74＊	75	73	—	16	—
88	89	86	—	64	—
—	—	—	—	63	—
—	—	—	—	65	—
—	—	—	—	68	—
—	—	—	—	69	—
30	31	30	46	—	—
36	37	36	49	—	—
37	38	37	54	—	—
<104>	<110>	<101>	75	—	—
<108>	<117>	<109>	90	—	—
[115]	[123]	[115]	72	—	—
[116]	[125]	[117]	69	—	—
—	87△	84△	<76>	—	—
78＊	79	77	<82>	—	—
81	82	79	<73>	—	—
82＊	83	80	<78>	—	—
83＊	84	81	<79>	—	—
84＊	85	82	<86>	—	—
85	86	83	<74>	—	—
91＊	92	89	<77>	—	—
93＊	94	91	<84>	—	—
95	96	93	<70>	—	—
96＊	97	94	<83>	—	—
98	99	96	<71>	—	—
80＊	81	—	<80>	—	—
—	—	—	<81>	—	—
7	7	7	—	—	—
32	33	32	—	—	—
43	44	43	—	—	—
44	45	44	—	—	—
72	73	71	—	—	—
73	74	72	—	—	—
79	80	78	—	—	—
87	88	85	—	—	—
89	90	87	—	—	—
90	91	88	—	—	—
92	93	90	—	—	—
94	95	92	—	—	—
97	98	95	—	—	—
99	100	97	—	—	—
100	101	98	—	—	—
45	46	—	—	—	—
<101>	<105>	—	—	—	—
<102>	<106>	<99>	—	—	—
<103>	<107>	<100>	—	—	—
<105>	<111>	<102>	—	—	—
<106>	<112>	<103>	—	—	—
<107>	<113>	<104>	—	—	—
<109>	<115>	<107>	—	—	—
<110>	<116>	<108>	—	—	—
<111>	<118>	<110>	—	—	—
[112]	[119]	[111]	—	—	—
[113]	[120]	[112]	—	—	—
[114]	[122]	[114]	—	—	—

＊…『万代集』『秋風集』『続古今集』所収歌

三部に『万代集』『秋風集』『続古今集』の所収歌の、いかに多いかが分かる。「御所本甲本」の集付の一は、この時代の撰集名を多く載せていることも見た。［資料16］は、代表的な伝本全てに採られている歌とそうでない歌を分けたものであるが、『万代集』『秋風集』『続古今集』所載歌に「＊」を付してみた。いわゆる第二部、第三部の歌なのでまとまることは自然であるが、「ウ」で「静嘉堂文庫蔵本（一〇五・三）」に載らない歌がほとんど採られていないのは特徴的である。反御子左派の撰集資料と、「静嘉堂文庫蔵本（一〇五・三）」との関係も無視できないと考える。

藤原定家によって、小町の歌が再評価されることについては、後に述べるとおりである。

あやめ草人にねたゆと思ひしを我が身のうきにおふるなりけり　（六十九首本　一、一一六首本46）

「時雨亭文庫蔵本（唐草装飾本）」と現存の六十九首本は、

花の色はうつりにけりないたづらに我が身世にふるながめせしまに　（六十九首本　二七、一一六首本1）

を巻頭歌とする。しかし、流布本系統は全てとなっている。「花の色は」歌は、藤原公任によって、『三十六人撰』でも小町の歌三首のうちの一首として挙げられた歌であり、「花の色は」歌が小町の歌を代表させるようになるのは、俊成、定家といった歌人によるところが大きい。小町の和歌の再評価と御子左家との関わりは決して薄くはない。しかし、「小町集」には、定家本という、定家の関与した記録を持つ本がない。先掲「宮内庁書陵部蔵　御所本丙本」として伝わる私家集二十冊は「定家筆を親本としたらしい徴候が見られる」（『桂宮本叢書　第一巻』解題）が、定家書写所伝の私家集書目には、「小町集」が見えない（田村柳一「藤原定家書写・書伝私家集一覧」[2]の調査一覧に拠る）。「冷泉家時雨亭文庫」が既刊のあるいは刊行予定の本の中にも、直接的に定家筆であることを示す「小町集」はない。『千穎集』の場合は、穂久邇文庫蔵の「藤原定家本」と尊経閣文庫蔵の「藤原資経本」とが今日に残っているという。藤本孝一氏によれば「資経本は定家本と同祖本であるが、定家本より数回の書写によって字体の曖昧になった親本が用いられている[3]」といい、後に二条家から冷泉家に入るという。「小町集」の場合は、「定家本」が残らないだけで確かに存在したのだとして、「資経本小町集」が定家本であると考えてよいものか。本そのものも傍証も存在しない現段階では考えられないのではあるまいか。

第七点目は、対校に用いられた本は、撰集毎にまとまっていたのではないかということである。例えば、「御所本甲本」の集付の一に「古　十八」等、撰集名と巻名を付す集付がある。一一六首本の歌序では離れて存在する歌が、この「古　十八」という集付では歌が並び、同じ集付に沿って「御所本甲本」がまとめて歌を入れたことが分かる。増幅の過程で何か撰集毎に集められた小町の歌集が用いられたのではあるまいか。「静嘉堂文庫蔵本（一〇五・三）」の付加部のような体裁である。

註

（1）「小野小町集　唐草装飾本」『冷泉家時雨亭叢書　第20巻　平安私家集　七』

（2）田村柳一「藤原定家書写・書伝私家集一覧」『日本大学農獣医学部一般教養研究紀要』24　昭和六十三年十二月

（3）藤本孝一「藤原資経本『千穎集』の書誌的研究―伝本を中心として―」『古代中世文学論』平成十一年十月　新典社

三「小町集」の伝来

以上の考察を踏まえて、［資料17］に「小町集」の伝来図を作った。成立伝来の流れに関する私見を再度整理すると、次のようになる。小野小町という女性の生前あるいは死後に記録として残る歌が、「小町」の歌のまとまりとしてあった。これを「原小町集」と呼ぶ。『古今集』の撰集にも利用されて、『古今集』撰集後、共通認識に支え

[資料17]「小町集」伝来図

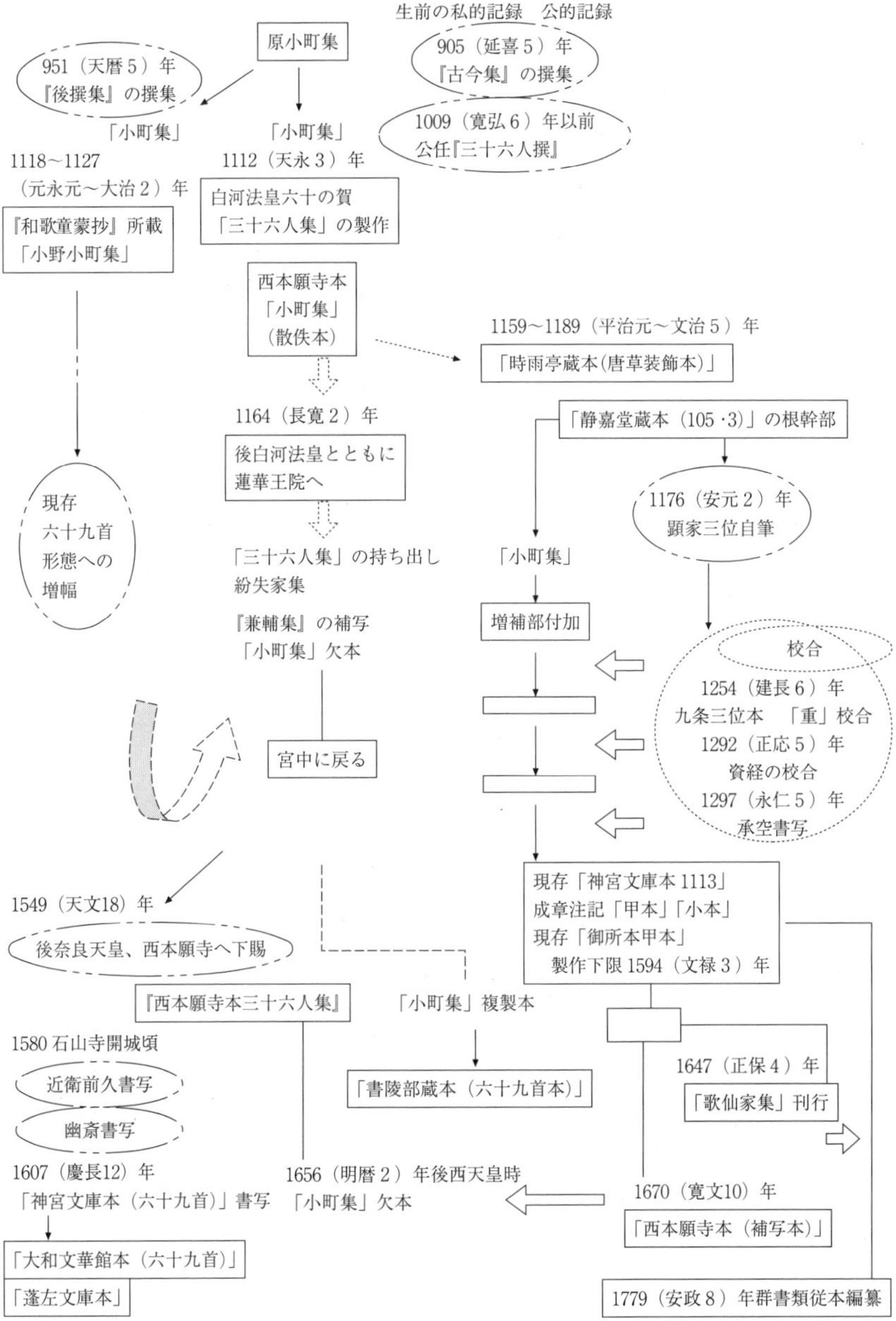
生前の私的記録　公的記録
原小町集
905（延喜5）年
『古今集』の撰集
951（天暦5）年
『後撰集』の撰集
1009（寛弘6）年以前
公任『三十六人撰』
「小町集」
「小町集」
1118〜1127
（元永元〜大治2）年
1112（天永3）年
白河法皇六十の賀
「三十六人集」の製作
『和歌童蒙抄』所載
「小野小町集」
西本願寺本
「小町集」
（散佚本）
1159〜1189（平治元〜文治5）年
「時雨亭蔵本(唐草装飾本)」
1164（長寛2）年
後白河法皇とともに
蓮華王院へ
「静嘉堂蔵本（105・3)」の根幹部
現存
六十九首
形態への
増幅
1176（安元2）年
顕家三位自筆
「三十六人集」の持ち出し
紛失家集
「小町集」
『兼輔集』の補写
「小町集」欠本
増補部付加
校合
1254（建長6）年
九条三位本　「重」校合
1292（正応5）年
資経の校合
1297（永仁5）年
承空書写
宮中に戻る
現存「神宮文庫本1113」
成章注記「甲本」「小本」
現存「御所本甲本」
製作下限1594（文禄3）年
1549（天文18）年
後奈良天皇、西本願寺へ下賜
『西本願寺本三十六人集』
「小町集」複製本
1580石山寺開城頃
近衛前久書写
幽斎書写
「書陵部蔵本（六十九首本)」
1647（正保4）年
「歌仙家集」刊行
1607（慶長12）年
「神宮文庫本（六十九首)」書写
1656（明暦2）年後西天皇時
「小町集」欠本
1670（寛文10）年
「西本願寺本（補写本)」
「大和文華館本（六十九首)」
「蓬左文庫本」
1779（安政8）年群書類従本編纂

られた「小町」の歌を主体とした家集が作られる。この「小町集」は、複数あったと考える。後に『後撰集』所載の小町の歌を取り込み説話化していった「小町集」は、『和歌童蒙抄』に見える「小野小町集」である。一方で、『古今集』所載の小町の歌をまとめた「小町集」もあった。これは、「時雨亭文庫蔵本（唐草装飾本）」のような家集であろう。また、「静嘉堂文庫蔵本（一〇五・三）」の根幹部も、「時雨亭文庫蔵本（唐草装飾本）」と共通する要素が多いので、あるいは、原典の時代は近いかもしれない。

天永三年（一一一二）白河法皇の六十の御賀の祝賀の品として、『三十六人集』が制作される。この、「西本願寺蔵本（散佚本）」「小町集」の原本は、『後撰集』歌を取り込み説話化されていく傾向の「小町集」とは違ったものであった。おそらくは数十首のものだったのだろう。白河法皇の六十の御賀の祝賀の品として制作された『三十六人集』は、長寛二年（一一六四）、後白河法皇とともに蓮華王院へ移る。

以後「小町集」は、四〇〇年近くの記録に欠ける。この『三十六人集』は、天文十八年（一五四九）西本願寺へ下賜された。下賜に際して、あるいはそれ以前にも、宮中では複製本が作られていたであろう。それが、今日の「書陵部蔵本（六十九首本）」であり、さらにその転写本が「高松宮旧蔵本（六十九首本）」である。細川幽斎が書写し、近衛前久が書写している系統は、「大和文華館本（六十九首本）」及び「蓬左文庫本（六十九首本）」であった。「大和文華館本」は、「豊前本」として伝わる本で、前田善子氏は、その書写者「詠誉宗連坊」を当時の連歌師かという。しかし、十七世紀に後西天皇が求められた際、本願寺には「小町集」は存在しなかったという。そのため、結果的に本願寺所蔵の『三十六人集』には、流布本系統の「小町集」が入ることになった。後西天皇は、宮中に存在しているのかもしれない複製本ではなく実物を求められたのであり、本願寺では、「小町集」が抜き出され紛失して見あたらず、宮中に存在した「小町集」も、確かに複製本であるという確証がなかったために、結果的に、今日の「西本願寺本（補写本）」が「小町集」として当『三十六人集』に補充されることになったものと推測する。

長寛二年（一一六四）、後白河法皇とともに蓮華王院へ移った「小町集」は、拝借されて書き写されたこともあった。持ち出され紛失したり、消失したりすることもあったとすれば、新たに歌の家などから補充される。そうして「小町集」は、他の歌人の歌を取り込み、歌物語的な要素を加え増幅していく。現存する「六十九首本」形態への増幅である。本願寺へ下賜された『三十六人集』中の「小町集」も既に六十九首の形態になっていたのだろう。

一方で、平安時代末には、別の「小町集」が伝わっていた。例えば「時雨亭文庫蔵本（唐草装飾本）」や「静嘉堂文庫蔵本（一〇五・三）」の根幹部のような「小町集」である。天永三年（一一一二）白河法皇の六十の御賀の祝賀の品として、制作された「小町集」との関係は明らかでないが、同『三十六人集』中の「小町集」の伝来とは深い関わりがあろう。完成した本がそのまま歌の家に伝わらずとも、その資料提供に於いて、あるいはまた制作資料の段階での流出がなかったとは言えない。今日に伝わる「時雨亭文庫蔵本（唐草装飾本）」と「静嘉堂文庫蔵本（一〇五・三）」の根幹部に、異本として共通する性質が見られたことは既に述べた。さらに、形態は異なるが、いわゆる散佚本の系列にあるという六十九首本と「時雨亭文庫蔵本（唐草装飾本）」とが、巻頭歌を等しくしていることも、この時代の本の名残であるのかもしれない。

それぞれの「小町集」が歌を取り込んで増幅していく。幾種類かの「小町集」が存在する中で、正統な本を求めんとして校合が行われる。建長六年（一二五四）の校合もまたその一環であった。その校合は、同『三十六人集』中の『業平集』のように、既に増補部が付加された上に為されたものであり、歌物語的な箇所は、正統性が求められたゆえに、あえて採られなかった。その後、正応五年（一二九二）「資経」の校合、永仁五年（一二九七）「承空」の書写の記録が奥書に残る。他にも幾度かの校合が行われたのであろう、今日の「御所本甲本」や同系統の成章注記本には、集付等の記載があり、校合の痕跡として見られることも既に述べた。今日に伝わる「御所本甲本」の「小町集」は、その『三十六人集』の編成から推測される成立年代や、「小町集」奥書の記載とは異なり、「小町集」

の同系統の伝本の中でも新しい本になっていると言える。「御所本甲本」の系統から、一一五首または一一六首の「小町集」が制作される。いわゆる流布本である。正保四年（一六四七）『歌仙家集』の版行によって、「小町集」の本文も固定されるようになるが、『歌仙家集』本「小町集」に書き入れられた本文は、大きく異なっていた。これは、「陽明文庫蔵一冊本（国文研55-44-8）」の本文であったが、こういった本文を異にする幾種類かの「小町集」が、当時にも存在していた。本願寺へ下賜された『三十六人集』の欠本「小町集」の補写は、一一六首本同系統の本でなされている。また、安永八年（一七七九）から編纂が開始される『群書類従』の版本は、「小町集」では「印本」の本文をあわせ校合したと注記されているので、「印本」すなわち『歌仙家集』が取り入れられているが、その本文に於いて『歌仙家集』に多くを負っていないことは、既に見たとおりである。

第二編　小町の和歌

第一章　小町の和歌の歌論史に於ける受容

はじめに

「小町の和歌」として伝承される歌が、各地にある。また、勅撰集や私撰集そして歌学書に伝わる「小町の和歌」というものも存在する。本書で対象にしたのは、後者の方であり、勅撰集や、私撰集といった歌集並びに歌学書に、小町の記名で伝わる和歌を研究対象としている。それらのほとんどが「小町集」に収録されているので、本章では、それを「小町の和歌」として歌論史に於ける受容を見る。歌論史に於いて「小町集」という私家集は、ほとんど取り上げられて来なかった。「小町集」の和歌としては取り上げられなかったが、「小町の和歌」として文学史上に重要な位置を占めるのは、序論で述べたとおりであり、六歌仙という枠組みの中で、在原業平と小野小町が捉えられ、業平と小町は、古代の恋歌を受け継ぐ歌人として欠くべからざる存在であった。では、歌学の理論の中で、「小町集」と深く関わる「小町の和歌」というのは、どのように享受されてきたのか。「小町集」は、『三十六人集』の一として伝来し、『三十六人集』は、藤原公任（康保三年　九六六年生）が歌合形式で選んだ三十六人の歌（『三十六人撰』）がもとになっている。本章の歌論史では、最初に六歌仙を評価した『古今和歌集』序を考察し、続けて藤原公任の六歌仙享受を、そして、六歌仙時代を再評価した藤原定家（応保二年　一一六二年生）の歌論に於ける小町の和歌の受容の内実について考察した。

第一節　『古今和歌集』序「六歌仙評」

一　歌論の嚆矢『古今和歌集』序

『古今集』序は、歌を集大成せんとするところの[1]『古今集』撰集にあたり、その理念を言明した文章である。最初の勅撰和歌集であるという文化事業の理念が、和歌史観を通して表明されており、それが中古の文芸理論を代表する歌論となっている。論題にした『古今集』序とは、仮名序と真名序の両序を意味するもので、仮名序を主として扱い、真名序を援用した。序文の中でも所謂六歌仙評に関しては、古く『袋草紙』が、真名序の「歌仙之得失ヲ注之条似貫之所為[2]」としている如く両序の表現が類似する箇所の一である。

仮名序に於ける六人の歌人評と、その前後の文章とを掲げる。（古註とされる例歌は省略した）

こゝに、いにしへのことをも、哥のこゝろをも、しれる人、わづかにひとり、ふたり也き。しかあれど、これかれ、えたるところ、えぬ所、たがひになむある。かの御時より、この方、としはもゝとせあまり、世はとつぎになんなりにける。いにしへのことをも、うたをも、しれる人、よむ人おほからず。いま、このことをいふに、つかさくらゐたかき人をば、たやすきやうなればいれず。そのほかに、ちかき世に、その名きこえたる人は、すなはち　……（A）

僧正遍昭は、哥のさまはえたれども、まこと少なし。たとへば、ゑにかけるをうなをみて、いたづらに心をうごかすがごとし。

ありはらのなりひらは、その心あまりて、ことばたらず。しぼめる花のいろなくて、にほひのこれるがごとし。

ふんやのやすひでは、ことばはたくみにて、そのさま身におはず。いはばあき人のよききぬきたらんがごとし。宇治山の僧きせんは、ことばかすかにして、はじめをはり、たしかならず。いはば、秋の月をみるに、あかつきの雲にあへるがごとし。よめるうた、おほくきこえねば、かれこれをかよはして、よくしらず。をののこまちは、いにしへのそとほりひめの流なり。あはれなるやうにて、つよからず。いはば、よきをうなの、なやめるところあるににたり。つよからぬは、をうなのうたなればなるべし。大伴くろぬしは、そのさまいやし。いはば、たきぎおへる山人の、花のかげにやすめるがごとし。…（B）このほかの人々、その名きこゆる、野辺におふるかづらの、はひひろごり、はやしにしげき、このはのごとくに、おほかれど、うたとのみおもひて、そのさましらぬなるべし。……（C）

（『日本古典文学大系　8　古今和歌集』[3]）

それらが、個人的具体的な歌の批評であったところに意義がある。また、右評の「たとへば」「いはば」以前で用いられている「こころ」「ことば」「さま」「まこと」「あはれ」等の言葉が、和歌の形成過程を考慮した結果導かれた日本独自の表現であった故に、歌論の嚆矢[4]としての意味があり、「歌論とは、また壮大な隠喩の体系である[5]」と言われる如き、歌論の端緒となった。後に「六歌仙」という呼称が生まれ、歌の上手な歌人達という認識が定着していくのも、この歌人評に起因する。右の六歌人は、「その名きこえたる人」、即ち歌人としての一般的な評価を得ていた人々であった。真名序に、右の六人を「近代存古風者」としている、その「古風」が、衰退する以前の和歌の在り方を意味すれば、これも肯定的な記述である。しかし、この六人は、「えたるところ、えぬ所、たがひになむある」（仮名序）という、それぞれに長所短所が備わる歌人群に包摂される。『古今集』には花実相兼の歌を採録したと言う（『新撰和歌』序[6]）貫之が、所謂六歌仙に関して、人麿や赤人に対する如き顕彰をなしていないというのは、この六歌仙評で、世間一般の和歌観に貫之自らの和歌観をつけ加えようとしたからであったと考える。「ちかき世に、その名きこえたる人」という記述は、六人の歌人の一般的な評価を言うものであって、六歌仙評には、和歌の形象に対する貫之の価値観が表明されている。厳密な和歌観を期すという意識は、真名序の「然長短不同論以可弁」にも照応している。

註

（1）先行勅撰詩集の序文のうち、『経国集』序が、整然とした構成に於いて『古今集』序に似る。この、『経国集』は、「当時の文学作品の集大成という意図があって他の二集とは異なる」とされている。（波戸岡旭『上代漢詩文と中国文学』平成元年十一月　笠間書院）
（2）「袋草紙上巻」『日本歌学体系　第二巻』
（3）佐伯梅友校注『日本古典文学大系　古今和歌集』記号、改段は筆者。
（4）『万葉集』の歌体分類にも、「正述心緒」（巻十一、十二）「無心所著」（巻十六）に「心」の語がみえるが、これは、歌の表現内容に関する語であって歌の形成過程を顧慮した言葉ではない。
（5）紙宏行「歌論用語研究」『歌論の展開』平成七年三月　風間書房
（6）「新撰和歌」序『日本歌学大系　第一巻』

二　六義説の「さま」

六歌仙評に於ける「こころ」「ことば」「さま」「まこと」「あはれ」等の言葉は、歌の形成過程を考察した結果導かれたところの日本独自の表現である。類する表現は、「やまとうた」の本質を説いた冒頭部分にも見える。仮名序は、「ひとのこゝろ」と「ことの葉」で「やまとうた」の発生を説く（「やまとうたは、ひとのこゝろをたねとして、よろづのことの葉とぞなれりける」（仮名序冒頭文））。この冒頭に記される「こゝろ」「ことの葉」は、「生きとし生けるもの」全てが詠む「うた」の構成要素であるが、それは、「日本の歌」（やまとうた）の表現要素である「こころ」

「ことば」として提示されているに過ぎない[1]。真名序は、鳥や蟬の吟を「歌謡」とし、「歌」の語とは使い分けている。日本の歌であるところの「やまとうた」は、天地開闢の「神世」から存在し（「このうた、あめつちの、ひらけはじまりける時より、いできにけり」（仮名序））、「ひとの世」に遷り三十一文字の形をとるようになったという[2]。この和歌の歴史の記述を経た、「六歌仙評」で初めて、「こころ」「ことば」の内容は、三十一文字の和歌の構成要素として狭義になる。特に仮名序の冒頭部分には見えない「さま」は、三十一文字の和歌に対して用いられる概念を形成する。

『古今集』仮名序で「さま」という言葉は四箇所六語に用いられている。記載順に

そもそも、うたのさま、むつなり　（「六義説」）

僧正遍昭は、哥のさまはえたれども、まことすくなし　（「六歌仙評」）（B）

ふんやのやすひでは、ことばはたくみにて、そのさま身におはず　（同　右）

大伴くろぬしは、そのさまいやし　（同　右）

このほかの人々、その名きこゆる、野辺におふるかづらの、はひひろごり、はやしにしげき、このはのごとくに、おほかれど、うたとのみおもひて、其のさましらぬなるべし　（「六歌仙評」）（C）

あをやぎのいとたえず、まつのはのちりうせずして、まさきのかづら、ながくつたはり、とりのあと、ひさしくとゞまれらば、うたのさまをしりことの心をえたらん人は、おほぞらの月をみるがごとくに、いにしへをあふぎて、いまをこひざらめかも　（「仮名序」末尾）

（B）（C）は先掲六歌仙評とその前後の文章中の記号

これらの「さま」は統一的に捉え難い。例えば、『古今集』序文の「さま」について、「歌のさま、六つなり」は、歌体の意に近く、「歌とのみ思ひて、そのさま知らぬなるべし」は和歌としての本

質的表現様式の意に近い。（上條彰次「さま」『和歌大辞典』明治書院[3]）

のように区分されている。先掲『古今集』引用本文（C）の「さま」は、確かに古代に比して衰退の傾向にあるという和歌の実体と対比されるところの、和歌の形象に関する「本質的表現様式」であるとともに、又、歌内容や歌の役割を総括して把握した言葉として、歌の何であるかを問題とする、先掲引用本文（A）中の「哥のこゝろ[4]」「うた」の意と混淆している。真名序では、この「六歌仙評」に続く（C）の「さま」を「趣[5]」とする。

一方、「六義説」と「六歌仙評」（B）の「さま」に、真名序では、「体」の字をあてる。仮名序と真名序の影響関係は明らかではなく、真名序執筆の際に真名序筆者の一解釈があったに過ぎぬとしても、歌を批評する際の形象を捉えた表現として「さま」が用いられ、「体」が用いられている。この点、先掲引用本文（C）の「さま」よりも狭義になっていると捉え得る。

文学に於ける「体」の概念は、中国から移入されたものであろうが、歌体意識は、既に『古今集』以前にあった。しかし、それは、例えば藤井貞和氏が「歌体論[6]」で述べられるように問題をはらむものである。『万葉集』巻二一三九歌の左注「右歌体雖同句句相替因比重載」で、「歌体」が長歌反歌を指示する一方で、同『万葉集』巻六一〇一一で、広成が「心々和古体」と言った「古体」は、歌内容をも含んでいる。また、『歌経標式』（『日本歌学体系　第一巻』所収）に見える「歌体有三」（抄本では「和歌三種体」）の一、「求韻」は、求むべき韻の意で、韻に関する問題を取り上げる。「査体」は、査すべき体の意ということで、こうなっていないか調べよ、歌人なら次の七つは犯してはいけないことであるとして、詞遣いの問題から押韻の問題に亙っている。また、「雑体」（抄本では雅体）は、歌の形象を把握する呼称として存在したのであろう、「聚蝶、譴警（抄本では継警）、双本、短歌、長歌、頭古腰新」等を掲げている。「査体」に、表現効果（「離会」・「猿尾」）や、俗人の言葉と異なる所がないという言葉の質（「直語」）に触れた項目があったのに対して、「雑体」では、遊戯的な歌（「聚蝶」・「譴警」）や、長歌、短歌という形式、「古事」と「新意」がどこに配置されるかという、外形から判断される要素で歌が分類されてある。それは、「査体」のように、筆者の（原典があったとしても、それを採択した筆者の）一首全体としての歌の良否を問題とする判断を、基底にするものではない。

ところで「六義説」の「さま」とは、仮名序に見える次の「六つのさま」のことで、次の引用箇所に類似する真名序本文は、「和歌有六義　一曰風　二曰賦　三曰比　四曰興　五曰雅　六曰頌」である。

そもそも、うたのさま、むつなり。からのうたにも、かくぞあるべき。そのむくさのひとつには、そへうた、
おほさゝぎのみかどを、そへたてまつれるうた、
なにはづにさくやこのはな冬ごもり
いまははるべとさくやこの花、といへるなるべし。
ふたつには、かぞへうた、
さくはなにおもひつくみのあぢきなさ
身にいたづきのいるもしらずて、といへるなるべし。
みつには、なずらへうた、
きみにけさあしたの霜のおきていなば
こひしきごとにきえやわたらん、といへるなるべし。
よつには、たとへうた、
わがこひはよむともつきじありそうみの
はまのまさごはよみつくすとも、といへるなるべし。
いつゝには、たゞごとうた、

いつはりのなき世なりせばいかばかり
人のことの葉うれしからまし、といへるなるべし。
むつには、いはひうた、
このとのはむべもとみけりさきぐさの
みつばよつ葉にとのづくりせり、といへるなるべし。

（『古今集』仮名序）

細書の注は除いた。この例歌は、六歌仙評の例歌とは異なり、本文化されている。能勢朝次氏は、「といへるなるべし」の表現に関し、そのような「あやふやな非断定的な言」は、「貫之とあまり時代のへだゝらぬ人が附加した例歌」故ではなく、「風賦比興雅頌の漢詩の六義を以て我国の和歌を考へることは、かなりに無理な仕事であり、且つ最初の試みであるとすれば、それが全然六義の直訳であつても断定的にいいきることは困難」であるからだとされた（「古今集序六義の再検討」）(7)。『詩経』に始まる詩の六義が、そのままの順序では対応しておらず、この箇所で貫之独自の六義の解釈とその日本化がなされていることは、今日の定説になっている。

真名序が、冒頭に説く和歌の本質論に続けて「六義説」を置くのも、六義説が、直前の「化人倫　和夫婦」との繋がりに於いて「先王是を以て夫婦を経し、孝敬を成し、人倫を厚うし、教化を美にし、風俗を移す」の後に「故に詩に六義あり」と受ける『毛詩』大序の政教性を明確にした六義説(8)の影響下にある故である。仮名序は「六義をむしろ歴史的に位置づけよう(9)」としており、それは表現論を以てなされている。しかし、ここで「古今集全体の表現様式分類(10)」が意図されているわけではないと考える。田中喜美春氏が、仮名序の構造を「和歌原論→いにしへ→いま(11)」とみて、六義説を、和歌原論の中の「表現様式」の中に入れられるが、仮名序の六義説を後の「いにしへ」の中に入れることも可能であろう。即ち、六義説は、「古の和歌に対する省察」であって、漢詩の六義を参照した故に、結果的に「景と情との関係づけ方にポイントを置いて区分し、かつその関係づけの技法としての懸詞・

縁語にも着目している」という意味での表現論となった。[13]
「うたのさまむつ」として挙げられている例歌は、日本の伝統的な和歌に対する視点を有している。詳細は割愛するが、一の「そへうた」は、『古事記』の伝承を踏まえた仁徳天皇即位を寿ぐ歌として提示されている。二の「かぞへうた」に関しては、『万葉集』巻十六にまさに言葉を散らして詠み込んでいく歌があった（三八二五～三八三二）。三の「なずらへうた」の例歌のように序詞に導かれて、二つの想が部分でつながっているような歌は、『古今集』の読人不知の歌よりある。

例えば、

風ふけばおきつしらなみたつた山よはにや君がひとりこゆらん　（『古今集』巻十八　九九四　よみ人しらず）

は、『万葉集』にも「海底奥津白浪立田山何時鹿越奈武妹之当見武」（巻一　八三）とする類歌が見えている。四の「たとへうた」の例歌の出典は不明であるが、類句の「まさごのかずはよみつくすとも」を下句とする歌が『古今集』巻二十　一〇八五に載る。これは「大歌所」に伝わる歌で、注記に従えば古い句を用いた歌であると言える。五の「たゞごとうた」は、『古今集』恋四に載る読人不知歌である。読人不知歌が必ずしも古い時代の歌であるとは言えないが、「「雅は正なり」」に従って、これに「タダコトウタ」という日本名を与え、「いつわりのない（正しい）世の中」を希う歌を上げた[14]、或いは、「多分に道徳的の意味を有ってい[15]」る歌が考えられていたとすれば、仮名序で展開されていた古代に於ける本来の和歌の在り方に関わろう。六「いはひうた」の例歌は、嵯峨天皇の時代から清和朝の頃に集成されたのではないかとされる催馬楽のものである。[16]
『歌経標式』で「雑体」が、外形から判断される要素で歌を分類していた、或いは、歌の形象を把握する呼称として存在していたものを載せていた。そのように、『古今集』仮名序の六義説では、古の和歌に対する省察がなされていたのであって、六義説の「さま」に貫之の価値概念は表れていまい。もちろん、「六つのさま」を創り例歌を採択したという意味では、それぞれに価値を認めてのことであるが、六歌仙評の「さま」に備わる、歌の良否を問題とするような価値概念を有しない。

仮名序の六義説は、こんなにいい表現技法を用いた歌の形があるというのではなく、古の和歌に対する省察として列挙したに過ぎぬのではなかろうか。一方、『歌経標式』の「査体」が一首全体の歌の良否を問題にしていたように、「六歌仙評」の「さま」には、時好性ともいうべき、世間一般のものとしては貫之も認めるところの価値概念を含んでいる。貫之は、ここで、時好性とは異なる自らの和歌観に触れ、より厳密であろうとする。

真名序の「六歌仙評」も掲げておく。

花山僧正　尤得哥体　然其詞華而少実　如図画好女徒動人情

在原中将之哥　其情有余　其詞不足　如萎花雖少彩色　而有薫香

文琳巧詠物　然其体近俗　如賈人之着鮮衣

宇治山僧喜撰　其詞華麗　而首尾停滞　如望秋月遇暁雲

小野小町之哥　古衣通姫之流也　然艶而無気力　如病婦之着花粉

大伴黒主之歌　古猿丸大夫之次也　頗有逸興　而体甚鄙　如田夫之息花前也　（『古今集』真名序　傍線筆者）

真名序で「俗」と「鄙」は、使い分けられている。康秀（文琳）を評する「体近俗」の「俗」は、黒主の「体甚鄙」とは異なる。黒主は、世間一般が認める時好性に於いても欠けるのである。

仮名序の六歌仙評では、「さま」は、遍昭評、康秀評、黒主評に用いられている。僧正遍昭の歌は、歌に、時好性という意味での近代性は認められるが、真情に欠けるという（「哥のさまはえたれども、まことすくなし」）。例えばそれは、当時の近代的評価に堪え得る女性の絵が、鑑賞する者に、絵は絵でしかないと感じさせてしまう限界を有するのに似る。真名序では、「詞華而少実」と記される。「其実皆落　其華孤栄」は、「いまの世の中」の浮ついた風潮を表す言葉であった。文屋康秀は、「ことばはたくみにて、そのさま身におはず。いはばあき人のよききぬきたらんがごとし」と批評されている。康秀の歌は言葉遣いが上手であるので、詠み上げられたところに形作られる、その形象は、ひととおりの近代的な様相を示すが、詠まれている一首の内容に思いを遣ると、一見したところの近代的な様相に内容がそぐわない、即ち、内容までは充分に洗練されていないという。それが、上等な着物を着た商人のイメージである。「そのさま身におはず」の箇所、真名序には「体近俗」とあり、この「俗」は、ありふれた現実の意味で、時好性有する「体」を強調していると解釈する。「其実皆落　其華孤栄」という世間の風潮を代表するものが、「体近俗」で指摘されている。大伴黒主の歌には、時好性という意味に於いてでも近代的な価値を全く認められないという（「そのさまいやし」）。真名序でいう「体甚鄙」が、康秀評の「体近俗」と異なる事は、先述の通りであり、素材内容と言葉遣いがうまく合っていないというよりも、素材内容そのものの卑俗さが指摘されている。「たきぎおへる山人の、花のかげにやすめるがごとし」とは、場違いな光景として提示されている。そのアンバランスは、真名序でいうところの「逸興」のおもしろさはあるが、「鄙」とされるものであった。ここには、素材内容の質が問われている。

近年、『古今集』仮名序の「さま」は、仮名序冒頭文との関連に於いて、捉えられるようになった。仮名序冒頭

やまとうたは、ひとのこゝろをたねとして、よろづのことの葉とぞなれりける。世中にある人、ことわざしげきものなれば、心におもふことを、見るもの、きくものにつけて、いひいだせるなり。花になくうぐひす、みづにすむかはづのこゑをきけば、いきとしいけるもの、いづれかうたをよまざりける。

（『古今集』仮名序　傍線筆者）

の傍線部分を、金子元臣(17)や窪田空穂(18)が「託して」と口語訳し、竹岡正夫氏(21)が、小西甚一氏の中国文学的見地から古今調を解釈された「倚傍」表現の理論より、近世までの「見るもの聞くものに触発されて」とする解釈について、

「諸注いずれも厳密にいって正解に達しえていない」（『古今和歌集全評釈（上）』三十五頁）とされて後、「さま」は、「和歌的レトリックのレヴェルでの問題」（藤平春男『歌論の研究』五十一頁）であるとする見解が出されるようになった。古今調解明の一方法として、仮名序理論の実践の様相が、『古今集』収録歌に求められる一方で、研究の成果が逆に『古今集』序文の解釈に適用され、更に、仮名序六義説の「さま」と六歌仙評の「さま」とを統括する概念まで求められるようになった。藤平春男氏が[19]

「六つのさま」についての私解がもし当たっているとすれば、それは六歌仙評の「さま」の用例とも矛盾するところがないのであって、ただ仮名序六義説のほうは単に比喩的方法にとどまらないで、景と情との関係づけ方にポイントをおいて区分し、かつその関係づけの技法としての懸詞・縁語にも着目しているわけである。くりかえし指摘したように、仮名序六義説（「六つのさま」）は詩の六義の枠組を脱却できない制約から、『古今集』全体の表現様式分類としてはかなり不完全であるが、また、より基本的には「心」よりも「詞」に傾いて「さま」をとらえていることから、「花実相兼」的理想の具体相とレヴェルを異にしているという限界を認めなければならないが、単なる詩論の直訳的持ちこみではない『古今集』表現の実態に触れた認識を示しているということはできるのである。（藤平春男『歌論の研究』五十五頁）

と言われ、吉川栄治氏が、

一般には、「さま」は表現・技巧・様式・修辞形式・スタイル等々のごとき語で説明される。全般に歌の表現様式に属するものという見方である。中でも「《情》と《景》の布置配合・浸透のしかた（註）」との捉え方は、六義において見てきたようなさまざまな景物への仮託の仕方や比喩の方法と相通ずる要素を示したもので、和歌の本質を「見るもの聞くものにつけて言ひ出だせる」と規定する仮名序の立言にも照応し、きわめて合理性に富んだ解釈ということができよう。とすれば、内容（心）よりも表現（詞）に重心のかかった用語で、のみ[20]

ならず修辞的領域にまで踏み込み、知巧的といわれる『古今集』の内実にもよく呼応するものといわねばならない。

（吉川栄治「古今集序の歌論」八十二頁）

と述べられる如き理論である。しかしながら、そもそも「見るもの、きくものにつけて」は、必ず、「託して」と解されるべきであったろうか。直後の「花になくうぐひす、みづにすむかはづのこゑをきけば、いきとしいけるもの、いづれかうたをよまざりける」が景物に触発される心を意味するとすれば、近世までの多くの解釈が誤りだとも言えない。『古今集』仮名序に於ける、六義説の「さま」と、六歌仙評の「さま」を同義に解そうとする時、

「さま」の巧みさを特色とされる遍昭の歌は比喩（特に擬人法）に特色がある。康秀も遍昭と同様で「草深き」の例歌は「なずらへ歌」といえよう。黒主が「いやし」と評されたのも比喩的表現である。

（藤平春男『歌論の研究』五十四頁）

という解釈にもなる。藤平氏は、六歌仙評古注の例歌で、六歌仙評を解釈されているのであるが、六歌仙評の例歌が六歌仙評とうまく付合し、六義説の一部に通うことがあってもそれは、結果としてであって、だから六義説の「さま」と六歌仙評の「さま」は矛盾しないものとして提示されたという氏の論理の帰結には疑問を持っている。

吉川氏が、

いうまでもなく、この段（筆者註…六歌仙評）の理解の鍵を握る語は「さま」である。語意については、六義の段落とは別用法と見る説もあるが（吉川氏註…実方清『日本歌論の世界』）、両者によほどのずれがない限りあまり穏当な見方とは思われない。真名序は「歌体」「体」の語をあてており、仮名序より和歌の外面形式に力点を置いたニュアンスを感じさせる。これにすりよせたのが、歌論用語でいう「姿」にあたるものとの見解で、その場合「さま」は表現と内容、すなわち心詞の統一体としての和歌のかたちを意味することになる。

（吉川栄治「古今集序の歌論」八十二頁）

として斥けられた実方氏の論では、黒主評は、

「さま」は歌における一つの内部形象であり、形象が内部的に一つの美を形成する処に「さま」が生ずるものであると解することが出来る。この「さま」は、歌がそれによって存し、それによって価値を取得するところの内部的美的形象に近いもので、姿の美的内容と殆ど同一であるとみられる。

（実方清『日本文芸理論　風姿論』三十一頁）

といった解釈がなされている。実方氏が、『古今集』仮名序の「さま」を「外在的形式的なるものと内在的本質なるもの」に分け、「六義説」の「さま」が、『歌経標式』於いて「歌体有三」「雑体有十」と言われている場合の「体」と殆ど同じ考え方を以て規定されており、六歌仙評の「さま」に於いて、歌の本質的なるものを貫之は、ある程度まで認識していた、と言われる時、(21)『歌経標式』の「さま」が一律には捉えられないと考えることは、前述の通りであり、又、貫之のなかに、歌論史に於ける「姿」の有する様式概念までがあったかどうかは言えないことであると考えるが、六歌仙評に於ける「さま」を「比喩」や「情と景の布置配合の仕方」という分析的な視点からではなく内部形象から捉えるのは、大筋に於いて誤るものでなかろう。殊に、六歌仙評の「さま」に関しては、六義説の「さま」とは異なり、貫之の価値観が表明されたところの、和歌形象を対象とする批評の用語になっているものと考える。

註

（1）真名序「感生於志　詠形於言」が、『詩経』大序「情動於中　而形於言情動於中　而形於言」の影響下にあることは示唆されるところである（『日本古典文学大系　古今和歌集』頭注）が、仮名序の「ことの葉」に相当するのは、真名序や『詩経』大序でいう表現要素の「言」であろう。

（2）時間意識は、仮名序より真名序の方が明確である。仮名序が「あめつちのひらけはじまりける時」「ひさかたのあめにして」「あらがねのつちにして」「ちはやぶる神世に」「ひとの世」「いまの世中」「いにしへ」「ならの御時」「ちかき世」とするのに対して、真名序は、「神世七代」「人代」「上古」「近代」という記述をしている。三十一文字の歌は、素戔嗚尊から始まったというのは、両序の言うところであるが、真名序はそれを「反哥」とし、それ以前の歌体との識別をしている。

（3）上條彰次「さま」『和歌大辞典』平成四年四月第三版　明治書院

（4）仮名序「六歌仙評」（A）の「哥のこゝろ」に対して、古代を賛美する箇所の「歌のこころ」には、歌に詠むべき内容として、結果的に美的な選択がなされることになっている。こういう「心」の展開相も『古今集』仮名序には見える。

（5）小島憲之・新井栄蔵校注『新日本古典文学大系　5　古今和歌集』で、真名序の「趣」は、「心の赴く所、こころざしの意である」と、『漢書』の例で指摘されている。

（6）藤井貞和「歌体論—短歌の歌形成立—」『うたの発生と万葉和歌』平成五年十月　風間書房

（7）能勢朝次「古今集序六義の再検討」『国語国文』4-8　昭和九年八月　京都大学文学会

（8）吉川栄治「古今集序の歌論」『和歌文学講座　4　古今集』平成五年十二月　勉誠社

（9）吉川栄治前掲註（8）書

（10）藤平春男『歌論の研究』平成元年六月新装版　ぺりかん社

（11）田中喜美春「初期の歌学」『歌論の展開』平成七年三月　風間書房

（12）藤平春男註（10）書

（13）『シンポジウム日本文学②　古今集』（昭和五十一年二月　学生社）で、片桐洋一氏が、『古今集』以前にも和歌の髄脳的なものはあっただろうと言われている。

（14）小沢正夫『古代歌学の形成』昭和三十六年十二月　塙書房

（15）太田水穂『日本和歌史論　上代編』昭和二十九年三月　岩波書店

（16）高崎正秀『六歌仙前後』（昭和十九年五月　青磁社）三九五頁には、この例歌の原形と推測される催馬楽が『日本書紀』顕宗紀に例をみる如き室寿詞であったと記される。
(17) 金子元臣『古今和歌集評釈』大正四年三月第六版　明治書院
(18) 窪田空穂『古今和歌集評釈　上巻』昭和三十五年三月新装版　東京堂
(19) 竹岡正夫『古今和歌集全評釈　上巻　補訂版』昭和六十二年九月補訂三刷　右文書院
(20) 竹岡正夫『古今和歌集全評釈』からの引用である旨の注記が載る。同書上巻九十七頁の引用かと思われる。竹岡氏は『古今集』仮名序や『土佐日記』、『古今集』貫之歌の詞書に於ける「さま」の用例から、「さま」を得た歌とは何かを説かれるが、提示されている『土佐日記』や『古今集』貫之歌の詞書に於ける「さま」の用例が、『古今集』序文に於ける六歌仙評や六義説の「さま」―和歌に関する「さま」―を解釈される氏の論の展開にとって適切であるかどうかは、疑問である。
(21) 実方清『日本文芸理論　風姿論』昭和三十一年四月　弘文堂　三十頁
実方氏が右書で使用している六歌仙評の本文は、黒主評に著しい異同がある。久曾神昇氏『古今和歌集成立論　研究編』二五七頁に紹介されている池田亀鑑蔵鈴木直徳書写本（『古典全書　土佐日記』）かと推測されるが、明記されていないので明らかではない。この本は、久曾神氏によれば、全文について相当に吟味して、定家本系統に基づいての改竄を行っている本であるらしい。

三　六歌仙評の「さま」

六歌仙評に於いて、「さま」を以て批評されていない歌人は、喜撰、業平、小町である。

喜撰評は、何を詠んでいるかの素材内容の質を問題にしているというよりも、何を言いたいのかが不明瞭であることを意味するのであろう。意味不明瞭な歌では和歌の形象を批評する条件を満たさないので「さま」の語は用いられないことになる。貫之が仮名序の「さま」を時好性に於いて捉えていたとすれば、真名序に言う「其詞華麗而首尾停滞」の「其詞華麗」とも照応することにもなる。即ち、意味不明瞭な歌では和歌の形象を批評する条件を満たさないので「さま」の語は用いられないが、「詞華麗」即ち、時代に叶う詞の美しさを備えていることになる。業平と小町評で「さま」の語が使われていないというのは、時好性を帯びる「さま」の評価から外れることが、逆に直情的な歌のあり様という意味での古代歌の面影を残すものとして評価されていたことを意味するものと考える。

業平評「その心あまりて、ことばたらず」の「心」は、歌に詠みださんとする歌内容の意であって、仮名序冒頭に見える、人間の感情一般を総合した「こゝろ」よりも狭義になっていよう。真名序では、「情」とある。具体的には、業平の歌に多々見られる如き、倒格の表現が歌の中に区切れを作り細切れの詠出となっているような歌、気がせいて言葉が追いつかないような表現を指したものであったと推測出来る。そういう表現は、「しぼめる花のいろなくて、にほひのこれるがごとし」と批評される。「にほひ」は、それ自体に於いては賞美されるものである。仮名序末尾の「それまくらことば、春の花にほひすくなくして、むなしき名のみ」の「にほひ」は視覚によるものと解され、用例は異なるものの、賞美される対象として提示されている。その「にほひ」に真名序の「艶」が対応していたのとは異なり、六歌仙評の「にほひ」には「薫香」が、あてられている。比喩をなす「しぼめる花のいろなくて、にほひのこれるがごとし」という光景を六歌仙評の文脈だけから解釈すれば、それ自身に於いては、賞美されるべき「にほひ」が、生気のなくなった花に残っていると表現されている点に於いて、観賞の対象ではなくなった花であることを想像させ、残念だという語調を呈示しているようにも思われる。しかし、真名序の文は「如萎花雖少彩色　而有薫香」とする。仮名序の文と対応しているなら、「雖」の文字はなくてもよいはずであるが、ここには「雖」が入る。それ故に真名序の文には、「薫香」の存在を積極的に評価するかの如き語調が仮名序以上に備わることになり、仮名序業平評の、後世に於ける享受にも影響を与えていくことになる。

小町評の「あはれ」に対応する箇所、真名序では「艶」(2)の字が用いられている。真名序では、「小野小町之哥古衣通姫之流也　然艶而無気力　如病婦之着花粉」とする。「艶」は、真名序で時代の風潮を言う「艶流泉涌」や、それを承ける六歌仙評後部「其大底皆以艶成基」で、浮ついた人の心を表し否定的に用いられていた。「艶流」の語義は、『文華秀麗集』序文に見る如く「美しい（文章の流れ）」であるという。小町評の「艶而」を「艶流而」という文辞に関するものと解し、『文華秀麗集』序の記述「或気骨弥高　諧風騒於声律　或軽清情漸長　映綺靡於艶流」に則し、「艶而無気力」の「気力」を「気骨」（気慨）と解せば、「艶流」と対比されるところの文章の気慨―同序の文章によれば「気骨」は韻を諧えるという―が問題になる。真名序では、「小野小町之哥　古衣通姫之流也」の後、「然艶而無気力」の「然」で続けられる。「然」の接続語は、真名序で六歌仙評以外にも見え（「然而神世七代時質人淳　情欲無分」「然猶有先師柿本大夫者」等）、何れかと判ずれば、全て逆説表現で用いられている。小町評に於いても「然」は、逆説の接続語として直前の「古衣通姫之流也」を承けるのではあるまいか。そうであれば、「古衣通姫之流也」とは、小町の出自を言うものでも、漠然と歌の美しさをいう為に掲げられたのでもなく、その恋歌の質を批評する為に提示されたものと考え得る。真名序が六歌仙評で「艶」という時、「艶流」という広義に美しい文章を意味するのではなく、『文華秀麗集』でとりたてて部をつくられていた「艶情」に関連する恋の思いを表していたと考えるものである。(4)

小町評の「あはれ」が、後世のしみじみとした趣を意味すると解釈すれば、「あはれなるやうにて、つよからず」は、優美な歌の在り様をいう。また、「あはれ」を仮名序冒頭の「めに見えぬ鬼神をも、あはれとおもはせ」（真名序「感鬼神」）の感動の意味に解釈すれば、小町の歌は、直情の表現に連なるものとなる。仮名序には、「つよからぬは、をうなのうたなればなるべし」という真名序にはない評語がある。

では、「つよからぬ」ところの「あはれ」そして、「あはれなるやうにて」の「やうにて」が示すところの全面的ではない「あはれ」とは何か。それは、直情表現に本来備わるべき強さがない、即ち、恋歌であればもう少し強くあってもよいというものではなかろうか。「いにしへのそとほりひめの流なり(5)」では、真名序同様に恋歌の質を問

題にしていると考える。衣通姫には、

和餓勢故餓　勾倍枳予臂奈利　佐瑳餓泥能　区茂能於虚奈比　虚予比辞流辞毛

我が夫子が　来べき夕なり　ささがねの　蜘蛛の行ひ　是夕著しも　（『日本書紀』(6)）

が伝わる。この歌の背景は、『日本書紀』に載る。ドラマチックな場面の後に衣通姫が天皇を待つ姿が描かれるが、衣通姫は、出産の日に衣通姫のところへ通う天皇への皇后の怒りや、産屋を焼いて死のうとした皇后に対して慎みの行動をとったという天皇の立場とは無関係に、一途に天皇を慕っている。明るい心で何の疑念もなく、「和餓勢故餓」の歌を詠んでいた。そのように『日本書紀』では、造形されている。『古今集』真名序の「艶而無気力」というのは、衣通姫のように、恋人を待っている若く艶やかな女性の姿が想定されたが、衣通姫ほどの強くしっかりとした心、古代の恋歌に見出し得る強さを有していないということを示したものであると考える。「つよからぬは、をうなのうたなればなるべし」の「をうなのうた」という仮名序独自の表現は、恋歌に地位を認めようとするものであったろう。恋を詠み、女の嘆きを詠む歌を六朝時代の文学の如く公然と勅撰和歌集にも入れるという、貫之の恋歌に対する思いが、「をうなのうた」の小町評を掲げた点に反映されているものと考える。ただし『文華秀麗集』に提示される「艶情」詩の世界が直接に和歌の世界に影響を与えるものとは言い難い。大局的に捉えれば、漢詩に於ける「艶情」の詩は怨みを述べているのであって、嘆きをも怨みの中で表現している。しかし、和歌は詩とは異なり、三十一文字という詩型の制約を有する。短歌形式では連綿と怨みを訴えることは出来ない。それで一筋に嘆息するような結果的には仮名序でいうところの「あはれなるやうにて、つよから」ぬ女歌の表現が生まれるものと考える。六歌仙評に於ける業平・小町の評価が、近代的な「さま」とつながらなかったところに、両者が、「古代」と『古今集』撰者達が生きる「近代」との過渡期、即ち六歌仙時代と呼称される時代に生きていたという時代的な特性がある。業平評「心あまりてことばたらず」の、表現に盛りきれなかった感情と、小町評の「あはれなるやうにて、つよから」ぬ、表現から滲み出る感情が、それぞれの歌に於いて「古」の命脈となっている。

以上、小町の『古今集』序に於ける評価を、「さま」をめぐる六歌仙評に於いて考察した。

註

(1)「しぼむ」は、辞書類に指摘される如く『万葉集』巻二「之保美」の用例を初めとして、植物、特に花に関する語として用いられている。「萎」「凋」の用例に関しても同様である。

(2) 初期の平安詩文に於ける「艶」は、「艶藻」即ち、美文表現を本質的にもつ場合の詩の賛辞としての意味（『凌雲集』）や、「艶流」のように、表現の華やかさと同時に内容（気骨）の軽情さに通ずる要素をもつものとしても用いられる（『文華秀麗集』序）が、文章の美しさ、麗しさを表す言葉であったという。（梅野きみ子『えんとその周辺　平安文学の美的語彙の研究』昭和五十四年二月　笠間書院）

(3) 小島憲之校注「文華秀麗集」（『日本古典文学大系　69　懐風藻　文華秀麗集　本朝文粋』）の一九三頁頭注による。

(4) 山口博『閨怨の詩人　小野小町』（昭和五十四年十月　三省堂）のように、中国閨怨詩に描かれた女性さながらに、小町は氏女として後宮にあって閨怨の詩人として生きたと、小町の出自を論じられる説もある。

(5) 久曾神昇が、かつて仮名序の草本であると指摘された（「古今集仮名序系統小論」『国語と国文学』昭和三十二年六月）別稿本『古今集』では、六歌仙評に異同があり、特に大きな異同は、その草稿本とされる本に「いにしへのそとほりひめの流なり」の記述がないことである、と言われる。

(6)『日本古典文学大系　67　日本書紀　上』

付記　本節は「古今集序文に於ける「さま」の考察—六歌仙評を中心に—」（『日本文芸研究』48-1　平成八年一月　関西学院大学日本文学会）を初出とする。

第二節　公任の歌学

一　『前十五番歌合』『三十六人撰』の採歌

(1) 詞「心の花」の形象

藤原公任は、寛弘四、五年（一〇〇七、八）頃[1]、公任以前の歌人三十名について各一首を撰んだ歌仙歌合[2]、『前十五番歌合』を編纂している。ここに公任は、小野小町の歌として次の一首を入れる。

色みえでうつろふ物は世中の人の心の花にぞ有りける

これは、『古今集』に採られていた小町の歌十八首中の一首である。人の心が致し方なく移ろう、その移ろいに着目した歌は、『古今集』でも一連の歌群をなして収録されており、とりわけ

世中の人の心は花ぞめのうつろひやすき色にぞありける

の読人不知歌は、部分的な表現や論理の提示の仕方が、小町の歌に酷似している。読人不知歌は、移り変わる「人の心」に、花染めの色褪せる現象という比喩の対象を見出し直叙する。しかし、小町の歌は、類似の着想を更に観念の想に溶かして詞を獲得し、読人不知歌に勝る、確かに捉えられた詞の力を備えることになる[3]。小町の歌は、表面に現れぬ移ろいをいち早く捉えて、初二句で響かせながら、その流れ行くが如き移ろいの内的な調べを、結句に置かれた「人の心の花」という成句で静止させる。前田善子氏は、この歌を「思い迫つた悲痛さは感じられない[4]」と評されたが、その理由は又、読人不知歌の「花ぞめ」では表現し得なかったところの「花」の語にあろう。「花ぞめ」から切り離された「花」の語が、「人の心の花」という成句に造形されることによって、「花」の語有する一

回性の、しかしながら明るい形象は顕著になる。能楽書『風姿花伝』は、この歌を、推奨する「風体」の一として引き、「萎れ」に対する価値を説く。(5)小町の歌は、花の姿態を虚像として保っているのであって、第二句の「うつろ」ひは当然「萎れ」を予測させながら、歌は「花」の風体を保つと云うのであろう。一回一回の舞台で時々の努力が結実し、それが年齢に制約されることなく呈示され、その時の演技者が心の中に見ている、『風姿花伝』の筆者云うところの「花」が、この小町の歌を以て示されている。自然の道理によって移ろう「人の心」は恋であったかもしれぬが、「人の心の花」という詞が獲得された時、虚像は揺るぎない力で現実の移ろいを支えることになる。「人の心の花」の成句は、失われた「人の心」の在りし日の「全き姿」を虚像と化すことで、人事の移ろいを静かに受け止める、そういう力を有する。公任は、「人の心の花」という詩語を生命とする歌を小町の代表歌に掲げた。公任が掲げた小町歌一首は、観念化された一筋の論理が単一表現をとったところの、六歌仙時代の新しい側面を採り上げた歌であった。

（2）遍昭・業平歌採歌との比較

公任は、『三十六人撰』で、「色みえで」歌の他に、次の二首を小町の歌として付け加えている。

はなのいろはうつりにけりないたづらにわがみよにふるながめせしまに

おもひつつぬればや人のみえつらむゆめとしりせばさめざらましを

公任が、これらの二首よりも右「色みえで」歌を先に掲げた理由は、例えば前述の如き、歌の魅力を評価したと考えるが、或いは、そこに詠み込まれる「世中（世の中）」の語が何か関係しているようにも思われる。(6)というのは、公任が『前十五番歌合』で採歌した所謂六歌仙歌人の歌には、小町の歌の他に

世中にたえて桜のなかりせば　春の心はのどけからまし　（『前十五番歌合』在五中将）

すゐの露もとの雫や世中の　遅れ先だつためしなるらん
（同　遍昭僧正）

が見え、小町の「色みえで」歌を並記させれば明らかなように、それらには「世中」の語が共通して詠まれているからである。「世中」は、万葉歌以来詠み継がれてきた詞であり、その詞への関心は一人公任に限るものではない。又、公任による、『拾遺抄』『和漢朗詠集』以外の著作に於ける採歌、一二八首[7]を取り上げてみても、「よのなか」の詞を詠み込んだ歌は、七首と極めて少ない[8]。しかし、一方で、公任自身の歌に「常ならぬ世」を初めとする無常感的な歌が多いことも指摘されている[9]。『後撰集』から『拾遺集』への変化、例えば、『拾遺集』「哀傷」に釈教歌が置かれ、『拾遺集』には「法師」と記名された歌人が顕著に増加するというような特質に窺える、時代背景として存在する仏教的無常観の表れが、遍昭歌一首の採歌にも反映しているように思える。業平歌の「世中」が、直接的には仏教的無常観と結びつかず、小町歌の「世中」が、男女の世界を云うものであったとしても、公任が、所謂六歌仙時代の歌から無常感とは無縁ではない歌を採歌し、『前十五番歌合』に収めたという点は、一つの特徴である。

『三十六人撰』に採られた遍昭の歌は、次の三首であり、二首目は『古今集』に、三首目は『後撰集』に見え、「すゐのつゆ」歌は、公任よりも後代の『新古今集』に載る歌である。

すゐのつゆもとのしづくや世中のおくれさきだつためしなるらむ
わがやどはみちもなきまであれにけりつれなき人をまつとせしまに
たらちねはかかれとてしもうばたまのわがくろかみをなでずやありけむ
（『三十六人撰』遍昭）

公任が採り挙げた遍昭の歌は、『古今集』仮名序で「うたのさまはえたれどもまことすくなし」と批評された遍昭歌とは様相が異なる。『古今集』には、在俗当時の良岑宗貞の歌三首と、出家後の遍昭の歌十四首が載る。仮名序の評言は、遍昭歌の特質の一面を捉えてはいるが、『古今集』に載る遍昭の歌の特質というものは、出家後の僧正遍昭の歌であっても、何より執着する心を詠んでいる点ではなかったかと考える[10]。次代の勅撰集である『後撰集』に採られた遍昭の歌五首は、遍昭の出家をめぐる歌、即ち、遍昭の出家に焦点を当てた歌でほぼ纏まっている。更に『拾遺集』になると、遍昭の場合は『拾遺抄』の採歌と変わらないのであるが、出家者として人里離れた暮らしを営む中での感興を詠むかの如き歌が見え、短歌としては四首採られている[11]。公任が『三十六人撰』で採り上げた右の遍昭歌三首は、そういった、三代集の遍昭歌をバランスよく取り出した歌で構成されている。執着する心を詠む古今的な遍昭の歌「わがやどは」歌、出家をめぐる『後撰集』の「たらちねは」歌、そして、仏教的無常観を底流させる「すゑのつゆ」歌である。

　では、業平歌の場合はどうか。『三十六人撰』に公任は、

　　世中にたえてさくらのなかりせば春の心はのどけからまし
　　たのめつつあはでとしふるいつはりにこりぬこころを人はしらなむ
　　いまぞしるくるしき物と人またむさとをばかれずとふべかりける　（『三十六人撰』業平）

の業平歌を採る。全て『古今集』に初出するが、二首目の「たのめつつ」歌は『古今集』では躬恒の歌として収録され、『後撰集』に「業平朝臣」の記名を付して載せられる歌である。公任が示す通りに「たのめつつ」歌を業平の歌と考えた場合、公任は、前二首の「世中に」「たのめつつ」歌で、表現内容が整理された単一表現の真情歌を業平の歌として採り上げたことになる。こういった歌は『古今集』所載の業平歌三十首の中では少数であって[12]、『古今集』に於ける業平の表現的特質を享受しないものである。『古今集』業平歌の大半は、三首目の「いまぞしる」歌のように倒置表現や複数の歌想を一首の内に詠み込もうとすることに起因する句切れの顕著な歌が特徴的である。或いは、同字の繰り返しが軽快なリズムを作ったり、停滞する心の重さを示したりする歌が大半である。前二首のように単一な表現を採る歌は、修辞技巧を駆使した歌（四一〇、八六八、九七一）や言葉遊びのおもしろさを

第一とする歌（六三二、八七一、四一八）のように限られている。『古今集』仮名序が指摘する、心と詞の均衡が表現内容であるところの心の方に傾いている（「こころあまりてことばたらず」）といった性質が、これら三首に該当しないという訳ではないが、『古今集』序文の業平評を重視して公任が業平歌を採歌するのであれば、仮名序に後人が付したとされる注記の例歌のように、より適切な歌があったと思われる。しかし、公任は、そのような歌を採らなかった。『後撰集』所載の業平歌は十首見えるが、そのうち業平歌であることを疑問視されている歌が二首あるという。(13)右「たのめつつ」も、その一首に挙がるが、それら以外の八首の傾向は、厭世感を全面に出す歌(14)が約半数で、全体的に沈んだ調子の歌であり、八首とも単一の想を直叙している。公任が『三十六人撰』で採歌した業平の三首は、『古今集』に出典を有しながら、『後撰集』に継承されていくところの業平歌の一側面を採り上げているのではないかと考える。因みに、『拾遺集』には、物名歌一首と掛詞（七二八）や見立て（一三三四）を主体にした業平歌が載る。技巧を駆使した歌は『古今集』にも見られるが、『古今集』に於ける、あふれる表現内容を背景とする趣向の勝る業平歌と『拾遺集』の趣向勝る三首とは異質であり、『拾遺集』では、それまでになかった業平歌を呈示しようとしたかに見える。しかしながら、それも、当初より積極的に為されていたという訳ではない。公任が直接関わったとされる『拾遺抄』の方には、業平歌が一首も見えないからである。公任が複数の著作に幾度も掲げる「世中に」の業平歌も、『拾遺抄』には見えない。

以上の、『三十六人撰』に於ける遍昭や業平歌の採歌と比較した時、小町の歌三首は、全て『古今集』の小町の歌の特質を受け継いでいる。「はなのいろは」歌と「色みえで」歌は移ろいを詠む歌であり、「おもひつつ」歌は、夢の歌である。『古今集』で小町と記名される十八首中に、夢の歌や移ろいを詠む歌が、大きな特徴であることは、既に多く論じられている。それら三首は、『古今集』の仮名序の小町評から逸脱するものでもない。公任は、『三十六人撰』の小町の歌を『古今集』から忠実に享受した。なぜ遍昭歌や業平歌に対するように、公任は小町の歌の採歌に対して、より柔軟な採歌の姿勢を取らなかったのだろうか。この点は、流布本系「小町集」のような私家集の影を否定するかの如き結果である。(15)但し、『前十五番歌合』に於ける「色みえで」歌一首の採択には、新しい歌を採り上げようとする公任の意向が反映している。採択された歌が、無常感を背景に観念化された歌であることは先に述べたが、歌人歌の一首採択は、公任の秀歌観とも関わる。公任が、『三十六人撰』に入れながら小町歌を代表する一首としては掲げなかった歌に、

おもひつつぬればや人のみえつらむゆめとしりせばさめざらましを　（『三十六人撰』小町）

歌がある。この歌は、『古今集』に採られた小町歌の中でも、心情の直叙された歌に属する歌であり、『古今集』所収の小町の歌が、一方で特徴としていた、一点で情と景とをつなぐ掛詞といった修辞技法を用いない歌である。この「おもひつつ」歌は、平安時代の成立になる(16)『和歌体十種』に、「写思体」(17)の例歌としても挙がる。公任が選んだのは、そういった「無用の修飾を避けて、恋の心をひたすら客観的に追求しようとしている」(18)写思体の歌ではなく、観念的な「色みえで」歌であったことになる。それはなぜか。ここには、公任の秀歌観が関係しよう。公任の著作『九品和歌』の中で、ランク付けの中庸として提示された「中品中」よりも一段階下位に、「中品下」「すこし思ひたる所あるなり」という評語が見える。公任にとって、歌は「思ひたる」ものでなくてはならなかった。『九品和歌』に云う「すこしおもひたる」とは、個人の叙情が、少し「思ひしめ」(19)られていること、即ち、着想が歌の形成に際し、「すこし」練られていることをいうのであろう。形象面では、叙情性の欠如した歌をいう事になろうが、歌の形成に際し「おも」ふこと「すこし」であれば、それは、着想そのものの説明、或いは、「思い」の説明となるに過ぎず、散文形式での表現と何ら変わる所がなくなってしまう。『九品和歌』での「中品下」の例歌二首(20)も、着想の説明に傾きがちであるという欠点が指摘されている。公任が、「おもひつつ」歌ではなく、「色みえで」歌を採択した背景には、「思ふ」ことを要件とした公任の秀歌観があったと考える。

（3）公任の六歌仙享受

公任に六歌仙時代に対する理解が欠けていたとは言えない。『前十五番歌合』や『三十六人撰』、更に公任のものは残っていないが参考にはなろう『三十人撰』の三集に於いて、変わらずに、業平・遍昭という結番（『三十人撰』の順序は逆）が見えるからである。しかし、万葉歌に対するようには、[21]六歌仙時代の歌に対して意識的な捉え方をしていなかったのではあるまいか。公任が評価したのは、業平の「世中に」歌であったが、それも、勅撰集を意識した『拾遺抄』には採られなかった。小町歌などは、『前十五番歌合』を撰集する迄の公任の念頭にはなかったと推測する。小町の歌は、『拾遺抄』『金玉集』『深窓秘抄』何れにも見えず、『前十五番歌合』『三十六人撰』、公任のものと如何に関わるかは分からないが『三十人撰』というこの三集に見えるのみである。これは、遍昭歌[22]に対する捉え方とも又異なる。

公任の著作の内でも歌仙歌合にしか採られぬ小町歌の採歌に関して、解けぬ問題が二点ある。一は、採歌型の問題である。どの歌がどの著作に採られ、出典との関わりがどのようであるかという類型を採歌型と呼ぶなら、小町の採歌型は、敏行や興風のそれに近く、ともに『古今集』と深く関わっている。『三十六人撰』に採られる小町歌三首は、『古今集』所収の配列に於ける前後関係と等しい。問題となる他の一点は、小町の結番相手についてである。小町の相手は、『前十五番歌合』では、『後撰集』撰者である清原元輔、『三十人撰』では、元輔の祖父清原深養父、そして、『三十六人撰』では、架空の人物かと言われている猿丸と番いになっている。『前十五番歌合』が、「好取組になるように巧みに結番されている」[23]点は指摘されるところである。厳密な対称関係ではないが、『前十五番歌合』は、元輔・小町の番を中心線にして、線対称的に歌人が配置され、[24]全体としても緊密な構成になっている。この八番から九番にかけての、「元輔・是則・元真」という歌人の順序が、『三十六人撰』でも変化しない点を考慮して、歌仙歌合が『前十五番歌合』、『三十人撰』、『三十六人撰』の順で成立したという通説の下では、小町の結番相手の変化が、次のようであったと推測する。『前十五番歌合』で小町と番えられていた元輔が、先ず後続の歌人である是則と番えられ、そのことによって結番を外された小町の相手に新たに加えられたのが深養父で、元真を除いた形が『三十人撰』である。元真は、歌の声調面から外され、又、小町歌の相手として歌世界を類似させる深養父を加えるといった、歌内容による結番が『三十人撰』で行われたのであろう。更に『三十六人撰』では、『前十五番歌合』の「是則・元真」の結番が復活し、元輔の相手であった小町は、時代の古い歌人が配置されている前方へ上げられ、新たに加えられた猿丸と結番になった。この時、小町の結番相手は、なぜ元輔であり深養父であったのか。『前十五番歌合』に於ける元輔との番いは、その線対称的な歌合の構成からすれば、結論的には古今時代と後撰時代の結番が意図されたと考えるが、歌想の類似も又見られるところである。『前十五番歌合』の元輔歌(25)は、全体としての大きな移ろいを巨視的に捉えた歌であり、元輔には他にも、小町の移ろいの歌を思わせる歌がある(26)。

ただし、『拾遺集』に初出する元輔の歌は、恋歌に於いて非常に少なく、恋歌を詠む小町とは結びつきにくい側面を有する。それに比して、『三十人撰』で小町と番えられた、元輔の祖父深養父の歌は、秋の歌と恋の歌が多いことに特色が見られ、

うばたまの夢になにかはなぐさまむうつつにだにもあかぬ心は　（『古今集』四四九）

歌なども、小町歌を踏まえたかの如き歌である。元輔、深養父は、小町歌を愛好し、その研究者として浮上した歌人であったかもしれないと考える。

『三十人撰』で小町・深養父の歌のみ各二首しか見えない点について、「一三〇首という整った数におさえようとしたためか」「十首、三首選抜の歌人に比べ評価が低いとみなければならない(27)」という見解がある。確かに、『三十六人撰』に於いて、十首の女性歌人である伊勢や中務よりも三首歌人の小町の評価は低い。又、『拾遺抄』で元輔が二十首の歌を採択されているのに対して、同集で一首も採られていない深養父の歌は、軽視されていたのだとい

う見方も出来る。しかし、十首と三首で統一された歌仙歌合に名を連ねる以上、その番のみ二首というのは不自然な感を免れず、脱落の可能性もあるのではないか。例えば、この『三十人撰』には、後に『金玉集』『深窓秘抄』に採られる「かはぎりの」という深養父歌と、『三十六人撰』同様に「はなのいろは」の小町歌が入っていたが脱落したものではないかと考える。それでは、『三十六人撰』に於ける猿丸・小町の結番はなぜか。猿丸の歌は三首とも『古今集』の読人不知歌である。その歌序も『猿丸集』より『古今集』の前後関係と等しい。小町と猿丸は、当時既に伝説の歌人と化しており、『古今集』に名が見えながら伝説化した歌人である点が共通項として意識されたものなのか、それとも、「小野族党の宗教文芸を語り広めた神人たち」[28]と小町との関わりが強く捉えられた為か、或いは、「「猿丸集」は恋歌を中心に神楽や催馬楽、さらには風俗の雰囲気を身近に感じさせる」[29]とされるところに位置する歌人と、小町とに何らかの共通性が認められたものか、その他の理由に拠るものなのか不明である。

「色みえで」という小町歌一首の採歌は、公任の秀歌観を反映しているが、公任が、『三十六人撰』で採択した小町の歌三首は、『古今集』からの忠実な享受であったと考える。それが出典のみを意味するものではないことは前述の通りであり、三代集所収の歌をバランスよく採り上げた遍昭歌の採歌や、『古今集』に出典を有しながらも『後撰集』に継承されていく一側面を採り上げた業平歌の採歌とも異なる採歌の姿勢である。採歌の背景にある公任の秀歌観については、業平の「世中に」歌との関連に於いて、次項で述べたい。

註

(1)『前十五番歌合』の「傅殿母上」と『後十五番歌合』の「四条中納言」に見る官位表記から、成立の上限を寛弘四年正月に、又、下限を寛弘六年三月四日であるとされ、しかも『後十五番歌合』は、公任の官位表記を大納言に直さない寛弘五年中の成立であるとされた、村瀬敏夫「公任著作成立時代考」(『国文学研究』11　昭和二十九年十二月

早稲田大学出版部　四十八、九頁）に拠る。

（2）樋口芳麻呂『平安・鎌倉時代秀歌撰の研究』（昭和五十八年二月　ひたく書房）四頁で区別されている呼称に拠る。

（3）「色みえで」歌に於ける「人の心の花」の独自性については、秋山虔・目崎徳衛・小町谷照彦の諸氏よって指摘されている。秋山氏は、「いわば、小町の歌においては「人の心」と「花」がここに融即する新しい意味をになう一語として創造されているのであり、「いろみえでうつろふもの」それがほかならぬそれであったのだ、そのことがいまはっきり分かったのだ、という、深沈としたしかも不動の詠歎としてうち出されているという性質のものと考えられるであろう。」（「小野小町的なるもの」『王朝女流文学の形成』昭和四十二年三月　塙書房　十九頁）とされ、目崎徳衛氏も「「心の花」を普遍的な詩語として定着させた源は小町の歌であろう。」（『日本詩人選　6　在原業平・小野小町』昭和四十五年十月　筑摩書房）と取り上げられ、小町谷氏は、「人の心の花」を「小町が想念の世界で見出した実在であり、愛情の指標である。」とされた上で「その逆説的で断定的な言い方」に小町の「あまりにはかなくもろく風化し瓦解してしまった」体験に焦点をあてられた。（「小野小町における〝うつろひ〟」『国文学　解釈と鑑賞』昭和五十一年一月　至文堂）

（4）「詞書（筆者注　「小町集」の）に「人の心かはりたるに」とあるやうに、これは恋の破綻を嘆いた歌であるが、思ひ迫つた悲痛さは感じられない。唯淋しく諦めて、移り行く人の心をぢつと見守つてゐるのみである。直接的に歌そのものから受ける感激には乏しいが、余情は縷々として尽きない。几帳の蔭にうちふして、ただ一人紅涙にむせび、失意に悩んでゐる﨟たけた女性の姿が目の前に浮かぶやうな力がある。」（前田善子『小野小町』昭和十八年六月　三省堂）

（5）「花なくては、萎れ所無益なり。それは、湿りたるになるべし。花の萎れたらんこそ面白けれ。花咲かぬ草木の萎れたらんは、何か面白かるべき。」（久松潜一・西尾実校注「風姿花伝」『日本古典文学大系　65　歌論集　能楽論集』）

（6）『前十五番歌合』が先で『三十六人撰』が後とする理由について、前掲村瀬敏夫註（1）書は、『和漢朗詠集』の成立年代を介在させ（五十一、二頁）、萩谷朴『平安朝歌合大成　第三巻』（昭和三十四年四月　赤堤居私家版）七二一～三頁では、十五、三十から三十六へという数値変遷の歴史的趨勢や、各人撰・配列・撰歌内容から見る『前十五番歌合』『三十人撰』『三十六人撰』成立間の批判と止揚の関係を論拠とされた。歌人の配列を比較した場合に、本項註(23)の如き整然とした『前十五番歌合』の配列を『三十六人撰』が崩しているように見え、その逆を意識的に作り上げるのは困難である点からしても、『前十五番歌合』は『三十六人撰』に先行すると考える。

(7)『新撰髄脳』の秀歌九首、『金玉集』七十八首、『前十五番歌合』三十首、『深窓秘抄』一〇一首、『三十人撰』一三〇首（公任『三十人撰』の参考として入れた）、『九品和歌』十八首、『三十六人撰』一五〇首の内、重出する歌を一首として数えた総計である。

(8) 七首の歌人名・初句・所収状況は、次の通りである。（略号　新は『新撰髄脳』、金は『金玉集』、五は『前十五番歌合』、深は『深窓秘抄』、三は『三十人撰』、九は『九品和歌』、六は『三十六人撰』）沙弥満誓「世中を」（新・金・深）、遍昭「すゐの露」（五・深・三・六）、業平「世中に」（金・五・深・三・九・六）、小町「色みえで」（五・三・六）、高光「かくばかり」（金・深・六）、読人不知「世中は」（金）、読人不知「世中の」（九）で、読人不知歌は、ともに『古今集』所収歌（九四二、一〇六一）。

(9) 公任の山里の歌の中で「紅葉」の歌が一層際だっている点を指摘された小町谷照彦氏は、『公任集』の「今日来ずば見でややまし山里の紅ぢも人の常ならぬ世に（220）」歌について、次のように述べられた。「ここでは「山里の紅葉」は「常ならぬ世」の象徴となっている。公任の歌には無常感的な歌がかなり見られる。「常ならぬ世」（149・392・411）、「常ならぬこの世」（382）、「常なき世」（361）、「露の世」（365）、「はかなき世」（510）、「常ならぬ身」（25）、「常ならぬこの身」（300）、「露の身」（324・423）、「あるかなきかの身」（297）、「さだめなき身」（303）の類である。あるいは公任の胸中にある「都」の生活に対する逼塞感が、「山里」のような美的世界を志向させる一因があったのかもしれない。（「藤原公任の詠歌についての一考察―古今的美学の展開として」『東京学芸大学紀要第2部門　人文科学集』24　昭和四十八年二月）

(10) 全体として趣向ある華やかさを備える歌を詠む遍昭歌の中にあって、個人の恋情を詠む歌はほとんどなく、

わがやどは道もなきまであれにけりつれなき人をまつとせしまに　（『古今集』七七〇）

今こむといひてわかれし朝より思ひくらしのねをのみぞなく　（同　七七一）

の二首が唯一の例である。しかし、出家僧らしからぬ執着する心を詠む歌は、他にも見える。擬人法をとる見立ての

歌（一六五）にも、仏教的教理を背景にする歌（一六五、四三五）にも、執着する心が詠まれている。その他、『遍昭集』や『拾遺集』の遍昭歌に展開する女郎花の歌（二二六、一〇一六）や、流花の華やかなイメージを以て去りゆく人を留めたいと詠う挨拶の歌（『古今集』一一九、三九二、三九四）なども、その例である。「わび人の」歌（二九二）にも執着する心が詠まれている。

(11) 秋山のあらしのこゑをきく時はこのはならねど物ぞかなしき（『拾遺集』二〇七　『拾遺抄』結句「我ぞかなしき」）

唐錦枝にひとむらのこれるは秋のかたみをたたぬなりけり　（同　二一〇）

まてといはばいともかしこし花山にしばしとなかん鳥のねもがな　（同　一〇四三　『拾遺抄』第三句「はなの山」）

ここにしも何にほふらんをみなへし人の物いひさがにくきよに　（同　一〇九八）

(12) 顕著な句切れや同音の繰り返しといった特徴の見られない歌は、『古今集』所収歌の中にもある（四一〇、八六八、九七一、六三二、八七一、四一八、七八五等）が、それらは、修辞技巧を駆使したり、言葉遊びや見立てのおもしろさを生命とする歌であって、「世中に」や「たのめつつ」歌のように深く人の生を見つめた真情の、静かな叙述の歌とは異なる。

(13) 片桐洋一校注『新日本古典文学大系　6　後撰和歌集』「作者名・詞書人名索引」二十八頁の指摘に拠る。

(14) 「すみわびぬ今は限と山ざとにつまぎこるべきやどもとめてむ」（一〇八三）「たのまれぬうき世中を歎きつつ日かげにおふる身を如何せん」（一一二五）等の『後撰集』「雑」歌には、厭世感が顕著である。

(15) 遍昭の「すゑのつゆ」歌は、『新古今集』迄勅撰集には採られない歌であるが、公任は何らかの確信を以て、何処からか採っている。又、業平の「たのめつつ」歌は、『古今集』に躬恒の記名で載る歌を『後撰集』が業平歌とし、公任もそれに同意して業平歌の代表歌の一としたもので、ここにも、公任に確信を与えるような私家集等の資料が想定される。しかし、小町の歌の採歌は、『古今集』に忠実であって、撰歌資料になった小町の歌が限定されていたのではないかと考える。

(16) 『和歌体十種』付載の序文に見える忠岑という作者名は確定的なものではないが、「『和歌体十種』解題」（『日本歌学大系　第一巻』）では、『和歌現在書目録』『奥義抄』『袖中抄』の記事から、或いは安田家蔵本の筆跡から、平安時代後期の成立が推測されている。

(17)「写思体」は、「自想レ心見」（『日本歌学大系　第一巻』所収　安田家蔵本『和歌体十種』の本文「自想心見」に付された小沢正夫氏の訓点（『古代歌学の形成』昭和三十八年十二月　塙書房　二四一頁）に拠る）。原田芳起論文（「大東急本奥義抄と忠岑十体」『文学・語学』27　全国大学国語国文学会　昭和三十八年三月　五十一頁）に拠れば、『大東急本奥義抄』所収の同書に載る本文は「自想見此写」であり、歌を以て写したものである。

(18) 小沢正夫氏は、この写思体を「無用の修飾を避けて、恋の心をひたすら客観的に追求しようとしている」という「古今風の牧歌的な恋歌より一段進歩した」歌が、一つの体として認められているものと解釈された（小沢正夫前掲註(17)書　二四三頁）。「写思体」の例歌のほとんどが恋する自らの姿を詠う歌であるように、小町の「おもひつつ」歌も、恋の渦中にある自らを客観的に見つめ捉えた歌になっている。

(19)「思ひしめたる」という言葉は、近世の香川景樹が『古今和歌集正義』の仮名序六歌仙評に於ける遍昭評で用いており、「遍昭の歌は、打あくるよりさはやきておかしといへともその口かろくあされたるに思ひしめたるまことの心はへすくなし」（『古今和歌集正義』明治二十九年　積善館　第一冊　七十七頁）というように、歌の形成に際し、得た着想を歌の叙情に増幅させる営みをいう。

(20) 昨日こそ早苗取りしかいつの間に稲葉そよぎて秋風ぞ吹く／我を思ふ人を思はぬ報ひにや我が思ふ人の我を思はぬ

(21) 公任の著作に、貫之主義から人麿主義への変遷が見られる（渡辺泰「公任の人麿観の歌論的意義」『国文学攷』23　昭和三十五年五月　広島大学国語国文学会）とはいえ、旋頭歌の採歌から、公任の万葉歌に対する理解が進んでいたこと（村瀬敏夫前掲註(1)書　四十五頁）も又指摘されるところである。『拾遺抄』には、万葉歌人の名を付した歌（『万葉集』で作者未詳歌になる歌も含む）が、既に二十四首採られている。人麿が九首・大伴坂上郎女四首・石上乙麿二首（一首は『拾遺集』で人麿歌として載る）・安倍広庭、湯原王、沙弥満誓、赤人、大伴百代、久米広縄、大伴方見、家持、大伴たむら御女（大伴田村大嬢か。『拾遺集』では像見の歌として載る）が各一首である。『金玉集』には、七首（人麿・赤人各二首、沙弥満誓、中麿、家持、各一首）、『深窓秘抄』には十四首（人麿六首・赤人二首・久米広庭、沙弥満誓、中麿、八束、家持、安貴皇子各一首）の、万葉歌を原典にするらしい歌が採られている。その他『深窓秘抄』には万葉歌に類歌を認められない「あすかの皇子」の歌二首が載る。『三十六人撰』に採られる人麿歌のうち、五から十のひとまとまりの歌序が、『深窓秘抄』と等しく、その関わりが思われるが、『金玉集』と比較した時、万葉歌を原典とする歌数の割合が増加していることとともに、『深窓秘抄』には、人麿歌から古今時代、後撰、拾遺時代の歌人と続け、巻頭を整えていることからも、古代をより意識していたことが窺える。

(22)『拾遺抄』『拾遺集』に各五首採られる他は「すゐのつゆ」歌一首が『深窓秘抄』に採られるのみであり『金玉集』にも採られない。

(23)「右の検討を通じてうかがえるのは、各番は好取組になるように巧みに結番されているということである。公任が歌仙秀歌撰ではなく、歌仙歌合として撰しているゆえんである。そして、並称される歌人（一番・十五番）、同等な官職（六番）、同様な身分（十二番）、同性（十一番）といった作者に関する共通性が考慮されたかとみられる番いがあるかと思えば、ともにほととぎすの歌（五番）、鳥の歌（七番）で、歌の側の類似が二首の結番の契機となったかと想像される番いも存し、変化に富むのである。」（樋口芳麻呂「藤原公任撰『前十五番歌合』考」『愛知教育大学研究報告　人文科学社会科学』26　昭和五十二年三月　愛知教育大学）

(24)一番の貫之・躬恒は『古今集』撰者時代、二番の素性・伊勢は宇多朝時代に対して、十五番の人麿・赤人は万葉歌人、十四番兼盛・中務は、共に後撰集撰者時代という同時代歌人の組み合わせ、三番の業平・遍昭は同六歌仙時代に対して、十二番の道綱母・儀同三司母も同時代の作者である。更に、八番に置かれる小町以前の四番、五番、六番は、古今時代と後撰時代の歌人の組み合わせ、又同八番元輔以降の十番、十一番は、『後撰集』時代と『拾遺集』時代の歌人の組み合わせと、小町・元輔の八番を中心に、ほぼ対称的に歌人が配置されている。『前十五番歌合』は、歌人の時代に綿密な配慮をして配置しており、既に指摘されているように趣向を凝らした歌合であるが、『三十六人撰』になると、採歌を増やし各歌人を代表させる歌を採る事に関心が移っているようで、『三十六人撰』の朝忠、敦忠・敏行、重之、宗于等、作者名の音の類似に負う配列も見られる。

(25)秋ののの萩の錦をわがやどに鹿の音ながら移してしがな

（『拾遺集』一一六一）

(26)はなのいろもやども昔のにはながらかはれる物はつゆにぞありける

（『拾遺抄』五五〇、『拾遺集』一二七六　第三句「にはながら」）

花の色もときはならなんなよ竹のながきよにおくつゆしかからば

(27)樋口芳麻呂前掲註(2)書

(28) 小林茂美『猿丸集』解題『新編国歌大観　第三巻』

(29) 佐々木孝二「猿丸集の成立と紀貫之」『国語国文研究』50　昭和四十七年十月　北海道大学国語国文学会

付記　本項は、「公任に於ける小町歌の受容―遍照・業平歌採歌との比較―」（『日本文芸研究』49-1　平成九年六月　関西学院大学日本文学会）を初出とする。

二　『新撰髄脳』「心ふかく」

(1) 公任の「心」「姿」

藤原公任（九六六年生、一〇四一年没）は、秀歌の本質について、「凡そ哥は心ふかく姿きよげに、心におかしき所あるを、すぐれたりといふべし。」（『新撰髄脳』）と説いている。前後の文章を掲げる。

うたのありさま三十一字惣而五句あり。上の三句をば本と云ひ、下の二句をば末といふ。一字二字あまりたれども、うちよむに例にたがはねば癖とせず。凡そ哥は心ふかく姿きよげに、心におかしき所あるを、すぐれたりといふべし。事おほく添へくさりてやと見ゆるが［いと］わろきなり。一すぢにすくよかになむよむべき。心姿相具する事かたくは、まづ心をとるべし。終に心ふかゝらずは、姿をいたわるべし。そのかたちといふは、うち［聞き］きよげにゆへありて、哥ときこえ、もしはめづらしく添へなどしたるなり。

（『新撰髄脳』(1)　傍書略　傍線筆者）

「姿」とは、三十一文字（平仮名の場合）の和歌を、その外形から捉えた呼称である。もとより、和歌の三十一文字は、「詞」（単語或いは文節）という単位で存在しており、個々の単位は、それぞれに音と意味を備え持つので、姿という「外形」は、音と意味に伴う質感を有した素材によって成立している。従って、「姿」は、線描きで成された輪郭としての外形ではなく、質感とは切り離せない、或る種立体的な外観を呈している。

「姿」は外形に過ぎないが、質感を伴う外形である故に多様な美的価値を生む。例えば公任が求めているのは、右に見る如く「きよげ（清げ）」といった美的価値の付随する歌の姿であるという。右文章には、「きよげ」が二度用いられており、後の「きよげ」については、「滞らずすっきりとした詞づかいからくる声調の美(2)」といった声調面からの解釈がなされている。一方、先の「きよげ」、即ち「心ふかく姿きよげに」の「清げ」については、「対象の純粋性の上に形成された優美なるもの」（実方清『日本文芸理論　風姿論』）、「かたちの純粋なことで「たけのある」に近い」（久松潜一校注「新撰髄脳」）、「端正な美しさをいう／美的様態としては重視されていた」（「歌論用語」）、「心が詞の形をとって表現された歌の「姿」における美、すなわち一首全体の格調の高さについての評語」（斎藤煕子「清げ」）等の解釈があり(3)、田中裕氏は、右本文の「事おほく添へくさりてやと見ゆるがいとわろきなり」と併せて、次のように述べられた(4)。

縁語・懸詞等いはゆる「詞のよせ」を固執するあの煩瑣な手法を否定したのがこの文言であり、それが「清げ」にほかならないといつてよい。従つて詞の連接がすなほで一首のなだらかに暢達した姿をさしてゐるが、特にそれが詠吟を通して感受される時の聴覚的印象を「清げ」とか、「うち聞き清げ」とよんだものと見て差支ないであらう。（田中裕『中世文学論研究』）

「きよげ」は、「詠吟を通して感受される時の聴覚的印象」であること、これは、右『新撰髄脳』の「そのかたちといふは、うち［聞き］きよげに」という文言からも知られ、同じく公任の著述『和歌九品』中の、「詞とゞこほりて」「心詞とゞこほらずして(5)」といった、声調に深く関わる評言と共通する。しかしながら、歌を組成させている個々の詞の声調或いはその連接に伴う声調を公任がここで主張していると捉えてしまえば、何か欠落する内容が生じるように思える。右『新撰髄脳』に於いて二箇所見えた「きよげ」のうち、先の「姿きよげ」の方に、後の「うち聞ききよげ」とは別の意味を見ていこうとする先行研究は、その現れであろう。田中裕氏が指摘される如く、公任の発言には、「詞のよせ」への意識が多分に働いているように読める。そして、「凡そ哥は心ふかく姿きよげに」云々の一文は、三十一文字（厳密には三十一音）という和歌表現の制約に如何に対処するかを述べた論であったと解釈する。外形の制約を目の前にして、意味内容を最大限に詰め込もうとすることも出来る。湧き上がる感動を畳みかけるように詠う万葉の歌は力強い。又、伝達内容の多さを競うならば、修辞技法は有効な方法であった。後に藤原俊成は、視点を換え、縹緲とした余情を意識して採り入れていくことによって、伝達内容を新たな形で広げていく基礎を作った。しかし、公任の理論は、どこかでそういった伝達への熱意から外れている。享受者に委ねられた歌の行方を遥かに眺めているような視点を有している。言葉による伝達には限界があることを承知しているので、相手の掌に収まるだけの内容を、そっと手渡せと言っているように読める。歌の外形は、清げで余計なものが無くて淡泊なのがよい。読み手にしっかりと享受されたならば、その後は、自ずと読み手の心に深く広く浸透していく。秀歌とは又、そういう歌でなければならぬ。

歌が、読み手の心に入った後、どれだけ広がり浸透していくか、これは、歌の「心」に因り、とりわけ歌の「心深さ」に関わるというのではあるまいか。「姿」を外形と見れば、「心」は、歌内容であろう。公任は、「心ふかく姿きよげに心におかしき所ある」ことを秀歌の条件とするが、では、第一に提示された「心ふかく」とは何か。小沢正夫氏は、公任のいう「心」は「歌を作る作者の精神状態そのものの意味に近」いものであり、「歌人が外界の物に触れた場合に、かれの心に喚起させられた感情」であった『古今集』序の「人の心」を、公任は「深い心」と「おかしいところのある心」とに区別しようとしたのだとされ(6)、久松潜一氏は、「心にをかしきところある」の「心」は、趣向もしくは発想の意味に近く、「心深く」の方は表現内容もしくは情趣としての「心」であるとされた(7)。田中裕氏は、「心にをかしきところある」の「心」が趣向に近い意味であるのに対して、「「心深く」といはれた心は、こゝでは作る主体の働きとしてよりも作られた作品に即していはれてゐるので、一首に籠る感情内容と見て差支ないであろう」と分けられ、『新撰髄脳』に関し、

> おそらく本書の「心」は、「優なる心」と別のものではないであらうし、またそれは当時の通念でもあつたであらうが、しかし本書が「心深く」と特に要請してゐるものが、単に審美論的問題であったとは思はれない。やはり心は第一義的には文字通り「深さ」の方向、いひかへれば表現論的に含蓄の「深さ」が追求されてゐるとみるべき　（田中裕『中世文学論研究』）

と述べられた[8]。一方で、藤平春男氏のような見解もある。即ち、「心深く」の「心」と「心におかしきところある」の「心」について、

> 心姿相具の難かしい場合の歌のありかたを説いた部分では、二種の心を分けていないので、二種は一応区別されるものの、題詠歌の批評の上では必ずしも別けられないものとして扱われている結果が、このような区別の曖昧さとなっているのかとも考えられる（中略）題詠歌において、作者の情感の深さがどうして作品のうちに実現されるかといえば、それは構想に拠ってであろう。情感の深さを求めていくと構想する創作主体の心的態度が問題になってくるが、そこまでいく前にまず題にもとづく構想そのものの巧みさが、表現効果としての情感あるいは情感の深さと密接な関係を持つものとして問題にされる。（藤平春男『新古今とその前後』）

と述べられる[9]。藤平氏は、題詠歌に対する歌合批評に於いて「心深き」の「心」と「おかしき心」の「心」の区別が曖昧なものだったとする用例を『内裏歌合』（天徳四年）の二例に求められている[10]。それが公任歌論に於ける二種の不可分なる「心」の性質にもなっているという論である。藤平氏が提示された二例は、公任の「心ふかく」なる概念を解釈するのに相応しい例であったようには思えないので、両者を区別して考える説に従いたい。公任自身が言葉を尽くして説いていないことが、公任の意識の未分化を示すことにはならず、公任が「心ふかく」を「心に

おかしきところある」と別項に立てていることは、従来指摘されている如く意識的な区分であって、そこには、公任歌論の独自性があるように思える。ただし、先掲論文中で、田中氏が、「心深く」を、「心におかしきところある」とは別に「一首に籠もる感情内容の深さ」であるとして、「表現論的に含蓄の深さ」を見ていこうとされていた点について、田中氏が『和歌九品』の用例に当たり、「「をかしき」心（趣向）もないとはいへないが、より多くは「心深く」といはれた感情内容が人を撃つといふべき」と解説されるに至るところには、「深さ」の方向を表現論的に解いて行くことにも限界が認められよう。そこには、感情内容の質の問題が生じてきている。[11]

岡崎義恵氏の、「「題の心」を主眼とする歌合の歌の心が公任においても見られる」とされた以外にも、公任歌論と歌合歌論の関わりについては説かれる所が多いが、歌合批評の中に、公任の「心ふかく」への影響を求めるならば、それは、公任以前の歌合に於ける「本意」に関わる評言であろう。所謂「落題」に関する批評は、既に「亭子院歌合」「春」に「ことしのこころなし」として、『内裏歌合』（天徳四年）八番「款冬」に「心はあるににたれどもやへさかずはほいなくや」と見える。歌合に於いて課題が巧く詠み仰せられた時に趣向の巧みさや言葉の優雅さが評価され、次に求められた批評の観点が、「深き心」ではなかったか。開催時期からすれば公任が存命中の、『東宮学士義忠歌合』「谷中菖蒲」に於いても、「題意」への深い関心が窺われ、そこには、「としごとのけふ、人人のあつまりつつ、さうぶのねをとりてくすりとすれば、そのみづの心をくみてぞよむべきを」という判詞が見える。ところで、その歌合「山樹蔭暗」左歌には、「あまり心ふかきくらさなり」という判詞が載り、同番では、趣向に於ける誇張を表しているのであろう「いりすぎたる」や、崇高な美観を指摘する「心たかさ」という評語が併用されている。それらの併用は、個々の概念が相違したものとして存在していたことを示しはしないだろうか。同番を掲げてみる。[12][13][14]

左　山樹蔭暗

一一　よとともにはれずもあるかなこがくれて山びといかであくとしるらん

右

一二　よもの山こぐらくなりてなつのよの月ばかりこそもりてみゆらめ

なつの山のをじかのたつべきこかげなり、常磐山まけやまの心ちにはあらぬを、左うたによとともにとあれば、こがらしのかぜにきのはのしぐるるをりもわすられて、あまり心ふかきくらさなり、右うたは、かげくらしといふことに、月もりてみゆとよめる心たかさは、みねのこずゑにもこえたれど、心ごころにはあかくやみえんといりすぎたれば、左右ながられいぜ院の山のたとひにて、ぢとやさだむべからん

さ月山こぐらきかげのしげしさはまさりてみゆる人もなきかな

（『東宮学士義忠歌合』）

歌合右歌は、「山樹蔭暗」の題を語句そのままに一枚の風景と解釈し、夏山の樹間に月光を添えたことで、「心たかさ」という美感を呈したが、その月光は明るさ故に題意を損なう（「いりすぎたれば」）ものになったといい、左歌は、初句「よとともに」が、木枯を想起させて題意の解釈が過ぎた（「あまり心ふかきくらさなり」）という。それらは共に好ましからぬものとして提示されているものの、「過剰」の質が両者では異なる。「いりすぎたる」は、工夫に関わる結果であり、「あまり心ふかきくらさ」は、構想以前の、題意に対する当初の解釈によって得られた「暗さ」が形象に影響している。表現論的な所謂「構想」によって成立したはずの形象には、形象から逆に構想には還元出来ない、詠歌対象に対する当初の「解釈」が影を落としているということがある。その際、解釈に関わった作者精神が、その質として現れる。公任は「心ふかく」で、題詠であれば、その題の、そうでなければ、詠ずる対象に対する作者の「解釈」の深さを捉えていたのではあるまいか。公任の場合は右歌合の判詞「あまり心ふかき」とは異なり、肯定した評言であって、公任のいう深き「心」は、後述する如く、自然に対する或いは人間の内の善き

ものと通底している。公任が最高の価値を置いていたと言ってよい「心ふかく」は、それを否定して表現論として見ていこうとされた藤平春男氏云「構想する創作主体の心的態度」や「表現以前の精神の深さ」[15]にむしろ近く位置しているのではなかったか。

(2) 秀歌の例

「歌は心ふかく姿きよげに」と説く『新撰髄脳』には、秀歌の例が挙がっている。[16]次の三首は、「むかしのよき哥」として提示されたものである。

世の中を何にたとへん朝ぼらけこぎ行く舟の跡の白波
天の原ふりさけみれば春日なるみかさの山に出でし月かも
和田の原八十嶋かけてこぎ出でぬと人にはつげよあまの釣舟

歌の形成に際し、如何なる詞を選択し、如何に組み立てるかという「趣向」「構想」以前に、広大な自然に添うように存在する人間の捉え方が「解釈」の基底として存在している。人間は窓の此方にあって外を眺めるように自然に対し、自己の存在位置を確保することで自然との調和を保っている。「人の世とは一体何なのか（世の中を何にたとへん）」という抒情は、漕ぎ行く船が残す白波なる光景との配合によって、歌の「よき」姿を成立させている。しかしながら、この歌の生命は、作者の自然の美への嘆息が「解釈」として形象に影を落としている所に息づいているのではないか。自然の美への嘆息は、外縁を消された光景の如くに茫漠と作者を捉えるものとして、何よりも先ず存在したのではあるまいか。「天の原」歌の仲麿歌では、個人の抒情は、「出でし」の「し」に片鱗として窺われるのみである。個人の抒情を抑制した視点も又、詠歌対象に対する解釈の基底にある。「和田の原」歌は、公任が史実を「よき哥」の要件として重視していたかは大切なこと乍今は措くとして、史実が顧みられずとも、歌は自己を客観化することで抑制された抒情表現を呈し、多くを切り捨てた後に残るまさに「清げ」な美しさを備えている。そういった当初の「解釈」の質が、形象の「よさ」になっていると考える。

『新撰髄脳』には又、「よき哥のさま」として、『古今集』撰者時代の新しい歌が、例示されている。

おもひかね妹がりゆけば冬の夜の河風寒み千鳥鳴く也

わがやどの花見がてらに來る人は散りなん後ぞ恋しかるべき

数ふればわが身につもる年月を送りむかふと何いそぐらん

先の例歌とは異なり、広大な自然を詠歌対象としていないこれらの歌は、人間存在の内なる世界を捉える捉え方に「解釈」の深さ広さが認められ、「よき哥のさま」と評価されたのではあるまいか。川風吹く寒気の中を妹の下へ急ぐ人間は、微弱な存在であるが、その心中には、妹を思う一点の温かき心が存在する（「おもひかね」歌）。或いは、花見がてらにやって来ると分かっている人にさえも思いを馳せて歌に詠む、これも又、人の真実であるといった「解釈」が基底にあって歌が組み立てられ（「わがやどの」歌）、或いは、人間の限りある生命への諦観が形象に影を落としている（「数ふれば」歌）。

では、秀歌の例を『和歌九品』に探ればどうか。岡崎義恵氏は、『和歌九品』「上品上」歌を「自然の美に伴ふ幽かで遠い情調において特色を見るべきものであり、それが高らかな想像に伴つて思ひ浮べられる如き状態である」と述べられたが(17)、氏が見ていこうとされたような審美論的観点を再び深め直す時期が来ているのではあるまいか。『和歌九品』は、公任によって、先掲『新撰髄脳』より六、七年以上後に著されたらしい(18)和歌の品等論で、「上品上」から「下品下」迄に各々僅か数十文字の評言と二首の例歌が載るといった簡単なものである。その「上品」三項は、次の通りである。

上品上　これはことばたへにしてあまりの心さへある也

春立つといふばかりにやみ吉野の山もかすみてけさは見ゆらん
ほの〴〵と明石のうらの朝霧に嶋がくれ行く舟をしぞ思ふ
上中　ほどうるはしくて余の心ある也
み山にはあられ降るらし外山なるまさ木のかづら色づきにけり
あふさかの関の清水に影見えて今や引くらん望月の駒
上下　心ふかゝらねどもおもしろき所ある也
世中にたえて桜のなかりせば春の心はのどけからまし
望月の駒引きわたす音す也勢多の中道橋もとゞろに

（『和歌九品』）

「上下」に、「心ふかゝらねど」という評言が見える。更に高次の「上品上」「上中」には「心ふかし」とも明記されていないが、この最上二等については「深き心」を前提にするものとし、「あまりの心」と「たへ」なる詞との相具が説かれていると考えるのが定説のようである。田中裕氏は、「あまりの心」を、「深き心」と風景との独特な統合の仕方という観点から詳しく説いておられる。即ち、「上中」の「ほどうるはしくて」とは、「「たへ」とまでは至らずとも、少くとも姿詞の一往の整斉には達してゐる状態」であり、「あまりの心」は、そういった「心詞の充実の極に付帯する最高の効果」「心詞相具の完美な様態に伴ふ意図しない結果であり、いはば何か恩寵のごときもの」であるとされた。それが、「上品上に至ると詞は風景を巧みに描写し表示するとともに、それと共に息づく心の動きをもまた些かも抑制することなくさながらに写しとることに成功してゐるのである。もはや深い心は風景に規制されるに止まらず、それを規制しかへすことによつて統合されるか（1の場合—引用者注「ほのぐと」歌—）、乃至は両者直接に融合するか（2の場合—引用者注「春立つと」歌—）してゐるのであるが、このやうに心の動きにさながらに対応する言語表現の獲得をさして「詞たへ」といつたと考へてよい。」と捉えられ、それでも猶「情調と化した心の状態が厳存する」ことを以て、「詞の限定し残した「あまりの心」」を、「さへ」の表現に見られた。[19]

最上二等の例歌は、それらより一段階下位の「上下」に比して、想念世界の広がりと普遍性を備えている。そして、ここでも又「解釈」の段階で得られたであろう歌の質が形象の生命になっている。歌の生命は、個々なる個性の中にあるのであって、「上品上」二首に見える縹緲とした感覚、「上中」二首に見る清冽な冬の緊張感、清水の透明感は、詠歌対象に対する「解釈」の深さとして詠歌の底流に存在したものであろう。そういった、解釈の深さが「上下」の例歌には欠けるというのが、「心ふかからねど」（「上下」）とされた理由ではないか。「世の中に」歌は、桜の美しさに打たれたのが形成の契機であっただろうが、「もし桜がなかったならば物思いをすることがないものを」という仮想は、人間の側のものでしかなく、人間存在を見極めるような広い視野に立つものではない。都へ献上される馬なのであろうが、同じ駒を詠んだ歌でも「上下」「望月の」歌作者の「解釈」は、響きわたる音に止まり、「上中」「あふさかの」歌で見た、満月を背景に関の清水に姿を映している駒の、[20]胎動を直後に控えた静寂や清水の透明感といったものへの関心とは、「解釈」に於ける質を異にしている。

（3）二種の「心」

公任の言う、深き「心」の概念が、あくまで秀歌に対してのものであったということは、注意されてよく、公任の歌論に於いて趣向や構想が歌の「心」として重視されていたとするなら、それは、或る基準を満たさぬ歌の姿に主として求められたものではないかと考える。『新撰髄脳』では、「終に心ふかゝらずは姿をいたわるべし」以下の記述に関連し、一方、『和歌九品』を例に取れば、その「心」は、中庸以下の歌に於いて必要な観点であろう。即ち『和歌九品』では、「中々　すぐれたる事もなくわろき所もなくて、あるべきさまをしれる也」[21]というのが、和歌の中庸ということになろうが、その中庸を境に上位と下位に二分すると、下位には、声調面の不備とともに、趣向及び構想の不備が品等論を成す観点にされている。この場合、「趣向」「構想」の不備は、歌を練ることによって得られる叙情性と着想に関する個性化の問題となっている。

中下　すこしおもひたる所ある也

昨日こそ早苗取りしかいつのまに稲葉そよぎて秋風ぞ吹く

われを思ふ人を思はぬむくひにやわが思ふ人の我を思はぬ

（『和歌九品』）

「すこしおもひたる」とは、着想が歌の形成に際し、「すこし」練られていることをいうのであろう。歌の形成に際し「おもふ」ことと「すこし」であれば、それは、着想そのものの説明に堕す危険性を孕み、形象面では叙情性の欠如した歌となる。右の例歌二首も、趣向、構想に於いて不十分で、着想の「説明」に終始するという欠点が指摘されている。その一段階下は、「下品上」である。

下上　わづかに一ふしある也

吹くからに秋の草木のしほるればむべ山風をあらしといふらん

あらしほの塩のやをあひに焼く塩のからくもわれは老いにける哉

（『和歌九品』）

前者は、山風即ち嵐であるという機知を全面に出した、文屋康秀の歌であって、『古今集』序文の六歌仙評では、康秀について「ことばはたくみにてそのさま身におはず」と、否定的ながらも「詞のたくみさ」を評価していた。「吹くからに」歌は、後人が付したという六歌仙評の例歌にも挙がっており、『古今集』の六歌仙評にも合致しているといってよかろう。公任は、これを「わづかに一ふしある」としながら、基準点である「中々」よりも二段階も低次に置く。一方、後者「あらしほの」歌は、「からく」の語を塩と心情との両者に用い、掛詞を効果的に配した歌である。『古今集』には、この歌と下句を等しくし、右歌同様に「からく」の掛詞を生命とする読人不知詠(22)が収録されている。着想は「一ふし」の興趣を備えていても、これらが中品より下位に置かれるのは、歌の形成に際し、一段階上位の評言に見えた「思ふ」という、歌として練られることによって得られる叙情性に欠けるからであろう。逆に言えば、「思ふ」ことによって、歌は歌として及第し、和歌の中庸を備える。歌として及第することは、『新撰髄脳』に於ける「うち〔聞き〕きよげにゆへありて哥ときこえ」に関わるところであろう。「形成に際し「思ふ」こと少しであること」(「中品下」)「着想の僅かな興趣」(「下品上」)それらよりも下位に置かれるのは、又、趣向、構想に於ける下位分類の項目である。

下中　ことの心むげにもしらぬにもあらず

今よりはうへてだに見じ花薄ほに出づる秋はわびしかりけり

わが駒ははやく行きこせまつち山待つらん妹を行きてはや見ん

(『和歌九品』)

「わづかに一ふしある」(「下上」)という如きの個性的な着想が見られない故に、それよりも下位に置かれたのであろうが、「ことの心むげにしらぬにもあらず」とは、当代の和歌的な、或いは優美な情趣として対象を捉えるという美的制約をまんざら知らない訳でもないという意味であったと考える。それは、「上下　心ふか丶らねども」の「心」同様、詠歌対象に対する「解釈」の問題であるが、趣向や構想のレベルでの不備が、「「事の心」をまんざら知らないわけでもない」という全面的ではない賛同表現を取らせることになったのであろう。

以上、「心ふかく」の「心」と「心におかしきところある」の「心」が、公任にとって異なる次元の観点で捉えられたものであり、「心ふかく」の方は、『和歌九品』を併せ考える時、殊に秀歌に関わる評語であったこと、更に、その「心ふかく」が、表現論的な工夫という側面から照射されるとともに、作者精神の美的な質の観点からも説かれる必要があるのではないかということを考えた。その際、主として田中裕氏、藤平春男氏の御論を参照したが、両氏は、本稿では全く触れなかった「和歌体十種」や、俊成歌論を視野に入れて公任歌論を和歌史に位置づけておられる。又、『和歌九品』で「心ふかからねども」と評価された「上品下」の例歌もやはり高い価値を認められているのであって、人をはっとさせるような新鮮な興趣が「おもしろきところあるなり」として認められている。そういった業平「世の中に」歌の評価については、俊成の業平歌評価と併せて次項に述べたい。

註

(1) 久松潜一校注「新撰髄脳」『日本古典文学大系　65　歌論集　能楽論集』

(2) 斎藤熙子「清げ」・『和歌大辞典』平成四年四月第三版　明治書院

(3) 実方清『日本文芸理論　風姿論』(昭和三十一年四月　弘文堂)五十頁・久松潜一校注前掲註(1)書　二十六頁頭注・「歌論用語」「清げなり」(橋本不美男・有吉保・藤平春男校注『日本古典文学全集　50　歌論集』昭和五十年四月　小学館)・斎藤熙子前掲註(2)書・その他、木越隆「藤原公任の歌論―「姿」を中心として―」(『和歌と中世文学』昭和五十二年三月　東京教育大学中世文学談話会)や、加藤直子「「新撰髄脳」から「九品和歌」へ―批評者公任の眼―」(『国文目白』24　昭和六十年二月　日本女子大学国語国文学会)でも、公任の「姿」の考察がなされている。

(4) 田中裕『中世文学論研究』昭和四十四年十一月　塙書房　四十七頁

(5) 久松潜一校注「和哥九品」前掲註(1)書

(6) 小沢正夫『平安の和歌と歌学』昭和五十四年十二月　笠間書院　一〇〇頁
但し次のようにも付け加えられる。「もっとも、作者の精神状態を反映しない作品などというものは考えられないから、以上二つの見解が根本的に違うというのではなく、心に関する前者の見解は自然に発展して、後者の見解に到達するものと思う。いいかえれば、作者の心が深い時には作品は自然と深いものになるのであり、それは、心(素材)と詞に分析されることなく、心(精神)と姿(ことばの配合)との二つの面から論じられるのである。」

(7) 「新撰髄脳」「補注」久松潜一前掲註(1)書　二三五頁

(8) 田中裕前掲註(4)書　四十四、四十五頁

(9) 藤平春男『新古今とその前後』昭和五十八年一月　笠間書院　一八四、一八五頁

(10) 「内裏歌合」(天徳四年)(『新編国歌大観　第五巻』)の十二番「卯花」に関し、藤平氏は、「ここで問題にされているのは、構想乃至着想としての心で、主として「をかしき」「心」の問題ではあるが、それは同時にまた作者の優美

な事象を想う情感の深さ「心深」さの問題でもあろう。」と言われ、同歌合の十七番「恋」について、「「頗有情」は、「心深」を認めた評といえようが、これを恋題の構想乃至場面構成の問題と切離すことはできまい。」とされた。しかし、いずれも「心深し」を取り上げている訳ではなく、「心深」さ或いは、公任の「心ふかく」との関連づけは、藤平氏の判断に拠っている。藤平春男『歌論の研究』（初版昭和六十三年一月　ぺりかん社　七十一頁）では、「比較はその結果としての情感の深さによっているので「をかしき心」は「深き心」と切り離せない関係がある。」と述べられている。同著では又、「公任歌論が深く歌合歌論に根ざしていることが「心ふかく、姿清げに、心にをかしき所ある」と、「心」に二面性があるような説き方をする理由となっていると思われる。」とも記されている。

(11)　田中裕前掲註(4)書　五十三頁

藤平春男氏も又、前掲註(10)書　七十頁で、「公任は享受の次元で歌をといらえているから、それを表現以前の詩心の深さとするのは問題で、田中裕の説く如く「表現論的に含蓄の〈深さ〉が追求されてゐる」ところに現出するものであろう」とされる。

(12)　岡崎義恵『岡崎義恵著作選　美の伝統』（昭和四十四年八月新修版　宝文館出版）一五二頁「「心深し」「あまりのこころ」の如きも、題詠的な着想としての心の深さ、姿にならんとする情調としての心の暗示的表現などと考えると、「題の心」を主眼とする歌合の歌の心が公任においても見られる。」

(13)　「亭子院歌合」「内裏歌合」（天徳四年）（『新編国歌大観　第五巻』）では、「ほいなくや」を初めとして、題の性質を如何に巧みに表現しているかが検討されている。しかし、十一番「首夏」で「歌のしなのおなじほどなれば」という判詞になると、その題の解釈の「深さ」に関わる所があるのではないかと考える。同じく、公任出生以前の『内裏歌合』（応和二年）一、五、一二（『新編国歌大観　第五巻』）にも「だいのこころたがへり」・「こよひのこころなし」・「だいのこころなし」として取り上げられている。

(14)　『新編国歌大観　第五巻』の本文に拠る。尚、同歌合には、「取苗人」の番にも「ふかき心」という用例が見えるが、それは、「ぬまみづのあしまにつくるあらだのふかき心はなけれど」として、田の水の深さを懸詞に「早苗取る人の心を捉ええず」（岩津資雄『歌合せの歌論史研究』昭和三十八年十一月　早稲田大学出版部　二八五頁）の意で用いられている為、公任の深き「心」を考えるに除外した。

(15)　藤平春男前掲註(10)書　一八五頁

(16)　貫之、伊勢、深養父が推奨した各々の歌・むかしの秀歌（「むかしのよき哥」）・比較的新しい秀歌（「よき哥のさま」）に分けて、通算九首挙がる内、公任の秀歌観を最もよく窺えるもの二項を取り上げる。

(17)　岡崎義恵前掲註(12)書　一五二、一五三頁「公任が「あまりの心」あるとして挙げた例（中略）、その中には、真率な感情も籠つては居るが、慈愛の如き人事関係の情緒ではなく、従つて言外に深き意味を暗示するといふ程ではない。強ひて言へば何れも想像の意を含んだもので、其点で余情といふべきものを認め得るのであるが、然し、此処に見出される深き感情は、寧ろ縹緲たる情緒である。」

(18)　村瀬敏夫「公任著作成立時代考」『国文学研究』11　昭和二十九年十二月　早稲田大学出版部

(19)　田中裕前掲註(4)書　四十九頁～五十五頁

(20)　「あふさかの」歌に関し、上條彰次氏に、「望月の駒」の史的考察を通して「日常秩序を超えた言語の次元において、実にして実ならず虚にして虚ならざる歌境を達成している表現の妙遠さを思わざるを得ないが、たしかにこの貫之詠は、「させる詞のよせ」「させるふし」がないとはいえないにもかかわらず、そうした「よせ」「ふし」をも包摂してかような文芸の世界に遊ぶ妙遠さにその生命を捉え得るのではなかろうか。」以下、歌の価値を詳説された御論がある。（『中世和歌文学論叢』平成五年八月　和泉書院　一四二頁）

(21)　詞の次元に於ける声調面の欠点を指摘するのは、「下品下」である。

　　下々　詞とゞこほりておかしき所なき也

　　　世中のうきたびごとに身をなげば一日に千たび我や死にせん

　　　あづさ弓ひきみひかずみこずはこずはこそはなぞこずはそをいかに

「世中の」歌は、濁音の多用と、「ひ」という同音の重用、「あづさ弓」歌は、「こず」「こば」「なぞ」の濁音を含む語の繰り返しが、声調のなだらかさを損なっている。後者は更に、「なぞ」という突出した発語や、「こばこそ」「こずはそをいかに」という言いかけ途中の語を用い、それらに「あづさ弓ひきみひかずみ」の序詞が、冠せられるという、複雑な構造になっている。こういった個々の「詞」の次元での声調的欠点が、「詞とゞこほる」歌と捉えられる。一方、「中上　心詞とゞこほらず」は、歌内容である「心」の詠出のあり方が声調に関連する点に注目されている。

中上　心詞とゞこほらずしておもしろき也

立ちとまり見てを渡らん紅葉葉は雨と降るとも水はまさらじ

遠方に萩刈るおのこなわをなみねるやねりそのくだけてぞ思ふ

「立ちとまり」歌は、文としての構造が単一で、主述の明らかな歌であり、「紅葉」に係る修飾句や下句が、「立ちとまり」「見てをわたらむ」「雨とふる」「水はまさらじ」という時間の経過に従って記されている。「遠方に」歌も下句の心情を喚起する契機が、上句に置かれるという構造をとる。又、上句のア音オ音や、「ねるやねりその」という連句の声調が、同音の繰り返しながらかえって歌一首の姿になだらかさを出している。

(22)「おしてるやなにはのみつにやくしほのからくも我はおいにけるかな」(『古今集』巻十七　八九四)『新編国歌大観第一巻』

(23)久松潜一校注前掲註(1)書

付記　本項は「公任歌論の「心ふかく」」(『日本文芸研究』50-3　平成十年三月　関西学院大学日本文学会)を初出とする。

三　『和歌九品』「余りの心」

(1)　公任の業平歌評価

世中にたえて桜のなかりせば春の心はのどけからまし

『古今集』や『伊勢物語』に見えよく知られた、在原業平の歌であるが、藤原公任[1](九六六年生～一〇四一年没)は、この歌を高く評価していた。公任の撰集及び著述を八集と見た場合、そのうち六集に採歌されていること、後期の著述である『和歌九品』に於いて「上品下」の例歌として掲げられていることからである。公任の秀歌観を、そういった採歌の頻度や『和歌九品』中の順位で量るならば、最も評価が高いのは忠岑のような歌[2]であって、右業平歌に対する評価は比較的高かったとする方が正確である。業平の歌が、『古今集』や『伊勢物語』の歌としてではなく歌学史上に大きく取り上げられるのは、「月やあらぬ春や昔の春ならぬ我が身ひとつはもとの身にして」であり、これは古代から中世にかけて余情理論が展開する、その指標の一にされてきた。歌学史に於ける「世中に」歌から「月やあらぬ」歌への関心の移行は、『古今集』撰者時代の歌風から六歌仙時代歌風への関心の高まりを示すものであろうし、公任の考えた和歌の世界が「『古今集』の撰者たちが心にえがき、そして『古今集』編集によって具体的に示そうとした和歌の世界から、読人知らずと六歌仙とが質的量的に切り落されたもの[3]」であったことは、小沢正夫氏が早く指摘されている。

『古今集』序業平評から「業平歌と余情」、公任「余りの心」(『和歌九品』)という理念から「公任歌論と余情」、そして、俊成の言説等から「業平「月やあらぬ」歌と余情理論」それら各々の関わりは歌学史上に見えるが、「業平「世中に」歌と余情」、或いは「業平歌と公任の余情理論」を直接結びつけた言説はない。論題に提示した両者が結びつくならば、公任の内に、「余情と深く関わる業平歌」という享受の側の視点を想定し前提としなければならず、この場合の「余情」は、「余りの心」(『和歌九品』)とは別種のものである。「余りの心」という理念を提示したのは公任歌論の特質であるが、更に公任が「余りの心」とは異なる余情意識を背景に「世中に」歌を採ったと解釈する時、公任の余情論は、理論として両翼を備えた姿を見せるのではないかと考えている。

(2)　余情理論

「余情理論」を、余情に価値を認めていこうとした意識が表明された言説とするならば、『古今集』序業平評・忠岑『和歌体十種』「余情体」「高情体」・公任『和歌九品』「余りの心」・『作文大体』「余情幽玄体」・顕昭『古今集注』・『無名抄』が伝える俊恵の言葉・俊成『慈鎮和尚自歌合』十禅師十五番判詞等という順序で展開していく。

歌学史に於ける「余情理論」の起源は、『古今集』の序業平評に在るというのが通説である。仮名序の筆者貫之は、業平の歌風について、「その心あまりてことばたらず、しぼめる花のいろなくてにほひのこれるがごとし」と言った。真名序は「其情有余其詞不足如萎花雖少彩色而有薫香」と記す。『古今集』の序が六歌仙を古代の尊重すべき歌人として掲げているのは勿論のことながら、貫之の示す文脈には、業平の歌は歌の心と詞とが不均衡であって、当代風の「さま」(4)から外れ残念なところのある歌であるという心情が表れていると、私自身は考える。しかし、岩津資雄氏が指摘されたように(5)、中国古代の詩論中「文已ニ尽キテ意余リ有ルハ興ナリ」(『詩品』)、「物色尽キテ情ノ余リ有ルハ会通ヲ暁ルナリ」(『文心雕竜』)などの考え方によって、「しぼめる花の匂ひ」を積極的に捉えていたのであれば、貫之は、「匂ひの美」なる余情論を提示したことになる。

では、公任は『古今集』序業平評をどのように享受していたのか。『古今集』仮名序には、後代の某人が付したという古くからの注が備わっており、「心あまりて」以下の業平評にも例歌が三首付されるが、この古注の作者を公任とみる説(6)がある。公任が古注を創ったのであれば、業平評の例歌三首は公任にとって馴染みの深い歌だったことになるが、それらは、八四八首にも上る公任の撰集及び著述中の歌には全く採られていない。尤も、そこには本文に添える例歌と撰集著述上の歌という採歌の意図の相違が存在するであろうから、この結果を古注の作者論に結びつけることは早計であり、異なる歌が採られていても直ちに問題ではない。しかしながら、業平評を体現する古注の例歌のような歌を避け撰集及び著述中に別の歌を入れるというのは、何か意図的な行為のようで、公任にとっても業平評は和歌の理想とする姿からは不十分なものであったのではなかろうか。その場合、新たに採り入れた業平歌は、貫之の視点とは別の、或いは貫之の観点を補足するような意識を以て、業平評に対する不満足なる要素を自己の著述撰集の中で解消する為の歌であったと見ることも出来よう。

『古今集』序以降公任以前に「余情理論」の展開が見られるのは、天慶八年忠岑撰と記された『和歌体十種』である。この中に「余情体」という一体が設けられてあり、例歌五首に続き「是体　詞標一片　義籠万端」[8]と説明されている。その説明を、提示するのは一片の詞であるが余意が隅々に籠もっていると見れば、殊に「標」「籠」を以て意図的な手法と解釈するならば、それは「簡素な詞句によって万般の余情が暗示される」（谷山茂「幽玄」[9]）歌の方法であり、「簡単な詞の中に事象を含めやうとした簡潔法」（前田妙子「歌論に於ける「余情」と「空」の美的相関」[10]）を説いたと考えられ、或る種意図せぬ効用であった公任言う「余りの心」とは似て非なるものがある。穎原退蔵氏は、

余情にはいつも大きな空白が必要なのである。そしてその表現されないで残された所に、表現された以上のものが感ぜられる時、そこに余情の美が生れるのである。（穎原退蔵『余情の文学』[11]）

と言われ、前田氏も「「空」所を表現する様式が「余情」である」[12]と説かれていたが、この「空白」を如何にして作り出すかの方法が、「作者が本来表現しようとする心そのもの」をいったん「それと密接な関係をもつある他の事象や心象と見られる」ものに転移させる（田中裕『中世文学論研究』[13]）という、「余情体」の例歌に見られる方法であった。この例歌も又、公任言う「余りの心」ある歌とは異質である。「余情体」の例歌について岡崎義恵氏は、

余情の「情」は、知的連想の中にあるものである。…其処には必然に歌の内容としての事や業が多量に存在する事を告げるものである。平安朝和歌の圏内にある余情といふものは、かやうに事件や行為に伴つた、従つて小説的、戯曲的傾向を帯びた感情の多量に存在する事を意味してゐたと思はれる。（岡崎義恵『美の伝統』[14]）

と指摘されている。一方、「余情体」が提示する如き余情表現の方法と呼ぶべきものが公任にもあったとするならば、それは「姿きよげに」（『新撰髄脳』）という形成の方法と関係する。清げなる姿を読者は、形象の韻律によって感得するのであるが、清げなる形象は、歌内容を整理し抑制することで「空白」を作り出すという方法に負うところが大きい。「きよげ」と「余りの心」は同一書に見える言葉ではないが、その「空白」によってもたらされる余

情が「余りの心」と考えてよいであろう。これは、「簡単な詞の中に事象を含めやう」とする意識や、田中氏が説かれた「転移」の方法意識とは異なる。従って、「余情体」の例歌と公任「余りの心」ある歌とは例歌の様相が異なっているのであろうと推測する。

「余情体」に加え、「高情体」の説明「此体　詞雖凡流義入幽玄」も又、提示された詞以上の効用に触れている点では公任理想の「余りの心」なる概念に近い。ここでは「無記といふか乃至は最も優れた様態におかれた心詞ののもつ自然な融合、相応といふほかはないもの」が説かれており、「高情体の性格は…和歌九品の上品上を想起させるものがある」(15)と言われるところである。しかし、「高情体」の例歌の方も又、両者を並記すれば次の如くに、公任「余りの心」ある歌とは、相容れない要素がある。

冬ながら空より花の散り来るは雲のあなたは春にやあるらむ
行きやらで山路くらしつ時鳥いま一声の聞かまほしさに
散り散らず聞かまほしきを故郷の花見てかへる人もあはなむ
山たかみわれても月の見ゆるかな光をわけて誰に見すらむ
浮草の池のおもてをかくさずはふたつぞ見まし秋のよの月
（『和歌体十種』「高情体」忠岑）

上品上　これはことばたへにしてあまりの心さへある也
春立つといふばかりにやみ吉野の山もかすみてけさは見ゆらん
ほの〴〵と明石のうらの朝霧に嶋がくれ行く舟をしぞ思ふ
上中　　ほどうるはしくて余の心ある也
み山にはあられ降るらし外山なるまさ木のかづら色づきにけり

あふさかの関の清水に影見えて今や引くらん望月の駒　（『和歌九品』公任）

「高情体」の例歌は、「風情の巧緻に最も大きな関心が注がれ」[16]ており、「享楽耽美の詩情を想像の世界でより深めよう」とする態度、「趣向の工夫によって詩情の世界を捉えようとする方法」（藤平春男『新古今とその前後』）[17]によって成立している歌であった。春に対する待ち遠しい思いをどう詠うか、空の彼方から降り来る雪を春の降らせる花だと見る。或いは、時鳥の声に対する慕わしさをどう詠うか、山路で一夜明かしたと表現する。そういった、特殊な提示の仕方によって高められる風情が、これらの例歌には備わっている。藤平氏が「趣向（場面構想）上の工夫によりかかる度合いが大きい」と言われるところであろう。しかし、公任が「余りの心」備えるとして提示する歌は、作られた風情、趣向を離れた叙景歌風の歌である。両者の例歌は、風情の創出を重視する姿勢にあるか否かが第一に異なっている。更にもう一点の差異は、「高情体」の例歌が自然に対する全面参与とでもいった、自然を主体にした歌であるのに対し、公任の方は、一見叙景歌らしき歌に見えて飽くまで人間を主体にした歌であるという点である。『和歌九品』「上品上」「上中」の例歌には、自然を捉える人間が、「思ふ」「らむ」「らし」といった語によって定位している。田中裕氏が、それらについて「風景はいはば心の翳にすぎない」[18]と言われた通りである。

『和歌体十種』総計五十首の例歌が、公任の著述である『新撰髄脳』と『和歌九品』にどれだけ採られているかという点に着目してみると、『新撰髄脳』では五首（「古歌体」一・「余情体」三・「器量体」一）採られていたが、それら五首は『和歌九品』には見えず、『和歌九品』には別な一首（「神妙体」）が採られるのみである。[19]『和歌体十種』が、「諸歌之為上科」として最高の価値を認めていた「高情体」の例歌は、両書には全く採られていない。但し、両書以外の公任が関わる撰集には『和歌体十種』十体中の歌体の例歌を広く見出すことが出来る[20]のであるが、秀歌観を言明した著作として『新撰髄脳』と『和歌九品』に着目した場合、右のように採歌が減少している。これは、『新撰髄脳』のような初期の歌論を成した頃には、『和歌体十種』の影響を強く受けていたが、秀歌観の変化を経た後、後期の著述である『和歌九品』に於いて、『和歌体十種』とは異なる理論背景を有するようになっていたと見るのがよいのではなかろうか。『金玉集』や『深窓秘抄』の採歌の様相からは、公任が、例えば次第に古代に目を向けていくといった秀歌観の変化が見られるからである。或いは又、梅原猛氏は、『和歌体十種』を感情の分類による様式を示したものと捉えられたが、(21)梅原氏によって提示された感情の分類を参考に公任の「余りの心」ある歌と比較してみると、公任の最後に掲げたものが、「たへ」（『和歌九品』）として表れる「詞」の美への信頼であった点に於いて、そこには『和歌体十種』には見られない理論が完成されていたように思えるからである。

ところで、公任の著述撰集に於ける八四八首の内、業平の歌として採られるのは四首のみである。前述のように「世中に」歌は『金玉集』以降六集に採られるが、他の三首は、(22)『深窓秘抄』以降の撰集一集或いは二集に記名を付して採録されている。『和歌九品』の「上品上」「上中」「上中下」については先に掲げたが、続く「上品下」は次の通りであり、業平「世中に」歌は、ここに置かれている。

上下　心ふかゝらねどもおもしろき所ある也

世中にたえて桜のなかりせば春の心はのどけからまし

望月の駒引きわたす音す也勢多の中道橋もとゞろに

（『和歌九品』）

「上下」と更に上位の品等を分けるのは、歌が「ほどうるはしく」（「上中」）という美的観点から量られた姿を備えるか否かという点であるが、「ほどうるはし」き姿は、その評言に拠れば、「ふかき心」を要件としている。右の例歌は、既に『古今集』序業平評的な「詞足らず」とされる歌ではないが、歌内容は、詠歌の際の「解釈」の深さ即ち「心深さ」(23)に於いて欠けていた。結果として形象面で説明的になったことは、公任が価値を認める「余りの心」を広げる「空白」を作り出し難かった。それでは、「下」であるとはいえ「上品」に置かれた所以は何か。一は、評言にも言う「おもしろきところ」であろう。大胆な仮想表現は、人に新鮮な驚きを起こさせる。「おもしろし」という語は、『古今集』『後撰集』の詞書には月や花を対象とした用例がほとんどであり、公任以前の歌合でも、花や歌合の光景に対して用いられた語であった。[24]公任は、この言葉を先駆けて和歌の評価に取り入れた。他撰ではあるが同時代の用法が窺える資料として『公任集』を見ると、「おもしろし」の用例が比較的多く、人をはっとさせる驚きを伴う言葉として用いられている。[25]それは、「興味を朗かな気分に感じてゐる」（『源語釈泉』）[26]珍しさに対する明るい驚きであり、「世中に」歌の評価も同様な観点でなされているのであろう。「世中に」歌が「上品」に置かれる所以の第二は、「ほどうるはしく」（「上中」）という美的で端正な姿からは逸脱するほどの捉えきれぬ心がそれらの歌に認められたからではないだろうか。業平評に見られたような「詞たらず」という欠点は既に解消されながら、まだ心は余っており、そこに存在する強い真実性のようなものが評価されていると考える。右「望月の」歌は、都へ献上される馬の行く方を彷彿させ、きしむ橋の音を背景に響く馬の足音が力強い生命感として評価され、「世中に」歌では、抱え切れぬ生の重みの如きものが強い真実性として「ほどうるはし」き姿を壊す位の余情として認められたのではあるまいか。

谷山茂氏が「余情歌」について次のように分類されている。「余情歌」は、先ず、万葉的余情歌と中世的余情歌に分けられ、更に中世的余情歌は、「おぼめかして心にこめていう余情歌の姿（結果的には朦朧型でおおむね優艶美と結びつきやすい姿）」と、「明らかに確かに言い切ってしかも余情のある歌の姿（結果的にも明確型でおおむね長高美と結びつきやすい姿）」という二態の特徴によって区分される。先の万葉的余情歌の方は、「心象形象の忠実な写生という即物的態度に立脚し」、「達意主義に近い表現様式の内に自ら含蓄される無意識的余情」歌であると説明されている。[27]公任以降の余情理論については次項に述べているが、「余情」及び「匂ひ」[28]という詞が歌合判詞に見えるのは、現存資料に拠る限りでは全て公任没後のことである。基俊の用例（『保安二年関白内大臣歌合』七番・『中宮亮顕輔家歌合』三番）は、「匂ひ」「余情」ともに不十分を指摘する判詞であるが、「匂ひ」「余情」そのものは、言外に表れる効果として庶幾される概念になっている。俊頼には、『古今集』仮名序業平評を引用して、「その心あまりてことばたらず…ただそのていにや」（『永縁奈良房歌合』月四番）と、業平評的な「余情」を斥けた判詞がある一方で、俊頼には又、業平の秀歌は、ただ「世中に」歌くらいのものか、と豪語して、後に中世余情歌の指標とされる「春やあらぬ」歌の価値に気づいていなかったという逸話が、顕昭の『古今集注』に見える。基俊、俊頼の後、俊成判詞の中に用例が十八例（「余情」十・「匂ひ」八）と多く見え、「余情」は「景気」とともに「美の溶剤」（山下一海「余情」(29)）として、「幽玄」「艶」といった美を溶かして行く。

「月やあらぬ」歌が、谷山氏の分類中「中世朦朧型」の余情歌として、公任よりも後の時代にその価値を認められた歌であるならば、「世中に」歌の方は万葉的余情歌に近いものとして享受されていたのではあるまいか。「世中に」歌は「朦朧型」とは対照的に見えるが、「観念的立場からして心たくみに詞つよく詠み出している」(30)と言われる貫之の歌の「たしかさ」とも異なるように思える。「理をあらわに言ひ果て」(31)んとする姿勢が、『古今集』撰者時代の歌のようには備わらぬからである。「せば―まし」という一つの仮想は、一面で明快な理をなしているが、大胆な仮想表現を選択したときから「理」をみつめることは放棄され、表現せんとする心に観念化の大きな枠をかけたにすぎぬ表現になっている。(32)公任が撰んだ小町の代表作は、「色みえでうつろふ物は世中の人の心の花にぞ有りける」であったが、小町歌の「人の心の花」という詞が、移ろいの心情を確かに受け止める観念化された詞を得ていた(33)のとは対照的である。そういった点では「世中に」歌は、谷山氏分類されるところの万葉的余情歌に近い。

はじめに歌学史に於ける「世中に」歌から「月やあらぬ」歌への関心の移行を、『古今集』撰者時代歌風から六歌仙時代歌風への関心の高まりを示すものであるという見方を紹介したが、公任の内では、六歌仙時代歌風なるまとまった捉え方が為されていたとは言えないまでも、「世中に」歌は、「余りの心」ある歌とは別種の「余情」備える歌として享受されていたと考える。公任に余情表現の方法があったとすれば、それは「きよげなる姿」（『新撰髄脳』）という形成の方法であっただろうということは先に述べたが、この具体的な実践が、『和歌九品』「上品上」「上品中」の「余りの心」ある歌であり、『古今集』撰者時代の歌風の如き「明確型」の余情歌であった。歌内容を整理し抑制することで「空白」を作り出すところに「余りの心」が感得されるわけであるが、一方で「世中に」歌は、そういった形成の方法とは無関係に「余情」を生み出している歌であった。公任が『和歌九品』で「世中に」歌を、「下」とはいえ「上品」に置いたのは、「世中に」歌に見る「余情」への評価であったと考える。それは、『古今集』仮名序業平評とも『和歌体十種』とも異なる余情意識の表明であった。

（3）「世の中に」歌の形象

公任歌論との関わりを中心に検討してきた「世中に」歌であるが、初出作品に於ける歌世界を見ておきたい。

なぎさの院にてさくらを見てよめる　在原業平朝臣

世中にたえてさくらのなかりせば春の心はのどけからまし

（『古今集』巻一　春歌上　五三）

『古今集』の歌としては右のように載り、『伊勢物語』では、『古今集』詞書に見える「なぎさの院」が業平にとって如何なる意味を持つ場所であったのかが、物語化されている。公任が『伊勢物語』の世界にどの程度関心を持っていたか疑問である。残された撰集等からは、積極的な享受の様子が見えないからである。[34]しかし、『伊勢物語』も又、「世中に」歌の歌世界を美しく語っている点に於いて、公任の高い評価と関わるところがあるかもしれない。右歌は、『伊勢物語』の八十二段に見える。『伊勢物語』八十二、八十三の両段は、惟喬親王と「右の馬の頭」なる業平との交情を描いた段であり、親王は、右馬頭なる人を常にお供させていたと記されている。続く八十三段では、突然の親王出家後に右馬頭が、正月に雪をおして小野の庵室へ親王を訪ねて行く場面が描かれる。親王の悲しげな様子に接した右馬頭は、過ぎし日の思い出を語る（「いしにへのことなど思ひいで聞えけり」）のであるが、そういった楽しい交情の思い出が、前段に交野の桜狩りの様子として提示されているようである。両段ともに、文徳天皇の第一皇子であった惟喬親王が帝位に就けなかったというような史実には一切触れようとはしていない。しかし、史実によって人々が推測し得る世情の厳しさや、八十三段に見える、親王の悲しげな様子や涙ながらに都へ戻る右馬頭の歌の悲哀の調子は、先の八十二段にも無縁ではない。八十二段の本文は次のように記す。

むかし、惟喬の親王と申すみこおはしましけり。山崎のあなたに、水無瀬といふ所に、宮ありけり。年ごとの桜の花ざかりには、その宮へなむおはしましける。その時、右の馬の頭なりける人を、常に率ておはしましけり。時世経て久しくなりにければ、その人の名忘れにけり。狩りはねむごろにもせで、酒をのみ飲みつつ、やまと歌にかかれりけり。いま狩する交野の渚の家、その院の桜、ことにおもしろし。その木のもとにおりゐて、枝を折りて、かざしにさして、かみ、なか、しも、みな歌よみけり。馬の頭なりける人のよめる。

世の中にたえてさくらのなかりせば春の心はのどけからまし

となむよみたりける。また人の歌、

散ればこそいとど桜はめでたけれ憂き世になにか久しかるべき

とて、その木のもとは立ちてかへるに日暮になりぬ。御供なる人、酒をもたせて、野よりいで来たり。この酒を飲みてむとて、よき所を求めゆくに、天の河といふ所にいたりぬ。（『伊勢物語』八十二段）

「世の中に全く桜というものがなかったならば春の気分はどんなにかのどかだろうに」と詠んだ右馬頭の歌に、別人の歌「散るからこそ桜はすばらしいのだ。この憂き世に久しい命を有するものなど何があろうか」が、唱和するかのように置かれている。「その院の桜ことにおもしろし」と記される桜に、人々は引きつけられて、こぞって歌を詠んだという。桜の生命力を「髪挿」から享受し、花の美しさを手放しで受け容れている。しかし、その時右馬頭が、桜を眼前にして感じたのは「のどかならぬ心」であった。別人は、「世中に」歌の背後に存する「のどかならぬ心」を落花への不安だと捉えた。別人の皮相な理詰めの歌をここで唱和させる形は、前歌の余情を消し「その木のもとは立ちてかへる」場面展開の契機としてふさわしかったのかもしれない[35]。別人は、「散ればこそ」と詠うのであるが、この歌の作者が提示したようには安易に解消されることのない「のどかならぬ心」を、そのままの形で抱え持つところに「世中に」歌のよさが存在し、「散ればこそ」の歌によって一層引き立てられている。「世中に」歌第三句の古形には、右の如き「なかりせば」ではなく「さかざらば」という形も又存在したようである[36]。「世中に」歌に関する注釈には、「心は、あるは咲くを待、うつろふをしたひ、散るを歎き、ちりはてぬれば猶おもかげをしのぶ心あれば、春のあひだのどかになければ」（『両度聞書』[37]）といったものが見られるが、そういう時間経過を含む思いは、「さかざらば」よりも「なかりせば」の方に、より印象づけられるものかもしれない。「さかざらば」では「咲く」という語が直接的に詠み込まれているのであって、咲いている桜に対しての思いであることが先ず示されるからである。この歌の本質は、以下に述べる点に於いても、『両度聞書』に言うような長い時間経過を包摂しない「さかざらば」の方によく表れている。

『古今集』に載る形を先に示したが、花を見ればもの思いをするというのは、『古今集』中でも、業平歌の直前に置かれた歌が逆説的に表現している。国母となった娘を桜花になぞらえて、自らは歳老いたけれど「花を見ればもの思ひもなし」と詠んでいる。業平の歌同様に「…見てよめる」という詞書の下に置かれている。花を見る時のもの思いを表す表現には又、「しづ心なし」という詞もある。野口武彦氏は、時代は下るが式子内親王の「夢のうちも移ろふ花に風吹きてしづ心なき春のうたたね」に関する論[38]の中で

うつろう花。うつろう時間。うつろう生。この異様に明るくあざやかな夢の落花は、もしかしたら瞬時も休みなく指のあいだを辷りぬける生の時間なのではあるまいか。夢にもうつつにも花は散りしきり、「しづ心なく」すべては経過する。経過するものを見すえる物思いは夢の内にも侵入しないではいない。

と記されている。「しづ心なし」とは、落花を目にした気ぜわしい思いであり、広義の「のどけからぬ心」でもある。『古今集』には、

さくらの花のちりけるをよみける　　つらゆき
ことならばさかずやはあらぬさくら花見る我さへにしづ心なし　　（『古今集』巻第二　春歌下　八二）
桜の花のちるをよめる　　きのとものり
久方のひかりのどけき春の日にしづ心なく花のちるらむ　　（同　八四）

のように、「しづ心なき」思いを詠む歌が掲げられており、それらの詞書は、「しづ心なき」思いが落花に対するものであったことを明示している。「しづ心なき」と「のどかならぬ心」という表現の相違点の第一は、この点にある。「しづ心なく」が、野口氏の言われるように、全ての経過するものを表現しているとするならば、「のどかならぬ心」は逆に、持ちこたえねばならぬ人事の或いは生の重みを表すものであった。『伊勢物語』八十二段の桜は、「ことにおもしろ」く人々をひきつけたという。逸興の桜であったと記されることからは、満開の桜であったかもしれない。即ち、蕾を見て開花を待ち開花を見て散るを恐れるという比較的長い時間に亘る落ち着かぬ心ではなく、満開の桜に「おもしろし」即ち心をはっとさせられた後に沸き上がったままただ持ちこたえているしかない重き感情が「のどかならぬ心」だったのではあるまいか。その内実は、中西進氏が、梶井基次郎論の中で指摘されている「人間を不安の空中に漂流せしめる美しさ」(39)であり、若山牧水が「うらうらと照れる光にけぶりあひて咲きしづもれる山ざくら花」(40)と詠んだ静謐さであり、野口氏が又指摘されている、西行の「花見ればそのいはれとはなけれども心のうちぞ苦しかりける」の「花を見ることがわれわれにかきたてるほとんど胸ぐるしいまでの心のときめき」(41)であったり、村野四郎の詩の言葉として見える「花の奥に花あり／花の翳花におち／無数の言葉むらがりしずもり」(42)というような、汲めども尽きぬ泉の如く沸き上がる感情であったと考える。「世中に」という詞は、「のどかな

らぬ」思いが、何か人事に関わる思いを包摂したものという印象を与え、『伊勢物語』にこの歌が置かれると、更に、惟喬親王の史実から、或いは八十三段の悲痛な調子から、作者の「のどかならぬ心」を、読者は世情の厳しさに結びつけて読むことに誘われるのであるが、しかし、「のどかならぬ心」は、それら和歌の背景よりも、或いは「散ればこそ」歌で詠まれたような落花への不安そのものよりも、先ず『古今集』詞書が示す如く、人間の心に自ずと湧き起こるただ持ちこたえるしかない「花を見ての思い」であった。「もし—なら—だろうに」という反実仮想は、そういった思いを言葉で切り取り把握し尽くしたように見えて、実は捉え切れぬ重さを露呈することになっている。はっきりと詠んでいるのに心が捉えきれずにまだ残っている。「世中に」歌の「余情」は、人が重き生を抱え持つ如くにじっと持ちこたえている思いであり、其処にこの歌の真実性があった。それは、公任の理想とした「余りの心」ではなかったが、古代性備わる余情として公任に評価されるものであった。

註

（1）『金玉集』（一五）・『前十五番歌合』（五）・『深窓秘抄』（十九）第三句「さかざらば」・『和歌九品』（五）・『和漢朗詠集』（一二二）・『三十六人撰』（四七）に採られ、『拾遺抄』『新撰髄脳』には見えない。（　）内は『新編国歌大観第二巻』『同　第五巻』の所収番号。

（2）「春立つといふばかりにやみ吉野の山もかすみてけさは見ゆらん」は七集に採られている。採歌の頻度からすれば、平兼盛の「数ふればわが身につもる年月をおくりむかふと何いそぐらむ」も同数（七集）であるが、従来指摘されるように、「春立つと」歌が『拾遺抄』の巻頭歌であり、又『和歌九品』で「上品上」に置かれていることに拠る。

（3）小沢正夫「平安朝歌論の成立と展開—貫之から公任まで—」『国語と国文学』昭和三十七年四月　東京大学国語国文学会　九頁

（4）本章第一節第三項参照。

（5）岩津資雄『歌合せの歌論史研究』昭和三十八年十一月　早稲田大学出版部　四十、四十一頁

(6) 西村加代子「古今集仮名序「古注」の成立」『中古文学』56　平成七年十一月　中古文学会
同論文では、公任真名序注（顕昭「古今集序注」の中に見えるもの）と仮名序古注との関連が、特に六義説の箇所で密接であることから、古注の公任作者説を採られる。
(7) 公任の著述及び撰集を八集とし、重出歌を一首として数えた。ここには、類歌の判断に関する問題も含んでいる。
(8) 『日本歌学大系　第一巻』所載の本文に拠るが、原田芳起「大東急本奥義抄と忠岑十体」（『文学・語学』27　昭和三十八年三月　全国大学国語国文学会）に紹介されている校異も参照した。「高情体」についても同じ。後に、本稿で『和歌体十種』の例歌を五十首と記すのは、同奥義抄所収本で補欠された「和歌体十種」『新編国歌大観　第五巻』の歌数に拠る。
(9) 谷山茂『谷山茂著作集　一　幽玄』昭和五十七年四月　角川書店　二一八頁
(10) 前田妙子「歌論に於ける「余情」と「空」の美的相関」『日本文芸研究』7-2　昭和三十年六月　関西学院大学日本文学会　二十九頁
(11) 潁原退蔵『余情の文学』昭和二十三年二月　臼井書房　二十八頁
(12) 前田妙子前掲註(10)書　三十二頁
(13) 田中裕『中世文学論研究』昭和四十四年十一月　塙書房　三十五頁
(14) 岡崎義恵『岡崎義恵著作選　美の伝統』昭和四十四年八月新修版　宝文館出版　一三六頁
(15) 田中裕前掲註(13)書　三十九頁
(16) 田中裕前掲註(13)書　三十九頁
(17) 藤平春男『新古今とその前後』昭和五十八年一月　笠間書院　一八一頁
(18) 田中裕前掲註(13)書　五十五頁
(19) 「古歌体」一首（『新撰髄脳』「貫之が哥の本とすべし」とした歌）・「器量体」一首と「余情体」一首（『新撰髄脳』「むかしのよき哥」）・「余情体」二首（『新撰髄脳』「よき哥のさま」）・「神妙体」一首（『和歌九品』「上品中」）。それぞれが、（　）内と重出している。
(20) 分布の様相の例示はしていないが、それらは、『和歌体十種』の歌体を考慮して各々の撰集に採り入れたというよりも、採歌資料の範囲が広がるに伴い結果的に『和歌体十種』の歌が二十九首と多く（公任撰歌八四八首中から見れば少ないが『和歌体十種』五十首の過半数に相当する）採られるようになったと解釈すべきものであろう。拙稿「公任撰歌のデータベース」（『大阪樟蔭女子大学日本語研究センター報告』8　平成十二年三月）でデータベースを公開している。

(21)　梅原猛「壬生忠峯「和歌體十種」について」『立命館文学』7　昭和三十八年七月　立命館大学人文学会「対象に向つた欲望が、ふさぎ止められながら「無」となつた対象に、延々とまとわりつくような愛着の余韻嫋嫋たる悲哀感」（余情体）及び「あこがれの感情、遠いものへのかすかな期待の感情」（高情体）等、十体各々の質的差異を説かれた。

(22)　たのめつつあはでとしふるいつはりにこりぬこころをひとはしらなむ　（『深窓秘抄』六七、『三十六人撰』四八）
いまぞしるくるしき物と人またむさとをばかれずとふべかりける　（『三十六人撰』四九）
うづみびのしたにこがれしときよりもかくにくまるるをりぞわびしき　（『和漢朗詠集』三六六）

(23)　本章本節第二項参照。

(24)　例示は省略するが、唯一の例外は、『亭子院歌合』の「からうじておもしろし」という判詞の言葉である。

(25)　例示は省略するが、『拾遺抄』や『拾遺集』の用例が月や花を対象としているのに対し、『公任集』では五例の内、四例が住吉詣の海辺の光景に対して「おもしろし」を用いている。

(26)　吉澤義則『源語釈泉』昭和二十五年七月　誠和書院　二六二頁

(27)　谷山茂前掲註(9)書　二四四、五頁

(28)　「匂ひ」は、俊頼の「あめのした、こそにほひなき心地すれ」（『永縁奈良房歌合』祝二番）、俊成の「はなたちばな」の語に対する「にほひくははりて」（『三井寺新羅社歌合』十四番）は、歌語の情趣が「匂ひ」として評価されており、そういう「匂ひ」豊かな歌語としての伝統的な情趣を有する語ばかりを集めると、「余情のすぎたる」（『民部卿家歌合』山花十四番）という評価につながっていったように、歌語としての語単位の、或いは句単位の情趣を云うものであったようである。

(29)　山下一海「余情」『日本文学に於ける美の構造』昭和五十七年三月再版　雄山閣　八十一頁

(30) 谷山茂前掲註(9)書　二二六頁
(31) 谷山茂前掲註(9)書　二二七頁
(32) 錦仁氏は、「せば―まし」という構文の特質を次のように説かれる。「反実仮想の想像力が現実に存在している景をあくまでも明視する立場から生み出されて」おり、「歌は対象のもつ美性を具体的に形象化する道を絶たれ、それに対する作者の感動を表出する方へ力点がかかってしまう。」…「やはりここからは叙景歌は生まれない。もし生まれるとすれば、〈せば―まし〉の語法を捨てたときであり、それは反実仮想という観念の鋳型で現実や対象へアプローチしようとする、その精神自体を否定しなければならなかったであろう。」錦仁「〈せば―まし〉歌の消滅」『中世和歌の研究』平成三年十月　桜楓社
(33) 本章本節第一項参照。
(34) 公任が撰集等で採録した『伊勢物語』の歌は、八首見え、そのうち七首が『古今集』所収歌である。しかし、それらの内五首は、小町歌一首（「おもひつつ」）、業平歌二首（「いまぞしる」「世中に」）、「貫之、深養父の推奨歌『新撰髄脳』」二首（「風ふけば」「恋せじと」）として採られており、公任の内では、古代性有する歌を載せる『伊勢物語』という認識はあったのかもしれない。『古今集』非所収歌一首は、『伊勢物語』十一段「忘るなよ」歌で、『拾遺抄』（五二八）では橘忠幹の歌となっている。
(35) 市原愿氏は、『伊勢物語』八十二段と『古今集』の同歌及び詞書を対比され、『古今集』に於ける「世中に」歌の異常に簡単な詞書は、「業平家集のごときもの」から「純然たる自然詠歌」として採り入れられたものとした上で、「ちればこそ」歌は、片桐洋一氏言われる「歌の後人付加による成長」（『伊勢物語の研究』昭和四十三年二月　明治書院）過程で付加された歌という見解を示されている。（市原愿「伊勢物語生成序説―八二段の再検討―」『中古文学』9　昭和四十七年五月　中古文学会）
(36) 『古今集』『古今和歌六帖』ともに第三句「さかざらば」「なかりせば」の両形が伝わる。『土佐日記』は「さかざらば」とある。公任関係の著述撰集八集では、『深窓秘抄』のみが「さかざらば」で、他は全て「なかりせば」の形をとっている。公任の場合は、「うち聞きよげに」（『新撰髄脳』）といった音韻の滑らかさを重視していた故の判断が強く働いて、最終的に「なかりせば」という形を採択したのではないかと推測する。

参考文献
久曾神昇『古今和歌集成立論　資料編　下』昭和三十五年十二月　風間書房
西下經一・滝沢貞夫編『古今集校本』昭和五十二年九月　笠間書院
片桐洋一『古今和歌集全評釈』平成十年二月　講談社
『図書寮叢刊　古今和歌六帖　下巻　索引校異篇』昭和四十四年三月　宮内庁書陵部
萩谷朴『土佐日記全注釈』昭和四十二年八月　角川書店

(37)竹岡正夫『古今和歌集全評釈』(昭和五十六年二月補訂版　右文書院)より本文を引用。

(38)野口武彦『花の詩学』昭和五十三年三月　朝日新聞社　四十五頁

(39)中西進『花のかたち―日本人と桜―(近代)』平成七年四月　角川書店

　人間を不安の空中に漂流せしめる美しさ。その浮遊をつなぎとめるものが生と死という円環だった。死と再生という確実な生命環の中に、生命の最盛としての桜をおくことによって、梶井は美を了解した。(二十一頁)

(40)若山牧水「山桜の歌」『日本の詩歌　4　与謝野鉄幹　与謝野晶子　若山牧水　吉井勇』昭和五十四年二月新訂版　中央公論社

(41)野口武彦前掲註(38)書　十一頁

(42)「抒情飛行」「火の桜」『定本　村野四郎全詩集』昭和五十五年八月定本版　筑摩書房

参考文献
「新撰髄脳」「和歌九品」『日本古典文学大系　65　歌論集　能楽論集』
「和歌体十種」『日本歌学大系　第一巻』
「古今集注」『日本歌学大系　別巻四』
「作文大体　観智院本」『天理図書館善本叢書和書之部第五十七　平安詩文残篇』昭和五十九年一月　天理大学出版部
「伊勢物語」『日本古典文学全集　8　竹取物語　伊勢物語　大和物語　平中物語』昭和五十八年五月第十四版　小学館

岡部政裕『余意と余情』昭和四十六年一月　塙書房
荒暁子「業平の歌の構造―「心余りて、詞足らず」の意味―」『日本文芸思潮論』平成三年三月　桜楓社

付記　本項は「業平「世中に」歌と公任の余情理論」(『日本文芸研究』51-3　関西学院大学日本文学会　平成十一年十二月)を初出とする。論文提出時に編集委員の大鹿薫久先生に御指導頂いた。

第三節　『新撰和歌髄脳』・『孫姫式』と六条家の歌学

はじめに

小野小町に関する最古の評言は、『古今集』序の所謂「六歌仙評」に見える、ごく短い記述である。それが小町の歌の文芸性に触れた評言であったことを、『古今集』序に見る「さま」との関連に於いて、先節で考察した。藤原定家の歌論に、「寛平以往の歌」への評価が明言されているのは周知のところであるが、では、『古今集』序以降、定家による再評価に至る迄、小町の歌は、如何に享受されてきたか。この時代の歌学書にも、小野小町の人物に対する伝奇的な関心ではなく、文芸性を顧慮した言説が見られる。本節では、『古今集』序以降の平安時代歌学書に於ける小町歌享受の様相について述べたい。

一　清輔『袋草紙』亡者の歌

小町歌が歌学書との関連に於いて論じられる時、しばしば挙がるのは、亡者となった小町が詠んだという

あきかぜのふくたびごとにあなめ〳〵をのとはならじすゝきおひけり

の歌である。平安時代後期、藤原範兼は『和歌童蒙抄』で、これを薄にまつわる歌の一として採り上げ、次のように記している。

小野小町集にあり。昔野中を行人あり。風の音のやうにて此歌を詠る声聞ゆ。立よりて尋きゝければ、白くされたる人のかしらの中より、すゝきおひ出たるが、ながめける也。そのすゝきをとりすてゝ、其頭を清き所に

置て帰りぬ。其夜のゆめに、我はこれ昔小野小町といはれしもの也。うれしく恩を蒙りぬると云へりけり。さて此歌をかの集にいれるとぞ。あなめくとはあなめいたと云也。

（『和歌童蒙抄』第七）

藤原清輔も『袋草紙』で此の歌を採り上げ、「亡者歌」とした次の文章を載せる。

小野小町

秋風の打ふくごとにあなめ〳〵をのとはいはじ薄生ひけり

人夢二野途に目より薄生ひたる人有。称二小野一。此歌詠。夢覚て尋見、有二一髑髏一。目より薄生出たり。取二其髑髏一閑所置レ之云々。知二小野屍一云々。

（『袋草紙』上巻）

両書は、それ以前に成立していたであろう『江家次第』に載る、業平・小町問答、即ち、「秋風の」歌の上句を小町なれの果ての髑髏詠ずる歌とし、下句を、それに応えた業平詠とする連歌の形を採り入れてはおらず、両書は、業平の名を出さない。髑髏の詠が共通項になるこれらの説話は、『日本霊異記』の髑髏の報恩譚を源泉にするという。例えば、石原昭平氏は、右『和歌童蒙抄』について、

これは江家次第の話と異り、野中を行く人が髑髏の目に薄あり、取り除いて清浄な所に置き供養し、夢で小町に会うとこれはその供養への報恩という、日本霊異記の系統である。

（石原昭平「歌学書に見る小町―「あなめの薄」を中心に―」）[1]

とされる。ここには『日本霊異記』下巻「髑髏の目の穴の笋を掲き脱ちて、祈ひて霊しき表を示しし縁　第二十七」の影響があり、それは正に「日本霊異記の系統」である。しかし、歌学書の取り上げ方は、仏教説話集とは異なっていよう。少なくとも右の両歌学書は、報恩譚の提示を意図するものではない。『和歌童蒙抄』の記述は、「秋風の」歌が「小野小町集」にあることを第一に言うもので、その由来として髑髏の一件が添えられたように読める。右『袋草紙』の記述にしても、「神明御歌」以下「乞者詠」まで、「希代歌」と総称されるように、詠者主体に関わ

らぬ神妙な詠歌が伝えられる内の「亡者歌」である。衆生が権化聖人の如くに救われるとすれば、それは、歌に因るという歌の効用に着目している。[2] 従って『袋草紙』が報恩譚に尽くす言葉は少ない。「希世歌」の一である「亡者歌」に髑髏が採り上げられ、『日本霊異記』の源泉が想定されても、その影はかなり薄いものになっていよう。両歌学書が、業平との連歌という形で「秋風の」歌を採り入れなかった所に、両歌学書が、他の説話とは一線を画して小町の和歌を採り入れていこうとした姿勢が現れていると考える。石原氏が、右『袋草紙』について

　雑談談《ママ》は歌道に執心する話によってその歌徳の説話を語り、希代歌が神仏にも感応する神秘の力があると訴えている。ここでは清輔の実証的な学問研究の一環として、夢の中の歌をあげる。　（同　右）

と言われるように、その姿勢は学問的である。『袋草紙』の記述について、「多少の伝説を書き加へてゐるが、恐らく童蒙抄を要約したものと思はれる[3]」、との見解もあったが、『袋草紙』が一連の体験を夢の中での出来事に帰す点に於いて、『和歌童蒙抄』と『奥義抄』の姿勢は異なる。古代の霊魂観や生活に於ける夢の意味というものは、現代人の感覚では量れぬ重さがあったとは推測されるものの、それでも『袋草紙』は、一連の体験を夢の中の出来事として科学的に処している。自己の意見を控えて客観的に資料を網羅せんという点では、清輔の姿勢は、より学問的であろう。同じ歌学書でも、『和歌童蒙抄』と『袋草紙』両者の、右のような差異は、後述する「歌病」の取り上げ方の違いに関しても該当する要素がある。『袋草紙』は、上巻「諸集人名不審」で小町に触れ、

　如二壮衰形伝一者、其姓玉造氏也。小野ハ若住所ノ名歟。但或人云、件伝弘法大師所レ作云。小町貞観之比ノ人也。彼ノ壮衰ハ他人歟　（『袋草紙』）

と記す。小町に関する限り、清輔は、『袋草紙』の方では、人物や説話に関わる和歌の周縁を扱い、狭義に歌学的な内容は、『袋草紙』に先だって纏められた『奥義抄』の方に残すといった区分をしている。[4]

註

（1）石原昭平「歌学書に見る小町―「あなめの薄」を中心に―」『国文学　解釈と鑑賞』平成七年八月　至文堂
（2）「已上仏神及権化聖人故以此縁令網羅之　衆生併可為出離生死之因」（「袋草紙」上巻　『日本歌学大系　第二巻』）
（3）西下經一「伝説化されたる小野小町」『国語と国文学』昭和四年十月　東京大学国語国文学会
（4）陽明文庫本『清輔袋双紙』（川上新一郎・兼築信行「陽明文庫蔵『清輔袋双紙』―新出巻末部翻刻―」『和歌文学研究』昭和六十二年四月　和歌文学会）によって、『日本歌学大系』所収『袋草紙』の末尾欠落部分が知られた。ここには、「一証歌　犯病類瑕瑾哥」として「八病」が載るが、歌合の例歌を新たに加えた形で、上巻とは全く異なる。「八病」中「後悔病」のみに小町の歌を載せるが、この歌は、『喜撰式』真式とされる『和歌作式』には「混本歌」として無記名で、『和歌童蒙抄』にも同様の形で載り、『奥義抄』上巻には「混本歌」の例歌として三国町の記名で載る。これが、清輔の手になるものなら、『奥義抄』の補訂が『袋草紙』でなされたことになるが、『奥義抄』上巻の記述の姿勢からは考えがたい。

二　『俊頼髄脳』・『奥義抄』「盗古歌証歌」と「折句」

小町に関しては狭義に歌学的な内容を扱っていると言える清輔『奥義抄』の中で、小町歌を引用する記述は、「上釈」の「盗古歌証歌」、「旋頭歌」、「折句」、「下釈」の『古今集』抄出歌、そして「あがた」の語釈を記す五項である。先ず、『古今集』抄出歌の内

　人にあはむつきのなき夜は思ひおきてむねはしりびにこゝろやけをり

には、各句の語釈が施されている。これは『古今集』に載る小町歌であるが、『奥義抄』の引用箇所では、他の多くの抄出歌が無記名であるのに統一されたのであろう、小町の記名はない。「上釈」の「盗古歌証歌」についても、『奥義抄』では

　万葉　おもひつゝぬればやかもとむばたまのひとよもおちずゆめにしみゆる　　無名

古今　思ひつ、ぬればや人のみえつらむゆめとしりせばさめざらましを　　小町　（『奥義抄』）

の形で、『古今集』所載の小町歌が例に出されている。小町の「思ひつ、」歌は、「盗古歌証歌」の良い例として提示される。『俊頼髄脳』でも、この歌は、「歌をよむに古き歌によみにせつれば悪きを、いまの歌よみましつればあしからずとぞ承る。(1)」歌として、本歌に劣らぬ歌の例歌を列挙する、その一として引かれている。

右「人にあはむ」「思ひつゝ」の小町歌二首は、『古今集』所収歌であったが、「上釈」の「折句」に関する記述の中には、今日の流布本「小町集」にも、他の撰集にも載らない

ことのはも　ときはなるをば　たのまなむ　まつはみよかし　へてはちるやと　（『奥義抄』）

という例歌が「小町が人にことかる歌」の詞書で、「ことたまへ」という折句になる例として掲げられている。「まつ」が掛詞にもなっており、一首の意味が明瞭で整った折句である。『奥義抄』は、「已上出喜撰式」として出典を示すが、その『喜撰式』と呼ぶものに、顕昭『古今集註』に記される如く、平安時代には、真式、偽式の両式があったようで、今日伝わる『和歌作式』がその真式に近く、『新撰和歌髄脳』と呼ばれるものが、『喜撰式』偽式に近いであろうということを、久曾神昇氏が検証された。(2)『喜撰式』真式に近いとされる『和歌作式』に、「折句」に関する記述は見えないが、『喜撰式』偽式であろうとされる『新撰和歌髄脳』には、次のように載る。

小野小町が人の許に琴借りに遣はす歌云、琴たまへとなむ据ゑたりける

ことのはも　ときはなるをば　たのまなむ　まつは見よかし　へては散るやと

返歌に、琴はなしと云へり。

ことのはゝ　とこなつかしき　はなをると　なべての人に　しらすなよゆめ　（『新撰和歌髄脳』）

「ことのはも」歌の発想は、『古今集』巻十五所収の小町歌

今はとてわが身しぐれにふりぬれば事のはさへにうつろひにけり　（『古今集』七八二）

の「ことのは」（「木の葉」を懸ける）の移ろいを主想とした歌にも類似し、又、『和歌式』（『孫姫式』）や『喜撰式』偽式（『新撰和歌髄脳』）に小町歌として引かれる

ひとごゝろ我身を秋になればこそうきことのはの（も）しげく（いたく）ちるらめ　（『和歌式』『新撰和歌髄脳』）

にも似る。「ことのはも」歌は、『俊頼髄脳』にも、右同様に贈答の形で小町の歌として引用されている。

次に、『奥義抄』が、同じく「已上出喜撰式」の内に掲げる「旋頭歌」とは、五句の何処かに五字乃至七字一句を加えた歌を云うものらしく（「五句外加一句　胸腰終入　七字五字任意」）、小町歌の

夢路には　足もやすめず　かよへども　なぞやかひなき　うつゝに一め　みしごとはあらず　（『奥義抄』）

について、「是は終七字くはへたる也」と記されている。『古今集』巻十三所載の小町歌「夢路には」歌と比較すれば、「終七字」ではなく、「なぞやかひなき」という「腰五字」が加えられたものとなるが、この本にはこう記されている。『俊頼髄脳』には、『古今集』所収歌に類似する

夢路には足もやすめずかよへどもうつゝにひとめみるごとはあらず　（『俊頼髄脳』）

が今日言うところの短歌の形で掲げられ、結句の字余り故であろう、「末なだらかならぬ歌」の内に捉えられている。

註

（1）「俊頼髄脳」『日本歌学大系　第一巻』一四八頁　他の例歌の扱い方と統一する為であろう、ここにも小町の記名はない。

（2）久曾神昇「喜撰偽式と新撰和歌髄脳（一）」（『文学』4-7　昭和十一年七月　岩波書店）には、『喜撰式』偽式の内容に触れる『古今集註』や、同様に顕昭の『袖中抄』の記述から内容の類似点を検証される。

三　『新撰和歌髄脳』・『孫姫式』「八病」の模範歌

以上は、『奥義抄』に引かれた小町歌を概観したものである。『俊頼髄脳』にも、「折句」「旋頭歌」等で小町歌に触れた箇所があったことは右に併せて取り上げたが、それらは、同時代の『和歌童蒙抄』には見えない記述である。そもそもは、『奥義抄』「上釈」が「已上出喜撰式」「已上出喜撰幷孫姫式」「孫姫式云」等の形で示していた如く、所謂「和歌式」と呼ばれる歌学書の中に、小町と記される歌が見えていたということになる。

小沢正夫氏は、和歌研究にあたって「古代」を次のように時代区分された。

第一期　奈良朝末期（『万葉集』以後）　A

B

第二期　平安朝前期（『古今集』『後撰集』）

第三期　平安期中期（『拾遺集』）

C　D　E

第四期　前期院政期（『後拾遺集』『金葉集』『詞花集』）

F

第五期　平安朝末期（『続詞花集』『千載集』）

（小沢正夫『平安の和歌と歌学』）

（　）内の撰集名は小沢氏の記述であるが、A～Fの記号は私に付した。

先行研究に依拠し、各歌学書の成立時代を確認すれば、右に掲げられた各撰集の成立年代を基準にして、清輔『奥義抄』は（D）[1]、『袋草紙』は（E）[2]、『俊頼髄脳』[3]や範兼『和歌童蒙抄』は（C）[4]の位置関係になる。そして、『奥義抄』が参照したと記す、所謂『喜撰式』『孫姫式』は（B）[5]、因みに、最古の歌学式である浜成『歌経標式』は

(A)[6]、又、本稿には直接関係しないが、「小町集」に関して奥書に記されるところの最古の年代は、『御所本三十六人集』所収「小町集」に見える安元二年という記述であるので、(F)の位置になる。

『古今集』並びに『後撰集』、そして右表には掲げられていないが『古今和歌六帖』に、小町の記名を付された歌が載る。しかし、「平安朝中期」の『拾遺集』以降「平安朝末期」の『千載集』に至る迄、小町の記名ある歌は採録されていない。それは、各々の撰集意図にも関わることであり、勅撰集には採られなかったということであって、小町歌が省みられなかったことを意味するものではない。『拾遺集』の成立直後、公任は、秀歌撰である『前十五番歌合』に小町歌一首を採り、『三十六人撰』にも、小町歌三首を採択している。これらは、『古今集』の所収歌であり、公任の小町歌享受は、『古今集』からではなかったかと推測される。因みに俊成は、『俊成三十六人歌合』[7]に『古今集』所収の小町歌二首と、『後撰集』所収の小町歌一首を採録している。俊成の秀歌観を踏まえた小町歌享受は、中世へ展開していくものとして次節で考察しているが、『古来風躰抄』に見る限りでは、歌病に対する考え方[8]が、公任のそれに似ている。公任の六歌仙歌人歌享受に関して、同じ六歌仙歌人歌の享受でも、公任の小町に対するあり方と、公任の、遍昭や業平に対するあり方とでは、異質なものがあることは先に述べた。公任は、「よき歌」の概念を以て歌を吟味し、独自の観点から歌を採歌している。和歌の実状に合わせて、避けるべき「歌病」的な内容を検討し、数項目掲げていることなども、その一例である。そういった公任の独自な姿勢にも関わらず、採歌された小町歌は、『古今集』所載の三首であった。公任の『三十六人撰』は、後に『三十六人集』歌人としての小町の評価を定着させることになる。

それを、『古今集』から公任への、恐らくは主流となったであろう小町歌享受の流れと見るならば、そういった、小町歌享受の流れからも、又、「秋風の」歌に見られる小町説話の伝承からも外れ、「平安朝前期」に端を発するところの和歌式の中だけで採り上げられ消えていった、小町歌の評価というものがあったのではないかと考える。平安後期、清輔の『奥義抄』などは、ひと群れの小町歌が消えていく、その分岐点に位置していたと言えるであろう。和歌式の中に採られる小町歌の数首は、難解であり、資料的な限界もあるが、当時の小町歌が、或る一つの評価を得た性質のものであったことを示しており、始源を『古今集』に求められない小町歌の享受の流れというものが、所謂「和歌式」によって、今日に伝えられていると捉えたい。

所謂「和歌式」とは、現存するところの、『和歌式』―これは筆者名より『孫姫式』と通称される―と、『喜撰式』の偽式に近い形であろうとされる『新撰和歌髄脳』であり、小沢正夫氏は、両書を、ともに天暦年間の成立と見られる。「和歌式」と総称される歌学書の内には、他にも、『歌経標式』や、『喜撰式』の真式であると考えられているところの『倭歌作式』も伝わるが、現存する形では、それらに小町歌なる例歌は見えない。所謂「和歌式」の中でも『和歌式』（『孫姫式』）と、『喜撰式』偽式（『新撰和歌髄脳』）に共通する「八病」(9)に、小町の記名を付した歌が載る。これら「和歌式」を、次代の『和歌童蒙抄』と『奥義抄』が、採り上げている。『和歌童蒙抄』には、出典に関する注記が付され、『奥義抄』には出典に関し本文化された記述がある。(10)

註

（1）「奥義抄解題」『日本歌学大系　第一巻』に拠れば、『奥義抄』は追補があり、『日本歌学大系』は、第三次本を定本にされているらしいが、成立年代は、「金葉集までを述べ詞花集に言及して」いないことを基に、文治元年（一一二四）乃至天養元年（一一四四）の頃とする。

（2）樋口芳麻呂「袋草紙・無名草子の成立時期について」（『国語と国文学』昭和四十五年四月　東京大学国語国文学会）に依れば、保元二年（一一五七）～平治元年（一一五九）頃となる。

（3）『俊頼髄脳』には、定家本と異本の顕昭本があるが、その成立は、忠通が中納言と呼ばれていた天永二年（一一一一）から永久二年（一一一四）の間であろうと推測されている。（上野理「俊頼髄脳」『和歌大辞典』平成四年四月

第三版　明治書院）

参考文献「無名抄　俊頼」『マイクロフィルム静嘉堂文庫所蔵　歌学資料集成　二』昭和五十一年　雄松堂書店

（4）引用歌の調査から、成立は、元永元年（一一一八）十月の『内大臣家歌合』以降、『金葉集』三奏本奏覧の大治二年（一一二七）頃迄の成立かとされている。（滝沢貞夫「和歌童蒙抄」『日本古典文学大辞典　第六巻』昭和六十年二月　岩波書店）

（5）『孫姫式』の成立年代を、小沢正夫氏は、万葉歌を改作したらしい例歌の仮名遣い、『孫姫式』に見える「迄于聖代」の語句、孫姫式序』の考察から、天暦年代以後『後撰集』に前後する頃と見ておられる。『喜撰式』真式（今日伝わる『和歌作式』に近いもの）と『孫姫式』との前後関係では、『孫姫式』の「桑門製長歌式」の記述その他から『喜撰式』の方が先行するものであること、更に『喜撰式』偽式は、「沓冠歌」例歌の成立年代より、天暦四年頃以降とされる。（小沢正夫『古代歌学の形成』昭和三十八年十二月　塙書房）

（6）小沢正夫前掲註（5）書には、橋本進吉・大野晋の仮名遣いの研究より、『歌経標式』は、奈良時代末期のものに違いないことが言われている。一方、抄本『歌経標式』は、その特殊仮名遣いに誤りが何箇所か見られ、成立は、「愛」を「ア」の仮名であると考えた時代の、十一世紀初め頃よりも後であるとされる。（二九九～三〇四頁）

（7）「俊成三十六人歌合」『新編国歌大観　第五巻』

（8）『日本歌学大系　第一巻』三四八頁に見る「歌病」に対する考え方など。

（9）「歌病」は、中国の詩病の考え方を移入したものである。歌病そのものを提示するのは、日本では、宝亀三年の後書を有する『歌経標式』が文献としては最古のものである。奈良時代に「中国南北朝梁の詩人である沈約の詩病に始まったとされる詩の八病に依拠した」（太田青丘『日本歌学と中国詩学』昭和四十三年十一月　清水弘文堂）『歌経標式』が作られて後、中国六朝時代から中唐期の「文献を合成」（小西甚一『文鏡秘府論考　研究篇　上』昭和二十三年四月　大八洲出版）し、「漢土に於ける詩文の格式作法書を参観してその同異を勘へ、繁雑を削り重複を去り、間々私見を加へ適宜に取捨編輯した総合的詩論」（太田青丘前掲書）であるところの、空海の『文鏡秘府論』で詩病が説かれた後、六歌仙時代の喜撰の名を冠する『喜撰式』が作られ、それに後続する形で作られたのが、『和歌式』（『孫姫式』）や『新撰和歌髄脳』であった。「八病」の項目は、同心（和聚聯）・乱思（和形迹）・欄蝶（和平頭）・渚鴻（和上尾）・花橘（和翻語）・老楓（和齟齬）・中飽（和結腰）・後悔（和解鐙）である。

(10)　『和歌童蒙抄』「七病」「見浜成中納言式」／「四病」「見四条中納言抄」／「八病」…出典に関する記載なし
『奥義抄』「十四　和歌四病　已上出喜撰式」／「十五　和歌七病　已上出浜成式」／「十六　和歌八病　已上出喜撰駢并孫姫式」
右の「七病」「四病」とは、『歌経標式』に載る「七病」（頭尾・胸尾・腰尾・厩子・遊風病・同声韻・遍身）であり、又、『喜撰式』（『和歌作式』）に見えるのと同項目の「四病」（岩樹・風燭・浪船・落花）である。

四　歌病第六「老楓」と第七「中飽」

今日に伝わる『喜撰式』偽式（『新撰和歌髄脳』）と『和歌式』（『孫姫式』）に見える「八病」中、第六「老楓」と、第七「中飽」の歌病に関わる記述の内には、以下に示すような形で小町歌なる例歌が見える。同一書に於いて同病の記載が離れている場合は、項目毎に纏めて引用する。『孫姫式』の「老楓」、『喜撰式』偽式の「老楓」、『孫姫式』の「中飽」、『喜撰式』偽式の「中飽」の順で考察する。

・和歌八病　避病之処頗有損益　触類長之時之猶後（已上如本）
・第六　老楓　一篇終一章上四下三用也　或謂之和齟齬
・第六老楓者　一篇終章上四下三用之　猶香楓之樹　枝葉先零臨其秋而無夏花色云々　詞已似貧吟詠所難　必宜翻　古答贈花歌曰
天《テ》留《ル》月《ツ》八《キ》加《ハ》礼《カ》奈《レ》万《ナ》女《マ》三《メ》爾《ミ》不《ニ》以《フ》己《イ》乃《コ》上《ノ》加《カ》支《ギ》良《ラ》奈《ナ》久《ク》介《ケ》奴《ヌ》留《ル》加《ガ》比《ヒ》云々
若能変其体宛転用之　其所望也　小野小町歌曰
ひとごゝろ我身を秋になればこそうきことのはのしげくちるらめ
（『和歌式』（『孫姫式』））

右は、『孫姫式』の記述であるが、『孫姫式』は、歌病を避ける事の損益を言い、歌病を避けようとする余りに犯す

処頗有損益　触類長之時之猶後」)。では、引用三行目「一篇終章」とは何か。後に掲げたが、第七「中飽」の用例からすれば「章」は歌の各句のことであり、「終章」は結句を云うものと考えられる(1)。右には、この病を比喩で説いている。即ち、この病は、楓が秋になるや葉を落とし、夏の盛んな様子がなくなったようだと云う(「猶香楓之樹枝葉先零臨其　秋而無夏花色云々」)。これは詞の貧相な様子を喩えたもので、吟詠し難い歌だと説明されている(「詞已似貧吟詠所難」)。その比喩と内容を整合させるなら、問題は、結句の詞の貧相である点に帰されることになる。そうであれば、「上四下三用之」の「上四下三」とは、結句七字の上四字と下三字ということになるが、付される例歌では説明が出来ない。例歌「テルツキハ」歌も解釈が難解である。この「テルツキハ」歌は、花を贈るに答えた古歌であるというので(「古答贈花歌曰」)、花を貰った側の返歌ということになる。「照る月」「けぬる」(恐らくは「消ぬる」)から推測して、月の光の恒常性と花のはかなさを言ったものか、贈られた花を月光のように照り輝いているとして讃えたものかであるとも考え得る。いずれにせよ、この歌は病の例として挙がっている。『孫姫式』には、しかしながら、もしも其の歌の姿を巧く変化させれば、小町歌の「ひとごゝろ」歌のようになるという(「若能変其体宛転用之　其所望也　小野小町歌曰」)。「宛転」とは、辞書的には、眉が美しく曲がるような緩やかな変化を表す言葉であるというが、上句の貧相な言葉遣いが下句で緩やかに変化し、上句に見えた欠点は解消されることを言うとも考えられる。そうであるならば、『孫姫式』が解説する内の「一篇終章」とは、一首全体終句に至るまでの意で、「上四下三」とは、五句に和歌の形式が定まらない時代の上句と下句の内容上の変化の岐点を、上四下三句の区切れとしていうものであったかもしれない。

・和歌八病

同じ、歌病第六の「老楓」を、『喜撰式』偽式(『新撰和歌髄脳』)は、次のように説いている。

・六　老楓　是さすなり　老たるかづらの病

・第六　老楓と云は　一つ歌の中に籠りて思はぬことなく　皆尽しつるなり　例へばかうばしきかつらの花のまづ少し衰へたるを紅葉といひてはいかでかあらむといふ心なり　小野小町歌云

　人心我身を秋になればこそ憂き言の葉もいたく散るらめ

（『喜撰式』偽式（『新撰和歌髄脳』））

「一つ歌の中に籠りて思はぬことなく」は、全てを表現する（「皆尽しつるなり」）ことと矛盾する。此処は、「思ふことなく」とあるべきところである。即ち、想が十分に練られていないことを言うものと解釈する。しかも、それは「一つ歌」としての想である必要があった。喩えば、まだ花が少し衰えただけの樹に「紅葉」という語を充てることの不適切さを言う。「かうばしきかつらの花のまづ少し衰へたる」様相は、来るべき紅葉を思わせた。想そのものとしては叙情的共感を呼ぶかもしれぬが、しかし、「一つ歌」にそれを言い尽くそうとすれば、「籠もりて思ふこと」は削除せざるを得ない。一首の歌である為には、「籠りて思ふ」ことが必要である。そこで「小野小町歌」が置かれる。これは、文脈に従えば、『孫姫式』とは評価が逆転し、歌病の例歌として挙げられていることになる。しかし、右小町歌のどの点に歌病としての欠陥が認められたか。或いは、「紅葉」という言葉を用いずに、人の心の移ろいを豊かに詠んだ佳い歌の参考歌として掲げられているようにも解釈できる。

小町の例歌を載せる、他の一は、「八病」第七の「中飽」であったが、『和歌式』（『孫姫式』）は、次のように記している。

・第七　中飽　一篇之内或有三十六言　或謂之和結腰

・第七中飽者　雖五章分句或有三十二三四五六言　猶人飾外貌中有邪心　終然被人飽圧云々　唯癖疥癈疾不為巨害　古題中秋花歌曰

追《ト》支《キ》八《ハ》秋《アキ》曾《ゾ》花《ハナ》巴《ハ》春《ハル》奈《ナ》利《リ》天《テ》布《フ》八《ハ》宇《ウ》部《ベ》毛《モ》那《ナ》三《ミ》加《カ》支《キ》衣《エ》利《リ》天《テ》巴《ハ》見《ミ》爾曾《ゾ》津《ツ》梨《リ》爾《ニ》支《キ》介《ケ》良《ラ》毛《モ》

自三十六言　是也

若能守持一言不員盈縮　弥為麗助耳　小野小町歌曰

加支利奈岐於毛比爾万介天与留八己无由女千乎佐倍奈人八千加不奈《カギリナキオモヒニマケテヨルハコムユメヂヲサヘナヒトハチガフナ》

（『和歌式』）（『孫姫式』））

右「雖五章分句」の箇所、『日本歌学大系　第一巻』所収の本には「雖二五章一分レ句」と訓読されたものが載るが、「五章句を分くと雖も」のように読める。即ち、一首が五句より形成されていても、字数の過不足がある病を「中飽」として示すのであろう。筆者は、しかし、これは取るに足らぬ病であり巨害をなさぬ（「唯癖疥癡疾不為巨害」）という。その病の実態は、比喩を用い、外貌は飾る人が、中に邪心あって、人に嫌がられるようなものであるとも言う（「猶人飾外貌中有邪心　終然被人飽圧」）。「外貌」とは、一首が五句には纏まっていることを云い、「中有邪心」とは、各句の音数が定形から外れる事を云うと解釈する。そこで、「トキハアキゾ」という各句の音数が不揃いな例歌が提示されるのであるが、右には、今仮に、各句に過不足のない音数で、一首として揺るぎない歌が作られるなら、小町の歌のようになるという。小町の歌は、佳い例として提示されている。この歌は、『古今集』巻十三所収の歌である。

次に、同じく「八病」の一である「中飽」について、『喜撰式』偽式（『新撰和歌髄脳』）は、

・七　中飽　是けむちうなり　中に飽く病

・第七　中飽と云は　一つ歌の中に二五三七　五句の中に三十一字が外に　若しは一文字二文字　三四五六字あるなり　されば三十五六字などある歌もあり　是は深き病にあらず　唯いかなる時にかあらむ　さ詠まるゝ歌のあるなり　上の一句は　定まりて五文字あるを　古歌云　おほあらぎの杜の下草などよめば　六文字になりぬるは　さやうなる事出で来れば必ず三十一字より外に又文字の余るなり　それとがにあらず

（『喜撰式』偽式（『新撰和歌髄脳』））

と、記す。表現は異なるが、重大な「歌病」ではないこと、音数の定まらない歌を指すことなど、『孫姫式』と共通する。しかし、比喩を用いて一首の価値を論じようとした『孫姫式』よりは、簡略化した形に記されている。

この「和歌式」の「八病」を後代に採り上げるのは、『和歌童蒙抄』と『奥義抄』であったことは、先に述べたが、「八病」中の第六「老楓」について、『和歌童蒙抄』は、「六　老楓　ことばゆたかならず、しぶ〳〵しくて吟詠にさまたげあるなり」と記す。一方、『奥義抄』は、「六　老楓　篇終一章上四下三用之　或云和齟齬病　喜撰式云　一歌中にこめ思ひたることなくいひもらしつるなり」として、

てる月はゝれまなくのみにほふいろの人ゆきもなくきえぬるがうき

の歌を載せる。『和歌童蒙抄』が、「和齟齬」とあった老楓の別称の意味の方を解釈の中心に置き、『孫姫式』を承けるかのような記述をしているのに対して、『奥義抄』は、『喜撰式』偽式の内容を引用しており、「テルツキハ」の歌を理解しやすい形で掲載している。『和歌童蒙抄』は例歌を全く載せず、『奥義抄』には病となる例歌のみ載せるという違いはあるものの、ともに小町の歌には触れられていない。

「八病」中第七「中飽」について、『和歌童蒙抄』は、

七　中飽　三十一字にあるべきを三十二三四五六字をよむなり。もみぢふきおろす山おろしの風とよめるは、三十四字あり。いきもやするると心みにといへるは三十三字あり。されどよくつゞきたればくせともきこえず。（『和歌童蒙抄』）

と述べ、『奥義抄』は、

七　中飽　一篇の中或有三十五六字也　或云和結腰病　古題秋花歌云
時は秋ぞはなは春なりてふうべもなみかきえりていろをうつりにさゝむ（『奥義抄』）

と記す。この歌病でも小町の歌なる例歌は採られておらず、『奥義抄』の方は、『孫姫式』に載る例歌を採録してい

る。『和歌童蒙抄』と『奥義抄』の記述の違いは、『和歌童蒙抄』が、字数の整わない一首について「されどよくつゞきたればくせともきこえず」という一文を付していることである。『奥義抄』には、これに相当する記述はない。

註

（1）小沢正夫『古代歌学の形成』では、「終章」は第五句とされ、この老楓という病だけは明解をえないこと、「例歌と病名とから考えると、音数不足で「舌足らず」の歌を病としたものであろう」（四一〇頁）とされている。又、「テルツキハ」歌については、「むしろ分りにくいのがこの歌の病なのだから、分り易く改作すれば歌病ではなくなるのである」（同右）とも言われている。
　岩津資雄『歌合せの歌論史研究』（昭和三十八年十一月　早稲田大学出版部　一七五頁）では、『孫姫式』より『和歌肝要』迄の注釈を挙げられ、「諸説は大体において、老楓病を声調上の欠陥と見る解釈と、心（意味内容）の上の欠陥と見る解釈とに分かれているようである。前説に従えば、「詞続きのなだらかならず」、後説に従えば、「歌の心皆顕はれたり」といわれるような欠陥に該当する。このような批評は歌合せに多いが、これを老楓と呼んだ例は見あたらない。」とされる。

五　清輔『奥義抄』の姿勢

小町歌なる例歌を載せる、『和歌式』（『孫姫式』）、『喜撰式』偽式（『新撰和歌髄脳』）両書の成立年代が、天暦年間であるとした場合、その時代背景を鑑み、例えば『孫姫式』の成立事情について、小沢正夫氏は次のように述べられる。

古代歌学の歌病説を中国詩学と関係づけて眺めると、それは中国の詩病説と同傾向の変遷をとげる一方で、中国詩学から離れて日本的なものを発見するという方向をとったのである。歌病説の発達におけるこの二つの方向のうちで、あとのものが一番いちじるしいのはいうまでもなく『孫姫式』である。そして、私は天暦期の歌人たちの要求が『孫姫式』の歌病説をこのような方向に発達させたのだと思う。(中略)当時の歌合の判詞の中に歌病的な言説が多少は残っている。その歌病説は詩病説からヒントを受けたものと思われるが、とにかく、歌合の流行につれて歌人たちが批評の基準をほしがっていたわけであり、そのような基準は当然和歌自体から発見されなければならなかった。『孫姫式』の歌病説がどの程度に天暦歌人の要望にこたえることができたかは分からないが、とにかくこの歌学書での歌病説の日本化は多少でもそのころの歌界の動きを反映した結果であったと思う。(小沢正夫『古代歌学の形成』)

一般に「和歌式」と呼称される歌学書の中でも『孫姫式』は、先行する『歌経標式』や『喜撰式』を「中国詩学からはなれて日本的なものを発見するという方向」に進ませた。小沢氏は、それを促した時代の要請を説かれている。『孫姫式』の特徴は、歌の欠点であるところの歌病を列挙するのみならず、許容され肯定される事例を従来の歌学の論に付加した先駆的な性格に示されているだろう。そういう『孫姫式』に、小町の歌なる歌が、例歌として取り上げられている。真実に小町の歌であったことは、証明出来ないが、歌人としての小町の享受は、『古今集』序に次いで、此処に示されている。

一方、所謂「歌病」が歌学として実状に合わぬことを感じたであろう公任は、「歌病」の語を用いることなく、独自の歌論を作り上げていく。「歌病」をその項目に採り上げている『和歌童蒙抄』にも、公任の姿勢の影響は、現れている。例えば、「中飽」の「されどよくつゞきたればくせともきこえず」という一文や、「四病」の出典を「見四条中納言抄」と記載する点、何より、「歌病」に関する記述は簡略である。小沢氏の分類に拠れば「前期院政期」と言われる、そういう時代にあって、『奥義抄』の記述は、やや詳しく、先行する歌学式に自己を介入させぬ客観的姿勢で対している。しかしながら、「折句」や「旋頭歌」の例歌には小町の歌を引く『奥義抄』が、「八病」

を掲げながら、『和歌式』（『孫姫式』）や『喜撰式』偽式（『新撰和歌髄脳』）に載る小町歌の例歌を載せていない。

顕昭『袖中抄』には、現在伝わる『和歌式』（『孫姫式』）に見えない記述もあり、現在の『孫姫式』は、当初の『孫姫式』の一部であろうとも言われている。その『孫姫式』に見える小町歌の例歌を『奥義抄』が引用していないというのは、様々な要因が考えられるものの特異であり、そして、そこに『奥義抄』を記した清輔による採択の意向が働いていたという見方も出来る。「歌病」とは欠点なるものという見解を提示するが故に、より佳い例として挙げられた小町の歌を載せなかったものか、或いは、それらの歌が明らかに小町の歌ではなく、小町の歌として掲げるに、歌学者として忍びなかったのか、何れにせよ、「八病」の例歌に小町の歌が載らない点に、清輔の意思を介在させて解釈することも可能ではある。

歌学書に見る小町の歌の一は、「秋風の」歌であり、これは、説話の中を流れ、六十九首本の「小町集」に伝わっていった。歌学書に見る小町歌享受の系流の第二は、『古今集』所収の小町歌であり、公任によって、歌の一つの姿として評価され、時代の同意を得て伝えられていった。俊成の小町歌享受もこの系統に入る。そして、第三の系流として、和歌式に端を発し、歌学書というフィルターで濾過され、消えていった小町歌というものがある。しかし、例えば『奥義抄』というフィルターは、歌学を網羅せんとする姿勢に於いて、学問的「科学性」を有していたが為に、平安時代に存在した小町歌享受の一端を留めることになったのだろうと考える。

註

参考文献

「歌経標式」・「和歌作式」・「和歌式」・「新撰和歌髄脳」・「俊頼髄脳」・「和歌童蒙抄」第十・「奥義抄」『日本歌学大系第一巻』

「袋草紙」『日本歌学大系　第二巻』
「和歌童蒙抄」第一～第九『日本歌学大系　別巻一』
「袖中抄」『日本歌学大系　別巻二』
「古今集注」『日本歌学大系　別巻四』
中田祝夫校注『日本古典文学全集　6　日本霊異記』昭和五十年十一月　小学館

付記　本節は「平安時代の歌学書に見る小町歌の系流」（『日本文芸学』33　平成八年十二月　日本文芸学会）を初出とする。

第四節　定家の歌学――『近代秀歌』「余情妖艶」――

一　定家歌論と小町様式

花の色はうつりにけりないたづらに我が身世にふるながめせしまに

「小町集」諸本に見え、語句に関する異同の全くない歌である。江戸時代に流布した歌仙家集などの流布本「小町集」には「花をながめて」という題を付され巻頭を飾る。そもそもは、『古今集』所載の歌であり、平安時代既に、藤原公任によって『三十六人撰』に於ける小町の代表歌三首の一に掲げられている。本節で受容の背景を見ようとする藤原俊成も『俊成三十六人歌合』で取り上げていた。しかし、小町の歌を代表させる一首として、文芸的な価値を再提示したのは藤原定家であっただろう。

定家は、『近代秀歌』で「寛平以往」の歌の再認識すべきことを説いた。業平・小町らの歌は「余情妖艶の体」を備えているからだという。「以往」は「以前」と考えるのが通説のようで、「寛平以往」とは平安時代初期の所謂六歌仙時代に該当する。定家は、小町個人について記していない。この「花の色は」歌も、『近代秀歌』自筆本・『詠歌大概』・『定家八代抄』・『百人秀歌』に採られる、定家には恐らく小町の代表歌と考えられていた歌であろうが、定家は「余情妖艶の体」という評語の例歌に、この歌を掲げるわけではない。もっとも、「余情妖艶の体」は、「寛平以往」の特色でありながら同時に「定家らの若き日のいわゆる新風を回想し、それを史的に位置づけての語」(1)であるというから、同書に小町の個人様式を見ようとすることには限界があって、「業平・小町様式（乃至「余情妖艶の体」乃至「寛平以往の歌」）」は、「定家の立場からの選別による様式的認識を古今序の所論に則って標榜したものだから、必ずしも業平・小町・遍昭や素性の作品のみに見いだされる特性ではな[2]」いということになる。

それでも、『古今集』序で「艶」と関係付け説かれていた小町の歌風が、その関連性に於いては尊重されながらも「妖艶」と切り離されて説かれつつある論説を見るとき、何か違和感を覚える。その違和感は、「余情妖艶の体」が担っているはずの右の二面性のうち、「新風」に傾き過ぎていることに起因するかもしれない。それは、定家らの「新風」につながるなら当然技法上の説明が必要であって、方法の説明がないままに、定家が捉えていた（或いは捉えていたかもしれない）「妖艶」の概念に対して解釈を加えることは、賛成しかねるという。確かに『近代秀歌』の文章が、本歌取り論へと続けられ、「俊成も定家もまた同時代の歌論書類も、特定の美的様相を表現論的視野からはずれて強調している部分はほとんどなく（鎌倉中期以降は別である）、定家のすべての歌論書もまたそうである。」という史実が指摘されれば、「新風」との関わりに傾き、「「余情妖艶」の現代における復活が当然技法上の問題とならざるをえ」ずに、その「方法」が要請されるのかもしれない。しかし、その時、小町の様式（業平・小町様式）は、「その景情融一の境が心の緊張によって単純化されて捉えられ、単純化されて統一されているがゆえに複雑な余情を醸成している、という作品の表現性」を特色とするといった一般的な論理となり、小町の個性と定家の美的な感覚をつなごうとしていた糸が途絶える。そうして再び、『新古今集』撰集で実践した「新風」の原動力は小町の歌とどう関わるのだろうかという疑問に立ち戻る。

註

（1）福田秀一「近代秀歌」『鑑賞日本古典文学　第24巻　中世評論集』昭和五十一年六月　角川書店　三十二頁

（2）藤平春男「定家八代抄と近代秀歌」『藤平春男著作集　第1巻　新古今歌風の形成』平成九年五月　笠間書院　二二七頁。以下、次の形式段落での引用は、同書二二六頁、二二八頁からのものである。

二　『近代秀歌』と『古今和歌集』序

中世に於ける小町の再評価は、古代評価の一環としてある。もっとも、小町ひとりに評価の言葉が加えられているわけではなく、所謂六歌仙、厳密に言えば、四人の優れた歌人としての通称四歌仙が、新しい時代の歌の指針を示すために再提示された。四歌仙とは、定家の『近代秀歌』に拠れば、「花山僧正・在原業平・素性・小野小町」である。古く『古今集』の序では、理想とする歌の風体をめぐって、更に古き時代の六歌仙歌人に対する批評がなされていた。平安時代初頭『古今集』撰集を任された撰者が、時代を振り返ってみた時に「これかれ得たる所、得ぬ所」はありながらも、近い時代に有名な歌人が六人いるとして掲げたのが、僧正遍昭、在原業平、文屋康秀、僧喜撰、小野小町、大伴黒主の六人であった。『古今集』の「古」なる時代に名を馳せた歌人達である。歌が浮薄な詞で作られ、公的な場には出せない状況であったという―「あだなる歌、はかなき言のみいでくれば」(『古今集』仮名序、「浮詞雲興　艶流泉涌」同真名序)―、その状況下での、人麿・赤人に続く、当時有名な六歌人である。この所謂六歌仙評を享受したであろう定家は、比較的肯定的な評価がなされていた僧正遍昭・在原業平・小野小町及び遍昭の男である素性を、「寛平以往」の見直すべき歌人として掲げている。

『近代秀歌』は、承元三年(一二〇九)、定家四十八歳の年に、鎌倉将軍源実朝の求めに応じて遺送されたものであるという。同書の後半には例歌―遺送本では俊成を含めて六人の近代歌人の例歌が、自筆本では、古代からの作者名を付さない八十三首―が掲げられている。自筆本の方の例歌は、定家の『定家八代抄』と深く関わるらしい。次に掲げる歌論の箇所(1)は、その前半の一部で、遺送本、自筆本に共通する。傍線及び〈　〉による注記は、論に関係するところを私に付したものであり、以下同様とする。

やまと歌の道、あさきに似てふかく、やすきに似てかたし。わきまへ知る人又いくばくならず。むかし貫之歌

〈自筆本には「貫之」〉心たくみにたけ及びがたく、詞つよく姿おもしろき様をこのみて、余情妖艶の体をよまず。それよりこのかたその流をうくるともがら偏に此の姿におもむく。但し世くだり人の心おとりて、たけも及ばず、詞もいやしくなりゆく。況んや近き世の人は唯思ひ得たる風情を三十一字にいひつゞけむことをさきとして、更に姿詞のおもむきをも〈自筆本「おもむきを」〉知らず。これによりて末の世の歌は、たとへば〈自筆本「たとへば」なし〉田夫の花の陰をさり、商人の鮮衣をぬげるが如し。然れども大納言経信卿、俊頼朝臣、左京大夫顕輔卿、清輔朝臣、近くは亡父卿すなはち此の道をならひ侍りける基俊と申しける人、このともがら末の世のいやしき姿をはなれて、常に古き歌をこひねがへり。此人々の思ひ入れてすぐれたる歌は、高き世にも思ひ及びてや侍らむ。今の世となりて、此いやしき姿をいささかかへて古き詞をしたへる歌あまたいできたりて、花山僧正、在原業平、素性、小町が後たえたる歌のさま、わづかに見えきこゆるとき侍るを、物の心さとり知らぬ人は新しき事いで来て、歌の道かはりにたりと申すも侍るべし。〈中略〉詞は古きをしたひ、心は新しきを求め、及ばぬ高き姿をねがひて、寛平以往の歌にならはゞ、おのづからよろしきこともなどか侍らざらむ。古きをこひねがふにとりて昔の詞をあらため〈自筆本は「あらためず」〉、よみすゑたるをすなはち本歌とすと申すなり。

（『近代秀歌』（遣送本））

右に掲げた『近代秀歌』は、『古今集』序の表現を下敷きにしている。『古今集』の六歌仙評も掲げてみる。[2]

そのほかに、近き世にその名聞えたる人は、すなはち僧正遍照は、歌のさまは得たれども、まことすくなし。たとへば、絵にかける女を見て、いたづらに心を動かすがごとし。在原業平は、その心余りて詞たらず。しぼめる花の色なくて匂ひ残れるがごとし。文屋康秀は、詞はたくみにて、そのさま身におはず。いはば、商人のよき衣着たらむがごとし。宇治山の僧喜撰は、詞かすかにして、始め終りたしかならず。いはば秋の月を見るに暁の雲にあへるがごとし。よめる歌、多く聞えねば、かれこれをかよはして、よく知らず。小野小町は古の衣通姫の流なり。あはれなるやうにて、つよからず、いはば、よき女のなやめる所あるに似たり。つよからぬは女の歌なればなるべし。大友黒主は、そのさまいやし、いはば薪負へる山人の花の蔭に休めるがごとし。

（『古今集』仮名序）

近代存古風者　纔二三人　然長短不同　論以可弁　花山僧正　尤得哥体　然其詞花而少実　如図画好女徒動人情　在原中将之哥　其情有余　其詞不足　如萎花雖少彩色　而有薫香　文琳巧詠物　然其体近俗　如賈人之着鮮衣　宇治山僧喜撰　其詞花麗　而首尾停滞　如望秋月遇暁雲　小野小町之哥　古衣通姫之流也　然艶而無気力　如病婦之着花粉　大友黒主之哥　古猿丸大夫次也　頗有逸興　而体甚鄙　如田夫之息花前也

（『古今集』真名序）

『近代秀歌』の「田夫の花の陰をさり、商人の鮮衣をぬげるが如し」には、右に見るように『古今集』仮名序の表現が下敷きになっている。この『近代秀歌』と、『古今集』仮名序に次のような対応関係を見る論がある。

心巧み　…　巧詠物、詞巧みに（康秀）
たけ及び難く　…　詞花麗而首尾停滞、詞かすかにして、始終たしかならず（喜撰）
詞強く　…　艶而無気力。あはれなるやうにて強からず（小町）
姿面白き　…　頗有逸興（黒主）
余情妖艶　…　其情有余、心余りて詞足らず（業平）
　　　　　　詞花而少実、まこと少し（遍昭）

かうした集序の文言を本書〈『近代秀歌』〉の貫之評の二の傾向に振り分けると、大体「巧み」と「逸興」の点で買はれてゐる康秀、黒主等と他の四人（素性と喜撰と出入す）の系列とに区別出来さうである。この想定は更に『末の世の歌は例へば田夫の花の陰を去り、商人の鮮衣を脱げるが如し』といふ序の引用の仕方からも確められるわけで、やはり康秀と黒主とを貫之の系列に編み、他の四人と識別しようとする意図は際立つてゐるやうに思はれる。

（田中裕「妖艶―近代秀歌について―」）[3]

この論は、次のように継承されて、定説の基底をなしている。

この評〈『近代秀歌』〉が貫之自身の作風を正面から捉えてというよりも、「古今集」序の作者を貫之とみなしたうえで、「巧み」や「逸興」を肯定して余情や「艶」を（とくに「艶」を）否定しているその論旨を批判したものであること（前記「寛平以往の説」）〈中略〉とともに例えば藤平春男氏（『新古今歌風の形成』第二章Ⅱ、二〇七～八ページ・一七八ページなど）も賛同されたように、今となっては定説と言ってよい。

（福田秀一『余情妖艶の意味と位相』）[4]

の如くである。今一度考えてみるに、「田夫の花の陰を去り商人の鮮衣を脱げるが如し」は、確かに康秀と黒主を暗示し、両者を並立させている。定家が「康秀と黒主とを貫之の系列に編」んでいるとすれば、しかし、それは「巧み」「逸興」で「他の四人と識別しようとする意図」を持っていたからではあるまい。

貫之には、『新撰和歌』序で「抑夫上代之篇　義尤幽而文猶質　下流之作　文偏巧而義漸疎」ゆえに「花実相兼」「玄之又玄」の歌を撰んだと言っているような、理想とする美的性質を伴う風体の概念があった。六歌仙は、その理想の風体に照らし、「さま」という語、即ち時好性備える和歌の風体を意味する用語を媒介として論じられている。「さま」の用語で六歌仙評を見れば、遍昭に「歌のさまはえたれども」（「尤得歌体」）と記すのに対し、康秀、黒主には「そのさま身におはず」（「体俗近」）、「そのさまいやし」（「体甚鄙」）と述べている。これを、「巧み」は貫っていたが「さま」は詞と不釣合いである、或いはまた、「逸興」は認めるが「さま」には卑俗なものがあったというようにみるべきであろうか。「巧み」や「逸興」を「さま」から独立させて貫之の系列であると位置付けるのではなく、それらは、「さま」に包摂される要素と見た方がよいのではないか。康秀と黒主を「買」っていたと言われてきた要素の「巧み」や「逸興」は、むしろ貫之の理想とする風体を壊す要因であったように読める。この六歌仙評に後続する文言の「歌とのみ思ひて、そのさま知らぬなるべし」(「其大底皆以艶為基　不知和歌之趣者也　俗人争事営利　不用詠和歌」)というような退廃の傾向を、貫之は二人に見ていたので、二人は並べ記されているのであろう。また、右の論中で「艶を否定し」と言われる「艶」とは、この後続する文言の「艶」をも視野に入れてのことなのであろうが、恋の情趣に見られる華やぎを意味する「艶」そのものに否定的な価値が見られていたかどうかは疑問である。一方、「他の四人」は、「さま」の語を用いて説かれておらず、即ち、その風体は、時好性から離れたところにあり、貫之は四人に、「上代之篇」(『新撰和歌』序)に見ていたような性格を認めていたのであろうと考える。「これかれ得たる所得ぬ所」は、六歌仙歌人に等しく備わるというのが貫之の説くところであって、この四人に対してもまた、打ち消しの表現を以て示される不満足なる要素はある。しかし、その貫之が「得ぬ所」と考えた点に「さま」を用いないで説かれることになった性質、即ち古代性に通う性質を認め、定家は、新風である「余情妖艶」を導いたということではあるまいか。先に掲げたような『古今集』六歌仙評と『近代秀歌』の文言に於ける個別表現の対応は、明快であるが、定家の評価とは異なるように思う。

定家の著述を『詠歌大概』等の言説も併せ総合的にみれば、「寛平以往」なる時代に貫之を含むという論が出てくることもあろうが、ここでは、「心たくみにたけ及びがたく、詞つよく姿おもしろき様をこの」む貫之の様式が、「寛平以往」の様式と対比されているものと考える。寛平以往の実質的な意味を論及された論も証左となる。(5)「むかし貫之歌、心たくみにたけ及びがたく、詞つよく姿おもしろき様をこのみて、余情妖艶の体をよまず」は、先代の歌論を継承するところ多く、全体として捉える部分である。

註

（1）「近代秀歌」『日本歌学体系　第三巻』

（2）小沢正夫・松田成穂校注『新編日本古典文学全集　11　古今和歌集』の本文に拠る。ただし、仮名序古注の例歌と、真名序の訓点及び『作文大体』の注記は省略している。

（3）田中裕「妖艶―近代秀歌について―」『国語国文』15-10　昭和二十一年十一月　京都大学国文学会　十二、十三頁。同説は、同「寛平以往の説」（『語文』25　昭和四十年三月　大阪大学文学部国文学研究室）・「寛平以往の説」（『中世文学論研究』昭和四十四年十一月　塙書房）に見える。

（4）福田秀一「余情妖艶の意味と位相」『国文学　解釈と鑑賞』昭和四十九年四月　至文堂　二十三頁

（5）錦仁「藤原定家の本歌取―「寛平以往」の実践的意味―」『日本文芸論稿』昭和五十年三月　東北大学文芸談話会・片野達郎「実朝における「寛平以往」の意味」『国語と国文学』昭和五十五年十一月　東京大学国語国文学会

三　俊成の「艶」と小町の和歌

『近代秀歌』に於ける定家の言説「むかし貫之歌、心たくみにたけ及びがたく、詞つよく姿おもしろき様をこのみて、余情妖艶の体をよまず」は、父俊成歌論との関わりが深い。俊成の秀歌論は次の資料で知られる。(1)

大形は歌は必しも、絵の処のものの色色のにの数をつくし、つくもづかさのたくみのさまざまきのみちをえりすゑたる様にのみ、よむにはあらざる事なり。ただよみもあげ、うちもながめたるに、艶にもをかしくも聞ゆるすがたのあるなるべし。たとへば、在中将業平朝臣の、月やあらぬ、といひ、紀氏の貫之、雫に濁る山の井の、などいへるやうによむべきなるべし。（『民部卿家歌合』（建久六年　跋文））

歌のよきことをいはんとては、四条大納言公任卿は金の玉の集と名付け、通俊卿の後拾遺の序には、「ことばは縫物のごとくに、心海よりも深し」など申したためれど、必ずしも錦縫物のごとくならねども、歌はただよみあげもし、詠じもしたるに、何となく艶にもあはれにも聞ゆる事のあるべし。もとより詠歌といひて声につき

（『古来風体抄』）

て善も悪しくも聞ゆるものなり。

おほかたは、歌はかならずしもをかしきふしをいひ、事の理を言ひきらむとせざれども、本自詠歌といひてただよみあげたるにも、うちながめたるにも、なにとなくえんにも幽玄にもきこゆる事の有るなるべし。よき歌になりぬればそのことば姿のほかに景気のそひたるやうなる事のあるにや

（『慈鎮和尚自歌合』（十禅師十五番跋文））

ともに、俊成晩年にかけての言説である。時代的には、『新古今集』撰進の約十年前から五、六年前に当たる。縫物の比喩は、『後拾遺集』序からの引用で、先行する歌集について述べた箇所に見える。俊成は、必ずしも言葉が美しい刺繍のように、或いはまた、絵師の用いる多彩な顔料のように施される必要はないのだという。これらの、歌に華やかさを求めんとする趣向の喩えは、『慈鎮和尚自歌合』「十禅師十五番跋文」では、「をかしきふしをいひ事の理を言ひきらむ」ことに言い換えられる。即ち、俊成は、意図せぬ余情の効用に価値を認め、風情の重視及び心詞の過不足なき調和の重視を第一義としない。これは、定家が『近代秀歌』で示した貫之様式を捉えた言説と通じあう。俊成が求める秀歌観と定家のそれは、方向性に於いては同じである。

この三資料は、「艶にもをかしくも」「艶にもあはれにも」「艶にも幽玄にも」と類似しながら、少しずつ異なる表現を用いている。これを、風情に深く関わる「をかし」から情趣化された「あはれ」、そして情趣の縹渺と漂う気分の「幽玄」へという「象徴理念の深化に伴ってその説明の言葉も次第に取変えられて行った(2)」とする見解がある。象徴理念の深化が「幽玄」の語に行き着き、この「幽玄」が情趣の縹渺と漂う気分を表していたとするなら、それは、技法によって獲得したものではなく、歌合の中で俊成が用いた「幽玄」という評語のように(3)、古代の時代性として備わる深遠なる性質から醸し出されているものであろう。「幽玄」は、「基本的には艶美と対立する二大原型の一つである」が、俊成の場合「幽玄という歌評語には」「優艶美の要素が幾分包含されていたのであり、その

要素が本来対立するはずの「艶」との結合媒体とな」っていると言われている。[4]

俊成が歌合で「艶」と判じた例は、九十六例あるそうで、[5]『六百番歌合』以降、「艶」の使用例が増えている。「艶」の原義は、「ほのぼのと浮きやかな気持ち」[6]であるといわれるが、俊成の歌合判詞をみると、「艶流」「艶書」「えん」「姿こころえん」「体詞えん」等の表現で、恋にまつわる情趣の中でも、懊悩の姿・涙に濡れる袖・夜明けの有明月といった素材に「えん」と判じ、或いはまた、春の景物への愛着・惜春の情など春に関わる情趣に「えん」と判じている。春に関わる歌の中で、朦朧とした月光の前に吉野山の桜が散りしきる光景を「えん（艶）」故に勝とした例[7]がある。「月のまへの春の雪、ことにえんに見え侍り」と言うが、これなどは、白氏の詩句を想起させる「朦朧たる月」と「慢慢たる風」の詩趣が、さらに月光をかき消す雪の如き花弁を以て、いっそう幽かな興趣になっている点を評価している。また、色彩の美しさを「えん」と判じた番の中で、「ふるさとに咲くすみれ」と「色のゆかりの藤浪」の歌を持にする例[8]がある。「すみれ」の歌の方では、「籬のくれの春風」という春の陰りの中で捉えられた美しさが評価されている。それらは、「縹渺とした情趣の世界を感得しうるまでに至」る、「艶」の深化を窺わせる例である。

俊成に於いて、小町歌が本歌になっていることを指摘する例は一あるが、「艶」と切り離して、小町の歌を取り上げた例はみえない。次の如くである。

おもひねのはなをゆめぢにたづねきてあらしにかへるうたたねのとこ

花をゆめぢにといひ、あらしにかへるうたたねのとこ、いとえんにこそ見え侍れ（『千五百番歌合』（二百三番））

右の歌は、『古今集』所載の小町の歌「おもひつつぬればやひとのみえつらんゆめとしりせばさめざらましを」を想起させ、『古今集』所載の小町歌の影響力は決して弱くはなかったと思われるが、小町の名前が出ているわけではない。ここでもまた、落下する花のもたらす縹渺とした光景が「えん」と評価されているようである。俊成に於いては、小町よりもむしろ同六歌仙の業平に対する享受に積極的なものがあった。同歌合では、「花のしたぶし」という素材ゆえに「えん」と評価される歌が、業平歌を想起させる歌に負けている。(9) 先の二資料でも、「なんとなく艶にもをかしくも（幽玄にも）聞こゆる」歌として、業平の「月やあらぬ」歌が提示されていた。業平の歌が注目されている様子は、俊成以外でも、六条家顕昭の『古今集注』に見える。(10) 顕昭は、「月やあらぬ」歌を貫之の「確かに詠」む詠み方とは異なる価値観で量るべきものと考えているが、それをそのまま学ぶということは不可能であって、「上代」の歌は昔の歌として享受すべきだと言っている。俊頼は「きはめた口ぎきにてわりなくおもしろく」歌を詠むが、「さびけだかく幽玄なる姿」は理解していないのだとも記す。

小町の名前が「艶」を伴って記される例は、右と同じ『千五百番歌合』の、同じく六条家顕昭の判詞である。

左

かはり行く人のこころをなになればつらきをしのぶわが身なるらん

右

ことのはのうつりし秋のすぎぬればわが身しぐれとふるなみだかな

左歌、艶にこそ見え侍るめれ

右歌は、いまはとてわが身しぐれにふりぬればことのはさへにうつろひにけりと小町がながめおけるふりにしことのはやおもひわたられ侍らん、又以左為勝

（『千五百番歌合』（千三百三十三番））

左歌は「艶」であり、右歌は小町の歌を想起させるという。小町の歌を複数組み合わせたような歌が「艶」と判じられずに、番の左歌の方が「艶」により勝とされている。それは、小町歌の語句を採る右歌が、諦観し嘆きも収まっているかのような観念的な詠歌であるのに対して、左歌が、恋の渦中にある自らを詠い、恋の寂しさを生きて底

流させているからであろう。同歌合千三百三十番も顕昭による判詞である。『古今集』序の小町評が引用され、「今はとて」歌を本歌と認めて判をする。顕昭は、「ひとりねの袖にしらるるしぐれこそ秋しもわかぬものと見えけれ」に、「かみしもあひかなひてよみおほせられて侍るめり、古今序に、小野小町が歌を申すに、艶にして気力なしと侍り、つよからぬはをんなの歌なればとまうせり、以右為勝」という。上句の詠み出しが滞りなく下句で結ばれ、『古今集』序の小町評が引用されて勝となっている。ひとりねの恋の涙である点が「艶」なのであり、さめざめと泣いているのは「あはれ」であり、感情的に訴えることもなければ、形象化も風情によるおきかえも試みることなく、ただ悲しみにくれる生きる姿勢弱い姿は、「気力なし」である。この二例のように、小町の歌が即ち「艶」であるとは、まだ直接的には説かれていなかった。しかし、「艶」と小町は、歌合の判詞の中で、少しずつ結びつけられていったのであろう。先に述べたので省略するが[11]、小町歌に対する再考は、六条家の歌学とも無縁ではない。

註

（1）「民部卿家歌合」「慈鎮和尚自歌合」『新編国歌大観　第五巻』
有吉保校注「古来風体抄」『日本古典文学全集　50　歌論集』昭和六十年二月第十版　小学館

（2）中島洋一『日本文芸理論における象徴的表現理念の研究』昭和四十一年五月　風間書房　一五三頁

（3）『三井寺新羅社歌合』九番左歌判詞の「興幽玄」は『古今集』真名序が古代を評価する、その内容の影響を受け、古代の時代性が窺われる。『六百番歌合』残暑六番左歌では、「ふるくよめるはいますこし幽玄に侍る」と言い、『中宮亮重家朝臣家歌合』二番左歌で「詞義非凡俗」故に風体が「幽玄」であるというのも、詞の慣用的な用法を外したところを評価しており、「ゆふ」という神事に関わる詞と古代性とも関連している。『広田社歌合』海上眺望二番左歌、同述懐廿八番右では、人間の影のない天界の如き光景が漢詩の詩句を想起させて「幽玄」であるという。『広田社歌合』述懐廿八番では、古代の神の山「葛城」に山深く分け入っていく様相と広大で深遠な景観が「幽玄」とされる。その上に、山ふかく分け入っても浮名は猶この世にとどまるだろうという点に「あはれ」が備わるという。

山本一「『六百番歌合』判詞の「幽玄」」（『国語と国文学』平成九年十一月　東京大学国語国文学会）には、俊成が古歌世界の「幽玄」を引き合いに出すことの意味について述べられている。

（4）上條彰次「藤原俊成・定家の歌論」『和歌文学講座　第六巻　新古今集』平成六年一月　勉誠社　三五三頁、俊成の歌合判詞に「優艶美と幽寂美との並存的志向」が次第に現れてくることを指摘されている。

（5）谷山茂『谷山茂著作集　一　幽玄』昭和五十七年四月　角川書店　二五五頁

（6）吉澤義則「「艶」に就いて」『国語国文』18-4　昭和二十四年九月　京都大学文学部国語学国文学研究室

（7）『千五百番歌合』二百五十六番

左

吉野山てりもせぬ夜の月かげにこずゑの花は雪とちりつつ

右

みなそこにむらさきふかきかげ見えてなみに色づくたどのうらふぢ

左歌、彼文集の春夜の詩に、てりもせずくもりもせず朦朧たる月、非暖非寒漫々たる風といへるを、よしの山てりもせぬ夜の月かげにと侍る、おもかげ覚えて見ゆるやうにこそ覚え侍れ、右歌、みなそこにむらさき深くうつるたごのうらふぢもをかしくは見え侍れど、猶左の月のまへの春の雪、ことにえんに見え侍り、仍以左勝と侍るべし

（8）『千五百番歌合』二百番、二百四十一番は、「おぼろ月夜」に「えん」を見ている。

『千五百番歌合』二百七十五番

左　たちかへりなほふるさとにすみれさくまがきのくれにはるかぜぞふく

右　なつかしきいろのゆかりとおもふにも見ればこころにかかる藤浪

（9）『千五百番歌合』二百五十一番

左

さらぬだにおぼろに見ゆるはるの月ちりかひくもる花のかげかな

右

花のちる山したかぜにふしわびてたれ又あくる空をまつらむ

此右歌おもかげおぼえて、花のしたぶしえんにはおもひやられ侍るを、左歌、春の月とおき、ちりかひくもるなどいへる、かの、こんといふなる道まがふがに、といへるむかしおぼえて、たれ又あくると思ひやれらむよりはまさるべくや侍らむ

定家にもまた、「我朝在中将厭老之心」を想起させる故に「妖艶」であると判ずる例が『内裏百番歌合』（建保四年）五十四番に見える。

（10）「古今集注」『日本歌学体系　別巻四』三〇六、三〇七頁。引用は片仮名を漢字と平仮名に改めた。

（11）本章第三節参照

四　俊成の「艶」から定家の「妖艶」へ

同じ方向を向いていたはずの俊成と定家の理論はどこが異なるのか。それは、既に指摘されているように、象徴的手法に対する考え方の相違であり、「幽玄」の意味内容の差であり、さらには、それまでにも見られないわけではなかった「妖艶」なる評語を定家が新たに解釈しなおし、その美の世界を実践に於いて示したことであった。象徴的手法の差異については、俊成の「韻律論的余情主義」が、「韻律論的であったゆえに象徴主義的な性格を帯び」「むしろその象徴的開花を妨げる性格を持っていた」と藤平春男氏は指摘される[1]。幽玄の意味内容の差については、石田吉貞氏が、「俊成の幽玄は、余情という鐘の余韻のごときものが長く流れること」であり、定家の「幽玄」は、「縹渺とした細霧状のものが四周に飛散するもの」であると喩えられた[2]。そして、意識の深部にある美感情が感覚的なものに誘われ霧のごとく細霧状になって出てくるという象徴の形をとるのが「妖艶」であったという。その霧の如き細霧の中に、「非正常的・怪奇的・阿片性・麻薬性・性欲性・獣性・魔性・邪神性等」の感情粉が交錯しているのであると言われ、『近代秀歌』だけでなく、歌合・百首歌の中で用いた「妖艶」十九例や定家の歌からも帰

納され説かれている[3]。

定家以前にも「妖艶」の語は歌合判詞に見え、俊成は、『民部卿家歌合』で一例、『千五百番歌合』で二例「妖艶」の語を用いている[4]。俊成の理解は、「艶」の性質をあやしさ、すさまじさの面で色濃く強くしたものであったが、定家は「妖艶」の語の中に多彩な美を受け入れる可能性を見た。先に述べたように、俊成の「艶」と「幽玄」は対立する概念ながらも結合する性質をもっていた。しかし、俊成の「妖艶」は、幽玄の縹渺性とつながっていくものではなかったのであろう。

小町の歌と「妖艶」は、定家の中で、どのように関係付けられていたのか。『近代秀歌』に於ける、「「業平・小町様式」乃至「余情妖艶の体」乃至「寛平以往の歌」」という一括した捉え方を外す資料はない。『近代秀歌』の「余情妖艶」は、「余情」即ち業平の様式、「艶」即ち小町の様式という『古今和歌集』序からの発想を発端とするものであったが、最終的に定家は「余情が妖艶である」という複合概念を考えていたのだと、その意味は整理されている[5]。そして、先にも引用したように、「艶」ではなく「妖艶」であるところに「定家の開拓した所謂新情」があり、「表現論からの強調の意識が働いていた」と捉えられている。

小町の歌を「花の色は」歌一首に代表させることは出来ないが、定家の中での位置付けは採歌の状況をしても明らかに高く、この歌が小町の「妖艶」を体現した歌であるという見解も見えるので、同歌を中心に述べたい。

花の色はうつりにけりないたづらに我が身世にふるながめせしまに　（『古今集』一一三）

定家の「新風」に指摘された「細霧」の如く「交錯する感情粉[6]」が、この小町歌にも存在する。主意は大きく二重構造をとり、一は、花の移ろいを嘆き、一は、我が身に流れた時間を嘆く。悲しみは、世に経る生活の現在という一通過点が、移ろう桜花のように傷んで色褪せていることにある。作者が目にしているのは、雨上がりの乱れた桜花の一群れと、散りしきった花弁であって、春の光の下で惜しまれて散りゆくそれではない。長雨のベールを上げた時に突如移ろいの姿を露わにした桜花である。「いたづらに」は、外界の桜花への思いであり、また、「経る」生活の一通過点に立脚する我が身に気づいた、現世の一現象への如何ともし難い思いである。春雨が、遍く外界の事物を移ろいゆかせるものならば、我が身も例外ではない。しかし、はかないのは、人との生活の中で過ごしてきた時間の堆積が、不実で空虚な現在となってそこにあるという事実である。この歌が「飛散させる感情粉」は、華麗な彩粉のようであるが、そこに加わるのは「古る」ことへの知覚と実感であり、また、石田吉貞氏が、「移りゆく女の悲しみの美しさ」に見られた「縹渺の狭霧の中に一匙の性霧が加わった」情調である。さらには、時の流れの延長線上にある、人の老いに対する「妖気」にも似た思いである。定家が、本歌取り等の詞の構成を駆使して作り上げようとしたものが、既に、古代のこの歌には存在した。『無名抄』が記す記事の中で、俊成は、「歌の眼目をきっぱりと言い表したら浅くなる（「哥の詮とすべきふしをさはといひ現したれば、むげにこと浅く成りぬる」）」と述べた。「さはといひ現し」た主情語は歌の価値を損ない、縹渺とした情調を損なうはずであった。(7) 小町の歌の「いたづらに」は、その主情語に似る。しかし、苛まれる感情の実態は、作者にも見えておらず、それゆえに見出された、「いたづらに」という嘆きの詞を中心に単純な詞で構成された歌に、複雑な情調の交錯する縹渺とした美が成立していた。小町という作者は、『古今集』序が言うように「あはれなるやうにてつよからぬ」「気力な」き作風に喩えられる。定家は、その言いきられた歌の中に、人間存在の深淵につながる空洞を見たのではあるまいか。空虚で底知れぬ空洞の戦慄するような深淵に、定家は「妖艶」の語を想起したのではあるまいか。

小町様式と定家の「妖艶」をつなぐ例として、さらに、次の歌を掲げたい。小町の歌に

こぬ人をまつとながめて我が宿のなどてこのくれかなしかるらむ　（『新勅撰集』八六二）

という歌がある。流布本系の「小町集」では、四十七に入る歌であり、この四十七は、六十九首本の第二歌に該当する。「小町集」以外では、定家の撰進した『新勅撰集』に採られている。定家にも、

こぬ人をまつほのうらのゆふなぎにやくやもしほの身もこがれつつ

（『新勅撰集』八四九）

という、同集にも『百人秀歌』にも入る有名な歌がある。「人を待つ」心情を詠む歌、或いは「有明の月」は、歌合に於いて「艶」と評価される素材であった。『近代秀歌』で、なぜ所謂六歌仙歌人ではない素性が入れられたのかについても、その代表歌に拠るところが大きいと考えている。即ち、『百人秀歌』にも採られた「いまこんといひしばかりにながつきのありあけのつきをまちいでつるかな」歌が、定家の中で素性の名前を加えた際の大きな契機をなしていたのではないかと考える。

ところで、右の定家の歌は、その光景の静けさ故に悲しさが充満している。夕暮れの凪いだ海、海辺で塩焼く煙は真っ直ぐに立ち上っているかのようである。「こぬ人をまつ」は、「まつ人がこぬ」と解釈されてもよい詞でありながら、「来ぬ人」という理の判断を誘う。その理性の判断が、風景の表層を穏やかに統制している。しかし、立ち上る煙の下でまさに藻塩が焼けており、身は痛いほどに焦がれている。心情と風景は不即不離の関係で存在し、情調をまとわりつかせる。一方、小町の歌も「こぬ人をまつ」と詠みだされるが、小町の歌には、どこか空虚な明るさがある。人に感傷を強いる秋の枯れ葉や冬の風音を背景とする季節ではなく、あたかも夏の日の夕暮れのようであって、暑い日差しが止んで夜へと移るまでの一時の、煌煌とした空虚な明るさに似る。「などてこのくれかなしかるらむ」としか言いようのない、作者にも捉えきれない悲しさである故に、その歌には透明感がある。この歌などにも、底知れぬ深淵が認められ、「艶」では覆い尽くされぬ情調の充満するのが感じられていたのではあるまいか。

「艶」は、俊成によって余情の深化をもたらされた。しかし、「艶」では覆いきれない情調が「妖艶」として再認識されたことを契機に、定家はそれを「新風」として体現しようとした。定家は、その方法論を書き残していないが、「新風」の原動力には、先代の歌論に取り上げられていた業平の歌の力だけでは達成しえないものがあり、小町の歌の様式が要請されていたと考える。

右の小町歌「こぬ人を」が、定家の撰進した『新勅撰集』に採られていることは述べたが、同集に小町の歌は六首採られている。その他定家が関わった『新古今集』や『定家八代抄』に於ける小町歌の採歌の様相については課題を残している。

註

（1）藤平春男「古来風体抄」（『藤平春男著作集　第1巻　新古今歌風の形成』平成九年五月　笠間書院）一五六頁では、俊成の理論が、詠ずる声の韻律を重視するゆえに「その韻律に対応する主観的感情（ことばの意味の指示し、意味に伴う映像の暗示する内容）が、一首の朗詠するのに併行してあまり屈折なく鑑賞者に伝達されていくような作歌技法に近づく。」つまり、「韻律論的余情主義」が「韻律論的であったゆえに象徴主義的な性格を帯び、同様の理由で象徴主義になりきれなかった。」この「短歌形式における韻律主義的傾向は、むしろその象徴詩的開花を妨げる性格を持っていた」と言われる。

（2）石田吉貞『妖艶　定家の美』昭和五十四年十二月　塙書房　一三六、一三七頁他

（3）石田吉貞『藤原定家の研究』昭和五十七年五月改訂三版　文雅堂書店　五四〇〜五四四頁

（4）『千五百番歌合』（百六十六番）は、「雁帰る」と詠み始めた作者に恋の懊悩の凄まじさを見る（「かりかへるといへるより、すがたこころ始終妖艶に見え侍り」）。同二百二十番では、桜への愛着が花の下にとどめようとする主意で詠まれていることに対して、美への執着としては「妖艶」であるが「花下に留めなんといへる心妖艶には侍るべし」としている。

（5）福田秀一「余情妖艶の意味と位相」『国文学　解釈と鑑賞』昭和四十九年四月　至文堂。後続の引用も同じ。

（6）石田吉貞前掲註（2）書

（7）「俊成自讃歌の事」久松潜一・西尾実校注「無名抄」『日本古典文学大系　65　歌論集　能楽論集』

参考文献
「小町集」『新編国歌大観　第三巻』、「小野小町集」『私家集大成　第一巻　中古　I』、「新撰和歌」『新編国歌大観　第二巻』、「新勅撰和歌集」『新編国歌大観　第一巻』、諸歌合『新編国歌大観　第五巻』

付記　本節は「定家に於ける小町歌の受容―『近代秀歌』「余情妖艶」との関わり―」（『日本文芸研究』55-2　平成十五年九月　関西学院大学日本文学会）を初出とする。

第二章 「小町集」の和歌

はじめに

本編は、小町の和歌を考察の対象としている。「小町の和歌」を、「「小町集」の和歌」に包摂される概念として捉えていることは先に述べた。本章で対象にするのは、「小町集」の和歌で、「小町集」とは、一一六首からなる流布本のそれである。「小町集」の中で、一一六首本こそが、「小町集」を代表する本だというのではない。原初の形に近いという意味であれば、六十九首本や、「時雨亭文庫蔵本（唐草装飾本）」、「静嘉堂文庫蔵本（一〇五・三）」が、流布本より古い形であろうし、流布本でも、その祖本は、「御所本甲本」という最多の歌数を収める本の系統である。では何故一一六首本を対象にするのか。理由は三点ある。一は、それが、最終的な流布本として形を整えられたものであること。「御所本甲本」系統の重出歌が、ある程度整理されている。二は、詞書が付与されて、全体とは言えないが作品としてまとめんとする意志が働いていること。三は、厳密には同じではないが、『歌仙家集』と本文を共通させ、それが版本という固定された本文である点に於いて、本文検討の際の利便性を有するからである。

流布本「小町集」の和歌の特質について、藤平春男氏（「小野小町」(1)）は、

もっとも、詞書を欠いても恋愛感情を思わせる歌は多いから、異本小町集もまた恋愛歌集としての性格は備えているのであるが、流布本が恋愛生活の耽溺すら想像させるのとはかなり印象が異なっている。…（中略）…

片桐の指摘のように「色好みの女」としての性格はないではないが、その恋情は積極的な点がほとんどなく、「なげき」の女としての小町像がかなり鮮明にうかびあがってくるのである。(藤平春男「小野小町」)

とされる。片桐洋一氏『小野小町追跡―「小町集」による小町説話の研究―』[2]では、次のように記されている。

このように見て来ると、流布本系「小町集」は、異本系「小町集」の末尾のように、既に出来上がった形での小町説話の影響を受けていないにもかかわらず、歌集自体、あるいは一首一首の歌において、小町説話的であると認めざるを得ない。(片桐洋一『小野小町追跡―「小町集」による小町説話の研究―』)

とし、「来ぬ人をまつとながめて我がやどのなどかこの暮かなしかるらん」(流布本「小町集」47、異本二)の歌について、「家のそばに松の木が生えている絵があって、その絵の中で、邸内からぼんやりと外をながめている女の立場になってよんだとすれば、ピッタリする」こと、絵を伴わずとも、「歌だけが独立して鑑賞されたのではなく、いわば歌物語的な場、つまり、小町の事蹟と歌が同時に知り得るような場に存在していた歌が、「小町集」に採り入れられて残っているのではないかと思うのである。」とされる。驕慢説話、好色説話で、「小町集」の歌を詠むがよいとされるのは、例えば、「みるめなき我が身」に驕慢説話を適応するという鑑賞であり、遍昭との問答を好色説話として見るという解釈である。

たしかに、驕慢説話、好色説話の影響によって「小町集」に入ったのだろうと思われる歌がある。次のような歌である。

やり水にきくの花のうきたりしに
滝の水このもとちかくながれずはうたかた花も有りとみましや　(70)
もも草の花のひもとく秋の野に思ひたはれん人なとがめそ　(44)

それらが「小町集」に入ったのは、好色説話の影響であろうと考える。先の「滝の水」歌は、『兼輔集』に

庭たづみ木のもとごとにながれずはうたかた人をあはとみましや　（『兼輔集』一二）

という類歌が見える。第四句「人を」には、寓意があるのだろう。俄かに増えた雨水がたまって、それが木の根元毎に流れないならば、決して人を「あは（淡）」即ち、心浅いとは見ないでしょう、という。流れる水が、様々な男性に思いをかける女性の浮気心に喩えられているのであろう。「小町集」でも、六十九首本では「あは（わ）」を詠みこむが、「小町集」の歌は『兼輔集』歌よりも、『新千載集』に採録されているところの中納言兼輔の詠歌（第二句「木の本ちかく」／結句「ありとみましや」）に近い。異伝のある歌であり、詳細は本章第二節の該当歌の箇所に述べている。次の、「もも草の」歌も、恋愛相手に今少し寛大であれかしと作者が応えた贈答歌の一であったかもしれない。人が着物の紐を解いて戯れるように、どんな草木も花をほころばせる秋の野であるのだから、私もそれに倣って戯れ心を持ちましょうに、人よ、取り立てて騒がないでほしい、というのであろう。「思ひたはれん」という解放的な印象を与える詞を用いながら、それでいて野放途にならず寂寥感まで漂わせてはいるが、「小町集」に入る契機として、好色説話が、これもまた、無関係であったとは考えられない歌である。遍昭との贈答歌との関連があるのかもしれない。

一方、驕慢説話に関わる歌では、次の歌が挙げられよう。

わたつうみのみるめはたれかかりはてしよの人ごとになしといはする　(22)

かざままつあましかづかばあふことのたよりになみはうみと成りなん　(26)

　　つねにくれどえあはぬをんなの、うらむる人に

みるめなき我が身をうらとしらねばやかれなであまのあしたゆくくる　(23)

「小町集」の海に関する和歌に、茫漠たる不安な感情が底流していることは、本章第四節で述べているが、一首目の「わたつうみの」歌は、片桐氏が指摘されるように、「みるめ」「かり」の詞に、逢わない、拒絶する小町を見る

解釈もあったのだろう。二首目の「かざままつ」歌は、異本系の伝本である六十九首本では、

かさまゝつあましかつかはあふ事のみるめもなしと思はさらまし　（六十九首本　四二）

と下句が異なっている。「あふ事（逢ふ事）」「みるめ（見る目）なし（無し）」は、流布本同様に恋情に関わるものである事を暗示しているが、「みるめもなしとは思はざらまし（逢う機会がないとは思わないだろう）」とは、逢ってはもらえないと恨む、そんな海人の恨みも消えることだろう、なぜなら「みるめ（海松藻・見る目）」は、海の中にあるのだからという、いっそう機知の勝った歌となる。あってはくれない（見る目なし）というなら、海にでも潜ればどうですか。「みるめ」（海松藻）はたくさんありますよ、といった、「小町集」に特徴的な「みるめなし」を展開させた歌とみることも出来る。三首めの「みるめなき我が身」歌については、相手の海人のことを言うという解釈も確かに成立する。

「小町集」の和歌を、小町説話から見る歌の解釈も、確かに正しいと思う。「家のそばに松の木が生えている絵」とは、絵入版本「小町集」中の絵の一枚のようで、そういった絵は、享受者の一般的な理解を示す。また、流布本「小町集」の中には、物思いを主題とする歌が多い。秋の独居と物思いの詠まれている歌が多いのも、そういった、人々の理解による。そういう要素はあると思うが、「小町集」の和歌の理解がそれで済んだとは考えない。小町の「来ぬ人を」歌の理解が、それでよいとは思えないのである。「来ぬ人は」歌を初めとする「小町集」の和歌の形象を、独立した歌として考察する必要性を感じた。例えば「来ぬ人は」歌は、六歌仙時代を再評価する定家が撰集した『新勅撰集』に採られる歌で、定家も、その歌の文芸性を認めていたであろうと思う。「みるめなき我が身」という詞についても、「荒涼とした精神風景」（秋山虔「小野小町的なるもの」[3]）や、「氏女の悲しみ」（山口博『閨怨の詩人　小野小町』[4]）とする説もあるように、和歌の形象は、説話で読むことを拒む要素を有していると考えるからである。遍昭への言いかけも、「古くから男女のかけあいにみられる性に関連させての笑いの系譜」（藤平春男前掲論）

と見る見方もある。結果として、「小町集」に入った契機が、驕慢説話や好色説話によるのではないかと思われるような歌もあるが、まず「小町集」という作品の中にある一首の歌として考察をする必要性を感じた。

「小町集」の和歌が、小町らしい歌を集められたものであるという認識はしている。しかし、『古今集』所載の歌だけが真作であるという見方もしていない。序論で述べたとおりである。本章第二節に、流布本「小町集」全歌の考察を提示した。方法としては、いったん、六歌仙時代の小町の歌として置いてみて、そこから、不都合を鑑み、伝本による本文異同を検討し、「小町集」を構成する要素として捉えたものである。

註

（1）藤平春男「小野小町」『国文学』昭和四十二年一月　学燈社

（2）片桐洋一『小野小町追跡―「小町集」による小町説話の研究―』平成五年十一月改訂新版　笠間書院

（3）秋山虔「小野小町的なるもの」『王朝女流文学の形成』昭和四十二年三月　塙書房

（4）山口博『閨怨の詩人　小野小町』昭和五十四年十月　三省堂

第一節　「小町集」諸本の本文校異

「小町集」諸本の、本文対照表を作った。底本には、流布本である一一六首本と、明らかに歌序・形態の異なる六十九首本の二種類を用い、次表のように大きく上下段に分けた。上段には、一一六首本の代表として「西本願寺蔵本（補写本）」の本文を、下段には、六十九首本の代表として「書陵部蔵本（五一一・一二）」の本文掲げ、異同の存在する箇所を示した。表中程、一一六首本系統の下部に、特殊な三本の校異欄を設けた。それらは、特殊な本文及び形態を有する三本で、即ち、「時雨亭文庫蔵本（唐草装飾本）」「静嘉堂文庫蔵本（一〇五・三）」「書陵部蔵　御所本甲本（五一〇・一二）」を指す。系統の分類からすれば、先二本「時雨亭文庫蔵本（唐草装飾本）」「静嘉堂文庫蔵本（一〇五・三）」は異本系統で、後の一本「書陵部蔵　御所本甲本（五一〇・一二）」は流布本系統であるが、異本系統から流布本系統への過渡的な要素が窺えるので、上段の下部にまとめた。各伝本の略号は後に記している。左表は、一一六首本の歌序で並べており、表中（ ）内の漢数字は、各伝本中の所収番号である。異本系統の所収番号は、大きく変わっている。対照表の形態は、次頁の通りである。

集付・注記等は省略したが、傍書などの、校合に依ると思われる書き入れ本文は、［ ］で掲げた。見せ消ちのように削除されている場合も「削除跡」としてここに記した。漢字仮名の別は、特異な箇所を除き取り上げていない。踊り字は、該当する仮名に直した。濁点のある場合は本のままに示した。「む」と「ん」、「え」と「ゑ」、「お」と「を」の仮名遣いの異同も本のままに示した。底本に付した傍線は、その箇所に異同のあることを示す。底本の本文で異なる判読の可能性のある箇所や、特殊な漢字表記などは、※でその旨を注記した。□は、虫食い等で判読不能な文字である。「前田論」掲載本文中の○は原文に存する表記で、脱字と思われる箇所である。

一一六首本(番号)			六十九首本(番号)	
「西本願寺蔵本(補写本)」	「時雨亭文庫蔵本(唐草装飾本)」(番号) 「静嘉堂文庫蔵本(一〇五・三)」(番号)		「書陵部蔵本(五一一・二)」	
底本 本文	「一一五首本」　校異 「一一六首本」　校異	「時雨亭文庫蔵本(唐草装飾本)」　校異 「静嘉堂文庫蔵本(一〇五・三)」　校異 「書陵部蔵　御所本甲本」系統校異	底本 本文	「六十九首本」　校異

底本

対照表上段

底本　西本願寺蔵『三十六人集』所収「小町集」(補写本)

＊「三十六人家集」(三十六人家集刊行会による複製本(昭和四年十一月))を使用。

対照表下段

底本　書陵部蔵「歌仙家集」所収「小野小町集」(五一一・二)

諸本の略号

版本

正版…正保版本(「福井市立図書館松平文庫蔵本」他)

絵版…絵入版本(「徳島県立図書館森文庫蔵本(九一一・一オノ)」他)

類　…群書類従版本(「初瀬川文庫蔵本」他)

写本

岩徴…岩国徴古館蔵「小野小町家集上」（一八・二四）
岡　…ノートルダム清心女子大学蔵「三十六家集」所収「小町集」（C一・三四・二六）
京女…京都女子大学蔵飛鳥井本「三十六人集」所収「小町集」（KN911・38）
熊　…熊本大学北岡文庫蔵「歌仙家集」所収「小町集」（三三号赤二一二）
慶134…慶應義塾大学斯道文庫蔵「小町集」（一四六・一三四・一）
慶100…慶應義塾大学斯道文庫蔵「歌仙家集」所収「小町集」（一〇〇・二八・一五）
真田…長野市蔵真田家旧蔵「小町集」
醍　…志賀須賀文庫蔵　醍醐本（久曾神昇氏翻刻より）＊『西本願寺本三十六人集精成』（昭和四十一年三月）所収
書506…書陵部蔵「三十六人家集」所収「小野小町集」（五〇六・八）
御甲…書陵部蔵「三十六人集」（御所本甲本）所収「小町集」（五一〇・一二）
高　…国立歴史民俗博物館蔵「三十六人集」書陵部高松宮旧蔵　所収「小町集」（国文研番号　21－94－1－12）
有　…国立歴史民俗博物館蔵「歌仙家集」書陵部有栖川宮旧蔵　所収「小町集」（国文研番号　21－30－1－28）
神徴…神宮徴古館蔵「歌仙集」所収「小野小町集」（三九九三）
神1113…神宮文庫蔵「小野小町集全」（三・一一一三）
神　…神宮文庫蔵「三十六人家集」所収「小野小町集」（三・一二〇四）
静82…静嘉堂文庫蔵「歌仙家集残缺完」所収「小町集」（八二・三〇）
静521…静嘉堂文庫蔵「小野小町家之集　附僧正遍昭家之集」所収「家々集　小埜丶小町」（五二一・一二）
静青…静嘉堂文庫蔵青砥家旧蔵「小町集」（一〇五・一二）
静105…静嘉堂文庫蔵「小町集　附被入撰集漏家集」（一〇五・三）

筑　…筑波大学図書館蔵「小町集」（ル二一二・二六三）
東奥…東奥義塾高校蔵「小町集」
東大…東京大学国文学研究室蔵「小野小町家集全」（中古一一）
内433…内閣文庫蔵「歌仙家集」所収「小町集」（二〇一・四三三）
内434…内閣文庫蔵「歌仙家集」所収「小町集」（二〇一・四三四）
中光…中田光子氏蔵「小野小町家集上」（国文研番号　ナ3-9-9-6）
広　…広島大学蔵「小町家集」（大國八八五）
蓬　…蓬左文庫蔵「三十六人集」所収「小町集」（一〇六・三七）
大　…大和文華館蔵「歌仙集」所収「小町集」
陽212…陽明文庫蔵「三十六人集」所収「小町集」（二一二・一）
陽68…陽明文庫蔵「三十六人集」所収「小町集」（近サ・六八）
陽一…陽明文庫蔵　写本一冊「小町集」（国文研番号　55-44-8）
時唐…冷泉家時雨亭文庫蔵　唐草装飾本「小野小町集」
前中…前田論掲載「中院通茂本」
前神…前田論掲載「神宮文庫本」
前豊…前田論掲載「豊前本」
＊「前田論」…「異本小町家集について―神宮文庫蔵異本三十六人家集・及び架蔵異本三十六人家集Ⅰ・Ⅱ中の小町集に就いて」（昭和二十一年八月）

付記　底本の全本文掲載にあたり、宮内庁書陵部、西本願寺のご了解を得た。また、前記『三十六人家集』複製本は、神戸松蔭女子学院大学所蔵のものを閲覧させて頂いた。

本	伝本	詞書	歌
一一六首本（一）	「西本願寺蔵本（補写本）」	はなをなかめて	花のいろはうつりにけりないたつらにわかみよにふるなかめせしまに
	「時雨亭文庫蔵本（唐草装飾本）」（三二） 「静嘉堂文庫蔵本（一〇五・三）」（一）		
六十九首本（二七）	「書陵部蔵本（五一一・二）」		花の色はうつりにけりないたつらにわかみよにふるなかめせしまに

本	伝本	詞書	歌
一一六首本（二）	「西本願寺蔵本（補写本）」	ある人こころかはりてみえしに	
	「時雨亭文庫蔵本（唐草装飾本）」（なし） 「静嘉堂文庫蔵本（一〇五・三）」（二）	（中光）ある人こころかはりてみえけるに （御甲・神1113・慶100）ある人こころかはりてみえしかは、（静105）ある人心うく見えしに	
六十九首本（四七）	「書陵部蔵本（五一一・二）」		

本	伝本	詞書	歌
一一六首本（三）	「西本願寺蔵本（補写本）」		こころからうきたる舟にのりそめてひと日もなみにぬれぬ日そなき
	「時雨亭文庫蔵本（唐草装飾本）」（なし） 「静嘉堂文庫蔵本（一〇五・三）」（三）		
六十九首本（三七）	「書陵部蔵本（五一一・二）」		心からうきたる舟にのりそめて一日もなみにぬれぬ日そなき

まへわたりし人にたれともなくたとらせたりし	(京女・岡)たれともなくた、(他全)たれともなくて、(東奥)[た][な　削除跡]れともなくて	(御甲)〈初出箇所〉まへよりわたりし人にたれともなくてとらせし、(御甲)〈重出箇所〉まへわたりしにたれともなくてとらせし、(神1113)まへよりわたりし人にたれともなくてとらせし、(静105)あるおとこの前わたりするに		
そらをゆく		(御甲)〈初出箇所〉そら[に]ゆく、(御甲)〈重出箇所〉そらをゆく、(神1113)そら行	空にゆく	
月のひかりを		(御甲)〈初出箇所〉ときけとも月を[月のひかりを]、(御甲)〈重出箇所〉月のひかりを、(神1113)ときけとも月を、(静105)月のひかりに	月のひかりを	(高)月のひかりお[を]
くもゐより		(御甲)〈初出箇所〉くもまなみ[くもまより]、(御甲)〈重出箇所〉くも井より、(神1113)くまもなみ、(静105)雲晴て	雲まより	
みてややみにて	(慶134)みてややみに	(神1113)またややみにて	みてややみにて	(大)やみまて・*「万」(神)やみ[に]て
よははてぬへき	(神徴)世をはてぬへき	(御甲)〈初出箇所〉よをはへぬへき、(御甲)〈重出箇所〉よははてぬへき、(神1113)世をはへぬへき、(静105)世をやへぬへき	よをはへぬへき	(高)よお[を]

一一六首本（四） 「西本願寺蔵本（補写本）」	「時雨亭文庫蔵本（唐草装飾本）」（二八） 「静嘉堂文庫蔵本（一〇五・三）」（四）	六十九首本（三八） 「書陵部蔵本（五一一・二）」	
かへしあしたにありしに	（御甲）〈初出箇所〉あしたにありしにまたかへし、（御甲）〈重出箇所〉かへしあしたに、（神1113）返しほか歌なし　あしたにありしに返し （静105）いかなりしおりにか又		
くもはれて	（御甲）〈初出箇所〉くもはれて、（御甲）〈重出箇所〉いもはれて	雲まより	
おもひいつれと	（御甲）〈初出箇所〉おもひやれとも、（御甲）〈重出箇所〉おもひいつれと、（神1113）おもひやれとも、（時唐）おもひはれとも	思ひいつれと	
ことのはの		ことのはの	
ちれるなけきは	（中光）遅［本ノママ］れるなすけは、（神徴）なれるなけきは	ちれるなけきは	（高）ち［は削除跡］、（他全）ちれる
思出もなき	（御甲）〈初出箇所〉おもかけもなし、（御甲）〈重出箇所〉おもひでもなき、（神1113）面影もなし、（静105・時唐）おもかけもなし	おもかけもなし	

一一六首本(五)			六十九首本(六〇)	
「西本願寺蔵本(補写本)」		「時雨亭文庫蔵本(唐草装飾本)」(三五)「静嘉堂文庫蔵本(一〇五・三)」(五)	「書陵部蔵本(五一一・二)」	
たいめむしぬへくや とあれは	(中光・広・神徴・慶100・筑)たいめんしぬへくや、(絵版・正版・熊・慶134・静82・岩徴・東大・有)(真田・東奥・内434・書506・陽212・陽68・静青)たいめんしぬへく[し]や、(内433)たいめむしぬへく[し]やと	(御甲)たいめんしぬへくや、(静105)たいめしぬへきやと人のいひたるに		
みるめかる			みるめかる	
あまのゆきかふ	(広)(東奥・筑・内433・内434・書506・陽212・静青)ゆきかふ[きの]	(御甲)ゆきくる[かふ]	あまのゆききの	
みなとちに	(静521)湊[みなと]路は	(御甲)かよひ[みなと]ちに、(神1113)通路に	みなとちに	
なこそのせきも			なこその関も	
われはすへぬに	(広・神徴)(類・静521・真田・書506・陽212・陽68)我はすへぬを、(中光・絵版・正版・熊・慶134・静82・岩徴・東大)我はすへぬを[わかすへなくに]	(御甲)われはすへぬに[を]、(神1113・静105)われはすへぬを	我すゑなくに	

一一六首本(六)			六十九首本(五六)	
「西本願寺蔵本(補写本)」		「時雨亭文庫蔵本(唐草装飾本)」(二三)「静嘉堂文庫蔵本(一〇五・三)」(六)	「書陵部蔵本(五一一・二)」	
女郎花をいとおほく ほりてみるに	(中光・絵版・正版・熊・慶134・静82・岩徴・東大・神徴)(真田・東奥・内433・筑・内434・書506・陽212・静青・有)をいとおほくほりてみるに[をおりておとこみるに]、(陽一)ををりておとこみるに	(神1113)いとおほく折てみるに、(静105)をいとおほくおりてみする人に、(時唐)ををりてみする人に	をみなへしをいとおほくほりてみする人に	(高)をみなへしお、(他全)をみなへしを、(大)折りて、(蓬)おりて、(前豊)をりて

なにしおへは	（静521）おはは	（神1113・静105）おはは	なにしほへは	（高・神）ほへは、（醍）ほ［お］へは、（蓬）おへは、（大）をへは
なをなつかしみ	（絵版・正版・慶134・静82・広・岩徴・東大・神徴）（類・慶100・真田・東奥・内433・筑・内434・書506・陽212・陽68・静青・有・陽一）猶	（御甲）なを［猶］	猶むつましみ	（醍）なをなつかしみ、（蓬・大・前神・前豊・前中）なほむつましみ、（神）なをむつましみ
をみなへし			女郎花	
おられにけりな	（中光・慶100）（東奥・陽一）をられ	（時唐）をられ	おられにけりな	（神）おく［ら］れにけりな、（前神）おくれにけりな、（醍）お［を］られにけりな
我か名たてに	（内433）われかなたてに、（中光）わかなたてしに	（御甲・神1113）われかなたてに、（時唐）我たてなくに	我かなたてに	
一一六首本（七）「西本願寺蔵本（補写本）」		「時雨亭文庫蔵本（唐草装飾本）」（なし）「静嘉堂文庫蔵本（一〇五・三）」（なし）	六十九首本（なし）「書陵部蔵本（五一一・二）」	
やよやまて山ほとときす				
ことつてむ	（正版・慶134・静82・広・神徴・有）（慶100・真田・東奥・筑・内434・書506・陽212・陽68・静青）ことつてん、（静521）事とはん	（神1113）ことつてん		
われ世のなかにすみわひぬとよ	（慶134）すみわひぬとも、（筑）すみも侘ぬとよ			

一一六首本（八）			六十九首本（四五）	
「西本願寺蔵本（補写本）」		「時雨亭文庫蔵本（唐草装飾本）」（一一九）「静嘉堂文庫蔵本（一〇五・三）」（七）	「書陵部蔵本（五一一・二）」	
あやしきことといひける人に		（神1113）いひたる	あやしき事いひける人に	
むすひきと			むすひきと	
いひける物を		（神1113）いひつる物を、（静105）いひけん物を	いひけるものを	
むすひ松			むすひ松|	＊（神）枩
いかてかきみに	（筑）いかてか君	（静105）いかてかとけて、（時唐）いかてか人に	いかてかとけて	
とけてみゆへき		（静105）君にみゆへき	君にあふへき	

一一六首本（九）			六十九首本（八）	
「西本願寺蔵本（補写本）」		「時雨亭文庫蔵本（唐草装飾本）」（九）「静嘉堂文庫蔵本（一〇五・三）」（九）	「書陵部蔵本（五一一・二）」	
めのとのとをきところにあるに	（類）とをき所にあるを	（御甲）とをきほとにあるにやる、（神1113）遠き所にあるにやる、（静105）とをき所なるを	めのとの遠き所なりしにつかはしし	
よそにこそ		（静105）よそにして［こそイ］	よそにこそ	
みねのしらくもと	（正版・熊・慶134・静82・広）（東奥・内433・筑・内434・陽68・静青）みね［やへ］のしらくもと、（中光）峯のしら雲と［に］、（東奥）みねの［やゑの　の　削除跡］と、（陽一）八重のしら雲と	（静105）やへの白雲と、（時唐）やへたつくもと	やへのしら雲と	
おもひしに		（御甲・神1113・時唐）思ひしか、	思ひしか	（神）思ひしか［に

		（静105）おもひしを		削除跡」
ふたりかなかにはやたちにけり			ふたりか中にはや立にけり	
一一六首本（一〇）「西本願寺蔵本（補写本）」		「時雨亭文庫蔵本（唐草装飾本）」（一七）「静嘉堂文庫蔵本（一〇五・三）」（一六）	六十九首本（四九）「書陵部蔵本（五一一・二）」	
やまさとにて秋の月を	（静82）山さとに秋の月を	（静105）山さとにて秋の月哀なるを、（時唐）秋の月のあはれなるを	山さとにて秋の月のおはりにむつれしに	
山さとに	（類・慶100）山さとの、（内433）やまさとの［に］、（静521）山桜、	（御甲・神1113・静105・時唐）山さとの	山里に	
あれたるやとをてらしつつ			あれたる宿をてらしつつ	
いくよへぬらん	（京女・岡・内433・陽一）いくよへぬらむ、（慶146）いく［よ］へぬらん		いくよへぬらむ	（高・蓬・大・神）らん
あきの月かけ	（慶100）秋のよの月	（御甲・神1113・時唐）秋の夜の月	秋のよの月	
一一六首本（一一）「西本願寺蔵本（補写本）」		「時雨亭文庫蔵本（唐草装飾本）」（なし）「静嘉堂文庫蔵本（一〇五・三）」（一七）	六十九首本（四三）「書陵部蔵本（五一一・二）」	
また	（真田）脱、（中光・静521）詞書ナシ			
秋のつきいかなるものそわかこころなにともなきにいねかてにする	（真田）脱、（東大）□ねかてにする、（陽一）いねかてにす□		秋の月いかなるものをわか心なにともなきにいねかてにする	

一一六首本（一二）「西本願寺蔵本（補写本）」		「時雨亭文庫蔵本（唐草装飾本）」（一八）「静嘉堂文庫蔵本（一〇五・三）」（三六）	六十九首本（一〇）「書陵部蔵本（五一一・二）」	
ひとのものいふとてあけしつとめて	（慶100）人と物いふとてありしつとめて、（京女・岡・慶100以外全）ひとともものいふとてあけしつとめて	（静105）ひとともものいひ明したりしつとめて		
かはかりなかき夜になにことを夜もすからわひあかしつるそと	（中光・絵版・正版・熊・慶134・静82・広・岩徴・東大・有）（静521）いひあかしつるそと、（陽68）こひあかしつるそと、（広）いひあかしつつそと、（陽一）いひつるそと	（御甲・神1113）いひあかしつるそと～とかめし（静105）かはかりなかきよもすから何事をとかめし人に		
あいなうとかめて人に	（京女・岡以外全）とかめし			
あきのよもなのみなりけり		（御甲・神1113・時唐）あきのよは	秋のよもなのみなりけり	
あひとあへは	（類）あいとあへは、（中光・内433）あい［ふ］とあ［い］へは、（静521・陽一）逢といへは、（絵版・正版・熊・慶134・広・岩徴・東大）（東奥・内434・書506・陽68）あひ［ふ］とあ［い］へは、（真田）あひ［ふ］といへは、（慶100）あふといえは、（陽68）あひ［□］とあへは	（御甲）あ［＊一文字脱］とあへは、（静105・時唐）逢といへは	あひとあへは	（神）あひあへは、（大・前豊）あふといへは
ことそともなく			ことそともなく	（高）ことそとも［も］なく、（神）ことそ□［とも］なく、（前神）こと葉□［とも］なく
あけぬるものを			明けぬるものを	

一一六首本（一三）			六十九首本（一一）	
「西本願寺蔵本（補写本）」		「時雨亭文庫蔵本（唐草装飾本）」（なし）「静嘉堂文庫蔵本（一〇五・三）」（なし）	「書陵部蔵本（五一一・二）」	
かへし なかしともおもひそはてぬむかしよりあふ人からの秋のよなれは			かへし なかしとも思ひそはてぬむかしより逢人からの秋のよなれは	

一一六首本（一四）			六十九首本（一四）	
「西本願寺蔵本（補写本）」		「時雨亭文庫蔵本（唐草装飾本）」（一九）「静嘉堂文庫蔵本（一〇五・三）」（三八）	「書陵部蔵本（五一一・二）」	
やむことなき人のしのひたまふに	（中光・絵版・正版・慶134・広・岩徴・東大・神徴）（慶100・真田・東奥・書506・陽212・陽68・静青）やん、（静521）止	（御甲）やん、（静105）つつむ事有し人の夢にも打とけぬさまに見えしかは		
うつつにはさもこそあらめ		（時唐）ゐもこそ	うつつにはさもこそあらめ	
ゆめにさへ	（東大）夢にさえ	（時唐）ゆめにたに	夢にさへ	
人めつつむと	（正版・熊・慶134・広）（東奥・内433・内434・書506・陽68・静青）人めつつむ[をもる]と、（静82）人めつつ[つつ　削除記号][つつ]むと、（真田）人めつつみ[をもる]と、（陽一）人めをもると	（御甲・静105・時唐）人めをもると、（神1113）人めをよくと	人めをもると ＊「な」（奈）にも見える	（前神・前豊・前中）もなと
みるかわひしさ	（中光）みるそわひしき、（岩徴）みるよわひしき、（広・東大・神徴・有）（類・静521・真田・筑・内434・陽68・陽一）みるかわひしき、（内433）みるかわひしさ[さ]、（東奥）みるかわひしさ[き]、	（時唐）みるかすへなき、（静105）みるかわひしき	みるそすくなき	

一一六首本（一一五）			六十九首本（七）	
「西本願寺蔵本（補写本）」		「時雨亭文庫蔵本（唐草装飾本）」（二一）「静嘉堂文庫蔵本（一〇五・三）」（四一）	「書陵部蔵本（五一一・二）」	
ひとのわりなくうらむるに		（時唐）詞書ナシ、（静105）つらかりしといひたる人に	おなしころ	
あまのすむ		（神1113）あまのかる	あまの住	
さとのしるへに	（類・内433・静青）里のしるへも、（東奥）さとのしるへも［に］［は］	（神1113）里のみるめも	さとのしるへに	
あらなくに			あらねとも	
うらみむとのみ	（中光・絵版・正版・慶134・静82・岩徴・東大・神徴・有）（慶100・静521・真田・東奥・内434・書506・陽212・静青）ん、（陽68）うらみんと［い削除記号］［の］み	（神1113・時唐）ん	うらみむとのみ	（蓬・神）ん
人のいふらむ	（中光・絵版・正版・熊・慶134・広・岩徴・東大・神徴・有）（類・慶100・静521・真田・東奥・内433・筑・内434・書506・陽212・陽68・静青）らん、（陽一）覧	（御甲・神1113・静105）らん	人のいふらん	

一一六首本（一一六）			六十九首本（一九）	
「西本願寺蔵本（補写本）」		「時雨亭文庫蔵本（唐草装飾本）」（三三）「静嘉堂文庫蔵本（一〇五・三）」（二八）	「書陵部蔵本（五一一・二）」	
ゆめにひとのみえしかは	（中光）夢中にひとのみえしかは	（時唐）詞書ナシ、（静105）人の夢に見えしに		
おもひつつぬれはやひとの			思ひつつぬれはや人の	
みえつらむ	（中光・絵版・正版・熊・慶134・静82・広・岩徴・東大・神徴）（類・慶100・静521・真田・東	（御甲）みへつらむ、（神1113・静105・時唐）みえつらん	みえつらむ	（高）へ

	奥・内433・筑・内434・書506・陽212・陽68・静青）みえつらん、（有）みへつ覧、（陽一）みへつらむ			
ゆめとしりせは	（東大）ゆめとし□せは、（静521）夢［ゆめ］としりせは		夢としりせは	
さめさらましを	（静521）覚［さめ］さらましを		さめさらましを	（高）さめさらましお［を］
一一六首本（一一七）「西本願寺蔵本（補写本）」		「時雨亭文庫蔵本（唐草装飾本）」（なし）「静嘉堂文庫蔵本（一〇五・三）」（一一九）	六十九首本（二八）「書陵部蔵本（五一一・二）」	
これを人にかたりけれはあはれなりけることかなとある御かへし	（中光・絵版・正版・熊・慶134・静82・広・岩徴・東大）（慶100・静521・陽一）あはれなりけることかなとあるかへし、（内433）あはれなりける［なる］ことかなとある御かへし	（御甲）あはれなりけることかなとありし御返事に、（神1113）あはれなりけることかなとありし返ことに、（静105）これを人のかたりけれはあはれなといひし人の返事に		
うたたねにこひしきひとをみてしより	＊（中光・絵版・岩徴・東奥）仮寝		うたたねに恋しき人をみてしより	
夢てふものは		（静105）夢てふ物を［夢はうれしき］	夢てふものは	（神）てう
たのみそめてき		（静105）たのみそめてき［物としりにき］	頼みそめてき	
一一六首本（一一八）「西本願寺蔵本（補写本）」		「時雨亭文庫蔵本（唐草装飾本）」（一一四）「静嘉堂文庫蔵本（一〇五・三）」（五一）	六十九首本（二九）「書陵部蔵本（五一一・二）」	
かへし		（神1113・時唐・静105）詞書ナシ		

一一六首本（一九）「西本願寺蔵本（補写本）」		「時雨亭文庫蔵本（唐草装飾本）」（四二）「静嘉堂文庫蔵本（一〇五・三）」（三〇）	六十九首本（三〇）「書陵部蔵本（五一一・二）」	
たのましと		（御甲）たのまむと	たのましと	
おもはむとても	（絵版・正版・慶134・静82・岩徴・東大）（慶100・静521・真田・筑・陽68）思はんとても、（中光）思んとても、（広）思はしとても、（神徴）思はんとては、（東奥）おもはんとては[も]、（内434・書506・陽212・静青）おもはんとても[は]	（御甲・神1113・静105）おもはしとても、（時唐）おもはしとては	おもはしとても	（高）おもれ[は]しとても
いかかせむ	（中光・正版・慶134・静82・広・東大・神徴・有）（類・慶100・静521・真田・東奥・内433・筑・内434・書506・静青）せん、（陽68）□せん	（神1113・静105・時唐）せん	いかかせむ	（蓬・神）せん
ゆめよりほかは	（中光・絵版・正版・熊・慶134・静82・広・岩徴・東大・神徴・有）（類・慶100・静521・真田・東奥・内433・筑・内434・陽68・静青）ゆめよりほかに	（御甲・神1113）ゆめてふほかに、（静105・時唐）ゆめよりほかに	夢より外に	
あふ夜なければ			あふよなければ	
		（御甲・神1113）詞書またいかなるおりそ人のいらへに＊（神1113）折		
いとせめてこひしきときは			いとせめて恋しき時は	
むはたまの	（中光・絵版・岩徴・東大）（書506・陽212）烏羽玉の、（類・静521・内433・陽一）うは玉の	（時唐）あはぬまの、（神1113・静105）うは玉の	むはたまの	
よるのころもを			よるの衣を	

一一六首本			六十九首本	
かへしてそきる	(類・真田)かへしてそぬる、(内433)かへしてそぬ[き]る	(神1113)かへしてそぬる	返してそきる	
一一六首本(二〇)			六十九首本(三五)	
「西本願寺蔵本(補写本)」		「時雨亭文庫蔵本(唐草装飾本)」(三一)「静嘉堂文庫蔵本(一〇五・三)」(三二)	「書陵部蔵本(五一一・二)」	
人のこころかはりたるに		(時唐)詞書ナシ (静105)人のこころかはりける比		
いろみえて	(中光・有)(東奥)色みへて	(神1113)色見て	色みえて	
うつろふ物はよのなかの	＊(神徴)(類・静521・真田・東奥・内433・筑・内434・書506・陽212・陽68・静青)世中	(静105)世中[この比]の、＊(時唐)世中	うつろふ物は世の中の	
ひとのこころの	(広)人の[心の]		人の心の	
はなにそありける		(時唐)はなにさりける	はなにそ有ける	(神・前中・前神)けり
一一六首本(二一)			六十九首本(四一)	
「西本願寺蔵本(補写本)」		「時雨亭文庫蔵本(唐草装飾本)」(なし)「静嘉堂文庫蔵本(一〇五・三)」(三三)	「書陵部蔵本(五一一・二)」	
みもなき夏のほにふみをさして人のもとへやる	(神徴)(真田・東奥・筑・内434・書506・陽212・静青)夏のほに～ひとのもとへやるに、(類・内433・陽68)夏のほに～ひとのもとにやるに、(静521)苗のほに～人のもとにやるに[やる]、(中光・絵版・岩徴・東大)苗のほに～ひとのもとへやるに、(正版・熊・慶134・静82・広・有・陽一)なへのほに～ひとのもとへやるに、(慶100)なへのほに～ひとのもとにやるに	(御甲・神1113)なへのほに～ひとのもとにやるに、(静105)つらかりし人にみもなきなへにさしてふみをやるとて		
あきかせにあふたの			秋風に	

みこそかなしけれわかみむなしくなりぬとおもへは ＊「こ」にも見える			あふたのみこそかなしけれわか身むなしく成ぬと思へは	（蓬）このみ、（大）こ[た]のみ
一一六首本（二二二）			六十九首本（一七）	
「西本願寺蔵本（補写本）」		「時雨亭文庫蔵本（唐草装飾本）」（三四）「静嘉堂文庫蔵本（一〇五・三）」（三七）	「書陵部蔵本（五一一・二）」	
ひとのもとに				
わたつうみの	（熊・東大・陽212）わたつみの、（類・静521・東奥・内433・陽一）わたつ海の	（静105）詞書ナシ	わたつうみの	
みるめはたれか		（静105）わたつ海の	みるめは誰か	
かりはてし	（慶100）かりそめし	（御甲・神1113）かりそめし＊（神1113）初、（静105）かりはてて	かりてこし	
世のひとことに			よの人ことに	
なしといはする	（類・静青）なしといはすは、（内433）なしといはすは[る]		なしいはする	（醍）なし[と]いはする、（蓬・大・神・前神・前豊・前中）なしといはする
一一六首本（二二三）			六十九首本（六）	
「西本願寺蔵本（補写本）」		「時雨亭文庫蔵本（唐草装飾本）」（四）「静嘉堂文庫蔵本（一〇五・三）」（三八）	「書陵部蔵本（五一一・二）」	
つねにまたれとえあはぬ女のうらむるに	（京女・岡）つねにきたれと～うらむるに、（中光・絵版・正版・熊・慶134・静82・広・岩徴・神徴・有）（類・慶100・真田・東奥・筑・内434・書506・陽212・陽68・静青）つねにくれと～うらむる人に、（東大）つね□れと～うら□る人に、（静521）つねにくれとあはぬ	（御甲）〈初出箇所〉・（神1113）つねにくれと～うらむる人に、（静105）つねにみれともあかぬをうらむる人に、（御甲）〈重出箇所〉詞書ナシ	つねにうらむる人に	

一一六首本（二四）			六十九首本（一二）	
「西本願寺蔵本（補写本）」		「時雨亭文庫蔵本（唐草装飾本）」（三七） 「静嘉堂文庫蔵本（一〇五・三）」（四二、九一）	「書陵部蔵本（五一一・二）」	
	男[おとこ]のうらむるに、（内433）つねにくれと[あへと]〜うらむる人に			
みるめなきわかみをうらとしらねはやかれなてあまのあしたゆくくる	（広）朝ゆくる	（御甲）＜重出箇所＞みるめかる〜せは[ねや]、（静105）ころなきあまの	みるめなきわか身をうらとしらねはやかれなてあまのあしたゆくくる	
ひとにあはむ	（静521）人に、（有）人にあはて、（中光・正版・慶134・静82・広・岩徴・東大・神徴・慶100・真田・東奥・筑・内434・陽212・静青）人にあはん	（時唐）人にあはん	人にあはて	
つきのなき夜は	（神徴）月のなきには、（真田）月のなきに[よゐ]は、（類・内433）月のなきよに、（陽212・静青）つきのなき夜[に]は	（御甲）つきなきよひは、（静105）＜初出箇所＞月なきよゐは、（静105）＜重出箇所＞月のなきには	ねられぬよゐの	（蓬・大・神・醍・前神・前豊・前中）よゐは
思おきて		（神1113）思ひひ出て	おきゐつつ	
むねはしりひに	（静521）はしり[ひ]に、（東大）むね□しりひに		むねはしり火に	
心やけをり	（絵版・広・岩徴・静521）（静青）心やけせり、（慶134・神徴・東奥）心やけけり、（東奥）心やけけり[おり]、（類・内433・有）心やけおり	（神1113・静105）心やけけり、（時唐）心やきけり	心やけをり	

一一六首本（二五）「西本願寺蔵本（補写本）」		「時雨亭文庫蔵本（唐草装飾本）」（四〇）「静嘉堂文庫蔵本（一〇五・三）」（三九）	六十九首本（二一）「書陵部蔵本（五一一・二）」	
		（静105）また		
ゆめちには			夢路には	
あしもやすめす	（中光）あしもやすす		あしもやすます	（大）やすめす
かよへとも			かよへとん	（高）かよへとむ　＊「無」、（蓬・大）かよへとも、（神・醍）かよへとん［も］
うつつにひとめ	（広）（静521）一め、（神徴）（真田・筑・内434・書506・陽212・陽68・静青）人め、（東奥）人め［の　削除記号］め、（内433）人［ひと］め	（御甲・時唐）人め、（神1113）一	うつつに人め	（蓬・大・前中）人の
みしことはあらす		（時唐）みしことも［は］あらし	みしことはあらす	

一一六首本（二六）「西本願寺蔵本（補写本）」		「時雨亭文庫蔵本（唐草装飾本）」（なし）「静嘉堂文庫蔵本（一〇五・三）」（四〇）	六十九首本（四二）「書陵部蔵本（五一一・二）」	
		（静105）また		
かさままつ		（神1113）かさまし	かさままつ	
あましかつかはあふことの			あましかつかは逢ことの	
たよりになみは	（神徴）便のうみ［ら］と、（東奥・筑・内434・書506・陽212・陽68・静青）たよりに［の］なみは、（静82）たよりにな［ナ］みは	（静105）たよりのなみは	みるめなしとは	（蓬）みる女、（神・前神）みるめも

うみとなりなむ	（中光・岩徴・東大）うみとなりなん、（正版・広）（真田・東奥・内433・筑・内434・書506・陽212・陽68・静青）うみ[ら]となりなん、（中光）海とな[□削除記号]なん、（慶134・静82）うみ[ら]となるらん、（類）海と成らん、（静521）うらとなりなん	（御甲）うみになりなむ、（神1113）うつみてなりなん	思はさらまし	
一一六首本（二七）　七六類歌 「西本願寺蔵本（補写本）」		「時雨亭文庫蔵本（唐草装飾本）」（七） 「静嘉堂文庫蔵本（一〇五・三）」（四一）	六十九首本（五一） 「書陵部蔵本（五一一・二）」	
		（静105）心さしかきりなきといひなからさすかにみえぬ人に		
われをきみ		（神1113）吾を君に、（静105）我を人、（時唐）我人を	わか人を	
おもふこころの		（神1113）おもふ心は	おもふ心に	
けすのへに		（御甲）脱、（神1113）けぬすへし、（静105）けのすゑも、（時唐）けのはしに	けのすゑも	
ありせはまさに	（類）ありけはまさに	（御甲）ありせはまさに[けふも]、（神1113）ありせははまさ、（静105）ありせは人の	ありせはまさに	
逢みてましを		（静105）あはさらましを	あひみてましを	（高）あひみてましお[を]
一一六首本（二八） 「西本願寺蔵本（補写本）」		「時雨亭文庫蔵本（唐草装飾本）」（なし） 「静嘉堂文庫蔵本（一〇五・三）」（四四）	六十九首本（五〇） 「書陵部蔵本（五一一・二）」	
よそにても		（御甲）よそにても[して]、	よそにして	

一一六首本(二九)「西本願寺蔵本(補写本)」		「時雨亭文庫蔵本(唐草装飾本)」(八)「静嘉堂文庫蔵本(一〇五・三)」(四五)	六十九首本(五九)「書陵部蔵本(五一一・二)」	
*「万」(ま)とも見える		(神1113・静105)よそにして		
みすはありとも		(御甲・神1113)みすはあやなし、(静105)みすありふとへ	みすありふとも	
人こころ			人しれぬ	
わすれかたみを	(中光)脱		忘れかたみを	
つつみしのはむ	(中光)脱・(絵版・熊・静82・岩徴)(類・陽一)つみてしのはむ、(正版・慶134・静82・広・神徴・有)(慶100・真田・東奥・内433・筑・内434・書506・陽212・陽68・静青)つみてしのはん、(東大・静521)つみてしのばむ	(御甲・神1113)つみてしのはむ、(静105)みつつ[なほや]しのはん	みつつしのはん	
よひよひの	(中光)脱、(書506)よひよひに[に　削除記号][の]		よひよひに	
夢のたましゐ	(中光)脱、(東奥)夢のたまし[ひ　削除記号]ゐ		夢の手枕	
あしたゆく	(中光)脱、(京女・岡)あしたかく、(静521)足したく、(東奥・筑・内434・陽212・陽68)あしたゆ[か]く	(御甲・神1113)あしたかく、(静105)あひかたく、(時唐)あしたまて	あしたかく	
ありてもまたむ	(中光)脱、(中光・絵版・正版・熊・慶134・静82・広・岩徴・東大・神徴・有)(慶100・真田・東奥・筑・内434・書506・陽212・陽68・静青)ありてもまたん、(類)ありても待ん、(静521)ありともまたん	(御甲)あり[か]てもまたむ、(神1113)ありかてまたむ、(静105)ありつつたにも、(時唐)ありて我みを	ありかて又も	(神・前神)ありとて又も

とふらひにこよ	(静521)とふらいにこよ	(御甲)とふ[む]らひにこよ	とふらひにこよ	(神)とふらい[ひ]
一一六首本(三〇)			六十九首本(なし)	
「西本願寺蔵本(補写本)」		「時雨亭文庫蔵本(唐草装飾本)」(なし) 「静嘉堂文庫蔵本(一〇五・三)」(四六)	「書陵部蔵本(五一一・二)」	
ゐてのしまといふたいを	(中光)詞書ナシ、(慶134)ゐてのしま[おきのゐみやこしま]といふたいを、(東奥)ゐてのしまといふたい[にて　削除跡]を	(御甲・神1113)ゐてしまといふ題を、(静105)詞書ナシ		
おきのゐてみをやくよりも		(御甲)を		
わひしきは	(類・静521)かなしきは、(内433)かな[わひ]しきは	(静105)かなしきは		
みやこしまへの		(御甲)みやこてしまの・(神1113)都出しまの		
わかれなりけり				
一一六首本(三一)			六十九首本(三二)	
「西本願寺蔵本(補写本)」		「時雨亭文庫蔵本(唐草装飾本)」(六) 「静嘉堂文庫蔵本(一〇五・三)」(四七)	「書陵部蔵本(五一一・二)」	
わすれぬるなめりとみえしひとに	(静青)わすれぬるなめりとみし人に、(東大)わすれぬなめりとみへし人に	(御甲・神1113)わすれぬるなめりとみし人に、(静105)わすれぬるなめりとおもふ人に、(時唐)詞書ナシ		
いまはとて		(御甲)いまはとて[あきはてて]	今はとて	
わか身しくれに	(類・慶100・内433)わかみしくれと、(筑)わかみしくれて[とに]、(内434)わかみしく	(神1113)わかみ時雨と	我みしくれに	

	れて、（神徴）我身しれに			
ふりぬれは			ふりぬれは	
ことのはさへに		（御甲・神1113・時唐）ことのはさへそ	言のはさへそ	（蓬）木のはさへこそ、（大）木葉さへこそ、（前豊）木葉にさへこそ、（神）言の葉さへそ、（前神）ことの葉さへそ
うつろにひけり		（御甲・神1113・時唐）うつろひにける	うつろひにける	（蓬）けり、（大・前豊）けれ
一一六首本（三二） 「西本願寺蔵本（補写本）」	「時雨亭文庫蔵本（唐草装飾本）」（なし） 「静嘉堂文庫蔵本（一〇五・三）」（なし）		六十九首本（なし） 「書陵部蔵本（五一一・二）」	
かへし		（御甲）返事		
ひとをおもふ	（東奥）人を「おもふ　削除跡」「思ふとあり」			
こころこのはに	（絵版・正版・慶134・静82・広・岩徴・東大）（慶100・筑・内434・陽68）こころのこのはに、（神徴）心このは			
あらはこそかせのまにまに	（静521）あらばこそ			
ちりもまかはめ	（正版・熊・慶134・静82）（真田・東奥・内433・筑・内434・書506・陽212・陽68・静青）ちりもまかは「みたれ」め、（慶100・静521・陽一）ちりもみたれめ、（東大）ちりもまがはめ	（御甲・神1113）ちりもみたれめ		

一一六首本（三三）		六十九首本（五二）	
「西本願寺蔵本（補写本）」	「時雨亭文庫蔵本（唐草装飾本）」（なし） 「静嘉堂文庫蔵本（一〇五・三）」（四八）	「書陵部蔵本（五一一・二）」	
さたまらすあはれなる身をなけきて	（静105）さたまらす哀れなる身をおもひて		
あまのすむうらこく舟の		あまのすむうらこくふねの	
かちをなみ	（慶100・静521）かちをたえ	かちをなみ	
よをうみわたる		よをうみれたる	（大・醍）わたる
我そかなしき	（御甲・神1113）我そわひしき	我そかなしき	

一一六首本（三四）		六十九首本（五四）	
「西本願寺蔵本（補写本）」	「時雨亭文庫蔵本（唐草装飾本）」（なし） 「静嘉堂文庫蔵本（一〇五・三）」（六五）	「書陵部蔵本（五一一・二）」	
いそのかみといふ寺にまうてて日のくれにけれはあけてかへらむとてかのてらにへんせうありとききてこころみにいひやる	（御甲）いそのかみといふてらにまうてて日くれにけれはあけてかへらんとてかのてらに遍照法師ありとききてこころみにいひやる、（神1113）いそのかみ寺にまうてて日くれにけれは明てかへらむとてかの寺に遍昭法師ありとききて心みにいひやりける、（静105）いそのうへといふ寺にまうてて日のくれにけれはとまりて夜あかしてかへりけるか楚せいとて侍るそうのもとへいひやりける	いそのかみてらにまうててとまりて日のくれにしかはそせい法師にいひやりし	

いはのうへに	（広）いそのかみ、（静521）石上に		岩のうへに
たひねをすればいとさむしこけの衣を我にかさなむ	（中光・正版・慶134・静82・広・神徴・有）（類・慶100・静521・真田・東奥・内433・筑・内434・書506・陽212・陽68・静青）なん、（静82）南	（御甲・神1113）（静105）なん	たひねをすればいとさむし苔の衣を我にかさなん

一一六首本（三五）			六十九首本（五五）
「西本願寺蔵本（補写本）」		「時雨亭文庫蔵本（唐草装飾本）」（なし） 「静嘉堂文庫蔵本（一〇五・三）」（五五）	「書陵部蔵本（五一一・二）」
かへし	（慶100・真田）返し、（中光・正版・熊・慶134・静82・広・神徴）（東奥・書506・陽212・陽68・静青）かへしへんせう、（絵版・岩徴・東大・有）かへしへんせう、（静521）かへし遍昭、（筑・内434）返し遍昭	（御甲）かへし遍昭、（神1113・静105）返し	返し
よをそむく		（御甲）世をそむく［山ふしの］、（神1113）山ふしの、（静105）世をいとふ［山なかの］	よをさむみ
こけのころもはたたひとへ	（岩徴）ひとえ、（内433）一重		苔の衣はたたひとへ
かさねはうとし		（神1113）かさねつつ［は］	かさねはうとし
いさふたりねむ	（中光・正版・熊・慶134・静82・広・東大・神徴）（慶100・静521・真田・東奥・内433・筑・内434・書506・陽212・陽68・静青）ねん	（神1113）（静105）ねん	いさふたりねん

一一六首本（三六）			六十九首本（なし）
「西本願寺蔵本（補写本）」		「時雨亭文庫蔵本（唐草装飾本）」（なし） 「静嘉堂文庫蔵本（一〇五・三）」（四九）	「書陵部蔵本（五一一・二）」
中たえたるおとこの	（中光）たへたる	（静105）たえたりける	

しのひてきてかくれてみけるに	(神徵)しのひてきてかくれみけるに	(静105)忍のひてきたりけるに		
月のいとあはれなるをみてねむことこそいとくちおしけれと	(京女・岡以外全)ねん	(静105)月のあかきをみすしてねたむこそくちおしかるへけれといふを		
すのこになかむれは	(神徵)のことなかむれは	(御甲)月いと…なかむれは、(神1113)詠は		
おとこいむなるものをといへは	(中光・絵版・正版・熊・慶134・静82・広・岩徵・東大・神徵・慶100)(真田・東奥・内433・筑・内434・書506・陽212・陽68・静青)といへは[ふをきかぬかほにて]、(陽一)といふをきかぬかほにて	(静105)といふを聞てあさましくて (御甲・神1113)といふをきかぬかほにて		
ひとりねの		(静105)独ゐの		
わひしきままに	(慶100)こひしきままに	(神1113)恋しきままに、(静105)さひしきままに		
おきゐつつ月をあはれと				
いみそかねつる	(神徵)みそかねつる、(真田)いみそかねぬる、(東奥)いみそかねつる[ぬる　削除跡]	(静105)いはぬ夜そなき		
一一六首本(三七)			六十九首本(なし)	
「西本願寺蔵本(補写本)」		「時雨亭文庫蔵本(唐草装飾本)」(なし) 「静嘉堂文庫蔵本(一〇五・三)」(五四)	「書陵部蔵本(五一一・二)」	
わすれやしにしと	(類)わすれやしぬると、(内433)わすれやしぬる[にし]と	(静105)詞書ナシ		
ある君たちののたまへるに	(神徵)あるきみたちのみたまへるに			

一一六首本（三八）			六十九首本（三一）	
「西本願寺蔵本（補写本）」		「時雨亭文庫蔵本（唐草装飾本）」（二）「静嘉堂文庫蔵本（一〇五・三）」（八九）	「書陵部蔵本（五一一・一二）」	
みちのくの		（静105）みなと入の		
たまつくりえにこく舟の		（神1113）ほとこそ出ね、（静105）ほにこそいてぬ［をとこそたてね］		
ほにこそいてね	（類・内433・書506・陽212）出ね、（静521）出［いで］ね			
きみをこふれは	（中光・絵版・正版・熊・慶134・静82・広・岩徴・神徴・有）（類・慶100・静521・内433・陽68・静青・陽一）きみをこふれと、（東奥）君をこふれと［は］	（御甲）きみをこふれと、（神1113）君はこふれと、（静105）こひぬよそなき［君をこふれと］		
やすひてかみかはになりて	（中光・絵版・東大）康秀かみかはの守になりて	（静105）文屋のやすひてかみ川のそうになりて		
あかたみにはいてたまひしや	（絵版・正版・熊・静82・広・岩徴・有）（真田・陽68・静青・陽一）あかたみはいてたたしや、（神徴・類・慶100・内433）あかたみにはいてたたしや、（中光・慶134）あかたみ［に］はいてたたしや、（東大）（筑・内434）あかたみにいてたたしや、（静521）あかたみに［い　削除跡］たたんや、（東奥）あかたみ［えか］はいてたたしや	（御甲・神1113）あかたみにはいてたたしや、（静105）あかたみにはえいてたたしや	あかたへいさといふ人に	（大）いつ［さ］
といへる返事に	（中光・絵版・正版・熊・慶134・静82・広・岩徴・神徴・慶100・陽68）といへる返ことに、（類・内433・東奥・静青）といへるかへりことに、（東大）といへるかへしことに、（静521）といへりし返事に	（御甲）といへるかへりことに、（神1113）といへる返しに、（静105）といひやれりける返事によめる　（時唐）詞書全ナシ		

わひぬれは身をうきくさの			わひぬれは身をうきくさの	
ねをたえて	(慶134・神徴・有)(静521・筑・陽68)たへて、(広)(類・東奥・内433・陽212)絶て、(東大)□□て、(静青)たて		ねを絶て	(高)ねお[を]絶て
さそふみつあらは			さそふ水あらは	
いなむとそおもふ	(中光・正版・慶134・静82・広・東大・神徴)(類・慶100・静521・真田・東奥・内433・筑・内434・書506・陽212・陽68・静青)いなん	(御甲・神1113)いなん	いなむとそ思ふ	(蓬・大・神)いなん
一一六首本(三九) 「西本願寺蔵本(補写本)」		「時雨亭文庫蔵本(唐草装飾本)」(四四) 「静嘉堂文庫蔵本(一〇五・三)」(六三)	六十九首本(三) 「書陵部蔵本(五一一・二)」	
あへのきよゆきかかくいへる		(御甲・神1113)あへの清行かくいへる、(静105)しもいつも寺に人のしにけるわさしけるにかのけうけのことはをよみてあへの清中さにをくりける、(時唐)しもいつも寺に人のしけるわさのけうけのことはお[か]かきてあへのきよゆきかおくりて侍	つつむことはへるへきよむねゆきの朝臣	(神)つつむと
つつめとも			つつめとも	
そてにたまらぬ		(時唐)そてにとまらぬ	そてにたまらぬ	
しらたまは	(陽一)しら露は		しら玉は	
ひとをみぬめの		(時唐)人をみぬめ[ま]の	人をみぬめの	(高)人お[を]
なみたなりけり			涙なりけり	

一一六首本（四〇）「西本願寺蔵本（補写本）」		「時雨亭文庫蔵本（唐草装飾本）」（五・四五）「静嘉堂文庫蔵本（一〇五・三）」（六四）	六十九首本（四）「書陵部蔵本（五一一・二）」	
とあるかへし		（御甲・神1113）返し、（静105）かへし、（時唐）〈初出箇所〉詞書ナシ、（時唐）〈重出箇所〉かへし	返し	
をろかなる	（中光・東大・慶100・東奥）おろかなる、（静521）愚なる	（時唐）〈初出・重出箇所とも〉おろかなる、（神1113）をかるなる	おろかなる	（神）をろかなる
なみたそてにたまはなすわれはせきあへす	＊（中光・絵版・岩徴・東大）泪、（正版・熊・慶134・静82・広・神徴・慶100・静521・真田・東奥・筑・内433・筑・内434・書506・陽212・陽68・静青）涙	（神1113・静105）涙	涙そそてに玉はなす我はせきあへす	（神）泪
たきつせなれは		（時唐）〈初出箇所〉たきつせにして、（時唐）〈重出箇所〉たきつせなれは	瀧つ世なれは	

一一六首本（四一）「西本願寺蔵本（補写本）」		「時雨亭文庫蔵本（唐草装飾本）」（二九）「静嘉堂文庫蔵本（一〇五・三）」（一〇）	六十九首本（三九）「書陵部蔵本（五一一・二）」	
		（静105）人に		
みるめあらは	（神徴）みるめあれは	（静105）みるめかる	みるめあらは	
うらみむやはと	（中光・絵版・正版・慶134・静82・広・岩徴・東大・神徴）（慶100・静521・真田・内433・筑・内434・書506・陽212・陽68・静青）うらみんやはと	（静105）うらみやはと	うらみんやはと	

あまとはは	（静521）海士とはば、（陽一）蜑とはは	（神1113）人とはは	あまとはは	
うかひてまたむ	（慶100）うか［こ］ひてまたむ、（中光・正版・慶134・静82・広・東大・神徴・有）（類、静521・真田・東奥・内433・筑・内434・書506・陽212・陽68・静青）うかひてまたん	（御甲・神1113・静105）またん	うたかひてまたん	（高）うたかいてまたん
うたかたのまも	（慶100）うたかたのみも、（内433）うたかたのまも［みは］［かみは］、（東奥・筑・内434・書506・陽212・静青）うたかたのまも［みは］	（御甲・神1113）うたかたのみは、（静105・時唐）うたかたのみも	うたかたの身は［まもイ］	（高）身は［まも］
一一六首本（四二）			六十九首本（なし）	
「西本願寺蔵本（補写本）」		「時雨亭文庫蔵本（唐草装飾本）」（三）「静嘉堂文庫蔵本（一〇五・三）」（なし）	「書陵部蔵本（五一一・一二）」	
いつはとは	（中光・絵版・正版・熊・慶134・静82・広・岩徴・東大・有・慶100・静521・陽一）脱	（御甲）いつはとも		
ときはわかねと	（中光・絵版・正版・熊・慶134・静82・広・岩徴・東大・有・慶100・静521・陽一）脱、（神徴・真田・筑・内434・書506・陽212・陽68）ときはわかねとも	（神1113）ときはわかねとも		
あきの夜そ	（中光・絵版・正版・熊・慶134・静82・広・岩徴・東大・有・慶100・静521・陽一）脱			
ものおもふことの	（中光・絵版・正版・熊・慶134・静82・広・岩徴・東大・有・慶100・静521・陽一）脱	（神1113）物おもふまの、（時唐）物おもふとしは		
かきりなりける	（中光・絵版・正版・熊・慶134・静82・広・岩徴・東大・有・慶100・静521・陽一）脱、（神徴）かきり成けり			

一一六首本（四三）　　**六十九首本（なし）**

「西本願寺蔵本（補写本）」		「時雨亭文庫蔵本（唐草装飾本）」（なし） 「静嘉堂文庫蔵本（一〇五・三）」（なし）	「書陵部蔵本（五一一・二）」	
ひくらしのなくやまさとのゆふくれはかせよりほかに	*（類・内433）蜩の、（陽212）日晩の、（陽一）脱			
とふ人そなき	（慶100）とふ人もなき、（東奥）とふ人そ[も]なき、（内433・静青）とふ人も[そ]なき[なし]、（陽一）脱	（御甲・神1113）とふ人もなし		

一一六首本（四四）　　**六十九首本（なし）**

「西本願寺蔵本（補写本）」		「時雨亭文庫蔵本（唐草装飾本）」（なし） 「静嘉堂文庫蔵本（一〇五・三）」（なし）	「書陵部蔵本（五一一・二）」	
ももくさのはなのひもとくあきののに				
おもひたはれむ	（正版・慶134・静82・広・神徴・有）（慶100・静521・真田・東奥・筑・内434・書506・陽68・静青）思ひたはれん	（御甲）おもひみたれん、（神1113）いつらみたれん		
人なとかめそ	（東大）人なとかめぞ、（静521）人なとがめそ			

一一六首本（四五）　　**六十九首本（なし）**

「西本願寺蔵本（補写本）」		「時雨亭文庫蔵本（唐草装飾本）」（なし） 「静嘉堂文庫蔵本（一〇五・三）」（なし）	「書陵部蔵本（五一一・二）」	
こききぬや	（慶100）こきてぬや、（静521）漕こぬや	（神1113）脱		
あまのかせまもまたすして	*（広）蜑、（陽一）海士	（神1113）脱		

にくさひかける		(神1113)脱(御甲)脱		
あまのつりふね	＊(類・内433)蜑、(静521・書506・陽212)海士	(神1113)脱		
一一六首本(四六) 「西本願寺蔵本(補写本)」		「時雨亭文庫蔵本(唐草装飾本)」(一) 「静嘉堂文庫蔵本(一〇五・三)」(一一)	六十九首本(一) 「書陵部蔵本(五一一・二)」	
五月五日さうふにさして人に		(静105)五月五日さうふにつけて	五月五日人を	(高)人お、(神・前神)人に
あやめくさ	(静521)菖蒲[さうぶ]草、(陽一)菖蒲草		あやめくさ	
ひとにねたゆと		(静105)ひとねにたえぬと	人にもたゆと	(神・前神)もたゆく、(大・前豊)もたゆみ
おもひしを	(中光・絵版・正版・熊・静82)(真田・東奥・内434・書506・陽212・陽68・静青)おもひしを[は]、(慶134・類・慶100・陽一)おもひしは、(内433)おもひしは[を]・(筑)おもひしを[を　削除記号]、(東大)思ひし□を	(御甲・時唐)おもひしは	思ひしは	
わかみのうきに	(中光・絵版・正版・熊・静82・広・岩徴・有)うきと[に]、(神徴・慶100・静521・真田・東奥・筑・内434・陽212・静青)うきと、(東大・内433)うきに[と]	(御甲・神1113・時唐)我身のうきに	わか身のうきに	
おふるなりけり		(静105)おつるなりけり	思ふ成けり	
一一六首本(四七) 「西本願寺蔵本(補写本)」		「時雨亭文庫蔵本(唐草装飾本)」(なし) 「静嘉堂文庫蔵本(一〇五・三)」(一二)	六十九首本(二) 「書陵部蔵本(五一一・二)」	
こぬひとを			こぬ人を	(高)人お[を]
まつとなかめてわか			まつとなかめて	

やとの			我やとの	
なとてこのくれ	(正版・慶134・神徴)(真田・東奥・筑・内434・書506・陽212・静青・有)なとて[か]このくれ、(陽68・陽一)なとかこのくれ	(御甲・神1113)なとかこのくれ	なとてこのくれ	
かなしかるらむ	(中光・絵版・正版・熊・慶134・静82・広・岩徴・東大・有)(慶100・静521・陽二)かなしかるらん、(神徴・真田・東奥・内433・筑・内434・書506・陽212)かな[こひ]しかるらん、(静青)かなしかる覧、(陽68)かな[わひ]しかるらん	(御甲)かな[さひ]しかるらん、(神1113)さひしかるらん、(静105)かなしかるらん	かなしかるらん	(大)かなしかるらむ
一一六首本(四八)			六十九首本(五)	
「西本願寺蔵本(補写本)」	「時雨亭文庫蔵本(唐草装飾本)」(三〇)「静嘉堂文庫蔵本(一〇五・三)」(一五)		「書陵部蔵本(五一一・二)」	
つゆのいのち		(時唐)露のみは	露の命	
はかなきものと	(中光・絵版・正版・慶134・静82・広・岩徴・有)(真田・書506・陽212・陽68・静青)はかなきものと[を]、(類・慶100・静521・陽一)はかなきものを、(東奥)はかなきもの[と削除跡]を、(東大)は□□き物□[と]	(御甲)はかなきものを	はかなき物を｜	(高)お[を]
あさゆふにいきたるかきり			あさ夕にいきたるかきり	
あひみてしかな			あひみてしかな	
一一六首本(四九)			六十九首本(一三)	
「西本願寺蔵本(補写本)」	「時雨亭文庫蔵本(唐草装飾本)」(一〇)「静嘉堂文庫蔵本(一〇五・三)」(一二三)		「書陵部蔵本(五一一・二)」	
		(神1113)わかおもふ人に		

ひとしれぬ			人しれぬ	
われかおもひに	(熊)(神徵・静521・東奥・筑・内434・陽68)我かおもひに	(御甲)〈初出箇所〉、(時唐)われかおもひに、(御甲)〈重出箇所〉わかおもふ人に、(神1113)わかおもふ人に、(静105)我おもひに	われか思ひに	
あはぬまは	(中光・絵版・正版・熊・慶134・静82・岩徵・東大・神徵・有)(真田・内434・書506・陽212・陽68・静青)あはぬま[よ]は、(東奥)あはぬまに[よは]、(類・慶100・静521・陽一)あはぬよは	(御甲)〈初出箇所〉あか[は]ぬよは(御甲)〈重出箇所〉あはぬよは、(神1113・静105)あはぬ夜は、(時唐)あかぬよは	あはぬよは	(神)あかぬよは
みさへぬるみて		(静105)身さへぬれても	みさへぬるみて	
おもほゆるかな			おもほゆるかな	
一一六首本(五〇) 「西本願寺蔵本(補写本)」		「時雨亭文庫蔵本(唐草装飾本)」(一一) 「静嘉堂文庫蔵本(一〇五・三)」(二四・八七)	六十九首本(九) 「書陵部蔵本(五一一・二)」	
こひわひぬ			こひわひぬ	(蓬・大)恋侘て、(前豊)恋わひて
しはしもねはや		(静105)〈初出箇所〉・(時唐)しはしねなはや	しはしねなはや	
夢のうちに		(静105)〈初出箇所〉夢のうちは	夢のまも	
みゆれはあひぬ			みゆれはあひぬ	
みねはわすれぬ			みねは忘ぬ	(神・前神)忘

一一六首本（五一）		六十九首本（一五）	
「西本願寺蔵本（補写本）」	「時雨亭文庫蔵本（唐草装飾本）」（なし）「静嘉堂文庫蔵本（一〇五・三）」（二五）	「書陵部蔵本（五一一・二）」	
ものをこそ		ものをこそ	
いはねのまつも	（絵版）いはねの松と、（真田）岩ねと［の］松も	いはねの松と	（神）厺
	（神1113）いはねのまつと		
おもふらめ	（中光・絵版・正版・慶134・静82・広・岩徴）思ふらめ［し］、（東大・慶100・静521・陽一）思ふらし、（東奥）おもふらし［め　削除跡］	おもふらし	
	（静105）思ふらし		
ちよふるすゑも	（静82・陽68）ちよふるすへも、（広・類・陽212・陽一）ちよふる末も、（東大）ちよふるすゑに（も）	千世ふる末も	
	（御甲）ちよふるよにも［ちよのふるすゑ］、（静105）ちとせふるすへ		
かたふきにけり		かたふきにけり	

一一六首本（五二）		六十九首本（一八）	
「西本願寺蔵本（補写本）」	「時雨亭文庫蔵本（唐草装飾本）」（一二）「静嘉堂文庫蔵本（一〇五・三）」（二六）	「書陵部蔵本（五一一・二）」	
こからしのかせにもちらて	（真田・東奥・内433・筑・内434・書506・静青）風にもちらて［もみちて］	木からしの風にもちらて	
ひとしれす	（慶100）人しれぬ	人しれぬ	
	（御甲・神1113）人しれぬ		
うきことのはの		うきことの葉の	
つもるころかな	（真田・東奥）つもるころ［りぬる］かな	つもる比かな	
	（御甲・神1113）つもりぬるかな、（時唐）つもり［る　削除跡］ぬる［ころ］かな		

一一六首本（五三）			六十九首本（二〇）	
「西本願寺蔵本（補写本）」	「時雨亭文庫蔵本（唐草装飾本）」（一三）「静嘉堂文庫蔵本（一〇五・三）」（二七）		「書陵部蔵本（五一一・二）」	
なつのよのわひしきことは			夏のよのわひしきことは	（大）わひしき[こ]とは
ゆめにたに	（絵版・正版・熊・慶134・静82・広・岩徴・東大）（真田・東奥・筑・内434・書506・静青）ゆめにたに[さへ]、（中光・陽一）（類・慶100）ゆめにさへ、（内433）ゆめにさへ[たに]、（陽212）ゆめにさへ[たに][さへ]	（御甲・神1113・静105）夢にさへ、（時唐）ゆめをたに	夢にさへ	
みるほともなく	（中光・陽一）脱、（東奥）みぬ[る　削除跡]ほともなく、（筑・内434・書506・静青）みる[ぬ]ほともなく、（陽212）あかても人の[みる[ぬ]ほともなく]		みるほともなく	
あくるなりけり	（中光・陽一）脱、（陽212）みえわたるかな[明るなりけり]		明る成けり	

一一六首本（五四）			六十九首本（二三）	
「西本願寺蔵本（補写本）」	「時雨亭文庫蔵本（唐草装飾本）」（なし）「静嘉堂文庫蔵本（一〇五・三）」（三四）		「書陵部蔵本（五一一・二）」	
うつつにも	（中光・陽一）脱	（静105）うつつにて	うつつにて	
あるたにあるを	（中光・陽一）脱、（静521）あるたにあるに		有たにあるを	（高）お[を]
ゆめにさへ	（中光・陽一）脱		夢にさへ	
あかてもひとの	（東大・陽68）ありても人の、（静521）有りても人に、（内433）あかても人に[に　削除跡][の]	（静105）あかつも人に	あかても人に	
みえわたるかな	＊（正版・広）（筑・内434・静青）身え	（静105）わかれぬるかな	別ぬるかな	

一一六首本（五五）「西本願寺蔵本（補写本）」		「時雨亭文庫蔵本（唐草装飾本）」（なし）「静嘉堂文庫蔵本（一〇五・三）」（三五）	六十九首本（二四）「書陵部蔵本（五一一・二）」	
はるさめの	（静521）脱		春雨の	
さはへふること	（静521）脱、（類・慶100・内433）さはにふること、（東奥・書506・陽212・陽68・静青）さはへ［に］ふること	（御甲・神1113）さはにふること、（静105）さはたふる事	さはにふること	
をともなく	（静521）脱、（中光・絵版・正版・熊・慶134・静82・広・岩徴・東大・神徴・有）（真田・東奥・内433・筑・内434・書506・陽212・静青）おともなく［せて］、（慶100）を［お　朱書］ともせて	（御甲）ものもせて、（神1113・時唐）音もせて、（静105）をなく人に	音もなく	
ひとにしられて	（静521）脱、（中光・絵版・正版・慶134・静82・広・岩徴・東大・神徴・有）（真田・東奥・内433・書506・陽212・陽68・静青）人にしられて［物おもふ人の］、（筑・内434）人にしられて［物おもふ］、（陽一）ものおもふ人の	（御甲）物おもふ人の［人にしられて］、（静105）忘られてぬるる	人にしられて	
ぬるるそてかな	（静521）脱、（中光・絵版・正版・慶134・静82・広・岩徴・東大・神徴・有）（真田・東奥・内433・筑・内434・書506・陽212・陽68・静青）ぬるるそてかな［そてはぬれけり］、（陽一）袖はぬれけり	（御甲）そてはぬれけり［ぬるる袖かな］、（静105）袖のころかな	ぬるる袖かな	

一一六首本（五六）「西本願寺蔵本（補写本）」		「時雨亭文庫蔵本（唐草装飾本）」（なし）「静嘉堂文庫蔵本（一〇五・三）」（三六）	六十九首本（二五）「書陵部蔵本（五一一・二）」	
四のみこの	（熊・陽一）四のみこ	（神1113）四のみこ、（静105）人のもとへ四宮	四のみこの	（大・前神・前豊・前中）四のみこ
うせたまへるつとめ		（神1113・静105）うせたまひてつ	うせ給へるころ	

て		とめて		
かせふくに		(神1113・静105)風の吹に	風のふきしに	
けさよりは		(御甲)けふ[さ]よりは	けふよりは	
かなしの宮の	(類)かなしき宮の、(内433)かなしき[の]宮の	(静105)かなしき宮の	かなしのみやの	
山かせや	(神徴・真田・東奥・筑・内434・書506・静青)やま[あき]風や、(陽68)やま[吹]風や、(類・内433)秋かせや	(御甲)やま[あき]かせや、(神1113)秋風や、(静105)風の音や	ふく風や	
またあふさかも	(真田・東奥・筑・内434・書506・陽68・静青)またあふさか[こと]も、(神徴・類)またあふことも、(内433)またあふ事[さか][さか]も	(御甲)またあふさか[こと]も、(神1113)またあふことも	またあふさかも	
あらしとおもへは			あらしとおもへは	
一一六首本(五七)「西本願寺蔵本(補写本)」		「時雨亭文庫蔵本(唐草装飾本)」(なし)「静嘉堂文庫蔵本(一〇五・三)」(五〇)	六十九首本(二六)「書陵部蔵本(五一一・二)」	
		(静105)わすれやしたるといひたる人に		
わかみには	(京女・岡)我かみには、(絵版・正版・熊・慶134・広・岩徴・東大)(慶100・静521・真田・書506・陽212・陽一)我身には、(神徴・筑・陽68・静青)われか身には、(東奥)われか[わか]身には、(類・内434)われか身に、(内433)われか身には[か身には]	(御甲)われか身には、(神1113)われか身に、(静105)我か身に	われかみに	
きにけるものをうきことは人のうへとも		(御甲)人のうへ[に]とも	きにけるものをうきことは人の	

一一六首本「西本願寺蔵本（補写本）」		「時雨亭文庫蔵本（唐草装飾本）」「静嘉堂文庫蔵本（一〇五・三）」	六十九首本「書陵部蔵本（五一一・二）」	
			うへとも	
おもひけるかな	（内433）思ひける［はるる］かな	（神1113）思にしかな	思ひけるかな	
一一六首本（五八）「西本願寺蔵本（補写本）」		「時雨亭文庫蔵本（唐草装飾本）」（なし）「静嘉堂文庫蔵本（一〇五・三）」（八八）	六十九首本（六六）「書陵部蔵本（五一一・二）」	
		（静105）つねよりもかきあつめつらかりける人のもとへつかはしける	人の心うらみ侍りけるころ是もさにやとそ	（蓬・大・神・前豊・前神）人の心うらみ侍りける比もさにやとそ
こころにも			こころにも	
かなはさりける	（絵版・正版・熊・慶134・広・岩徴）（真田・内433・内434・書506・陽212・陽68・静青）かなは［まかせ］さりける、（筑）かなはぬさりける、（静521・陽一）まかせさりける、（東奥）まかせ［かなは　削除跡］さりける、（東大）まかせ［かなは］さりける	（御甲）かなは［まかせ］さりける、（神1113）まかせさりける	かなはさりける	
よのなかを		（御甲）よのなかを［よをしらて］、（静105）世中に	世中を	
うきみはみしと		（御甲）うき身はみ［う］しと、（神1113・静105）うきめは見しと	うき世にへしと	
思ひけるかな		（神1113）思いけるかな	思ひけるかな	
一一六首本（五九）「西本願寺蔵本（補写本）」		「時雨亭文庫蔵本（唐草装飾本）」（一五）「静嘉堂文庫蔵本（一〇五・三）」（五三）	六十九首本（三四）「書陵部蔵本（五一一・二）」	
つまこふる			つまこふる	
さをしかのねに	（東奥）さほしかのねに＊（東大）棹鹿	（時唐）さをしかのねそ	さをしかの音に	（高）さお［を］しか、

西本願寺蔵本（補写本）		時雨亭文庫蔵本（唐草装飾本）／静嘉堂文庫蔵本（一〇五・三）	書陵部蔵本（五一一・二）	
さよふけて	（神徴・真田・内433・筑・内434・書506・陽212・陽68・静青）さよふけて［ゆめさめて］、（東奥）ゆめさめて［さよふけて削除跡］	（御甲）ゆめさめて［さよふけて］、（神1113）夢覚て	さよ更て	（大）さほ［を］しか
わかかたらひを ＊「く」（久）にも見える	（神徴・東奥・筑・内434・陽212・陽68・静青）我かたくひを、（正版・慶134・静82・広・有）（慶100）我かた恋を、（熊）（類）我かたこひを、（中光・絵版・岩徴・東大）わかかた恋を、（陽一）わかかたこひを	（御甲）われかたくひを、（神1113）われかたくひと、（時唐）我かたくひは、（静105）わかたくひを	わかかたらひを	（高）わかかたらひお［を］、（蓬・神・醍）我かたらひを、（大）我かたら［こ］ひを
あかしかねつる	（絵版・正版・熊・慶134・静82）（真田・筑・内434・書506・陽212・陽68・静青）あかしかねつる［ありとしりぬる］、（中光）あかしかねつる［あしとしりぬる］、（類）明しかねぬる、（内433）あかしかねぬ［りと知つ］る、（陽一）有としりぬる	（御甲）ありとしりぬる［あかしかねつる］、（神1113）明しかねつる、（静105）有としりぬる、（時唐）ありとしるなる	有としりぬる	（高）ありししりぬる
一一六首本（六〇）			六十九首本（三六）	
「西本願寺蔵本（補写本）」		「時雨亭文庫蔵本（唐草装飾本）」（なし） 「静嘉堂文庫蔵本（一〇五・三）」（五五）	「書陵部蔵本（五一一・二）」	
うのはなの		（静105）うき花の	卯花の	
さけるかきねに	（東大）さける垣根の［に］、（陽一）さけるかきねは	（静105）さける盛りは	さけるかきねは	
ときならて			時ならぬ	
わかことそなくうく ひすのこゑ			わかことそなく 鶯の聲	（高）こへ、（大・神）声
一一六首本（六一）			六十九首本（四四）	
「西本願寺蔵本（補写本）」		「時雨亭文庫蔵本（唐草装飾本）」（一一六） 「静嘉堂文庫蔵本（一〇五・三）」（五六）	「書陵部蔵本（五一一・二）」	

あきのたの			秋の田の	
かりほにきゐる	(中光・絵版・正版・熊・慶134・静82・広・岩徵・東大・有)(慶100・静521・陽一)かりほにきぬる、(静506)かりほにき[ぬ削除跡]る	(神1113)うきはてきゐる、(静105)かりほにきぬる	かりほにきゐる	(高)きいる、(蓬・大・神・前神・前豊)きぬる
いなかたの		(時唐)いなこまろ	いなかたの	
いなとも人にいはましものを	(静82)いは[し 削除跡]まものを		いなとも人にいはまし物を	
一一六首本(六二) 「西本願寺蔵本(補写本)」		「時雨亭文庫蔵本(唐草装飾本)」(なし) 「静嘉堂文庫蔵本(一〇五・三)」(五七)	六十九首本(四〇) 「書陵部蔵本(五一一・二)」	
ゐてのやまふきを			ゐてのやまふき	
いろもかもなつかしきかなかはつなくゐてのわたりの山ふきのはな			色も香もなつかしきかなかはつなく井てのわたりの山吹の花	
一一六首本(六三) 「西本願寺蔵本(補写本)」		「時雨亭文庫蔵本(唐草装飾本)」(一八) 「静嘉堂文庫蔵本(一〇五・三)」(五八)	六十九首本(なし) 「書陵部蔵本(五一一・二)」	
かすみたつ		(神1113)霞しく		
野をなつかしみはるこまの				
あれてもきみか	(中光・絵版・正版・熊・慶134・広・岩徵・神徵・有)(真田・東奥・内433・筑・内434・書506・陽212・陽68・静青)あれても君か[人の]、(東大・慶100・静521・陽一)あれても人の	(御甲)あれとも[あかても]きみか[人の]、(神1113)ありとも[一文字空白]の		

みえわたるかな	（中光・絵版・正版・熊・慶134・静82・広・岩徴・神徴・有）（真田・東奥・内433・筑・内434・書506・陽212・陽68・静青）みえわたるかな［みゆるころかな］、（東大・静521・陽一）みゆるころかな	（御甲）みえわたるかな［みゆるころかな］、（神1113・静105・時唐）みゆるころかな		
一一六首本（六四）			六十九首本（四六）	
「西本願寺蔵本（補写本）」	「時雨亭文庫蔵本（唐草装飾本）」（二〇） 「静嘉堂文庫蔵本（一〇五・三）」（五九）		「書陵部蔵本（五一一・二）」	
なにはめの	（中光・絵版・正版・熊・慶134・静82・広・神徴）（真田・内433・筑・内434・書506・陽212・静青）なにはめの［えに］、（東大・陽一）なにはえに、（東奥）なにはめ［め　削除跡］の［えに］	（神1113）なにはえの、（静105・時唐）なにはめに	なにはめに	（大）難波女の
つりする人に	（中光・絵版・正版・熊・慶134・静82・広）（真田・内433・書506・陽212・静青）つりする人［あま］に、（東大・陽一）つりするあまに、（東奥）つりするあまに［人に　削除跡］	（御甲）かりするひとに、（神1113）つりするあまに、（静105）つりする人の	つりする人に	（神・前神）つりする人
めかれけむ	（広・岩徴・有）（神徴・慶100・筑・内434・陽212・陽68）めかれけん、（中光・絵版・正版・熊・慶134・静82）（真田・書506・静青）め［わ］かれけん、（東奥）わ［め　削除跡］かれけん、（内433）めか［な］れけむ、（東大）□かれけん、（静521）めかれせん	（御甲）めかれせむ、（神1113）めかれけぬ、（静105・時唐）わかれけん	別けん	
ひともわかこと	（筑）人［あま］にわかこと、（内434）人［あま］もわかこと、（陽68）人に［あまは］わかこと		ひともわかこと	
そてやぬるらむ	（中光・正版・熊・慶134・広・神徴・有）（類・慶100・静521・真田・東奥・内433・筑・内434・書506・	（神1113）らん、（静105）袖やぬれけん、（時唐）そてやぬれけ	そてやぬるらん	（大）ぬるらし

一一六首本（六五）　八六類歌			六十九首本（四八）	
	陽212・陽68・静青）らん	［るら　削除跡］ん		
「西本願寺蔵本（補写本）」		「時雨亭文庫蔵本（唐草装飾本）」（なし） 「静嘉堂文庫蔵本（一〇五・三）」（六〇）	「書陵部蔵本（五一一・二）」	
千たひとも		（神1113）脱	千たひとも	
しられさりけり		＊（神1113）詞書として表記	しられさりけり	
うきかたの	（他全）うたかたの	（他全）うたかたの	うたかたの	
うきみはいまや	（正版・熊・慶134・静82・広・岩徴・有）（類・慶100・静521・東奥・内433・筑・内434・書506・陽212・陽68・静青・陽一）うき身はいさや、（神徴）うき身［は］いさや	（御甲）うき身はけさや	うきみは今や	（大）いさや
ものわすれして			物忘れして	

一一六首本（六六）			六十九首本（五三）	
「西本願寺蔵本（補写本）」		「時雨亭文庫蔵本（唐草装飾本）」（一二一） 「静嘉堂文庫蔵本（一〇五・三）」（六一）	「書陵部蔵本（五一一・二）」	
人のむかしよりしりたりといふに	（中光・絵版・正版・熊・慶134・静82・広・岩徴・東大・有）（真田・筑・内434・書506・陽212・陽68）人のむかしよりしりたり［もかはりてつれなき］といふに、（類）人のむかしよりしたりといふに、（内433・東奥・静青）人のむかしよりしたり［かはりてつれなき］といふに、（静521）人の昔にかはりて難多といふに、（陽一）人のむかしよりかはりてつれなきに	（静105）人のむかしよりはかはりてつれなきはいかなるものそといふに、（時唐）人のむかしよりかはりたるといふに	むかしよりもこころかはにけりといふ人に	（蓬・大・前豊）かはりにけり、（醍）かは［り］にけり
いまはとて	（正版・熊・慶134・静82・広・有）（真田・東奥・内433・筑・内434・書506・陽212・陽68・静青）今はとて［とても］、（慶100・陽一）今とても	（御甲）今はとて［とても］、（神1113・静105）今とても、（時唐）むかしには	今とても	（蓬）今はとて

一一六首本（六七）「西本願寺蔵本（補写本）」		「時雨亭文庫蔵本（唐草装飾本）」（二四）「静嘉堂文庫蔵本（一〇五・三）」（五二）	六十九首本（五七）「書陵部蔵本（五一一・二）」	
かはらぬものをいにしへも			かはらぬものをいにしへも	
かくこそきみに	（中光・絵版・正版・熊・静82・広・岩徴・有）（真田・東奥・筑・書506・陽212・陽68・静青）かくこそ君［人］に、（東大）かくこそ人［君］に、（神徴）君［ひと］に、（慶100・陽一）かくこそ人に	（御甲）かくこそきみ［人］に、（神1113）かくこそ人に	かくこそ人に	
つれなかりしか	（静521）つれなかりしを	（静105）つれなかりしを	つれなかりけり	（高）ける、（醍）けり［れ］、（蓬・大）けれ
		（神1113）あやなき事いひたる人に		
なみのおもを	（中光・静521・真田）波のうへを	（御甲）〈初出箇所〉なみのおもを［上に］、（御甲）〈重出箇所〉うみのなかを、（神1113）波の上に、（時唐）なみのまもお、（静105）波の上を	なみのうへを	（蓬）なみのうへに
いているとりは	（静521）いて入時は		いているよりは	
みなそこを	（慶100）みなそこに、（陽一）みなそこの		みなそこに	
おほつかなくは		（静105）おほつかなくも	おほつかなくは	
おもはさらなむ	（中光・正版・慶134・静82・広・岩徴・東大・神徴・有）（類・慶100・静521・真田・東奥・内433・筑・内434・書506・陽212・陽68・静青）なん、（陽一）南	（御甲）〈初出箇所〉おもはさらな［るら］む、（時唐）おもはさらなん	思はさらなん	（高）思さらなん

一一六首本（六八）			六十九首本（五八）	
「西本願寺蔵本（補写本）」		「時雨亭文庫蔵本（唐草装飾本）」（二五）「静嘉堂文庫蔵本（一〇五・三）」（六七）	「書陵部蔵本（五一一・一二）」	
あしたつのくもゐのなかにましりなは		（静105）あしたつの雲のうへにてましりなは、（時唐）あしたつの	あしたつの雲ゐの中にましりなは	
なといひてうせたるひとのあはれなるころ	（類）なといへて、（静521）なといふて	（静105）といひてうせにける人の哀におほゆるころ、（時唐）なといひてかくれたるひとのあはれなるに	といひてうせにし人の哀に覚えしこそ	（前神・前豊・前中）うせにし人
ひさかたの			ひさかたの	
そらにたなひく	（東奥）そら[雲　削除跡]にたなひく	（御甲）そらにたなひく[うきたる]	空にたたよふ	（蓬）雲にたたよふ
うきくものうけるわかみはつゆくさの			うき雲のうける我身はつゆくさの	
つゆのいのちも		（時唐）つゆの心も	露の命も	
またきえて	（中光・絵版・正版・熊・慶134・静82・岩徴・有）（真田・書506・陽212・静青）また[たま]きえて、（東大）たま[また]消て、（内433）ま[当]多きえて、（東奥）ま[多多]きえて、（陽一）玉きえて		またきえて	（高）またきへて
おもふことのみ			思ふことのみ	
まろこすけ	（東奥）まろ[つ　削除跡]こすけ、（神徴・筑・内434・陽68）まつこすけ	（静105）まつこすけ	まろこすけ	
しけさそまさる	（陽一）しけきそまさる		しけさはまさる	（蓬・大・神・醍・前神・

				前豊）しけきは
あらたまの	＊（静521）璞の	（神1113）あしたつの	あらたまの	
ゆくとし月は	（神徴）ゆく月は［なを］、（書506）ゆく年月も	（神1113）ゆくとし月も、（時唐）ちると月日は、（静105）ゆくとし月の	ゆく年月の	
はるの日の	（真田）［春の日の］		春の日の	
花のにほひも	（真田）［はなのひほひも］	（静105）花の光も	花のにほひも	
なつの日の	（中光）なつかしの、（陽212・陽一）なつの夜の、（真田）［夏の日の］		なつの日の	
木のしたかけも	（陽一）脱、（真田）［木のしたかけも］	（時唐）このした風も	木の下風も	（神）下風も［に削除跡］、（蓬・大・前豊）下風に
あきの夜の	（陽一）脱		あきのよの	
つきのひかりも			月のひかりも	
ふゆのよの	（中光）冬の日の		ふゆのよの	（蓬）まの
しくれのをとも		（静105）脱	しくれの音も	
よのなかに		（静105）脱	世のなかに	
こひもわかれも	（東奥）こひもわかれす［も］	（静105）こひもわかれす	恋もわかれも	
うきことも	（東奥）うきことを		うきことも	
つらきもしれる	（東奥）つらきをしれる	（静105）つらきもしける、（時唐）つらきをしれる	つらきをしれる	（高）つらきお［を］、（大）つらきを［も］
わか身こそ	（慶100）我身とそ		わかみこそ	
こころにしみて			心にしみて	
そてのうらの		（時唐）そてのうへの	そてのうらの	（神）そてのうら［う

				ら]の
ひるときもなく			ひる時のなく	(高)ひる時なく、(蓬・大・神・醍)ひる時もなく
あはれなれ	(類・内433)あはれなる、(神徴)あはれな□	(時唐)あはれなり	あはれなれ	
かくのみつねにおもひつついきのまつはら			かくのみつねにおもひつついきの松はら	
いきたるよ	(広・静521・有)いきたるに、(東奥)いきたるよ[に]		いきたるや	(大)いきたるや[よ]
なからのはしのなからへて	(中光・絵版・正版・熊・慶134・静82・広・岩徴・東大・有)(真田・東奥・内433・書506・陽212・静青)なから[た]へて、(陽一)なかたえて、(静521)中絶て	(御甲)なかた[ら]へて	なからのはしのなからへて	
せにゐるたつの			せにゐるたつの	
しまわたり	(中光・絵版・正版・熊・慶134・静82・広・岩徴・有)(真田・東奥・内433・書506・陽212・陽68・静青)しま[なき]わたり、(東大)鳴[しま]わたり、(静521・陽一)鳴わたり	(御甲)しま[なき]わたり、(神1113・時唐)なきわたり、(静105)鳴わたり	なきわたり	(神)なき渡の、(前神)なきわたの、(大)なきわたる
うらこくふねの		(時唐)脱、(静105)うらこく舟と	うらこく舟の	(前中)舟と
ぬれわたり	(中光・絵版・正版・熊・慶134・静82・広・岩徴・東大)(筑・内434・陽68・陽一)ぬれわたる、(内433)ぬれわたり[る]	(時唐)脱、(静105)なきわたり	ぬれわたり	
いつかうきよの		(御甲)いつかうきよ[み]の、(神1113・静105・時唐)いつかうき	いつかうき身の	(神)いつかとく[うき]のの、(前神)い

		身の		つかとく[うき]のみ
くにまみの	(他全)くにさみの	(御甲・時唐)みくさみの、(神1113)みくさのみ	みくさみの	
わかみかけつつ		(御甲)わかみかけつつ[わかみにかけて]、(神1113・静105・時唐)我身にかけて	わかみにかけて	
かけはなれいつかこひしき雲のうへのひとにあひみてこのよには			かけはなれいつか恋しき雲のうへの人にあひみてこのよには	
おもふことなき	(東大)思鳴ことなき		思ふ事なき	
身とそなるへき	(他全)身とはなるへき	(神1113)脱、(他全)身とはなるへき	身とはなるへき	
一一六首本(六九)「西本願寺蔵本(補写本)」		「時雨亭文庫蔵本(唐草装飾本)」(二六)「静嘉堂文庫蔵本(一〇五・三)」(六八)	六十九首本(六一)「書陵部蔵本(五一一・二)」	
		(静105)たいこの御代に、(時唐)たいこの御時に、(御甲)[醍醐の御時]、(神1113)醍醐御時	たいこの御時に	
日のてりはへりけるに	(陽一)ひのてり侍りける	(時唐)日てりしけるに	ひてりのしけれは	
雨こいのわかよむへきせむしありて	(中光・絵版・正版・熊・慶134・静82・広・岩徵・東大・神徵・有)(類・慶100・真田・内433・筑・内434・書506・陽212・陽68・静青)せんし、(静521)宣旨＊あま恋(神徵)	(時唐)あまこひのうたよむへきせしありけるに、(静105)あまこひの哥よむへき宣旨ありてよみ侍る、＊(御甲)せんし、(神1113)宣旨	あまこひの哥よむへきせんしに	(蓬・大)あまのこひの

ちはやふるかみもみまさは		(静105)神もいませは	ちはやふる神もみまさは	
たちさはき	(東大)たたさはき	(時唐)たちかへり	たちさはき	(醍)たちさは[わ]き
あまのとかはの			あまのとかはの	(大)あまのとかつ[は]の
ひくちあけたまへ	(中光・広・岩徴・神徴)あけたへ、(熊・静521・真田・陽一)あけ給へ、(東奥)あけたまえ	(時唐)あけたへ	ひくち明たへ[まイ]	(高)ひくちあけ給へ、(蓬)みちあけ給へ、(大)みちあけたへ、(前豊)くちあけ給へ
一一六首本（七〇）			六十九首本（六二）	
「西本願寺蔵本（補写本）」		「時雨亭文庫蔵本（唐草装飾本）」（二七）「静嘉堂文庫蔵本（一〇五・三）」（四三）	「書陵部蔵本（五一一・一二）」	
やまみつに	(岡・東大)やま[り]水に、(陽212)山水[やり][ま]に、(静82・類・慶100・静521・筑)やり水に、(中光・絵版・正版・熊・慶134・広・岩徴・神徴・有)(真田・内433・内434・書506・陽68・静青)やり[ま]水に	(御甲)やり[山]水に、(静105)やり水に、(時唐)いけみつの	やり水に	(神・前神)詞書なし
きくのはなの	(静521)菊の花、(中光・絵版・正版・熊・慶134・広・岩徴・神徴・有)(慶100・真田・東奥・内433・筑・内434・書506・陽212・陽68・静青)きくの[さくらの]はなの、(東大)さくらの[菊の花の]、(陽一)桜の花を	(御甲)きくのはな[さくらの]、(神1113)さくらの、(静105)桜の、(時唐)桜花	桜のちりて	(神・前神)詞書なし
うきたりしに	(静521)うきたるに、(中光・絵版・正版・熊・慶134・広・岩徴・神徴・有)(慶100・真田・東奥・内433・筑・内434・書506・陽212・陽68・静青)うきたりしに[なかるるをみて]、(東大)なかるるをみて[うきたりしに]、(陽一)見て	(御甲)うきたりしに[なかるるをみて]、(神1113)なかるるをみて、(静105)なかるるを、(時唐)うきてなかるるに	なかるるを	(神・前神)詞書なし、(高)なかるるお[を]

一一六首本（七一）「西本願寺蔵本（補写本）」		「時雨亭文庫蔵本（唐草装飾本）」（三九）「静嘉堂文庫蔵本（一〇五・三）」（八・二〇）	六十九首本（二二）「書陵部蔵本（五一一・二）」	
たきのみつ ＊「に」（尓）にも見える	（絵版・岩徴・東大・神徴・静521）（東奥・筑・内434・書506・陽212・陽68・静青・陽一）たきの水の	（御甲）〈初出箇所〉たま［き］みつの、（神1113）瀧水の、（静105・時唐）玉の水＊（時唐）たまのみつ	瀧の水	
このもとちかく	＊（中光）木の本、（類・内433）木本	（御甲）〈初出箇所〉この本と、（時唐）このした	このもとちかく	
なかれすは			なかれすは	
うたかたはなも	（静521）うたかた花を	（御甲）〈初出箇所〉かたかた［うたかた］花の［を］、（御甲）〈重出箇所〉うたかたをなを、（神1113）うたかた花を、（時唐）かふらくりも	うたかた花を	
ありとみましや		（御甲）〈初出箇所〉ありとみましや、（御甲）〈重出箇所〉あはれとみましや、（時唐）ありとみてきへし	あはとみましや	（醍）あは［わ］と、（神）あわと
		（静105）八　ある人に、二〇　返し		
かきりなき			かきりなき	（蓬・大・前豊）かきりなく
おもひのままに	（中光・絵版・熊・岩徴）（類・静521・内433・真田・東奥・内433・静青）思ひの、（正版・慶134・静82・広・神徴）（慶100・筑・内434・書506・陽212・陽68）思の、（東大）思□	（神1113）山ちの花に	思ひのままに	

一一六首本 「西本願寺蔵本（補写本）」	一一六首本	「時雨亭文庫蔵本（唐草装飾本）」「静嘉堂文庫蔵本（一〇五・三）」	六十九首本 「書陵部蔵本（五一一・二）」	六十九首本
よるもこむ	（中光・絵版・正版・慶134・静82・広・岩徴・東大・神徴・有）（慶100・静521・真田・東奥・内433・筑・内434・陽212・陽68・静青・陽二）こん	（時唐）こん、（静105）<初出、重出箇所>こん、	よるもこん	
ゆめちをさへに		（御甲・神1113・時唐）ゆめちにさへや、（静105）<初出、重出箇所>ゆめちをさへや	夢路にさへや	
ひとはとかめし		（御甲）人もとかめむ、（神1113）人のとかめん、（時唐）人のとかめむ、（静105）<初出、重出箇所>人のとかめむ	人はとかめん	（神）とかめむ

一一六首本（七二）　「時雨亭文庫蔵本（唐草装飾本）」（なし）「静嘉堂文庫蔵本（一〇五・三）」（なし）　六十九首本（なし）

「西本願寺蔵本（補写本）」		「時雨亭文庫蔵本（唐草装飾本）」（なし）「静嘉堂文庫蔵本（一〇五・三）」（なし）	「書陵部蔵本（五一一・二）」	
かれたるあさちにふみさしたりけるかへりことに	（静521）ふみさしたる、（慶100）ふみをさしたりける	（神1113）文をさしける		
小町かあね	（静521・陽一）小町あね			
ときすきてかれゆくをののあさちにはいまはおもひそ	（東大）枯行おのの	（神1113）かれたる宿の		
たえすもえける	（東大）たへす、（筑）たた［え］すもえける、（中光）たえすもへける［＊長月の歌一首削除跡］、（真田）たえす　＊踊り字に似る	（神1113）たたすもえけり　＊踊り字		

一一六首本（七三）　「時雨亭文庫蔵本（唐草装飾本）」（なし）「静嘉堂文庫蔵本（一〇五・三）」（なし）　六十九首本（なし）

「西本願寺蔵本（補写本）」		「時雨亭文庫蔵本（唐草装飾本）」（なし）「静嘉堂文庫蔵本（一〇五・三）」（なし）	「書陵部蔵本（五一一・二）」	

あたなにひとのさはかしくいひわらひけるころ	（慶100）さはかしういひたりける、（静521）さわかしういひわたりける、（他全）さはかしういひわらひける	（御甲）さはかしくいひわらひける、（神1113）さはかしくいひたりける		
いはれける人の	（筑）いはれたる人の、（静521）いわれける人の			
とひたりけるかへりことに	（静521）とひたりし返事に	（御甲）とひける返事に、（神1113）問たりける返しに		
うきことをしのふるあめのしたにして				
わかぬれ衣はほせとかはかす	（広・神徴・類・筑・内434・書506・陽68）我ぬれ衣は、（東奥）わかぬれ衣は［わかぬれ衣はほせとかはかす　削除跡］	（神1113）わかぬれ衣を		
一一六首本（七四）			六十九首本（一六）	
「西本願寺蔵本（補写本）」		「時雨亭文庫蔵本（唐草装飾本）」（なし） 「静嘉堂文庫蔵本（一〇五・三）」（なし）	「書陵部蔵本（五一一・二）」	
ともすれは			ともすれは	
あたなるかたにささなみの	（熊・慶134）（類・慶100・静521・内434・静506）あたなる風に、（中光・絵版・正版・静82・広・岩徴・東大・神徴・有）（真田・東奥・内433・筑・陽212・陽68・静青）あたなる風［かた］に	（御甲）あたなる風に、（神1113）あたなる風［そ　削除跡］に	あたなる風に藤なみの	
なひくてふこと	（静82）な［あ　削除跡］ひくてふこと		なひくかとは	（高）なひくことは、（蓬・大・神・前神・前豊・前中・醍）なひくかことは
われなひけとや	（広）われなひ［□　削除跡］けとや		我なひけとや	

一一六首本（七五）			六十九首本（三三）	
「西本願寺蔵本（補写本）」		「時雨亭文庫蔵本（唐草装飾本）」（なし） 「静嘉堂文庫蔵本（一〇五・三）」（五二）	「書陵部蔵本（五一一・二）」	
わすれくさ			忘れくさ	
わかみにつまむと	（中光・正版・慶134・静82・広・神徴・有）（静521・真田・東奥・筑・内434・書506・陽212・陽68・静青）わかみにつまんと、（陽一）我身つまむと、（東大・慶100）我身につむと	（静105）わか身につむと	わか身につむと	（前神・前豊・前中）わかみにつ〇むと
おもひしは	（慶134）思ひしに	（静105）おもひしを	思ひしは	
ひとのこころに			人の心に	
おふるなりけり	（中光・絵版・岩徴）あふるなりけり		おふる成けり	

一一六首本（七六）　二七類歌			六十九首本（なし）　五一類歌	
「西本願寺蔵本（補写本）」		「時雨亭文庫蔵本（唐草装飾本）」（なし） 「静嘉堂文庫蔵本（一〇五・三）」（なし）	「書陵部蔵本（五一一・二）」	
わかことくものおもふこころ				
け・のすゑに ＊「そ」に見える	（東奥）けのすへに、（静521）けの末に、（内433）けの［すゑに］	（神1113）けの末に		
ありせはまさにあひみてましを	（中光）あい見てましを			

一一六首本（七七）			六十九首本（六七）	
「西本願寺蔵本（補写本）」		「時雨亭文庫蔵本（唐草装飾本）」（なし） 「静嘉堂文庫蔵本（一〇五・三）」（八五）	「書陵部蔵本（五一一・二）」	
みちのくにへゆく人にいつはかりにかと	（中光・内433）みちのくにへいく人にいつはかにかといひたりしに、（広）いつはか	（御甲）みちのくへゆく人にいつかはかりにかといひたりしに、	みちの国へくたる人にいつはか	

いひたりしに	に［か］といひたりしに ＊（書506・陽212）「ゆく」他全「いく」	（神1113）みちのくにへいく人にいつはかりにかといひたりしにたたけふあすといひたりしかは、（静105）みちの国へまかりける人のもとにつかはしける	りととひしかはけふあすものほらむといひしかは	
みちのくは	（中光・絵版・正版・熊・慶134・静82・岩徴・神徴・有）（真田・内433・筑・内434・書506・陽212・陽68・静青）みちのくは［に］、（東奥）みちのくに［は］、（東大）みちのくに［は　削除跡］、（陽一）みちの国	（静105）みちのくに	みちのくは	
よをうきしまも	（京女・岡）よをうきしま		よをうき嶋も	
ありといふを	（類・内433・静青・陽一）ありといふ、（静521）有てふを	（御甲）ありといふを［へは］、（神1113）ありといへは、（静105）ありといふ	有といふを	（蓬・大）ある、（前神・前豊・前中）あり
せきこゆるきの		（御甲）関こゆるまの［を］、（神1113）関こゆるまを	関こゆるきの	（蓬）聞こゆるきの、（大・前豊）ききこゆるきの
いそかさらなむ	（中光・正版・慶134・静82・広・東大・神徴・有）（類・慶100・静521・真田・東奥・内433・筑・内434・書506・陽212・陽68・静青）いそかさらなん、（東大）いそかたらなん	（御甲・神1113）いそかさらなん	いそかさるらん	
一一六首本（七八）			六十九首本（なし）	
「西本願寺蔵本（補写本）」		「時雨亭文庫蔵本（唐草装飾本）」（なし） 「静嘉堂文庫蔵本（一〇五・三）」（八二）	「書陵部蔵本（五一一・二）」	
さためたることもなくてこころほそきころ	（陽68）詞書ナシ、（東大）さためたることもなくこころほそきころ、（静521）定りたる事なくて心細さに	（静105）詞書ナシ、（御甲・神1113）さためたることもなくこころほそきころ		

すまのうらの		（御甲・静105）すまのあまの、（神1113）あまのすむ	
うらこく舟の			
かちよりも	（静521）梶を絶	（静105）かちをたえ	
よるへなき身そ			
かなしかりける	（筑）かなしか[り]ける、（陽68）かなしかりけれ[る]、（陽一）かなしかりけり		
一一六首本（七九）			六十九首本（なし）
「西本願寺蔵本（補写本）」		「時雨亭文庫蔵本（唐草装飾本）」（なし） 「静嘉堂文庫蔵本（一〇五・三）」（なし）	「書陵部蔵本（五一一・二）」
いかなりしあかつきにか			
ひとりねの		（御甲・神1113）ひとりねし	
ときはまたれし			
とりのねの	（静521）鳥の音[ね]も	（御甲・神1113）とりのねも	
まれにあふ夜はわひしかりけり	（筑）わひしかりける[けり][り]、（内434）わひりかりける		
一一六首本（八〇）			六十九首本（なし）
「西本願寺蔵本（補写本）」		「時雨亭文庫蔵本（唐草装飾本）」（なし） 「静嘉堂文庫蔵本（一〇五・三）」（八〇）	「書陵部蔵本（五一一・二）」
なかれてと	（筑）なかれ[て]と		
たのめしことは			
ゆくすゑの	（静82）すえ、（東大・神徴）（静521・真田・東奥・内433・筑・内434・陽212・陽一）末、（静青）	（静105）末	

なみたのうへを	すへ		
いふにそありける			
一一六首本（八二）			**六十九首本（なし）**
「西本願寺蔵本（補写本）」		「時雨亭文庫蔵本（唐草装飾本）」（なし） 「静嘉堂文庫蔵本（一〇五・三）」（七三）	「書陵部蔵本（五一一・二）」
みし人のなくなりしころ	＊（静521）なく成りし		
あるはなくなきはかすそふ世のなかにあはれいつれの			
日まてなけかむ	（正版・熊・慶134・静82・広・東大・神徴）（慶100・静521・真田・東奥・内433・筑・内434・書506・陽212・陽68・静青）日まてなけかん	（神1113）日まて歎かん・（静105）日まてなけかん	
一一六首本（八二）			**六十九首本（なし）**
「西本願寺蔵本（補写本）」		「時雨亭文庫蔵本（唐草装飾本）」（なし） 「静嘉堂文庫蔵本（一〇五・三）」（七八）	「書陵部蔵本（五一一・二）」
ゆめならは		（静105）夢ならて	
またみるよひも	（静521）またみる宵も、（中光・絵版・正版・熊・慶134・静82・広・岩徴・東大・有）（真田・内433・筑・内434・書506・陽212・陽68・静青）またみるよひも［あはする人も］、（東奥）またみるよひも［あわする人も］、（陽一）あはする人も	（御甲）またみるよゐも、（静105）またみるかひも、	
ありなましなになかなかの		（神1113）なと中中の	

うつつなりけむ	(中光・正版・熊・慶134・静82・広・有)(類・慶100・静521・真田・東奥・内433・筑・内434・書506・陽68・静青)うつつなりけん、(岩徴)うつつなりけり、(神徴)現成けり[けん]	(御甲)うつつなりけん、(神1113・静105)うつつなるらん	
一一六首本(八三)			六十九首本(なし)
「西本願寺蔵本(補写本)」		「時雨亭文庫蔵本(唐草装飾本)」(なし) 「静嘉堂文庫蔵本(一〇五・三)」(七九)	「書陵部蔵本(五一一・二)」
むさしのに *踊り字「ゝ」にも見える			
おふとしきけは	(絵版)あふとしきけは、(東大)あふとし聞は、(類・内433)生とし聞は、(静521)生[いき]としきけは		
むらさきのそのいろならぬ			
一一六首本(八四)			六十九首本(なし)
「西本願寺蔵本(補写本)」		「時雨亭文庫蔵本(唐草装飾本)」(なし) 「静嘉堂文庫蔵本(一〇五・三)」(八六)	「書陵部蔵本(五一一・二)」
くさもむつまし	(慶100)くさもなつかし	(神1113)くさもなつかし	
一一六首本(八五)			六十九首本(なし)
「西本願寺蔵本(補写本)」		「時雨亭文庫蔵本(唐草装飾本)」(なし) 「静嘉堂文庫蔵本(一〇五・三)」(七四)	「書陵部蔵本(五一一・二)」
よのなかはあすかかはにもならはなれ君とわれとかなかしたえすは			

むさしのの	（熊）脱		
むかひのをかの	（熊）脱、（岡）まかひのをかの、（広）むかひの岡の［の岡の］とそ	（神1113）向の山の	
くさなれは	（熊）脱、（中光）草なれや［は］、（静82）草なれや、（東奥）草なれは［や　削除跡］		
ねをたつねても	（絵版・正版・慶134・静82・広・岩徴・東大・神徴・慶100）（真田・東奥・内433・筑・内434・陽212・陽68・静青）尋	＊（神1113）尋	
あはれとそおもふ	（熊）脱、（真田）あはれ［ん］とそ思、（東奥）哀［あはん］とそ思、（静521）哀とをもふ		
一一六首本（八六）　六五類歌			六十九首本（なし）　四八類歌
「西本願寺蔵本（補写本）」		「時雨亭文庫蔵本（唐草装飾本）」（二一一）「静嘉堂文庫蔵本（一〇五・三）」（七六）	「書陵部蔵本（五一一・二）」
みし人も		（御甲）＜根幹部初出箇所＞・（神1113）・（静105）しる人も、（時唐）人かとも	
しられさりけりうたかたの			
うきみはいさや	（中光）うき身は今や	（御甲）＜根幹部初出箇所＞・（神1113）うきみはいまや、（静105）うき身は今そ、（時唐）うきにはいさや	
ものわすれして			

一一六首本（八七）			六十九首本（なし）	
「西本願寺蔵本（補写本）」		「時雨亭文庫蔵本（唐草装飾本）」「静嘉堂文庫蔵本（一〇五・三）」（なし）	「書陵部蔵本（五一一・二）」	
よのなかに	（東奥）世中に［を　削除跡］			
いつらわかみの				
ありてなし	（陽一）昔［有］てなし			
あはれとやいはむ	（中光・正版・慶134・静82・広・東大・神徴）（類・慶100・静521・真田・東奥・筑・内434・書506・陽212・陽68・静青）いはん	（神1113）いはん		
あなうとやいはむ	（中光・絵版・正版・慶134・静82・広・岩徴・東大・神徴）（類・慶100・静521・真田・東奥・内433・筑・内434・書506・陽68・静青・陽一）いはん			

一一六首本（八八）			六十九首本（六四）	
「西本願寺蔵本（補写本）」		「時雨亭文庫蔵本（唐草装飾本）」「静嘉堂文庫蔵本（一〇五・三）」（なし）	「書陵部蔵本（五一一・二）」	
わかみこそ			我みこそ	
あらぬかとのみ	（静82）あらぬか［た　削除跡］とのみ、（東奥）あらぬことのみ、（静青）あらかとのみ		あらぬかとのみ	（高）あらぬかのみ（神・前神）あらぬこと
たとらるれ	（筑）たと□［ら］るれ		おもほゆれ	
とふへきひとに	（中光・絵版・岩徴）とふ人に、（東大）とふ人に［本ノママ］		とふへき人に	
わすられしより			忘られしより	（蓬・神）忘れしより

一一六首本(八九)			六十九首本(なし)	
「西本願寺蔵本(補写本)」	「時雨亭文庫蔵本(唐草装飾本)」(なし) 「静嘉堂文庫蔵本(一〇五・三)」(なし)		「書陵部蔵本(五一一・二)」	
なからへは人のこころもみるへきにつゆのいのちそかなしかりける				

一一六首本(九〇)			六十九首本(なし)	
「西本願寺蔵本(補写本)」	「時雨亭文庫蔵本(唐草装飾本)」(なし) 「静嘉堂文庫蔵本(一〇五・三)」(なし)		「書陵部蔵本(五一一・二)」	
世のなかをいとひてあまのすむかたは				
うきめのみこそ	(東奥)うきめ[み]のみこそ			
みえわたりけれ	(中光)みへわたりけれ、(陽一)かなしかりける			

一一六首本(九一)			六十九首本(なし)	
「西本願寺蔵本(補写本)」	「時雨亭文庫蔵本(唐草装飾本)」(なし) 「静嘉堂文庫蔵本(一〇五・三)」(七七)		「書陵部蔵本(五一一・二)」	
はかなくてくもとなりぬるものならはかすまむそらを	(中光・絵版・正版・慶134・静82・広・岩徴・東大・神徴・有)(類・慶100・静521・真田・東奥・内433・筑・内434・陽212・陽68・静青)かすまんそらを	(神1113)かすまむかたを		
あはれとは見よ		(御甲)あはれとはみよ、(神1113・静105)哀ともみよ		

一一六首本（九二）「西本願寺蔵本（補写本）」		「時雨亭文庫蔵本（唐草装飾本）」（なし）「静嘉堂文庫蔵本（一〇五・三）」（なし）	六十九首本（なし）「書陵部蔵本（五一一・二）」
われのみやよをうくひすと			
なきわひむ	（中光・絵版・正版・熊・静82・広・岩徴・東大・神徴・有）（慶100・静521・真田・東奥・筑・内434・書506・陽212・陽68・静青）わひん	（御甲・神1113）なきわひん	
ひとのこころのはなとちりなは			

一一六首本（九三）「西本願寺蔵本（補写本）」		「時雨亭文庫蔵本（唐草装飾本）」（なし）「静嘉堂文庫蔵本（一〇五・三）」（八四）	六十九首本（なし）「書陵部蔵本（五一一・二）」
はかなくも	（静青）はかなくに［も］		
まくらさためすあかすかなゆめかたりせし			
ひとをこふとて	（中光・絵版・正版・熊・慶134・静82・岩徴・東大・神徴・有）（類・慶100・静521・内433・陽68・陽二）人をまつとて、（広）（真田・東奥・筑・内434・静青）人を待［こふ］とて、（書506・陽212）人をこふ［待］とて	（御甲・神1113・静105）人をまつとて	

一一六首本（九四）「西本願寺蔵本（補写本）」		「時雨亭文庫蔵本（唐草装飾本）」（なし）「静嘉堂文庫蔵本（一〇五・三）」（なし）	六十九首本（なし）「書陵部蔵本（五一一・二）」
よのなかのうきもつ	（神徴）つきなくに＊（類・内433）泪		

らきもつけなくにまつしるものはなみたなりけり				

一一六首本（九五）			六十九首本（なし）	
「西本願寺蔵本（補写本）」		「時雨亭文庫蔵本（唐草装飾本）」（なし）「静嘉堂文庫蔵本（一〇五・三）」（七〇）	「書陵部蔵本（五一一・二）」	
		（静105）たいしらす		
ふきむすふかせはむかしのあきなから	（中光）吹すさむ			
ありしにもあらぬ	（中光・絵版・正版・慶134・静82・岩徴・有）（真田・東奥・内433・筑・内434・陽68・静青）ありしにもあら［に］ぬ、（静521・陽一）ありしにもに［あら］ぬ、（東大）ありしにもぬ	（御甲・神1113・静105）ありしにもにぬ		
そてのつゆかな	（東奥）袖の露［けさ　削除跡］哉			

一一六首本（九六）			六十九首本（なし）	
「西本願寺蔵本（補写本）」		「時雨亭文庫蔵本（唐草装飾本）」（なし）「静嘉堂文庫蔵本（一〇五・三）」（八三）	「書陵部蔵本（五一一・二）」	
あやしくもなくさめかたきこころかなをはすてやまの	（中光・静521）おはすて山の、（筑）をはす山の	（御甲）おはすて山の		
月もみなくに	（神徴）月もみるへに、（慶134）つきを［も］みなくに、			

一一六首本（九七）			六十九首本（なし）	
「西本願寺蔵本（補写本）」		「時雨亭文庫蔵本（唐草装飾本）」（なし）「静嘉堂文庫蔵本（一〇五・三）」（なし）	「書陵部蔵本（五一一・二）」	

しとけなきねくたれかみを	(中光)ねくれかみを		
みせしとや	(中光・正版・慶134・静82・広・岩徴)(真田・東奥・筑・内434・陽68・静青)みせしとや［て］、(神徴・類・慶100・雲一)みせしとて、(内433)みせしとて［や］、(東大)みせし□□	(御甲・神1113)みせしとて	
はたかくれたるけさのあさかほ	＊(中光・広)皃		
一一六首本(九八) 「西本願寺蔵本(補写本)」	「時雨亭文庫蔵本(唐草装飾本)」(なし) 「静嘉堂文庫蔵本(一〇五・三)」(七一)		六十九首本(なし) 「書陵部蔵本(五一一・二)」
たれをかもまつちのやまのをみなへしあきとちきれるひとそあるらし			
一一六首本(九九) 「西本願寺蔵本(補写本)」	「時雨亭文庫蔵本(唐草装飾本)」(なし) 「静嘉堂文庫蔵本(一〇五・三)」(なし)		六十九首本(なし) 「書陵部蔵本(五一一・二)」
しらくもの			
たえすたなひく	(中光)たへす、(熊)(類・東奥・内433)絶す	(神1113)たへ［え］す	
みねにたに			
すめはすみぬる	(中光)すめはすまるる	(神1113)すめはすまるる	
物にそありける	(陽212)物［に］そありける、(内433)物［よ］に［こ］そ有ける［れ］		

一一六首本(一〇〇)			六十九首本(なし)
「西本願寺蔵本(補写本)」		「時雨亭文庫蔵本(唐草装飾本)」(なし) 「静嘉堂文庫蔵本(一〇五・三)」(なし)	「書陵部蔵本(五一一・二)」
もみちせぬ			
ときはのやまに	(類・内433)ときはの山は *(真田・内434)ときはのやまに「尓」の崩し「乙」		
ふくかせの			
をとにや秋を	(慶134)しるにや秋を　*(成章注記「小」本)しるにやあきを		
ききわたるらむ	(中光・正版・熊・慶134・静82・広・神徴・有)(類・慶100・静521・真田・東奥・内433・筑・内434・静青)らん	(神1113)らん	
一一六首本(一〇一前)			六十九首本(なし)
「西本願寺蔵本(補写本)」		「時雨亭文庫蔵本(唐草装飾本)」(なし) 「静嘉堂文庫蔵本(一〇五・三)」(なし)	「書陵部蔵本(五一一・二)」
他本哥十一首	(絵版・岩徴・東大・陽一)他本歌、(神徴)他花哥[本歟]、(静521)ナシ	(御甲)他家本十八首、(神1113)脱	
一一六首本(一〇一)			六十九首本(なし)
「西本願寺蔵本(補写本)」		「時雨亭文庫蔵本(唐草装飾本)」(なし) 「静嘉堂文庫蔵本(一〇五・三)」(なし)	「書陵部蔵本(五一一・二)」
いつとてもこひしからすは	(陽一)いつとてか[も]		
あらねとも		(御甲)あらね[なけれ]とも	
あやしかりける	(正版・熊・慶134・静82・広)(慶100・静521・陽	(御甲)あやしかりける[あき	

	一）あやしかりけり、（東大）あやしかり け□	のゆふへは」	
秋のゆふくれ		（御甲）あきのゆふくれ［あやしかりけり］	
一一六首本（一〇二）			六十九首本（なし）
「西本願寺蔵本（補写本）」		「時雨亭文庫蔵本（唐草装飾本）」（なし） 「静嘉堂文庫蔵本（一〇五・三）」（なし）	「書陵部蔵本（五一一・二）」
なかつきの		（神1113）暁の	
有明の月の	（正版・静82・広・有）（慶100・真田・東奥・筑・内434・陽68・静青）有明月の		
ありつつも			
きみしもまさは	（中光・絵版・岩徴）きみしもまされ、（東大）きみしもまされ［に］、（類・静521・内433）君しきまさは	（御甲・神1113）きみしきまさは	
まちこそはせめ	（類・内433）待もこそせめ		
一一六首本（一〇三）			六十九首本（なし）
「西本願寺蔵本（補写本）」		「時雨亭文庫蔵本（唐草装飾本）」（なし） 「静嘉堂文庫蔵本（一〇五・三）」（なし）	「書陵部蔵本（五一一・二）」
あさかやまかけさへ みゆるやまの井のあ さくはひとををもふ ものかは　＊「越」	（他全）おもふ		
一一六首本（一〇四）			六十九首本（なし）
「西本願寺蔵本（補写本）」		「時雨亭文庫蔵本（唐草装飾本）」（なし） 「静嘉堂文庫蔵本（一〇五・三）」（七五）	「書陵部蔵本（五一一・二）」

なか雨を		(静105)たいしらす		
なかめつつすくる月日もしらぬまにあきのけしきになりにけるかな				
一一六首本(一〇五)			六十九首本(なし)	
「西本願寺蔵本(補写本)」		「時雨亭文庫蔵本(唐草装飾本)」(なし)「静嘉堂文庫蔵本(一〇五・三)」(なし)	「書陵部蔵本(五一一・二)」	
はるの日の				
うらうらことを	(東奥)うらうらことを[に]			
いてて見よ				
なにはさしてか	(神徴)あはさしてか			
あまはすくとも	(静521)あまはすくると、(他全)あまはすくすと	(御甲・神1113)あまはすくすと		
一一六首本(一〇六)			六十九首本(なし)	
「西本願寺蔵本(補写本)」		「時雨亭文庫蔵本(唐草装飾本)」(なし)「静嘉堂文庫蔵本(一〇五・三)」(なし)	「書陵部蔵本(五一一・二)」	
このまより	(絵版・正版・熊・慶134・静82・広・岩徴・神徴・有)(慶100・東奥・筑・内434・書506・陽212・陽68・静青・陽一)木間より、(中光・東大)(静521・真田)木の間より、(内433)木まより			
もりくる月のかけみれはこころつくしのあきはきにけり				

一一六首本（一〇七）			六十九首本（なし）	
「西本願寺蔵本（補写本）」		「時雨亭文庫蔵本（唐草装飾本）」（なし）「静嘉堂文庫蔵本（一〇五・三）」（なし）	「書陵部蔵本（五一一・二）」	
あまつかせくもふきはらへひさかたのつきのかくるる	＊（広・神徴・類・静521・内433）久堅の			
みちまとはなむ	（中光・正版・慶134・静82・広・東大・神徴・有）（慶100・真田・筑・内434・書506・陽212・陽68・静青）みちまとはなん、（静521）みちまとふらん、（東奥）みちまとはなん［さん］	（御甲・神1113）みちまとはさむ		

一一六首本（一〇八）			六十九首本（なし）	
「西本願寺蔵本（補写本）」		「時雨亭文庫蔵本（唐草装飾本）」（なし）「静嘉堂文庫蔵本（一〇五・三）」（九〇）	「書陵部蔵本（五一一・二）」	
		（静105）たいしらす		
あはれてふことこそうたてよのなかを				
おもひはなれぬ	（類）思へはなれぬ、＊（内433・書506・陽212）思はなれぬ			
ほたしなりけれ				

一一六首本（一〇九）			六十九首本（なし）	
「西本願寺蔵本（補写本）」		「時雨亭文庫蔵本（唐草装飾本）」（なし）「静嘉堂文庫蔵本（一〇五・三）」（なし）	「書陵部蔵本（五一一・二）」	
世のなかは		＊（御甲）世間は		
ゆめかうつつかうつつともゆめともしら				

すありてなければ			
一一六首本（一一〇）			六十九首本（なし）
「西本願寺蔵本（補写本）」		「時雨亭文庫蔵本（唐草装飾本）」（なし） 「静嘉堂文庫蔵本（一〇五・三）」（なし）	「書陵部蔵本（五一一・二）」
あはれてふことのは ことにをくつゆは	（中光・東大・神徴・慶100）おく		
むかしをこふる	（書521）むかしをしのふ		
なみたなりけり			
一一六首本（一一一）			六十九首本（なし）
「西本願寺蔵本（補写本）」		「時雨亭文庫蔵本（唐草装飾本）」（なし） 「静嘉堂文庫蔵本（一〇五・三）」（なし）	「書陵部蔵本（五一一・二）」
やまさとは			
もののわひしき	（神徴・類・慶100）もののさひしき、（内433）物のさ［わ］ひしき	（御甲）ものさひしうき［もののわひしきとき］、（神1113）もののさひしき	
ことこそあれ			
よのうきよりは	（絵版・岩徴・東大）世のうきよりも		
すみよかりけり	（類・内434）すみよかりけれ		
一一六首本（一一二前）			六十九首本（なし）
「西本願寺蔵本（補写本）」		「時雨亭文庫蔵本（唐草装飾本）」（なし） 「静嘉堂文庫蔵本（一〇五・三）」（なし）	「書陵部蔵本（五一一・二）」
又他本五首、小相公本也	（類・慶100・雲一）又他本五首、（内433）又他本［五首］［小相公本□］、（陽212・陽68）又他本五首小相公本也［＊「小」崩し字］、（神徴）又他本五首小相公切也［＊「小」崩	（御甲）小宰相本也八首、（神1113）他本　依不易所書之	

	し字」、（正版・静82・広・有）又他本五首北・相公本也［＊「北」崩し字］、（中光・絵版・熊・慶134・岩徴・東大）又他本五首北相公本也、（静521）北相公本乃御本耳又五首追加		
一一六首本（一一二）			六十九首本（なし）
「西本願寺蔵本（補写本）」		「時雨亭文庫蔵本（唐草装飾本）」（なし） 「静嘉堂文庫蔵本（一〇五・三）」（なし）	「書陵部蔵本（五一一・二）」
をくらやま	（中光）小くら山、（東大）おくら山、（類・静521・真田・東奥・内433・書506・陽212・陽68）小倉山		
きえしともしの			
こゑもかな	（類・内433）末もかな、（真田）すゑもかな、（東奥）す［ゑ　削除跡］［こ］もかな		
しかならはすは		（神1113）脱	
やすくねなまし			
一一六首本（一一三）			六十九首本（なし）
「西本願寺蔵本（補写本）」		「時雨亭文庫蔵本（唐草装飾本）」（なし） 「静嘉堂文庫蔵本（一〇五・三）」（なし）	「書陵部蔵本（五一一・二）」
わかれつつ			
みるへき人も	（神徴）みる人も、（陽68）みる［へき］人も		
しらぬまにあきのけしきになりにけるかな	＊（類・内433）気色		

一一六首本（一一四）			六十九首本（なし）
「西本願寺蔵本（補写本）」		「時雨亭文庫蔵本（唐草装飾本）」（なし）「静嘉堂文庫蔵本（一〇五・三）」（なし）	「書陵部蔵本（五一一・二）」
かたみこそいまはあたなれこれなくは	（静521）これならは		
わするるときも	（東大）わするるひまも、（静521）わするる事も	（御甲）わするるおり［とき］も	
あらましものを	（静82）あらましものは		
一一六首本（一一五）			六十九首本（なし）
「西本願寺蔵本（補写本）」		「時雨亭文庫蔵本（唐草装飾本）」（なし）「静嘉堂文庫蔵本（一〇五・三）」（七二）	「書陵部蔵本（五一一・二）」
はかなしや	（絵版・正版・熊・慶134・静82・広・岩徴・東大・神徴）（真田・東奥・内433・筑・内434・書506・陽212・陽68・静青）はかなしや［あはれなり］、（京女・岡）瀧かなしや	（静105）哀れなり	
わかみのはてよ	（絵版・正版・熊・慶134・静82・広・岩徴・東大）（東奥・内433・内434・書506・陽212・陽68・静青）わか身のはてよ［や］、（陽一）わかみのはてや、（静521）我身のはては、（中光）わか身のはてや［よ］	（静105）わかみのはてや	
あさみとり	＊（広）朝みとり		
のへにたなひく	（中光・絵版・正版・熊・慶134・広・東大・有）（真田・東奥・内433・内434・書506・陽212・陽68・静青）のへにたなひく［つゐにはのへの］、（陽一）つゐにはのへの、（筑）の［へ］にたなひく	（静105）つゐにはのへの	

かすみとおもへは	（静521）けふりとおもへは			
一一六首本（一一六） 「西本願寺蔵本（補写本）」		「時雨亭文庫蔵本（唐草装飾本）」（なし） 「静嘉堂文庫蔵本（一〇五・三）」（六九）	六十九首本（なし） 「書陵部蔵本（五一一・二）」	
はなさきてみならぬものは				
わたつうみの	（熊・東大・神徴）わたつみの、（中光・広・類・静521・内433・陽一）わたつ海の	（静105）わたつ海の		
かさしにさせる	（神徴・内433）かさしにさける　＊「遣」明確			
おきつしらなみ				
一一六首本（なし） 「西本願寺蔵本（補写本）」		「時雨亭文庫蔵本（唐草装飾本）」（なし） 「静嘉堂文庫蔵本（一〇五・三）」（なし）	六十九首本（六八） 「書陵部蔵本（五一一・二）」	
			なといひてうせにけるのちをいかにもする人やなかりけむあやしくてまろひありけるあはてかたみに	
			ゆきける人の思ひもかけぬ所に	（神）ゆき［て　削除跡］ける人のおもひもかけ［もなき　削除跡］所に、（前神）ゆきてける人のおもひもかけもなき所に

一一六首本（なし）

「西本願寺蔵本（補写本）」

「時雨亭文庫蔵本（唐草装飾本）」（なし）

「静嘉堂文庫蔵本（一〇五・三）」（なし）

六十九首本（六九）

「書陵部蔵本（五一一・二）」

哥よむこゑのしけれはおそろしなからよりてきけは	
秋風のふくたひことにあなめあなめ	
をのとはなくし	（神）をのとはなく［いは］て、（蓬・大）をのとはならし、（前神）をのとはな［いは］へし
薄おひけり	
ときこえけるにあやしとて草の中をみれは小野小町かすすきのいとをかしうまねきたてりけるそれとみゆるしるしはいかかありけん	
冬みちをゆく人のいとさむけに	（高）冬みちの［を］、（神・前神）冬みち

一一六首本(なし)		
		(御甲・神1113)みやこいでてけふみかのはらいつみかはかはかせさむみころもかせやま
		(神1113)おほかたの秋くることは我身こそかなしき物とおもひしりぬれ
		(御甲・神1113)をみなへしおほかるのへにやとりせはあやなくあたのなをやたちなむ
		(時唐・静105)たれによりよるのころもをかへすらんこひしきひとのありけるかうき

てもあるかなよこそはかなけれといふをききてふと	
たまくらのひまの風たにさむかりき身はならはしの	
物にそさりける	(神・前神)ものにそさり[あり]ける、(蓬・大)物にそ有ける
六十九首本(なし)	

第二節　流布本「小町集」（一一六首）の全歌考

・参考文献は巻末に記載。
・底本の本文は、『西本願寺本三十六人集』中の「小町集」による。ただし踊り字は用いず文字を補った。
・各撰集の引用本文は、特に断らない限り、『新編国歌大観』（角川書店）所収本によるが、『万葉集』の引用は、『新潮日本古典集成　万葉集』（新潮社）及び『校本万葉集』（岩波書店）による。
・出典の表記で、算用数字のみは一一六首本「小町集」の所収番号を示し、漢数字のみは、六十九首本「小町集」の所収番号を示す。

一　花のいろはうつりにけりないたつらにわかみよにふるなかめせしまに
　　はなをながめて

「花の色」とは、一本の桜樹を全体として捉えた表現ではあるまいか。繚乱と咲き乱れた桜が移ろう、その大きな変化に接し、人は、我が身の経世の嘆きを振り返る。桜とともにあるはずの自然のサイクルを離れて、人だけが、立ち止まり我が身を振り返っている。この時の「花のいろ」の「うつ」ろひは、樹木全体を捉えた表現であると解釈する。

この歌は二重構造を取っている。一は、花の移ろいを嘆き、一は、我が身に流れた時間を嘆く。こういった自然と人事の二重構造がとられる場合、自然は、人事の象徴と解される。

そもそもこの歌は、中国の閨怨詩に発想を得ているという。「落花を哀惜しながら、我身の衰退を嘆いているという中国詩から、この歌に至る落花の文学」（山口博『閨怨の詩人　小野小町』）が、歌の背景にある。山口氏は、同著の中で、嵯峨朝においてはかなりの閨怨詩が作られたのであり、小町の歌も、朝野鹿取の「不堪独見落花飛　落花飛尽顔欲老」（「奉和春閨怨」『文華秀麗集』）の和訳であると言えることを記す。この歌は、『古今集』に収録され、その後幾度も撰集に採られた。藤原公任が『三十六人撰』に入れ、俊成が『三十六人歌合』に、定家が「百人一首」に採ったことで、小町の歌として喧伝されるようになった。その結果、流布本「小町集」の巻頭にも置かれることになったのであろうが、流布本系の「小町集」が生成発展していく上で、同集を内的に統制する働きをしたという印象を受ける歌である。

二重構造それぞれの強音が、「うつりにけりな」と「我が身世にふる」にあることを思えば、「人事の嘆き」は、「古る」我が身、即ち、容色の衰えという外面的なものではなく、「経る」我が身に流れた時間を云うと考えられる。第四句「世にふる」とは、格子の外で降り続く春の長雨と、世間で長く交わってきた自らの暮らしを言い掛ける掛詞になっている。「世に経る」とは、人との交わりの生活である。それは、男性を相手に展開された生活であったかもしれぬし、宮仕えの生活であったかもしれない。或いは又、中国の閨怨詩に詠まれたような拘束された生活（『閨怨の詩人　小野小町』）への、特殊かつ痛切な思いから帰納されたものであったかもしれない。「我が身世にふる」は、人との交わりの生活を長期間続けてきたという感慨であろう。長雨に打たれた花の移ろう姿を見た時、「古る」我が身が連想され、「経る」経験に思い至った。「経る」生活の一過点にある我が身に気づいたのである。「古る」ことばかりが強調されているのではあるまい。物思い即ち「眺め」に耽っていた間は、「ながめ」は、背後に流れる静かな音響でしかなかった。「ながめ」が「長雨」と意識され、「眺め」る我が身が客観視された時、「世にふる」時間が想起される。「世に経る」生活の、現在という一過点が、移ろう桜花のように傷んで色あせていることに、詠者は気づいたのである。詠者が目にしているのは、雨上がりの乱れた桜花の一群れと、散りしきった花弁である。春の光の下で惜しまれて散ってゆくそれではない。長雨のベールを上げた時に突如移ろいの姿を露にした桜花である。

そうして、無情な現象に対する哀感が、「いたづらに」という嘆きになった。歌は、ここで調べを休止させる。遍く降り濡らす雨に、美しい花弁を避けようとする意志はなく、現世の一現象への感慨が「いたづらに」の詞に結実し、はかなさに対する諦念が詠われることになる。「いたづらに」は、係り受けに関して重要な働きをしている。文脈上上句との関わりを強く有しながら、その匂いは下句へも及び、「我が身」それのみではなく「世に経る」ことに匂いとして係っていくのである。春雨が、遍く外界の事物を移ろいゆかせるものならば、我が身が外れ漏ることはない。しかし、はかないのは、人との交わりの中で過ごしてきた時間の堆積が、不実で空虚な存在となってそこにあるという現実である。詠者は、一春雨の数日間の後に知る。その発見の強さは、「花の色はうつりにけりな」の「けりな」に表れていよう。詠者の「眺め」の時間は、一春雨の数日間を超え、その空間は容色に関する物思いに止まらぬ嘆きとなる。春雨によって破られたのが詠者経世の時間空間そのものであった故に、この歌は、かくもの憂い響きをひきずるのではないかと思う。

一首に於ける花と我が身の二重構造の論理が、表現上で全て重なり合わぬ所に、この歌の良さがあり雅なる和歌への時代的開眼がある。

二　こころからうきたる舟にのりそめてひと日もなみにぬれぬ日ぞなき

ある人こころかはりてみえしに

この歌、『新撰朗詠集』（『新編国歌大観』所収同集解題によれば、保安三年から長承二年の成立）では、次のように、遊女のことを詠った歌として載る。

遊女

南北東西不定家《なんほくとうせいいへをさためす》　風水為郷船作宅《ふうすいをきやうとなすふねをいへとなす》　塩商婦　（『新撰朗詠集』六七〇）
東船西船悄無言《とうせんせいせんせうとしていふことなし》　只見江心秋月白《ただみるかうしんにあきのつきのしろきを》　琵琶引　白　（同　六七一）
家　夾　江　河　南　岸《いへはかうかのなんほくのきしをはさめり》　心通上下往来船《こころはしやうげわうらいのふねにつうず》　遊女　以言　（同　六七二）
桂華秋白雲閑夜《けいくわあきしろくものしづかなるよ》　蘆葉春青水冷天《ろえふはるあをしみづのすさまじきてん》　同　（同　六七三）

心からうきたる舟に乗りそめて一日も浪にぬれぬ日ぞなき
遊女欲乗商船船人以梶打懸水以袖掩面泣詠此歌　作者小町　（同　六三四）

「心から」の歌には、右のように後書が付いている。遊女が、仕事の船に乗ろうとした時、船人の打つ梶の雫がかかった。遊女は、袖で顔を覆ってこの歌を詠んだのだという。作者小町が、遊女の心になって詠った歌ということになっている。この歌もまた漢詩とともに朗詠されていたのだろう。ここでは、先行する漢詩の秋の月が、住家定めぬ遊女の心寒さの象徴となっている。月の白さは寒々とした遊女の心情である。

一方、『後撰集』七七九では、詞書が「をとこのけしきやうやうつらげに見えければ」という小町の歌として採録されている。詞書は、「ある人、心かはりてみえしに」という「小町集」の詞書と同趣旨である。第二句「うきたる船」が男女の間柄を言うものであることを明確にする詞書である。

その間柄が「憂き」ものになったのは、詞書通り男の心変わりによる。初めは、もちろん辛い思いに捕らわれるような間柄ではなかった。思い返した時に、「乗り初めて」からの度重なる辛さが思い起こされたのである。『後撰集』には「のりながら」とする伝本もあるというが、意味は同じことであろう。その関係を選択したのは、誰のせいでもない自らの意志によるのだ、というのが「心から」の意である。「心から」には、恋愛当初の、より積極的な意思、即ち全き信頼とでもいったような、華やかで明るい思いが込められているようにも思える。下句は、「ひと日も浪にぬれぬ日ぞなき」と自らの恋を否定して詠む。しかし、そんな思いの片隅に、過ぎ去った恋の明るさを認めようとする心情が輝いてある。「心から」の語は、その心情が選択させた言葉であると解する。この歌の成立は、『新撰朗詠集』が示すように、小町が遊女の心情を詠んだものであったのかもしれないが、この歌の眼目は「心から」の句にあり、巻頭歌同様「小町集」の歌には、歌一首の中に時間空間が広がるのである。

三　そらをゆく月のひかりをくもゐよりみてややみにてよははてぬへき
まへわたりし人にたれともなくたとらせたりし

結句「世」は、平安の女流文学に多く見られる男女の関係のことであり、「よははてぬへき」とは、男女世界の終わりを言うものではあるまいか。「闇」が象徴するのは、失望の心情であろう。「闇」或いは「止み」は、広く詠者の人生の終局を言うとも解せるが、その場合でも事態の契機は上句にあり、「世」には、男性によって与えられた世界という影が色濃くかかってくるように思われる。

「ぬべし」は文法上強意を表し、「世」の終わりを嘆く心情が、一首の基調になる。「世」を男女世界と限定せず詠者の人生と考えた場合でも、「ひかり」を見たとは、詠者の心に叶った輝かしい時代に遭遇した事をいうように思われる。しかも、それは、天界の月の光である。光を見たとは、栄えある寵愛を受けたことを意味するという解釈も為し得る。

古来、月を詠んだ歌は数多い。『万葉集』では、闇を照らす「分明さ」という側面が詠まれる。雲と併せ用いられると、次のように、ぼんやりした明るさから惜しいという心情を導く景に関わってゆく。

雲間より　さ渡る月の　おほほしく　相見し子らを　見むよしもがも　（『万葉集』二四五〇）

万代に　照るべき月も　雲隠り　苦しきものぞ　逢はむと思へど　（同　二〇二五）

「雲間より月の光を見る」といった趣向は、例外的に和泉式部の歌の、出家しようとする意志を象徴する景として用いられているもの（『新古今集』五八三）に止まる。他の多くは雲間の月光を詠んだ例で、『新古今集』『千載集』等時代を新しくする。それらが、雨降る夜の月光や冬の明け方の弱い月光などぼんやりした光として詠まれている点は、古代と変わらない。雲は光を遮り、弱い月光が詠まれている。しかし、この歌の「ひかり」は「やみ」と併記され、「雲間より見」た印象的な景物として表現される。これは、雲に遮られた弱い月光とは解せない。

一方「空をゆく月」という表現は、『万葉集』に「ささらえおとこ」が、空を渡って行く（九八三）と書かれ、神話同様、月を男性と見ていることを示すものではないかと思う。

み空行く　月の光に　ただ一目　相見し人の　夢にし見ゆる　（『万葉集』七一〇）

この『万葉集』歌は、月光の下に見た人を忘れられない思いが詠われているが、その人が「ただ一目あひ見し人」であったという点に於いて、月の光は遥けさの象徴ともなっている。

この「小町集」の第三句「雲間より見」るとは、十分に見えなかったことか、或いは又、その時間的短さをいうかであろう。「ひかり」は、詠者にとって一筋の光明であったはずである。月に例えられる男性は、身分の高い、宮中にかかわる相手であったのではないかという解釈が先行研究に於いて出てくるのも自然であると思われる。また、月光は、『竹取物語』に例を見るように、一種不吉なイメージを伴う。それが、下句の「やみ」なる失望を暗示しているような印象をも与える。

ところで、「見てややみにて」の助詞「や」の持つ力は何か。寵愛の衰えを仮定すれば、それは、我が身の凋落でもある。しかし、詠者の眼差しは、かつて目にした、月光に喩えられる何らかの輝かしい心象風景に向けられている。「や」による自問は、与えられた自らの幸福の分量や、定められた自らの命を悟るかのような強さを持っている。この「小町集」という私家集には、仏教思想も浄土への憧れも何も見えないのに、天に人生を任そうとする人間の姿がここにも描かれているのに気づく。

四　くもはれておもひいつれとことのはのちれるなけきは思出もなき
かへしあしたにありしに

詞書に「あした」があるので、後朝の文を連想する。翌朝に受け取った手紙には、詠者の不誠実を責めるような内容が書いてあった。「ことのはのちれるなけき」は、相手の嘆きであろうが、それが、「あなたは約束を破った（ことのはのちれる）」のように率直な言葉で遣されたものか、或いは又、返し文の内容から、詠者が相手の「なげき」と感じ取ったものか明らかでない。しかし、何か決定的な事態が、詠者と文を遣した相手の間に生じていた事が窺える。

「おもひいつれと」「思出もなき」とは、「なげき」をであろう。「思ひ出づ」の用例は、『万葉集』に、少ないながら、

思ひ出づる　時はすべなみ　豊国の　由布山雪の　消ぬべく思ほゆ　（『万葉集』二三四一）

などあり、他にも、

見し夢の思ひ出づれどはかなきはこのよのことにあらぬなりけり　（『古今和歌六帖』二〇四四）

年を経て思ひ出づれど久方の月のあくよぞまたなかりける　（『万代集』二九七五）

など見えるが、いずれも思い出す対象が明らかである。従って、この歌も、一首中に対象が明記されていると考え、思い出す対象は、「なげき」をであると解釈した。「思出もなし」の場合も「思い出す事物がない」という意味の用例が一般的であるので、この歌でも「なげき」の理由が思い当たらないのであろう。

「くもはれて」の用例では、「月が照る」や「夜が明ける」契機となった実景として詠まれた歌が多い。実景から

離れたものでは、

誰か又心の空に雲晴れでえもいはぬよの月をみるらん　（『散木奇歌集』五〇七）

雲はれて身にうれへなき人の身ぞさやかに月のかげはみるべき　（『山家集』一四〇七）

が見られ、心を曇らせるものが除去された事をいうが、純粋に心象風景のみを表現するものではない事が窺える。

この歌では、「くもはれて」を、思い出そうとする行為を修飾する語句と解釈した。即ち「偽りのない心で」と見た。しかし又、「雲はれて」は「疑惑が晴れて」という意味であって、誤解が解けた後で自らにかけられた疑惑について思い返そうとしているとも解せるし、又、「くもはれて」は「雲はれで」であったかもしれないと考えている。六十九首本「小町集」では、第三十八歌という根幹部に入る歌であるが、この箇所、六十九首本では、「くもまより」となる。しかし、「くもまよりおもひいづ」では意味が通じない。この「くもまより」は、前の第四番歌に引きずられて採られた形であると考える。

「ことのはのちれるなけき」という連語も例を見ないものであるが、「小町集」には、「ことのはさへに移ろひにけり」「うきことのはのつもる比かな」など言葉への関心を示す歌が五首ある。「ことのは」は、『古今集』以降に用いられるようになった言葉で、『万葉集』では、「言のしげき」「言にしありけり」など、人の噂の激しさや、噂に聞く名前という意味のみ「言」として多く表れる。従って、『万葉集』以降の趣向、即ち「ことのは」の「は」に「葉」を連想させることで、言霊こもるはずの言葉の移ろいに着目した趣向をこの歌でも詠み入れていると解する。

「ことのはのちれるなけき」は、詠者に文を贈って来た相手の嘆きであろうが、それは即ち、思い当たらぬ誤解を受けた小町の嘆きが想定されたものでもある。ここでは、手練手管で相手の気持ちをこちらへ向けさせようと駆使する王朝のある種の贈答歌とは、異質な生の声を感じる。驕慢な小町像へと展開されていくような、男性に対する軽いあしらいの調ではないように思える。「小町集」には、もう一首濡れ衣に関する歌が収録されており、人間関係のひずみに陥った悲しさが詠まれているのであるが、この歌の「ちれる」の響きにも同じ悲しさを感じる。

『公任集』に次のような贈答歌がある。

　　びはのをかへしきこゆとて、みちなりの少将
秋霧のたなびくをのの山路にはことのはさへぞ深く成りける　（『公任集』四六六）
　　かへし
ことのはのちる山のをは秋風の過ぐるままにぞ声増さりけり　（同　四六七）

『公任集』の贈答歌には、親しい人間関係を確認する機知がある。しかし、この歌は、そういった親しい人間関係の間で交わされる機知を拒絶するような響きを持つと感じるのである。

五　みるめかるあまのゆきかふみなとちになこそのせきもわれはすへぬに
たいめむしぬへくやとあれは

詞書によれば、「たいめむしぬへくや（きっと会えましょうか）。」と男性が言って遣したという。詠者は、「なこその関も我はすゑぬを（来るなとも言ってはおりませんものを）。」と、答を回避したように答えている。下句で「たいめむ」に賛意を示しながら、「みるめかる」という初句は、会うことの拒絶を暗示するかのような印象を与えている。小町のこういう歌が、はっきりとした意志表示のない歌と受け取られ、その人物像を形成させていくことにもなったのであろう。

「みるめ」とは、海松・海藻のことであり、「あま」即ち海人は、塩業や漁撈採取業に従事する者全般を指す語である。海人は「海松藻（みるめ）を刈る」、即ち「見る目」を「離」り男女の間柄を疎遠にするが、しかしながら、

という形で初句は以下に係っていく。私はそう解釈するが、「かる」については、これを「求める」の意味とし、「顔を会わす機会を求めるあなたがお通りになるところに」（片桐洋一『在原業平・小野小町』）と、海人の行動の方に重点を置く説もある。

海辺の光景が描かれる。上句は、海辺の光景で、下句は、山深い関であり親しく融合しないように感じる。「なこそのせき」は、蝦夷が南下するのを防ぐ為に、大化年間（六四五〜六五〇）に設けられた関所であるから、奈良時代でも、その名称がよく知られていたであろう。もっとも、それを「な来そ」即ち「おいでなさるな」という婉曲的な禁止の意味をもたせて和歌に詠むのは、『万葉集』に例のないことからみても後世のものである。海辺と山の関所の取り合わせによる異質さは、山間の実景が薄らぐにつれ薄れていたのであり、そういう時代の歌なのであろう。或いはまた、勿来の関跡は、太平洋に臨むいわき市に位置しているので、実景を踏まえた取り合わせが周知のものであったのかもしれない。

片桐洋一氏は、前掲書の中で、「小町集」の海の歌群に関し、「男を海人に喩え、海藻の海松布に「見る機会」の「見るめ」を掛け、「刈る（離る）」「浦みむ（怨みむ）」「浮かび（憂）」というように、縁語・掛詞を駆使している点においてまさしく古今集時代の歌の特徴を示している」ことを、『古今集』の「わたつうみの我が身越す浪立ち返り海人の住むてふうらみつるかな」（八一六）「うきめのみおひてながるる浦なればかりにのみこそ海人はよるらめ」（七五五）が、その時代に流行した表現であることより論証する。

「小町集」には、海に関する歌が多い。これを、小林茂美氏のように小野氏族の特殊性から民俗学的に説く研究もあるし、また、それらは題詠であるとする片桐洋一氏のような研究もある。題詠であっても、詠み出された歌は、歌の成立とは違うところで作品世界をもち、それを見ることが又、海の歌を増幅させていった理由をみることにもなる。

「小町集」には、海・海人・浦・海松藻、船・島・浪等の素材が多く詠み込まれる。それらの、海に対する茫漠たる思いが基底にある歌（26、33、78等）を見ていると、目的は全く異なるが、何か熊野の海の光景のようで、補陀洛渡海を課せられた僧達の眼前にあった、広漠たる海への思いのようだと思う。一方で、この第五歌などは、京都府の木津川を行き来する海人の姿ではなかったかとも思える。「みなとぢ」の「みなと」は「水門」で、河の海への出入り口を意味し、後に船の停泊地をいうようになった言葉である。この歌の場合、河口に端を発する水路とも、採取した海藻等を船で運ぶ為に海人が集まる湊の、その浜辺の路とも解せる。例えば小町が晩年移り住んだと伝えられる、京都市山科区を流れる木津川は、都への重要な水路であった。大阪湾に面する難波京の北を淀川が流れる。その淀川を北東に進み、巨椋池の南の淀津で合流する木津川に従って南下する、山科を過ぎると、聖武天皇の古都恭仁京を左手に見て平城京に行き着く。海産物の運搬は、水路を利用されたであろう。院宮、天皇、貴族達の中には、海人を直接保護し支配するなど海民との結びつきは強かったという。詠者が、目にしていたのは、この川を行き来する海人の姿であり、贄をはじめ、貴族への貢納の海産物を届ける海人の姿であったかもしれない。海や浦や海人の様子は、内陸部に住む者でも、全く馴染みがないという訳ではなかったと思われる。

しかし、これを題詠歌あるいは屛風歌とみてもみなくても、海への親しさと、この歌上句に「みるめかるあま」が詠まれた事は間接的な関係しか持たないものであって、やはり先述のように、「みるめかる」という言葉の響きが自己の境遇への思いを増幅させ、この歌を作らしめたと解する。

歌一首の作品世界は、「みるめかる」で小休止が置かれるように感じる。一首の主情は、初句にあり、「勿来の関」を詠み込んだのは、疎遠になった原因を機知のうちに探ることによって、見えぬ理由付けを自らに課しているかのようである。即ち、勿来の関を据えたわけではないのに、相手の男は、私に対して疎遠になった。この歌の主情は、そういう嘆きである。

そして、この詞書は、「小町集」の海の歌群が、周知のものとなった後から、上句を詠むに当然の景として、疑問をはさむ余地なく下句の意味だけに呼応させて付されたと推測する。

この歌は、『小大君集』にも見える。『小大君集』と「小町集」に重出する歌が他にも六首あり、次の通りである。

ひさかたの　空にたなびく　うき雲の　うける我が身は…（『小大君集』一四〇・五八・68）

おきのゐて身をやくよりもわびしきは宮こしまべの別なりけり（同　一四一・六十九首本なし・30）

よひよひの夢のたましひあしたゆく有りてもまたんとぶらひにこよ（同　一四二・五九・29）

みるめをかるあまの行きかふみなとぢになこその関も我はすゑぬを（同　一四三・六〇・5）

ちはやぶる神もみまさば立ちさわぎあまのとがはのひぐちあけたまへ（同　一四四・六一・69）

滝の水このもとちかくながれずはうたかた花も有りとみましや（同　一四五・六二・70）

右の六首を載せる『小大君集』は、流布本系の本（『私家集大成』所収本底本、「書陵部蔵本（五〇一・九二）」など）であり、三十六歌仙の家集を考える際の基盤となる『西本願寺蔵三十六人集』中の『小大君集』には六首とも見えない。久曾神昇氏『西本願寺本三十六人集精成』所収の『小大君集』は、流布本でこの六首を含む部分を補われたものとある。従って、早くから前田善子氏が述べていた様に、『小大君集』へ、後世増補されたものとする見方が強い。右の六首で注意したいのは、その『小大君集』所収番号と、六十九首本系統の「小町集」所収番号とが、順序を同じくするという点である。「小町集」には、他にも成立に関わる伝本があるが、このような密接な関係は六十九首本「小町集」と『小大君集』との間に存するのみである。これらは、従来指摘されているとおり「小町集」の歌であり、『古今集』の所請墨滅歌（一一六首本第三十歌）以外異本系統の伝本には全て収録されている。

定家が撰集した『新勅撰集』に、この歌は小町の歌として採られた。『新勅撰集』所収の小町歌を始め、「小町集」の伝本によって歌の形には異同がある。しかし、六十九首本の形は、『新勅撰集』所収の形と同形である。即ち、『新勅撰集』は、第二句を「あまのゆきゝの」に、結句を「我すゑなくに」とする六十九首本「小町集」の本文を採用している。もっとも、『新勅撰集』に採録される「小町集」歌は六首あり、その内、六十九首本の本文を採用しているのは、この歌だけなので、定家は六十九首本「小町集」を見ていたとまでは言えない。『新勅撰集』には、この詞書もない。

六　なにしおへばなをなつかしみをみなへしおられにけりな我か名たてに
女郎花をいとおほくほりてみるに

女郎花（おみなえし）は、ひぐらしが鳴き始める頃、黄色の小花をつける。小花は、房状・笠状の茎に着き、秋の野に艶麗な趣を添える。『万葉集』の時代から既に、おみなえしの「をみな」に「佳人」「美人」「娘子」「姫」などの漢字を当てている。「をみなへし」は、詩歌の素材として好まれ、九世紀末に成立した菅原道真撰『新撰万葉集』にも収録されて、同書下巻には「女郎花十二首」と称する一群の歌が載る。ただし、そこには『新撰万葉集』成立よりも数年後の成立になる『亭子院女郎花合』の歌も含まれていたり、同書の伝本によっては女郎花の一群がない本もあったりするので、下巻に関しては道真の時代の歌であるとは言えない。上巻に採られるのは、次の二首で、秋歌に入る。訓は『新編国歌大観』所収本による。

名西負者《ナニシオハバ》　強手将侍《シヒテタノマム》　女倍芝《ヲミナヘシ》　人之心丹《ヒトノココロニ》　秋這来鞆《アキハクルトモ》　（『新撰万葉集』一四三）

秋嶺有花号女郎《しうれいはなありちよらうとがうす》　野庭得所汝孤光《のにはにところをえてなんぢひとりひかれり》
追名遊客猶尋到《なをおふいうかくなほたづねいたる》　本自慇懃子猶強《もとおのづからいんぎんにしなほつよし》　（同　一四四）

一連の女郎花歌からは、人がいかにその花に惹かれていたかが分かる。『古今集』にも好み詠まれているので、『古今集』成立に前後して、「をみな」に「女」を準える趣向が新鮮であったに違いない。

この歌は、女郎花が、多く掘り取られているのを目にして、徒なる名前を持ったばかりにと嘆いている。「ほりてみる」という詞書の「ほり」は、詠者以外の誰かで、「みる」は、詠者であると解する。「をられにけりな」が発見に伴う詠嘆の調べを持つと考えるからである。

結句「なたてに」は、評判の立つことをいう名詞「名たて」が、助詞「に」と接続していると見れば、「自らの評判によって」と解釈される。或いは又、「名たて（ぬ）に」などと言葉を補えば「自ら評判をたてたわけでもないのに」と解釈出来る。

流布本「小町集」の詞書によれば、たくさんの女郎花が掘られてあったという。「猶なつかしみ」の「猶」は、名前からの連想もあってやはり、という意味なのであろう。しかし、異本系統の「小町集」では、「猶」（なほ）の漢字を当てずに「なを」とする。歌は全て「を（お）られにけりな」となっているのであるが、詞書の方は「折りて」と「掘りて」とが混在している。「時雨亭文庫蔵本（唐草装飾本）」「静嘉堂文庫蔵本（一〇五・三）」「神宮文庫蔵本（一一一三）」及び六十九首本の「書陵部蔵本（五一一・一二）」以外は「を（お）りて」となっている。これら「折りて」の方が古形であろうが、この詞書は六十九首本には本来存在せず後に入ったのであろうと推測され、伝播の様相が窺えるところである。

六十九首本でも流布本でも、女郎花の花を見せられて、或いは自ら目にして、素直にその美しさをたたえるのではなく、折られ（掘られ）てしまったことに詠者は関心を向けている。詞遊びの体裁を採るのであるが、この歌も詠者自身に向けて詠まれたという解釈を誘う。「をみな」という名前を持っていたばかりにというのである。女郎花の「名にしおふ」評判は詠者自身の評判でもあり、それが詠者にとって不本意な結果になっているという解釈である。

七　やよやま山ほととぎすことつてむわれ世のなかにすみわひぬとよ

郭公は、古来最も愛された鳥であり、その鳴き声は「唐紅にふりいでてぞ鳴く」と形容されるように、あたかも血を吐くかの如く悲しげに鳴くと受け止められてきた。だからこそ夏山に向かって飛んで行く郭公を見れば、心侘しい人々にとっては、夏山が理想郷のように思えたに違いない。または、郭公の飛び帰る夏山が、永遠の世界であるところの死後の世界と見られた。従って、郭公には、飛来する時期と相待って「死出の田長」という異名も定着するようになったと思われる。

下句「われ世の中に住侘びぬとよ」は、第三句「ことづてん」の目的語として解釈されている。片桐洋一氏は、ほととぎすは死後の世界から来る鳥とされていたから、既に冥土にいる人（たとえば仁明天皇）に「私も行きたい」ということを伝えてほしいと言った

（片桐洋一『古今和歌集全評釈』）

という。近世の注釈書である契沖の『古今余材抄』も、片桐氏のような説を紹介しながら、また、『古今集』の読人不知歌である「なき人の」歌を掲げて次のように解く。

なき人のやとにかよは、郭公かけてねにのみ鳴とつけなん　これとおなし心なり　しかれとも過失あるによりて子さへ属籍を削らるゝほとなれは　誠に君恩をは忘るへからねと山陵をしたひ侍らしかゝる事の後身をうむじたる折しも父母なとにおくれてよまれたるにや　限なくあはれなる哥なり

（『古今余材抄』）

先行研究で名の挙る仁明天皇と特定しないまでも、身近な人の死に接する、残された者の心情を想定している。

「住侘び」の用例を和歌に探ってみると、全てこの歌よりも時代を新しくするが、

山ざとはよのうきよりもすみわびぬことのほかなる嶺の嵐に

（『新古今集』一六二三）

など、人気のない自然の勝る様相や、大部分は、人気があっても心寒々とした思いを「うきよ」の「住侘び」と表現しているようである。この歌の趣向は、

すみわびぬいざさはわれもかくれなむよはうきものぞやまのはの月　（『万代集』三〇三五）
やよやまてかたぶく月にことづてんわれも西にはいそぐ心あり　（『玉葉集』二六九七）

が、継承している。

「ことつて」が伝言であれば、山郭公は、その伝言の媒体であるが、「言伝て」は誰に伝えるのかという目的語を必ずしも必要としないのではあるまいか。詠者の嘆きは、「世の中に住み侘び」ている我が身のことを、郭公に聞いてもらうことで果たされていると考えるものである。詠者は、山里の世界を熟知している郭公に、一緒に連れて行って欲しいというような心情で、郭公に呼びかけていると解釈する。

この歌は『古今集』巻三に三国町の歌として採録されている。恐らく、三国町の歌が、「小町集」に混入した。三国町は、『古今和歌集目録』に「仁明天皇更衣貞登母」とある。貫之が『古今集』を編纂するにあたって目にした小町や三国町の和歌は、時代毎に或いは、天皇毎にまとまったものであったと推測する。貫之らの『古今集』撰者は、小町の歌と三国町の歌を区別していたが、「小町集」には、小町の生活が分かるものとして収められ、後には、三国町の名が消えていったのであろう。そして、「小町集」の編纂校合の過程で注記として「三国町」の名前が付されることになった。

当初、右のように推測していた。しかし、「小町集」の伝本を比較検討していくと、後に故意に入れられたものではないかと考えるようになった。「小町集」の伝本の中でも古いと思われる本、例えば六十九首本や、「時雨亭文庫蔵本（唐草装飾本）」や、「静嘉堂文庫蔵本（一〇五・三）」の根幹部には一切入っていないからである。さらに、この歌の本文には、一切異同が生じていないからである。小町の時代が分かる仁明朝という同時代性を示す歌として、そしてまた、「住み侘び」という沈鬱した心情を詠む歌として、この歌は「小町集」にあると考える。「世のなか」の詞も、小町の伝承から読めば、男女世界の辛さに繫がる詞として捉えられるのであろう。

八　むすひきといひける物をむすひまついかてかきみにとけてみゆへき

　　　あやしきこといひける人に

『玉葉集』に小町の歌として載る。

　詞書にある「あやしきこと」を言ったのは、男性ではあるまいか。詠者は、思いがけなく接した辛い恋人の言葉に嘆いている。「あやしきこと」とは、詠者の誠意を疑うような言葉であったと思われる。概して相問歌が、嘆きの体裁をとりながら、相手の気持ちを推し量ろうと趣向を凝らすのに対して、「小町集」の歌には、一人完結するような嘆きがある。

　初句「結び」は、口約束という客観的なものではなく、心と心の深いつながりをいい、心と心が深く結びあったという確信をいうのであろう。「結び」という語は『万葉集』では、着物の下帯、真珠の紐、玉の緒に関して用いられている。例えば、貴重な白玉を貫き結んでいた紐が切れてしまったという比喩（一三二一）がある。その「白玉」は、「玉の緒」に置き換えてもよい貴重な物の代名詞である。妹との心の結びつきは、大海の底に至る如くであるという歌（『万葉集』三〇二八）があり、又、懇ろに深く結んでおいた「玉の緒」なら、誰も解かないだろうという歌（同　一三二四）も詠まれている。「玉の緒」の「玉」は魂の意味で、「緒」は、紐のように長く延びてゆくもの、即ち、「玉の緒」で、生命を表すのが、原義であろうが、人の心に、他者との接触を前提とした紐（緒）があるという考えをしている。

　「結び松」は、有馬の皇子が松の強い生命力を留めて無事を祈った

　　岩代の　浜松が枝を　引き結び　ま幸くあらば　また帰り見む　（『万葉集』一四一）

という歌を典拠とする。この歌もその一首の基本的な意味から離れるものではない。しっかりと結ばれたとお互いに確信したはずの心、即ち「結び松」に対して、相手の男性は、疑いを呈したのである。詠者の浮気心が問われた

のかもしれない。詠者のあらぬ噂を男性が、聞きつけたのかもしれない。つまり、恋人どうしの強い心の結びつきが、ほどけた松の枝を通って宙に消えて行ったかの如く失われたという。少なくとも、詠者の完結した嘆きの中では、「とけて」しまっているのである。

結句は、「小町集」の伝本によって異同がある。（引用に際し適宜濁点を付し漢字に改める。以下同。）

いかでかきみにとけてみゆべき（「御所本甲本」、一一六首本、『玉葉集』等）
いかでかとけてきみにあふべき（六十九首本）
いかでかひとにとけてみゆべき（「時雨亭文庫蔵本（唐草装飾本）」）
いかでかとけてきみにみゆべき（「静嘉堂文庫蔵本（一〇五・三）」）

どうしてあなたに、私の誠意が伝わらないのでしょうかという流布本系統に比して、六十九首本では、私の誠意が疑われているような状態で、どうしてあなたとお会いできましょうかというような、逢えないことの、或いは逢わないことに対する弁明の歌となる。ともに、その表現は直截的である。

九　よそにこそみねのしらくもとおもひしにふたりかなかにはやたちにけり
めのとのとをきところにあるに

乳母が、長年親しんできた詠者のもとを離れたのか、或いは又、『更級日記』の一話のように、詠者が乳母を置いて都へ旅立ったのか明らかではないが、詠者は乳母と別れた。この歌の背景には、小町は「出羽国郡司女」（『古今和歌集目録』『尊卑分脈』）であるという伝承が存在し、都に上る際に乳母との別れのあったことが仮想されたのであろう。その為、どの伝本とも「乳母が遠い所にいる所に」という類似する詞書で載るのかもしれない。

「みねのしらくも」（六十九首本等異本系統の「やへのしらくも」「やへたつくも」が古形であろう）は他人事だと思っ

ていたのに、二人の間に早くも立ってしまった、と詠む。人々を隔てるものが険しい山河であるとするなら、高い嶺に広くかかる白雲は、さらに、空という繋がりをも許容しない障害である。

万葉の時代に、赤人は、船上より我が家を望み「青山の　そことも見えず　白雲も　千重になり来ぬ」(『万葉集』九四二)と詠んだ。七夕の牽牛織女を隔てる遥けさも、白雲が形容する(同　一五二〇)。「白雲」は、紺碧の空に浮かぶ綿状の雲ではなく、層状に停滞してかかる雲であろう。「朝に日に　色づく山の　白雲の」(同　六六八)や、「高城の山に　白雲は　行きはばかりて」(同　三五三)などは、「白雲」が、「立つ」にかかる枕詞への発展の契機をなした歌のようであるが、「たつ」の音の類似から「竜田山」にかかる「白雲」は、「霜露に色づく時」「山が高く風が止まないので散る桜」「夕暮れに越え行く」など、陰鬱なイメージを喚起させる詞として用いられている。又、後に、「白雲の」は「絶ゆ」にかかる枕詞として定着する。それは、雲が飛び去り散ってゆくという「白雲」の属性に負うところが大きい。

…あしひきの　山の木末に　白雲に　立ちたなびくと　我れに告げつる　(『万葉集』三九五七)

ま幸くと　言ひてしものを　白雲に　立ちたなびくと　聞けば悲しも　(同　三九五八)

などに見る火葬の煙(右の三九五七歌には「佐保山に火葬しき故佐保の内の里を行き過ぎといふ」の注記がある)も、白雲で表される。

「みねの白雲」は、厳しく二人を隔てるものとして提示され、「白雲」は、恰も秋霧が視野を遮ったような不安感を与えている。「よそにこそ嶺の白雲と思ひしに(みねの白雲は、他人事だと思っていたのに)」の「はや」という意外性の表現は、心に覚えていた乳母の顔形が、時間空間を経て思い描けなくなったことをいうと解釈するのが一般的であろうが、「はや立ちにけり(二人の間に早くも立ってしまった)」の「にけり」という完了の不可逆的な調が、何かある事件を契機にしているかのようにも思える。例えば、乳母の死を耳にし、それが、「とほき所にある」乳母の死であったが為に、悲しみの表現にならず、みねの白雲が二人を隔てたと、厳しくも、遮断された世界に対して不可解な思いの残ることを示す比喩表現がなされた可能性もある。

ところで、この歌は、『新千載集』では、恋歌として恋一の部立に採録されている。

題しらず　　小町

よそにこそ八重のしら雲思ひしか思はぬ中にはや立ちにけり　（『新千載集』一二九四）

同集の部立よりみれば、「八重のしら雲」が「はや立ちにけり」とは、恋の終局をいう。しかし、それは、別離ではない。「思はぬ中に」は、関係を示すのであろう。逢う以前の恋で、の意味を懸けてある為、恋一の部立に収められたのだろうと考える。即ち、荒立つ関係の後の、諍いの後の、或いは、訪れがなくなった後の長い嘆きの結果、もたらされた別離ではない。不鮮明な恋の終局が、八重の白雲という広漠たる障害物で表現されているのである。

この歌は、『能因法師集』にも一種の恋歌として載る。『能因法師集』を引用してみる。

夢に小野小町わかをかたる　そのこと葉にいはく

まてといひしときよりかねてあかなくにかへらん君となげきしものを　（『能因法師集』六三）

代旧詠之

よそにこそやへのしらくもと思ひしかふたりが中にはや立ちにけり　（同　六四）

能因法師が夢を見た。夢の中で小町が、「今夜行くから待てといってくれた時からすでに、心満たされず、帰ってしまわれるのを嘆いていますのに。」と言ったという。「わかをかたる」なので、歌を朗詠せずにつぶやいたということであろうか。続く歌が、その返答だとすれば、続く「よそにこそ」歌は、男性の心が離れていく様子を以て、能因が小町の歌に同調したことになる。「代旧詠之」の読みは、「旧詠を之に代える」と読むのであろう。自分とは関係のないことだと思っていたのに、二人を隔てる雲が、もうたってしまった、と詠む、ここでもやはり恋歌として置かれている。

「小町集」では、どの本でも乳母との別れを詠むとして載る歌が、勅撰集では恋歌になる。恋歌と解釈すれば、恋の渦中にある詠者が想定される。「小町集」には、恋の渦中にある詠者の歌は少ない。

一〇　山さとにあれたるやとをてらしつついくよへぬらんあきの月かけ
やまさとにて秋の月を

『続後拾遺集』及び『雲葉集』に小町の歌として載る。

「小町集」歌中「秋」を詠み込んだ歌は、「秋の月」「秋風」「秋の夜」「秋の野」「秋の田」で、この歌の他にも十五首ある。この歌は、「秋の月」を詠んだ三首中の一として他の第十一、第三十六歌と併せ捉えることが必要かと思われる。ここには、他の二首の境地を超えた、晩年の歌のような静けさがある。秋の月は、三首を通じ「ながめ」の対象となり、「いねがて」(11)「ひとりねの侘しき」(36)詠者の背景となる。

「秋の月」は、『万葉集』や『古今集』で、皓々と光り照らすものとして詠まれている。

心なき　秋の月夜の　物思ふと　寝の寝らえぬに　照りつつもとな　（『万葉集』二二二六）

秋の月　山辺さやかに照らせるは落つるもみじの数をみよとか　（『古今集』二八九）

しかし、その明るさは、寒々とした人の心が反映された、虚ろな明るさである。即ち、「もとな」というむやみな明るさであり、「もみじの数をみよとか」という位の無用な明るさなのである。

詠者は、明るい月光に照らされて、しみじみと過ぎ来し方を振り返っている。しかし、この歌が、小町伝説に見る零落したなれの果ての姿の証として捉えられるなら、それは、誤りであろうと思う。

この歌の「山里」には、小町谷照彦氏が、公任の詠歌に見られる「山里」論（『古今和歌集と歌ことば表現』）で指摘されるような、歌語としての美意識が備わっているように思える。「小町集」に「山里」を詠んだ歌はもう一首あるが、ともに山里ゆえの心侘しさではなかったことが窺える。流布本「小町集」は、『古今集』の読人知らずの歌を置いて、山里を「物のわびしき事こそあれ世のうきよりは住みよ」（111）きと言わせている。山里そのものは、心安らかに享受されるべき生活の場であったのである。

ただし、この第十歌に見る静かな心境は、俗世間の煩わしさを離れた隠遁のそれが期されていたものではあるまい。「小町集」の中では、人生の時間と時代を経て来たがゆえの心の安らかさが詠まれているように見える。もっとも、山里の暮らしを心安らかに享受していたにせよ、この歌が、孤独な姿の呈示であることは否めない。「幾夜経ぬらん」は、皓々たる月光に向かって、私には、無用の明るさである、と言っているようでもあり、月を眺め眠れなかった時間の堆積に思いを馳せているかのようでもある。

また

一一　秋のつきいかなるものそわかこころなにともなきにいねかてにする

秋の月とは一体どういう物なのか、取り立てて気にかかる事がある訳ではないのに、私を眠れなくさせる、と詠う。前歌（第十歌）同様、「秋の月」を詠んだ三首の中の一首である。この歌は『新勅撰集』に収録される。その本文にも六十九首本「小町集」にも詞書はない。流布本系統の「小町集」にのみ、「また」という、前歌との関連を示す詞書が付される。

秋の月が、物思いを誘う景物として盛んに読まれるのは、『古今集』以降である。そして「秋の夜」の用例は、『古今集』以降で目立って多く見える。同集、大江千里の

月見ればちゞにものこそかなしけれわが身ひとつの秋にはあらねど　（『古今集』一九三）

は、周知の歌であり、秋の夜の物思いを趣向としていち早く取り入れた歌である。『古今集』では、「いつはとは時はわかねど秋の夜ぞ物思ふことのかぎりなりける」（一八九）という読人不知歌を始め、秋の夜の物思いの悲しさは、目立って詠まれるようになる。虫の音にまで託され詠む歌もある（一九七、一九八）。ちなみに、虫の音に関しては、『万葉集』に「こほろぎの　待ち喜ぶる　秋の夜を　寝る験なし　枕と我れは」（二二六四）と、寝る甲斐のない自分を、喜びすだくこおろぎの声を以て際立たせている。虫の音は、まだ感傷を誘うものではないのである。先の大江千里の歌が、唐代詩人白居易の「燕子楼」中「秋来只為一人長」に拠ることは、指摘されるところであり、秋の夜のもの悲しさは、中国文学の影響を受けている。中国がそうであるように、日本でも古代前期には、秋は、多くは収穫の喜びの季節であった。

ただし、第十歌で引いた『万葉集』の「秋の月」の明るさを詠む歌や、秋の夜長を嘆く次のような歌はある。

秋の夜を　長みにかあらむ　なぞここば　寐の寝らえぬも　ひとり寝ればか　（『万葉集』三六八四）

秋の夜に目が冴えるのは、夜が長いからか、或いは又、独り寝のせいなのかという疑問が、直截的に詠まれている。この「小町集」の歌に似ている。しかし、万葉歌の方は、秋の夜長や夜寒を言うものであっても、秋の月を対象とするものではないし、第十歌のように皓々と照らす月光をいうものでもない。詠者が、殊更「秋の月」と言ったのは何故なのか。そこには、秋の夜長や夜寒ではない秋の月という対象に目を向けようとした時代の新しさがあるのではなかろうか。月光の皓々たる無用な明るさや耿々たる不安な明るさも月という対象の興味深い一側面であったろう。草木をも人をも過ぎた明るさで照らし出す故に、見えなくても良いものが見えすぎる故に、人は物思いに誘われるのかもしれない。月の光は、寒さなどという肌で感じるものではなく、視覚に訴えるものであるが故に、いっそう人の心を千々に惑わせ乱れさせるのかもしれない。それも又、感傷の深まりという時代の成熟である。この歌では、秋の物思いという趣向が、前面に打ち出されているわけではない。しかし、ここには、「秋の月」に対する「小町集」に見る一連の「眺め」が詠まれているように思える。

この歌は、「何ともなきに」と詠む。果たして真に「何ともなき」であったろうか。第三句「我がこころ」があることで、そういう思いにさせられる。ただ、第三句「わかこころ」が、どの語に係ってゆくのかは明らかでない。「我がこころ何ともなきに」と繋げ解すれば、やはりそれは、逆説的な物言いに変わらず、気丈な歌となる。しかし、この歌の緩やかな調べを思う時、「我がこころ（を）寝ねがてにする」と第四句にかけて解したく思われる。その場合「何ともなきに」は様々な事象を覆い包む自づと発せられた自己欺瞞の言葉となり、そこに皓々たる月の光のままに照らしだされている詠者が浮かび上がる。

一一二　**あきのよもなのみなりけりあひとあへはことそともなくあけぬるものを**

ひとともののいふとてあけしつとめてかはかりなかき夜になにことを

夜もすからわひあかしつるそとあいなうとかめて人に

秋の夜長も恋人達が手にする時計では、あっという間に過ぎてしまう。歌には、「あひとあへは」と詠まれ、出会えた日の喜びが窺える。秋の夜も、長いという評判ばかりでした。逢える時には格別長くもなく明けてしまうのですから、と詠う。この歌の趣向は、『万葉集』の次の歌に近いことが、指摘されている。

秋の夜を　長しと言へど　積もりにし　恋を尽せば　短くありけり　（『万葉集』二三〇三）

「あひとあへば」は、恋を尽くすことの喜びであろう。この歌と次の歌は、『古今集』六三五・六三六に小町と躬恒の歌として収録されている。ただし、「小町集」にみる詞書はなく、贈答歌として載せられているわけでもない。

では、「小町集」の詞書によって歌は、どういう色調を帯びるであろうか。詞書に拠れば、男は、せっかく逢えた秋の夜長を、どうしてうれしそうな顔をしていなかったのか、と詠者に問うたことになる。男は、「あいなうとかめ」たという。気に食わないと咎めたわけではなかろうが、腑に落ちず尋ねたのであろう。詠者は、あっけなく過ぎてしまう時間を「侘び」ていたのだと答えたことになる。

「小町集」の歌では、恋を尽くすことの喜びの心情は、翳ってくる。小町の歌は逆説的な物言いとなり、夢に酔わない小町の姿が、この詞書によっても形作られているのを感じる。それは、さらに下句の異同にも見られる。流布本「小町集」や『伊勢物語』では、第三句を「あひとあへは」「あひしあへは」という出逢いを強調した表現を採る。しかし、『古今集』の定家関連の本や「小町集」の六十九首本など異本系統は、「あふといへは」という穏やかな表現を採用している。それが、時代の求める和歌表現の穏やかさであるのか、或いはまた、小町の歌として伝わる故の異同であるのか、「小町集」に付される詞書を鑑みれば、後者であったかもしれないと思う。

かへし

一三　**なかしともおもひそはてぬむかしよりあふ人からの秋のよなれは**

『古今集』では、小町の歌に後続する躬恒の歌として載り、贈答歌ではない。ここでは躬恒の歌とも記されないが、前歌の返歌として載る。「返し」と詞書にあるので、「小町集」でも他詠者の歌として考えられていた。

ほんとうにあっけなく明けてしまった。けれども、それは、私たちの逢瀬だったからだ。昔から、「逢う人からの秋の夜」というではないかと、この歌の詠者は言う。仮に、この贈答が小町と躬恒のものであるとするならば、「逢瀬に秋の夜長という通念は、当てはまらない」とする小町に対して、躬恒は、「逢う人からの秋の夜」であると但し書きをつけたことになる。「短いと感じたのは、私との逢瀬だったからだ。私たちの逢瀬だったから短く感じられたのだ」と意義付けをする。小町と躬恒の贈答を想定すればそういうことになる。

しかし、贈答歌でなければ、ともに逢う夜の短さを詠んだ歌となる。『古今集』では、次の二首の狭間に小町と躬恒の歌が、配置されているからである。

　こひこひてまれにこよひぞ相坂のゆふつけどりはなかずもあらなむ　（『古今集』六三四）

　　小町の歌

　　躬恒の歌

　しの、めのほがらほがらとあけゆけばをのがきぬぎぬなるぞかなしき　（同　六三七）

　ようやく逢えた二人が翌朝別れる。四首は、夕暮れから翌朝までの時間的経過を想像させ、その読人不知歌に挟まれた二人は、恋人同士であると考えられても仕方のない配列の中にある。実際の年齢を考えると、贈答はあったと仮定出来ても恋人同士とするには、年齢が、離れすぎているということが先行研究では指摘されている。小町の生没年も躬恒のそれも未詳であるので、何ともわからないが、躬恒が、甲斐少目の官位を得た年は、寛平六年（八九四）であると伝わる。小町の贈答の相手に文屋康秀が挙げられるが、康秀が三河の掾に任命されたのが、貞観二年から十九年の間（八六〇～八七七）であるから、記録に残る躬恒の最初の任官との間が、十七～三十三年開いていることになる。「わびぬれば」と詠む小町の歌は、二十歳過ぎだと考える研究では、躬恒が、甲斐少目に任官された年には、小町は三十七～五十三歳ということになり、躬恒が、最終の官職であろう淡路の掾の任期を終えるまでにまだ三十二年あるので、この頃躬恒は、二十歳前後ではなかったかというような内容である。従って、小町との恋人関係は、年齢的に当てはまらないということになる。

「小町集」では、躬恒の記名を付さないが、前歌とこの歌を恋人同士の歌とみている。逢瀬の時間が、忽ちに過ぎ去ることを嘆いた『古今集』の二首は、「小町集」の中に置かれて、男性の優しい愛情を詠う歌となる。この歌の詠者は、前歌の小町の酔わぬ心を揺り動かそうとしているように思える。

愛情が目に見えるものであると錯覚する時、社会的なダメージなど厭わない相手の行為こそが愛情の証となる。だから、「ひとめつつむ」行為などは、真実の愛情でないという思考がある。「うつつにはさもこそあらめ（現実にはそんなこともありましょうが）」と詠者は、現実の男の立場を理解しているかに見える。夢の世界と対比させ、理性で割り切ろうとしている。平安朝だからその割り切りが容易であったとはいえない。言うまでもなく閉鎖的な社会の様相や男性に依存する女性の立場など、人目を憚る逢瀬は、現代からは想像に難い。しかし、この歌は、忍ぶ行為に疑問を提起しているのである。詠者は、詠者なりの真実である純粋なる恋を、心のどこかに描き持っている。そして、それは目に見え得るという錯覚に、詠者も又陥っているともいえる。夢、うつつを超えて、男が人目を憚ることは、詠者との恋が軽視されていることに他ならないと、この歌の主情はそこにある。

一四　うつつにはさもこそあらめゆめにさへ人めつつむとみるかわひしさ

やむことなき人のしのひたまふに

結句「わひしさ」には、理性では解決された事象が、心情として残っているのが感じられる。詠者が思うところの真実がなくて心寒々とした思いが「わひしさ」であり、それを理性で捉えた表現である。理性では解決されているからこそ行きづまった感情が、「わびし」という辛さの表現になったのではあるまいか。現実と夢とは対比されているが、詠者は、男性が「人目つつむ」ことに「わびし」と感じているのである。

結句は、「小町集」の伝本によって次のような異同がある。

人めをもるとみるぞすくなき（六十九首本）

人めをもるとみるがすへなき（「時雨亭文庫蔵本（唐草装飾本）」）

元永本『古今集』が「もるがすへなさ」とするのに影響された本文かもしれない。「すへなき」「すへなさ」であれば、「術なし」で、採るべき方法がなく致し方ないものだという諦めにも似た心情を表す。「わびしさ」の持つ切なさ心細さは、もう少しゆとりをもつことになる。

第四句は、「ひとめよく」或いは、「ひとめもる」とも伝わる。「もる」は「守る」で、注視することから警戒する意味であり、「よく」は「避く」で、文字通り避けること、つまり、自らを世間の目から遠ざけることをいう。「よく」には、相手が自分のもとへ来ることをしないという、行為を規制してしまった感があり、「もる」は、自らの心情を規制している感がある。即ち、「もる」であれば、詠者または相手のおどおどした様相を形容していることになる。古代の恋歌には、「人目多み」「人目繁み」などの用例が多々見られ、そこから派生したのであろう「人目守る」の語句は、数少ないが、見える。しかし、「人目よく」は『万葉集』には、用例を見出せない。『古今栄雅抄』の指摘どおり、小町のこの歌は、藤原敏行の「すみのえのきしによる浪よるさへやゆめのかよひぢ人めよぐらん」（『古今集』五五九）と発想に於いて深く関わり、「人目よく」は、比較的時代を新しくする句であろうと思われる。一方、「人目つつむ」は、「人目多み」「人目繁み」の古代表現が、川の堤のイメージとして定着したもので、『古今集』の読人知らずの歌に例を見る。

この歌は『古今集』六五六に小町歌として載る歌で、『古今集』には、夢をテーマにした小町の歌三首が二箇所に、即ち計六首が収録されている。『古今集』の前半の夢の歌群の一としてこの歌を見るとき、夢の中でさえ人目を気にしているのは、詠者自身のようにも見えるが、その場合でも、一首の主情が、人目を憚る行為に関わる、恋愛に対する認識の齟齬という点にあることに変わりはない。

『古今集』には詞書が付されないが、ここには、「やんごとなき人のしのびたまふに」という詞書がある。夢の中に、さる高貴な恋人が現れたという。「人めつつむ」という語句から、流布本系統の「小町集」は、この詞書を付したのであろう。また、六十九首本では、「人めをもるとみるぞすくなき」即ち、夢の中では人目をはばかることが少ない、として一般論を提示する。六十九首本はその転写の過程で「すへなき」を「すくなき」と誤認したのであろう。嘆きは消されている。六十九首本にも「時雨亭文庫蔵本（唐草装飾本）」にも詞書はない。

一五　あまのすむさとのしるへにあらなくにうらみむとのみ人のいふらん
ひとのわりなくうらむるに

『古今集』巻十四　恋歌四（七二七）に小町の歌として載る。この歌は題詠歌であったという。この歌に限らず、小町の歌には題詠歌として見る必要のある歌があり、その可能性があるというのは、先行研究で指摘されている。「海人」「浦見―恨み」と連ねるのは、『古今集』時代の和歌になって流行した表現であるという（片桐洋一『在原業平・小野小町』）。この歌は、何らかの題詠歌或いは屏風歌として披講され、「恨み―恨み」と連ねた表現は、座の一興をなした。そうであったかもしれない。私は里のしるべ（道案内）ではないのに、とは、機知である。

この歌の発想の契機は、某人の「うらみん、うらみん」と言う言葉であろう。直接的にであるか間接的であるか、詠者のことを憎らしいと不満げに言っているのである。「うらみん」は、恨みましょうという言葉にすぎないが、信頼関係の途絶えた、本当に恨み言のように聞こえてくる言葉である。詠者は、信頼関係など端から無かったかのように、「うらみん」の言葉の音を介し、海辺の光景にすり替えてしまう。詠者は、悲しんでいるであろうか。詞書には、「わりなく」とある。この言葉は、「うらみんとのみ」の「のみ」と接点を有するのであろう。他の状況が知らされず、「うらみん」という言葉だけが聞こえてきたのに対し、「わりなく」という詞書が選択されたのであろう。詞書は、詠者の心情のように記されているが、詠者の心情をそこに重ねてこの歌を読めば、詠者は、悲しみの中にいて、道理という悲しみの出口を捜しているはずである。恨まれる理由が思い当たらぬと心沈んでいるはずである。

しかし、詠者は、「人」の言葉を「浦見ん」という浦への道を求める人の問いに言い懸け、「あまのすむさとのしるへにあらなくに」と機知をもって歌にしてしまう。「私は、海辺の道案内ではないものを」というのである。真に悲しみの中にある時、機知が心を遣る手段になるということであろうか。そうではあるまい。機知を働かせるには、大局的に物を見据える心のゆとりが必要である。自らの立場が客観的に捉えられていることが必要である。真の悲しみの中にある時人の目は曇ってしまっているのではなかろうか。『古今集』では、これを誹諧歌と位置づける。「うらみ」の掛詞が目新しかったことにも起因しようが、『古今集』の撰者達も又、この歌に真の嘆きを見ていなかったように思われる。こういう歌が、驕慢の小町像を伝承させる契機になった。しかしながら、この歌の詠者は「人」を嘲り笑ってはいない。これは、弁明の歌である。この歌の発想は、「うらみん」という、伝え聞いた言葉の響きより始まっている。濡れ衣による対社会生活の嘆きが詠まれている。

一六　おもひつつぬれはやひとのみえつらむゆめとしりせはさめさらましを
　　　　ゆめに人のみえしかは

「下の句で、たわいもない痴態の趣を出して、女心の切なさを強く出している」とされたのは、竹岡正夫氏『古今和歌集全評釈』であった。下句「ゆめとしりせはさめさらましを」は、夢の世界を意志の関与する世界として眺めている点で「たわいもない痴態の趣」なのであろう。しかし、そこに、青年が自我に目覚め始めるように、夢に翻弄される時代が過ぎて夢の世界を客観的に眺め始めた詠者の人生的成長が感じられる。それは、六歌仙時代という時代的な成長でもあり、同時に『古今集』の「今」の時代に比する時代的「若さ」でもあった。

「夢」という題材は、『万葉集』以降多く取り上げられているが、その用例を調べていくと時代的な推移があるのに気づく。夢という題材を以て夢の世界を詠む歌から夢という題材を以て現実世界を詠む歌へ、と比重が移るのである。その過渡期に六歌仙時代を含む『古今集』の時代は位置し、小町の歌も又位置付けられる。『万葉集』の夢

の歌は「夢にしみゆる」「夢に見えこそ」といった表現に特徴がある。例えば

み空ゆく月の光にただ一目あひみし人の夢にしみゆる　（『万葉集』七一〇）

思ふらむ　その人なれや　ぬばたまの　夜ごとに君が　夢にしみゆる　（同　二五六九）

みをつくし　心尽くして　思へかも　ここにももとな　夢にし見ゆる　（同　三一六二）

など、ゆったりと満ち足りた思いが「夢にしみゆる」という結句で言い終えられる。心結ばれていることの確信であろうか、強い相思の自信による静けさがそこにはある。そして、夢の世界にせめてもの救いを見いだしたいという悲痛な叫びが「夢に見えこそ」に類似した表現で詠われる。

…うつつには　君には逢はず　夢にだに　逢ふと見えこそ　天の足り夜を　（『万葉集』三二八〇）

里遠み　恋ひわびにけり　まそ鏡　面影去らず　夢に見えこそ　（同　二六三四）

今よりは　恋ふとも妹に　逢はめやも　床の辺去らず　夢に見えこそ　（同　二九五七）

人の見て　言とがめせぬ　夢にだに　やまず見えこそ　我が恋やまむ　（同　二九五八）

うつつには　逢ふよしもなし　夢にだに　間無く見え君　恋に　死ぬべし　（同　二五四四）

夢にだに　見えばこそあれ　かくばかり　見えずてあるは恋ひて死ねとか　（同　七四九）

こういった素朴な物言いは、時代を経てきた人間にとっては憧れだと評価されている。しかしそれは、豪放な欲望の叫びである。「恋に死ぬべし」と言う。「恋て死ねとか」と大仰に死を口にする。死んでしまいそうだと言う。この二表現に『万葉集』の夢の歌の特徴を見る。同集には、夢で会えたことを素直に喜ぶ次のような歌ももちろんある。

朝柏　閏八河辺の　小竹の芽の　偲ひて寝れば　夢に見えけり　（『万葉集』二七五四）

朝髪の　思ひ乱れて　かくばかり　汝姉が恋ふれぞ　夢に見えける　（同　七二四）

思はぬに　妹が笑ひを　夢に見て　心のうちに　燃えつつぞ居る　(同　七一八)

夢は現実のようだった、という。詠者は夢の中にある。「夢に見えけり」そういって喜んでいる。『万葉集』の夢の歌は、全般的に夢そのものに比重が置かれ詠まれている。夢を喜び夢を悲しみ、夢に期待をかけているのである。夢との対比に於いて現実に比重が置かれるのは、その思い掛けなさが詠まれる時だけである。

一方『古今集』では、夢の実態が薄れ、現実のはかなさ暗さに比重が置かれ詠まれるようになる、その過渡期の様相を呈する。『古今集』で夢を題材にした歌は三十首ある。『古今集』では次のように、現実は夢と同程度にはかないものだ、という歌が撰者の中から出てくる。

ねてもみゆねでもみえけりおほかたはうつせみの世ぞゆめにはありける　(『古今集』八三三　友則)

夢とこそいふべかりけれ世中にうつゝある物とおもひけるかな　(同　八三四　貫之)

ねるがうちにみるをのみやは夢といはんはかなきよをもうつゝとはみず　(同　八三五　忠岑)

言い換えれば、夢の世界を現実世界から客観的に眺め始めたということになる。夢の世界にも「忘れ草がしげる」「人目をもる」などと現実が投影されて詠まれる。次のように「夢は人をあてにさせる」という表現をとる歌が現れるのも特徴的である。

うたゝねにこひしき人をみてしよりゆめてふ物はたのみそめてき　(『古今集』五五三　小町)

わびぬればしひてわすれんとおもへども夢といふものぞ人だのめなる　(同　五六九　興風)

そういった表現は、夢の世界が現実世界と切り離された所に現れるものではあるまいか。小町に関すれば、小町の歌は、夢の世界に率直に対している。「夢をあてにしはじめた」と言う。「夢と分かっていたなら目覚めなかったのに」と言う。夢の世界は現実とは切り離された世界であるからといって、興風のように夢の世界に背を向けているわけではない。異次元の世界への期待が率直に述べられる。『古今集』では、小町の夢の歌が二箇所にまとめ収録されており「小町集」第十六歌であるこの歌は、先の夢の歌群（巻十二）に属する。
次に掲げる、『古今集』に於ける小町の後の夢の歌群（巻十三）でも、事物に正面から対する素直な物言いは変わらない。夢の世界は現実と異なる世界であると分別され、夢の世界が現実的尺度によって測られようとする。

うつゝにはさもこそあらめ夢にさへ人めをもるとみるがわびしさ　（『古今集』六五六）
かぎりなきおもひのまゝによるもこむ夢ぢをさへに人はとがめじ　（同　六五七）
ゆめぢにはあしもやすめずかよへどもうつゝにひとめ見しごとはあらず　（同　六五八）

それが、『後撰集』になると明らかに現実への不信に比重が置かれる。例えば

ふしてぬる夢ぢにだにもあはぬ身は猶あさましきうつつとぞ思ふ　（『後撰集』六二〇）
時のまもなぐさめつらんさめぬまは夢にだに見ぬわれぞかなしき　（同　一四二〇）
うつつにもあらぬ心は夢なれや見てもはかなき物を思へば　（同　八七八）
夢にだに見ることぞなき年をへて心のどかにぬるよなければ　（同　五三八）
うたたねの夢ばかりなる逢ふ事を秋のよすがら思ひつるかな　（同　八九八）
かげろふのほのめきつればゆふぐれの夢かとのみぞ身をたどりつる　（同　八五六）
あふと見し夢にならひて夏の日のくれがたきをも歎きつるかな　（同　一七三）

のように、夢という題材を以て現実の暗さが詠まれるのである。夢に酔うことはなくなる。

うつつにぞとふべかりける夢とのみ迷ひしほどやはるけかけん　（『後撰集』六四一）
うつつにて誰契りけん定なき夢ぢに迷う我はわれかは　（同　七一一）
はるかなる夢のしるしにはかられてうつつにまくる身とやなりなん　（同　八七一）

は趣向に於いて新しく、夢は「はるか」な存在として詠まれる。期待感は薄れ、夢に対する認識が推移している。

静かな自信のなかで「夢に見える」と言った『万葉集』の歌や、同じ『万葉集』の「夢に見たい」という現実を撓めようとするかのごとき強い叫び、それが、時代の流れの中で徐々に消えてゆく。人の目は夢にも現実にも開いてしまい、やがて人は夢の世界に真正面から向きあわなくなる。小町の夢の歌は、その過渡期に位置する。この第十六歌は、その代表的な歌であると言える。現実の暗さはまだ詠まれる時代ではない。作為のない、てらいのない、自己の主情が叫ぶことなく詠み出される。それが、静かで普遍性を有する純粋な心情を見せ、強さには劣るが、叫びにはない穏やかな調をつくる。小町の夢の歌は『古今集』所収歌以外にも八首「小町集」に見える。夢を現実とは異なるものとして分別を有する時代の新しさが窺える。しかし、現実の暗さはない。孤独の影は感じられても夢の世界が存在するという分別の下に確かな現実に生きる姿が詠まれている。

これを人にかたりけれはあはれなることかなとある御かへし

一七　うたたねにこひしき人を見てしより夢てふものはたのみそめてき

詞書「御かへし」は、

かへし　（正保版本系統）

御返事に　（「御所本甲本」）

返ことに　（「神宮文庫蔵本（一一一三）」）

御かへし　（「神宮徴古館蔵本」、類従版本、「西本願寺蔵本（補写本）」、その他の一一六首本）

返事に　（「静嘉堂文庫蔵本（一〇五・三）」）

となっている。「御かへし」の前後は、調査伝本では「一一五首本」の中に一部「返し」で改行している本は見えるが、それ以外は全て「あはれなることかな」と「御かへし」が、続け記されている。

この箇所の解釈として、『新編国歌大観』所収一一六首本に

あはれなることかなとある、御かへし

と、読点を付す解釈がある。同書解題によれば「陽明文庫所蔵十冊本三十六人集（七七三）」を底本にされている。これは調査伝本の「陽明文庫蔵本（近サ・六八）」とする本であるが、「御かへし」の前に空白はないので、この読点は、校訂者が付されたものである。読点を付すことによって、この歌がだれの歌かという時に、小町を想定した詠者の歌である、という解釈が積極的に出来ることになる。

そもそも「御」の意味は、尊敬語とも、口語でいう「お返しする」という意味の「御」として、謙譲表現で作者の行為に付されているとも解釈できる。その意味では、相手の歌であるとも言えるし、そうでないとも言える。

ただ、そうなると、後続する第十八歌の方は「返し」とあって、統一性のない表記になっているので、これが、度重なる増補の過程でなったのではなく、意図的に「御かへし」と「返し」とが遣い分けられていたとすれば、この「うたたねに」歌の詠者は、作者以外の人と見るのが自然であろう。

異本系統など、より古い本文にこの詞書はなかった。一一六首本に整理する直前の形と考えられる「御所本甲本」は、次歌の詞書を「御かへし」ではなく「かへし」、第十九歌の詞書を「またいかなるおりそ人のいらへに」としている。詞書を付された「小町集」では、従って、相手の歌と解釈するのがよいと考える。その他、この詞書に「小町集」の編者といった第三者の視点が、小町を想定するところの作者を「人」と捉えているとみる解釈の可能性はないか。流布本系統にも他の本にも詞書中に第三者の視点を導入している箇所はないので、第三者の視点の可能性はないものと考えている。

「小町集」では、前歌とこの歌とで、心通う恋人同志の贈答歌を成立させていると解釈する。流布本系統では、小町の相手は「御」という敬語をつける相手であると造型される。詠者は、「思いながら寝たので、恋しい人が夢

に現れた。夢と知っていたなら目覚めなかったのに」という先の第十六歌と、夢に人が現れた話を「かた」ったのだという。すると、相手は、「あはれなりけることかな」と言って、この、第十七歌を贈ってきたことになる。「あはれ」は、「小町集」では、八首と詞書四箇所の十二箇所に用いられている。悲しみを基調とする感動詞として用いているのは、二箇所（81、68）で、辛さの表現が二箇所（87、33詞、86詞）である。後は、慕わしさを表現する、広義の賛嘆の意味となる。

『万葉集』では、九例のうち、感動詞を含めて八例までが、広義には賞賛の意味で用いられている。用例の過多からすれば、この詞書の「あはれ」も、憐憫ではなく、すばらしいことという意味で用いられていることになる。「あはれなりけることかな」は、相手の喜びの心情が意図されていたと解釈するが、仮に、憐憫の情といったものをここに見るならば、それは、はかない夢の世界に期待をかける小町なる作者と、それに共感する某人との、「互いに辛いことですね」という表現となる。お互いに、哀しいことですねという、理性による哀しさである。

流布本系統の詞書にある「御返事」と「返事」が意図的に区別されていると仮定し、第二首め「うたたねに」歌を相手の歌と見、相手は、小町の歌に喜び、夢の世界のすばらしさに共感しているものとして、「小町集」の詞書は造られていると解釈した。「小町集」では、夢の世界のすばらしさを手放しで喜ぶかのような、前歌と、この歌との二首に対して、次には、冷ややかな「たのまじと」歌を置く。

「うたたねの夢に恋しい人を見てから、夢というものをあてにし始めたのです。」というこの歌の軽やかな調は、「うたたね」という初句の響きによるのであろう。音声的な調のみならず「うたたね」という初句こそが、この歌の生命になる。恋人を待っていた。待ちくたびれて少し眠ってしまった。恋人を見た。目覚めてから、今のは夢の世界の出来事であったと分かったが、その満ちたりた思いは、現実の逢瀬以上であった。まだ、夕暮れである。眠って幾らの時間も経っていない。満ち足りた思いの中で、又恋人を待ち続ける。そんな思いが、この「うたたね」

には籠っているように思う。

この歌の主情は、思い掛けない喜びの心情であり、他人には理解されがたい詠者自身だけの幸せな感覚であると解するが、全く異なる解釈もある。香川景樹『古今和歌集正義』では、「うたたね」の語の性質よりこれを虚ろな心情が反映された響きであると見、「夢てふ」の「といふ」を嘆きの表現であると解釈する。その嘆きの内容とは、「夢はかりはかなき物をも最第一のたのみ人となすはかなさを嘆せり」と言う。即ち、はかなき夢をも頼りにしている自らの行為のはかなさを嘆いていると言うのである。夢でもあてにせずにはいられない自己の境遇を嘆く。一首の主情を嘆きと見る、『正義』のような解釈は、『古今集』のこの歌を中心とした三首の連作（巻十三）に於いて次歌を考慮して提示されたものであろう。即ち、「真に恋しい時は夜着を裏返して寝る」という次歌に、諦めにも似た行き詰まった心情を見て、夢でもあてにせずにはいられないのだと解釈されたのであろう。「夢」の通念に染まった小町を見るなら『正義』の解釈となり、「夢」の有り難さを初めて体得したもっと若い小町を見るなら、この歌の主情は思い掛けない喜びとなろう。ここでは、前歌をして「あはれなることかな」と言わせしめたと同様な小町の詠歌の一途さを感受して解釈するものである。

返し

一八　**たのましとおもはむとてもいかかせむゆめよりほかはあふ夜なければ**

詠者は下句「夢より外はあふ夜なければは」を一首の主情として詠んでいるのであろう。選択された「夜」の語は、詠者と恋人とのつながりが闇夜に見え隠れする一筋の糸のようにはかないものであることを暗示している。

上句は、「小町集」の伝本や採録する『新勅撰集』の間に異同がある。

たのまじとおもはじとても（六十九首本、「静嘉堂文庫蔵本（一〇五・三）」、「神宮文庫蔵本（一一一三）」、「広島大学蔵本」）
たのまじとおもはじとては（「時雨亭文庫蔵本（唐草装飾本）」）
たのまじとおもはむとても（多くの流布本）　＊たのまじとおもはむとては（『新勅撰集』）
たのまむとおもはじとても（「御所本甲本」）

六十九首本等は、「夢を当てにするまいなどと思うまいとしても」、つまり夢を当てにする気持ちであってもという意味になる。「時雨亭文庫蔵本（唐草装飾本）」は、夢を当てにする気持ちであってはとなる。多くの流布本等は、「夢を当てにするまいと思おうとしても」ということで、当てにはすまいと思うがという意味になる。「御所本甲本」は、「夢を当てにしようと思うまいとしても」ということで、これも夢を当てにはすまいと思うがという意味になる。「たのまじとおもはじ」という形では「じ」の重なりが気になったこともあって、「御所本甲本」や多くの流布本は、一方を「む」に変えたのだろう。しかし、結果的に夢で逢えることを当てにしてしまうという下句とのつながりで正しいのは、多くの流布本の形である。ただし、「たのまじとおもはじ」という形も、たゆたう心の表現としては成功しており、夢が現実の予兆であると考えられていたのだとすれば、異本系統の本文も完全には斥けられない。

夢以外に会える夜はない。それのみが厳然とした事実であり、上句の、当てにするとかしないとか当てに出来るとか出来ないとかいうそんな一切は、詠者を突き動かし嘆かせる大きな存在の、ごく一部分ではなかったか。「如何せん」の調は虚無的であって、ためらいの語ながら諦観の響きを持っている。この歌で詠者は、夢の世界に対し冷ややかな態度をとる。詞書の「返し」を仮に第十七歌に対する小町の返歌の意と見るなら、夢の世界に対する態度は、第十六歌や付言（17詞）など一連の小町のそれとは異質である。

流布本「小町集」で、詞書を付され連作にされた四首は、若い小町の一途さを呈している。次歌（19）も又例外ではない。ただし、18「たのまじと思はんとても」は、一つの夢の通念を踏まえた思いであり、ここにはその通念に捕らわれ、通念に応えねばならぬ状況に置かれた詠者がいる。その状況は前後の歌そのものからは窺えない。詞書を付し、『古今集』にはなかった第十八歌を挿入することで作り出されたものではないかと思うのである。

一九　いとせめてこひしきときはむはたまのよるのころもをかへしてそきる

「せめて」は、「迫めて」「攻めて」で、恋しさが切迫して甚だしいことをいう。「いと恋し」なる言葉が恋人を思う気持ちの強さを表現するのだとしたら、「いとせめて恋し」は、更に強い思いであり、それが意思の関与出来ぬ情念である点に於いて、「いと恋し」とは異質なのではあるまいか。「いとせめて恋しき時」とは切迫した情念の大波のただ中にある、逃げ道のないその時を言う詞である。嘆きでは役立たず、空転することが予測されても、一つの解決策を付さずにはいられぬ、そんな最上級の恋しさが、先ず、歌に於いて提示される。詠者は衣を返して着ることを「いとせめて恋しき時」に限定する。「いとせめて恋しき時は」の「は」字が、それを示している。「衣を返す」とは、夜着を裏返しにして寝れば恋人に会えるという俗信をいうもので、『万葉集』では「袖を返す」として詠まれている。夜着を返すことは、詠者の心を救う唯一の手段であり、最後の頼みの綱としてある。その結果、夢に恋人が見えても見えずとも、詠者はまた衣を返すという、その行為が何度か繰り返され、遠からず、詠者は、心慰まぬ境に至る。しかし、詠者は今はまだ、夢の世界に一途に対しているのである。

秋山虔氏は、この歌に、「現実での逢瀬への期待の断止」をみられる。

「いとせめてこひしき時」夢にその人に逢うべく夜の衣を返すという直截的なこの歌の風体は、現実での逢瀬への期待の断止と表裏するのではないか。現実での切実な願い、しかもその願いのかなえられぬという事態なるがゆえに、それを夢の世界へはっきり切りかえようとするのである。

（「小野小町的なるもの」『王朝女流文学の形成』）

確かな現実に生きる詠者がみる夢の世界への期待が、現実から切り離されてある夢の世界への期待となり、夢の世界にのみ心の慰めを求めるに至る詠者を、秋山氏は指摘する。『古今集』にはない、前の第十八歌が、「小町集」で、その位置に挿入されると、現実世界から切り離され、夢の世界に籠る小町の姿が描かれることになる。この事は、先述のとおりであるが、逆に言えば、「小町集」の編者が、この歌に、秋山氏と同様の思いをみていたので、現実世界に生きる詠者がみる夢の世界というものへの期待（第十六歌）から、夢の世界のみへの期待へと移り変わる歌の間に、「たのまじと」（第十八歌）を挿入し、「小町集」の歌の歌群として表したかもしれない。

「小町集」でも「御所本甲本」系統だけは、「またいかなるおりそひとのいらへに」という詞書を付す。「いらへ」は返事の意であるが、この言葉には、適当なあしらいの意味がある。「御所本甲本」の撰者は、殊更に「いらへ」と用いている。この歌が贈答歌であったとしたら、確かに、この歌は、相手にまっすぐに向き合っている歌ではない。詠者の眼は、もう夢の世界にのみ向けられてしまっている。

「むはたまの」は、「夜」「夢」「髪」「黒」にかかる枕詞である。「小町集」の伝本では、「うはたまの」とする表記もあるが、「時雨亭文庫蔵本（唐草装飾本）」「あはぬまの」を除いて全て、この枕詞を用いる。「むばたま」（射干玉）は植物名で、その実が黒くてつややかな所から、黒いイメージを喚起する言葉の枕詞となった。「むば玉の」は、『万葉集』以来和歌に多く詠まれている。この歌でも、「恋しい時は」と「どうするか」という、その調の緩衝点にあって、語調を整える働きをしている。内的な調に関すれば、「むば玉の」以下は、読む者を幻想的な世界に誘い込む重要な働きをしていると考える。「むばたまの」という緩やかな調の中で、漆黒の闇が眼前に広げられる。「返」されるのは衣である。後世の『三十六歌仙絵巻』では、衣を翻し長い髪を向けて立っている小町が描かれているが、あのように、夜の衣が返される時、闇が輝き、漆黒の闇に一条の光明が入る。「夜の衣」という詞が誘起する夢の世界が、翻された衣の隙間に見え隠れする。光が照らすのは、つややかさを帯びた「むば玉」の闇である。

衣を翻せば、夢の世界に通う路が、一瞬明るく照らされる。そんな想像を下句は誘う。

　勿論、「むば玉の」という枕詞そのものは、黒色のイメージを喚起する言葉を導くにすぎない。『万葉集』では多くが「ぬばたま」とある。「ぬばたま」八十数例のうち、半数以上が「夜」を導いている。「黒髪」は、用例の二割程度である。その他「いめ」「よひ」「黒馬」等も導くが、なぜか「闇」に懸かる事はない。「ぬばたまの寝ねてし晩の物思ひに」（二八七八）、「あらたまの年月かねてぬばたまの」（二九五六）、「ぬばたまの夜霧は立ちぬ」（一七〇六）、「ぬばたまの夜のふけゆけば」（九三〇）と詠まれる時、その枕詞が喚起するのは、茫漠たる空間の広がりである。「ぬばたまの黒髪しきて」（三九六二、四三三一、二六三一）も黒髪のつややかさとともにその広がりが詠まれたものであろう。「ぬばたま」というア音の重なりも素材を大きく包み込む広さを形成する。「むば玉の夜の衣を返してぞきる」という下句には、「小町集」に於ける海の歌の基底にあるのと同じ、茫漠たる作者感情が形象されている。

人のこころかはりたるに

二〇　いろみえてうつろふ物はよのなかのひとのこころのはなにそありける

　『古今集』巻十五　恋五の部立に、詞書なく小町の記名で載る。松田武夫氏『古今集の構造に関する研究』によれば、この歌は「色によす」と「花によす」歌群の中間に位置し、その中間的性質を有する、と位置付けられている。『古今集』においてこれより二首前の「花によす」とされる読人不知歌は、
　　世中の人の心は花ぞめのうつろひやすき色にぞ有りける　（『古今集』七九五）
であり、小町の歌とは、部分的に表現が一致する。読人知らずの歌は、花染めの布の色褪せる現象を、移り変わる「人の心」の直接的な比喩として詠んでいる。一方、小町の歌の「色」は、花弁の褪せる色であり、「うつろふ」は、

「散る」或いは「萎れる」という花の様態の変化も包摂する。更に、読人不知歌が、人の心は移ろいやすい、と一筋の論理で詠うのに対し、小町の歌は、表面には現れぬ移ろいを初二句で呈示し、「人の心の花」の詞で、流れゆくが如き、その移ろいのイメージを確かに受け止めている。

小町の歌では、「うつろふ」という言葉が、一首に降りかかるように響いている。それは、詠者の生活に生じた変化の、振幅の大きさを示すのであろう。深く長く引きずられることになる衝撃は、眼前の草木に対しても、詠者に人事の移ろいを思い起こさせたのではなかったろうか。「うつろひ」の言葉が、読む者の心に起こさせる波は大きいが、悲痛な嘆きは、この歌には見えない。前田善子氏『小野小町』には、次のような鑑賞が載せられるが、そのように長い悲しみを風化させてしまったとも解釈できる。時が、詠者に具体性を捨象させ、一般的な道理を淡々と詠むような歌を創らせた、と解釈できる。

詞書に「人のこころかはりたるに」とあるやうに、これは恋の破綻を嘆いた歌であるが、思い迫つた悲痛さは感じられない。唯淋しく諦めて、移り行く人の心をぢつと見守つてゐるのみである。直接的に歌そのものから受ける感激には乏しいが、余情は縲々として尽きない。几張の陰にうちふして、ただ一人紅涙にむせび、失意に悩んでいる﨟たけた女性の目の前に浮かぶやうな力がある。（前田善子『小野小町』）

詠者はうちひしがれているが、この歌からは「思い迫つた悲痛さ」がみえない。それを諦めという詠者の姿勢に帰す。では、形象面で言えることは何か。

この歌が「うつろひ」を詠うのに、悲痛な調を備えないのは、私は「はな」の語が有する、一回性の、しかしながら明るいイメージによるものと考える。能の舞台に「花」を求めたのは世阿弥であった。『風姿花伝』の中で、この小町の歌が引用されている。「花なくては萎れたらんこそ面白けれ。花咲かぬ草木の萎れたらんは、何か面白かるべき」（『風姿花伝』『日本古典文学大系　65　歌論集　能楽論集』）と、一つの価値を有する「萎れたる」内容の問いに答えている。久松潜一氏は、「萎れたる歌」について、「花が萎れたのと同じような風情の形容。優艶な中に一抹のさびがついた美しさ」（同書）と注されている。『風姿花伝』では、「薄霧の籬の花の朝じめり秋は夕と誰か言ひけん」の歌とともに、小町のこの歌が、「かやうなる風体にてやあるべき」として掲げられる。同書の著者恐らくは世阿弥が、そう言ったであろうように、小町のこの歌は、花の姿態を虚像として保っていて、一般の「萎れ」から予測されるような、じめじめと「湿っ」たものを備えてはいない。「うつろひ」は、当然「萎れ」に通いながら、歌は、「心の花」という風体を保っている。一回一回の舞台で、時々の努力が結実し、それが、年齢に制約されることなく、呈示される。その時の演技者が心の中に見ている「花」と、たとえ自然の道理によって恋が移ろうとも、移ろう以前の全き恋の姿、即ち、小町のいうところの「花」とは、共通するものがある。下ゆく水が流れているのに、川面が変わらぬように、「花」の一語は、今はなき、全き恋の虚像を以て、人事の移ろいを受け止めている。「世の中の人の心の花」と詠む時の詠者は、何故か力強い。人の心変わりを知ってから時間が経ったからなのか、長いこと庭の草木を眺めていたからなのか、詠者の視点は咲き誇る「花」に止まり、虚像としての「花」が終始写し出されることになる。

公任撰『前十五番歌合』で、この歌は、次の一首と番えられた。

秋の野の萩の錦を我が宿の鹿の音ながらに移してしがな　（『前十五番歌合』）

「秋の野の萩の錦」は、「の」字の重なりが限定とは逆に普遍化の方向を採る。この元輔歌が、秋野に咲き誇る萩を抽象化したのと同様に、小町の歌は、虚像を「人の心の花」という総括的な詞で表現する。その明るい虚像が歌に終始備わるが故に、「うつろふ」という調の内的な振幅の大きさが人の心をうつのではないかと考える。

この歌が、『古今集』以来、『新撰和歌』『前十五番歌合』『三十六人撰』『俊成三十六人歌合』『時代不同歌合』等に採られ、小町の歌を代表する一首と考えられてきた事は、周知のとおりである。

二一　みもなき夏のほに文さして人のもとへやる
あきかせにあふたのみこそかなしけれわかみむなしくなりぬとおもへは

詞書によれば、実が着いていない稲穂に手紙をさして、人のもとへ遣わせたのだという。詞書は、古い伝本にみる「なへのほ」が古形であろう。稲は八月初旬に出穂し、次々に開花して一穂に五十から二百の実を着ける。詞書の「みもなきなへのほ」とは、その実の着いていないものの意である。実は、三、四十日で完熟し収穫されるが、開花後十日目頃に気温の低い日があると、食用に供する米が出来ない。それを、歌で「秋風にあふたのみ」と言ったのであると、植物学的にはそうも言える。しかし、文学的情景としては一面になぎ倒された稲が目に浮かぶ。

賀茂真淵『古今集打聴』が、この歌について、

秋の野分にあふ田の実はむなしくなるをたとへて、いみじくたのみし事も忘られぬればむなしく成りぬると云也。むなしくは死を云にあらず、我が身かひなくといはんが如し。それは田の子のなきより虚しくといひだのめし事の我が身にむなしく成たると也　（『古今集打聴』）

と記すように、「秋風」とは、野分（台風）の云いであると解釈する。「秋風」の「秋」に「飽き」を懸け、「たのみ」に「田の実」即ち、稲の実と「頼み」を懸ける。「我が身むなしく」については、次の歌など数少ない用例の一である。

たのめおきしことのはさへにしもがれてわが身むなしき秋のゆふぐれ　（『万代集』巻十三　恋五　二六九九）

「むなしく成ぬ」は、人事に関すれば、生きている甲斐がなくなることで、稲に関すれば、気象条件が悪く、結実しなかったことを言うが、歌からは、結実した実が熟さず、食用に供しない実であったと解釈してもよかろう。

詠者は一束の稲を手にしているのではあるまいか。例えば、新嘗め祭りの稲である。その束に数本の実のない稲が混じっていた。「これはだめですね。」と誰かが言う。宮中で祭りの支度の進むなか、あれは、開花期の冷害即ち

気象の低温化で結実しなかったのだと、それは詠者の関心外であろう。詠者の脳裏に浮かんだのは、秋風になぎ倒された一面の稲穂ではなかったか。なぎ倒された稲穂は、秋風のしわざである。詠者には、我が身の悲しさが思い起こされたであろう。穂もたわわに実る稲だからこそ悲しいのであり、かいなく移る花の移ろいとは異なる。咲き極めて散りゆく花のそれではないのである。稲穂そよぐ初夏の、若草色に驚かされて数箇月、ようやく夏の暑さも鎮まり、刈り入れの時を待つばかりの「たのみ（田の実）」だったからこそ、なぎ倒されたことが「悲し」いのである。熟さずに倒れてそこにある粒々たる米は一つ一つの中に時の命を持っている。悲しいのは、「田のみ」を育んだ時間が失われたことである。その成育の営みに思いを馳せる時「むなし」い仕業だという思いが沸き起こる。実の着いていない数本の稲を手にして小町はこんな思いを抱いたと、「小町集」では造型されているのではないか。

「人の心変わりに遭った私は、悲しい。生きている甲斐がなくなってしまったかと思うと。」と、そのように、自然と人事に対して、独立した感情移入がなされている。しかし、歌の上下句を人事と自然に分けることは困難である。第四句に「我が身」一語が、人事を表す異質分子として自然を詠う中に混入される形をとっている。上句で「秋風」に遭遇してなぎ倒された「たのみ（田の実）」が悲しいという。その背景に誘発されて、下句では「むなしく成」った我が身が嘆かれる。下句の人事の嘆きの言葉は、恐らく上句の「かなし」であろう。「かなし」は、人事と景とをつなぐ接点である。しかし、接点はこれだけではない。上句「秋風にあふたのみ」は、詠者の境遇を想起させ、下句「身むなしく成りぬ」は、同音の「実」が想起されることで風景でもあるというように、各々の表現が、人事と景の間で、置換して解釈することが可能である。個々の詞を取り上げれば、縁語や掛詞を駆使した歌といえるが、風景と人事の関係を考えれば、象徴ではなく、より原始的で論理的なつながりを見せている。つまり、「むなし」と「かなし」との論理補足関係である。享受の際には、景の中にもその補足関係が成立し人事の中でも同じ補足関係が成立している。

「秋風にあふたのみ」は、詠者の境遇を想起させる。「秋」の言葉は、古来多くの例を見るように、恋人の心変わりをいうところの、「飽き」の連想を伴って詠まれてきた。小町の歌に特徴的なものではないが、秋風の「風」という表現には、時定められて至る致し方のない響きがある。「頼み」は頼りに思う気持ちで、男性に対する詠者の思い入れをいう。それも、詠者の心の中では、稲穂が成長していくように、深く確かに形成された詠者の心のたづきであったのだろう。その頼みになる男性が、詠者に好意を寄せなくなった。「秋風」が吹いたのだと、詠者は言う。致し方がない、そう思うから「むなし」という言葉が出てくるのだろう。

「むなし」には、秋風になぎ倒された稲穂への、心の痛みに伴って生じる感情と同質である。「我が身むなしく成りぬ」の「むなし」に、結果として残された詠者の声を聴くなら、今の我が身は生きている甲斐のない我が身なのだ、と言う。人事から独立し感情移入のなされた景が、享受者の眼前に広がった所へ、詠者に関する人事が詠まれることで、そんな詠者の嘆きの言葉は、水を得た魚のように、黄金の稲穂の中に解き放たれ浮沈するのである。

この歌は、『古今集』巻五　恋五に小町の記名で載る。「小町集」に詞書が付されるのみで、本文異同の全く見えない歌である。

ひとのもとに

二二　わたつうみのみるめはたれかかりはてし世のひとことになしといはする

詞書は「人のもとに」とある。恋人の心が詠者から離れてしまい、二人の間柄が疎遠になったことを、詠者は「人のもとに」言い遣ったという。第三句「かり」に、疎遠なる意味の「離り」を懸ける。疎遠な間柄になったのは、海藻（め）がなくなってしまったように、誰かが「刈り果て（刈り尽くし）」たからだという。歌に聞く詠者の声は、誰かのせいだと言っているようでもあり、或いはまた、恋人に見捨てられたのは誰か、それは私であると自答しているようでもある。

第三句は、「小町集」の伝本及び、この歌を所収する『新千載集』に異同がある。「かりはてし」(多くの流布本「小町集」、「時雨亭文庫蔵本（唐草装飾本）」)・「かりそめし」(「御所本甲本」、「神宮文庫蔵本（一一一三）」、「慶應義塾大学蔵本（一〇〇・二八）」、『新千載集』)・「かりてこし」(六十九首本)・「かりはてて」(「静嘉堂文庫蔵本（一〇五・三）」)等である。六十九首本は、借りて行ったのかの意味であろう。すっかり刈ってしまったのか、刈り始めたのか。全く関係が絶たれてしまったことは「かれはてし」で、訪れが間遠になったことは「かりそめし」で表現される。

初句「わたつうみの」は、『古今集』では「わたつみ」「わたつうみ」の両者が見え、『古今集』雑歌上　九一〇番の読人不知歌について、

「わたつうみ」は、「わたつみ」を誤ったものであろう。「わたつみ」は海神のことで、転じて海そのものをいうが、万葉集でも「渡津海」など書く例もあり、その「海」を「うみ」と読んでできた語と思われる。ここも他の本には「わたつみ」とある。（『日本古典文学大系　8　古今和歌集』）

とする解説があり、貞応二年本の『古今集』では「わたつうみ」、元永本や雅俗山庄本『古今集』では「わたつみ」となるという。伊達家旧蔵本を底本にする『新編国歌大観』所収の『古今集』では、「わたつ海」と表記され、仮名に直す際に、誤りではなく、音調を考慮した一選択があったかもしれない。『古今集』に採られていた歌を含めて、『新撰和歌』（『新編国歌大観』）の歌には、五首とも「わたつみ」ではなく「わたつうみ」と記される。転写の際に意図的な改変がなかったとすれば、「わたつうみ」は、貫之の志向であったかもしれない。

そもそも「わたつうみ」は、「海つ霊」で「海の神」又は「海」の意味で、類似表現として「わたつみ」「わたのそこ」「わたのはら」などを持つ語である。『万葉集』の用例の多少から考えれば、「わたつみ」より「わたつうみ」の方が新しい表現と言えそうである。更に「わたのはら」は、『万葉集』に見えず、それ以降に用例を見るので、

より新しい語であると考えられる。

「小町集」でも、伝本には「わたつみ」、「わたつ海」とする形がある。六十九首本や「御所本甲本」等大半が「わたつうみ」とするので、「わたつうみの」が本来の形で、「わたつ海」から「わたつみ」という異伝が生じたと推測する。

海の歌が多いのは、「小町集」の特色であるが、「わたつうみ」という、「う」音が入った形は、「小町集」の志向するところであったのだろう。「わたつうみ」の「う」の音は「憂」を連想させ、「小町集」歌の場合は、必要なものと考えられたのであろう。「う」の持つ悲痛な響きは、畏敬の対象としての暗黒の海を想起させる。「わたのはら」は水平に、「わたつうみ」は垂直に拡散される内的調を有するように思われる。

詠者は、「わたつうみのみるめ」に我が身の逢瀬を言い懸ける。「みるめ」の「め」とは、海藻の意で、即ち「みる（海松）」という種類の海藻をいう。折口信夫『万葉集辞典』には、他の種類に比べて稍幅広いことからぼろの着物に譬えることがあると書かれているが、これはワカメの類であろう。別な資料によれば、「みる（海松）」は丸紐状の海藻であるという。詠者には、「縄苔」がイメージされていたのではないかと考える。即ち、紐状の海藻であって、ワカメの類ではないものと推測する。『万葉集』では、「縄苔」は、名を宣ることに懸けて詠まれる。

和多都美能《ワタツミノ》　於伎都奈波能里《オキツナハノリ》　久流東伎登《クルトキト》　伊毛我麻都良牟《イモガマツラム》　月者倍爾都追《ツキハヘニツツ》　（『万葉集』三六六三）

とあるように、縄を手繰るように手繰り寄せる逢瀬という意味合いも、この「わたつうみのみるめ」の詞には、込められていたかもしれない。ここには、暗黒の海底にたゆたう不安定な心情のイメージがある。

恋人との仲が疎遠になったのはなぜなのかと詠者は考え、誰のせいでもないと分かっているのだろう。しかし、詠者は、誰のせいなのかと問いかけている。詠者は、「みるめなし」という言葉を聞いたのかもしれない。例えば、宮中に仕えるものであったとすれば、外からは、「みるめなし。」という声が聞こえてきたのかもしれない。宮中、宜秋門といった門の方から次々と貢納の品が届けられてる。民部省の広場の前は、貢納品の山である。贄の一として海松藻が内膳司に届けられる。「今回の海松藻は、不作であった。」と役人達が口を揃えて言っている。女房もそんな噂をしている。しかし、一緒にいる詠者の心には、「みるめなし」という言葉だけが、沈潜して残る。誰かが、盗んでしまったからではないかと言う者もいる。そうかもしれないと詠者は我が身を顧みる。そんな時間があったかもしれない。

第二句「たれかかれはてし」の「たれか」や、第四句、結句「よの人ごとになしといはすする」などの間接的乃至第三者的な表現は、「みるめなし」という、言葉として受けた衝撃の性質と、その言葉が詠者の内で沈潜していた時間の長さ故のものであろう。第四句「よの人ごとに」には、理由を探らんとする詠者の姿が表されている。この歌もまた、機知を働かせた歌であるが、その主意は、逢瀬がなくなったことの理由を、或いはその意味を、求めていると伝えるところにある。結句「いはすする」には、尊敬の意味が含まれ、「する」は、余情を効果的に表している。『新千載集』の本文は「いはすは」であるが、この「は」も、省略される後述内容を強調しており、連体止めによる余情の表出と同質の効果がある。「す」という助動詞は、右の想像世界のような宮中の人々に対しての敬意ではないかと考える。民部省の役人、内膳の役人、同僚の女性達、そういう人々の発言に、自ずと尊敬の云が付されたものであろうと推測する。

二三　みるめなきわかみをうらとしらねはやかれなてあまのあしたゆくくる
つねにまたれとえあはぬ女のうらむるに

この歌は、次の三通りに解釈される。

（1）　逢瀬の機会を持たない私自身を辛いものと分からないからか、疎遠になることもなく、男は足がだるくなるほどに繁々とやってくる。

（2）逢瀬の機会を与えられない自らを辛いものと知らないからか、疎遠になる事もなく、男は足がだるくなるほどに繁々と通ってくる。

（3）醜い私自身を辛いものだとも分からないからか、疎遠になる事もなく、男は足がだるくなるほどに繁々と通ってくる。

詞書では、男性に会おうとしない女が、それを恨む男性に贈った歌となる。『古今集』に小町の歌として載るが、同集に詞書はない。「小町集」では、六十九首本には「つねにうらむる人に」となり、「静嘉堂文庫蔵本（一〇五・三）」では、「つねにみれどもあかぬをうらむる人に」となっている。満足した出逢いではなかったことを男性が恨んでいるという。

「つねにくれどえあはぬをんな」の「えあはぬ」は、不可能を表し、「いつもやって来るけれど（その男に）会えない女が」という意味になる。詞書が付されれば、（3）の通釈では、詞書と齟齬をきたす。（3）は必ずしも、詞書に云う、男の恨みを表現するものではないからである。また、（3）の詠者が逢瀬の機会を持たない（「つねにくれどえあはぬ」）状態であるとは、必ずしも言えないからである。（1）～（3）の「みるめなき（見る目なき）」には、「海松藻無し」が懸けられている。「うら」も、海辺の景色の「浦」であり、それは、辛い心情を内に有している様子の「憂」を連想させる。この歌は、恋の思いと海辺の景が二重に詠まれた歌である。

「みるめなき我が身をうらとしらねばや」については、従来解釈が様々に分かれていた。その様相は、竹岡正夫氏『古今和歌集全評釈』に詳しい。同書は、次のように分類されている。

A　「我が身」を相手の男性とする場合

B　「我が身」を作者自身とする場合

a　みどころもなき醜き我が身とするもの
b　「我が身をみるめなきうらとしらねばや」の順が正しいとするもの
c　このままで解そうとするもの

B説のcは、「我が身」を挿入語として見れば、語順に関する問題はない。「小町集」第二十一歌（『古今集』第十五恋五）の「秋風にあふたのみこそかなしけれ我が身むなしく成りぬと思へば」について、竹岡氏『全評釈』では、「「我が身」の一語が挿入されることで、この歌は恋の歌になる」と言われていたが、この歌もそれと同様に考えてよかろう。「我が身」を挿入語として見た場合でも、勿論その内実は明らかにならない。

竹岡氏『全評釈』は、A説なら、他の説のいずれの矛盾も氷解するとし、A説を採るが、「他の説の矛盾」と言われる内容がよく理解出来ない。どの説も解釈として成立するのではあるまいか。

例えば、私は、B説のc、即ち『古今集正義』に代表される説を支持する。竹岡氏『全評釈』は、本居宣長『古今集遠鏡』の説について、「Bbは『遠鏡』の常套手段であるが、句の順穂を都合のよいように変更するのは、他に全く解釈のつかぬ場合の手段とすべく」と斥ける。『古今集遠鏡』の説を引いてみる。

初二句の意、むかしより説得たる人なし、是は春かけてなけどもいまだ雪はふりつゝといへる類にて、詞を上下に打かへして心得べき格也、我身をみるめなき浦としらねばやといふこと也、みるめなき浦とは、逢がたき身といふ意也、浦は、たゞ見るめによれる詞のみ也、されば我身を恨むとも、うしとも、いひかけたるにはあらず。

（『古今集遠鏡』）

『古今集正義』も、この説に反対しているが、ここには、幾つかの問題を含んでいる。先ず、竹岡氏『全評釈』はB説bで、「「我が身をみるめなきうらとしらねばや」の順が正しいとするもの」の分類項目を立てられていたが、この「正し」さは、解釈する時の正しさであって、本文の正しさを意味するものではない。『遠鏡』は、「詞を上下に打かへして心得べき格也」とは言うが、もとの歌の正しい形はこうであった、とは言っていない。しかし、『遠鏡』が「春かけてなけどもいまだ雪はふりつゝ」（『古今集』五）を引き合いに出したことは、誤解であったと言わねばなるまい。それは、「春かけて」を「雪はふりつゝ」の修飾語として解釈するべきことを主張したものであったが、「春かけて」の位置を変え、下へもってきて解釈すれば、そのままの状態で解釈する時と主意まで変わってしまう。「春かけて」は、「降る雪」の形容語となり、上句の「鶯」とは、無関係なものになってしまう。竹岡氏『全評釈』の斥けられた論理が、この場合は成り立とう。一方、小町の歌で上下句を入れ換えても、主意は変わるものではない。「海藻のない浦」という情景その他には、変化がない。このように、変化のない場合に、このままで解する（Bc）か、上下を入れ換えて解する（Bb）かの分類は、不要ではあるまいか。必要であるとすれば、それは、「我が身をみるめなきうらとしらねばや」とした場合に、「みるめなき」が「我が身」であると規定される特殊性を有するだけで、それでも「我が身」の内容まで規定されることはない。『古今和歌集正義』も、「はるかけて」を引き合いに出して、上下を入れ換えるのはいけないというのだが、既述のとおり、「はるかけて」の上下を入れ換えて解釈すれば、主意が変わってくるので、例証としては不適切である。

『古今集正義』は、調の観点から、『遠鏡』の語順を入れ換えて解釈する説を非だとする。『正義』は、この語順のままで成功している調について触れている。

> さてすへて詞を打かへし云はさるまゝにては歌とつゝけ難きより調にまかせて止を得すなすわさ也此歌此解の意ならむには見る目なき浦と我身をしらねはやといひおろして事もなく中々しらへもまさるにあらすや何そ煩しく打かへして人のきゝを惑はすへき
>
> （『古今集正義』）

問題にされるべきは、享受内容の明らかにすることを第一義とせず、「みるめなき」を以て歌を詠み出したという点であろう。この歌には、「小町集」「みるめかる」（第五歌）同様に、初句で声調の一休止がある。会う機会がない、それは私の意思による、という思いが抒情の中心で、その結果の相手にとっての、詠者との見る目（会う機会）の意義は、主に対する従になっている。「我が身をみるめなきうらとしらねばや」ではなく、「みるめなき我が身をうらとしらねばや」と詠者が「みるめなき」を初句にして作ったところに、調の巧みさがある。『正義』の固執した所以である。「みるめなき」が、初句に据えられることによって、『遠鏡』の言う「我が身をみるめなき浦としらねばや」という思いが、よく表れるのを感じる。また、「みるめなき我が身」を「逢う意志がない」とは訳せないとも、竹岡氏『全評釈』は言うが、これは、相対的な問題で、「我が身をみるめなき」に比較して「みるめなき我が身」とすれば、よりいっそう詠者の意志判断が表れるのではないかという、直訳から意訳に踏み込んで論ずべき内容である。詞書は、「えあはぬ」と言っている。「会えない」と詞書を記した者は、詠者の判断を表現しているのであるが、その詠者の意志を、詞書はうまく捉えている。

詞書では、「えあはぬ女」とある。小町はなぜ会わないのか。男はそれを恨んでいると詞書に言う。小町は男に自覚させようとする。私は「見る目」がないのだと。私には、会う意志がない。会えるはずがないから、当然会う機会も持てない。あなたの行為は、足を取られながら砂浜を歩くようにだるくて、そこにはない獲物を求めて歩き続ける報われない行為です、というのである。この歌には、心を引きつける為に作為労するかけひきのゆとりのようなものがない。もっと厳しく突き放し拒絶した響きが、この「みるめなき」を初句に据えた歌にはある。自らの惨めさが分からないのか、とせせら笑っているその遊び心のゆとりがないと考える。詞書は「うらむる人に」という、詠者に対する一種の拒絶があったことが示されている。歌は、拒絶の対応を身に受けて、その後に残された孤立した女の心寒い調を備えている。

この歌は『古今集』所収歌であり、『伊勢物語』二十五段の一話を形成していることから、様々な解釈がなされてきた。「みるめなき我が身をうらとしらねばや」の上句については特に、解し方によって高慢な調にも謙虚な調にもなりうる。「我が身」が男性なら、「うら」は会ってもらえない男の惨めな辛さを表す。即ち、繁々と通って来ても女に会ってもらえない男の惨めさが分からないのかという意味になる。片桐洋一氏は、「「顔を合わす機会さえない自分自身を憂き者と認識することなく、とだえもせずに貴男は足がだるくなるほど熱心にお出ましになることですよ」とやや揶揄する気持ちを込めて男の怨みに応じているというわけである」（『在原業平・小野小町』）と解する。また、前田善子氏は、そこに、小町の純粋な性格と生き方があると言う。

小町の此歌から受ける感じは、あくまで「結びきと…」の歌から受ける感じと同じものである。自らの心は冷ややかに保持し、優越感を満喫しつつしかも表面のみは、身を恥づる体に装うて、我の前に額づく男性のみぢめな姿を冷笑している感がある。ここに小町の純粋な性格と生き方とがある。（前田善子『小野小町』）

前田氏は、冒頭の通釈で言えば（2）の立場をとる。一方、近世の賀茂真淵などは、この歌に、

見る事もなき身を我はうしとおもひをるともしらねばや絶ず度々人のかよひくるはといひてみずからをくだてあはじとはいはずしてあはぬ也（賀茂真淵『古今集打聴』）

と謙虚な調を見ている。即ち（3）の通釈となるが、この「あはじといひてあはぬ」と真淵がいうのは、『伊勢物語』の影響を受ける故であろう。『伊勢物語』二十五段では、業平とおぼしき男が、「あはじともいはざりける女」で、「さすがなりける」女の所へ歌を贈る。歌は、

秋の野に笹分けし朝の露よりもあはで寝る夜ぞひぢまさりける

と、女が会わなかった事を咎めている。その歌に、「色ごのみなる女」が、

みるめなき我が身を浦としらねばやかれなであまの足たゆく来る

と応えるのである。『伊勢物語』では、この女は、「会わない」とも言わなかったのに「さすがなりける」即ち「会うという予測された事態にはならなかった」女として造形されている。恨み言とも未練とも解せる歌を寄越して来

た男に応える女は、「色ごのみなる女」であるという。女は業平に劣らず恋の情趣を楽しみ慣れた女として登場する。この一話の典拠となったのが、『古今集』で並べ収録された、業平と小町との二首（六二二、六二三）である。『古今集』では贈答歌ではない。『古今集』の業平の歌は、『伊勢物語』と第三句が異なり、「あはでこし夜ぞひぢまさりける」と、逢わないで帰る夜の描写が前面に出されれている。一方、小町の歌は、『古今集』でも変わりなく、逢わぬ女の歌と捉えられている。

私は、既述のとおり、「みるめなき」が初句に据えられた歌の調から、冒頭の（1）の解釈を採るものであるが、詞書を外せば、（1）〜（3）の解釈が全て成立することは言うまでもない。「みるめなき」の小町歌は、以上のような背景を有している。『伊勢物語』にみる女のはっきりとした意思表示のなさも、当時からすれば、常套的な恋愛の形態の一であったはずである。しかし、この歌は、驕慢な女という小町像を形成させていく中核の一になった。

二四　ひとにあはむつきのなき夜は思おきてむねはしりひに心やけをり

『古今集』巻十九　雑体部の誹諧歌に採られる歌である。『古今集』の誹諧歌とは、広義には正格を外れた歌と理解されている。虫や鳥の声を俗語に置き換え、それが一首の生命となっているような歌がある。掛詞のおもしろさが、部分に止まらず、擬人表現が加わり、その上に俗語を交え詠まれた歌もある。例えば、『古今集』秋の部立にも、女郎花の擬人化された歌は収録されているが、誹諧歌になると、そこに「あなかしがまし」（一〇一六）や「いづれの人かつまでみるべき」（一〇一七）等の口語的な表現が加わってくる。秋部の女郎花歌と誹諧歌のそれとの相違である。「磯のかみふりにし恋のかみさびて」（一〇二二）以降は、誹諧歌の部立に於ける恋の歌であるが、俗語を取り入れた表現や、露骨な表現、即ち、詠者の感情が雅に洗練されないで生に出ているという表現の特色は変わらない。それぞれの歌が、雅なる正格とは異なる側面から、恋の愁いを取り上げている。誹諧歌で捉える手法であるところの、視点を換えるというゆとりは、詠者に、恋に愁うる自らを客観視させることになる。小町のこの歌も、そういう性格を有するものである。

同じく火を題材に、恋の思いを詠んだ小町の歌でも、次の歌は、『古今集』では墨滅歌として伝えられてきた。

おきのゐて身をやくよりもわびしきは宮こしまべの別なりけり　(30)

「おきのゐて（火の粉が付いて）身をやく」という露骨な表現が、墨滅歌なる所以であろうが、この「人にあはむ」の歌は、忌むべき火を詠み、「心やけ」と詠みながら、片桐洋一氏の言を借りれば、「物名を詠みこんで、その披講の場を盛り上げる題詠歌」（『在原業平・小野小町』）としても、叶う歌として伝わることになった。

「つきのなきよ」とは、恋しい人に逢う手だてのない夜のことで、「つき」に「付き（手段・てだて）」と「月」を言い懸ける。「月」がない夜とは、月末である所謂「晦（つごもり）」のことで、月末から新月が出る迄の暗い夜をいう。『古今集』所収歌にも、「つきなきときは」（元永本）・「月のなきよは」（雅俗山庄本、雅経本）・「月のなきには」（伊達家旧蔵本）という異同がある。「小町集」では、「ねられぬよゐの」（六十九首本）・「つきのなきよは」（多くの流布本、「神宮文庫蔵本（一一一三））」・「つきなきよゐは」（「御所本甲本」、「静嘉堂文庫蔵本（一〇五・三）」の根幹部初出歌）等あるが、天体の月以上に、逢う機会の「つき」がない意を享受者に喚起させたいと考える書写人の意識が、「よは」ではなく「には」を選択させることになったのかもしれない。また、「よは」や「よゐは」が選択されている場合、孤閨への作者像への思いがあったのであろう。

「思ひおきて」とは、即ち「思起きて」で、「おき」の音は「熾き（勢いを持って燃えている炭火）」を想起させる。「思ひおきて」は、物思いで床に就けぬものと解するが、或いはまた、物思いに床から身を起こして、とも解釈できる。もっとも「目醒む、驚く」という語が示すような、眠っていて目が覚めた、の意味ではない。「むねはしりびに（胸が走り火に）」の「走り火」とは、火が燃え上がる時に飛び散る火の粉のことである。前田善子氏は、『小野小町』で、胸が騒ぐ、胸がどきどきする意を懸けているものと解釈している。

恋しい人に会いたい。しかし、その手だてはない。そんな夜が幾夜も続いているのだろう。「小町集」第三歌に

空をゆく月のひかりを雲間よりみてややみにて世ははてぬべき

があり、こういった、例えば寵愛の後の会う手だてのなさが詠まれているように思う。初句「つき」は、「付き」で、手段の意味に解されるべきである。同じ『古今集』誹諧歌には、天体の「月」に言い懸けた次の二首が見える。

あひみまくほしはかずなくありながら人に月なみまどひこそすれ　（『古今集』一〇二九）

あふことは今ははるかになりぬれば夜ふかゝらで月なかりけり　（同　一〇四八）

先は紀有朋の歌であり、後は、平中興の作で、ともに九世紀半ばから十世紀にかけて活躍した歌人である。「つき」を掛詞とする技巧は、これらの誹諧歌より古い例を見ない。小町の歌を含めた三首は誹諧歌とされるに十分な目新しさがあったと思われる。

『万葉集』に於いて月光は分明なる側面をもって詠まれる場合が多い。

月夜には　門に出で立ち　夕占問ひ　足卜をぞせし　行かまくを欲り　（『万葉集』七三九）

一重山　へなれるものを　月夜よみ　門に出で立ち　妹かまつらむ　（同　七六五）

春日山　山高くあらし　岩の上の　管の根見むに　月待ちかたし　（同　一三七三）

吾がやどに　咲たる梅を　月夜よみ　宵宵見せむ　君をこそ待て　（同　二三四九）

月夜よみ　いもに逢はむと　直道から　我れは来つれど　夜ぞ更けにける　（同　二六一八）

等であり、月が出ない故の男女の逢えない煩悶を詠うものではない。月光は安定した恋の心情を照らし出す光として詠まれる。詠者は、月の出ない夜を男性と会えない理由にしたかったのではあるまいか。「つきのなきよは」という第二句は、周知なる認識が享受者の内に想起されるのを促す。「は」という助詞は又、限定して提示する働き

を有す。詠者は幾夜も続く苦しさを月の出ない晦日の夜だからと特定したかったので「つきのなきよは」という第二句が選択されたのであると推測する。

作者は、恋情による胸の熱い思いを詠む。『万葉集』にも

吾妹子に　恋ひすべながり　胸を熱み　朝戸あくれば　見ゆる霧かも　（『万葉集』三〇三四）

とあるが、小町が観念的に創り出した景は、「熾った炭火がぱちぱちと飛んで、その火故に焼けている心」である。秋山虔氏は、「闇夜の飛火という鮮烈なイメージ化された恋情のいたずらにかいなき悶えが、きわめて明確で印象的である」（「小野小町的なるもの」）と、この妖しくも美しい景を評されている。詠者は、今夜は床に起きて座っている。昨夜は端近で月を眺めていた。一昨日はどうであったか。炭に火が、少しずつ熾り始めるように、皆が寝静まった中で一人起きて座っていると、夜の闇を背景に胸が熱くなって火の粉が散り始める。そして、その火が燃え上がって心が焼けるように辛いというのである。「やけをり」は、焼けるという状態の継続であるが、昨夜と今夜の相変わらぬ状態の継続でもあることを思わせる。

この歌には、「思ひ」「胸」「こころ」という語が詠み込まれている。眠れない「思ひ」があって、夜に一人起きて座っている。「むね」がぱちぱちと燃えだして、「こころ」が焼けているという。「こころ」は、情や意という文字が当てられるように働きとしての感情であり、「むね」は、感情の働く場である。「むね」で「こころ」という様々な物思いが焼けている。詠者は、「こころ」が焼けているのを客観的に見ている。人に逢う手だてがない（「つきなし」）という、その判断をめぐる全ての思いは、ぱちぱちと音をたてて燃えており、詠者は、その火が燃え尽きるのをただ待っているかのようでもある。

二五　ゆめちにはあしもやすめすかよへともうつつにひとめみしことはあらす

『古今集』に収録される小町の歌である。『古今集』には、小町の夢をテーマにした歌群が二箇所にある。前半は巻十二　恋二で、三首置かれる。後半は巻十三　恋三で、ここにも三首置かれる。「小町集」との関連で言えば、前半の夢の歌群は、その順序で流布本「小町集」に入り、中に、『新勅撰集』所載の小町夢の歌が一首加えられている。この歌は、『古今集』では、後半の夢の歌群に置かれる歌である。後半の夢の歌群は、流布本「小町集」では、「やんごとなき人」との恋歌として独立させ、また、海人をテーマとする歌の中で捉えるというように、夢の歌群としては継承されていない。この「夢路には」歌は、「小町集」の配列からすれば、本来海人をテーマとする歌の中で捉えられていた歌であった。詳細は、本章第四節の「「夢」の歌群の配列」で述べている。

「夢路」とは、夢の世界で恋人達が行き来する道のことで、想い寝をすると、魂は夢の中で行き来すると考えられていた。『古今集』『後撰集』に見える歌は、異次元の世界である「夢」の世界を、新鮮な驚きを以て受け止めており、通う道の辺の「忘れ草」や「露」などの現実世界を夢の世界に投影させることで、新たな視点を創り出している。

例えば、次のような歌である。

こふれどもあふよのなきは忘草ゆめぢにさへやおひしげるらむ　（『古今集』七六六）
夢ぢにも露やおくらん夜もすがらかよへる袖のひぢてかはかぬ　（同　五七四）
ゆきやらぬ夢ぢにまどふたもとにはあまつそらなる露ぞおきける　（『後撰集』五五九）
うつつにて誰契りけん定なき夢ぢに迷ふ我はわれかは　（同　七一一）
あかずして枕のうへに別れにしゆめぢを又もたづねてしかな　（同　一〇三九）

夢の中にも人の通える道があって、誰にも咎められることなく恋しい人の許へ通ってゆける。近道を見つけた時の喜びにも似た気持ちで、立ち止まらずに歩いて行った。詠者には、袖に触れる草の露も道の辺に咲く忘れ草も目には入らない。ひたすら歩いて行ったが、現実に出会った時に匹敵する悦びは得られなかった。詠者は、落胆と寂しさを感じる。

「うつつにひとめみしことはあらす」という下句は、見た事がないのか、見た如くでないのか、いずれにも解釈出来る。後者の、現実に一目見た程の喜びはない、の意であるとする解釈に従うが、「うつつに一目見し」に重点を置いては解さない。即ち、恋の喜びを第一義に詠うものではないと考える。恋人と逢った喜びに酔いしれる詠者が、度々通った夢路を思い起こしているとは解さない。上句と下句の逆説関係や結句の否定形は、現実の喜びを謳歌する調を持たないと考えるからである。「うつつに一目見し」は、時を経た昔の記憶であろう。下句「うつつにひとめみし」の、この「うつつ」が、遠い記憶であることは、『古今集』の注釈では通説になっている。『古今集』の配列からすれば、「みし如はあらず」とする歌内容が、小町の歌が置かれている位置からは相応しいという『古今集正義』のような考え方が論拠である。

一方、前者の「みしことはあらず」即ち、見た事がないと見る解釈、即ち、夢路に幾度通っても、現実には一度も逢えない、の意味の解釈もなされている。『古今栄雅抄』（竹岡正夫『古今和歌集全評釈』）は、この歌に、そういった逢えない恋の寂しさを見、前田善子氏『小野小町』では、「夢の逢瀬のしげさに比べて、現実のそれが、はかなくも便宜なきこと」という「夢想の恋に憧れる」心情を見ている。上句は確かに夢の世界への期待が詠まれているが、しかしながら、上句の夢への思いは、打ち消しの形を採る結句に至ると、陰ってしまうように思える。賀茂真淵の『古今集打聴』は、「ひとめみしごとはあらず（一目見たような喜びはない）」とする説であるが、その細書に、

> 一たびあひしのみに後はあはぬ恋なるべし…後撰に思ひねのよなよな夢に逢ふ事をただかた時のうつゝともがなとあるは今をとりたる也　（『古今集打聴』）

と記されている。右の引用歌は、次の歌と贈答関係にある歌である。

返し

時のまのうつつをしのぶ心こそはかなきゆめにまさらざりけれ　（『後撰集』七六七）

「夢」なるものの確かさをもって、「時のまの」と詠う、この返歌に対し、「思ひねの」という先の『後撰集』の引用歌は、『打聴』でも「今をとりたる也」と述べるように、「うつつ」と「夢」では、「うつつ」に軍配を挙げているのである。小町の歌もまた、真淵の挙げる例歌に似る。小町の歌もまた、夢が現実には及ばぬという夢の限界を知ってしまったと詠む。しかし、小町の歌が、『打聴』の引用する『後撰集』歌と異なる点は、夢の世界の甘美を詠っていることである。先の前田氏のような解釈が出されるのも、その甘美な夢の世界に注意されているからである。

下句の解釈は、整理すれば、次のように三種となる。

（1）現実に一度見た程の喜びはない。（落胆の心情）

（2）現実に一度見た程の喜びはない。（歓喜の心情）

（3）現実に一度も逢ったことがない。

であるが、私は、上記のように、この箇所に落胆の心情を見ている。この歌に詠まれる、落胆と寂しさは、あたかも山の向こうに憧れを抱いていた者が、出かけて行っては、涙とともに帰って来た、という西洋の象徴詩に見られるような光景である。憧憬の念が消える事はないが、詠者は一つの落胆を経験してしまった。小町の歌一首の内にも、期待と落胆の起伏が大きな波状を描いている。カール・ブッセの詩の中で、憧れを育んでいた青空が、昔の空ではなくなってしまったように、小町にとっての「夢の世界」も、結句に至っては色あせてしまった。その時、「うつつに一目見し」現実が、詠者の内で浮上する。竹岡氏『全評釈』では、夢と現実の確かな実在感を比べているものと、述べられていたが、結句に至ると、うつつの実在感が詠者の内で大きくなる。それは、「時のまのうつつつ」であったからであり、過ぎ去った昔の記憶としての「うつつ」であったからであると考える。

歌一首の解釈は、右の通りである。祖本に近いところの「小町集」、具体的には「時雨亭文庫蔵本（唐草装飾本）」、「静嘉堂文庫蔵本（二〇五・三）」では、海の歌群の一首として捉えられており、本の調査を経て、この歌は「小町集」の歌としては海人をテーマにした歌として位置付けられていたとみることは、はじめに述べたとおりで、詳細は、後の「夢の歌群の構成」に譲る。

二六　かさままつあましかつかはあふことのたよりになみはうみとなりなむ

「あふこと（逢ふ事）」「たより（便り）」「なみ（無み）」「うみ（憂み）」の連鎖によって、逢瀬の無くなる事を危惧した歌である、と知られる。「なみ」に、「波」と「無み」を懸け、「うみ（海）」のう音が、辛い心情の「憂」を連想させる。

流布本「小町集」によって伝わる、この、「あふことのたよりになみはうみと成りなん」は、例えば、

いづのさきうみと波とのめもはるにそのきはみえぬ雲のゆふなぎ
（『夫木和歌抄』一二一〇三）

を参考に、「波」を海の動的実在、「海」を静的実在であると解せば、「波が海となる」とは、海人の潜った時に立った白波が、或いは、海人の乗った船の立てた波が、消えた事をいうものであったと考える。「逢瀬の機会がなくなってしまうだろう（あふことのたよりになみはうみと成りなん）」とは、「波」に「無み」を、「海」に「憂み」を言い懸ける技巧を主眼に置いた歌でありながら、恋情のイメージとして、白波消えた後の冷ややかな静けさをたたえた海面が、一情景として歌に詠まれることになる。上句では、その海面下に海人が潜ったならば、と仮定する。

「かざま」は、風と風の間、即ち、風の途切れで、

きみによりをちのはや船さしはやし風間もまたずこがれくかな
（『浜松中納言物語』三二六）

あらなみのかけくるきしのとほければかざまにけふぞふなわたしする
（『夫木和歌抄』一五七六七）

よるべなみ風まをまちし舟よりも余所にこがれし我ぞかなしき
（同　七七二二）

と詠まれ、風は船出を妨げる物理的な悪因であった。『万葉集』に「風俟」「風守」を「かざまもり」と訓じる用例があった。「かざまもり」は、出船に際し風の様子を見る、という意味であるが、又、「名に負へる杜に風祭せな」（『万葉集』一七五二）等「かざまつり」の詞同様に、「かざままつ」という語の背景には風の神への敬虔な心情が籠ってあろう。

「あま」は、風の止むのを待って海に潜る、と上句はいう。その景は、例えば、一幅の海辺の絵を題材にした表現であったかもしれない。片桐洋一氏が言われる如き、屏風歌である。小町の歌に題詠歌や屏風歌としての性質を見ようとするのは、全ての歌の解釈を小町という人間の実生活に帰さねばならないと考える事態への警鐘であったのだろう。しかし、また逆に、題詠歌、屏風歌であったことが、歌の成立する際の形成的な問題や、その作品が自律して有する価値をどれだけ規定しているか、については、個々の歌について考察されねばならない問題である。この歌の形成の背景には、当時の共有認識があって、それが、上句の景に反映されているといったことは、当然考えられてもよい。

宮中に仕えていた者が、聞き伝えていた話はあったかもしれない。『日本三代実録』元慶元年九月二十七日の条には、草木の生えた珍しい石が採れたという記録がある。古の御世にも天皇の命で海に潜ってそのまま帰らぬ者となった海人がいた。例えば、允恭天皇の御世、天皇が、淡路島に出猟された。山谷には獣が鳴き騒いでいるのに獲物は一匹も捕らえられない。そんな時、島の神からお告げがあった。「明石の海の底に、真珠あり。その珠を我に祠らば、悉に獣を得しめん」という。天皇は、各地の白水郎を集められた。六十尋もの深い明石の海は、誰にも潜れなかったが、ただ一人阿波国の男狭磯なる男が適任として推された。男狭磯は、腰に縄を着けて潜り、見事光る大蝮を海底から引き上げてきた。しかし男狭磯は、大蝮を抱いたまま息絶えてしまったという。その真珠は、桃の実のように大きく、島の神の御心に叶うものであった。天皇は、男狭磯を気の毒に思い、手厚く葬られたという。

真珠や玉には、信仰にも似た思いがあった。海人は、危険を冒して海に入る。『万葉集』にも海人という仕事の危険なことの知られる歌が載る。海人集団を統率する貴族に仕える贄人で、内膳司に出入りしている者は、宮中に仕える人々には身近な存在であり、貴族達は、海人にまつわる話を聞いていたかもしれない。『万葉集』には、海で夫を失くした妻の嘆きが詠まれている。神亀年間、筑前国宗像郡（福岡県）に津麻呂という百姓がいた。太宰府は、この百姓に、対馬へ食糧を運ぶ船の船長を命じた。しかし、津麻呂は、衰えた身体では航海に堪えられないと考え、その仕事を糟屋郡志賀郡の白水郎である荒雄に頼んだ。荒雄は、長い間同じ船に乗っている者同士は、兄弟以上に強く結ばれているからと快く承諾した。荒雄の乗った船は、肥前国から船出をしたが、急に雨交じりの暴風に合い、とうとう順風に恵まれず、海中に沈んでしまった。それを悲しんだ妻の残した歌が、次のような「筑前国の志賀の白水郎の歌十首」である。

沖つ鳥　鴨といふ船の　帰り来ば　也良の崎守　早く告げこそ　（『万葉集』三八六六）

沖行くや　赤ら小舟に　つと遣らば　けだし人見て　開きあけ見むかも　（同　三八六八）

大船に　小舟引き添へ　潜くとも　志賀の荒雄に　潜き逢はめやも　（同　三八六九）

大船に小船を引き連れて海中を捜したが、再びは荒雄に会えなかったというのである。

この流布本「小町集」第二十六歌に描かれる海人は、風が止むのを待っている。『日本書紀』で大真珠を得る為、六十尋の海に潜った男狭磯にせよ、『万葉集』に記される荒雄にせよ、海に挑むものは、必ず不幸になると、小町の歌の上句は伝えているのかもしれない。海の神の力は絶大で、荒雄が、白波を立てて海底へ沈み、男狭磯の魂が、海の彼方の常世へ行ってしまっても、海は、何もなかったかのように平静で冷淡な様子をたたえているだけだというのではないか。そういう海面の冷ややかな静けさが、流布本「小町集」のこの歌が作られた背景に共有認識としてあり、同集がそれを取り込んでいったと推測する。この歌に関しても、第三句の「あふこと」は、人々がその海人を目にすることであり、大海に潜る海人を人々が再び見ることはない、恋歌の裏面にそういう詠者の心情があったと解釈する。海人は多く同船する仲間を伴う。潜る者と船上で待つ者は、信頼関係で結ばれ、船上の海人は息を詰めて、海中から浮かび上がってくる仲間の元気な顔に会えるのを待っている。「あふこと」は、危険を背後にした安堵の瞬間を言うのであろう。それだけ、「たよりになみはうみとなりなむ」と結ぶこの歌には、暗鬱たる大海に臨む如き不安の心情が、表現されていよう。

しかしながら、異本系の伝本である六十九首本「小町集」によって伝えられる形は違う。

かさま丶つあましかつかはあふ事のみるめもなしと思はさらまし　（四二）

と、下句が異なっている。「あふ事（逢ふ事）」「みるめ（見る目）なし（無し）」は、流布本同様に恋情に関わるものである事を暗示しているが、「みるめもなしとは思はざらまし（逢う機会がないとは思わないだろう）」とは、逢ってはもらえないと恨む、そんな海人の恨みも消えることだろう、なぜなら「みるめ（海松藻・見る目）」は、海の中にあるのだからという、いっそう機知の勝った歌となる。あってはくれない（見る目なし）というなら、海にでも潜ればどうですか。「みるめ」（海松藻）はたくさんありますよ、といった、「小町集」に特徴的な「みるめなし」を展開させた歌となる。或いは、『古今集』所収、「小町集」第二十三歌「みるめなき」を展開させたような、この形の方が古く、流布本系統の、茫漠たる海に対する不安な心情が揺曳する歌に変わっていったのかもしれないと考える。より古い「時雨亭文庫蔵本（唐草装飾本）」にこの歌はない。

二七　われをきみおもふこころのけすのへにありせはまさに逢みてましを

前歌同様に、異同のある歌であり、この歌などは、本文が定まらなかったために、第七十六歌に

　我がごとく物おもふ心けのすゑにありせばまさにあひみてましを　（76）

という類歌が入ったと思われる。本文の異同は、上句にある。

　われをきみ思ふ心のけすのへに（27）

　我がごとく物おもふ心けのすゑに（76）

　わがひとを思ふ心にけのすゑも（六十九首本）

　我人をおもふこころのけのはしに（「時雨亭文庫蔵本（唐草装飾本）」）

「われを君」は、「私のことをあなたが」の意味で、「君」を主語とする内容が後に仮定形として続く。

　我を君何はのうらにありしかばうきめをみつのあまとなりにき　（『古今集』九七三）

　われをきみまつよもあらばいひてましたのめてこぬはさぞやつらきを　（『続古今集』一一三〇）

の類である。

第三句「けすのへに」は、ほとんどの「小町集」伝本の採る形であるが、「時雨亭文庫蔵本（唐草装飾本）」は「けのはしに」、「静嘉堂文庫蔵本（一〇五・三）」は「けのすゑに」とするように、わずかに、の意であろうか。上代では、「毫毛」に「けのすゑ」の訓が当てられる例がある。

　妾如　毫毛《けノスエバカリモ》　非嫉弟姫（允恭一〇年）

　若威儀言葉如　毫毛《けノスエバカリモ》　不似王意（安康前記）　（『時代別国語大辞典　上代編』三省堂）

即ち、毛の末ほどの微少を言うが、それ以降は、

　けのすゑにはねつくむまはつなぐとも　（『古今和歌六帖』二二〇四）

　鳥毛虫にまぎるるまつの毛の末にあたるばかりの人はなきかな　（『堤中納言物語』虫めづる姫君）

以外に例を見ない。『古今和歌六帖』二二〇四は、作者未詳歌とされている。ここでは、紀友則・ありはらのときはる・紀貫之・凡河内躬恒の、「とも」で結ぶ五・七・五の句が各々十ずつ並べられ、その後二二三四に「わがきみはちよにましませさざれいしのいはほとなりてこけのむすまで」という寿ぎの歌が連句を締めくくるような形で置かれている。各句の内容は、例えば「たきつ瀬にうき草のねはとめつとも」「あさかほのきのふの花はかれずとも」「かけろふのかけをばゆきゆきてとりつとも」「花すすきほにでぬ秋はありぬとも」といったように、自然界の変移という道理を越える情景を「と」の格助詞で受け、「も」で強め、「たとえそういう状況があったとしても」という形で、寿ぎの歌に繋がる内容となっている。そう考えれば、『古今和歌六帖』先掲の例歌でも同様に、僅か・微少の意味で用いられていると言える。ちょっとしたきっかけで暴れ、後ろ足で地を蹴っている馬を押さえる、というのが、自然界の道理に反する情景であり、それが困難であったとしても、という形で寿ぎの歌につながっていく。『堤中納言物語』の方は、右馬ノ介が虫を好む姫君に言いかける場面で、姫の手入れのしていない眉を毛虫に例え、そんな女は「けのすゑ」もいない、と姫方に返した歌である。これも、極少数の意味であるが、「気の末」即ち現象の一、という解釈も可能である。

小町の歌でも同様に、「気の末」とも解せる。平安時代以降に「けのすゑ」の用例が少ないのは、「毛の末」の原義が「気の末」に移って行き、意味が落ち着かなくなってしまったからではあるまいか。「小町集」では、「けすのへ」或いは「けぬすへし」となっているのも、それを示しているのではないかと思う。本文で言えば、『新編国歌大観』所収の「小町集」は、「陽明文庫蔵三十六人集（七七三）」所収の一一六首本系統の「小町集」を底本にしているが、この歌は「けすのへに」とあったのを「けのすゑに」と校訂されているという（同書　解題）。しかし、「小町集」の伝本は、正保版本も、一一六首系統の本も、第二十七歌はほとんど全てが「けすのへに」となっている。異なるのは、次の五例である。

空白　（「御所本甲本」）
けのすゑに（類歌である第七十六歌）
けぬすへし（「神宮文庫蔵本（一一一三）」）
けのすゑも（「静嘉堂文庫蔵本（一〇五・三）」、六十九首本）
けのはしに（「時雨亭文庫蔵本（唐草装飾本）」）

「けのすゑ」が混乱したまま伝わっていったのであり、「けのすゑも」が古い形であろう。ただし、後世、多くの「小町集」伝本が「けすのへに」のままで、伝わって行った。「御所本甲本」が空白にするのは、「神宮文庫蔵本（一一一三）」の本文に接して、判断がつかなかったからではないかと推測している。

私のことをあなたが思って下さる、その心が僅かでも見えれば、私はあなたに会っていたでしょうに、と詠う。男から歌を受け取り、返歌を書き贈ったが、会うまでには至らなかった。会いたくなかったのは、誠意が見られなかったためである。そんなものだと第三者は言うが、そうは思えなかったというのであろう。詠者の逢わないという決断は、自我に目覚め自立した人間の考えを持ってなされたと言えるものでありながら、歌に表れるその心は揺れ動いている。貫之が、小町の歌を「あはれなるは女の歌なるべし」（『古今集』仮名序）と評したのは、こういった未練ゆえに引き戻される、たゆたう心を指したものであったのかもしれない。「小町集」第二十三歌を初めとして、「あはぬ女」という小町像が作り上げげられてゆく。この歌は、贈答の過程での相手に対する弁明ではなく、自照の際の自らへの弁明のように思える。

平安文学には「あだ」と「まめ」という語が多出する。それぞれ「不実な」「誠意のある」と訳されている。一夫多妻制度が許されていた時代で、時代の枠内の「まめ」が求められるには違いあるまいが、男女間の「まめ」は、相手を一途に愛することであるといった、その語に対する認識は、時間や空間を越えた真理なのであろう。女達は、

「あだ」なる虚偽に敏感であった。和歌を男女の媒にしておくのではなく、その文芸性を取り戻そうとしたのは、小町が生きたと思われる時代より半世紀後に撰進された『古今集』の指針であったと、その序はいうが、他愛もない贈答歌の行き交う裏で、女達は真実の愛情により敏感だったのではあるまいか。自らの心に忠実に対して純粋な判断を下したはずの詠者の心が揺れている。これが小町の歌だとすれば、弱い女心が詠ませた歌である。

では、流布本「小町集」第七十六歌になると、意味はどう変化するか。第七十六歌は、「私のように恋に苦しむ、その苦しみが少しでもあなたにあれば、私は会っていたでしょうに。」として、同じ物思いを相手にも求める歌となる。

「物おもふ心」は、恋の物念いに苦しむ心情であろう。「物おもひ」（物念ひ）という語は、恋の心情に関するもの、それ以外の心情、そして何れとも決めかねる場合に用いられている。

かくばかり　恋ひつつあらずは　石木にも　ならましものを物思はずして　（『万葉集』七二二）
夕されば　物思ひまさる　見し人の　言とふ姿　面影にして　（同　六〇二）
橘の　蔭踏む道の　八衢に　物をぞ思ふ　妹に逢はずして　（同　一二五）
防人に　行くは誰が背と　問ふ人を　見るが羨しさ　物思ひもせず　（同　四四二五）
物思ふと　隠らひ居りて　今日見れば　春日の山は　色づきにけり　（同　二一九九）
青嶺ろに　たなびく雲の　いさよひに　物をぞ思ふ　年のこのころ　（同　三五一一）

など全て『万葉集』の例であるが、どれもが「思」より「念」の文字を当てるにふさわしく、停滞する心情である。なぜ停滞するのか分からないから「物」の語が付され、「何となく」という気分を表す言葉となる。「恋の物おもひ」が、「恋のおもひ」と異なるのは、その晴れ遣らぬ点にある。「恋」以外の「物おもひ」の場合では、心配事に類する意味となる。時代が下るにつれ、『古今集』に代表される和歌集の美意識が集約されて類型化したところの

「情趣」に誘発される「物おもひ」の意味が加わる。「物おもふ心」という「心」との複合語は、後世のものではないかと考える。

ものをおもふこころははひとくたくれどあつきおきにはおよばざりけり　（『赤人集』八四）
かつきえてそらにみだるるあはゆきは物思ふ人の心なりけり　（『後撰集』四七九）（『古今和歌六帖』七四六）
物思ふ心や身にもさきだちてうき世をいでんしるべなるべき　（『千載集』一〇七八）
五月雨もはれざらめやは物思ふ心の空はまつそらぞなき　（『拾玉集』五九九）
ものおもふ心のたけぞしられぬるよなよな月をながめあかしし　（『山家集』六四五）
物思ふこころのうちはみだれあしのうきふしながらさてやくちなん　（『続千載集』一一八七）
物思ふこころはいとにあらねどもまずみだるるは恋ぞありける　（『続後拾遺集』六三〇）
物おもふ心の色にそめられて目に見る雲も人や恋しき　（『風雅集』一三二五）

等に用例を挙げてみたが、『赤人集』歌を除き『後撰集』以降の詠作である。右の山部赤人の作は、『万葉集』には収録されておらず、また、同じ歌が『千里集』にも「心不及炉中火」の題で載せられている。千里の「月見れば千々に物こそかなしけれ」という『古今集』歌に影響されて、赤人の歌が『千里集』に収録されたと考えれば、即断は出来ないが、これは、赤人の歌ではなく、真に大江千里の作歌ではなかったかと思う。右の『赤人集』歌では、燃えつきて灰になっていながらかろうじて原形を留めている今にも壊れそうな灰の塊を「物思ふ心」に喩えている。月を見て千々に乱れる心を見つめる赤人よりも後世の時代の調べがあるように思える。右の例歌六首の内『後撰集』『続千載集』『続後拾遺集』『山家集』の例歌は、「物思ひ」を平静ではいられぬ心の「みだれ」と結びつけている。これは、千里の歌が影響しているのではないかと思う。『拾玉集』や『風雅集』の歌も『古今集』の次のような歌と無縁ではなかろう。

　五月雨にもの思ひおれば時鳥夜深く鳴きていつち行くらむ　（『古今集』一五三）
　大空は恋しき人の形見かはもの思ふごとに眺めらるらむ　（同　七四三）

その他『千載集』の例歌は、「出家」の契機となる「うき世」への思索の深まりが見られるので、従って、複合語としての「物おもふ心」は、「物おもひ」が、周知の言葉として定着する『後撰集』以降のものではなかろうかと思う。

「物おもふ心」を「情趣を解する心」と解せないかと調べて見たが、「情趣」に類する概念を漢詩ではなく和歌に詠むことそのものが、小町の時代より後世の概念なので、不適当であると考える。一方、「我がごとく」との接合例では、

　わがごとく物思ふ人はいにしへも今ゆくすゑもあらじとぞ思ふ　（『拾遺集』九六五）

が挙げられる。

　第七十六歌の場合、詠者は、私が恋に苦しむそのくらいの真剣な思いがあなたにもあればと言う。贈答歌という形態を取ったであろう当時の恋愛の、繰り返されるべき歌贈答の過程で、男性は、あっさりと去って行ったというのではあるまいか。物思いをしている様子は、些かも見せずにである。詠者は、しかし、私はこんなにあなたを思って物思いをしているのにと言っているであろうか。違うのではないか。物思いは辛いものだと嘆いているのでも、それを以て自己の愛情の証に仕立ててあげようとしているのでもない。それは、詠者の恋情が、他の男性に向けられているからであろう。小町は、同じ苦しみを新たに言いかけて来た男にも求めている。恋愛の過程に障害を前提としている。行きづまった思いを経て耐えて物思ふ男を求めていたということになる。拒絶しながら贈答歌が返されるのを待っていたことになる。屈折した愛情の要求である。

　この第七十六歌は、右のように解するが、「物おもふ心」という複合語の時代的な調から、こちらは後世の付作

ではないかと思われる。

二八　よそにてもみずはありとも人こころわすれかたみをつつみしのはん

「よそ（外）」は、詠者から遠い、或いは、詠者と無関係であることを示す語である。「よそにのみ」「よそながら見る」「よそにゐて」と、『万葉集』にも恋の歌として多く詠われている。「よそにてもみずはありとも」とは、関わりのない男女の間柄を云うものであり、詠者は、対する男性を「よそ」なる存在であると捉える。この歌の「よそ」とは、例えば、平安時代の自由恋愛の中でも厳然と存在した、社会制度に関わるものであったと推測する。これは、恋人と別の小世界の枠の内にあることをいうのであって、恋人の心が離れ、二人の関係が疎遠になった、というような心理的な距離感を表現するものではない。心理的な繋がりは、むしろ、依然として強いことを詠うかのようである。詠者が、「よそに」「みずはあり」という状況を淡々と詠ずるのは、その状況を絶対的なものとして受け入れているからであろう。上句の「よそ（関係ない間柄）」という状況が、或いは、「みずはあり（会えない）」という状況が、確認されるかのように「も」字で強められ、詠み下されていく。

第三句「人心」は、「よそにてもみ」ぬ対象であり、下句「わすれがたみ」の内容でもある。「人心」は、和歌に於いて、次のように否定的に捉えられてきた。

人ごころいまはあきたのほになればいなばの露のおもひけぬべし　（『古今和歌六帖』一一一八　そせい）

人心うしみついまはたのまじよ　（『遍昭集』九）（『拾遺集』一一八四）

人ごころうす花ぞめのかり衣さてだにあらで色やかはらむ　（『新古今集』一一五六）（『後葉集』四五一）

これらは、『古今集』「世の中の人の心は花染めの移ろひやすき色にぞありける」（七九五）の影響によるのであろう。「人心」の語が小町歌のように一首の中ほどに置かれる例は、次のような形でみえ、類型化している。

秋にうつる梢もうしや人ごころかはりやすさのたぐひと思へば　（『玉葉集』一六五八）
なにゆゑにそでぬらすらん人ごころあささは水のおもひたえなで　（『続千載集』一四六九）
あふさかのせきをばしらで人ごころうきねのはらになどまよふらん　（『夫木和歌抄』九八八五）

「人心」についての判断が上句でなされ、「人心」という語は「あき」「うし」「あだ」「うつろい」などの移りゆく人の心のはかなさという側面を取り上げて詠まれる。「小町集」歌に於ける「人の心」という詞も同様である。「小町集」には、

色みえでうつろふ物は世の中の人の心のはなにぞ有りける　(20)
わすれ草我が身につまんと思ひしは人の心におふるなりけり　(75)
ながらへば人の心もみるべきに露の命ぞかなしかりける　(89)
我のみやよをうくひすと鳴きわびん人の心の花とちりなば　(92)

の歌が載る。また、「小町集」には収録されていないが、勅撰集に小町の歌として採録されている

人ごころわがみのあきになればこそうきことのはのしげくちるらめ　（『続古今集』一三三一）

の「人ごころ」も、或る意味で否定的な、はかない性質の言葉として用いられている。

しかしながら、この第二十八歌は、はかなさに挫ける調を備えない。先述の通り、「よそにても」「みずはありとも」の「も」字が、揺るぎない詠者の思いを伝えている。それは、「人心」に対する純粋な信頼というよりも、「わすれがたみをみつつしの」ぶという行為に象徴されるように、詠者が、詠者独りの思い出の世界に慰めを見出しているからであろう。「わすれがたみ」は、手元の手紙の束の中に、歌に、着物に、香りに確かに存在する。しかもそれは、詠者独りの世界に取り込まれた時から、永遠の命を付与されるものである。「わすれがたみ」が壊れることのない詠者独りの世界に存在する故に、上句の調は、軽々としているのではあるまいか。それが、「よそ」なる

「みずはあり」という「人心」に対する平静とも見える享受の意味なのであろう。
「わすれがたみ」は、思い出のよすがとなるものである。『万葉集』には、

池の辺の　小槻の下の　小竹な刈りそね　それをだに　君が形見に　みつつ偲ばむ　（『万葉集』一二七六）

とあるが、「忘れ形見」という複合語は『古今集』以降に好んで用いられる語である。当初は、「忘れ難み」との掛詞であった所から生じたであろう精神的事象の意味から、その後再び、次のような具体的事物を示す表現に移り変わっていったと推測する。

たちながらきてだにみせよをみ衣あかぬ昔の忘れがたみ　（『新古今集』一七九九）
おもひいづるをりたくしばの夕煙むせぶもうれしわすれがたみに　（同　八〇一）
いまはとてわかれしままのとりのねをわすれがたみのしののめのそら　（『新勅撰集』八〇五）

この歌の類歌に、『新古今集』に収録された素性の歌があり、小町の88「わがみこそ」歌と並べ収録されている。

あふことのかたみをだにも見てしかな人はたゆともみつつしのばむ　（『新古今集』一四〇四）

は、素性の歌であるが、同様な題材を用いながら、素性の歌と、この「小町集」歌は、対照的である。素性の歌は、逢う事難く、形見でもあればと嘆き、「小町集」「よそにこそ」の歌は、その形見を得て、永遠の逢瀬を保証されたかのように力強い。
この歌は、南北朝時代の『新拾遺集』に次の形で収録される。

よそにして　みずはありとも　人心　わすれがたみに　猶やしのばん　（『新拾遺集』一三一九）

多くの歌が、「人心」を移ろうものとして否定的に詠んでいたように、『新拾遺集』歌では、「人心をわすれがたみに思えようか」或いは「人心をいつまでもわすれがたみにしようというのか」という詠者の、「人心」に対する価値観の揺らぎが表現されている。「よそにても」「みずはありとも」の「も」字の強さはなく、「よそ」なる存在で

ある故に見ることもない、と初句が、第二句の原因となっている。

結句は、六十九首本や「静嘉堂文庫蔵本（一〇五・三）」が「みつつしのはむ」とする以外は、流布本系統全て「つみてしのはむ（ん）」となり、この「西本願寺蔵本（補写本）」系統のみ「つつみしのはむ」とする。六十九首本や「西本願寺蔵本（補写本）」の「小町集」では、人目を忍んだ恋であることが示され、「わすれがたみ」への思い入れが強い表現となる。流布本系統が採る形の「つみ」は、「摘む」とも「積む」とも解せるが、取り出して偲ぶの意であるとするなら、これも又、「わすれがたみ」への思いを主意とする歌になる。

諸本による異同は、解釈の軌跡でもあるのだろう。六十九首本の形「みつつしのはむ」が古形であると考えるが、この歌を採歌した『新拾遺集』には、三首小町の歌が載り、その一にまた

わすれ草我が身につまんと思ひしは人の心におふるなりけり　(75)

がある。即ち、『新拾遺集』では、この第二十八歌と第七十五歌が、小町歌として収録されていた。その結果、『新拾遺集』に所収の小町歌という包括的な捉え方がなされた時に、「みつつしのばむ」や「猶やしのばむ」ではない、「つみてしのばむ」という流布本系統の形が出来たのかもしれない。

二九　よひよひの夢のたましゐあしたゆくありてもまたんとふらひにこよ

「よひ」は、日没後男性が訪ねてくる時間のこと。「夢のたましひ」とは、夢に現れる遊離魂をいう。恋人を夢に見ることは、相手が自分を思ってくれている、その心の発現であると考えられていた。「あしたゆく」は、足「たゆ（酸ゆ・懈ゆ）」、即ち、足のだるくなることである。第三句「有りても」は、「あしたゆく」という状態を示すとも、男性の存在を示すとも解釈される。「あしたゆく有り」を一纏まりに考えれば、「有りても」はその状態をいい、「あしたゆく」と「有りても」の間に意味上の区切れを認めるならば、「有りても」に某人の存在が示されているこ

とになる。例えば、『万葉集』の、「うらぶれて　物は思はじ　水無瀬川　ありても水は　行くといふものを」（二八一七）は、水無瀬川なる川があったとしてもと、その川の存在をいうものでもある。右小町集歌の漢字表記をもとには出来ないが、補助動詞的にみるか、本動詞としてみるか、本動詞的にみれば、そこに某人の存在がはっきりと示されることになる。

ところで、結句「またん」とは、何を待つのか。上句からの展開よりすれば、夜毎の夢に現れる恋人（魂）であろうが、現実の男性を待つと読めぬこともない。即ち、夜毎の夢に恋人（魂）が現れても、私は現実のその人を待とうと言っているものとみる解釈である。「小町集」には、

ゆめぢにはあしもやすめずかよへどもうつゝにひとめ見しごとはあらず　(25)

という、現実に比重を置く歌があった。そのように、現実での逢瀬を望んでいるとみる解釈である。しかし、連夜の夢に見える恋人（魂）では嫌だ、不足だ、と詠うとみるには、調が切迫していない。これは、夢での逢瀬など価値はない、現実でのあなたを待つといった、そういう現実肯定の歌ではなく、上句と照応するところの「夢のたましひ」を詠者は待つと言っているのであると、解したく思う。

「小町集」には、夢に対する期待を詠む歌があった。

思ひつゝぬれはや人のみえつらん夢としりせはさめさらましを　(16)

うたゝねに恋しき人をみてしより夢てう物はたのみそめてき　(17)

それら夢に恋人を見た驚きを詠う二首には、嬉々とした調があった。しかしながら、この第二十九歌は、連夜の夢に恋人が現れたと詠うのに、この二首が有する弾むような心の昂揚を示す調もない。詠者は、足たゆく来る夢の魂に対して傍観者のようである。「よひよひの夢のたましひ」は、一現実である。詠者は、享受したその現実を「有りても」という仮定の形で展開させる。「…てもまたん」という表現は、夢の世界に過度の期待をかけることも、

夢の世界の価値を否定することもなく、訪れがあれば待つといっているように読める。大きな自然の流れに身を委ねるかのように、静かな調である。それは、悲観的に傾きがちな心情の中に、一つの安らぎを得たゆえにもたらされたものではあるまいか。夢の世界に我身を見出した詠者の安心感が、その調となっている。「よゐよゐの」という安らいだ柔らかな詠み出しの調は、「とぶらひにこよ」という緩やかな呼びかけで結ばれる。

この歌は、『小大君集』にも載る。『小大君集』と「小町集」には、連続する六首（一首長歌）が一群をなして重出しているが、『小大君集』の場合は、流布本系統にのみ見られる現象である。『三十六人集』のうち『西本願寺蔵三十六人集』所収の『小大君集』には載らない。同集の「小町集」ではどうであったか、原本が散佚しているので分からない。ただし、もとの本に近いと久曾神昇氏が言われる「醍醐本」（いわゆる六十九首本）には載るので、「小町集」から『小大君集』に入ったのであろうと考えるのが通説になっている。

「小町集」伝本にみる歌の形は、第三句、第四句に異同がある。

よひ〳〵のゆめのたましゐあしたかくありてもまたむとぶらひにこよ（「御所本甲本」、多くの流布本）

よひよひの夢のたましゐあしたかくありかでまたんとふらひにこよ（『小大君集』（歌仙家集本））

よひ〳〵にゆめの手枕あしたかくありかで又もとぶらひにこよ（六十九首本中「神宮文庫蔵本」以外）

よひ〳〵にゆめの手枕あしたかくありとて又もとぶらひにこよ（六十九首本中「神宮文庫蔵本」）

よひ〳〵のゆめのたましゐあしたまてありてわかみをとぶらひにこよ（「時雨亭文庫蔵本（唐草装飾本）」）

よひ〳〵にゆめのたましゐあひかたくありつつたにもとぶらひにこよ（「静嘉堂文庫蔵本（一〇五・三）」）

第四句「ありとて又も」（六十九首本中「神宮文庫蔵本」）は、先に述べた、夢ばかりでなく現実での逢瀬も望むという意味が前面に出される。「御所本甲本」や多くの流布本の形は、二様に解釈できる。「時雨亭文庫蔵本（唐草装飾本）」になると、魂に明日まで留まって欲しいの意味となり、或いは、それに引きつけられてやって来るであろう現実の恋人の訪れを願っているという意味と解釈できる。また、「静嘉堂文庫蔵本（一〇五・三）」の場合は、なかなか逢い難いから、魂も現実の恋人も両方来て欲しいと望む歌なのであろう。

三〇　おきのゐてみをやくよりもわひしきはみやこしまへのわかれなりけり

ゐてのしまといふたいを

「ゐてのしま」という地名らしき詞書が、右歌とどのように関わるのか分からない。分かっているのは、この歌が、『古今集』墨滅歌であり、『伊勢物語』の所収歌だということである。『古今集』には、次の形で収められる。

おきのゐ　みやこじま　　をののこまち
おきのゐて身をやくよりもかなしきは宮こしまべのわかれなりけり
からこと　清行下　　（『古今集』一一〇四）

「からこと　清行下」とは、唐琴を詠み込んだ、清行の物名歌（『古今集』四五六）の次に入っていた、の意味である。藤原定家が、自家用の定本を作る際に墨滅ち歌を後尾に集めたとされている、この墨滅歌は、『古今集』で一一首ある。その前半五首については、それらがなぜ墨滅歌であるのか明らかではないが、後半の六首は、『万葉集』『日本書紀』の歌との重出歌であることに因る。小町の歌は、前半五首の中に位置する。詞書の地名について、諸注釈書はそれを明らかにしていない。歌で「おきのゐ」は、物名として自然に詠み込まれているが、「みやこじま」は、隠されているようには見えない。だから、詞書の「みやこじま」は、後人が、『伊勢物語』に影響されて付したのであると、『古今和歌集打聴』では注釈している。

『伊勢物語』一一五段は、この歌をめぐり、男女の別れの場面を想定している。陸奥の「おきのゐ　みやこじま」という所で或る男女が住んでいたが、男が都へ行きたいと言ったので、せめて別れの宴でもと女は酒の用意をした。

そして詠んだのが、この歌である。身を焼くように辛い別れを詠んだ歌の心を『伊勢物語』の作者は旨く生かして物語に仕立てた。別れを詠むにふさわしいのは、船出を想起させる「島」ではないかという点で、話の舞台は「陸奥」とされたか。景勝地松島湾には都島が存在する。都島の近くには塩竈がある。藻塩焼く煙の立ち上る「塩竈」が焦がれる身にはふさわしいとも考えられる。『万葉集』の

海原の　沖ゆく船を　帰れとか　領布振らしけむ　松浦佐用姫　（『万葉集』八七四）

に見る松浦佐用姫が、任那へ行く愛人を送る、その光景も、海と陸との別れであった。

「宮こしまへの別れ」の場をいくつか考えたが、一は、やはり、『伊勢物語』の男女の別れの場である。『伊勢物語』一一五段は、男女の別れの場面を描く。ささやかな宴が供される。酒を勧める女の脳裏には、どこまでも広く果てしない海の景色が浮かんだはずである。今までは、男を待って胸を痛めていた。しかし、これからはもう待つ思いに身を焦がすこともなくなる。その時女は、身を焦がして待つことも恋の一であったことを悟る。男は塩竈の港から舟を出し、女は都島が視界に入る浜辺から男の舟が見えなくなるのを見送っている。浜では、塩を焼く煙が立ち上っている、そんな情景が、酒を勧める女の脳裏に広がった。『伊勢物語』には「おきのゐて身をやくよりもかなしきは」という歌にふさわしい話が展開されている。

第二は、内陸部の宮島での別れである。「おきのゐて」は、「沖」「退いて」が原義であるとも考えられる。沖にも都島という島はあるが、内陸部の都島であるという但し書きが「おきのゐて　みやこじま」の題名が意味するところであったとすればどうだろうか。「しま」は、川の中州を想像しても良い。「みやこ」という地名は、『肥前国風土記』に「同じき天皇、行幸しし時、この村に行宮を造り奉りき。因りて宮処の郷といふ。」とあるように元は天皇の行宮に因む土地という意味の「みやこ」であったかもしれないし、或いはまた、従来指摘されているように、大和朝廷直轄地である「屯倉」の音が転じた地名に起因するかもしれない。そうであれば、身を焼くような辛い別

れとは、何か。それは、伊勢斎宮が群行の一行と別れる心情を詠うものであって、小町は、山科での斎宮の御禊を目にしてこの歌を詠んだ。『伊勢物語』が成立する以前に、この歌には「おきのゐ　みやこじま」の詞書が付されていたと考えることも出来る。伊勢斎宮と在原業平との密通事件などは、『伊勢物語』形成の主眼になっているとされる事件であった。伊勢の宮島は、三重県一志郡の雲出川と中村川の合流点の西南に位置する土地で中世の記録に見える。北側を長谷表街道が通っている。『千載集』には、女御甲斐が、斎宮を送って帰る群行と別れねばならぬ心情を詠んだ

別れゆく都の方の恋しきにいざむすび見む忘井の水　（『千載集』五〇七）

の歌も残っている。「みやこしまべのわかれ」とは、「都島辺りの別れ」であって、御禊する群行に出会った詠者が詠んだその歌が、『古今集』の撰者時代に先行する「時代歌集」とも言うべき歌集の中にあったと考えることも出来る。小町には「人にあはむ」（『古今集』一〇三〇、「小町集」第二十四歌）の歌もあり、小町の作に間違いなかろうということで小町の記名もなされた。次のように『寛平四年后宮歌会』の歌や類する道真の『新撰万葉集』にも、その趣向は取り入れられた。

左　おもひ詫びけぶりは空に立ちぬれどわりなくもなき空のしるしか　（『寛平四年后宮歌合』一六八）
右　人をおもふ心のおきは身をぞやく煙たつとは見えぬものから　（同　一六九）

しかし、定家の時代、即ち鎌倉時代初期には、小町の歌はすでに墨滅歌になっていた。それが見せ滅ちにされるに至ったのは、この歌の露骨な表現に因るものであったと思える。同じ熾火を取り上げても、「人にあはむ」歌（『古今集』一〇三〇）の「心が焼ける」のは比喩であるが、火災が恐るべき災害である時代、「熾火が付いて身を焼く」という表現は露骨すぎると考えられた。

「おきのゐて　みやじま」を、折口信夫は、次のように記す。

「おきのゐ」というと、水を汲む場所、清水の湧く所だ。「ゐでというと、水を貯めてそこから田へ水を引くところ、いまのダムのようなところ、そこが堰手だ。でがあれば「おきのゐで」だが、しかしそうだと歌にたいしておかしいと思う。山の奥に清水が湧いているところとか、そこに堰手がある土地とみたらよい。普通、沖の井だと説明されている。それだと沖の井は大きい地名で都島は小さい地名になる。

（『折口信夫全集　ノート編　第十三巻』）

「おき」を「奥」と解し、山の奥の清水が湧いている所を「おきのゐで」と解釈されている。この場合「みやこじま」は、山奥にある都島という地名か、逆に都島という土地に位置する山の奥ということになる。

以上は、『古今集』の詞書をめぐる解釈の可能性である。

次に、「小町集」である。

ゐてのしまといふたいを

おきのゐてみをやくよりもわひしきはみやこしまへの別なりけり　（30）

詞書の地名らしき「ゐてのしま」も、「おきのゐ　みやこじま」同様、所在地不明である。「ゐてのしま」では隠詞とも言えない。「ゐて」「ゐで」は、地名なのか普通名詞なのか、後者ではなかったかと考える。普通名詞である場合は、水を堰き止める「堰手」が想起される。この場合、「しま」を、水に浮かんで見える陸地の意味であると考えれば、堤の高い河の中州が想像される。

「ゐで」が地名なら、都に近い京都府綴喜郡井手町であろう。井手の地は、奈良時代橘諸兄が別荘を作って以来「玉川の水」や「山吹」「蛙」の景物とともに和歌に詠まれてきた土地である。「小町集」にも第六十二歌に「井でのやまぶき」を詠んだ歌がある。小町と井出との関わりは、『大和物語』の影響で後世に付与されたものではないかと考えている。『大和物語』は、一六〇段以降原本の最尾とされる一六九段まで、業平・小町・遍昭に関わる話が続く。一六九段は、形式的にも内容的にも完結していないが、「井出のをとめ」の話である。宮中の内舎人が、井出の地で五、六歳ばかりのかわいい女の子を見初める。そして、大きくなった頃に又来るから他の男と結婚しないようにと言い残し、帯を与え立ち去る。女の子はその言葉を信じて待っていたが、男はすっかり忘れていた。七、八年が過ぎて、再び大和へ行く用の出来た男は、その途中井出に宿った。見ると女達が井戸辺に集まっている。女達が言うことには、という箇所で一六九段は切断されたかのように終わる。一段前の一六八段には、小町と遍昭の「苔の衣」歌の贈答が記されている。「井出」が小町にゆかりの土地であると考えられたのは、この『大和物語』からの発想によるのであろうと思う。『冷泉家記』『光広卿百人一首抄』『御子左家の記』に、小町は六十九歳で井手寺に於いて亡くなった、という記録がある（『大日本地名辞典　増補版』冨山房）ことも、井手と小町の関わりを示す。「ゐで」が地名である場合、「しま」とは、井出の川の中州か或いは庭園の中島を想像して良いかと思う。

なぜ「ゐでのしま」が辛い別れを詠む歌の題名になったか、それは、恐らくは切断されたのであろう『大和物語』一六九段欠損箇所の話の内容に関係するのではなかろうか。内舎人は、色好みなる男と記される。結末には、或いは結末に至るまでに、男の言葉を一途に信じていた女の子の男に裏切られた辛さが詠まれていたのではなかろうか。井戸端で女達が話しかけて来たというのであるから、「いつかの女の子はあなたを待って、なくなった。」とでも言ったか、或いは、女達の話によって女の子を思い出し再会したが、再び男は都へ帰って行ったので女の子が辛い思いをしたという話の展開であったかもしれない。「ゐでのしま」とは、京都府綴喜郡井手の河の中州の辺りであって内舎人と井出のをとめとの別れの場ではなかったろうか。「小町集」の編者は別れの地に小町ゆかりの地として井出を想起したと解する。従って、「小町集」の「ゐでのしま」という題は後世の付作であって、『大和物語』の影響で付与されたものであるとも解せる。

「小町集」と『古今集』で異なるのは、第三句である。「小町集」は「わびしきは」とし、右に用いた『新編国歌大観』所収『古今集』では「かなしきは」となる。『古今集』の伝本にも、元永本及び筋切は「わびしきは」、貞応二年本及び伊達家旧蔵本では「かなしきは」というように、二種が存在する。定家本系統の『古今集』は、「かなしきは」とするのであるが、定家が参考にしたであろう俊成本（昭和切）や、俊成の歌道の師であった藤原基俊の基俊本、藤原清輔の清輔本系統は、「わびしきは」となっている。「わびしきは」の形の方が古いのかもしれない。「わびしきは」であれば、気落ちして辛いのは、の意味となる。

「おきのゐて」は、熾火が身に付いての意味である。歌は、それにも勝る、別れの辛さを詠む。歌の背景にあったものは、残された詞書や享受史からいくらか推測できる。右に考察した他にも、例えば、「みやこしまべのわかれ」の「しま」は「鳥」と誤って書写されたもので、「鳥辺山」での死者との別れを詠った歌であるとも解せる。いろいろな歌の契機を想像するが、しかし、私は、この歌の別れの辛さは、『伊勢物語』の話によく解されていると思う。詠者は別れ近づく失意の中にいる。会えぬ思いに身を焦がすよりもそれは辛いことだと言う。待てることをも拒絶されてしまった失意の辛さである。そこが陸奥であったとは言い切れず、「おきのゐて　みやこじま」や「ゐでのしま」は、当時の交通手段の一であった船が行き来する河の、ある中州の通称であったと考えたい。この歌の「みやこしまべの」を「都と島辺との」と解する通釈が一般的であるが、「みやこじま」にも特定の意味を与え「都島辺りの」と解する。この句も「みやこしまへ」「みやこへしま」「みやこてしま」等の異同が伝本によって存在する。

三一　**いまはとてわか身しくれにふりぬれはことのはさへにうつろひにけり**
　　　わすれぬるなめりとみえし人に

『古今集』で小町の歌として載る。「今はとて」は、今となってはそれも仕方のない事だが、の意味に解釈する。

『万葉集』に「今は」という語が多出するにもかかわらず、「今はとて」は見えない。

熱田津に　船乗りせむと　月待てば　潮もかなひぬ　今は漕ぎ出でな　（『万葉集』八）
人皆は　今は長しと　たけと言へど　君が見し髪　乱れたりとも　（同　一二四）
憶良らは　今は罷らむ　子泣くらむ　それその母も　我を待つらむぞ　（同　三三七）
常やまず　通ひし君が　使来ず　今は逢はじと　たゆたひぬらし　（同　五四二）
紅葉は　今はうつろふ　我妹子が　待たむと言ひし　時の経ゆけば　（同　三七一三）

など『万葉集』の「今は」は、現在に近い過去や未来を表し、「今はもう…（になった）」「今はもう…（しよう）」等と訳される。しかし、「今はとて」で詠み出す歌が、『古今集』には、小町の歌を除いて三首見え、

今はとてわかるゝ時はあまのがはわたらぬさきに袖ぞひちぬる　（『古今集』一八二）
今はとてかへす事のはひろひをきてをのが物からかたみとや見む　（同　七三七）
今はとてきみがかれなば我がやどの花をばひとりみてやしのばむ　（同　八〇〇）

のように、全て、男女の別れを告げる言葉になっている。

くやくとまつゆふぐれと今はとてかへる朝といづれまされり　（『後撰集』五一〇）
今はとて秋はてられし身なれどもきりたち人をえやはわするる　（同　一三〇〇）

などの「今はとて」同様、「もうお別れだといって」という慣用句（『新日本古典文学大系　後撰和歌集』一三〇〇注釈）である。従って、小町の歌にも、「いまは絶えるべき時だとお思いになって」（窪田空穂『古今和歌集評釈』）「もう今は、おさらば二人の縁を切ろうというふうに」（竹岡正夫『古今和歌集全評釈』）の、離別を告げる男性の意思を見る解釈が出てくる。

「今は」も「今はとて」も、その直後に、現時点での事態の終結を示す語が、或いは、直後の語が近い未来を表

す場合は心理的決別としての事態の終結を表す語がくると考えられる。「今はとて」の場合、事態の変化を促す主体が自己の場合は「今は…すべきであると思って」という訳が当てはまるが、事態の変化を促す主体が他者であって、それが相手の言葉であれば、「今は…すべきであると言って」という訳になる。「とて」という助詞の解釈によって導かれた口語訳である。「今はとて」を「今はもうお別れだと言って」或いは、「今はもうこれまでと言って」の意味の慣用句と見るのは前者の系列になる。

しかしながら、『古今集』の「今はとて」三首が、別れを告げる言葉であるからという理由で、小町の歌もそうであると解するのは、この歌の本来の姿を見誤るものではないかと考える。「今はとて」の係り受けについて、「やはり初句を末句に続けるというのは無理といわざるをえない」（竹岡『全評釈』）という説もあるが、この歌の場合には、結句にも係っていくものであろう。近世の『古今集打聴』や『古今集遠鏡』も、結句に係るという説を採っている。それは、

今はとてかへす事のはひろひをきてをのがものからかたみとやみん　（『古今集』七三七）

今はとてきみがかれなば我がやどの花をばひとりみてやしのばむ　（同　八〇〇）

今はとてうつりはてにし菊の花かへる色をばたれかみるべき　（『後撰集』八五三）

の「今はとて」が、直後の語を修飾しながら、結句にも係っていくのと同様だと言えよう。「今はとて」の意味が結句にも及ぶとすれば、「今はとて」は、「今」が明示されている用法であると見られる。私は、この歌の「今はとて」を、離別を告げる男性の言葉と見ずに、今を明示する表現であると解釈するのがよいと考える。次の歌などは、「今」に対比される時間を提示することで「今」を明示すると解せる用例である。

いつしかとわが松山に今はとてこゆなる浪に濡るる袖かな　（『後撰集』五二二）

今はとてこずゑにかかる空蟬のからを見むとは思はざりしを　（同　八〇三）

二首に於ける「今はとて」は、「ずっと待っていたのに折しも今」（五二二）、「ずっと待っていたが折しも今」（八〇三）と解せ、歌には、傍線を付したような「今」と対比される時間が詠み込まれている。この歌には、右のように明瞭に「今」と対比される時間は表現されていないが、歌に広がる時間空間には、「我が身しぐれに」ふる以前の、即ち、「ことのはさへに」移ろう以前の時間が詠み込まれている。

秋山虔氏は、この歌に「見立ての知巧を感じさせることなく、歌一首の世界に「我身」をこのようなかたちに客観化するとき、これはもう決して相手の男にどういう応答をも期待しうるというものではない。こたえを峻拒するきびしい哀切さをたたえるこの歌の背後には、作者にそううたいあげさせた実人生の痛覚が想定されもしよう」（「小野小町的なるもの」）と記されている。「今はとて」は、自己に向けて発せられた言葉であったと解するところに、この歌のこの歌らしさが見えてくるのではなかろうか。

詞書「わすれぬるなめり」の「なめり」は、「なるめり」で、そのように見える、思われるという判断を示す。詠者のことを忘れてしまったようだと解したが、忘れてしまったのが、「ことのは」であると解すれば、その場合「ことのは」は、約束の意味になり、約束を破った相手に、例えば「老いてしまった私だから私との約束も蔑ろになさるおつもりなのですね」と咎める歌になる。しかし、それでは、「今はとて」「ふり」という時間経過を前提にした言葉が生かされぬと考え、詠者のことを忘れてしまったようだ、の意に解するのがよいと思う。

「ことのは」は、「言葉」の歌語である。『万葉集』で言葉に関する「こと」は、言葉・便り・噂の意味で用いられていたが、

言の葉をたのむべしやは秋くればいづれか色のかはらざりけり　（『新撰万葉集』一五五）

など、「木の葉」の連想を伴うことで、恋愛過程での言葉、即ち愛の約束や愛情表現としての言葉を言うようになった。六十九首本「小町集」では、「ことのはさへぞ」とある。『古今集』で採られた小町と貞樹の贈答歌に見る

「言葉・移ろい・散り・時雨」の語が織り成す趣向は、印象的であったに違いない。

秋はててわが身しぐれにふりぬれば事の葉さへにうつろひにけり　（『後撰集』四五〇）

は類歌であるし、他にも

秋はてて時雨ふりぬる我ならばちることのはをなにかうらみむ　（『後撰集』四四八）

ことのはのうつろふだにもあるものをいとどしぐれのふりまさるらむ　（『新古今集』一二四一　伊勢）

ことのはのうつりし秋もすぎぬればわが身しぐれとふる涙かな　（同　一三三一　右衛門督通具）

いでひとのおもふといひしことのははしぐれとともにちりにけらしな　（『万代集』二三六四　読人不知）

はつしぐれふりしそむればことのはもいろのみまさるころとこそみれ　（同　二三六五　中納言兼輔）

は、その趣向を受け継いでいる。

「小町集」は、小町と貞樹との恋愛関係を提示する。冷たい雨が降っている。草木もすっかり紅葉した。小野貞樹に再会する機会があり、文を得た。恋情を伝える手紙ではなく、安否を尋ねてくれたものであったのだろう。小野貞樹について、三善貞司氏は、貞樹が嘉祥二年（八四九）に道康親王の東宮少進に任官されていることより、道康親王が帝位に就かれた時、親王の更衣であった小町が貞樹に下されたものだとする。又、『古今集』で、小町・貞樹贈答歌の次に、在原業平と紀有常の贈答歌が並んでいるのは、夫婦贈答歌を意識した配列であると説かれる（『小野小町攷究』）。貞樹からの手紙には、当時ほどの熱い思いは窺えない。しかしまだ、昔をしのぶ愛の思いが残されているかもしれない。そう思って問うてみたというのだろう。「もう私に下さる言葉には熱い思いはないのでしょうね。」すると、思っていた通りの返歌が来る。「言葉が移ろうなどと、私の言葉が木の葉なら、既に散ってしまってこんな言いかけはしていませんよ。」それが挨拶の言葉であっても、詠者の心は慰んだかに見える。「今はとて」は、先ず、直後の「我が身しぐれにふり」に係っていく。「古る」という事態の終結があり、こんなに年老いてしまってという自覚がある。「わがみしぐれに」の「しぐれ」は、涙を連想させ、辛い日々を想起させる。「今はとて」は、又、下句「ことのはさへにうつろひにけり」にも係っていく。貞樹は、心を尽くした言葉をくれる。しかし、言葉は、昔ほどの真剣なものではない。そういう諦めは、詠者に、かすかな期待を呈する歌を詠ませたに違いない。

歌は悲痛な響きにならなかった。「今はとて」の後に小休止が置かれるように思うのは、「今はとて」が、「それも仕方のないことだが」という意味であったからではないか。「古る」我が身は日々に熟知している。詠者のそのような心情が布石となり、時を経た貞樹の心の移ろいの変化をも当然のものとして受け止めようとする心構えの小休止となったのではなかろうか。ここでは、対比される昔の時があって、再会の「今」という時が詠まれている。この歌を解釈するのに「今」と対比される時を考慮する必要がある。

この歌は、『古今集』に初出する。「小町集」本文も併せた異同は次のようになっている。

ことのはさへぞ　うつろひにける

元永本『古今集』

「時雨亭文庫蔵本（唐草装飾本）」

「御所本甲本」

六十九首本

ことのはさへに　うつろひにけり

伊達家旧蔵本『古今集』

多くの流布本

六十九首本「小町集」と元永本『古今集』、流布本系伝本「小町集」と伊達家旧蔵本『古今集』との間に、それぞれ何らかの関係があったようである。

かへし

三二　ひとをおもふこころこのはにあらはこそかせのまにまにちりもまかはめ

前歌（第三十一歌）と、この歌とが、『古今集』七八二、七八三では、小町と貞樹の贈答歌として載り、「小町集」でも、そのように収めている。「あらばこそ（もし…であるなら）」の「こそ」は、「人を思ふ心がこのはであったなら」という仮定であり、当初から打ち消しの意図を以て提示されている。このような例は『万葉集』歌にもあり、「薦枕　相枕きし子も　あらばこそ　夜の更くらくも　我が惜しみせめ」（『万葉集』一四一四）は、表面的には「腕枕をして寝た愛する人が生きていれば夜の更けるのを惜しむだろう」の意味で、愛する人のいない今、夜の更けるのも惜しくは思わないという心情が詠まれている。その他

天地の　神なきものに　あらばこそ　我が思ふ妹に　逢はず死せめ　（『万葉集』三七四〇）
商返し　めすとの御法　あらばこそ　わが下衣　返し給はめ　（同　三八〇九）
相坂のゆふつけどりにあらばこそきみがゆききをなくなくもみめ　（『古今集』七四〇）
ひととせにかさなる春のあらばこそふたたび花を見むとたのまめ　（『後撰集』九七）

も同様である。この歌の場合でも裏面の意味が先にあって、即ち「私のあなたを思う気持ちは、木の葉のようなものではない」という判断があって、それを打ち消す為に仮定条件が設定されたと考えられる。

「まがはめ」は、散って何処かへ行ってしまうだろう、の意である。「まがふ」は「紛ふ」で、はっきり見分けがつかない程に入り乱れ、紛れることで、「人を思ふ心」を喩えた木の葉が何処かへ散り行く様の形容であると解した。『古今集』では、同歌が結句「乱れめ」として収録されている。「まがふ」と「みだる」については、右のよう

に「乱」に「まがふ」の訓があてられている例もある。

阿保山之《アホヤマノ》　佐宿木花者《サネキノハナハ》　今日毛鴨《ケフモカモ》　散乱《チリマガフラム》　見人無二《ミルヒトナシニ》　（『万葉集』一八六七）

この西本願寺本『万葉集』の訓では、両者の訓が混交して使用されていたことを示すものである。「ちりみだる」「ちりまがふ」に関し、比較的古い用例を見れば、

川の瀬の　たぎちを見れば　玉かも　散り乱れたる　川の常かも　（『万葉集』一六八五）

の類似歌が、『古今和歌六帖』一五二八や『拾遺集』四八九で同じく「ちりみだれ」を用いている。時代は下るが、

河風のふきあげの紅葉ちりみだれかたしきかねつうぢの橋姫　（『新千載集』六二八）

の「ちりみだれ」も、「かたしきかねつ」の条件として「みだれ」でなくてはならない。凝集していることは共通しても、紐状のものがもつれあっている様に注意が向けられているのであるから、分明でない意を原義とする「まがふ」では覆えない意味が生じている。

「ちりみだれ」と「ちりまがふ」では、「ちりまがふ」の方が、散る木の葉や桜花には一般的であった。

さくがうへにちりもまがふか桜花かくてぞこぞも春は暮れにし　（『新撰和歌』一一一）

のように桜や紅葉の散る形容として『後拾遺集』五九九、『新古今集』一三三一、『続後撰集』四四三、『夫木和歌抄』六三〇一、同　六二七三、同　一四七二三が、「ちりまがふ」として見える。それらの用例は何れもが、盛んに散っている木の葉や花弁を面として捉えたものである。個々の木の葉や花弁は、何処にどうやって散っているのか分明でないのである。

『古今集』でも、「小町集」でも、前歌に対する「返し」とある。これらの贈答は、この歌の詠者（『古今集』の記名によれば貞樹）の、何らかの挨拶の言葉から始まったと解したのは前述の如くである。

貞樹は小町から、「社交辞令にすぎないのでしょう」と言わんばかりの文を受け取った。しかし、貞樹は、そう

ではないと否定している。「こそ」の影響による係り結びの成立は、先に述べたように、仮定条件の積極的な否定と解すべきものである。即ち、「木の葉だなんてとんでもない」というのが、この一首の意味である。叙情の中心は上句にあって、下句は、心切り放たれて拠り所を失った自らを象徴している。風の随に何処かへ見えなくなってしまった一枚の木の葉という心象風景を、貞樹は相手の言いかけを打ち消す為に、先ず設けた。

従来の研究に於いて『古今集』歌「風のまにまにちりもみだれめ」は、思う心の軽さを言うと解釈されている。

風にしたがふ木葉の如き我が心ならねばやすくは乱れじと也　（『古今集打聴』）

木ノ葉風ニチリ乱レルヤウナカルガルシイ心デハナケレバ　（『古今集遠鏡』）

即ち、詠者は、自らの心を木の葉のように軽々しいものではないとして移り気を否定していると見る解釈である。その時、「散り乱れ」は、

…他人に心が散りすなわち移り、乱れて、一人の女に集中しない意　（窪田空穂『古今和歌集評釈』）

…私の心は他の女に移りはしません　（『日本古典文学大系　8　古今和歌集』頭註）

のように「心の乱れ」即ち「移り気」という図式で解されている。先の小町の歌を、約束を違えられたことへの恨みの歌であると解し、この返歌を、貞樹が自らの移り気を否定した歌であると見ることも不可能ではない。しかし、それにしては、下句の景の訴えてくるものが大きい。木の葉が「散り乱れ」るのは、一陣の「風のまにまに」吹かれているからである。何処に止まるかなどは考慮の外ではなかったか。心放たれては拠り所を失う詠者の心象風景が下句であり、「まがはめ」という詞で、舞い散る木の葉を捉えた、分明ならざる光景が詠まれている。この歌の詠者は、前歌の詠者の言いかけを否定している。相手の言葉を取り上げて、真っ向から否定している。「木の葉だなどとんでもない」という歌の主情をこの歌に見る時、小野小町という人物の傍らにあった一つの誠意の設定が窺える。小町はそういう返答を予測していたかもしれない。これが、小野貞樹の歌なら、貞樹は、熱い思いはない

が、優しい返歌をしていることになる。

さたまらすあはれなる身をなけきて
三三　あまのすむうらこく舟のかちをなみよをうみわたる我そかなしき

「さだまらずあはれなる身」は、不安定で憐れな我が身の意である。『後撰集』（恋一、一〇九〇）には、「さだめたるをところもなくて、物思ひ侍りけるころ」、即ち、「結婚相手といった特定の男性に恵まれず物思いをしていました頃」という題で載せられている。

「かぢをなみ（楫がないので）」の楫は「かい」で、舟を進める道具。「世をうみわたる（生活を辛い思いで過ごす）」には、「憂み」と「海」が懸けられている。『業平集』に

なにはづをけふこそみつのうらごとにこれやこの世をうみわたる舟　（『業平集』七九）

が見える。難波の「みつの浦」で行き来する舟を目にした詠者が、これこそ世の中を「憂み渡る舟」というものだと、言葉による興趣を感じて詠んだ歌である。同歌は、『後撰集』一二四四、『伊勢物語』六十六段、『古今和歌六帖』一八〇八に業平歌として所収され、『古今集』時代にも掛詞的興趣をもって詠まれた類歌を見ることが出来る。例えば、敏行朝臣の「よをうぐひすと」（『古今集』七九八）は、鶯を詠み込んで「世を憂」を言い懸ける。喜撰法師の「よをうぢやまと」（同　九八三）も、「宇治山」を詠み込む。読人不知歌の「よをうみへだに」（同　六六九）は、「世を憂」即ち世間の目を気にしている状態の「海辺た」では会える機会が少ないので、舟を漕ぎ出すように恋を明るみに出そう、という歌である。貫之もまた例外ではない。

よをうみてわがかすいとは七夕の涙の玉のをとやなるらむ　（『貫之集』一二三〇）（『拾遺集』一〇八七の同歌は読人不知）

おく山に船こぐ音のきこゆるは　躬恒
なれるこのみやうみわたるらむ　貫之
（『俊頼髄脳』）

先の貫之歌は、世の中が厭になる意味の「倦み」に麻を糸にする過程の「積み」を懸け、七夕の縁語とする。後の方の連歌は、山奥で聞こえる船漕ぐような音は一体何か、という躬恒に対し、樵夫が木を切る音であったのだが「木の実」が次々と「熟」れているのであろうと答えたものである。その他「世をうみ」と詠む歌（『伊勢集』五七、『安法法師集』一六等）を経て、平安時代も末期になると、掛詞の興趣は第一義的意味を持たなくなる。嘉応二年（一一七〇）『住吉社歌合』の判者は、藤原俊成であったが、次のような判詞を残している。

よのなかをうみわたりつつとしへぬることのはつもりのかみやたすけむ
（『住吉社歌合』八番左　俊恵）

左、うみわたりつつといひて、ことのはつもりのかみやたすけむといへるこころはをかしきを、うみわたりつつといへることば、ことに庶機せられずやきこゆらむ

として、左を負とする。これは、時代の関心が「うみわたり」の内実に移って来たことを示す。「よをうみわたる」「よをうみの」「よをうみに」と詠まれる語は、男女世界を越えた人生を経て行く上での、心行かぬ思いの堆積を彷彿させる言葉になっていた。俊恵の歌は、そういった実感が歌から窺えなかったというのであろう。「よをうみわたる」という句では、経世の感慨と老いの実感を集約する「よをわたる」の響きが喚起するところの、寂寥感に興味が移って来ていた。次はその例である。

われ舟のよをうみ渡るつもりにはおもてのなみにおぼほれにけり
（『散木奇歌集』一二九〇　詞書…おいぬることをなげく）

海渡り浦こぐ舟のいたづらにいそぢを過ぎてぬれしなみかな
（『拾遺愚草』一一八三）

世を海の波の下草いつまでかしづみはてぬと身をうらむべき
（『続千載集』一九三五）

年ふりて世をうみわたるあし鶴の猶立ちまじるわかのうら波

（『新千載集』一九五七）

これらは、『古今集』の掛詞的興趣を意図した歌とは趣を異にしている。

海人の住む集落があって、海辺の小屋に住む男が、いつものように舟を出す。今日も昨日と変わらぬ平和な生活が営まれている。男が楫を失えばどうなろう。湾曲する浦から舟は大海へ流されて、水のまにまに漂うだろう。覚束ないし、恐ろしい。しかし、その舟は我が身なのだ。覚束ない生活を長いこととして来た。意志の有無に関わらず楫を失くしている我が身である。そう哀れんでいる。「我ぞかなしき」の「かなし」は、自らにかける憐憫の情なのであると解釈する。この歌は、又『後撰集』恋一の部立に収められているが、その題「さだめたるをとこもなくて、物思ひ侍りけるころ」では、恋の歌にはならない。この題がなければ、確かな愛情に支えられない不安定な恋の心情を詠んでいるという点で、恋一の部立に入らぬこともない。しかし、楫を失くし漂う舟の光景は、恋の初めの物思いには似つかわしからぬ気がする。部立から離れれば、「小町集」の題「さだまらず」と同様、身分的な不安定を詠うと解せる。或いはまた、後見者がいなくて辛い生活の日々を送ってきた自らの境遇が「よをうみわたる」として詠まれていたかもしれない。

藤原公任撰『三十六人撰』では、次の三首で小町歌を代表させている。

花の色はうつりにけりないたづらに我が身世にふるながめせしまに

思ひつつぬればや人の見えつらん夢としりせばさめざらましを

色みえでうつろふ物は世の中の人の心のはなにぞ有りける

しかし、『俊成三十六人歌合』では「思ひつつ」の代わりに、この「あまのすむ」を第三句「かぢをたえ」として挙げる。後鳥羽院の『時代不同歌合』でも掲げられている。公任は、華やかな三首を以て小町歌を代表させた。俊成の挙げる三首は、この「あまのすむ」一首が入ることによって人生も終盤の悲痛な響きを帯びてくる。「我が身世にふる」と詠む時のその移ろいは、自然も同様であって、自然は華やかで大きな移ろいを見せている。二首目も人の心の移ろいを花に喩える。しかし、三首目のこの「あまのすむ」歌は、人事と一体であった移ろいから詠者のみが切り離されている。楫を失くして漂う舟の光景を詠む詠者は、自然の道理にも救いを見い出してはいない。「世をうみわたる我ぞかなしき」の「うみ」は「倦み」ではなく「憂み」という辛いの意味であって、「かなしき」は幸福とは言えない日々を眺めているもう一人の詠者が、詠者自身を憐れんでいる言葉なのである。

いそのかみといふ寺にまうてて日のくれにけれはあけてかへらむと
てかのてらにへんせうありとききてこころみにいひやる
三四　いはのうへにたひねをすれはいとさむしこけの衣を我にかさなむ

「いその神といふ寺」とは、奈良県天理市布留にあった「石上寺」のことである。『古今集』一二四八詞書には、遍昭の母の家があったことが記され、遍昭や子の素性が住んでいたと伝承される。「へんせう（遍昭）」は、良岑宗貞の出家後の名であり、彼は、仁明天皇に蔵人として仕えていたが、天皇の崩御に際して出家した。後に陽成天皇の御願寺である元慶寺を建立し、花山僧正と呼ばれた。寛平二年（八九〇）七十五歳で没している。

詞書は、詠者が遍昭に「心見にいひや」った歌であると記す。「心見にいいやる」とは、（本人かどうか）試す為に歌を贈る意であると解釈するが、『後撰集』所収の詞書は「ものいひ心見むとていひ侍りける」とあり、「仏道修業中の遍昭の心を試そうとして歌をよみかけた」（『新日本古典文学大系　6　後撰和歌集』）と解釈されている。遍昭・小町の贈答歌について、同『後撰集』では、

小野小町が色好みであるというイメージとともに形をなした和歌説話であろう。仏道修業中の遍昭の心を試そうとして歌をよみかけたところ、「いざ二人寝ん」と軽く応じた遍昭の風流ぶりがこの贈答の眼目だが、大和

物語一六八段では、小町の誘惑を受けた遍昭がこの歌を詠んで逃げ出したと、さらに説話化した形にまとめている。（『新日本古典文学大系　6　後撰和歌集』）

と注釈されている。これら贈答歌の主人公は、指摘の通り遍昭であろうが、『大和物語』一六八段に於ける小町の造形についての解釈には、疑問がある。歌ではなく、『大和物語』という説話を取り上げるなら、小町は、仏道修行中の遍昭の心を試そうとしたのではなく、行方知れずになっていた遍昭本人か否かを試そうとしたのだといえるであろう。

『大和物語』一六八段には、参籠しているのが本当に遍昭かと、小町が知りたく思った理由が書かれている。深草帝（仁明天皇）の御代に、時勢に乗る男がいた。良少将と呼ばれていた遍昭である。遍昭は、天皇の覚えも厚く色好みという点でも時めいていた。しかし、帝が崩御された。その夜から遍昭は姿を消してしまう。何も聞かされていなかった一人の妻は、遍昭に逢いたい一心で、長谷寺に参籠する。妻は、遍昭の装束をお布施にし、涙に声を詰まらせて祈っている。諸国を仏道修業に歩いていた遍昭は、この寺で妻の姿を見る。しかし、出ては行けない。「血がにじむほどの」涙に夜を明かすのである。一年後、帝の喪が明ける日、川原に遍昭の姿がある。遍昭は柏の葉に、「ここにいる人は皆喪服を脱いで禊をするけれど出家した私の僧衣は着替えることはない」という歌を残す。遍昭の出家したことは、人々の知る所となる。名残惜しく思われたのは、五条の后の宮（藤原順子）も同様であった。帝を遍昭と共に偲びたいと思う后の宮は、遍昭を捜させる。遍昭は山中にいたが、帝を失って生きてはゆけないはずの自分がこうして生き永らえていることを思う。捨て切れない、物を思う気持ちは同じなのだと申し上げさせ、また行方をくらませる。遍昭の姿は、以前とは比べものにならないほどやつれ、簑一枚を着るばかりであったという。小町が遍昭を見かけるのは、この後ということになっている。同物語では、清水寺に居合わせた小町が、不思議にも尊い読経の声を聞く。従者に様子を見に行かせたところ、簑ひとつ着て腰に火打笥《ひうちげ》を付けた男がいるという。もしや、遍昭かもしれない。そう思った小町は、歌を詠みかけたという。その返歌はやはり遍昭のものであった。「ただにもかたらひし」仲であるので会って物を言おうと思ったが、遍昭は姿を消してしまう。

同内容は、『遍昭集』にも見える。『遍昭集』は、三十数首から成る歌集であり、遍昭の年代に合わせて歌を並べたといった整然たる歌集ではないが、第十一歌から第二十歌まで詞書が長くなり、歌物語的体裁を取る。『大和物語』一六八段の内容に相当する部分である。『遍昭集』では、妻の遍昭を思う姿が描かれ、小町の参籠の話の次に、小町の話を聞いた五条の后宮が遍昭を捜させている。説話に於いては、遍昭と小町は、同じ帝の下で仕え、直接言葉を交わした仲であったということになっているが、小町の生誕年に関する諸説からしてもそうであったことは否定できない。

遍昭在俗当時の歌は、

花の色は霞にこめてみせずともかをだにぬすめ春の山かぜ　（『古今集』九一）

あまつかぜ雲のかよひぢ吹きとぢよをとめのすがたしばしとゞめん　（同　八七二）

わび人のすむべきやどとみるなべになげきくはゝるることのねぞする　（同　九八五）

として伝わる。「色好み」と噂されるにふさわしく軽妙な詠みぶりである。遍昭については、次のような話も伝わる。或る時、女と会う約束をしていたのに寝過ごしてしまって、「人心うしみつ今は頼まじよ」と言われた遍昭が、悪びれもせず「夢に見ゆやとねぞすぎにける」（『大和物語』一六八段）と答えた、という。『大和物語』の背景には、歌詠み遍昭の姿がある。

勤行する男が仮に遍昭でなければ、僧衣を貸して欲しいなどという歌は、仏に仕える身からは無視されるだろう。『大和物語』一六八段では、そう考えた小町が、大胆な歌を詠みかけている。予想通り男は遍昭であって、言いかけの歌に乗じて返歌してきた。しかし、この話は、小町が行方知れずになっていた遍昭と、たまたま寺で一緒になったという域を出ない。「小町の誘惑を受けて逃げ出した」ことを以て、小町との特別な親密さが主題になっているわけでも、遍昭の「色好み」が主題になっているわけでもない。遍昭の在俗当時の「色好み」は、むしろ俗に通じた大僧正遍昭を造形するのに役立っているのである。

『古今集』には、在俗当時の歌である右の三首を除いても、遍昭の歌は十四首収められている。『後撰集』所収歌も僧正としての歌である。遍昭は、離俗後も次のように僧侶にふさわしからぬ執着する心を詠む。

わび人のわきてたち寄るこの下はたのむかげなくもみじちりけり　（『古今集』二九二）

山かぜにさくらふきまきみだれなむ花のまぎれにたちとまるべく　（同　三九四）

秋ののになまめきたてるをみなへしあなかしかまし花もひと時　（同　一〇一六）

しかも、その歌は人生のはかない陰影を帯び、いかめしい教養だけを見ている僧侶とは不釣り合いな悲哀を呈している。俗に通じた大僧正の造形は、歌に於いても成功していると言えよう。『古今集』仮名序で貫之は遍昭を「歌のさまは得たれどもまことすくなし　たとへば、絵にかける女を見て　いたづらに心を動かすがごとし」と記した。真名序の言葉を借りれば、「詞は花やかであって真実味が少ない」という意味になる。対象への迫り方が希薄で対象のもつ真実味を十分表現し得ていないことを貫之は指摘している。「実」は、真実の意であるが、文学に於ける虚構としての「実」は、時代の「さま」に叶っていたのであった。

『大和物語』では、遍昭を帝への忠誠心厚い人物として描いている。一六八段の主題は、人間遍昭であって、小町はその脇役にすぎないのである。小町は、それが遍昭であるかどうか確かめるために歌を詠み贈ったことになっている。「石上寺」に参詣していますと、石上さながらに寒く、だからどうぞあなたの僧衣を貸してくださいという。和歌を媒にした親しい間柄であったゆえに遣り得た歌である。

かへし

三五　よをそむくこけのころもはたたひとへかさねはうとしいさふたりねむ

「小町集」では、六十九首本及び、「時雨亭文庫蔵本（唐草装飾本）」にこの歌は、ない。また、右に掲げた「西本願寺本（補写本）」には作者名の「遍昭」の名がないが、多くの「小町集」は作者名を記している。もっとも、「御所本甲本」では、先歌の詞書中と、この歌の作者名とは、表記が異なる。前者は、「遍照」で後者は「遍昭」であり、同系統の「神宮文庫蔵本（一一一三）」の場合、前者が「遍昭」で後者が記名なしであるので、そもそもこの歌は「小町集」にはなく、入った後も、記名のない頃があったのかもしれない。ただし、作者は遍昭（遍照）なのだろう。

遍昭は、この返歌を残していなくなった。寺中を捜させたが、遍昭の姿はどこにもなかった、と『大和物語』では伝えている。

そのまま姿を消してしまった遍昭の言う「いざふたりねん」とは、軽薄で「実」のない言葉である。しかし、第四句「うとし」という表現は、「いざふたりねん」が「実」のない言葉であることを予測させている。「お貸ししないと言い切ってしまったらそれは薄情な答えです。今までの二人は、もっと粋な贈答をしていましたから。」そんな思いが、「かさねばうとし」にはあるように思える。軽薄で「実」のない言葉で応えたのは、誠という「実」ある思いに支えられていたからである。

帝の近くで重んじられ、それに応えるように仕えてきたのに、その帝が崩御された。『大和物語』で、遍昭は、五条の后宮の使いである内舎人に心情を語っている。

帝、かくれたまうて、かしこき御蔭にならひて、おはしまさぬ世に、しばしもありふべき心地もしはべらざりしかば、かかる山の末にこもりはべりて、死なむを期にてと思ひたまふるをまだなむかくあやしきことは生きめぐらひはべる。

（『大和物語』一六八段）

『大和物語』によれば、遍昭には妻が三人いたが、子どものいる妻には出家を知らせなかった。その妻が参籠して我が身に会いたいと言っているのを聞いた時は、一晩中泣いている。涙のかかった所は血の色になっていたという。子どものことも気がかりである。それでも姿を見せないのは、亡き帝への思いが強いからである。物語では、一見「実」のない言葉の小町への返歌が、帝に対する「実」なる思いと対照的に描かれている。

出家の後、遍昭は、折に触れて宮中と関わりを持つ。『古今集』には、賀の歌を始めとする歌が残されている。小町と遍昭は、「ただにかたらひし」仲であったといい、「ただに」は、ひたすらという意味の「唯に」とも解せるが、じかにの意味の「直に」であると解した。二人は、帝が生きておられた宮中に於いて、華やかな戯れの歌を交わせる間柄であった。そういう時代を共に過ごしてきた間柄であったのだという思いが、この歌の基底にあるのだろう。『大和物語』は、それを伝承の形で伝えている。遍昭は、名残を込めて返歌したものと考える。

中たえたるおとこのしのひてきてかくれてみけるに月のいとあはれなるを見てねむことこそいとくちおしけれとすのこになかむれはおとこいむなるものをといへば

三六　ひとりねのわひしきままにおきゐつつ月をあはれといみそかねつる

この歌を採録する『後撰集』の詞書は、「（月をあはれといふは忌むなり）といふ人のありければ（「月を「すばらしい」と言って誉めるのは忌むことであるようだ」という人があったので）」（『新日本古典文学大系　6　後撰和歌集』）という簡潔な詞書になっている。『後撰集』詞書には男の影が無い。しかし、「小町集」の詞書は、「中たえたるをとこ」を登場させる。月の夜、別れたはずの男が、詠者の寝所近くの前栽で、様子を窺っている。月光が白々と簀

（板敷きの縁側）に居る詠者の顔を照らしている。男は、「そんな不吉なことをして。」と声をかける。男の愛情がそう言わせた。「小町集」の詞書は、「ひとりねの」という歌の初句を和やかに響かせる。独り寝のわびしさに比べれば、忌み嫌うべき月もが孤独を慰めるよすがになるのです、と詠者は詠う。

「小町集」の伝本では、「静嘉堂文庫蔵本（一〇五・三）」のみ「ひとりゐのさびしきままに」とするが、ほとんどの伝本は、「わびしき」としている。詠者は、「さびし」とは言わなかったことになっている。「わびし」である。あるべきものがないさびしさの、外界に関心が向けられた言葉ではない。やる方ない心情の沈潜する心である。その点に於いて、この歌は孤独を詠むといってよい。別れた男が登場する「小町集」詞書の描き出す世界より、『後撰集』の詞書の方が、「ひとりねの侘し」の詞には似つかわしく思われる。もとより、「独り寝のわびしさ」は、人生の本質的な孤独ではない。人は、本当に独りである時「ひとりね」という言葉を遣わないのではないかと思う。恋人に対する期待が強く、反して我が身が客観視される時「ひとりね」という言葉が詠まれるのであって、今の姿は、本来の姿ではないと思う気持ちの強さが、「ひとりね」という言葉を選択させるのであろう。

この歌のように、秋の夜、月光に照らされた女性、恐らくは小町を想定した歌が、「小町集」には三首載る。他の二首は、

山里にあれたる宿をてらしつついくよへぬらん秋の月影　(10)

秋の月いかなる物ぞ我がこころ何ともなきにいねがてにする　(11)

である。人生の時代を、これら三首に見るなら、この第三十六歌は、比較的若い頃の作となろう。『万葉集』『古今集』にも、「ひとり寝るよは」と独りの時を取り立て詠む歌の例を見る。「暁と　鶏は鳴くなり　よしゑやし　ひとり寝る夜は　明けば明けぬとも」（『万葉集』二八〇〇）・「秋なれば山とよむまでなくしかに我おとらめやひとりぬる夜は」（『古今集』五八二）等に例をみるが、この歌の「ひとりねの侘びしさ」という詞は、異性を意識した孤独

感が表れているのであって、人生の本質的な孤独感ではない。これに比して他の二首には、もっと本質的な、人間存在につきまとう孤独が表れているように思える。

「月を見るのは忌むべきこと」というのは、「秋月が誘う愁い」同様、中国の詩に影響された表現であり、時間の尺度としての月の一側面が忌み嫌われている。また、月蝕が凶事に結びつけられるという知識が、定着したものでもある。『竹取物語』で、かぐや姫が、帝と心親しく通わせて三年目の頃、月を見て物思いに耽るようになる。それを見ていた人が、「月の顔見るは、忌むこと」と止めるけれど、ともすればひと間に月を見て、たいそう泣く、そういう場面がある。かぐや姫は、来る地上世界との別れを思い、その日が規則正しい月の満ち欠けによってまもなくもたらされるであろうことを知っている。一方、「小町集」のこの歌では、死に近づいてゆく「時間」や容色の衰えをもたらす「時間」は、問題ではない。地上の凶事すら「独り寝の侘しさ」を慰めるよすがを得る為には恐れぬという。

詠者は、第四句で、「月をあはれと」と詠む。この「あはれ」の意味は何か。かぐや姫とこの歌の詠者が月を見る契機は、同じではない。しかし、例えば小町が月を眺めている姿は、『竹取物語』の先掲の場面を思わせる。物語を引用すれば次の箇所である。

かやうにて、御心をたがひに慰めたまふほどに、三年ばかりありて、春のはじめより、かぐや姫、月のおもしろういでたるを見て、つねよりも、物思ひたるさまなり。在る人の、「月の顔見るは、忌むこと」と制しけれども、ともすれば、人間にも、月を見ては、いみじく泣きたまふ。（「竹取物語」『日本古典文学全集』）

かぐや姫は天界の人ながら、人の心をわきまえ知るまでに成長した。だからこそ「おもしろういでたる」月に眺めを誘われるのである。かぐや姫は、情趣を解する人となる。その情趣は、この歌に詠われる「あはれ」と同質である。「あはれ」の考察に、用例を歴史的変遷に従って「感動のあはれ」「観照のあはれ」「観念のあはれ」と三分類で捉えようとする考察がある（池田勉「あはれ―もののあはれと―」『日本文学における美の構造』）。既に述べたが、『万葉集』や『古今集』では、「あはれ」は、慕わしさを基盤とする語として用いられていた。「感動のあはれ」に分類できる強い感情である。この和歌では、「月をあはれと」と詠まれている。この「と」が、あることで、詠者の経験の内に「あはれ」なる実体があって、それが月によって喚起されたと見ることが出来、先の三分類に当てはめれば、「観照のあはれ」に近いものである。即ちそれは、通常「しみじみとした情趣」と定義されるところの「あはれ」であり、和歌伝統の堆積から帰納されたところの、和歌的情趣という概念にまでは至らない「あはれ」である。「あはれ」な月は、眺めの契機となるほどの美しいものであったが、「月をあはれと忌みぞかねつる」と詠むときの「あはれ」は、単に月の属性だけをいうものでなく、詠者の心情が、反映されたものである。この歌に見る「あはれ」は、月を有情の存在と見る時にこそ起こる心情ではなかろうかと思う。月は、月蝕のイメージを伴う時、超人間的な不吉な存在である。しかし、月が、しみじみとした物思いを誘うのは、月に感情移入がなされるからであろう。そして、有情の存在として月を見る時、或る時は、無用の明るさを呈する疎ましき存在でありながら、その疎ましさも時に身近な慕わしきものとなる。この歌における「あはれ」の語は、月を親しき存在と見るところから生じている。そして、かぐや姫の場合もまた、迫り来る時間が恐ろしいなら、眺めなくてもよいはずであるが、それでも眺めずにはいられないところに、恐ろしさや悲しさではない「おもしろういでたる」月に対する心情が生まれる。月は、複雑な人間の心のあやまで受け留めてくれる包容力を持つのであろう。詠者は、簀に出て月を有情の存在として眺めているのである。従って、男の言葉「いむなる物をといへば」の後に「きかぬかほにて」と作る「小町集」の伝本（「御所本甲本」）も見えることになる。

この歌に関連する詞書は、三種類ある。

A　月をあはれと言ふは忌むなりと言ふ人のありければ（『後撰和歌集』）

B　月いとあはれなるをみて、ねんことこそくちをしけれとながむれば、おとこいむなるものをといふを、きかぬかほにて（「御所本甲本」）

C　中たえたるをとこの、しのびてきてかくれて見けるに、月のいとあはれなるを見て、ねんことこそいとくちをしけれとすのこにながむればをとこいむなる物をといへば（多くの流布本）

『後撰集』の詞書（A）は、一般的な教養としての月の見方を前提に書かれた詞書であり、出典が中国文学の、例えば『白氏文集』の「内ニ贈ル」に求められることは、従来の研究で指摘されている（片桐洋一『新日本古典文学大系　6　後撰和歌集』他）。それを物語化したのが、「小町集」の詞書（B）、（C）である。歌は、男性を登場させることで、女性の歌となる。「月をあはれと言ふは忌むなり（A）」の一般的認識が、「小町集」の詞書では男性の言葉となる。どんな男が（「中たえたるをとこの」）、どういう状況で（「しのびてきてかくれてみけるに」）の内容を最も詳しく説明したのが、多くの流布本「小町集」詞書（C）である。同じ詞書でも、詞書（B）と詞書（C）の状況は、少し異なる。詞書（C）であれば、歌は男性に向けられて詠まれたことになり、詞書（B）の場合、「ひとりねのわびしき」孤独が、男性を受けつけなくさせている事が「きかぬかほにて」の言葉で知られる。詞書（C）の男性は、別れた男でありながら詠者を気に懸けている。詞書（B）と（C）では、詠歌の場も少しく異なる。これも又、詞書を付した某人の意図しないものであったかもしれないが、作品として見れば、やはり異なる場を作っていると言える。

（B）の詞書は、月を有情の存在として見、男性の言葉を「きかぬかほにて」歌を詠む「小町」を捉えている。一方、（C）の詞書は、歌で「侘びしき」と言いながら、「ひとりねの侘しき」の詞に男性を意識した小町の孤独感を見た故に、男の愛情を暗に示す様な詞書にしたのであると考える。

わすれやしにしとある君たちののたまへるに

三七　みちのくのたまつくりえにこく舟のほにこそいてねきみをこふれは

忘れてしまわれましたかと、ある公達が言う。言葉には表しませんが、お慕いしています、と詠者は応えている。口に出して言わないのは言うに勝る思いがあるからだとして「こころにはしたゆく水のわきかへりいはで思ふぞいふにまされる」（『古今和歌六帖』二六四八）と詠う歌もあるが、この歌は、そうではない。恋の思いを言葉や顔色に表さないのは、「ほにこそいでね」という比喩表現からすれば、人目を忍ぶ故に目立つ素振りはしない、の意味なのであろう。数少ない確かな恋の歌である。

『万葉集』には、「ほにいでず」が成句として詠まれている。しかし、『万葉集』に詠む「ほ」は、「はだすすき穂」（三八〇〇）、「早稲田の穂」（一七六八）、「燭す火の穂」（三二一六）であって、船の「帆」を懸ける歌はない。船の「帆」への掛詞は、『古今集』の撰者時代を待たねばならない。次の三首は数限られた例であるが、その趣向に対する関心の変遷を示すものである。最初の歌は、屏風歌であるという。

よとともに行きかふ舟をみるごとにほに出でて君を千とせとぞ思ふ　（『貫之集』一六六）

なみまよりあかしのうらにこぐふねのほにはいでずもこひわたるかな　（『新勅撰集』六七八　基俊）

おほしまや浪間をいそぐはや舟のほにはいでずてこひわたるかな　（『夫木和歌抄』三三九六　兼直）

「小町集」第四句は、この歌を採録する『古今和歌六帖』や『新勅撰集』及び「小町集」の伝本で、次のように異同がある。

みちのくのたまつくりえにこぐふねのおとにはたてず君こふる身は　（『古今和歌六帖』一六五六　作者名なし）

みちのくの玉つくり江にこぐ船のほにこそいでね君をこふれば　（「西本願寺蔵本（補写本）」）

みちのくの玉つくり江にこぐ船のほにこそいでね君をこふれど　（多くの流布本）

みなといりのたまつくり江にこぐ舟のほにこそいてぬ（をとこそたてね）こひぬよそなき（きみをこふれと）

（「静嘉堂文庫蔵本（一〇五・三）」）＊（　）内は傍書

みなといりのたまつくり江にこぐ舟のおとこそたてねきみをこふれど（『新勅撰集』六五一　作者記名小町）

「小町集」にいう「みちのく」の玉造江については不明である。え（江）ではなく、「みちのくのたまつくり」は、地名として該当する所がある。それは、神亀年間（七二四〜七二八）、現在の宮城県古川市東大崎一帯に置かれた「玉造郡」に由来する呼称である。神亀五年、ここに蝦夷経営の基地である玉造柵が設けられ軍団が組織され、『続日本紀』同年の条には「玉造郡」の名を記している。ただし、この玉造郡は内陸部に位置し、海の江とは関連づけられない。川の江も考え得るが、元和古活字本『和名類聚抄』に載る陸奥の「太萬豆久里」が何処をさすのか不明である。しかし、鎌倉時代には、陸奥の地名として知られていたか、

蘆の葉の茂みに露をぬきとめてたまつくり江に村雨ぞ降る（『夫木和歌抄』一〇六六五　知家　宝治二年百首）

湊ぢにいざ舟とめて今夜われ玉つくり江にてる月をみん（同　一〇六六六　高定）

の二首も、その歌集の分類を「陸奥」としている。「みちのく（陸奥）」は、現在の青森県・岩手県・宮城県・福島県に亙る地域である。和歌では、『万葉集』に、「あだたら（現　福島県郡山市）まゆみ」、「かとり（現　千葉県香取郡）をとめ」、「小田（不明）なる山」「まの（福島県相馬郡）のかやはら」。『古今集』に「あさか（福島県安積郡）のぬま」、「しのぶ（福島県信夫郡）もぢずり」。『古今和歌六帖』に「ちか（宮城県宮城郡）のしほがま」、「いかほ（現　群馬県北群馬郡）のぬま」「くりこまやま（現　宮城、秋田、岩手県に跨がる山）」「けふのさぬの」「つつじの岡」「片岡」（不明）等が、「みちのくの」を枕詞として詠んでおり、これらが詠むのは、陸奥という土地にまつわる景物の名称に喚起された心情である。

一方、玉造の名称は、古代大和朝廷が従える職業部民に由来する。古代の「玉」は、長寿や健康を祈るものと考

えられ、勾玉・指環・簪・玉環・玉簪等の装飾品や祭司用に加工された。石の産地である島根県八束郡玉湯町では、古代の玉造工房跡が見つかっており出雲玉造の地名も残る。職業部民である玉造部は、各地に居住していたであろうから、「玉つくり江」の所在地も、その意味では明らかでない。しかし、歌に於いて、例えば

住吉のならしのをかの玉つぐりかずならぬ身は秋ぞかなしき　（『夫木和歌抄』九一六九　好忠）

白露のならしのをかの玉つくりかずならぬ身のなみだにやかる　（同　九一七〇　家長）

は、大阪湾に面する「玉造」である。玉造の地名が歌人達の間でも二箇所以上想起されたので、「ならしのをかの」という言葉が付されたのであろう。古代に於ける大阪湾は、現在の大阪市天王寺区及び東区の玉造を含む広大な入江を海岸線の一部に成しており、難波宮はその入江の南方海寄りに造営されていた。「玉造江」は、難波宮からすれば東北方角に当たる地域であった。吉田東伍氏編『大日本地名辞典　増補版』には、「百済川（平野川）、狭山池の末小橋に至り江となる」と記されている。「小橋」は、現在の大阪市天王寺区小橋町として残る地名であろうが、この辺りが、「たまつくりえ」と呼ばれる地域であった。

片桐洋一氏は、「「難波の玉造」が本来の形であったのだろうが、次第に陸奥に変わっていくところに、小野小町陸奥説話が関わっているのではないか」（『小野小町追跡―「小町集」による小町説話の研究―』）と、記されている。平安中期成立の『玉造小町子壮衰書』の題名に見える「玉造」も、「小町子」という本文には見えない呼称が題名に付されているのと同様に、明らかではないのであるが、こちらの「玉造」は、地名より普通名詞としての性格が強かったであろう。即ち、玉造御殿の如き立派な住居にいた女性を小町と関連させようとするものであり、それが、「小町集」歌のこの歌にも影響しているのであろう。『栄花物語』に、「なかなかに定めなき世は飛鳥川たまつくりなる宿ゝならじや」の歌が見える。この「たまつくり」には、「魂を再生させる家と立派な家とをかける」（『日本古典文学大系新装版　栄花物語　下』巻第卅三）意で用いられているという。

ところで、「玉造江」は、和歌に於いて、菖蒲や蘆の景物とともに詠まれている。

くすりびのたもとにむすぶあやめ草たまつくりえにひけばなるべし　（『恵慶集』二二〇）

きみがためめたまつくりえのあやめぐさひけるねながきこころともみよ　（『輔親集』一一〇）

あやめぐさたまつくりえにみえつるは君がよどのにふけばなるべし　（『皇后宮歌合』（治暦二年　二））

おく露の玉つくりえにしげるてふ蘆の末葉のみだれてぞ思ふ　（『玉葉集』一三〇四　常磐井入道）

等、平安時代の「玉造江」は、また菖蒲や蘆が成育する泥深い所であったと知られる。

『新勅撰集』では、「湊入り」を「おとこそたてね」と併せ詠む。「音」とは、うわさの意とし、落ち激つ滝の水の音（『万葉集』二七一八）、吉野川の岩間を流れる水の音（『古今集』四九二）からは、激しい噂に忍恋の歌が作られてきた。「湊入り」という詞も、波騒がしい所をイメージとして有する所として詠まれてきた。『万葉集』巻九の長歌に、「…望月の　足れる面わに　花のごと　笑みて立てれば　夏虫の　火に入るがごと　港入りに　船漕ぐごとく　行きかぐれ　人の言ふ時　いくばくも　生けらじものを　何すとか　身をたな知りて　波の音の　騒く港の奥城に　妹が臥やせる…」（一八〇七）と、真間の娘子の墓が波の音の騒ぐ港にあったと詠まれている。また、前掲の「みなといりはなみさわがしみあしまよふえにこそ人を思ふべらなれ」（『古今和歌六帖』一六六〇）も同様である。

「みなといりの」については、『万葉集』の「港入りの葦別け小舟　障り多み　わが思ふ君に　逢はぬころかも」（二七四五）やこれに類する数首から、後世、蘆が景物に詠まれ、丈高い蘆間を縫うように進まねばならぬ小舟が「障り」の語句を導く趣向を以て詠まれてきた。蘆は湊入りの景物として盛んに詠まれている。「みなといりはなみさわがしみあしまよふえにこそ人を思ふべらなれ」（『古今和歌六帖』一六六〇）「人しれぬこひのくるしさもかり舟みなと入りえにたづぞ鳴くなる」（『古今和歌六帖』一八四九）の二首は、頻繁に入ってくる船の様子を詠み、又、悲痛な声で鳴く鶴を恋の苦しさ故であると詠んで、当時の湊の興趣を表している。「みちのくの玉つくり江」が「みなといりのたまつくり江」に変えられる時、波の音が聞こえてくるようであり、「おとこそたてね」の第四句の必然性が知られる。

船は、入江に入って帆をたたむ。安堵の帰港である。帆をたたんだ船が、入江の蘆障らぬ湊まで漕ぎ進む。その歌が安定した調べを有するのは、この静かで安堵感に包まれた光景に起因する。この海の光景は海を詠う「小町集」に於ける他の歌とは異なる。恋への確信が選択させた情景なのであろう。何故人目を憚るのか、それは、当時一般の恋のあり方であって、「小町集」特有のものではないが、「小町集」の詞書は、歌を送る相手を「ある君たち」とする。「小町集」で、この歌の前後には、某人と小町との関わりを有する歌が配置されている。貞樹、遍昭、清行といった人物である。「小町集」に於いて、「君」という言葉の中に、何か幸せな小町の姿が描かれていたが、次節「小町集」の和歌の様式で述べるように、或いは、この「君たち」に対しても、「小町集」編者の同様な解釈がなされていたかもしれない。

やすひてかみかはになりてあかたみにはいてたまひしやといへる返事に

三八　わひぬれは身をうきくさのねをたえてさそふみつあらはいなむとそおもふ

康秀の新しい赴任地が三河に決まり、「田舎見物に出かけませんか。」と小町を誘ったのである、と詞書はいう。文屋康秀は、縫殿助であった文屋宗宇を父とするが、生没年は未詳である。貞観二年（八六〇）刑部中判事、貞観十九年（八七七）山城大掾、元慶三年（八七九）縫殿助を務めた（『古今和歌集目録』）。従って、三河掾であった時期は、山城大掾になるまでの幾年かであったのだろうと推定されている。三河は現在の愛知県東部。『古今集』では「みかはのぞう」に作る。「掾（ぞう）」とは、国司の守・介に次ぐ官職で、役所内を糾判し書類を審査し稽失を勘定する役職である。それまで康秀は、中央八省の一である刑部省の刑部中判事であったというのであるが、中判事とは、刑部省に於ける大判事に次ぐ役職で、争訟を裁判し罪人を処刑する。国司の任期を終えると都へ戻り、父親と同じ縫殿助という中央の官吏を務めている。縫殿助の助は、縫殿寮の頭に次ぐ役職名であるが、縫殿寮は大舎人―禁内に仕える内舎人―寮の一であり、禁中に宿直をして雑事を負い、行幸の時は供奉する。縫殿寮は、女官の考課（品行の良否、職務の勤情を調整すること）を掌り、御服の裁縫などを監督する。官舎は、内裏の北、内蔵寮の東にあった（『官職要解』）。

詞書の「県見」とは、田舎見物の意味であるが、国司としての任地視察を、或いは当地への赴任を言った言葉である。当地の「県見」への誘いは、軽い挨拶ではなかったか。「三河の掾になられたのですね。」というような詠者の言葉に、「どうです、一緒に行きませんか。」と軽い挨拶として語ったのではなかっただろうか。それに対して詠者は、「失意の心情のままに過ごしておりますと、我が身が浮き草のように思え、誘ってくださる人があれば出かけようと思います」と真面目に応えている、そのように読める。

「わひぬれは（限りなく辛い思いをしているので）」の「わぶ」は、失意の心情が契機となって行き詰まった思いを表明する語である。この歌は、『古今集』巻十六雑歌下に収録されるが、この部立は、松田武夫氏『古今集の構造に関する研究』によれば、撰者による「無常観」の解釈、即ち無常とは何かが撰者達によって歌を以て解答された、とされる部立である。この小町歌は、雑歌下最初の「厭世」の歌群に収録されている。この歌の「わぶ」は、男女世界に於ける失意の心情が契機となった厭世の心情と位置付けられたようである。

「身をうき草のねをたえて」は、我身を浮草のように思いなした表現で、その浮草にはつなぎ留める根がないので、の意味である。「うきくさ」は、『古今余材抄』で『文選』「北征の賦」を典拠の参考として掲げているが、『万葉集』の時代には詠われず、『古今集』の撰者時代以降には、恋の思いを詠む景物となる。

たぎつせにねざしとゞめぬうき草のうきたる恋も我はするかな　（『古今集』五九二）

水のおもにおふるさ月のうきくさのうきことあれやねをたえてこぬ　（同　九七六）

こもりえにひまなくうけるうきくさのまなくぞ人は恋しかりける　（『古今和歌六帖』三八三八）

但し、「うきくさ」が、恋の景物から離れて人生そのものの象徴になるには、次に掲げる歌の時代を待たねばならない。

あしがものはかぜになびくうき草のさだめなき世を誰かたのまん　（『新古今集』一七〇八）

かきやればうきてながるるうき草の上をはやくして過ぎぬべらなり　（『散木奇歌集』一二八八）

ともすれば風にただよふ浮草のうき世のなみになどやどるらん　（『壬二集』一三三七）

うき草のうきたる世にはさそふ水ありともいかが身をばまかせん　（『新後拾遺集』一三一〇）

先掲『文選』「北征の賦」の作者は、潘安仁である。「悟山潜之逸士　卓長往而不反　陋吾人之拘攣　飄萍浮而蓬転」は、その「北征の賦」の一節であるが、潘安仁は、名誉や地位への思いから自由にはなれない心情を述べている。「萍のごとく浮かんで蓬のごとく転ずるを陋む」とは、浮き草のように、或いは、根こそぎ取られ風に吹かれて転び行く蓬のように、帰属する所のない我が身を厭い不安に思う心情である。社会的地位を失って放浪の身になることへの憂いである。これが和歌の世界では、「うきくさ」の「う」の音を「憂い」と結びつけて興味を感じたり、不安定な恋の心情を詠んだり、一面に繁る浮草とその下水を詠んだりしたというような享受のされ方をする。

根のない浮き草が水に流されるように、誘って下さればついて行こうと思います、という。「誘って下されば行こうと思います」と言うのに、「わびぬれば」では、康秀に対する感謝の表明にならない。「わびぬれば」は、失意の極みにいることを示す詞である。「さそふ水」によって根が絶たれているのではなく、根のない浮き草が澱みに停滞している様に、詠者も「わび」の中にいる。この「わび」は、離俗を促し遁世へと誘うものではない。詠者は、遁世ではなく新たな男女世界に救いを求め、人間への信頼にすがろうとしている。ここに、時代が求めさせた女性にとっての救いの有り様がみられると考える。『古今集打聴』では、この歌と次の『後撰集』歌

　　さだまらずあはれなる身をなげきて

　あまの住む浦こぐ船のかぢをなみ世をうみわたる我ぞかなしき　（『後撰集』一〇九〇）(33)

を同質のものと見、「此いざなはれしに同しこの此の事か」と言う。しかし、この両首の調は同質ではない。「さだめたるおとこもなくて物思ひはべるころ」の詞書に、「わび」しき心情の窺えることが指摘されているのであろうが、『後撰集』に詠まれる漂泊のイメージは、この第三十八歌では、仮想のものでしかない。男女世界が女の世界そのものと等しかった時代にあって、定められた男女世界を持たない詠者が、よどみに停滞する浮草に自らを喩えているとおり、詠者は澱みに停滞したまま「わびぬれば」と詠い、「さそふ水」を仮想する。一方、右の『後撰集』歌には、茫漠たる不安の心情がある。それは、「小町集」にみる他の海の歌と同様である。この第三十八歌は、「いなむとぞおもふ」と新たな環境での生活の意志を詠む。真淵は、この歌は「えゆかぬ由（行けぬ理由）」を表面に出さない婉曲さが良いからよく味わうべきであると言っているが、むしろ詠者は誘いを受けた、或いは承ける事を意図していたと読める。詞書が真に歌の場を表すものであれば、康秀の軽い誘いかけに、小町は真面目に歌を返している。歌は軽い戯言のような体裁をとりながら、その中に真意の調を備えている。

三九　つつめともそてにたまらぬしら玉はひとをみぬめのなみたなりけり

あへのきよゆきかかくいへる

流布本「小町集」には、他作者の歌であることを詞書に於いて明示した歌が、三首載る。「へんぜう」と記す第

三十五歌、「小町があね」の第七十二歌、そしてこの歌である。安倍清行は、天長二年（八二五）に生まれ、昌泰三年（九〇〇）に七十五歳で没している。周防、伊予、播磨、陸奥、讃岐守を歴任し、その赴任の間、都では、左兵衛権佐、左右中弁、右小弁を務めた。「兵衛」は、諸門を禁衛し時間を決めて所部を巡検する職掌である。「弁」の職務は、左右に二分した太政官八省内の庶事を上から受けて下につけ、官内のことを糾判し、被官の諸司の宿直を監査することであるという（『官職要解』）。

この歌は『古今集』恋二の所収歌であり、『古今集』では、詠歌の背景を次のように記している。

下出雲寺に人のわざしける日、真静法師の導師にて言へりける言葉を歌に詠みて、小野小町がもとに遣はしける

（『古今集』五五六）

京都賀茂神社への道の途中にある御霊神社下社（教長『古今集注』）で、某人の法要があった日、河内の真静法師（『古今和歌集目録』）が、導師として話したという言葉を歌に詠んだとある。「言へりける」とは、清行が直接耳にした言葉ではないことを示すが、詞書によれば詠歌の時期は、清行が都にいた頃、それは小野貞樹も文屋康秀も都にいた文徳朝の一時ではなかったかと推測される。

清行は、「人の目に触れぬ様に包み隠そうとするけれど、袖に溜らずこぼれ落ちる白玉は、人に会えない涙であるよ。」と詠者に言い遣した。『古今集』の詞書とおりであれば、説教の言葉を巧みに利用して、清行が小町に戯れに歌を贈ったことになる。

「白玉」は真珠のことであり、『万葉集』では、女への贈り物や女の比喩として数多く詠まれている。

我妹子が　心なぐさに　遣らむため　沖つ島なる　白玉もがも　（『万葉集』四一〇四）

白玉の　緒絶えはまこと　しかれども　その緒また貫き人持ちいにけり　（同　三八一五）

白玉を　包みて遣らば　あやめぐさ　花橘に　あへも貫くがね　（同　四一〇二）

これらの歌は、真珠そのものから受ける直接的な感動を契機とする歌であり、涙の見立てが現れるのは、次のような『古今集』以降の歌に於いてである。

ぬきみだる人こそあるらし白玉のまなくもちるか袖のせばきに　（『古今集』九二三　業平）

飽かずして別るる袖の白玉は君が形見と包みてぞ行く　（同　四〇〇　読人しらず）

「つつめども袖にたまらぬ白玉」という表現は、『法華経』を典拠にしていると、『古今栄雅抄』は指摘する。先掲の『古今集』詞書に見る真静法師の話は、『法華経』の「五百弟子授記品」中の比喩に関わるという解釈である。『法華経』は、釈尊が阿羅漢を初めとする求道者に囲まれて、『大乗経』の「無量義」、「菩薩を教える法」、「仏に護念されるるところ」を説かれることより始まる。仏は、経を説かれた後、無量義三昧に入られた。この時、奇蹟が起こる。天上から花が散じ、地が震動し、仏の眉間の白毫相から放たれた一条の光明は、一万八千の仏国世界を照らし出す。一切衆生の生死の赴く所、善悪の業縁、受報の好醜が悉く照らし出される。三昧から起ち上がられた仏は、求めに応じ、真の解脱を説いていかれる。道を求める僧達の領解が表される。「五百弟子授記品」に見る「無価法珠」の比喩も、五百の阿羅漢が仏の言葉を領解したところに表された言葉である。五百の阿羅漢は、自らの無智が覚醒されたことに歓喜して言う。譬えばその無智は、酒に酔って寝ている間に親友が付けておいてくれた袖の法珠（無価の法珠）に気づかずに、僅かな生活の資で満足していたようなものだ。釈尊は我々に、「その小さな満足は方便としての涅槃の相だ。」と言われ、我々を覚悟せられた。我々の喜びは、貧しさゆえに、より好きものを願わなかった者が、無価の法珠を得ていたことを知らされて、五種の満足（眼・耳・鼻・舌・身の満足）を恣にしているようなものだ。五百の僧達は、仏に成ることの予言を与えられて歓喜するのである（『岩波文庫　法華経（中）』）。

『古今集』の詞書が事実であるなら、清行にも小町にも「袖の宝珠」の比喩は了解の事柄であった。しかし、二人の『法華経』享受は、語句への興味という皮相なものに止まる。二人にとっては、「無価の法珠」でなくとも「袖の宝珠」という享受でもよかった。経説享受の背景には、万葉時代の白玉への多大な関心があり、「袖の白玉」という取り合わせの語句が新鮮に響いたのであろうと考える。

二人のみならず、享受の皮相な点は、例えば、聖徳太子の『法華義疏』にも表れている。『法華義疏』は、『法華経』の講義であり、奈良仏教の基盤を形造る点で貢献した書物である。『法華義疏』第四では、「五百弟子授記品」の比喩の内容が細かに解釈されている。その後、最澄は『法華経』を根本の教えとする天台法華宗を日本仏教として究めてゆくのであるが、真静法師が『法華経』の「五百弟子授記品」の話をしたとするなら、それは『法華義疏』等によってよく理解されていたものであったろう。しかし、一般人の心にその教義は響かなかったのではないか。一般人に来世への関心が持たれるのは、平安時代中期、高まる関心に応えた『往生要集』が著される頃からである。『往生要集』は、源信の手になる。来世への関心が、その、より具体的叙述、即ちより具体的な地獄や極楽の様相、世尊の姿等を始め観想の方法等の叙述によって広く一般に受け入れられてゆく。源信には、「たまかけし衣のうらをかへしてぞおろかなりける心をばしる」（『新古今集』一九七二）の歌がある。しかし、『往生要集』では、

無量塵数の菩薩聖衆はおのおの神通を現じて安楽国に至り尊顔を贍仰し供養したてまつる。或は天の妙花を齎し、或は妙法の香を焼き、或は無価の衣を献じ、或は天の伎楽を奏し、和雅の音を発して、世尊を歌歎し、経法を聴し、道化を宣布す。（『岩波文庫　往生要集　上』）

というように「無価の衣」という語は見えるが、「五百弟子授記品」の「無価の宝珠」に関するものではない。『往生要集』では、仏の真意に気づかず小さな満足をなしているという人間の癡かさが反省されるよりも、いかにすれば来世への望みが開かれるかという点に多大な関心が払われている。『古事記』に於ける罪の意識の不徹底は従来指摘されてきたところであるが、『往生要集』もその延長線上にある。『法華経』「無価宝珠」の真の理解は、仏に

対する阿羅漢以下の衆生が、その罪を知ることより始まる。その覚悟があって、「無価宝珠」を知った歓喜という『法華経』比喩の意図するところに導かれていく。その意味では、『法華経』の皮相な理解は、清行・小町に限らず、日本古代の神々と身近に接してきた庶民に共通する思想であった。

同じく平安中期の歌人赤染衛門の歌に

ころもなるたまともかけてしらざりきゑひさめてこそうれしかりけれ
（『後拾遺集』一一九四）

が見える。「無価の法珠」の教義的内容が、法華経七喩の一として消化されていくのは、この頃からであろう。『古今集』や『拾遺集』にも「哀傷」の部立はあるが、法華経の教理に触れるような歌はない。「釈教歌」の部立が設けられるのは、勅撰集では『後拾遺集』からである。平安時代中頃に成立した『源氏物語』（若菜下巻）や『枕草子』（二九二段　経は）にも『法華経』の名は見えるが、それらは誦経の為の経典としてである。これらの事情は、清行・小町の贈答歌を『法華経』の教理に積極的に結びつけて解する必然性に欠けることを示していると言えよう。

この歌の詞書は、六十九首本「小町集」では、「つつむことはべるべき夜　むねゆきの朝臣」となっている。清行と宗于の誤認であろうが、歌の一節をとって、「つつむこと」と入れ、六十九首本では、既に、仏教的な背景が払拭されている。

とあるかへし

四〇　をろかなるなみたそてにたまはなすわれはせきあへすたきつせなれは

包みかくそうとしても私の袖からは、白玉の涙がこぼれます。あなたに会えぬ故に流す涙です。清行からそんな歌を受け取った詠者は、白玉に結ぶような涙では世間並みの愛情に過ぎませんね、と応えた。「小町集」第三十九、第四十歌の贈答歌であり、『古今集』では、清行と小町との贈答歌（五五六、五五七）となる。

この贈答歌について、前田善子氏は、この歌が『八雲御抄』巻一に贈答歌の体の本様として推賛されていることを掲げ、「教化の詞を、直ちに自らの恋愛の歌に引用した清行の行為を軽くたしなめた上、問題の中心をそらして、軽くうけ流したもので、その驚くべき才気は、流石の秀才清行をして後へに瞠若たらしめたものと思われる。」（『小野小町』）と記されている。片桐洋一氏（『在原業平・小野小町』）も、「相手の男の言葉を難詰したり無視したりする無粋さではなく、相手の言い分を聞いた上で、私の方が思いは激しい、あなたももっと本気になってください…と言って男のさらなる真実を確認していく詠みぶりはまことに洗練されていて、この時代の女性の答歌として最高の水準を示していると見るべきであろう。」とされ、「御法話の聞き方がいいかげんな貴方の涙とは違って…」と解する説や、小町驕慢説話の影響を受けた解釈に従えないという。その説に対しては、山口博氏（『閨怨の詩人　小野小町』）は、「あなたをこれほど愛しています」「私はそれ以上に愛しています」では、贈答歌としてのできがよいとはいえない、小町の涙は、清行への愛の涙ではなく、真静法師（同書「真済導師」）の説法に対する感激の涙である、と解釈される。

詠者は、清行の言う「会えぬ涙」を否定しているわけではない。「会えぬ涙」は、人のみならず、自らのものでもあると認めた上で、その程度の何と浅い事かと、言葉尻を取るような形で指摘する。「あなたの白玉は我が身の激つ瀬の比ではない」と言うことで、「出会えぬ涙」は詠者の側に自明のものとして備わる。

「を（お）ろかなる」は、「疎かなる」（『古今余材抄』他）で、愛情の粗雑さを言う詞であろうが、『古今集』の詞書やそれを注釈した『古今栄雅抄』に従えば、『法華経』「五百弟子授記品」に描かれた人の「癡かさ」の意味が懸けられているものと考える。真静法師が言った言葉を詠んだ、と『古今集』の撰者達が記した点に、やはり一つの意味を認めるべきであろう。歌からは、勿論、積極的な『法華経』享受は窺えない。「おろかなる」という初句に『法華経』の教義がどれだけ込められていると、撰者達は理解していたであろうか。「小町集」のような詞書であれば、清行の歌から、無智な人間の愚かさと見ることは難しい。仮に「おろか」さに「愚か」さを懸けていても、教義の真の意味からは外れている。詠者は袖に白玉を結ぶことが愚かな人間の証であるかのように捉えているが、実際の教義では、有り難い宝珠と知らぬままそれを活用せず、小さな満足をなしていたことが「癡か」なのである。詠者にとって「白玉」は、「激つ瀬」に比して微量なものとしか解されてはいなかった。のみならず、五百弟子達が仏によって覚悟せられた歓喜、即ち比喩の根底を流れる歓喜も、詠者には理解されていなかった。そういう皮相な理解ではあるが、この歌の眼目は「おろかなる」という経文の享受にあったと考える。清行と詠者の贈答は、『法華経』という哲学を踏まえたものではなく、連綿と続いてきた恋愛歌の域を出ないものである。しかし、皮相な理解ではあるが真静法師の説法が歌の機知の契機となり、その生命になっていることは否定出来ない。

四一　みるめあらはうらみむやはとあまとはははうかひてまたむうたかたのまも

他の撰集には見えず、「小町集」によってのみ伝わる歌である。「会える機会があるなら恨むとお思いですかと、海人が問うならば、海松藻（みるめ）のように浮かんで待っていましょう」という。

「みるめあらば」は、「見る目」即ち会う機会があるならば、の意であり、「みるめ」に「海松・海藻」の「みるめ」を懸ける手法は、これ迄みてきた「小町集」の海の歌と共通する。

「うかびてまたむ（浮かんで待とう）」の「うかびて」は、「みるめ」「あま」の縁語であり、海水に浮かぶ海藻に、待つ我が身を喩えている。「うかぶ」の例歌は、次に見るような歌であり、多くはない。

あしひきの　山の紅葉　今夜もか　浮び行くらむ　山川の瀬に　（『万葉集』一五八七）
住吉の　津守網引の　泛子の緒の　浮かれか行かむ　恋ひつつあらずは　（同　二六四六）
みよしののよしののたきにうかびいづるあはをかたまのきゆとみつらん　（『古今集』四三一）

和歌の浦やおきつしほあひにうかび出づる哀わが身のよるべ知らせよ　（『新古今集』一七六一）

恋に関連する歌では、他に

しのびつつながきよすがら恋ひわびて涙の淵にうかびてぞふる　（『新千載集』一一八一）

が挙げられる。右『万葉集』「住吉の」歌では、恋の思いに「浮かびゆく」即ち、「さまよい行こうか」という意味で用いられており、『新千載集』「しのびつつ」歌は、夜長に流す涙は我が身も「浮かぶ」ほどであるとする、常套的な趣向である。「うかび」が、表面に現れることをいう点を考えれば、「うかびてまたむ」は、海人の目につきやすい様に浮かんで待っていましょうの意味に解せる。

詠者は、「人」が「問」うてくれるのを待っている。「会える機会があるなら私が恨むとでもお思いですか。」と問うてくれればいいと望んでいる。「やは」という打ち消しにつながっていく語調で、問うてくれるのを待っているのが知られる。第十五歌

人のわりなくうらむるに

あまの住む里のしるべにあらなくにうらみんとのみ人のいふらん　(15)

は、信頼関係の途絶えたような調を備え、恨み言の理由が思い当たらぬ失意を、機知で処理する歌であった。この「みるめあらば」は、その第十五歌に後続する内容を有している。

結句「うたかたのまも」は、「小町集」の伝本では、多くの流布本の形である。しかし、「御所本甲本」や、六十九首本及び「時雨亭文庫蔵本（唐草装飾本）」、「静嘉堂文庫蔵本（一〇五・三）」といった本は、次のように「うたかたの身も」或いは、「うたかたの身は」として、「身」と結びつける。

うたかたの身は（「御所本甲本」、六十九首本）

うたかたの身も（「時雨亭文庫蔵本（唐草装飾本）」、「静嘉堂文庫蔵本（一〇五・三）」、「慶應義塾大学蔵本（一〇〇・二

八）」）

これらの方が、本来の形ではなかったかと考える。

「うたかた」の語は、三代集では『後撰集』に

おもひがはたえずながるる水のあわのうたかた人にあはできえめや　（『後撰集』五一五）

ふりやめばあとだに見えぬうたかたのきえてはかなきよをたのむかな　（同　九〇四）

のように見え、「水泡」の意である「うたかた」のはかない側面が詠まれている。しかし、「うたかたのみ」「うたかたのま」というような詞は、「小町集」の歌に特有のものである。

「小町集」では、この歌以外に、65、70、86の三首が収められる。第六十五歌と第八十六歌は、類歌であるが、「うたかたのうき身」と詠まれている。「うたかた」即ち水泡の浮く、そのような「うきみ（憂き身）」という掛詞が先ずあって、「うたかたの身」と、他にはない続けられ方をする表現が出来たのではないかと推測する。

「うたかたの身」が、水泡の如き、はかない我が身を喩えるとして、では、「うたかたのまも」とは、いかなる意味か。例えば、（a）「ま」は「間」で、これを或る現象が継続する時間とすれば、「うたかたのまも」とは、「少しの時間でも」という意味になる。その気はありませんが、少しの時間ならみるめを呈示しましょう、の意味になり、そこに、水泡の性質である「はかなさ」の意味が付与されるなら、「少しの時間でも」とは、実のない虚ろな「はかなさ」つまり、不本意であることを示す詞となる。また、（b）、「うたかたのまも」の「ま」（「間」）を、或る現象と現象の間隔と解するならば、「うたかたのまも」とは、水泡と水泡との間隔、即ち、海辺に寄せる波の盛んな水泡がその隙間を持たないように「絶え間なく」「ひたすらに」という意味とも見ることが出来る。沸き起こる念の緊密さ増してゆく様が、「うたかたのまも」であったかもしれない。ひたすらに、いちずに、という意味で、誤解を解くためのひたすらに行う行為への意志となる。更に、（c）「うたかた」を後世的な意味から解き放った場合、

『万葉集』にみる、真実、本当の意味の「うたがた」も想起される。

うたがたも　言ひつつもあるか　我れならば　地には落ちず空に消なまし　（『万葉集』二八九六）…「歌方毛」
離れ磯に　立てるむろの木　うたがたも　久しき時を　過ぎにけるかも　（同　三六〇〇）…「宇多我多毛」
天離る　鄙にある我れを　うたがたも　紐解き放けて　思ほすらめや　（同　三九四九）…「宇多我多毛」

『万葉集』では、右のように表記され、打ち消しの語を伴わない場合は、「いちずに」「真実」「きっと必ず」の意味で用いられている。先の「絶え間なく」「ひたすらに」とする詠者の感情に近いものがある。ただし、この語は、『名義抄』が「未必　ウタガタモ」と記すように、「必　ウタガタ」は、かならずしも云々とは限らない、という「未必」を了解事項にしていた。「小町集」の第七十歌

滝の水このもとちかくながれずはうたかた花も有りとみましや　(70)

の「うたかた」は、水泡を花に喩えていると見ることも出来るが、また、これは「必　ウタガタ」の意味であって、かならず花があるとは分からないの意味であるとも解釈できる。この第四十一歌で、「うたかたのまも」の「うたかた」を「必　ウタガタ」と解釈すれば、心の奥底に巣くう疑惑の念を認識した上での「いちず」な行為をいう語となる。つまり、「小町集」歌の「うたかた」に、『万葉集』の「うたがた」が想起されていても、そこには相手に対する全信頼に欠ける性格が付随することになる。

これが、六十九首本の「うたがひてまたん」という形につながってゆくのであろうと考える。六十九首本「小町集」の形は、

みるめあらはうらみんやはとあまとはばうたかひてまたんうたかたのみは　(三九)

であって、すぐに冷めてしまうであろう男の愛情を「うたがた」として翳らせたとも解せる。そこには、水泡の意味も残されているのであろう。恋そのものへのはかなさ、人生のはかなさを見越しての言葉であったかもしれない。

他の「小町集」にある濡れ衣の歌が、思いもよらぬ疑いの渦中にあって沈黙しているのとは異なり、ここでは意思疎通の機会を待っている。「人問はば」は、そう解せる。相手に、少なくとも問いかけてくれるだけの愛情があるならば、海藻のように海水に浮かんで待っていましょう、という。そういった意志表明を見るとき、「うたかたのまも」の意味は（b）の「ひたすらに」と解したく思う。一首の主情は上句にあったと思われる。詠者は対話を相手の言葉を待っているのである。

四二　いつはとはときはわかねとあきの夜そものおもふことのかきりなりける

「いつはとは時はわかねども」は、物思いをする時としない時という観点からは時を分けることはできないが、の意である。しかし、秋の夜は、この上なく物思いをする、という。秋の夜が物思いの季節であり、それを取り立てて歌に詠むというような事は、奈良時代にはなかった。『万葉集』では、「鳫」（二二三三）や「日晩」（一九六四）の鳴く音に触発される、それぞれの季節の物思いが、秋に限らず詠まれている。又、「物思い」は、多く恋の思いをいうものであった。

かくばかり　恋ひつつあらずは　石木にも　ならましものを物思はずして　（『万葉集』七二二）
ぬばたまの　寐ねてし宵の　物思に　裂けにし胸は　やむ時もなし　（同　二八七八）
物思ふと　寐ねず起きたる　朝明には　わびて鳴くなり　庭つ鳥さへ　（同　三〇九四）
春山の　霧に惑へる　うぐひすも　我れにまさりて　物思はめやも　（同　一八九二）

後半の二首は、恋の物思いと明記されるわけではないが、前後に収録される歌から、又、相聞の部立に入ることより恋の歌と知られる。『万葉集』巻十　秋の雑歌には、物思いを詠む次の三首が見える。

朝戸開けて　物思ふ時に　白露の　おける秋萩　見えつつもとな　（『万葉集』一五七九）

物思ふと　隠らひ居りて　今日見れば　春日の山は　色づきにけり　（同　二一九九）
心なき　秋の月夜の　物思ふと　寐の寝らえぬに　照りつつもとな　（同　二二二六）

これが、編者と目される大伴家持の時代に成立した『万葉集』巻十九になると、そこに採録されている歌は、恋の思いとは明らかに異なる複雑な心情が、秋に限らず、景物によって触発されて詠まれていることを示している。

春まけて　もの悲しきに　さ夜更けて　羽振き鳴く鴫　誰が田にか住む　（『万葉集』四一四一）
あしひきの　八つ峰の雉　鳴き響む　朝明の霞　見れば悲しも　（同　四一四九）
…大君の　敷きます国は　都をも　ここも同じと　心には思ふものから　語り放け　見放くる人目　乏しみと
　思ひし繁し…　（同　四一五四）
うつせみの　常なき見れば　世間に　心つけずて　思ふ日ぞ多き　（同　四一六二）
時ごとに　いやめづらしく　八千種に　草木花咲き　鳴く鳥の　音も変らふ　耳に聞き　目に見るごとに　う
ち嘆き萎えうらぶれ　（同　四一六六）

これらは、全て巻十九の所収歌である。

秋は、夜がどの季節よりも長い（『万葉集』五四八）という認識と、秋は物皆が衰退する季節である（同　四一六〇〜四一六二）という移ろいの実感は、秋の夜に自照の時間を与えたに違いない。日本に於ける秋の捉え方の熟達に加えて、白楽天の「燕子楼」等、中国文学の影響があって、秋の物思いを詠う歌が生まれた。

この第四十二歌「いつはとは」歌は、『古今集』所収歌である。詞書には、これが「是貞親王家歌合の歌」であり、作者は、「読人不知」であると記されている。同歌は、私家集の『宗于集』詞書にも載っている。『是貞親王家歌合』は、道真の『新撰万葉集』が成立する寛平五年（八九三）以前に行われた歌合であるとされ、現存する伝本は『二宮歌合』の七十一首（『新編国歌大観　第五巻』）のみである。歌合の右は、壬生忠岑の一首で、左に無記名の七〇首が番えられる。全て秋の歌で、歌合名の下に三十五番と記されているので、当初は、それ以上からなる秋の歌合であったらしい。歌合は実際に行われたのではなく、撰集による歌合ではなかったかとも言われている（『新編国歌大観』解題）。

現存する『二宮歌合』の、右に配された七十一首は、無記名であるが、その中には後世の歌集中で作者名を付されている歌が幾らかある。又、読人不知歌として勅撰集に採られる歌もある。（　）は歌合の『新編国歌大観』所収番号であるが、その様相は、例えば、

あめふればかさとり山のもみぢばはゆきかふ人のそでさへぞてる　（『二宮歌合』一九）

は、『古今集』に忠岑作として載り、同歌は『忠岑集』にも見える。第二十八、第五十八歌も同様である。第二十四歌は『古今集』に忠岑作として載るが、『忠岑集』には見えない。

つゆながらをりてかざさむきくのはなおいせぬ秋のひさしかるべく　（『忠岑集』七一）

は、『古今集』に友則作として載り、同歌は『友則集』にも見える。また、

つき見ればちぢにものこそかなしけれ我がみひとつのあきにはあらねど　（『古今集』一九三）

は、『古今集』に載る千里の歌として周知のものであるが、私家集である『千里集』には見えない。

あきかぜのうちふくからにはなもはもみだれてもちるのべの草きか　（『後撰集』三二二）

は、『後撰集』では、題不知、読人不知と記されるが、『忠岑集』に見える。『是貞親王家歌合』の歌に関して、同じ歌が『後撰集』では読人不知と記される歌が多い。

しらたまのあきのこのはにやどれると見つるは露のはかるなりけり　（『後撰集』五一）

あきのよの月のひかりはきよけれどひとのこころのくまはてらさず　（同　五五）

あさかぜになみやたつらんあまのがはすぐるまもなくつきのながるる　（同　六一）

これらは、『是貞親王家歌合』で無記名であった歌を『後撰集』で読人不知として採録するものである。しかし、

あきのよにかりかもなきてわたるなる我が思ふ人のことづてやせる　（『後撰集』四三　貫之）

は『貫之集』には見えず、『後撰集』で、貫之作と記される。また、次の『是貞親王家歌合』の三首は、私家集には見えないが、勅撰集で作者名を記されて載る。

さをしかのしがらみふする秋はぎはしたばやうへになりかへるらん　（『是貞親王家歌合』二一）（『拾遺集』五一四　躬恒）

あまのはらやどかす人のなければやあきくるかりのねをばなくらん　（同　一五）（『続後撰集』三一〇　忠岑）

ひさかたのあまてる月のにごりなしきみがみよをばともにとぞ思ふ　（同　九）（『新千載集』一八　躬恒）

この「いつはとは」の『古今集』詞書にある『是貞親王家歌合』とは、現在分かる範囲では、右のとおりである。この「いつはとは」歌は、現存する『二宮歌合』の七十一首中には見えない。三十五番あったと記されるそのいずれかに載っていたものであろうとしか言えない。しかし、『古今集』は、この歌を「是貞親王家歌合の歌　読人不知」と明記する。

是貞親王は、光孝天皇第二皇子であり、宇多天皇の兄に当たる。仁和三年（八八七）源姓を賜ったが、宇多天皇在位の寛平三年（八九一）親王に復し、三品太宰帥に任じられている（『尊卑分脈』）。これは、『古今集』の撰集から遡ること十数年前に相当し、六歌仙の一人遍昭の晩年と同時代である。千里を始め、友則、忠岑、躬恒、貫之という『古今集』の撰者達も成人であったことが、それぞれの生没年は未詳ながら、官職の記録で知られる。『古今集』で読人不知と記するこの歌は、やはり読人不知歌であるとみるべきであろう。

この歌が『宗于集』にも見える事については、次の二点を理由として『宗于集』に混入したと推測する。一に、その出生が是貞親王に近い事、即ち光孝天皇の第一皇子が宗于の父是忠親王であるので、歌合の関連人物と見なさ

れたという事、他の一は、宗于の歌内容や人物伝承から判断がなされたと考えるものである。なかでも、『古今集』『後撰集』に収録されている宗于の歌は、

ときはなる松の緑も春くれば今ひとしほの色まさりけり　（『古今集』二四）
今はとてわかるゝ時はあまのかはわたらぬさきに袖ぞひぢぬる　（同　一八二）
山ざとは冬ぞさびしさまさりける人めも草も枯れぬとおもへば　（同　三一五）
逢はずして今宵明けなば春の日の長くや人をつらしと思はむ　（同　六二四）
わがやどの庭の秋はぎ散りぬめりのちみむ人やくやしと思はむ　（『後撰集』二九九）

等、宗于は、時節の到来を捉えて歌を詠んでいる。この宗于歌の特徴が、この歌を宗于の詠歌であると判断させたのではないかと考える。宗于の歌は、又、『大和物語』の数段をも構成している。

沖つ風ふけゐの浦に立つ浪のなごりにさへやわれはしずまむ　（『大和物語』三十段）
時雨のみ降る山里の木のしたはをる人からやもりすぎぬらむ　（同　三十二段）

宇多天皇に対し、宗于が自らの不遇を詠んだ歌であると『大和物語』は記す。こういった晴れやらぬ心情が、『古今集』読人不知歌の「物思ふこと」の作者として関連づけられたのであり、「ながめ」なる春の物思いを詠じた歌を冒頭歌に据える「小町集」にも入ることになった。

この歌は、誰しもがそう感じていたであろう、ひとつの秋夜に対する認識を、例えば、和歌とは深く関わらぬ生活をしていた官人が、ふと詠じた歌ではなかったかと想像する。この歌について香川景樹『古今和歌集正義』は、次のように評している。

此初二の句優にして力ある調也。よりて事なき末の句も自然にめでたく聞ゆかし。心は明らか也。

上句に力があるのは、「秋の夜の物思い」が衆人の賛同を得て伝えられてきたからであろう。

四三　ひくらしのなくやまさとのゆふくれはかせよりほかにとふ人そなき

「ひぐらし」は、初秋、夕暮れや明け方に高い声で鳴くので、鳴き声に擬して一般にカナカナ蟬と呼ばれる。上代には、

萩の花　咲きたる野辺に　ひぐらしの　鳴くなるなへに　秋の風吹く（『万葉集』二二三一）（『人丸集』一三七）

今よりは　秋づきぬらし　あしひきの　山松蔭に　ひぐらし鳴きぬ（『万葉集』三六五五）

庭草にむらさめふりて日ぐらしの鳴く声きけば秋はきにけり（『人丸集』一一七）

等、秋の訪れを知覚させる景物として詠まれていた。「とふ」は、問ふ・訪ふで安否を知る目的で訪ねる、の意味である。

暑さも和らぎ、夕暮れになると決まって蜩が鳴き出す山里。木戸を叩く音がして誰かと思えば、風であった。夕暮れは人の待たれる時間であったことを、詠者は思い出している。片桐洋一氏『古今和歌集全評釈』は、「素朴な表現の中に、「待つ女」の状況を凝縮している感じであり」とされている。

この歌は『古今集』に入る読人不知歌でもある。『古今集打聴』に「小町の集に入りて末の句とふ人ぞなきとみゆ、此方よくみゆ」と記されている。『古今集』では、結句異同なく「とふひともなし」である。「小町集」でも、「御所本甲本」系統だけは、『古今集』と同じ形をとるが、その他の伝本全て「小町集」の結句は、「とふ人ぞなき」となっている。「とふ人もなき」（『古今集』）は、果てない時空の中へ詠者の抒情が流れ込んでいくようであり、「とふ人ぞなき」（多くの流布本「小町集」）では、事態が自覚して受け止められているという差であろうか。「小町集」での係り結びの成立した本文の形は、人の訪れのない山里をそれとして受け止める意志を示していると考える。

「小町集」では、次の第十・第一一一歌にも「山里」が見える。

山里にあれたる宿をてらしつついくよへぬらん秋の月影　（10）

山里は物のわびしき事こそあれ世のうきよりは住みよかりけり　（111）

第四十三歌と、この第一一一歌は、ともに『古今集』の読人不知歌である。小町が宮仕えを終え、静かに生涯を終えたであろう山里が想定されたものであろう。或いは又、驕慢の果ての小町のなれの果ての場所として、山里が受け容れられたか。前者であろうと思う。歌は、澄んだ悲哀の中に、しみじみとした穏やかさを呈するからである。「問ふ人もなし」と詠んではいるが、調は悲痛な孤独の調を呈してはいまい。それらには、秋の情趣を楽しむ男性歌、中世の出家者に連なって行くような響きがある。山里であるか否かに関わらず、来てくれるであろう人が昔はいた。しかし、今はいないという女性としての悲痛な寂しさの訴えではなくて、季節の移ろいを静かに受け容れて、自得した調がある。そして、しみじみと人生を回顧する歌のように見える。この第四十三歌の上句には、初秋の蜩、夕暮れ、山里、と夏から秋への寂しさを喚起する景物が並べられているが、この歌は移ろいの寂しさを十分には呈していない。それは、孤独感へと発展しないところの、季節の寂しさに止まる。これは、上句の表現が、夕暮れには必ず鳴く蜩の声の規則性を表面に出させていることに起因するからかもしれない。この歌の主眼は、下句ではなく上句にあると考える。「小町集」の秋歌には、夏から秋への移ろいのイメージが特徴的であると思う。物皆死に逝く秋の哀しさではなく、人生の翳りを感じ、孤独を自覚させる秋の季節の哀しさが特徴的である。

四四　ももくさのはなのひもとくあきののにおもひたはれむ人なとかめそ

『古今集』巻四　秋歌上に読人不知歌として載る。

「もも草の花」は、他に、次のように詠われている。

もも草の花は見ゆれど女郎花さけるがなかに折りくらしてん　（『貫之集』三八八）

百草の花のかげまでうつしつつおともかはらぬしらかはの水　　（同　七一四）

このように読まれる「もも草」は、数の多さをいうとも解せるが、『万葉集』巻五（八〇四…「毛毛久佐尓」）同様、「小町集」の場合も、「百種」即ち、種類の多さをいうと解釈する。

「花のひもとく」は、一に花がほころぶの意であるが、一方で「相思の男女を結びあわせる紐」（井出至「万葉びとの「ことば」とこころ」）であるところの、着物の下紐を解くという意味を懸ける。万葉時代には、紐を結ぶという行為に、「相手との逢合を約束する」という呪術的な意義があったという。自然に紐のとけることにも、意義が認められていたが、ここでは、あえて「解く」とあるから、浮気心が暗示されている。

第三句、第四句について、「秋の野に」を「秋の野で」或いは「秋の野にあって」と口語訳すれば、「思ひたはれん」場所を示していることになる。しかし、近世の注釈は、「心を花にしめつゝ戯れん」（『古今集打聴』）、「花ヲ賞翫シテトモ〴〵ニ乱レテアハーウヲツクサウ」（『古今集遠鏡』）と、「思ひ」を「たはれ」とは複合させず個々に解する。即ち、「秋の野」を「思ひ」の対象であると解する。現代の注釈でも、戸外での恋愛を促す意味が裏にあるとした上で、「思ひ」の対象を「秋の野」とみている。「心をよせ戯れ遊ぼう」（『日本古典文学大系　8　古今和歌集』）「心うち解けて戯れよう」（窪田空穂『古今和歌集評釈』）「心を寄せ遊び戯れよう、思いきり花に戯れかかろう」（『日本古典文学全集　8　古今和歌集』）とある。

「たはる」は、辞書的には、「たはる（戯る・淫る）」の表記が当てられるが、「たはる」と「たはぶる」の意味は異なる。「たはる」には、『万葉集』巻九（一七三八）に例がある。安房に珠名という娘子がいた。腰はすがるのように細く容姿端麗で、花のように笑って立っていると、道行く人は娘子の家まで来てしまう。人が皆娘子に迷ったので、「容艶　縁而曽妹者　多波礼弖有家留（カホヨキニ　ヨリテゾイモハ　タハレテアリケル）」と記されている。反歌には、戸口に人が来て立つと娘子は自分の身も考えず出て会った、と付す。「たはれ」は、淫らに、或いは、浮気がちにふるまっていた、と解せる。一方「たはぶれ」は、『万葉集』巻五（九〇四）に見え、幼子を亡くした親が、在りし日の元気な子どもの姿を「立礼杼毛　居礼杼毛　登母爾戯礼」「タテレドモ　ヲレドモ　トモニタハブレ」と詠んでいる。「たはぶれ」は、遊び興じている様子である。その他「遊」の訓に「たはれ」が見える。「友名目而遊物尾（タワレムモノヲ・広瀬本アソフハシモ）」（『万葉集』九四八）や「橘珠爾安倍貫可頭伎氏遊波之母（タチハナノ　タマニアヤメハ　ヌキカツラキテ　タハルレハシモ・広瀬本アソバシ）」（同　四一八九）である。「たはれん」には、「たはぶれ」とは明らかに違う、浮気がちなという意味を認められていたのであろう、

みがてらにあひ見ねばたはぶれにくきまでぞこひしき　（『古今集』一〇二五）

まめなれどあだなはたちぬたはれじまよる白波をぬれぎぬにきて　（『後撰集』一一二〇）

の例が見られる。『古今集』は、「冗談にできない」の意味であり、『後撰集』の方は、「浮気な」という意味で用いている。

そういう「思ひたはれん」とする私を、人よ咎めないで欲しいという。秋の野は、「思ひたはれん」と詠者に思わせた契機にすぎず、現実の野遊びを誘う言葉ではないことも、第四句の「思ひ」が示している。この歌は、恋愛相手に今少し寛大であれかしと詠者が応えた贈答歌の一であったかもしれない。人が着物の紐を解いて戯れるように、どんな草木も花をほころばせる秋の野であるのだから、私もそれに倣って戯れ心を持ちましょうに、人よ、取り立てて騒がないでほしい、というのであろう。

「思ひたはれん」という解放的な印象を与える詞を用いながら、詠者の現状である世界が閉ざされているからか、それとも冬を目前にした一時の花の盛りが「もも草」の語に込められるからであろうか、解放的であるのに情熱的ではない。結句のやわらかな禁止の表現が情熱を消している。この印象は、人々が野遊びを謳歌していたよりも後の時代にこの歌が作られたことに起因するのであろうと考える。

秋野は『万葉集』で多く詠まれているが、「もも草の咲き誇る野」という捉え方はされていない。『万葉集』の秋野を代表する植物は、萩の清楚な花と、群れなす薄である。万葉人は、萩に置く白露や秋風にたなびく尾花に興趣を感じ、人を思い、自らの心を顧みた。鹿の鳴く音は、恋しい人を思い出させた。

第四句について、多くの流布本「小町集」や、『古今集』読人不知歌では「思ひたはれん」であるが、また、『古今和歌六帖』の所収歌や、「小町集」の「御所本甲本」では、「おもひみだれん」となっている。これは、「思ひ」の意を「秋の野」から離し、「みたれ」の方にひきつけて積極的に表そうとした為であろう。『古今集』所収の

あきののにみだれてさける花の色のちぐさに物を思ふころかな（『古今集』五八三　貫之）

に影響され、異同が生じたのではあるまいか。

四五　こききぬやあまのかせまもまたすしてにくさひかけるあまのつりふね

この歌は、「小町集」によってのみ伝わる歌である。どの撰集にも再採されなかった要因の一には、この歌の分かりにくさがあるのだろう。

先ず、「こぎきぬや（漕ぎ来ぬや）」は、漕いで来たのか、とも、漕いで行くのか、とも解せる。勿論、「ぬ」は、文法的な接続で言えば、「漕いで来ないのか」などという、打消の意味には解釈出来ない。更に、「にくさびかける（荷楔懸ける）」であるが、「かける（懸ける）」は、完了の「り」が付され、「にくさび（荷楔）」の懸けられた状態が続いているのを示している。（「懸く」は、上代には四段活用をしていた語であることが知られている。）即ち、「り」の性質からすれば、海人が今懸けつつあるのではなく、「荷楔が懸けてある」状態を言っていることになる。

「にくさび」も実は明らかではない。「小町集」では、流布本系統の多くは「にくさび」とするが、「御所本甲本」は、第四句空白となり、同系統の「神宮文庫蔵本（一一一三）」に、この歌はない。『新編　大言海』には「にくさ

び」とは、「荷楔」の意味であろうと記している。鎌倉時代の初め、順徳天皇の手になる『八雲御抄』巻三雑物部には、「にくさび（海舟にかくるもの）」とある。「懸く」は、設置するの意味かと思う。本来は、「荷止め」であった語の意味が展開したのであろうか、『新編　大言海』では、

舟ノ舷ヲ藁ニテ包ミカコヒテ波ヲ避クルモノニテ、今モ肥後ニテハ云フト云フ

と、水が舟に入らないようにするための工夫であったことを説明している。『新編　大言海』は、次の能因法師歌の初句「にくさみ」や「小町集」唯一の長歌に見える「くにさみ」も同義語とする。右の『八雲御抄』の記事は、これらの歌からの知識であったと推測する。それは、

にくさみぞかくべかりけるなにはがたふねうつなみにいこそねられね　（『万代集』三四〇一）（『夫木和歌抄』一一九六一　能因）

いつかうき世の　くにさみの（他本みくさみ・くにまみ）わが身かけつつかけ離れ…　(68)

であるが、「にくさみ」歌は、次の『能因法師集』の歌では、「みくさと」とある。

津のかみやすまさの朝臣となにはえに同船にて詠みける
みくさとぞかくべかりける難波潟船うつ浪にいこそねられね　（『能因法師集』一五五）

用例はこれらのみであるが、福島好和氏の教示によれば、原初的なところで広く使用されていた語であるという。

初句末の「や」には、詠者の意外な調が備わる。現状は、「つり舟」が漕いでくるにしても、漕いで行くにしても、良くない風が吹いているのであろう。そして、それを眺めている詠者がいるとすれば、詠者は「にくさびかける」つり舟によって、舟には相応しくない風の強さと波の大きさを感じている。「こぎきぬや」「あまのかぜまもまたずして」という細切れな調をもたらす倒置表現は、実感より成る歌のようでもあるが、逆に、何かの絵を見た詠者の視線の移動を表すものとも言える。

詠者は、湊で風の収まるのを待っていた。強い風が吹く中を一艘の舟が湊に入って来た。海人のつり舟であった。舟には荷楔が懸けられている。こんな風の中を漕いできたのか、と詠者は海人を思いやる。第二句「あまのかぜま」は、「風間」即ち、風の止んでいる間の意である。結句に「海人の」があるので、この「あまの」は美称であり、天の意思で与えられる、待っていれば必ず与えられる風止み、という心情を背後に有するのであろう。そして、それをも待たずにと云うのであろう。海人という職種の危険を気遣う歌は、「小町集」第二十六歌にも見える。労働をする者への関心を詠んでいるものと解する。

ところで、右に能因法師の歌を掲げたが、六歌仙時代の小町より時代を経ること百数十年後に活躍した能因法師は、その私家集『能因法師集』に、小町の名を記し残している。

夢に小野小町わかをかたる、そのこと葉にいはく
まてといひしときよりかねてあかなくにかへらん君となげきしものを　（『能因法師集』六三）

代旧詠之
よそにこそやへのしらくもと思ひしかふたりが中にはや立ちにけり　（同　六四）

この「旧詠」とは、小町の歌をいうものであろう。「よそにこそ」は「小町集」の所収歌であり、『新千載集』にも小町歌として採録されている。流布本「小町集」と能因法師には、何らかの関わりがあるかもしれないと考えている。「よそにこそ」の重出歌、「にくさみ」という特殊な言葉、そして、「小町集」第六十三歌と能因法師の「荒れ駒」を詠む歌とに何か共通性を感じるからである。「にくさみ」は、『新編　大言海』によれば、肥後に伝え残る語であるというが、能因法師もまた肥後の人であった。

この歌は、第四句の「にくさみ」の詞を解釈するにあたって、能因法師の「にくさみぞ」の先掲歌が唯一の手がかりとなっている。しかし、この歌は、能因法師の、その船中泊の不快を詠む歌とは異なり、海人の釣り船を取り

上げる。仕事をする海人の舟である。上句で独語のように感情表現がなされ、下句でその判断を促した光景が描写される。上下句のつながり方も詠歌の対象も、「すき」を望んだ能因法師の表現の性質とは異なっている。上句の感情移入は強いが、嵐でも漕ぎだして行かねばならぬ漁師の生活を取り上げる社会詩にはならない。ただ、恋愛感情とは異なる、他者を思う心情が詠まれていることは否定出来ないと考える。

五月五日さうふにさして人に

四六　あやめくさひとにねたゆとおもひしをわかみのうきにおふるなりけり

五月は、気候が替わる悪月だという。その邪気を払うため、五月五日の端午の節句には、剣のような刃先と強い香気を有する菖蒲を用いて行事が行われた。詞書の「さうぶ」や初句「あやめ草」は、今日の「あやめ」「はなしょうぶ」とは異なる。「池辺・沼沢などに生ずるさといも科の多年生草木で、夏、肉穂花序の細かい花をつける」（『時代別国語大辞典　上代編』三省堂）草花で、花の色も「あやめ」「はなしょうぶ」とは異なり、淡黄色である。『万葉集』にも、鬘にする意味の「鬘く」植物として、また、薬玉に差す意味の「玉貫く」植物として詠まれている。それらは、郭公が山から里へ下りてくる時節に彩りを添える植物であり、古代の風習に深く関わる植物であった。薬玉は、中心に香料を入れ、糸を以て玉に造り、菖蒲・蓬など香気の強い草又は造花などを葺いた物をいう。『金葉集　二度本』（一三二）歌詞書、『新勅撰集』（一〇六一、一〇六二）歌等から、薬玉は貴族の贈答品となっていったことが知られる。

菖蒲の根を用い、平安時代には根合わせが行われた。根合わせは、菖蒲の根の長さを競う遊戯であるが、永承六年（一〇五二）の『内裏根合』の記事は、それが宮中の行事になっていたことを示している。永承六年五月五日、後冷泉天皇御前の左右に洲浜がしつらえられ、三番の根合、歌合の後、管弦の遊びがなされたとある。和歌で菖蒲を、特に根を取り上げ詠むようになるのは、こういった根合わせの会が貴族の間で広まっての後ではないかと思われる。菖蒲の根を詠んだ歌は次の『古今和歌六帖』歌に始まる。

菖蒲草ねながき命つげばこそけふとしなれば人のひくらめ　（『古今和歌六帖』九九）

これ以降は、

あやめ草ねたくもきみはとはぬかなけふは心にかかれとおもふに　（『金葉集　二度本』一二七）

いかでかくねをしむらんあやめ草うきにはこゑもたてつべきよを　（『詞花集』三三〇）

きみひかずなりなましかばあやめ草いかなるねをかけふはかけまし　（同　三三六）

あやめ草うきねをみても涙のみかくらん袖をおもひこそやれ　（『千載集』五七三）

けふかくるたもとにねざせあやめ草うきはわが身にありとしらずや　（同　一一八二）

等、『内裏根合』よりも後に撰集された歌集に見える。「ねをかく」とは、声に出して泣くことであり、「ね」は「音」との掛詞として用いられる。菖蒲は軒にかけて火災を避ける呪いとされたり、菖蒲の根は菖蒲酒に使用されたりもした。なお、あやめ草の「あやめ」とは、漢女即ちあやめの姿のたおやかさに似る花の意味である（『岩波古語辞典』）という。

「ねたゆ」は、「根絶ゆ」で、根が切れている事と解した。「ね」には、「寝」「音」などの語が当てられるが、「寝絶ゆ」「音絶ゆ」を掛詞にした他の用例を見ない。音信という意味の「音絶ゆ」であるなら「おとたゆ」であるので、この掛詞とも言えない。

あやめ草ねたくもきみはとはぬかなけふは心にかかれと思ふに　（『金葉集　二度本』一二七）

の歌を見ると「妬し」に関連する語句かとも思われたが、この場合「ゆ」は、上代の助動詞と見なければならず「妬し」との接合が説明出来ない。上代の助動詞「ゆ」が接合するなら、「ねたまゆ」でなければならないからである。この点については、小倉肇氏から「妬ゆ」という一つの自動詞として見ることの教示を得た。通い合う音の中に「妬ゆ」も想起されて歌が作られたことも否定は出来ないが、関係の途切れる意味が込められているのであろう。

特に、六十九首本「小町集」では、

あやめ草人にもたゆと思ひしは我が身のうきにおもふなりけり　（一）

の形で伝える。私の辛い気持ちが、人との関係をないものと錯覚させていた、というのであろうか、「たゆ」は男女間の関係の絶えることを意味している。季節の挨拶だったのであろう。歌よりも端午の節句に邪気を払う菖蒲を贈ることが目的で、その結果、この歌が残ったと推測する。長い根が尊ばれる菖蒲の美しい根に詠者の視点が据えられる。「誰かに抜き取られ、ないと思っていたのに、こんなに長い根を手に入れました。考えてみれば、当然の事ですね。私の所には「うき」があるのですから。」そういう歌であったのだろう。

「小町集」の詞書は、「五月五日、さうぶにさして、人に」贈った歌だとしている。「うき」は、菖蒲の生える「泥土」と、辛い意味の「憂き」を懸ける詞である。

あやめぐさわが身のうきをひきかへてなべてならぬにおひもいでなん　（『金葉集　二度本』一三二）

という、この「うき」の語も同様の用いられ方をしている。「わが身の憂き」として、自らの辛い心をいう。右の歌には、宮仕えする娘に薬玉を贈るため付けた歌という詞書がある。娘の輝かしい未来と対比される、親の人生の「うき」が「泥土」と掛詞にされる。では、「小町集」の歌の「我が身の憂き」とは何か。宗教的深さは備わらないが、自己観照の響きがある。「我が身の憂き」なる内容が何なのか分からない。男性の訪れのないことをいうのか、或いはまた男女間の憂いを超えた処世の厳しさをいうのか。詠者は、晴れない気持ちを以て某人に近況報告をした。しかし、その調は、自らに原因を帰すべき憂いであると言っているようにも聞こえる。先述のように『万葉集』で、菖蒲は、髪挿や薬玉に差す植物としてしか詠まれていない。『古今集』では、「ほととぎすなくやさ月のあやめぐさあやめもしらぬこひもする哉」（四六九）の歌一首を見るのみである。「ねたゆ」が「根絶ゆ」であるなら、この歌は六歌仙時代よりも『古今集』撰者時代よりも後の時代に作られたものであると推測される。用例に『金葉集』のものが多いのは、その時代が院政期に迄下ることを示すものかもしれない。

「小町集」第六歌にも「をみなへしおられにけりな」と、抜き取られた草を見て触発される思いを詠んでいる。この歌は、そういった歌に類似する発想が「小町集」に混入させたというよりも、もっと意図的に存在することになった歌であると考える。この歌は伝本考察の項でも触れたが、異本である六十九首本「小町集」の巻頭歌である。それは、異本系六十九首本「小町集」が、小町の歌の性格を代表する歌として置いた歌であり、特別な扱いを以て入れられた歌であると考える。

四七　こぬひとをまつとなかめてわかやとのなとかこのくれかなしかるらむ

「こぬ人をまつと（来ない人を待っているかのように）」の「と」は、指定・引用を示す。「あききぬとめにはさやかに見えねども」（『古今集』一六九）「思ひあればたのめぬよはもねられぬをまつとや人のよそにみるらん」（『玉葉集』一三七〇）の「と」が、「秋来ぬ」または「思ひあればたのめぬ夜半もねられぬを待つ」を一纏まりに受け、「見」に係るように、この歌の「と」も、「こぬ人をまつ」を受け、「ながめ」に係る。「ながめ（眺め）」は、遠くを見る、物思いに耽る、両者の意味を込める。「我が宿（私の住処）」の「やど」は、「屋外・屋前・屋戸」が原義で、庭先、戸口、家屋等の意味であり、庭を含めた住処と解する。

夏の日の夕暮れであろう。黄昏に誘われて、縁先に出る。誰かの訪れを待ってでもいるかのように、自然と戸口が眺められる。どうして今日に限って、我が家の夕暮れがこんなに切ないのか。人に感傷を強いる、秋の枯れ葉や冬の風音を背景とする季節ではあるまい。夏の日の、明るすぎるも冷たい黄昏の風と光の中で、詠者は、理由付けの出来ない思いを「かなし」と詠じたのであると考える。

この歌は、『新勅撰集』に小町の歌として収録される。同集恋歌四の部立の、次の人麿歌に続いて採録されている。

ゆふさればきみきまさむとまちし夜のなごりぞ今もいねがてにする
（『新勅撰集』八六一）

夕暮れになると君のおいでが待たれる。その名残か今夜も眠れないのは、という。ここに詠まれているのは「こぬ人」が自然と待たれる致し方のない人の性であり、人を待ち遠しく思う心情は、人麿の歌にも、この小町の歌にも共通する。それは、待てることの幸福の内に自己を置いた時に生ずる視点であると言うことが出来る。人麿歌は、この一視点からの詠歌である。それに比して、小町の歌の「こぬ人をまつとながめて」という上句は、視座が転換されることによる不思議な時間空間を有している。「こぬ人をまつ」、即ち、なかなか来ない人を待つ詠者は、あたかも夢のなかにいるが如くひたすら人を待っている詠者である。それが、「まつとながめて」の「と」一語によって現実に引き戻されている。すると、「こぬ人」は、詠者が待っていた「なかなか来ない人」から「来るはずのない人」という意味合いを帯びてきて、「こぬ人をまつ」詠者を客観視する第二の視点が生じてくる。この時「ながめ」は、来るはずのない人を待っているという詠者自身をも、「ながめ」という物思いの対象にしてしまう。それゆえ、切迫した晴れ遣らぬ心情であるはずの「かなし」は、夢から冷めた悲しさ、自己を客観視する所に生ずる悲しさ、という澄んだ響きを帯びることになる。この歌の特徴は、上句の時間空間が生み出す澄んだ悲しさの内に認められる。これは、次に挙げる数首のような類歌には、見られない。

こぬ人をまたましよりも侘びしきは物おもふ比のよひゐなりけり
（『和泉式部集』一三二）（『夫木和歌抄』一七一六二）

こぬ人をまつとはなくてまつよひのふけゆくそらの月もうらめし
（『新古今集』一二八三）

ながむればいとどものこそかなしけれくれゆくほどのそらのむらくも　（『万代集』三〇五八）

風の音の千代の色ふく暮ごとにこぬ人まつはさぞなさびしき　（『夫木和歌抄』七七二八）

これらの歌に詠まれている「わびし」「かなし」と、小町のこの歌の「かなし」とは異なっている。小町の歌には、自得諦観の調が底流するからであろう。定家の余情妖艶とこの歌との関連については、前章「定家の歌学」の中で述べた。

四八　つゆのいのちはかなきものとあさゆふにいきたるかきりあひみてしかな

「露の命」という成語は、既に『万葉集』に例が見える。

ありさりて　後も逢はむと　思へこそ　露の命も　継ぎつつ渡れ　（『万葉集』三九三三）

『古今集』に「露の命（露のようにはかない命）」という成語そのものは見えないが、「露」を同趣旨に於いて捉える歌はある。

いのちやはなにぞは露のあだものをあふにしかかへばおしからなくに　（『古今集』六一五）

露をなどあだなる物と思ひけんわが身もくさにをかぬばかりを　（同　八六〇）

『後撰集』以降も、この詞は好まれ歌に詠まれた。次は、その中の二首である。

露のいのちいつともしらぬ世中になどかつらしと思ひおかるる　（『後撰集』一〇〇八）

ながらへば人の心も見るべきに露の命ぞ悲しかりける　（同　八九四、一二四七）(89)

後者は『後撰集』に二首重出し、一は読人不知歌、一は平安初期の歌人土佐の作と記されている。この歌は又、「小町集」第八十九歌としても収録される歌である。

「はかなきものと」の「はかなし」は、捉えどころがなく頼りないの意味で、『新撰万葉集』では、夏虫のはかなさ、不逢の恋のはかなさが詠まれ、『後撰集』では、夢のはかなさが詠まれる。そして『古今和歌六帖』になると「はかなし」の用例が目立って増える。白玉のように見える波しぶき、波打ち際に付けられた水鳥の足跡、広がる秋の空、夢、をはかないものとして捉え、「はかなく過ぐ」「はかなく恋し」等の連用修飾語としても現れる。この歌は、「露の命」をはかないという。何故「露」がはかないのかについては、状態の継続時間が短いからではなく、結露と霧散の偶発性が人の生死に喩えられる故であろうと考える。

もみじばを風にまかせてみるよりもはかなきものは命なりけり（『古今集』八五九）

は、『古今集』所収歌であり、命そのものをはかなき存在として詠んでいる点にこの歌との共通点が見られる。生命には人の意志を関与させることが出来ない、生死とは偶発的な事件であって、風に散る紅葉のひとひらよりもそれは捉えどころがないのだ、と詠んでいる。生命は即ち、はかないものであるという概括的な視点を採っていた詠歌が、次第に日常生活の断片を採りあげてゆく。生命そのものよりも個々の日常生活に目が向けられ、その積み重なった人生こそが総体としてはかないという意識に変遷してゆくのは、『古今和歌六帖』の用例に明らかである。これが、「我が身のはかなさ」という女房文学の出発点ともいえる視点を創り出し、平安文学の興隆に影響を与える。

「あひみてしかな」は、逢っていたいものよ、の意である。「あひみる」は、「逢ひ見る」又は「相見る」であろうが、何れも逢瀬の意味に用いられることが多い。『古今集』以降、「あひみる」対象が「花の盛りに会う」（『古今集』九七）「たけくまの松に会う」（『後撰集』一二四）「ながれ木に会う」（『拾遺集』四八〇）等無生物である例を除いては、全て男女が同じ時間を過ごすという、逢瀬の意味で用いられている。『万葉集』でも逢瀬の意味が大半であるが、それと決められない出会いの場合もある。

相見ては　恋慰むと　人は言へど　見て後にぞも　恋まさりける（『万葉集』二五六七）

春花の　うつろふまでに　相見ねば　月日数みつつ　妹待つらむぞ　（同　三九八二）

例えば、この二首のうち先の「相見」は、逢瀬の意味と解せようが、後は単に姿を認めることであったかもしれぬし、逢瀬と解することも可能である。『万葉集』には、「あひみる」を、両者の内、何れかが一方的に他者を認める意味で用いられている例もあり、「葦垣越しに相見た」（二五七六他）や「おほほしく相見た」（二四四九他）は、逢瀬ではなく単に姿を認めた意味であろうと解せる。又、「あひみる」は、男女間のみならず広く人間の交情の機会を指す場合にも使用される。「気の合った者同士で秋萩を相見た」（一五五八）「古い通り昔馴染みを相見た」（二六一四）や「別れに際し長い年月の交情（年の緒長く相見てし）をいう」（四二四八）「長官が部下の帰還を祝い、去年の秋相見し以来と別れる以前の交情をいう」（四一一七）に「あひみる」が用いられている。「相見る」の「相」には、接頭語であって意味を持たない場合と、相互いにの意味を持つ場合とがある。

春雨の　やまず降る降る　我が恋ふる　人の目すらを　相見せなくに　（『万葉集』一九三二）

去年見てし　秋の月夜は　照らせども　相見し妹は　いや年離る　（同　二一一）

では、前者の「相」は接頭語に過ぎないが、後者は「一緒に見た」の意味である。

以上のように、『古今集』以降逢瀬の意味に定着する「あひみる」であるが、『万葉集』では、必ずしも恋愛に於ける逢瀬の意味ばかりを示すものであるとは言えない。同様に、この歌の「いきたるかぎりあひみて」の場合も恋愛に関する意味であるとは言い切れない。「あひみてしかな」という表現は、『後撰集』『古今和歌六帖』より見られる。即ち、十世紀後半に成立した歌集に採り上げられていることより、この頃に和歌表現の一として定着していたことが知られる。しかしながら、それらは例えば、

おおしまに水をはこびし早舟のはやくも人にあひみてし哉　（『後撰集』八二九）

日の光あひ見てうとむ朝霧のきえぬさきにもあひ見てしかな　（『古今和歌六帖』二七八）

下消ゆる雪間の草のめずらしくわが思ふ人にあひみてしかな　（『後拾遺集』六三五）

きのくにのゆらのみなとにひろふてふたまさかにだにあひみてしかな　（『新古今集』一〇七五）

うどはまのうとくのみやはよをばへむ浪のよるよるあひみてしかな　（同　一〇五一）

のように序詞を巧みに利用して詠んだ歌である。「あひみてしかな」は、序詞によって導かれたわずかな主観の表現となっている。類する表現は後世の詠歌にもあるが、小町の歌のように序詞に頼らぬ表現ではない。

この歌は、『万代集』二一九〇に小町を詠者とする恋の歌として収録される。詞書はない。しかし、続く撰集『続後撰集』には、これを羇旅歌と位置付け（一二八一）、「とほき所にまかりける人に」という詞書を付す。「あひみてしかな」の背景に、絶対的な別れを想定する。『万代集』以下、『続後撰集』、「御所本甲本」「小町集」、群書類従本、六十九首本等の「小町集」は、「露の命はかなきものを」と伝え、その他流布系統の「小町集」のみ「露の命はかなきものと」と記す。第二句が「はかなきものを」であれば、小休止が置かれ詠嘆の調が伴う。

この歌は、命は露のようにはかない、だから絶えず会っていたいと詠む。この「あひみてしかな」が序詞に導かれぬ詠み方であることは右の通りである。即ち、技巧を用いない歌であり、技巧が誘因する知的軽快さのない歌である。その一筋に主観を表出する詠歌の方法は、『古今集』の「古」の時代に相応しく素朴なはずである。しかしながら、素朴さを形成する強さと、開かれた調がこの歌にはない。生命をはかなき物と捉え、謳歌するのでも悲嘆にくれるのでもなく、ただ某かの人物と会っていたいという。詠歌の背景に某かの人物がいて詠者がいることは当然予測されるのに、人の温かさが感じられない。この歌は、現在から未来につながる時間を詠んでいるはずであるのに、閉鎖的な調を有している。時間のつながりの中で今日を捉える詠歌は、『万葉集』に、例えば

今だにも　目な乏しめそ　相見ずて　恋ひむ年月　久しけまくに　（『万葉集』二五七七）

…あらたまの　年の緒長く　相見ずは　恋しくあるべし今日だにも　言どひせむと　惜しみつつ…

（同　四四〇八）

がある。会えない日が来ようとしているので、今日の日によく会い、よく語っておきたいという歌である。これらの『万葉集』には、今日の確かさが、調となって表れている。それに比して、「小町集」のこの歌は、明日の捉えどころのなさが、一首の調に反映して気弱な印象を与えるとも言える。

この歌は、上句の、特に「はかなし」を眼目として詠まれた歌ではないかと考える。下句に主眼を認め、恋の心情の高まりの中で詠まれたと解するには、一首の調が気弱である。『続後撰集』はこれを羇旅歌と位置付けた。「いきたるかぎりあひみてしかな」に備わる気弱な調は、別れの絶対的な力を前にしてのものであるという解釈なのであろう。同集は、別れに際しての歌と見たが、私は、この歌は、詠者が身近な人の死に接した時に詠んだ歌であったかもしれぬと思っている。気弱い一首の調は、死への思いに捕らわれていた所から生じているものと考える。「小町集」には、死を意識した所の無常感を呈する歌がある。勿論これは、後世の宗教的深さを備えた無常観とは異質の、生命そのもののはかなさを詠む歌である。先掲の『後撰集』所収歌、

ながらへば人の心も見るべきに露の命ぞ悲しかりける　（89）

もその一であるが、他にも、63、67、68、91、115等が挙げられる。それらは、浄土といった来世に生きる約束を与えられてはいない人間の詠歌である。

四九　ひとしれぬわれかおもひにあはぬまはみさへぬるみておもほゆるかな

「人しれぬ」思いとは、恋愛の本質的な性質として備わる密かさであって、「こっそりと」或いは、「心中密かに」の意味であろうと考える。

…我が恋ふる　千里の一重も　人知れず　もとなや恋ひむ息の緒にして　（『万葉集』三二七二）

人しれずたえなましかばわびつゝもなきなぞとだにいはましものを　（『古今集』八一〇）

の前者は、自らの恋情を相手に知ってはもらえない片恋の「人しれず」であり、後者は、世間の人々に知られずにの「人しれず」である。

「あはぬまは」は、会わない期間は、の意である。第三句は、「小町集」伝本に異同がある。多くの流布本は「あはぬまは」とする。「ま」と「よ」の見誤りがきっかけであったのだろう、「あはぬよは」とするのは、流布本系でも群書類従本「内閣文庫蔵本（四三三）」「静嘉堂文庫蔵本（五二一）」「慶應義塾大学蔵本（一〇〇・二八）」、それと「神宮文庫蔵本（一一一三）」である。また、「御所本甲本」と、「時雨亭文庫蔵本（唐草装飾本）」は、「あかぬよは」となっている。逢わない夜なのか、逢わない間なのか、充分満足しない夜なのか、本文は、文字の異同に起因するものであったかもしれないが、三様の場面設定がなされる。

ともに恋の物思いを詠んだ歌である。心焦がれて、その思いが身体の変化にも及ぶと云う。会わない期間は、心ばかりか身体まで熱くなる。「人しれぬわれが思ひ」の認識は、肉体に働きかけ、肉体は「おもほゆるかな」という精神の活性化を促す。身体の変化は、知覚されることで一層の物思いを誘うのである。「人しれぬわれが思ひに」という上二句で小休止が設けられよう。初句の「人しれぬ」を「心中に秘めた」と訳し「人」を相手の男性を含む他者一般であると解した。「人」を、相手の男性であるとすれば、贈答歌が想定され、「あなたは御存知ないでしょうが」の意味で、自らの思いの強さを知らせたい心情を背景に詠まれた歌と解せる。この時、詠者は心ではなく肉体としての自らの一側面を提示したことになる。

これは自照の歌である。世間の人も相手の男性も知らない心温かな思いを「人知れぬ」と詠んでいる。詠者小町の周りには、後世の「しのぶれど色にいでにけりわが恋は物や思ふと人のとふまで」（『拾遺集』六二二）の歌に詠まれるような、忍ぶ恋をそれと語る女達がいたのだろうか。「物や思ふ」と問われることもなく、詠者は、ただ沈

黙しているのだろう。「小町集」には、また、

人にあはむつきのなきよは思ひおきてむねはしりびに心やけをり　（24）

という歌が見える。これも心を焦がして物思う自照の歌であるが、第四十九歌とは異なり、詠者の恋はもう生動していないかのようである。第三句「あはぬまは」（「あはぬよは」「あかぬよは」）とは、過去にも未来にも会う時間が確かに存在するその合間であり、会える時間を前提にして待たれる時間である。「あはぬ」であって「あへぬ」ではないという点に於いても、逢うことを前提に選択された詞である。「身さへぬるみておもほゆるかな」という下句の調がゆったりとしたものに感じられるのは、詠者の満ち足りた心の豊かさから導かれている故であろうと思う。「身さへぬるむ」とは心地よい安心感、愛されている喜びに包まれてあることをいうのであって、その感情を収束させる力は「人しれぬわれが思ひに」に備わるのである。

五〇　こひわひぬしはしもねはや夢のうちにみゆれはあひぬみねはわすれぬ

恋しい思いが行き悩む。少しの間なりとも眠りたい。夢の中で相手を見れば出逢えたし、見かけずとも眠っている間だけはこんな辛さを忘れてしまえたのだから、という歌である。

「侘ぶ」は、元来失意・困惑の心情を表す語であり、動詞と複合した場合、その動作が叶わなかったことで気力を失くしている状態を示す。恋を契機に悩み、その解決術を得られない状態を「こひ侘び」と言ったのであろう。「小町集」の伝本では、異本系も流布本系も「こひ侘び」で伝える。類語に「思ひわび」という詞がある。この歌は、『新千載集』恋二に小町の歌として収録されており、『新千載集』では「思ひわび」として伝える。それより一時代前、即ち、鎌倉時代初期には、

おもひわびうちぬるよひのかたければゆめもよがるるとこのうへかな

（『千五百番歌合』二五六一）（『新続古今集』一四六九）

おもひわびひとりやねなんさよごろもかへすならひのゆめをたのみて　（『続古今集』一一一二）

の歌が見えるので、「こひ侘び」を初句とする小町の歌が、右のような「思ひわび」歌の影響により、『新千載集』所収の際に「思ひわび」に変えられたのではないかと推測する。

「思ひわび」は、『万葉集』に

ますらおの　思ひわびつつ　たび数多く　嘆くなげきを　負はぬものかも　（『万葉集』六四六）
塵泥の　数にもあらぬ　我れゆゑに　思ひわぶらむ　妹がかなしさ　（同　三七二七）
たちかへり　泣けども我れは　験なみ　思ひわぶれて　寝る夜しぞ多き　（同　三七五九）

の例を見ることが出来る。この「おもひわび」は恋の思いであろうが、より具体性を付与されている。一首目は、男子処世の物思いに加わる恋の思いであり、二、三首目は「ちりひぢの　かずにもあらぬ　われゆゑに」「たちかへり　なけどもあれは　しるしなみ」と考えることで一層深化する恋の思いである。

『古今集』以降の勅撰集、私撰集には三十数例見られ、「こひ侘びぬ」同様に好まれたようである。「思ひわび」には、対象が恋に限定されないせいか、

おもひわびきのふのそらをながむればそれよと見ゆる雲だにもなし　（『玄玄集』一二二　源頼孝一首）
おもひわびながめしかどもとりべやまはてはけぶりも見えずなりにき　（『玄玄集』二）
消えはつる行へともみよ思ひわびかへぬいのちのむなしけぶりを　（『新千載集』一二六四）

のような挽歌や、

思侘《オモヒワビ》　山辺《ヤマベ》緒《ヲ》而已《ノミ》曾《ゾ》　往手《ユキテ》見留《ミル》　不飽《アカズ》別芝《ワカレシ》　人哉《ヒトヤ》見留《ミユル》砥《ト》　（『新撰万葉集』一二三五）

という、挽歌とも恋歌とも解釈できる歌が見える。「思ひわび」が、恋に関して詠まれる場合、恋の初期にも終末

期にも用いられる。小町歌の同歌が収録されていた『新千載集』では、恋二であって、即ち不逢恋のという部立からすれば前者であるが、次のような恋の終わりを詠む例も見える。

思ひわびさてもまたれしゆふぐれのよそなるものになりにけるかな　（『続後撰集』恋歌五　九五四）

それらは、「恋」の語を意識的に避けたのである。不逢恋、失われた恋という自覚が「恋」の語を選択させなかったのであり、「こひ侘び」では表現の限界があったのであろう。

『新千載集』では、小町の歌を次の配列の中で載せる。

兵部卿元良親王家の歌合に　よみ人しらず
夢よりもさめての後のわびしきはつらきうつつにまどふなりけり　（『新千載集』一一五五）

題しらず　小町
思ひわびしばしもねばや夢の内にみゆればあひぬ見ねば忘れぬ　（同　一一五六）

嘉元百首歌たてまつりける時　不逢恋　二品法親王覚助
おもひねの夢はしばしの契にてさめての後のなぐさめぞなき　（同　一一五七）

これは、不逢恋の性格でまとめられた部立であるが、「わびしさ」「思ひわび」「おもひねの」という三語の関連によって、三首には流れるような展開を期されていることが分かる。初句が「思ひわび」と改められて、小町の嘆きの声はより内面化することになる。「思ひわび」を初句に据える必然性が、そこにも認められる。

この第五十歌の初句「こひ侘びぬ」は、強い嘆きの声である。恋焦がれる思いに、詠者は自ら疲れてしまっているかのようである。「しばしもねばや」は、そんな詠者がようやく見つけた解決策であって、初句「こひ侘びぬ」は、どうすれば会えるか、どういう手段を用いれば恋愛が滞らずに展開してゆくか、等々に具体的な思いを巡らすことを放棄している詞である。ただ焦がれて行き場のない思いに疲れ果てているのである。「こひ侘びぬ」「しばしもねばや」は、それぞれの詞で調を途切れさせ、独立した存在である。

『万葉集』に

里遠み　恋ひわびにけり　まそ鏡　面影去らず　夢に見えこそ　（『万葉集』二六三四）

が見える。遠く離れた妻の面影を夢に見せて欲しいという。物理的遠さが、夢での魂の行き来をも阻んでしまい、どれだけ離れていても恋していられると考えていた詠者は、恋の成立を危ぶむ。「こひわびにけり」とはそこで発せられる詠嘆の声である。小町の歌もこの『万葉集』歌も、「侘び」を避けようとする。「侘び」なる状態を遠ざけようとする。恋焦がれてあることの幸福を手放した代わりに得られた、はかない調が、これらの歌には備わる。万葉歌は、夢の世界に希望をつなぎ、小町の歌は、眠ることで、苦痛を避けようとしている。

時代の変遷とともに「侘び」の状態にある自己を客観的に眺める視点が生じる。前述のように、「こひ侘び」は、「思ひわび」同様好んで用いられた歌語になっている。「こひ侘び」の例には、

こひわびぬあまのかるもにやどるてふ我から身をもくだきつるかな　（『新勅撰集』七一〇）

恋ひわぶるはなのすがたはかげろふのもえしけぶりをむねにたきつつ　（『夫木和歌抄』一七〇二〇　前中納言定家卿）

恋ひわびぬ逢ふ夜もかたしおく山のいはもとこすげねのみなかれて　（『新千載集』一〇二〇　衣笠前内大臣）

等の歌がある。時代は、幽かな境地を好んで来て、これらの歌は、「侘び」の失意にふさわしい調を有している。後世、松尾芭蕉は、生活の困窮に生の実感を得、「侘び」を俳諧に於ける積極的な価値として見出した。比すれば、先の『万葉集』歌や小町の歌は「侘ぶ」ことを遠ざけたいと願い、「しばしもねばや」や「いめにみえこそ」という短絡的な解決を図ろうとする。時代の幸福や、詠者の若さ故であろうか、恋の浪慢性は、万葉歌の素朴な主観の表出故に成功していた。しかし、「小町集」に入る、この詠者の歌は、「侘ぶ」思いの強さに恋の浪慢性まで手放し

てしまっている。

五一　ものをこそいはねのまつもおもふらめちよふるすゑもかたふきにけり

「いはねの松」とは、大地にしっかりと根を下ろした磐に生えている松の意味で、長生を寿ぐ景物である。「いはね松」という詞が歌に見えるのは『後拾遺集』からであるが、着想は、

神さびて　巌に生ふる　松が根の　君が心は　忘れかねつも　（『万葉集』三〇四七）

のように、万葉時代から存在した。「松」への関心は、古代から一貫している。『万葉集』では、松は、より近距離から眺められ、「松が枝」「松のさ枝」「松の末葉」等部分を以て詠まれていた。常緑樹ゆえの生命力が注目され、障りを防ぐ為に枝を結んで自らの魂を閉じ込め、再び松の枝をほどいて全き魂を取り出す、といった行為とともに生活に密着した植物であった。『古今集』では、

たねしあればいはにもまつはおひにけり恋をしこひばあはざらめやも　（『古今集』五一二）

と詠まれている。契沖『古今余材抄』には、『後撰集』『拾遺集』に見える右歌の類歌が紹介されており、叶うこと稀な恋の厳しさと、強い生命力の象徴として、右の『古今集』歌が享受されていったことが分かる。恋の景物としての「巌に生える松」は、「いはね松」の歌詞を形成するに従い、再び次のように『万葉集』歌の長命の意味を取り戻していった。

かすがやまいはねの松はきみがためちとせのみかはよろづよぞへむ　（『後拾遺集』四五二　能因法師）
よろづよのあきをもしらですぎきたるはがへぬたにのいはねまつかな　（同　一〇五〇　白河天皇）
玉もかるいらこがさきのいはねまついく代までにかとしのへぬらん　（『千載集』一〇四四　藤原顕季）

そして、「いはね松」は、恋の歌から賀の歌の景物として詠まれるようになった。

「千代ふるすゑも」は、長い年月を経た後も、の意である。『万葉集』に

茂岡に　神さび立ちて　栄えたる　千代松の木の　年の知らなく（『万葉集』九九〇）

が見えるが、「千歳の松」の用例は『万葉集』に見られず、時代が下るにつれ

みなそこの色さへ深き松がえにちとせをかけてさける藤波（『後撰集』一二四）

ちとせふる松がさきにはむれゐつつたづさへあそぶ心あるらし（『拾遺集』六〇七　元輔）

ちとせふる松のしたばのいろづくはたがしたかみにかけてかへすぞ（同　五一六）

ちとせまでかぎれる松もけふよりは君にひかれて万代やへん（同　二四）

等、「千代の松」より「千歳の松」が歌に詠まれるようになる。

この歌一首の主意は、「物思い」にある。古来長寿を寿ぐ景物である松を「傾く」と詠んでいることで、小町歌とされるに至ったのではあるまいか。「物思いは、いはねの松でもしているのだろう、千代を経るという、その木が、その長い年月の末に傾いてしまっているのだから」と詠っている。「物思い」の連想が、この歌と「小町集」を結びつけ、家集に採録されたと推測する。

この歌は、「小町集」と『万代集』のみに見える歌である。『万代集』の撰集資料となった歌群にこの歌があり、その歌群の形成に平安中期、拾遺集時代の歌人である能因法師が関係していたかもしれないことは先にも述べた。採録の時期は、「いはね松」が和歌にみえる白河天皇・能因法師の生存した平安中期以降であろう。

恋の景物としての「巌に生える松」が「いはね松」の歌詞に固定し、再び『万葉集』歌の長命の意味に戻っていった。一般に歌詞の形成は抽象化の傾向を帯びるものであるが、「いはね松」の場合は、「松」そのものが『古今集』で賀の景物として詠まれていた事実を背景に、実景への感動が契機になって出来た詞であると思われる。「いはね松」の歌詞が初出する『後拾遺集』には、右に掲げたように能因法師の「いはね松」を詠む賀の歌（四五二）

が見え、法師は又、この小町歌と趣向を等しくする次の歌も詠んでいる。

　たけくまのまつはこのたびあともなしちとせをへてやわれはきつらん　（『後拾遺集』一〇四二）

詠者の実景への感動が、松は長寿の象徴であるという従来の認識を凌いだのであろう。能因法師は松の永久性を否定的に捉える。小町のこの歌も実景を以て詠まれた歌ではあるまいか。能因法師と「小町集」の関わりについては、他にもある。一は、「小町集」第四十五歌に「にくさみ」の語が用いられていることである。これは、歌語としては特殊な語で、能因法師の詠歌にのみ用例を見出せる。

　また、『能因法師集』に

　　夢に小野小町わかをかたる、そのこと葉にいはく

　まてといひしときよりかねてあかなくにかへらん君となげきしものを　（『能因法師集』六三）

　　代旧詠之

　よそにこそやへのしらくもと思ひしかふたりが中にはや立ちにけり　（同　六四）

が、この形で採録される。後の第六十四歌は、異同はあるものの「小町集」第九歌であり、法師の小町歌への思慕の念とも言える関心が知られる。能因法師と「小町集」の形成との関係には看過出来ないものがある。ひいては、能因法師のように宮廷と関わりをもった出家者と流布本「小町集」の関係も想像される。

　巌の松は、強靭な松の、全体的な姿を彷彿させる。冒頭に掲げた「神さびて」の万葉歌は、種を育てるには厳しい巌という環境を設定し、恋する心の、増しての強靭さを詠む。恋の生命力を閉じ込めた強靭な松根がこの歌の恋の象徴である。『古今集』はこの歌意を展開させ、岩に松の生えるのは稀なことだが、種さえあればありうることだと詠む。その経緯を経て再び賀の歌の景物として詠まれていた巌の松が、この歌では「かたぶく」と詠まれることになり、詠者は恋情よりも、物思いの方が強いという。

五二　木からしのかせにもちらて人しれすうきことのはのつもるころかな

「木からしのかせ」とは、秋から冬にかけて吹く風であり、木を枯らすほどに冷たく疾い風の意が原義である。「こがらし」は、『万葉集』に見えず、

　こがらしのもりのした草風はやみ人のなげきはおひそひにけり（『後撰集』五七二）
木がらしの秋のはつ風吹きぬるをなどか雲井に雁の声せぬ（『古今和歌六帖』一三二）
木がらしのおとにて秋は過ぎにしを今も梢にたえずふく風（同　二〇八）
きみこふとわれこそむねをこがらしのもりとはなしにかげになりつつ（同　一〇五〇）

と、歌語には平安時代から登場している。『万葉集』に於いて、「こがらし」は情趣を喚起する景物にはなりえなかったが、樹木に変化を与える「秋風」は次のように詠まれていた。

　露霜の　寒き夕の　秋風に　もみちにけらし　妻梨の木は（『万葉集』二一八九）
　秋山の　木の葉もいまだ　もみたねば　今朝吹く風は　霜も置きぬべく（同　二二三二）

巻十にも「風吹けば　黄紅散りつつ」（二一九八）という表現が見える。

　第四句「うきことのはの」は、辛い言葉が、の意であり、つきもせずうき事のはのおほかるをはやく嵐の風もふかなむ（『後撰集』一一二一）

は古い例であり、この歌との関わりも想像されるが、小町歌との先後関係は分からない。
　山間の木々が想像される。少し傾斜した山の土を埋め尽くすかのように今年の枯葉が堆積している。時折凩が吹くが、数葉が舞うのみで、積もる落ち葉は動かない。「人しれぬうきことのは」は、詠者自身の嘆きの言葉である。積もる言葉は「人知れぬ」ゆえに、一掃されることもなく積み重なってゆく。秋の時雨に遭い堆土と化すかのように、深く重く詠者の心に堆積される。「こがらし」とは、木を枯らすほどの冷たい風の意であるが、先掲のように

古い言葉ではない。しかし、用いられ始めると「いはねまつ」がそうであったように、厳しく強い風のイメージが定着している。前歌同様、この歌でも、その絶対的な価値を持つに至った景物が否定されているように思う。強靭で揺るぎない「いはね松」も、物思いによって傾いた。木を枯らすほどの厳しく強い風にも、堆積する落ち葉は吹き散らない。詠者の心は停滞し、「うきことのは」が積もりゆくのみである。

この歌は『新古今集』に小町の記名を以て採録されている。その第二句は、「かぜにもみぢて」と「小町集」とは異なる。「風にもみぢて」と「風にもちらで」は、「ち」と「ら」一字の書写に起因する異同であったかもしれないが、歌の主意は大きな影響を受けることになる。「小町集」の形と、『新古今集』に採録される形が違うということは、流布本「小町集」の形成を考える上での問題提起にもなっている。それについて、前田善子氏は、

> 「風にもみぢて」が「風にもちらで」の単なる不注意による誤写であるとは、定家ほどの人の撰した新古今集については考へられない事である。又定家等が「もみぢて」と訂正して採つたとも考へられない事はないが、なほ「風にもみぢて」とある本が定家時代に存してゐたのであらうとするのが最も妥当ではなからうか。
>
> （前田善子『小野小町』）

と言われる。流布本「小町集」より古い形態を残す異本系統でも「風にもちらで」となっている。この歌が、六十九首本の増補歌でなければ、「小町集」にあったこの本文の形を、定家らは採録しなかったことになる。「時雨亭文庫蔵本（唐草装飾本）」の「小町集」も同様である。定家らが、こういった「小町集」とは違う形で小町歌を採っていることや、この歌だけでなく、『新古今集』に載る六首の小町歌の内、「あるはなく」（八一）は小大君の歌であり、「あはれなり」（一一五）は、「又他本歌五首」と記される他本によって補われた歌であることに関し、片桐洋一氏は、

> 「新古今集」が実は小町作にあらざる歌、乃至は小町作とする可能性の非常に薄い歌を「小町集」の作と信じ

て採歌したことは、とりもなおさず、定家や家隆などの「新古今集」撰者たちが「小町集」をまさしく小町の歌集とし、「小町集」にある歌のすべてを小町の真作と信じ切っていたからにほかならない。そして、定家らが、かようにまで信じ切っていたということは、当時「小町集」が相当に古いものだと一般に考えられていたことを物語っている。（片桐洋一『小野小町追跡―「小町集」による小町説話の研究―』）

と説かれている。だが逆に、「小町集」という家集の通行本のような本がなかった故に、小町の歌の範を示す意で校訂し、それらの歌が『新古今集』に採択されることになったとも言える。新古今撰者らの誤写に帰さずとも、「小町集」が確定されていないのであれば、幾らかの写本の中から、彼らが美的感性を働かせて『新古今集』所収の形を採択したと考える事も可能である。「御所本甲本」識語に見える建長六年は、定家の没後であり、『新古今集』撰集の時代、「小町集」は、まだまだ増幅の過程にあったと考える。

『新古今集』撰集に際し、小町のこの歌に関しても、やはり一採録の判断があったと考える。選者たちは、「凩にもちらで」よりも「凩にもみぢて」の方をよしとした。「凩にもみぢて（凩にもみぢして）」の「もみぢ」は、「揉み出ず」の略「もみづ」で、草木が雨や霜などに打たれて赤色や黄色にもみ出される（『上代語辞典』明治書院）意を原義にするという。『新古今集』所収の小町の歌では、凩が吹いて木が紅葉し、木の葉が散る。自然の時間的経緯に添って自然が受容され、心は自然の摂理をたどって、自らの境遇がなぞらえられてゆく。凩は、男性の、詠者に対する冷淡さであったか、「こがらしの風」は自然の変化をもたらした契機になっている。『新古今集』には「うきことのは」の積もる原因が明らかにされている。原因のわからぬ状況への嘆きが多い「小町集」の歌のなかで、『新古今集』所載の歌の改変は、かりに改変があったとすれば、「うきことのは」の積る原因を与え、自然の道理の中に、詠者の嘆きを位置づけるのである。

前歌第五十一歌の「いはね松」歌は、小町歌の「物思い」という特質を契機に、流布本「小町集」へ入ったのであろう。そして、この歌は、「移ろい」という小町歌の特質が契機となり「風にもみぢて」という形で『新古今集』に入ることになったと考える。「風にもちらで」とする「小町集」歌では、ゆきやらぬ思いが停滞している。そういう歌を、流布本「小町集」は小町の歌として伝えてきた。

五三　なつのよのわひしきことはゆめにたにみるほともなくあくるなりけり

夏の夜のがっかりさせられることは、夢に恋しい人を見る間さえなく明けることよ、と詠う。夏の短か夜は、『古今集』以降に趣向として定着した。その趣向は、

夏の夜のふすかとすればほとゝぎすなく一こゑにあくるしのゝめ　（『古今集』一五六）
くるゝかとみればあけぬる夏のよをあかずとやなく山郭公　（同　一五七）
夏の夜はまだよひながらあけぬるを雲のいづこに月やどるらん　（同　一六六）

に依拠するのであり、『万葉集』「夏の夜」の例は、

夏の夜は　道たづたづし　船にのり　河の瀬ごとに　棹さし上れ　（『万葉集』四〇六二）

を見るにすぎない。短か夜の、更にはかない夢を詠んだ歌は、

よそながら思ひしよりも夏の夜の見はてぬ夢ぞはかなかりける　（『後撰集』一七一）
から衣かへしてはねじ夏のよはゆめにもあかで人わかれけり　（『千載集』八九五）

を初めとして見え、

夏の夜ははかなきほどの夢をだにみはてぬさきに明くるしののめ　（『続後拾遺集』二二二五）

の歌は、『古今集』歌を本歌にして夢という素材を詠み加えた歌であり、小町の歌と歌想を等しくしている。第三句「ゆめにたに」は、「小町集」の諸本ではそう見えるが、同じ小町の歌が、南北朝時代の撰集『風雅集』

三九四には、「夢をだに」として載る。夢の中に恋しい人を見さえ出来ない、夢そのものを見さえ出来ないという両者の内、『風雅集』は、後者の歌を載せている。恋人ばかりでなく夢そのものさえも見ないという形である。

夏夜のわびしきことは夜明けの早さにあるという。「わびし」は、『万葉集』に

今は我は　わびぞしにける　息の緒に　思ひし君を　ゆるさく思へば　（『万葉集』六四四）

我がゆゑに　いたくなわびそ　後つひに　逢はじと言ひしこともあらなくに　（同　三一一六）

たちかへり　泣けども我れは　験なみ　思ひわぶれて　寝る夜しぞ多き　（同　三七五九）

等と詠まれ、力及ばぬ状況で致し方の無い状態を云う語として用いられてきた。「小町集」中で「わびし」の詞は、「わびぬれば」(38)「こひわびぬ」(50)「身を焼くよりもわびしきは」(30)「ひとりねのわびしきままに」(36)「まれに会ふよはわびしかりけり」(79)等、他にも十例あり、ひとつの類型概念を成すが、この歌の「わびし」には、第七十九歌同様、興ざめな、つまらないといった落胆の心情が表れている。その「わびし」は「夏の夜」の属性を示す詞ではない。詠者が我が身の状況を訴える詞である。

夏の夜は短いと、短か夜を嘆く歌は右に掲げたように、『古今集』以降数多い。しかし、それらは「はかなし」と詠むのであって、この歌に見る「わびし」を用いてはいない。

よそながら思ひしよりも夏の夜の見はてぬ夢ぞはかなかりける　（『後撰集』一七一）

はかなしや夢もほどなき夏の夜のねざめばかりの忘がたみは　（『続拾遺集』九八六）

それらには、嘆きの詞であるはずの、この歌の「わびし」以上に強い調が備わっている。直情的なこの歌の調が弱く感ぜられるのは、そこに恋愛が存在しないからであり、詠者が独りの時間を詠んでいるからではあるまいか。一方、従来の歌に詠まれてきた「はかなし」は、その語自体、実態の捉えどころない、当てに出来ない意味を有する弱い語感の言葉である。しかし、「はかなかりける」と言う時、或いは「はかなしや」と嘆く時、捉えどころない

実態が一現実として詠者に知覚され、その結果、右二首中の「はかなし」もまた、行為の裏付けによって確かな響きを有することになっている。「小町集」で「わびし」と詠む六首のなかに次の歌がある。しかし、それもまた、逢瀬の短さを嘆く事で、恋の喜びを浮かび上がらせることにはなっていない。

ひとりねの時はまたれし鳥の音もまれにあふ夜はわびしかりけり　(79)

恋人に出逢う「あふ夜」でさえ「わびし」の詞を用いて詠う。逢瀬の短か夜に気落ちする状況が詠まれているのは、他の恋歌と変わらないのであるが、「まれにあふ夜はわびし」と詠われることで、「ひとりねの時」が一首の終結と同時に再浮上してきている。夏の短か夜は、「わびし」という独りの時間を嘆く言葉で詠われていた。これは、小町歌の特殊性であると考える。

「〜は〜なりけり」の構文は、知的興趣を成す効果的な用法として『古今集』以降に多用されたことは、知られるところである。『万葉集』にも

秋の露は　移しにありけり　水鳥の　青葉の山の　色づく見れば　(『万葉集』一五四三)

恋といへば　薄きことなり　しかれども　我は忘れじ　恋はしぬとも　(同　二九三九)

恋ふといふは　えも名付けたり　言ふすべの　たづきもなきは　我が身なりけり　(同　四〇七八)

といった、原形ともいえる例がある。この歌を、着想のおもしろさをねらった後世の用法と比較すれば、「わびし」という直接的な言葉で詠者の実感が吐露された歌であると言える。誰かに確認を促すわけでもなく、詠者は独りの時間を嘆いている。夢すら見れぬ短か夜は、夢にまで見離された詠者を直ちに独りの時間に連れ戻している。

五四　うつつにもあるたにあるをゆめにさへあかてもひとのみえわたるかな

この歌も、伝来資料による異同によって、三者三様の姿を呈している。鎌倉時代の私撰集『万代集』には、

うつつにてあるだにあるをゆめにさへあかでも人に見えわたるかな（『万代集』二一七七）

となる。これは、右の「小町集」歌と比べれば、下句が「人に見えわたる」と異なっている。「人に」であるので、相手が来るのではなく、自ら出かけて行くことになる。自らの思いの強さゆえに、現実のみならず相手の夢の中にまで出かけていくという。後続する鎌倉時代の私撰集『雲葉集』と、それより十年程後に編まれた勅撰集『続古今集』には、次の形で載る。なお、「ゆめならば」を初句とする「小町集」第八十二歌も、両集に於いて近い歌序で採録されていることを付言し、ともに掲げておく。

夢ならばまたみるかひもありなましなになかなかのうつつなるらん（『雲葉集』九九六）(82)

うつつにてあるだにあるを夢にさへあかでも人のみえぬころかな（同　九九七）(54)

うつつにてあるだにあるをゆめにさへあかでも人の見えわたるかな（『続古今集』一一八八）(54)

ゆめならばまたみるよひもありなましなになかなかのうつつなるらん（同　一一八九）(82)

「うつつにて」歌の場合、『雲葉集』歌は、現実には相手が来ないということだってあろうが夢にまで人がやって来ないことだ、と恋の翳りの心情を叙べた歌になろう。驕慢の果ての孤独が連想され、こう改められたのであろうか、「あかでも人のみえぬ」は、非慣用的な表現である。『続古今集』の形は、初句、結句ともに流布本「小町集」歌と同様である。また、六十九首本「小町集」では、下句を「あかでも人に別ぬるかな」とする。この場合、「現実にも会える時間は短いのに、夢でもあっけなく別れてしまう」の意味になる。

この「小町集」歌の前歌は、

夏のよのわびしきことは夢にだにみるほどもなくあくるなりけり(53)

であったが、『雲葉集』が下句を「あかでも人のみえぬころかな」とするのは、前歌とこの歌が並べられている

「小町集」を見て、第五十三歌の「夢にだにみるほどもなく」という詞の印象から、こう改められるに至ったのではないかと考える。

「あるだにあるを」は、「ある場合でさえあるのに」と逐語訳され、「ないわけではない」の意である。例えば、

ながしとてあるだにあるを月影の夏の夜わたる程はいかにぞ　（『百首歌合』（建長八年）一一四五）

は、夏の夜にも「永い」物がないわけではない。月光が夏の夜を照らし移動してゆく様はどうだと、遍く照らす月光に注意を喚起している。「あかでも人のみえわたるかな」の「わたる」は、「みえる」ことが継続する意味を付与する。「みえ」は「見ゆ」で、「会う・現れる・思われる・妻となる」等の意味があるが、ともに自らの意志が関与せず起こる状況である。「わたる」と複合すること、また、「夢」に於ける事態であることを考え合わせれば、「会う・現れる」の意味が残る。

流布本「小町集」の歌は、「現実にも私の許へ現れるのに、夢にまで飽きることなく人が見え続けることよ」と詠う。夢に誰かが現れるのは、その者が詠者を思っているからである。その、古来信じられてきた事実を、詠者は十分に承知しているのであろう。現実のみならず、夢でも頻繁に某人に会うというのに歌が嬉々とした調にならないのは、或いは、「見ゆ」という意志の関与しない表現をとるのは、そのことが、詠者の心を満たさないからであろう。「あるだにあるを」の調は、「まあ飽きもせずに」と、幼子に対する大人の言のようである。対象を突き放して傍観的な調であり、詠者は心を動かそうとしていない。驕慢な小町の姿が意図されていたか、異同の数種ある中、この形で流布本「小町集」に載る。

五五　はるさめのさはへふることをともなくひとにしられてぬるるそてかな

人知れず泣かれると云う。涙の袖に沁みる様子が、上三句「春雨のさはへふるごとおともなく」で形容される。

「ぬるるそで（涙で濡れる袖）かな」と詠嘆する歌詞は、『新撰和歌集』『後撰集』等平安時代以降に見え、「たかさごのをのへにたてるしかのねにことのほかにもぬるるそでかな」などは、『金葉集　三奏本』二二〇、『新古今集』一九八六、『玄玄集』三七に重ね採られる歌でもあり、好まれた表現であった。「ぬるるそでかな」という、この詞が、恋の涙に濡れることを示すものであることは勿論であるが、多くは、秋の歌として詠まれる詞であった。

数少ない春の季節の例歌には、次の歌が見える。

春雨もおつる涙もひまなくてとにもかくにもぬるる袖かな（『月詣集』九六八）

はるさめのあまねきみよのめぐみとはたのむものからぬるる袖かな（『続古今集』一四九五）

『月詣集』は平安時代末期、『続古今集』は、鎌倉時代の撰集である。

「春雨」の詞は、古代の歌にも見え、『万葉集』では、芽をふかせ花を開花させるものとして、また、男女の出逢いを妨げる障害として詠まれていた。例えば、「春雨の　争ひかねて　我がやどの　桜の花は　咲きそめにけり」（一八六九）「春雨に　萌えし柳か　梅の花　ともに後れぬ　常の物かも」（三九〇三）等、春の景物として草花と共に詠まれている。一方で、「やぶなみの　里に宿借り　春雨に　隠りつつむと　妹に告げつや」（四一三八）「春雨のやまずふるふる　わが恋ふる　人の目すらを　相見せなくに」（一九三二）「吾背子に　恋ひてすべなみ　春雨の　降るわき知らず　出でて来しかも」（一九一五）等、春雨は、人を閉じ籠める生活の障害でもあった。雨に濡れることそのものが、忌避されたと、先行研究では指摘する。平安時代に入り、『古今集』では、春雨が草木の色を映えさせる自然である（一二一）とした捉え方に加え、涙の連想を伴う歌（八八、五七七、七三二）や、「ぬれ」を「ぬれぎぬ」の掛詞として詠む歌（四〇二）一首も見え始める。『後撰集』になると、春雨「降る」に「古る」のイメージを重ねて詠み出された歌（四、四〇、七四）が詠まれ、鎌倉時代の『新古今集』に至ると、春雨の降る静かな情景が表現されるようになる。

しもまよふ空にしをれしかりがねのかへるつばさに春雨ぞふる　（『新古今集』六三）
ときはなる山のいはねにむす苔のそめぬみどりに春雨ぞふる　（同　六六）
花は散りその色となくながむればむなしき空に春雨ぞふる　（同　一四九）
おもひあまりそなたのそらをながむればかすみをわけて春さめぞふる　（同　一一〇七）

後の二首のように、「眺む」る詠者の捕らえた景物として「春雨」がその詞で詠まれるのは、『新古今集』からである。以来、『新勅撰集』『玉葉集』の春雨の歌は、叙景を主意とする歌が大部分を占め、『玉葉集』の春雨の歌は、全体数を考慮しても多い。

この歌は、「音もなく降る」春雨を詠むが、『万葉集』以降『玉葉集』以前で、そういった春雨の性質に対する興趣を感じ詠む歌は少ないと言える。

かすみともくもともわかぬゆふぐれにしられぬほどのはるさめぞふる　（『続古今集』七〇）
春雨のふるとは空に見えねどもきけばさすがに軒の玉水　（『玉葉集』一〇三）

は、その数少ない例歌である。

第三句「さはへ」は、「沢辺」即ち、沢べり・沢の辺りの意味とも、或いは又「五月蠅」で、騒がしい音が乱れる様子を表す意味とも解釈出来る。「御所本甲本」系統や、群書類従本系統、「慶應義塾大学蔵本（一〇〇・二八）」、異本の六十九首本「小町集」は「さはに」とある。この場合も、「沢に」、「多に」何れにも解し得る。「多に」は、『万葉集』に用例を見るが、それ以降では、『拾遺集』に二例見えるのみで、歌語的には、「さは」は「沢」の詞として詠まれている例が多い。即ち、『万葉集』では、

梅花《ウメノハナ》令散《チラス》春雨《ハルサメ》多零《サハニフル》客爾《タヒニ》也《ヤ》君之《キミカ》廬《イホ》入西留《リセル》良武《ラム》　（『万葉集』一九一八）

の他「さはにあれども」（四六〇、三二二）は、「さはに」が数量頻度の多い意味に用いられているのであるが、『拾

遺集』になると「多に」は、「さばへなすあらぶる神もおしなべてけふはなごしの祓なりけり」（『拾遺集』一三四）「さはにのみ年はへぬれどあしたづの心は雲のうへにのみこそ」（同　六五〇）の二首を見るのみで、同集の「さは」には、沢の芹、蛍、葦、春駒、若菜等、「沢」の意味で用いられている。その後の撰集には、「はるさめのあやおりかけし水のおもにあきはもみぢのにしきをぞしく」（『詞花集』一三四）や「水のおもにあやおりみだる春雨や山のみどりをなべてそむらん」（『新古今集』六五）のように、水面に注視した春雨の歌もある。用例は、右の通りなのであるが、私は、『万葉集』の

春の雨は　いやしき降るに　梅の花　いまだ咲かなく　いと若みかも　（『万葉集』七八六）

春雨の　しくしくふるに　高円の　山の桜は　いかにかあるらむ　（同　一四四〇）

の歌に見る「春雨」の形状より、「多に」の意に解釈するのがよいのではないかと考える。春雨は頻りに降っているが、一向に音は聞こえない、そのように人に知られることもなく私の袖は涙で濡れることだ、という。上句と下句は、直喩の関係にある。直喩は表現的には低位に置かれる技法であるが、人事と景の明らかな区別は、この歌が中世の理性の明るさの中で詠まれた歌ではないかと思わせる。先掲『新古今集』の

花は散りその色となくながむればむなしき空に春雨ぞ降る　（『新古今集』二四九）

おもひあまりそなたのそらをながむればかすみをわけて春さめぞふる　（同　一一〇七）

に示される人事と情景の乖離が、この歌にも見られると考えるものである。人知れぬ涙が袖に沁みる様子を「春雨のさはへふるごと」と形容する。「人知れぬ涙」は、「人知れぬ恋」の涙であろう。何が悲しいのか、何を泣くのか、論理を極めようとしない。対話を持とうとはしない。ただ哀しみの中に在る自らの姿を突き放して見ている。力のない歌である。この歌の中で、春雨は未来永劫に継続して降っているような調べを有する。『万葉集』の歌人が人事の障害になる自然として「春雨」を詠ったのと同様、詠者は降り寵められている。「さはへふるごとおともなく」

は、詠者の視界が、細かく白い雨で遮られていることを示す。ガラスを隔てたように詠者の側には音がない。細かな春雨のように、沁み渡る哀しさが表現される。しかしながら、恋人に会おうとする人を降り籠めてしまう「春雨」に対して詠う万葉歌と違う点は、この歌に

くさも木も時にあひけるはるさめにもれたる袖はなみだなりけり　（『続古今集』一四九六）

はるさめのあまねきみよのめぐみとはたのむものからぬるる袖かな　（同　一四九五）

の歌のような、後世の時代の諦念が見られることである。それは、中世の理性の冴えであると考える。降り籠められている自らを眺めることの出来る知性がもたらした哀しさがある。

この歌は、鎌倉時代の撰集『万代集』に収録され、

わが身世にふるとも見えぬはるさめのいたづらにのみぬるるそでかな　（『万代集』三六六四）

いたづらにわが身よにふる春雨のはれぬながめにそではぬれつつ　（『続後撰集』六四）

の歌も、鎌倉時代の撰集に見える。それら二首は、「小町集」第一歌に影響を受けていると思われるが、この歌もまた、第一歌の「春の眺め（長雨）」の連想から「小町集」に採録された歌であったと推測する。

ちなみに、「御所本甲本」の「小町集」では、

春雨のさはにふることものもせて物おもふ人のそては《人にしられてぬるる袖かな》ぬれけり　（「御所本甲本」五六）

である。「物おもふ人のたもと」は、『後撰集』（三八三）に見えるが、春雨には関係せず、紅葉の錦を喩えたものである。平安末期の『大斎宮前御集』（一九七）と『新古今集』（一〇五四）の「物おもふ人の袖」も春のものではない。「御所本甲本」第三句以下の典拠等は、明らかではない。

五六　けさよりはかなしの宮の山かせやまたあふさかもあらしとおもへば　四のみこのうせたまへるつとめてかせふくに

詞書「四のみこ」とは、第四皇子の意である。詠者は、「四のみこ」の死を悼んでいる。これが誰を指すのか、「小町集」には手がかりとなる記述がない。詠者が六歌仙の一人であるところの小野小町その人であるとすれば、歴史上の人物では、仁明天皇第四皇子、人康親王であろうという説が、片桐洋一氏『小野小町追跡―「小町集」による小町説話の研究―』で出されている。

「小町集」に於いては、この歌は挽歌である。しかし、詞書「四のみこ」の人物研究が過熱していたこともあり、詞書は取り外し、挽歌ではなく離別の歌と見るべきだとする解釈も出ている。後藤祥子氏は、この歌が、小野小町の生存年代を考察することに於いては、詞書の拘束から自由であること、詞書もないものと考えてよいかもしれぬとする。

そうなればこの歌は、地名「逢坂」と「四の宮」を詠み込んで別離をテーマとした誂えの歌となる筈である。そうした和歌の創作・受容の場を考えると、大切な人の挽歌としてはいささか不謹慎で、まして個人的感情を過大に評価することは疑わしくなってくる。（注記　四の宮は京都市山科区）。仁明皇子人康（第四子）の旧館址の古伝があり、これと伊勢物語七十八段の「山科禅師の親王」の作庭の風狂を考え合わせれば、山科を舞台とする、既ち人康を盟主とする風流隠士の雅交を思い描きたくもなるが、妄想は慎みたい。

（後藤祥子「小野小町試論」四　生存年代について）

と記している。後藤氏は、この歌をさほど古態を保つ歌ではないということを論拠にして、右の論を為し、片桐洋一氏「小野小町集考」を注記に掲げる。確かに、六十九首本の「神宮文庫本」は、末尾の、片桐氏云「六二番」以降は、増補箇所であろうが、「六二番以前に流布本より古態を存するものの、左程遡り得るものではない」というのは、この歌の六十九首本に於ける位置が、第二十五歌という、末尾とも言えない箇所である点に於いて、また、他に理由が示されない点に於いても、その意味されるところが不明瞭である。

後藤氏は、この歌を、地名「逢坂」と「四の宮」を詠み込んで「別離をテーマとした誂えの歌」と見た。後藤氏の解釈が、「和歌創作の受容の場」があって詠まれた歌と見るという点に違いはあるが、同じく、この歌を離別の歌とする解釈に、小林茂美氏のものがある。小林氏は、この歌の詞書にみる「四の宮」には、特殊な土地の特殊な階層によって培われた伝承歌の投影があるとする。

『小町集』「今朝よりは…」の歌詞及び詞書にいう「四の宮」「四のみこ」とは、史上実在の具体的な尊貴の親王と解釈される以前に、地名「四の宮」を言い掛けたことは無論のこと、逢坂の関なり山科の夙に居住した「四宮（宿・夙）の者」（宗教的漂泊遊芸人）および「四宮神」の印象をとどめていたものと思われる。その歌境に哀愁が感じられるとすれば、たとえば年二回の石塔会なり、寄宿する寺社の法会・祭祀なりに集うた人びとの相逢と行事が終わって別離するときの感慨が、思い寄せられているのかもしれない。

（小林茂美『小野小町攷』）

「小町集」の歌が「四の宮」と関連づけられるようになったいきさつについては、蟬丸・人康・小町は、遊行派唱道文芸の一つの坩堝のなかにあったと説き、柳田国男の説を展開され説かれる。

人康親王については、承和十五年に四品並びに上総大守に叙せられ、仁寿二年に弾正尹、斉衡四年に常陸大守を兼ねたという。大守とは、任国されない親王の長官職であり、弾正尹は、左大臣以下の非違を正す役職である（『官職要解』）。貞観元年、病を機に感ずる所あって出家、貞観十四年五月、四十二歳で薨去されている（役職と出家のいきさつ、没年は『日本三代実録』に依る）。出家後山科の地に住まれ、「山科の禅師親王」と呼ばれていたという説がある。親王は目を悪くされていたらしく、後に盲人・座頭として祭られることになる。この伝承は、平曲に携わった「当道座」が、その祖神を人康親王に求めた『当道要集』の記事に因る。隔絶された辺境の四宮河原で〝夙の者〟と呼ばれた人々が自分達の信仰する「風神」に第四皇子（シノミヤ）を結びつけて、人康親王と「四宮神」と出自の権威づけをはかった。その結果、室町時代に集成された『当道要集』には、この小町歌が、「四のみこ」の挽歌として載ることになったのであるとされるが、別離の歌であったと説かれることは後藤氏と同様である。

西行の『残集』に

かへり行くもとどまる人もおもふらん又あふことのさだめなのよや

（『残集』一七）

が収録されている。詞書に「さてあけにければ、おのおの山でらへかへりけるに、後会いつとしらずと申す題、寂然いだしてよみけるに」とあるのは、小林氏の言われる別離の歌になるのかもしれない。

「四のみや（四宮）」という地名は、京都市山科区にあり、山科には、小町や遍昭にまつわる伝承が残っている。『伊勢物語』七十八段の「山科禅師親王」も、仁明天皇第四皇子である人康親王が考えられている。山科の地は平安時代から、平安京に至近の近郊として注目され、仁明天皇女御藤原順子の安祥寺、遍昭の元慶寺、宇多天皇女御藤原胤子の勧修寺、仁海の随心寺等、宮廷に関わりの深い寺も多く建てられた。近世には、禁裏御料として、皇室との密接な関係を有したという（『日本歴史地名大系』平凡社）。四宮は、応仁二年（一四六八）頃の『山科家礼記』に山科七郷として見える名称で、長享三年（一四八九）には、禁裏御番役を奉仕している記事があるという（同上）。何故、当地が四宮と呼ばれるようになったかについては、仁明第四皇子である人康親王の山荘があったからという理由と、清和天皇の貞観四年に建立された同区の諸羽神社が「山階十八郷之第四宮」（『雍州府志』）であることによる地名らしい。

「またあふ坂も」には、確かに地名「逢坂」が詠み込まれているのであろう。固有名詞の逢坂山は、京都府と滋賀県との境にあり、七世紀から八世紀末まで関所が設けられた地である。多くの歌に詠み込まれ歌枕になった。

…山科の　石田の杜の　皇神に　ぬさ取り向けて　吾は越え行く　逢坂山を　（『万葉集』三二三六）

逢坂を　うち出でて見れば　近江の海　白木綿花に　波立ち渡る　（同　三二三八）

等の万葉歌に詠まれた「逢坂」は、『古今集』では恋人との別れの時間を告げる鶏である「木綿付け鳥」（世の中の騒乱の際に木綿を付けて四方に放したという鶏）の背景となり

恋ひ恋ひて稀に今宵ぞ逢坂の木綿付け鳥の泣かずもあらなむ　（『古今集』六三四）

逢坂の木綿付け鳥にあらばこそ君が往来を泣く泣くも見め　（同　七四〇）

の恋歌として詠まれたり、或いは次のような離別歌としても詠まれた。

逢坂の関しまさしきものならば飽かず別るる君をとどめよ　（『古今集』三七四）

かつ越えて別れもゆくか逢坂は人頼めなる名にこそありけり　（同　三九〇）

また、『古今集』の雑歌には、次の歌も見える。

相坂の嵐のかぜはさむけれどゆくへしらねばわびつつぞぬる　（『古今集』九八八）

『古今集』に見る掛詞が、この歌にも意図されている。この歌の「あふさか」は、「出会いの」坂、即ち「再会の」境界といった意味を、同音の地名に懸けていた詞である。

群書類従本の「小町集」では、第四句を「あふこと」とするが、

ながらへて又あふ事もしらぬ身はこれやかたみのありあけの月　（『新後撰集』羇旅歌　一〇二七）

等の影響であろうかと推測する。

この第五十六歌のように、「あふ」と「秋風」が、一首の内に詠み込まれている歌の用例は、大きく二系統に別れる。即ち、一は、「逢坂、相坂」の地名を伴う叙景歌であり、一は、恋歌である。前者は、『万葉集』の歌にも見え、『古今集』の

相坂の嵐のかぜはさむけれどゆくへしらねばわびつつぞぬる　　（『古今集』九八八）

が詠まれると、

あふ坂やこずゑの花を吹くからに嵐ぞかすむ関の杉むら　　（『新古今集』一一二九）

として展開していく。後者は、愛情の衰えを喩えた表現であり、『古今集』所収の小町の歌

秋かぜにあふたのみこそかなしけれわが身むなしくなりぬとおもへば　　（『古今集』八二二）（21）

が、先行する例である。以来

秋風にあひとしあへば花すすきいづれともなくほにぞいでける　　（『後撰集』三五二）

あきかぜにあふことのはやちりにけむそのよの月のもりにけるかな　　（『後拾遺集』一〇九〇）

等「秋風にあふ」の成句として詠まれている。秋風は、出逢いに関する感傷を誘う。「またあふさかも」「またあふことも」という詞は、

かち人のわたれどぬれぬえにしあればまたあふさかのせきはこえなん　　（『古今和歌六帖』二九二九　ちぎり）

人はいさわが身はすゑになりぬればまたあふさかをいかがまつべき　　（『金葉集』離別歌　三四六）

かへりこんまたあふさかとたのめども別はとりのねぞなかれける　　（『続古今集』離別歌　八三九）

に見えるが、挽歌ではなく、後藤氏の言われるように離別の歌である。『続後拾遺集』に、妻を亡くした知人の心情を詠んだ

なき人の影やはみえん岩清水又あふ坂の関はこゆとも　　（『続後拾遺集』一二六〇）

の歌が見えるが、挽歌の用例は少ない。

『平家物語』では、延喜（醍醐天皇）第四親王蟬丸が、関の嵐に琵琶を奏でた所であるとして、四宮河原を描いている（巻十）。蟬丸の出自は不明で、醍醐天皇の第四親王というのは、正史に載る史実でない。相坂山にいた盲

人の琵琶が最上であること（『江談抄』）が、蟬丸の事として伝承を形造り（『今昔物語』）、鎌倉時代の初頭、『無名抄』では、出家前の遍昭も蟬丸に琵琶を習った、と記される。『無名抄』の「彼ノ藁屋ノ跡」は、『古本説話集』や『新古今集』蟬丸歌（『和漢朗詠集』にも見える歌で、蟬丸の真作であったか否かは不明）の表現で、鴨長明は、既に「関の明神」としての蟬丸を取り上げている。蟬丸には、『後撰集』に初出し、小倉百人一首に採られた

相坂の関に庵室をつくりてすみ侍りけるに、ゆきかふ人を見て
これやこのゆくも帰るも別れつつしるもしらぬもあふさかの関　（『後撰集』一〇八九）

の歌がある。

これらが小町歌に関係するとすれば、それは「小町集」歌の享受と伝播に関わる問題としてである。先掲の後藤氏論とは異なるが、「小町集」の古い形を留めているだろうとされる異本系六十九首本「小町集」にも、「四つのみこのうせ給へる比風の吹きしに」とあり、散逸した『西本願寺本三十六人集』の「小町集」にこの形で載っていたとするならば、平安時代にはこの形の挽歌として「小町集」に存在したことになる。「小町集」は、増幅の過程をたどって流布本系の現在の形になるのであるが、伝本からすれば、『古今集』までは遡れないとしても平安時代の末には「小町集」に見えていた歌ということになる。『江談抄』も『今昔物語』もその後に成立している。従って、小町の生存年代を探る為ではなく、「小町集」歌としてこの歌を見ようとする時には、小林氏の別離の歌に帰する必然性がない。ただし、小林氏が、『小倉百人一首』で、蟬丸の「これやこの」歌が小町の歌と並べ収録されている事実に触れられていたことに関連し、『後撰集』に於いても、歌は異なるが、蟬丸の「これやこの」歌が小町の歌と並んでいたことを併せ考える時、蟬丸・人康・小町は、遊行派唱道文芸の一つの坩堝のなかにあったとされる小林氏の論は、平安時代からそう捉えられていたかもしれないと推測される。

そして、「小町集」に始原を求める時、詞書の「四のみこ」が検討されることも、一小町像が想像されることも、

決して徒労だとは思われないのである。研究は、作品に様々な光線を当てることではあるまいか。どこかで作品という宝石が光る、その輝きを探しだすことであろう。或る光りによって見えた姿に共感が集まれば、一つの形となり定説となる。「四のみこ」を照らす光線が、どんなにすばらしくとも、特定の「四のみこ」と小野小町の関係という史実を創作し加えることが出来ないのは言うまでもないことである。しかし、この歌に関する限り、研究は、光源までも消し去ろうとしている。例えば、三善貞司氏『小野小町攻究』では、『日本三代実録』による、人康親王出家、薨去の年齢より、当時の小町像を描いている。十七歳で道康親王（後の文徳天皇）の更衣として出仕し始めた小町が、親王の即位に際して致仕し、小野貞樹と結婚する。そして、小町四十三歳の時、氏野と改名して、清和天皇の命婦として再出仕した。五年後、小町こと氏野が、人康親王の訃報に接して涙する、と一小町像を想像する。また、角田文衛氏の説（「小野小町の実像」『王朝の映像―平安時代史の研究―』）に依れば、弘仁十一年（八二〇）生まれの小町は貞観元年当時三十九歳である。三十歳で更衣を退き、その後山科に暮らしたとすれば、『伊勢物語』（七十九段）に見える風流を解する人康親王とその宮殿は、宮廷を退いた小町の心のよりどころであったかもしれない。詞書の「四のみこ」が人康親王でなくてはならない必然性はない。しかし、可能性はあると思う。

後藤氏は、この歌を誄えの歌であると解釈する。「小町集」に視点を据えた時、この詞書を外す必要はないと考えるが、仮に、詞書がないとしてこの歌を見れば、何が言えるだろうか。「小町集」で、「かなし」と詠む歌は、この歌を含め三例あり、また「わびし」と詠う歌は、類型をなしている。「かなし」より「わびし」の方が多いというのは、生の苦しみの中に詠者がいた、或いは、いたものと見なされてきたからではなかろうか。「かなし」は、苦しみと抗うことを解かれた詠者の嘆きの言葉であったと思える。「かなし」と詠う他の二例は、

こぬ人をまつとながめて我が宿のなどかこのくれかなしかるらむ　（47）

ながらへば人の心もみるべきに露の命ぞかなしかりける　（89）

であり、来るはずのない人や、死という厳然たる事実の前にあって、詠者の苦しみは諦観されている。「小町集」に於いて「かなし」は挽歌の調に通う所が大きいと考える。また、詠者は、第二句「かなしの宮」で「みや」と詠う。宮殿の意であり、皇子の御殿が意図されていると解する。六十九首本「小町集」は「けふよりは」とし、流布本「小町集」は、「けさよりは」として伝える。夜が明けた後の悲しみが描かれている。「けふよりは」も、朝が来て、思いを新たにしたという表現ではなかろうか。あるべきものがない、そこにあるはずの人がいないという思いを「あらじ」と意識する、その調には、挽歌の響きがある。この歌を後藤氏云「大切な人の挽歌としては、いささか不謹慎」とするのは、「逢坂」に逢瀬の掛詞を見るからでもあろうが、公的な誄えの歌でなくとも、私的に死を悼む歌もあり、又、「逢坂」が必ず男女の逢瀬の意味で用いられていたとも言えない。

この歌を、人康親王とは知己の間柄であった詠者が、その死を悼んで詠んだ歌であると解するのは、「小町集」歌の形である。先掲『当道要集』にもそのように載せられる。人康親王は貞観元年（八五九）、二十九歳で出家後山科に住まわれたらしい。この歌の季節はいつか。流布本の中には、第三句を「山風」にするものと、一部「秋風」に伝えるものとがある。六十九首本は、「吹風」として、詞書「吹きしに」と照応している。「山風」は、嵐を意図して変えられた詞であったろう。人康親王の逝去は五月で夏であるが、殯（もがり）の期間を入れても「秋風」は事実からも離れる（福島好和氏に殯の期間に関する教示を得た）。

「小町集」に挽歌と呼べる歌が他に一首、人の死が契機になっているであろう歌が、二首ある（第六十八歌の長歌は『小大君集』との重出である）。

ひさかたの　空にたなびく　うき雲の　うける我が身は　つゆくさの　露のいのちも　まだきえで　……いつかうき世の　くにさみの　わが身かけつつ　かけはなれ　いつか恋しき　雲のうへの　人にあひみて　この世には　おもふことなき　身とは　なるべき　(68)

はかなくて雲と成りぬる物ならばかすまむ空をあはれとはみよ　(91)

はかなしや我が身のはてよあさみどりのべにたなびく霞と思へば　(115)

「小町集」という家集から帰納される「詠者」にとって、死後の世界は一面の乳白色の別世界であった。『万葉集』挽歌に見えるあの世観に近い。梅原猛氏が『日本人の「あの世」観』の中で述べる古代日本人のあの世観、即ち、遠い何万億土の果てにある極楽ではなくて、近くの山の辺りにあるあの世、山に雲がかかると野辺の煙になって消えて行った魂を感ずるようなあの世である。風はその山から吹いてきたのであろう。朝、格子を上げると風を感じた。はっとして目を遣った。空には、昨日の火葬の煙も人を偲ぶ雲もない。昨日は、われかあらぬ思いのうちに暮れた。人康親王はお亡くなりになったのだと思う。あの御殿では、この風がどんなに人々の涙を誘っていることであろう。「つとめて」であり「今朝」であるところに、流布本「小町集」歌の美しさがある。下句は「またあふこと」と作る。この「あふ」は、敬愛する親王との「対面」の時間であったろうと想像する。

五七　わかみにはきにけるものをうきことは人のうへともおもひけるかな

「わかみには」という初句は、「御所本甲本」及び流布本系統の「小町集」のみの形で、六十九首本及び「神宮文庫蔵本（一一一三）」「静嘉堂文庫蔵本（一〇五・三）」では、「われが身に」となる。この歌を収録する『万代集』・『新後拾遺集』も「われがみに」という初句である。「わが身には」でも「われが身に」でも意味は変わらない。「われがみに」の「み・に・き」のイ音の重なりは、「わが身には」では解消されるが、「わが身には」では「は」が、下句の「うきことは」の「は」と重なることになる。強調の働きをする「は」を上句と下句で共に用いなくてはならないような表現の必然性があったのかどうか。六十九首本及び、この歌を採録する『万代集』の形「われがみに」が古形であろうと推測する。

私の身に降りかかってきたが、辛い事は人の身の上に起こる事だと思っていたよ、と詠う。わが身に「うきこと」が起こる。「うきこと」は、辛い事の意である。「小町集」に於いて「憂し」「憂き」と詠む歌は、「うら」などの掛詞を除けば、次の七首、十五箇所に見える。

心からうきたる船にのりそめてひと日も浪にぬれぬ日ぞなき　（四七、2）
あやめ草人にねたゆと思ひしを我が身のうきにおふるなりけり　（一、46）
木がらしの風にもちらで人しれずうきことのはのつもる比かな　（一八、52）
わが身にはきにけるものをうきことは人のうへとも思ひけるかな　（二六、57）
心にもかなはざりける世の中をうき身はみじと思ひけるかな　（六十九首本なし、58）
ちたびともしられざりけりうたかたのうき身はいまや物忘して　（四八、65）
ひさかたの　空にたなびく　うき雲の　うける我が身は　つゆくさの…世の中に　こひもわかれも　うきことも　つらきもしれる　我が身こそ…いつかうき世の　くにさみの…　（五八、68）
うきことをしのぶるあめのしたにして我がぬれ衣はほせどかはかず　（六十九首本なし、73）
見し人もしられざりけりうたかたのうき身はいさや物わすれして　（六十九首本なし、86）
世の中にいづら我が身のありてなしあはれとやいはむあなうとやいはむ　（六十九首本なし、87）
世の中をいとひてあまの住むかたはうきめのみこそみえわたりけれ　（六十九首本なし、90）
世の中のうきもつらきもつげなくにまづしる物は涙なりけり　（六十九首本なし、94）
山里は冬のわびしきことこそあれ世のうきよりはすみよかりけれ　（六十九首本なし、111）

「小町集」に身の辛さを嘆いた歌は幾首も見えるが、詠者の言うこの「うきこと」とは何か。世の中は男女世界のことであり、94「世の中のうきもつらきもつげなくにまづしる物は涙なりけり」と詠む辛さは、恋愛に於けるそれである。また、58「心にもかなはざりける世の中をうき身はみじと思ひけるかな」は、今まで辛い思いはしないと考えていたという下句が、この歌と共通する。上句は思い通りには行かない恋愛関係と読める。しかし、68「…世の中に　こひもわかれも　うきことも　つらきもしれる　我が身こそ」という時、恋や別れと併記される「うきこと」は、人生処世上の辛さのように思える。もっとも男女関係が女性の人生を規定してしまう当時には、具体的な恋愛の事象の背後には、絶えず我が身の全存在が見え隠れしていたのであろうと思われる。73「うきことをしのぶるあめのしたにして我がぬれ衣はほせどかはかず」なども、宮廷に仕えていた女性の生活の場での身に被る誤解と読みたく思うが、これも男性から受けた誤解を嘆いているのかもしれない。90「世の中をいとひてあまの住むかたはうきめのみこそみえわたりけれ」この歌では、男女世界の世の中から疎遠になって暮らす生活は「うきこと」ばかりであるという。右に挙げた「うき」と詠む歌には、全てしみじみとした人生の辛さ、孤独、寂しさが詠まれている。しかし、その歌に比べれば、この第五十七歌は、まだ、起こり来た辛い事件の渦中にいる自らを捉えているのである。

この第五十七歌「わがみには」を採録する『万代集』『新後拾遺集』には、雑歌として収録される。『万代集』の方は、恋愛その他の人間関係の齟齬が契機になっている辛さのようであるが、『続後拾遺集』では、出家を意識した人生の無情が、辛さの契機に成った歌群に置かれている。採録状況には時代の関心が反映しているのであろうか、さらに右に掲げた歌の中で増補部として付加されたことが明らかな第一一一歌なども処世の憂いが詠まれている。

この第五十七歌の場合「ひとのうへ（他人の身の上）」の「ひと」を男性と解せば、辛い仕打ちをしてきた詠者が、今度は逆の立場に置かれ報いを受けたのだという、小町の驕慢伝説に発展するような解釈となる。そういう小町伝説に叶った解釈は可能である。しかし、起こり来た事件は、男性による辛い仕打ちというよりは、例えば

空をゆく月のひかりを雲間よりみてややみにて世ははてぬべき　（3）

の第三歌に関連する如き、寵愛の薄れといった、身分にも関わる事件ではなかったかと想像する。『万代集』では、この歌の前、雑歌六の巻頭に、次の歌を置いている。

むかしよりうきよのなかとききしかどけふはわが身のためにぞありける　（『万代集』三六〇二）

それは、人世の翳りが詠まれている点で、この歌と趣向を等しくしているのではないかと思う。ともに事態を受け容れてしみじみと述懐する歌である。

五八　こころにもかなはさりけるよのなかをうきみはみしと思ひけるかな

そもそもは、意のままにならない男女の間柄であったものを、辛い思いはしないものとばかり思っていたことだ、と詠う。「心にもかなはざりける」の箇所、「御所本甲本」の「小町集」には、「心にも任せざりける」と異同が付記される。意のままにならない・思う通りにならないの意味であるが、他の用例では、次のように詠まれる。

いのちだに心にかなふ物ならばなにかわかれのかなしからまし　（『古今集』三八七）

心にもまかせざりける命もてたのめもおかじつねならぬよを　（『新古今集』一四二三）

こころにもかなはぬものは身なりけりしらでもひとにちぎりけるかな　（『万代集』二〇八二）

心にもかなはぬ道のかなしきはいのちにまさるわかれなりけり　（『続後撰集』一二八五）

こころにもまかせばとこそたのまるれたえだえなれどなかがはのみづ　（『続古今集』一九二二）

「小町集」のこの第四句「うき身はみじと」は、自らの辛い姿を見ることはないだろうと、の意であり、六十九首本「小町集」では「うき世にへしと」として、多くの流布本「小町集」では「うきみはみしと」として伝わる。「みじ」であるのか「みし」であるのか、「みし」であれば、「辛い思いをした」の意味になるが、上句との繋がりから考えて、打消しの言葉と解釈する。

詞書は、流布本には見えないが、これを収録する『新続古今集』と異本系六十九首本「小町集」にはある。流布本にない詞書が異本系に付されているという例は、この歌のみであり珍しい。両者は、

つねよりもかきあつめつらかりける人のもとへ申しつかはしける
心にもかなはざりける世の中にうきみはみじと思ひけるかな
（『新続古今集』一五〇四）

人のこゝろうらみ侍りける、此もさにやとぞ
心にもかなはざりける世の中をうき世にへしと思ひけるかな
（六六）

の形で載る。『新続古今集』について、「かきあつめつらかりける」を、「人のもとへ申しつかはしける」に係ってゆくとみれば、多くの歌を贈ったことになる。また、「かきあつめ」とみれば、「普段よりもいっそう辛い仕打ちをした人の所へ申し遣わした」という、辛い仕打ちへの強調表現とも見えるが、用例がないので、前者に解する。

六十九首本「小町集」の詞書は、「此れもさにやとぞ」は、「小町集」編者の言葉と見ることも出来る。「人の心を怨んでいたという、これもそのような歌であろうかと」の意味である。また、編者の言葉ではないと見るならば、「あなたの心を憎く思い、これもそうであったかと」の意味となる。「人の」とは、相手がの意味であろう。編者の心内語が「小町集」に見えることは他にないので、後者に解すれば、相手が詠者のことをうらんでいる。しかし、それも、思い通りにならない世の中であれば、仕方のないことなのかと思う、の意味となる。

男の辛い仕打ちがあった。「心にもかなはざりける世の中」である男女の間柄は、人と人との関係である故に思い通りには成らないと、理性に於いては分かっていた。けれども自分は辛い思いなどしないと思っていたことだ、という。前歌第五十七歌の主意に似る。六十九首本の詞書では、男が詠者を怨んでいるという。六十九首本の詞書では、それでも詠者は自らに問うていることになる。「此もさにやとぞ」即ち、こうなることも本来そうあるべき事なのかと。しかし違う、と詠者は考えた。詠者は、理不尽だと思ったから歌を言い遣っている。それに比して、

詞書のない、この流布本系の本文になると、その真摯な歌の調べは影を潜めてしまう。一首の主意は上句に移り、今までどうして気づかなかったのかという、うち萎れた調べになる。全き信頼があり、辛さなどとは無縁な時間があったのだろう。「うき世」に対する悲嘆の前に、「うき世」を想起だにしなかった自らの姿が詠われている。

五九　つまこふるさをしかのねにさよふけてわかかたらひをあかしかねつる

「つまこふるさをしかのね」の「さ」は接頭語で「さをしか」は牡鹿の意味である。『万葉集』以来、秋の景物として詠まれている。

妻恋ひに　鹿鳴く山辺の　秋萩は　露霜寒み　盛り過ぎ行く　（『万葉集』一六〇〇）
さを鹿の　妻ととのふと　鳴く声の　至らむ極み　靡け萩原　（同　二一四二）

のように、鹿は妻を求めて鳴くと考えられた。

夕されば　小倉の山に　鳴く鹿は　今夜は鳴かず　寐ねにけらしも　（『万葉集』一五一一）
このころの　秋の朝明に　霧隠り　妻呼ぶ鹿の　声のさやけさ　（同　二一四一）

鹿は神の使いでもあり、右の二首など、他の動物の鳴き声に触発された歌とは異なる一首厳粛な響きが備わっている。夕暮れになると聞こえてくる鹿の声は、独り身には辛く響いた。家持の歌に、次のように詠まれている。

山彦の　相響むまで　妻恋ひに　鹿鳴く山辺に　ひとりのみして　（『万葉集』一六〇二）
このころの　朝明に聞けば　あしひきの　山呼び響め　さを鹿鳴くも　（同　一六〇三）

鹿の音は、秋の寂しさを増す景物として詠み継がれていった。『古今集』に収められている『是貞親王家歌合』の二首は、それを示す。

山里は秋こそことにわびしけれしかのなくねにめをさましつつ　（『古今集』二一四）

秋なれば山とよむまでなくしかに我おとらめやひとりぬる夜は　（同　五八二）

鹿は、「かひよ」「ひよ」と鳴くと捉えられていた。

秋ののに妻なきしかの年を経てなぞわがこひのかひよとぞ鳴く　（同　一〇三四）

この小町の歌は、片思いの心情が、妻を求める鹿の声によっていっそう高まり、眠れずに夜をあかしかねていると詠う。しかし、本文は、次の通り下句に異同が見られる。

つまこふるさをしかの音にさ夜更て我かたらひを有りとしりぬる　（六十九首本）

つまこふるさをしかのねにさよふけてわれがたぐひをありとしりぬる　（『万代集』一三七八　『新編国歌大観』）

つまこふるさをしかの音にゆめさめて《さよふけて》われかたくひをありとしりぬる《あかしかねつる》　（「御所本甲本」）

妻こふるさを鹿の音にさ夜深けてみのたぐひをありと知りぬる　（『新拾遺集』四六四）

つまこふるさをしかのねにさよふけてわかかたら（くヵ）ひをあかしかねつる　（「西本願寺蔵本（補写本）」）

つまこふるさを鹿のねにさよふけて我かたこひをあかしかねつる　（正保版本他流布本）

つまこふるさをしかのねそさよふけて我がかたくひはありとしるなる　（「時雨亭文庫蔵本（唐草装飾本）」）

右の『万代集』では濁点が付され「我がたぐひ」と解釈されているが、「われかたくひを」は、「われか／たくひを」「われ／かたくひを」の二通りに読める。「御所本甲本」も同様であるが、本来は自身のような境遇の意味の「われか／たくひを」であったと推測する。この解釈は、『新拾遺集』の採録の際にも受け継がれる。流布本系統の伝本では、「かたこひ（くひ）」が大半であるが、これは意味を明確にするために正保版本系統で「かたこひ（恋）」に表記が改められたことの影響が大きいと考える。

夕暮れになり、妻を求めて鳴く鹿の声がする。妻を求めて鳴いている。日もすっかり暮れて夜になる。それでも鹿は鳴き止まない。妻には会えなかったのだと、詠者は思う。歌の契機を成す独り身の哀しさは、この時生じる。

伝本によって下句が異なるが、歌の契機である独り身の哀しさは共通している。この、「西本願寺蔵本（補写本）」の形では、妻を得られぬ鹿の声を聞いて、自らの片思いを想起し、眠れなかったと言っている。恋する人への憧れ、叶わぬ恋への、しかもなお引かれる思いに、初句の「こふる」は新たに詠者の側の調として、読む者の耳に響くことになる。

六十九首本は、「我かたらひを有りとしりぬる」と記す。鹿の鳴く音は、雌雄の鹿が鳴き交わす声と見られている。「かたらひ」の語に追憶される過去の恋愛が込められており、自分にもそんな時期があったのだと思っている。しかし、その追憶の感情は、浪漫的な心情にはならない。上句の描写で、結果としての現在の独り身の哀しさが読者の胸に再起するのである。

『万代集』『新拾遺集』の

つまこふるさをしかのねにさよふけてわれがたぐひをありとしりぬる　（『万代集』『新拾遺集』）

では、自分のように夜を独りで明かしている鹿の存在に気づいた、という歌になる。「われがたぐひ」「みのたぐひ」は、類似する意味であり、独り身に寂しい思いをしているのは私だけではないと言い、詠者の心は少し慰んでいる。夕暮れから夜更けにかけての張りつめた時間の堆積が、詠者を鹿に向かわせたのである。

「御所本甲本」の「小町集」歌は、

つまこふるさをしかの音にゆめさめてわれかたくひをありとしりぬる　（「御所本甲本」六〇）

である。鹿の鳴き声に目を覚ました。妻を求めて鳴いている鹿に我が身が投影される。その時間がいつかは示されていない。夕暮れなのか夜更けなのか分からないが、その眠りは短い。「ゆめさめて」には「うたたね」が詠み込まれているのだと考える。「うたたね」は『古今集』以来、小町のイメージの中で生きていた。「小町集」には見えないが、「たらちねのおやのいさめしうたたねはものおもふときのわざにざりける」は、『古今和歌六帖』に小町の記名で載る歌である。「うたたねに恋しき人の見えつらむゆめとしりせばさめざらましを」以下の『古今集』に於ける夢の歌は小町歌の性格を定めた。この歌でも、はかなく破られた眠りと、そこに響く鹿の音があわれを誘う。
底流するものは一ながら、本文の異同により、三者三様の詠者の心が描かれている。

六〇　うのはなのさけるかきねにときならてわかことそなくうくひすのこゑ

卯の花が垣根に咲いている。鶯の声を聞いた。時節外れの今でも鳴いている。まるで私のようではないか、と詠う。

「卯のはな」は、ウツギの名で知られる樹木で、五月下旬から七月にかけて、円錐花序を多数出し、直径一～一・五センチメートルの白い花が密に垂れ下がって咲く。下部から順序よく分離して高さ一・五～二メートルになる（『日本の樹木』山と渓谷社）という。『万葉集』以来、和歌に詠まれている。但しそれは、

卯の花の　散らまく惜しみ　ほととぎす　野に出で山に入り来なき響もす　（『万葉集』一九五七）

という初夏に鳴くホトトギスの背景としてであって、花そのものの特性が詠まれているわけではない。花の白さが印象的なものとして詠まれるのは、『古今集』以降である。垣根の卯の花は、新緑に映えて、白い色をたたえている。詠者は先ず白い花に目を留めた。

「時ならで」は、「時ならずして」の簡略形で、鳴き声が時節に関わらぬことをいう。『万葉集』に於ける鶯の歌は

冬こもり　春さり来れば　あしひきの　山にも野にも　うぐひすなくも　（『万葉集』一八二四）

等、大部分が春を告げる鳥として詠まれ、季節の到来を詠うが、時代が下ると、

春の野に　霞たなびき　うら悲し　この夕影に　うぐひす鳴くも　（同　四二九〇）

も見える。

初夏の日差しの中で、物憂い声に鳴いていると詠う。「小町集」歌の鶯も、暮れかかる日差しの中で鳴いているのではあるまいか。春を告げる快活な鳥としてではなく

世にふれば事の葉しげきくれ竹のうきふしごとに鶯ぞなく　（『古今集』九五八）

のようにつれづれを誘っている。小町谷照彦氏訳注『旺文社文庫　古今和歌集』には、

まつ人もこぬものゆゑにうぐひすのなきつる花ををりてけるかな　（同　一〇〇）

を「花と鶯の類型で、つれづれを表現」しているとする。「鶯」は、

ヒタキ科の鳥。ホーホケキョという鳴き声は周知のところであるが、秋から冬にかけてはチャッチャッという舌打ちの様な声を出す。　（『野外ハンドブック　4　野鳥』山と渓谷社）

という。『古今集』になると、季節の変化を告げる鳥としてだけではなく、その鳴き声に意味を見ようとした擬人化が行われる。人事が重ね合わせられ、春の明るさに付随するもの憂い気分を、鶯の鳴き声が喚起する、という歌も見えるようになる。

心から花のしづくにそぼちつゝうくひずとのみ鳥の鳴く覧　（『古今集』四二二）

むめの花みにこそきつれ鶯のひとくひとくといとひしもをる　（同　一〇一一）

四二二は、「うくひす」を詠み込む物名歌であり、一〇一一は、巻十九の誹諧歌で、その鳴き声を「人く」即ち「人が来る」と聞き取っている。これは、新奇な捉え方故に誹諧歌の部立に収められたのであろうから、一般に流布した捉え方であったかどうかは疑問であるが、古註の『古今栄雅抄』は注目している。待つ人も来ないのに鶯が「人く」となくのはばかにされているようであり、また「空だのめ」なので枝を折ったのだという。待つ人の来ない時に、その鳴き声を聞くに堪えなかったのであり、

ことならば折りつくしてむ梅花わが待つ人のきても見なくに　（『後撰集』二四）

に類する歌であるとする。『古今集』には他に、

花のちることやわびしきはるがすみたつたの山のうぐひすのこゑ　（『古今集』一〇八）

鶯のこぞのやどりのふるすとや我には人のつれなかるらむ　（同　一〇四六）

わがそのの梅のほつえに鶯のねになきぬべきこひもする哉　（同　四九八）

と詠まれている。

「小町集」のこの歌は、意図的に「憂し」に通う「卯の花」「鶯」を取り合わせた歌のようである。「憂し」という言葉の響きへの関心は、後に掲げる『万葉集』一九八八にも、「憂し」のウ音に通わせて詠む歌が見える。真っ白い卯の花を見ていた時、鶯が鳴いた。「憂」の語の重なりの中に詠者はいた。鶯は、「ときなら」ず鳴き、「わがごとぞな」く。

ひぐらしは　時と鳴けども　片恋に　たわや女我れは　時わかず泣く　（『万葉集』一九八二）

季節外れの鶯の鳴き声は、この、ひぐらしを取り上げる万葉歌の如く、季節とは無縁の憂いの中に在る我が身を、詠者に想起させた。卯の花の垣根は、鄙びた里居であり、この歌には、

うぐひすの　通ふ垣根の　卯の花の　憂きことあれや　君が来まさぬ　（同　一九八八）

の情景のような、人を待つ期待からは遠くある詠者の憂いが詠まれている。

しかしながら、その歌に於ける言葉の取り合わせは、意図的である。題詠歌或いは屛風歌であったのかもしれない。この歌は、鎌倉時代の私撰集『万代集』及び、以後の勅撰集である『続古今集』に収録される。それぞれには「四月にうぐひすのなくをききて」（『万代集』五一七）「卯花がくれに鶯のなくをききてよみ侍りける」（『続古今集』一五四三）の詞書が付されている。「小町集」の伝本間の異同は、六十九首本に対して「御所本甲本」を初めとす

布本系統「小町集」と同じである。全体的には、本文のゆれのない歌であると言える。

る流布本系統という差異であり、流布本系統内には、全く異同がない。『万代集』及び『続古今集』の本文も、流

六一　あきのたのかりほにきゐるいなかたのいなとも人にいはましものを

「かりほ」は、群書類従本「小町集」の表記に従えば、仮庵となる。天智天皇御製、

秋の田のかりほのいほのとまをあらみわが衣手はつゆにぬれつつ　（『後撰集』三〇二）

に於ける「かりほのいほ」とは「稲が稔る頃、その護衛のために仮に作った小屋」（『新日本古典文学大系　6　後撰和歌集』）であり、「かりほ」には、刈った稲「刈穂」と仮の庵「仮庵」の意が込められている。ただし、群書類従本「小町集」とは、活字本のそれであって、版本では、この箇所の本文に漢字は当てられておらず、他の「小町集」伝本も全て仮名になっているので、この歌でも、刈った稲「刈穂」と仮の庵「仮庵」の両方が考えられる。

「いなかた」とは何か、不明である。『日本国語大辞典（小学館）』には、この小町歌と、次の源経信作の例歌を挙げ、「鳥か虫の名であろうというが不明。一説に稲田の中に害虫などを防ぐために立てる稲旗とも、田の中に木を渡して稲を干す稲機（いなはた）ともいう」と記す。経信の歌とは

きりはるるかどたのうへのいなかたのあらはれわたるあきのゆふぐれ　（『経信集』一〇四　見秋田）

であるが、「いなかた」が右に補説される「稲旗」或いは「稲機」である場合、経信の歌には情趣を醸し出す景物として適応出来るが、小町の歌の「きゐる」とは齟齬する。「きゐる（やって来てじっとしている）」「いなかた」は、生物でなければならない。「いな」の音を通わせ、田に居る生物であるなら、それは「いなご」、即ち稲の葉を食べる害虫であるところの「いなご」であるという見方が出来るかもしれない。『堤中納言物語』（「虫めづる姫君」）に「いなごまろ」（稲子）が見える。この場合「いな」は稲であり、「かた」は、人を指し示す際に使われる「方」で

あろう。しかし、微細な「いなご」は、経信の歌には似つかわしからぬと思える。霧が晴れて門前の田が「あらわはわたる」とは、景物から離れた視点である。私は、「いなかた」とは、雁のことではなかったかと考える。『古今和歌六帖』第二「秋のた」の歌に

あきの田のほにいでぬればうちむれてさととほよりかりぞきにける　（『古今和歌六帖』一一一三）

雲がくれなくなるかりのゆきてゐるうきたのほむきしげくしぞ思ふ　（同　一一一四）

わが門のわさだもいまだかりあげぬにけさふく風に雁はきにけり　（同　一一二〇）

がある。「いなかた」の「いな」は「稲」の語と懸けられるが、原義は「往ぬ」であって、「やって来たお方」の意味の「いぬるかた」からの転成語ではないかと考える。

「いな（否）」は、「同意しない・そうは思わない・事実はそうではない・従うのは嫌だ・する意思はない」等、他者の言が自らの意思に反することを表明する言葉である。

「言はましものを」の「まし」は、現状とは異なる状態を推量し、「言はまし」は、現実には「言っていない」ことを示している。従って、「言うのだが」「言いましょうものを」の意味となる。「まし」は「らし」との比較に於いて動かし難い目前の現実を心の中で拒否し、その現実の事態が無かった場面を想定して、その場合起こるであろう気分や状態を心の中に描いて述べるものであると考えられている（「基本助動詞解説」『岩波古語辞典』）。

結句「言はましものを」という用例を勅撰集・私撰集に求めると

人しれずたえなましかばわびつゝもなきなぞとだにいはまし物を　（『古今集』八一〇　伊勢）

水のうへにうかべる舟の君ならばこゝぞとまりといはましものを　（同　九二〇　伊勢）

衣手におつる涙の色なくは露とも人にいはましものを　（『千載集』七四〇）

くやしくぞ後にあはむとちぎりけるけふをかぎりといはましものを　（『新古今集』八五四）

くやしくぞききなしてけるなべてよのあはれとばかりいはましものを
（『玄玄集』七八）

などと、用例は少ない。用例の型は、上句に条件節が付される場合と付されない場合の二系統に分けられるが、共に「動かし難い目前の現実」の理解に対する手がかりはある。条件節は、現実を鏡像的に描写している。伊勢の先の歌からは、「たえなましかば」と言うことで、恋人との仲が絶えたことは周知の事実であり、伊勢はそれを強く意識していること、伊勢の後の歌からは、「君」を「舟」に仮想し、「君」（同集では詞書から法皇であると知られるが）と自らの関係を詠んだ歌であることが分かる。条件節のない右用例中『新古今集』歌・『玄玄集』歌は、上下句が倒置になっており、「ものを」は逆接の接続助詞であると見られるので、この場合も現実の状況が描写されていることになる。それらに比して、この小町の歌は特殊で不明瞭である。「動かし難い目前の現実」に相当するのは、「否」と言わなかったことであるが、それ以外のどんな状況も述べられてはいないからである。

「秋の田のかりほにきゐるいなかた」の上句が「いな」の音を導く序詞であることは明らかであるが、「否というべき所を言わない」という、その事態もまた不明瞭である。この歌の成立には、歌の場が必要なのかもしれない。贈答相手との、或いは、詠者の現況を周知する人々の間で詠まれた歌であるという、その場がこの歌の成立にはなくてはならないだろう。

その場を仮想するにまず、これが「小町集」第二十三歌との関連に於いて詠まれた、或いは収録されたという見方が出来る。第二十三歌が、小町像を造る一つの核になった歌であることは、先に述べた。

みるめなき我が身をうらとしらねばやかれなであまのあしたゆくくる
(23)

という、はっきりとした意思表示をしなかった女の歌である（本節第二十三歌の項参照）。「小町集」の詞書では、つねに来る男が「会わない」女を恨んでいることになっており、『伊勢物語』では、「会わない」とも言わなかったのに「さすがなりける」即ち、「会うという予測された事態にはならなかった」女に贈った、未練とも恨みとも取れる男の歌との贈答を成す歌として収録される。第六十一歌成立の場をここに見、即ち、詠者が言い寄越した男に対して返歌をしていると見るなら、「いなとも人にいはましものを」とは「会う意思はないと言いましょうものを」の意味であると解釈される。「必要ならば何度でも言いましょうものを」という詠者の心情が投影された詞となる。

　秋の野に笹分けし朝の露よりもあはでこし夜ぞひぢまさりける　（『古今集』六二二　業平）

　みるめなき我が身をうらとしらねばやかれなであまのあしたゆくくる　（同　六二三　小町）

として『古今集』に並記されていた二首は、先の『伊勢物語』二十五段の贈答歌でもあるのだが、今仮に、右の「みるめなき」歌をこの歌に代えても、贈答は成立しよう。「西本願寺蔵本（補写本）」は、「秋のたの」の「多」が「秋の」の「の」の踊り字にも見え、そうであれば、業平（『伊勢物語』ではある男）の歌の初句と同形である。意思表示のない小町像に関心を抱いた某人が、小町に語らせた歌が、「小町集」第六十一歌であったかもしれない。

　この歌の分かりにくさに対し、想定する今一つの場の可能性は、詠者が何らかの誤解を受けていた立場にあったとみるものであり、「いなとも人にいはましものを」の「人」を、詠者が社会生活をしていた世間一般の人々と見る時、その声は「それは事実ではない」と訴えているようにも聞こえる。この時「小町集」第七十三歌

　あだなに人のさはがしういひわらひけるころ、いはれける人のとひたりける返ごとに

　うきことをしのぶるあめのしたにして我がぬれ衣はほせどかはかず　(73)

が、想起される。第七十三歌と同様な誤解を受けた詠者は、この歌で「それは違うのだと言いましょうものを」と言っている。現実に言っていないのは、言えないからであって、相手が不特定多数の人々になっていたからであるとも解せる。宮廷生活をしていた頃の女房集団を意識しての歌であったかもしれない。

「人」は恋人であるとも、勿論言える。相手の誠意を確かめる為に、故意に「あだ心」を疑うような男女の贈答歌は、しばしば見られる。そこでは、真偽を明らかにすることが問題なのではなくて、大部分はコミュニケーションの手段として言うものであり、相手の不誠実を責めるかのような表現をする。この歌もまた、そう詠んで寄越した男性に対して応えた歌であると見ることも出来る。詠者は「それは違いますと言いましょうものを」と応えている。

しかしながら、「まし」が指摘する「動かし難い現実」が「言わない・言ってはいない」ことである以上、この歌は言いかけに対し、深刻な答えを以ってしたことになる。即ち、詠者は軽妙な男女の贈答を超えて、真偽の程を深刻な問題にしてしまったことになる。恋人同士の言いかけの場ではなくて、詠者はもっと決定的な事態に置かれていると感じていた。身分の差、或いは、終わってしまった恋への思い、そのような取り返しのつかない事態の中に詠者はいた、或いはまた、そういう詠者が想定されたのかもしれない。「人」が、世間一般の人であっても、恋人であっても、なす術なく「言わない」でいることに変わりはない。先の第二十三歌との関わりよりも、第七十三歌との関わりでこの歌を見る方がよいかもしれない。追いつめられた諦めの響きが、この歌には備わると考えるからである。

その心情を、序詞の景に託す。秋の刈り入れが終わった田に、今年も雁がやって来て留まっている。私に関する「浮き名」は已まない。停滞する心が、その序詞の景色に象徴されていると考えるものである。

ゐてのやまふきを

六二　いろもかもなつかしきかなかはつなくゐてのわたりの山ふきのはな

「色も香も」という詞が、花の事として詠われる時、多くは人事と対立するところの、変わらぬ自然が形象され

る。特に

色もかもおなじむかしにさくらめど年ふる人ぞあらたまりける　（『古今集』五七）

色もかもむかし昔のこさににほへどもうへけん人のかげぞこひしき　（同　八五一）

という『古今集』歌の他、『古今和歌六帖』三七六五の「菊」の花など、「桜・梅・菊」の用例を見ることが出来る。それは、仏法によって「無常」が説かれても、尚も心惹かれる現世の一様相であった。出家者は、次のような歌を詠む。

色も香も心の中にあるものををしむにいかで花のちるらん　（『続拾遺集』一三八一　前権僧正宗性）

色も香もわすれはてにしすみ染の袖におどろく梅のした風　（『続千載集』一六五二　入道前太政大臣）

「空即是色」の教理を以てしても、心惹かれる自然への思いは堂々と詠われるべきものであった。

色もかもまことの法と聞きしより花に心の猶うつるかな　（『新拾遺集』一四八八）

「なつかしきかな」は、心惹かれる・慕わしく思うの意味で、

見れど飽かぬ　人国山の　木の葉をし　我が心から　なつかしみ思ふ　（『万葉集』一三〇五）

玉鉾の　道の神たち　賄はせむ　我が思ふ君を　なつかしみせよ　（同　四〇〇九）

思ふてふ事のはいかになつかしなのちうき物とおもはずもがな　（『後撰集』九一九）

等は、対象を大切に思う気持ちを表している。一方、何らかのゆかりを求めて慕わしく思う、という知的興趣を「なつかし」に込める歌も多い。

春くればうぐひすのねもなつかしきいざゐなかいづくうちむれてゆかむ　（『古今和歌六帖』一三二九）

むらさきのひともとゆゑにむさしののくさはなべてもなつかしきかな　（同　三五〇〇）

をみなへしなびくをみれば秋かぜの吹きくるすゑもなつかしきかな　（『千載集』二五二）

なかでも、風が運ぶ「橘の香」「梅の香」を、昔を偲ぶゆかりとして慕わしく思うという歌は少なくない。「かはづ」は、河鹿・河蝦で小型の蛙。谷間の清流に住み、雄は、初夏から秋に美声を発する。その鳴き声は、清らかで澄んでいるという。

今日もかも　明日香の川の　夕さらず　かはづ鳴く瀬の　さやけくあるらむ　（『万葉集』三五六）

夕さらず　かはづ鳴くなる　三輪川の　清き瀬の音を　聞かくしよしも　（同　二二二二）

前田善子氏は『小野小町』で、「晩春の頃蛙の鳴音も、ものうく聞こえる井出の里の玉水」と解釈されているが、『万葉集』で「かはづ」の声は清らかなものとして詠まれていた。

「ゐてのわたり」は、井手の辺り、の意であるが、普通名詞の「ゐで」とは、水を堰き止める「堰手」のことである。『万葉集』では「井堤・為堤・井代」と表記されている。それは、用水を堰き止めた所であるが、

朝ゐでに　来鳴く貌鳥　汝だにも　君に恋ふれや　時終へず鳴く　（『万葉集』一八二三）

の「井代」となると、川の水を堰き止めた所ではなく、井として湧水を汲む様にした所とも言える。固有名詞の場合、「ゐで」は、京都府綴喜郡井手町の地名である。井手の地は、奈良時代橘諸兄が別荘を作って以来「玉川の水」や「山吹」「蛙」の景物とともに和歌に詠まれてきた土地として知られる。「小町集」第三十歌の「詞書」に「ゐでのしまといふだいを」が見え、小町と井出との関わりが、『大和物語』の影響で後世に付与されたものではないかということを考察した（本節第三十歌の項参照）。また、冷泉家記云、小野小町六十九才於井手寺死云々。光広卿百人一首抄云、御子左の記（為定）曰、小野小町のをはりける所は山城国井手の里なりとなん。可尋云々。　（『大日本地名辞典　増補版』冨山房）

という、小町終焉の地としての伝説もある。

「山ぶきの花」は、「ばら科の落葉低木。枝が密生し、卵形で先のとがった葉を再生する。晩春、枝先に黄色五弁

の花を開くが、八重咲きのものが多く、これは実をつけないので実のならぬ木として有名。山野に自生するが、庭園にも植えられた。」（『時代別国語大辞典　上代編』三省堂）。山吹は、水辺に生える花として、多く歌に詠まれている。

かはづ鳴く　神なび川に　影見えて　今か咲くらむ　山吹の花　（『万葉集』一四三五）

を初めとし、

かはづなくゐでの山吹ちりにけり花のさかりにあはまし物を　（『古今集』一二五）

しのびかねなきてかはづの惜むをもしらずうつろふ山吹の花　（『後撰集』一二二）

さは水にかはづなくなり山吹のうつろふ影やそこに見ゆらん　（『拾遺集』七一）

など、「かはづ」との取り合わせで詠まれ、次のように、くちなし色である黄色の花の色に関心が寄せられ、

山吹の花色衣ぬしやたれとへどこたへずくちなしにして　（『古今集』一〇一二）

いはぬまはつつみしほどにくちなしのいろにやみえし山吹のはな　（『後拾遺集』一〇九三）

いはぬ色もこころぞ見ゆる春雨にぬれてこぼるる山ぶきの花　（『夫木和歌抄』二〇七八　文永四年　為家）

と詠まれた。その色が炎に似るというので、

衛士がゐしひたきに見ゆる花なればこころのうちにいはでおもふる　（『夫木和歌抄』二〇一八）

みかきもりほかのひたきの花なればこころとどめて折る人もなし　（同　二一一九）

のようにも詠まれている。

水辺に散りかかる山吹の花を、人々は愛した。黄金の小さな花弁は、可憐であった。その葉も美しい。詠者は、心澄みゆく蛙の鳴き声の内にこの花を想起している。「ゐでのわたりの」というその視点は、遠く、広く時間的空間的広がりを有している。「なつかし」に照応する心象風景であるかのようにも思える。

山吹の花は、物思いを誘う花だという。『万葉集』巻十九に「山吹の花を詠む歌一首并せて短歌」と題する長歌がある。

うつせみは　恋を繁みと　春まけて　思ひ繁けば　引き攀じて　折りも折らずも　見むごとに　心なぎむと　茂山の　谷辺に生ふる　山吹を　やどに引き植ゑて　朝露に　にほへる花を見るごとに　思ひはやまず　恋し繁しも　（『万葉集』四一八五）

山吹を　やどに植ゑては　見るごとに　思ひはやまず　恋こそまされ　（同　四一八六）

山吹は散る花である。しかし、桜の花の夥しさはない。情熱的な濃き色が、可憐に散りかかる。恋人を思わせる花として似つかわしかったのだろう。対象を大切に思う気持ちに於いて、山吹の花は、「なつかし」という、この歌の詞につながってゆく。

ただし、この歌に関しては、純粋な叙景歌に帰せないものがある。鎌倉初期の私撰集『秋風集』に収録され、室町時代の勅撰集である『新後拾遺集』にも採られている。異同はない。「小町集」の伝本では、詞書も、「井てのやまふき（井てのやまふきを）」と同じである。六十九首本「小町集」には、第四十歌として見え、増補歌でなければ、平安中期を下らない頃に作られたのであろうが、『古今集』の次のような歌などが契機となって作られたものではあるまいか。

色もかもおなじむかしにさくらめど年ふる人ぞあらたまりける　（『古今集』五七　紀友則）

春雨ににほへる色もあかなくにかさへなつかし山ぶきの花　（同　一二二　読人不知）

かはずなくゐでの山吹ちりにけり花のさかりにあはまし物を　（同　一二五　読人不知　橘清友か）

小町の歌は、この三首の詞を組み合わせた歌のようである。「いろもかもなつかしきかな」という初句は、『夫木和歌抄』

色もかもなつかしきかなわぎもこが衣にそむるくれなゐの梅

（『百首歌』（承久（ママ）四年　忠房）『夫木和歌抄』六八九）

に例を見る。「色も香も」と詠う歌詞としてみても古い時代の詞ではない。「色即是空・空即是色」の法華経教理が捉えさせた自然観の表れを感じる。その視点は、遠く、広く時間的空間的広がりを有していると思うものである。

六三　かすみたつ野をなつかしみはるこまのあれてもきみかみえわたるかな

「春駒」は、春の馬であるが、

いとはるゝわが身ははるのこまなれやのがひがてらにはなちすてたる

（『古今集』一〇四五）

みちのくのをぶちのこまものがふにはあれこそまされなつくものかは

（『後撰集』一二五二）

等「春の馬」は、野飼いの、荒々しいものとして詠まれてきた。春は、馬の繁殖期（北半球では三月中旬から七月初旬まで）であるので、春である必然性は伴っている。馬は、恐怖心が強く、外界の刺激に敏感に反応するともいう。嗅覚にも優れ、若草などの緑臭を好む。日本では、主に乗馬用として、或いは、神祭の神馬としても古代から飼育されていた（『日本大百科全書』小学館）。馬が関わる宮廷行事では「白馬の節会」「賀茂の祭り」「駒牽き」等が挙げられる。正月七日に天皇が左右馬寮から出される白馬を御覧になって宴が催される儀式が「白馬の節会」である。仁明天皇の承和元年（八三四）の『続日本後記』に天皇が豊楽殿に御座され、白馬を観、宴が催されたという記事が見える。また、「駒牽」は、八月十五日に諸国から献上された馬を、天皇が紫宸殿で御覧になる儀式である。山中裕氏の『平安朝の古記録と貴族文化』によると「駒牽き」は、貞観年間を起源にするという。四月中の酉の日に行われる「賀茂の祭り」でも駒牽きがある。

馬を放し飼いにして飼育する「牧」には、皇室の料馬を供給する「御牧」や諸国の牧・近郡の牧があった。「牧」

は大化の改新以降、漸次整備されていった。「美濃御牧」(『古今和歌六帖』一四三一)や京都伏見の「美豆御牧」(『六条斎院歌合』(天喜四年閏三月)一五)も、それらの和歌に詠まれている。貴族の私的な「牧」もあった。「あれ」には、暴れる意味の「荒れ」に、気持ちが離れ、関係が疎遠になる「離れ・散る」が懸けられるが、この歌の「あれても」もまた、掛詞になっているのであろう。

はるののにあれたるこまのなつけずはくさばに身をもなさんとぞ思ふ　(『古今和歌六帖』二六三三)

は、「あひおもはぬ」と題する凡河内躬恒の歌である。「あれ」の言葉を恋歌のなかで掛詞として用いている。

ふるさとにあらぬものからわがために人の心のあれてみゆらん　(『古今和歌六帖』一二九三　伊勢)

も掛詞としては、初期のものと思われる。アクセントの違いによって「荒れ」と「離れ」は、起源が同一ではない(『岩波古語辞典』)とされている。しかし、右と同じ作者伊勢は、

わたつみとあれにし床をいまさらにはらはば袖やあはと消えなん　(『古今和歌六帖』一三八三　伊勢)

と詠んでおり、「あれ」の音に両語の掛詞を見ていたに違いない。鎌倉時代初期になると

おくのまき野とりのこまのかたなつけともすればまたあるる君かな　(『新撰和歌六帖』八九二)

春くればみづの御牧の若草にあれ行く駒のこゑぞはなれぬ　(『夫木和歌抄』一〇一五)

という歌も見え、「あれ」の掛詞または駒の縁語としての用法が、周知のものであったようである。

結句「みえわたるかな」は、ずっと見え続けることだ、の意であろう。「わたる」は時間的空間的に広く及ぶことであるが、この歌の場合、時間的なものであると解する。

この歌は、南北朝時代の勅撰集『新千載集』に初句を「かすみしく」、下句を「あるとも人の見ゆるころかな」という形で収録される。「御所本甲本」の「小町集」に付される書入は、「あはでも人のみゆるころかな」となっている。「ある」の掛詞を明らかにするために、「あはでも」とする伝本が存在したのだろう。六十九首本「小町集」

には見えない歌である。平安末期、藤原清輔によって撰集された『続詞花集』に

とりつなぐ人もなき野の春駒は霞みにのみやたなびかるらん
（『続詞花集』一二一　藤原盛経）

という歌があり、又、鎌倉時代の私撰集である『万代集』には、

あれにけりこころもしらぬせきすゑておやのいさめしひとのかよひぢ
（『万代集』二五一四）

が見え、小町のこの歌との関連が思われる。『万代集』歌の下句は、第五十九歌同様に『古今和歌六帖』に載る小町の歌「たらちねのおやのいさめしうたたねはものおもふときのわざにざりける」に似る。

「小町集」の、この「霞たつ」歌は、私をなつかしく思ってあなたがお出でになった、と詠う。「なつかし」は、旧事に限らず慕わしく思う感情である。詠者が宮廷に関わる女性であったとすれば、「野」は、宮廷から里下りをしていたことを意味するとも、或いは、漠然とした謙遜の言葉であったとも解釈できる。「君」と詠者は、疎遠になっていたのだろう。『後撰集』に載る

いつのまに霞立つらんかすがのの雪だにとけぬ冬とみしまに
（『後撰集』一五）

は、春の歌であるが、詞書に、宮廷に出仕していた女に恋人が出来て、その女性に思いを寄せていた男が詠んだ歌であることが記されている。「霞」は女との仲を隔ててしまった障害である。この歌の初句「霞たつ」も又、春野の光景であるが、作者の過ごしていた年月に立ち込めていた「君」と作者とを隔てる障害ではなかっただろうか。「君がみえわたるかな」という喜びの中に作者はいる。「小町集」には喜びの歌が少ない。しかし、この歌は、幸福に満ちた響きを有している。「わたる」は、「見ゆ」が時間的に継続していることを示す。しかし、訪れが数次にわたるとは解さない。これは、歓喜の心情表現であって、恐らく久しぶりの訪れの機会を得、途絶える事のなかった縁を確信したのだろう。それは未来永劫に続く縁であると確信したので、「みえわたる」という詞になったと解釈する。作者の選択した光景が、活発々たる春駒の野飼いの様子であることも、手放しで喜ぶ、その喜びの心情を

表している。

六四　なにはめのつりする人にめかれけむひともわかことそてやぬるらむ

本文に異同がある。先行研究の本文整定として、『新編国歌大観』所収「小町集」歌は、解題によれば、初句及び第二句が校訂されているようである。底本の初句は、もとは「なにはめの」で、第二句は「つりする人に」であったという。「小町集」伝本は、多くが、この校訂前の形をとっている。初句を「なには江の」とするのは『夫木和歌抄』であって、「小町集」伝本では、「神宮文庫蔵本（一一一三）」が、「なにはえに」という近い形を採るのみである。『夫木和歌抄』には、小町の歌として、次の本文で載せる。

難波江に釣する海士に別れけん人も我がごと袖やぬれけん　（『夫木和歌抄』一〇六八二　家集　小町）

初句の異同は、次の通りである。

なにはめに（「時雨亭文庫蔵本（唐草装飾本）」、六十九首本）
なにはめの（多くの流布本）
なにはえに（『夫木和歌抄』）
なにはえの（「神宮文庫蔵本（一一一三）」）

六十九首本「なにはめに」だけは、「に」に敬意を関与させる必要もないので意味が続かない。
「なには」は、広く大阪地方を指す語であり、「め」は女性である。一方、「江」は入り江である。陸地に入り込んだ湾が「え」を意味するなら、難波宮の北を流れる淀川は大阪湾の入江になっており古くからの水運の要所であったので、「難波江」は淀川河口付近と解されることになる。ただし、この「なにはえ」が和歌に見えるのは、平安時代中期（用例では『玄玄集』九二、すけさだ歌）以降である。「なにはえ」を人工の川である「なにはのほりえ

（難波穿江）」（『上代語辞典』明治書院）や、愛称語であるとも解せるところの接頭語を付した「小江」と表記される「なにはのをえ（難波乃小江）」の略語であるとするなら、『万葉集』二一三五、三八八六にも見えないことはない。『万葉集』の時代からよく詠まれているのは、むしろ「なにはがた」や「なにはづ」であった。「なにはがた」の場合、「かた」は遠浅を意味する「潟」であるが、そればかりではなく「方」の意味で、漠然と難波方面を指す言葉としても用いられている。

第二句「つりするあま」は、

能登の海に　釣りする海人の　漁り火の　光にいませ　月待ちがてに　（『万葉集』三一六九）

奈呉の海人の　釣りする船は　今こそば　舟棚打ちて　あへて漕ぎ出め　（同　三九五六）

伊勢の海につりするあまのうけなれや心ひとつをさだめかねつる　（『古今集』五〇九）

と、和歌によく見える詞であるが、第二句も、小町の歌としては次のように異同がある。

つりする人に（「時雨亭文庫蔵本（唐草装飾本）」、六十九首本、その他多くの流布本）

かりする人に（「御所本甲本」）

つりする海人に（『夫木和歌抄』、「神宮文庫蔵本（一一一三）」）

「つりするひと」と詠む歌は、用例からすれば、僅かで特異であって、「小町集」の本文は、特異な形をとってきたことになる。

第三句「めかれ（目離る）」の音に、「海松藻刈る」の意が通う。「けん（けむ）」の語は、下句の状況を現在として、上句の「めかれ」たことを作者以外の人物に関する過去の事実としているものと解せる。「めかれ」に「目離る」と「海松藻刈る」の掛詞的興趣を感じて詠む歌の、古い例を見ない。『新勅撰集』に「しかのあまのめかりしほやきいとまなみくしげのをぐしとりも見なくに」（一三三七）が収録されるが、『古今集』以来の「めかれ」の用

例は、

くるとあくとめかれぬ物を梅花いつの人まにうつろひぬらん　（『古今集』四五）

等、いつまでも見ていたい心情に反して、視覚から外れる意味で用いられていたのであって、男女が会わなく意の「めかれ」が歌に詠まれるのは、平安時代中期以降ではなかっただろうか。この箇所、『夫木和歌抄』の小町の歌や、六十九首本、「時雨亭文庫蔵本（唐草装飾本）」、「静嘉堂文庫蔵本（一〇五・三）」の本文では「別れけん」となっている。『夫木和歌抄』も「家集」から採ったようで、「別れけん」とする方が古形であろう。

「小町集」伝本間で、上句には右に挙げたような異同が生じている。それは「みるめかる」嘆きに照応する光景と掛詞的興趣の均衡をいかに考えるかという点から生じたものであろう。第三句は、「別れけむ」とあったものが、流布本系統では、「めかれけむ」となる。流布本系統の中の、唯一奥書を有する「御所本甲本」は、

なにはめのかりするひとにめかれせむ人もわがごとそでやぬるらむ　（「御所本甲本」六五）

として、「めかり」の掛詞的興趣を第一義としている。ここでは、「つり」ではなく、「かり」とし、「め」（海藻）を詠みこんでいる。一方、六十九首本は、

なにはめにつりする人にわかれけむひともわがごとそでやぬるらん　（四六）

である。「なにはめの」という主語を明確にすることで、上句の光景に託された意味を鮮明にしようとしたかのようである。また、嘆きの原因を「別れけん」とすることで、下句との繋がりを円滑にしている。『夫木和歌抄』も、「別れけむ」として、「め」（海藻）の掛詞は消えている。

しかし、流布本「小町集」では、「めかり」の掛詞への関心は強かったと言えよう。会う機会がなくなったという「めかり」の掛詞は、流布本「小町集」では、この歌の主題であり、やはり詠者の最大の関心事であり、それは、全幅の信頼関係の途絶えた絶望を、水面下に揺曳させるかのような、海の光景だったのであろう。

恋人に会わなくなった女がいる。「目離れ」たというから、男性の心が移ろい離れて行ったのであり、不可抗力として会えなくなったのである。詠者は、その女の心情を推し量っている。「めかれけむ（わかれけむ）」と、女の経験を思いやる。「人もわがごとそでやぬるらむ」という下句に関し、「時雨亭文庫蔵本（唐草装飾本）」、「静嘉堂文庫蔵本（一〇五・三）」の「小町集」の結句は、「そでやぬれけむ」になっている。「時雨亭文庫蔵本（唐草装飾本）」の「小町集」などは、「ぬるらん」とあったのを「ぬれけん」と訂正している。第三句と「けむ」の語が重なるにも関わらず、そう訂正する。これは、親本に忠実な姿勢をとったと見るのがよいかもしれない。意味上は、「けむ」とすることで、涙で袖が濡れた経験も過去に対する推量となる。

「なにはめの（に）」が「なにはえに」であっても、そこで涙しているのは、「女」である。詠者は、「人もわがごと袖やぬるらむ」と、我が身から、その女の境遇を推測する。そして、その女の境遇は、再び詠者に我が身の上を思わせる。海を望む光景は、収斂されることのない茫漠たる嘆きに付合しよう。第二句「かりするあま（ひと）」であれば、「小町集」中他の海の歌同様に、みるめ（海松藻）がなくなったのは、誰かが刈り取ってしまったからという、裏面の意味も論理的となり、機知のまさった歌になる。しかし、「つりするあま（ひと）」であれば、恋人と別れた後の辛さが形象化される。一艘の舟で釣りする海人は、女の手の届かない所にいる。海人の影は、揺れ動いている。詠者は、釣りする海人を以て、女の不安な心情の形象化に成功している。

六五　千たひともしられさりけりうたかたのうきみはいまやものわすれして

流布本「小町集」の中では、重出歌或いは類歌として載る。一一六首本番号で言えば、この第六十五歌と、第八十六歌とであり、「御所本甲本」の「小町集」では、さらに第一二四歌が類似する。

　ちたびともしられざりけりうたかたのうき身はいまや物忘れして

しる人もしられざりけりうたかたのうき身はいさや物忘れして

（「御所本甲本」六六　第四句「うき身はけさや」、「静嘉堂文庫蔵本（一〇五・三）」六〇、65）

見し人もしられざりけりうたかたのうき身はいまや物忘れして

（「御所本甲本」八七　第四句「うき身はいまや」、「静嘉堂文庫蔵本（一〇五・三）」七六　第四句「うき身は今そ」）

人かともしられざりけりうたかたのうきにはいさやものわすれして

（「御所本甲本」一二四　第四句「うき身はいさや」、86）

（「時雨亭文庫蔵（唐草装飾本）」一二一）

この歌の初句「千たひとも」の場合、上句は、そんなに度重なるとは気づかなかった、という。「しられさりけり」は、それと分からないの意味である。

ひさかたの月のまとかになる比は紅葉ちるともしられざりけり

（『古今和歌六帖』三〇三）

なべてしもいろかはらねばときはなる山には秋もしられざりけり

（同　九一〇）

夜もすがらそらすむ月をながむれば秋はあくるもしられざりけり

（『後拾遺集』二六二）

右例歌の場合、傍線部「紅葉ちること」「秋の季節であること」「秋の季節の移りゆくこと」が「人に知られない」「知ることが出来ない」、即ち「分からなかった」内容である。同様に解すれば、この歌に於いても、「しられざりけり（それと分からなかった）」内容は、「ちたびということ」となる。

「ちたびとも」とは、そんなに度重なるとは気づかなかった、の意であろうが、何が度重なるのか、この歌には、それが省略されている。「うたかたのうき身」が「物忘れ」している為であるという。「うたかたの」は、「うき身」の枕詞的な働きをしているが、「うたかた」、即ち「泡」の原義である「はかない」という意味が残っている。群書類従本系統「小町集」のみ「うきかたの」とある。「かた」は方面の意であろうか、六十九首本も全て「うたかたの」とするので、「うたかたの」が正しい形であろう。

「いまや」は、今となってはもう、の意味で、「や」を「詠嘆」の意味にみるが、「御所本甲本」の「小町集」では、「いさや」とある。「いさや」であれば、「さあどうでしょうか」の意味となる。結句「物忘れして」の「物忘れ」を詠む歌の例を多く見つけられない。

老が世に物わすれして忍ぶかなうしといひつつ捨てし昔を　（『続後拾遺集』一二〇七）

老が身は又たちかへりねをぞなくそむきてし世に物わすれして　（『新続古今集』一九六四）

前者は、「忍」の表記になっているので、老いの物忘れする身故、捨てたはずの俗世の辛さに堪えることがあるものだ、という意味になる。後者も、捨てたはずの俗世であるものを、又辛い思いに涙を流すことがある、という意味である。「小町集」のこの歌の場合、何が度重なるのか、それは、「うたかたのうき身」を思い知らされる出来事が度重なっているのだと解釈する。

我が身のはかなさを感じる、という。「うたかた」の詞で、浮かんでは消えていく泡の偶発性を言うと考える。泡の命が短いことに着目するなら、作者は、人間存在そのもののはかなさに思い至っている。しかし、この歌でも、人間存在に共通する命のはかなさを詠うのではなく、我が身の「うき」こと、即ち、我が身の辛さを特別視している。この歌もまた、恋によってのみ我が身が確立される時代の、恋の辛さを詠った歌なのであろうと推測する。そういう辛さは、今に始まったことではない。もうずっとそうなのだと、それが「いまや」の意味する所であろう。結句の「物忘れして」が、径世の時間の永さを強調している。作者は、辛いことが千度も重なる、またもや同じ辛さに悩まされると言っている。「うたかたのうき身」という自己認識が出来ている。あまりにも度重なるので、もう気に留めなくなったと言っている。しかし、傷ついた心が、そう言わせているように読める。

第四句が、「御所本甲本」の「小町集」の如く「いさや」であれば、歌は空惚けた調になる。「さあどうでしょうか」と言って答えを回避してしまう。一首の調べは軽くなるが、底流する不安定ゆえの辛さなるものは変わりなく存在している。

六六　いまはとてかはらぬものをいにしへもかくこそきみにつれなかりしか　人のむかしよりしりたりといふに

流布本の詞書によれば、男は「むかしよりしりたり」と言ったという。昔から知っていた、つまり、旧来の親しい間柄であったことを作者に確認したということになっている。それに対し、この歌は「いにしへもかくこそ」即ち、私は昔もこのように「つれな」かったと応えている。男は作者の態度を昔に比して薄情だとでも非難したのであろうか。六十九首本「小町集」では、「むかしよりもこころかはにけりといふ人に」となっており、「かはに」が、「かはりに」であるとすれば、六十九首本では、作者の心変わりが明示されている。

「つれなし」は、「連れ無し」を語源とする語であると考えられている。『万葉集』では、次の三系統の用例を見ることが出来る。第一に、「家人の　待つらむものを　つれもなき　荒磯をまきて　臥せる君かも」（『万葉集』三三四一）や「つれもなく　臥したる君が」（三三四三）等は、家族と離れた地で亡くなった旅人の哀れに思いを馳せた歌であり、「つれなし」は原義に近く、ただ独り知られる人もなく、の意味で用いられている。第二は、挽歌に於いて見え、その殯宮の地が生前の居住地と何ら関係無くあってほしいと詠うもの（一八七、三三二六他）である。第三に、平安朝以降の「つれなし」と同義で用いられている恋歌の用例が挙げられる。

つれもなく　あるらむ人を　片思に　我れは思へば　わびしくもあるか　（『万葉集』七一七）
秋の田の　穂向きの寄れる　方寄りに　我れは物思ふ　つれなきものを　（同　二二四七）
山吹の　花取り持ちて　つれもなく　離れにし妹を　偲ひつるかも　（同　四一八四）
つれもなく　離れにしものと　人は言へど　逢はぬ日まねみ思ひぞ我がする　（同　四一九八）

等「つれなし」は、こちらの思いに無関心である相手の態度を言う詞になっている。『古今集』以降も、そっけなく薄情で冷たい相手の態度を言う詞として多くの歌に見える。しかし、この歌のように、作者側の態度として詠むのは特異である。この歌の「つれなかりし」とは、作者が薄情な仕打ちを相手にしたという意味ではなく、相手とは縁もゆかりもないのだという『万葉集』の第二の用例に近い意味であろうと考える。

男女が互いの真意を窺う為に、贈られた詞の一部を利用して返歌する詠法は、贈答歌に多々見られる。『後撰集』の贈答歌に

　をとこのひさしうおとづれざりければ

いにしへの心はなくや成りにけんたのめしことのたえてとしふる　（『後撰集』一〇〇三）

　返し

いにしへも今も心のなければぞうきをもしらで年をのみふる　（同　一〇〇四）

が載る。女が久しく訪れなかった男の真意をはかる為に言い遣った歌に対し、男は、おっしゃる通り私は「心なき」人間です、それでも辛い気持ちは変わりません、と応えている。

そういう贈答歌に比して、この歌は、恋人同士の語らいにしては、作者は、余りにもきっぱりと詞書で示される男の言葉を退けているように思える。前田善子氏も『小野小町』で、「いささかの婉曲さも見せず、何の顧慮もなく、直に絶縁状を提出したやうな感がある」と記す。下句は、冷然たる調で過去の関係を否定している。昔も私はあなたにつれない態度でした、というその下句からは、恋人とのコミニュケーションの具としての歌は、見えてこない。むしろ一切の関係は断ち切られようとしている。「むかしよりしりしりたりといふ」その発言が全く作者の意に添わぬ事態であったかの如き調である。この歌は、昔から懇意だったと言う相手に対し、作者が以前から特別な感情は持っていなかったと応えた、下句に主意のある詠歌のようである。

この歌は、六十九首本の「小町集」(「蓬左文庫蔵本」以外) 及び『秋風集』『続拾遺集』に

むかしよりもこゝろかはりにけりといふ人に

今とてもかはらぬものをいにしへもかくこそ人につれなかりけり

今更つれなくもはべるかなといひおこせてはべりける男の、かへりごとに　(五三)

いまとてもかはらぬものをいにしへもかくこそ人につれなかりしか　(『秋風集』九二六)(『続拾遺集』七四四)

という形で載る。ともに、初句を「今とても」する。結句は、詠嘆表現の「けり」と、直接体験を表す「き」という違いはあるが、両者の形はよく似ている。

『秋風集』『続拾遺集』の詞書は、第二十三歌詞書「つねにくれどえあはぬをんな」や、同歌を周知のものにさせた、『伊勢物語』二十五段「あはじといひてあはぬ女」の影響を受けているのだろう。はっきりとした意思表示もせずに拒絶する女の影が、そこに投影されている。右『秋風集』『続拾遺集』では、男が「今更つれなくもはべるかな」即ち、あなたの仕打ちに改めて冷たさを感じますと言ってきたという。それに対して、女は男が言い遺した歌の主意である女のつれなさには触れないで、「今更」の言葉尻を捉えて返歌する。この詞書に流布本「小町集」歌詞書の享受を見るとすれば、先の「人のむかしよりしりたりといふに」は、昔より懇意だったという意味ではない。女の冷たい態度は「むかしから」知っていたという意味に解釈されていたことになる。そして、初句「今とても」という六十九首本「小町集」や『秋風集』『続拾遺集』の採録する初句の方が、下の詞との論理関係をも明らかにしている。「今とても」で導かれる歌は、第二句「かわらぬ」ことを主張し、第二句に力点が置かれよう。

調としては、「今とても」の方が動的であり、詠者の返歌に対する積極的な意思、コミュニケーションを成り立たせようとする意思が窺える。それが、恋愛の成就とは無関係であってもである。一方、「いまはとて」の初句に

は、その後に小休止が置かれるかの如く、内なる声の沈潜がある。冒頭に「むかしよりしりたり」の意味を懇意の間柄と解釈した理由である。流布本の形は、詠者の心を「今」に停滞させている。

六十九首本「小町集」のこの歌の初句は、右に掲げた通り「今とても」であり、その詞書には「むかしよりもこゝろかはりにけりといふ人に」と記されている。こちらの詞書とその初句は、『古今集』所収の小町歌同様、穏やかな男女の贈答歌的空間を形成している。

六七　なみのおもをいていているとりはみなそこをおほつかなくはおもはさなむ

詠者は、水面を出入りする鳥に目を留めた。水鳥であるが、水面の餌を採っているのではなく、水にすっかり潜って貝や魚を採っている潜水採餌類の水鳥であろう。初句は、「小町集」の伝本で次のように異同がある。

なみの面を（「御所本甲本」、「時雨亭文庫蔵（唐草装飾本）」、多くの流布本）

なみの上を（六十九首本、「静嘉堂文庫蔵本（一〇五・三）」、「同（五二一・一二）」、「長野市蔵真田家旧蔵本」）

なみの上に（「神宮文庫蔵本（一一一三）」）

「浪の上にいで入る」であれば、羽を休め浮いている時の姿が、先ず初句で提示されたことになり、この本のように「浪の面を」であれば、潜水の動きに力点が置かれよう。

「浪の面をいで入る鳥」の「いで入る」という詞は、和歌では大方が月を詠むものであって、鳥の例を見ない。水面を出入りする鳥とは、『万葉集』でも詠まれる鳰鳥、別称カイツブリのことであろう。池や沼に棲息し、全長三〇センチメートル程の、尾がないように見える鳥で、弁足を開いて気ぜわしく水面に入るという。水面に浮いていたかと思うと急に潜り、数分間も経ってから思わぬ所に浮かび上がる（『野外ハンドブック　4　野鳥』山と渓谷社）。万葉の歌人は、鳰鳥を目にして、見えない池中の鳥の動きに興趣を感じている。

にほ鳥の　潜く池水　心あらば　君に我が恋ふる　心示さね　（『万葉集』七二五）

は、坂上郎女が天皇に献上した歌であるが、池の深さには、思いの深さが喩えられている。『古今和歌六帖』第三「にほ」にも、

にほ鳥のしたやすからぬ思ひにはあたりの水もこほらざりけり　（『古今和歌六帖』一四九七）

君が名もわが名もたてじいけにすむ鳰といふ鳥のしたにかよはん　（同　一五〇一）

という歌が見え、穏やかな水面からは窺えない水中の世界が、人の心の奥に潜む恋心に比される。鳰鳥の出入りするのは、水面下の世界でありながら、かつ、忍ぶ恋の心という人知れぬ世界でもある。そして、その世界を自由に出入りする鳰鳥の行動を詠むことは、詠者の閉ざされた世界にも風穴を開けることになった。後には、恋人の許へ忍びゆく道を指す「鳰の下道」の詞も出来た。紀貫之の

しずむともうかぶともなほみなそこになををし鳥の共にこそおもへ　（『貫之集』六九〇）

は、名を「惜し」む、「鴛鴦」の掛詞が、潜水する鳰鳥への関心に加えて詠まれている。

「みなそこ」という詞は、水面上の現象が関与せぬ別世界である。

大海の　水底照らし　沈く玉　斎ひて採らむ　風なふきそね　（『万葉集』一三一九）

水底に　沈く白玉　誰が故に　心尽くして　我が思はなくに　（同　一三二〇）

水底に　生ふる玉藻の　生ひ出でず　よしこのころは　かくて通はむ　（同　二七七八）

には、水底の景物が詠まれており、

八釣川　水底絶えず　行く水の　続ぎてぞ恋ふる　この年ころを　（『万葉集』二八六〇）

は、水表には見えぬ川底の流れが、人知れぬ恋の思いに喩えられる。これが、貫之歌のような恋歌の系譜につながっていく。第四、結句「おぼつかなくはおもはざらなん」という詞は例を見ない詞であるが、

すり衣ぬぎての後も夕づく夜おぼつかなくは思はざらなん
（『清慎公集』七二）

の実頼の歌と、下句が等しい。実頼歌の「摺衣を着る」とは、『万葉集』二六二一にも詠まれるように、男女が親しくなる意味であり、これは、男女の別れをいう歌である。恋人同士ではなくなっても、夕月夜を不安には思わないで欲しい、という。別れても、夕月夜の晩は私が来るのを心待ちにしていればいいと言っている。「小町集」の歌も又、浪の表面を出入りする鳥は水の底を不安には思わないで欲しい、というのであろう。

結句については、「おもはざるらん」とする本もある。「神宮文庫蔵本（一一一三）」や「静嘉堂文庫蔵本（一〇五・三）」の「小町集」の本文であるが、「おもはざるらん」という詞は、

ふぢのはなさくを見すててゆくはるはうしろめたくやおもはざるらむ
（『中務集』三）

のように例はあるが、平安時代中期以降のものである。「おもはざるらん」であれば、水底を不安には思わないだろうの意味で、水の底を不安に思わず潜水する水鳥を詠む歌となる。他の例のように水鳥を男性に喩えれば、男性は人目も憚らず恋人の許へ通っていき、詠者への信頼を寄せていることを示す。詠者が、その喜びを詠んでいるのかどうか。この歌全体の、間接的で否定的な言葉の調からすれば、逆に、不安げもなく水面を出入りする鳥に比して、男性は、そうではない、或いはまた、男性にも鳥のようであって欲しいと願うところに、詠者の主意があったとも読める。

また、六十九首本「小町集」では、

なみのうへをいでいるよりはみなそこにおぼつかなくは思はざらなん
（五七）

となっており、「いでいるよりは」は、「出で入る鳥は」の「と」と「よ」の誤写に起因する異同であろうと思うが、主意は、流布本のこの歌と変わらない。水面を出入りするばかりで、水底にまで潜水しようとはしない水鳥に、「みなそこ」への信頼を求める。ここでは、水面を出入りする鳰鳥の様子が、恋にためらう姿として詠まれている

ことになる。

詠者は、幾時も経ない内に浮かび上がってくる水鳥を見て、人目を気にし其拠に通うことをためらっている男性を連想したのであろう。この歌は、『古今集』所収歌で「小町集」第十四歌

うつつにはさもこそあらめ夢にさへ人めつつむとみるがわびしさ　(14)

と歌想に於いて関連する。或いは、その類似性から小町作と考えられ、「小町集」から採録されたものであったかもしれない。この歌は、他のどの撰集にも採録されていない。語句も常套的ではない。下句「おぼつかなくはおもはざらなん」には、前掲の

すり衣ぬぎての後も夕づく夜おぼつかなくは思はざらなん　(『清慎公集』七二)

に見る如く、詠者にとって弁別不可能故の不安な調べが備わっている。人に知られることを恐れるといった不安ではなく、漠然とした内的な不安である。「みなそこ」を、水底へ通う道、即ち恋人の許へ通う道ではなく、水底即ち詠者そのものであると考えるなら、詠者自身に対して相手の男性が抱いた不安感が「おぼつかなし」であったと考えることも出来る。これは、男から示された不信感に対して「私の真情をおぼつかないものだと思わないで欲しい」と詠者が弁明したものである。「かぎりなきおもひのまゝによるもこむ夢ぢをさへに人はとがめじ」(『古今集』六五七)等、恋の道に突き進んでいこうとする小町歌に見る、あの快活な明るさが、ここにはない。

六八　ひさかたの　そらにたなひく　うきくもの　うけるわかみは　つゆくさの　つゆのいのちも　またきえて　おもふことのみ　まろこすけ　しけさそまさる　あらたまの　ゆくとし月は　はるの日の

あしたつのくもゐのなかにましりなはなといひてうせたるひとのあはれなるころ

花のにほひも　なつの日の　木のしたかけも　あきの夜の　つきのひかりも　ふゆのよの　しくれのをとも　よのなかに　こひもわかれも　うきことも　つらきもしれる　わか身こそ　こころにしみて　そてのうらの　ひるときもなく　あはれなれ　かくのみつねに　おもひつつ　いきのまつはら　いきたるよ　なからのはしの　なからへて　せにゐるたつの　しまわたり　うらこくふねの　ぬれわたり　いつかうきよの　くにまみの　わかみかけつつ　かけはなれ　いつかこひしき　雲のうへの　ひとにあひみて　このよには　おもふことなき　身とそなるへき

通釈を示す。

「葦辺にいる鶴が大空へ飛び立って見えなくなってしまうように、私も大空へ消えてしまったら」などと言って亡くなった人が哀れに思いだされる頃。

空にたなびく浮き雲ではないけれど、「うける」我が身は、露草のようにはかない、その命もまだ消えることはなく、思う事ばかりが増えてゆく。過ぎ行く年月には、春の日に照り輝く花の美しさも、夏の日の木蔭の涼やかさも、秋の夜の月の光も、冬の夜に聞く時雨の音も、男女の間の恋も別れも厭な事も辛い事もあった。それを分かっている私だからこそ、悲しい事は心にしみついて、涙で濡れた袖の乾く時もなく哀しいことだ。このようにいつも思いながら、いきの松原ではないが生きて、長柄の橋ではないが生き永らえて来た。鶴が脚を濡らして島を渡って行く様に、浦を漕ぐ船がにくさみに水をかけながら離れて行く様に、私もいつかこの辛い世間を離れて、いつか恋しい雲の上の人に逢って、この世には煩いのない身になるのだろう。

「ひさかたの　空にたなびく　うき雲の」の「空にたなびく」は、六十九首本では「空にただよふ」、「御所本甲本」の傍書には「空にうきたる」となる。「うき雲」は、時雨を導く自然表象として詠まれたり（『千載集』一七三、『新古今集』一一三四）、月光を遮る障害物と見られたり（『金葉集』五六、『千載集』一〇〇〇）したが、「たなびく雲」「ただよふ雲」という詞になると、単なる自然表象への関心ではなく、人生無常の比喩に詠まれる。

風ふけば空にたなびくうき雲の行くへもしらぬ恋もするかな　（『散木奇歌集』一一三二）

は、十二世紀初頭、源俊頼の歌である。同時代の藤原良経の家集『秋篠月清集』では、死者の名残を雲に見て、哀傷歌を詠んでいる。

きえはてしいくよの人のあとならむそらにたなびくくももかすみも　（『秋篠月清集』一五七三）

とりべやまおほくの人のけぶりたちきえゆくすゑはひとつしらくも　（同　一五七五）

十三世紀半ば成立の『万代集』には、経典の名を詞書に記す釈教歌が見える

維摩教の心を

ゆふぐれのそらにたなびくうきくもはあはれわが身のはてにぞ有りける　（『万代集』一七一〇）

『夫木和歌抄』でも

三心発得の心を

にしへ行く月をば風もゆるがさずうきたる雲ぞ空にただよふ　（『夫木和歌抄』一六三五八）

を載せる。

「うける我が身は　つゆくさの　露のいのちも　まだきえで」の「うける我が身」とは、「憂し」即ち「辛い」我が身は、の意味であり、「憂し」と語の接続からすれば、本来、「うかる我が身は」とあるべき所であるが、前句「うき雲」「浮く」の影響を受け、「浮いている我が身は」の意味にあたる文法構造をとっている。「水とりのうかぶこのいけのこのは落ちてうける心をわがおもはなくに」（『古今和歌六帖』一四七〇）の「うける」も同様の用法である。

命のはかなさが、生じては間もなく消える露に喩えられる例は、「ありさりて後も逢はむと思へこそ露の命も継ぎつつ渡れ」（『万葉集』三九三三）を始めとして多く、「小町集」にも

つゆのいのちはかなきものをあさゆふにいきたるかぎりあひ見てしかな　(48)

ながらへば人の心も見るべきに露の命ぞ悲しかりける　(89)

が収録されている。「露のいのちも　まだきえで」の「まだきえで」は、まだ消えないで、即ち、まだ生き永らえて、の意味に解する。「小町集」伝本では濁点がないので、「またきえて」も可能性としてはある。更に、この歌を載せる『小大君集』では「たまきえて」になっている。この歌の「まだきえで」は「生」の状態であり「生き永らえている」の意味であるが、「たまきえて」或いは「またきえて」は、「死」の状態である。「たまきえて」であれば、たま、即ち霊魂の消滅をいい、某かの人の死に際して魂も消えいるような思いをしたの意味となる。そして、「またきえて」であれば、その体験が一度ならずあったということになる。「つゆくさの　つゆの命」とは、はかない命の比喩として用いられている。「つゆの命」という詞では、その哀しさが直接的に詠われる例がほとんどであるが、先掲の万葉歌「ありさりて」や「きえかへりつゆの命はながらへてなみだのたまぞとどめわびぬる」（『続後撰集』一二八八）は、命のはかなさという最大の関心事を超える人間の営みの方に力点が置かれている。その点では、この歌に類似しよう。『小大君集』に載る「露のいのちもたまきえて」の方が、用例の寡多からすれば一般的なのであるが、詠者の関心は、死者に後れて生き永らえていることにあったのであるから、「露のいのちもまだきえで」の本文がよいのではないかと考える。

「思ふことのみ　まろこすげ　しげさぞまさる」の「まろこすげ」は、『小大君集』では、「もろこすげ」となり、「丸（円）・小菅」の意の「まろこすげ」であろうか。「菅」はカヤツリグサ科の草で、蓑や笠を作る。水辺や湿地に生えるが、山に生える山菅もあるという。『万葉集』では、根が絡み合っている所から「根のねもころに」、或い

は、切にの意で「ねもころに」の語に続け詠まれる。繁茂する形態が

夏草のしげみにおふるまろこすげまろがもろねをいくよへぬらん　　（『拾遺集』八二九）

まろこすげしげれるやどの草のうへにたまと見るまでおけるしら露　　（『好忠集』四三三）

等に例を見る。「しげさぞまさる」は、数量が多く、緊密さが勝るの意味で、「わがこひはみ山がくれの草なれやしげさまされどしる人のなき」（『古今集』五六〇）等、恋情の激しさを始め、「思ふどち　ますらをのこの　木の暗繁き思ひを　見明らめ…」（『万葉集』四一八七）「年をへてしげさまされど」（『続拾遺集』八〇三）「うき事のしげさまされる」（『続千載集』一五四六）など、経世の思いの激しさを詠う歌も見える。この歌でも「思ふこと」・「しげ」しと続き、経世の物思いの激しさをいう。

生き永らえている、その物思いが激しい、と嘆く詠者が、現世を捉える。「はるの日の　花のにほひも　なつの日の　木のしたかげも　秋の夜の　月のひかりも　冬のよの　時雨の音も」と四季の自然現象を概観する。春の陽に照り映える桜花・夏の日差しを遮る涼しい木蔭・秋夜の月光・冬の夜に屋根を打つ時雨の音を、四季それぞれの関心事として取り上げる。自然現象を概説的に詠じた歌に

はるかなるはなのにほひもとりのねもこころにみえしみにぞきこゆる　　（『入道右大臣集』九七）

春をまつ花のにほひもとりのねもしばしこもれるやまのおくかな　　（『秋篠月清集』四四五）

があり、「夏の日の木の下蔭」の詞は、「なつのひのこのしたかげのすずしきはしのびにあきやかねてきつらん」（『国基集』二七）に見られるのみで珍しい。この歌は、「時雨」ではなく「時雨の音」を詠む。『千載集』『新古今集』の時代になると、三代集時代と異なって、夜の時雨の歌が急に多くなり、音によって時雨を知るという歌が多くなるという（片桐洋一『歌枕歌ことば辞典』）。

まきのやに時雨のおとのかはるかな紅葉やふかく散りつもるらむ　　（『新古今集』五八九）

たれか又まきのいたやにねざめしてしぐれのおとに袖ぬらすらん　（『続後撰集』四六九）

等が時雨の音を詠むが、詠者もまた、夜の「時雨の音」に寝覚めを強いられていたのかもしれない。春の花と夏の木蔭は心地よい自然であり、秋夜の月光と冬夜の時雨は心乱す自然である。そして、「世の中に　こひもわかれも　うきことも　つらきもしれる　我が身こそ」と人事に繋がってゆく。「世の中に」は、人間社会に、の意であり、後句との繋がりから、男女世界に限らないと解する。「世の中に恋繁けむと思はねば君が手本をまかぬ夜もありき」（『万葉集』二九二四）同様、この世全般としての「世の中」であるとみるものであるが、伝承説話の小町像からは、ここは、男女世界の経験をいうものと解されるであろう。「こひもわかれも　うきことも　つらきもしれる　我が身こそ」では、「うきこと」と「つらき」ことが並列されている。「うし」と「つらし」の意味の差異を『岩波古語辞典』では、「うし」は自己の内の不満であり、「つらし」は「他人の我が身に対する仕打ちについて言う語」であるとする。「…世間の　厭けく辛けく　いとのきて　痛き瘡には　辛塩を…」（『万葉集』八九七）「しのふるぞかなはざりけるつらきをもうきをもしるは涙なれども」（『続後撰集』六七五）等と外発的内発的不快の「うきもつらきも」と詠まれている。

『小大君集』で、この箇所は「こひもわかれずうきことは　つらきもしらぬ　わが身こそ」という形で載せる。この「わかれず」は文意がうまく通じないが、「分かれず」であって、「恋が恋であるとはっきり弁えられぬ」の意であろうか。また、「つらきもしらぬ」となると、「知らぬ」のは体験に於いて知らぬのであろうから、歌意は、何も知らない、そんな私でも、の意味に変化する。

「心にしみて　袖のうらの　ひる時もなく　あはれなれ　かくのみつねに　おもひつつ」の「心にしみて」は、「韓人の　衣染むといふ　紫の　こころに染みて　思ほゆるかも」（『万葉集』五六九）「わかれてふ事はいろにもあらなくに心にしみてわびしかるらむ」（『古今集』三八一）等に見られる様に、心に染みついて、の意味で、すぐに忘れ去ってしまうのではないことをいう。親しい人の死が、「心にしむ」と解する。涙で袖が濡れることは、『万葉集』に於いて既に「袖漬つ」（六一四）・「袖もしほほに」（四三五七）等と詠まれており、『古今集』以降、「衣の袖はひる時もなし」（『古今集』、『後撰集』、『拾遺集』他）と受け継がれる。

あしひきの山べに今はすみぞめの衣の袖はひる時もなし　（『古今集』八四四）

は、死者の喪に服す者が詠んだ哀傷歌であるが、恋歌にも多く見える。「袖の裏」に関しては、「裏」との掛詞が意識されていたかもしれない。この掛詞は、「きみこふる涙のかかる袖のうらはいはほなりともくちぞしぬべき」（『拾遺集』九六一）の『拾遺集』以降に見る趣向である。「袖」ではなく「袖のうら」というのは、「袖折り返」して恋人を待つ行為とも関連すると思われる。

白栲の　袖折り反し　恋ふればか　妹が姿の　夢にし見ゆる　（『万葉集』二九三七）

は、「小町集」にも類歌があり、

…白栲の　袖折り反し　ぬばたまの　黒髪敷きて　長き日を　待ちかも恋ひむ　愛しき妻らは　（『万葉集』四三三一）

は、防人の夫を待つ妻の歌である。袖のうらを濡らす涙は、人恋しさの涙でもある。

「いきの松原」が、筑前（現　福岡県）にある「生きの松原」をいうものであれば、

けふまではいきの松原いきたれどわが身のうさになげきてぞふる　（『拾遺集』一二〇八）

と歌にも詠まれるが、これは、天禄元年（九七〇）に六十二歳で没した藤原後生が女の作であり、十世紀を遡る詠歌の例を見ない。その後、この詞は「みやこへといきのまつばらいきかへりきみがちとせにあはんとすらん」（『後拾遺集』一一二八、『重之集』四）等歌枕になっている。

「いきの松原　いきたるに」の「いきたるに」は、『小大君集』では「いきたる夜」・六十九首本では「いきたる

や」となっている。「よ」「や」という語調を整える語により歌意に大異はないが、「夜」では意味が通じない。

「ながらのはし」も、歌に詠まれる摂津（現　大阪市）の長柄の橋であろう。『日本後記』弘仁三年（八一二）六月の記事に摂津国長柄の橋を造るための使いを遣ったことが記されている。嵯峨天皇の時代である。『古今集』伊勢の歌には、「なにはなるながらのはしもつくる也今は我が身をなににたとへん」（一〇五一）と古くなって再建された橋が詠まれている。幾度も倒壊したという事実とは異なる次元で、掛詞的趣向を以て

あふ事をながらのはしのながらへてこひわたるまに年ぞへにける　（『古今集』八二六）

さてもげにながらの橋のながらへて世をわたる身ぞくるしかりける　（『続後拾遺集』一一七七）

等「ながらのはしのながらへて」の句が詠まれる。

「いきのまつはら　いきたるよ　なからのはしの　なからへて　せにゐるたつの　しまわたり　うらこくふねの　ぬれわたり　いつかうきよの　くにまみの　わかみかけつつ　かけはなれ　いつかこひしき　雲のうへの　ひとにあひみて　このよには　おもふことなき　身とそなるへき」と続く。生き永らえてきた私ではあるが、やがて私も大空に消えて、物思いのない身となるのだろう、と詠う。「せにゐるたつの　しまわたり」とは、鶴の、湿地帯の陸地から陸地へ渡っている様をこう言ったのであろう。鶴は、冬に飛来し春に北へ帰ってゆく渡り鳥である。マナヅルであれば、朝鮮半島の方から渡来し、冬は湿地・水田に生活する。「世にゐる」とは、冬から春にかけて水田に留っている、その時期の鶴が想起されているのであろう。


冬くればさほの河せにゐるたづもひとりねがたきねをぞなくなる　（『後撰集』四四六）

は、鶴の哀切な鳴き声を詠み、他にも

あまつ風ふけひの浦にゐるたづのなどか雲井にかへらざるべき　（『新古今集』一七二三）（『忠見集』一四三）

と大空へ飛び立つ様が想起されている。「しまわたり」は、『万葉集』以来、海の光景を表す詞として詠まれること

が多い。「しまつとり」は、「鵜」に係る枕詞であり、鶴に「しまわたり」では不適切と考えられたのであろうか、『小大君集』、六十九首本「小町集」「神宮文庫蔵本（一一一三）」「静嘉堂文庫蔵本（一〇五・三）」「静嘉堂文庫蔵本（五二一・一二）」、「時雨亭文庫蔵本（唐草装飾本）」では「なきわたり」となっている。「浦こぐ船の」は、海の歌が多い「小町集」では、33、68、78で詠まれている。「ぬれわたり」とは、和歌では、『後撰集』や『朝忠集』に涙の形象として見えるが、「浦こぐ船のぬれわたり」の例は見ない。この歌でも、涙の連想を誘うのであるが、「船がぬれ」るというのは、微細かつ近接した視点で詠まれた表現であって、それが、「浦こぐ」という表現の視点とは合わなかった故に他の用例を見つけられないのであろうと考える。詠者の意図は、「ぬれわたる」を表現することであって、「浦こぐ船の」は枕詞的に用いられたと解する。本来なかった詞であるのか、『小大君集』、六十九首本や「時雨亭文庫蔵本（唐草装飾本）」の「小町集」に「浦こぐ船の　ぬれわたり」の句が、この部分のみ欠脱している。

「うき世」は、「憂き」即ち辛い現世の意味であるが、「いつかうき世の」の「いつか」は、「いつか」自分も亡くなってしまうという歌意、或いは、「いつか」恋しい人に「あいみ」んと詠う際に見られる詞であり、「いつかうき世の」の用例も常套的なものではない。藤原俊成の歌に

おこたらずつねに心をさめつついつかうき世のねぶりさむべき

（『長秋詠草』四一九）（『夫木和歌抄』一六二二四）

『法華経』「分別功徳品」の一節である。如来の寿命は無限であることを教えられた人々は、歓喜のために、自らも悟りを求めようとする。経典を信奉し、「さとり」を得ようとする強い意志を持つ者は「永遠なる運命」を得るであろうという。その内容が詠まれた一節である。右歌の詞書は「若しは座し若しは経行り、睡りを除きて常に心を摂めん」（『岩波文庫　法華経　下』）の意である。

「くにさみの」は、『小大君集』に「みくさのみ」、「御所本甲本」や「静嘉堂文庫蔵本（一〇五・三）」や「時雨亭文庫蔵本（唐草装飾本）」の「小町集」には、「みくさみの」、「神宮文庫蔵本（一一一三）」の「小町集」には、「みくさのみ」となり、多くの流布本が「くにさみの」とするなかで、この「西本願寺蔵本（補写本）」は、「くにまみの」とする。分からない言葉であるが、「小町集」第四十五歌にある「にくさみ」であると解しておく。即ち、

こぎきぬやあまのかぜまもまたずしてにくさびかけるあまのつり船　(45)

この語は、「舟ノ舷ヲ藁ニテ包ミカコヒテ波ヲ避クルモノ」（『大言海』）で「荷止め」のようなものであるという。「わが身かけつつ　かけはなれ」の「かけはなれ」は、「ある程はうきをみつつもなぐさめつかけはなればいかにしのばん」（『和泉式部集』六五四）のように「遠く離れ」の意味であろう。「わが身かけつつ」は、「うき世の辛苦を身に負うて」の意味に解する。前の「ぬれわたり」が、涙の連想から辛苦を暗示するからである。「まつのうへとおもひしものをふぢ衣我が身にかかる春もありけり」（『後葉集』四二八）も「我が身に関連する」の意味で用いられている。『小大君集』や六十九首本、「神宮文庫蔵本（一一一三）」、「静嘉堂文庫蔵本（一〇五・三）」、「時雨亭文庫蔵本（唐草装飾本）」では「我が身にかけて」となる。

「雲のうへの　人にあひみて」という「雲のうへ」は、次のように遠方である。

昨夜こそば　子ろとさ寝しか　雲の上ゆ　鳴き行く鶴の　間遠く思ほゆ　（『万葉集』三五二二）

行くほたる　雲のうへまで　いぬべくは　秋風ふくと　かりにつげこせ　（『古今和歌六帖』四〇一一）

和歌には、「雲のうへ人」等宮中の暗喩として詠まれるが、この歌では、殿上人と解さない。「あひみ」は、

ゆめよゆめこひしき人にあひ見すなさめてののちにわびしかりけり　（『拾遺集』七〇九）

のように、逢瀬の意もあるが、

神無月まれのみゆきにさそはれてけふ別れなばいつかあひみん　（『新古今集』八六九）

いなり山祈るしるしのかひもあらばすぎのはかざしいつかあひみん（『続千載集』八八九）

の如き「対面」の意味に解する。

「この世には」は、来世に対する現世の意味である。『万葉集』では、

この世にし　楽しくあらば　来む世には　虫に鳥にも　我れはなりなむ（『万葉集』三四八）

生ける者　遂にも死ぬる　ものにあれば　この世にある間は楽しくをあらな（同　三四九）

という現世を謳歌しようという歌が載るが、この歌では、物思い繁き辛い世界として詠まれ、「思ふことなき　身とはなるべき」と期待する。

親しい人が亡くなった。葦の間から飛び立つ鶴を、詠者はその人と眺めたことがあったのではなかろうか。鶴は羽ばたいて大空へ消えてゆく。「あんな風に私も大空へ帰ってゆくのだな。」とその人は言っていた。親しかった某人が亡くなったのであろう。しかし、詠者はすぐにでも後を追いたいとは言わない。摂理に定められた順序を待って、自分も亡き人の許へ行くのだ、と詠っている。人は、死ねば大空へ帰ってゆくという。空は亡き人の形見だと、即ち

おほぞらはこひしき人のかたみかは物思ふごとにながめらるらむ（『古今集』七四三）

と詠う歌がある。「小町集」には

はかなくて雲と成りぬる物ならばかすまん空をあはれとはみよ（91）

とある。あの世は現世の身近にある。詠者は、辛い日々を送ってきたと言うにも関わらず、一日でも早くあの世へ行きたいとは詠わないのである。それは、辛さが弱い故ではなく、「行きたい」と言い尽くしてしまったからではなかろうかと考える。あの世は、皓々と輝く仏教の、極楽浄土ではない。目にするところの大空である。「いつか恋しき　雲のうへの　人にあひみて　この世には　思ふことなき　身とはなるべき」では、定められた運命の招来

を待って、一人二人と順序正しく死の世界へ赴く様に、詠者も自然の摂理に身を任そうとしている。

詠者は現世を何と詠うか。詠者は現世の事象を、人一倍敏感に感じてきたと言う。四季の自然が詠われる。表現は概説的であり、観点は一般的である。「春の日の花の匂い」「夏の日の木の下蔭」、これは人の心を慰める自然であり、「秋の夜の月の光」「冬の夜の時雨の音」、これは人の心を乱れさせる自然である。四季の各々の自然現象は美しいが、それを美しいと感じる繊細な心が背景とされている。さらに、「世の中に　恋も別れも　憂きことも辛きも知れる」と詠う。人間社会に於いて、恋や恋以外の別れや、或いはその他諸々の詠者の心に響いた事象を四季の自然現象と併記する。「憂きことも　辛きも知れる」とは、漠然とした憂欝も、原因の明らかな心痛もという意味であろう。現世の様々な体験が詠者の心を過敏にし、とぎ澄ませてきた。そんな詠者が今また、恋しい人の死に出遭う。哀れは一層「心に染む」と言う。「憂きことも　辛きも知れる　我が身こそ」の「我が身」は冒頭の「うける我が身」に繋がってゆく。はかなくあるはずの命さえ、まだ持て余している我が身である。

　せにゐるたつの　しまわたり　うらこくふねの　ぬれわたり　いつかうきよの　くにまみの　わかみかけつつ
　かけはなれ　いつかこひしき　雲のうへの　ひとにあひみて　このよには　おもふことなき　身とそなるへ
　き

に詠まれた「せにゐる鶴」は、「雲ゐに交じり羽ばたいて行く鶴」と対照されるところの現世の鶴であり、詠者自身の投影であろう。「せにゐる鶴」のように

　いきのまつはら　いきたるよ　なからのはしの　なからへて

生き永らえて来た。鶴も間もなく羽ばたいて行く。私も「やがて恋しき　雲の上の　人に会ひ見」ることになるのだろう。しかし、時はまだ至らない。この歌の眼目は、詠者が自らの死を自由に出来ず、生き永らえている、そして与えられた生命の存在を静観している所にある。

いきのまつはら　いきたるよ　なからのはしの　なからへて

その思いの中でこの歌は詠まれ、詠者は大空を見ている。

六九　ひのてりはへりけるに雨こひのわかよむへきせむしありて
ちはやふる神もみまさはたちさはきあまのとかはのひくちあけたまへ

詞書によれば、この歌は、雨乞いの歌を求められて詠んだ歌であるという。同歌を載せる『小大君集』の詞書は、「だいごの御ときに、日でりのしければ、あまごひのうたよむべきせんじありて」と、小大君が回顧している風に記す。庶民が唄や踊りを神に奉じ祈願するといった雨乞いは、『古事記』の「天津神」への祈願にみる如く古代から存在したであろうが、宮中を挙げての儀式は、密教では、推古天皇三十三年（六二五）に、高麗僧慧灌が修法を行ったことに始まる。そして淳和朝天長元年（八二四）には、空海が京都の神泉苑で修して霊験があったので、以後同地で雨乞いの修法が行われたという（『講座密教　5　密教小辞典』春秋社）。一方、法蔵館編『仏教史年表』に依れば、仁明朝承和十二年（八四五）三月紫宸殿・真言院で祈雨、同五月、大極殿に百僧を招いて祈雨が行われたという。承和十三年（八四六）五月、八省に百官を請じて祈雨がなされている。『小大君集』詞書に記す「醍醐の御時」であれば、「醍醐天皇御記」（『増補史料大成』）の昌泰元年の記事が、四月「久不雨」五月「依不雨興福寺読経数巻」と載せ、「だいごの御ときの日てり」の記録が残っている。

また、この第六十九歌とは異なる小町の雨乞いの歌

ことわりや日のもとならば照りもせめさりとてはまた天が下かは

も伝承されている。「小町集」には入っていない歌であるが、この歌が、小町の歌として伝えられていった様相については、片桐洋一氏が、「小町雨乞い説話の形成」（『在原業平・小野小町』）の中で、江戸時代初期の狂歌師の作

であることを詳説されている。

歌会があったのであろう。折しも世間は大旱魃である。僧達は、神泉宛で修法を行っている。天皇が、雨乞いの歌を詠めと言われた。詠者は応じて詠んだ。「ちはやぶる」の「ちはや」は、「神」にかかる枕詞であるが、「暴力を振るうちはやびとのちはやで、古代には神を恐るべきものと見て、決して親しむものとはみなかった」（折口信夫『万葉集辞典』）ことを示す言葉である。「ちはやぶるかみもみまさば」と仮定表現をとる。神は、惨状を知らないでおられる。だから雨がないのだ。しかし、人々の現状を御覧になったら放ってはおかれないだろう。泉水涸れるこの現状を、もし神がご覧になったら、と上句はそう仮定する。それならば、急いで天河の水門に通じている樋口を開けて下さいという。「立ちさわぎ」は、旱魃の現状を知った神が、目立って慌てた動作をされることを予想した表現である。

「あまのとかわ」の「あまのと」とは、一に「天の門」を意味する。折口信夫は、「日月の昼夜に隠れる処から想像した門で、高天原と人界とを隔てる空の門。尊貴な人々の死んだ時は此門を開いて入ると考えたのである」（『万葉集辞典』）と記している。また、「織女のあまのとわたるこよひさへをち方人のつれなかるらむ」（『後撰集』二三八）に見る、この「門」は、水門或いは水路を表している。「水まさり浅き瀬しらずなりぬともあまのと渡る舟もなしやは」（『後撰集』二二八）に於ける同意味の「天の門」は、水門、即ち「門」は通る所。天を海や川に見立て舟の通る所を言う。ここでは天の河と同じ。」（『新日本古典文学大系　6　後撰和歌集』）と注釈されている。小町歌で、「あまのと」でも天の水門と分かるものを、「かは」を付したのは、天の門との語法上の誤解を避ける為であったろうと考える。「ひぐち」の「樋」は、水を引く管で竹や木で作ったもので、結ぶ水の道が考えられていたのであろう。

「あまのとかはのひくちあけたまへ」という下句は、直接的な懇願の表現であるが、「かみもみまさば」という上句を詠むこの歌は、神への信頼に満ちている。その点に於いて雨乞いの歌として成功している。天には、滔々と河が流れ、あふれる水をたたえているのだということ、そして、神は必ずや樋口を開けて雨を降らせてくれるだろうという、その信頼感に満ちている。

「ちからをもいれずして、あめつちをうごかし、めに見えぬ鬼神をもあはれとおもはせ、おとこ女のなかをもやはらげ、たけきものゝふのこゝろをも、なぐさむるは哥なり」とは『古今集』の序であったが、請雨の効験は、歌人ではなく僧達の方に期待されたのか、雨乞いの歌は撰集に多くない。次は『金葉集　三奏本』所収の詠歌である。

範国朝臣にぐして伊予国にまかりたりけるに、正月より三四月まで
いかにもあめのふらざりければ、なはしろもえせでさわぎければ、
よろづにいのりけれどかなはでたへがたかりければ、守能因をうた
よみて一宮にまゐらせていのれと申しければまゐりてよめる

あまのがはなはしろみづにせきくだせあまくだりますかみならば神

（『金葉集　三奏本』六二五）

この後に、神感あって大雨が降り、三昼夜止まなかったと記されている。『能因法師集』には、長久二年（一〇四一）のことであると書かれている。後一条天皇の時代に、仁海という僧が活躍し、祈雨の功により輦車と封戸を賜ったと伝えられるが、同時期のことである。「あまくだります神ならば神」というのは、天より下ります神であられるなら神よ、の意である。天より下り、この現状を御覧なさいますならば、の意で、小町歌と趣意を等しくするが、能因歌は間接的ながら詰問の調を有し、一方、「小町集」のこの歌は、直接的かつ切迫した調となっている。

七〇　たきのみつこのもとちかくながれすはうたかたはなもありとみましや

やまみつにきくのはなのうきたりしに

この「西本願寺蔵本（補写本）」は、詞書に「山水」そして、初句に「たきの水」（たにの水）とするが、「小町集」の伝本の中では特異な例である。先に掲げた校異表に明らかなように、六十九首本は「遣水」、「たきの水」という形を採り、多くの伝本がその形で載せている。詞書の花は、大筋では、六十九首本は「桜」、流布本系統は「菊」としている。「小町集」伝本のみならず、この歌には、類歌が多いので、併せ考えたい。

まず、『小大君集』には、後のような形でこの歌が載る。『小大君集』と「小町集」とでは六首が重出し、前歌とこの歌の歌序は、両集で等しい。小大君は、十一世紀初頭、三条天皇の東宮時代の宮中に出仕しており、『後拾遺集』編纂時には歌人として既に知られた女性であった。『小大君集』の歌は、次のとおりで詞書には、「桜の花」が流れていたとする。

やり水にさくらのはなながるるを見て
たきのみづこのもとちかくながれずはうたかたはなをありとみましや　（『小大君集』一四七）

これは、『新編国歌大観』所収の『小大君集』で、「書陵部蔵本（二〇一・九二）」を底本にしたものであるというが、「御所本甲本」の『小大君集』では、第四句が「うたかたはなをあは（わ　傍書）とみましや」なっている。「うたかた」は泡沫のことであり、また、ここでは、決して～ない、という、打ち消し語を呼応する副詞的にも用いられている。この第七十歌は、決して花があるとは分からないでしょう、の意味であり、「御所本甲本」の『小大君集』の歌になると、花弁を水の泡とは見ないでしょうという意味になる。

「このもと」は、木の本で、木の下を意味する。

うりんゐんの木のかげにたゝずみてよみける
わび人のわきてたちよるこのもとはたのむかげなくもみぢちりけり　（『古今集』二九二）
このもとをすみかとすればおのづからはな見る人となりぬべきかな　（『金玉集』一二）

このもとをたのむこころもあるものをあめのもりにぞおもひわづらふ
（『夫木和歌抄』一〇〇八一）

「このもと」と言う時、木には桜花が咲き、紅葉の色が照り映えている。「このもと」は、人が安らぎを得る場所なのである。しかし、小町の歌の「きくの花」は、木の花ではないので直接に「木の本」とは関わらない。しかし、「小町集」の伝本では、「きく」とする本が遥かに多い。「さくら」とするのは、「東京大学蔵本」「神宮文庫蔵本（一一一三）」「静嘉堂文庫蔵本（一〇五・三）」「陽明文庫蔵一冊本（国文研55-44-8）」「時雨亭文庫蔵本（唐草装飾本）」である。六十九首本は、遣水に桜が流れるとする。醍醐本の翻刻されたもので掲げると次のようになっている。

やり水に桜のちりてながるゝを

滝の水　このもとちかく　ながれずは　うたかた花を　あは《わ》とみましや
（六二）

しかし、なぜか、この系統を引き江戸時代初頭の書写記録がある六十九首本「小町集」の「神宮文庫本」では、歌の本文は同じであるが、詞書がない。

同様に詞書がないのは流布本系の「御所本甲本」で、この歌が重出して載せられる付加部の歌（109）である。

一方、同伝本の根幹部に初出する歌の方は、

やりみずにきくのはなうきたりしに

たまみづのこのほとちかくながれずはかた〴〵花をありとみましや
（「御所本甲本」七一）

である。「かた〴〵」は、「方々」で、あちらこちらの花を、の意であろうか。ここには、『小大君集』にある歌として、「うたかた」の傍書が付され、詞書には、「山」「さくらのなかるゝをみて」とする傍書がある。

遣水または、滝の水、あるいは、水の美称であろう玉水がなかったならば、決して、上流の花の存在を知ることはないと詠んでいる。

この歌の類歌は、小大君集歌だけではない。『古今集』に、「たつた河のほとりにてよめる」と題する、坂上是則の

もみじばのながれざりせばたつた川水の秋をばたれかしらまし　（『古今集』三〇二　坂上是則）

が載る。是則は、紀貫之らと藤原兼輔の邸に出入りしていた。堤中納言と呼ばれる兼輔は、その文学サロンの中心人物であったが、『兼輔集』にも、

雨ふる日

庭たづみ木のもとごとにながれずはうたかた人をあはとみましや　（『兼輔集』一二）

という類歌が見える。右の第四句「人を」には、寓意があるのだろう。俄かに増えた雨水がたまって、それが木の下毎に流れないならば、決して人を「あは（淡）」即ち、心浅いとは見ないでしょう、という。流れる水が、様々な男性に思いをかける女性の浮気心に喩えられている。「小町集」でも、六十九首本では「あは（わ）」を詠みこむが、小町集の歌は兼輔歌よりも、『新千載集』に採録されているところの中納言兼輔の詠歌に近い。

春雨のふる日にごれる水に花のちりかかりたるをみてよめる

庭たづみ木の本ちかくながれずはうたかた花をあわと見ましや　（『新千載集』一五三）

という歌である。それら以外にも、作者名はないが、

にはたづみこのしたがくれながれせばうたかたはなをありとみましや　（『古今和歌六帖』一七二二）

があり、この歌にも兼輔のサロンとの関わりが思われる。表現が類型化しつつあったか、後に

庭たづみこのしたかくれながれせばうたかたはなをあはとみましや　（『夫木和歌抄』一二五一二）

といった歌も見え、六十九首本系統の「小町集」歌の本文と右の兼輔歌の本文の形とが混交している。「小町集」のなかで、「西本願寺蔵本（補写本）」は、詞書を、「やまみずにきくのはなのうきたりしに」としている。「御所本

甲本」に見える書入で、『小大君集』に載るという歌の形は、「山水に」となっていた。平安末期には、谷川の水即ち澗水が次歌のように、奥深い山の様子を知らせてくれる便りとして、歌の趣向になっていたようである。

花澗水にみつといふことを

山風にちりつむ花しながれずはいかでしらまし谷のしたみづ　（『月詣集』二一二）

水上落花を

ありとだにしらずあらましやまざくらおちくるみづにながれざりせば　（『万代集』四一四）

同時期には、庭の光景を詠んだ、

しらかはでらにて、花浮澗水題を

ながれつるたきの水だになかりせばちりにしはなをまたもみましや　（『故侍中左金吾集』五）

という歌も詠まれている。『小大君集』と重出する、この第七十歌が、「小町集」や『小大君集』に入ったのも、兼輔歌や是則歌から花浮澗水題として盛んに詠まれるようになるその流れの中ででであったろうと推測する。この流布本系の小町歌は、

遣水に菊の花が浮いていた時

滝の水が木の根元近く流れるのでなくては、仮初にも花があるとわかりましょうか。分からないでしょう。

と詠う。「菊」では「このもと」と詠うのにそぐわないが、山家の暮らしではなく庭園の遣水を詠むことに執した結果、「菊」が選択されたのではあるまいか。華やかな桜ではなく凛とした菊の花片に、冷ややかな流水が呈示されることになる。

七一　かきりなきおもひのままによるもこむゆめちをさへにひとはとかめし

「限りなき思ひのままに」の「ままに」は、「随に」で、限りない思いに任せて、の意である。「よるもこん」の「こむ」は、「行こう」という、相手側から見た表現で、「こむ」を「行こう」とみるのは、『古今集』の同歌に於ける解釈の定説となっている。『古今余材抄』では、『万葉集』の「人のみて」歌を例歌にあげている。

この歌は、『古今集』に収録されていることで、注釈が様々ある。「よるも」については、「夜路をも怖れず」（『古今和歌集評釈』）の「闇」としての「夜」の意味ではなく、『古今集遠鏡』や『古今集正義』が第四句「夢路」の語から、「夢」との関わりに於いて捉えようとする如き、「夜の夢にも」の意であると解釈する。

「夢路をさへに」は、現実には人が見咎めるという状況に、夢路に於ける同様な状況を添加する。現実とは違って、夢路には人目を避ける事が出来るのだという。「さへに」は、

白栲の　君が下紐　我れさへに　今日結びてな　逢はむ日のため　（『万葉集』三一八一）

さきそめしやどしかはればきくの花色さへにこそうつろひにけれ　（『古今集』二八〇）

共に添加の意味である。この場合の「に」は、「に於いて」という広義の場所を言うもので、「夢路に（於いて）さえ」「見咎めまい」と次句に係っていくことになる。

『古今集』で第四句以下を、この「小町集」同様、「夢ぢをさへに」とするのは、定家自著の奥書を有する伊達家本である。同じ『古今集』でも、伝源俊頼筆の元永本は、「夢ぢにさへや」とする（竹岡正夫『古今和歌集全評釈』）。

「小町集」での異同は次のようになっている。

ゆめぢをさへに（多くの流布本）

ゆめぢにさへや（六十九首本、「御所本甲本」、「神宮文庫蔵本（一一一三）」、「時雨亭文庫蔵本（唐草装飾本）」）

ゆめぢをさへや（「静嘉堂文庫蔵本（一〇五・三）」）

「ゆめぢにさへやひとのとがめん」という「時雨亭文庫蔵本（唐草装飾本）」の形は、『古今和歌六帖』の

かぎりなきおもひのままによるもこんゆめぢにさへや人のとがめん
（『古今和歌六帖』二〇四二）

という本文と同じである。右に掲げた第四句を「ゆめぢにさへや」とする本は、結句を「人のとかめん」とする。「や」が入るので、意味上は、流布本系統と変わらないことになる。

この歌の主意に関わる中心的な語句を、「限りなき思ひのままに」にみることは、同歌を所収する『古今集』に関する注釈書にも共通している。香川景樹は『古今集正義』の中で、次のように述べる。

夜もこんとかへたる中に宵にまれ暁にまれ心のほりするまゝなるおのづからひゝきて限りなきおもひのまゝにふるまふさまあり味はふへし
（『古今集正義』巻十三　恋三）

本来「夢に」とあるべき所だが、「夜も」と表現する事で、「宵でも暁でも」と併記されるところの「夜も」である事が窺え、「心の欲するままに」という心情がよく表れているという。従って、宣長『古今集遠鏡』は、「夜もこむ」を「せめて夢路なりとも」と通釈するのは一首の主意である初二句にそぐわぬ「弱き語調」であると言っている。

「夜もこむ」の「も」については、最小限の程度を表すのか、添加の意味を表すのかで解釈が分かれよう。『古今和歌集遠鏡』は、「せめて夢になりとも」と訳し、最小限の程度を示す解釈をしている。それに比して、『古今和歌集正義』では、「夜も」は「心の欲するままに」という事が言いたかったのであって、「宵でも暁でも」と併記される内容だ、という。こちらは、添加の意味である。

「限りなき思ひ」という初二句からすれば、確かに「せめて夜の夢になりとも」という『遠鏡』の解釈では弱い。しかし、『遠鏡』の解釈も成立しうる。それは、この歌を『古今集』の小町夢の歌三首の連作の中で、捉えた時の解釈として見る場合である。この歌を『古今集』巻十三に於ける小町歌三首の内の一として見る時、この歌には、夢の中でさえ人目を気にしていた今までの自分を振り切って思いに任せて夢路を行こう、と言っていると解せる。

『古今集』では次のように並ぶ。

うつゝにはさもこそあらめ夢にさへ人めをよくと見るがわびしさ　（『古今集』六五六）
かぎりなき思ひのまゝによるもこむ夢ぢをさへに人はとがめじ　（同　六五七）
ゆめぢにはあしもやすめずかよへどもうつゝにひとめ見しごとはあらず　（同　六五八）

人目を気にしながら「夢の通い路」を望み見ているという同第一首目は、小町自身の感情の高揚であるこの歌に続く。詠者の時間は、第一首に見る様な相手の行為に関わり無い所で流れており、「限りない思い」故に厳然たる「うつつ」を振り切って行こうとする。しかし、夢は夢でしかない。その認識は、二首目の強き思いを以て改めて明らかになる。三首は、期待と落胆という流れるような心情の移り変わりから成立している。「忍ぶ恋」や「せめて夢路なりとも」という弱い調をこの歌の句に見るのは、『古今集』で並ぶ前歌に影響された解釈である。そして又、「かぎりなき思ひのままに」の初二句を引き立てんとするための解釈である。初二句を際立たせる為に、下句を弱く詠んだのだという詠者の作為は、下句の弱さがあって自ずと初二句が強い調になったのだという成立事情の推測でもある。

「かぎりなき思ひのままに」について竹岡正夫氏『古今和歌集全評釈』では、次のように注解している。

『窪田評釈』は「忍ぶ恋で、強められた意を暗示したもの。」とし、『全書』は「かぎりなき」を「この上もない」と注しているが、そうではあるまい。下の「よるもこむ」に照応した言い方で、『教長』は「ツキヌヲモヒノマ、ニトナリ」と解いている。いくら恋しく思い続けてもその恋は尽きない。そういう恋の気持のままにまに一日中自分の思いは相手のもとへ来ているというのである。相手を思うことは、自分の思いが相手のもとへ行くことであった。そうしてその思いはそれでも尽きないから、さらに夜間も相手のもとへ来ようというのである。

（竹岡正夫『古今和歌集全評釈』）

思いが限りないのは、忍ぶ恋故の思いでも、非常な思い故でもなく、尽きぬ思いによるという。「限りなき思い」という句の用例は、右に恋歌を掲げたが、哀傷歌にしても離別歌にしても対象との距離がある場合にその句が選択されている。哀傷歌は死者への、離別歌は去りゆく人への限りない思いである。「限りない」を「この上ない」と解しても「つきぬ」と解してもよい。恋歌の例歌は、撰集の部立でいえば、恋四又は恋五の、恋の終わりの歌ばかりである。

時わかぬ松の緑も限なきおもひには猶色やもゆらん　（『後撰集』八三五）

は、長い間訪ねなかった女のもとより、愛の移ろいを言いかけられた詠者が応えた歌である。常磐の松の移ろいも、限りなく思う気持ち故であるという。

限なく思ひいり日のともにのみ西の山べをながめやるかな　（『後撰集』八七九）

は、太秦辺りの大輔に小野道風が遣わした歌である。

限りなき思ひのそらにみちぬればいくその煙雲となるらん　（『拾遺集』九七一）

限りなく思ひそめてし紅の人をあくにぞかへらざりける　（同　九七八）

限りなく思ひながらの橋柱思ひながらに中やたえなん　（同　八六四）

限りなく思ふ心のふかければつらきもしらぬものにぞありける　（同　九四二）

共に、相手との距離が「限りなき思ひ」を誘発している。対象との距離ゆえに、思いは限りないのである。竹岡氏『全評釈』が述べるように、絶えず相手の事を考えている故の「尽きぬ思い」と解すれば、相手との心理的距離が一層強調された形になる。自制された「忍ぶ恋」は、より物理的な対象との距離と言えよう。

かれたるあさちふにふみさしたりけるかへりことに

小町かあね

七二　ときすきてかれゆくをののあさちにはいまはおもひそたえすもえける

「あさぢふ（浅茅生）」とは、丈の低い茅（チ）が生えている場所を意味するので、「あさぢふにふみさし」では、意味が通じない。「あさぢにふみさし」とあるべき所である。

「あさぢ」は、ススキと同じイネ科の多年草である。晩春、葉に先立って花穂をつけ、のちに茎が高く伸びて、三〇～八〇センチメートルになる（『日本の野草』山と渓谷社）。

茅花抜く　浅茅が原の　つほすみれ　今盛りなり　我が恋ふらくは　（『万葉集』一四四九）

は、恐らく食用にする為であろう、若い茅（チ）の花穂を抜いた時、その下に菫を見つけた、という体験から生じた言葉であろう。この歌のように、食用に供される若い花穂（ツバナ）をつける時期の丈の低い茅（チ）が「あさぢ」の原義であるが、同じ萱（茅・カヤ）の中でも、ススキなどに比べて丈が低いという意味で、茅（チ）に「あさぢ」という呼称が与えられたのであろう。四～六月頃の開花期迄の丈の低い「あさぢ」のみならず、秋紅葉し、冬に枯れる「あさぢ」も詠まれている。

秋されば　置く白露に　我が門の　浅茅が末葉　色づきにけり　（『万葉集』二一八六）

春日野の　浅茅が上に　思ふどち　遊ぶ今日の日　忘らえめやも　（同　一八八〇）

のように、生活の身近な場にあった草である。

浅茅原　仮り標さして　空言も　寄そりし君が　言をし待たむ　（『万葉集』二七五五）

「浅茅原標さし」という言葉は、「空しい噂」を意味する「空言」（むなこと）を導く序詞としても用いられている（『万葉集』二四六六、三〇六三等）。「標」は、領有や立ち入りを禁ずる為に土地に巡らされた目印であり、浅茅原に領有の印を設ける事が空しいというのであるから、浅茅という草が、ごくありふれた草であったことが知られる。庭にも生えていたであろうが、この草は、河原や畑の周囲など日当たりのよい乾いた草地に群生する。

「小町集」の詞書は、枯れた「あさぢ」に手紙を挿してきた、その返事に詠んだ歌であるという。男が呈示した枯れた浅茅に対して、詠者は、時節が過ぎて枯れていく小野の浅茅ですが、私の心には、あなたへの思いが絶えず燃えています、と変わらぬ思いを詠う。「かれ」は、「枯れ」と「離れ」の掛詞である。「をの（小野）」は、「野」に「小」という美称を冠したもの。作者小野小町の姉ということで、「小野氏」を懸ける。「今は思ひぞたへずもえける」の「思ひ」には「火」が詠み込まれている。結句「ける」は、上に「今は」とあるので、詠嘆の表現になっている。「小町集」の詞書は、男性が故意に枯れ（離れ）た浅茅を見せて作者の真意を測ろうとしているかに読めるが、この歌が初出する『古今集』の詞書では、

あひしれりける人のやうやくかれがたになりけるあひだに、やけたるちの葉にふみをさしてつかはせりける

即ち、懇意にしていた男性が、だんだん疎遠になってきたその時に、葉が焼けた茅に手紙を挿して、詠者がことづけた、となっている。「あひしれりける」は、恋愛関係にあったという意味であり、「かれがた」は、男性の訪れが間遠になる意味の「離る」に、そういう傾向を示すという意味である「かた」が複合した形である。「やけたるちのは」は、「春野をやきたる時に焼けのこりたる也」（『古今集打聴』）という如く、新たな植物を植える為に、冬枯れて残った草を初春に焼く、その野火に焼け残ったという意味なのであろう。詞書の末句「つかはせりける」は、第三十九歌（『古今集』五五六）同様、「つかはしける」「つかはせける」「つかはせり」と、異同が多い（西下經一『古今集校本』）。

『古今集』の詞書の下では、「時すぎてかれゆく（時節が過ぎて枯れてゆく）」は、時節が過ぎて離れていく男性を暗示する。「時すぎて」について、『古今和歌集正義』は、「諸注齢のたけすぎて契のかれ行くをまてみたるは手お

もくて叶はぬ心地す」という。同書は、男性の「かれゆく」理由を作者の年齢のみに帰すことで、この歌の余情が消えゆく事を懸念している。恋歌である

枯れはつる花の心はつらからで時すぎにける身をぞうらむる
（『後撰集』五四〇）

に見るような「時節」の移ろいが、小町姉の歌の背景にあると考えられる。

「時すぎて」は、植物の移ろいに象徴されるように、人事の、抗せない自然な移ろいをいう。それでも、『古今集』の詞書に従えば、薄れてゆく男性の愛情に、詠者が一石を投じた歌ということになる。「今は思ひぞたへずもえける」と言い遣る。私のあなたを思う気持ちは、野火の如く燃えています。「今は」は、相手が詠者から「かれゆく」ところの今を強調している。白い可憐な穂をなびかせていた、あの浅茅が、恰も色褪せ枯れてゆく様に、である。それを「時すぎて」と詠う。時節が終わったのですね、自然の移ろいですねと言っている。しかし、「時すぎて」という初句は「たえずもえける」という結句と呼応して、歌は、その個性を発揮し、静かな中にある強さ、執拗で強靭な力をたたえる。詠者が手紙を結びつけるのに焼けた茅の葉を選んだとする『古今集』の詞書は、歌の個性に照応している。浅茅は、ごくありふれた草であり、野の草である。「時過ぎて」と詠う姿勢は諦観の調を有す。しかし、「花の色は移りにけりな」と詠った小町の歌に比すれば、「小町が姉」とされるこの歌は強い。詞書でいえば、「小町集」よりも、『古今集』の方が、そういった歌の世界を深めている。

七三　うきことをしのふるあめのしたにしてわかぬれ衣はほせとかはかす

あたなにひとのさはかしういひわらひけるころいはれける人のとひたりけるかへりことに

「あだな」は、「徒名」であり、「に」は原因を表す。「あだな」は、勿論、浮気者という浮き名に限定されない。

「徒」即ち不実という広義に事実無根の噂と解せる。濡れ衣を嘆いており、その場面を、詞書が示している。ただし、この詞書は曖昧である。「れ」を受け身と解し「かへりこと」に係っていくと見れば、「いはれける」(言われた)人は詠者であるが、「れ」を尊敬に解し「人」に係っていくと見れば、「いはれける」(言われた)人は、相手となる。後者の場合、詠者は、誰がその噂に笑っていたのかを知っていた。「いはれける人のとひたりける返ごと」、即ち、噂をして笑っていた人々の内の某人が、例えば心痛めて部屋に籠る詠者の機嫌を尋ねたのであろう。あなたもお笑いになっていたではありませんかと、詠者は、この歌で応えたことになる。

この歌は、『後撰集』に初出する。『後撰集』の詞書は、詠者を心配して尋ねてくれた男性を提示する。

あだなる名たちていひさわがれけるころ、あるをとこほのかにききて、あはれいかにぞととひ侍りければ　　こまちがむまご

(『後撰集』一二六七)

作者名については、『後撰集』でも伝本によって「小町がむまご」(冷泉為相本)・「小町がめい」(「伝堀河具世筆本」)(小松茂美『後撰和歌集　校本と研究』)他と異同があるが、「小町集」にそれらの記名はない。「小町集」では、「小町があね」の記名が付される歌もある(72)が、「小町集」のこの第七十三歌には、その名がない。

『後撰集』の詞書は、

浮き名が立って、言い騒がれていた頃、或る男がその噂をちらっと聞いて、気の毒に、どうお過ごしか、と尋ねて来ましたので

とある。

「ほのかに」聞いたのは、噂の一部を聞いたのであり、「あるをとこ」は、『後撰集』の場合は浮き名を立てた当人とは異なる第三者であろう。

この歌は、「あめ」一語の掛詞で、上下句の両世界がつながっている。「あめ」に「天」と「雨」を懸ける。

　とひしほる人もなきみのぬれぎぬは雨のしたにぞふりてきせける　（『古今和歌六帖』三三二一）

は、「雨」の表記が採られているが、

　ぬれぎぬをいかがきざらん世の人はあめのしたにしすまんかぎりは　（『拾遺集』一二一五）

　あめのしたのがるる人のなければやきてしぬれぎぬひるよしもなき　（同　一二一六）

等、『拾遺集』の歌には、この掛詞が意図して用いられている。「にて」は、「にあって」の意味で、場所を示している。

「あめのした」は、は、「天の下」である。

　やすみしし　わが大君の　きこしめす　天の下に　国はしも　さはにあれども…　（『万葉集』三六）

　あめのしためぐむくさ木のめも春にかぎりもしらぬみよの末末　（『新古今集』七三四）

　のどかなるあめのしたかなないなぶさのやまだにたごもさなへとりけり　（『万代集』三八一八）

は、天皇の統治下である世の中の意味から、天下泰平な世の中を称えている。「天の下」は、天によって護られている世界である。だからこそ、「小町集」の上句に「しのぶる」と詠むのであろう。護られている天の摂理の下で、じっと堪え忍んでいるのである。下句は、我が身の潔白を詠うが、それを強く主張する調ではない。

　君によりあまのぬれぎぬわれきたりおもひにほせどひるよしもなし　（『古今和歌六帖』三三一八）

も「雨の濡れ衣」が表面上の意味であるが、天から降る雨（あま）の古義が残っている。無実の罪を被る意味の「濡れ衣」は、平安朝以降の所謂歌語であり、三代集時代の流行語であったと、片桐洋一氏『歌枕歌ことば辞典増訂版』では、その使用例から述べられる。「ほせどかわかず」は、「妹がため　貝を拾ふと　茅渟の海に　濡れにし袖は　干せど乾かず」（『万葉集』一一四五）「あさりする　海娘子らが　袖通り　濡れにし衣　干せど乾かず」（同　一一八六）の歌がある。しかし、「濡れ衣」がそうであったように『万葉集』では涙で濡れた衣ではなく、海の水に濡れたものである。

雨に衣が濡れる、それは濡れ衣であるというのは、言葉遊びである。しかし、詠者にとってそれは、観念的なおもしろさを与えるものにはならなかった。身に覚えのない「濡れ衣」は、怒りにもなっていない。歌には、雨に降り籠められて、涙で袖を濡らしている女性の姿が現れる。「うきこと」を堪える姿である。身に覚えのない「濡れ衣」を自覚する。雨はすぐにも止んで、日がさすのだろう。けれども私の心は、晴れない。私の濡れ衣は乾かない。理由のない噂で傷ついた心が晴れ難いことを下句で詠っている。

「小町集」の詞書では、噂をしていた某人が、様子を尋ねてきた返事に詠んだ歌とも解釈出来ることを述べた。詠者の浮き名に関わる事が噂され、人々の笑いを誘うような中傷が広まっていたという詠歌の場がある。詠者は、事実無根であると、歌で訴えたことになる。一方、『後撰集』の詞書では、詠者の噂を聞いた「ある男性」が、見舞いの言葉をかけてくれた、その返歌ということになっている。「あらぬ噂で気の毒に、いかがお過ごしですか。」と声をかけてくれた。「失意の状態が続いています。」と応えた。「小町集」詞書に見る人々の嘲笑は、詠者の歌での訴えにも関わらず、狭い宮廷社会に陰湿に広がっていく。噂は、一層に詠者の嘆きを温存させる。『後撰集』詞書は、問いかけてくれる男性を提示することで、この歌の沈んだ調をいくらか解消させるが、「小町集」では、少なくともそういった男性を出してはいない。

七四　ともすれはあたなるかたにささなみのなひくてふことわれなひけとや

この「西本願寺蔵本（補写本）」第二句「あたなるかたに」は、「小町集」のうちでは特異な本文である。他の伝本は、「あたなる風に」とする。また、流布本系統は、「細波」、六十九首本は「藤波」に作る。

「ともすれば」は、ややもすると、どうかすると、の意で現代語と同義である。「あだ」は「徒」で、不実なことをいう。

そこひなきふちやはさはぐ山河のあさきせにこそあだ波はたて　（『古今集』七二二）

おとにきくたかしのうらのあだなみはかけじや袖のぬれもこそすれ　（『金葉集』四六九）

の「あだ浪」は、徒に、甲斐なく打ち寄せる浪の意で、浮気な人間を暗示している。

かきつむる心もあるをはなざくらあだなる風にちらさずもがな　（『赤染衛門集』一六六）

の「あだなる風」も、右の例と同様である。その物本来の性質に外れる場合、「あだ」の語が用いられている。

心からあだなる風に打ちなびきけさは露けき女郎花かな　（『後葉集』一六二　藤原かねつね）

の「あだなる風になびく」では、浮気な男性に心を許すことをいうが、この歌の場合、「あだなる風」を相手の男性の不誠実な様であるとし、それを責めることで、男性を拒絶している歌であるとは解さない。「なびく」は、『万葉集』で「玉藻なびく」「山なびく」「木末なびく」「草なびく」「髪なびく」等、風や水の力に押しやられて横へ動く様であるが、

明日香川　瀬々に玉藻は　生ひたれど　しがらみあれば　靡きあはなくに　（『万葉集』一三八〇）

の、玉藻なびく様態が、互いに心惹かれる心理の形象にもなっているように、この男女相互の愛情を示すという表現は、

なびく方有りけるものをなよ竹の世にへぬ物と思ひけるかな　（『後撰集』九〇六）

に受け継がれている。

男を責めているのではなく、男の愛情を受け入れなかったので、非難されたことが想定されているのであろう。断るに明らかな意志を持っていたが、驕慢だと言われた。真意は、理解されようはずもなかった。意に沿わぬ男の愛情を受け入れよとおっしゃるのですか、と抗している。「小町集」の中には、前歌のように沈痛な調の歌もある

が、この歌のように意思表示明らかな歌もある。

みるめかるあまの行きかふみなとぢになこその関も我はすへぬに　（5）

今はとてかはらぬものをいにしへもかくこそ君につれなかりしか　（66）

秋のの（田）のかりほにきゐるいなかたのいなとも人にいはましものを　（61）

我がごとく物おもふ心けのすゑにありせばまさにあひみてましを　（76）

は、「小町集」に於けるの嘆きの歌でありながら、同様に直截的な弁明の歌である。

みるめなき我が身をうらとしらねばやかれなであまのあしたゆくくる　（23）

の小町の歌が、驕慢な小町像を造っていく一契機となったように、男性の愛情を拒む歌の一として、この歌も「小町集」に採録されたと推測する。

「さざなみが靡く」は、広義には「さざ波が立つ」ことである。詠者は、池の水面を見ていたのであろう。日の光を受けて、さざ波が、きらきらと輝く。風が吹いて、きらめきがゆがむ。「徒なる風」である。私が今強いられている境遇も、ともすればこのようなものかもしれない、詠者は、そう思ったのではあるまいか。

この歌は、第四句に異同があるものの六十九首本と、鎌倉時代の私撰集『万代集』では、「藤波」とする。

ともすればあだなるかたにふぢなみのなびけてふことわれなびけとや　（『万代集』二〇四九）

『万代集』には、「ふぢををりて、人のつかはしたりければ」と、詞書が付され、藤の花を介して贈答がなされている。しかし、「小町集」では、贈答歌であるとはしない。この歌が、贈答歌の一であったことから離れ、「藤波」が「さざ波」に変えられたのだとすれば、それは、庭を眺める詠者の独りの姿が想定された故であったと推測する。

七五　わすれくさわかみにつまむとおもひしはひとのこころにおふるなりけり

「わすれ草」とは、藪萱草のこと。萱草は、中国では、食すれば憂いを忘れると考えられていた草で、奈良時代には、既に日本でも知られており、「忘れ草」と呼ばれていた。藪萱草は、細い花弁が八重にラッパ状に開く、ユリの一種である。真夏、一メートル足らずの花茎に橙色の花を数個つける。若葉は、食用に供する（『日本の野草』山と渓谷社）。『万葉集』でも、着物の下紐につけると恋の物思いを忘れる効果があると聞いていたけれど効果がなかった（七二七、三〇六二）等と詠まれている。『古今集』以降になると、恋の終焉への恐れが忘れ草の生えるイメージと結びついたためか、

忘草かれもやするとつれもなき人の心にしもはをかなむ　（『古今集』八〇一）
こふれどもあふよのなきは忘草ゆめぢにさへやおひしげるらむ　（同　七六六）
すみのえにおふとぞききしわすれぐさ人の心にいかでおひけん　（『古今和歌六帖』三八四八）

と詠まれる様になる。恋情が嘘のように忘れ去られてしまうのは、忘れ草が人の心に生えるからだと考えられた。忘れ草が生えるのは何故なのか、

わすれぐさなにをかたねと思ひしはつれなきこゝろなりけり　（『古今集』八〇二）
うき人のこころのたねの忘草うたてあるよになどむまれけん　（『新撰和歌六帖』二〇六二）

と、人の心に種を見ている。

「小町集」のこの歌は、忘れ草は私の恋の辛さを忘れさせてくれるものとばかり思っていたのに、あなたの心に生えてしまっていたのですね、と言っている。「我身につまん」は、私自身の為に摘む、の意味である。春の野で、萱草の若葉を摘んだ。恋の辛さを忘れさせてくれる、そう思って摘んだ。人は、何かを覚えているより、忘れさってしまう事の方が難しいという。従って、思うに任せぬ恋の辛さの慰めとなる忘れ草のはずであった。しかし、今となっては、何の役に立とう。人の訪れがないというのであろう。便りの途絶える事で消滅する当時の恋愛は、

「人に忘られる」と形容されるにふさわしい恋愛であった。それが如何に痛恨事であったか、「小町集」には、

我身こそあらぬかとのみたどらるれとふべき人に忘られしより　(88)

と見える。恋人に忘られ、自分が自分ではなくなったように感じたという。一時の熱い恋の思いが、嘘のように消え去ってしまう。理由の帰せない心の痛みは、忘れ草のせいだと考える事で、心慰めんとする。つれなき人の心の種が育ってしまったのだ、と詠う。「人の心に生ふるなりけり」という結句は、「人の心に生えるのであったよ」という乾いた詠嘆の言葉である。忘れ草のせいだと、自らに言い聞かせる言葉である。

この歌は、「小町集」の次の歌と、歌の構造が類似する。

あやめ草人にねたゆと思ひしを我身のうきにおふるなりけり　(46)

また、この歌は、『新拾遺集』恋四　一二六三に収録され、「我身につむと」とする第二句は、六十九首本「小町集」に近い形をしている。

七六　第二十七歌の項参照

みちのくにへゆく人にいつはかりにかといひたりしに

七七　みちのくはよをうきしまもありといふをせきこゆるきのいそかさらなむ

陸奥へ行く人に、いつごろ出発するのかと尋ねた折に詠んだ歌であるという。みちのくには世を辛いと思わせる浮島があるといいます、だから逢坂の関越えを急がないで下さい、と詠む。

「うき」、「こゆる」、「いそ」に掛詞を詠みこんだ歌である。あなたは陸奥へ行くという、あなたは逢坂の関を近日中に越えるという、陸奥には浮島もあるという、うき島は、人に辛い思いをさせる島である、と多くの事柄が一

首のうちに込められ、掛詞の趣向のおもしろさをねらったというよりも、整理されぬ多くの感情が盛り込まれた歌のようである。

詞書の「みちのくに」は、陸奥国であり、「みちのく」と同じ。『古今集』三八〇の詞書にも「みちのく」ではなく、「みちのくに」と記される例がある。「みちのく」という詞は、

みちのくにありといふなるなとり川なきなとりてはくるしかりけり　（『古今集』六二八）

みちのくにありといふなるたま川の玉さかにてもあひみてしかな　（『古今和歌六帖』一五五六）

みちのくにありといふなる松島のまつにひさしくとはぬ君かな　（同　一九一二）

等と、伝え聞くところの異国の如き遠い地方の地名の興趣が詠まれている。

「世をうき島」は、この世を辛いと思わせる「うき島」の意で、「うき」に「憂き」と「浮き」を懸ける。「浮島」は、後世、陸奥の歌枕にもなる地名である。「しほがまのまへにうきたる」（『古今和歌六帖』一七九六）とあるので、景勝地、宮城県の松島湾にあった島であると伝承される。山形県の浮島大沼や、近畿地方では、和歌山県新宮市に、陸地に孤立した島のように土地が浮いている、「浮島」と名づけられた名所がある。元来は、類した土地であったのかもしれない。勅撰集に見えるのは、『拾遺集』が初めてである。

定なき人の心にくらぶればただうきしまは名のみなりけり　（『拾遺集』一二四九）

物へまかりける人にぬさつかはしける、衣ばこにうきしまのかたおし侍りて

わたつみの浪にもぬれぬうきしまの松に心をよせてたのまん　（同　四五八）

と詠まれている。先の歌は、「浮島」が、「定めなき」即ち、移ろいやすい人の心の比喩になっている。後の歌は、「浮くことで沈まぬという「浮島」の側面が肯定的に捉えられ、餞けの歌に作られている。「世をうきしま」は、「よ

をうぐひす」（『古今集』七九八）・「よをうぢ山」（同　九八三）というに等しく、掛詞のおもしろさをねらった趣向である。しかし、「よを」と言う場合に多いのは、「よをいとふ」（『古今和歌六帖』一四四六）・「世をうしといとひし」（同　八五五）・「世をうみて」（『拾遺集』一〇八七）等、「よを」という目的語に対応する動詞が後に備わっているものであって、比較してみれば、

おほかたは我が名もみなとこぎいでなん世をうみべたに見るめすくなし　（『古今集』六六九）

なみだがはそのみなかみをたづぬればよをうきめよりいづるなりけり　（『詞花集』三六八）

のような例は、掛詞としては十分に完成されていないものと知られる。

「せきこゆるぎのいそがざらなん」は、「小余綾の磯」ではないが関越えを急がないでほしい、の意味である。「こゆる」と「いそ」がそれぞれ掛詞になっている。「小余綾の磯」は、相模国（神奈川県）の海岸の名称。伊豆半島から北へ、三浦半島にかけての緩やかな海岸線に、小田原・大磯があるが、大磯辺りの浜をいう。『万葉集』では、

相模路の　余綾の浜の　真砂なす　子らは愛しく　思はるかも　（『万葉集』三三七二）

と「よろぎ」、『古今集』では、

たまだれのこがめやいづらこよろぎの磯のなみわけおきにいでにけり　（『古今集』八七四）

こよろぎのいそたちならしいそなつむめざしぬらすなおきにをれなみ　（同　一〇九四）

と「こよろぎ」、そして、『後撰集』では、

君を思ふ心を人にこゆるぎのいそのたまもやいまもからまし　（『後撰集』七二四）

とふことをまつに月日はこゆるぎのいそにやいでて今はうらみん　（同　一〇四九）

の「こゆるぎ」と音韻変化している。『後撰集』では、「こゆる」が掛詞になっているが、『拾遺集』では、「こゆる

ぎのいそぎいでて（いそぎて）」（八五二、一二二四）と「いそ」の掛詞が見え始める。「こゆるぎ」に「小余綾」の文字が当てられたのは、そのなだらかな海岸線が、ゆったりと裾を広げた綾衣に喩えられたからではなかろうか。「小町集」当歌の「せき」は、京の玄関口であった逢坂の関と解するが、都の人間が、陸奥には「浮島」があるという時の「浮島」は、旅行く人にとっての「憂き島」ではあるのだが、名ばかりのものであることも、十分に承知されていた。

定なき人の心にくらぶればただうきしまは名のみなりけり　（『拾遺集』一二四九）

とも詠われている。しかし、「小町集」の当歌では、原初の掛詞の意味を新鮮に詠んでいる。「うき島」が名前の通りなら、人の心を移ろいやすく頼りにならないものにさせる島で、詠者にとっては気がかりな場所である。「こゆるぎの」の「ゆるぎ」にも、人の心の動揺を暗示する響きがある。遠く離れた人の心は変わってしまう。あなたは、自分の心は変わらぬとおっしゃった。けれども、陸奥には「浮島」がある。行かねばならぬものならせめて出発を急がないで下さい。そういう感情が、「うきしま」や「こゆるぎ」の語の選択には存在する。

この歌は、『続千載集』羇旅歌（七五八）に

おなじ国（前歌詞書によれば「みちの国」）へまかりける人のもとにつかはしける

の詞書で収録されている。歌は、流布本「小町集」のものと変わらないが、詞書は、六十九首本系統の「小町集」から採られたものであろう。六十九首本「小町集」は、この歌以降、物語風に仕立てられている。「書陵部蔵本（五一一・一二）」の本文を掲げる。

おなし比みちの国へくたる人にいつはかりととひしかはけふあすものほらむといひしかは
みちのくはよをうき嶋も有といふを関こゆるきのいそかさるらん　（六七）

なといひてうせにけるのちをいかにもする人やなかりけむあやしくてまろひありきけるあはてかたみにゆきけるひとのおもひもかけぬ所に哥よむこゑのしけれはおそろしなからよりきけは

秋風のふくたひことにあなめくをのとはなくしすゝきおひけり　（六八）

ときこえけるにあやしとて草のなかをみれは小野小町かすゝきのいとをかしうまねきたてりけるそれとみゆるしるしはいかゝありけん

この歌の結句が「いそかさるらん」になっている。陸奥へ下る人に、いつ出発するのか、と詠者が問うと、その人は、今日、明日にも出発する、という。「みちのくは」の歌は、二人で詠んだのであろう。詠者が、陸奥には、辛いと名のつく「浮島」もあるといいますものを、と言うと、相手の、恐らくは男性が想定されているのであろう、その人は、小余綾の磯ではありませんが、どうして急がないことがありましょうか、と言って、いなくなってしまったという。男性がいなくなってしまった後、詠者は頼りにする人もおらず転げる様に追いかけて行ったという。出会うこともなく、それぞれ陸奥へ行ったのであるが、男性の方が、小野小町の髑に出会ったとする『古事談』の話になってゆく。異本系の本で片歌であったものが、流布本にみる如く一首になった時に、詠者の言葉として、結句が変えられることになったと推測する。

さためたることもなくてこころほそきころ

七八　すまのうらのうらこく舟のかちよりもよるへなきみそかなしかりける

この歌は、「小町集」第三十三歌の異伝であろう。第三十三歌は、

さだまらずあはれなる身をなげきて

あまの住む浦こぐ船のかぢをなみ世をうみわたる我ぞかなしき　（33）

であり、歌の本文は、『後撰集』一〇九〇も、『古今和歌六帖』も、「小町集」第三十三歌と同じであるので、古くからあった形なのであろう。

第七十八歌の詞書「さだめたること」とは、確定していることで、即ち、「さだめたることもなく」は、頼りにする人の定まらぬ意である。「小町集」第三十三歌は、「さだまらずあはれなる身をなげきて」と載せ、『後撰集』一〇九〇に収められる同歌の詞書は、「さだめたるをとこもなくて物思ひ侍りけるころ」と明記している。

「小町集」については、全て「さだめたること」であって、『後撰集』のように「さだめたるをとこ」ではない。「さだまらず」「さだめたることなく」は、頼りにする人がいないことが契機となった、人生的な「心細さ」を言うものである。

この歌と、第三十三歌を並記すると、それらの類似が知られる。

さだめたることもなくて心ぼそきころ
すまのうらのうらこぐ船のかぢよりもよるべなき身ぞかなしかりける　(78)

さだまらずあはれなる身をなげきて
あまの住む浦こぐ船のかぢをなみ世をうみわたる我ぞかなしき　(33)

第七十八歌の方は、初句「すまのうらの」で異同がないなか、「御所本甲本」「静嘉堂文庫蔵本（一〇五・三）」のみ「すまのあまの」とする。「須磨」は、摂津国武庫郡の大阪湾に面した辺り（折口信夫『万葉集辞典』）で、後世和歌の歌枕となるが、それらの詠歌は、「須磨の浦」「須磨の関」等海辺の生活を詠むものが多い。

須磨の海女の　塩焼き衣の　藤衣　間遠にしあれば　いまだ着なれず　（『万葉集』四一三）
須磨の海女の　塩焼き衣の　なれなばか　一日も君を　忘れて思はむ　（同　九四七）

すまのあまのしほやくけぶり風をいたみおもはぬ方にたなびきにけり　（『古今集』七〇八）

鎌倉時代の『新古今集』には、次のような叙景歌も見える。

須磨の浦のなぎたるあさはめもはるに霞にまがふあまのつり舟　（『新古今集』一五九八）

第二句「うらこぐ船」は、入り江を漕ぐ船の意であり、

みちのくはいづくはあれどしほがまの浦こぐ舟のつなでかなしも　（『古今集』一〇八八）

こぎはなれうらこぐふねのほにあげていはでしもこそかなしかりけれ　（『古今和歌六帖』二六五〇）

すまのあまのうらこぐふねのあともなくみぬ人こふるわれやなになり　（『後拾遺集』六五二）

等と詠まれている。『古今集』歌は、牽き綱でひかれてゆく舟の、『古今和歌六帖』歌は、堂々と漕ぎ出して行く舟の、『後拾遺集』歌は、静かに進んで行く舟の光景を呈示している。『古今集』歌に見る「うらこぐ舟」の静かな情感が、後の時代の歌に底流する。

「小町集」のこの歌は、鎌倉時代の『万代集』以下の撰集に採られ、「すまのあまのうらこぐ船の」と続けられる時、右の『後拾遺集』との関係が思われる。「うらこぐ船」と読まれるとき、そのイメージは、非常にはかないものである。それは、遠景の一点となった船の頼りなさであり、不安感である。

第四句「よるべ」は、寄る岸と頼りにする人の意である。『万葉集』に、「左夫流子」という遊行女婦に心迷う男を見て、本妻の辛さを思いやった歌が収められている。都から遠く離れて、迎えを待っている妻の

…心寂しく　南風吹き　雪消溢りて　射水川　流る水沫の　寄るへなみ　左夫流その子に　紐の緒の　いつがり合ひて　にほ鳥の　ふたり並び居　奈呉の海の　奥を深めて　さどはせる　君が心の　すべもすべなさ　（『万葉集』四一〇六）

といって、夫の心に対しては、為す術も無いと嘆く。ここで「よるべなみ」は、「さびしがる」（左夫流）に係る序

詞を導いている。流れる「水沫」が岸に寄らないのは、雪解け水の勢いが強いからである。「よるべ」ない水泡を、夫がいない寂しさの比喩とする。また『新古今集』歌は、我が身の安定した立場を「よるべ」とする。

和歌の浦やおきつしほあひにうかび出づる哀わが身のよるべ知らせよ　（『新古今集』一七六一）

本居宣長『新古今集美濃の家づと』では、

我身歌よみの数にて、年をへてながらへゐながら、そのしるしとして、いまだよる方もなし、此うへよるべをしらせよとよみて、身のなりいでむことを願へる意なり

と注釈している。この場合「よるべ」は、個々の人生に於ける安定した状況である。

よるべなみ身をこそとをくへだてつれ心は君が影となりにき　（『古今集』六一九）

かずならぬ身はうき草となりななんつれなき人によるべしられじ　（『後撰集』九七七）

等、例歌は多い。この『後撰集』歌には「人にわすられて侍りける時」の詞書が付されている。

第三句「かぢよりも」は、『続古今集』一六四一及び『夫木和歌抄』一五九〇六の同小町歌では、「かぢをたえ（舟漕ぐ楫を失い）」になっている。第三句が「かぢをたえ」であれば、第三十三歌とほぼ同じ歌になる訳で、楫がないから拠り所が無いと、上句と下句の因果関係は明確になる。前田善子氏『小野小町』でも指摘されているように、「すまのあまのうらこぐ船のかぢよりもよるべなき身」という、この歌の表現は不明確である。『万代集』のみ、この形で伝え、後続する撰集である『続古今集』や『夫木和歌抄』は、「すまのあまのうらこぐ船のかぢをたえよるべなきみ」と作っている。「かぢ」が楫そのものとして、拠り所のない「よるべなき身」と比較されていると考える時、その意味は不明瞭になる。しかし、「かぢ」を海上にある非力な存在の象徴であると考えれば、比較の対象は「すまのあまのうらこぐ船のかぢ」全体が示すところの頼りなさであるといえる。「すまのうらのあまこぐ船」ではなく、「すまのあまのうらこぐ船」と詠む時、畏怖されるべき広漠たる海に浮かぶ微細な存在の海人の姿は捨

象される。同時に、「かじよりも」と明示されることによって、具体性が付与されることになる。海人は櫂だけを頼りに海に出ている。身を守り、つなぎ留めてくれる物は何もない。「よるべなき」は、接岸出来ないという動的な意味を有しない。海に漂う一漕の船の静的状況である。船底一枚を隔てて死と向き合っている。その海と船との接点が楫である。「すまのあまのうらこぐ船」という単色で刷かれたような景は、海人も船も包摂して捉えるが、人間の捨象された無機的な景の中に一点の楫が描かれることによって、一層の不安感が表現されることになる。非力な存在である人間の行為が、楫によって象徴される。そして、「かぢをなみ」や「かぢをたえ」といった因果関係を明記した表現では表されないところの静かな諦めにも似た調が備わることになるのである。

いかなりしあかつきにか

七九　ひとりねの時はまたれし鳥の音のまれにあふ夜はわひしかりけり

夜明けが近づき、鶏が鳴く。稀に恋人に逢う、名残尽きぬ夜である。「わびしかりけり」は、辛いことだという困窮の心情を表現している。

「まれにあふ」に関して、『万葉集』では、「希将見」（一九六二、二五七五）の詞があるが、「まれにみむ・めづらし」と訓じられている。めったに会えないことを示し、それらも恋歌として詠まれる。平安時代初期には、

こひこひてまれにこよひぞ相坂のゆふつけどりはなかずもあらなん　（『古今集』六三四）
こひこひてまれにあふよのあかつきはとりのねつらきものにざりける　（『古今和歌六帖』二七三〇）

といった恋歌がみえるが、次第に、「まれにあふよ」は、

ひこぼしのまれにあふよのとこ夏は打ちはらへどもつゆけかりけり　（『後撰集』二三〇）

等、七夕に関する歌に限られてくる。

この歌は、『後撰集』に「小野小町があね」の作として、又、『拾遺集』には読人不知歌として載る。ともに詞書がない。『後撰集』には、「ひとりぬる時はまたるる」、『拾遺集』には「ひとりねし時はまたれし」と上句が異なる。ちなみに、『拾遺集』の歌の形は、「御所本甲本」系統の「小町集」の本文と等しい。『拾遺集』は読人不知として載せていたので、「御所本甲本」系統の「小町集」に採られたのかもしれない。『後撰集』の「ひとりぬる」という形は、「小町集」では採用していない。「小町集」の、「ひとりねし」「ときはまたれし」の表現には、詠者の視線を過去に向けさせるものがある。

恋人といる「今」の時間よりも、昨夜までの「ひとりね」の時間に詠者は思いを馳せる。独りの時は、あんなに待たれた夜明けであった、と言って比較する。「まれにあふ夜」でありながら、久しぶりに恋人に逢えた喜びが詠われるわけではない。結句まで詠み進める時、「ひとりね」の初句が再浮上してくる。

「まれにあふ夜」でありながら、逢瀬の時を破る鶏の声への辛さは然りながら、詠者は、喜びを詠うことなく「わびし」という言葉を選択する。「わびし」は、困窮の心情である。思いは、恋人が帰った後の時間から次の逢瀬の難さへと向けられるのであろう。今までの「ひとりねの時」が想起され「ひとりねの」の詞が選択されて、困窮の思いは決定的なものになる。『後撰集』に比して『拾遺集』で「ひとりねし時はまたれし」という過去を示す表現を採るのは、「ひとりね」に主意を見たところの意図的なものがあった故であると推測する。

ひとりねの心ならひに冬の夜はながきものともおもひけるかな　（『清輔集』二九五）

も、独り寝と対比した長く感じられる時間が詠まれているが、詠者は独りであり、逢瀬の時間が詠まれているわけではない。「小町集」の歌の特異性をみる。

詞書の「あか月」は「暁」で、夜明けであるがまだ光のささない暗い時分のことで、訪れた男性が女の許を去る時刻である。この詞書も、『拾遺集』から「御所本甲本」系統の「小町集」へ入る際に付されたものと推測する。

八〇　**なかれてとたのめしことはゆくすゑのなみたのうへをいふにそありける**

「なかれてとたのめし」期待は、現実のものとはならなかった。「なかれて」は、時が流れる、即ち時間の経過する意味「流れ」に、「永らへて」の意味を通わせる。行く末迄も頼りに出来るあなたであったのに、現実は涙誘う結果になった。「ながれ」とは「永らへて」の意の「ながれ」ではなく、涙流れる意の「ながれ」であったのだな、と詠者は述懐しているのである。

この歌は、『古今集』

うきながらけぬるあわとも成りななむながれてとだにたのまれぬ身は（『古今集』八二七）

の歌想と深く関わり、『後撰集』

つらしとも思ひぞはてぬ涙河流れて人をたのむ心は（『後撰集』六五六）

の歌で涙と結びつけられるようになった「流れ」の語を中心にして成立している。『古今集』歌の「流れて」は、「生き永らえて」の意味に解釈されている。それは、「水の流れ行く如くに時間が経過する」意味から派生したものである。時間の経過する意味が「流れ」であるとするなら、「流れて」は、進展する恋の諸段階を暗示するものでもある。

この歌は、次に掲げる藤原仲文の歌に、同一歌と見做してもよいほど近似する。仲文（九二三〜九九二）は、冷泉天皇の東宮時代から蔵人になり、貞元二年（九七七）上野介（『三十六人歌仙伝』）に任じられている。「小町集」歌と重出その他で名前の挙がる、源重之・斎宮女御・小大君も同時代に活躍する歌人である。和歌史でいえば、この時代は、『後撰集』『古今和歌六帖』が編まれ、『拾遺抄』の成立する直前に相当する。その仲文歌は、次の歌である。

あひしれりけるをんなのゐなかへいきたりけるほどになくなりにけ

れば、かへりきてきければ、そのあねのもとにいひつかはしける
ながれてとたのめしことはゆくすゑのなみだのかはをいふにぞありける　（『金玉集』七一）

小町の歌と仲文の歌とでは、何れが先に作られたか。この『金玉集』は、藤原公任撰による私撰集で、その仲文歌は、『新後拾遺集』にも次の形で収められている。

たのめたる女の身まかりにければ、はらからのもとによみてつかはしける
ながれてと契りしことは行く末の涙の河をいふにぞ有りける　（『新後拾遺集』一四五一）

私家集である『仲文集』には、詞書が、より情趣あるものに変わり、詞書に照応する歌詞が第二句に入れられ、次のように作られる。

けさうじ侍りける女のちぎりて侍りけるが、なくなりにければ、いとかなしくて、女のはらからのもとへいひやりける
ながれてとちぎりしことはゆくさきのなみだのうへをいふにざりける　（『仲文集』一）

将来を約束した。男はそう詠っている。「流れてと思ひし」は、男の心中で芽ぐみ育まれた恋の諸段階と経過そのもので消された。時がゆき、心相高まり、恋愛は完成するはずであった。しかし、膨らむ期待は、女の死によってあった。女が「けさうじ侍りける」即ち、男の恋い焦がれていた女性であったこと、また、二人の間には約束であったろう「ちぎり」の出来ていたこと、そして、恐らくは逢わずの恋が逢わずに終わったのであろうことが詞書から知られることによって、歌の初句は一層の陰影を帯びる。

一方、この歌は、「小町集」以外で、鎌倉時代初期の『万代集』に入り、『続古今集』に採録される。どちらにも詞書は無く、歌の異同はない。平安時代末、建礼門院右京大夫の詠んだ歌に、次のような歌がある。

雲のうへもかけはなれ、世中心ぼそくおぼえければ、心みに山郷に
まからんとてほうごなどとりしたため侍るとて、いかならん世まで
もたえはつまじきよしいひたる人のことのはのはしにかきつける

ながれてとたのめしかども水茎のかきてたえぬべき跡のかなしさ

（『新続古今集』二〇三二）

この歌は、仲文の歌ではなく、小町の歌の影響を受けて成立しているのではないかと推測する。詞書の「雲のうへもかけはなれ」の詞は、「小町集」第六十八歌とも照応している。もっとも、仲文と同時代を生きていた公任の『金玉集』を信頼するなら、作者を仲文と記すので、もとになったのは、小町の歌ではなく、仲文の歌の方であろう。その仲文歌も、先掲の『古今集』『後撰集』の影響下に成立した歌である。平安時代末、建礼門院右京大夫が目にする以前に、仲文の歌は「小町集」に取り入れられた。それが、『万代集』の資料となり、『万代集』には詞書のない小町の歌として収録された。そして、『続古今集』にも同様の形で引き継がれた。そういう推測をしている。

一方、前述の通り、公任の『金玉集』で仲文歌とされた歌は、十三世紀末の『新後拾遺集』に採り入れられた。しかし、私家集である『仲文集』歌は、詞書に於いても歌に於いても、『金玉集』系列とは異なる。『仲文集』の方が、詞書も詳しく、情趣化され、歌も第二句が詞書に照応して変わっている。第二句が詞書と照応することで、女との恋が約束して逢う以前であったことが強調される。男の哀しさが詠われる。公任が撰した『金玉集』の仲文歌は、機知のおもしろさを以て選ばれたのであろうと考える。『古今集』歌を承け、『後撰集』で「流れ」と「泣かれ」即ち涙が結びつけられた、その歌想が詠みだされた初期の段階のもので、機知が主眼に置かれた歌として当時は享受されたのであろうと推測する。公任の撰した機知の巧みな仲文歌（『金玉集』では雑歌に入れられる）が、私家集である『仲文集』では、恋の歌に変わっている。

詞書のない「小町集」のこの歌は、男の態度に永遠の愛を信じ切っていた女の、裏切られた哀しさを詠っている。

一方、詞書付される仲文の男性歌は、逢わずの恋ゆえに一層膨らんでいった期待破られたはかなさが詠われる。この歌は、仲文歌との混交状態を見てゆくことで、初句「ながれてと」が一層の深き調をたたえることになる。

みし人のなくなりしころ

八一　あるはなくなきはかすそふ世のなかにあはれいつれの日までなけかむ

あんなに元気だった人が今は亡く、鬼籍に名を列ねる人の何と多いことか、このような嘆きを、私は何時まで繰り返すのだろう、と詠っている。「なきは数そふ」の「そふ」は、「添ふ」で、元からあるものに加わること、即ち、亡くなった人は数を増す、の意味である。「世の中」は、人の世と解する。

詠者は死の此岸にあって、そういって嘆いている。それはあくまで、死の此岸に視点を据えた嘆きであって、嘆きのない世界へ行き着きたいとは希わない。歌は、女の繰り言のようである。詠者は、どうして私だけが斯くも哀しき思いをしなければならぬのか、と何時までも堂々めぐりし、解消しない嘆きを詠う。

「小町集」の詞書は、「見し人のなくなりしころ」と記している。恋人が亡くなった。恋人は、生きるよすがであった。「小町集」に於ける「死」の捉え方には、無常観を背後にする中世の悟りや仏への帰依という意味での彼岸への願いというものがない。「小町集」の死を詠う他の歌についても、世の「無常」は、個々の事態の嘆きとして提示される。死の現実は、彼女を、別れによる悲痛で孤独な哀しみに陥れる。

この歌は、『新古今集』に小町の歌として入る一方で、藤原為頼と小大君との贈答から、小大君の歌としても伝わっている（『栄花物語』、『為頼集』、『小大君集』の一本）。小大君は、十世紀末に円融天皇中宮媓子に仕え、その後女蔵人にもなったと伝えられている。小野宮（藤原実頼）の忌日（命日）に為頼と小大君が出会った。生きていて欲しい人がどうして次々と亡くなっていくのであろう、という為頼に、小大君が

あるはなくなきはかずそふよのなかにあはれいつまでいきんとすらん

（『為頼集』二六）

と応えたという記述が、『為頼集』にある。『栄花物語』でも、はかなさを嘆く為頼に小大君が応えた歌であると伝えている。このはかなき世に何時まであなたは生きようとお思いですかと、この世の執着こそ誤りなのだとでも言うかのように、小大君は、返歌している。『栄花物語』「見果てぬ夢」は、円融天皇の御葬送から始まり、太政大臣為光・左大臣雅信・関白道隆や道兼に続き、大納言道頼も二十五歳の若さで亡くなったことが記される。「あはれいつまでいきんとすらん」と記す『栄花物語』も、「あはれいつまであらんとすらん」と伝える『為頼集』も、小大君歌の主意は同じである。小大君の歌には、彼岸を希う中世の調がある。

前第八十歌に引き続き、この歌も同一歌が異なる撰集に伝わる例である。『栄花物語』『為頼集』の歌は、十二世紀半ばの『続詞花集』にも採録されている。『続詞花集』は、藤原清輔の手になる撰集で、二条天皇の崩御により私撰集にとどまったと考えられている。一方小町の歌は、小町の記名で『新古今集』に収録されている。「小町集」形成の或る段階で、御子左家と六条家の確執が『万代集』に初出する小町歌を増やし、それが結果的に「小町集」歌を増幅させたのではないかと推測するが、清輔が『続詞花集』で小大君の歌と見做しているこの歌を、『新古今集』の編者であった定家は、それと知って「小町集」に載せたのではなかろうか。定家は、この歌を小町の歌として『新古今集』に入れた。両者は、下句に異同がある。しかし、この歌の正しい形は小町の歌の方であったことを、定家は示そうとしたように思える。

小大君の歌と小町の歌とでは、先に述べた通り、それらの歌を照らす時代の光が異なると考える。小町の歌は、無常を一現象として嘆いた歌である。無常の渦中にある自らへの憐れみであり、『新古今集』に収録される部立の如く、感傷である。悟り切れぬ人間の生の声である。小大君の歌には、彼岸への希求がある。定家は、生身の人間の嘆きの渦中にあって「艶」をたたえる小町歌に、復古すべき寛平以往の歌を見、小大君歌とは異なるところの情趣を見た。そして、小町のこの歌を正しい形として『新古今集』で提示したと解釈する。

八二　ゆめならはまたみるよひもありなましなになかなかのうつつなりけん

この歌は、結句の形に異同があり、それによって歌の趣意は異なる。『続古今集』では次の形で収録されている。

夢ならばまたみるよひもありなましなになかなかのうつつなるらん　（『続古今集』一一八九）

男の訪れが途絶える。日が行き、月が去り、詠者はもう嘆き尽くしてしまったというのであろう。訪れがあるか否かは、男性の心一つである。全ては天意のままか、と思い始めた詠者は、諦めもきれず、かといって心待ちにすることも出来ない。自らを客観的に眺めた時の詞が「なかなかのうつつなるらむ（どうしてこう中途半端な現実なのだろう）」ではなかったかと考える。

夢ならば、又逢う宵もあろうに、どうしてこう中途半端な現実なのだろう、という。

「なになかなかの（どうしてこう中途半端な）」の「なかなか」は、

思ひ絶え　わびにしものを　なかなかに　何か苦しく　相見そめけむ　（『万葉集』七五〇）

なかなかに　何か知りけむ　我が山に　燃ゆる煙の　外に見ましを　（同　三〇三三）

の如く、「なまじっかどうして…したか」という意味で用いられ、また、

かたみとてみればなげきのふかみぐさなに中中のにほひなるらん　（『新古今集』七六八）

うつつこそあきのねざめはかなしけれなかなかゆめとおもはましかば　（『万代集』二四七二）

と詠まれる。『新古今集』では、「どうしてこんなに美しく咲いているのか」と、必要性の有無という点での中途半端を、『万代集』では、「いっそ夢だと思えればよいのに」という、夢と現実両世界に帰属するところの中途半端を示している。

「なかなかの」は、中途半端な状態を示す語であり、この第八十二歌で対置されているのは、「確かな逢瀬」である。「なかなかのうつつ」は、逢えるとも逢えぬとも定かでない現実を意味している。来てくれるとも否とも分からない男性を待つ待ち難い嘆きが、下句に詠まれる。

以上は、結句が「らむ」の場合である。「小町集」のうち、結句を「らむ」で結ぶのは、「神宮文庫蔵本（一一一三）」と「静嘉堂文庫蔵本（一〇五・三）」である。その他の「小町集」本文は、ほとんどが、「なになかなかのうつなりけむ」と「けむ」なる過去推量の言葉で結んでいる。大部分の「小町集」の本文は、『秋風集』の本文と同じである。「どうしてああ中途半端な現実だったのだろう」となれば、一つの現実がそこにあったことになる。「なかなかのうつつ」は、総括的であるか否かに関らず、過去のある時間を対象にした評言である。「会ふて逢はずの恋」の時間がそこに在ったのである。「けむ」になると、より実感が伴う。

「けむ」でも「らむ」でも、夢の世界に期待がかけられていることには勿論変わりない。『秋風集』に後続する『続古今集』『雲葉集』の所収状況は、次の通りである。

題しらず　　　小野小町
夢ならばまたみるかひもありなましなになかなかのうつつなるらん　（『雲葉集』九九六）
うつつにてあるだにあるを夢にさへあかでも人のみえぬころかな　（同　九九七）

恋歌とてよめる　　　小野小町
うつつにてあるだにあるをゆめにさへあかでも人の見えわたるかな　（『続古今集』一一八八）
ゆめならばまたみるよひもありなましなになかなかのうつつなるらん　（同　一一八九）

二首は、第五十四歌とこの第八十二歌として、「小町集」に入っている。『雲葉集』『続古今集』は、ともに十三世紀半ばの撰集である。『雲葉集』の方が十年余り早く作られた私撰集で、勅撰集であった『続古今集』の撰者の一人藤原基家が撰した。両集で二首の順序は逆になっているが、歌の内容は、同じ様な展開をしている。それぞれの歌の前後を通じて、歌の趣意の流れは、夢と現実の世界では夢の方が勝っていると詠う歌から、そんな夢の世界にも心をかけることは出来ないのだ、という歌に展開している。両集に於いて二首の歌の順序が逆になるのは、「あかでも人のみえぬ」(『雲葉集』)と「あかでも人の見えわたる」(『続古今集』)の箇所の意味が逆になっていることに起因する。

この歌は、また、『実方集』にも入っている。実方は、中古三十六歌仙の一人で、十世紀末の歌人である。陸奥へ下って、当地で没したと考えられている。『実方集』では次のように記す。

ひとしれぬなかはうつつぞなからましゆめさめてのちわびしかりけり　(『実方集』三二六)

かへし

ゆめならばあはするひともありなましなになかなかのうつつなるらむ　(同　三二七)

人に知られぬ仲は、それでは現実の恋と言えないのではありませんか、夢の世界同様、寝覚めがとてもわびしいですから、という歌に、夢なら夢の中で目会わされる相手がいるでしょうに、どうして現実が中途半端などと言えましょう、現実は現実なのですよ、そう応えている。小町の歌は、この実方歌と形式に於いて酷似している。『実方集』にあった歌が、「小町集」に入ったか、或いは逆か、関係が思われる。「あはする」は、『信明集』に「なかなかにおぼつかなさの夢ならばあはする人も有りもしなまし」(一二九)という歌があり、また、「おもひねのしるしみえぬる夢ならばあはすることも神にまかせん」(『月詣集』四八一)とあるように、人の意志を超えたところで会う機会が得られることを示した言葉であった。夢の世界を詠った作者として小町が想起されることで、この歌は小町の歌として伝承されていったと推測する。

八三　むさしのにおふとしきけはむらさきのそのいろならぬくさもむつまし

武蔵野に生えていると聞いたなら、紫のその草でなくとも慕わしい、と詠っている。『古今和歌六帖』にも

しらねどもむさしのといへばかこたれぬよしやこそはむらさきのゆゑ　（『古今和歌六帖』三五〇七）

という、同趣旨の歌が載るが、これらの歌が、次の『古今集』歌を踏まえているのは明らかである。

紫のひともとゆゑにむさしのの草はみながらあはれとぞ見る　（『古今集』八六七）

武蔵は、八世紀奈良時代には、東海道十五国の一に属していた大国で、現在の埼玉県全域、東京都（伊豆諸島の他）、川崎市、横浜市にわたる地域をいったという（『上代語辞典』明治書院）。その地勢は、南は相模野に隣接し、北は利根川、西境は秩父・甲斐の山系、東は利根川の支流から海につながっていた（『増補大日本地名辞典』冨山房）。西から来れば、関東山地・丹沢山地の山並みが開けた所に位置する広大な平原であり、奥州に下る際には人々の目に触れた地である。『延喜式』には「紫草三千斤貢納」と記され、紫草の根（染料・漢方薬に用いる）が名産であった。

紫草は、山地に生育する多年草で、夏に一センチ足らずの、五弁の白い小花を着ける。丈は四十〜八十センチメートル。「根は乾くと赤みをおびた紫となり、「紫根染」の原料として用いられた。また紫根は漢方で解熱、解毒の薬、皮膚病、やけどの妙薬にも利用される。」（片岡寧豊　文『やまと花万葉』）。和歌にも

紫草は　根をかも終ふる　人の子の　うら愛しけを　寝を終へなくに　（『万葉集』三五〇〇）

と詠まれ、生活に深い関わりのあった草であることが分かる。『万葉集』では、「むらさき」を照り映えて美しい色として詠んでいる。額田王と天武天皇の相聞歌は有名であるが、その他にも、

紫の　まだらのかづら　花やかに　今日見し人に　後恋ひむかも　（『万葉集』二九九三）

紫の　名高の浦の　靡き藻の　心は妹に　寄りにしものを　（同　二七八〇）

等、後の歌は、枕詞としても詠まれている。しかし、歌に関して「武蔵野」と「紫」が結びつけて詠まれるのは、

先の『古今集』歌以降である。「小町集」で、この歌に続く三首がともに『古今集』所収歌を踏まえている。

では、先掲の「紫のひともとゆゑに」（『古今集』八六七）歌は、如何なる歌か。『古今集』の撰者達は、

むらさきの色こき時はめもはるに野なるくさ木ぞわかれざりける　（『古今集』八六八　業平）

の業平歌を並べ配することで、「むらさきのひともと」に愛する人を比喩するという詠者の意図を見ていたようである。愛する一人の妻故に、その縁者も自づと感慨深く思われるという裏の意味が、業平歌との関連で浮き彫りにされる。『古今集』の注釈書も多くそのように解釈する。近世の本居宣長は、叙景の歌と解しているが（『古今集遠鏡』）、他の注釈は、歌が雑歌の部立に入る事を以て、撰者達は単なる恋歌と解さず縁者に迄派生する広い愛情を見ていたのだ、という注解をしている。しかしながら、撰者達の一解釈である『古今集』の配列を離れて、この読人不知歌にどれだけの裏の意味がみられるか。ちなみに、「紫のひともとゆゑにむさしのの」という『古今集』歌について、毘沙門堂本『古今集注』は、次のように記す。

此ノ歌ハ忠仁公ノ御娘ノ歌也　此ハ三位ニ讀テトラセ給ヘリ　紫ノ一本ト云ハ大和物語云　舒明天皇ノ御時笠清丸ト云モノ　武蔵介ニテスミケル時ニ上洛ストテ妻ヲ留テ上リヌ　妻アトニテ病死ス　夫下テ妻ノ死亡セル野ヲ見レハ　紫ノハカマハカリ有テ主ハナシ　コノハカマ朽テ紫トナレリ　コレヨリ紫ノ一本ユヘニ草木マテモ　武蔵野中ハナツカシト云リ　（『古今集註　毘沙門堂本』『未刊国文古註釈大系　第四冊』）

現在の『大和物語』には、この章段がないのであるが、この第八十三歌と後続の八四、八五は、『大和物語』との関わりが深い。

紫のひともとゆゑにむさしのの草はみながらあはれとぞ見る　（『古今集』八六七）

むさしのにおふとしきけばむらさきのその色ならぬ草もむつまし　（83）

右のように、本歌であろう『古今集』歌と「小町集」歌を比べると、「小町集」歌の「むさしのにおふとしきけば」

という傍観的な表現、「そのいろならぬ」という強い打ち消しの表現は、縁者に及ぶ博愛といったものではなく、あくまで恋歌である。ただし、その恋歌は、非常に間接的である。その恋歌には、『源氏物語』若紫の帖で、源氏が意味を解しかねている、あどけない若君に、「ねは見ねど哀れとぞ思ふ武蔵野の露わけわぶる草のゆかりを」と歌を書いてやり、少女を相手にしながら、藤壺は藤壺でしかありえないという排他的な思いのなかで顔形の似た少女に藤壺の影を偲んでいる、そういう間接的な恋歌の響きがある。源氏は、若君の相手をしながら若君を見ていない。「むつまし」は、睦ましいの意味で、親しさから派生して慕わしい気持ちを表す語であるが、『古今集』歌と比較して、「小町集」歌の「むつまし」には、対他的な思いに於いて弱いものがある。

「小町集」のこの歌は、鎌倉時代の勅撰集である『続古今集』恋四の部立の中（一二八六）に収録されている。その前歌は、人の心が頼みにならないことを詠み、後続の歌は、逢坂の関の向こうではないが恋路に迷う、といった歌である。人のあてに出来ない心故に、恋の思いに心を迷わせている。ゆかりを求めて迄、心は慕わしく思っている、『続古今集』の撰者はこの歌をそう解している。それは、初々しく淡い恋心ではなく、人の生活を巻き込んでしまう恋の未練の、業なる思いを詠んだ歌の一として配置されているのである。『古今集』の本歌に見る男女間の愛情の影が、ここにはない。

「紫のひともとゆゑに」（『古今集』八六七）歌は、読人不知歌である。即ち、成立が六歌仙時代よりも先か後かという関係が分からない故に、時代的齟齬を以てそれを本歌としないと即断することは出来ないが、本歌であったかどうかについては疑いが残る。この歌には、同じく「むさしの」を詠みこむ「小町集」第八十五歌や

しらねどもむさしのといへばかこたれぬよしやこそはむらさきのゆゑ　（『古今和歌六帖』三五〇七）

をみなへしにほへる秋のむさしのは常よりも猶むつまじきかな　（『後撰集』三三七　貫之）

という、成立の契機があったかもしれない。

八四　よのなかはあすかかはにもならはなれきみとわれとかなかしたえすは

「世の中」は、人の世を意味する。『万葉集』では、「世間・俗間」の漢字が当てられていて、世の中はこういうものだ、こうあるべきだと定義づけ、概念化されて詠まれた歌が多い。

世間は　空しきものと　知る時し　いよよますます　悲しかりけり　（『万葉集』七九三）
世間の　すべなきものは　年月は　流るるごとし　取り続き追ひ来るものは…　（同　八〇四）
世間は　数なきものか　春花の　散りのまがひに　死ぬべきおもへば　（同　三九六三）
天地の　遠き初めよ　世間は　常なきものと　語り続ぎ　流らへ来れ…　（同　四一六〇）

神の代に対置される人の世の無常に関心が集められている。『古今集』雑歌下では、辛いもの、厭わしいもの（九四六、九四八、一〇六一、一〇六二）として「世の中」が詠まれている。

世中はなにかつねなるあすかがはきのふのふちぞけふはせになる　（『古今集』九三三）

が、同集部立「雑歌下」の冒頭を飾った。世の中を常なきものと捉える点では、万葉歌の系譜にある。「世の中があすか川になる」とは、この『古今集』読人不知歌を踏まえており、物が移り変わることをいう。世の中で何がいつも変わらぬものか。あの明日香川を見れば、昨日まで淵であった所が今日はもう浅い瀬になっている。川さえもそうだ。何でも変わらないと言えるものはないのだ。　（『古今集遠鏡』表記は改めた）

明日香川は、『古今集』ではまた、

昨日といひけふとくらしてあすかがは流れてはやき月日なりけり　（『古今集』三四一）

の流れの速い川としても詠まれている。現在の明日香川は、奈良県高市郡明日香村の山中に端を発して北上し、法隆寺の南で大和川に合流している。大和三山に囲まれた古代藤原京とその南東に隣接する明日香宮を想定すると、ちょうど二つの都城を南東から北西にかけて貫通する形で流れていたことになる。『万葉集』でも玉藻生う清き川、流れの速い川、生活の傍らにある川として歌に多く詠まれている。

この世の中は飛鳥川にでもなるならばなれ。あなたと私との仲さえ絶えなかったらそれでよい、と詠う。「君と我とがなかしたえずは」は、本来仮定条件を含む表現である。しかし、下句に倒置されていることによって、強い肯定の調を有する。君と私の仲は、心と心でしっかりと結びついているはずである。二人の世界さえあれば、外界がいかにあろうと構わない。世の中は移ろい易い。人はその最たるものである。君が老い、私も老いてゆく。それでも構わない。二人で共に歩むことが出来るなら、何も恐れることはない。「君と我とがなかしたえずは」の句は、そういった信愛の情を背景にする、強く自信に満ちた表現である。

この歌は、『万代集』『玉葉集』『風雅集』の三集に小町の記名で収録されている。『玉葉集』は「陽明文庫蔵甲本」という室町時代後期書写の一伝本に収録されるものである。『玉葉集』の「陽明文庫蔵甲本」にある小町歌の詞書は「人のもとにつかはしける」で、『万代集』の詞書と一致している。『玉葉集』に於ける、この歌の前後は、恋の思いも廃れてしまうのであろうか（「ふかき河の底のみくづにあらねどもおもひしづみてくちやはてなん」（恋三　一四九六））と、思いは已むことはない（「千鳥なくさほの川せのささらなみやむ時もなしわがこふらくは」（恋三　一六九八））という歌の間に置かれている。一方、『風雅集』も『玉葉集』同様、京極家の手になる勅撰集である。『風雅集』では、妻と離れていても心は通い合わせているという、恋四の歌群の連なりの中に小町の歌（一二三二）が置かれている。前歌の「わぎもこにあふよしもなみするがなるふじの高ねのもえつつかあらん」（『風雅集』一二三一）は、離れて居るという外的条件下で妻を慕っている歌であり、次歌の「けふはもし人もや我を思ひいづる我もつねより人のこひしき」（同　一二三三）は、離れていても心は通じ合っている男女が暗示されている。『風雅集』の撰者は、「世の中はあすか川にも」のこの小町歌を心と心の結びつきを詠う、そういった歌と関連するものと捉えていた。

では、『万代集』ではどうか。同集では、恋三の、次の歌群に小町の歌が置かれている。

むねさだ兵衛佐なりけるころ、いひつかはしける　　読人しらず

かしはぎのもりのしたくさおいぬとも身をいたづらになさずもあらなむ　（『万代集』二二六五）

返し　　良岑宗貞　僧正遍昭

かしはぎのもりのしたくさおいがよにかかるおもひはあらじとぞおもふ　（同　二二六六）

人のもとにつかはしける　　小町

世のなかはあすかがはにもならばなれ君とわれとがなかしたえずは　（同　二二六七）

題しらず　　読人しらず

いはくぐりおちくるみづのなみまにも人をわするるわがこころかは　（同　二二六八）

直前に、或る女性が遍昭と交わした贈答歌が据えられる。同じ二首は、既に『大和物語』二十一段に見えるものである。『万代集』は、『大和物語』から採録したのであろう。しかし、『大和物語』では、後者の詠者を遍昭とはしていない。「良少将　兵衛佐なりけるころ、監の命婦になむすみける女のもとより」という詞書を付すのみである。この良少将は、良岑義方のことで、贈答相手である監の命婦の生存記録より、同じ氏の遍昭よりも後世の人物であると考えられている（阿部俊子『校本大和物語とその研究』）。遍昭も「左兵衛佐」に任じられている（『続日本紀』仁明天皇承和十二年正月十一日の記事）ことから、良少将に混同が起こったのであろう。遍昭の方の良少将は、同じ『大和物語』一六八段で小野小町と歌を交わしている。『万代集』の撰者は、『大和物語』二十一段の「良少将」を遍昭と誤認し、『万代集』に収録した。そして、この「世の中は」の歌を小町の記名で載せた。老齢になっても愛してほしい、確かにそうしよう、という、女と遍昭との贈答に、某人が小町を想起し、「世の中はあすか川にも」

の歌が『万代集』の撰者の手によって小町の歌として収録されることになった、と推測する。『万代集』で、小町の歌に続く「いはくぐり」歌は、人に対する深い愛情が詠われている。『大和物語』二十一段によって拡げられた男女間の信愛の色に小町の歌も染められている。

『万代集』『風雅集』に於いて、この歌は、静かに息長く続く愛情、変わらぬ信愛が詠われているものとして、そういった歌群に位置づけられている。しっかりと結びあわされた心と心を唯一の頼りに世を経ることへの思いが暗示されている。しかしながら、この歌一首の調は自棄的である。歌合の席で披露された様な典雅な抑制の利いた歌ではない。静かな歌の展開の中の『万代集』や『風雅集』のその位置にこの歌が並べられることに異質な感がないではない。むしろ『玉葉集』の撰者が配した位置にあるべき歌のように思える。一種自棄的に、外的条件を考慮せぬかの如く恋情が訴えられている。「君と我との中」への確信を奮い立たせようとするかのような強い表現である。『玉葉集』で、なぜ「陽明文庫甲本」と呼ばれる本にしか伝わらないのか。『万代集』から『玉葉集』に再録された事情と何か関わりがありそうであるが、推測の域を出ない。

八五　むさしののむかひのをかのくさなれはねをたつねてもあはれとそおもふ

武蔵野の向かいの岡に生えている、更に花ならぬ根ではあるが、紫草のゆかりに感慨深く思われる、というのがこの歌の直接的な意味である。武蔵野は、『古今集』の

紫のひともとゆゑにむさしの草はみながらあはれとぞみる　（『古今集』八六七）

によって、紫草ゆかりの地として知られるようになり、この「武蔵野の草」も右の紫草を暗示している。「むらさき」には愛する一人の人間が喩せられ、愛する人の縁者をも慕わしく思う意味で詠まれている、というのが、右の『古今集』歌の一般的な解釈である。『古今集』の撰者達が、単なる叙景ではない裏の意味をその歌に見ていたこと

が、『古今集』の配列位置から知られる。

この「小町集」歌にも、冒頭に記した様な叙景歌としての意味のみならず人事に関わる裏の意味を見るとするなら、歌は如何様に解せるか。私は、この歌は『新勅撰集』に位置付けられている如く、羇旅歌の一ではなかったかと思っている。『新勅撰集』が、これを羇旅歌に入れたのは、「むさしの」という異国情緒備える初句故であったろう。藤原定家撰の『新勅撰集』に於いて、この歌は、雑歌四の部立に収録されている。前後の歌は、「駿河」「足柄」「葛飾」等関東の地名が詠み込まれて、「うとくなりゆく人」（一二九八）「うきしまのはら」（一二九九）という晴れぬ思いが底流し、歌を展開させている。後続の歌は、

かつしかのままのうらまをこぐ舟のふな人さわぐ浪たつらしも　（『新勅撰集』一三〇一）

という、山から海へ視点を移した叙景歌である。その中間に、この「小町集」歌は位置する。都を遠く離れた地での、寂しく行き遣らぬ思いが詠まれることになる。そのように『新勅撰集』の撰者は解している。

初夏の武蔵野に行き着いた。折しも端午の節句である。都では、菖蒲の根合わせが行われているであろう。都を偲び、供の者に菖蒲を探させた。詠者が体験した、或いは、又、そのような場面を詠者が想定した。

としのをにねをはたづねてひくものをあやにたえせぬあやめぐさかな　（『内裏歌合』（寛和二年）「菖蒲　左　善忠」）

は、『内裏歌合』（寛和二年）の一首であるが、この歌も、根合に関わる歌であったと推測する。特に「ねをたづねてもあはれとぞ思ふ」の「あはれ」は、都の情趣を想起しているものと解する。

この「小町集」歌と先の第八十三歌は、『古今集』八六七を踏まえている。

むさしのにおふとしきけばむらさきのその色ならぬ草もむつまし　（83）

むさしののむかひのをかのくさなればねをたづねてもあはれとぞ思ふ　（85）

両者の成立は、六歌仙時代ではなく、『古今集』の成立以降ではないかと思っていることは、第八十三歌で述べた。この第八十五歌が、定家によって発見され『新勅撰集』に収録された。それを承け、『古今集』八六七、『後撰集』三三七貫之歌等の想起に於いて、前者の第八十三歌が成立した、と推測する。或いは、『古今集』八六七の後歌八六八が、在原業平の歌であったので、対になっている八六七の方を小町の歌と解し、類歌が「小町集」に入ることになったのかもしれない。

しかしながら、詠者が某人であったとしても、小町歌らしさという点に於いて、それらの歌は、「小町集」に収録される性格を有していた。両首は、間接的にある事物を慕っている。「その色ならぬ草」「ねをたづね」という愛情の表現は、消極的であり、間接的に何かを慕っていることで、それらの歌には静けさが備わっている。「むつまし」「あはれ」は、本歌となった『古今集』歌とは事なり、外へ向かわぬ心情である。

八六　みし人もしられさりけりうたかたのうきみはいさやものわすれして

第六十五歌の異伝である。度重なる恋の辛さを漠然と詠った第六十五歌に対して、初句が「みし人も」と改められることで、「しられざりけり（分からなかったことだ）」の対象が明らかになる。

あなたと私が恋愛関係にあったと、そんなことはもう忘れてしまいました、という。すっかり忘れました、というのが「いまや物わすれして」の意味である。詠者は、男が疎遠であった時間を恨み、「うき」即ち辛かった、というが、一首の調は、訴える幸せを呈している。「いまや」は、ずっと待っていたのだと言っているかのようである。

「みし人も」の「見し」とは、即ち恋愛関係にあったことをいう。「も」は、第二句の否定表現を強めている。この初句は、ほとんどの流布本「小町集」の形であるが、「御所本甲本」、「神宮文庫蔵本（一一一三）」の「小町集」

や『万代集』『続後撰集』所収の小町の歌は「しる人も」となっている。恋歌であれば、「しる人も」と「見しひと」は、同様に過去に縁のあった男性であると言えよう。『万代集』『続後撰集』の形は、

しる人もしられざりけりうたかたのうき身はいさやものわすれして　（『万代集』二四一〇）
しる人もしられざりけりうたかたのうき身もいまや物わすれして　（『続後撰集』九九三）

である。「小町集」の伝本の中でも御所本「小町集」は、『続後撰集』同様「いまや」—新典社刊の影印本では「万」の「ま」と読める—として伝える。『万代集』と『続後撰集』は、時代的にも近く、関わりの深い撰集である。第六十五歌が異本系の六十九首本「小町集」にも見えるのに対して、「みし人も」或いは、「しる人も」というこの歌は、同伝本には載らない。「時雨亭文庫蔵本（唐草装飾本）」に「しる人も」として見えるので、第六十五歌が、平安末期の「小町集」にあって、鎌倉時代に、「しる人も」の形で『万代集』『続後撰集』そして「御所本甲本」系統の「小町集」に入り、流布本「小町集」として伝えられていく過程で、初句を「みし人も」とする異本が生じたのではないかと推測する。

第四句の「いさや」と「いまや」の異伝は、誤写から生じたと推測するが、『万代集』歌や、多くの流布本「小町集」に伝わるような「いさや」であれば、「さあどうでしょうか」と、詠者は、過去の恋愛関係の有無そのものを突き放して客観視することになる。突き放しているかのように相手に応える、そういう歌となり、贈答歌の常套的な詠じ方となる。「いさや」では「物忘れ」に至る時間が強調されないが、「物忘れ」という語の調は、「いさや」の方が相応しいかもしれない。曖昧化という点では、初句の「しる人も」も、漠然としている。恋愛関係を冒頭から朧化して呈示する故である。なお、「しる人も」「しられざりけり」という「し」音の重なりは、配慮された表現であったのだろう。

八七　よのなかにいつらわかみのありてなしあはれとやいはむあなうとやいはむ

この歌は、『古今集』巻十八　雑歌下（九四三）に読人不知歌として載る。同巻九三九〜九四四の読人不知歌は全て「小町集」に入っている。この歌は、その中の一首である。

詠者は、自らを「ありてなし（あってないようなものだ）」という。松田武夫氏『古今集の構造に関する研究』によれば、巻十九雑下の部立は、無常感を詠じた歌ばかりを採録したもので、無常とは何かという自問に対する自答を六十九首の歌を適宜配列することによって示しているという。この歌は一首前の

よのなかは夢かうつゝかうつゝとも夢ともしらずありてなければ　（『古今集』九四二）

と関連し、「世の中はまるで夢うつつのごときはかないもの」「有って無きが如き憂き身の無常観・厭世観」を表明した歌である、と解釈されている。本居宣長は『古今集遠鏡』で、肉体のはかなさに照らしてこの歌を解いている。世の中にどこに我が身があるか、人というものは明日死ぬかもしれず、死ねば火葬され埋葬され、そうであれば此の身はあってもないに等しいものだというようなことを言っている。『古今和歌集評釈』で窪田空穂も、「仏教の無常迅速ということだけを身に沁ませて、それを強調したもの。当時としては新味を失わなかった」としている。世の中の転変の激しさという色調に統一された雑下の巻からは、そういった無常への関心という解釈が、この歌に求められることになる。

しかし、「ありてなし」の内実は別に解釈される。「夢うつつのごときはかなさ」は、詠者個人の実在感のなさである。「世の中」は、男女世界を含めた人の世と考える。肉体は、確かに生命を保っている。しかし、人の世に暮らす我が身の、その日々の充実感がない。喜びにつけ悲しみにつけ生きているという実感がない。社会から疎外されていると感じた時、社会と没交渉な日々を送っている時、或いは、女にとっての社会は男を通したものであったという時代の、その男女社会と無関係にいる時、人は「ありてなし」の思念に浸るのだろう。それは

世の中にありてなき身はかげろふのそれかあらぬかわきぞかねつる
（『新撰和歌六帖』四九八）

つらしともうしともさらになげかれずいまはわが身のありてなければ
（『万代集』三六四六）

の歌想に継承される心情である。

「いづら」は、「どうなんだ」として、感動詞的に挿入句として詠まれている。また、「あはれ」について、賀茂真淵は、次のように説いている。

下の句はいたりて憂をあなうといひて猶いひたらざれば又歎きの辞をかさねたる也。上にあはれあなう又あはれともうしともなど云例也。
（『古今集打聴』）

この歌の「あはれ」を「うし」と同義に見ている。一方、この歌の「あはれ」に、「ああうれしい」というような感動の意味をみる現代の解釈があるのは、『古今集』に於ける、他の「あはれ」の意味で、この歌も解こうとした結果ではないかと考える。「小町集」でも、第一〇八歌の「あはれ」は感動の声として用いられている。しかし、ここでは、真淵がいうように、歎きの声とみるのがよかろう。

この歌の上句は、第三句「我が身の」を接点とし、「世の中にいづら我が身」と「我が身のありてなし」という二重構造になっている。「世の中のどこに私がいるというのだろう。」「我が身はあってないようなものだ。」の二重の意味を見るが、「いづら」をめぐっては、「感動詞的に挿入句として用いられた口語調の言い方」（竹岡正夫『古今和歌集全評釈』）か否かの問題も提示される。この世の中に生を得ていながら、どこに私が真に生きているといえる場所や時があるのか。それを「あはれとやいはんあなうとやいはん」と詠者は独言のように詠う。『古今集打聴』が「下句はいたりて憂をあなうといひて猶いひたらざれば又歎きの辞を重ねたる也」と言っている様に、それは胸せまり嘆く言葉である。「我が身はあってないようなもの。それをしみじみ嘆きましょうか。それとも辛いと誰かに訴えましょうか。」と言っているのである。悲嘆の声は、「ありてなき我が身」という上句に帰ってゆく調を有し、詠者は終始致し方のない思いに伏し沈んでいるのである。

世の中に、或いは、その世の中に包摂されるところの男女世界に受け入れられなくなった小町を想定し、この歌は「小町集」に採録されたと考える。

八八　わかみこそあらぬかとのみたとらるれとふへきひとにわすられしより

下句の「とふべき人」は、「訪れがあるはずの人」の意である。この「べし」には、詠者と男性との過去の日々と、その日々への思いが込められている。訪れが、当然あるはずの人であった。詠者は忘れ去られることなど少しも疑ってはいなかった。関係は、突然に途絶えたのである。

待ち遠しい時間があって、数日が経つ。音信はない。季節が変わり、ある日詠者は気づくのである。「忘れられてしまったのではないか」と。訪れのなかったその日以来、私は私ではなかった、と詠者は思い返して悲嘆する。その最初の言葉が「我が身こそあらぬか」であった。「我が身こそあらぬかとのみたどらるれ」は、男性に忘れ去られた詠者が、自省する心のゆとりを得た時の言葉である。呆然たる思いにある自らを、或る日の詠者が捉えている。我が身がまるで我が身とは思われぬような状態にあることを示している。「あらぬかとのみ」の「あらぬ」には、「この世にはあらぬ」即ち、直接的に死を表現していると解する見方もある（『日本古典文学大系　新古今和歌集』）。訪れが途絶えたのは、あなたが亡くなりでもしたからかと思っていましたが、死んだような状態にあったのは私自身の方でしたよ、というような解釈である。その場合、「我が身こそ」の「こそ」にも特別な意味が付与される。「こそ」の用法である「強意」に着目し、比較すべきものが設定される。この歌に関する近代の注釈―この歌は『新古今集』の所収歌であるので同集に関する注釈―は、「こそ」を相手の男性と対比し「我が身」を強める辞であると解釈している（『新古今和歌集全評釈』、『日本古典文学大系　11　新古今和歌集』）。即ち、「我が身の方こそ」という解釈である。「こそ」「か」「のみ」の助詞に個々の個性を主張した解釈がなされる。この歌が男女の贈答歌の一部であると考えるなら、相手の男性の歌の語句の一部を借用して詠われたと見る解釈も、勿論可能である。しかし、「こそ」「か」「のみ」という助詞の働きのみを取り立て、理を通そうとする時に、生きていた人間の声が消されてしまわないかと考える。「我が身こそあらぬか」の「こそ」は、他者との比較を待たない自己唯一の絶対的な嘆きである。そのように見る注釈（『新潮日本古典集成　新古今和歌集』など）もある。「こそ」は「我が身」を強調する助詞で、後の「たどらるれ」と係り結びを成立させている。「こそ」には、逆接の条件句を形成する場合と単純な強調の場合があり、『枕草子』に多く用いられているという後者の用法が、この歌にも該当する。後者は、奈良時代には少なく、『古今集』では「こそ…已然形」の約四割を示すという（「基本助詞解説」『岩波古語辞典』）。

「あらぬかとのみ」についても「本来の自分ではない」という意味に解したく思う。和歌では、「～にあらぬ・～にもあらぬ」で「～でもないのに」という意味で用いられる表現が多く見える。ここでは、

人こふる心ばかりはそれながら我はわれにもあらぬなりけり（『後撰集』五一四）

わが身にもあらぬわが身の悲しきに心もことに成りやしにけん（同　一二〇〇）

の「我にもあらぬ・わが身にもあらぬ」の意味に近いものと解する。まるで私が私のようではないと言っているのである。「あらぬか」の「か」は、詠嘆の意味を表し、「のみ」という限定の助詞は「辿る」行為に係ってゆく。

「たどらるれ」の「辿る」は、思いをたどるの意で、はっきりしない状態の中で、思いを巡らしていくという意味を表す。

やまびこのおとづれじとぞ今は思ふわれかひとかとたどらるる世に（『新撰和歌』三二七）

きけどなほゆめかなにぞとたどられてうきもうつつのここちこそせね（『万代集』三五四六）（『玉葉集』二四一八）

の用例に見えるところである。

この歌は、『新古今集』で小町の歌として収録されている。恋五の

うれしくはわするることもありなましつらきぞながきかたみなりける　（『新古今集』一四〇三　深養父）

あふことのかたみをだにも見てしかな人はたゆともみつつしのばむ　（同　一四〇四　素性）

我が身こそあらぬかとのみたどらるれとふべき人にわすられしより　（同　一四〇五　小町）

かづらぎやくめぢにわたすいはばしのたえにしなかとなりやはてなん　（同　一四〇六　能宣）

というつながりの中に置かれている。或る日突然に、訪れは途絶えた。『新古今集』の歌は、去りゆく人が残していった形見をそれぞれに見いだそうとしている。小町の歌に後続する一四〇六では、「たえにしなかとなりやはてなん」と、別れははっきりと自覚されている。訪れのなかったその日以来、悲しんだり嘆いたりすることも忘れて呆然としていた自分が、自己を客観的に見るようになる。

下句の「とふべき人にわすられしより（当然訪れがあってもよい人に忘れられてから）」の「べし」は、強い自信を背景とする言葉である。二人で交わした約束そのものの強さか、二人に関係のあった年月の積み重ねの長さか、何よりも、訪れがあるはずの人に忘れられたと気づいて以来の、思い辿っていた時間の長さと厚さと重さが「べし」の語には込められているのである。

八九　なからへは人のこころもみるへきにつゆのいのちそかなしかりける

歌は、「かなしかりける」と詠う。朝露の如き、はかない命が哀しいという。しかし、惜しむ命が、この歌の主題ではない。詠われているのは、幸福への不安である。幸福の脆弱さを知る者が、至福の瞬間にあって、その暖かき幸せの失われることを恐れる心である。

生き永らえば、あなたが今おっしゃった愛の言葉の真偽を確かめることも出来ましょうが、人の命は、はかな

いものです。私は、あなたの真心を確かめることなく死ぬのでしょう。

全信頼を置いて愛の言葉は、今確かに我が手中にある。しかし、言葉は必ず移ろうもの、愛情は必ず薄れるもの、詠者はそれを知っている、というのであろう。「忘れぢのゆくすゑまではかたければけふかぎりの命ともがな」は、「小倉百人一首」にも採られる儀同三司の母の歌であったが、幸せの絶頂は、このように詠われた。

この歌は、『後撰集』に、何故か重ね採録され、一は、恋五に読人不知歌として、一は、雑三に土佐の歌として載る。先ず、後者を掲げる。

心にもあらぬことをいふころ、男の扇にかきつけ侍ける　土左
身にさむくあらぬものからわびしきは人の心の嵐なりけり　（『後撰集』一二四六）
ながらへば人の心も見るべきを露の命ぞかなしかりける　（同　一二四七）

男が、「心にもあらぬ」ことを言った。土左は、それに応えた。前歌は、扇の風は今の季節寒くはありませんが、あなたの移ろう心は今の優しいお言葉までも吹き散らしてしまうのでしょう、と詠む。後の歌の「人の心」も、男の優しい心ということになる。片桐洋一氏『新日本古典文学大系　6　後撰和歌集』などは、このように解釈されている。一方、木船重昭氏『後撰和歌集全釈』は、「身にさむくあらぬものから」について、土左が、男から「心にもあらぬ」誤解をかけられ、即ち、土左の本心とは異なるところの誤解をかけられたが、それに対して身に恥じるところのない心情を、「身に寒くあらぬものから」と詠んだものである、と解されている。「寒し」の詞に、身に恥じるところの心情がどれだけ詠みとれるかで、解釈は分かれよう。私は『新大系』の解釈同様、「心にもあらぬこと」とは、「男の本心とは違うやさしいこと」であったと思う。

「ながらへば」は、生き永らえば、であるが、『万葉集』歌の

天霧らひ　ふりくる雪の　消なめども　君に逢はむと　ながらへわたる　（『万葉集』二三四五）

等に比して、後世の歌には、生き永らえることと人の心の至福が、必ずしも一致しないことを詠む歌が増える。「小町集」歌もその一であると考える。

「露の命」を詠む歌が、「小町集」では他にも二首（48、68）見えるが、「小町集」では、その詞で、はかない命そのものが嘆かれてはいない。「露の命」とは、朝露のようにはかない命の意で、成語は既に

ありさりて　後も逢はむと　思へこそ　露の命も　継ぎつつ　渡れ　（『万葉集』三九三三）

等、『万葉集』に例がある。「露」がはかないのは、状態の継続時間が短いことと、結露と霧散の偶発性による。そこに人の生死が比喩される。『古今集』では、

もみじばを風にまかせてみるよりもはかなき物は命なりけり　（『古今集』八五九）

と絶対的な力に委ねざるを得ぬ人の生死が詠われる。『新撰万葉集』では、夏虫のはかなさ、不逢の恋のはかなさが詠まれ、『後撰集』では、夢のはかなさが詠まれる。そして『古今和歌六帖』になると「はかなし」の用例が顕著に増える。白玉のように見える波しぶき、波打ち際に付けられた水鳥の足跡、広がる秋の空、夢、をはかないものとして捉え、「はかなく過ぐ」「はかなく恋し」等の修飾語としても現れる。生命は即ち、はかないものであるという概括的な視点を採っていた詠歌が、次第に日常生活の断片を採りあげてゆく。生命そのものよりも個々の日常生活に目が向けられ、その積み重なった人生こそが総体としてははかない、という意識に変遷してゆく。これが、女房文学の出発点ともいえる「我が身のはかなさ」の視点となる。「露の命ぞはかなかりける」と詠う「小町集」のこの歌も、命そのものの短さを訴えてはいない。

『後撰集』の重出の他の一は、『後撰集』恋五の、題不知、読人不知の歌（八九四）である。その一首後の歌、即ち『後撰集』八九五は、「小野小町があね」の歌であり、「小町集」には、第七十九歌として、記名なく載る。木船

重昭氏『後撰和歌集全釈』では、この歌は古くからの伝承歌であって、それを雑三に採られている形で、土左が借用したのだと推測されている。この歌を「伝承の古歌」とされる理由には、次の二点があったのではないか。一は、この歌の第三句「みるべきに」の異同の様相に関する点である。同一歌とみてよい三首、即ち、小町歌（89）、読人不知歌（『後撰集』八九四）、土左歌（『後撰集』一二四七）の第三句を比較した時、土左の歌だけが「みるべきを」となり、小町歌・読人不知歌は「みるべきに」となっている。これを、借用した方の某人が変えたと解釈することもできる。つまり、土佐が伝承の古歌を利用したとみる見方である。他の一は、「露の命」の詞が、使い古された詞であったという点である。万葉以来の例は右に掲げた通りであるが、文治二年の歌合（一一八六年十月二十二日、民部卿藤原経房が催した歌合）に次の番が見える。

恋十番　左勝　　為季
なさけあらばいかばかりかはおもはましつらきをだにもしたふこころは
右　　相模
なさけあらんことのはもがなそれにだにつゆのいのちをかけてまちみむ
（『歌合』（文治二年））

勝敗の理由が、「右歌ふるびれたり、とてまくべしとはべり」と記されている。「ふるびれたり」即ち新鮮味がないのは、「露の命をかけて」という表現に起因したかもしれない。

それでは、「伝承の古歌」と「小町集」歌との関係、土左と「小町集」との関係は、如何なるものか。土左という女性の詠歌と「小町集」歌とには混同される要素がある。土左は、女房名であろう。国名に基づくこの名を、『女官通解』では下﨟の女房名に挙げられている。右『後撰和歌集全釈』では、基俊邸に関わった女蔵人かともいう。久安五年の右衛門督家歌合にも土左という別の歌人が歌を詠んでいるが、女房と記されている。土左には、『後撰集』に七首の歌が残るだけで、その生没年は、未詳である。

以下、『後撰集』中の土左の歌七首と「小町集」との関連性の有無を示す。

平定文がもとより、なにはの方へなんまかるといひおくりて侍りければ　　土左

浦わかずみるめかるてふあまの身は何かなにはの方へしもゆく（『後撰集』五五三）

をとこのもとにつかはしける　　土左

わが袖はなにたつすゑの松山かそらより浪のこえぬ日はなし（同　六八三）

をとこの心やうやうかれがたに見えゆきければ　　土左

つらきをもうきをもよそに見しかどもわが身にちかき世にこそ有りけれ（同　七四九）

土左がもとよりせうそこ侍りける返事につかはしける　　さだもとのみこ

ふか緑染めけん松のえにしあらばうすき袖にも浪はよせてん

返し　　土左

松山のすゑこす浪のえにしあらば君が袖にはあともとまらじ（同　九三二）

をとこなど侍らずして、としごろ山里にこもり侍りける女を、むかしあひしりて侍りける人、みちまかりけるついでに、ひさしうきこえざりつるを、ここになりけりといひいれて侍りければ　　土左

あさなけに世のうきことをしのびつつながめせしまに年はへにけり（同　一一七四）

『後撰集』五五三は、難波へ行くという男に歌を贈っている。「みるめかるてふあまの身は」という「海松藻（みるめ）」「海人」の言葉は、「小町集」の海の歌群に深く関わる表現であった。六八三は、歌それ自体に於いては、「小町集」との関わりを見つけられない。しかし、『後撰集』で一首後の、即ち六八四「ひとりねのわびしきままに」歌が、「小町集」第三十六歌に入る点には、「小町集」の形成と何らかの関わりがあるかもしれない。七四九は、男の心がだんだん離れていく折、辛いことは他人事だと思っていたけれど我が身に関わることだったのだな、と詠っている。「小町集」第四十六歌・第五十七歌と歌想に於いて類似する。九三二は貞元親王との贈答歌の一をなす歌である。歌想に於いて「小町集」との関連性はない。一一七四は、「ながめせしまに年はへにけり」の下句が、「小町集」第一歌を本歌にしていると知られる。「山里にこもり侍りける女」という詞書から小野小町が想起されたとすれば、小町伝承の存在が思われ、伝承の過程に『後撰集』にも採られた土左の歌が少なからぬ影響を与えたと考える。そして、先掲の一一四六・一一四七であるが、これらは『後撰集』雑三の部立に入る。『後撰集』雑三は、小町と遍昭の『大和物語』一六八段に載る贈答歌を冒頭に据える巻である。『後撰集』では、一一九五～一二四九を雑三の部立に収録するが、その内、一二三一以降、遍昭・業平・康秀という六歌仙の歌が、「滝・うれへ・うらみ」等の歌群の連なりの中に散りばめられている。『後撰集』と「小町集」の関わりは、「小町集」成立の年代に関しても軽視できないものがあるが、殊に、土左をめぐる『後撰集』の歌は、「小町集」と深い関連性を有していると言える。

そして、今一つ注目したいのは、土左と贈答歌を交わしている貞元親王の存在である。「小町集」の中には、他集で他作者名で記録され伝わる歌がある。小大君（5他）・三国町（7）・躬恒（13）・貞樹（32）・清行（39、六十九首本では宗于の記名）・土左（89）・是喬親王（99）・紀淑望（100）・重之（105）・伊勢（107）が挙げられるが、その内、宗于・重之・土左が、貞元親王を介してつながる。貞元親王は、閑院親王とも呼ばれていた。閑院の大君という

『後撰集』作者は、源宗于の女であったと伝えられ（『尊卑分脈』）、貞元親王の居た閑院と関わりを有する。「小町集」第四十二歌は『宗于集』に載り、他本歌第一〇五歌は『重之集』に載る。源重之は、貞元親王の孫にあたる。さらに土左は、貞元親王と左記のように贈答歌を交わしている。「小町集」が形成されるに至る契機の一として、貞元親王、閑院の存在が注目される所以である。

古い伝承歌だったかもしれぬこの歌が、仮に「小町集」の歌であったとするなら、ここには幸せな小町がいる。暖かい愛情に包まれている。

九〇　世の中をいとひてあまのすむかたはうきめのみこそみえわたりけれ

「世の中」に関する表現は、例えば『万葉集』では、「世間を厭しと思ひて」（三二六五）・「世間を背きしえねば」（二一〇）が挙げられ、『古今集』以降にも、

よのなかをいとふ山邊のくさ木とやあなうの花のいろにいでにけん　（『古今集』九四九）

世中をいとひがてらにこしかどもうき身ながらの山にぞ有りける　（『後撰集』一一二三）

が見え、「世の中をいとふ」は、厭世観の表現である。

「うきめ」は、浮いている海藻であり、「浮き海藻」と、辛い思いを意味する「憂き目」を懸けている。

うきめのみおひてながるゝ浦なればかりにのみこそあまはよるらめ　（『古今集』七五五）

我をきみなにはのうらにありしかばうきめをみつのあまとなりにき　（同　九七三）

前者は、『古今集』恋五の読人不知歌であり、『古今集』の成立時には既に「うきめ」に掛詞の興趣が感じられていたと言える。「うきめ」の掛詞は、「小町集」に好んで採り入れられ、右「我をきみ」歌は、「小町集」の伝本の一である、「静嘉堂文庫蔵本（一〇五・三）」に収録されている。

「みえわたり」は、ずっと見え続けるの意味で、「小町集」に「みえわたる」の用例が、この歌以外にも二首ある。その二首は、相手が夢に見え続ける（54）という歌と、相手が詠者を懐しんでまた訪れ、見え続けるようになった（63）と詠む歌である。ともに「小町集」の中では、明るい調を有していた。

この歌は、『後撰集』では、

世中を厭ひてあまの住む方もうきめのみこそ見えわたりけれ　（『後撰集』一二九〇　こまちがあね）

という形で、「こまちがあね」の作として載る。『新日本古典文学大系　6　後撰和歌集』の注釈は、「あまのすむかた」に、「俗世を厭い尼となって住むという方向」「尼となって住む将来」の意味を懸けていると解されている。前句からのつながりによれば、そう解せる。

この第九十歌を読む際、第三句の「あま」に「尼」の意味が込められていたと見るか否かは、問題である。尼が詠者自身の事実であるか否かに関わらず、それぞれに作品世界は成立する。しかし、この歌の詠者の関心が、出家した「尼」にあったか、或いは、海辺の「海人」という素材に過ぎなかったか、ということは問題にされるべきである。

この歌が、「静嘉堂文庫蔵本（一〇五・三）」の「小町集」歌にも採られていることは述べたが、次の『古今集』歌を踏まえた感慨を詠む歌であると見る時、その後日談のようにも解せる。

我をきみなにはのうらにありしかばうきめをみつのあまとなりにき

このうたはある人、むかしおとこありけるをうなの、おとことはずなりにければ、なにはなるみつのてらにまかりて、あまになりてよみて男につかはせりけるとなんいへる　（『古今集』九七三）

『古今集』歌では、「浮き海藻」を刈る三津の尼と、「憂き目」をみる三津寺の尼が結びつくものとして左注で解かれている。そうであれば、この第九十歌の「世の中をいと」うことが、出家や隠遁を暗示する句であるという点に於いて、第三句「あま」に「尼」の意味を見ることは不自然ではない。一方、詞書はなく、第三句「あまの住む方も」とする『後撰集』歌の

世中を厭ひてあまの住む方もうきめのみこそ見えわたりけれ　（『後撰集』一二九〇）

の「住む方も」の「も」は、「あま」に力点を置いているようで、「尼」の意味が懸けられていると見ることも、首肯出来る。第三者に対するような表現から、「出家しても辛いのは変わらないでしょう。」の意となる。

しかしながら、「小町集」の全体的な歌の姿からは、この第九十歌を、「尼」への関心があったものとは解し難い。「小町集」集中に世の中や我が身の境遇を嘆くことはあっても、世を遁れたいと詠む歌の例を見ない。「辛い」という表現はあっても「厭う」という表現はない。海に関する歌を取り上げても、「みるめなし」「うらみ」などという主情に耽り、思索という域に入らない。「世の中をいとひて」は、「あま」にではなく、下句に係ってゆくと解したく思う。

この歌が『後撰集』で、「小町が姉」と記名されているのは、右に掲げた『古今集』「われをきみ」歌に依るところが大きいと思う。『後撰集』慶長本や雲州本は小町作とし（『新日本古典文学大系　後撰和歌集』）、「小町集」にも姉の記名はない。「あま」に「尼」が当てられるのではないかと解釈された時、この歌は、小町の作ではないと判断されて、流布本「小町集」では、「小町が姉」と記名されるに至ったと推測する。

九一　はかなくてくもとなりぬるものならはかすまむそらをあはれとは見よ

「雲となりぬる」即ち、死んで雲となる意の表現は、『万葉集』の挽歌にも見られ、雲に死者を偲んで眺める、という歌もみえる。

賀茂真淵は、『古今集』八五七の類歌に、小町のこの歌を掲げている（『古今集打聴』）。その『古今集』歌とは、

次の通りである。

式部卿のみこ閑院の五のみこにすみわたりけるを、いくばくもあらで女みこのみまかりにける時に、かのみこすみける帳のかたびらのひもにふみをゆひつけたりけるをとりてみれば、むかしのてにてこのうたをなんかきつけたりける

かずかずに我をわすれぬものならば山のかすみをあはれとはみよ　（『古今集』八五七）

通っていた女が亡くなり、男は、女の部屋で一通の手紙を見つける。「ねんごろに私のことを思って忘れないでいらっしゃるなら」（本位田重美『校訂古今和歌集』）山の霞を哀れと思って見て下さい、そんな歌がしたためられていた。山の霞は、火葬の煙が化したものであった。科学的には雲散霧消してしまうべき火葬の煙が、永遠に雲や霞になるというのは、心情的真実である。挽歌である限り、霞や雲の語は火葬の煙の指標であり、一筋に昇る火葬の煙は、歌の生成の契機にも、読者の連想を喚起するものにもなっていたと考える。

佐保山に　たなびく霞　見るごとに　妹を思ひ出で　泣かぬ日はなし　（『万葉集』四七三）

は、家持が妻を偲んだ挽歌であり、佐保山は、妻が眠る埋葬の地であった。

こもりくの　泊瀬の山に　霞立ち　たなびく雲は　妹にかもあらむ　（『万葉集』一四〇七）

昨日こそ　君はありしか　思はぬに　浜松の上に　雲にたなびく　（同　四四四）

の「山の霞」は、火葬の煙を契機に詠まれていた。

「はかなくて雲となる」の詞は、死を意味している。都の南東、鳥辺野であろうか、鳥辺山に火葬の煙が上がる。はかなくもか細い煙が、大空の片隅に消えてゆく。山には、刷毛で掃いたような雲がかかっている。詠者の心の中に、そんな一枚の絵があったのではないか。もしも私が死んだなら、白く霞む谷の上の雲を哀れと思って見て欲し

いという。詠者が求めるのは、火葬されてこの世と訣別する、その際の一回性の同情ではない。詠者は、繰り返し思い出してもらいたいと思っている。思い出してもらう事によって、恋しい人の心に生きる永遠の命を希っている。

この歌は、『万代集』に採られ、後続の勅撰集である『続後撰集』に再録されている。『万代集』では、大きく哀傷歌のまとまりの中で捉えられるのであるが、『続後撰集』では、歌想の繋がりが期され、小町の歌の後に、同じく三十六歌仙の作者藤原顕綱の歌を配置させる。顕綱の歌と小町の歌は、歌想は類似しながら趣意が異なる。顕綱の歌とは、

はかなくて雲となりぬるものならばかすまむかたをあはれともみよ（『続後撰集』一二二八　小町）

わづらふ事侍りけるころ　もろともに月見ける人のもとより月ゆゑ

思ひいづるよしとぶらひて侍りければ

世中になからんのちに思ひいでばありあけの月をかたみとはみよ（『続後撰集』一二二九　藤原顕綱朝臣）

であるが、顕綱の歌は、訴える内容に於いて明確な歌である。顕綱の歌には、朝の別れに二人で見た「ありあけの月」が提示され、確かな調が呈される。しかし、内容の明確さ故に、生のはかなさ、或いは、残された者の心の虚ろさというものに欠ける。『万代集』以下「かすまん空をあはれとはみよ」と作る小町歌が、この『続後撰集』では、「かすまんかたをあはれとはみよ」と改変されている。「かた」は、空の一方向であり、大空の部分である。「かすまむかたをあはれとはみ」る所作、即ち、霞あるいは雲がかかるという、思い出のよすがなる方向を目で追う所作には、残された者の虚ろな心情が、巧みに表現されている。無常の概念は、こういった日常の身近で具体的な所作を以て、人々の心に焼き付けられていた。『続後撰集』勅撰時に、小町の歌は、無常の一様相を呈するものとして受け入れられていた。それは、同集に於ける小町歌の位置付けからも明らかである。小町の歌が、小町の歌と見做されてから撰集の候補にあがり、本文の再検討がなされる迄の時間的経過が知られる。

『万代集』撰集より遡ること半世紀、『新古今集』に、次の歌が小町の歌として載る。

あはれなり我が身のはてやあさみどりつゐには野辺の霞とおもへば
（『新古今集』七五八　小野小町）

その採録は、「はかなくて」の、この第九十一歌が小町の歌と見做されて『万代集』に入る契機を作ったのではないか、と推測する。さらに想像が許されるなら、この「はかなくて」の歌は、『万代集』の撰集に深く関わる六条家が所持していた閑院にまつわる歌の資料から採録されることとなったのではなかろうか。何らかの撰集に小町歌と記されることで、その歌は私家集「小町集」の或る伝本に公然と記される機会を得ることになる。

右の『新古今集』歌「あはれなり」は、流布本「小町集」では、「又他本」の第一一五番、即ち、或る伝本から増補された歌群に入っている。初句も「あはれなり」ではなく、「はかなしや」と異なっている。「はかなくて」の、この第九十一歌は、流布本では「他本歌」とはされていないが、他作者との重出が多く見られる流布本の後部に収録されている。

「小町集」での収録状況からすれば、「はかなくて」の、この歌は、六歌仙時代の小町の歌ではないとも考え得る。その場合、典拠になったと考えられる歌は、数多い。先掲の『古今集』は、その最たるものであろうし、その他にも、例えば、『古今集』成立後、村上天皇期の斎宮女御の歌の中にも

みし人のくもとなりにしそらわけてふるゆきさへもめづらしきかな
（『斎宮女御集』四六）

はかなくてくもとなるともやまびこのこたへばかりはそらにきかせむ
（同　二一二）

の歌が見え、同時代に成立した『栄花物語』にも

あはれきみいかなる野べの霞にてむなしき空の雲となるらん
（『栄花物語』四三）（『新古今集』八二一）（『弁乳母集』二七）

程もなくくもとなりぬる君なれば昔の夢の心地こそすれ
（『栄花物語』二八〇）

という歌が、記されている。これが、後世に作られた歌であったとすれば、典拠には事欠かなかったであろう。類歌は多く、以下の歌も見える。

とりべ山たににけぶりのもえたたばはかなく見えし我としらなん　（『拾遺集』一三二四）

世中はみしもききしもはかなくてむなしき空は煙なりけり　（『新古今集』八三〇）（『清輔集』三四〇）

くもとなり雨となりても身にそはばむなしきそらをかたみとや見む　（『新勅撰集』八三〇）

人の世のはてはむなしき夕煙雲となりても空に消えつつ　（『続後拾遺集』一二三一）

数多い類歌の中でも、この歌の詠者は、恋しい人の心の中で永遠に生き続ける生命を望み、その背景に、自らの死に対して抱く、或いは、残された者の心に生じる空洞を、巧みに表現していると思う。

九二　われのみやよをうくひすとなきわひむひとのこころのはなとちりなば

小町歌「いろみえでうつろふものは世中の人の心の花にぞありける」が、『古今集』恋五に見える。この歌は、同集のその小町の歌に続く読人不知歌として載せられる歌である。続け掲載されていたことから、『古今集』の読人不知歌が小町の歌と誤伝されるに至ったのであろう。

「花のちるをうつるといふ也」と『古今余材抄』は注する。「人の心がちる」とは、恋人の詠者に対する心変わりを言う。「心が変わって退いてしまう」（『古今集遠鏡』）、「離れ去ること」（本位田重美『校訂古今和歌集』）の意であると、『古今集』の注釈書は解する。「散り」は離散する、の意味ではあるが、それは、「私」を中心とした視点で採択された語ではない。即ち、あなたの関心が私から離れて行く、という「私」を中心とした捉え方でなく、確かに存在した愛情の移ろい、人の心の移ろいが、大局的な視点を以て捉えられている。人の心が散るとは、個を超えた表現である。「花とちり」の「花と」で、自然の摂理が詠み込まれると、その傾向は一層強まる。時の推移に伴う花の移ろいがイメージに重ねられ、花の一生が恋の盛衰と二重写しになる。
しかし、詠まれているのは、全て仮想である。「人の心の花とちりなば」は、仮定表現である。恋の衰退が懸念されているのみで、恋は未だ成立している。恋が終わったならば、私だけが辛い思いに泣くのでしょうか（「よをうぐひすとなきわびむ」）という。この恋が終わって悲しい思いをするのは、きっと私だけなのでしょうね、と詠者は詠っている。

「うくひす」が「憂く干ず」の掛詞になっている。辛い涙に濡れて乾かない、の意である。「心から花のしづくにそぼちつゝうくひずとのみ鳥のなく覧」（『古今集』四二二）も同様の掛詞を有する。こういった趣向は、『万葉集』「卯の花の　憂きことあれや」（一九八八）の系譜に連なるもので、「よをうちやまと」、「よをうみへたに」等後世の歌に多く見えるが、「小町集」にも77「よをうきしまも」という掛詞を用いた歌がある。又、33「世をうみわたる我ぞかなしき」、23「我が身をうらとしらねばや」等の海の歌群に見える「海」は、「うし」と音を通わせて「小町集」の特色の一を形成している。同集第六十歌「卯の花のさけるかきねに時ならで我がごとぞなく鶯のこゑ」も意図的に「憂し」に通う「卯の花」「鶯」を取り合わせることで、小町の伝承上の人生が確認されたような歌になっている。ここにも『古今集』の読人不知歌を採録する要因があったかもしれない。

自然の摂理に従って花が散る、そのようにあなたの心が移ろうならば、という右の解釈は、その花を桜花と見る事に起因する。桜花の散りゆく様を、詠者が想定し静観していると解釈するなら、この歌は、沈鬱ながらも諦観の調を有する。『古今集』には、

花のちることやわびしきはるがすみたつたの山のうぐひすのこゑ　（『古今集』一〇八）

こづたへばおのがはかぜにちる花をたれにおほせてこゝら鳴くらむ　（同　一〇九）

といった、花の散るのを惜しんで鳴く鶯を詠む歌群がある。『古今集』の配列からすれば、それらの花は桜である。

二月を主題にした後半の散る桜の歌群（松田武夫『古今集の構造に関する研究』）である。少なくとも『古今集』の撰者達は、そう捉えていた。しかし、春を告げる鳥、鶯が美しい声で鳴く時期の花は、梅であろう。『万葉集』

うぐひすの　音聞くなへに　梅の花　我家の園に　咲きて散るみゆ　（『万葉集』八四一）
いつしかも　この夜の明けむ　うぐひすの　木伝ひ散らす　梅の花見む　（同　一八七三）
袖垂れて　いざ我が園に　うぐひすの　木伝ひ散らす　梅の花見に　（同　四二七七）

等のように、鶯と共に詠まれる花が梅であるなら、即ち、小町の歌の結句の花を梅とみるなら、この歌の解釈も変化しよう。年々の桜花の盛衰は人の心に諦観の態度を育てた。「花散る」ことが、諦観すべき自然の推移であるという認識は、桜花に関して一層強まる。しかし、一方で、『万葉集』に見るような情景が想起されていたとすれば、どうだろう。鶯が、梅の木立を忙しく飛び回る。細かな梅の花弁が散る。「人の心の花とちりなば」の表現の裏に、或いは又、鳴きわたる鶯の動きに、詠者の情念が見え隠れする。鶯は、鳴きながら木末を飛び回っている。失われた物を捜すかのように花を散らして飛び回る。人はそ知らぬ顔でそれを見ている。あれが、恋人の心移ろった後の我が身なのだ。うず巻く情念の上に立って、この歌を詠む小町が想定されていたかもしれない。

九三　はかなくもまくらさためすあかすかなゆめかたりせし人をこふとて

この「西本願寺蔵本（補写本）」結句は、「ひとをこふとて」となるが、「小町集」では特異な本文である。「時雨亭文庫蔵本（唐草装飾本）」や六十九首本にはそもそもない歌であるが、その他は全て「人をまつとて」という本文で入る。

『古今集』恋一に、この歌の類歌である、次の読人不知歌が載る。

よひよひに枕さだめむ方もなしいかにねし夜か夢に見えけむ　（『古今集』五一六）

この「枕さだめむ」について『古今集』注釈は、次のように述べる。

展転反側して、ふしもさためぬをいふ。万葉に、敷妙のまくらうこきていねられす物思ふこよひはやあけむかも。しきたへの枕うこきてよるもねすおもふ人には後もあはんもの。此枕うこきてといふに同し。

（『古今余材抄』『契沖全集　第八巻』）

『古今余材抄』は、「枕の在り処が一定ではない、即ち動く」の意味と見、『古今集打聴』はこれを承ける。『古今集正義』も「いかにしてもねられぬをしかいへるのみ更枕に心なし」と、どうしても眠れない意味だとする。一方、『古今集遠鏡』は、それらの解釈を誤りとし、上句を辞義通り「どちら枕にどうして寝」る、即ち、恋人を夢に見る為の枕の置き方の意味であると捉える。

「枕さだめむ」の「さだむ」は、据える・置くといった意識的な動作を示す語である。夜毎の夢での逢瀬を希って、詠者は枕の置き所を考えていた。『古今集遠鏡』が異議を唱える様に、「枕さだめむ」は詠者の行為を示す語である。ただ、「よひよひに…かたもなし」は、夜毎の期待が空しかった事を示している。『余材抄』以下の注釈は、この表現に備わる調を重視しているのである。歌は「宵々の枕の定め甲斐がなかったことだ、また今宵も夢で人に逢う事もなく空しく夜が明けるのだろうか」の意で詠まれている。初句は、「よひ」ではなく「よひよひに」であり、それは幾夜か経ての述懐であり嘆きなのである。『古今栄雅抄』（『古今和歌集全評釈』）や『正義』は、「枕」の語を重視せず、詠者が人に直に逢う事のみならず夢にも逢えなくなったことを嘆じているという。確かに下句には、恋人が夢に見える迄、枕の位置を考え試みる、といった積極的な意志に伴う調が感じられない。下句は、夢での逢瀬も遠い過去になったのだという、上句の嘆きの調に包まれてしまっている。

『余材抄』以下一連の解釈が、『古今集遠鏡』ほどに辞義に忠実ではなく、右の如くであったのは、「よひよひに…かたもなし」という嘆きの調から導かれたものだからであろう。一方、竹岡正夫氏『古今和歌集全釈』では、よひは「暁」に対する語であって、まだ輾転反側したり眠れぬので悩んだりするような時刻ではないことが述べられ、更に、「かた」を「方法」とする用例が『古今集』や『時代別国語大辞典　上代編』に見えぬという観点から『余材抄』一連の解釈を退けているが、右に述べた点で、『余材抄』以下の真意を突いたものではない。

「小町集」第九十三歌も、この『古今集』歌の調を有する。初句「はかなくも」に、恋人と夢で逢えなかった寂しさと、夜明けが近づくのに、非力な自らの虚しさが凝縮されている。「枕さだめず」は、巧く恋人に逢える枕の置き方が出来ずに、の意味であり、そこにも、期待を込めて枕を定め据えたはずの行為の甲斐なさが表現されている。『古今集』歌同様「さだめず」は「さだまらず」ではないのだが、枕が動き一定の箇所になかった、即ち、輾転反側し眠れぬ夜を明かしたという印象を与えている。「巧く恋人に逢える枕の置き方が出来ずに」という原義は、「こりずまにあだなる花のもとにしもまくらさだめぬうたたねはせじ」（『大斎院前集』三二三）の如く、「恋人と夢で逢えない」意味を表す慣用的な表現に転用されていたかもしれない。

「夢がたりせし人」は、夢の中で語らった人、即ち、恋人である。詠者は、夢の中のその人に、直に逢った現実の恋人に劣らぬ印象を受けた。「夢がたりせし人」は、詠者には一現実であった。それが、夢の中のみの現実であったように思えるのは、上句の吐息のような詠嘆の語「かな」と、確認するような下句の倒置表現にある。

成立している恋の激しい想いを背景に、この歌が詠まれたようには思えない。現実の人を待つという任は、もう詠者のものではないのだろう。「夢がたりせし人をまつとて」という下句は、唯一の頼みであった夢の逢瀬もままならなかったという沈潜した調を有する結末になっている。『栄雅抄』や『正義』が右の『古今集』歌に見ていたのと同様な調がこの歌にもある。

この歌は『万代集』に収録され、『玉葉集』に採録される。両集は、恋二・恋三の部立に入れ、恋の渦中に在る詠者を想定している。

九四　よのなかのうきもつらきもつけなくにまつしるものはなみたなりけり

身の辛さが詠われる。世の中の辛さを口にした訳でもないのに、真っ先にそれを知る者は涙でしたよ、と詠う。涙が擬人化されている。擬人化された涙が詠者に同情し、詠者はそれに感謝しているのだ、と解するのは、窪田空穂『古今和歌集評釈』であるが、それ程に技巧性の勝る歌ではない。涙がひとりでに流れたのだといっている。心中でうず巻く思いが、その時には意識されていなかった。思いがけず涙は流れたのである。詠者はその事に驚いた。奥深く心に沈められたはずの辛さを身体は知っていた。身体は溢れんばかりの辛さを抱えていた。一筋の涙は、その事を詠者に気づかせるのであり、この歌には、技巧性よりも詠者の素直な驚きがある。

この歌は、『古今集』に読人不知歌として載る。巻十八雑下　九三八〜九四五の六首が「小町集」に入る、その一である。何故、連続した読人不知歌の四首と惟喬親王の歌一首が「小町集」に載るのか。それは、『古今集』で、それらに先立つ九三八、九三九が、小野小町と記名された歌であることに因る。小町の記名ある九四〇歌以下の五首から是喬親王と記される九四五迄の読人不知歌が、先行の記名に影響されて小町のものと見做され、そのまま流布本「小町集」に補入されたと考えるのが自然であり、また、通説にもなっている。部立は雑下であり、松田武夫氏『古今集の構造に関する研究』に拠れば、その五首は厭世の歌群である。

従って、この、第九十四歌が「小町集」に入った契機も、『古今集』で先行する小町歌に影響されて、これが小町の歌に誤認されたという点、そして、その厭世の歌が小町の歌に関連づけられる性質を持っていたという点に、まず認めることが出来る。更に、「涙」の言葉の中にも、小町の歌と関連づけられる要素があったと考える。「小町集」中「涙」を素材にした歌は五首あり、そのうちの二首は、安倍清行と小町の贈答歌である。『古今集』にも採られた贈答歌で、「涙」を詠んだ歌が小町の歌として印象づけられる事になった。小町は、清行の「つつめども袖にたまらぬ白玉は人を見ぬ目の涙なりけり」の歌に、返歌している。恋の思い故に流れる私の涙は、あなたに比して「激つ瀬」のようです、と小町は自らの涙の様を誇張して応える。同じ涙を詠んでも、その贈答歌と、この歌とでは、表現が異なっている。当時の恋歌の贈答に於いて、恋の涙の量は多ければ多いほど良いのである。『万葉集』でも、既に「敷栲の　まくらゆくくる　涙にぞ　浮宿をしける　恋の繁きに」（五〇七）と、浮き寝をする程の多量の涙、即ち後世の「涙川」の歌詞にも連なる表現が見えている。清行との贈答歌で、小町は他の恋歌がそうであったように、恋の思いの大きさを涙の量に喩える。清行との贈答歌が、何らかの公的な場で詠まれ伝承された歌であったとするなら、この歌は、独言の如き私的な調を有する歌であると言える。

「世の中のうきもつらきも」に関しては、『万葉集』に「世間の　厭けく辛けく」（八九七）・「憂けく辛けく」（四二一四）等という類似表現がある。万葉歌人の間でも、経世は辛いものという概念はあったのであって、例えば、八九七「世間の　厭けく辛けく」は、傷に辛塩をそそぐようだ、と言っているし、四二一四は、母親の死を告げる言葉の中で「世間の　憂けく辛けく　咲く花も　時にうつろふ　うつせみも　常なくありけり」と通念としての無常が表現されている。それらは、歌の中で、具体的叙述に移る前の序曲のような働きをしており、詠者の辛さを先鋭化してゆく。しかし、この「小町集」第九十四歌の、世の中に対する辛さの表現は、時の風化によって黒膜を被った銀のようである。『後撰集』歌

見し夢のおもひいでらるるよひごとにいはぬをしるは涙なりけり　（『後撰集』八二五　伊勢）

は、「世の中」を男女の世界として、この歌を享受している。この歌に底流する暗鬱な心情は、男女世界のものであろう。「小町集」の、「世の中のうきもつらきも」も、詠者の心中で、黒く重く沈められていた心情ではあるまいか。一筋の涙によって軽い驚きを覚えるほど、長い時間が経っていた。この歌が「小町集」に入れられたのは、「小町集」歌に於ける時の移ろいと、眺めに伴う吐息がこの歌にも感じられたからだと思う。

九五　ふきむすふかせはむかしのあきなからありしにもあらぬそてのつゆかな

詠者は、袖で涙を押さえている。秋である。しっとりと濡れる袖に、「いつもにない秋の露の量だ」という。露は涙の表現ではあるが、秋風に細かく震える草葉の露が、重層的なイメージを形成している。

この歌は、『新古今集』に収録されていて、同集では

ふきむすぶ風はむかしの秋ながらありしにもにぬ袖の露かな　（『新古今集』三一二　小野小町）

のように、第四句が「ありしにもにぬ」になっている。「以前とは似ても似つかない」の意であるが、逆に、露と涙の形状の類似が想起されることになる。想起される形状は、露から涙へ穏やかに移行する。一方「ありしにもあらぬ」（「小町集」）は、詠者の意識が自然現象としての露の存在を打ち消してしまうかの如きである。それは草葉の露ではない、秋風が結ぶ露では決してないのだ、という強い調が備わる。

「ありしにもあらぬ」と「ありしにもにぬ」では、前者の方が古形であって、『新古今集』入集の際に「ありしにもにぬ」と書き換えられたのではないかと推測する。十世紀末の歌人和泉式部や選子内親王の私家集に「ありしにもあらず」という表現が見られる（「ありしにもあらずなれるみを」（『和泉式部集』七一七）・「わがみさへありしにもあらずなりにけり」（『大斎院御集』二七））からである。また、『新古今集』の撰者の一である藤原家隆、―家隆は隠岐本に歌を残す際、この小町歌にも加点しているのであるが―、その家集『壬二集』にも、「昔にはありしにもあらぬ袖の上に誰とて月の涙とふらん」（一八三二）と見える。更に、十二世紀を生きた藤原清輔の歌に「鳥の子のありしもあらぬ古巣にはかへるにつけてねをや鳴くらん」（『清輔集』四三二）がある。清輔歌に関し、清輔の没後六年に成立した私撰集『月詣集』では、同歌が、『清輔集』同様「ありしにもあらぬ」（八二八）として収められている。しかし、『新古今集』の撰集時代を経て、十四世紀半ばに成立した『風雅集』の勅撰集では、同歌が「ありしにもにぬ」（一九二四詞書）となっている。「小町集」歌の場合と考え併せれば、「ありしにもにぬ」と勅撰集、「あ

りしにもあらぬ」と私家集・私撰集という図式が成立するかもしれない。「ありしもにぬ」に、勅撰集入集に相応しい淡々とした調が認められていたのであろうか。流布本「小町集」の伝本では、「御所本甲本」系統と、「静嘉堂文庫蔵本（一〇五・三）」・「静嘉堂文庫蔵本（五二一・一二）」・「陽明文庫蔵一冊本（国文研55-44-8）」が、「ありしにもにぬ」とし、『新古今集』と同じ形で入っている。「小町集」の場合は、「ありしにもあらぬ」の形で流布する。

初句「吹きむすぶ」は、風が吹いて露を結ぶという、継起的な二現象を内包する詞である。「むすぶ」は、空気中の水蒸気を凝固させる、の意であり、結露は秋の景物である。「吹きむすぶ」の対義語は、「吹き乱る」であり、「秋風はふきむすべどもしら露のみだれておかぬ草のはぞなき」の歌が、同じく『新古今集』の大弐三位の歌（三一〇）に見える。「吹きむすぶ」に関すれば、『日本後紀』大同三年九月の

戊戌　幸神泉苑　有勅　令従五位下平群朝臣賀是麻呂作和歌曰　伊賀尓布久賀是尓阿礼婆可於保志万乃乎波奈能須恵乎布岐牟　田須悲太留　皇帝歎悦　即授従五位上
（『日本後紀』傍線筆者）

の用例が古いものであろう。大同三年九月十九日、平城天皇が平安京の神泉苑に行幸された。その際に、賀是麻呂（かぜまろ）に和歌を作るよう命じられ、彼は「いかにふくかぜにあればかおほしまのおばなのすゑをふきむすびたる」と、巧みに詠んだので、天皇は大層お喜びになり、賀是麻呂に位を授けられたという。神泉苑の庭の大島に薄が植えられていた。しかし、穂先はまだ固く風情がなかった。賀是麻呂は秋になれば尾花は綿状の美しい穂をなびかせるものであるのに、どうして風は尾花を固く閉じさせているのか、天皇がいらっしゃる、ここ大島の風は、と詠んだのである。この「むすぶ」の対義語は開花する意の「とく」であり、もとより露に関するものではない。式子内親王の「ふきむすぶたきはこほりにとぢはてて松にぞ風の声もをしまぬ」（『新勅撰集』三九七）歌などは、同じ「とく」でも氷であるという様に、「吹きむすぶ」は、この小町の歌の成立時には、歌詞として概念化された

詞ではなかった。

「吹きむすぶ」は、「吹き、そして結ぶ」という様に、一現象の終結が次の現象を誘起することを表す詞であるが、風は一首を通じ、止まず吹いているかのようである。「吹き」の語は、詠者の想念の内にある草葉の露にも、この時の詠者の着物にも、止むことなく吹いている如き印象を与える。風は草葉の結露を揺らしている。その小刻みな震えが、詠者の心の形象にもなる。「吹き」の語の余韻は、心の内実を語る訳でもなく、ただ涙に注視している詠者の姿を包んでいる。

九六　あやしくもなくさめかたきこころかなをはすてやまの月もみなくに

この歌は、『古今集』雑歌上

わが心なぐさめかねつさらしなやをばすて山にてる月をみて（『古今集』八七八　読人不知）

の影響下に作られたものと考える。『古今集』歌も「小町集」歌も共に、「をばすて山」の月を見る時に、穏やかにはなれぬ心を詠む。

「をばすて山（姨母棄山）」とは、長野県埴科郡戸倉町南端に位置する現在の冠着山を指す。更級郡上山田町・東筑摩郡坂井町にもまたがる山であり、冠着山の名の如く、その形は冠巾に似る三角の独立峰である。『古今集遠鏡』が、

此歌　をばすてといふ山の名にかゝはることにあらず　又所がらにもかゝはらず　所はいづこにても同じ事にて　歌の意はたゞ　月みればちぢに物こそかなしけれなどいへるたぐひなるを　たまたまをばすて山にて見たる時によめるのみ也（『古今集遠鏡』）

と述べたのは、歌の主意が棄老伝説にあるのではなく、月に喚起される物思いから離れぬことを示すものであった。

しかし、「所はいづこにても同じこと」ではなかったはずである。『今昔物語』が「姨母棄伝説」で、名の由来を載せる。

其ヨリナム姨母棄山トゾ云ケル、其ノ前ニハ冠山トゾ云ケル、冠ノ巾子ニ似タリケルトゾ語リ伝ヘタルトヤ
（『今昔物語』三十・九）

と書いている。冠山が姨母棄山と呼ばれる様になったという。「さらしな　をばすて山」の地名は、『古今集』撰集の時代には既に知られていた。窪田空穂氏『古今和歌集評釈』では、『万葉集』の防人に「小長谷部」を氏とするものがあり「をばすて」は「をはつせ」でその豪族の領地内の山の名であった、という説を出している。起源はそうであったかもしれない。ただ『古今集』に「をはすて」と表記されているのであるから、『古今集』撰集時代には、「姨母棄」を想起させるところの棄老伝説に因む名称であったと思える。冠山が、時間経過の後に姨母棄山と呼ばれるに至ったのではなかろう。伝説は古今歌を契機に都で広まるのであって、更級の地では依然「冠山」であった。『今昔物語』は当地の地名と照らした矛盾を「其ノ前ニハ冠山トゾ云ケル」として解決したのであろう。

そういった伝説に依らないところの「更級、をばすて山の月」の特殊性が詳解されているのは、竹岡正夫氏『古今和歌集全評釈』である。「さらしな」即ち、「盤」が「階」になっている当地は、千枚田とも言える地形であるということ。その棚田に映る月が、後世の「田毎の月」なる歌詞につながってゆく地勢であること。又、『古今集』に於いて「雑上」に収録されているのは―秋の月を主題にした秋の部立にも入らず、羇旅歌としての扱いをも受けていないのは―地形による異常な光景に依るものであることが説かれている。

見渡す限りの「さらしな形」の地形、その一枚一枚に一つ一つ月が映っているのである。それは京都や奈良などでは全く見られぬ異常な光景であった。そのうえそこに黒々と聳える山の名は聞くも無惨な「姥捨山」という。それはこの世ならぬどこか世界の果てにでも来あわせたようなぞっとする景観である。

（竹岡正夫『古今和歌集全評釈』）

これは、現在の「冠着山」を西南の麓から見た時の月を『古今集』歌の「さらしな　をばすて山の月」であるとする解釈の一である。冠着山西南麓の鉄道線に姥捨の名が付いている。

不思議なことに、慰まないわが心だな、をばすて山の月も見てはいないのに、と歌はいう。特異な「更級の月」を見て心が穏やかにならぬとすれば、然もあろう、しかし、更級「をばすて山」の月を私は見ていない。そうであるのに心慰まぬというのは、「あやし」きこと、奇妙なことだと詠者は言っている。「あやし」は、『万葉集』（例えば広瀬本）で「奇・霊・恠」（二四五、三一九、一三二四他）の字が当てられていた語である。「あやしくもなぐさめがたき心かな」で「あやし」という漠然とした疑問の詞が選択されることにより、帰する所のない心の乱れは少なからず昇華されることになる。

典拠であったろう『古今集』読人不知歌の第二句「なぐさめかねつ」も、「小町集」の第二句「なぐさめがたき」も、なすことが困難だという意味に於いては変わらない。「わが恋は　慰めかねつ　ま日長く　夢に見えずて　年の経ぬれば」（『万葉集』二八一四）「恋繁み　慰めかねて　ひぐらしの　鳴く島蔭に　廬するかも」（『万葉集』三六二〇）等、『万葉集』では、「なぐさめかねつ」という古今歌同様の表現が一般的であった。「かねつ」という終止形を取る『古今集』歌は、心情の流れが、この「かねつ」の詞に停滞する。一方、「かへりつるなごりのそらをながむればなぐさめがたき有明の月」（『千載集』八三八）「月だにもなぐさめがたき秋の夜の心もしらぬ松の風かな」（『新古今集』四一九）等、「なぐさめがたき」では、体言に続いていく形が取られることによって、対象に、即ち「有明の月」や「秋の夜」に、心遣りをすることが可能になっている。心情が後続の体言に帰着するということは、「有明の月」や「秋の夜」を惜しんだ万人と心情を共有することにもなる。「なぐさめかねつ」という個人的かつ停滞した主観の表明は、この「小町集」の「なぐさめがたき心かな」の表現では「心」という歴史的な意識によって捉えられた心情の内に解放的に流露するのである。「小町集」の此の歌は、内容に反して、沈潜する調を持たない。「なぐさめがたき」心情も「あやしくも」で示されるためらいの姿態も「心かな」のア音によって解放され、「わが心なぐさめかねつ」と表現された古今歌程の閉鎖的な心痛の調にはならない。それは、典拠のある表現に依りかかることで、どこか安心へと導かれる結果の、緩慢な調に関わる。

この歌は何故、古今歌に想を得た当地の月でなくてはならなかったのか。「なぐさめがたき心」の強調として「さらしな　をばすて山」の月が提示されたとするなら、その月の特異性が知られ得る。

「をばすて山」の語に深く心引かれる心情が詠者の内にあったことになる。「小町集」には秋の歌が多い。山家の月のイメージが、それらの歌の中にあることは、先行研究でも指摘されるところである。うっそうと繁る木々に囲まれて詠者の住まいがあり、例えば、月明かりの夜、眠れぬ物思いのなかで、詠者は、をばすて山に照る月を見ているわけでもないのに、と嘆く姿が想定されているのであろう。

この歌は、『万代集』（三一二三）に採られ、『続古今集』（一八五〇）にも再録される。『万代集』では、雑歌三、冒頭の、山名を詠み込む歌群の内に「をばすて山」の歌として収録され、『続古今集』雑下では、出離し難い、この世にあることの経世の物思いという観点から捉えられ、採録に内容の考慮されたことが知られる。同集では、先の「小町集」第九十五歌を収録する（一八三四）のも、「小町集」歌の採録を考察する上で興味深い。藤原定家撰の『新勅撰集』秋歌下では、既に

さらしなやをばすて山にたびねしてこよひの月をむかし見しかな　（『新勅撰集』二八二　能因法師）

秋の月いかなる物ぞわがこころなにともなきにいねがてにする　（同　二八三　小野小町）

といった編纂の仕方がなされている。古歌の情趣の中で捉えた能因法師の叙景歌と、小町の歌とが並記されるのは、小町の夢を語った能因法師が『新勅撰集』の撰者の意識に存したからかもしれない。

九七　しとけなきねくたれかみをみせしとやはたかくれたるけさのあさかほ

現代人が想起するラッパ状に開く朝顔は、古代には「牽牛子」と呼ばれた。それは薬草の一として中国から伝来した際に、種に付された呼称であった。『万葉集』では、「萩の花　尾花葛花　なでしこの花　をみなへし　また藤袴　朝顔の花」（一五三八）と、秋の七草の一に数えられている。「あさがほ」という和名は、桔梗や槿のことを指すともいう。新古今時代には、「露よりけなるあさがほの花」（三四三）と、はかない物の喩えに用いられている。『拾遺集』読人知らず歌（一五五）の「槿の花（あさがほのはな）」には、「槿」（むくげ）の字が当てられるが、「槿子」も、朝開いて夕べにはしぼむ特性を持つ。漢詩では、はかない花としての認識が定着している。『万葉集』ではまた、「朝顔は　朝露負ひて　咲くと云へど」（二一〇四）と見えるが、『万葉集』の「朝顔」が、朝の光を高い所で真っ先に受けて咲く事を示すので、三〜四メートルにもなる「槿子」を意味しているかもしれない。但し、高さに関すれば、高所に這う蔓草とも考えられ、桔梗でも高い物では一メートルになるので、高さだけでは何れとも言えない。

『万葉集』で「あさがほ」は、著しく目を引く景物としても詠まれている。

こひまろび　恋は死ぬとも　いちしろく　色には出でじ　朝顔の花　（『万葉集』二二七四）

言に出でて　言はばゆゆしみ　朝顔の　穂には咲き出ぬ　恋もするかも　（同　二二七五）

開花する朝顔を遠景に捉えた歌である。花は顕著に目立ったのであろうが、その色の鮮やかさは、初秋の頃、一面の雑草に紛れてぽつんと一つ咲いていた故に、周囲の緑色によって際立ったものであり、翌日には隠れてしまうような、はかなさをも示す。「小町集」の、この「あさがほ」は、開けば木に賑やかな「槿子」のような花ではなく、また、蔓草に付く「牽牛子」でもなく、朝露の草の中に咲いている桔梗が、花を見つけた詠者の驚きと、花を見失った詠者の言葉に相応しいイメージであると思える。

昨朝、庭の植え込みに咲いていたはずの朝顔が、今朝は見えない。花を見つけた昨朝の驚きが余韻となって、今朝の詠歌に響いている。昨日見えた花が今朝は見えない。それは、髪を乱した寝起きの顔を見られたくないからか、と歌は詠まれる。歌に詠まれる「あさがほ」には、明らかに植物のそれを超える場合がある。『後撰集』の「もろともにをるともなしに打ちとけて見えにけるかなあさがほの花」（七一六）は、曹司の前に咲いている朝顔の花に、一夜を共にした女性の顔を彷彿させた歌であることが詞書より知られる。『源氏物語』夕顔の巻では、六条の君のもとに宿った光源氏が、「咲く花にうつるてふ名はつつめども折らで過ぎうきけさの朝顔」の歌で「あなたの顔を見ていると帰りたくない」と言いかける。六条の君は「朝霧の晴れ間も待たぬ気色にて花に心をとめぬとぞみる（花にもお気を留めなさることなくあなたは帰ってしまわれる）」と応える。小姓が、露けき草の中から朝顔の花を折ってくる、という美しい場面がある。自然の景物である朝顔と女の顔にかすかに接点を持たせて詠んだ源氏の歌や、意識的に女の顔の生々しさを消し去り植物のことに帰着させて応えた六条の君の歌には、繊細な美しさがある。『後撰集』の表現も女の顔と植物の接点がかすかな点に於いて同様である。しかし、「小町集」のこの歌には、そういった和歌的情趣に満ちた繊細な調がない。俗謡のような印象を受ける。

「ねくたれ髪」「朝顔」が併せ詠まれることで、表現に露骨さを感じさせるせいであろうか。しかし、「ねくたれ髪」の詞そのものは、歌にある。

わぎもこがねくたれがみをさるさはの池のたまもとみるが悲しさ　（『人丸集』二二一）

ねくたれのかみけづるよもあはざればこひしきものをけふはくらしつ　（『古今和歌六帖』三一六九）

両首とも人丸の歌として伝わる。「ねくたれがみ」は、寝乱れた髪を指す語であり、慣れ親しんできた妻の形象でもある。「思ひいづやねくたれがみをかきわけてありあけのつきにちぎりおきしを」（『忠盛集』八一）・「みし人のねくたれがみのおもかげになみだかきやるさよのたまくら」（『秋篠月清集』三六九）等にも見える。それらは、思い出の中にある恋人の夜の髪である。また、藤原匡房は、次のように、この語を好んで用いている。

草枕ねくたれがみをかきつけしそのあさがほのわすられぬかな　（『続詞花集』五五八　匡房）

たとふべきかたこそなけれわぎもこがねくたれがみのあさがほのはな　（『万代集』一〇五二）（『新千載集』三七一）

『人丸集』『忠盛集』『月清集』で「ねくたれがみ」は、歌の主題に対し、一景物として従的な働きをしている。朝顔と結びつけられた匡房の歌は、趣向のおもしろさに気づき始めたような歌である。「さほひめのねくたれがみのあをやぎをけづりやすらむはるの山かぜ」（『万代集』一四九）も匡房の歌である。匡房の「ねくたれがみ」への愛着は、思い出の夜の髪から切り離された、歌詞の目新しさにあったであろう。

第三句「ねくたれがみをみせじとや」の「とや」（多くの流布本「小町集」の形で、「御所本甲本」系統は「とて」とする）」や、第四句「はたかくれたる」の「はた」も俗語的な響きを有している。「はた」は、「甲乙二つ並んだ状態や見解などが考えられる場合に、甲に対して、もしや乙はと考えるとき、あるいは、やはり乙だと判断するときなどに使う」（『岩波古語辞典』）詞である。この歌の場合、疑問の心情を強め「もしやまた隠れたか」とも、落胆の心情を修飾し「隠れてしまったのだ」とも解せる。『袋草紙』に『永久四年七月歌合』の道経歌が載る。

女郎花つゆのおきがほ見せじとやすそののきりのたちかくすらむ　（『袋草紙』）（『夫木和歌抄』四二六一）

これは、「とや…らむ」と推量の言葉で結ばれてあり、一方、

あまをぶねこぎ行く方を見せじとや浪に立ちそふ浦の朝霧　（『十六夜日記』）

は、体言止めになっているが、これらにも、一旦提示された疑問表現が、朝霧に対する落胆の心情へと集約されている。また、「御所本甲本」系統の「とて」は、前後を因果関係によって続ける語であり、説明的な歌となる。

昨朝見た「あさがほ」は詠者のかすかな慰めであったのだろう。朝の縁で一輪の桔梗の花を見つけた昨日と、朝露光る草に目を動かす今朝と、ささやかな光景に注視する詠者がここにもいる。「髪を乱した寝起きの顔をみせた

くなかったのか」とは、今朝の詠者の言葉である。その表現は、和歌的情趣から逸脱している。光源氏が詠んだ女の顔としての「朝顔」や、人丸が慕った「ねくたれがみ」とは、無縁であるかのようである。一輪の花が心の慰めになるかならぬかという境遇が、小町の歌として、和歌的で繊細な調に対し優先されたのかもしれない。

この歌が「小町集」に採録された事情は分からない。初出は、『夫木和歌抄』で、同集には集付として題名の下に「明玉」と記される。『明玉集』は、『夫木和歌抄』他によって百首足らずが知られるところの、藤原知家の私撰集で、散佚歌集である。『夫木和歌抄』の、この小町歌に続く

ねくたれのあさがほの花あさ霧におもがくれして見せぬ君かな　（『夫木和歌抄』四五七六）

は、小町歌に類似する。これは読人不知歌で、集付に「六　二」とある。「六　二」は、他例から類推すると『古今和歌六帖』第二帖の意味であるのだが、同集に該当歌がない。小町の歌の前歌―深養父の記名がある槿花の歌―の集付についても同様のことが言える。『夫木和歌抄』所収で小町と記名される歌は四首あり、三首は同集初出、一首は、『万代集』初出である。『夫木和歌抄』所収三首のうちの一首は、「小町集」には載らないのであるが、出典の『明玉集』も、知家撰であることを鑑みれば、鎌倉期の小町集歌増幅の際の採録であるのかもしれない。

九八　たれをかもまつちのやまのをみなへしあきとちきれるひとそあるらし

『新古今集』巻四　秋歌上に小町の名で載る。「小町集」では、第六歌とこの歌が、女郎花を素材とする。前者が、野から掘り取られた女郎花を詠んでいたのに対し、この歌は、野にあって風に戦ぐ女郎花の姿を捉えている。

第二句で「まつちの山」が詠み込まれているが、これは「たれをかも待つ」「まつちの山」と「まつ」を掛詞にすることが目的で入れられたのであって、当地と詠歌とに直接の関係はなかろう。「まつちの山」は、大和から紀（紀の国）へゆく途中の山である。「まつち山」は、「あさもよし　紀伊人羨しも　真土山」（『万葉集』五五）・「あさ

もよし　紀伊へ行く君が　真土山」（同　一六八〇）と紀伊の国から連想される山であった。「まつ」という音から「待つ」、或いは、衣を「亦打つ」が連想され、掛詞として詠まれてきた。「いで我が駒　早く行きこそ　真土山待つらむ妹を　行きて早見む」（同　三〇〇九）等である。『後撰集』「いつしかとまつちの山の桜花まちてもよそにきくがかなしさ」（一二五五）になると、掛詞として完成し、実景を離れた修飾語になっている。同音に導かれて選択された「まつち山」の詞遣いのあり様は、小町の歌と似る。

『新日本古典文学大系　11　新古今和歌集』では、この歌を「誰をまつのか、待乳山の女郎花は。きっと秋にはと約束した人があるのでしょう。」と解釈している。初句の「かも」は、「誰を待つかも」で「か」は上の「誰を」を承ける疑問の助詞であり、「も」は詠嘆の意味を表す。表面的には「誰を待っているのか」という疑問の形を取るが、誰かを待っているのだ、恋人との結婚を待っているのだなという軽い詠嘆の調を有している。秋風に身を委ね、女郎花が黄金色をたたえ戦いでいる。それが、詠者の目には嬉々とした様に映った。女郎花は、初秋に咲く。秋風が吹き始め、さみしい季節が到来する時節である。なのに女郎花は、軽やかに揺れている。『新古今集』に於けるこの小町歌の前後歌を掲げてみる。

秋ののをわけゆく露にうつりつつ我がころもでは花のかぞする　（『新古今集』三三五）

たれをかもまつちの山のをみなへし秋と契れる人ぞ有るらし　（同　三三六　小町）

をみなへし野辺のふるさとおもひいでてやどりし虫の声や恋しき　（同　三三七）

ゆふされば玉ちる野べの女郎花枕さだめぬ秋風ぞふく　（同　三三八）

直前歌で花咲き乱れる秋野を分け入ってゆく人間の姿が詠まれ（三三五）、小町の、人を待っているかの如き若い女性を彷彿させる女郎花が詠まれ（三三六）、移植された女郎花が育った野を恋しく思っている様が詠まれ（三三七）、恋人の訪れを待って涙を風に散らしている女郎花（三三八）が詠まれる。人間と植物の世界を併せ捉えていた視点は、植物に移り、感情移入がなされる。歌は、秋野を闊歩し享楽する人の姿から、女郎花の哀しい心情へ移ってゆく。三三七、三三八の内に存するもの哀しい調は、三三六の小町の歌の中に胚胎している。小町の、右三三六は、三三七、三三八の女郎花に託された悲しい歌へと展開する岐点に置かれている。『新古今集』の編者は、女郎花と対面した時の裏面に隠された詠者の心情を察知していた。隠されているはずのその心情が、「たれをかも」の「かも」の表現に調と響き、顔を覗かせている。女郎花が嬉々として揺れていると捉えた詠者の嬉々とせぬ心情である。逆に言えば、嬉々とせぬ心情故に捉えられた、女郎花の軽やかな姿であった。

「をみなへし」が、誰かを待っている。女郎花を素材にした歌は、万葉の時代から多く詠まれてきた。第六歌で記した通りである。「をみなへし」を「待つ」と結び付ける趣向は、次のような『後撰集』歌の例が早い。「をみなへしかれにしのべにすむ人はまづさく花をまたでとも見ず」（『後撰集』一四〇二）「をみなへし色にもあるかな松虫をもとにやどして誰をまつらん」（同　三四六）前者は、秋になれば先ず咲く花として心待ちにされる、即ち、人々が待つというもの。後者は、初秋の虫、松虫との取り合わせで女性に仮託された女郎花が人を待っていると発想される歌である。それぞれの歌の類歌が、『新撰万葉集』に見出せる。前者には「アキゴトニ　ヲリユクラメド　ヲミナヘシ　ソノヒヲマツノ　ナニコザリケレ」（『新撰万葉集』五一八）、後者には「ナガキヨヲ　タレマチカネテヲミナヘシヒトマツムシノ　アキゴトニナク」（同　五三六）が対応しよう。ただ、これらが『後撰集』歌の典拠になったとは定め難い。『新撰万葉集』の下巻、殊に女郎花歌二十五首に関しては、作者が疑問視されている。『新撰万葉集』は、『是貞親王家歌合』『寛平御時后宮歌合』が撰集資料になっているものもあるが、下巻の女郎花歌二十五首に関しては、その形跡がない。『是貞親王家歌合』にも女郎花の歌はある（六、二十五、三十七、四十一）。しかし、『新撰万葉集』下巻の同二十五首中には、一首も採られていない。

女郎花は古来女性に仮託される花である。それ故に、先に掲げた『新撰万葉集』『後撰集』『新古今集』でも、作者が女性小町であれば、作者の感情移入がなされ易い素材である。しかし、第六歌にもこの歌にも、客観的に相対した女郎花が詠われているのみで、女郎花は、詠者自身とはならない。人を待つこの歌ですら、客観的な対象物としてそこにあるばかりである。詠者の心情は、わずかな詞の隙間から滲み出るにすぎないのであり、その、詠者の客観的な姿勢は、この歌が題詠歌であったとしても変わらない。

九九　しらくものたえすたなひくみねにたにすめはすみぬる物にそありける

『古今集』雑下に是喬親王の歌として載る。『古今集』雑下には、小野篁、小野貞樹の歌に続き、小町の「わびぬれば身をうきくさの根を絶えてさそふ水あらばいなむとぞ思ふ」（九三八）歌が載るが、それに続く七首は、全て流布本「小町集」に入っている。七首の内、六首は読人不知歌で、後尾の一首が、この第九十九歌である。その七首は、「小町集」の中で、次のように散在している。

『古今集』		「小町集」（一一六首本）
九三九	読人不知	108
九四〇	読人不知	110
九四一	読人不知	94
九四二	読人不知	109
九四三	読人不知	87
九四四	読人不知	111
九四五	惟喬親王	99

『古今集』では、惟喬親王歌（九四五）で、歌想の切れめがある。惟喬親王の歌は、世を離れた感想を述べるが、

次の布留中道の歌では、世に有ることの嘆きが詠まれており、是喬親王歌と布留中道の歌との間には、歌想の切れめがある。

『古今集』に載る是喬親王の歌の結句は「世にこそありけれ」で、類歌としては他に、『古今和歌六帖』に同形の読人不知歌（一〇〇九）が、また、『貫之集』には、下句「すめばすまるる世にぞありける」（五五七）という歌が、採録されている。『古今集』歌は、他の類歌に先行しており、勅撰集である『古今集』の作者名は信ずべきものであろう。この歌は、『古今集』に於いて小町歌に続く七首の一に配置されていた故に、「小町集」に入ったのであろう。

採入の背景には、「小町集」と『古今集』だけでなく、『古今集』の資料になったとも思われる『時代歌集』ともいうべき資料の存在があったと考える。是喬親王という作者名は、信ずべきもので、業平や小町のいた六歌仙時代以降の『時代歌集』と言ってもよい『古今集』の撰集資料に、是喬親王の歌があったと推測するものである。『古今集』が勅撰されて後、小町の歌が抜き出される際に同時代の是喬親王の歌も抜き出された。「小町集」は、純粋に小町の作品を収めるのみでなく、同時代の歌人詠が入っても容認される素地をもっており、『時代歌集』という概念があったとすれば、「小町集」に於ける他作者の作品をも、厳密に排除する必要をなしとしたのであろう。「貫之集」の類歌は、これも『古今集』の撰集資料として一括した継承がなされていたと考える。『古今集』の是喬親王の歌は、親王によって公にされた歌なのであろう。そのことは疑いなかろうが、歌が純粋に親王の創作によるものであるか否かは分からない。伝承歌的な要素も否定出来ないと考える。『万葉集』成立以降、『古今集』成立迄の間に伝承歌として本歌となった歌が存在し、それが是喬親王の手によって公にされたと考えた場合、『貫之集』や「小町集」に入ったり、『古今和歌六帖』で読人不知歌となるのは、近い時代の出来事であっても、抵抗なくなされたかもしれない。

事情は想像の域を出ないが、是喬親王の歌を小町のものとして容認し「小町集」に入れたのには、歌の内的性質による必然性も存在したと考える。

白雲が絶えず棚引く様な高い峯、人界を絶したそんな所に居を構えた。しかし、其処とて住めば住めぬことはない。「白雲のたえずたなびくみね」に住むとは、誇張である。誇張であるが、閑寂な場所であると捉える心情に於いては真実である。漢詩でも、白雲は、俗界を離れた出家者の生活を暗示する景物である。この歌は、「白雲の」と詠みだした時から、俗世と交わらぬ暮らしを肯定的に捉えようとしている。一見したところの、現在の詠者の穏やかな心情は、それ迄の心的葛藤と同時に、俗世への恋しさを感じさせる。再度詠む時に感じる意識的な言い聞かせの調は、そういった心情であろう。

人恋しさへの思いは、是喬親王『古今集』に於ける他の一首にも見られる。右の歌と

桜花ちらばちらなむちらずとてふるさと人のきても見なくに　（『古今集』七四）

である。これは散る桜を惜しむ歌であり、『古今集』の春下に入る。詞書に「僧正遍昭によみておくりける」とあり、「ふるさと人」は、直接的或いは間接的に遍昭を指す。この詞書から、散る桜に託する詠者の孤愁が詠われている事が知られる。その人に対しては婉曲にして、桜花を呼びかけて独立した形とし、人も「ふる里人」という一般的な言い方」をしている。心の細かい、余情の多い歌である（窪田空穂『古今和歌集評釈』）に従うが、「ふるさと人」という一般的な言い方は、「ここへ来てともに惜しまないか」（同上）という遍昭に対する呼びかけを婉曲にするためのものではあるまい。「ふるさと」は字義通り、以前住んでいた場所であり、愛着を禁じ得ない所である。「ふるさと人のきてもみなくに」とは、もの哀しさの表現であり、人恋しさの反面でもある。ふるさとに対する愛着が想起されたのは、其処で、共に暮らした人の心の温もりゆえである。共に桜を愛でた人がいる。衷心を解する親臣である。この「さくら花の」歌は、親王が小野へ居を移した後の歌か否かは不明であるが、心理的には遁世の

後の歌と解してもよいのではないか。親王の想起しているのは、遍昭のみならず遍昭を巡る人々であり、それらの人々と桜を愛でた時間であるということ、その時間的空間的な広がりが「ふるさと人」の語にはある。結句「きても見なくに」は、「皇子のいられた所が都から来ようと思えばたやすく来られる距離の所という事を暗示している。」（同上）とこの歌の詠まれた場所は、都から近い距離を示していると解されている。「試みに〜してみる」という軽い行為の表現と取られたのであろうが、その軽い行為は、実際の距離に起因するものではない。来る事はないだろうという、自らに確認するような調を有しているのである。来る事そのものを軽い行為として挙げているのである。即ち、ましてや昔の時間が戻る事はないだろうと言っているのである。第二句「ちらばちらなむ」は、「どうしても散るというなら、仕方がない。散ってもらいたいものだ」（本位田重美『校訂古今和歌集』）であり、日々眺めていた桜が、いよいよ葉を見せ散り尽きてしまうかと思われる頃、今日もこの桜を共に愛で語る者がいなかった、という心情から発せられた詞である、と解するのがよいと考える。諦め切れぬ人恋しさ、殊にこういった美しい自然に対する時その心情を解してくれた親臣を懐かしく慕わしく思う、という心情が、是喬親王の、また一首の歌にも、そして「小町集」に入る「白雲の」歌にも底流する。歌の内的性質の共通性がそこにある。

是喬親王は、貞観十四年七月十一日病に臥り急に出家されたという（『日本三代実録』）。是喬親王歌の下句「住めばすみぬる世にこそありけれ」の「世」とは、如意ならぬ世であるのだろう。「よにこそありけれ」という時「世」は、人生、現世を表している。『古今集』四三〇、八〇六他にも例をみる。

「小町集」歌「すめばすみぬる物にぞ有りける」では、世にあることの意義が既に失われていた時代の作者であった事と、親王のように正式に出家をしてはいないという設定が「世」の語を削らせたと考える。歌は隠棲の感想を述べる。感想が熟成するほどに時が経っている。その点が小町の境遇と重ね合わされた。『貫之集』の類歌は「すめばすまるる」と可能性をいう。しかし、是喬親王や「小町集」歌は、「すめばすみぬる」と「ぬ」なる完了の語が用いられている。隠棲した後の、寂寥感や人恋しさに対する心情の波が静まる迄の時を経過した後の詞である。

和歌に於いて、「白雲」は、漢詩に於ける瀟洒なイメージとは異なり詠まれている。『万葉集』の「白雲のたなびく山の」（七五八他）は、叙景であるが、山に絶えずかかっているところから恒常性を示すものとして継承され、「白雲のたえてつれなき」（『古今集』六〇一他）といった趣向に展開している。また『万葉集』の「後れ居て　わが恋ひ居れば　白雲の　たなびく山を　今日か越ゆらむ」（一六八一）「白雲の　五百重に隠り　遠くとも　宵さらず見む　妹があたりは」（二〇二六）等に於いて「白雲」は、人を隔てる障害物の形象でもある。「小町集」歌では、

よそにこそみねの白雲と思ひしにふたりが中にはや立ちにけり　(9)

はかなくて雲と成ぬる物ならばかすまむ空をあはれとはみよ　(91)

でも「雲」を詠むのであるが、「雲」には、人恋しさの心情が底流している。能因法師の「白雲のたなびく嶺にすむ君をみるときわが身かなしも」（『能因法師集』一八九）や十三世紀半ばの基家の歌「しら雲のたえずかかれる谷の戸にすめばすむとや衣うつらん」（『弘長百首』三一七）は、是喬親王の『古今集』歌を本歌としている。

一〇〇　もみちせぬときはのやまにふくかせのをとにや秋をききわたるらむ

「ときはの山」は、常磐木（常緑樹）が群生する山という実態に基づく詞であろうが、「常磐」と名づけられた地名に因るとも解釈されている。「京都市右京区双が岡の西に常磐という所があり、そこの山かという。地名から常磐の山として詠んだもの」（本位田重美『校訂古今和歌集』）である。そもそも「常磐」は、嵯峨天皇皇子源常此の居住地だったことに因るらしく、『続日本後記』の記事にも地名が見える（『大日本地名辞典　増補版』冨山房）。記事は、承和十四年十月二十日のもので、「左大臣源朝臣常山荘岳南」とある。

この歌は、『古今集』秋下に、「秋の歌合」の歌として載る。しかし、詠者は、小町ではなく、紀淑望であり、第

二句も「ときはの山は」と異なる。『古今集』歌の諸解では、「ときは山」を擬人化しているとする見方が一般的で、「紅葉しない常磐山は、何で季節の推移を知るのだろう。吹く風の音によって知るのだ」と解釈されている。

常緑樹の山である常磐山は秋も紅葉せず、したがって秋には全く無縁であるから、吹いてくる風の音によってうわさ（まさに風のたより）として、秋がもう来たとか、最中になったとか、過ぎ去ろうとしているとかなど、種々秋の便りを毎日聞き続けているだろうというのである。（竹岡正夫『古今和歌集全評釈』）

竹岡氏『全評釈』は、この歌を知的趣向の勝る歌とみる。下句「音にや秋をききわたるらむ」に関連して、『全評釈』はさらに

『窪田評釈』が「常磐木に鳴る秋風の音の高さを暗示し、そして、その寂しい音を聞き続けているだらうかと憐みの心を「や」の疑を添へて婉曲に言つてゐるのである」と解すのは、古今集の正しい解釈とはいえない。（同　右）

という。

古来第四句「秋を」の解釈には、「秋の到来を」と、「種々の秋の便りを」或いは、両者の混合であるという三種があった。近世『古今集打聴』は、「吹く風の音につけて秋ぞと聞きてあらんとよめる也」と言い、『古今集遠鏡』は、「秋ジャト云事ニ」と解している。

「音に聞く」は、必ず「噂に聞く」の意味である、と竹岡氏『全評釈』は言う。『古今集』の用例が七例挙げられるのであるが、用例には、「音にぞ人をきくべかりける」や、「音にも人のきこえざるらむ」等、「人」が介在しており、適切な例とは言えない。「聞く」という言葉には、「知覚する・内容を認識する」の意味があり、「秋を」の場合は、その両者に適応されるが、「人」は、「知覚する」という感覚を働かせるような対象ではないので、自然、噂を聞くという意味になる。しかし、「秋」は、湿度や温度を実態として有する季節であり、知覚・認識両者の対

象物となり得る。従って、「秋を聞く」というのは、やはり、実感するという意味で、「風の音で秋を感じてすごしていることだろうな」（『日本古典文学大系　8　古今和歌集』）に従いたい。

この歌は、変化のない常盤の山と、秋の季節の変化を対照させた趣向を主眼にした歌で、『古今集』所収の「ときはの山は」になると、確かに擬人化が行われている。しかし、そうであるにも関わらず、近世の「紅葉の山にては」（『打聴』）や、東常縁『古今集両度聞書』の、この歌「いひのこしたる心有也　此山里の人の心をおもふ儀かん有也」（竹岡氏『全評釈』の翻刻による）といった解釈の生まれる素地がある。この紀淑望の歌は、慶賀な常磐の特色を言い当てているのに、常磐木の生命力たくましい語感とは異質の寂しい調が備わる。

「小町集」では、「群書類従本」系統の二本を除いて全て「ときはの山に」とする。擬人化しないのである。歌に備わる寂しい調が、「小町集」の歌に受け継がれることになる。「山は」と「山に」という、この異同の背景には、『拾遺集』の古今題の歌「紅葉せぬときはの山にすむしかはおのれなきてや秋をしるらん」（一八九）という、大中臣能宣の歌が存在したかもしれない。一文字の異同の背景には、転写の誤りを超えて、歌が本来有していた調の発現があったのだろう。即ち、一文字の変化で「山里人の心」（『両度聞書』）や、山里に住む人への「憐れみの心」（窪田『評釈』）が全面に出されることになる。「山は」から「山に」に変えられ、擬人化の枠が外される。結句「らむ」は、「ときはの山」の行状を推量するものではなく、「紅葉せぬときはの山」に住む人の暮らしを思い遣ったものになる。

風の変化で秋を知るとは、窪田氏『評釈』でも指摘されていたが、藤原敏行の『古今集』歌

あききぬとめにはさやかに見えねども風のをとにぞおどろかれぬる　（『古今集』一六九）

に代表される概念である。敏行の歌は後に、

秋ちかき常磐の山にふく風の色こそなけれ身にしみにけり　（『内裏百番歌合』（建保四年）三八）

かぜわたるおとかはるなりもみじせぬまつにしもこそあきはしらるれ　（『守覚法親王集（書陵部本拾遺）』三四）

等、歌世界のなかで展開し、受け継がれていく。『古今集』に載る紀淑望歌と敏行の歌の歌想が混融した歌が生まれている。木の間を吹く風の「我がやどの　いささ群竹　吹く風の　音のかそけき　この夕かも」（『万葉集』四二九一）は家持の春の歌であったが、「山ざさ、夕べ」という素材がもの悲しさを呈していた。風の音は、殊に秋のそれは、「かぜのおとにものおもふわれかいろそめて身にしみわたるあきのゆふぐれ」（『万代集』一八七四　西行）の如く、寂寥感を伴うものである。「一つ松　幾代か経ぬる　吹く風の　音の清きは　年深みかも」（『万葉集』一〇四二）は、吹く風の声を爽やかだと詠むが、正月春の歌である。木の間を吹く秋風は、決して爽やかなものではないのである。

「もみぢせぬときはの山」は、紅葉の華やかさを否定された場所である。視覚を通して得られるはずの心の潤いは許されず、「吹く風の音」という聴覚・触感のみを与えられた山里に住む人には、寂寥感が増すばかりである。凋落の季節を迎えない常磐木も、華やかな現象である「紅葉」も「紅葉せぬ」と否定辞を以って捉えられることで、詠者にとっては本来あるべきものの非所有の世界となる。秋八月、常磐の山は変わらぬ青色を称えている。一面の同色は閉ざされた世界である。そのすきまを縫う風が吹く。冷ややかな風であり、「山に住む人」にとって寂しい季節の到来である。

他本哥、十一首

以下、「他本哥」「又　他本」という注記は、一一六首本所載の記述である。

一〇一　**いつとてもこひしからすはあらねともあやしかりける秋のゆふくれ**

この歌も『古今集』巻十一　恋一に、次のような下句を異にする読人不知歌として載る。

いつとてもこひしからずはあらねども秋のゆふべはあやしかりけり　（『古今集』五四六）

この下句が、「あやしかりけるあきのゆふくれ」と改められて「小町集」に入ったものと思われる。「秋の夕暮」を結句とする歌は、『後拾遺集』以降に見え、とりわけ『新古今集』には多い。有名な三夕の和歌

寂しさはその色としもなかりけり槙立つ山の秋の夕暮　（『新古今集』三六一　寂蓮）

こころなき身にもあはれはしられけりしぎたつ沢の秋の夕暮　（同　三六二　西行）

見わたせば花も紅葉もなかりけり浦のとま屋の秋の夕暮　（同　三六三　定家）

は、『新古今集』の所収歌である。『新古今集』撰集時に流行の「秋の夕暮」という成句の自然な選択が、「小町集」歌採録の際にも働いたものと考える。『古今集』では、この「いつとても」歌と

ゆふされぱいとどひがたきわが袖に秋の露さへおきそはりつつ　（『古今集』五四五）

が並べ掲載されている。読人不知歌の両首には、秋の夕暮に増さる恋情という歌想が共通する。しかしながら、「小町集」に入るのは、五四五ではなく五四六の方である。他の「小町集」の増補歌が、恐らくは『古今集』から採録されたであろうことを考えるならば、「小町集」が、「ゆふされば」歌を採録していたとしても不思議ではない。「小町集」が一首前の「ゆふされば」歌（五四五）ではなく、この歌を入れたのは何故なのか。やはり、五四六に存する「夕べ」の詞が重視されたと考える。「秋の夕べ」という成句の包摂する感情の深さと広さが「小町集」歌採録の際には重要だったものと推測する。

この歌即ち「小町集」第一〇一歌から、「小町集」では増補部分である「他本歌」と明示されている。他本歌は、他本によって校合されて、百首に入らぬ歌を後部に付記したというのが通説である（前田善子『小野小町』他）が、前第一〇〇歌と、この第一〇一歌は、秋の夕暮れの歌であること、孤独な姿であることに於いて関連している。『新古今集』三夕の和歌の一「寂しさはその色としもなかりけりまき立つ山の秋の夕暮」（三六一）は、前歌（100）

と歌想を等しくし、この歌（101）は、結句が「秋の夕暮」で終わるところの三夕の歌と同形である。これらの連関には、『新古今集』時代の歌の傾向が映し出されているように思われる。

そもそも、この歌が、『万葉集』の

いつはしも　恋ひぬ時とは　あらねども　夕かたまけて恋はすべなし　（『万葉集』一二三七三）

に歌想を得ていることは、顕昭以下の『古今集』注釈によって指摘されるところである。また、

いつはなも　恋ひずありとは　あらねども　うたてこのころ　恋し繁しも　（同　二八七七）

の万葉集歌も、語句に関して、或いはまた、恋の物思いを詠む点に於いて、契機となる発想を等しくする。しかし、それらの万葉集歌と比較した際の相違は、『古今集』歌或いは「小町集」歌が、「あやし」と詠み込んでいる事である。窪田空穂『古今和歌集評釈』は、「「怪し」は今は不思議の意で、はなはだしい意を婉曲にしたもの」であり、『万葉集』一二三七三を「婉曲にまた心細かにしている」ものだと言っている。『万葉集』の「いつはしも恋ひぬときとはあらねども」（『万葉集』二三七三）は、夕暮が近づくと恋情が増さる、と詠う歌である。夕方という時刻に、古代人は精霊の働きを認めた。「夕占（ゆふけ）」という辻占いは、盛んになる精霊の力を認める一例である。「夕片設けて　恋はすべなし」（同　二三七三）即ち、夕暮が近づくと増さる恋の思いに対してどうしようもないのは、夕暮の霊力に負う所が大きいのだろう。古代人は、恋の実体を「術なし」と精霊の力に帰せたが、精霊の力に答えを預けられなくなった時代の思いが「あやし」を選択したと考える。「あやし」は、「奇・霊・恠」（『万葉集』二四五、三二一九、一三二四）の文字が示す如く、人間の力を超えるものに対する感情が原義であるが、「秋のゆふべはあやしかりけり」と詠んだ『古今集』歌の「あやし」は、原義を慕って用いられた言葉であると考える。それは、「婉曲」にする為ではなく、表現の必要性から意図して創り出された表現であり、心の蛇行ともいうべきものである。「恋は術なし」では感情の流れに乗れなかった川底の石の如き思いが、意図的に創り出された「あやしかりけ

る」という蛇行によって大きく包まれ運ばれてゆく。「心細か」な感情は屈折した表現によって拾われてゆくのである。
「秋のゆふべはあやしかりけり」という『古今集』のこの歌は、恋一の部立に収められ、「片恋の悲しみをうたう」（松田武夫『古今集の構造に関する研究』）位置にある。ところが、『古今集』の、その位置から外されれば、片恋とは特定されぬ人恋しさを詠う歌になる。秋の夜の長い闇の訪れ、冷ややかな風が庭から吹き入る。恋は成立を見ない。片恋であるか否か、漠然とした人恋しさが「秋のゆふべはあやしかりけり」と捉えられた時、それは一つの発見であったはずである。

実体の捉えられぬ人恋しさが「あやしきもの」であるという発見の新鮮な驚きは、しかし、「小町集」の「あやしかりける秋の夕暮」の表現では消えてしまう。実体の捉えられぬ「恋情」に対しての急ぎ立つ様な思いもまた、「秋の夕暮」が培ってきた詞の性質の内に帰されてゆく。「小町集」歌の方には、一種の諦観がある。『万葉集』歌が精霊の力に恋情を帰したのと同様に、「小町集」歌も「秋の夕暮」の詞に恋情を帰す。「恋はすべなし」と叫び声をあげることはない。「あやしかりけり」と嘆息することもなく、得られぬ答の前から離れてゆく。『万葉集』や『古今集』と異なる「小町集」歌の調である。
「小町集」の第九十六歌も「あやしくもなぐさめがたきこころかな」という『古今集』歌である。「あやしくも」という不審の形で詠みだされることで「なぐさめがたき心」が幾らか解放されている。そこにも一種の諦観があった。諦観は、「小町集」の歌群「秋の歌・夕暮の歌・山里の歌」の底流をなしている。

一〇二　なかつきの有明の月のありつつもきみしもまさはまちこそはせめ

『拾遺集』に採録されている類歌に、

長月の在明の月の有りつつも君しきまさば我こひめやも

（『拾遺集』巻十三　恋三　七九五）

がある。『拾遺集』には「題しらず」「人まろ」詠とあり、「人丸集」を見ると、結句「われこひんかも」で載る。「人丸集」や『拾遺集』と形を同じくする

九月之在明能月夜有乍毛君之来座者吾将恋八方

（『万葉集』巻十　二三〇〇）

九月の　有明の月夜　ありつつも　きみが来まさば　我れ恋ひめやも

（同　二三〇〇）

が、『万葉集』にも収録されている。しかし、同集に人麿という記名はなく、作者の未詳歌として扱われている。この歌は、『万葉集』の作者未詳歌が人麿歌に仮託され、後に「小町集」に入ったもののようである。群書類従本系統（「宮内庁書陵部蔵本（五〇一・四七）」）の『人丸集』は、第一八三歌迄ほとんど『万葉集』巻十から採られている（『私家集大成』同集解題）という。「九月の有明の月」を詠じた歌は、『人丸集』に、更に一首見えるが、それも『万葉集』では巻十の作者未詳歌である。『万葉集』作者未詳歌が「小町集」に採録されるに至る迄には、「小町集」歌化ともいうべき和歌質変容の過程を経ているように思われる。もっとも、「小町集」伝本にみる本文は全て『拾遺集』所収の本文と同じなので、直接には、『拾遺集』の本文を採用している。

第一〇二歌の語句に見る特異性を二点挙げる事が出来る。一は、第二句「有明月の」である。これは、「ありあけつきの・ありあけづきの」と読めるが、『万葉集』歌（先の作者未詳歌）と比較した時「能（の）」字に欠ける。『万葉集』には入っている「能（の）」字は、『古今集』にも承け継がれる。『古今集』の

あさぼらけありあけの月とみるまでによしののさとにふれるしらゆき

（『古今集』巻六　冬歌　三三二　坂上これのり）

今こんといひし許に長月のありあけの月をまちいでつる哉

（巻十四　恋歌四　六九一　そせいほうし）

は周知の歌であるが、句の音数からすれば「ありあけのつきと」「ありあけのつきを」では、共に字余りである。

しかし、この字余りになる形の方が、和歌の用例としては圧倒的に多い。それは、『万葉集』から『古今集』『後撰集』以下の詠歌に継承されている。そうであるにも関わらず、流布本「小町集」歌の大部分―「小町集」伝本の中には、「能」「乃」と明確に記す本も数冊ある―が字余りになっていないという点に、和歌形式に対する合理化の形跡を認める事が出来る。

「長月の有明月」であるなら尚更情趣深いが、有明月が多く詠まれるのは、八代集の間では『千載集』以降であり、『新古今集』になるとその数は倍増する。有明月は、必ずしも恋歌の景物であるとは限らない。右の『古今集』歌でも、一首は冬歌であったが、殊に用例の多い『新古今集』では、恋歌に比してむしろ大半が雑歌上巻、或いは冬の巻に収録される歌である。それらの歌に於ける「有明月」は、人々の恋情につれない存在であるよりも、恋情とはまた別の、経世の物思いの只中にある人を夜を徹して静かに見守り、変わることなく受け容れてくれた朋友とも言うべき存在なのである。「小町集」に於ける「有明月」も、詠者にとっては心情を共有してくれる存在であると考えられる。「小町集」第十歌や第三十六歌の「月」を素材にした歌もそうであった。

この第一〇二歌に於ける語句の特異性の第二点は、「君しもまさば」という表現である。「まさば」は「坐さば」で、いらっしゃるならと解せ、『万葉集』歌（先の作者未詳歌）の「君之来座者」と同様だと言うことは出来る。伝本によっては、「きまさば」とする本もある。しかしながら、『万葉集』に於いて、「小町集」の「君しもまさば」に類する「君坐」の表現を見つける事は出来ず、「君不座者」（二四九〇）を見るのみである。平安時代にも少ないが、『貫之集』、『拾遺集』に各一例見える。仮定形ではないが、「君まさで」という表現は『古今集』にも『後撰集』にも見える。『貫之集』歌については即断できないが、それらの「君」は、死者を指している。亡き人を追悼する調が「君まさば」には備わる。『古来風躰抄』に掲げられた『詞花集』の「君まさば」（八三）の「君」は、任地を去り、詠者が様子を尋ねたいと思う国には既にいなくなった人を指している。「小町集」歌が、多く詠まれた

「君之来座者」ではなく「君しもまさば」と作られた背景には、「君まさで」に備わる調、即ち、待てない「君」であるという認識が改変の際の意識下にあったかもしれない。

『万葉集』歌と流布本「小町集」歌の著しい差異は、下句である。『万葉集』は「君之来座者　吾将恋八方」と詠い、「小町集」は、「君しもまさば待ちこそはせめ」と詠む。ここにも、第二句「有明月の」と同様な詞続きの合理性の傾向が窺える。「月を待つ」という論理的文脈が採用されて、『万葉集』歌が作り変えられたと考える。論理性の勝る「小町集」歌は後人の手になるものと推測するが、その形にはまた、「小町集」歌らしさも認められたのであろう。『万葉集』歌の方は、恋の思いの激しさを詠っている。「あなたがおいでになるなら私はこんなに恋焦がれましょうか。これほどの苦しい思いをすることはないでしょう」の意である。しかし、「小町集」歌はそうではない。論理性の導入とともに恋情の激しさは消されてしまう。恋そのものの存在すら背後に押しやられてしまうのである。あなたがおいでになるのなら、私は待っていましょう、と詠う。空には有明の月が残っているという。詠者は、恋人を待つ女達同様の眠らぬ夜を過ごしたか。秋の長い夜、人を待ちかねる嘆息のする夜、明け方、来ぬ人を諦めた女達が部屋に戻る衣擦れの音がしているかもしれない。待ちかねたと嘆く、詠者はそんな嘆きをもしてみたいと詠っている。恋人達にとっては、厭うべき有明の月であるが、それをも待とうと言っているのである。第三句「君しもまさば」の仮定表現が有する、前述の如き特異性が首肯されるほど、『万葉集』歌は恋情の形象を変容させている。

「なが月の有明月の」は、第三句「ありつつも」を導く序詞である。第三句は、上下句の光景と人事を緩衝する位置にあり、掛詞的な働きをしている。「ありつつも」という表現が、『万葉集』歌では「の如くいつまでもこうして」の類型的な表現として用いられている事が同集の用例より知られる。「九月の有明の月の名のやうに、ありありて、いつまでも変わらずに、君がいらつしやつたならば」（『万葉集注釈』）と、「君」の来訪を将来に亙るものとする解釈、即ち「明け方帰る男に、末長く通ってくれることを願った歌」（『新潮日本古典集成　万葉集』）とする解釈がある。或いはまた、「ありありて。このように待ち続けていて」（『新日本古典文学大系　7　拾遺和歌集』）と、来ない相手を待つ詠者の姿態を見る解釈もある。『万葉集』歌とは右の如き異同を有していた「小町集」歌の場合、後者の意味が採られていたのではないかと推測する。異同に因る恋情の変容は、歌の主意を上句に移すかの様である。一首の調には「ありつつも」で小休止が置かれる。詠者は、有明の月と共に「ありあり」て朝を迎えたのである。「ありつつも」の「も」字が調を一時休止させ、空に残る月の様相を喚起し印象づけている。月は、美しいと賞される二十日過ぎの月であるが、不安定な下弦の月である。夜明けの時刻になっても未だ空に残る月の所在なさは、作者感情の所在なさであり、詠者の帰せぬ思いが有明の月によって象徴されたという事が出来る。

古歌は、異同を以て「小町集」に収められたが、その異同は、歌の本質的な部分に関わるものであると考える。そこに現れる『万葉集』や『拾遺集』歌の「小町集」歌化とでもいった変容は、小町という伝承人物の印象と、時代の和歌表現に対する意識とによってなされて来たものである。

一〇三　あさかやまかけさへみゆるやまの井のあさくはひとをおもふものかは

この歌は、

安積香山　影さへ見ゆる　山の井の　浅き心を　わが思はなくに　（『万葉集』三八〇七）

の形で、『万葉集』に入る。陸奥国で、以前采女であった女が、葛城王の機嫌を直した、その風流の娘子の歌として載る。『大和物語』一五五段の方は、「小町集」と同じ本文の歌が入るが、大納言の女が、死に臨み、純粋な愛情を男に示した歌として載せられている。前田善子氏は、『小野小町』の中で、これは後世に至つて、小町が出羽郡司の女であり、又、釆女であつたといふ説が生じたのか、その伝記から附会されたものではなからうかと思はれる。（中略）案ずるに小町集の編者は、歌の体をば大和物語に、内容をば万葉集にとつたのであらう。（前田善子『小野小町』）

と言われている。この『万葉集』歌を、『古今集』の仮名序にも、「あさか山のことは」として、引用する。

一　『大和物語』と「小町集」歌

「小町集」第三十歌、第六十二歌は、小町終焉の地と伝えられる京都府綴喜郡井手町「井出」の地名からの連想で、「小町集」に入ったものであろうと考える。

ゐでのしまといふだいを

おきのゐて身をやくよりもわびしきは宮こしまべの別なりけり　(30)

第三十歌は『古今集』に残される歌であり、定家が書写した際には墨滅歌であった。内容は、辛い別れを詠むが、この歌と『大和物語』一六九段「井出のをとめ」との関連性は、別に述べた。同段の末尾は、切断されているが、その切り取られた部分に、小町歌の辛い別れに通ずるものがあるのではないかと推測した。もっとも、『大和物語』の原本は、同段で終わっていたであろうこと、又、その末尾の切断形式は、方法的なものであったという説もある（『大和物語』解説『日本古典文学全集』）。切断形式が物語末尾形態の一方法であったことの好例として、同解説では、『堤中納言物語』「このついで」が掲げられている。「物語の中心を残し末尾を切断することによって短編物語は形式的に鋭く切れ味のよいところをみせている」点での好例であると言われる。又、今井源衛氏の『大和物語評釈』では、諸説が整理、詳説されており、平安時代末期には、すでに現在と同じく中断形式であったこと、一七一段も同様に中断形式で終わることと併せ、「その原因もおそらくは物理的な損傷などによるものかと思われる」とされる。「井出の下草」という伝承は、平安時代にあったという。その最も古い所説は、平安末顕昭の『伊勢物語』一二二段に詠まれているものの一で、西本願寺本『忠見集』にも「恋の約束とそれのあてにならぬことを含めた」歌が詠まれているという。

『大和物語』一六九段では、体験談を語る三人目の女房の話が途切れた形になっているが、話の内容は完結している。出家しようとしていた女が意を通したという内容である。これに比して、『大和物語』一六九段の切断は異質であるように思え、「大和物語の末尾切断形式が一時的な書肆学的理由による本文欠落ではなく」（同右）とも言い切れないように思う。『大和物語』同段の末尾に新たな登場人物が提示されるからである。それは、『堤中納言物語』「このついで」の天皇の存在とは異質である。中宮の所へ渡って来られた天皇は、場面の展開を促す働きをしている。しかし、『大和物語』一六九段の末尾に登場する女達は、一六九段の中心内容を継承し纏めるか、発展させる働きをしている。女達は、内舎人が以前訪れた宿の側にある井戸に集まっており、その女達が言うことには、で文章は切断されている。女達は、内舎人と女の子の一件に関して何かを語っていたはずである。その部分の切断は「話の余韻を醸し出す」為ではない理由に因るものと考える。

井でのやまぶきを
色も香もなつかしきかな蛙なくゐでのわたりの山ぶきの花　(62)

こちらの第六十二歌に「ゐで」が詠まれるのは、奈良時代に橘諸兄が別荘を作って以来「玉川の水」や「やまぶき」と共に和歌に詠まれた「井手」が、小町終焉の地と考えられた伝承に因る。伝承は『大和物語』一六九段「井でのをとめ」とも無関係ではなかろうと思う。

『大和物語』の段章図とその解説（同前）に拠れば、一六〇段から一六六段迄、業平の話が出てくるので、六歌仙に纏わる話を後から挿入し、一六八段もその例であると云う。一六九段の末尾切断形式を生かす為にその前に置かれた一六八段は、遍昭の出家を巡る、小町と遍昭の贈答歌を載せる段章である。一六九段の切断部分にも猶意味があるように思えるが、仮に当初から切断されていたとしても、一六八段と一六九段が『大和物語』に並べ収録されていた時代に、一六八段との関連で、一六九段「井でのをとめ」の話が小町に関連づけられたものと推測する。

例えば、『大和物語』で並ぶ二つの章段と「小町集」所収歌との関連が見られる例は、他にも挙げることが出来る。一五五段と一五六段である。それぞれの段章中の二首は、

あやしくもなぐさめがたき心かなをばすて山の月もみなくに　(96)

あさか山かげさへみゆる山の井のあさくは人をおもふものかは　(103)

で、順に流布本「小町集」第九十六歌、第一〇三歌の所収歌である。『大和物語』一五五段と一五六段は「世のふるごと」を述べた章段として連鎖しており、一五五段は、一五〇段の釆女の純真さの系譜に載るものであるという(同書解説)。両首の初出は、『古今集』仮名序の書入注(類歌からすれば『万葉集』巻十六　三八〇七)であり、又は、『万代集』であるが、両首が「小町集」に入るのは、『大和物語』で並べられた二つの章段が契機であったかもしれない。又、『古今著聞集』で、「あさかやま」の歌を載せる『大和物語』一五五段に基づく話と「小野小町が壮衰のこと」の話が並べられるのも偶然とは思われない。

「小町集」第九十六「あやしくも」歌は、小町零落の伝承が、「小町集」に入ることを人々に納得させたのであろうし、「小町集」第一〇三「あさかやま」歌は、元歌であった『万葉集』歌に付随する伝説に登場する「風流の娘子」や「葛城王」を小町に関連づけさせたと考える。「風流の娘子」は、「前の釆女」であり歌をよくした。又、娘子が和歌で以て機嫌をとりなした相手であるという「葛城王」は、井手に別荘を持った橘諸兄その人である(『尊卑分脈』)ことも、小町と「風流の娘子」を結びつける要因になったと推測する。

万葉の古歌であり、伝説を伴っていた「あさか山」の歌が、『大和物語』では伝説を異にした捉え方をされる。

女は水に映った自らの老い衰えた姿を見て、その場で息絶えてしまう。都から無理やり内舎人に連れ去られた女であったが、内舎人の自分に対する愛情の翳りを思った時、自らの衰えを気にかけ、歌を残して死んでしまう。『大和物語』一五五段は、女の深い思いを表明した歌を中心に据えて純粋な愛情を抱く女の話に仕上がっている。『後撰集』の

めづらしや昔ながらの山の井はしづめる影ぞくちはてにける　（『後撰集』一一三五）

などが、伝説の変容の過渡期にあった歌であろう。内舎人との偶発的な契機になる恋愛とその結末という点では、この段は、先の一六九段の内容とも共通する。

二　『古今集』序と「小町集」第一〇三歌

『古今集』仮名序に

なにはづのうたはみかどのおほむはじめなり　あさか山のことばはうねめのたはぶれよりよみて　このふたうたはうたのちゝはゝのやうにてぞ、手ならふ人のはじめにもしける　（『古今集』仮名序）

の一節がある。和歌が隆盛し、「なにはづ」「あさか山」の歌が詠まれた。この二歌は、手習いをする人の最初に習う歌として広く行き渡り、和歌が身近な存在になった例として挙げられている。「あさか山のことば」の後には

かづらきのおほきみを、みちのおくへ、つかはしたりけるに、くにのつかさ、事おろそかなりとて、まうけなどしたりけれど、すさまじかりければ、うねめなりける女の、かはらけとりて、よめるなり、これにぞ、おほきみの心とけにける　（『古今集』仮名序）

の細書の注が付される。歌は、『万葉集』巻十六所収歌であり、この細書の注は、天暦年間以降に書かれたものと考えられている。『古今集』注釈が指摘していた、天暦年間を遡るものではない事が、用語の検討からなされ、竹

岡正夫氏『古今和歌集全評釈』では、注にある「あまてるおほむ神」の称呼が平安末期のものであると記される。

一方『古今集』真名序には、この歌を載せない。左記の一節に相当する箇所は、

　難波津の什を天皇に献り、富緒川の篇を太子に報ぜしが如きに至りては、或は、事神異に関り、或は、興幽玄に入る。但し、上古の歌を見るに、多く古質の語を存す。いまだ耳目の翫とせず、徒に教誡の端たり。

（『日本古典文学大系　8　古今和歌集』）

となっている。和歌の隆盛を説く所は等しいが、上古の歌は未だ古質の語故に楽しむものではなかった、という論旨の展開の内に、真名序の方は「あさか山」の歌が削られ、聖徳太子の情けに応えた餓人の歌が載せられる。難波津の歌を「献」じ、富緒川の歌を「応」じたという事実は「神異」であり、「興幽玄」であるという。神祇霊妙な事実とその趣の奥深い事が述べられている。「興」という詞に六義の一である「興」が意識されていたなら、「興幽玄」は表現形象について述べたことになるが、ここでの作者の関心は、「献」「応」という事実にあり、「興幽玄」は添えられた言葉であると解する。真名序では続けて、「浮詞雲のごとくに興り、艶流泉のごとくに涌く」状況に和歌が化してしまった事を述べる為に、「いまだ耳目の翫とせず」と明言する必要があった。従って、「うねめのたはぶれよりよ」んだ「あさか山」の歌は、不適切故に削除されたのであると考える。

『古今集』仮名序は「釆女の戯れより詠みて」とするが、この「戯れ」は、詠歌時の状況である。『万葉集』

　安積香《アサカ》山《ヤマ》影副《カゲサヘ》所見《ミユル》　山井之《ヤマノヰノ》浅《アサキ》　心乎《コ、ロヲ》吾《ワカ》念莫国《オモハナクニ》

　右歌伝云葛城王遣于陸奥国之時国司祇承緩怠異甚於時王意不悦怒色顕面雖設飲饌不肯宴楽於是有前釆女風流娘子左手捧觴右手持水撃之王膝而詠此歌尓乃王意解悦楽飲終日

（『万葉集』（西本願寺本）三八〇七　巻十六　有由縁幷雑歌）

の中で、「風流の娘子」の巧みな詠歌の場作り、即ち「左手に盃を捧げ、右手には水瓶を持ち、水瓶で王の膝に折

子を打ちながら」（『新潮日本古典集成　万葉集』）詠んだという状況が記されている。采女は、手に持っていた水盤に安香山を映したという解釈もある。安香山が映じる山の井の場所や事実関係を詮索する必要はなく、『万葉集』「右手持水」の注書きによって初めて、歌が「あさかやま　かげさへみゆる　やまのゐの」と詠んでいても、安香山の影が山の井に映らなくともよいことが知られる。歌からは「浅き心」の「あさ」から、同音の「あさか山」が詠みだされたものと解されよう。「山の井」が浅いといった認識は、『古今集』

むすぶ手のしづくににごる山の井のあかでも人に別れぬるかな　（『古今集』四〇四）
山の井のあさき心もおもはぬをかげばかりのみ人のみゆらむ　（同　七六四）

や『後撰集』

浅してふ事をゆゆしみ山の井ははりし濁りに影は見えぬぞ　（『後撰集』五三二）

にも見える。しかし、「浅」と「山の井」の繋がりは従であって、「あさか山」ゆえに「浅」が、逆に言えば、「あさきこころをわがおもはなくに」の思いが「あさか山」と詠み出させたと言える。

『万葉集』の下句「あさきこころをわがおもはなくに」と『古今集』仮名序所収歌や「小町集」歌の下句「あさくは人をおもふものかは」との違いは、直接的表現であるか、反語を用いた屈折した表現であるかというものであるが、『古今集打聴』は、

さてかやうに下にてにとよみとむるを後世は必上へかえる言とせり　いにしへはたゞいひおさふる意也　（『古今集打聴』）

と述べている。『打聴』が「上へかへる」と言うように、下句に記す「あさきこころをわがおもはなくに」の思いが先にあって、「あさか山」の初句が、詠みだされるに至る。「あさか山」の歌が「小町集」に入った契機や、初出歌の扱われ方という状況から離れて、この歌を見る時、純真な女の声が聞こえてくる。山の井、即ち岩間の清水の

情景は、女の純真な心情を象徴している。それが、『大和物語』一五五段に連なるのである。「小町集」には、こういった純真な思いを強く訴えた歌も多い。驕慢な小町像が現れていると考えられてきた歌の中にも、純真な思いの貫かれている歌がある事は既述の通りである。

なか雨を

一〇四　なかめつつすくる月日もしらぬまにあきのけしきになりにけるかな

この歌は、藤原光俊撰の『秋風集』と同時代の勅撰集『続後撰集』に載り、初出は、建長初年の撰集ということになる。『秋風集』『続後撰集』「小町集」の和歌三首に異同のないことは、それは、三集への収録時代が近かったことを示しているのではあるまいか。「小町集」の伝本間でも、異同は全くない。「小町集」の形成を三期に分けて考えたことがあり、藤原定家没後の十三世紀半ば、「小町集」歌が増幅する時期を第三期と見た。この歌は、その第三期に小町歌として撰集に取り入れられ、「小町集」にも収録されるに至った歌であると考える。「小町集」のみが、「ながあめを」の詞書を付す。

この歌は、『古今集』所収であり「小町歌」の巻頭に置かれるところの

花をながめて

花のいろはうつりにけりないたづらに我が身世にふるながめせしまに　(1)

の影響下に、小町の歌と見做されたものであろう。物思いに耽り、季節の推移に気づかないでいたことが、共に詠まれている。花を移ろわせるのは長雨であり、人を物思いの時間に籠めるのも長雨である。「小町集」は、この歌の詞書に「ながあめを」と記す。「ながあめ」は、小町の代表歌「花のいろは」歌を想起させる。しかし、「ながめつつ」のこの歌に「花のいろは」歌で詠まれていた長雨の光景を重ねることには無理があるように思う。下句「秋

のけしきに成りにけるかな」と時節が合わぬと考えるからである。「けしき」は気色であり、ほのかに認められる様子である。

しののめのそらきりわたりいつしかと秋のけしきに世はなりにけり（『紫式部集』一〇九）

その他で詠まれるように、「あきのけしき」とは紅葉を誇る秋たけなわの華麗な景色に至る前の初秋の様子をいう。『続後撰集』は、この歌を、風が秋を知らせるという二首の間に配しており、『秋風集』も同様に秋上の巻に収録する。「小町集」の詞書に従えば、初秋の村雨を想定していることになる。しかし、蕭条とした秋の長雨は、秋から冬の時節のものであろう。秋時雨にしても、冷たく陰気なイメージを有する晩秋のものである。「かきくらししぐるるそらをながめつつ思ひこそやれ神なびのもり」（『拾遺集』二一七）や「ながめつついくたび袖にくもるらむ時雨にふくる有明の月」（『新古今集』五九五）は、冬の歌である。第二句は、「過ぐる」であって、「過ぐす」ではない。詠者の意志が働くところの「過ぐす」ではなく、時間は、詠者の関わらぬところで過ぎてゆくのである。これは、「花のいろは」歌の主意と通底する。詠者の知覚の及ばない意が、「過ぐる月日もしらぬまに」である。「花のいろは」の第一歌に於いては、「我が身世にふるながめせしまに」に相当する箇所である。

日に幾度も物思いに耽っている詠者がいる。月日が過ぎていくのにも気づかない。戸より入る風に秋の訪れを感じた時、眺めの焦点は定まった。浅くなった空の色や、日差しの弱まりや、そよぐ草葉を焦点の定まった眼差しが捉えるのである。「秋のけしき」を知覚することで、籠められていた眺めの時間は消失する。夏から秋への緊張感の緩みを表すような調が、下句には備わる。これは、第一歌「花のいろは」と対照的である。第一歌の「ながめ」は、花の移ろいを知覚した後にも再び呼び起こされ、詠者は終始「ながめ」の中にある。花の移ろいを嘆く嘆息を、細く静かに降る長雨が潤している。それに比して、この第一〇四歌「ながめつつ」の歌は、春の長雨のイメージではない。戸の外をよぎるのは、一陣の風であるかのように、乾いた調を有する。「小町集」が詞書に記す「ながあめ」の光景を付与しようとしても、秋の景色は雨上がりの光りの中できらきらと明るい。「ながめ」が解消されていることに変わりはない。

「ながあめを」の詞書を付されているが、この歌は「小町集」で一歌群を形成する秋の歌として捉えられるべきであろう。秋の歌については、第四十二歌で述べた。また、「小町集」に於いて、次の第一一三歌とこの歌は、下句が等しい。

わかれつつみるべき人もしらぬまに秋のけしきに成りにけるかな　(113)

この歌は、他の撰集に収録されることなく、「小町集」にしか見えぬ歌の一首である。

一〇五　はるの日のうらうらことをいててみよなにわさしてかあまはすくとも

「うらうら」は、春の穏やかな日差しに代表される春の気候を表現する語で、「浦々」を懸ける。

うらうらに　照れる春日に　ひばり上り　心悲しも　ひとりし　思へば　(『万葉集』四二九二)

は、その気候を詠み込む歌であり、「うららか」の「うらうら」を「浦」の音との交錯させている用例も多い。

をだひつるかるものあまもはるくればうらうらごとにながめをぞする　(『好忠集』四六)

はるのひをうらうらつたふあまはしぞあなつれづれと思ひしもせじ　(『和泉式部集』六)

春の日のうらうらみれど我ばかりぬれぎぬきたるあまのなきかな　(同　二一六)

うららかな春の日に、海辺へ出かけてみませんか。釣りする海人がいたり、網を整える女達がいたり、海人が刈って来た海松藻を干しています。塩焼く煙は、まっすぐに立ち上って、海人達がのんびりと仕事をしています。どの浦でも珍しい、そんな光景を目にすることが出来ます。そう言う歌ではなかったかと考える。

この歌は『重之集』と重出する。同集では、

はるの日のうらうらごとにいでてみよなにわざしてかあまはくらすと　（『重之集』二二九）

の形で収められている。重之は、平安時代後期の歌人で、三十六歌仙の一人である。この歌は、春夏秋冬各二十首と恋歌「うらみ」歌各十首の計百首からなる百首歌の春歌の一として伝わる。重之が「たちはきのをさ」の時に作ったと記されているので、「帯刀長」即ち東宮憲平親王（後の冷泉天皇）に侍衛して警備する帯刀舎人の長という役職にあった時の歌であり、若い頃の作である。『重之集』を読むと、その歌々の伸びやかなのに気付く。また、次のように言葉の音韻の組み合わせを生かした歌のあることも知られる。

いなびのにむらむらたてるかしはぎのはびろになれるなつはきにけり　（『重之集』五五）

おやのおやとおもはましかばとひてましわがこの子にはあらぬなるべし　（同　六〇）

えだもなきうらうらにさくむめのはなかぜにやどれるはるかとぞみる　（同　一三一）

この歌は、重之の歌であったように思える。「小町集」では、他本歌十一首中の一であるが、第三十三歌のような海の歌と関連づけられて「小町集」に混入したものであったと推測する。「小町集」に於ける海の歌群は、悲痛な暗い調を有する。その点でも、伸びやかで柔らかく温かい光に包まれたようなこの歌は、「小町集」の海の歌とは異質である。結句、多くの「小町集」伝本は「あまはすくすと」とする。

一〇六　このまよりもりくる月のかけみれはこころつくしのあきはきにけり

『古今集』では、読人不知として載る歌である。初秋の歌で、巻四秋上に収録される。この『古今集』歌を、近世の注釈は、次のように解している。

木の間の月は思ふばかりも見えねば、それを心づくしのといひて、さて秋は物うく心づくしなる時なれば、初秋の木の間の月を見てもかなしきものと思ひしりぬれ　（『古今集打聴』）

木の枝の間からもつてくる月の影を見れば、広う見るとはちがつて少しづつほか見えねば、さて〳〵しんきなものじや。是を見れば、今から惣体ものごとしんきな秋がきたわい　（『古今集遠鏡』片仮名を平仮名に改めた）

『打聴』は、この歌を読み解くのに、木の間からもれる光では満足できぬ人の心を、歌の契機として捉える。空気澄む秋夜にあって、皓々と明るい月光を理想的なものと捉える人の心が前提となる。完全な月の姿を望み、「木の間の月は思ふばかりも見え」ぬ故に人は心をつくすのだ、という解釈である。『新古今集』の「山の端を出でても松の木の間より心づくしの有明の月」（一五二二）には、気をもませる月が主意として詠まれている。一方、宣長は、木の間からかすかにもれる月光が「新奇」なものとして興味の対象になったことをいう。「木の枝の間からもつてくる月の影を見れば、広う見るとはちがつて少しづつほか見えねば」という理由を挙げる。宣長が、何故「しんき」と評したのか。木の間より人々が見留める月は、『万葉集』に

妹があたり　我は袖振らむ　木の間より　出で来る月に　雲なたなびき　（『万葉集』一〇八五）
朝霞　春日の暮は　木の間より　移ろふ月を　いつとか待たむ　（同　一八七六）
木の間より　移ろふ月の　影を惜しみ　立ち廻るに　さ夜更けにけり　（同　二八二一）

と詠われている。木の間より月光のもれているという光景は、和歌では『古今集』で初めて提示されたものであったかもしれない。『万葉集』歌では、移動してゆく、時間の経過を示す月、その月が主体であって、光は従的存在として詠まれている、と言えるからである。

「心づくし」の詞は、次のような用例を有している。

世間の　常なきことは　知るらむを　心尽すな　ますらをにして　（『万葉集』四二一六）
渡りてはあだなるてふ染河の心づくしになりもこそすれ　（『後撰集』一〇四七）
あふさかはあづまぢとこそききしかど心づくしのせきにぞありける　（『後拾遺集』七四八）

竹岡正夫氏『古今和歌集全評釈』も、「心づくし」に関し、真淵や宣長の「木の間からもれくる光」という具体的事物を「心づくし」の対象とするには「詩味に乏し」（同上）いところから、「木の間といふことに深く心をつくべからず」（『古今集正義』）という解釈が出てきた、と言い、

いたんだ。

木の間からもれてくる月の光を見ると、心も尽きてしまわんばかりに思いなやむ。ああ、その秋は、もう来て

（竹岡正夫『古今和歌集全評釈』）

と解釈されている。月の姿や、月の光そのものが、「心づくし」の対象なのではなく、それは、「心づくし」の契機にすぎないというのが、現代の解釈である。

この一首は、「心づくし」という語で統一されている。見たいと思う月が木の枝にさえぎられがちなのを、どうかして見たいと気をもむにつけて、いやこれだけではない、何彼につけて心をくだく秋が来たといっているのである（本位田重美『校訂古今和歌集』）という解釈も出来る。

では、「小町集」の歌として、この歌は、どう捉えられるだろうか。『古今集』で読人不知とされるこの歌が、「小町集」に収録されることについては、「小町集」に秋の歌が多いこと（十七箇所）とも関連しよう。「小町集」の秋歌については、第四十二歌で述べたが、どちらかと言えば、初秋の歌にその特徴が認められた。

いつはとは時はわかねど秋のよぞ物おもふことのかぎりなりける　(42)

紅葉せぬときはの山に吹く風の音にや秋をききわたるらむ　(100)

いつとても恋しからずはあらねどもあやしかりける秋の夕ぐれ　(101)

ながめつつ過ぐる月日もしらぬまに秋のけしきに成りにけるかな　(104)

わかれつつみるべき人もしらぬまに秋のけしきに成りにけるかな　(113)

これらは、冬枯れ近づく晩秋の歌ではない。秋の、殊に初秋の季節に対し、詠者は何らかの感慨を抱いている。歌

には具体的な詠者の生活や、具体的な感慨の内容等が明らかにされているわけではない。しかし、総じて言えることは、物思う季節としての秋が、歌の主意に或いは従的に、詠まれていることである。右五首の内第一一三歌を除く四首が、『古今集』で、小町ではなく他作者とされる詠である。113は、104の異伝であろう。秋は物思う季節である、と詠む歌が採られたことになる。「小町集」と関係すると捉えるのは、「小町集」の形成に携ってきた者の判断であったということができる。小町の歌の特色ではなく、厳密に言えば、小町像を形成している歌の特色ということになろう。

この歌を再度、読人知らず歌として『古今集』の配列の中で見る時、この歌が属す歌群は次のようになっている。松田武夫氏『古今集の構造に関する研究』に依れば、「かなしき秋」の四首と「秋の夜」とされる三首中の二首に相当する部分である。

題しらず　　　　　　　　　　　　よみ人しらず

このまよりもりくる月のかげみれば心づくしの秋はきにけり　　　（『古今集』一八四）(106)

おほかたの秋くるからに我が身こそかなしき物と思ひしりぬれ　　（同　一八五）（「神宮文庫蔵本（一一一三）」）

わがためにくる秋にしもあらなくに虫のねきけばまずぞかなしき　（同　一八六）

物ごとに秋ぞかなしきもみぢつゝうつろひゆくをかぎりとおもへば　（同　一八七）

ひとりぬるとこはくさばにあらねども秋くるよひは露けかりけり　　（同　一八八）

これさだのみこの家の歌合のうた

いつはとは時はわかねど秋の夜ぞ物思ふことのかぎりなりける　　（同　一八九）(42)

合計六首とも、読人知らず歌である。この中、一八四と一八九が流布本系統の「小町集」に採られている。『古今集』の読人知らず歌から「小町集」歌が採られたと仮定すれば、採られる歌は、その二首でなくともよかったはずである。視点を変えれば、一八五から一八八までの歌は、小町歌らしくなかったと判断されたとも考え得る。その四首とは、個の叙情を全面に出した歌である。特に一八五・一八六には、「わがみ」「わがために」の語が用いられている。四首は、秋の季節を悲しいと詠う、凋落の季節としての秋を詠っている。小町に関する伝承説話に慣れた我々には、むしろ小町と結びつきやすいと思われる四首である。しかし、ほとんど全てと言ってよい「小町集」に入るのが、その四首ではなく前後二首であることを考える時、「小町集」と「物思いの季節である秋」が結びつけられたと考えないわけにはいかない。

この歌は、『古今和歌六帖』では伊勢の歌として伝える。片桐洋一氏『古今和歌集全評釈』では、「小町や伊勢の歌とは思えないが、女性の歌として享受されていたことを思わせる。中国から入って来た「悲秋」「悲哀」の歌というよりも、本来は「秋の恋のあはれを詠んだ女性の歌だったのではないかと思うのであるが」とされている。

この第一〇六歌は、個の心情を内に包み、「心づくしの秋」という言葉が、個を包括する。「心づくし」の語に、歌の主意がある。それは、村雨が降って虫が鳴き、そこに秋の訪れを見た人麻呂歌（『万葉集』では巻十　二一六〇作者未詳歌）

庭草にむらさめふりてしひぐらしのなくこゑきけば秋はきにけり　（『拾遺集』一一一〇）

の、純粋に秋の到来を詠う歌とは異なる。「小町集」に入る、この歌の眼目は、「心づくし」の語にある。涙に連なる悲愁ではない。心を労している詠者故に乾いた調が、その歌には備わることになるのである。

一〇七　あまつかせくもふきはらへひさかたのつきのかくるるみちまとはなむ

この歌は、歌想に於いて、或いは結句の語尾に於いて、『古今集』の業平歌

あかなくにまだきも月のかくるゝか山のはにげていれずもあらなん　（『古今集』八八四）

に類似する。酒を飲み、物語尽きぬ狩りの夜の宴、月が西に傾く頃、親王は、笑みを称えながら寝所へ立たれる。この「あかなくに」歌は、詞書によれば、そこで業平が詠んだ歌であるという。月が西に傾くのは、楽しい時間の終焉である。「月を隠れさせないでくれ」と、業平は機知を働かせて歌にする。山が逃げるなど、有り得ぬことながら、一同は興じ共感する。

「小町集」に詞書はない。こちらの歌は、「山よ逃げよ」ではなく、雲で作られた月の通り道を吹き払えという。大空の風よ、雲を吹き払い、月がこっそり隠れて西へ移動してゆくその道を混乱させて欲しい、が通釈である。この歌は、「小町集」にも『伊勢集』にも載る。鎌倉時代末の私撰集『夫木和歌抄』は、伊勢の家集歌として載せる。三首の本文は次のとおりである。

あまつかぜ雲吹きはらへ久かたの月のかくるるみちまどはなむ　(107)
あまつかぜくもふきみだれひさかたのつきのかくるるみちまどふべく　(『伊勢集』四三九)
あまつ風雲ふきはらへ久方の月のかくるるみちまよ《どィ》ふべく　(『夫木和歌抄』五二一〇)

小町の歌と比較すれば、伊勢の歌は、『伊勢集』に入るものも『夫木和歌抄』に入るものも、両首とも、結句が「みちまどふべく」となっている。「みちまどはなん」の小町の歌は、歌想とともに『古今集』歌の影響を受けているものと考える。伊勢の歌に『古今集』所収業平歌の結句「なむ」が関与し異伝をなしたと思われる。

「小町集」歌は、「御所本甲本」系統では「みちまどはさむ」として伝わる。「小町集」では、「迷（惑）はす」という他動詞を採択している。一方、伊勢の歌の「まどはなむ」「まどふべく」であれば、「迷（惑）ふ」の動詞が用いられていることになり、「月の」が明らかなその主語と解される。従って、「月のかくるる道まどはなむ・まどふべく」は、月が、隠れる道に迷って欲しい、迷うように、の意となる。

また、「月のかくるるみち」に対して、『伊勢集』歌のみが、「あまつ風雲吹き乱れ」と言っている。雲は、大空の道に働いて月を覆い隠し、地上からは見えぬカーテンのような役割を果たしている。鳥や天体の通る「雲路」という詞が、和歌にはある。伊勢は、鳥の通る道を「くもぢ」とし、「はまちどりつばさのなきをとぶからにくもぢにいかでおもひかくらん」（『伊勢集』一八九）等、我が身の上を数首に詠んでいるが、「雲路」は、大空の道ほどの意味で、具体的な形状を伴うものではない。しかし、ここで三者の詠む「月のかくるるみち」は、雲の所為を示した結果の具体的なイメージを伴うことになる。「小町集」や『夫木和歌抄』の伊勢歌は、そういった雲の路を吹き払ってなくしてしまうことを詠うが、『伊勢集』歌の方は、煙が立ち籠めるように、ぼんやりした光景を呈示する。『伊勢集』の「雲ふきみだれ」に対して、月がこっそりと西へ行くのを妨げる為には、雲そのものをなくしてしまうのが良い、と考えるのが、「小町集」の歌であり、『夫木和歌抄』の伊勢の歌である。『伊勢集』歌「あまつかぜくもふきみだれ」は、「あまつ風（が）雲（を）吹き（雲が）乱れ」と状態を詠った歌となる。結句の「べく」の語を考え併せると、「小町集」の歌は、状態ではなく風へ呼びかける歌となる。

先に、『古今集』の業平歌と「小町集」歌の類似性を挙げた。業平が是喬親王を月に喩え、寝所に入ってしまわれる心残りを詠った歌が『古今集』の

あかなくにまだきも月のかくるゝか山のはにげていれずもあらなん

であった。宴を照らす「月」は、親王の比喩であり、親王との楽しい一時の象徴でもあった。月の隠れゆく光景は、時の終焉を意味した。「小町集」のこの歌の「月」にも、某人が喩えられていよう。「小町集」の編者には、或る意図があったように解せる。

まへわたりし人にたれともなくてとらせたりし

空をゆく月のひかりを雲ゐよりみてややみにて世ははてぬべき　（3）

の「月」は、男性であり、男性との恋愛生活が象徴されている。時の終焉が詠われている。狩りの宴で業平が親王

に詠みかけたのと同様な状況が、「あまつ風」の歌にも想起されていたのではなかったかと考える。

一〇八　あはれてふことこそうたてよのなかをおもひはなれぬほたしなりけれ

『古今集』雑歌下　九三九に小町の歌（元永本は読人不知歌）として載る。『古今集』では、小野篁、小野貞樹の歌に続け、小町の歌が二首置かれている。小町の歌への移行は、「わぶとこたへよ」「わびぬれば」という言葉のつながりの中で、松田武夫氏『古今集の構造に関する研究』に依れば、厭世の思いが詠われる歌群に入る。小町の歌二首とは、次の

佗びぬれば身をうき草のねをたえてさそふ水あらばいなんとぞ思ふ　（『古今集』九三八）(38)

と、この第一〇八歌とである。小町の「あはれてふこと」歌は、右の「佗びぬれば」歌に後続する。「佗びぬれば」の歌は、小町が文屋康秀に応えるというもので、「佗びぬれば」という不遇の日を送り、わびしく過ごす憂愁の気持ちから、康秀へ返歌がなされている。小町は、「誘ふ水あらばいなむとぞ思ふ」と決心して返歌するのであるが、そうはいっても、この世との絆を断ちきれないという、その心情の展開が、この歌の「あはれ」の語に引き継がれる。

この歌の「あはれ」は、『古今集』では、世の中に対する執着、未練を意味する。結句「ほだし」は、絆の意味であり、この世との絆を断ち切れない原因が「あはれてふこと」になる。近世の真淵・宣長は、「あはれてふこと」を「自分をかわいいと言ってくれる言葉」の意味に解釈している。この『古今集』歌「あはれてふこと」に関する従来の諸説では、男女世界の「世の中」という意味を見ており、竹岡正夫氏『古今和歌集全評釈』は、それを二系統に整理している。即ち、他人が自分に言ってくれる言葉（かわいい・かわいそう）と取る解釈と、自分が妻子などにいいかける言葉（かわいい・いとしい）と取る解釈である。同書は、それらを包摂した解釈とする。

たゞ目の前にある事に触れて外の感情を引きだしたる心あり。さて昔をも思ひ、行く先をも兼ね、一を見て二を思ひやり、面を見て心を知るたぐひ、みな『あはれ』といふことを置けり／うれしき事にもせよ、うき事にもせよ、言ひ出ださんとするにまづ心に深く感じてうち嘆きたる詞也

（前掲書引用の『かざし抄』）

ここもその心で、いやな世の中を思い離れてしまおうと思うのだが、そのたびに「外の感情」＝昔の事を懐かしく思い出したり、将来の事に思いを馳せて案じてみたり、現在の妻子や友人、親族などの心情を推察したり、いろいろと次から次へと思いにふけって、思わず「あはれ！」と嘆息してしまう。その「あはれ」と言う言葉が、というのであるが、実はその言葉の奥にこめられている深い嘆きが、ということである。

（竹岡正夫『古今和歌集全評釈』）

とし、「あはれ」の語が契機となって引き出される諸々の深い嘆きを、「あはれてふこと」に見、「ああ、やれやれという言葉こそが」と通釈されている。

慕わしさ、いとおしさを意味する「あはれ」は、『万葉集』の用例では、『新編国歌大観』所収本で九例見えるが、例えばその一「ゆかぬわを　こむとかよるも　かどささず　あはれわぎもこ　まちつつあるらむ」（二五九九）について、『新潮日本古典集成　万葉集』では、それが、喜びにも悲しみにも用いる強い感情であると説かれている。

『古今集』歌の「あはれてふこと」の用例は、

あはれてふ事をあまたにやらひとて春におくれてひとりさくらむ　（『古今集』一三六）
あはれてふ事だになくはなにをかは恋のみだれのつかねをにせむ　（同　五〇二）
あはれてふ事のはごとにおくつゆは昔をこふる涙なりけり　（同　九四〇）

という歌に見えるのであるが、概念的に捉えた表現というよりも、「すばらしい。」であったり、「したわしい。」であったりする感嘆の言葉としてみるのがよいように思われる。『古今集』でも「あはれ」は、『万葉集』の用例同様

に、慕わしさ、いとおしさを基底とする。

しかし、『後撰集』の「あはれてふこと」は、次のようにより概念的になっている。

あはれてふ事にしるしはなけれどもいはではえこそあらぬものなれ　（『後撰集』一二七一）

あはれてふ事になぐさむ世間を涙にうかぶ我が身なりけり　（同　一一九二）

「あはれてふこと」と読み出されるとき、この詞は概念化し、諸々の思いが収斂される。「あはれ」の言葉が契機となって呼び起こされる諸々の具体的感情は、「てふこと」の語で、そういった諸々の感情を収斂する浄化装置のような働きをしている。諸々の生の大きな分子が、その感情にふさわしい言葉との対応を待つことなく、「あはれてふこと」という、世間一般の使い慣らされた言葉の情感の中に収斂される。その言葉に収斂された瞬間から、遁世なら遁世という行動に人を駆り立てるような強い感情も、力を削がれてしまう。

「小町集」のこの歌（『古今集』所載歌でもあるが）の「あはれてふこと」を概念的なものとみるか、具体的な言葉とみるかでは、解釈が分かれる。

「小町集」中に、「あはれ」を詠んだ歌は八首あり、それらは、我が身に関すること、我が身への同情を意味している。詠者は、微視的にものを見、我が身を見ている。その点では、『古今集』の用例に倣い、この歌の「あはれてふこと」を「自分をかわいいと言ってくれる言葉」と解するのが適切である。真淵や宣長がいうように「自分をかわいいと言ってくれる言葉」を意味する場合、「かわいいと言ってくれる言葉が有る限り、異性との関係は捨てられない」「愛の表明の言葉故に、心は執着し、男女の間柄からは離れられない。」というのが、一首の意味となり、この歌は、愛を表明する言葉に支えられていることになる。しかし、この歌には、どこか寂しい調が備わる。それは、「うたて」「思ひはなれぬ」「ほだし」の語で、全幅の信頼が翳りを帯びていることによるのかもしれない。

「うたて」は、「思ひはなれぬ」に係り、それを強調する働きをしている。詠者の意志を超えて、程度甚だしく進展してゆく事態に無力でいる詠者の言が「うたて」である。『万葉集』の「うたて」の例（一八八九、二四六四、二九四九）でも、「うたてこのころ」などとして、いっそう、ますます、不思議なことに、と解釈できる。意図しない状況は、「うたて」によって一層強まる。『古今集』の「ちると見てあるべきものを梅花うたてにほひのそでにとまれる」（『古今集』四七）も、意図しない状況であり、やがて不快な意味をも有するようになる。一部の『古今集』注釈が、この歌の「うたて」を「いやなことに」と訳すのも、不快の感情をみるからであろう。『古今集』でも、「うたてにくけれ」（『古今集』七九六）という用例はあるが、それは、「にくし」等、不快な感情を表す言葉を従える場合で、この、小町の歌の「うたて」を、必ず「嫌なことに」と解釈する必要はないと考える。「あはれてふこと」に具体的な言葉を見、某かの相手を想定すればするほど、この歌の「あはれてふこと」という、確かなはずの言葉に対する喜びは翳り、一層寂しい調を有する。

一方、この歌の「あはれてふこと」を概念的なものとして捉えた場合、それは、詠者の内で反芻された言葉になっているのではあるまいか。詠者感情は、その言葉の意味するところから出ず、その言葉の中で棚づけされ処理される。詠者は、自分は全てを「あはれてふこと」で理解してきた、しかし、一見、悟りや諦念であるかのようなそれが、「世の中」を「思いはなれ」なくさせていたのだ、と詠っている。

「あはれてふこと」に帰することは、詠者にとって生きていく上での一つの術であったはずが、結局それが「世の中」に人を執着させることになったのだということになる。

一〇九　世のなかはゆめかうつつかうつつとも夢ともしらすありてなければ

『古今集』巻十八　雑歌下に読人しらず歌として載る。この歌も、『古今集』で一連の読人知らず歌が、まとまって「小町集」に収録される、その中の一首である。

初句「世の中」を人間社会一般と捉えると、この歌は、「「世の相」に対して、疑問を発」（窪田空穂『古今和歌集評釈』）することが契機となった歌になる。近代の注釈類は、「世の中は有であって無である」という主意に、天台教理の三諦の理を見たり、或いは又、特定の教理の字句ではなく

まことに、今日あった事でも、すべてどこへ消えて行ったのか。まして昨日というあの一日の間にいろいろとあった事はすべてどこへ過ぎ去っていったのか。こうして考えてみると、この世で一体、実有するものは何なのか。さような実感にもとづく歌である。かの荘子の、夢に胡蝶と化した話と共通の思想が根底にあるようだ。
（竹岡正夫『古今和歌集全評釈』）

など、通仏教・道教等の思想的背景をみている。

一連の『古今集』読人知らず歌を「小町集」に入れた「小町集」の編者は、この歌の「世の中」に、男女世界の意味を重ねあわせていたと考える。「世の中のうきもつらきもつげなくに」（94）・「世の中をおもひはなれぬ」（108）・「あるはなくなきはかずそふ世の中に」（81）・「世の中にいづらわが身のありてなし」（87）・「世の中はあすかがはにもならばなれ」（84）等、「小町集」の「世の中」の歌は、男女世界を彷彿させている。他の女性がそうであったように、少なくとも、詠者を中心に据えた、詠者から見た「世の中」であったはずである。詠者は、やはり、

私とあなたの仲は、私一人で見た夢の中の出来事であったのか、それとも、あなたも確かに関わった、現実世界の事なのか

というのであろう。二人の仲の諸々の現実が、時とともに風化してゆく。その際に発した「世の中は」であり、「世の中というものは」である。私に関する「世の中（男女世界）というもの」は、有って無いようなものだ、と詠む。

この歌が、「小町集」に入ったのは、『伊勢物語』の一段をも形成する、「君やこし我やゆきけんおもほえず夢か

うつ、かねてかさめてか」（『古今集』六四五）という業平の歌の語句「夢かうつつか」の影響下に、業平と小町の関わりから収録されたことも一因ではなかったかと考えるが、「夢かうつつか」という表現は、『古今集』では、既に類型的な表現として見えている。『万葉集』では、巻十三の挽歌に「夢かも　うつつかもと（『万葉集』三三二四）」と葬送に集まる舎人の白い喪服を見て詠んだ歌が載る。同様に「夢とこそいふべかりけれ世中にうつゝある物とおもひけるかな」（『古今集』八三四）・「ぬるがうちにみるのをのみやはゆめといはんはかなきよをもうつつとはみず」（同　八三五）・「やど見ればねてもさめてもこひしくて夢うつつともわかれざりけり」（『後撰集』一二八八）は、人の死を悼んだ哀傷歌である。「夢かも現かも・ゆめかうつつか・ゆめうつつとも・夢かとも」等、疑問や打ち消しの形をとり併せながら、それらは、死という現実を肯定する。現実であったことを踏まえて、出来る事なら夢であってほしいと願う。「（これは）夢とこそいふべかりけれ」（『古今集』八三四）の「これは」に相当するもの、或いは、「はかなき世」と言い切ってしまう時の「世」なる現実をふまえた上で、詠者は、夢という彼岸に思いを馳せている。

しかし、この歌は、それらとは異なる。歌は、現実にあった諸々の事象を否定し、夢もまた非現実であるとして、夢の価値を引き下げる。それは、「有りてなければ」の結句によって決定的となる。現実と夢との揺らぎの中で現実の痛みや喜びを軽減しようとするものではないのである。小町と明記された、夢に関する歌は、夢の世界に真っ向から向かい合い、夢の世界は、現実世界に比肩すると実感している者にのみ詠める調を伴う歌であった。夢を現実と等価値に迄引き上げるものであった。この歌の「うつつとも夢ともしらず有りてなければ」は、それとは異質であり、この思想は、金子元臣『古今和歌集評釈』以下が、仏典を典拠に説くように、諦観である。「小町集」に収録されたことを第一義に考えるなら、その諦観の調は、風化した現実世界へのものと考えられたのであろう。

ところで、「ありてなければ」という表現は、右の『古今集』の二首「よのなかは夢かうつ、かうつ、とも夢ともしらずありてなければ」（『古今集』九四二）「世中にいづらわが身の有りてなしあはれとやいはんあなうとやいはむ」（同　九四三）以降、鎌倉時代初期建長初年の『万代集』歌

除目のあしたに、とぶらひて侍りけるかへりごとに

藤原光俊朝臣

つらしともうしともさらになげかれずいまはわが身のありてなければ

（『万代集』三六四六）

に迄見えない。『古今集』の二首は、読人知らず歌でありながら、二首とも「小町集」に入る。流布本「小町集」の形成に、建長年間の撰集『万代集』『続後撰集』『続古今集』が、深く関わっていることを既述したが、藤原光俊は、その撰集の中心的な人物である。こういった、或る言葉への関心は、『古今集』読人不知歌から「小町集」への収録と無関係ではないように思える。

ただし、それは、藤原光俊が、『古今集』から直接「小町集」歌として入れたという性質のものではないだろう。「御所本甲本」の「小町集」には、一一六首本番号で言えば、この第一〇八歌と次に並ぶ、同、第一一一歌が、「さるまろまち君の集なる哥」として挙がる。何らかの伝承歌が、「小町集」に入る歌と見なされ、それを容認したという性質の関わり方である。

一一〇　あはれてふことのはことにをくつゆはむかしをこふるなみたなりけり

心を凝らして、詠者は言葉を探していたのではあるまいか。時の自分の心情に相応しい言葉を探していたのである。空気中に散在していた水蒸気が凝結するように、心は歎きの言葉を見つける。眼には見えぬ水蒸気が一粒の露に凝結するように、漠然と重く暗い心が「あはれ」という言葉を見つけた時、涙が流れた、という。心情が涙に凝結された時、漠然とした思いは、名辞をされることになる。涙は、心の浄化装置であった。カタルシスである。

この「あはれ」の語には、下句「むかしをこふる涙」という懐旧の思いが、慕わしさの感動を結果的に混在させることになっている。しかし、詠者が詠み出した「あはれ」は、『万葉集』で「悲傷」(四一五)と詞書に注される「家ならば　妹が手まかむ　草枕　旅に臥やせる　この旅人　あはれ」(『万葉集』四一五)や、悼みを詠う「名児の海を　朝漕ぎ来れば　海中に　鹿子ぞ鳴くなる　あはれその鹿子」(同　一四一七)に用例を見るような、哀しみの心情を表現する言葉であり、哀しみの嘆きであろう。

涙が「昔をこふる涙」であったことが、この歌に時間的な広がりを与えている。「あはれてふことのはごと」であったという。心の見つけた言葉が「あはれ」であった時、我が身の「あはれ」を言わんが為に、更に言葉を探す。しかし、それでも加えられる言葉は「あはれ」なのである。「ことのはごとに」は、そういった反復である。慕わしさだけが残って存在し、暗く重い心が、「あはれ」という言葉の柄杓の反復によって汲み出し尽くされる。涙の量は、増えるという。行き詰まった状況の中にあって、未練に苛まれる詠者の声である。

この歌も、『古今集』で一連の読人不知歌が、まとまって「小町集」に収録される、その中の一首である。『古今集』雑下巻の読人不知歌五首は、「小町集」の根幹部分に二首採られ、他本による増補部分十一首中に三首採られる。その五首を、「小町集」に入る順に並べてみる。

世の中にいづら我が身のありてなしあはれとやいはんあなうとやいはん　(『古今集』九四三)(87)

世の中のうきもつらきもつげなくにまづしるものは涙なりけり　(同　九四一)(94)

世の中は夢かうつつかうつつとも夢ともしらず有りてなければ　(同　九四二)(109　他本歌増補部分)

あはれてふことのはごとにおく露は昔をこふる涙なりけり　(同　九四〇)(110　他本歌増補部分)

山里は冬のわびしき事こそあれ世のうきよりは住みよかりけり　(同　九四四)(111　他本歌増補部分)

「山里は」歌を除き、根幹部分第八十七歌と第九十四歌の関係は、増補部分の第一〇九歌と第一一〇歌に認めることが出来る。即ち、先の二首に見る「ありてなし」と「涙」の素材である。これは、増補される際に、『古今集』読人知らず歌が、「小町集」根幹部分では、どのように採り入れられているかが考慮され、それに倣おうとする意図があったと考えられるし又、根幹部の異伝が、増補部にあると見ることも出来る。従って、「小町集」歌としては、「ありてなき詠者自身」が「涙」に連なる部分に、この歌の主意が認められていたと言える。

「涙」なる素材と「小町集」の歌との間には、意図的な結びつけがなされていたかもしれない。『古今集』で「涙なりけり」を結句とする次の四首のうち、後の三首が、「小町集」に収録されている。

山田もる秋のかりいほにをく露はいなおほせどりの涙なりけり　（『古今集』三〇六）（「小町集」非所収）

つつめども袖にたまらぬ白玉は人をみぬめの涙なりけり　（同　五五六）（39　清行）

あはれてふ事はごとにおくつゆは昔をこふる涙なりけり　（同　九四〇）（110）

世中のうきもつらきもつげなくにまづしるものはなみだなりけり　（同　九四一）（94）

右「小町集」第三十九歌は、清行の、小町への贈歌である。この贈答が契機となって、右の三首の読人不知歌も「小町集」に収録されたのではないかと考えている。「山田もる」歌が、非収録なのは、「いなおほせ鳥」が、古今伝授の対象三鳥の一であったので、取り扱いが慎重になされたものであろうし、「その涙は、実は、山田の仮庵で独り寝をかこつ男の涙でもある。」（竹岡正夫『古今和歌集全評釈』）と言われる如く、男性歌と認められる故であろう。或いはまた、両者に於ける侘しさの異質性にも依ろう。右「山田もる」歌以外の、「小町集」歌三首に貫くものは、我が身のあはれを嘆く涙であり、山田守が感じた秋の季節に誘起された普遍的な侘しさ故に流す涙とは、異質なものである。

後世に於けるこのような第一一〇歌享受は、恐らくは、「小町集」からではなく、『古今集』からのものであろうが、次の

法のはなのこるにほひにおく露は昔をこふる涙なりけり　（『拾玉集』五三五五）

かきつくることの葉ごとにおくものはむかしをしのぶつゆのなみだか　（『高倉院昇霞記』三四）

の両首は、十二世紀後半のほぼ同時代のものである。後者の「むかしをしのぶ」は、「あはれてふことの葉ごとに置く露は昔を忍ぶ涙なりけり」（『新撰朗詠集』四四〇）の影響に因るものであろう。「むかしをしのぶ涙」と、「むかしをこふる涙」とでは、用例としては「むかしをこふる涙」の方が圧倒的に多い。この第一一〇歌の場合は、積極的に「こふる」として続けられる方が、「あはれ」という嘆きの反復には相応しい、という判断があったかもしれない。

一一一　やまさとはもののわひしきことこそあれよのうきよりはすみよかりけり

本文の不安定な歌である。第二句「物のわびしき」は、「御所本甲本」の「小町集」では「ものさびしうき」、同系統の「神宮文庫蔵本（一一一三）」や、「神宮徴古館蔵本」、群書類従本、「内閣文庫蔵本（四三三）」、「慶應義塾大学蔵本（一〇〇・二八）」では「もののさびしき」、その他の流布本では「もののわびしき」となる。

この歌は、『古今集』所収の読人不知歌で、『古今集』歌にも、既に「わびしき」と「さびしき」の両伝がある。『古今集打聴』は、本文を「物のさびしき」とし、細書に「小町集には物のわびしきと有」と記しているので、寛政の頃には、歌仙家集の版本の本文によって、「小町集」の「わびしき」、『古今集』の「さびしき」と区分されていたのであろう。『古今集』の「さびしき」という本文は、十七世紀末以降の『古今栄雅抄』（『古今和歌集全評釈』の翻刻）や、北村季吟の『八代集抄』にも見える。鎌倉時代末、頓阿の『井蛙抄』（『新編国歌大観　巻五』、『日本歌学大系』所収本を「続群書類従本」他で校訂）が、同歌を「物のさびしき」として引用している一方で、定家の流れをくむ伊達家旧蔵本『古今集』では、「わびしき」と伝える。また、『新撰和歌集』（『同　巻二』、島原公民館蔵松平文庫蔵本が底本）や『新撰朗詠集』（『同　巻二』、藤原行成筆本が底本）所収の同歌も、「物のわびしき」として載せていることからすれば、「山里は冬ぞさびしさまさりける」（『古今集』三一五　宗于）・「山里は冬こそことにわびしけれ」（同　二一四　忠峯）等の『古今集』歌の混同から生じた異伝でもあるのだろう。この宗于の歌についても、平安時代の写本に「さびし」「わびし」と両者ある。

近世では、宣長も、真淵と同じ「物のさびしき」とする本文を掲げている。しかし、後続の景樹の『古今集正義』は、「物のさびしき」と「物のわびしき」の歌意を鑑み、「わびし」の方を採択することで、考証姿勢を文芸表現に関するものに移している。

六帖に物のわびしきとあるこそよろしかるべき　さびしきも聞えぬにはあらねど志まらぬ所ありて劣れる成へし　（『古今集正義』）

「物のさびしき」或いは「物のわびしき」の「もの」は、先行する「山里」の語から想起されるところの属性に代わる表現と捉えられる。そういう当然の「もの」であることをまず先に提示した、即ち、詠者個別の心情ではなく、山里に関する道理・常識としての既定の事実を「もの」の語で包括させ表現することで強調したと考えられる。「さびしいことは、それはそうだけれども」（本位田重美『校訂古今和歌集』）・「そりゃ…ことはある」（竹岡正夫『古今和歌集全評釈』）の解釈に連なる。「物の」が付されることで、「さびしき」或いは、「わびしき」表現内容は普遍的になる。『正義』のいう「志まらぬ所」とは、「物のさびしき」でも「物のわびしき」でも、「物の」の言葉に負うところが大きい。それに加えて、「わびしき」の方に、「さびしき」以上の詠者の個の判断、即ち、山里の属性を離れ、詠者の側に関わる個別の判断が入り、個性の表出が多いと考えられたと解釈する。

「わびし」が、物質的な不足に対する感情故に、沈潜する心を表す言葉であるとするなら、「さびし」は、外に向かって、ないものを求める表現である。「さびしき」では、「志まらぬ所」（『正義』）があるというように、「わびし」で、先鋭化されていく、行き詰まる思いが、「小町集」の「わびし」の中に求められたと推測する。ただし、それは、「小町集」の本文が確かに「わびし」であったとする場合である。先に見たように、流布本系統の中でも、六条家に関係し、流布本系統では古い奥書を有する「御所本甲本」系統には、「さびし」の語が用いられており、何れが古態であるかは分からない。

「小町集」のこの歌は、「世のうき」即ち、世の中の辛さよりも、わびしき山里の暮らしの方が住み良いという。「小町集」には、「わびし」も「うき」も多くみえる。「うき」の方は、静かな嘆きの言葉で、「うき」と詠う歌十二首は沈潜する詠者像を形成している。

木がらしの風にもちらで人しれずうきことのはのつもる比かな　(52)

の如く、静かな嘆息の積み重ねが「世のうき」事として集約される。「世のうき」事に注視したのは、作品の継承者であって、小町と「うき」を結びつけ、このような読人知らず歌を小町歌として補入したのであろうが、この第一一一歌には、他の「うき」と詠む歌とは、異質な感がある。他に「小町集」で「うき」と詠む歌には、これほど安易な帰結の言葉はない。他の「うき」歌には、帰せぬ思い故の、より沈潜した調が備わっている。

又　他本　五首　小相公本也

一一二　をくらやまきえしともしのこゐもかなしかならはすはやすくねなまし

「ともし」は、灯火であり、鹿を射る為の火を殊に「照射」という。山中、幾筋かの道に火縄を串に挟んだものを建てるが、一路にだけ火を立てず、そこへ進む鹿を射る（『新編　大言海』冨山房）。

夏の夜はともしのしかのめをだにもめはせぬ程に明けぞしにける　（『和泉式部集』三三二）

その他の歌に見え、「鹿と目を合わす」とは、暗い一路に待ち受ける猟人と闇にきらりと光る鹿の目が印象的に取

り上げられたものである。「照射」は、夏の景物で、

さ月山このしたやみにともすひは鹿のたちどのしるべなりけり　（『貫之集』九）

とも詠まれた。

夕されば　小倉の山に　鳴く鹿は　今夜は鳴かず　寐ねにけらしも　（『万葉集』一五一一）

ゆふづくよをぐらの山になくしかのこゑのうちにや秋はくるらん　（『古今集』三一二）

等、初句「小倉山」は、鹿の鳴く声とともに歌に詠まれてきた場所であるが、照射の背景となる闇を連想させる言葉でもある。

第三句「もがな」は、願望を表す。詠者は、照射の灯りが消えて、鹿の鳴く声を望んでいる。山家に居る者が灯火を見た。それは、照射だとすぐに知れた。しかし、その灯火も消え、後には小倉山の名に相応しい闇の静寂が訪れる。鹿よ、無事であれ、そして今夜も鳴いて欲しいと言っている。

秋萩の　散りの乱に　呼びたてて　鳴くなる鹿の　声の遥けさ　（『万葉集』一五五〇）

あきかぜのふくゆふぐれはきぶねやまこゑをほにあげてしかぞなくなる　（『万代集』一〇九二）

に詠まれるのは、もの悲しい鹿の声であり、

秋山にこひする鹿の音たてて鳴ぞしぬべき君が来ぬ夜は　（『新撰万葉集』一一九）

は、恋人への思いをかきたてる鹿の声であるが、山家の日々を送る者にとってその声が如何に親しきものであったか、この歌は示している。

下句の「しかならはずはやすくねなまし」の「しか」が「鹿」と「然か」の掛詞になっている。鹿は、照射に誘われて射られた。鹿の声が聞こえなくなったのは、照射のせいである。鹿に、照射に欺かれるというような、そのような習性がなければ、私も安らかに眠れるだろうに、と詠者は詠んでいる。

第三句は、「こゝもかな」が「小町集」のほとんどの本文であるが、群書類従本「内閣文庫蔵本（四三三）」「東奥義塾高校蔵本」の「小町集」は、「すゝもかな」としている。活字本の群書類従本は、「も哉」と詠嘆に表記しているが、版本の『群書類従』では、「哉」とはなっていない。「末」に対する願望（「もがな」）では意味が不明瞭だったので、詠嘆（も哉）にしたのだろう。異同はあるが、歌の主意としては、照射が終わった後の山の闇の暗さを目にして、鹿にこのような習性がなければ私も心傷めることなく、安らかに眠れるのにと、思い遣っているか、或いは又、翌朝、篝火跡を目にして、同様な感傷を歌に為したことになる。

この歌も後に補入されたものであろう。この第一一二歌から巻末の第一一六歌が、「又他本　五首　小相公本也」として載る。流布本は、「小相公本」より、補入されたものであることが、示されている。「御所本甲本」では、「小宰相本」と記されてあるが、何時ごろどの本より加えられたかは分からない。歌人「小宰相」に着目される、藤平泉氏の見解もある。

ただし、『玉葉集』に採られている紫式部の歌に、

さをしかのしかならはせるはぎなれやたちよるからにおのれをれふす　（『紫式部集』四七）

が見え、これは、「しかならはせる」の「しか」が掛詞になる古い例である。また、この歌の、照射によって狩猟される鹿に対する憐憫の情を詠んでいる点が、加えて詠歌の時代を下らせる根拠になると思われる。『古今和歌六帖』に見る「ともし」の歌

さ月山このしたやみにともす火はしかのたちどのしるべなりけり　（『古今和歌六帖』一一六七）

をぐら山ともしの松のいくそたびわれしかのねをなきてへぬらん　（同　一一六八）

あふことをともしのしかのうちむきてめをだにみせばいるべきものを　（同　一一六九）

に比べれば、『拾玉集』

なつ山に秋のあはれをさきだてて色に見するはともしなりけり　（『拾玉集』一四一八）
ともしするしづが心もいかでかはしかあはれとはおもはざるべき　（同　一四一九）
われもするともしなれどもよそに見るほぐしのかげはさすか心に　（同　一四二〇）
とやまなるともしのかげを見てもまつなもあみだぶつふかきまどには　（同　一四二三）

の「ともし」の歌には、殺生に対する思いが詠われている。『拾玉集』は、仏教者慈円の私家集であり、情趣の確認を超えた、生へのいとおしみが、殊に、山家に在る者にとっての鋭敏な哀憐の情が詠われるのであるが、この歌にも同様な調がある。

一一三　**わかれつつみるへき人もしらぬまにあきのけしきになりにけるかな**

この歌は、他の撰集には収録されることなく、「小町集」にしか見えぬ歌である。下句が第一〇四歌と等しく、増補の段階での類歌であろう。下句「秋のけしきに成りにけるかな」は、第一〇四歌で既述した様に、和歌の用例からすれば、秋の訪れを意味する句である。従って、秋の季節の訪れにも関わらず、逢見るべき人に会えないという思いを詠う。

第三句「しらぬまに」は、

をしむらむ人の心をしらぬまに秋のしぐれと身ぞふりにける　（『古今集』三九八）
たれこめてはるの行へもしらぬまにまちし桜はうつろひにけり　（『古今和歌六帖』四二〇三）
物思ふとすぐる月日もしらぬまにことしはけふにはてぬとかきく　（『後撰集』五〇六）

等、認識しないままに、の意味である。第二句は、「みるべきひと」と云うのだから、過去の状態から類推して、当然、共に時を過ごすはずの人である。男性と別れ、独りきりになり、季節が変わってゆく寂しさが詠まれたということになる。初句「わかれつつ」を、或る男性と別れた状態で、と解すれば、一過性の経験であるが、「つつ」を反復の助詞とみれば、「何度も別れて」と、過ぎ来し人生を包括して捉えていることになる。男と別れて季節は秋になった、その別れをいうとする解釈は否定されるものではないが、今までの男女世界を振り返るような調が、この歌には備わっていると考える。『玉造小町子壮衰書』の伝承に見える、驕慢の果てに零落した小町像が重ね合わされた時、後者の解釈が、むしろこの歌の原義に近かったであろうと考える。すなわち、何度も男と別れ、会い見るはずの人にも会えることなく、今年もまた、秋の季節を迎えたという述懐の歌とみる解釈である。それは、下句を共通させる第一〇四歌の「ながめつつ過ぐる月日もしらぬまに」よりも、第一歌「わが身よにふるながめせしまに」の述懐に通う、人生を包括するような調を有する。

この歌の「小町集」収録には、第一歌「花のいろは」歌や、第一〇四歌「ながめつつ」歌との関連が深かろうが、収録の契機について、今一つの条件も思われる。それは、『後撰集』の配列である。『後撰集』に

これやこのゆくも帰るも別れつつしるもしらぬもあふさかの関　（『後撰集』一〇八九）

という蟬丸歌が載り、この後に小野小町の

あまの住む浦こぐ舟のかぢをなみ世を海わたる我ぞ悲しき　（『後撰集』一〇九〇）

の歌が並べられている。「別れつつ」の詞は、この蟬丸の歌で周知のものとなった事が、『百人秀歌』や『近代秀歌』への収録から知られる。『百人一首』も併せると、「わかれては」と助詞のもつ反復の意味を明示しない形も見える。蟬丸は『今昔物語』では、宇多天皇の皇子敦実親王に仕えていた雑色であるとし、『無名抄』の記述から、琵琶の祖とされる人康親王とも混同されている。人康親王は、「小町集」第四歌詞書の「四つのみこ」ではないかとされる人物である。小林茂美氏『小野小町攷』に依れば、巫祝的理由によっても、小町をめぐる人間関係に於いても、蟬丸と小町は、伝承上関連深い人物であり、その伝承上は同時代を生きている。蟬丸歌の一句を用いた歌が

小町の歌とみなされたとの推測も出来る。しかし、歌の主意からすれば、この歌は、第一歌や第一〇四歌と関わり、第一〇四歌同様、詠者孤独の姿を呈する、秋の歌群の一を成していると言える。

一一四　かたみこそいまはあたなれこれなくはわするるときもあらましものを

あなたの残した形見の品が、今は憎らしい、これがなかったならば、あなたの事を忘れる時もありましょうに、と詠う。

「あた」は、「自分を苦しめる仇」（『日本古典文学大系　古今和歌集』）であり、「人より我にあたるの名」（『古今和歌集正義』）を語源とした、自分に働きかけてくる存在である。「形見」は、本来、人を偲ぶよすがとなるものであって、『万葉集』には、恋人の象徴としての「かたみ」が、確かな愛情と信頼の下に詠まれている。

吾が背子が　形見の衣　妻どひに　わが身は離けじ　言とはずとも　（『万葉集』六三七）

吾妹子が　形見の衣　なかりせば　何物もてか　命継がまし　（同　三七三三）

は、恋人から贈られた形見としての衣を大切に扱っている、という。

別れに際し、胸中に据えられた恋人の姿が、ひと時その姿を鮮明にする。「形見」は物質であるゆえに、不変の生命を有して身近に実在する。形見の物質と胸中の恋人の姿が影響し合う温かい時間がある。詠者にも恋人の象徴として「形見」をいとおしく眺めた時間があったのだろう。「今は」の言葉は、その時間の存在を示している。「小町集」第二十八歌に見える

よそにてもみずはありとも人心わすれがたみをつつみ（つみて）しのばん　(28)

は、「形見」に対して、大切なものをとり扱うかのように接している。

しかし、『伊勢物語』が、この第一一四歌に「むかし、女のあだなる男の形見とておきたるものどもを見て」（一

一九段）という詞書を付す如く、恋人の心が変わり、恋人の心の移ろいの速度に詠者感情が追いつかぬ時、「形見」は「仇」なるものとなる。定家の

かたみこそあだのおほ野の萩の露うつろふ色はいふかひもなし　（『新後撰集』二四九　定家）

は、形見もはかないものであると詠む。人の心の移ろい易さが、形見という物質の不変性をも侵してゆく。人の心の移ろいとともに詠者感情も移るなら、定家歌のように、「形見」に対する思いも移るはずである。それが、「形見」ではなく、単なる一物質になってもよいはずである。しかし、詠者感情は変わらぬから、怨みが残る。詠者は、あきらめ切れぬ恋の、一つの思いを詠んでいる。「かたみこそ今はあたなれ」という強い言葉は、詠者の恋情の裏返しである。

この歌は、『古今集』の読人不知歌であり、巻十四　恋四の巻末に置かれる。男女世界の外にいる小町像が『古今集』のこの歌の作者像と結びつけられたのであろうか。諦観もなしえず、男女世界の外にあって尚、恋に執着する詠者の姿が「小町集」に映し出されることになる。

一一五　はかなしやわかみのはてよあさみとりのへにたなひくかすみとおもへは

人間存在のはかなさが詠われている。「小町集」歌には、「露の命はかなきものを」（48）・「つゆの命ぞはかなかりける」（89）等、生命の捉えどころない頼りなさが、微小かつ短命な露に喩えられた歌があった。或いはまた、広漠たる空間にある故に頼りなくはかなく無消する煙（91）にも喩えられていた。この歌の「のべにたなびく霞」も、野辺送りの火葬の煙を暗示している。

はかなくて雲と成りぬる物ならばかすまん空をあはれとはみよ　（91）

の雲と同様、間接的に「死」を捉えている。死は、地獄絵を想起させる恐怖の対象でもなければ、別れの悲しみと

いう深い心の傷みでもない。ただ美的形象の内に間接的に詠まれるのみである。「死」は、一枚の絵に象徴されている。第三句「あさみどり」は、煙や野辺などに掛る枕詞として用いられているが、原義であるその色彩は、この歌の情趣を規定している。黄みがかった緑の白く濁った色である。野にある植物の生命を象徴する色が、今日いうところの緑色なら、霞の乳白色に覆われる野の緑は、より、くすんだ色を呈している。野の植物の生命力は、失われたかのような色が「あさみどり」である。「死」は、あくまで美的情趣の内に捉えられている。死後には「あさみどり」の霞となって大空へ消えて行くと詠う、この「小町集」の歌からすれば、老い永らえて醜態をさらす、所謂小町伝説とは、異質の感がある。

この歌は、流布本「小町集」では後から加えられたもので、他本歌（小相公本歌）五首の一とあるが、鎌倉時代初期の『新古今集』には、既に小野小町の歌として入集している。同集では、哀傷歌の部立に、同じく六歌仙の遍昭の歌に、続いて収録される。歌の形は、

あはれなり我が身のはてやあさみどりつゐには野辺の霞と思へば　（『新古今集』七五八　小野小町）

であり、「小町集」とは初句と第四句とが異なる。『新古今集』撰集以前、建久七年の慈円の歌にも、「あはれなり雲にけぶりをたてかへてうき世の末はにしの山のは」（『拾玉集』四七九五）とあり、「夢詠四首内、三首忘却了」の詞書が付される歌がある。近隣の山の彼方のあの世観、という古代の思想が、梅原猛氏『日本人の「あの世」観』に説かれていたが、これらの歌にも、近隣の山の向こうのあの世が詠われている。近隣のその地故に、「死」は「あはれなり」と情趣の内に捉えられることになる。

「あはれなり」と詠う、この『新古今集』の歌が先にあって、「はかなしや」の「小町集」歌が作られたかもしれない。「小町集」中で「はかなし」と詠うのは、

露の命はかなき物と朝夕にいきたるかぎりあひみてしかな　(48)

ながらへば人の心もみるべきに露の命ぞかなしかりける（89）
はかなくて雲と成りぬる物ならばかすまむ空をあはれとはみよ（91）
はかなくも枕さだめずあかすかな夢がたりせし人を待つとて（93）

であるが、土左歌として収録される『後撰集』歌以外は、三首とも『万代集』に初出する。「小町集」歌と「はかなし」の関連づけは『万代集』撰集の時代に求められる、という見方も出来る。その契機は、やはり『古今集』に採録された、小町の夢の歌であろう。うたたねの夢の歌からの連想が、詠者詠ずる「はかなき」歌を小町のものとして確信させるに至ったのではあるまいか。「はかなしや枕さだめぬうたたねにほのかにまよふ夢のかよひぢ」（『千載集』六七七）等、「はかなし」は、夢との関連に於いて詠まれることが多い。

「あはれなり」の小町の歌が『新古今集』に入って、この小町歌を本歌とする、

しらざりし我が身のはてはみえにけり空行く雲にながめせしまに

（『壬二集』一九一六　九条前内大臣家三十首　寄雲述懐）

というような歌も作られた。建保三年、九条内大臣家（藤原道家）の作である。これは、『新古今集』所収「あはれなり」歌の歌想を承けている。死後の我が身が、大空に消えゆく煙や霞なのだと詠む歌は、万葉の時代よりあった。それらの歌の趣向を、寂しい発見として全面に出した所に、「小町集」歌の特徴がある。しかし、「はかなしや」の「小町集」歌は、そういった趣向のおもしろさには向かって行かない。「はかなしや」という広漠とした嘆きの言葉は、死の観念を拡散させる。そこに美の顧慮の生じる余地が出来、「あさみどり」の色彩が生かされた歌となる。焦点の定まらぬ嘆きは、この歌の「あさみどり」の色彩に付合して成功した歌となる。

一一六　はなさきてみならぬものはわたつうみのかさしにさせるおきつしらなみ

「小町集」の編者は、「花さきて実ならぬ」という詞に、小町の人生を感じていたのであろう。第二十一歌、

秋風にあふたのみこそかなしけれ我が身むなしく成りぬと思へば　(21)

では、詠者は、「むなし」き心情を象徴する光景としてその実のならぬ「秋の田の実」を詠んでいた。「むなし」は、「頼み」にする心の支えのなくなった人生を想定し、虚しさの感情の表現であった。『万葉集』に、大伴安麻呂が巨勢郎女に求婚した時の歌とそれに応えた郎女の返歌がある。

玉葛　実ならぬ木には　ちはやぶる　神ぞつくといふ　ならぬ木ごとに　(『万葉集』一〇一)

玉葛　花のみ咲きて　ならずあるは　誰が恋にあらめ　我は恋ひ思ふを　(同　一〇二)

『新潮日本古典集成　万葉集』に依れば、「実ならぬ樹」を、靡こうとしない女、ここでは郎女を喩えたものであり、木に実が成らないのは邪神がついているからであって、「そんな女は恐ろしい神にとりつかれた人げないものに見られるよ、とおどして相手を寄せようとした歌」であるという。この『万葉集』歌は、純粋な相聞歌ではなく、壬申の乱で勝軍方の安麻呂が、敗軍方の郎女を「娉う」時の歌である、という歴史的背景を有している。郎女はそれに超然と応える。即ち、「花のみ咲きてならざるある」、これも同注釈書に依れば、「誠意のないのは」どなたの恋でしょうと言い返すのである。さな蔓の実をつけない雄木をにおわしたものであると解されている。

『万葉集』では、山吹も「花さきてみならぬもの」として詠われる（一八六〇他）。「小町集」には、山吹を詠む歌(62)も入っている。

この第一一六歌が、「小町集」に入れられた、或いは、「小町集」に在ることを容認されてきた理由の第一は、右のような、「花さきてみならぬもの」という詞と小町の人生との照応であろうと思う。しかしながら、「小町集」に置かれた時に、この歌は、そういった小町の人生とは無関係に独自の調を奏でているのではあるまいか。

この歌は、『後撰集』に

海のほとりにて、これかれせうえうし侍りけるついでに
（『後撰集』一三六〇詞）

の詞書を付され、「こまち」の記名で収録される。詞書では、幾人かで海辺を散歩した折の歌ということになっている。沖の白浪が美しく、彼方から寄せてくる浪は、岸に当たって、華やかに散り消えて行った、と詠う。

住吉の　沖つ白波　風吹けば　来寄する浜を　見れば清しも
（『万葉集』一一五八）

は、その白い波に、純粋に感動して詠んだ歌である。

奈呉の海の　沖つ白波　しくしくに　思ほえむかも　立ち別れなば
（『万葉集』三九八九）

は、寄せては返す波を「しくしくに」と表現することで、別れた後には「しきりに」思うことであろうという心情を込めた「しきりに」の詞を起こしている。白浪は、

伊勢の海の　沖つ白波　花にもが　包みて妹が　家づとにせむ
（『万葉集』三〇六）

に見る如く、妻への土産にしたい程に慕わしいものであった。

しかし、「小町集」歌では、砕け散る浪に注視する。白浪は華やかに咲いても、所詮、実の成らぬものであるという。それは「花さきて実成らぬもの」であって、「実成らぬ花」について言おうとするのではない。上句は、はかない物一般を喩えている。また、先掲の第二十一歌の

秋風にあふたのみこそかなしけれ我が身むなしく成りぬと思へば
（21）

ように、「たのみ」がない、或いは、我が身の虚しさを言うのでもない。この歌には、「小町集」中の、海の歌に底流する沈潜した響きがない。詠者は下句で砕け散る浪の華やかさを、海髪の髪挿に喩えてしまう。しかしながら、また、

わたつ海のかざしにさせる白妙のなみもてゆへるあはじしま山
（『古今集』九一一）

という、機知の雄大な面白さに終始するものでもない。上句で、はかなさを提示し、だからこそ美しいのだと言っ

ているかのようである。美のもろさ、美の脆弱さの形象である。この歌は『後撰集』の詞書に照応する。幾人かで海辺を散歩して、その白浪の美しさに心魅かれた。『後撰集』の詞書で示されるような白浪の美しさそのものを表現することがこの歌の主意であったと解する。

「花のいろは」で始まる「小町集」の歌々は、「実ならぬ」はかなさをたたえるが、それゆえに一層美しい「花」であるのだとまとめられて、幕を閉じることになる。藤原公任が、撰んだ小町の歌を代表する一首もまた、先に述べた如く、「心のはな」であった。「よわさ」(『古今集』仮名序)は即ち、美しさであった。

第三節　流布本「小町集」の素材

一　詠歌情報に関する語

一一六首本の「小町集」に用いられている語句を、分類してみた。短歌が一一五首で、五七五句、長歌が一首で、四十九句、合計六二四句を総数とする。以下に挙げる例は、六二四句を分母とする数である。

詞書は、次の四十六首に付されている。以下本節では、一一六首本「小町集」の歌番号も漢数字で表し、「詞」とは、詞書にあることを示す。

一～六、八～一八、二〇～二三、三〇～四〇、四六、五六、六二、六六

六八～七〇、七二、七三、七七～七九、八一、一〇四

詠歌の情報に関するものでは、人名が六箇所に五名見え、一一六首本の場合、片桐氏分割第一部では、三〇番台後半に贈答関係の歌をまとめて置いていることが分かる。

へんぜう（三四、三五詞）、やすひで（三八詞）、あべのきよゆき（三九詞）

よつのみこ（五六詞）、こまちがあね（七二詞）

歌の題に関しては、「かへし（おんかへし）」「かへりごとに」とする歌が、次の九首見える。

かへし…四詞、一三詞、一七詞、一八詞、三二詞、三五詞、四〇詞

かへりごとに…七二詞、七三詞

その他、

また…一一詞　　五月五日…四六詞　　ゐでのしまといふだいを…三〇詞

も、題に関するものであるが、明らかに題詠であることを示すのは、右の第三十歌のみである。

敬語が用いられているのは、八箇所である。その中、三例は、

寺にまうでて…三四　　かみもみまさば…六九　　ひぐちあけたまへ…六九

であって、人に対するものは、次の三例であり、一一六首の「西本願寺蔵本（補写本）」等に見える「おんかへし」（一七詞）には、尊敬語と謙譲語の両説ある。

あるきんだちのたまへるに…三七詞　　よつのみこうせたまへるつとめて…五六詞

おんかへし…一七詞

二　「夢」に関する語と「海」及び水辺に関する語

従来、「小町集」の歌の特徴であると言われてきたのは、夢に関する歌である。「小町集」で、「夢」を詠みこむ歌は、十四首、十五箇所に見える。ただし、そのうちの一箇所は、第十六歌の詞書中である。

ゆめかうつつか…一〇九　　ゆめがたりせし…九三　　ゆめぢには…二五

ゆめぢをさへに…七一　　ゆめてふものは…一七　　ゆめとしりせば…一六

ゆめともしらず…一〇九　　ゆめならば…八二　　ゆめに人のみえしかば…一六詞

ゆめにさへ…一四、五四　　ゆめにだに…五三　　ゆめのうちに…五〇

ゆめのたましひ…二九　　ゆめよりほかに…一八

一方、「うつつ」は、次の五例である。

うつつとも…一〇九　　うつつなりけん…八二　　うつつには…一四

うつつにひとめ…二五　　　うつつにも…五四

この中、第二十五歌、第八十二、第一〇九歌が、「夢」と「現」とを、ともに詠みこんでいる。「うたたねに」（一七）、「まくらさだめず」（九三）も、夢とともに詠まれている。また、「夢」の語そのものは詠まれていないが、「よるのころも」（一九）は、夢を見る手段として示すものである。

「小町集」の特徴として指摘されてきた、第二の特徴は、海に関する歌の多いことである。海に関連する語句を掲げてみる。

あましかづかば…二六　　　あまとはば…四一　　　つりするあまに…六四
かれなであまの…二三　　　あまのすむ…一五、三三　　　いとひてあまの…九〇
あまのゆきかふ…五　　　あまのかぜまも…四五　　　あまのつりぶね…四五
あまはすぐすと…一〇五　　　すまのあまの…七八

うらこぐふねの…三三、六八、七八　　　うらうらごとを…一〇五　　　わがみをうらと…一二三
うきたるふねに…二　　　こぐふねの…三七
かぢよりも…七八　　　かぢをなみ…三三
にくさびかける…四五　　　くにさみの…六八
みなとぢに…五　　　みなそこを…六七
わたつうみの…二一、一一六　　　うみとなりなん…二六　　　よをうみわたる…三三
おきつしらなみ…一一六　　　さざなみの…七四　　　なみのおもを…六七
ひとひもなみに…二

みるめかる…五　　みるめはたれか…一二一　　みるめなき…一二三
みるめあらば…四一　　めかれけん…六四　　うきめのみこそ…九〇

「みるめ」には、「海松藻」と、「見る目」が、「うみ」の「う」には、「憂し」の「う」が懸けられ、また、「たよりになみは」（一一六）、「おきのゐて」（三〇）、のような、掛詞や、「よるべなきみぞ」（七八）のような比喩にも用いられる。海とは言えないが、水に関するものでは、次のようなものが挙げられ、「うたかた」には、水沫の原義を残している。「ゐでのわたりの」（六二）の「わたり」は、辺りとも解釈でき、「やりみづ」は、庭内の設備であるが、挙げておく。

うきしまも…七七　　しまわたり…六八　　せにゐるたづの…六八
うたかたはなも…七〇　　うたかたの…六五、八六　　うたかたのまも…四一
たぎつせなれば…四〇　　たきのみづ…七〇　　やりみづに…七〇詞
ゐでのわたりの…六二

三　「秋」と時に関する語

従来、右のような、夢の歌と、海の歌が、小町の歌として指摘されてきたが、「小町集」を見ると、秋の歌も多く詠まれている。

あきかぜに…二一　　あきとちぎれる…九八　　あきながら…九五
あきのたの…六一　　あきののに…四四　　あきのけしきに…一〇四、一一三
あきのつきかげ…一〇　　あきのつき…一一　　あきのゆふぐれ…一〇一
あきのよぞ…四二　　あきのよなれば…一三　　あきのよの…六八

あきのよも…一二　　あきはきにけり…一〇六　　おとにやあきを…一〇〇
やまざとにてあきのつきを…一〇詞

秋の歌が多いのは、右に見るとおりであり、「ながつきの」（一〇一）も秋ではある。では、他の季節を詠みこむ歌はどうか。

はるさめの…五五　　はるのひの…六八、一〇五
なつのよの…五三　　なつのひの…六八
ふゆのよの…六八

これらのみである。ただし、季節の景物にまで広げると、「かすみたつ」（六三）、「かすみとおもへば」（一一五）、や、「こがらしの」（五二）、「わがみしぐれに」（三二）、「しぐれのおとも」（六八）という例がある。

では、時間帯ではどうか。秋に関する「あきのゆふぐれ」（一〇一）、「あきのよ」（一二、一三、四二、六八）は、右に掲げた。

いかなりしあかつきにか…七九詞　　あしたに…四詞　　つとめて…五六
ありあけのつきの…一〇二　　あさゆふに…四八　　けさのあさがほ…九七
けさよりは…五六
などかこのくれ…四八　　ゆふぐれは…四三　　さよふけて…五九
またみるよひも…八二　　よひよひの…二九　　よるのころもを…一九
よるもこん…七一　　つきのなきよは…二四　　いくよへぬらん…一〇
まれにあふよは…七九　　あふよなければ…一八

このように、詞書を除けば、夕暮れから夜を示す詞が多い。漠然と「とき」を詠むのは、

ときすぎて…七二　　ときならで…六〇　　こひしきときは…一九
ときはまたれし…七九　　ときはわかねども…四二
である。時間に関する語句では、「今は」と「今」を強調する表現も見える。
今はおもひぞ…七二　　今はとて…三一、六六　　うきみは今や…六五、八六
今はあたなれ…一一四
逆に、「昔」は、
むかしより…一三　　ひとのむかしよし知りたりといふに…六六詞
むかしをこふる…一一〇　　いにしへも…六六　　かぜはむかしの…九五
と、見える。短くはかない時を示す「うたかたの」の用例は、先に掲げたとおりであるが、長い時間経過を包摂する語句には、「わがみよにふる」(一)、「いくよへぬらん」(一〇)、「ふりぬれば」(三一)、「ちよふるすゑも」(五一)、「ゆくすゑの」(八〇)、「いづれの日まで」(八一)、「いつかこひしき」(六八)、「いつかうきよの」(六八)、がある。その他、不定時では、
いかなりしあかつきにか…七九詞　　いつばかりにかと…七七詞　　いつはとは…四三
いつとても…一〇一
がある。

四　天体、自然に関する語

秋は、「あきの月」(一一)、「あきの月かげ」(一〇)と併せよまれていたが、この「月」も少なからず見える。

月をあはれと…三六　　月のひかりを…三　　月のひかりも…六八

月のいとあはれなるをみて…三六詞　　やまざとにてあきの月を…一〇
月もみなくに…九六　　月のかくるる…一〇七　　もりくる月の…一〇六
月のなきよは…二四　　ありあけの月の…一〇二

「つき」に、てだての意味を懸けるのは、右の「つきのなきよは」（二四）である。日月の意味の月日は、「すぐるつきひも」（一〇四）、「ゆくとしつきは」（六八）の二例である。

天体の「月」以外にも、空、雲、風、雨、影を詠む歌がある。太陽の「日」は、「ひのてりはべりけるに」（六九詞）の一例のみである。

空にたなびく…六八　　空をゆく…三　　かすまん空を…九一
しら雲の…九九　　雲ふきはらへ…一〇七　　雲はれて…四
雲となりぬる…九一　　雲のうへの…六八　　雲まより…三
雲ゐのなかにまじりなば…六八　　うき雲の…六八詞　　みねのしら雲と…九
あだなる風に…七四　　風ままつ…二六　　風にもちらで…五二
ふく風の…一〇〇　　風のまにまに…三二　　風はむかしの…九五
風よりほかに…四三　　あまつ風…一〇七　　風ふくに…五六詞
あき風に…二一　　あまの風まも…四五
なが雨を…一〇四　　はる雨の…五五
かげみれば…一〇六　　かげさへみゆる…一〇三
ひかりを…三　　みてややみにて…三

自然に関し、「山」「峰」「野」「田」「里」「関」などを詠みこむ歌は、次のとおりである。

山ほととぎす…七　山かぜや…五六　山のゐの…一〇三
山里にてあきのつきを…一〇詞　山里に…一〇　山里の…四四
山里は…一一
まつちのやま…九八　をぐらやま…一一二　あさかやま…一〇三　をばすてやま…九六
みねのしらくもと…九　みねにだに…九九
里のしるべに…一五
むかひのをかの…八五　かれゆくをのの…七二
野べにたなびく…一一五　野をなつかしみ…六三　あきの野に…四四
あきの田の…六一　せきこゆるぎの…七七　さとのしるべに…一五

自然界の事物について、動物では、

うくひすと…九二　うくひすのこゑ…六〇　やまほととぎす…七
とりのねも…七九　いで入るとりは…六七　せにゐるたづの…六八
いなかたの…六一　かはづなく…六二　はるごまの…六三
ひぐらしの…四三　さをしかのねに…五九

が見られ、植物に関するものでは、

はなのいろは…一　はなさきて…一一六　はなにぞありける…二〇
はなとちりなば…九二　はなのひもとく…四五　はなのにほひも…六八
うたかたはなも…七〇　はなをながめて…一詞
くさなれば…八五　くさもむつまし…八三　ももくさの…四四

あやめくさ…四六　さうぶにさして…四六詞　わすれぐさ…七五
ひとにねたゆと…四六　ねをたづねても…八五　ねをたえて…三八
つゆくさの…六八　みをうきくさの…三八　うのはなの…六〇
けさのあさがほ…九七　をみなへし…六詞、六、九八　きくのはなの…七〇
やまぶきのはな…六二　ゐでのやまぶきを…六二詞　みならぬものは…一一六
たのみこそ…二一　みもなきなへのほに…二一詞
むすびまつ…八　いはねのまつも…五一
あさぢには…七二　かれたるあさぢに…七二詞
こけのころも…三四、三五

が詠まれている。「葉」は、抽象的に用いられているが、掲げれば、

ことのはごとに…一一〇　ことのはさへに…三一　うきことのはの…五二
ことのはの…四　こころこのはに…三二

があり、同様に、「露」も、

つゆのいのち…四八　つゆのいのちぞ…八九　つゆのいのちも…六八
おくつゆは…一一〇

と、全て比喩的に用いられている。「木」「岩」では、

このしたかげも…六八　このまより…一〇六　このもとちかく…七〇
いはのうへに…三五

がある。

五　呼称「ひと」「きみ」

人間に関するものでは、「ひと」という呼称が多い。詞書の中で、歌のやりとりの場、或いはまた、歌の内容に関係する人をいうのは、次のような例である。

ひとともののいふとて…一二詞　　あやしきこといひけるひとに…八詞
これをひとにかたりければ…一七詞　　ひとのこころかはりたるに…二〇詞
わすれぬるなめりとみえしひとに…三一詞　　あいなうとがめしひとに…一二詞
つねにくれどえあはぬをんなのうらむるひとに…二三詞　　ひとのわりなくうらむるに…一五詞
ひとのむかしよりしりたりといふに…六六詞
まへわたりしひとに…三詞　　みちのくへいくひとに…七七詞
ひとのもとに…二二詞　　かへし、ひとのもとに…一八詞
さうぶにさしてひとに…四六詞　　ひとのもとへ…二一詞
いはれけるひとの…七三詞　　あだなにひとの…七三詞
やんごとなきひとの…一四詞　　うせたるひとの…六八詞　　みしひとの…八一詞
ゆめにひとの…一六詞

「ひと」が、特定の異性を指し示すように思われるのは、

ひとにあはむ…二四　　みしひとも…八六　　こぬひとを…四七
あさくはひとを…一〇三　　あかでもひとの…五四　　ひとをまつとて…九三
こひしきひとを…一七　　ひとにねたゆと…四六　　ぬればやひとの…一六

ひとのこころに…七五　ひとのこころも…八九　ひとしれぬ…四九
ひとしれず…五二　ひとにしられで…五五　ひとをおもふ…三二
とふべきひとに…八八　みるべきひとも…一一三　ひとをみぬめの…三九
ひとにあひみて…六八　ひとのいふらん…一一五

であり、その他異性とは言えないが、次のような、世間一般の人や人間というものという捉え方をしている例をある。

よのひとごとに…二一　ひとぞあるらし…九八　ひとなとがめそ…四四
ひとごころ…二八　ひとのこころの…二〇、九二　いなともひとに…六一
ひとのうへとも…五七　ひとはとがめじ…七一　ひとめつつむと…一四
ひともわがごと…六四

「ひと」ばかりではなく、「きみ」という呼称もあるが、「をとこ」は、詞書に一例のみである。固有名詞は付されないが、「あるひと」（二詞）、「あるきんだちの」（三七詞）、「やんごとなき人」（一四詞）、「めのとの」（九詞）という呼称で呼ばれる人物も見える。

われをきみ…二七　あれてもきみが…六三　きみしもまさば…一〇二
きみとわれとが…八四　かくこそきみに…六六　いかでかきみに…八
きみをこふれど…三七

「ひとりね」は、「夢」の語の箇所で取り上げたが、「ふたり」という語は、二例見える。

いざふたりねん…三五　ふたりがなかに…九

このように、呼称では、「人」「きみ」という呼称を用いている。

六　「我」「我が身」と「世の中」

従来指摘されてきたように、我が身に関する詞は、圧倒的に多く用いられており、「わが」「われ」を詠む詞が、一一六首本で、次のように三十一例ある。

我がこころ…一一　我がかたらひ（こひ）を…五九　我がぬれぎぬは…七三
我がみのうきに…四六　我がやどの…四七　ひとも我がごと…六四
我がごとく…七六　我がごとぞなく…六〇　我がなたてに…六
我が身しぐれに…三一　我が身よにふる…一　我が身むなしく…二四
我が身かけつつ…六八　我が身こそ…六八、八八　我が身につまんと…七五
我が身には…五七　我が身のはてよ…一一五　いづら我が身の…八七
うける我が身は…六八　我が身をうらと…一一三　われなびけとや…七四
われよのなかに…七　われがおもひに…四九　われぞかなしき…三三
われにかさなん…三四　われのみや…九二　われはせきあへず…四〇
われはすゑぬを…五　われをきみ…一七　われときみとが…八四

「身」と併せ詠まれる例もあるので、右「我が身」以外の「身」の例を挙げると、

身さへぬるみて…四九　よるべなき身ぞ…七八　身とはなるべき…六八
わが身のうきに…四六　うき身はいまや…八六　身をやくよりも…三〇
身をうきくさの…三九　さだまらずあはれなる身をなげきて…三三詞
うき身はみじと…五八

のように、我が身のことをいうものである。我が身の意識は、平安の女流文学に特徴的であろうが、同様な「よ」「よのなか」の詞はどうか。

よのなかは　あすかがはにもならばなれ…八四
よのなかに　こひもわかれも…六八
よのなかに　いづらわがみの…八七
よのなかを　おもひはなれぬ…一〇八
よのなかの　ひとのこころの…二〇
よのひとごとに…二一
よのうきよりは…一一一
よをうぐひすと…九二
よははてぬべき…三
よをそむく…三五
われよのなかに…七

よのなかは　ゆめかうつつか…一〇九
なきはかずそふ　よのなかに…八一
よのなかを　いとひてあまの…九〇
かなはざりける　よのなかを…五八
よのなかの　うきもつらきも…九四
いつかうきよの…六八
よをうみわたる…三三
よをうきしまもありといふを…七七
このよには　おもふことなき…六八
わがみよにふる…一

男女の関係を否定は出来ないが、人生や、世間一般という意味での「世の中」「世」の意味でも用いられているように見える。

七　「心」「思ひ」「涙」

「心」は、

こころづくしの…一〇六
こころかはりて…二詞
こころかはりたるに…一〇詞

こころやけをり…二四　わがこころ…一一　こころかな…九六
ものおもふこころ…七六　おもふこころの…二七　こころから…二
こころこのはに…三二　こころにしみて…六八　こころにも…五八
ひとごころ…二詞　ひとのこころも…八九　ひとのこころの…二〇、九二
ひとのこころに…七五　こころこのはに…三二

とあり、「思ひ」は、「いまはおもひぞ」（七二）、「おもひのままに」（七二）と、連続する二首のみに見える。

「涙」は、

なみだなりけり…四〇、九四、一一〇　なみだぞそでに…四一　なみだのうへを…八〇

である。涙に関連する「袖」や、「衣」は、

こけのころもは…三六　こけのころもを…三五
ぬるるそでかな…五五　そでにたまらぬ…四〇　そでのうらの…六八
そでのつゆかな…九五　そでやぬるらん…六四　わがぬれぎぬは…七三

と詠まれている。身体に関しては、

かざしにさせる…一一六　ねくたれがみを…九七
あしたゆくくる…二三　あしもやすめず…二五　けのすゑに…二七、七六

がある。その他の名詞で詠まれているものを掲げる。

かたこひを…五九　こひもわかれも…六八　あふことの…二六
ふみをさして…二一詞　ふみさしたりける…七二詞　つまこふる…五九
あだなに…七三　いまはあたなれ…一一四

あさみどり…一一五　はなのいろは…一　いろみえで…二〇
いろもかも…六二　そのいろならぬ…八三　はなのにほひも…六八
おとにやあきを…一〇〇　おともなく…五五
なにしおへば…六　なのみなりけり…一二
かたみこそ…一一四　ほだしなりけれ…一〇八
神もみまさば…六九
あがたみには…三八詞
かりほにきゐる…六一　かきねに…六〇
ことこそあれ…一一一　ことこそうたて…一〇八

八　心情表現「うき」「あはれ」「わび」

それでは、感情を表現する詞で用いられている詞には、どのようなものがあるか。最も多いのは、「うし」にまつわる語である。

うきことのはの…五二　いつかうきよの…六八　うきみはいまや…六五、八六
うきことは…五七　うきことも…六八　うきことを…七三
わがみのうきに…四六　うきみはみじと…五八　うきめのみこそ…九〇
うきもつらきも…九四　よのうきよりは…一一一　うけるわがみは…六八
あなうとやいはむ…八七　うきたるふねに…二

このような「うき」という連体形で用いられているのが、ほとんどである。「かさねばうとし」（三五）、「ことこそ

うたて」（一〇八）、と、「う」の音を通わせる心情語もあり、「うらみ」は、次の四例見える。

わがみをうらと…一二三　うらみんやはと…四一　うらみんとのみ…一五

「うき」の次に多いのは、「あはれ」である。

あはれいづれの…八一　あはれてふ…一〇八、一一〇　つきをあはれと…三六
あはれとぞおもふ…八五　あはれとはみよ…九一
あはれなる身を…三三詞　あはれなることかなとある…一七詞　あはれなるころ…六八詞
あはれとやいはん…八七　あはれなるをみて…三六詞　あはれなれ…六八

のように、用いられる。その他の心情表現で、用いられているのは、「わび」「かなし」「こひし」「なつかし」「はかなし」「あやし」「いたづらなり」「あだなり」等であり、使用頻度の高い順に掲げる。

もののわびしき…一一一　わびあかしつるぞと…一二詞　わびしかりけり…七九
わびしきことは…五三　わびしきは…三〇　わびしきままに…三六
みるがわびしさ…一四　わびぬれば…三八　なきわびん…九二
かなしかりける…七八、八九　かなしかるらむ…四七　われぞかなしき…二三
かなしけれ…二三　かなしのみやの…五六
こひしきひとを…一七　いつかこひしき…六八　こひしきときは…一九
こひわびぬ…五〇
なつかしきかな…六二　のをなつかしみ…六三　なほなつかしみ…六
はかなきものと…四八　はかなくて…九一　はかなくも…九三
はかなしや…一一五

あやしかりける…一〇一　あやしきこと…八詞　あやしくも…九六
いたづらに…一　わがみむなしく…二〇
いむなるものを…三六詞　いとひてあまの…九〇
あだなるかぜに…七四　いまはあたなれ…一一四
ひとのわりなくうらむるに…一五　あいなう…一二詞
おろかなるなみだぞ…四一
くちをしけれと…三六詞
つらきもしれる…六八
くさもむつまし…八三
あらなくに…一五　いなともひとに…六一　あかでもひとの…五四
あさくはひとを…一〇三

九　助　辞

助詞では、「こそ」で係る係り結びが、
わがみこそ…八八　あらばこそ…三二　ものをこそ…五一
かたみこそ…一一四　ほにこそ…三七　さもこそ…一四
ことこそ…一一一
で成立している。「つつ」という反復継続の助詞も、
おきゐつつ…三六　おもひつつ…一六　わかれつつ…一一三

ながめつつ…一〇四

で用いられている。

歌末、句末の助辞では、「かな」で結ぶ詠嘆の歌が、四十九、五十四、五十五、五十七、五十八、六十二、六十三、九十三、九十五、九十六、一〇四、一一三に見える。歌末には、「なりけり」に類似する表現が多い。

なみだなりけり…三九、一一〇　なのみなりけり…九四　おふるなりけり…四六、七五

あくるなりけり…五三　わかれなりけり…一一〇

等、発見に伴う驚きを示す。類似する表現は、

かぎりなりける…四二　ほだしなりけれ…一〇八

うつろひにけり…三一　はやたちにけり…九　かたぶきにけり…五一

をられにけりな…六　うつりにけりな…一

なりにけるかな…一〇四、一一三　ものにぞありける…九九　いふにぞありける…八〇

はなにぞありける…二〇

がある。

句末に用いられる助動詞としては、推量の「らむ」が

ききわたるらむ…一〇〇　かなしかるらむ…四七　おもふらめ…五一

ひとのいふらん…一五　いくよへぬらん…一〇　そでやぬるらん…六四

のように少なくはなく、「ひとのいふらん」（一五）と「かなしかるらむ」（四七）が原因の推量になっている。

また、当然の帰結に思いを遣る、「べし」が、

みとはなるべき…六八　よははてぬべき…三　とけてみゆべき…八

とふべきひとに…八八

のように見える。一方で、現実に対する不本意なる心情の表れである、反実仮想の「まし」や逆接の助詞「ものを」を用いる歌も顕著である。

ありなまし…八二　あらましものを…一一四　ありとみましや…七〇
さめざらましを…一六　あひみてましを…七六　やすくねなまし…一一二
あけぬるものを…一二　きにけるものを…五七　いはましものを…六一
かはらぬものを…六六

語は異なるが、「きみをこふれど」（三七）や「あらなくに」（一五）という表現も、不本意なる心情の表れである。

第四節　「小町集」の和歌の様式

一　「夢」の歌群の若き憧れ

(1)「夢」の歌群の配列

『古今集』に載る小町の和歌の特徴が、夢の歌群にあることは、これまでにも度々説かれてきたことである。『古今集』に載る小町の歌は、墨滅歌を入れると十八首あり、そのうち、六首が夢を詠んでいる。夢を素材とする歌が、数量的に多いということのみならず、『古今集』に於いて二箇所に分けてはいるものの、連作のようにまとめ載せていることは特徴的である。また、それらの夢の歌が、他の小町の和歌と比較すれば、表現の面では、掛詞縁語といった技法を用いずに直接的な表現を用い、発想の面では、民間信仰に関わる性質をもつ点で、古代的和歌の性質を備えているものとして捉えられてきたということも、序論で述べた。

「小町集」は、小町の『古今集』所収歌が核になって歌が増幅し成立したというのは通説であるが、夢の歌の場合、具体的に意味するところは、『古今集』所載の小町の夢の歌を「小町集」が如何に受容したかという問題になろう。「小町集」には、夢を素材にする歌が十四首ある。第十六歌の詞書に「夢」の語が見えるのを一と数えれば、十五箇所に「夢」の語が用いられている。また、夢という語は出て来ないが、「たれにより」歌も、一連の夢の歌と見て、それらの和歌十五首（先の十四首『新編国歌大観』本文）を、次に掲げる。そして、次々頁に「小町集」所収順に掲げた和歌を『古今集』所収状況を主体にして並べ換えて、番号対照表を作った。以下、「小町集」とは、特に断らない限り、一一六首本のことであり、詞書のあるものについては、詞書を表中に付している。

やんごとなき人のしのび給ふに
うつつにはさもこそあらめ夢にさへ人めつつむとみるがわびしさ　(14)
夢に人の見えしかば
思ひつつぬればや人の見えつらん夢としりせば覚めざらましを　(16)
これを人にかたりければ、あはれなりけることかなとある、御かへし
うたたねに恋しき人をみてしより夢てふ物はたのみそめてき　(17)
返し
たのまじと思はんとても如何せん夢より外にあふ夜なければ　(18)
いとせめて恋しき時はむば玉のよるの衣を返してぞきる　(19)
夢路にはあしもやすめずかよへどもうつつにひとめみしごとはあらず　(25)
よひよひの夢のたましひあしたゆく有りてもまたんとぶらひにこよ　(29)
こひ侘びぬしばしもねばや夢のうちにみゆればあひぬみねば忘れぬ　(50)
夏のよのわびしきことは夢にだにみるほどもなくあくるなりけり　(53)
うつつにもあるだにあるを夢にさへあかでも人のみえわたるかな　(54)
限なき思ひのままによるもこん夢路をさへに人はとがめじ　(71)
夢ならばまたみるよひも有りなましなに中中のうつつなりけん　(82)
はかなくも枕さだめずあかすかな夢がたりせし人を待つとて　(93)
世の中は夢かうつつかうつつとも夢ともしらず有りてなければ　(109)
かへし
たれによりよるの衣をかへすらんこひしき人のありけるかうき

「小町集」番号 一一六首本	「小町集」番号 六十九首本
14	一四
16	一九
17	二八
18	二九
19	三〇
25	二一
29	五九
50	九
53	二〇
54	二三
71	二二
82	
93	
109	

静嘉堂本 105・3	時雨亭唐草本
三一	四三

次頁の表より配列を見ていくと、『古今集』前半の夢の歌群（五五二〜五五四）を、「小町集」では連作にしようとする意志が窺える。即ち、一一六首本や「御所本甲本」といった流布本系統の「小町集」では、それらの歌をまとめ掲げて、詞書を付している。「静嘉堂文庫蔵本（一〇五・三）」（以下「静嘉堂文庫蔵本」とも記す）も同様である。六十九首本は、『古今集』前半の夢の歌群三首のうち、五五三、五五四のみ続けて掲げ、詞書はないがまとめて載せる。しかし、「時雨亭文庫蔵本（唐草装飾本）」（以下「時雨亭文庫蔵本」とも記す）には、前半の歌群をまとめて捉えようとする意図は見えない。

一一六首本や「御所本甲本」では、「たのまじと」歌一首が加えられ、四首の連作となっている。『古今集』非所収歌の「たのまじと」歌は、右の表に掲げた「小町集」の代表的な五種類の伝本全てに入っている。ただし、夢の歌の連作の中に置くのは、六十九首本と流布本系統の本だけである。歌数と詞書の点から、最初に『古今集』五五三、五五四の二首の間に「たのまじと」歌を挟んだ形で三首を並べ連作を作ったのは、六十九首本であったのだろう。流布本系統本では、『古今集』前半の夢の歌群（五五二〜五五四）のまとまりの中に、『新勅撰集』所載の一首「たのまじと」歌が入り、その上に詞書が付されているのである。一一六首本、「御所本甲本」、「静嘉堂文庫蔵本（一〇五・三）」の詞書は、次のように類似しているが、「御所本甲本」の詞書が、やや詳しい。

あはれなりけることかなとありし御返事に（「御所本甲本」一七）

あはれなりけることかなとある御かへし（17）

あはれなといひし人の返事に（「静嘉堂文庫蔵本」二九）

また、「御所本甲本」だけは、連作の四首目「いとせめて」歌（『古今集』五五四）にも、「またいかなるおりそ人のいらへに」という詞書を付す。この、「御所本甲本」に特有の詞書というのは、贈答歌を示すものである。一一六首本に、この詞書はなく、一一六首本では、「御所本甲本」系統の、その意図を継承しなかったものと推測する。

初句	『古今集』		「小町集」一一六首本	「小町集」「御所本甲本」	「小町集」六十九首本	「小町集」静嘉堂文庫蔵本（105・3）	「小町集」時雨亭文庫蔵本（唐草装飾本）
思ひつつ	巻十二 恋二 五五二		16 夢に人のみえしかば	一六 夢に人のみえしかば	一九	二八 人の夢に見えしに	三三
うたたねに	五五三		17 これを人にかたりければ、あはれなりけることかなとある御かへし	一七 これを人にかたりければ、あはれなりけることかなとありし御返事に	二八	二九 これを人のかたりければあはれなといひし人の返事に	
たのまじと		新勅撰集	18 返し	一八 返事	二九	五一	一四
いとせめて	五五四		19	一九 またいかなるおりそ人のいらへに	三〇	三〇	四二
うつつには	巻十三 恋三 六五六		14 やんごとなき人のしのび賜ふに	一四 やんごとなき人のしのび賜ふに	一四	一九 つつむことありし人の夢にもうちとけぬさまに見えしかは	三八
限なき	六五七		71	七二	二二	八ある人に二〇	三九
夢路には	六五八		25	二五	二一	三九また	四〇
よひ〳〵の		小大君集	29	三〇	五九	四五	八
恋わひぬ			50	五一	九	二四 八七（増補部）たいしらず	一一
夏のよの			53	五四	二〇	二七	一三
うつつにも			54	五五	二三	三四	
夢ならは			82	八三		七八（増補部）恋の哥とてよめる	
はかなくも			93	九四		八四（増補部）	
世の中は	古今集	読人不知	109	一一五			
たれにより						三一　かへし	四三　かへし

では、『古今集』後半の夢の歌群（六五六〜六五八）はどうか。それら三首は、一一六首本では、続いて並んでいない。即ち、連作を示すような提示の仕方はされていない。六十九首本は、『古今集』後半の夢の歌群の二首（「限りなき」、「夢路には」）を続け載せるが、詞書はなく、その二首は、『古今集』とは前後が逆である。『古今集』後半の夢の歌群は、「小町集」では、前半とは異なった捉え方をされていたかもしれない。

まず、「時雨亭文庫蔵本（唐草装飾本）」について。この本は、『古今集』夢の歌群の、前半と後半の扱い方が、流布本系伝本とは異なっている。つまり、『古今集』前半の夢の歌群を全く顧慮していない配列をするが、『古今集』後半の夢の歌群（六五六〜六五八）については、三八〜四〇にまとめて置き、歌の順序を踏襲している。そして前半の「いとせめて」歌に続け、他の「小町集」には見えない「たれにより」歌を、配列する。次に掲げるとおりである。夢の歌のつながりの中に、一首だけ「あまのすむ」歌という海に関する歌が入っているのも、特徴的である。

「時雨亭文庫蔵本（唐草装飾本）」の配列

三八　「うつつには」　（『古今集』六五六）
三九　「限りなき」　（同　六五七）
四〇　「夢ぢには」　（同　六五八）
四一　あまのすむさとのしるべにあらなくにうらみんとのみ人のいふらん　（同　七二七）
四二　「いとせめて」　（同　五五四）
四三　「たれにより」

右の箇所は、四十五首の同本では、末尾に当たる。この本には、第四十五歌が、「はしにあれども」と注記され、重出することを明記され載る。右の箇所も、何らかの校合の結果、それまでになかった歌を後でつけ加えた部分であるのかもしれない。『古今集』の小町の夢の歌群への注意が、後半のそれのみになされているからである。また、夢の歌（三八〜四〇、四二、四三）の中に、海の歌（四一）が入っているという現象は、「夢路には」歌（『古今集』六五八）の解釈によって生じた現象であろう。「夢路にはあしもやすめずかよへどもうつつにひとめみしごとはあらず」（『古今集』六五八）歌を、海人が通ってくるとみる解釈をする「小町集」の本があって、それが継承されていると考える。

では、「静嘉堂文庫蔵本（一〇五・三）」の配列は、どうか。こちらは、流布本系統と、右の「時雨亭文庫蔵本」との中間形態の様相を呈しているように見える。即ち、『古今集』前半の夢の歌群は連作として受容し、後半の夢の歌群は連作としないという点は、流布本系統と同様であるが、「いとせめて」歌（『古今集』五五四）という夢の歌に、他の「小町集」には見られない「たれにより」歌を続けている点、及び『古今集』六五六、六五七を続けて配列するのは、この本と、「時雨亭文庫蔵本」のみだからである。『古今集』後半の夢の歌

うつつにはさもこそあらめ夢にさへ人めつつむとみるがわびしさ　（『古今集』六五六）

は、小町の夢の歌というよりも、人目を避ける相手の行為に主眼が置かれて受容されていた歌のようである。詞書は、「つつむことありし人の夢にもうちとけぬさまに見えしかば」（「静嘉堂文庫蔵本」一九）とあり、流布本系統では、「やんごとなき人のしのび賜ふに」（「御所本甲本」一四、14）とする。ともに、相手の人目を避けるという行為に注意が払われている。流布本系統は、この一首を独立させるが、「静嘉堂文庫蔵本」は、『古今集』の配列同様に、次の「限りなき」歌を続ける。この二首を続けるという配列は、後から他本によって補われた形なのであろう。次の「限りなき」歌が、先にも掲げられており、重出しているからである。従って、「うつつには」歌（『古今集』六五六）は、『古今集』後半の小町夢の歌群のまとまりではなく、詞書にみる「つつむことありし人」或いは「やんごとなき人」の歌として、独立して置かれていたというのが、「静嘉堂文庫蔵本」本―厳密には根幹部―を含めた流布本「小町集」祖本の段階での形であったと推測する。

この本では、『古今集』後半の夢の歌「夢路には」に、「また」という詞書が付されている。他の「小町集」には見えない詞書である。該当箇所を掲げる。

常にみれともあかぬをうらむる人に

みるめなきわかみをうらとしらねはやこりなきあまのあしたゆくゝる　（「静嘉堂文庫蔵本」三八）

また

夢ちには足もやすめすかよへ尤うつつにひとめみし事はあらす　（同　三九）

また

かさま松あましかつかはあふ事のたよりの波はうみと成なむ　（同　四〇）

同本中、「また」という詞書が見えるのは、右の二箇所のみである。右の「また」という詞書を、三首が海の歌群としてまとめられていることを示すものと見てよいなら、右のまとまりに於いて、「夢ぢには」歌は、夢を主題にするというよりは、海人のやってくる行為を詠んだ歌として解釈されていたのであり、即ち、海人は、夢路をやってくるが、現実には一度も逢ったことはないと詠う歌として、海人をテーマにした歌の一に捉えられていたことになる。その点は、先の「時雨亭文庫蔵本」と同様である。ただし、前後する歌が異なる。先行する歌も違い、後続の「かさままつ」歌は、歌そのものが「時雨亭文庫蔵本」には入っていない。右のように「静嘉堂文庫蔵本」で、「また」という詞書を付して海の歌の連作とされたが、流布本系統では、「また」という詞書が削除される。それは、「夢路には」歌の解釈の違い、即ち、「夢路には」歌を、やはり小町が自らを詠んだ夢の歌であるとして捉えようとする流布本系統との解釈の違いによるのであろう。しかし、右「みるめなき」歌の詞書だけは、「静嘉堂文庫蔵本」のものが、流布本系統の本に残ったと推測する。

流布本「小町集」は、『古今集』後半の夢の歌群を受容しなかった。流布本系統の「小町集」で、『古今集』所載の前半の夢の歌群は、そのまま、或いは更に展開させて享受されているにもかかわらず、後半の夢の歌群は、まとまって採られなかった。その現象は、後半の「夢路には」歌が、「小町集」では、一連の海人をテーマにした歌の中で捉えられてきたことに起因しよう。流布本系統では、「夢路には」歌の前後に、第二十四歌を除いて海の歌が配列されている。次に掲げるとおりである。

　人のもとに

わたつうみのみるめはたれかかりはてしよの人ごとになしといはする　(22)

　つねにくれどえあはぬをんなの、うらむる人に

みるめなき我が身をうらとしらねばやかれなであまのあしたゆくくる　(23)

人にあはむつきのなきよは思ひおきてむねはしりびに心やけをり　(24)

夢路にはあしもやすめずかよへどもうつつにひとめみしごとはあらず　(『古今集』六五八)　(25)

かざままつあましかづかばあふことのたよりになみはうみと成りなん　(26)

それらは、漠然とそうあったのではなく、「時雨亭文庫蔵本」や「静嘉堂文庫蔵本」に見られたように、「夢路には」歌が、海人をテーマにした歌の一と捉えられていた影響を受けているからであろう。

ところで、「静嘉堂文庫蔵本（一〇五・三）」に於ける、「限なき」歌（『古今集』六五七）の重出については、次のように推測する。同集には、まず、「限りなき」歌（「静嘉堂文庫蔵本」八）があった。しかし、この歌を「うつつには」歌（『古今集』六五六）と並べる本があったので、その二首を続けて採録し、結果的に『古今集』六五七の「限なき」歌が重出することになった。同本では、「限なき」歌は、第八歌と、第二十歌に入る。同本の根幹部は、七十首に満たない。紛れて重出に気づかなかったというよりは、『古今集』の配列が続いていた二首の関連性を重視して、意図的に再録したものと考える。『古今集』後半の夢の歌群のように三首が並んでいたならば、三首を考

慮して入れるはずであるので、対校に用いた本は、『古今集』六五六、六五七の二首だけが並んでいたのだろうと考える。

以上、『古今集』の小町の夢の歌が、「小町集」にどのように享受され反映されているかという点について述べたもので、『古今集』所収の小町の夢の歌、前半と後半では「小町集」に於ける扱いが異なっていた。前半は、「小町集」では、「夢」の歌の連作と見ているのに対し、後半は、「やんごとなき人との恋」と、海人をテーマにした歌として捉えられていた。「時雨亭文庫蔵本（唐草装飾本）」では、増補の段階で『古今集』後半の小町夢の歌群がそのままの形で掲載されるという現象をみせており、流布本系統とは全く異なるが、どこかで、「静嘉堂文庫蔵本（一〇五・二三）」とも接触していることが、この夢の歌群からも知られる。

(2)『古今和歌集』との視点の差異

「小町集」に於ける「夢」の歌は、基本的には『古今集』所載の小町の「夢」の歌と同質のものとして捉えられる。若い作者が夢の世界に期待を抱く、「若き憧れ」とも言うべき浪漫的な心情が表現されている。基本的には同質の歌の展開であるが、差異もまた存する。第一に、『古今集』前半小町の「夢」の歌の扱いである。「たのまじと」という、『古今集』にはない歌一首を加えて、冷ややかなる視点を導入する。第二は、『古今集』後半の小町の「夢」の歌群の扱いである。「小町集」では、そのままの形を踏襲せず、連作とも見ない。前半の歌群とは異なるところである。第三に、『古今集』非所収の「夢」の歌についてである。夢の世界への安心感を詠む歌もあるが、夢の世界は、あくまで非現実でしかないという視点が付与される。配列は、『古今集』が、連作とはいえないまでも、二箇所にそれぞれ小町の夢の歌をまとめて置くのとは異なり、散見する形である。

『古今集』前半の「夢」の歌群は、「小町集」でも夢の歌群として享受され、『古今集』同様に、夢の世界に期待を抱く小町の姿を映し出す。「たのまじと」歌を、その位置に配したのは、六十九首本が最初ではなかったかということは、先に述べた。ただし、それらの歌に詞書を付したのは、別の本である。詞書を付された流布本系統例えば一一六首本では、次のようになっている。

夢に人の見えしかば

思ひつつぬればや人の見えつらん夢としりせば覚めざらましを (16)

これを人にかたりければ、あはれなりけることかなとある、御かへし

うたたねに恋しき人をみてしより夢てふ物はたのみそめてき (17)

返し

たのまじと思はんとても如何せん夢より外にあふ夜なければ (18)

いとせめて恋しき時はむば玉のよるの衣を返してぞきる (19)

二首目の詞書「御かへし」は、「かへし」（正保版本系統）・「御返事に」（「御所本甲本」）・「返ことに」（「神宮文庫蔵本（一一一三）」）・「御かへし」（「神宮徴古館蔵本」、類従版本、「西本願寺蔵本（補写本）」、その他の一一六首本）となっている。右は、『新編国歌大観』所収一一六首本の本文で、解題によれば「陽明文庫所蔵十冊本三十六人集（七七三）」を底本にされている。これは調査伝本の「陽明文庫蔵本（近サ・六八）」とする本であるが、「御かへし」の前の読点はもちろん原典にはなく、原典の写本に空白があるわけでもない。校訂者が解釈して付されたものである。「御かへし」の前後は、調査伝本では一一五首本の中に一部「返し」で改行している本は見えるが、それ以外は全て続け記されている。また、「御」の意味は、尊敬語とも、口語でいう「お返しする」という意味の「御」として、謙譲表現で作者の行為に付されているとも解釈できる。しかし、第十八歌の方は「返し」とあって、統一性のない表記になる。それが、度重なる増補の過程でそうなったのではなく、意図的に「御かへし」と「返し」とを遣い分

けているとすれば、「うたたねに」歌の詠者は、作者以外の人となる。そもそも、「御」の接頭語は付されていたのか、「小町集」としては付されていたと考えるのがよいのかどうか。「静嘉堂文庫蔵本」では、付されておらず、いずれであったかは分からない。一一六首本を整理する以前の形と考えられる「御所本甲本」は、「とある御返事に」と、他の本同様に「とある」と「御返事に」を続けている。詞書を付された後世の「小町集」では、二首めは、相手の歌と解釈できる。

ところで、「人の」を、「小町集」の編者といった第三者の視点が、小町を想定するところの作者を捉えているとみる解釈の可能性はないか。つまり、小町の行為をも第三者的に「人の」と記さないかという意味である。これは、流布本系統にも、次に掲げる「静嘉堂文庫蔵本」でも、詞書中に第三者の視点を導入している箇所はないので、第三者の視点の可能性はないものと考えている。この点については、本章第二節の各歌の考察でも述べた。

「静嘉堂文庫蔵本」(二〇五・三)では、次のようになる。

　　人の夢に見えしに
おもひつつぬればや人の見えつらんゆめとしりせばさめさらましを　(「静嘉堂文庫蔵本」二八、16)
　　これを人のかたりければ、あはれなといひし人の返事に
うたたねにこひしき人をみてしより夢てふ物をたのみそめてき　(同　二九、17)
いとせめて恋しき時はうは玉のよるの衣をかへしてそきる　(同　三〇、19)

右の詞書は、解釈が定まらない。二首め詞書に、「人のかたりければ」の「人の」とあるので、一首めは、作者以外の某人かの歌になる。ただし、「よみ」ではなく「かたり」である。「かたり」とあるのは、流布本も同様で、「これを人のかたり」ならば、歌を含めた体験を某人かが語ったことになる。すると、その事に対して「あはれなと」言った人が登場する。二首めの詞書「あはれなといひし人の返事に」は、その某人の「返事」としての意味で

あるのか、その某人に対する「返事」であるのか、「人の返事に」を、「人に対する返事として」の意味に解釈するのは、いささか無理な解釈であるので、やはり、某人の返事として詠まれた歌ということになろうかと思う。そして、二首め、三首めが、その人の返歌となり、三首とも作者以外の人の歌となるので、二首め後の「人」は、作者自身と解釈せざるを得ないが、先に述べたように、ここだけ第三者の視点を導入することも出来ない。以上のように、解釈が定まらない。従って、これは、二首目の詞書の「人の」を、「人に」の誤りであったと考えねばならないのかもしれない。流布本系統も、この形であり、「静嘉堂文庫蔵本」に比べて、詞書の意味がやや明瞭になっている。流布本系統では、「夢に人のみえしかば」とある。それでも、まだ、「人の夢に」見えたというのが、某人が作者の夢に現われたのか、某人の夢に作者が見えたのかが、曖昧であるが、流布本系統の方では、二首めの詞書で、これを「人にかた」った、即ち「人に」とあるので、小町想定する作者の夢に相手が見えたことを「人に」語ったのだということになる。詠歌の主体は、「小町集」では、一首めが作者、二首めが相手、三首めと四首めが作者と考えられていたことになる。

では、詞書が付されている「小町集」の伝本全てに記される「あはれなりけることかな」の「あはれ」は、何か。例えば、『万葉集』九例の「あはれ」の用例では、憐憫と感動賞賛とのうち、感動詞を含めれば、八首まで感動賞賛の意味で用いられている。ここでも、そう解釈すれば、思い寝をしたので、夢の中に相手が現われた、夢と分かっていたなら目覚めなかったのにという歌を、相手に贈ると、相手が喜んでくれた。そして、自分もまたうたたねの夢にあなたを見てから、夢というものをあてにし始めたという、共感するような返事（「御かへし」）をくれたと解釈出来る。「あはれ」を、賛嘆の言葉であるとすれば、そうなる。しかし、また、憐憫の情に解釈する可能性が全くないかと言えば、そうも言えない。一一六首本「小町集」に於ける「あはれ」の用例十二の中、悲しみの心情を表現するのは、第六十八歌であり、第二歌や、感動詞として用いられている第八十一歌、また第六十八歌の詞書の「あはれ」も、辛さを表現する詞として用いられている。用例の過多からすれば、流布本「小町集」では、「あはれなりけることかな」は、相手の喜びの心情が意図されていたと解釈するが、仮に、憐憫の情といったものをここに見るならば、それは、はかない夢の世界に期待をかける小町なる作者と、それに共感する某人との、「互いに辛いことですね」という表現となる。お互いに、哀しいことですねという、理性によって確認された哀しさである。二首めの詞書では、「静嘉堂文庫蔵本（一〇五・三）」に「御」がなく、一一六首本など流布本の詞書に「御」が付されているのは、流布本系統で、小町なる作者と「御」なる敬意を付す男性を想した某人との恋愛関係をより明確にさせようとしたためかもしれない。その「御」については、流布本系統の中でも、『歌仙家集』は、「御」を付さず、「かへし」となっている。『歌仙家集』が、なぜそうであったのかについては分からない。「御」のない親本を用いていたのかもしれない。

流布本系統の詞書にある「御返事」と「返事」が意図的に区別されていると仮定し、第二首め「うたたねに」歌を相手の歌と見、相手は、小町の歌に喜び、夢の世界のすばらしさに共感しているものとして、「小町集」の詞書は作られていると解釈した。夢の世界のすばらしさを手放しで喜ぶかのような、二首に対して、第三首めは冷ややかである。第三首め「たのまじと」歌は『新勅撰集』にも小町の歌として、巻十四　恋四の部立に掲げられているように、確かに恋の終わりの歌のようで、夢の非現実なる「うつつ」を知り尽くした人の歌のようである。三首め「たのまじと」歌は、あてにするまいと思ってもどうしようか、夢以外に逢える夜はないのだからと詠う。第三首めには、「ながめ」のもの憂い気分で歌集を統一しようとした「小町集」の編者の意思が、働いたのかもしれない。そして、四首めに、再び、恋しい時は、夜着を裏返して夢で相手に出会うという、夢への期待が詠まれる。「御所本甲本」では、四首めには、「またいかなるおりそ人のいらへに」という詞書が付され、某人の歌として置かれるが、一一六首本は、これを採択していない。「小町集」では、第三首めに「たのまじと思はんとても如何せん」という、夢は夢でしかないことを充分に承知した、知的な判断の働いた歌を置くが、それでも、夢の世界への期待を詠んだ歌であることは変わらない。若い小町を想定した一連の夢の歌として、それらの歌は位置付けられる。

一方、『古今集』後半の夢の歌群は、先にも述べたように、「小町集」の中では連作にされていない。次の、『古今集』六五六

　　やんごとなき人のしのび給ふに

うつつにはさもこそあらめ夢にさへ人めつつむとみるがわびしさ　(14)

は、小町の、夢の世界に対する期待を詠んだ歌としてよりも、相手の人目を避ける行為に注意が向けられていた。流布本系統では、「やんごとなき人」即ち、高貴な人との恋愛の歌という詞書が付される。「人めつつむ」という歌の詞から、「やんごとなき人のしのび給ふに」という詞書が作られたのか、或いは、なにがしかの真実の断片がそこに伝えられているのかは不明である。歌は、現実にはそういうこともあろうが夢の中まで人目を気にしているのが辛いという。結句「わびしさ」は、作者が思うところの真実がなくて、心寒々とした思いであり、それを理性で捉えた表現として用いられている。相手が「やんごとなき人」であり、身分に差があるという物理的な障害は仕方がない、しかし、そんな障害のない夢の中でさえ、人目を避けている人の姿に「わびしさ」を感じていると詠うことになる。こういう、作者なりの、作者が考えるところの恋の真実をめぐる思いは、「小町集」の歌の特徴の一でもある。別項で述べるように、真実の恋への訴えが特徴的であるが、その一は、この「やんごとなき人」との恋の歌にも見られる。

また、『古今集』六五八の「夢路には」歌は、海人をテーマにした歌の中で捉えられ、それが、流布本に於ける、『古今集』後半の夢の歌群の扱いに反映している。

　　常にみれともあかぬをうらむる人に

みるめなきわかみをうらとしらねはやこりなきあまのあしたゆくゝる（「静嘉堂文庫蔵本」三八）

また

夢ちには足もやすめすかよへ尤うつゝにひとめみし事はあらす（同　三九）

また

かさま松あましかつかはあふ事のたよりの波はうみと成なむ（同　四〇）

右は、「静嘉堂文庫蔵本（一〇五・三）」の連作であり、二首目の「夢ちには」歌が、海人が、しきりにやってくるけれど、一度も逢ったことはない、という歌になっていることは、先に述べた。そうであれば、「小町集」の意図するところは、『古今集』所収の小町の歌の夢の世界に対する一途さとは、無関係であったことになる。『古今集』後半の夢の歌群を、夢の連作としては享受していないのは、「小町集」の特徴であると考える。

『古今集』所載の夢の歌が、「小町集」独自の解釈を施されて「小町集」に収録されているのに対して、それ以外の夢の歌八首は、連作のようにまとめ置かれてはいない。『古今集』には載らない「小町集」夢の歌八首とは、次の歌である。

よひよひの夢のたましひあしたゆく有りてもまたんとぶらひにこよ（29）

こひ侘びぬしばしもねばや夢のうちにみゆればあひぬみねば忘れぬ（50）

夏のよのわびしきことは夢にだにみるほどもなくあくるなりけり（53）

うつつにもあるだにあるを夢にさへあかでも人のみえわたるかな（54）

夢ならばまたみるよひも有りなましなに中中のうつつなりけん（82）

はかなくも枕さだめずあかすかな夢がたりせし人を待つとて（93）

世の中は夢かうつつかうつつとも夢ともしらず有りてなければ（109）

かへし
たれによりよるの衣をかへすらんこひしき人のありけるかうき　（一一六首本非所収）
これらは、『古今集』所載の夢の歌を、どのように展開させているのだろうか。『古今集』所載の小町の夢の歌は、夢への期待が詠まれていた。夢に対する現実を認識しながらも、若き人が抱く憧れのように、夢の世界に期待をかけた歌が詠まれていた。そういう、夢の世界の肯定を継承し、夢の世界への安心感を基底に詠むのは、第二十九歌と、第八十二歌であろう。

よひよひの夢のたましひあしたゆく有りてもまたんとぶらひにこよ　(29)

現実の相手ではなく、「夢のたましひ」を待つという。夢の中で相手に出会った喜びを詠う、先掲『古今集』所載の「おもひつつ」歌や、「うたゝねに」歌のような、嬉々とした調を持たない。連夜の夢に恋人が現れたと詠うのに、弾むような調にはならない。作者は、「よひよひの夢のたましひ」に対して傍観者のようである。しかし、大きな自然の流れに身をゆだねるかのように静かな調である。これは、現実に対して悲観的に傾きがちな心情の中に一つの安らぎを得ていることを示すのであろう。夢の世界は、安らぎの世界として詠まれていると解釈する。

夢ならばまたみるよひも有りなましなに中中のうつつなりけん　(82)

この、第八十二歌の「なかなかの」は、中途半端な状態を示す語であり、ここで対置されているのは、「確かな逢瀬」である。「なかなかのうつつ」は、逢えるとも逢えないとも定かでない現実を意味している。来てくれるとも、来てくれないとも分からない男性の訪れに対し、待ちがたい嘆きが下句で詠まれる。しかし、夢の世界は、そういった不安のない世界なのである。この歌でも、夢の世界は安らぎの世界として位置付けられている。

次も、夢の世界に期待をかける歌であるが、現実の恋が停止しているのが、特徴的である。

はかなくも枕さだめずあかすかな夢がたりせし人を待つとて　(93)

「夢がたりせし人」は、夢の中で語らった人、即ち、恋人である。作者は、夢の中のその人に、直に逢った現実の恋人に劣らぬ印象を受けた。「夢がたりせし」人は、作者には一現実であった。それが、夢の中のみの現実であったように思えるのは、上句の吐息のような詠嘆の語「かな」と、確認するような下句の倒置表現にある。成立している恋の激しい思いを背景に、この歌が詠まれたようにはみえない。現実の人を待つという任は、もう作者のものではないことが、意図されていると解釈される歌である。そして、

こひ侘びぬしばしもねばや夢のうちにみゆればあひぬみねば忘れぬ　(50)

になると、どうすれば会えるか、どういう手段を用いれば恋愛が滞らずに展開してゆくか、等々に具体的な思いをめぐらすことを放棄する。「こひ侘びぬ」とは、強い嘆きの声で、「しばしもねばや」は、恋焦がれる思いに自ら疲れてしまった作者が、ようやく見つけ出した解決策として提示されている。夢の世界を得るために、現実は手離すのだと詠む。「侘び」を避け、「侘び」なる状態を遠ざけようとする。しかしながら、恋焦れてあることの現実の幸福を手放した代わりに得られた、はかない調の清らかさが、この歌には備わることになる。

現実の恋は、作者のものではないという歌が見える。

夏のよのわびしきことは夢にだにみるほどもなくあくるなりけり　(53)

うつつにもあるだにあるを夢にさへあかでも人のみえわたるかな　(54)

「うつつにも」歌は、何か作者の心満たさない心情が意図されているような歌である。この歌は、「現実にも私の許に現れるのに、夢にまで飽きることなく人が見え続けることよ」という意味である。つまり、夢に誰かが現れるのは、その者が作者を思っているからである。その古来信じられてきた事実を、作者は十分に承知しているのであろう。現実のみならず、夢でも頻繁に某人に会うというのに、歌が嬉々とした調にならないのは、或いは、「見ゆ」という意志の関与しない表現をとるのは、そのことが、作者の心を満たさないからであり、そういう作者が意図さ

れていると解釈する。

一方、「夏のよの」歌も、「わびし」という直接的な言葉で作者の実感が吐露された歌である。誰かに確認を促すわけでもなく、作者は独りの時間を嘆いている。夢すら見れぬ短か夜は、夢にまで見離された作者を、直ちに独りの時間に連れ戻している。「小町集」第七十九歌に、「夢」の語は詠まれていないが、

ひとりねの時はまたれし鳥の音もまれにあふ夜はわびしかりけり　(79)

という歌があり、同じ作者が造型されている。ここでは、恋人に会う夜でさえ「わびし」の詞を用いて詠う。逢瀬の短か夜に気落ちする状況が詠まれているのは、他の恋歌と変わらないのであるが、「まれにあふ夜はわびし」と詠われることで、「ひとりねの時」が、一首の終結と同時に再浮上してきている。夏の短か夜は、「わびし」という独りの時間を嘆く詞で詠われた。これは、小町の歌の特殊性である。夢の世界にも期待をかけられなかった、先の「夏のよの」歌は、この「ひとりねの」歌の伏線のようである。

次の歌は、『古今集』の読人不知歌である。「小町集」には、増補歌として入る。

世の中は夢かうつつかうつつとも夢ともしらず有りてなければ　(109)

この歌は、現実にあった諸々の事象を否定し、夢もまた非現実でしかないとして、夢の価値を引き下げる。それは、「有りてなければ」の結句によって決定的となる。現実と夢との揺らぎの中で、現実の痛みを軽減し喜びを増幅させようとするものではないのである。小町と明記された夢に関する歌は、夢の世界に真っ向から向かい合うものであった。夢の世界は、現実世界に比肩すると実感している者にのみ詠める調を伴うものであった。夢と現実とを等価値にまで引き上げるものであった。この、「うつつとも夢ともしらず有りてなければ」は、それとは異質であり、この思想は、仏典を典拠に『古今集』の注釈書類で説かれてきたように「諦観」である。「小町集」に収録されたのは、その諦観の調が、風化した現実世界のものと考えられたからであろう。

次の歌にも、作者の恋に翳りを見る、「小町集」編者の視点が備わっている。「たれにより」歌は、「静嘉堂文庫蔵本」と「時雨亭文庫蔵本」にのみ見える歌であり、両本とも『古今集』所収の「いとせめて」歌への返歌として伝える。

いとせめて恋しき時はうは玉のよるの衣を返してぞきる　（「時雨亭文庫蔵本」第三句「あはぬまの」）

かへし

たれによりよるの衣をかへすらんこひしき人のありけるかうき　（同　結句「ありけるかうさ」）

誰のせいで、夜着を返すという行為をしなければいけないのか、それも恋しい人がいるからだ、と詠う。夜着を返して寝るのは、夢の世界での逢瀬を期待する小町の歌の中に見えた。同じように衣を返して寝るというのであるが、結句末は、「うき」であり、或いは「うさ」である。こころ弾むはずの民間伝承の呪術が、否定的に詠まれている。ここにも、「小町集」作者の視点が現われている。

以上、「小町集」に於ける、夢の歌を、『古今集』所収歌と、非所収歌とに分けてみてきた。夢を素材にした歌は、夢に対する現実を認識しながらも、若き人が抱く憧れのように、夢の世界に期待をかけた歌が詠まれていた。それを「小町集」では、夢の世界への安心感という形で展開させてもいる。しかし、夢の世界の重視は、現実の恋の停止を浮かび上がらせ、夢の世界にも見離された作者を造型し、現実世界を風化させて、諦観の言葉を詠ませる。「小町集」には、『古今集』の前の「夢」の歌群に見られたように、詞書で、作者の恋に翳りの視点を導入していた。同様な視点は、右に見たように『古今集』非所収歌についても言えよう。独りの小町が、形象されているのである。

付記　本項は、「「小町集」夢の歌について」（『日本文芸研究』42-1　平成二年四月　関西学院大学日本文学会）を修正し、全面的に書き変えたものである。

二　「海」の歌群の茫漠たる不安

（1）詞「みるめなき我が身」の興趣

「小町集」には、海に関する歌が多く収録される。それが、

見るめなきわが身をうらとしらねばやかれなであまのあしたゆくくる　（『古今集』六二三）
あまのすむさとのしるべにあらなくに怨みんとのみ人のいふらむ　（同　七二七）

という二首の『古今集』所収歌の展開したものだということを片桐洋一氏（『小野小町追跡』）が指摘されている。

前の「夢」の歌の場合について考えたのと同じように「海人」に寄せてよんだ題詠とでも解すれば、驕慢な遊戯的雰囲気が感ぜられようが、実際にあたってよんだとすれば、まさしく男を揶揄しているわけで、驕慢説話につながっていくことが容易に看取されるのである。

（片桐洋一『小野小町追跡―「小町集」による小町説話の研究―』）

「小町集」には、他にも「海人」や、「みるめ」という海松藻と逢う機会を言い懸ける詞を詠みこんだ歌が多く収録されるが、それらの歌は、「海人」を男性に喩え、「みるめ」に、小町の、なかなか男性に逢おうとせず男性を拒否してきた女性を想定することで鑑賞し得るとされている。秋山虔氏（「小野小町的なるもの」）は、「みるめなき浦」について、「海松布の生うることなき浦という不毛のイメージに託されている点、これは、単に一趣向などというにはすまされぬ、荒涼と切実な精神風景をかたちづくっているのである」とされ、山口博氏（『閨怨の詩人　小野小町』）は、「男の愛を拒絶しなければならぬ氏女の悲しみ」を見られている。「みるめ」を始めとする、「小町集」の海の歌について見直してみたい。次の歌には、傍線部のような掛詞又は海の縁語が用いられている。

みるめなき我が身をうらとしらねばやかれなであまのあしたゆくくる　（『古今集』巻十三　恋三）（23）

人のわりなくうらむるに
あまの住む里のしるべにあらなくにうらみんとのみ人のいふらん　（同　巻十四　恋四）⑮
つねにくれどえあはぬをんなの、うらむる人に
ある人、心かはりてみえしに
心からうきたる船にのりそめてひと日も浪にぬれぬ日ぞなき　（『後撰集』巻十一　恋三）②
さだまらずあはれなる身をなげきて
あまの住む浦こぐ船のかぢをなみ世をうみわたる我ぞかなしき　（同　巻十五　雑一）㉝
世の中をいとひてあまの住むかたはうきめのみこそみえわたりけれ　（同　巻十八　雑四　小町姉歌）㊱
たいめんしぬべくやとあれば
みるめかるあまの行きかふみなとぢになこその関も我はすゑぬを　（『新勅撰集』巻十一　恋一）⑤
さだめたることもなくて心ぼそきころ
すまのあまのうらこぐ船のかぢよりもよるべなき身ぞかなしかりける　（『万代集』巻十六　雑三）⑦8
なには江につりするあまにめかれけん人もわがごと袖やぬるらん　（『夫木和歌抄』巻二十三　雑五）⑥4
人のもとに
わたつうみのみるめはたれかかりはてしよの人ごとになしといはする　（『新千載集』巻十二　恋二）㉒
かざままつあましかづかばあふことのたよりになみはうみと成りなん　（他出なし）㉖
みるめあらば恨みんやはとあまとはばうかびてまたんうたかたのまも　（他出なし）㊶

海藻の「海松藻」と会う機会の「見る目」、「刈る」と「離る」を掛詞とする、「みるめなき」「みるめかる」「めかり」といった詞で、男女が疎遠になった嘆きを詠う点は特徴的である。

たいめんしぬべくや（きっと会えましょうか）とあれば

みるめかるあまの行きかふみなとぢになこその関も我はすゑぬを（来るなとも言ってはおりませんものを）

（『新勅撰集』巻十一　恋一）（5）

つねにくれどえあはぬをんなの、うらむる人に

みるめなき我が身をうらとしらねばやかれなであまのあしたゆくくる

（『古今集』巻十三　恋三）（23）

右二首は、「みるめかる」「みるめなき」を初句に据えた歌である。両首は、初句で声調の一休止があり、初句が嘆きの詞になっているのではないかと考える。初句の掛詞が契機となり、第二句以下で嘆きの形象化が行われていると見るものである。第五歌の方は、下句で「たいめん」に賛意を示しながら「みるめかる」という初句の響きが、逢うことの拒絶を暗示している。作者は二句以下で海人を登場させるが、描かれる海人は、作者とは異質な時間空間を生きているかのようである。海人は、足下の砂浜に、或いは岩膚に視線を落としている。「かる」にあさり求める、より積極的な意味をみるなら、なお一層、海人の視線は、作者から離れていくのではあるまいか。海人の視線と作者の視線のずれは、『古今集』に初出する第二十三歌の系譜の上にある。第二十三歌の結句「あしたゆく」について、近世の『古今集正義』は、

海人になそらへてさるはひたすら浜つらの真砂ふみあゆむか足たゆきによせたる也

（『古今集正義』）

のように解釈した。『古今集正義』が、「あしたゆく」を、海人が砂浜を歩く様子の形容と見るように、作者は、あなたの行為は、砂に足を取られるようにだるくて、そこにはない獲物を求めて歩き続ける報われない行為です、というのであろう。第二十三歌でも、海人の視線は砂浜にあり、作者の目は、重い足どりの海人の姿に向けられている。初句に独立した嘆きの言葉を見る時、海人の姿を中心に描いた海辺の景の中に、これら両首の掛詞が人生観照の表現を成功させる契機として働いているのに気づく。「小町集」海の歌には、掛詞や縁語といった技巧が特徴的

であるが、それらが、言葉遊びの興趣にとどまらぬところの文芸性を形成する契機になっている点を、この他の海の歌についても見ていきたい。

(2)「海」の和歌の形象と調

次の第十五歌も、『古今集』に初出する歌である。

人のわりなくうらむるに

あまの住む里のしるべにあらなくにうらみんとのみ人のいふらん　（『古今集』巻十四　恋四）(15)

この歌を、片桐洋一氏は、次のように見られる。

「海人」に寄せて詠んだ題詠とでも解すれば、優雅な遊戯的雰囲気が感ぜられようが、実際にあたってよんだとすれば、まさしく男を揶揄しているわけで、驕慢説話につながってゆくことが容易に看取されるのである。

（片桐洋一『小野小町追跡―「小町集」による小町説話の研究―』）

広く知られている小野小町の「夢」の歌が、実際の人間関係の中の詠ではなく、本来は座の文学として人々の集まりで披講されるために「題詠」として作られたのであり、その結果として、作者の小町は、ある時は「男の立場」に立った詠として、またある時は「女の立場」に立った詠として歌作していることを明らかにして来たのであるが、『小町集』において、（海人の住む［第十五歌］・みるめなき［第二十三歌］…筆者省略）とあったりする歌が、『古今集』においては、共に「題しらず」であることを思えば、これらもまた題詠であった可能性が大きいというべきであろう。

（同『在原業平・小野小町』）

小町の記名で残る全ての歌を、実在の小町に結びつけて解さねばならぬと考えることの非より、小町の歌を「小町集」という集合体の部分として従来なかった視点で取り上げ、驕慢説話への進展の跡を説かれたのは、片桐氏である。『古今集』で付される、この歌の「題しらず」という詞書は、片桐氏が言われるところの（『論集〈題〉の和歌空間　和歌文学の世界　15』）、歌会で詠まれる「歌を詠むための題」しらず、であって、「整理のための題」しらず、ではないと言えるかどうか。仮にこの歌が題詠歌であったとしても、それは、文芸性の考察に於いては、始点となるにすぎない。小町の海の歌の文芸性を説かれた先行の研究も幾らかあるが、私は、この第十五歌に、題詠歌と仮定しての機知に誇った調とは別のものを感じる。この歌の調は、沈んでいるのではないかと考える。何がそう感じさせるのか、二点考えてみた。この歌の沈んだ調は、第一に、「人のいふらん」という推量の表現に起因する。「のみ」は、限定とも強調とも解釈され、「うらみ」を強めている。作者は、「恨みましょう。」の一言で言い放たれたのかもしれないし、「恨みましょう、恨みましょう。」と、頻りに言われていたのかもしれない。「あまの住む里のしるべにあらなくに」は、作者の考えた理由づけである。「うらみんと人が言っている」それが間接経験であった故に一層強かったであろう、作者の心の痛みを解消されんが為に選ばれた、心理的処理の一である。一事件は、作者の関われぬ所で起こっている。何らかの影響を受けながら、作者は、それに対して関与出来ぬ立場にいる、そういう調である。

「なこその関も我はすゑぬを」（5）・「あまの住む里のしるべにあらなくに」（15）・「みるめなき我が身をうらとしらねばや」（23）

これらは、それぞれ「小町集」に載る歌の一部分であるが、自己存在を規定しかねている作者が採った表現である。一事件についての間接的関与を示す表現は、「小町集」海の歌の特性でもある。

この歌に見る沈んだ調べの要因の第二は、作者が某人の言葉を「うらみむ」と享受した、と表現する点である。それは「うらめし」とは違う。不満を持って、或る事に執着することに関して、両者に変わりはないが、「うらめし」が、求めることで関わりをもとうとするのに対して、「うらみむ」では、求めないことで関わりを絶つ姿勢をとり、拒絶の調べを有することになる。作者は、「ウラミン」と言われた、その言葉の音を介し、海辺の景を創出した。作者は「人」の言葉を「浦見ん」という浦への道を求める人の誘いに言い懸け「あまのすむ里のしるべにあらなくに（私は、海辺の道案内ではないものを）」と機知をもって歌にする。「浦みん」とは、「浦見ん」即ち、美しい浦を見に行きましょう、という誘いの言葉が掛詞の裏面に意図されていたものと考える。『万葉集』に於ける、海に関する「うらみ」は、「浦箕」―「磯浦箕」（西本願寺本番号　一六七五）・「浦箕乎過而」（西本願寺本番号　五一二）―として見え、「浦見」ではない。「ウラミ」は、「浦廻」の訓（ウラマ）との混在より生じた音であると推測する。「浦廻」は、磯辺を巡る、或いは、磯辺そのものを指す言葉として用いられている。作者は、「ウラミン」即ち、「浦見ん」の掛詞で用いた。「浦」が磯辺であったか否かに関わらず、「浦廻こぐ熊野舟つきめづらしく懸けて思はぬ月も日もなし」（三一七二）・「…沖辺には　白波高み　浦廻よりこぎて渡れば…」（三六二七）・「乎敷の崎こぎたもとほり終日に見とも飽くべき浦にあらなくに」（四〇三七）等、船泊の地であり、人里に近い海辺である「浦」は、人の心を安らげる、慕わしい光景を呈していたと思われる。のどかな光景は、作者の憂いとは対照的である。「うらみ（浦廻から浦見へ進展した詞）」と「恨み」の掛詞は、時代に先駆けた技巧であったのだろう。海辺の景という素材を通した形象化は、座の一興であったかもしれぬが、しかし、作者には、又、心情の結露のようなものだったのではあるまいか。

小町谷照彦氏は、次のようにこの歌を解釈されている。

この歌は、意志の疏通を欠いた相手との断絶を歎くものである。「恨みん」と「浦見ん」との掛詞によって、小野小町との愛に執着する相手の心情がやはり海辺を逍遙する姿として視覚的に具象化される。しかし、小野小町自身は決して「しるべ」とはなり得ない。相手は永遠に恋の道をあてどもなくさ迷うことになる。相手との距離はいかんともしがたく、いたずらに詠嘆せざるを得ない。

（小町谷照彦「小野小町―古今和歌集―」）

小町谷氏は、この歌に、恋の道に道案内者を求める男性と道案内者にはなり得ないという作者の、心理的断絶をみられる。恋の道をさ迷うことになる男性に対して、では作者はどうかと言えば、作者も又、不安定な立場にいる。「あまの住む里のしるべ」は、海という異界と海人の里という異なる世界を媒介する人物である。作者は、浦への道を求められるが、そういう媒介者ではありえないという。作者は、海人と同じ海辺の者ではない。そして、案内を請われているのであるから、当然案内を請う某人とも同じ世界にいない。「うらみん」と言い放たれた言葉を、理解しかねていると詠う作者の姿は、海に臨み海の広さと計り知れぬ深さを実感した人間のように孤独である。「うらみんとのみ人のいふらん」の沈んだ調べは、孤独感であり、疎外感の調なのであろう。某人からも、海人の住む里からも孤立した人間の声が、作者のものとして表現されている。「小町集」の詞書は、「人のわりなくうらむるに」と付し、作者の心情が割り切れぬものであったことを推測している。しかし、『古今集』にこの詞書は載らない。

次に、「小町集」第三十三歌と第七十八歌を掲げる。

さだまらずあはれなる身をなげきて

あまの住む浦こぐ船のかぢをなみ世をうみわたる我ぞかなしき　(33)

さだめたるをとこもなくて、物思ひ侍りけるころ

小野小町

あまのすむ浦こぐ舟のかぢをなみ世を海わたる我ぞ悲しき　(『後撰集』巻十五　雑一)

さだめたることもなくて心ぼそきころ

すまのうら（あま）のうらこぐ船のかぢよりもよるべなき身ぞかなしかりける　(78)

小町

すまのあまのうらこぐふねのかぢよりもよるべなき身ぞかなしかりける　（『万代集』巻十六　雑三）

題不知　小野小町

すまのあまのうらこぐふねのかぢをたえよるべなきみぞかなしかりける　（『続古今集』巻十八　雑中）

家集　小野小町

すまのあまのうらこぐ舟のかぢをたえよるべなき身ぞかなしかりける　（『夫木和歌抄』巻三十三　雑部十五）

第三十三歌と七十八歌は、表現が類似している。両首とも拠り所のない「我が身」を浦こぐ舟のイメージとして捉え、「かなし」と詠う、その点が共通する。第七十八歌の「小町集」では「御所本甲本」に見える「すまのあまの」という詞について、「須磨の海人の」と詠む歌は、『万葉集』の「須磨の海人の塩焼衣の藤ごろも間遠にしあればいまだ著なれず」（『万葉集』四一三）・「須磨の海人の塩焼衣の馴れなばか一日も君を忘れて思はむ」（『万葉集』九四七）や『古今集』の「すまのあまのしほやく煙風をいたみおもはぬ方にたなびきにけり」（『古今集』七〇八）にも見えるが、それらは、海辺の生活を詠むものであって、「うらこぐ舟」という静かに進んでいく舟の光景が呈する哀感にも似た調の形象ではない。即ち「みちのくはいづくはあれどしほがまの浦こぐ舟のつなでかなしも」（『古今集』一〇八八）・「こぎはなれうらこぐふねのほにあげていはでしもこそかなしかなしかりけれ」（『古今和歌六帖』二六五〇）等にみる哀感の調と、「須磨の海人」とが、結びつくのは、『後拾遺集』の「すまのあまのうらこぐふねのあともなくみぬ人こふるわれやなになり」（六五二）が詠まれて以降ではあるまいか。やはり、『後撰集』所収の第三十三歌の影響の下に、『万代集』所収の第七十八歌が作られたと推測する。両首では、暗鬱たる大海の属性が反映されたような作者の不安感が、第七十八歌の方に一層強まっている。

第七十八歌について、前田善子氏は、「船のかぢよりもよるべなき身」というこの歌の表現は上下句の因果関係が不明確である、と『小野小町』の中で指摘されていた。『続古今集』や『夫木和歌抄』の形のその箇所は、各歌の考察箇所で述べたように「梶を絶え」に修正されている（と解釈する）が、『万代集』のみ、この、上句と下句の因果関係を不明瞭な形のままで伝える。これは、修正される以前の誤りとして斥けられない調を重視したものではあるまいか。「かぢ」が梶そのものとして、拠り所のない「よるべなき身」と比較されていると考える時、その論理は不明瞭になる。しかし、「かぢ」を海上にある非力な存在の象徴であると考えれば、比較の対象は、「すまのあまのうらこぐ船のかぢ」全体が示すところの頼りなさである。『万代集』所収の形をとる「小町集」第七十八歌を「うらこぐ船」という第二句まで読み進める時、海人の姿は、幽かな存在となる。「すまのうらのあまこぐ船」ではなく、「すまのあまのうらこぐ船」と詠み出された歌に、海人の姿は捨象されているといってもよいだろう。しかし、第三句で「かぢよりも」と「かぢ」を明示することによって、梶の具体性が付与される。梶は、船底を隔てて死に臨む非力な人間の象徴である。「すまのあまのうらこぐ船」という、海人も船も包摂してしまう単色で刷かれたような景、即ち、人間の捨象された無機的な景色の中に、一点の梶という具体的事物が加えられるに至り、一層の不安感が表現されることになる。非力な存在である人間の行為が、梶に集約され、象徴されるからである。そして、「かぢをなみ」や「かぢをたえ」といった因果関係を明記した表現では表されないところの、静かな諦観の調が、流布本「小町集」第七十八歌や『万代集』所収の形に備わることになっていると言えよう。

次は、他出なし、即ち「小町集」によってのみ伝えられてきた歌である。

かざままつあましかづかばあふことのたよりになみはうみと成りなん　(26)

かさままつあましかつかはあふことのみるめなしとはおもはさらまし　(四二)

この歌にも、漠とした不安感は一層強められている。「あふこと（逢ふ事）」「たより（便り）」「なみ（無み）」「うみ（憂み）」の連鎖によって、逢瀬の無くなる事を危惧した歌であると知られる。「なみ」に、「波」と「無み」を懸け、「うみ（海）」のう音が、辛い心情の「憂」を連想させる。右には、異本系の伝本である六十九首本の形（神宮文庫蔵本『小野小町集』は「みるめもなしとは」それ以外は「みるめなしとは」）も掲げたが、伝来の相違により下句が異なっている。海人が、海に潜れば、作者と海人との逢瀬は、自づと消滅し、海人が逢瀬のないことで恨むこともないだろう、と六十九首本は作る。「みるめもなしとは思はざらまし」は、その海人が、逢瀬の事など念頭に置いてはおらぬことを示している。海人の仕事は、命がけな故であろう。六十九首本の形は、海人に対する一種煩わしい思いを基底に有しており、小町伝説と重ねあわせれば、驕慢な小町像には、六十九首本の形が相応しいかもしれない。一方、流布本「小町集」によって伝わる形の、「波」を海の動的実在、「海」を静的実在であると解せば、「なみはうみと成りなん」の「波が海となる」とは、海人の潜った時に立った白波が、或いは、海人の乗った船の立てた波が、消えた事をいうものであったと考える。「逢瀬の機会がなくなってしまうだろう（あふことのたよりになみはうみと成りなん）」という恋情のイメージとして、白波消えた後の冷ややかな静けさをたたえた海面が、一情景として歌に詠まれている。上句では、その海面下に海人が潜ったならば、と仮定する。

「かざま」は、風と風の間、即ち、風の途切れで、風は船出を妨げる物理的な悪因であった。『万葉集』に「風俟」「風守」を「かざまもり」と訓じる用例があった。「かざまもり」は、出船に際し風の様子を見る、という意味であるが、又、「名に負へる杜に風祭せな」（『万葉集』一七五一）等「かざまつり」の詞同様に、「かざままつ」という語の背景には風の神への敬虔な心情が籠ってあろう。「あま」は、風の止むのを待って海に潜る、と上句はいう。しかし、その景は、題詠歌の題であったと仮定しても、何か異質な印象を与える。この歌が詠みだされた背景には、当時の共有認識があって、それが上句の景に反映されているのかもしれない。本章第二節各歌の考察でも述べたが、海に挑むものは、必ず不幸になると、小町の歌の上句は伝えているのかもしれない。海の神の力は絶大で、人が、白波を立てて海底へ沈み、その魂が、海の彼方の常世へ行ってしまっても、海は、何もなかったかのように平静で冷淡な様子をたたえているだけだというのではないか。そういう海面の冷ややかな静けさが、流布本「小町集」のこの歌が作られた背景に共有認識としてあり、同集がそれを取り込んでいったと推測する。この歌に関しても、第三句の「あふこと」は、人々がその海人を目にすることであり、大海に潜る海人を人々が再び見ることはない、恋歌の裏面にそういう作者の心情があったと解釈する。海人は多く同船する仲間を伴う。潜る者と船上で待つ者は、信頼関係で結ばれ、船上の海人は息を詰めて、海中から浮かび上がってくる仲間の元気な顔に会えるのを待っている。「あふこと」は、危険を背後にした安堵の瞬間を言うのであろう。それだけ、「たよりになみはうみと成りなん」と結ぶこの歌には、暗鬱たる大海に臨む如き不安の心情が、一層強められ表現されていよう。

みるめあらば恨みんやはとあまとはばうかびてまたんうたかたのまも　（他出なし）(41)

この歌も、他集に採録されることのない歌である。第四十一歌の「みるめあらば」は、「見る目」即ち、会う機会があるならば、の意であり、「みるめ」に海藻の「海松藻」と会う機会を懸ける手法は、これ迄見てきた「小町集」の海の歌と共通する。「うかびてまたん（浮かんで待とう）」は、明らかでないが、「うかび」を、「海松藻（みるめ）」の縁語と見れば、海水に浮かぶ海藻に、待つ我が身を喩えていると考えられる。この「みるめあらば」は、先述の第十五歌

あまの住む里のしるべにあらなくにうらみんとのみ人のいふらん　（『古今集』巻十四　恋四）(15)

に後続する内容を有していると考える。作者は、人が問うてくれるのを待っている。「やは」という打ち消しにつながっていく語調で、「恨むことはない。」と言われるのを待っているのが知られる。第十五歌が、思いもよらぬ疑いの渦中にあって沈黙しているのとは異なり、意志疎通の契機を待っている。「あまとはば」は、そう解せる。相手に、少なくとも問いかけてくれるだけの愛情があるならば、海藻のように海水に浮かんで待っていましょう、と言う。浮かぶとは海表に見えて刈り取られることを意図する語句であり、愛情を受け入れることを云う詞なのであろう。「うたかたのまも」の「ま（間）」は、或る現象が継続する時間とも、或る現象と現象の間隔とも解せる。後

者の場合、水泡と水泡との間隔、即ち、海辺に寄せる波の盛んな水泡がその隙間を持たないように、「絶え間なく」「ひたすらに」という意味であったと見ることが出来る。沸き起こる情念の緊密さ増してゆく様が、「うたかたのまも」であったと解釈する。「うたかたかたのまも」を「ひたすらに」と解し、一途に待っている様子を想定するが、これを「小町集」の他の用例―仮初にも花をという「うたかた花をありとみましや」や、人生のはかなさを嘆じた「うたかたのうき身」という「小町集」70、65、86にみる如く、「一時でも」と解すれば、たゆたう海藻に象徴される不安定さに一時身を置こうという、作者の意志を示すことになる。移ろい易さという後世的な意味が「うたかた」に込められていたとすれば、或いは、恋そのものへのはかなさ、人生のはかなさを見越しての詞であったかもしれない。更に、すぐに冷めてしまうであろう男の愛情を「うたかた」として翳らせたとも解せる。六十九首本「小町集」の結句に「うたがひてまたむ」とあるのは、この解釈に列する。「うたかた」に、打消の語と呼応する万葉の「うたがた」の意味が彷彿されるように、その語は、人に対する全信頼を置いての言葉ではなかったかもしれない。それでも、叙情の中心が上句にあったことは確かで、作者は、殊更に「人とはば」の「とはば」と詠んでいる。第十五歌のような、理性で割り切れぬ辛さの中から抜け出せる一つの対話を、作者は愛情の証として望んでいたのである。海の歌の掛詞という技巧は、この歌でも、海に臨むような茫漠たる不安感を背景に彷彿させることで、和歌の形象化を成功させる一助となっている。

以上、小野小町ではなく、「小町集」に焦点をあてて海の歌を考察してきたが、「小町集」の海の歌の文芸性の特色は、本書で採りあげたものに限れば、それらの歌の基底に、大海に臨むが如き広漠たる不安感を備えていること、そして、自己存在を規定しかねている作者の採った間接的関与を示す表現が、孤独な愁いを強調していること、更に、初出撰集順に列挙した海の歌群では、『古今集』『後撰集』以外の撰集に採られた歌に、茫漠とした大海の属性たる暗鬱な不安感の強まりが見られることであると言えよう。

付記　本項は、「『小町集』海の歌の文芸性」（『日本文芸研究』46－3　平成六年十二月　関西学院大学日本文学会）に修正を加えたものである。

三　全き恋の形「心の花」

（1）幸福なる恋の調

①確かな恋の記録

『古今集』に載る小町の夢の歌について、「少ない歓喜の歌」の論題の下「愛を拒絶する歌」を説かれたのは、山口博氏であり、「現実の恋の絶望」と説明されたのは、秋山虔氏であった。たしかに『古今集』に於ける小町の歌には、恋が詠われていても、それは、浪漫的な憧れとしての恋であって、相手に対し恋情を訴えるような歌はない。憧れと、恋の終末のみで、夢の世界ではないところの、現実の「歓喜の歌」と呼べる歌はなかった。では、「小町集」に於いてはどうか。例えば夢の歌に関し、「小町集」の編者は、『古今集』の小町の歌を継承して、夢の歌の連作を作り上げていた。全体として見れば、現実の恋の成就を見ない小町のイメージを継承していたと思う。しかし、その中には、多くはないが幸せな調を呈している歌がある。小町説話による解釈では全く異なる解釈をされる歌の中にも、幸せな調を有する歌がある。例えば、次のような歌である。

ひとしれぬわれかおもひにあはぬまはみさへぬるみておもほゆるかな　（49）

「小町集」のみに見え、他集には採られない。これは自照の歌である。世間の人も相手の男性も知らない心温かな思いを「人知れぬ」と詠んでいる。第三句「あはぬまは」は、伝本により「あはぬよは」、「あかぬよは」とあることを、第一節の各歌考察で述べた。過去にも未来にも逢う時間が確かに存在するその合間であり、会える時間を前提にして待たれる時間である。「あはぬ」であって「あへぬ」ではないという点に於いても、逢うことを前提に選択された詞である。「身さへぬるみておもほゆるかな」という下句の調は、作者の満ち足りた心の豊かさから導かれている故であろうと思う。「身さへぬるむ」とは心地よい安心感、愛されている喜びに包まれてあることをいうのであって、その感情を収束させる力は「人しれぬわれが思ひに」に備わっている。

なからへは人のこころもみるへきにつゆのいのちそかなしかりける　(89)

歌は、「かなしかりける」と詠う。朝露の如き、はかない命が哀しいという。しかし、惜しむ命が、この歌の主題ではない。詠われているのは、幸福への不安である。幸福の脆弱さを知る者が、至福の瞬間にあって、その暖き幸せの失われることを恐れる心である。この歌は、『後撰集』恋五では読人不知の歌として、雑三では土左の歌として両部立に重出して載る。木船重昭氏『後撰和歌集全釈』では、この歌は古くからの伝承歌であって、それを雑三に採られている形で、土左が借用したのだと推測されている。古い伝承歌だったかもしれぬこの歌が、仮に「小町集」の歌であったとするなら、ここには幸せな小町が造型されている。暖かい愛情に包まれる詠者がいる。「小町集」の呼称に「人」と「君」とが用いられており、「人」が非常に多いことは、第二節の「流布本「小町集」の素材」の項で呈示した。幸福なる小町の歌には、「君」が詠み込まれ、また詞書に記されている。例えば、次の歌である。

わすれやしにしとある君たちののたまへるに
みちのくのたまつくりえにこく舟のほにこそいてねきみをこふれは　(37)

『新勅撰集』に小町の歌として載る。忘れてしまわれましたかと、ある公達が言う。言葉には表しませんが、お慕いしています、と詠者は応えている。恋の思いを言葉や顔色に表さないのは、「ほにこそいでね」という比喩表現からすれば、人目を忍ぶ故に目立つ素振りはしない、の意味なのであろう。地名を詠み込む屏風歌のようであるが、詠われているのは、恋情である。この歌が安定した調を有するのは、静かで安堵感に包まれた光景に起因しよう。帰港した船が帆をたたんで入江をゆくというような、この歌の海の光景は、海を詠う「小町集」に於ける他の歌とは異なっている。「小町集」の詞書は、歌を贈る相手を「ある君だち」とし、「ある君だち」に、「忘れてしまわれましたか」と声をかけさせた。「小町集」に於いて、この歌の前後には、某人と小町との関わりを有する歌が配置されている。貞樹、遍昭、清行を想起させる人物である。この「君だち」が、直ちに特定される小町の恋人でなくとも、また、それが、屏風歌という契機で詠まれた歌であっても、詠み出された歌一首の調は、「ある君だち」への恋の確信を呈している。次の歌にも、「君」が詠まれる。

かすみたつ野をなつかしみはるこまのあれてもきみかみえわたるかな　(63)

私をなつかしく思って、あなたがお出でになった、と言う。「なつかし」は、旧事に限らず慕わしく思う感情である。「野」は、小町を宮廷に関わる女性と見て、宮廷から里下りをしていた頃の作者が自らをそう言ったものが造型されていたとも、或いはまた、漠然とした謙遜の言葉が意図されていたとも解釈できる。「君」と詠者とは、疎遠になっていたのだろう。「霞」は女との仲を隔ててしまった障害である。この歌には、相手が自分から離れた状態で見え続けることで「男に去られた女の悲しみ」を見る解釈（片桐洋一『小野小町追跡―「小町集」による小町説話の研究―』）があるが、私は、「君がみえわたるかな」という喜びの中に詠者はいると考える。「わたる」は、「見ゆ」が時間的に継続していることを示す。久しぶりの訪れの機会を得、途絶える事のなかった縁を確信したのだろう。それは過去から未来に続く縁であると確信したので、「みえわたる」という詞になったと解釈する。作者の選択した光景が、活発々たる春駒の野飼いの様子であることも、手放しで喜ぶ、その喜びの心情を表していると考える。

みし人もしられさりけりうたかたのうきみはいさやものわすれして　(86)

第六十五歌の異伝として入る歌である。初句を「ちたびとも」として、度重なる恋の辛さを漠然と詠った第六十五歌に対して、初句が右のように「見し人も」と改められることで、「しられざりけり（分からなかったことだ）」の対象が明らかになる。詠者は、男が疎遠であった時間を恨み、「うき」即ち辛かった、というが、一首の調は、訴える幸せを呈している。第四句を「いさや」として、軽いあしらいの調を見せる本文もあるが、この「いまや」では、ずっと待っていたのだと言っているかのようである

よそにてもみすはありとも人こころわすれかたみをつつみしのはん　（28）

この第二十八歌は、「よそにても」「みずはありとも」の「も」字が、揺るぎない作者の思いを伝え、はかなさに挫ける調を備えない。それは、「人心」に対する純粋な信頼というよりも、「わすれがたみをつつみしの」ぶ（他本の多くは「みつつしの」ふ）という行為に、作者が、思い出の世界という慰めを独り見出しているからであろう。「わすれがたみ」は、作者独りの世界に取り込まれた時から、永遠の命を付与される。「わすれがたみ」が壊れることのない作者独りの世界に存在する故に、上句の調は、軽々としているのではあるまいか。それが、「よそ」なる「みずはあり」という「人心」に対する平静とも見える享受の意味であると考える。

「小町集」に於ける、以上のような歌には、幸福な調を備える確かな恋の記録が形象されていると見る。

②恋情の諸相

「小町集」に詠まれる恋情を少し狭義に捉えて、恋人を思うという意味での恋情を三分類してみた。まず、一は、寵愛による衝撃にまつわる恋情である。二は、間接的で消極的な恋情であり、三は、恋の渦中の、或いは未練といった恋情である。

まへわたりし人にたれともなくたとらせたりし

そらをゆく月のひかりをくもゐよりみてややみにて世ははてぬへき　（3）

「闇」が象徴するのは、失望の心情であろう。「世」には、男性によって与えられた世界という影が色濃くかかっ

てくるように思われる。「世」を男女世界と限定せず作者の人生と考えた場合でも、「ひかり」を見たとは、作者の心に叶った輝かしい時代に遭遇した事を言うように思われる。しかも、それは、天界の月の光である。月については、第一節の各歌考察で述べているように、光を見たとは、栄えある寵愛を受けたことを言うという解釈が従来の研究の中で出て来ていたのも自然であると思われる。寵愛の衰えを仮定すれば、それは、我が身の凋落でもある。しかし、作者の眼差しは、かつて目にした、月光に例えられる何らかの輝かしい心象風景に向けられている。「や」による自問は、与えられた自らの幸福の分量や、定められた自らの命を悟るかのような強さを持っている。この歌を以て、先行研究の一部にあったような寵愛相手の特定をすることは出来ないが、歌一首は、寵愛への思いを詠ったと解釈してよいのではないかと考える。次の歌も、この第三歌の影響で「小町集」に入ったものと推測する。

あまつかせくもふきはらへひさかたのつきのかくるるみちまとはなん　(107)

類歌が『伊勢集』に載る。この歌は、歌想に於いて、或いは結句の語尾に於いて、『古今集』の業平歌「あかなくにまだきも月のかくるゝか山のはにげていれずもあらなん」(『古今集』八八四)に類似することは、第一節の各歌の考察で述べた。『伊勢物語』の当段で、時の終焉が詠われ、狩りの宴で業平が親王に詠みかけたのと同様な状況が、この歌にも見られていたと考える。月を男性に喩え、「月のかくるる」ことを第三歌の「やみ」なる状況になぞらえたという享受者の解釈があったと考える。この歌の「月」にも男性が想定されている。

恋情の諸相の第二は、間接的で消極的な恋情である。

むさしのにおふとしきけはむらさきのそのいろならぬくさもむつまし　(83)

むさしののむかひのをかのくさなれはねをたつねてもあはれとそおもふ　(85)

両首は、間接的にある事物を慕っている。「その色ならぬ草」「ねをたづね」という愛情の表現は、消極的である。間接的に何かを慕っていることで、それらの歌には静かな調が備わっている。「むつまし」「あはれ」は、本歌であったと思われる『古今集』歌とは異なり、外へ向かわぬ心情である。

次の二首は、本来『万葉集』歌であったものの異伝で、他作者の詠歌であることが明らかな歌である。

なかつきの有明の月のありつつもきみしもまさはまちこそはせめ　(102)

『拾遺集』に採録されている類歌に、「長月の在明の月の有りつつも君しきまさば我こひめやも」(『拾遺集』巻第十三　恋三　七九五)がある。『拾遺集』には「題しらず」「人まろ」詠とあり、『人丸集』を見ると、結句「われこひんかも」で載る。『人丸集』や『拾遺集』と形を同じくする

九月之在明能月夜有乍毛君之来座者吾将恋八方

ながつきの　ありあけのつくよ　ありつつも　きみがきまさば　あれこひめやも　(『万葉集』巻十　二三〇〇)

が、『万葉集』にも収録されている。

この「小町集」第一〇二歌に於ける語句の特異性は、「君しもまさば」という表現である。「まさば」は「坐さば」で、あるが、「月を待つ」という論理的文脈が採用されて、『万葉集』歌が作り変えられたと考える。論理性の勝る「小町集」歌は後人の手になるものと推測するが、その形にはまた、「小町集」歌らしさも認められた。『万葉集』歌の方は、恋の思いの激しさを詠っている。恋人が来ないから恋焦がれ苦しい思いをする、の意である。しかし、「小町集」歌はそうではない。論理性の導入とともに恋情の激しさは消されてしまう。恋そのものの存在すら背後に押しやられてしまう。あなたがおいでになるのなら、私は待っていましょう、と詠う。空には有明の月が残っているという。待ちかねたと嘆く、詠者はそんな嘆きをもしてみたいと詠っている。恋人達にとっては、厭うべき有明の月であるが、それをも待とうという。「小町集」のこの歌は、間接的で消極的な恋情を詠む。次の、「あさか山」の歌も、『万葉集』歌の異伝である。

あさかやまかけさへみゆるやまの井のあさくはひとをおもふものかは　(103)

『万葉集』では、采女の歌であることが左注に説かれており、この歌が「小町集」に入ったのは、采女の歌或いは、「風流の娘子」の歌との関連に拠るとも考えられるが、歌一首は、純真な心情を訴えた歌である。こういう間接的で消極的な歌もまた、小町の恋情の表れとして特徴的であると認められたのであろうと考える。

恋情の諸相の第三は、恋の渦中の相手への思い、或いは、未練といった恋情である。人生の孤独とは異なる、恋情に関わる嘆きの詠まれる歌が多い。

はかなくもまくらさためすあかすかなゆめかたりせし人をこふとて　(93)

第一項「夢」でも取り上げた右の歌は、「はかなくも」と詠み出すが、現実の恋が成立していないとは言えない歌である。「夢がたりせし人」は、字義どおりならば夢の中で会った人の意味である。しかし、「夢がたりせし人」と明言する点で、他の夢の歌とは異なる調が備わっている。その強さを、夢の世界への全幅の信頼と読み取ることも出来るが、また、現実の恋人の想起を誘うゆえであると見ることも出来、未練の大きさが詠まれている。

中たえたるおとこのしのひてきてかくれてみけるに月のいとあはれなるを見てねむことこそいとくちおしけれとすのこになかむれはお

とこいむなるものをといへは

ひとりねのわひしきままにおきゐつつ月をあはれといみそかねつる　(36)

同じ歌が『後撰集』に読人不知として載る。『後撰集』の詞書は、「月をあはれといふはいむなりという人のありければ」(『後撰集』六八四)とする。『後撰集』の詞書には男性の影が無い。しかし、「小町集」の詞書は、「中たえたるをとこ」を登場させる。「ひとりねの」と詠うが、「小町集」の詞書が男性を登場させるように、詠まれるところの「独り寝のわびしさ」は、人生の本質的な孤独ではない。今の姿は、本来の姿ではないと思う気持ちの強さが、「ひとりね」という言葉を選択させる。この歌のように、秋の夜、月光に照らされた女性、恐らくは小町を想定し

た歌が、「小町集」には三首載る。他の二首は、

山里にあれたる宿をてらしつついくよへぬらん秋の月影　(10)

秋の月いかなる物ぞ我がこころ何ともなきにいねがてにする　(11)

である。人生の時代を、これら三首に見るなら、この第三十六歌は、比較的若い頃の作となり、恋の渦中の自らを詠っているものとして造型されていると考える。

かたみこそいまはあたなれこれなくはわするるときもあらましものを　(114)

『古今集』に読人不知歌として載る歌である。歌は、それだけは変わることなく慕わしいはずの形見さえもはかないものであると詠む。人の心の移ろい易さが、形見という物質の不変性をも侵してゆく。相手の心の移ろいとともに詠者感情も移り変わっていたなら、「形見」に対する思いも別なものとなり、「形見」として大切にしていられた。しかし、詠者感情は変わらぬから、怨みが残る。詠者は、あきらめ切れぬ恋の、一つの思いを詠んでいる。「かたみこそ今はあたなれ」という強い言葉は、詠者の恋情の裏返しである。諦観もなしえず、男女世界の外にあって尚、恋に執着する詠者の姿が「小町集」に映し出されることになる。

こひわひぬしはしもねはや夢のうちにみゆれはあひぬみねはわすれぬ　(50)

恋の思いが辛いので、夢の世界に救いを求めようとする。しかし、『古今集』所収の夢の歌群で見たような、夢の世界に対する浪漫的な期待はない。この歌を採録する『新千載集』では、初句が「思ひわび」となるが、「小町集」歌では、「こひ侘びぬ」辛さに現実を手放すことが詠われ、恋情の一つの形として提示される。

次の歌も、恋の渦中にあって恋の辛さを詠う。

ひとにあはむつきのなき夜は思おきてむねはしりひに心やけをり　(24)

作者小町の誹諧歌として『古今集』に載る。小町が観念的に創り出した景は、「熾った炭火がぱちぱちと飛んで、

その火故に焼けている心」である。「やけをり」は、焼けるという状態の継続であるが、昨夜と今夜の相変わらぬ状態の継続でもあることを思わせる。「むね」で「こころ」という様々な物思いが焼けている。詠者は、「こころ」が焼けているのを客観的に見ている。人に逢う手だてがない（「つきなし」）という、その判断をめぐる全ての思いを焼こうとしているかのような、確かに「鮮烈な」景であるが、詠まれているのは、辛さに対し受け身で傍観的な詠者の姿である。

つまこふるさをしかのねにさよふけてわかがかたくひをあかしかねつる　（59）

第四句は、「かたこひ」「かたくひ」の異同以外にも、片恋（かたこひ）の意味と我が身の類（たぐひ）の意味にも読まれたようで、異同が多い。契機を成すのが独り身の哀しさであると見られたのであろう、第四句を、「みのたくひ」とする本もある。「小町集」では、「こひ」の語が七箇所に詠まれているが、「かたこひ」という例は、この歌だけである。「片恋」では収めきれぬ恋情が享受されていたのであろう。

かれたるあさぢふにふみさしたりけるかへりことに
小町かあね
ときすきてかれゆくをののあさちにはいまはおもひそえすもえける　（72）

『古今集』でも小町姉の歌として載り、『古今集』の詞書は「あひしれりける人のやうやくかれがたになりけるあひだに、やけたるちのはにふみをさしてつかはせりける」（『古今集』七九〇）である。「時すぎて」という初句は「たえずもえける」という結句と呼応して、歌は、静かな中にある強さを発揮する。執拗で強靭な力を示す。詠者が手紙を結びつけるのに焼けた茅の葉を選んだとする『古今集』の詞書は、歌の個性に照応している。こういった相手に対する強い思いを訴えた歌は、「小町集」には少ない。「小町集」の撰者は、恐らくは幾時代にもわたる複数者は、『古今集』の小町姉の記名もさることながら、歌の強さを鑑みて、この歌に「小町があね」と記名があるのを残してきたと考える。

恋愛の諸相の一として、次のような自棄的な歌もある。

よの中はあすかかはにもならはなれ君とわれとかなかしたえすは　(84)

「君と我とがなかしたえずは」は、本来仮定条件を含む表現である。しかし、下句に倒置されていることによって、強い肯定の調を有し、信愛の情を背景にする、強く自信に満ちた表現となる。

夢という素材を介して浪漫的な心情を詠う周知の小町の夢の歌以外にも、以上のような恋情の諸相を呈する歌が「小町集」には見られる。

③愛情の薄れ

『古今集』に載る小町の和歌の特徴は、第一に夢の歌が多く採られていることであり、題二に、「花の色は」に代表される「眺め」即ち物思いを詠んでいることであり、第三に、海人をテーマにした詞遊びの興趣と驕慢説話につながっていく歌が見えることであり、そして、第四に、男性の心変わりを詠じた歌が採られることである。その男性の心変わりを詠じた歌というのが、次の二首である。「小町集」では、右のような詞書が付されている。

人のこころかはりたるに

いろみえてうつろふ物はよのなかのひとのこころのはなにそありける　(20)

みもなき夏のほにふみをさして人のもとへやる

あきかせにあふたのみこそかなしけれわかみむなしくなりぬとおもへは　(21)

「色みえで」歌は、人の心変わりを「心の花」のうつろいに喩える。「秋風に」歌には、掛詞が用いられる。「秋風にあふたのみ」は、作者の境遇を想起させ、「秋」の語は、古来多くの例を見るように、恋人の心変わりをいうところの、「飽き」の連想を伴う。小町の歌に特徴的なものではないが、秋風の「風」という表現には、時定められて至る致し方のない響きがある。「頼み」は頼りに思う気持ちで、男性に対する作者の思い入れをいう。次の「今はとて」歌も、『古今集』では小野貞樹との贈答歌になっているが、人の心変わりを詠む。

わすれぬるなめりとみえしひとに

いまはとてわか身しくれにふりぬれはことのはさへにうつろひにけり　(31)

愛情の薄れを詠む歌は、小町の和歌に限らず他の作者にも数多くあるが、「小町集」ではどのように詠まれているか。『古今集』で詞書のなかった歌に、恋人の心変わりを示すような詞書が付されているのは、右に掲げるとおりである。「小町集」に於ける愛情の薄れを詠う歌として、まず、愛情の薄れを懸念する歌がある。

みちのくにへゆく人にいつはかりにかといひたりしに

みちのくはよをうきしまもありといふをせきこゆるきのいそかさらなむ　(77)

陸奥には「浮島」があるという。その「浮島」は、旅行く人にとっての「憂き島」であり、人の心の移ろいを想起させる島でもある。名前の通りなら、人の心を移ろいやすく頼りにならないものにさせる島で、詠者にとっては気がかりな場所である。「こゆるぎの」の「ゆるぎ」にも、人の心の動揺を暗示する響きがある。地名を詠み込んだ題詠歌であったかもしれないこの歌にも、その形象は、愛情の薄れを愁うる調を呈している。次の歌も、愛情の薄れを不安に感じていることを示す。

われのみやよをうくひすとなきわひむひとのこころのはなとちりなは　(92)

あなたの関心が私から離れて行く、という「私」を中心とした捉え方でなく、確かに存在した愛情の移ろい、人の心の移ろいが、大局的な視点を以て捉えられている。しかし、詠まれているのは、全て仮想である。恋の衰退が懸念されているのみで、恋は未だ成立している。恋が終わったならば、私だけが辛い思いに泣くのでしょうか（「よをうぐひすとなきわびむ」）という。この恋が終わって悲しい思いをするのは、きっと私だけなのでしょう、と詠者は詠っている。右の二首は、愛情の薄れることの不安を詠んだ歌である。

「小町集」で、「うし」の語を詠む歌は、十三首ある。「わびし」とは異なり、「うし」は、対象の想定できる詞として詠まれている。男女関係であったり、世間一般の世の中という人間関係であったりするが、仮に、「うき」に詠まれている対象が男女世界であったとすれば、「小町集」では、次のような歌も、愛情の薄れを嘆く歌とみることが出来る。

わすれくさわかみにつまむとおもひしはひとのこころにおふるなりけり　(75)

本来自らの物思いをわすれさせてくれるはずの忘れ草が人の心に生え、人の心の種が育ってしまったのだ、と言う。「人の心に生ふるなりけり」という結句は、「人の心に生えるのであったよ」という乾いた詠嘆の言葉である。愛情の薄れを忘れ草のせいだと、自らに言い聞かせる言葉である。

よのなかのうきもつらきもつけなくにまつしるものはなみたなりけり　(94)

『古今集』では、雑下で、小町の歌に続く読人不知歌四首のうちの一である。小町の歌であると誤認されたとともに、その「厭世の歌」(松田武夫『古今集の構造に関する研究』)が、小町の歌に関連すると考えられ「小町集」にあることを容認されてきたのであろう。次の二首も、身の「うきこと」「うき」を詠む、類似する歌想の歌である。

わかみにはきにけるものをうきことは人のうへともおもひけるかな　(57)

こころにもかなはさりけるよのなかをうきみはみしと思ひけるかな　(58)

「心にもかなはざりける世の中」は、「わがみにはきにける」と、何らかの明らかな出来事を以てそう言うので、男女の間柄に関わる事態を指すのであろう。人と人との関係である故に思い通りには成らないと分かってはいたが、自分は辛い思いなどしないと思っていたことだ、という。「静嘉堂文庫蔵本（一〇五・三）」には、「わすれやしたるといひたる人に」(根幹部　五〇)という詞書があり、恋人の心変わりが「うきこと」であると示される。第五十八歌は、六十九首本に、「人のこゝろうらみ侍りける、此もさにやとぞ」という詞書が付される。六十九首本の詞書では、それでも詠者は自らに問うていることになる。「此もさにやとぞ」即ち、こうなることも本来そうあるべき事なのかと。しかし違う、として歌は詠まれている。相手が自分を怨んでいることに対して「うき身」であると捉えている。それに比して、詞書のない、この流布本系の本文になると、その真摯な歌の調は影を潜めてしまう。一首の主意は上句に移り、今までどうして気づかなかったのかという、うち萎れた調になる。「うき世」に対する悲嘆以前に、「うき世」を想起だにしなかった自らの姿が詠われる。

うのはなのさけるかきねにときならてわかことそなくうくひすのこゑ　(60)

世のなかをいとひてあまのすむかたはうきめのみこそみえわたりけれ　(90)

「卯のはなの」歌は、意図的に「憂し」に通う「卯の花」「鶯」を取り合わせた歌のようで、「憂し」という言葉の響きへの関心が、右の歌に通う。「世の中を」歌も、「うきめ」に、浮いている海藻と辛い思いを意味する「憂き目」を懸ける。

木からしのかせにもちらてひとしれすうきことのはのつもるころかな　(52)

「人しれぬうきことのは」は、詠者自身の嘆きの言葉である。「小町集」歌では、積もる言葉は「人知れぬ」ゆえに、一掃されることもなく積み重なってゆく。秋の時雨に遭い堆土と化すかのように、深く重く詠者の心に堆積されると詠う。

「うきこと」「うき」の対象が、男女関係の愛情の薄れであることを明示する例は、一部の詞書にとどまり少ないが、それらが「小町集」に入るにあたっては、男性を通した世の中の辛さ、愛情の薄れに関わるものとしての辛さが想定されていたと考える。

（2）物思う小町の造型

①経世の物思い

はなをなかめて

花のいろはうつりにけりないたつらにわかみよにふるなかめせしまに　（1）

『古今集』に小町の歌として載る。流布本「小町集」の巻頭歌であり、後世の享受からすれば、小町の歌を代表する歌の一であろう。「我が身世にふる」とは、人との交わりの生活を長期間続けてきたという感慨であり、長雨に打たれた花の移ろう姿を見た時、「古る」我が身が連想され、「経る」経験に思い至った。物思い即ち「眺め」に耽っていた間は、「ながめ」は、背後に流れる静かな音響でしかなかった。「ながめ」が「長雨」と意識され、「眺め」る我が身が客観視された時、「世にふる」時間が想起される。「世に経る」生活の、現在という一過点が、移ろう桜花のように傷んで色あせていることに、作者は気づいたのである。そうして、無情な現象に対する哀感が、「いたづらに」という嘆きになった。歌は、ここで調を休止させる。遍く降り濡らす雨に、美しい花弁を避けようとする意志はなく、現世の一現象への感慨が「いたづらに」の詞に結実し、はかなさに対する諦念が詠われることになる。

なかあめを

なかめつつすくる月日もしらぬまにあきのけしきになりにけるかな　（104）

『続後撰集』及び『秋風集』に小町の歌として載る。この歌は、右の「花の色は」歌の影響下に、小町の歌と見做されたものであろう。物思いに耽り、季節の推移に気づかないでいたことが、同様に詠まれているが、「ながめつつ」のこの歌に「花のいろは」歌の長雨の光景を重ねることには無理があるように思う。下句「秋のけしきに成りにけるかな」と時節が合わないからである。下句は、夏から秋への緊張感の緩みを表すような調となる。この歌には、「わかれつつみるべき人もしらぬまに秋のけしきに成りにけるかな」（一一三）という下句を共通させる類歌がある。それらは、「ながめ」即ち物思いに耽る小町のイメージを以て入れられた歌であろう。「小町集」歌に詠まれている物思いを、経世の物思いと秋の物思いに分けた。経世の物思いは、自らの人生を回顧して詠じた歌である。そこには、時間空間の広がりが形象されている。次に掲げる歌も、そういった時間を含み持つ。

わかみこそあらぬかとのみたどらるれとふべき人にわすられしより　（88）

「我が身こそあらぬかとのみたどらるれ」は、男性に忘れ去られた詠者が、自省する心のゆとりを得た時の言葉である。呆然たる思いにある自らを、或る日の詠者が捉えている。我が身がまるで我が身とは思われぬような状態にあることを示している。訪れのなかったその日以来、悲しんだり嘆いたりすることも忘れて呆然としていた自分が、自己を客観的に見るようになる。下句の「とふべき人にわすられしより（当然訪れがあってもよい人に忘れられてから）」の「べし」は、強い自信を背景とする言葉である。二人で交わした約束そのものの強さか、二人で暮らしてきた年月の積み重ねの長さか、何よりも、訪れがあるはずの人に忘れられたと気づいて以来の、思い辿っていた時間の長さと厚さと重さが形象されている。

わかれつつみるへき人もしらぬまにあきのけしきになりにけるかな　（113）

この歌は、下句が第一〇四歌と等しく、増補の段階での類歌であろう。下句「秋のけしきに成りにけるかな」は、既述の様に、和歌の用例からすれば、秋の訪れを意味する句である。従って、秋の季節の訪れにも関わらず、逢見るべき人に会えないという思いを詠う。

右の二首は、恋人と別れてからの時間に思いを馳せる詠者の物思いが詠まれている。次の五首も、歌一首の中に時間空間の広がりが見える。

いかなりしあかつきにか
ひとりねのときはまたれしとりのねのまれにあふ夜はわひしかりけり　（79）

恋人といる「今」の時間よりも、昨夜までの「ひとりね」の時間を詠者は詠っている。独りの時は、あんなに待たれた夜明けであった、と言って比較するのである。「まれにあふ夜」でありながら、久しぶりに恋人に逢えた喜びが詠われるわけではない。結句まで読み進める時、「ひとりね」の初句が再浮上してくる。「まれにあふ夜」でありながら、逢瀬の時を破る鶏の声への辛さは確かに存在しながら、詠者は、喜びを詠うことなく「わびし」という言葉を選択する。「わびし」は、困窮の心情である。思いは、恋人が帰った後の時間から次の逢瀬の難さへと向けられる。これまでの「ひとりねの時」が想起され「ひとりねの」の詞が選択されて、困窮の思いは決定的なものになる。

ものをこそいはねのまつもおもふらめちよふるすゑもかたふきにけり　（51）

「いはねの松」とは、大地にしっかりと根を下ろした磐に生えている松の意味で、長生を寿ぐ景物であり、強靭な松の全体的な姿を彷彿させる。その松が「千代ふるすゑ」に傾き、それは、物思いをするからだという、小町と物思いを結びつける連想の中で「小町集」に採録された歌であろう。

②秋の物思い

次に掲げる九首は、『古今集』所収歌である。うち、五首が読人不知歌であり、二首が、紀淑望（『拾遺集』では大中臣能宣）と惟喬親王の歌であり、一首が、三国町の歌である。物思う小町のイメージが、物思う季節である秋に関連付けられ、秋の歌が「小町集」に入ることになったのであろう。

いつはとは時はわかねともあきの夜よそものおもふことのかきりなりける　（42）

「いつはとは時はわかねども」は、物思いをする時としない時という観点からは、時を分けることはできないが、の意である。しかし、秋の夜は、この上なく物思いをする、という。

このまよりもりくる月のかけみれはこころつくしのあきは来にけり　(106)

「心づくし」の語に重点が置いて見られているのであろう。涙に連なる悲愁ではない。心を労している詠者故に乾いた調が、その歌には備わることになる。

いつとてもこひしからすはあらねともあやしかりける秋のゆふくれ　(101)

「秋のゆふべはあやしかりけり」という『古今集』のこの歌は、恋一の部立に収められ、「片恋の悲しみをうたう」（松田武夫『古今和歌集の構造に関する研究』）位置にある。しかし、『古今集』の、その位置から外されれば、片恋とは特定されぬ人恋しさを詠う歌になる。秋の夜の長い闇の訪れ、冷ややかな風が庭から吹き入るのであろう。恋は成立を見ない。片恋であるか否か、漠然とした人恋しさが「秋のゆふべはあやしかりけり」と捉えられた時、それは一つの発見であったはずである。実体の捉えられぬ人恋しさが「あやしきもの」であるという発見の新鮮な驚きは、しかし、「小町集」の「あやしかりける秋の夕暮」の表現では消えてしまう。実体の捉えられぬ「恋情」に対しての急ぎ立つ様な思いもまた、「秋の夕暮」が培ってきた詞の性質の内に帰されてゆく。「小町集」歌の方には、一種の諦観がある。『万葉集』歌が精霊の力に恋情を帰したのと同様に、「小町集」歌も「秋の夕暮」の詞に恋情を帰す。「恋はすべなし」と叫び声をあげることはない。「あやしかりけり」と嘆息することもなく、得られぬ答の前から離れてゆく。『万葉集』や『古今集』と異なる「小町集」歌の調である。

「小町集」歌中「秋」を詠み込んだ歌は、「秋の月」「秋風」「秋の夜」「秋の野」「秋の田」等、十五首十六箇所に見え、「山里」と併せ詠まれる歌も少なくない。「山里」を詠む歌は、「小町集」の小町もまた憂き世を捨てて山里に隠れ住んだという設定になっているという（片桐洋一『小野小町追跡―「小町集」による小町説話の研究―』）。

ひくらしのなくやまさとのゆふくれはかせよりほかにとふ人そなき　(43)

小町が宮仕えを終え、静かに生涯を終えたであろう山里が想定されたものであろう。歌は、澄んだ悲哀の中に、しみじみとした穏やかさを有するからである。「問ふ人もなし」と詠んではいるが、調は悲痛な孤独の調を呈してはいまい。山里であるか否かに関わらず、来てくれるであろう人が昔はいた。しかし、今はいないという女性としての悲痛な寂しさの訴えではなくて、季節の移ろいを静かに受け容れて、自得した調がある。そして、しみじみと人生を回顧する歌のように見える。この第四十三歌の上句には、初秋の蜩、夕暮れ、山里、と夏から秋への寂しさを喚起する景物が並べられているが、この歌は移ろいの寂しさを十分には呈していない。それは、孤独感へと発展しないところの、季節の寂しさに止まる。「小町集」の秋歌には、夏から秋への移ろいのイメージが特徴的であると思う。物皆死に逝く秋の哀しさではなく、人生の翳りを感じ、孤独を自覚させる秋の季節の哀しさが特徴的である。

しらくものたえすたなひくみねにたにすめはすみぬるものにそありける　(99)
もみちせぬときはのやまにふくかせのをとにや秋をききわたるらむ　(100)
やまさとはもののわひしきことこそあれよのうきよりはすみよかりけり　(111)
やよやまて山ほとときすことつてむわれ世のなかにすみわひぬとよ　(7)

その他これらも、『古今集』所収歌であり、他作者の詠歌が「小町集」に入る。
「小町集」では、秋の山里で独り眺めに耽る小町という認識がなされていた。そのことは、詞書が示している。

やまさとにて秋の月を
山さとにあれたるやとをてらしつついくよへぬらんあきの月かけ　(10)

詞書からすれば、次の第十一歌と併せて享受されていたようである。次の第十一歌も秋の月を詠むが、秋の月は、「ながめ」の対象となり、「いねがて」(11)・「ひとりねの侘しき」(36)作者の背景となる。ただし、この第十歌に見る静かな心境は、俗世間の煩わしさを離れた隠遁のそれが期されていたものではあるまい。「小町集」の中では、人生の時間と時代を経て来たがゆえの心の安らかさが詠まれているように見える。経世の物思いに重点が置かれる歌である。

また

秋のつきいかなるものそわかこころなにともなきにいねかてにする　(11)

秋の月とは一体どういう物なのか、取り立て気にかかる事がある訳ではないのに、私を眠れなくさせる、と詠う。次歌にも物思いを誘う景物としての「秋の月」が詠まれる。

あやしくもなくさめかたきこころかなをはすてやまの月もみなくに　(96)

『古今集』の読人不知歌「わが心なぐさめかねつさらしなやをばすて山にてる月をみて」(『古今集』八七八)を本歌とするのであろう。「小町集」のこの歌は、内容に反して、沈潜する調を持たない。「なぐさめがたき」心情も「あやしくも」で示されるためらいの姿態も「心かな」のア音によって解放され、「わが心なぐさめかねつ」と表現された『古今集』歌ほどの閉鎖的な心痛の調にはならない。それは、典拠のある表現に依りかかることで、どこか安心へと導かれた結果の、緩慢な調に関わっているからではあるまいか。「小町集」には秋の歌が多く、山家の月のイメージも、それらの歌の中にある。「あやしくも」という不審の形を以て詠みだされることで「なぐさめがたき心」が幾らか解放されている。そこにも諦観があった。諦観は、「小町集」の歌群「秋の歌・夕暮の歌・山里の歌」の底流をなしている。

（3）全き恋の理想

①不本意なる状況への嘆き

『古今集』に於ける小町の歌の特色の一に、海人をテーマにした歌があった。

みるめなき我が身をうらとしらねばやかれなであまのあしたゆくくる　（『古今集』六二三）

あまの住む里のしるべにあらなくにうらみんとのみ人のいふらん　（同　七二七）

それぞれ、詞の興趣が意図された歌であり、驕慢な小町像を形成させていく中核の一になった。それらの影響下に、

かざまつあましかづかばあふことのたよりになみはうみと成りなん　（26）

みるめあらば恨みんやはとあまとはばうかびてまたんうたかたのまも　（41）

みるめかるあまの行きかふみなとぢになこその関も我はすゑぬを　（5）

の歌が「小町集」に入ったのだと、先行研究では指摘している。しかし、右の海人をテーマにした『古今集』所収歌二首は、既述のように、驕慢な姿勢の歌を増やしていったというよりも、不本意なる嘆きの源泉となって歌を増幅させていく影響力をもったのではないかと考える。右の『古今集』歌には、「小町集」では、次のように詞書が付される。

つねにまたれとえあはぬ女のうらむるに
みるめなきわかみをうらとしらねはやかれなてあまのあしたゆくくる　（23）

ひとのわりなくうらむるに
あまのすむさとのしるへにあらなくにうらみんとのみ人のいふらん　（15）

相手の「うら」みに対して、第十五歌には、「わりなく」とその認識が示される。恨まれる理由が分からないという。人を嘲り笑う歌としてではなく、弁明の歌として展開していく。次の歌も同様であると考える。

たいめむしぬへくやとあれは

みるめかるあまのゆきかふみなとちになこその関もわれはすへぬに　(5)

詞書によれば、「たいめんしぬべくや（きっと会えましょうか）。」と男性が言って遣したという。作者は、「なこその関も我はすゑぬを（来るなとも言ってはおりませんものを）。」と、答を回避したように答えている。下句で「たいめん」に賛意を示しながら、「みるめかる」という初句は、会うことの拒絶を暗示するかのような印象を与えている。小町のこういう歌が、はっきりとした意志表示のない歌と受け取られ、その人物像を形成させていくことにもなったのであろうが、海という素材への親しさと、「みるめかる」という言葉の響きが自己の境遇への思いを増幅させ、この歌を作らしめたと解する。一首の主情は、初句にあり、「勿来の関」を詠み込んだのは、疎遠になった原因を機知のうちに探ることによって、見えぬ理由付けを自らに課しているかのようである。即ち、勿来の関を据えたわけではないのに、相手の男は、私に対して疎遠になった。この歌の主情は、そういう嘆きである。

女郎花をいとおほくほりてみるに

なにしおへはなをなつかしみをみなへしおられにけりな我か名たてに　(6)

女郎花の花を見せられて、或いは自ら目にして、素直にその美しさをたたえるのではなく、折られ（掘られ）てしまったことに詠者は関心を向ける。詞遊びの関心とするには重く、この歌も作者自身に向けてのこととする解釈を誘う。「をみな」という名前を持っていたばかりにというのである。女郎花の「名にしおふ」評判は詠者自身の評判でもあり、それが詠者にとって不本意な結果になっているという解釈である。

②弁明と抵抗と沈潜

あやしきことといひける人に

むすひきといひける物をむすひ松いかてかきみにとけてみゆへき　(8)

詞書にある「あやしきこと」を言ったのは、男性であろう。作者は、思いがけなく辛い恋人の言葉に対して嘆いている。「あやしきこと」とは、作者の誠意を疑うような言葉であったと思われる。概して相問歌が、嘆きの体裁をとりながら、相手の気持ちを推し量ろうと趣向を凝らすのに対して、「小町集」の歌には、一人完結するような調がある。初句「結び」は、口約束という客観的なものではなく、心と心の深いつながりを言い、心と心が深く結びあったという確信をいうのであろう。しっかりと結ばれたとお互いに確信したはずの心、即ち「結び松」に対して、相手の男性は、疑いを提したのである。作者の浮気心が問われたのかもしれない。作者のあらぬ噂を男性が、聞きつけたのかもしれない。つまり、恋人どうしの強い心の結びつきが、ほどけた松の枝を通って宙に消えて行ったかの如く失われたという。少なくとも、作者の完結した嘆きの中では、「とけて」しまっているのである。結句は、「小町集」の伝本によって異同があり、六十九首本では「いかでかとけてきみにあふべき」とする。六十九首本では、私の誠意が疑われているような状態で、どうしてあなたとお会いできましょうかというような、逢えないことの、或いは逢わないことに対する弁明の歌となる。ともに、その表現は直截的である。

人のむかしよりしりしりたりといふに　（66）

いまはとてかはらぬものをいにしへもかくこそきみにつれなかりしか

流布本の詞書によれば、男は「むかしよりしりしりたり」と言ったという。昔から知っていた、つまり、旧来の親しい間柄であったことを詠者に確認したということになっている。それに対し、この歌は「いにしへもかくこそ」即ち、私は昔もこのように「つれな」かったと応えている。下句は、冷然たる調で過去の関係を否定している。昔も私はあなたにつれない態度でした、というその下句からは、恋人とのコミュニケーションの具としての歌は、見えてこない。むしろ一切の関係は断ち切られようとしている。「むかしよりしりしりたりといふ」その発言が全く詠者の意に添わぬ事態であったかの如き調である。この歌は、昔から懇意だったと言う相手に対し、作者が以前から特別な感情は持っていなかったと応えた、下句に主意のある詠歌のようである。六十九首本「小町集」のこの歌の初句は、「いまとても」であり、作者の返歌に対する積極的な意思、コミュニケーションを成り立たせようとする意思が窺える。一方、恐らくは、「いまとても」から異伝が生じたのであろう「今はとて」の初句には、その後に小休止が置かれるかの如く、内なる声の沈潜がある。そして詠者の心は「今」に停滞し、不本意なる状況に対して弁明する歌となる。

秋のの（田）のかりほにきゐるいなかたのいなとも人にいはましものを　（61）

ともすれはあたなるかた（風）にささ波のなひくてふことわれなひけとや　（74）

第六十一歌は、拒否するような事は言ってはいないのにと詠う。第七十四歌では、不本意なる状況に抵抗している。第二句「あだなる風になびく」では、浮気な男性に心を許すことをいうが、この歌の場合、「あだなる風」を相手の男性の不誠実な様であるとし、それを責めることで男性を拒絶している歌であるとは解さない。『万葉集』で「なびく」が互いに心惹かれる心理の形象にもなっており男女相互の愛情を示すように、「小町集」のこの歌では、男の愛情を受け入れなかったので非難されたことが想定されているのであろう。断るに明らかな意志を持っていたが、驕慢だと言われた。真意は、理解されようはずもなかった。意に沿わぬ男の愛情を受け入れよとおっしゃるのですか、と抵抗している。

かへしあしたにありしに

くもはれておもひいつれとことのはのちれるなけきは思出もなき　（4）

詞書に「あした」があるので、後朝の文が想定されているのであろう。翌朝に受け取った手紙には、詠者の不誠実を責めるような内容が書いてあった。「ことのはのちれるなげき」は、相手の嘆きであろうが、それが、「あなたは約束を破った（ことのはのちれる）」のように率直な言葉で遣されたものか、或いはまた、返し文の内容から、作者が相手の「なげき」と感じ取ったものか明らかでない。しかし、何か決定的な事態が、詠者と文を遣した相手の間に生じていたような詠歌である。「ことのはのちれるなげき」は、作者に文を贈って来た相手の嘆きであろうが、それは即ち、思い当たらぬ誤解を受けた詠者の嘆きでもある。ここでは、手練手管で相手の気持ちをこちらへ向けさせようと駆使する、王朝のある種の贈答歌とは異質な表現が採られる。驕慢な小町像へと展開されていくような、男性に対する軽いあしらいの調ではないように思える。「小町集」には、もう一首濡れ衣に関する歌が収録されており、人間関係のひずみに陥った悲しさが詠まれているのであるが、この歌の「ちれる」の響きにも同じ悲しさが形象されている。次の歌である。

あたなにひとのさはかしういひわらひけるころいはれける人のとひたりけるかへりことに

うきことをしのふるあめのしたにしてわかぬれ衣はほせとかはかす　(73)

雨に衣が濡れる、それはあらぬ疑いの濡れ衣であるというのは、言葉遊びである。しかし、詠者にとってそれは、観念的なおもしろさを与えるものにはならなかった。身に覚えのない「濡れ衣」は、怒りとしても表現されない。歌には、雨に降り籠められて涙で袖を濡らしている女性の姿が詠まれる。「うきこと」を堪える姿である。身に覚えのない「濡れ衣」を自覚する。雨はすぐにも止んで、日がさすのだろう。けれども私の心は、晴れない。私の濡れ衣は乾かない。理由のない噂で傷ついた心が晴れ難いことを下句で詠っている。「小町集」の詞書では、噂をしていた某人が、様子を尋ねてきた返事に詠んだ歌となっている。詠者の浮き名に関わる事が噂され、人々の笑いを誘うような中傷が広まっていた。詠者は、事実無根であると、歌で訴えたことになっている。一方、『後撰集』の詞書は、

あだなる名たちていひさわがれけるころ、あるをとこほのかにききて、

あはれいかにぞととひ侍りければ

（『後撰集』一二六七）

となり、詠者の噂を聞いた「ある男性」が、見舞いの言葉をかけてくれた、その返歌ということになっている。「あらぬ噂で気の毒に、いかがお過ごしですか。」と声をかけてくれ、「失意の状態が続いています。」と応えたのだろう。「小町集」詞書に見る人々の嘲笑に詠者が訴えているものと造型されている。詠者の嘆きは、霧消しない。『後撰集』詞書は、問いかけてくれる男性を提示することで、この歌の沈んだ調をいくらか解消させるが、「小町集」では、そういった男性を出さない。

はるさめのさはへふることとおともなくひとにしられてぬるるそてかな　(55)

人知れぬ涙が袖に沁みる様子を「春雨のさはへふるごと」と形容する。「人知れぬ涙」は、「人知れぬ恋」の涙であろうか。何が悲しいのか、何を泣くのか、論理を極めようとしない。対話を持とうとはしない。ただ哀しみの中に在る自らの姿を突き放して見ているという力のない歌になっている。この歌の中で、春雨は未来永劫に継続して降っているかのような調を有する。『万葉集』の歌人が人事の障害になる自然として「春雨」を詠ったのと同様、詠者は降り籠められている。「さはへふるごとおともなく」は、詠者の視界が、細かく白い雨で遮られていることを示す。細かな春雨のように、沁み渡る哀しさが表現される。しかしながら、恋人に会おうとする人を降り籠めてしまう「春雨」に対して詠う万葉歌と違う点は、この歌に後世の時代の諦念が見られることである。それは、中世の理性の冴えであると考える。降り籠められている自らを眺めることの出来る知性がもたらした哀しさが形象されている。

以上のように、「小町集」には、不本意なる状況に対する弁明、抵抗、沈潜の歌が特徴的である。『古今集』所収の小町の歌から「小町集」の小町の歌になると「「なげき」の女としての小町像がかなり鮮明にうかびあがってくるのである」（藤平春男「小野小町」）と指摘される「なげき」には、こういった、不本意なる状況への嘆きが特徴としてあると考える。

③虚像「心の花」

嘆きは、全き恋の理想を背景とする。夢の歌の中に、

やむことなき人のしのひたまふに

うつつにはさもこそあらめゆめにさへ人めつつむとみるかわひしさ　(14)

という、相手の行為に「わびしさ」を感じると詠む歌があった。同じ思いが、次の歌に展開している。

なみのおもをいていているとりはみなそこをおほつかなくはおもはさらなむ　(67)

他撰集には見えず、「小町集」によってのみ伝わる歌である。詠者は、幾時も経ない内に浮かび上がってくる水鳥を見て、人目を気にし其拠に通うことをためらっている男性を連想したのであろう。「みなそこ」を、水底へ通う道、即ち恋人の許へ通う道ではなく、水底即ち詠者そのものであると考えるなら、詠者自身に対して相手の男性が抱いた不安感が「おぼつかなし」であったと考えることも出来る。これは、男から示された不信感に対して「私の真情をおぼつかないものだと思わないで欲しい」と詠者が弁明したものである。

こききぬやあまのかせまもまたすしてにくさひかけるあまのつりふね　(45)

この歌は、「小町集」によってのみ伝わる歌である。どの撰集にも再採されなかった要因の一には、この歌の分かりにくさがあるのだろう。湊で風の収まるのを待っていた。強い風が吹く中を一艘の舟が湊に入って来た。海人のつり舟であった。舟には荷楔が懸けられている。こんな風の中を漕いできたのか、と詠者は海人を思いやる。第二句「あまのかぜま」は、「風間」即ち、風の止んでいる間の意である。「あまの」は美称であろうが、天の意思で与えられる、待っていれば必ず与えられる風止み、という心情を背後に有するのであろう。そして、それをも待たずにと云う。海人という職種の危険を気遣う歌は、「小町集」第二十六歌にも見え、労働をする者への関心を詠ん

でいるものとも解せるが、万葉びとにとって、「「海」は相思の男女を取り巻く世間を譬喩する媒体として詠まれたものであり、それに付随して「風」や「波」は、男女の仲を阻む障碍を譬喩する媒体として用いられている」（井出至「万葉びとの「ことば」とこころ」）という。その点を鑑みれば、この歌もまた、先の二首と同様に、恋愛の障害に対する男性の姿勢が詠われていると解釈できる。その場合、先の二首とは異なって、障害があるにもかかわらず男性がやってきたという歌となる。

みるめあらはうらみむやはとあまとははうかひてまたむうたかたのまも　(41)

この歌も他の撰集には見えず、「小町集」によってのみ伝わる歌である。「会える機会があるなら恨むとお思いですかと、海人が問うならば、海松藻（みるめ）のように浮かんで待っていましょう」という。「みるめあらば」は、「見る目」即ち会う機会があるならば、の意であり、「みるめ」に「海松・海藻」の「みるめ」を懸ける手法は、「小町集」の他の海の歌と共通する。他の「小町集」にある濡れ衣の歌が、思いもよらぬ疑いの渦中にあって沈黙しているのとは異なり、ここでは意思疎通の機会を待っている。相手に、少なくとも問いかけてくれるだけの愛情があるならば、海藻のように海水に浮かんで待っていようという。一首の主情は上句にあり、詠者は、対話の言葉を待っているのである。

われをきみおもふこころのけすのへにありせはまさにあひみてましを　(27)

この歌も他撰集には見えず、「小町集」によってのみ伝わる歌である。私のことをあなたが思って下さる、その心が僅かでも見えれば、私はあなたに会っていたでしょうに、と詠う。求められていたのは誠意であろう。作者の逢わないという決断は、自我に目覚め自立した人間の考えを持ってなされたと言えるものでありながら、その心は揺れ動いている。貫之が、小町の歌を「あはれなるは女の歌なるべし」（『古今集』仮名序）と評したのは、こういった未練ゆえに引き戻される、たゆたう心を指したものであったのかもしれない。「小町集」第二十三歌を初めとして、「あはぬ女」という小町像が作り上げられてゆく。この歌は、贈答の過程での相手に対する弁明ではなく、自照の際の自らへの弁明である。

この歌は、類歌が第七十六歌に載る。

わかことくものおもふこころそのすゑにありせはまさにあひみてましを　(76)

流布本「小町集」第七十六歌になると、「私のように恋に苦しむ、その苦しみが少しでもあなたにあれば、私は会っていたでしょうに。」として、同じ物思いを相手にも求める歌となる。

「小町集」の嘆きは、不本意なる状況への嘆きであり、不本意なる状況は、右のような誠意に関わる恋の理想を前提とする。恋の理想は、「小町集」では、「心の花」として象徴されると考える。

人のこころかはりたるに

いろみえてうつろふ物はよのなかのひとのこころのはなにそありける　(20)

第二句「うつろ」ひは、当然「萎れ」に通いながら、歌は、「心の花」という風体を保っている。詠者が心の中に見ている「花」は、たとえ自然の道理によって恋が移ろうとも、移ろう以前の全き恋の姿を保っている。下ゆく水が流れているのに、川面が変わらぬように、「花」の一語は、今はなき全き恋の虚像を以て、人事の移ろいを受け止めている。「世の中の人の心の花」と詠む時の詠者は、何故か力強い。人の心変わりを知ってから時間が経ったからなのか、長いこと眺めの時を過ごしたからなのか、作者の視点は咲き誇る「花」に止まり、この歌には、虚像としての「花」が終始写し出されることになる。

公任撰『前十五番歌合』で、この歌は、次の一首と番えられた。

秋の野の萩の錦を我が宿の鹿の音ながらに移してしがな　（『前十五番歌合』元輔）

この元輔歌が、秋野に咲き誇る萩を総括的に捉えたのと同様に、小町の歌は、「人の心の花」という虚像を総括的な詞で表現する。その明るい虚像が、歌に終始備わるが故に、「うつろふ」という調の内的な振幅の大きさが、人の心をうつ。公任が、この歌をまず小町の代表歌に掲げたことは、「心の花」という新しい和歌の詞の発見にとどまらず、内的に「小町集」歌を特徴づけるものとなった。

⑷　自得、諦観の調

①寄る辺なき身の不安

さたまらすあはれなる身をなけきて

あまのすむうらこく舟のかちをなみよをうみわたる我そかなしき　(33)

「さだまらずあはれなる身」は、不安定で憐れな我が身の意である。楫を失くし漂う舟の光景は、右歌を収録する『後撰集』部立の恋の初めの物思いとは齟齬する。部立を離れるならば、「小町集」の詞書「さだまらず」同様、身分的な不安定を詠うと解せる。「よをうみわたる」には、時間の永さが形象されている。藤原公任撰『三十六人撰』は、次の三首で小町の歌を代表させた。

花の色はうつりにけりないたづらに我が身世にふるながめせしまに

思ひつつぬればや人の見えつらん夢としりせばさめざらましを

色みえでうつろふ物は世の中の人の心のはなにぞ有りける　(『三十六人撰』)

また、『俊成三十六人歌合』では「思ひつつ」歌の代わりに、この「あまの住む」歌を第三句「かぢをたえ」として掲げる。後鳥羽院の『時代不同歌合』でも取り上げられている。公任は、華やかな三首を以て小町歌を代表させた。俊成の挙げる三首は、この「あまの住む」歌一首が入ることによって人生も終盤の寂寥感を帯びてくる。一首目の「我が身世にふる」と詠む時のその移ろいは、自然も同様であって、自然は華やかで大きな移ろいを見せている。二首目も人の心の移ろいを花に喩える。しかし、三首目のこの「あまの住む」歌は、人事と一体であった移ろいから作者のみが切り離されている。楫を失くして漂う舟の光景を詠む詠者は、自然の道理にも救いを見い出してはいない。「世をうみわたる我ぞかなしき」の「うみ」は「倦み」ではなく「憂み」という辛さの意味であって、「かなしき」は幸福とは言えない日々を眺めているもう一人の詠者が詠者自身を憐れんでいる言葉である。

第三十三歌のような、寄る辺なき身の不安を詠んだ歌が、「小町集」に展開する。

さためたることもなくてこころほそきころ

すまのうら（あま）のうらこく舟のかちよりもよるへなきみそかなしかりける　(78)

この歌は、「小町集」第三十三歌の異伝であろう。第七十八歌の詞書「さだめたることもなく」は、頼りにする人の定まらぬ意である。「さだめたること」とは、確定していることで、即ち、「さだめたることもなく」は、頼りにする人がいないことが契機となった、人生的な「心細さ」を言うものである。「さだめたることなく」は、頼りに「うらこぐ船」と読まれるとき、そのイメージは、非常にはかないものである。それは、遠景の一点となった船の頼りなさであり、不安感である。「すまのあまのうらこぐ船」という単色で刷かれたような景は、海人も船も包摂して捉えるが、人間の捨象された無機的な景の中に一点の楫が描かれることによって、一層の不安感が表現されることになる。非力な存在である人間の行為が、楫によって象徴される。そして、「かぢをなみ」や「かぢをたえ」といった理由を明記した表現では表されないところの静かな諦めにも似た調が備わる

なにはめのつりする人にめかれけむ人もわかことそてやぬるらん　(64)

他集に見えず、「小町集」によってのみ伝えられる歌である。初句に異同はあるが「なにはめの（に）」が「なにはえに」であっても、そこで涙しているのは、「女」である。詠者は、「人もわがごと袖やぬるらむ」と、我が身から、その女の境遇を推測する。そして、その女の境遇は、再び詠者に我が身の上を思わせる。海を望む光景は、収

斂されることのない茫漠たる嘆きに付合しよう。第二句「かりするあま（ひと）」であれば、「小町集」中、他の海の歌同様に、みるめ（海松藻）がなくなったのは、誰かが刈り取ってしまったからという、裏面の意味も論理的な機知のまさった歌になる。しかし、「つりするあま（ひと）」であれば、恋人と別れた後の辛さが形象化される。一艘の舟で釣りする海人は、女の手の届かない所にいる。海人の影は、揺れ動いている。作者は、釣りする海人を以て、女の不安な心情の形象化をする。

②ありてなき我が身

「小町集」には、「ありてなき」という詞の用いられるのが特徴的である。男性との生活に於ける辛さをいう場合と、右に掲げたような寄る辺なき身の不安な心情の結果をいう場合とがある。先に掲げた、『新古今集』に載る小町の歌

わかみこそあらぬかとのみたとらるれとふへきひとにわすられしより　（88）

は、前者であり、「我が身こそあらぬかとのみたどらるれ」は、男性に忘れ去られた詠者が、自省する詞である。他にも、次のような歌がある。

よのなかにいつらわかみのありてなしあはれとやいはむあなうとやいはむ　（87）

この歌の「ありてなし」の内実は、「夢うつつのごときはかなさ」であり、詠者個人の実在感のなさである。「世の中」は、男女世界を含めた人の世と考える。肉体は、確かに生命を保っている。しかし、人の世に暮らす我が身の、その日々の充実感がない。喜びにつけ悲しみにつけ生きているという実感がないというのであろう。女にとっての社会は男を通したものであったという時代の、その男女社会と無関係にいる時、人は「ありてなし」の思念に浸ることにもなる。

世のなかはゆめかうつつかうつつとも夢ともしらすありてなければ　（109）

この歌も、『古今集』の読人不知歌である。「世の中は」という初句には、概念として捉えようとする姿勢がある。個々の出来事そのものを指すのでなく、それらを包括して捉えようとする表現である。二人の仲の諸々の現実が、時とともに風化してゆく。その際に発した「世の中は」の詞であり、「世の中というものは」を意味する。私に関する「世の中（男女世界）というもの」は、有って無いようなものだ、と言っている。

次の歌には、「ありてなし」という詞は詠まれていないが、類似する歌内容であると考える。

千たひともしられさりけりうきかたのうきみはいまやものわすれして　(65)

流布本「小町集」の中では、第六十五歌と第八十六歌に、重出歌として載る。第八十六歌は、次のとおりである。

みし人もしられさりけりうたかたのうき身はいさやものわすれして　(86)

初句を「しる人も」とするのは、「御所本甲本」系統と「時雨亭文庫蔵本（唐草装飾本）」である。第六十五番「ちたびとも」は、我が身のはかなさを感じる、という。「うたかた」の詞で、浮かんでは消えていく泡の偶発性を言うのであろうと考える。泡の命が短いことに着目するなら、作者は、人間存在そのもののはかなさに思い至っているだろう。しかし、この歌でも、人間存在に共通する命のはかなさを詠うのではなく、我が身の「うき」こと、即ち、我が身の辛さを特別視している。この歌もまた、恋によってのみ我が身が確立される時代の、恋の辛さを詠った歌なのであろうと推測する。そういう辛さは、今に始まったことではない。もうずっとそうなのだと、それが「いまや」の意味する所であろう。結句の「物忘れして」が、径世の時間の永さを強調している。作者は、辛いことが千度も重なる、またもや同じ辛さに悩まされると言っている。「うたかたのうき身」という自己認識が出来ている。あまりにも度重なるので、もう気に留めなくなったと言っている。第四句が、「御所本甲本」の「小町集」の如く「いさや」であれば、歌は空惚けた調になる。「さあどうでしょうか」と言って答えを回避してしまう。一首の調は軽くなるが、底流する不安定ゆえの辛さなるものは変わりなく存在している。

以上、①で寄る辺なき身の不安、②で、ありてなき我が身の歌を見たが、もう一点「小町集」の歌に特徴的なのは、自得諦観の調であり、諦観の調を伴う涙を詠じた歌である。

ある人こころかはりてみえしに

こころからうきたる舟にのりそめてひとひもなみにぬれぬ日そなき　(2)

詞書は第二句「うきたる船」が男女の間柄を言うものであることを明確にする。その間柄が「憂き」ものになったのは、詞書通り男の心変わりによる。初めは、もちろん辛い思いに捕らわれるような間柄ではなかった。思い返した時に、「乗り初めて」からの度重なる辛さが思い起こされたとする。その関係を選択したのは、誰のせいでもない自らの意志によるのだ、というのが「心から」の意である。「心から」には、恋愛当初の、より積極的な意思、即ち全き信頼とでもいったような、華やかで明るい思いが込められている。下句は、「ひと日も浪にぬれぬ日ぞなき」と自らの恋を否定して詠む。しかし、そんな思いの片隅に、過ぎ去った恋の明るさを認めようとする心情が輝いてある。「心から」の語は、その心情が選択させた言葉である。

五月五日さうふにさして人に

あやめくさ人にねたゆと思ひしをわかみのうきにおふるなりけり　(46)

この歌の「我が身のうき」に宗教的深さは備わらないが、自己観照の響きがある。「我が身のうき」なる内容は示されない。男性の訪れのないことをいうのか、或いはまた男女間の憂いを超えた処世の厳しさをいうのか。詞書によれば、詠者は、晴れない気持ちを以て某人に近況報告をしたことになる。しかし、その調は、自らに原因を帰すべき憂いであると言っているようにも聞こえる。「小町集」第六歌にも「をみなへしおられにけりな」と、抜き取られた草を見て触発される思いを詠んでいる歌があった。もっともこの歌は、そういった、同系統の歌によって「小町集」に入ったというよりも、異本である六十九首本「小町集」の巻頭歌であり、異本系六十九首本「小町集」

歌の性格を示す歌として意図的に置かれたものであったのだろう。

こぬ人をまつとながめてわかやとのなとてこのくれかなしかるらむ　(47)

「こぬ人をまつとながめて」という上句は、視座が転換されることによる不思議な時間空間を有している。「こぬ人をまつ」、即ち、なかなか来ない人を待つという詠者は、あたかも夢のなかにいるが如くひたすら人を待っている。それが、「まつとながめて」の「と」一語によって現実に引き戻されている。すると、「こぬ人」は、詠者が待っていた「なかなか来ない人」から「来るはずのない人」という意味合いを帯びてきて、「こぬ人をまつ」詠者を客観視する第二の視点が生じてくる。この時「ながめ」は、来るはずのない人を待っているという詠者自身をも、「ながめ」という物思いの対象にしてしまう。それゆえ、切迫した晴れ遣らぬ心情であるはずの「かなし」は、夢から冷めた悲しさ、自己を客観視する所に生ずる悲しさ、という澄んだ響きを帯びることになる。上句の時間空間が生み出す澄んだ悲しさは、特徴的である。

「小町集」に於ける「かなし」は、死や別れといった人と切り離された状況の中で用いられている。この歌の「かなし」にも、自得諦観の調が底流していると考える。定家の余情妖艶とこの歌との関連については、前章「定家の歌学」の中で述べた。

あはれてふことのはことにをくつゆはむかしをこふるなみたなりけり　(110)

『古今集』に読人不知歌として載る歌である。涙が「昔をこふる涙」であったことが、この歌に時間的な広がりを与えている。「あはれてふことのはごと」であったという。我が身の「あはれ」を言わんが為に、更に言葉を探す。しかし、それでも加えられる言葉は「あはれ」なのである。「ことのはごとに」は、そういった反復である。慕わしさだけが行き場なく存在するという暗く重い心が、「あはれ」という言葉の反復によって汲み出し尽くされる。しかし、涙の量は、増えるのだという。行き詰まった状況の中にある詠者の未練の歌である。

ふきむすふかせはむかしのあきなからありしにもあらぬそてのつゆかな　(95)

第四句「ありしにもあらぬ」は、詠者の意識が自然現象としての露の存在を打ち消し、それは草葉の露ではない、秋風が結ぶ露では決してないのだ、という強い調を呈する詞である。「吹きむすぶ」は、「吹き、そして結ぶ」というように、一現象の終結が次の現象を誘起することを表す詞であるが、風は一首を通じ、止まず吹いているかのようである。「吹き」の語は、詠者の想念の内にある草葉の露にも、この時の詠者の着物にも、止むことなく吹いているかの如き印象を与える。風は草葉の結露を揺らしている。その小刻みな震えが、詠者の心の形象にもなる。「吹き」の語の余韻は、心の内実を語る訳でもなく、ただ涙に注視している詠者の姿を包んでいる。

よのなかのうきもつらきもつけなくにまつしるものはなみたなりけり　(94)

涙がひとりでに流れたのだといっている。心中でうず巻く思いが、その時には意識されていなかったが、思いがけず涙は流れたのである。詠者はその事に驚いた。奥深く心に沈められたはずの辛さを身体は知っていた。身体は溢れんばかりの辛さを抱えていた。一筋の涙は、その事を詠者に気づかせるのであり、この歌は、技巧を用いず、率直に驚きを表現している。この『古今集』の読人不知歌が、「小町集」に置かれると、世の中に対する辛さの表現は、時の風化を経てきたかの如く静止したものになり、一筋の涙によって軽い驚きを覚える程、長い時間が経っていたことを表す。この歌が「小町集」に入れられたのは、「小町集」歌に於ける時の移ろいと、眺めに伴う嘆きが、この歌にも感じられたからであると考える。

なかれてとたのめしことはゆくすゑのなみたのうへをいふにそありける　(80)

『三十六人撰』『三十人撰』では、仲文の歌であるが、『続古今集』『万代集』では、小町の歌として載る。詞書のない「小町集」のこの歌は、男の態度に永遠の愛を信じ切っていた女の、裏切られた哀しさを詠っている。詞書付される仲文の男性歌では、逢わずの恋ゆえに一層膨らんでいった期待の破られたはかなさが詠われる。この歌は、各歌の考察箇所で述べたように仲文歌との混交状態を見てゆくことで、初句「ながれてと」が一層の深き調をたたえることになる。

（5）　あたたかき交友関係

「小町集」の中で、宮廷生活を示す詞書には、次の雨乞いの歌の詞書があり、さらに後に掲げる交友関係を示す贈答歌の詞書がある。

ひのてりはへりけるにあまこひのわかよむへきせんしありて
ちはやふるかみもみまさはたちさはきあまのとかはのひくちあけたまへ　(69)

詞書によれば、この歌は、雨乞いの歌を求められ詠んだ歌であるといい、雨乞いの和歌を詠む職掌にあった小町を想定している。

あへのきよゆきかかくいへる
つつめともそてにたまらぬしら玉はひとをみぬめのなみたなりけり　(39)

こちらは、想起される真珠そのものから受ける直接的な感動を契機とする歌であり、涙を白玉に見立てる。

とあるかへし
をろかなるなみたそてにたまはなすわれはせきあへすたきつせなれは　(40)

それら清行と作者の贈答は、既述のように『法華経』という哲学を踏まえたものではなく、連綿と続いてきた恋愛歌の域を出ないものである。しかし、真静法師の説法を皮相な理解ではあるが享受して、それが作歌の契機となり、歌の生命になっていることは否定出来ない。

いそのかみといふ寺にまうてて日のくれにけれはあけてかへらむと

てかのてらにへんせうありとききてこころみにいひやる

いはのうへにたひねをすれはいとさむしこけの衣を我にかさなむ　(34)

かへし

よをそむくこけのころもはたたひとへかさねはうとしいさふたりねん　(35)

小町と遍昭は、歌を贈答するような関係であった。『大和物語』には「ただにかたらひし」仲であったといい、「ただに」は、ひたすらという意味の「唯に」とも解せるが、じかにの意味の「直に」であろう。二人は、帝が生きていた宮中に於いて、華やかな戯れの歌を交わせる間柄であった。そういう時代を共に過ごしてきた間柄であったのだという思いが、この歌の基底にあって、遍昭は、名残を込めて返歌したという解釈をする。

次の歌も、交友関係が詠まれる。

やすひでかみかはになりてあかたみにはいてたまひしやといへる返事に

わひぬれは身をうきくさのねをたえてさそふみつあらはいなむとそおもふ　(38)

詞書の「県見」とは、田舎見物の意味であるが、国司としての任地視察を、或いは当地への赴任を言った言葉である。当地の「県見」への誘いは、軽い挨拶ではなかったかと考える。「三河の掾になられたのですね。」というような作者の言葉に、「どうです、一緒に行きませんか。」と軽い挨拶として語ったのではなかっただろうか。それに対して小町は、「失意の心情のままに過ごしておりますと、我が身が浮き草のように思え、誘ってくださる人があれば出かけようと思います」と真面目に応えている、そのように読める。根のない浮き草が水に流されるように、誘って下されればついて行こうと思います、という。「侘びぬれば」は、失意の極みにいることを示す詞である。「さそふ水」によって根が絶たれているのではなく、根のない浮き草が澱みに停滞している様に、小町も「侘び」の中にいる。この「侘び」は、離俗を促し遁世へと誘うものではない。詠者は、遁世ではなく新たな男女世界に救いを求めようとしている。この時代の女性にとっての信頼にすがろうとしている。ここに、時代が求めさせた女性にとっての救いの有り様がみられると考える。賀茂真淵『古今和歌集打聴』に、この歌と次の『後撰集』歌

さだまらずあはれなる身をなげきて
あまの住む浦こぐ船のかぢをなみ世をうみわたる我ぞかなしき　（『後撰集』一〇九〇）(33)

を同質のものと見、「此いざなはれしに同しこの此の事か」という解釈がある。時期的なことが言われているのかもしれないが、しかし、この両首の調は同質ではない。『後撰集』に詠まれる漂泊のイメージは、この第三十八歌では、仮想のものでしかない。男女世界が女の世界そのものと等しかった時代にあって、定められた男女世界を持たない作者が、よどみに停滞する浮草に自らを喩えているとおり、作者は澱みに停滞したまま「侘びぬれば」と詠い、「さそふ水」を仮想する。一方、右の『後撰集』歌には、茫漠たる不安の心情がある。それは、「小町集」にみる他の海の歌と同質である。しかしながら、この第三十八歌は、「いなんとぞ思ふ」と新たな環境での生活の意志を詠む。真淵は、この歌は「えゆかぬ由（行けぬ理由）」を表面に出さない婉曲さが良いからよく味わうべきであると言っているが、この歌は、むしろ作者は誘いを受けた、或いは承諾した小町の歌を意図していると考える。詞書が真に歌の場を表すものであれば、康秀の軽い誘いかけに小町は真面目に歌を返している。歌は軽い戯言のような体裁をとりながら、その中に真意の調があると解釈する。

ひとのものいふとてあけしつとめてかはかりなかき夜になにことを
夜もすからわひあかしつるそとあいなうとかめて（し）人に
秋の夜もなのみなりけりあひとあへばことぞともなく明けぬるものを　(12)

この歌と次の歌は、『古今集』六三五、六三六に小町と躬恒の歌として収録されている。ただし、『古今集』には、

「小町集」にみる詞書はなく、贈答歌として載せられているわけでもない。「小町集」の詞書によって歌は、どういう色調を帯びるであろうか。詞書に拠れば、男は、せっかく逢えた秋の夜長を、どうしてうれしそうな顔をしていなかったのか、と詠者に問うたことになる。男は、「あいなうとがめ」たという。気に食わないと咎めたわけではなく、腑に落ちず尋ねたというのであろう。詠者は、あっけなく過ぎてしまう時間を「侘び」ていたからだと答えている。「小町集」の歌では、恋を尽くすことの喜びの心情は、翳ってくる。詠者の歌は逆説的な物言いとなり、夢に酔わない小町の姿が表現される。

かへし

なかしともおもひそはてぬむかしよりあふ人からの秋のよなれは　(13)

仮に、この贈答が小町と躬恒のものであるとするならば、逢瀬に秋の夜長という通念は、当てはまらないとする小町に対して、返歌は、「逢う人からの秋の夜」であると但し書きをつけたことになる。短いと感じたのは、私との逢瀬だったからだ。私たちの逢瀬だったから短く感じられたのだと意義付けをする。ようやく逢えた二人が翌朝別れる。前歌の詞書とこの歌は、小町の酔わぬ心を揺り動かそうとしている点で、男性の優しい愛情を示している。

わすれぬるなめりとみえしひとに

いまはとてわか身しくれにふりぬれはことのはさへにうつろひにけり　(31)

『古今集』では、この歌と次の歌とが、小町と貞樹の贈答歌として載るが、「小町集」には、貞樹の記名がない。逆に、『古今集』にはなかった詞書が付される。詞書は、「わすれぬるなめりとみえし人に」とある。訪れがなかったとも、贈られた文に熱い思いが窺えなかったとも解釈できる。しかしまだ、昔をしのぶ愛の思いが残されているかもしれない。そう思って問うてみたというのだろう。「もう私に下さる言葉には熱い思いはないのでしょうね。」すると、思っていた通りの返し文が来る。「言葉が移ろうなどと、私の言葉が木の葉なら、既に散ってしまってこんな言いかけはしていません。」それが挨拶の言葉であっても、詠者の心は慰んだかに見える。言葉は、昔ほどの真剣なものではない。そういう諦めは、作者に昔を偲ぶかすかな期待を込めた言いかけの歌を詠ませたと解釈する。しかし、それにも関わらず、歌は悲痛な響きにならなかった。「今はとて」の後に小休止が置かれるように思うのは、「今はとて」が、「それも仕方のないことだが」という意味であったからではあるまいか。「古る」我が身は日々に熟知している。作者のそのような心情が布石となり、時を経た貞樹の心の移ろいの変化をも当然のものとして受け止めようとする心構えの小休止となったのではなかろうか。ここでは、対比される昔の時があって、「今」という時が詠まれている。この歌を解釈するのに「今」と対比される時を考慮する必要があると考える。

かへし

ひとをおもふこころこのはにあらはこそかせのまにまにちりもまかはめ　(32)

小町から贈られた歌は、言葉の移ろいを指摘する内容であったが、返歌は、そうではないと否定している。「こそ」の影響による係り結びの成立は、仮定条件の積極的な否定と解すべきものである。即ち、「言葉（木の葉）の移ろいなどとんでもない」というのが、この一首の意味である。叙情の中心は上句にあって、下句は、心切り放たれて拠り所を失った自らを象徴している。風のまにまに何処かへ見えなくなってしまった一枚の木の葉という心象風景を、相手の言いかけを打ち消す為に、先ず設けた。心放たれては拠り所を失う作者の心象風景が下句であり、「まがはめ」という詞で、舞い散る木の葉の分明ならざる光景が提示される。返歌は、前歌の小町の言葉を取り上げて、真っ向から否定している。「言葉（木の葉）の移ろいなどとんでもない」という歌の主情をこの歌に見る時、小野小町という人物の傍らにあった一つの誠意が窺える。これが、小野貞樹の歌なら、貞樹は、熱い思いはないが、優しい返歌をしていることになる。

（6）　定めとしての死

「小町集」に見る「生」が、「露の命」と詠まれ、先に見た「ながらへば人の心も見るべきに露の命ぞ悲しかりける」（89）では、恋愛の幸福の中にある詠者が、限られた命を捉えていた。「露の命」の詞は、「小町集」に三首見え、次もその一である。

つゆのいのちはかなきものとあさゆふにいきたるかきりあひみてしかな　（48）

『続後撰集』及び『万代集』に小町の歌として載る。『万代集』では、恋歌と捉えられている。命は露のようにはかない、だから絶えず会っていたいと詠む。技巧を用いず、技巧が誘因となるところの知的軽快さのない歌である。一筋に主観を表出する詠歌の方法は、『古今集』の「古」の時代に相応しく素朴なはずであるが、素朴さを形成する強さと、開かれた調がこの歌にはない。生命をはかなき物と捉え、謳歌するのでも悲嘆にくれるのでもなく、ただ某かの人物と会っていたいという。歌は、会っていたいという、未来につながる時間を詠んでいるはずであるが、閉鎖的な調を有している。時間のつながりの中で今日を捉える詠歌は、既述のように『万葉集』に見え、今日の確かさが、明日への希望の調となって表れている。しかし、そのように恋の心情の高まりの中で詠まれたと解するには、この歌の一首の調は弱い。この歌は、上句の、特に「はかなし」を眼目として詠まれた歌であって、明日の捉えどころのなさが、一首の調に反映して気弱な印象を与えるように見える。『続後撰集』はこれを羇旅歌と位置付けた。同集は、別れに際しての歌と見たが、この歌は、作者が身近な人の死に接した時に詠んだ歌であったかもしれないと考える。明日に続く恋を求めて高まる心情を詠むのではなく、別れの絶対的な力を前にしての詠歌という見方である。

「小町集」には、死を詠む歌はあるが、それらは観念的である。

みし人のなくなりしころ

あるはなくなきはかすそふ世のなかにあはれいつれの日までなけかん　（81）

あんなに元気だった人が今は亡く、鬼籍に名を列ねる人の何と多いことか、このような嘆きを、私は何時まで繰り返すのだろう、と詠っている。「なきは数そふ」の「そふ」は、「添ふ」で、元からあるものに加わること、即ち、亡くなった人は数を増す、の意味である。「世の中」は、人の世と解する。詠者は死の此岸にあって、嘆いている。それはあくまで、死の此岸に視点を据えた嘆きであって、嘆きのない世界へ行き着きたいとは希わない。歌は、女の繰り言のようで、解消しない嘆きを詠う。

この歌は、『新古今集』に小町の歌として入る一方で、藤原為頼と小大君との贈答から、小大君の歌としても伝わっている。『為頼集』には、「あるはなくなきはかずそふよのなかにあはれいつまでいきんとすらん」（『為頼集』二六）として載る。『栄花物語』でも、はかなさを嘆く為頼に小大君が応えた歌であると伝えている。「こんなはかない世の中にあって何時まであなたは生きようとお思いですか」と、この世の執着こそ誤りなのだとでも言うかのように、小大君は、返歌している。小大君の歌と「小町集」の歌とでは、それらの歌を照らす時代の光が異なる。小町の歌は、無常を一現象として嘆いた歌である。無常の渦中にある自らへの憐れみであり、『新古今集』に収録される部立の如く、感傷である。悟り切れぬ人間の生の声である。小大君の歌には、彼岸への希求がある。定家らは、生身の人間の嘆きの渦中にあって「艶」をたたえる小町歌に、復古すべき寛平以往の歌を見、小大君歌とは異なるところの情趣を見た。そして、「あはれいづれの日までなげかん」という本文が、小町の歌として『新古今集』で採択されることになる。

「小町集」に詠まれる「死」は、観念的で美的なものとして形象される。

はかなくてくもとなりぬるものならはかすまむそらをあはれとは見よ　（91）

『続後撰集』及び『万代集』に小町の歌として載る。もしも私が死んだなら、白く霞む谷の上の雲を哀れと思っは、繰り返し思い出してもらいたいと思っている。思い出してもらう事によって、恋しい人の心に生きる永遠の命を希っている。「かすまむかたをあはれとはみ」る所作、即ち、霞あるいは雲がかかるという、思いのよすがなる方向を目で追う所作には、残された者の虚ろな心情が、巧みに表現されている。無常の概念は、こういった日常の身近で具体的な所作を以て、人々の心に焼き付けられていた。数多い類歌の中でも、この歌の詠者は、恋しい人の心の中で永遠に生き続ける生命を望み、その背景に、自らの死に対して抱く、或いは、残された者の心に生じる空洞を巧みに表現している。

はかなしやわかみのはてよあさみどりのへのたなひくかすみとおもへば　(115)

この歌は初句を「あはれなり」として『新古今集』に載る。人間存在のはかなさが詠われている。「小町集」歌には、「露の命はかなきものを」(48)・「つゆの命ぞはかなかりける」(89)等、生命の捉えどころない頼りなさが、微小かつ短命な露に喩えられた歌があった。或いはまた、広漠たる空間にある故に頼りなくはかなく霧消する煙(91)にも喩えられていた。この歌の「のべにたなびく霞」も、野辺送りの火葬の煙を暗示している。右第九十一歌の雲と同様、間接的に「死」を捉えている。死は、地獄絵を想起させる恐怖の対象でもなければ、別れの悲しみという深い心の痛みでもない。ただ美的形象の内に間接的に詠まれるのみである。第三句「あさみどり」は、煙や野辺などに掛る枕詞として用いられているが、原義であるその色彩は、この歌の情趣を規定している。黄みがかった緑の白く濁った色である。野にある植物の生命を象徴する色が緑なら、霞の乳白色に覆われて野の緑は、くすんだ色を呈する。野の植物の生命力は、失われたかのようである。美的情趣の内に「死」が捉えられている。死後には「あさみどり」の霞となって大空へ消えて行くと詠う、この「小町集」の歌からすれば、老い永らえて醜態をさらす小町伝説とは、異質の感がある。

四のみこのうせたまへるつとめてかせふくに
けさよりはかなしの宮の山かせやまたあふさかもあらしとおもへは　(56)

他撰集には見えず、「小町集」によってのみ伝わる歌である。後藤祥子氏は、この歌を誂えの歌であると解釈する（「小野小町試論」）。「小町集」に視点を据えた時、この詞書を外す必要はないと考えるが、仮に、詞書がないとしてこの歌を見れば、何が言えるだろうか。「小町集」で、「かなし」と詠む歌は、この歌を含め三例あり、また「わびし」と詠う歌は、類型をなしている。「かなし」より「わびし」の方が多いというのは、生の苦しみの中に詠者がいた、或いは、いたものと見なされてきたからであろう。「かなし」は、苦しみと抗うことを解かれた詠者の嘆きの言葉であったと思える。「かなし」と詠う他の二例は、

こぬ人をまつとながめて我が宿のなどかこのくれかなしかるらむ　(47)
ながらへば人の心もみるべきに露の命ぞかなしかりける　(89)

であり、来るはずのない人や、死という厳然たる事実の前にあって、詠者の苦しみは諦観されている。「小町集」に於いて「かなし」は挽歌の調に通う所が大きいと考える。また、詠者は、第二句「かなしの宮」で「みや」と詠う。宮殿の意であり、皇子の御殿が意図されていると解する。六十九首本「小町集」は「けふよりは」とし、流布本「小町集」は、「けさよりは」として伝える。夜が明けた後の悲しみが描かれている。「けふよりは」も、朝が来て、思いを新たにしたという表現ではなかろうか。あるべきものがない、そこにあるはずの人がいないという思いを「あらじ」と意識する、その調には、実感こもる挽歌の響きがある。

「小町集」に挽歌と呼べる歌が他に一首、人の死が契機になっているであろう歌が、二首ある。

ひさかたの　空にたなびく　うき雲の　うける我が身は　つゆくさの　露のいのちも　まだきえで……いつか
うき世のくにさみの　わが身かけつつ　かけはなれ　いつか恋しき　雲のうへの　人にあひみて　この世には

おもふことなき　身とは　なるべき（68）

はかなくて雲と成りぬる物ならばかすまむ空をあはれとはみよ（91）

はかなしや我が身のはてよあさみどりのべにたなびく霞と思へば（115）

「小町集」という家集から帰納される「詠者」にとって、死後の世界は一面の乳白色の別世界であった。『万葉集』挽歌に見えるあの世観に近い。梅原猛氏が『日本人の「あの世」観』の中で述べられる古代日本人のあの世観、即ち、遠い何万億土の果てにある極楽ではなくて、近くの山の辺りにあるあの世、山に雲がかかると野辺の煙になって消えて行った魂を感ずるようなあの世である。風はその山から吹いてきたのであろう。朝、格子を上げると風を感じた。はっとして目を遣った。空には、昨日の火葬の煙も人を偲ぶ雲もない。昨日は、われかあらぬ思いのうちに暮れた。親王はお亡くなりになったのだと思う。あの御殿では、この風がどんなに人々の涙を誘っていることであろう。「つとめて」であり「今朝」であるところに、流布本「小町集」歌の特徴がある。下句は「またあふこと」と作る。この「あふ」には、敬愛する親王との「対面」の時間が想定されていたと考える。

「小町集」には、長歌が一首入り、それが、挽歌とも言える次の歌である。

あしたづの雲居のなかにまじりなば、などいひてうせたる人のあはれなるころ

ひさかたの　そらにたなびく　うきくもの　うけるわかみは　つゆくさの　つゆのいのちも　またきえて　おもふことのみまろこすけ　しけさそまさる　あらたまの　ゆくとし月は　はるの日の　花のにほひも　なつの日の　木のしたかけも　あきの夜の　つきのひかりも　ふゆのよの　しくれのをとも　よのなかに　こひもわかれも　うきことも　つらきもしれるわかみこそ　こころにしみて　そてのうらの　ひるときもなく　あはれなれ　かくのみつねに　おもひつつ　いきのまつはら　いきたるよ　なからのはしの　なからへて　世にゐる

たつの　しまわたり　うらこくふねの　ぬれわたり　いつかうきよの　くにまみの　わかみかけつつ　かけはなれ　いつかこひしき　雲のうへの　人にあひみて　このよには　おもふことなき　身とそなるへき　(68)

「葦辺にいる鶴が大空へ飛び立って見えなくなってしまうように、私も大空へ消えてしまったら」などと言って亡くなった人が哀れに思いだされる頃の歌であるという。

あの世は現世の身近にある。詠者は、辛い日々を送ってきたと言うにも関わらず、一日でも早くあの世へ行きたいとは詠わない。それは、辛さが弱い故ではなく、「行きたい」と言い尽くしてしまったからであることが歌に示される。あの世は、煌々と輝く仏教の、極楽浄土ではない。目にするところの大空である。「いつか恋しき　雲のうへの　人にあひみて　この世には　思ふことなき　身とそなるべき」とは、定められた運命の招来を待って、一人二人と順序正しく死の世界へ赴く様に、詠者も自然の摂理に身を任そうとしている。詠者は現世の事象を、人一倍敏感に感じてきたと言う。四季の自然が詠われる。表現は概説的であり、観点は一般的である。「春の日の花の匂い」「夏の日の木の下蔭」、これは人の心を慰める自然であり、「秋の夜の月の光」「冬の夜の時雨の音」、これは人の心を乱れさせる自然である。さらに、「世の中に　恋も別れも　憂きことも　辛きも知れる」と詠う。人間社会に於いて、恋や恋以外の別れや、或いはその他諸々の詠者の心に響いた事象を四季の自然現象と併記する。「憂きことも　辛きも知れる」とは、漠然とした憂欝も、原因の明らかな心痛もという意味であろう。現世の様々な体験が詠者の心を過敏にとぎ澄ませてきた。そんな詠者が今また、恋しい人の死に出遭う。哀れは一層「心に染む」と言う。「憂きことも　辛きも知れる　我が身こそ」の「我が身」は冒頭の「うける我が身」に繋がってゆく。はかなくあるはずの命さえ、まだ持て余している我が身である。

世にゐるたづの　しまわたり　浦こぐ船の　ぬれわたり　いつかうき世の　くにさみの　わが身かけつつ　かけはなれ　いつか恋しき　雲のうへの　人にあひみて　この世には　思ふことなき　身とはなるべき

に詠まれた「世にゐる鶴」は、「雲ゐに交じり羽ばたいて行く鶴」と対照されるところの現世の鶴であり、詠者自身の投影である。「世にゐる鶴」のように

いきの松原　いきたるに　ながらのはしの　ながらへて

生き永らえて来た。鶴も間もなく羽ばたいて行く。私も「やがて恋しき　雲の上の　人に会ひ見」ることになるのだろう、と詠う。しかし、時はまだ至らない。この歌の眼目は、詠者が自らの死を自由に出来ず、生き永らえている、そして与えられた生命の存在を静観している所にある。歌は、大空に目をやる詠者を表現している。

以上のように、「小町集」に於ける「死」は、観念的で美的なものであり、定められたものとして享受されている。「小町集」の和歌の様式を（1）から（6）項に分けて分類したが、以下は未だ取り上げていなかった歌である。

次の二首は、別離に関係する歌である。

ゐてのしまといふたいを

おきのゐてみをやくよりもわひしきはみやこしまへのわかれなりけり　（30）

『古今集』に小町の墨滅歌として載る。『伊勢物語』には、別れを詠む女の歌として載る。

めのとのとほき所にあるに

よそにこそみねのしらくもとおもひしにふたりかなかにはやたちにけり　（9）

他の撰集には採られず、「小町集」と『能因法師集』にのみ見える。「八重のしら雲」が「はや立ちにけり」とは、恋の終局をいう。しかし、それは、別離ではない。「思はぬ中に」は、関係を示すのであろう。逢う以前の恋で、の意味を懸けてある為、恋一の部立に収められたのだろうと考える。即ち、荒立つ関係の後の、諍いの後の、或いは、訪れがなくなった後の長い嘆きの結果、もたらされた別離ではない。不鮮明な恋の終局が、八重の白雲という広漠たる障害物で表現されていると解釈する。「小町集」では、どの伝本でも乳母との別れを詠むとして載る。

はるの日のうらうらことをいててみよなにわさしてかあまはすくとも　(105)

右は「西本願寺蔵本（補写本）」の本文であるが、ほとんどの伝本は結句を「あまはすくすと」に類する表現となっている。この歌は海を素材にするが、他の海の歌とは調を異にする。『重之集』に入る。「小町集」では、他本歌十一首中の一であるが、第三十三歌「あまのすむさとのしるべにあらなくに」のような海歌と関連づけられて「小町集」に混入したものであったと推測する。しかし、この歌の調は伸びやかで柔らかく、温かい光に包まれたような歌であって、「小町集」の不安な調を呈している他の海の歌とは異質である。

「小町集」には、また、

ゐてのやまふきを

いろもかもなつかしきかなかはつなくゐてのわたりの山ふきのはな　(62)

のような、叙景歌や、次のような、生物への愛情を詠う歌もある。

をくらやまきえしともしのこゑもかなしかならはすはやすくねなまし　(112)

「しか」が掛詞となる。歌の主意としては、照射が終わった後の山の闇の暗さを目にして、鹿にこのような習性がなければ、私も心痛めることなく安らかに眠れるのにと、思い遣っている。「ともし」を詠んだ『拾玉集』歌には、殺生に対する思いが詠われている。『拾玉集』は、仏教者慈円の私家集であり、情趣の確認を超えた、生へのいとおしみが、殊に、山家に在る者にとっての鋭敏な哀憐の情として詠われる。主意は、この歌も同様である。

次の歌は、一一六首本「小町集」の巻末に置かれる歌である。

はなさきてみならぬものはわたつうみのかさしにさせるおきつしらなみ　(116)

「小町集」の編者は、「花さきてみならぬ」という詞に、小町の人生を感じていたのであろう。第二十一歌、「秋風にあふたのみこそむなしけれ我が身むなしく成りぬと思へば」(21)では、「むなし」き心情を象徴する光景としてその実のならぬ「秋の田の実」が詠まれていた。「むなし」は、「頼み」にする心の支えのなくなった人生を想定する、虚しさの感情の表現であった。この歌は、『後撰集』では羈旅歌とし、「海のほとりにて、これかれせうえうし侍りけるついでに」（一三六〇）という詞書が付される。機知が詠まれているが、面白さに終始するものではない。上句で、はかなさを提示し、だからこそ美しいのだと言うかのようである。美のもろさ、美の脆弱さの形象である。この歌はこの歌を採録する『後撰集』の詞書に照応する。幾人かで海辺を散歩して、その白浪の美しさに心魅かれた。白浪の美しさそのものを表現することがこの歌の主意であったと解釈する。

「花のいろは」で始まる「小町集」の歌々は、「みならぬ」はかなさをたたえるが、それゆえに一層美しい「花」であるのだとまとめられて、幕を閉じることになる。藤原公任が、撰んだ小町の歌を代表する一首の特質もまた、先に述べた如く、「心のはな」であった。実体がない虚像ゆえの全き存在、実ならぬはかない花ゆえの一層の美しさが提示されて、「小町集」は終わる。

以上、流布本「小町集」の和歌について、本節では、各歌の考察箇所と内容に於いて重複するところもあるが、その様式を分類し全体像を述べた。本章「はじめに」で引用した藤平春男氏の論は、「小町集」について、必ずしも驕慢説話、好色説話で捉えられるものではないこと、恋愛歌集としての「その恋情は積極的な点がほとんどなく、「なげき」の女としての小町像がかなり鮮明にうかびあがってくる」ことを説く。本書でも、同じ結論を得ている。「積極的な点がほとんどない」特質を本書では、自得、諦観の調としての形象として位置付けている。さらに付け加えるならば、流布本「小町集」歌の「なげき」は、不本意なる状況への嘆きであり、弁明、抵抗、沈潜を本質とする。不本意なる状況に対する嘆きの基底には、全き恋の理想があり、それは、流布本「小町集」歌の形象を貫く特質である。「小町集」の特徴を素材面で言えば、夢の歌であり、海人をテーマとする海の歌であり、物思いの歌であるが、それに加えての本質的特徴である。

結　論

「小町集」という家集について、総合的に研究することを目的とした。設定する問題は、また別の問題を誘う。歌集としての成立はいつか。どのようにして成立したのか。「小町集」は、個人にまつわる歌を集めた、他撰の私家集である。『古今集』の読人知らず歌をはじめ他作者の詠歌を少なからず含み、『三十六人集』の中の一冊として伝えられてきた。『古今集』『後撰集』の所収歌がもとになり、小町らしい歌が集められたと考えるのが通説になっている。そういった私家集は他にもあるが、「小町集」の場合は、作者に関する情報がごく僅かであることと、より古態を保ち、研究の要となるはずの『西本願寺本三十六人集』の「小町集」が散佚して、断簡すら残らないことが、問題を複雑にしている。伝本の種類によって成立時期及び成立の事情は異なる。歌集の成立という問題を設定しても、伝本の性質とその差異が問われることになるが、より古い伝本の情報に欠けていた。伝本の研究は、研究者個々に行われていたのであろうが、発表された研究は少なかった。

伝本は、その系統が整理されることで、親子関係が推測され、成立の問題が明らかになる。厳密には成立の問題を解く手がかりが一つ与えられるというべきである。実際には、より原典に近いと思われる本文をもとに異なる本文を把握して本文批評と言っている。それは、成立の問題を解く糸口であり、また、和歌解釈の前提でもある。和歌の解釈には、本文研究と併せて、さらに詠歌の場の確定が必要である。詠歌の場は、歌合等の記録の中に存在したり、作者が詠歌の事情を確かに記したりする以外は、実際には特定できないことが多い。小町の和歌の場合は、歌合に参加しているという記録や、屛風歌として詠んだというような記事もない。六歌仙時代の歌人であることは言えるが、作者の生存の事蹟から、歌の場を推測することは、小町に関しては作者に関する情報がほとんどないために、不可能となっている。「小町集」には、詞書を備える歌もあるが、それらが歌の制作事情をどれだけ正確に伝えているかも、測りようがない。

では、「小町集」の研究に関して出来ることは何か。成立の問題については、まず現状の認識を為すことであり、現状認識からさかのぼりうるところまでの歌集の姿を推測することであった。また、和歌については、作者から切り離された個々の和歌の形象を解くことであり、それが、小町の真作ではなくとも、「小町集」歌として存在することの意味を問うことであると考えた。そして、個々の和歌の集合体が示す「小町集」が、全体としてどのような特徴を有するのかを見ることであった。

「小町集」の伝本は、形態の異なるものを取りあわせ六十二本の存在が知られている。版本は、二十箇所程度の所蔵が確認されているが、版本は本文に変化がないので、一本と数える。六十二本のうち、調査に及んだものは、四十二本であった。六十二本の存在を知ったのは、先行研究の著述に拠り、「小町集」で新たに発見した伝本はない。近年の研究に取り上げられていなくても、全て何らかの形でその存在が知られていたものだからである。ただし、版本による流布本系統と六十九首の神宮文庫本による異本系統という図式が出来あがってしまっていたためか、「小町集」の伝本の再検証が始められたのは近年のことである。調査伝本、及びその他の「小町集」の伝本についての情報を一覧表にした。それぞれの研究書での取り上げられ方が分かるようにすることで、研究者毎の、あるいは、所蔵所移動による呼称の混乱が整理されたと思う。

現在、「小町集」の伝本系統は、第一類に歌仙家集本系統、第二類に六十九首本系統、そして、第三類に、近年公開された「冷泉家時雨亭文庫蔵　小野小町集　唐草装飾本」を置いている。冷泉家蔵書は未だ公開途中で、「小町集」に関して今後も公開される本があるかもしれない。この分類の抱えもつ問題は、第一類本、第二類本、第三類本といった三系統の相互関係が明らかになっていないという点である。第二類本が第一類本とどこかで接触していることは、「御所本甲本」の奥書から知られるが、かといって六十九首の第二類本を一一五首前後の歌数を有する第一類本系統の中に収めてしまうことも、分類が緩やかになり過ぎるので、第一類本と第二類本として並列させているのが現状であろう。そして、第三類本をも並立させるのであるが、第三類本の並列は、第一類と第二類との関係に同じかといえば、第二類本ほどには、第一類本に近くはない。従来の分類に入らないものを第三類としており、第一類、第二類、第三類と、継ぎ足し並べていくという形をとっているのが先行研究であり、そうせざるを得ないのが現状である。

現段階での適切な形は、総歌数を重視した分類であると考えることに、私もまた異存はないが、呼称と成立に留意した改案を提示した。「神宮文庫本」「冷泉家本」「西本願寺本」という呼称は、総歌数を併記するか、もしくは函架番号を付さなければ「小町集」の場合は不十分である。「資経本」、『歌仙家集』、『三十六人集』という呼称についても注意が必要であることを述べた。「小町集」伝本系統の改案としては、流布本系統と異本系統とに大別して、流布本系統の中に、「書陵部蔵　御所本甲本」と「西本願寺蔵本（補写本）」と正保版本との細分類をし、異本系統の方は、「西本願寺蔵本（散佚本）」系統と「時雨亭文庫蔵本（唐草装飾本）」と「静嘉堂文庫蔵本（一〇五・三）」とに分類するのがよいと考える。

本書校正中に冷泉家から「承空本　小野小町集」が公開されたが、本書ではそれに伴う訂正を行わなかった。これは、「書陵部蔵　御所本甲本」（「御所本甲本」）の系統に入るのであろう。また、「静嘉堂文庫蔵本（一〇五・三）」は、従来の系統分類には入っていなかった特殊な形態の本である。具体的なことは分からないが「小町集」の祖本のところで、六十九首の「西本願寺蔵本（散佚本）系統」と「静嘉堂文庫蔵本（一〇五・三）」の根幹部とが接触した痕跡があり、それらは、「御所本甲本」とも特徴を共通させている。「静嘉堂文庫蔵本（一〇五・三）」の根幹部は、流布本系統の祖本に近いところに位置付けられるという、特殊な本である。流布本系統の中で従来指摘されて来なかったが特殊な本としては、陽明文庫の一冊本「小町集」(国文研番号五五—四四—八)がある。雲や亀甲模様の美しい料紙の本であるが、「歌仙家集」制作の際に書入本文として重視されている本である。一方、異本系統を代表する「西本願寺蔵本(散佚本)系統」は、流布本系統に先行しようが、その現在の六十九首という形が、制作当初のものではなかろうというのは、先行研究でも指摘され、本書でも、その増補部分を、先行研究が指摘するよりももう少し収録番号の若いところに設定できるのではないかということを述べた。「御所本甲本」に見える奥書に、六十九首の本との対校の記録があり、対校に用いられたのは、従来「西本願寺蔵本(散佚本)」系統であるとされてきたが、あるいは、「静嘉堂文庫蔵本(一〇五・三)」の根幹部に近い形であったかもしれず、その可能性は、「西本願寺蔵本(散佚本)」系統と同じ程度に高いと考えている。

「御所本甲本」の系統にある、「神宮文庫蔵本(一一一三)」や、成章注記に見える同系統の「小本」「甲本」からの情報を整理した。成章注記「小本」は、「おほかたの」歌を持つところが、「神宮文庫蔵本(一一一三)」と同じであるが、根幹部末に「已上顕家三位本」と記されるところが、「神宮文庫蔵本(一一一三)」とは異なる。両者の本文は一致箇所も多く、「神宮文庫蔵本(一一一三)」の方に意味の不安定な本文の箇所があるので、この二本に限れば、成章注記「小本」の方が先行し、親本とは言える。また、成章注記「甲本」は、「御所本甲本」の奥書に類似する奥書をもつが、「御所本甲本」と異なるのは、作者勘注で、『袖中抄』以降の内容が記されず、簡略化されていることであり、承空による書写の記録が見えないことである。本文箇所の対校が綿密になされているという注記の性格からすれば、本来あった奥書を恣意的に省略して簡略化したとは考え難いので、この成章注記の「甲本」は、承空以下の識語が付される前段階の本の転写本であるのかもしれない。書入に関しては、「御所本甲本」と成章注記「甲本」とで互いに校合された例もあり、別の本文も見える。成章注記「甲本」が、「御所本甲本」と一致しない本文異同の、第六十五歌以降巻末に近い番号に、「静嘉堂文庫蔵本（一〇五・三）」の本文と共通する特異な本文が含まれる。「御所本甲本」「神宮文庫蔵本（一一一三）」との共通性は、基本的なところで系統を同じくするので措くとしても、「静嘉堂文庫蔵本（一〇五・三）」の、それも巻末あるいは増補箇所に特異な一致本文が見られる。その四例のうち、二例は、「時雨亭文庫蔵本（唐草装飾本）」の本文とも共通する。つまり、片桐洋一氏分割の第二部以降は、本文どうしが互いに接触して交流している様子が窺えるのであるが、「御所本甲本」あるいはその親本の段階で、「静嘉堂文庫蔵本（一〇五・三）」や「時雨亭文庫蔵本（唐草装飾本）」とも深く関わっている。成章注記による「小本」「甲本」は、脱落歌の状況や奥書の記述から、現在の「御所本甲本」や「神宮文庫蔵本（一一一三）」より以前の本文の特徴を有しているといえるが、書入本文からは、互いに校合しあっている痕跡があった。いずれにせよ、親本に近く、流布本系統の「小町集」に関する多くの情報を含むはずの「御所本甲本」ではあるが、必ずしも奥書に付記された古い時代の原形をとどめているわけではなさそうで、現存する一冊は、幾たびかの校合の結果成立した一冊であることが知られた。

「小町集」は『三十六人集』という集成の一冊であるが、「小町集」の成立は、その『三十六人集』からいったん外して考える必要がある。『三十六人集』は、成立当時の姿をそのまま留めているとは限らないからである。伝来過程での変改のみならず、欠本等が、他の種類の『三十六人集』で補われ、「混成本」といった『三十六人集』の存在もまた指摘される。現存する『三十六人集』のうちで、もっとも成立当時の姿をとどめているのが、『西本願寺本三十六人集』である。また、後世の版本も、印刷という固定した本文ゆえに集成としての純粋性は保たれている。従って、『三十六人集』の系統を分類するのに、「西本願寺本系」と「歌仙家集本系」というような分類の仕方がなされ、ある本は西本願寺本系であるとか、ある本は歌仙家集本であるとか、或いはまた、その混成本であるといった分類がなされる。しかし、「小町集」の場合は、西本願寺本の原本が散佚してしまっており、それの転写本の系統にあると言われる本は指摘されているものの、現存の西本願寺本は、流布本系統の補写本であるなど、成立の問題は、本体の姿が見えないまま進められることになる。この二分類を「小町集」にあてはめることには限界を有し、同系統といえども他の私家集との比較には注意を要する。

流布本系「小町集」の方は、非常に大まかには、『古今集』『後撰集』の小町の歌がもとになって、小町らしい歌がどんどん増幅されて成立したのだといえる。そして流布本で最多歌数を有する「御所本甲本」系統から一一五首または一一六首の系統へと、重複歌や他人歌が整理されたのだというのが通説である。先行研究では、この段階の歌数の減少を、「削除」或いは「削除という意識的な改訂」がなされたという。確かに重出歌は整理されたかもしれないが、それら以外に他人詠があるにもかかわらず、特定の歌が削除されているので、その意図になると、説明がつかなくなる。増補部の重出歌と根幹部のそれとを区別しての検討も必要である。「御所本甲本」系統から、或いは「御所本甲本」から派生した何らかの歌集から、正保四年に正保版本の「小町集」が作られた。この時は、重出歌等が整理されたのであろう。後の成立になる類従版本は「神宮文庫蔵本（一一一三）」に近い。流布本系統の一一五首と一一六首とは、不適切な歌をそれと判断して一首が削られたのではなく、まとまって記された歌の、まとまり間の区切れと関係するのであろう。例えば、先行研究で、流布本の内部構造を四部に分割されていたが、確かにその分割線が生成のつなぎ目になっていると考える。綴じられた丁単位でまとまり、丁単位で写されていくのであろう。一首一首ばらばら加えたり減じたりするのではなく、その丁の集まりの大きな句切れが先行研究の分割線なのであろうと考える。「時雨亭文庫蔵本（唐草装飾本）」の詞書も検討しているが、「時雨亭文庫蔵本（唐草装飾本）」に詞書の存在するところしないところがまとまっていたこととも関係しよう。六十九首本に詞書のないところという一つのまとまりもあった。分割線を想定した時に、その前後に、いわゆる「脱落歌」といわれる歌があるのも偶然ではなかろう。一一五首本に「いつはとは」歌が欠けているのも、第一部の末にある歌だったからではあるまいか。脱落歌は、「静嘉堂文庫蔵本（一〇五・三）」本の脱落箇所とも一致する。また、集付の、特に「御所本甲本」末尾に近い箇所の歌序に、一一六首本とで異なる箇所があったのは、「古　十八」という同じ集付に沿って「御所本甲本」がまとめて入ったことにも起因している。

「御所本甲本」の集付は、数次にわたる校合の結果付されたもののようである。対校の本が、所収撰集毎にまとまって記されていたことを窺わせる。付加された箇所にはその痕跡が残っているからである。集付は、付加部も併せて集全体に施されていることを考えれば、何か、増幅の過程で撰集毎に集められた小町の歌集があったのだろう。建長六年の校合以後で、近い頃には、例えば『古今集』『新古今集』『万代集』といった撰集毎に所収の小町歌がまとめられていた。「静嘉堂文庫蔵本（一〇五・三）」の付加部のような体裁である。『秋風集』『万代集』『続古今集』といった反御子左派の撰集名が多く見えるのも特徴的で、それらの撰集資料と「小町集」歌の増幅との関わりも無視できないことを述べた。

六十九首本の成立は、「西本願寺蔵本（散佚本）」と「西本願寺蔵本（補写本）」の制作事情と関わる。十二世紀の初めに宮中で制作された『三十六人集』が、西本願寺に伝来した。これを「西本願寺本　三十六人集」と呼んでいるが、その中に「小町集」も存在していた。しかし、江戸時代には散佚していたため、寛文十年（一六七〇）に補写されたのが、この「西本願寺蔵本（補写本）」「小町集」である。

天永三年（一一一二）、白河法皇六十の御賀の際に調度品として『三十六人集』が制作された。宮中にあったこの歌集は、鳥羽天皇から後白河院に相伝されたはずであると久曾神昇氏は推測する。後白河院は、長寛二年（一一六四）平清盛に造営させた蓮華王院（三十三間堂）に移り、『三十六人集』も蓮華王院に置かれる。これは、『躬恒集』に記載される「蓮華王院宝蔵御本」といった記述からも知られる。欠本であった『兼輔集』が補写されたのもこの頃であるという。その後、蓮華王院、徳長壽院、最勝光院などを含む法住寺が、吉野時代に廃絶した際に、宮中に入り、三〇〇年後、後奈良天皇が相伝したという。天文十八年（一五四九）、後奈良天皇より、本願寺の証如上人に下賜される。そして、元亀三年（一五七二）、織田信長と干戈を交えた際に労をとった近衛前久に贈られた。冷泉為光が、関白秀次の求めに応じて、『公忠集』『遍昭集』を補写している旨の記述が、『御所本　三十六人集』に見えるという。十六世紀末のことである。正保四年（一六四七）、『歌仙家集』が刊行される。「小町集」は、天永三年に制作された系統とは別の系統の本で作られている。即ち『西本願寺本　三十六人集』は、明暦二年（一六五六）、後西天皇が求めた際には『人丸集』『業平集』「小町集」の三集が欠けていたので補写が行われることになり、「小町集」は烏丸資慶が担当した。これが「西本願寺蔵本（補写本）」の「小町集」である。

「小町集」の伝来推定図を作った。生前あるいは死後に記録として残る歌が、小町の歌のまとまりとしてあった。これを「原小町集」と呼ぶ。『古今集』の撰集にも利用されて、『古今集』撰集後、いわゆる「小町集」が作られる。即ち、共通認識に支えられた小町を主体とした家集である。「小町集」は、複数あったと考える。後に『後撰集』の小町歌を取り込み説話化していった「小町集」は、『和歌童蒙抄』に見える「小野小町集」であり、一方で、『古今集』所載の小町の歌がまとめられた「小町集」もあったのであろう。これは、「時雨亭文庫蔵本（唐草装飾本）」のような家集である。そして、「静嘉堂文庫蔵本（一〇五・三）」の根幹部も、「時雨亭文庫蔵本（唐草装飾本）」と共通する要素が多いので、親本の段階において、その成立は時代を近くすると考える。

天永三年、白河法皇の六十の御賀の祝賀の品として、『三十六人集』が制作される。この、いわゆる「西本願寺蔵本（散佚本）」「小町集」は、現在の六十九首本にあるような歌物語的な箇所をもたず、『後撰集』歌を取り込み説話化されていく傾向の「小町集」とは違ったものであったと推測する。「静嘉堂文庫蔵本（一〇五・三）」の根幹部のような形態が、流布本の母胎であり、また、建長六年の校合の際対校に用いられた安元年間の「顕家自筆本」の親本にもなる。真観らの書写活動として校合が行われ、「小町集」も、『業平集』同様に「小相公本」と校合され増補部が付加して後、建長六年の対校がなされたものと考える。現存する「御所本甲本」に残る集付が、数次の校合の痕跡を残していることは先に述べた。

承空の書写した本は、冷泉家に寄進されたという。現在の「御所本甲本」が、巻末に「都合百二十六首内長歌一首」と記しているのは、冷泉為満が関白秀次、宇喜田秀家の求めにより書写して進上したという、『三十六人集』の編成時のもので、同系統の中でも時代の下る新しい本が現在の「御所本甲本」であり、二条家から冷泉家に寄進されたという本の系統が、「神宮文庫蔵本（一一一三）」の系統であったという区分がなされるのかもしれない。正保四年に、『歌仙家集』の版行が企画されるが、それ以前に既に一一六首本の写本は存在したのだろう。『歌仙家集』本増補部の「北相公本」という表記は、いずれかの一一六首本の「小」の崩し字を読み誤ったものと考えるからである。その後、「西本願寺蔵本（補写本）」が書写される。安政年間から編纂が開始される『群書類従』の版本も一一六首本であるが、「印本」すなわち『歌仙家集』の本文をもあわせ校合したと注記されているにも関わらず、「神宮文庫蔵本（一一一三）」の本文の特徴を残していた。「小町集」の伝本の相互関係に関しては、不明な点も多いが、以上、特徴的な現象を提示した。

「小町の和歌」として伝承される歌は、各地にある。また、勅撰集や私撰集そして歌学書に伝わる「小町の和歌」というものも存在する。本書で対象にしたのは、後者の方であり、勅撰集や、私撰集といった歌集並びに歌学書に、小町の記名で伝わる和歌を研究対象としている。それらのほとんどが「小町集」に収録されている。

小町の和歌に関する近代研究の始発は、真作への顧慮であった。六歌仙歌人である小町の真作に近いという点では、『古今集』に載る小町の歌十八首は、信頼するに足るという考え方がある。『古今集』は、小町に関する最古の評言を有し、その成立は小町の生存年代に近く、しかも公的な撰集であるからという『古今集』への信頼に依拠する。真作をめぐる論は、小町の和歌に題詠歌や屏風歌といった性質をみる論や、漢詩文の影響によって、男性の立場に立って歌を作る虚構論なる視点が導入されて終息した。作者に関する情報がほとんどないが、小町が六歌仙歌人であることは疑いなく、六歌仙時代の小町の和歌の研究は多くなされている。六歌仙時代は、『古今和歌集』撰者時代のいわゆる前代にあたる。六歌仙時代の始まりを、嘉祥三年に置く説がある。この年は、仁明天皇の崩御に接し遍昭が出家した年であり、八五〇年と八九〇年頃とが、それぞれの時期での新旧歌人の交代期にあたるという。嘉祥三年（八五〇）の遍昭出家に続いて、小野篁及び藤原関雄が死去する。一方、元慶四年（八八〇）には業平が、続いて遍昭が亡くなっている。

「『古今集』は、『新撰万葉集』で達成されたものに、さらに業平、小町といった在野的なるものを加え、また、主として読人しらずとされるところの伝統的に蓄積されてきたものの収集を加え」（菊地靖彦『古今的世界の研究』）たもので、さらに理論的な省察を経て、一つの構造体としてまとめられたという。『古今集』の中心は四季歌であり、官人文芸の系譜に載るものである。しかし、それだけでは『古今集』は成立しない。恋歌を多く詠む読人不知歌を採りこむ必要があった。その原点にあるのは『万葉集』巻八・巻十・巻十一の歌であって、業平や小町の歌は、補われた「古」の恋歌として位置付けられることになるという。

先行研究は、小町の歌に「新」「古」入り混じった多様性を指摘し、独自の個性を形成していると説く。小町の歌の「近代」性とは、小町の歌が、『古今集』撰者時代の和歌的特質をもつという意味である。古代に培われた和歌の伝統が、漢詩文興隆時期を経て、理知的、観念的、優雅繊細で技巧的な歌風を形作るのが、撰者時代である。小町の歌の「近代」性とは、小町の歌が、その新しい時代の歌の傾向をもっていることを示す。具体的な内容としては、まず、『古今集』に於ける小町の歌の中に、掛詞を駆使した技巧の勝る歌が存在することである。また、「みるめ」という詞に「見る目」と「海松藻」を懸ける掛詞や、海人を男性に見たてるという「見たての技法」は、先行する時代に類型的な表現を見ることは出来ず、その点では、詞への興趣を重視する新しい時代の歌のあり方を実践したと言える。さらに、小町の歌の新しさをいうのに、漢詩文の影響を受けていることが指摘されている。しかし、漢詩文に関して、その影響関係は、非常に間接的であると思う。業平の歌に顕現するのとは異なり、小町の歌と屏風歌、小町の歌と巫女性同様に間接的であると考える。小町の歌に、閨怨詩的性格をみる論説は、それが、勅撰詩集に詠まれるような「閨怨詩」であるといわれるなら、小町の歌は、怨みを詠む歌ではない。経世の物思いはあるが、「女の空閨の恨み」の表現を特定する歌はない。恋の歌はあるが、それは、漢詩を待つまでもなく、万葉の時代より存在する恋の表現であると捉えられる。

一方、小町の歌の古代性は、『万葉集』との類縁関係を有する発想に認められる。『万葉集』の正述心緒の系譜にある直叙の歌、具体的には、夢の歌群に属する歌が古代性を有するというのが通説である。また、それらの歌は、夢に対する民俗信仰の名残であるとする論説もあり、呪術行為が窺えるといわれてきた。民俗学的研究が指摘する、小町の「町」なる語意や、禊の神女に関係するであろう「衣通姫」の流という記述、及び、采女が詠んだ「浅香山」歌を采女の歌の例に挙げる『古今集』序の記録、そして、「かいまみ」或いは、「女房歌の伝統であるぷらいど」といった要素からは、やはり、小町は、古代につながる、何らかの職掌を負う女性だったと考えられる。その生活は、しかし、和歌には直接反映してはいないし、現代人の眼では、和歌からは見えない。

小町の歌は、我が身に関わる、我が身への関心を最優先する歌である点に於いて、古代の額田王の歌には直接つながっていかないが、中西進氏が指摘される万葉後期の郎女群といわれる女性たちの系譜に、小町の歌もまたある。郎女群の歌に見られるという「仮構の恋歌」も、小町の可能性としてある。『古今集』に載る小町の歌は、広義には宮廷風の歌である。詞の興趣を楽しみ、聴く人の存在するであろう歌である。しかし、同論で指摘される、数多の「愛恋の中に自己をいとおしみつづけ」る女の恋歌、それは、「褻（け）」の歌として位置づけられている。「女歌」即ち、「女歌の始源とみる歌垣の掛合いの実用的な、文学ではなかったという古代の恋の歌」が、小町の歌に続いていく。『古今集』真名序が小町の歌を「病婦之着花粉」ようだといい、仮名序が「つよからぬはをうなの歌なればなるべし」という、その、女としての「弱さ」は、古代に創り出されたものの継承であるという見解がある。青木生子氏は、「待つ恋」は仮構の演技としてある、という。それは、脈々と受け継がれてきた女歌の伝統であり、虚構論とは、似て非なるものである。即ち、小町の歌が、例えば夢の歌にみる『古今集』に於ける配列から、男性の立場に立って詠んだと考えざるを得ないといったような虚構論とは、似て非なるものである。小町は、貴顕の求めに応じる専門歌人であり、時には男性の立場になって虚構的世界を詠っていたという「虚構論」とは異なる。歌の発想にみる内的特性を説く論と、詠歌の契機の場を指摘した論との違いである。掛詞を用い、見たてを駆使する歌に、なお漂う悲哀は、後者の「虚構論」からは出て来ない。歌の世界に遊ぶ人々と小町を画するのは、小町がやはり女性の歌を詠んでいたということにある。「贈答歌における切り返しの発想が、相手のみならず自己に対しても否定的であろうとする発想に転ずるところに生ずる、きわめて内省的な表現」（鈴木日出男『古代和歌史論』）で、女歌の伝統的な反撥切り返しの発想が、女性が置かれた境遇による或る種の制約ゆえに、自己に向かった結果の、沈潜し「つよからぬ」調となったものであると考える。

小町の和歌について、まず、歌学の中に、「小町集」の享受の様相を見ようとした。結果的に、「小町集」としては取り上げられていなかったが、小町の歌としては、歌学に於いて重視されていた。その具体的な様相を、最初に六歌仙を評価した『古今和歌集』序に、そして、『三十六人撰』という「小町集」制作の契機を作った藤原公任に於ける六歌仙評価に、さらに、六歌仙時代を再評価することになる藤原定家の歌論に、小町の和歌との関連を具体的に見た。

次に、一一六首本「小町集」の全歌の考察をしている。考察に先立ち、校異のある箇所を対照的に並べた校異表を作った。『古今集』の所収歌を中心にした小町の歌の先行研究は、右にも述べたとおりであるが、本書では、一一一六首本「小町集」の和歌の特質を考察した。「小町集」の中で、一一六首本こそが、「小町集」を代表する本だというのではない。原初の形に近いという意味であれば、六十九首本や、「静嘉堂文庫蔵本（一〇五・三）」が、流布本より古い形であろうし、流布本でも、その親本は、「御所本甲本」という最多の歌数を収める本である。では何故一一六首を対象にするのか。理由は三点ある。一は、それが、最終的な流布本として形を整えられたものであること。「御所本甲本」系統の重出歌は、ある程度整理されている。二は、詞書が付与されて、全体とは言えないが作品としてまとめんとする意志が働いていること。三は、厳密には同じではないが、『歌仙家集』と本文を共通させ、それが版本という固定された本文である点に於いて、本文検討の際の利便性を有するからである。本書での考察は、全ていったん六歌仙時代に詠まれた和歌であると置いてみて和歌の用例を検討し、矛盾する問題点を考察することから始めた。「小町集」の和歌として、そこに存在することの意味を求めようとしたものである。

一一六首本「小町集」の全歌考察をふまえて、流布本「小町集」の様式を分類し全体像を述べた。藤平春男氏の論は、「小町集」について、必ずしも驕慢説話、好色説話で捉えられるものではないこと、恋愛歌集としての「その恋情は積極的な点がほとんどなく、「なげき」の女としての小町像がかなり鮮明にうかびあがってくる」ことを説く。本書でも、同じ結論を得ている。「積極的な点がほとんどない」特質を本書では、自得、諦観の調としての形象として位置付けた。さらに付け加えるならば、流布本「小町集」歌の「なげき」は、不本意なる状況への嘆きであり、弁明、抵抗、沈潜を本質とする。不本意なる状況に対する嘆きの基底には、全き恋の理想があり、それは、流布本「小町集」歌の形象を貫く特質である。「小町集」の特徴を素材面で言えば、夢の歌であり、海人をテーマとする海の歌であり、物思いの歌であるが、それに加えての本質的特徴として提示した。

特に、「夢」の歌群については、「静嘉堂文庫蔵本（一〇五・三）」の配列を考えることで、従来見えなかったものが見えてきた。一一六首本「小町集」の夢の歌群の配列を、『古今和歌集』に於けるそれと対比させ、『古今集』所収の小町の夢の歌が、「小町集」にどのように享受され反映されているかという点を考察した。『古今集』所収の小町の夢の歌は、前半と後半とでは「小町集」に於ける扱いが異なっていた。『古今集』前半の「夢」の歌群は、「小町集」でも夢の歌群として享受され、夢の世界に期待を抱く小町の姿を映し出す。流布本では『古今集』にはなかった一首「たのまじと」歌を加えて連作にしている。「たのまじと」歌を、その位置に配したのは、六十九首本の「小町集」が最初であろうと考えるが、連作のように詞書を付したのは、流布本である。しかしながら、『古今集』所収、後半の小町の夢の歌群は、夢の歌群としてではなく「やんごとなき人との恋」と、海人をテーマにした歌として捉えられていた。より古態の「時雨亭文庫蔵本（唐草装飾本）」では、増補の段階で『古今集』後半の小町夢の歌群がそのままの形で掲載されるという現象をみせており、流布本系統とは全く異なっている。「時雨亭文庫蔵本（唐草装飾本）」と「静嘉堂文庫蔵本（一〇五・三）」との接触も見られる。『古今集』六五八の「夢路には」歌が、海人をテーマにした歌の中で捉えられていたのが明らかなのは、「静嘉堂文庫蔵本（一〇五・三）」であった。それが、流布本に於ける、『古今集』後半の夢の歌群の扱いに反映していると考える。従来、『古今集』所収の小町の夢の歌群は、前半も後半も同列に捉えられて来たが、「小町集」では、それぞれの捉え方が異なっていたのではないかと考えるものである。流布本系「小町集」の意図するところは、『古今集』所収の小町の歌の夢の世界に対する一途さとは、無関係であったことになる。さらに、「小町集」に於ける、夢の歌を、『古今集』所収歌と、非所収歌とに分けてみると、『古今集』所収の小町の夢を素材にした歌は、夢に対する現実を認識しながらも、若き人が抱く憧れのように、夢の世界に期待をかけた歌が詠まれていた。それを「小町集」では、夢の世界への安心感という形で展開させてもいる。しかし、夢の世界の重視は、現実の恋の停止を浮かび上がらせ、夢の世界にも見離された作者を造型し、現実世界を風化させて、諦観の言葉を詠ませる。「小町集」には、『古今集』の「夢」の前の歌群に見られたように、詞書で、作者の恋に翳りの視点を導入していた。同様な視点は、『古今集』非所収歌についても言え、独りの小町が、形象されている。

以上、本書は、「小町集」という家集について、伝本、享受、解釈を総合的に研究しようとしたものである。

本書関連書目一覧

序章（第一節・第二節）

黒岩周六『小野小町論』大正二年七月　朝報社
大西貞治「小野小町に就て」『国語と国文学』大正十五年八月　東京大学国語国文学会
西下經一「伝説化されたる小野小町」『国語と国文学』昭和四年十月　東京大学国語国文学会
関谷真可禰『小野小町秘考』昭和八年十二月　雄山閣
前田善子『小野小町』昭和十八年六月　三省堂
高崎正秀『六歌仙前後』昭和十九年五月　青磁社
石橋敏男「小町集成立考」『国語』4-1　昭和三十年八月　東京教育大学国語国文学会
窪田章一郎「万葉より古今へ―六歌仙の問題―」『日本文学』5-1　昭和三十一年一月　日本文学協会
折口信夫「小野小町」『折口信夫日本文学史ノート　I』昭和三十二年十月　中央公論社
藤川忠治「平安女流歌人の作風と生涯―小野小町―」『国文学』4-4　昭和三十四年三月　学燈社
柳田国男「妹の力」『定本柳田国男集　第9巻』昭和三十七年三月　筑摩書房
高崎正秀「巫女文学から女房文学へ」『日本古典鑑賞講座　第九巻　枕草子』昭和三十七年五月第四版　角川書店
佐山　済「平安朝歌人の生活と思想―六歌仙時代を中心に―」『国文学』昭和四十年一月　学燈社
松田武夫「私家集の性格」『国文学』昭和四十年十月　学燈社
中西　進「女から女へ―古代和歌史の素描―」『国語と国文学』昭和四十一年四月　東京大学国語国文学会
片桐洋一「小野小町集考」『国文学　言語と文芸』46　昭和四十一年五月　東京教育大学国語国文学会
青木生子「恋歌における女流と男流」、藤平春男「小野小町」『国文学』昭和四十二年一月　学燈社
秋山　虔「小野小町的なるもの」『王朝女流文学の形成』昭和四十二年三月　塙書房
大曾根章介「平安初期の女流漢詩人―有智子内親王を中心として―」、長澤美津「小野小町と伊勢」『日本女流文学史』昭和四十四年三月　同文書院

小林茂美「小野小町」『和歌文学講座　第六巻　王朝の歌人』昭和四十五年一月　桜楓社
小沢正夫「古今集入門」、片桐洋一「よみ人しらず時代」、島田良二「六歌仙時代」『国文学　解釈と鑑賞』昭和四十五年
二月　至文堂
小町谷照彦「小野小町―古今和歌集―」『国文学』昭和四十五年七月　学燈社
角田文衞「小野小町の実像」『王朝の映像―平安時代史の研究―』昭和四十五年八月　東京堂出版
目崎徳衛『日本詩人選6　在原業平・小野小町』昭和四十五年十月　筑摩書房
後藤由紀子「小野小町の歌と生活」、島津忠夫「新古今歌風の形成と万葉語　万葉調」『古今新古今とその周辺』昭和四
十七年七月　大学堂書店
片桐洋一「待つ女の典型」『国文学』昭和五十年十二月　学燈社
浅見和彦「小町変貌」『成蹊国文』9　昭和五十一年一月　成蹊大学文学部日本文学科
糸賀きみ江「熱情」、小林茂美「評伝・小野小町」、小町谷照彦「小野小町における〝うつろひ〟」、藤平春男「はかなさ」
『国文学　解釈と鑑賞』昭和五十一年一月　至文堂
小島憲之「恋歌と恋詩―万葉・古今を中心として―」『文学』昭和五十一年三月　岩波書店
後藤祥子「小野小町試論」『日本女子大学紀要・文学部』27　昭和五十三年三月
山口　博『閨怨の詩人　小野小町』昭和五十四年十月　三省堂
小沢正夫「小野小町」『平安の和歌と歌学』昭和五十四年十二月　笠間書院
菊地靖彦『古今的世界の研究』昭和五十五年十一月　笠間書院
小林茂美『小野小町集攷―王朝の文学と伝承構造Ⅱ―』昭和五十六年一月　桜楓社
山口　博「小町「心の花」の発見」『国文学』昭和五十六年四月　学燈社
中田武司「小野小町の本性と虚実」『学苑』515　昭和五十七年十月　昭和女子大学近代文化研究所
田中喜美春『小町時雨』昭和五十九年十二月　風間書房
小沢正夫『古今集の世界』昭和六十年五月第二版　塙書房（初版　昭和三十六年六月）
大曾根章介「国風暗黒時代の和歌」、上條彰次「読み人知らず時代」、久保木寿子「小町」、中西　進「万葉集から古今和

歌集へ」『一冊の講座　古今和歌集』昭和六十二年三月　有精堂出版
今村与志雄　『唐宋伝奇集　上』昭和六十三年七月　岩波書店
長谷川政春　「巫女から女房へ―額田王と小野小町と―」『日本民俗研究大系　第9巻　文学と民俗学』平成元年三月　國學院大學
藤本一恵　「古今集仮名序「女の歌」をめぐって」『平安文学論集』平成二年五月　風間書房
鈴木日出男　「女歌の本性」「屏風歌の展開」『古代和歌史論』平成二年十月　東京大学出版会
犬養　廉　「王朝和歌の始発―六歌仙前夜まで―」『立正大学大学院紀要』7　平成三年二月
橋本達雄　『万葉集の作品と歌風』平成三年二月　笠間書院
片桐洋一　『日本の作家5　天才作家の虚像と実像　在原業平・小野小町』平成三年五月　新典社
塚原鉄雄　「伊勢物語と古今集歌―睡夢素材の表現規定―」『平安時代の作家と作品』平成四年一月　武蔵野書院
犬養　廉・井上宗雄・大久保正・小野　寛・田中　裕・橋本不美男・藤平春男編　『和歌大辞典』平成四年四月第三版　明治書院（初版　昭和六十一年三月）
三善貞司　『小野小町攻究』平成四年五月　新典社
大塚英子　「小町の夢・鶯鶯の夢」『和漢比較文学叢書　11　古今集と漢文学』平成四年九月　汲古書院
後藤祥子　「女流による男歌―式子内親王歌への一視点―」、森本元子「私家集余考」『平安文学論集』平成四年十月　風間書房
田中喜美春　「中興和歌の原理」『国語と国文学』平成四年十二月　東京大学国語国文学会
犬養　廉　「能因の小町詠をめぐって―家集上巻末尾三首試考―」『立正大学国語国文』29　平成五年三月　立正大学国語国文学会
片桐洋一　『小野小町追跡―「小町集」による小町説話の研究―』平成五年十一月改訂新版　笠間書院（初版　昭和五十年四月）
藤原克己　「小野小町の歌のことば」『古今集とその前後』平成六年十月　風間書房
小沢正夫・松田成穂校注　『新編日本古典文学全集　11　古今和歌集』平成六年十一月　小学館

片桐洋一「才女をめぐる実像と虚像」『国文学　解釈と鑑賞』平成七年八月　至文堂
中西　進『万葉史の研究　上』『同　下』平成八年三月　講談社
小嶋菜温子「恋歌とジェンダー　業平・小町・遍昭」『国文学』平成八年十月　学燈社
青木生子「女歌の意味するもの」『文学・語学』155　平成九年五月　全国大学国語国文学会
島津忠夫「万葉から古今へ」「小野小町の「花の色は」の歌」『和歌文学史の研究　和歌編』平成九年六月　角川書店
平野由紀子「夢の小町―能因と順徳院の場合―」『和歌文学の伝統』平成九年八月　角川書店
曾根誠一「伊勢の和歌表現―古歌混入部と独自表現を通して―」『国文学　解釈と鑑賞』平成十二年八月　至文堂
大塚英子「小野小町における「あはれてふこと「成立考」」『駒澤国文』38　平成十三年二月　駒澤大学国文学会
錦　仁『浮遊する小野小町―人はなぜモノガタリを生みだすのか―』平成十三年五月　笠間書院
阿木津英『折口信夫の女歌論』平成十三年十月　五柳書院
久富木原玲「夢歌の位相―小野小町以前・以後」『万葉への文学史　万葉からの文学史』平成十三年十月　笠間書院
国文学研究資料館編『ジェンダーの生成　古今集から泉花まで』平成十四年三月　臨川書店
藤岡忠美「屏風歌など」「私家集」『平安朝和歌　読解と試論』平成十五年六月　風間書房
徳原茂実「古今集の女歌―美人伝説の意味―」『国文学』平成十六年十一月　学燈社

序章（第三節）、第一編第一章

＊「小町集」の写本及び刊本は、［資料1］に記載。

塙保己一編「巻第二百七十二　小町集」『群書類従　第九輯』明治三十七年三月　経済新聞社
中川恭次郎編『歌仙家集　五』明治四十二年八月　歌学書院
佐佐木信綱・芳賀矢一校注「小町集」『校註和歌叢書　第五冊』大正三年三月　博文館
三十六人家集行会編『後奈良天皇下賜　西本願寺大谷家秘蔵　三十六人家集』昭和四年十一月　三十六人家集行会
前田善子「異本小町家集について―神宮文庫所蔵異本三十六人家集・及び架蔵異本三十六人家集Ⅰ・Ⅱ中の小町集について―」『国語と国文学』昭和二十一年八月　東京大学国語国文学会

久曾神昇　「西本願寺本三十六人集の原形」『日本文学研究』4　昭和二十四年九月　誠信書院
久松潜一・山岸徳平監修　「小町集」『校訂校註　日本文学大系　第十二巻　三十六人集　六女集（下）』昭和三十年八月　風間書房
島田良二　「三十六人集諸本と系統」『国語と国文学』昭和三十一年十一月　東京大学国語国文学会
久曾神昇　「西本願寺本三十六人集の成立」『愛知大学文学論叢』昭和三十二年三月
窪田空穂校注　『日本古典全書　和泉式部集　小野小町集』昭和三十三年十月　朝日新聞社
宮内庁書陵部編　『図書寮所蔵　桂宮本叢書　第一巻』昭和三十五年三月　養徳社
久曾神昇　『古今和歌集成立論　資料編　上』『同　中』『同　下』『同　研究編』昭和三十五年三月〜昭和三十六年十二月　風間書房
伊藤嘉夫・臼田甚五郎・江湖山恒明・木俣　修・窪田章一郎・五味智英・高崎正秀編　『和歌文学大辞典』昭和三十七年十一月　明治書院
田中親美　『西本願寺本三十六人集』昭和三十八年十一月　日本経済新聞社
久保木哲夫　「小町・伊勢とその家集」『国文学』昭和四十年十月　学燈社
和歌史研究会編　『私家集伝本書目』昭和四十年十月　明治書院
松田成穂　「「花の色は」試解―小野小町ノート―」『金城学院大学論集』31　昭和四十二年三月
島田良二　「小野小町集」『平安前期私家集の研究』昭和四十三年四月　桜楓社
福田秀一　『中世和歌史の研究』昭和五十年八月再版　角川書店（初版　昭和四十七年三月）
竹鼻　積　「叢書訪問5　三十六人集」『日本古典文学会々報』34　昭和五十年十二月　日本古典文学会
長連　恒編　『校註国歌大系　第十二巻　三十六人集　六女集』昭和五十一年十月復刻版　講談社（初版　昭和四年五月　国民図書）
西下經一・滝沢貞夫編　『古今集校本』昭和五十二年九月　笠間書院
土曜会編　『三十六人集攷　（一）』〜『同　（四）』昭和五十四年一月〜昭和五十七年一月　土曜会
廣田　収　「平安中期女流私家集の共通項―私的世界の対象化と認識―」『同志社国文学』15　昭和五十五年一月　同志社

大学国文学会
竹岡正夫『古今和歌集全評釈　上』『同　下』昭和六十二年九月補訂三刷　右文書院（初版　昭和五十一年十一月）
島内景二「歌の論理と家集の論理―小野小町と菅原道真―」『電気通信大学紀要』1-1　昭和六十三年六月
田村柳一「藤原定家書写所伝私家集一覧」『日本大学　農獣医学部一般教養研究紀要』24　昭和六十三年十二月
『国書総目録　補訂版　第一巻』～『同　第三巻』平成元年九月～平成二年一月　岩波書店
国文学研究資料館編『古典籍総合目録（書名索引　筆者名索引）国書総目録続編　第3巻』平成二年三月　国文学研究資料館
小松茂美『古筆学大成　17巻』平成三年五月　講談社
島田良二「三十六人集の成立」『王朝私家集の成立と展開』平成四年一月　風間書院
秋間康夫『拾遺集と私家集の研究』平成四年八月　新典社
藤田洋治「伊勢集・内閣文庫本系の本文性格―定家本系・歌仙家集本系との関係から―」『東京成徳短期大学紀要』26　平成五年三月
藤田洋治「歌仙家集・正保版の一性格―その二　遍昭・小町・敏行・友則・小大君の家集を中心に―」『東京成徳短期大学紀要』27　平成六年三月
島田良二「陽明文庫蔵三十六人集（十冊本）（10・68）について―翻刻「赤人集」付載―」『明星大学研究紀要（言語文化学科）』4　平成八年三月
藤田洋治「赤人集・内閣文庫本の本文性格―歌仙家集本系及び万葉集との関連から―」『東京成徳短期大学紀要』30　平成九年三月
片桐洋一『古今和歌集全評釈（上）』『同（中）』『同（下）』平成十年二月　講談社
時雨亭文庫編『冷泉家時雨亭叢書　第66巻　資経本私家集　1』～『同　第68巻　資経本私家集　4』平成八年二月～平成十七年二月　朝日新聞社
島田良二「陽明文庫蔵三十六人集（212・2）の本文について」『明星大学研究紀要（言語文化学科）』6　平成十年三月
小松茂美編『小松茂美著作集6　元永本・公任本古今和歌集の研究』平成十年七月　旺文社

松本暎子　『西本願寺本三十六人集の字彙』平成十年八月　汲古書院
杉谷寿郎　「小町集」『平安私家集研究』平成十年十月　新典社
室城秀之校注　『和歌文学大系18　小町集・遍昭集・業平集・素性集・伊勢集・猿丸集』平成十年十月　明治書院
井上宗雄・岡　雅彦・尾崎　康・片桐洋一・鈴木　淳・中野三敏・長谷川強・松野洋一編　『日本古典籍書誌学辞典』平成十一年三月　岩波書店
藤本孝一　「藤原資経『千頴集』の書誌的研究―伝本を中心として―」『古代中世文学論』平成十一年十月　新典社
島田良二・千艘秋男　『御所本三十六人集　本文・索引・研究』平成十二年二月　笠間書院
藤田洋治　「歌仙家集本系業平集考―伝定家筆本を中心に―」『東京成徳短期大学紀要』33　平成十二年三月
静嘉堂文庫編　『静嘉堂文庫の古典籍　第四回　王朝文化へのあこがれ～初公開・鎌倉から江戸時代までの写本～』平成十二年十二月　静嘉堂文庫
静嘉堂文庫編　『マイクロフィルム　静嘉堂文庫新収古典籍　32　小町集　附被入撰集漏家集』平成十二年十二月　静嘉堂文庫
藤田洋治　「宗于集の本文系統―時雨亭文庫二本を加えて―」『日本語と日本文学』32　平成十三年二月　筑波大学国語国文学会
藤田洋治　「元真集の本文―書陵部丙本を中心に―」『東京成徳短期大学紀要』34　平成十三年三月
片桐洋一　「俊成・定家の私家集書写」『冷泉家の秘籍　解説』平成十四年三月　朝日新聞社
時雨亭文庫編　『冷泉家時雨亭叢書　第69巻　承空本私家集　上』平成十四年八月　朝日新聞社
武田早苗　「小町集管見―唐草装飾本小町集の位置―」『王朝文学の新展望』平成十五年五月　竹林舎

第二編（第一章）

『古今和歌集正義』明治二十九年八月訂正再版　積善館（初版　明治二十八年十一月）
金子元臣　『古今和歌集評釈』大正四年三月第六版　明治書院（初版　明治四十一年七月）
能勢朝次　「古今集序六義の再検討」『国語国文』昭和九年八月　京都帝国大学国文学会

久曾神昇　「喜撰偽式と新撰和歌髄脳（一）」『文学』4-7　昭和十一年七月　岩波書店
田中　裕　「妖艶―近代秀歌について―」『国語国文』15-10　昭和二十一年十一月　京都帝国大学国文学会
石田吉貞　「宇都宮歌壇とその性格」『国語と国文学』昭和二十二年十二月　東京大学国語国文学会
潁原退蔵　『余情の文学』昭和二十三年二月　臼井書房
小西甚一　『文鏡秘府論考　研究篇　上』昭和二十三年四月　大八洲出版株式会社
太田水穂　『日本和歌史論　中世編』『同　上代編』昭和二十四年八月、昭和二十九年三月　岩波書店
吉澤義則　「「艶」に就いて」『国語国文』18-4　昭和二十四年九月　京都帝国大学国文学会
吉澤義則　『源語釈泉』昭和二十五年七月　誠和書院
久松潜一校注　「深窓秘抄」『古典文庫　公任歌論集』昭和二十六年七月　古典文庫
村瀬敏夫　「公任著作成立時代考」『国文学研究』11　昭和二十九年十二月　早稲田大学出版部
前田妙子　「歌論に於ける「余情」と「空」の美的相關」『日本文芸研究』7-2　昭和三十年六月　関西学院大学日本文学会
実方　清　『日本文芸理論　風姿論』昭和三十一年四月　弘文堂
久曾神昇　「古今集仮名序系統小論」『国語と国文学』昭和三十二年六月　東京大学国語国文学会
井上宗雄　「真観をめぐって―鎌倉期歌壇の一側面―」『和歌文学研究』4　昭和三十二年八月　和歌文学会
萩谷　朴編　『平安朝歌合大成　第三巻』昭和三十四年四月　赤堤居私家版
窪田空穂　『古今和歌集評釈　上巻』『同　中巻』『同　下巻』昭和三十五年三月新訂版　東京堂（初版　昭和十年～昭和十二年）
渡辺　泰　「公任の人麿観の歌論的意義」『国文学攷』23　昭和三十五年五月　広島大学国語国文学会
小沢正夫　「平安朝歌論の成立と展開―貫之から公任まで―」『国語と国文学』昭和三十七年四月　東京大学国語国文学会
原田芳起　「大東急本奥義抄と忠岑十体」『文学・語学』27　昭和三十八年三月　全国大学国語国文学会
梅原　猛　「壬生忠峯「和歌体十種」について」『立命館文学』7　昭和三十八年七月　立命館大学人文学会
岩津資雄　『歌合せの歌論史研究』昭和三十八年十一月　早稲田大学出版部

小沢正夫『古代歌学の形成』昭和三十八年十二月　塙書房
北野　克『重要美術品　拾遺和歌集　解説　全』昭和三十九年　端居書屋
田中　裕「寛平以往の説」『語文』25　昭和四十年三月　大阪大学文学部国文学研究室
久曾神昇「三十六人撰とその秀歌」『愛知大学　文学論叢』31　昭和四十一年一月　愛知大学文学会
中島洋一『日本文芸理論における象徴的表現理念の研究』昭和四十一年五月　風間書房
萩谷　朴『土佐日記全注釈』昭和四十二年八月　角川書店
太田青丘『日本歌学と中国詩学』昭和四十三年十一月　清水弘文堂
宮内庁書陵部編『図書寮叢刊　古今和歌六帖　下巻　索引校異篇』昭和四十四年三月　宮内庁書陵部
岡崎義恵『岡崎義恵著作選　美の伝統（新修版）』昭和四十四年八月　宝文館出版（初版　昭和十五年　弘文堂書房）
田中　裕『中世文学論研究』昭和四十四年十一月　塙書房
樋口芳麻呂「袋草紙・無名草子の成立時期について」『国語と国文学』昭和四十五年四月　東京大学国語国文学会
片桐洋一『拾遺和歌集の研究　校本編　伝本研究編』『同　索引編』昭和四十五年十二月、昭和五十一年九月　大学堂書店
岡部政裕『余意と余情』昭和四十六年一月　塙書房
市原　愿「伊勢物語生成序説―八二段の再検討―」『中古文学』9　昭和四十七年五月　中古文学会
佐々木孝二「猿丸集の成立と紀貫之」『国語国文研究』50　昭和四十七年十月　北海道大学国文学会
小町谷照彦「藤原公任の詠歌についての一考察―古今的美学の展開として」『東京学芸大学紀要　第2部門　人文科学』24　昭和四十八年二月
安井久善『藤原光俊の研究』昭和四十八年十一月　笠間書院
福田秀一「余情妖艶の意味と位相」『国文学　解釈と鑑賞』昭和四十九年四月　至文堂
錦　仁「藤原定家の本歌取―「寛平以往」の実践的意味―」『日本文芸論稿』昭和五十年三月　東北大学文芸談話会
三好英二『校本拾遺抄とその研究』昭和五十年十月改訂再版　雄松堂書店（初版　昭和十九年三月）
中田祝夫校注『日本古典文学全集　6　日本霊異記』昭和五十年十一月　小学館

静嘉堂文庫編『無名抄　俊頼』『マイクロフィルム静嘉堂文庫所蔵　歌学資料集成　一』昭和五十一年　雄松堂書店
藤岡忠美司会『シンポジウム日本文学②　古今集』昭和五十一年二月　学生社
小島憲之『古今集以前』昭和五十一年二月　塙書房
福田秀一「近代秀歌」『鑑賞日本古典文学　第24巻　中世評論集』昭和五十一年六月　角川書店
片桐洋一編『拾遺抄―校本と研究―』昭和五十二年三月　大学堂
木越　隆「藤原公任の歌論―「姿」を中心として―」『和歌と中世文学』昭和五十二年三月　東京教育大学中世文学談話会
樋口芳麻呂「藤原公任撰『前十五番歌合』考『愛知教育大学研究報告　人文科学社会科学』26　昭和五十二年二月
野口武彦『花の詩学』昭和五十三年三月　朝日新聞社
窪田章一郎・杉谷寿郎・藤平春男編『鑑賞日本古典文学　第七巻　古今和歌集　後撰和歌集　拾遺和歌集』昭和五十三年六月三版　角川書店（初版　昭和四十八年一月）
『日本の詩歌4　与謝野鉄幹　与謝野晶子　若山牧水　吉井勇』昭和五十四年二月改訂新版　中央公論社（初版　昭和四十三年九月）
梅野きみ子『王朝の美的語彙』昭和五十四年二月　新典社
梅野きみ子『えんとその周辺　平安文学の美的語彙の研究』昭和五十四年二月　笠間書院
小沢正夫『平安の和歌と歌学』昭和五十四年十二月　笠間書院
石田吉貞『妖艶　定家の美』昭和五十四年十二月　塙書房
『定本　村野四郎全詩集』昭和五十五年八月　筑摩書房
片野達郎「実朝における「寛平以往」の意味」『国語と国文学』昭和五十五年十一月　東京大学国語国文学会
荒木　尚編『古典文庫　新勅撰和歌集』昭和五十六年五月　古典文庫
山下一海「余情」『日本文学に於ける美の構造』昭和五十七年三月再版　雄山閣（初版　昭和五十一年五月）
『谷山茂著作集　一　幽玄』昭和五十七年四月　角川書店
石田吉貞『藤原定家の研究』昭和五十七年五月改訂三版　文雅堂書店（初版　昭和四十四年三月　文雅堂銀行研究社）

藤平春男　『新古今とその前後』昭和五十八年一月　笠間書院
樋口芳麻呂　『平安・鎌倉時代秀歌撰の研究』昭和五十八年二月　ひたく書房
樋口芳麻呂校注　『岩波文庫　王朝秀歌選』昭和五十八年三月　岩波書店
日本古典文学大辞典編集委員会編　『日本古典文学大辞典　第一巻』〜『同　第六巻』昭和五十八年十月〜昭和六十年二月　岩波書店
「作文大体　観智院本」天理図書館善本叢書和書之部編集委員会編　『天理図書館善本叢書和書之部　第五十七　平安詩文残篇』昭和五十九年一月　天理大学出版部
加藤直子　「「新撰髄脳」から「九品和歌」へ—批評者公任の眼—」『国文目白』24　昭和六十年二月　日本女子大学国語国文学会
橋本不美男・有吉保・藤平春男校注　「古来風体抄」『日本古典文学全集　50　歌論集』昭和六十年二月第十一版　小学館（初版　昭和五十年四月）
片桐洋一　「真観一派の古今和歌集注釈」『中世古今集注釈書解題（五）』昭和六十一年一月　赤尾照文堂
大取一馬　『新勅撰和歌集古注釈とその研究　（上）』『同　（下）』昭和六十一年三月　思文閣出版
川上新一郎・兼築信行　「陽明文庫蔵『清輔袋双紙』—新出巻末部翻刻—」『和歌文学研究』54　昭和六十二年四月　和歌文学会
藤平春男　『歌論の研究』平成元年六月新装版　ぺりかん社（初版　昭和六十三年一月）
波戸岡旭　『上代漢詩文と中国文学』平成元年十一月　笠間書院
久曾神昇編　『藤原定家筆　拾遺和歌集』『同　別巻』平成二年十一月　汲古書院
荒　暁子　「業平の歌の構造—「心余りて、詞足らず」の意味—」『日本文芸思潮論』平成三年三月　桜楓社
杤尾　武　『玉造小町子壮衰書の研究』平成三年三月　臨川書店
錦　仁　「〈せば—まし〉歌の消滅」『中世和歌の研究』平成三年十月　桜楓社
上條彰次　『中世和歌文学論叢』平成五年八月　和泉書院
藤井貞和　「歌体論—短歌の歌形成立—」『うたの発生と万葉和歌』平成五年十月　風間書房

吉川栄治「古今集序の歌論」『和歌文学講座　古今集』平成五年十二月　勉誠社
上條彰次「藤原俊成・定家の歌論」『和歌文学講座　第六巻　新古今集』平成六年一月　勉誠社
紙　宏行「歌論用語研究」、田中喜美春「初期の歌学」『歌論の展開』平成七年三月　風間書房
中西　進『花のかたち—日本人と桜—（近代）』平成七年四月　角川書店
石原昭平「歌学書に見る小町—「あなめの薄」を中心に—」『国文学　解釈と鑑賞』平成七年八月　至文堂
西村加代子「古今集仮名序「古注」の成立」『中古文学』56　平成七年十一月　中古文学会
岩佐美代子『玉葉和歌集全注釈　上』『同　下』『同　別巻』平成八年八月　笠間書院
藤平春男「古来風体抄」「定家八代抄と近代秀歌」『藤平春男著作集　第1巻　新古今歌風の形成』『同　巻3巻　歌論1』『同　巻4巻　歌論　2』平成九年五月、平成十年十二月、平成十一年五月　笠間書院
山本　一「『六百番歌合』判詞の「幽玄」」『国語と国文学』平成九年十一月　東京大学国語国文学会
安田徳子『和歌文学大系　13　万代和歌集　上』『同　14　下』平成十年六月、平成十二年十月　明治書院
川上新一郎『六条藤家歌学の研究』平成十一年八月　汲古書院
小池博明「『和歌九品』明石詠の余情—類型表現にみる独創性—」『古代中世文学論考　第三集』平成十一年十月　新典社

第二編（第二章以降）

吉澤義則編「古今集註　毘沙門堂本」『未刊国文古註釈大系　第四冊』昭和十年二月　帝国教育会出版部
西下經一『古今集の伝本の研究』昭和二十九年十一月　明治書院
小松茂美『後撰和歌集校本と研究　校本編』『同　研究編』昭和三十六年三月　誠信書房
坂本幸男・岩本　裕訳注『岩波文庫　法華経（中）』『同（下）』昭和三十九年三月、昭和四十二年十二月　岩波書店
窪田空穂『完本新古今和歌評釈　上巻』『同　中巻』『同　下巻』昭和三十九年九月〜昭和五十一年六月　東京堂
大阪女子大学国文学研究室編『後撰和歌集総索引』昭和四十年十二月　大阪女子大学国文学研究室
丸山林平編『上代語辞典』昭和四十二年七月　明治書院

上代語辞典編集委員会編　『時代別国語大辞典　上代編』昭和四十二年十二月　三省堂
大久保正編　『古今集遠鏡』『本居宣長全集　第三巻』昭和四十四年一月　筑摩書房
吉田東伍編　『大日本地名辭典　増補版』昭和四十四年十二月〜昭和四十六年十一月　冨山房
片桐洋一　『伊勢物語の研究（研究編）』昭和四十五年二月　明治書院
西郷信綱　『古代人と夢』昭和四十七年五月　平凡社
馬淵和夫　『和名類聚抄古写本・声点本本文および索引』昭和四十八年六月　風間書房
峯村文人校注　『日本古典文学全集　26　新古今和歌集』昭和四十九年三月　小学館
大野　晋・佐竹昭広・前田金五郎編　『岩波古語辞典』昭和四十九年十二月　岩波書店
花山信勝校訳　『岩波文庫　法華義疏　（上）』『同　（下）』昭和五十年五月　岩波書店
井原　昭　『日本文学色彩用語集成―中古―』昭和五十二年四月　笠間書院
久保田淳　『新古今和歌集全評釈　第六巻』昭和五十二年六月　講談社
奥村恆哉校注　『新潮日本古典集成　古今和歌集』昭和五十三年七月　新潮社
久松潜一監修　『古今和歌集打聴』『賀茂真淵全集　第九巻』昭和五十三年九月　続群書類従完成会
山崎　宏・笠原一男監修　『仏教史年表』昭和五十四年一月　宝蔵館
久保田淳校注　『新潮日本古典文学集成　新古今和歌集　上』『同　下』昭和五十四年三月〜九月　新潮社
『北村季吟古註釈集成　八代集抄　一』〜『同　十五』昭和五十四年四月〜昭和五十五年六月　新典社
日本図書編　『大和物語古註釈大成』昭和五十四年六月　日本図書センター
片桐洋一編　『教端抄　初雁文庫本古今和歌集　一』〜『同　九』昭和五十四年七月〜十一月　新典社
本多井平　『大和物語本文の研究』昭和五十五年二月　笠間書院
本位田重美編　『校訂　古今和歌集』昭和五十五年三月第十八版　武蔵野書院（初版　昭和三十五年四月）
下中邦彦編　『日本歴史地名大系　26　京都府の地名』昭和五十六年三月　平凡社
片桐洋一　『鑑賞　日本古典文学　第5巻　伊勢物語　大和物語』昭和五十六年八月　角川書店
小町谷照彦訳注　『旺文社文庫　古今和歌集』昭和五十七年六月　旺文社

久松潜一校訂者代表『契沖全集　第八巻　古今余材抄』昭和五十七年十月　岩波書店
片桐洋一・福井貞助・高橋正治・清水好子校注『日本古典文学全集　8　竹取物語　伊勢物語　大和物語　平中物語』昭和五十八年五月第十四版　小学館（初版　昭和四十七年十二月）
高野伸二編『日本の野草』昭和五十八年九月　山と渓谷社
和田英松『講談社学術文庫　新訂　官職要解』昭和五十八年十一月　講談社
相賀徹夫編『日本大百科全書　第3巻』昭和六十年四月　小学館
折口博士記念古代研究所編『折口信夫全集　ノート編　第十三巻』昭和六十一年二月六版　中央公論社（初版　昭和四十五年九月）
大林太良編『日本の古代　第8巻　海人の伝統』昭和六十二年二月　中央公論社
宮坂宥勝・梅原　猛・金岡秀友編『講座密教　5　密教小辞典』昭和六十二年三月　春秋社
石田吉貞『新古今和歌集全註解』昭和六十二年八月　有精堂出版
岸上慎二・杉谷寿郎校注『後撰和歌集』昭和六十三年五月　笠間書院
山中　裕『平安時代の古記録と貴族文化』昭和六十三年五月　思文閣出版
木船重昭『後撰和歌集全釈』昭和六十三年十一月　笠間書院
上田正昭『住吉と宗像の神』昭和六十三年十二月　筑摩書房
梅原　猛『日本人の「あの世」観』平成元年二月　中央公論社
松田武夫『古今集の構造に関する研究』平成元年二月第三版　風間書房（初版　昭和四十年九月）
新井栄蔵「和歌と仏教「おろかなる涙」をめぐって—古今和歌集考—」『仏教文学』13　平成元年三月　仏教文学会
高野伸二編『野外ハンドブック　4　野鳥』平成元年十月第十七版　山と渓谷社（初版　昭和五十三年五月）
森本　茂『大和物語の考証的研究』平成二年十月　和泉書院
窪田章一郎校注『角川文庫　古今和歌集』平成三年七月二十二版　角川書店（初版　昭和四十八年一月）
片桐洋一『古今和歌集の研究』平成三年十一月　明治書院
大槻文彦『新編　大言海』平成四年一月　冨山房

田中　裕・赤瀬信吾校注『新日本古典文学大系　11　新古今和歌集』平成四年一月　岩波書店
片岡寧豊文・中村明巳写真『やまと花万葉』平成四年五月　東方出版
石田瑞麿訳注『岩波文庫　往生要集　上』平成四年十月　岩波書店
片野達郎・松野陽一校注『新日本古典文学大系　10　千載和歌集』平成五年四月　岩波書店
松村　博・山中裕校注『日本古典文学大系新装版　栄花物語　下』平成五年十月　岩波書店（初版　昭和四十年十月）
佐佐木信綱編『校本万葉集　一』～『同　十』、佐竹昭広・木下正俊・神堀　忍・工藤力男編『同　十一』～『同　十八』、広瀬捨三・佐竹昭広・木下正俊・神堀　忍・工藤力男編『同　別冊一』～『同　別冊三』平成六年三月～同年十一月新増補版　岩波書店
小島憲之・木下正俊・東野治之校注『新編日本古典文学全集　6　万葉集　①』～『同　9　万葉集　④』平成六年五月～平成八年八月　小学館
阿部俊子『私家集全釈叢書　遍昭集全釈』平成六年十月　風間書房
小町谷照彦『古今和歌集と歌ことば表現』平成六年十月　岩波書店
片桐洋一・福井貞助・高橋正治・清水好子校注『新編日本古典文学全集　12　竹取物語　伊勢物語　大和物語　平中物語』平成六年十二月　小学館
伊藤博之・今成元昭・山田昭全編『仏教文学講座　第二巻　仏教思想と日本文学』平成七年一月　勉誠社
小松茂美編『伝藤原公任筆　古今和歌集　図版編　上』『同　下』『同　解説編』平成七年五月　旺文社
井上光貞・大曾根章介校注『日本思想大系新装版　日本仏教の思想』平成七年六月　岩波書店
伊藤　博『万葉集釈注　1』～『同　11』平成七年十一月～平成十一年三月　集英社
折口信夫全集刊行会編『万葉集辞典』『折口信夫全集　11』平成八年二月　中央公論社
新古今集古注集成の会編『新古今集古注集成　近世旧注編　1』～『同　4』平成十年二月～平成十三年二月　笠間書院
鈴木宏子「うらみ考―『古今集』の歌ことば―」『歌ことばの歴史』平成十年五月　笠間書院
片桐洋一編『毘沙門堂本　古今集注』平成十年十月　八木書店

今井源衛『大和物語評釈　上巻』『同　下巻』平成十一年三月　笠間書院
佐竹昭広・山田英雄・工藤力男・大谷雅夫・山崎福之校注『新日本古典文学大系　1　万葉集　一』～『同　4　万葉集　四』平成十一年五月～平成十五年十月　岩波書店
片桐洋一『歌枕歌ことば辞典　増訂版』平成十一年六月　笠間書院（初版　昭和五十八年十二月　角川書店）
片桐洋一「『拾遺集』における『古今集』歌の重出」「『拾遺集』における『後撰集』歌」『古今和歌集以後』平成十二年十月　笠間書院
日本国語大辞典第二版編集委員会・小学館国語辞典編集部編『日本国語大辞典　第二版　第一巻』平成十二年十二月　小学館（初版　昭和四十七年十二月）
阿部俊子校注『大和物語』平成十三年三月　明治書院
高野正美「「霞」の表現史」『万葉への文学史　万葉からの文学史』平成十三年十月　笠間書院
『角川日本地名大辞典』編纂委員会編『角川日本地名大辞典CD-ROM版』平成十四年二月　角川書店

その他（出版作業中に刊行されたもので、本書が扱うテーマと関連の深い書目）

千艘秋男・島田良二編『流布本三十六人集　校本・研究・索引』平成十九年五月改訂版　笠間書院（初版　平成十八年二月）
時雨亭文庫編『冷泉家時雨亭叢書　第71巻　承空本私家集　下』平成十九年六月　朝日新聞社
伊東玉美『日本の作家100人　小野小町―人と文学』平成十九年七月　勉誠出版
平野由紀子「私家集の諸相　小野小町」「夢の小町」『平安和歌研究』平成二十年三月　風間書房

あとがき

平安時代の初めに小野小町という女性がいた。それがどういう女性であったのか、伝承の総体は、あたかも球状の葉菜が葉数を重ねるが如きであり、歌人の小町が詠んだという個々の和歌作品は、その幾葉かの大葉に育ち、総体の部分を形成している。伝承という葉で幾重にも包まれた中心の「芯」に相当するものは、紀貫之が『古今集』仮名序で「近年歌が上手だと評判な歌人」の中に小町を掲げたという史実である。この六人の歌人は、後に「六歌仙」と呼ばれることになる。

そして、その「芯」から最も近い所に位置しているのが、同集に載る小町の和歌であった。十世紀初頭『古今集』撰集時にも、既に小野小町は「近き世にその名聞こえたる人」(『古今集』仮名序)の一人として、伝承の内に捉えられていた。伝承という観点からすれば、『古今集』が取り上げた小町という人間に関する評言や小町の歌もまた剝がされるべき最後の一葉でしかない。作者が正史に残らない、伝承史実に核がない、芯も又一葉に過ぎぬと捉えることは、しかしながら、裏を返せば文芸作品の自立性を当初から認めねばならぬことでもある。和歌に関して言えば、小町の和歌は既に作者から切り離された作品として存在したのであり、言語芸術の純粋な鑑賞の可能性のみが幸いに残されていた、ということになる。

歌は祈りの詞であった。大寺の塔の下に埋められた輝く黄金のように、美しい歌は神仏を感動させ、人の心を慰めるものと考えられた。和歌は、三十一文字で心を切るのだと思う。生活の中で、見るもの聞くものにつけてわき上がる感情に迷い込んでしまった心を切らんとする。神に祈る如く自らへかけた祈りの詞が、自らの心も人の心をも慰める。『古今集』仮名序は、小町の歌を「あはれなるやうにてつよからず」という。小町の和歌の中に見られた「弱さ」は、人の心に普遍的な「弱さ」であり、小町の和歌は、それを形象し美とする。そして、幾時代かを経て現在の形になったであろう流布本「小町集」にもまた、弱きものに備わる美しさが備わってある。

学位論文（平成十七年三月）をもとにした本書の出版が叶った。最後に、これまでの学究生活を通じ本書を世に送り出す力を与えて下さった方々にお礼を申し述べたい。二十数年前、私を大学院に導いて下さったのは、故田中俊一先生である。まっすぐに美しく大学人としての道を歩いておられた。東北大学から関西学院大学に伝わるところの日本文芸学の教えを受けた。後に、その特異性を知ることになり、同窓の方々の中にこそ最も強い批判はあったが、そのうちの志を同じくする人々同様、私の頭上にも、日本文芸学の理念は、天上の星として輝いていた。先輩諸氏は、独自に研究方法を開拓されていたが、私は依然として如何にすれば理念が具体化するのか分からないでいた。修士課程を終えて大学を出た。教職に就いて数年、再び論文を書き始めたころ、森田雅也先生が後期課程への進学を勧めて下さった。森田先生は拙稿を読んで下さるなど多くの力添えを下さった。本書の出版にもお力添え頂いた。大学院の後期課程では中島洋一先生のゼミに入れて頂き、歌論の指導を受けた。中島先生が退職なさった後は、武久堅先生のゼミに籍を置かせて頂いた。武久先生は、ゼミの後、退職前の貴重な時間を割いて、私の学位論文の目次を見て下さった。その他、関西学院の先生方、学会で御教示頂いた先生方、そして研究対象の時代を超えて文学の知識を授けて下さった先輩方、多くの方々に支えられた。中でも、関西学院を出たころ迷っていた私に力を与えて下さったのは、故黒川洋一先生である。いろんな本を示された。その中には、ご専門の漢文学のみならず時代小説やロシア文学もあった。一冊一冊読んでは文学についてお話させて頂いているうちに、自らの足で歩き出せるようになった。「小町集」の研究は、第二編第二章「小町集」全歌考の中の第六十七「波の面を」歌から始まっている。二十年近く前、黒川先生は歌を解けとおっしゃった。語釈、鑑賞と分けたものをお見せした時、もっと渾然一体としたものをと言われ、書き直したのが第六十七歌についてであった。黒川先生は、それを真っ赤に朱を入れ返送して下さった。今の文章の中には歯切れのよい先生の言葉が入っている。求められているものの大きさにはっとした。研究すべきことの不足を感じ、歌論からの考察や伝本からの考察を併行させ進めていこうと考えた。その後も私淑させて頂いたが、いつかはと思っていた小町の歌について書いたものは、とうとうお見せ出来ずに了った。田中俊一先生、黒川洋一先生は、教育者とは何かをも私に教えて下さった。本書を見て頂けなかったのは残念であるが、喜んで下さっていることと思う。

また、直接には存じ上げず論文を通じ多くをお教え頂いた先生方、資料の閲覧をお許し下さった諸機関、本書を出版下さった和泉書院の廣橋研三社長様にお礼申し上げます。

「小町集」歌引用索引

・一一六首本番号、初句、本書所載頁の順に記載。
・該当頁に一一六首本番号を載せていない場合は、( )に他本名/他本番号、或いは異なる初句や他撰集名を付記。
・「詞書」は、詞書のみの引用頁を示す。
・「「小町集」諸本の本文校異」(388頁〜461頁)、「流布本「小町集」の素材」(817頁〜835頁)及び各資料中の引用は除く。

――六首本「小町集」非所収歌

「小町集」初句索引

・伝本(1)〜(5)と一一六首本との対照索引。
・伝本(1)〜(5)各本に特有の初句のみを左側に記載。
・＊…増補部歌（第一部）　＊＊…増補部歌（第二部）

(1) 六十九首本順

番号	六十九首本	一一六首本	番号
1		あやめ草	46
2		こぬ人を	47
3		つつめども	39
4		おろかなる	40
5		露の命	48
6		みるめなき-我が	23
7		あまの住む-里の	15
8		よそにこそ	9
9		こひ侘びぬ	50
10		秋の夜も	12
11		ながしとも	13
12	人にあはて	人にあはむ	24
13		人しれぬ	49
14		うつつには	14
15		物をこそ	51
16		ともすれば	74
17		わたつうみの	22
18		木がらしの	52
19		思ひつつ	16
20		夏のよの	53
21		夢路には	25
22		限りなき	71
23		うつつにも	54
24		春雨の	55
25	けふよりは	今朝よりは	56
26	われかみに	わが身には	57
27		花の色は	1
28		うたたねに	17
29		たのまじと	18
30		いとせめて	19
31		侘びぬれば	38
32		今はとて	31
33		わすれ草	75
34		妻こふる	59
35		色みえで	20
36		卯のはなの	60
37	空にゆく	空をゆく	3
38	雲まより	雲はれて	4
39		みるめあらば	41
40		色も香も	62
41		秋風に	21
42		かざままつ	26
43		秋の月	11
44		秋の田の	61
45		結びきと	8
46	なにはめに	なには江に	64
47		心から	2
48		ちたびとも	65
49		山里に	10
50	よそにして	よそにても	28
51	わか人を	われをきみ-思ふ	27
52		あまの住む-うら	33
53	今とても	今はとて	66
54		いはの上に	34
55	よをさむみ	世をそむく	35
56		名にしおへは	6
57	なみのうへを	波の面を	67
58		ひさかたの	68
59	よひよひに	よひよひの	29
60		みるめかる-あま	5
61		ちはやぶる-かみ	69
62	瀧の水	滝の水の	70
63	ちはやふる-かもの		
64		我が身こそ	88
65	よにふれは		
66		心にも	58
67		みちのくは	77
68	秋風の		
69	たまくらの		

(2) 「時雨亭文庫蔵本（唐草装飾本）」順

「時雨亭文庫蔵本（唐草装飾本）」		一一六首本	番号
1		あやめ草	46
2		侘びぬれば	38
3		いつはとは	42
4		みるめなき-我が	23
5		おろかなる	40
6		今はとて	31
7	我人を	われをきみ-思ふ	27
8		よひよひの	29
9		よそにこそ	9
10		人しれぬ	49
11		こひ侘びぬ	50
12		木がらしの	52
13		夏のよの	53
14		たのまじと	18
15		妻こふる	59
16		秋の田の	61
17	山さとの	山里に	10
18		霞たつ	63
19		結びきと	8
20	なにはめに	なには江に	64
21	人かとも	見し人も	86
22	むかしには	今はとて	66
23		名にしおへは	6
24	なみのまもお	波の面を	67
25		ひさかたの	68
26		ちはやぶる-かみ	69
27	たまのみつ	滝の水の	70
28		雲はれて	4
29		みるめあらば	41
30	露のみは	露の命	48
31		色みえで	20
32		花の色は	1
33		思ひつつ	16
34		わたつうみの	22
35		みるめかる-あま	5
36	秋のよは	秋の夜も	12
37	人にあはん	人にあはむ	24
38		うつつには	14
39		限りなき	71
40		夢路には	25
41		あまの住む-里の	15
42		いとせめて	19
43	たれにより		
44		つつめども	39
45	おろかなる（重出）		(40)

(3) 「静嘉堂文庫蔵本（105・3）」順

「静嘉堂文庫蔵本（105・3）」		一一六首本	番号
1		花の色は	1
2		心から	2
3		空をゆく	3
4		雲はれて	4
5		みるめかる-あま	5
6	名にしおはは	名にしおへは	6
7		結びきと	8
8		限りなき	71
9	よそにして	よそにこそ	9
10	みるめかる-うらみ	みるめあらば	41
11		あやめ草	46
12	われをきみ-難波		
13	難波かた		
14	月みれは		
15		露の命	48
16	山さとの	山里に	10
17		秋の月	11
18		秋の夜も	12
19		うつつには	14
20	かきりなき-おもひ（重出）		(71)
21		あまの住む-里の	15
22		こぬ人を	47
23		人しれぬ	49
24		こひ侘びぬ	50
25		物をこそ	51
26		木がらしの	52
27		夏のよの	53
28		思ひつつ	16
29		うたたねに	17
30		いとせめて	19
31	たれにより		
32		色みえで	20
33		秋風に	21
34	うつつにて	うつつにも	54
35		春雨の	55
36		今朝よりは	56
37		わたつうみの	22
38		みるめなき-我が	23
39		夢路には	25
40		かざままつ	26
41	我を人	われをきみ-思ふ	27
42		人にあはむ	24
43	玉の水	滝の水の	70
44	よそにして	よそにても	28
45		よひよひの	29

46		おきのゐて	30
47		今はとて	31
48		あまの住む-うら	33
49		ひとりねの	36
50	我か身に	わが身には	57
51		たのまじと	18
52		わすれ草	75
53		妻こふる	59
54	みなと入の	みちのくの	37
55	うき花の	卯のはなの	60
56		秋の田の	61
57		色も香も	62
58		霞たつ	63
59	難波めに	なには江に	64
60		ちたびとも	65
61	今とても	今はとて	66
62	波の上を	波の面を	67
63		つつめども	39
64	をろかなる	おろかなる	40
65		いはの上に	34
66	世をいとふ	世をそむく	35
67		ひさかたの	68
68		ちはやぶる-かみ	69
69	*	**花さきて	116
70	*	吹きむすぶ	95
71	*	たれをかも	98
72	*哀れなり	**はかなしや	115
73	*	あるはなく	81
74	*	むさしのの	85
75	*	*ながめつつ	104
76	*しる人も	見し人も	86
77	*	はかなくて	91
78	*夢ならて	夢ならば	82
79	*	むさしのに	83
80	*	ながれてと	80
81	*人こころ		
82	*	すまのあまの	78
83	*	あやしくも	96
84	*	はかなくも	93
85	*みちのくに	みちのくは	77
86	*	世の中は	84
87	*おもひ侘		
88	*	心にも	58
89	*	侘びぬれば	38
90	*	*あはれてふことこ	108
91	*人にあはむ（重出）		(24)

(4)「御所本甲本」順

「御所本甲本」		一一六首本	番号
1		花の色は	1
2		心から	2
3	そらゆくと	空をゆく	3
4		雲はれて	4
5		みるめかる-あま	5
6		名にしおへは	6
7		やよやまて	7
8		結びきと	8
9		よそにこそ	9
10	山里の	山里に	10
11		秋の月	11
12	秋の夜は	秋の夜も	12
13		ながしとも	13
14		うつつには	14
15		あまの住む-里の	15
16		思ひつつ	16
17		うたたねに	17
18	たのまむと	たのまじと	18
19		いとせめて	19
20		色みえで	20
21		秋風に	21
22		わたつうみの	22
23		みるめなき-我が	23
24		人にあはむ	24
25		夢路には	25
26		かざままつ	26
27	みるめかる-わがみ		
28		われをきみ-思ふ	27
29		よそにても	28
30		よひよひの	29
31	をきのゐて	おきのゐて	30
32		今はとて	31
33		人を思ふ	32
34		あまの住む-うら	33
35		いはの上に	34
36		世をそむく	35
37		ひとりねの	36
38		みちのくの	37
39		侘びぬれば	38
40		つつめども	39
41	をろかなる	おろかなる	40
42		みるめあらば	41
43	いつはとも	いつはとは	42
44		ひぐらしの	43
45		もも草の	44
46		こぎきぬや	45
47		あやめ草	46
48		こぬ人を	47

「御所本甲本」		一一六首本	番号
49		露の命	48
50		人しれぬ	49
51		こひ侘びぬ	50
52		物をこそ	51
53		木がらしの	52
54		夏のよの	53
55		うつつにも	54
56		春雨の	55
57	けふよりは	今朝よりは	56
58	われか身には	わが身には	57
59		心にも	58
60		妻こふる	59
61		卯のはなの	60
62		秋の田の	61
63		色も香も	62
64		霞たつ	63
65	なにはめの	なには江に	64
66		ちたびとも	65
67		今はとて	66
68		波の面を	67
69		ひさかたの	68
70	千早振	ちはやぶる-かみ	69
71	たまみつの	滝の水の	70
72		限りなき	71
73		時すぎて	72
74		うきことを	73
75		ともすれば	74
76		わすれ草	75
77		我がごとく	76
78		みちのくは	77
79		すまのあまの	78
80	ひとりねし	ひとりねの	79
81		ながれてと	80
82		あるはなく	81
83		夢ならば	82
84		むさしのに	83
85		世の中は	84
86		むさしのの	85
87	しる人も	見し人も	86
88		世の中に	87
89		我が身こそ	88
90		ながらへば	89
91		世の中を	90
92		はかなくて	91
93		我のみや	92
94		はかなくも	93
95		世の中の	94
96		吹きむすぶ	95
97		あやしくも	96
98		しどけなき	97
99		たれをかも	98
100		白雲の	99
101		紅葉せぬ	100
102	*	人しれぬ	49
103	*そらをゆく（重出）		(3)
104	*いもはれて（重出）		(4)
105	*	*いつとても	101
106	*	*なが月の	102
107	*	*あさか山	103
108	*うみのなかを（重出）		(67)
109	*たきの水（重出）		(70)
110	*	*ながめつつ	104
111	*	*春の日の	105
112	*	*木間より	106
113	*	*あまつかぜ	107
114	*みやこいでて		
115	*	*世の中は	109
116	*	*あはれてふ-ことのは	110
117	*	*あはれてふ-ことこそ	108
118	*	*山里は	111
119	**	**をぐら山	112
120	**	**わかれつつ	113
121	**をみなへし		
122	**	**かたみこそ	114
123	**	**はかなしや	115
124	**みし人も（重出）		(86)
125	**	**花さきて	116

(5) 「神宮文庫蔵本（1113）」順

「神宮文庫蔵本（1113）」		一一六首本	番号
1		花の色は	1
2		心から	2
3	そら行くと	空をゆく	3
4		雲はれて	4
5		みるめかる-あま	5
6	なにしおはは	名にしおへは	6
7		やよやまて	7
8		結びきと	8
9		よそにこそ	9
10	山里の	山里に	10
11		秋の月	11
12	秋の夜は	秋の夜も	12
13		ながしとも	13
14		うつつには	14
15	あまのかる	あまの住む-里の	15
16		思ひつつ	16
17		うたたねに	17
18		たのまじと	18

「神宮文庫蔵本」		一一六首本	番号
19		いとせめて	19
20	色見て	色みえで	20
21		秋風に	21
22		わたつうみの	22
23		みるめなき-我が	23
24		人にあはむ	24
25		夢路には	25
26		かざままつ	26
27		われをきみ-思ふ	27
28	よそにして	よそにても	28
29		よひよひの	29
30		おきのゐて	30
31		今はとて	31
32		人を思ふ	32
33		あまの住む-うら	33
34		いはの上に	34
35	山ふしの	世をそむく	35
36		ひとりねの	36
37		みちのくの	37
38		侘びぬれば	38
39		つつめども	39
40	をかるなる	おろかなる	40
41		みるめあらば	41
42		いつはとは	42
43		ひぐらしの	43
44		もも草の	44
45		あやめ草	46
46		こぬ人を	47
47		露の命	48
48		人しれぬ	49
49		こひ侘びぬ	50
50		物をこそ	51
51		木がらしの	52
52		夏のよの	53
53		うつつにも	54
54		春雨の	55
55		今朝よりは	56
56	われか身に	わが身には	57
57		心にも	58
58		妻こふる	59
59		卯のはなの	60
60		秋の田の	61
61		色も香も	62
62	霞しく	霞たつ	63
63	難波えの	なには江に	64
64	（初句脱）	ちたびとも	65
65	今とても	今はとて	66
66	浪の上に	波の面を	67
67		ひさかたの	68
68		ちはやぶる-かみ	69
69	瀧水の	滝の水の	70
70		限りなき	71
71		時すぎて	72
72		うきことを	73
73		ともすれば	74
74		わすれ草	75
75		我がごとく	76
76		みちのくは	77
77	あまのすむ	すまのあまの	78
78	独ねし	ひとりねの	79
79		あるはなく	81
80		夢ならば	82
81		むさしのに	83
82		世の中は	84
83		むさしのの	85
84	しる人も	見し人も	86
85		世の中に	87
86		我が身こそ	88
87		ながらへば	89
88		世の中を	90
89		はかなくて	91
90		我のみや	92
91		はかなくも	93
92		世の中の	94
93		吹きむすぶ	95
94		あやしくも	96
95		しどけなき	97
96		たれをかも	98
97		白雲の	99
98		紅葉せぬ	100
99	*暁の	*なが月の	102
100	*	*あさか山	103
101	*	*ながめつつ	104
102	*	*春の日の	105
103	*	*木間より	106
104	*	*あまつかぜ	107
105	*宮こ出て		
106	*おほかたの		
107	*	*世の中は	109
108	*	*あはれてふ-ことのは	110
109	*	*あはれてふ-ことこそ	108
110	*	*山里は	111
111	**	**をぐら山	112
112	**	**わかれつつ	113
113	**をみなへし		
114	**	**かたみこそ	114
115	**	**はかなしや	115
116	**みし人も（重出）		(86)
117		**花さきて	116

「小町集」各句索引（一一六首本・五十音順）

・『新編国歌大観』所収「小町集」歌各句と詞書の五十音索引。
・算用数字は、歌番号を示す。
・— …続く語　（　）…初句　＊ …作成者付記

か行

さ 行

た 行

ま 行

や 行

わ 行

詞書頭

■著者紹介

角田宏子（すみだ ひろこ）

昭和35年大阪府生。奈良県立畝傍高校卒業、関西学院大学大学院博士課程後期課程日本文学専攻修了。博士（文学）。分担執筆に「第四章 近世の和歌・漢詩・狂歌・川柳の展開」『近世文学の展開』（平成12年4月 関西学院大学出版会）。和歌文学会、日本文芸学会会員。

研究叢書385

「小町集」の研究

二〇〇九年三月二五日初版第一刷発行

（検印省略）

著者 角田宏子
発行者 廣橋研三
印刷所 太洋社
製本所 大光製本所
発行所 有限会社 和泉書院

大阪市天王寺区上汐五－三－八
〒五四三－〇〇〇二
電話 〇六－六七七一－一四六七
振替 〇〇九七〇－八－一五〇四三

ISBN978-4-7576-0503-9 C3395

研究叢書

371 軍記物語の窓 第三集　関西軍記物語研究会編　一三六五〇円

372 音声言語研究のパラダイム　今石元久編　一二六〇〇円

373 明治から昭和における『源氏物語』の受容 近代日本の文化創造と古典　川勝麻里著　一〇五〇〇円

374 和漢・新撰朗詠集の素材研究　田中幹子著　八四〇〇円

375 古今的表現の成立と展開　岩井宏子著　一三六五〇円

376 天草版『平家物語』の原拠本、および語彙・語法の研究　近藤政美著　一三六五〇円

377 西鶴文学の地名に関する研究 第七巻 セ―タコ　堀章男著　二一〇〇〇円

378 平安文学の環境 後宮・俗信・地理　加納重文著　一二六〇〇円

379 近世前期文学の主題と方法　鈴木亨著　一五七五〇円

380 伝存太平記写本総覧　長坂成行著　八四〇〇円

(価格は５％税込)